Vikram Chandra
TANZ DER GÖTTER

Vikram Chandra

TANZ
DER
GÖTTER

Roman

Aus dem Englischen
von Ulrike Seeberger

Aufbau-Verlag

Titel der Originalausgabe
Red Earth and Pouring Rain

ISBN 3-351-02832-6

1. Auflage 1997
© Aufbau-Verlag GmbH, Berlin 1997
Red Earth and Pouring Rain © 1995 by Vikram Chandra
Einbandgestaltung Henkel/Lemme
Satz LVD GmbH, Berlin
Druck und Binden Clausen & Bosse, Leck
Printed in Germany

Inhalt

Für meinen Vater und meine Mutter,
Navin und Kamna

Für freundliche Worte, Hilfe und Inspiration danke ich Yogi Jain, Gilbert Bose, Roshna und Sudha Kapadia, Robert Mezey, Martha Andresen, Steve Erickson, Brad Dourif, Wendy James, Freundin und Mäzenin der Künste, John Barth, Donald Barthelme, Lynn Nesbit, Eric Simonoff, Alexis Quinlan, Nicholas Pearson, Jordan Pavlin, Margo True, die dieses Buch ermöglicht haben und für die jede einzelne Seite geschrieben wurde, und meinen Schwestern Tanuja und Anupama.

... damals

An dem Tag, bevor Abhay auf den weißgesichtigen Affen schoß, wachte er schweißgebadet auf, und bereits jetzt schnitt sich ihm ein Kopfschmerz wie eine rasiermesserscharfe Linie von der Stirnmitte in den Schädel hinein. Er lag nur da und starrte zur Zimmerdecke, auf den langsam rotierenden Ventilator, der bei jeder Drehung in der heißen Luft ein paar Staubteilchen mehr aufsammelte und den schwarzen Flekken am Rand seiner Rotoren eine weitere Schicht hinzufügte. Sehr viel später erhob sich Abhay vom Bett und taumelte zur Tür, rieb sich das Gesicht mit den Handflächen. Er blickte auf den kleinen sonnenhellen Innenhof hinaus mit den ein wenig benommenen Augen desjenigen, der sich lachend auf die Reise begibt und bei der Rückkehr feststellen muß, daß er aus dem Exil nach Hause zurückkehrt. Seine Mutter ging eben mit schwankenden Schritten über den roten Ziegelboden, auf einer Hüfte die Wanne mit frisch gewaschenen Kleidungsstücken. Dann verschwand sie über die Treppe zum Dach hinauf. Abhay schräg gegenüber, in einem Zimmer auf der anderen Seite des Innenhofes, klapperte die uralte Schreibmaschine seines Vaters ihr ewiges Tick-tick und spie wieder einmal ein dringendes Schreiben an eine überregionale Zeitung zur Lage der Demokratie in Indien aus. Irgendwo krächzte unablässig eine einsame Krähe. Abhay zwang sich, in den blendend weißen Hof hinauszutreten. Er fühlte die sengende Sonne im Nacken und ging eilends hinüber in die feuchte Dunkelheit des Badezimmers. Er streifte seine Kleider ab und stellte sich unter den rostigen Duschkopf, drehte erwartungsvoll an den Hähnen. Ein tiefes, unterirdisches Gurgeln ließ die Rohre erbeben, die Dusche spuckte ein paar lauwarme Tropfen aus, und dann herrschte wieder Stille.

»Abhay, bist du das? Das Wasser wird um zehn abgestellt. Komm und iß was.«

Als er aus dem Badezimmer kam, nachdem er etwas Was-

9

ser aus einem Eimer über Arme und Gesicht gespritzt hatte, hatte seine Mutter auf dem Tisch neben der Küchentür das Frühstück für ihn bereitet, und sein Vater blinzelte durch eine Nickelbrille mit Bifokalgläsern auf eine aufgeschlagene Zeitung.

»Wir könnten das Testmatch noch gewinnen, wenn Parikh morgen gut schlägt«, ließ sich Mr. Misra weise vernehmen, »aber dem versagen schon mal die Nerven, wenn es hart auf hart geht.«

»Wer ist denn Parikh?« wollte Abhay wissen. In der Schlagzeile auf der Titelseite konnte er das Wort »Terrordrohung« ausmachen.

»Einer der besten von unseren neuen Jungs. Im Kricket hast du dich wohl nicht auf dem Laufenden gehalten, was?«

»In den amerikanischen Zeitungen berichten sie nicht oft drüber«, erwiderte Abhay. »Wann wird denn das Wasser wieder angestellt?«

»Halb vier«, meinte seine Mutter, die mit heißen Parathas aus der Küche auftauchte. »Ich habe überlegt, ob ich dich wecken sollte, aber du hast gestern abend so furchtbar müde ausgesehen.«

»Jetlag, Ma. Das dauert ein, zwei Wochen, ehe es weg ist.«

»Vielleicht«, meinte Mr. Misra und faltete seine Zeitung zusammen. Abhay blickte auf. Die plötzliche Ruhe in der Stimme seines Vaters überraschte ihn, und er fragte sich, wieviel Veränderung sein Vater wohl an den Augen seines Sohnes und an der Art, wie er sich gab, ablesen konnte. Da bemerkte er aus dem Augenwinkel eine flinke Bewegung auf dem Dach und verdrehte den Hals.

»Es ist doch tatsächlich dieses weißgesichtige Äffchen!« platzte er heraus. »Ist der immer noch hier!«

»O ja«, erwiderte Mr. Misra. »Der gehört jetzt zur Familie. Mrinalini füttert ihn jeden Morgen.«

Der Affe hüpfte von den Zweigen des Peepulbaums vor dem Haus auf das Dach, sprang in großen Sätzen zur Wäscheleine, raffte mit einer einzigen Armbewegung einen Sari, ein Hemd und zwei Unterhosen zusammen und raste zum Baum zurück. Dort saß er sicher in den ausladenden Ästen und wartete darauf, daß Mrs. Misra die Treppe hinaufeilte, zwei Parathas auf die Begrenzungsmauer des Daches legte und dann vier, fünf Schritte zurücktrat. Der Affe schwang sich mit der großen Sicherheit, die ein vertrautes Ritual vermittelt, auf das Dach zurück, ließ die Kleidungsstücke fallen, schnappte sich die Parathas und kletterte wieder in sein sicheres Blätterdach, wo er sich bequem auf einem passenden Ast niederließ und dann daran machte, das Brot zu verspeisen. Ab und zu legte er ein wenig den Kopf schief und beobachtete Mrs. Misra, wie sie die Kleider einsammelte und wieder auf die Leine hängte.

»Nach all den Jahren plagt er euch immer noch«, sagte Abhay. »Ihr solltet wirklich was dagegen tun.«

»Der versucht nur, sich seinen Lebensunterhalt zusammenzukratzen, wie wir anderen auch«, meinte Mr. Misra. »Und er wird langsam alt. Er bewegt sich jetzt schon ziemlich schwerfällig, hast du das nicht gesehen? Vergiß es. Iß nur, iß.«

Abhay beugte sich wieder zu seinem Essen herunter, richtete sich aber ab und zu auf und blinzelte zum Peepulbaum hoch, wo der Affe mit großer Konzentration sein tägliches Brot verzehrte. Während er auf der Zunge den seltsam ungewohnten Geschmack des Essens spürte, das seine Mutter ihm gekocht hatte, konnte sich Abhay des Gedankens nicht erwehren, daß dieses Tier, das da oben sicher im kühlen Schatten des Peepulbaumes saß, sein Essen weitaus mehr genoß als er und daß wohl eine heimliche Ironie und eine tief verborgene Bedeutung darin lag, daß sie beide hier unfreiwillig ihre Speisen miteinander teilten. Der Affe hatte zuerst aufgegessen und saß mit leicht nach rechts geneigtem Kopf da, schaute mit etwas verwundertem Blick konzentriert auf die Familie herab. Er kratzte sich unter der Achsel, machte kehrt und schwang sich tiefer ins Innere des Peepulbaumes, hielt inne und blinzelte zu dem blendend weißen Haus mit seinem quadratischen Innenhof hinunter. Dann hangelte er sich unvermittelt über die Bäume des angrenzenden Maidans fort.

Am Nachmittag fand sich der Affe während seiner Kletterpartie über die Hausdächer der Stadt wieder in einem Baum am Maidan ein. Mehr aus Gewohnheit denn aus Hunger schwang er sich in den Peepul und sprang von dort aufs Dach. Unten saß Abhay am Küchentisch, nippte von einem kühlen

Glas Nimbu Pani und erzählte seinen Eltern stockend und ein bißchen förmlich von seinen Reisen und Erlebnissen in einem fremden Land. Als der Affe nach alter Gewohnheit anfing, Kleider von der Leine zusammenzuraffen, sprang zu seiner Überraschung unten Abhay von seinem Stuhl auf und rannte die Treppe zum Dach hinauf. Der Affe bewegte sich so schnell, wie es seine alten Knochen noch zuließen, hangelte sich vom Dach auf einen Zweig und hielt dabei ein einziges Kleidungsstück umklammert. Einen Augenblick später entfuhr ihm ein nasales Schmerzjaulen, als ihn ein scharfkantiger Ziegelscherben traf und an seinem Rumpf in viele kleinere Bruchstücke zerschellte. Er hielt nur so lange inne, daß er seine gelben Zähne in Richtung Dach blecken konnte, dann verschwand der alte Affe in den Bäumen auf der anderen Seite des offenen Platzes vor dem Haus.

»Er hat meine Jeans«, beschwerte sich Abhay. »Der verdammte Affe hat meine Jeans.«

»Na, was dachtest du denn?« erwiderte Mrs. Misra ein wenig pikiert, verärgert über den Ausbruch der Gewalt gegen ein Mitglied des Stammes Hanuman. »Du hast ihn erschreckt und davongejagt.«

»Bringt er die zurück? Die haben vierzig Dollar gekostet.«

»Nein, die läßt er wahrscheinlich anderswo fallen und vergißt sie. Die kannst du abschreiben.«

Sie ging in ihr Schlafzimmer. Als Abhay vom Dach herunterkletterte, wurde ihm plötzlich bewußt, daß ihm der Schweiß in Strömen am Körper herabrann und daß seine Mutter aufgebracht war. Er fühlte, wie ihn eine alte pubertäre Wut überkam, er spürte, wie eine uralte Bitterkeit mit einem Beigeschmack von Groll und Frustration wieder aufflackerte, wie längst vergangene Streitigkeiten und Schrecken und Gründe für sein Weggehen ihr Haupt wieder erhoben, unruhig, längst nicht gestorben, mühelos wiedererweckt.

Als die Bäume ihre gezackten Schatten über den Maidan ausbreiteten, über sich ein paar grellbunte Drachen, die beinahe reglos in der Luft standen, winzige Fleckchen rot, grün, gelb und orange vor dem unendlichen Blau, schritt Abhay einen riesigen Kreis ab, ging über die Grasbüschel und mitten durch die Gruppen barfüßiger Jungen, die schier endlose Kricketmatches austrugen. Im Süden, in den geschäftigen kleinen Straßen und Basaren von Janakpur wartete seine Vergangenheit auf ihn, war begierig darauf, ihn mit alten Freunden und halbvergessenen Lauten und Gerüchen zu konfrontieren. Aber Abhay zögerte; es beschlich ihn das ungute Gefühl, daß er einige Jahrhunderte weggewesen war, nicht nur vier Jahre. Er fürchtete sich vor dem, was ihm da vielleicht in den Schatten vergangener Zeiten auflauerte. Plötzlich fühlte er, wie ihm seine Seele verlorenging, wie sie sich von ihm zurückzog, ihn kalt und entrückt dastehen ließ. Er beobachtete sich selbst wie aus großer Höhe, beobachtete sich dabei, wie er zwei große Kreise abschritt und dann in das weiße Haus zurücktrottete. Im gleichen traumähnlichen Zustand betrachtete er sich, wie er mit seinen Eltern redete und sein Abendessen verzehrte. Viel später sah er sich ganz ruhig dabei zu, wie er in den hintersten Ecken eines Schrankes wühlte, vergilbte Comic-Heftchen und einstmals heißgeliebte Romane zur Seite schaufelte, um dann schließlich mit einer Kinderwaffe in der Hand aufzutauchen, mit einem Kinderspielzeug: Es war ein Gewehr mit Patronenkammer, Kaliber 0.22, eine Miniaturwaffe, und doch glatt und tödlich. Zärtliche Hände streicheln die Waffe, verharren über ihren Umrissen, fühlen den glatten blauschwarzen Stahl, fahren die Maserung des schweren Holzes nach und überprüfen den Mechanismus, Schnapp-Klack; diese Hände gehören zu jemandem, der im Haushalt der Misras nicht bekannt ist, diese Hände, die schlanke goldene Patronen in das Magazin füttern, Klick-Klick-Klick, diese Hände gehören einem Fremden. Er sitzt auf einem Stuhl beim Fenster, hält das Gewehr im Arm geborgen, beobachtet das Dach. Weit weg am Rande der Wildnis heult ein Schakal, und die Hunde der Stadt antworten ihm. Aber mit keinem Anzeichen verrät die Gestalt am Fenster, daß sie davon irgend etwas hört.

Der Affe, der sicher geborgen in einer Astgabel hoch oben auf einem Banyanbaum geruht hatte, wurde von den ersten Strahlen der Sonne, die ihre Wärme auf seinen Rücken scheinen ließ, und von einer plötzlichen Leere in der Magengrube geweckt. Er erinnerte sich verschwommen daran, daß er Hunger gehabt hatte, als die Sonne untergegangen war, die unliebsame Begegnung mit dem Ziegelbrocken aber war schon in den einförmigen grauen Nebeln seiner Vergangenheit versunken. Heißhungrig huschte er durch die Baumwipfel und über die Dächer der Stadt zu dem weißen Haus an der Ecke des Maidans, wo gewöhnlich ohne allzu große Mühe eine reichliche Mahlzeit heraussprang. Das Haus, dessen Mauerkronen oben bereits in warmem Rosa zu leuchten begannen, lag still da, die Wäscheleine war leer. Der Affe trollte sich niedergeschlagen über das Dach, hielt einmal kurz inne, um an den zerknitterten Überresten eines Papierdrachens zu schnuppern. Er hockte sich hoch über dem Innenhof an die Dachkante, nahm noch ganz schwach, quälend und lockend die Essensdüfte wahr, die von der Küche heraufschwebten. Er bewegt sich unruhig und zeichnet sich einen Augenblick lang als Silhouette gegen die rosa-weiße Mauer ab, dort, wo die Treppe auf das Dach führt. Dann erblüht jäh aus einem dunklen Fenster ein dünner Pfeil weißen Lichtes, der Affe fühlt einen Schlag vor die Brust, unter der rechten Schulter. Sekunden später hört er erst das dumpfe Flop, begreift er zähnefletschend und mit überraschtem Knurren, daß ihm sehr Schlimmes widerfahren ist. Er spürt, wie er herumgeworfen wird, sieht plötzlich die rote Sonne, die rosa-weiße Wand mit Rot bespritzt. Die Welt wirbelt und zersplittert in tausend Stücke, rot und weiß, rot und weiß, eine andere Wand grellgelb. Er taumelt zur Seite, zur Kante, rutscht und stolpert, ein langsames Gleiten, ein verzweifeltes Festklammern an der Dachkante, aber schon sind Kraft und Gleichgewicht geschwunden, der Affe fällt, trudelt, und im Fall, in der einen Umdrehung, blitzt ein völlig ungewohntes Bild, eine gänzlich un-affenhafte Szene durch seine Gedanken, rot und weiß, rot und weiß, grelles Gelb, dreitausend Lanzen, das Donnern von Hufen, und dann schlägt der Affe dumpf auf dem Ziegelboden auf und liegt reglos am Rande des Hofes.

Abhay ging, das Gewehr noch in der Hand, zu dem bewegungslosen Klumpen aus Fleisch und Fell hinaus und beugte sich darüber, starrte hinunter, blinzelte auf das saubere runde Loch, das da ins Fell gebohrt war und sich eben mit

Blut füllte. Einen Augenblick später stürzten seine Eltern aus den dunklen Tiefen des Hauses hervor, rieben sich die Augen.

»Abhay, was hast du da getan?« schrie Mrs. Misra.

»Abhay, du weißt doch, daß keine fünf Minuten von hier ein Hanuman-Tempel steht. Wenn die etwas herausfinden, gibt es einen Aufstand!«

»Lebt er noch?«

»Ja, ich glaube schon. Hilf mir, ihn ins Haus zu tragen.«

Abhay sah zu, sein Puls flatterte und pochte ihm plötzlich in den Ohren, während seine Eltern den schlaffen Tierkörper aufhoben und in das Arbeitszimmer seines Vaters trugen. Seine Mutter kam herausgeeilt, rannte dann mit vorwurfsvoll abgewandten Augen und mit einem Topf dampfend heißen Wassers in den Händen an ihm vorbei. Aber er stand nur wie gelähmt da, den Schaft des Gewehres hart und schwer in der Hand, und starrte mit ungläubigen, benommenen Augen auf die Flecken am Boden, rot auf rot.

Neun Tage und Nächte lang lag der Affe bewußtlos da, den Brustkasten in Baumwollbinden gewickelt, die Augen geschlossen, während ihm Mrs. Misra milchgetränkte Taschentücher an die Lippen hielt und Mr. Misra mit auf dem Rücken verschränkten Händen ruhelos im Zimmer auf und ab schritt. Die Tür blieb verschlossen, damit kein Besucher einen Blick auf den verwundeten Affen erhaschen konnte, aber oft stand Abhay mit verwundertem Gesichtsausdruck draußen und schüttelte den Kopf. Am neunten Tag öffnete der Affe die Augen und blickte verständnislos zur Decke empor. Die Misras wichen ein wenig erschreckt zurück, aber der Affe schien sie nicht zu bemerken. Er lag mit glasigen Augen da, hatte sich in einem inneren Nebel verirrt, in dem Stücke eines längst vergangenen Lebens schwebten, Bilder zusammenstießen und sich miteinander zu einem Ich vermischten, zu einem zerlumpten, zusammengestoppelten Nichts, einem Traum, einem Menschen namens Parasher. Ich weiß es. Ich bin es. Ich. Ich bin der Affe. Ich bin dieses transparente Gebilde, das dereinst in menschliches Fleisch gekleidet und als Parasher oder Sanjay bekannt war. Ich bin es, ich bin zurückgekehrt aus den gespenstischen, trügerischen Regionen des Todes, aus den Nebeln tierischen Unwissens.

Ich fühlte, wie meine Seele Gestalt und Form annahm. Mit jedem Tag erinnerte ich mich an mehr, mit jedem Tag wurde ich bewußter. Zuerst, als ich noch wie gelähmt dalag, vermochte ich den Mann und die Frau, die mich am Leben hielten, kaum auszumachen. Als mein Blick klarer wurde, sah ich, daß sie Gewänder trugen, die ich nicht benennen konnte, die mir aber merkwürdig vertraut vorkamen. Aus ihren Gesichtern sprach ein Argwohn, den ich nicht ganz verstehen konnte. Ich strengte meinen Hals an, um ihnen mitzuteilen, daß ich Sanjay sei, aus einer guten Brahmanen-Familie. Ich konnte jedoch nur einige unvermittelte Knurrlaute aus den Tiefen meines Halses hervorpressen, was sie gleich voller Angst die Flucht ergreifen ließ. Damals, müßt ihr wissen, stellte ich mir in meinem Schock und Delirium vor, daß ich immer noch in den menschlichen Körper gekleidet war, den ich so gut kannte: den Körper mit den beiden Narben auf der Stirn, dem wallenden weißen Haar und dem fehlenden Finger an der linken Hand. Ich lag also kraftlos da, sah, wie sich in den Staubpartikeln über meinem Kopf die Bilder zusammenfügten, und ich sah immer und immer wieder ein Gesicht auftauchen, ein breites, freundliches Gesicht mit traurigen Augen und einem energischen Kinn, einem graumelierten Schnurrbart, oh, mein Sikander, diese traurigen, traurigen Augen – ich sah dies und andere Dinge, durcheinandergewürfelt und verschwommen. Am sechzehnten Tag stellte ich fest, daß ich den linken Arm bewegen konnte. Langsam, mit äußerster Anstrengung hob ich die Hand von dem weichen Laken hoch, auf dem sie geruht hatte. Langsam, mit klopfendem Herzen – ich glaube, ich wußte es schon, noch ehe ich das Fell und das bräunlich-gelbe Fleisch gesehen hatte – hob ich sie hoch, näher zu meinem unbeweglichen Kopf hin, bis ich sie sehen konnte, und dann fuhr es mir eiskalt durch den Körper. In diesem Augenblick erinnerte ich mich an jenen letzten, furchtbaren Moment, ich erinnerte mich an meinen Tod, den schrecklichen Gang durch den Regen und an die dunkle Gestalt neben mir. In diesem Augenblick wußte ich, was ich getan hatte und was geschehen war, was aus mir geworden war. Ich führte mir die Hand nah vor Augen und blickte sie an, bemerkte mit wildem, doch fernem Blick die aufgesprungene

Haut der Handflächen, das verfilzte Fell und die kleinen schwarzen Fingernägel. Ich fuhr mit der Hand die Umrisse meines Gesichts nach, spürte das Fell auf den Wangenknochen und das vorspringende Kinn, die fliehende Stirn und die spitzen Zähne. Ich raffte all meine Kraft zusammen, hob den Kopf und sah mich im Zimmer um. Zunächst bemerkte ich auf einem Tisch eine kleine Elfenbeinfigur, einen von sechs Pferden gezogenen zierlich geschnitzten Streitwagen, der einen Krieger und einen Wagenlenker unter dem Banner des Hanuman trug. Als ich dieses vertraute Bild erblickte, war ich einen Augenblick lang erleichtert, doch dann bemerkte ich den Rest des Zimmers, die mit Büchern vollgestopften Regale und den weißen Schimmer des unmöglich geschwinden Punkah, der sich über meinem Kopf drehte, die gleichermaßen seltsamen Bilder an den Wänden, und ich wußte, daß ich unermeßlich weit von zu Hause entfernt war. Voller Angst und Schrecken versuchte ich, mich zu erheben, schwach nach den Laken greifend und wimmernd. Irgendwie gelang es mir, meinen Körper zu drehen. Ich spürte, wie ich fiel und auf einem harten, kühlen Boden aufschlug. Verschwommen nahm ich wahr, wie mich Hände aufhoben. Meine Sicht war beschränkt, und ich raste durch einen langen, dunklen Tunnel immer weiter hinab, schließlich wieder – in die Dunkelheit.

Während mein Körper wieder zu Kräften gelangte, glitt ich immer mehr in eine diesige, durch Furcht, durch den Schrekken des Unbekannten und Ungewohnten erzeugte Ohnmacht. Ich war unfähig, mit meinen Wohltätern zu sprechen, mit meinem Affenhals die Laute des Hindi oder Englischen zu formen, saß nur zu einer kleinen Kugel zusammengerollt da, völlig versteinert, und hörte mir den merkwürdigen Tonfall ihrer Sprache und die wunderbaren, völlig unbegreiflichen Dinge an, über die sie redeten. Stellt euch vor, wie grausig meine Lage war. Sicherlich, ich hatte einst verkündet, daß ich den Zustand des Menschseins verachtete, ich hatte mich nach einem Leben gesehnt, das sich schlicht und gefahrlos nur auf die Sinne beschränkte, aber in einem pelzigen, nun völlig unbekannten Körper gefangen zu sein, bei vollem Bewußtsein und doch des Sprechens unfähig und aus Angst vor dem dadurch anderen verursachten Schrecken auch nicht willens zur Kommunikation – das ist ein grausames Schicksal. Um nach der Art der Ahnen ein kunstvolles Gleichnis zu schaffen: Meine Seele schritt rastlos auf und ab wie ein Tiger, der sich zwischen einem Dschungelfeuer und einem tosenden Strom gefangen sieht. Ich war nun unermeßlich dankbar für die Gabe des Bewußtseins, fürchtete mich aber vor den Prüfungen und Entdeckungen, die in dieser seltsamen neuen Welt zweifellos auf mich warteten. Eine Weile zumindest war ich es zufrieden, nur in der Ecke zu sitzen, zu schauen und zuzuhören. Ich fand bald genug heraus, daß der Name der Frau Mrinalini war. Sie erinnerte mich mit ihrem ergrauenden Haar, ihrem schnellen Lachen und runden Gesicht und ihrer mühelosen Grazie an meine Mutter. Er, Ashok Misra, war groß, stämmig, glatzköpfig und sanft, er hatte ein breites, langsames Lächeln und einen schaukelnden Gang. Aus ihren Gesprächen erfuhr ich, daß sie beide als Lehrer gearbeitet hatten und nun im Ruhestand lebten, was eben heutzutage so als Vanprashta-Ashrama durchgeht, mehr oder weniger befreit von den alltäglichen Aufgaben und schnöden Sorgen der Welt. Außer dem natürlichen Respekt, den man vor Gurus, vor denjenigen, die lehren, empfindet, entdeckte ich in mir bald eine Zuneigung zu diesem freundlichen, sanften Paar. Sogar für einen wie mich ist es tröstlich, Menschen zu sehen, die miteinander alt geworden sind, die Gesellschaft des anderen noch genießen und sich nach langen Jahren der Partnerschaft aufeinander verlassen. Vielleicht habe ich ihnen ganz unwissentlich nur durch die Art, wie ich dasaß oder sie anschaute, ein wenig von diesem Gefühl vermittelt, denn sie verloren langsam ihre Angst vor mir. Bald hatte keiner von beiden mehr Bedenken, mit mir allein im Zimmer zu verweilen, und sie machten sich an ihre gewohnten alltäglichen Verrichtungen, betrachteten mich, nehme ich einmal an, als eine Art zahmes Haustier.

Am neunundzwanzigsten Tag setzte sich Ashok an seinen Schreibtisch und entfernte die Schutzhülle von einer merkwürdigen schwarzen Maschine, von der ich später herausfinden sollte, daß es sich um eine Schreibmaschine handelte. Damals beobachtete ich ihn jedoch neugierig aus dem Augenwinkel, wie er sie mit Papier fütterte und seine Finger über die Tasten huschen ließ, wie ein Musiker, der ein seltsames Instrument spielt, das eine entfernte Verwandtschaft mit der Tabla zu haben schien: Tick-tick, tick-tick, und schon schob sich das Papier nach oben und bog sich um und brachte eine sogar aus dieser Entfernung erkennbare Reihe von Buchstaben aus jener Sprache zum Vorschein, deren Beherrschung ich so teuer bezahlt hatte. Neugierig geworden, hangelte ich mich auf den Fußboden herunter und begab mich zu dieser Maschine, worauf Ashok vor Schreck von seinem Stuhl hochfuhr und zurückwich. Ich hüpfte fasziniert auf den Tisch und umrundete die schwarze Maschine, fuhr mit den Fingern über die Tasten mit den eingeprägten Goldlettern. Ich berührte eine Taste ganz leicht und wartete gespannt. Nichts geschah, also unternahm ich einen weiteren Versuch. Lächelnd näherte sich Ashok langsam, reckte die rechte Hand mit steifem Zeigefinger vor, drückte fest auf eine Taste, und ein *i* erschien auf dem Papier. Ohne nachzudenken und voller Entzücken über dieses seltsame Spielzeug drückte auch ich auf eine Taste, und wie durch Zauber erschien ein *c* neben dem *i*. Wie trunken ließ ich nun meine Finger über die Tasten tanzen und beobachtete, wie die folgenden Hieroglyphen auf dem Blatt erschienen: »ichbinparasher.« Ashok beobachtete die Darbietung mit wachsendem Unbehagen. Ganz klar, meine Handlungen waren für einen Affen viel zu absichtsvoll. Ich lernte viel zu schnell. Er beugte sich vor und blinzelte auf das Blatt Papier. Inzwischen war ich mit der kopflosen Suche nach dem Geheimnis des Zwischenraumes zwischen den Buchstaben beschäftigt, drückte auf verschiedene Tasten und schaukelte aufgeregt vor und zurück. Schließlich setzte ich mich zurück und versuchte mich an die Bewegungen zu erinnern, die Ashoks Hände auf den Tasten vollführt hatten. Ich blickte zu ihm auf, machte eine Kopfbewegung in Richtung der Maschine und gab ihm mit dieser Geste zu verstehen, er solle noch etwas schreiben. Er erbleichte, aber ich war inzwischen zu erregt, um noch aufhören zu können. Er beugte sich vor und tippte: »Was bist du?« Jetzt zögerte ich, aber nun hatte ich den ersten Schritt in die gefährlichen, tosenden Gewässer menschlicher Kommunikation vollzogen, war wieder einmal der Versuchung erlegen, die eine bestimmte Art des Wissens und der Kitzel des Unbekannten darstellen. Es gab kein Zurück. Ich lehnte mich nach vorn.

»ich bin parasher.«

Als Ashok bleich vor Schreck aus dem Zimmer rannte, sackte ich, plötzlich völlig ermattet, auf der harten, hölzernen Schreibtischplatte zusammen. Ich zog die Knie an die Brust und ließ meine Gedanken wandern, von schmerzlicher Sehnsucht durchdrungen und voller Angst vor dem, was ich in den nächsten Minuten noch alles herausfinden würde, voller Angst vor den verwirrenden Verwüstungen und Erschütterungen, vor den Kindern Kalas, der Zeit. Ich gestatte meinen Gedanken, sich an ein Bild zu heften und dort festzuklammern – rot und weiß, rot und weiß, dreitausend Wimpel flattern an den Enden der Bambuslanzen mit ihren blinkenden, messerscharfen Stahlspitzen. Knirschendes Leder, donnernde Hufe; dreitausend unglaublich stolze Männer in gelben Gewändern, der Farbe des Verzichtes und des Todes. Die Erde wirbelt ihnen beim Vorbeireiten Staub entgegen, und an ihrer Spitze reitet in der Rüstung eines Rajput er, den sie Sikander nannten, nach der in Geschichten gegossenen Erinnerung an einen wahnwitzigen Griechen, der mit seinen Heeren quer über die Kontinente zog und im Blut und Schlamm von tausend Schlachtfeldern nach irgendeinem unaussprechlichen Traum suchte. Sogar die Bilder, an die wir uns klammern, gebären immer wieder neue Geschichten, es gibt nur Geschichten, die wiederum neue Geschichten hervorbringen, und diese Vielfalt betört und ängstigt mich gleichermaßen. Ich bete diese dreiunddreißig Millionen dreihundertdreiunddreißig Tausend dreihundertunddreiunddreißig Götter an, aber ich verfluche sie auch für die wilde Fülle ihrer Tänze. Ich bin gezwungen, hinter diesen üppigen Reichtümern einen Sinn zu suchen, und ich habe meine wahre Freude daran, aber ich sehne mich auch nach der tierhaften Schlichtheit eines Lebens, das mit sicherer Hand nur in eine Richtung weist und nicht durch die Vergangenheit verwirrt wird. Doch dazu ist es bereits zu spät, denn schon scheinen Mrinalini und Ashok voller Besorgnis, Angst und Schrecken über mir zu schweben und mit ihnen ein dunkles, schmales Gesicht, an das ich eine Erinnerung zu haben scheine.

»Wer bist du, Parasher?«

Ich setzte mich langsam auf und tippte:

»wer ist er«

»Mein Sohn, Abhay. Aber wer bist du?«

Abhays Augen füllten sich mit einem Schrecken, den ich schon irgendwo gesehen habe – es ist die Furcht vor dem Wahnsinn, vor der mit Händen zu greifenden Verrücktheit, vor unmöglichen Begebnissen, deren bloße Existenz einem den Schädel zu spalten droht wie einen verfaulten Granatapfel. Es fehlte nicht viel, und er würde daran zerbrechen; er schritt um mich herum, rieb sich den Kopf. Ich tippte hastig:

»habt keine angst vor mir. ich bin sanjay, sproß einer guten brahmanen-familie. ich überantwortete mich im jahre neunzehnhundertelf dem yama, oder, auf englische art gesprochen, im jahre achtzehnhundertachtundneunzig nach christus. zweifellos als strafe für das schlechte karma, das ich in jenem leben ansammelte, bin ich in dieser gestalt wiedergeboren worden und wurde durch die erlittene verletzung erweckt. ich will euch nichts böses. ich bin sehr müde. ich bin kein böser geist. bitte helft mir auf das bett.«

Ich lag völlig ermattet auf dem Bett, unfähig, auch nur die Augen zu schließen, weil ich, wie ihr wissen müßt, von dem Gedanken an die Welt, die jenseits dieses Hauses lag, so fasziniert war. Ich bedeutete Ashok, er möge mir die Maschine bringen. Sobald sie neben mir auf den weißen Laken aufgestellt war, tippte ich in fieberhafter Eile:

»wo bin ich. was ist dies für eine welt. welches jahr ist dies.«

Wie ihr euch denken könnt, verging der restliche Nachmittag sehr rasch, während Ashok und Mrinalini mir mit gedämpfter Stimme von den Wundern dieser Zeit berichteten und mir Angst und Wonne einflößten mit dem Bild, das sie von einer Welt malten, die vor den Entzückungen eines Himmels und den Schrecken einer Hölle nur so überströmte. Abhay lauschte still, beobachtete angespannt seine Eltern, die sich mit einem Tier unterhielten. Häufig wandte er den Blick ab und ließ ihn durch den Raum schweifen, als wolle er sich seines Platzes in diesem plötzlich feindselig gewordenen Univer-

21

sum versichern. Endlich streckten sich die Schatten lang über die Ziegelmauer vor dem Fenster, und ich lag nur noch wie betäubt da. Mein Kopf verweigerte jegliches weitere Verständnis, weigerte sich jetzt sogar, bloß die Worte aufzunehmen, die sie sprachen. Völlig ausgelaugt wollte ich ihnen gerade zu verstehen geben, sie sollten aufhören, als ein dünnes Stimmchen sie unterbrach:

»Misra Uncleji, mir ist die Drachenschnur gerissen, und mein Drachen hängt oben im Peepulbaum, und könntest du ihn nicht …«

Die Sprecherin, ein kleines Mädchen von etwa neun oder zehn Jahren in einer losen weißen Kurta und schwarzen Salwars, trat zur Tür herein und blieb abrupt stehen; über ihr Gesicht flog ein entzücktes Lächeln.

»Ein Affe! Gehört der dir, Abhay Bhai?«

»Nein«, schnauzte Abhay. »Der gehört mir nicht.«

»Komm mit, Saira«, sagte Ashok und versuchte sie abzulenken. Aber Sairas Interesse war geweckt, und sie war offensichtlich ein intelligentes Mädchen von sehr entschlossener Natur. Sie manövrierte sich an Ashok vorbei und kam zum Bett. Ihre wachen Augen nahmen sofort die Schreibmaschine und den Verband zur Kenntnis.

»Ist er verletzt? Ich …«

Plötzlich hielt sie inne. Mich faszinierte das Knäuel Drachenschnur, das sie in der linken Hand hielt. Ich streckte mich danach und berührte das baumelnde, zerfaserte Ende der Schnur. Allmählich dämmerte mir, daß sich eine Decke des Schweigens über das Haus gebreitet hatte – das Zwitschern der Vögel und der ferne, hohle Klang der geschlagenen Krikketbälle war nicht mehr zu hören. Ich ließ meine Augen von der Schnur weg schweifen und bemerkte vage die Gänsehaut auf Sairas Unterarm. Ich blickte zur Tür, und dann wußte ich es, weil sich mir der Magen zusammenkrampfte, wußte es, weil die Luft draußen tiefblau geworden war, mit wirbelndem Schwarz, wußte es, weil mir die Brust vor Schmerzen zerbersten wollte, wußte es, weil sich aus der immer dichter werdenden Luft eine riesige grüne Gestalt herauskristallisierte, wußte, daß Yama zurückgekehrt war, um mich zu holen. Yama mit der grünen Haut und dem kohlschwarzen Haar, mit den unbeweglichen blitzend dunklen Augen und dem geschweiften Schnurrbart, er, der unbesiegbar Starke und furchterregend Anzusehende, der auf dem schrecklichen schwarzen Büffel reitet, Yama, der durch alle drei Welten schreitet und in allen gefürchtet wird.

»Sanjay«, sagte Yama und trat ein, banal wie immer. »So treffen wir uns also wieder.«

Ich schwieg und bemerkte, wie mich die anderen im Zimmer neugierig betrachteten. Saira wandte sich ab und beugte sich über die Schreibmaschine, las meine Hälfte der seltsamen Konversation, die zuvor stattgefunden hatte.

»Sie können mich nicht sehen«, meinte Yama. »Nur du. Das Kind hat einen Augenblick lang etwas gespürt.«

»Was willst du«, kläffte ich, und meine Freunde, die nur das scheinbar in den leeren Raum hineingerichtete Knurren eines Affen hörten, bewegten sich unruhig. Saira zupfte Abhay am Ärmel und begann ihm etwas ins Ohr zu flüstern.

»Was ich will? Was ich will?« fragte Yama hämisch. »Du beliebst zu scherzen. Du hast doch sicher die Schmerzen in der Brust, den Krampf im Magen verspürt. Du warst ein alter Affe, Sanjay, und obwohl es nur eine kleine Kugel war, hat sie doch ausgereicht. Du siehst, ich komme dich persönlich abholen. Ich selbst, der Herrscher des Todes. Nach dir, meinem alten und verehrten Widersacher, werden keine niedrigen Untertanen ausgeschickt.«

»Jetzt schon?«

»Jetzt schon. Du hast bereits weit mehr gehabt, als dir zusteht, mit dieser Rückkehr in die menschliche Bewußtheit. Ein Mißgeschick, das ich zugegebenermaßen selbst nicht ganz verstehe.«

»Wo ... wohin?«

»Du meinst, was als nächstes kommt?« meinte Yama, lachte unbändig und fletschte dabei die großen weißen Zähne. »Wo auf dem großen Rad du beim nächsten Mal landest? Ein Stückchen weiter oben auf der Leiter oder auf dem glitschigen Pfad einer vergangenen Missetat plötzlich im Reich der Reißzahnigen? Ich weiß es nicht, Sanjay. Karma und Dharma, das sind die Naturgesetze, die in das große Tuch des Kosmos verwoben sind, verstehst du, ihre Wege sind wundersam, das Ergebnis dieser tödlichen Berechnungen läßt sich niemals vorhersehen. Jede Tat erzeugt ihr kleines Fünkchen Karma, das in diese unergründlichen Waagschalen geworfen wird. Wer weiß es, wer kann die fein ausgetüftelten Wege des Dharma verstehen? Aber du warst zweifellos ein ungezogener Affe, Sanjay. Anstatt dich um dein Affendharma zu kümmern, hast du die Wohnstätten der Menschen heimgesucht und es geradezu darauf angelegt, eingefangen zu werden, auf irgendeine Weise wieder in die Gesellschaft dieser tolpatschigen, aber zugegebenermaßen liebenswerten Wesen eingeführt zu werden. In einem Leben hast du es zugelassen, daß dich die Häscher eines minderen Prinzen gefangennahmen, und dein Leben fröhlich damit verbracht, verzogene Königskinder bei Laune zu halten. In einem anderen hast du dich mit einem blinden frommen Mann verbündet und so seinem Ruf als Wundertäter Vorschub geleistet und ihm ermöglicht, ein Leben der Ausschweifung und Zügellosigkeit zu führen. In all deinen Affenleben hast du deine natürlichen Verwandten ignoriert und dich in der Nähe von Ventilatoren und Fenstern versteckt, um der Sprache einer anderen Gattung zu lauschen. Hast du nicht bemerkt, wie mühelos du verstanden hast, was deine Freunde dir sagten? Irgendwo in deiner Seele haben all diese Leben einen Bodensatz des Wissens abgelagert, das du dir unwillkürlich angeeignet hast. Und so ist also heute deine Sprache eine seltsame Mischung aus lebenden Worten, toten Ausdrücken und längst vergessenen und begrabenen Satzfetzen.«

Normalerweise, so berichten mir die uralten Legenden, meiden die Einwohner aller drei Welten die Gesellschaft Yamas. Man kann schlecht leichte Konversation mit jemandem pflegen, der die tödliche Silberschlinge am Gürtel trägt. Wenn Yama also einmal eine Gelegenheit zum Reden hat, findet er gewöhnlich kein Ende.

»Bestenfalls wieder ein Affe«, meinte er mit unverhohlen hämischer Freude (ich hatte ihn zu oft reingelegt). »Schlimmstenfalls, wer weiß? Eine Spitzmaus? Ein zufriedener Einsiedlerkrebs ganz unten am Boden eines tosenden Meeres? Was meinst du?«

Ich sah auf einmal deutlich vor mir, was auf mich wartete:

ein Leben nach dem anderen, in dem ich durch trübe Gewässer voller verborgener Gefahren krabbelte. Äonen voll stummer Verzweiflung, zu gleichen Teilen zwischen den Zwillingsdämonen Hunger und Angst aufgeteilt. Und am furchtbarsten: Ewigkeiten dessen, was ich mir einst sehnlichst gewünscht hatte: Unverständnis, Unbewußtheit. Mit letzter Kraft wälzte ich mich aus dem Bett und schlüpfte schnell in den dunklen Zwischenraum darunter. Keuchend lag ich da und beobachtete, wie sich Yamas riesige, in goldenen Sandalen steckende Füße näher zum Bett bewegten, um schließlich fest und unbeweglich wie zwei Säulen dort zu stehen. Dann schien sich eine dünne silberne Schlinge – so spielzeugklein, sollte man meinen, so harmlos – wie ein lebendiges Wesen zu krümmen und zu biegen, schnupperte unter dem Bett herum, schnellte und schnappte von einer Seite zur anderen, suchte mich, rückte mir näher und immer näher. Ich schloß die Augen: Rama, hilf mir. Vishnu, ich bitte dich um Rettung. Shiva, Herr, ich erscheine gebeugten Hauptes vor dir. Ich spürte den Luftzug, als sich die todbringende Schlange näherringelte. Hanuman, bester aller Affen, Schutzherr der Dichter, ich bin Angehöriger deines Stammes, durch Blutsbande mit dir verknüpft, hilf mir. Ich spürte ein rauhes, pelziges Etwas über meine rechte Wange wischen, etwas Langes, Dünnes – Tod, Tod, Tod. Ich erwartete den Anfang meiner Wesenlosigkeit, das schnelle Abfallen allen Fleisches, aber statt dessen verspürte ich nur einen weiteren pelzigen Backenstreich auf der linken Wange. Rauh? Die Schlinge ist silbern und weich, verführerisch in ihrer seidigen Glätte, sie kommt ganz sanft und liebevoll zu dir wie eine Geliebte. Ich schlug die Augen auf.

Vor mir saß ein uralter weißer Affe und schwang seinen Schwanz hin und her. Ich konnte den Kopf gerade noch rechtzeitig abwenden, um einer weiteren Begegnung mit diesem Schwanz zu entgehen, und hub zu sprechen an, aber er legte den Finger auf die Lippen. Er streckte den Zeigefinger zur suchenden Schlinge hin. Die schnellte behende vor, wickelte sich um den mageren Finger und zog sich zu, wurde bereits zurückgezerrt. Ich beobachtete dies voller Entsetzen und wartete darauf, daß der seltsame Affe nun sterben würde. Nichts geschah. Ich sah, wie Yamas Füße noch näher an das Bett herantraten – ich konnte mir die Verwunderung auf seinem Gesicht bildlich vorstellen, denn wer kann sich schon der silbernen Schlinge widersetzen? – und wie er dann die Hacken in den Boden stemmte, während er mit seinen ungeheuren Kräften an dem Seil zerrte. Der Affe hielt Yama mühelos unten. Er hielt, das müßt ihr euch vorstellen, den Herrscher des Todes so mühelos, wie du oder ich ein Kind halten würden, drehte den Kopf zu mir um, zwinkerte mir mit glitzernden Augen zu und lachte, lachte, lachte. Und dann verstand ich endlich. O Hanuman, du bist doch der beste aller Affen, der treueste aller Freunde, der Beschützer der Schwachen, die Zuflucht der Dichter – du bist ewig, unvergänglich. O Sohn des Windes, Stärkster unter den Starken! Ich preise dich.

Vor langer Zeit, im zweiten Weltzeitalter, als die Menschen noch mit den Tieren sprechen konnten und die großen weisen Männer noch mitten unter uns wandelten, führte der Herrscher Rama einen großen Krieg gegen Ravana, den König der Dämonen, und Hanuman, der Sohn des Windes, kämpfte auf der Seite Ramas. Lange nach dem Sieg in diesem Krieg spürte Rama, wie sich der Schatten Kalas über seine Welt schob, und er nahm Abschied von den gramgebeugten Bürgern Ayodhyas. Auch Hanuman kam, um Lebewohl zu sagen, fiel aus dem Himmel wie ein Donnerkeil, und da sagte Rama zu ihm: »So lange Männer und Frauen deine Geschichte erzählen, sollst du leben, unzerstörbar und unbesiegbar.« Und so lebt Hanuman noch heute an den grünen Hängen des Himalajas, und mit jedem Jahrzehnt verdoppeln sich seine Kräfte erneut, wenn Großmütter sich die langen Sommernachmittage damit vertreiben, daß sie den Kindern von seinen Taten erzählen, vom getreuen und standhaften Hanuman, von diesem Hanuman, der jetzt unter dem Bett hervorsprang und vor Freude schnatterte. Er riß sich die Schlinge vom Finger und sprang hoch oben auf den Türstock, herunter auf den Schreibtisch, wieder hinauf auf ein Bücherregal, von dem er herunterpurzelte, um schließlich grinsend am Boden zu hocken.

»Oh«, meinte Yama, »du bist das.«

»Ja, ich«, antwortete Hanuman und verlor sich erneut in

einem Lachanfall. Ich krabbelte unter dem Bett hervor und kauerte mich hinter ihn; ich fürchtete noch immer das bewegliche silberne Band, das von Yamas Gürtel baumelte.

»Kein besonders guter Witz«, sagte Yama säuerlich. »Zur Seite. Seine Zeit ist gekommen.«

»Noch nicht, großer Fürst«, bat Hanuman und neigte das Haupt in plötzlicher Unterwürfigkeit. »Gewähre ihm noch ein wenig mehr Zeit in dieser rauhen Welt. Er hat noch einiges zu Ende zu führen.«

»Geht nicht. Zur Seite.«

»Er ist mein Blutsbruder.«

»Auch die Affen gehören mir schließlich. Weg da.«

»Er ist ein Dichter.«

»Besonders die reisen in mein Königreich.«

»Er ist ein Dichter, der mich um Schutz angefleht hat.«

»Ein Verfasser trauriger Knittelverse, der sich an einen uralten Baumbewohner wendet«, schnaufte Yama. »Zur Seite!«

»Weißt du, wer ich bin, Yama?« zischte nun Hanuman, richtete sich auf und ragte plötzlich turmhoch über dem gramgebeugten Gott auf. Er warf seine roten Lippen auf und fletschte die gelben Zähne. Unter seinem weißen Fell spielten die Muskeln wie dicke Taue. »Ich bin Hanuman. Ich lebe durch die Stimmen der Männer und Frauen und durch die Träume der Kinder. Ich verachte dich. Ich spucke auf deine tölpelhafte Ironie und deine kleinen Demütigungen!«

Hanuman machte eine Armbewegung und grollte, und Yama trat einen schnellen Schritt zurück. Einen Augenblick lang blickten sie einander schweigend an, und ich spürte, wie selbst die Luft stillstand. Dann verzog sich Yamas Gesicht zu einem Lächeln.

»Was soll ich denn machen?« meinte er. »Ich kann ihn doch nicht einfach laufen lassen. Geht nicht.«

»Oh, er hat etwas für dich«, sagte Hanuman beschwichtigend, nun wieder klein und liebenswürdig. »Er ist Dichter. Er wollte ihnen gerade erzählen, was ihm zugestoßen ist. Eine Art Geschichte, weißt du.«

»Ich will gar nicht wissen, was geschehen ist«, erwiderte Yama. »Ich war doch zum Teil dabei. Die kommen alle zu mir. Ich weiß, was geschehen ist.«

»Ich erzähle ihnen nicht, was wirklich geschehen ist«, stammelte ich eilfertig. »Ich erfinde eine Lüge. Ich baue einen wunderbar bunten Traum auf, voller Leidenschaft und Freude, eine immense Lüge, die unterhält und unterrichtet und aufklärt. Ich erfinde die Große Indische Lüge.«

»Viel zu einfach«, meinte Yama. »Ich bin ein anspruchsloses Publikum. Mich zu unterhalten, das ist keine große Sache. Ich nehme alles, wenn es mich nur ein wenig von dem ablenkt, was ich tagaus, tagein tun muß. Nein, das ist zu einfach.«

»Ich unterhalte dich und die da auch«, sagte ich verzweifelt und deutete auf Abhay, Ashok, Mrinalini und Saira. »Das ist ein feines Publikum, gebildet und verwöhnt, sanft und anspruchsvoll. Wie wäre es mit dieser Wette? Angenommen, also angenommen, ich verliere beim Erzählen einige von ihnen, dann habe ich mein Leben verwirkt. Angenommen, einige von ihnen, sagen wir die Hälfte, wenden sich ab und gehen gelangweilt weg, dann schick mich meinetwegen auf den tiefsten Meeresgrund.«

Ich muß zugeben, daß ich diese Worte nicht genügend durchdacht hatte. Ich war schwach vor Angst, handelte irrational und impulsiv. Damals hätte ich ganze Königreiche, Gold, Liebe, alles für eine einzige Minute dieses kostbaren Bewußtseins vom Leben aufs Spiel gesetzt. Damals habe ich nicht über das Ungeheuer nachgedacht, dem ich bald ins Antlitz starren würde, diesen furchtbaren Widersacher – das Publikum. Yama jedoch schien zu begreifen, worauf ich mich eingelassen hatte. Es zuckte um seine Lippen.

»Prima«, sagte er, »prima. Sagen wir, zu jeder Zeit mindestens die halbe Zuhörerschaft oder die Todesstrafe. Sagen wir, drei Stunden pro Abend.«

»Augenblick mal«, fuhr Hanuman dazwischen. »Das ist zu viel. Darüber müssen wir verhandeln.«

Sie flüsterten. Vorschläge und Gegenvorschläge kreisten umeinander wie Streitwagen. Währenddessen bemerkte ich, wie mich meine zukünftige Zuhörerschaft, meine Geschworenen verwirrt anstarrten. Ich zog mich wieder aufs Bett hoch und tippte eine kurze Zusammenfassung der jüngsten Geschehnisse. Ich denke, den Ausdruck auf ihren Gesichtern, während meine Wörter und Sätze auf dem weißen Papier erschienen, brauche ich kaum zu beschreiben. Es reicht wohl, wenn ich sage, daß Abhay im Zimmer umherging und immer wieder mit bebenden, suchenden Fingern in der Luft nach etwas griff, aber natürlich nichts fand. Schließlich stand er mir mit geballten Fäusten gegenüber.

»Das ist doch der helle Wahnsinn«, flüsterte er. »Verrückt. Das kann doch nicht wahr sein, daß ich mit dir rede.«

»Warum hast du solche Angst, Abhay Bhai?« fragte Saira ein wenig gereizt. »Hanuman ist hier.«

Hanuman kam zu mir herübergehüpft.

»Gut«, sagte er. »Wie ist es hiermit? Zumindest die Hälfte der Zuhörerschaft muß jeden Tag insgesamt zwei Stunden in einem Zustand des Interesses gehalten werden. Wenn ich zu irgendeiner Zeit der Meinung bin, daß mehr als die Hälfte deiner Zuhörer sich länger als fünf Minuten langweilt, dann zahlst du die Strafe dafür. Langweile soll hier als innerer Zustand definiert werden, der sich nach außen hin durch Anzeichen wie unruhiges Hin- und Herrutschen, Schwatzen mit dem Nachbarn, Spielen mit Schnürbändern oder anderen Gegenständen, Zufallen der Augenlider und Herabsinken des Kopfes et cetera et cetera manifestiert. Akzeptierst du mich als Schiedsrichter?«

»Du bist Hanuman, der beste aller Affen. Ich akzeptiere die Bedingungen.«

»Gut«, erwiderte Hanuman lächelnd. »Morgen fangen wir an. Unser Freund hier läßt seine Schreiber einen Vertrag ausfertigen, den wir gründlich durchlesen, ehe wir ihn unterzeichnen.«

»Lest ihn, so lange ihr wollt«, meinte Yama. »Meine Schreiber machen keine Fehler. Ich komme morgen um sechs wieder. Haltet euch bereit.«

Er machte eine Armbewegung, eine große weit ausladende Geste, in der sich sein Arm wie eine zustoßende Schlange bog, und dann erschien in einer Zimmerecke ein großer schwarzer Thron, ein Thron mit eckigen Kanten und stumpfen Umrissen und von der Schwärze des unendlichen leeren Raums, leicht mit fern glänzendem Sternenstaub besprenkelt. Yama schritt aus dem Zimmer.

»Tricks«, seufzte Hanuman, »Tricks und Verkleidungen,

das ist alles, wozu er taugt. Nun, schlaf gut. Denke gut nach. Morgen komme ich wieder.«

»Danke«, sagte ich und verbeugte mich vor Hanuman, meinem Freund und Beschützer.

»Ach, nichts, nicht der Rede wert«, erwiderte Hanuman. »Du bist ein Dichter, und ich bin dein Freund.«

Und dann war er verschwunden, blitzartig durch ein halb offenes Fenster. Ich war müde und mußte nachdenken. Schnell berichtete ich den anderen von dem Geschichtenerzählen, das am nächsten Tag beginnen sollte. Wiederum tastete Abhay mit den Händen und versuchte, einen festen, greifbaren Beweis für die Anwesenheit von Yamas Thron zu finden, und wiederum drangen seine Finger durch die Oberfläche dessen, was nur ich sehen konnte, ohne daß er das geringste wahrnahm.

Später lag ich wach und lauschte den Grillen und dem Säuseln des Windes in den Büschen vor dem Fenster, wandte meinen Kopf gelegentlich zu dem schwarzen Thron in der Zimmerecke, zu diesem Block größerer Finsternis in der Finsternis. Tief innen flackerten schwach kleine Diamantpünktchen. Ich versuchte, meine Gedanken in die Vergangenheit schweifen zu lassen und Erinnerungen zurückzuholen, die sich in Geschichten ummünzen lassen würden, aber mir fiel nur der Reichtum der Welt, ihre üppiggrüne verschwenderische Fülle ein – der bezaubernde Duft, der aus der Königin der Nacht emporsteigt, wenn sich ihre Blütenkelche langsam öffnen, das Quaken der Frösche, das silbrige Licht des Mondes und die geheimnisvollen Schatten, die schwankenden Wipfel der Bäume, und wie des Nachts die Stimmen so weit tragen und wie sich eine weiche Hüfte in eine Handfläche schmiegt, fest und tröstlich. Von diesen Gedanken überwältigt, dachte ich mir: Wir sind wahrhaft gesegnet, und wie seltsam ist es doch, daß wir lernen können, sogar dies zu hassen, daß wir diese Gaben verschmähen und uns nach Befreiung sehnen. Die Laken sind kühl und glatt unter mir, und dafür bin ich dankbar. Ich kann spüren, wie der Atem in mich hinein und wieder aus mir herausgleitet, und dafür bin ich dankbar. Es muß doch gewiß genügen, diese Dinge zu verspüren und zu wissen, daß all dies zusammen existiert, die Erde und ihre Meere, der Himmel und seine Sonnen.

DAS BUCH DES KRIEGES
UND DER AHNEN

...jetzt...

Der Vertrag war in Sanskrit und Englisch auf feines goldenes Papier gemalt, das glatt unter der Hand lag. Hanuman und ich studierten alles genau, und tatsächlich, es waren keine Fehler zu finden, keine raffinierten, kleingedruckten Klauseln, die uns immer wieder plagen würden.

»Na gut«, meinte ich. »Muß ich mit meinem Blut unterschreiben, oder wie?«

»Sei nicht albern«, erwiderte Yama und hielt mir einen Federkiel hin. »Wenn dir der Geschmack nach solchen Dingen steht, dann wirst du dich nicht lange halten können.«

»Wir werden ja sehen«, sagte ich und schrieb meinen Namen mit roter Tinte auf Englisch unten auf das Dokument. Ich hatte Saira auf den Maidan geschickt und ihr aufgetragen, sie solle so viele junge Freunde wie möglich mitbringen, alle, die sie überreden könnte, ihr Kricketspiel aufzugeben, und sie solle alle schwören lassen, daß sie nichts verraten würden, und ihnen eine tolle Geschichte versprechen. Wenn ich schon vor ein Publikum treten mußte, das sich jederzeit in meinen Scharfrichter verwandeln konnte, dann wollte ich wenigstens die bestmögliche Ausgangsposition haben. Ich wollte eine Zuhörerschaft voller junger Gesichter, die auf Geschichten von Abenteuern und Leidenschaften und Ehre brannten, voller junger Köpfe, die noch für die Verlockungen überirdischer Schrecken und epischer Liebesgeschichten empfänglich waren. Als sich Yama bereits auf seinem schwarzen Thron niederließ und Hanuman sich ein Plätzchen oben auf dem Türstock aussuchte, hörte ich im Hof das Murmeln junger Stimmen, deren Hindi und Englisch von den Rhythmen des Punjabi, Gujarati, Tamil und Bengali und einem Dutzend anderer Sprachen gefärbt war. Die Tür ging auf, und Saira kam stolz hereinspaziert.

»wie viele«, tippte ich.

»Vier Mannschaften«, sagte sie. »Vielleicht fünfzig. Es war nicht leicht, das kann ich dir sagen.«

»Der ganze Hof hockt voll«, sagte Mrinalini und öffnete die Tür einen Spalt breit.

»danke«, sagte ich zu (tippte ich für) Saira, die offensichtlich nicht zu unterschätzen war. »was hast du ihnen erzählt.«

»Was du mir aufgetragen hast: ganz geheim, eine Geschichte, nichts über dich. Hier«, meinte sie, »so schreibt man die großen Buchstaben. Die Hochstelltaste, weißt du.«

A, tippte sie, AB, ABC …

Hanuman hangelte sich an den Dachbalken entlang, er hing an einem Arm und seinem Schwanz da oben.

»Also«, sagte er. »Was soll deine Rahmenhandlung sein?«

»Meine was?« fragte ich.

»Der Rahmen deiner Erzählung?« Er blickte mich ernst an und ließ sich dann aufs Bett fallen. »Du hast keine, wie?«

»Nein«, gestand ich schamrot. »Ich wollte sie nur erzählen, ganz einfach, weißt du.«

»Ja, weißt du das denn noch nicht? Einfachheit, das ist der Fluch deiner Zeit, Sanjay. Sei raffiniert, sei ausführlich. Gib die grimmige Kürze und die Hetze auf. Laß uns den Luxus unserer Schnörkel genießen. Außerdem brauchst du eine Rahmenhandlung, weil sie dir Ruhe und Frieden bringt. Du selbst bist zu sehr in deine Geschichte verstrickt, deiner Zuhörerschaft setzt die Außenwelt zu. Nein, ein gelassener Geschichtenerzähler muß seine Geschichte einer Zuhörerschaft gebildeter, anspruchsvoller Menschen erzählen, in einer waldigen Umgebung voller Schönheit und Stille. So ist die Geschichte in sich selbst vollkommen, sie ist abgeschlossen und vollständig. So war es immer, und so soll es auch sein.«

»Wenn du es sagst«, meinte ich.

»Ganz bestimmt, und wer bin ich?«

»Hanuman, der gerissenste unter den Dialektikern, der vollkommene Schöngeist.«

»Und vergiß das ja nicht«, sagte Hanuman. »Ich höre zu.« Plötzlich schoß er nach oben in die Dachbalken, schwang sich laut lachend im Kreis. Dann kauerte er sich in die Ecke zwischen zwei Balken. Seine roten Äuglein zwinkerten mir zu, ein breites Lächeln lag auf seinem Gesicht.

»Genug jetzt«, sagte Yama. »Fang an.«

Ich blickte mich um. Mrinalini saß gleich hinter der Tür und war bereit, meinen kleinen Verbündeten im Hof die getippten Seiten vorzulesen. Ashok und Abhay hockten nebeneinander hinter dem Schreibtisch. Saira hatte neben mir auf dem Bett Platz genommen und hielt Papier und Farbbänder für die Schreibmaschine bereit. Draußen konnte ich die Vögel singen hören, Tausende von Vögeln, und ich sah die Blätter an der Hecke vor dem Fenster im Licht der untergehenden Sonne golden glänzen.

»Nun gut. Dann hört gut zu …«

Die seltsame Passion des Benoît de Boigne

Als die schwarzen Monsunwolken am Horizont auftauchten, trat am Rande des Himalajas Sandeep aus dem Wald und ging, immer wieder innehaltend, um die abkühlende Luft zu atmen, zum Ashram des Shanker. Dort entboten ihm Shanker und die anderen Sadhus, die ihm gute Speisen und klares Wasser brachten, ein höfliches Willkommen. Nachdem er gegessen und sich nach dem Fortschritt ihrer Meditationen erkundigt hatte, setzte sich Sandeep zurück und sagte:

»Ich habe eine Geschichte gehört.«

Shanker erhob sich und brachte Sandeep wohltuenden Tee und ein Kissen. Als sich schließlich alle in einem kleinen Kreis um Sandeep niedergelassen hatten, verkündete Shanker mit leiser Stimme:

»Wir warten begierig darauf, sie zu hören, Sir. Erzähl sie uns.«

Und Sandeep hub an:

»Hört gut zu …

Bei meinen Streifzügen durch die dichten grünen Wälder am Rande der Berge stieß ich eines Tages auf eine Lichtung, wo unter meinen Füßen weiches Gras wuchs und von den Zweigen über meinem Kopf das Sonnenlicht in goldenen Barren herabhing. Erschöpft setzte ich mich auf einen flachen, glattschwarzen Stein und schnürte mein Bündel auf. Während ich noch meinen letzten Apfel an die Lippen führte, sah ich auf der anderen Seite der Lichtung eine Gestalt, eine dunkle Gestalt, die sich in den unregelmäßigen Schatten und im Grün, Schwarz und Braun der Bäume verlor. Ich erhob mich und ging hinüber, meine Füße seufzten durch das dichte Gras.

»Namaste ji«, sagte ich und legte zur Begrüßung die Hände gegeneinander, denn ich hatte eine dünne, drahtige, dunkelhäutige Frau vor mir, die in Baumrinde gekleidet war und im Schneidersitz auf einem Hirschleder saß und den Kopf so gesenkt hielt, daß das zottelige schwarze Haupthaar ihr über die Schienbeine streifte. Sie starrte unbewegten Auges in das Gefäß ihrer hohlen Hände.

»Namaste ji«, wiederholte ich, nachdem ich keine Antwort erhalten hatte. Ich kniete nieder und bemerkte, daß sie mit einer wilden Intensität in eine kleine Wasserpfütze starrte, die sie in ihren zur Schale gewölbten Händen hielt. Ihr Antlitz war ausgezehrt. Ich sah mich ein wenig um, und mir fiel auf, daß das Gras schon über die Ränder der Hirschhaut wucherte, ich sah die welken Blätter, die sich in ihrem Haar verfangen hatten, und die Fingernägel, die so lang waren, daß sie sich bizarr bogen. Da erinnerte ich mich an unseren ersten Dichter, der ebenfalls auf ein großes Geheimnis in seinen hohlen Händen gestarrt hatte und dort die Dichtkunst gefunden hatte, und ich beschloß, auf der Lichtung zu verweilen und dieser Frau zu dienen, die über das Wasser meditierte, vielleicht dabei Dinge sah, die ich mir gar nicht vorstellen konnte. Lange Zeit, ich weiß nicht, wie lange, bediente ich sie, zupfte ihr Zweiglein aus dem Haar und schnitt ihr sorgfältig mit einem scharfen Messer die Nägel, während sie stets wie eine Statue dasaß, nie auch nur blinzelte oder ihren Blick von dem Geheimnis in ihrer Hand wandte. Jeden Tag stellte ich wilde Früchte und eine Schale frischen Wassers neben sie. Etwa einmal in der Woche bemerkte ich beim Erwachen, daß die rauhe irdene Schale leer und die Früchte verschwunden waren. Ich hätte vielleicht Angst haben sollen, aber wenn ich ihr Gesicht betrachtete, das wettergegerbt und zerfurcht war, weder jung noch schön, dann verspürte ich nur Wärme. Ich vermochte mir nicht vorzustellen, daß sie mir ein Leid zufügen würde. Schließlich war ich ihr Shishya, ihr Jünger. Eines Tages, das wußte ich, würde sie zu mir aufblicken und lächeln.

Die Jahreszeiten zogen vorbei, und ich blieb bei ihr. Bald hatte ich mich so an die tägliche Nahrungssuche, an das Grasschneiden und Saubermachen gewöhnt, daß ich gar nichts mehr von ihr erwartete, keine Erklärung, keine Dankbarkeit, kein Lächeln. Auf jener Lichtung in dieser Welt mit ihrem Sonnenlicht, ihrem Regen und ihren Nachtgeräuschen hatte ich das Gefühl, ich könnte hier den Rest meiner Tage, vielleicht den Rest aller Zeiten verbringen und meiner stillen Herrin dienen. Der Wind stöhnte durch die Zweige, und mir war, als wären wir beide im Licht und in der Dunkelheit des Waldes verschwunden, als wären wir dahingeschmolzen, bis wir nichts als zwei Partikel im gewaltigen Wogen des Lebens waren, das um uns herumwirbelte und im Einklang mit der aufgehenden Sonne und im Rhythmus des Regens auf und nieder wogte.

Eines Morgens kam ich mit einer Handvoll reifer Tamarinden und zwei Chikus zur Lichtung zurück. Ich legte die Früchte auf die Hirschhaut, nahm die Schale auf und wollte mich gerade entfernen, als ich hörte:

»Danke.«

Die Stimme war rauh und tief. Ich ging in die Hocke und blickte durch die dicken schwarzen Haarsträhnen, die wie ein Vorhang herabhingen. Langsam hoben sich die zur Schale geformten Hände, und das Wasser ergoß sich ihr über Gesicht und Brust. Sie blickte zu mir auf, und dann lächelte sie mich mit ihren blitzenden großen schwarzen Augen an, lächelte das Lächeln eines glücklichen Kindes und legte dabei eine große Lücke zwischen ihren oberen Schneidezähnen frei.

»Vielen Dank«, sagte sie. Ich nickte, war unfähig zu sprechen. »Bist du schon sehr lange hier?«

Ich nickte wieder, und dann brachen all die Fragen aus mir heraus, die sich in den langen schweigsamen Tagen in mir aufgestaut hatten. Sie schüttelte den Kopf und wollte mir weder ihren Namen noch ihre Herkunft sagen. Sie erzählte mir jedoch, daß sie aus der Welt der Männer und Frauen geflohen war, weil deren Unbeständigkeit und vergängliche Vergnügungen sie anwiderten. Auf dieser Flucht war sie eines Tages zu unserer Lichtung gelangt und hatte beschlossen, die Lösung, den Grund, das Geheimnis zu finden oder zu sterben. Sie hatte sich auf die Hirschhaut gesetzt und ihren Blick auf etwas gerichtet, das weder nah noch fern war, und sie hatte ihren Atem geschult, bis sie jederzeit spüren konnte, wie er ihren Körper mit Lebensenergie versorgte. Sehr viel später peitschte ein Monsunsturm um sie herum, er röhrte und keuchte, und sie hörte aus dem wilden Wirbel eine Stimme rufen: »Dein Wille ist zu hart und unbeugsam. Deine Kasteiungen verbrennen die Einwohner aller drei Welten. Was willst du?« Und sie antwortete: »Es gibt nichts Vollständiges. Nichts ist dauerhaft, nichts lebt. Es gibt nur Wandel, unsinnigen und uneinsichtigen Wandel, nur Geburt und Tod, die immer und immer wieder die gleiche Geschichte wiederholen, und doch immer anders, warum?« Die Stimme lachte auf: »Nun, das weißt du doch schon. Schau in deine Hände.« Als sie auf ihre Hände hinabblickte, bildete dort das Regenwasser, das ihr von der Stirn tropfte, eine kleine Pfütze, die sie vorsichtig hielt, und darin sah sie Liebe, Geburt und Tod, Poeten und Krieger, Bücher und Heere, das Rad, das sich drehte und drehte. Als sie aus dem Traum erwachte, erblickte sie mich, wie ich die Früchte neben sie legte. Ich mochte mich mit dieser Erklärung nicht zufriedengeben; da lachte sie ein wenig und erzählte mir, was sie gesehen hatte. Sie machte, müßt ihr wissen, eine Geschichte daraus. Und das hat sie mir erzählt: Wie Valmiki und Vyasa, unsere unvergleichlichen und strahlenden Vorfahren, sprach sie von der Ehre unter den Menschen, von wahrer Liebe, an die man sich lange noch erinnert, wie in den Geschichten von Königen und Dämonen, die den Kindern von den Alten erzählt werden. Aber glaubt nicht, daß diese Geschichte unwahr ist, denn sie ist »itihasa« – so ist es geschehen. Laßt sie unter euch erscheinen, so wie sie sich vor langer Zeit ereignet hat, und sie wird eure Herzen reinigen und eure Seelen läutern. Aber nehmt euch in acht, denn dies ist keine Geschichte für Menschen mit schwachen Mägen und nervösen Herzen – sie birgt in sich die höchsten Höhen der Leidenschaft und die tiefsten Tiefen der Einsamkeit, die zärtlichen Wunden des Liebens und die gräßlich fröhlichen, grinsenden Totengesichter des Schlachtfelds. Erinnert euch, die Spieler und das Spiel, der Sänger und das Lied sind das gleiche, es gibt keinen Unterschied, erinnert euch daran und hört zu. Hört gut zu …

»Mein Leben ist wie ein Traum gewesen«, ließ sich Benoît de Boigne oft in den Salons von Paris vernehmen, als sich sein Leben dem Ende zuneigte, und die modische Gesellschaft, die insgeheim verächtlichen Bewohner dieser Räume schlossen daraus, daß seine Abenteuer in jenem fernen, unwirklichen Land Hindustan ihm jetzt phantastisch und unwirklich erschienen. Aber wenn de Boigne sich über das Gesicht fuhr, sich mit der Hand über die Augen wischte und murmelte: »Mein Leben ist wie ein Traum gewesen«, dann meinte er damit, daß ihm in jenem fernen, unwirklichen Land namens Hindustan die unerträglich wirklichen Empfindungen und Farben eines Traumes begegnet waren, daß er verspürt hatte, wie ihn unbekannte Mächte hin- und herschoben wie eine Figur auf einem Schachbrett, daß er die Hand der Mysterien gespürt hatte, die ihn von einer Stadt zur nächsten und von einem Feld zum anderen getrieben hatte.

Während er noch in Chambéry aufwuchs, in jenem Teil Europas, der als Savoyen bekannt ist, pfiff Benoît La Borgne, dem späteren Benoît de Boigne, schon ein heißer Wind durch die Seele und trug Hirngespinste mit sich, die in dem einfachen Pfarrhaus, in das er hineingeboren war, überaus fehl am Platze waren. In jenem stillen Ort des sanften Kerzenschimmers und der dumpfen Frömmigkeit las La Borgne wieder und wieder ein uraltes, zerfleddertes Buch, *Die Romanze von Alexander mit Geschichten des Aristoteles,* das aus der Feder eines preußischen Offiziers namens Blunt stammte. La Borgne las und träumte von verborgenen Schätzen, Kriegern im Turban und Prinzessinnen in Not. Er spielte seltsame, wilde Musik auf einem verstimmten Klavier, nahm Fechtunterricht und überraschte seinen Fechtmeister mit dem Ungestüm und der Entschlossenheit seiner Stöße. Er verbrachte einen großen Teil seiner Zeit an einem Bach, der durch das Grundstück der Familie floß und an dem eine Wassermühle endlos klapperte, Körner mahlte und zerquetschte. Er ging gern ins Mühleninnere, saß auf den alten Holzbalken und schaute zu, wie die Mühlräder sich drehten, wie sie den getreuen Mechanismus in vorhersehbaren Mustern antrieben. Die Mühlenarbeiter gewöhnten sich an den Anblick des Benoît La Borgne, wie er da saß, das Kinn in eine Hand geschmiegt, von der Regelmäßigkeit des klappernden Getriebes hypnotisiert. In dieser ebenmäßigen, metronomgleichen Bewegung fand erst der Junge und dann der Mann eine Art Frieden. Während unzählige Körner knirschend und sich gegeneinander drängelnd im Trichter verschwanden, um dann als feingemahlener weißer, gleichmäßiger Staub wieder aufzutauchen, nährte La Borgne die andere Welt in seinem Inneren, von der Mühle unterhalten und in den Bann gezogen.

Er war ein etwas trauriger und schläfrig wirkender Junge, der zu einem strammen jungen Mann heranwuchs, dessen hohe, gewölbte Stirn zur Marmorbüste eines antiken griechischen Philosophen gepaßt hätte. Seine Gestalt, seine Gesichtszüge, seine Distanziertheit, die Gewohnheit, immer in die Ferne zu starren, während sein Herz von unerklärlichen, plötzlich aus dem Nichts erscheinenden inneren Bildern angerührt wurde – all das gab La Borgne unbeabsichtigt den Anschein der bewußten Überlegenheit. Dieser in die Ferne starrende Blick fiel eines Tages im europäischen Jahr 1768 in einem Gasthaus zufällig auf einen sardischen Offizier.

Der Offizier wandte sich wieder seinem Essen zu und spürte La Borgnes graue Augen in seinem Nacken brennen. Das Essen war einfach und ländlich, aber gut. Der Offizier legte das Messer zur Seite, drehte sich langsam um und blickte über die Schulter. La Borgne saß hinter einem unangetasteten Glas Wein, seine Hände ruhten auf dem Tisch. Sein Blick wich nicht, man hätte ihn irrtümlich für hochmütig halten können. Nur mit größter körperlicher Anstrengung konnte sich der Offizier wieder abwenden. Er winkte einen Bediensteten herbei.

»Wer ist das? Da hinter mir.«

»Benoît La Borgne. Sein Vater ist Pfarrer, er möchte ihn zum Rechtsanwalt ausbilden lassen, aber der Junge tut nichts.«

Der Sarde wandte sich wieder zu La Borgne um, der noch immer in seinem Tagtraum versunken war und spürte, wie etwas Unbenennbares an seiner Seele zerrte, ihn in eine noch unbestimmte Richtung zu weisen schien.

»Warum blicken Sie mich so an, Sir?«

La Borgne sagte nichts. Der Sarde stieß seinen Stuhl zurück und stand auf.

»Warum blicken Sie mich an?«

Allmählich wurde La Borgne des dunklen, schnurrbärtigen Gesichtes gewahr, das ihn anfunkelte. Unaufgefordert sprangen ihm die Worte in den Mund: »Ihr Gesicht: Es erinnert mich an das Hinterteil eines Schweins.«

Ein Schauder der Wut lief durch den Körper des Sarden. Er tastete in den Taschen nach seinen Handschuhen. Als er sich darauf besann, daß er sie auf den Stuhl neben sich gelegt hatte, wandte er sich um, aber inzwischen war Benoît La Borgne schon in wilder Zielstrebigkeit aufgesprungen und um den zwischen ihnen stehenden Tisch herumgekommen. Der Sarde spürte, wie ihn eine Hand herumwarf, dann taumelte er zurück, seine rechte Wange brannte.

»Draußen«, bedeutete ihm La Borgne, der sich bereits abwandte. Draußen vor dem Gasthaus bemühte sich der Sarde, seine Verblüffung zu unterdrücken, die sich in Furcht zu verwandeln drohte. Er streifte den Mantel ab, biß die Zähne zusammen und blickte La Borgne an. Er versuchte seines Zornes Herr zu werden, aber das kalte, leere Antlitz und die entspannten Bewegungen seines Gegenübers vergrößerten seine Nervosität nur noch. Der Sarde mußte den Blick abwenden, auf den Boden richten, auf das gelbe Heu und die braune Erde, auf die Insekten, die über den kleinen Hof krabbelten, auf den Dung und die Katze, die mit unbeweglichen, funkelnden Augen zurückstarrte.

Das Unbehagen des Sarden wurde immer größer. Nach einigen Minuten zitterte er regelrecht, aber da war es auch schon zu spät, denn zu diesem Zeitpunkt kreuzte er bereits mit einem kaltäugigen La Borgne die Klinge. In heller Panik warf sich der Offizier nach vorn, stieß seine Waffe auf die Augen des anderen zu. Der Schlag wurde mit einer Wucht pariert, die ihm das Handgelenk völlig taub machte, und dann wich er zurück und riß seine Klinge hoch, um einen gewaltigen auf seinen Hals gerichteten Hieb abzublocken. Hand und Arm des Sarden erbebten unter diesem Aufprall, und dann ergoß sich sein Blut dunkelrot über den hellen Stahl, der aus seinem Bauch ragte. Blut, das auch über Benoîts Hand strömte. Während er langsam in die Knie sank (sein Säbel rollte schon über die rauhe, gerötete Erde), blickte der Sarde zu Benoît auf und sah dessen Augen zum ersten Mal blinzeln, die Lippe zucken, und er wollte nach dem Wie, dem Wann, dem Warum fragen, aber das Gesicht hatte sich bereits in den Nebeln verloren, unbekannt, unwirklich.

Für La Borgne gab es Zeugen, einen wutschnaubenden Ratsherrn und einen entrüsteten Vater. Der Ratsherr drohte mit einer Gerichtsverhandlung und Gefängnis, wurde aber durch wiederholte Besuche des guten Herrn Vaters und durch das Versprechen La Borgnes besänftigt, er werde die Provinz verlassen. Mit dankbarer Zielstrebigkeit machte sich La Borgne auf nach Frankreich und in die Ränge der berüchtigten Landsknechte der Irischen Brigade.

Er verbrachte die nächsten Jahre in Landrecies, in Flandern und der Île de France und lernte dort das Söldnerhandwerk von Männern aus allen europäischen Nationen. Eine Zeitlang blieb La Borgnes Kopf klar, im schweren Trott des unbarmherzigen Drills und der eifrigen Rekonstruktionen vergangener Siege, wurde nicht mehr vom Glänzen des Blutes und den Ausdünstungen von Fabelwesen heimgesucht. *Die Romanze von Alexander* hielt er in seiner Truhe versteckt und hinter Schloß und Riegel. In der Kaserne kamen ihm jedoch gewisse Geschichten zu Ohren, die bei Sonnenuntergang erzählt wurden und die Träume der rauhen, narbenübersäten Männer durchzogen, die unruhig zuckend auf ihren hölzernen Pritschen schliefen. Die Geschichte eines riesigen Diamanten, der auf der Stirne eines grotesken heidnischen Götzenbildes glitzerte und nur darauf wartete, geraubt zu werden. Die Geschichte von einem verzauberten Baum, von dem man Rubine und Perlen herunterschütteln konnte. Da waren olivenhäutige Magier, deren Flüche einen wie Kampfhunde zerbissen und zermalmten, da waren liebliche Frauen, die sich bogen und beugten und bezauberten, und immer unvorstellbare Reichtümer. Diese Geschichten verführten La Borgne. Beinahe gegen seinen Willen machte er sich auf die Suche nach den besten Geschichtenerzählern, nach denjenigen, die ihre Lügengespinste am zauberhaftesten und bizarrsten woben. Einmal eingefangen, wehrte er sich mannhaft – er genoß die Eintönigkeit der Tage, die nur durch den Ruf der Fanfare und die schweißgetränkten Bücher mit den Dienstvorschriften bestimmt wurden. Zum ersten Mal in seinem Leben fühlte er sich frei. Er spürte die Gefahr, die von den Verlockungen dieser scheinbar unschuldigen Erzählungen ausging, die die Luft der Dämmerung durchzogen.

Und tatsächlich ertappte er sich eines hellen, klaren Morgens dabei, wie er die Geschichte von Alexander und dem riesigen Knoten erzählte. »Hört gut zu«, sagte er zu dem Kreis narbenübersäter Männer, und während er noch die Geschichte erzählte, während er sie erfand und veränderte und mit seinen Worten liebkoste, verspürte er bereits den vertrauten, gefährlichen Wirbel in seinem Herzen, wie einen Sturm satter Farben in einer fernen, unbekannten Landschaft. Er begriff, daß er nun genug gelernt hatte, daß für ihn die Zeit des Friedens vorüber war, daß es für ihn keine Erlösung von der Tyrannei der Zukunft gab. Am folgenden Tag legte er sein Offizierspatent nieder und begab sich auf die Wanderschaft durch Europa, bis er Griechenland erreichte, wo ein Admiral Orlow die russischen Truppen gegen die Türken befehligte, in einem Krieg, der bereits aus der Erinnerung und den Mythen verschwunden ist und nur noch in der tödlichen Stille der Bibliotheken weiterlebt.

Wieder einmal mußte La Borgne feststellen, daß die Zeit zerklüftet und zersprengt war, ihm plötzliche Schübe der Bewußtheit und lange Zeiten der Benommenheit zudachte. Und so fand er sich eines Morgens vor der Dämmerung, als das Meer sich von tiefem Schwarz zu einem schimmernden Grau erhellte, in einem knarrenden Boot wieder, das voller russischer Soldaten und Matrosen war und sich langsam auf eine dunkle Landmasse namens Tenedos zuschob. Er hielt mit der einen Hand den Kolben einer Pistole umklammert, in der anderen seinen Säbel in der Scheide. Er lauschte dem langsamen Stöhnen der Ruder, spürte, wie das Messing sich glatt um das polierte Holz der Pistole schmiegte und der rauhe Filz der Schwertscheide über seinen Daumen kratzte, und er dachte an das, was in wenigen Augenblicken geschehen würde, konnte aber keine Furcht empfinden. Um ihn herum stieg das abgehackte Zischeln geflüsterter Gebete auf und hing über dem Boot, aber La Borgne konnte nur berauschte Verwunderung empfinden – das Wasser klatschte leise gegen

altes Holz – und eine weiße Ruhe. Er versuchte sich vorzustellen, was sie erwartete, das ohrenzerreißende Donnern von
Kanonenfeuer und das Blut. Die erwachenden Vögel zwitscherten am Strand dem roten Schein entgegen, der sich langsam über den Horizont ausbreitete.

An Land duckte er sich und rannte den anderen Männern
voraus, auf die Dunkelheit zu, die unter dem Dickicht der Palmen und Büsche aufgehäuft lag. La Borgne hörte hinter sich
ein leises Hüsteln, ein seltsam feucht klingendes Hüsteln, und
er wandte den Kopf nach rechts. Dann glitten seine Beine unter ihm weg, sein Kopf schien nach hinten zu schlagen, Sand
staubte in einer weichen Wolke nach oben. Er bemerkte, daß
die Sonne inzwischen aufgegangen war. Füße, schwarze, tol-
patschige, lautlose Riesenfüße rannten vor seinen Augen vorbei. Eine Möwe zog oben ihre Kreise. Der Himmel ist riesig.
Er kann dich ganz verschlingen.

Er erwachte in einem quietschenden Karren voller Blut und
stöhnender, verwundeter Russen. Er spürte die Fessel, die ihm
hinter dem Rücken in die Handgelenke schnitt. In seinem
Hinterkopf explodierte bei jeder Bewegung des Karrens ein
langer, dünner Schmerz und schoß ihm in die Augen. Er hob
den Kopf, streifte mit den Wangen an nassem Tuch und blut-
beflecktem Fleisch entlang, setzte sich mühsam auf. Ein bär-
tiges Gesicht vorn auf dem Karren fletschte die Zähne, schleuderte ihm einen Fluch in einer fremden Zunge entgegen.
Benommen und mit wankendem Haupt sah La Borgne, wie
sich ein Arm hinter dem Gesicht zurückschwang und wieder
vorschnellte, während ein schwarzer Lederstriemen sich nach
hinten krümmte und in schneller Bewegung verschwamm,
um dann mit dem Klang berstenden trockenen Holzes auf
seine Schläfen niederzukrachen. Er fiel auf den schmutzigen
Karrenboden zurück und weinte.

Einen Monat später wurden La Borgne und die anderen Überlebenden des verhängnisvollen russischen Überfalls auf Tenedos als Sklaven verkauft. In Lumpen gehüllt, beschämt über
die Fesseln an ihren Handgelenken, gedemütigt durch das laute
Feilschen, vermieden es die Gefangenen, einander in die Augen zu blicken, und versagten sich ein Lebewohl, als sie abge-

führt wurden. Wieder einmal überkam La Borgne eine unnatürliche Ruhe. Die Fesseln an seinen Handgelenken und sein Status als Zugtier hatten ihn von seinen Visionen erlöst. Also wandte er sich dem Leben eines Sklaven mit Begeisterung zu. Im Haushalt eines türkischen Edelmannes der Mittelschicht hackte er erleichtert und beinahe liebevoll Holz und holte Wasser aus dem Brunnen. Bald schon scharten sich die Kinder des Haushaltes um den stämmigen bleichen Mann und versuchten, ihm ihre Sprache beizubringen, schalten ihn oft und knufften ihn gar, wenn er zu langsam lernte. La Borgne lächelte und schüttelte den Kopf wie ein Bär, wie ein Tier in der Falle, das sich freut, gefangen und vor dem Dschungel sicher zu sein.

Der Türke hatte in der Zwischenzeit brieflich und über Kuriere mit La Borgnes Vater, dem Pfarrer, verhandelt. Zwei Jahre nach der Schlacht von Tenedos trafen auf Maultieren pralle Goldsäcke im Hause des Türken ein. Als man La Borgne bedeutete, er sei nun frei, es werde nun von ihm erwartet, daß er ging, er müsse nun gehen, kauerte er sich nach Art der Orientalen hin, hob die Hände zum Gesicht und weinte, einen neunjährigen türkischen Jungen zu seiner Rechten und ein vierjähriges Mädchen zu seiner Linken.

Dann harrte er in Konstantinopel der Heimsuchung, der Anweisung, wartete auf den wahnsinnigen Poetendämon, der die Fäden wieder aufnehmen und ihm wieder ein Ziel geben, der ihn mit Neid, Lust, Gier und Liebe erfüllen würde. Als nichts kam, als keine Geisterpferde um ihn tanzten und keine geheimnisvollen Dolche winkten, verspürte La Borgne eine große Enttäuschung in sich aufsteigen. Er stolperte durch die bevölkerten Straßen, schob Orangenverkäufer und Töpfer und Mullahs zur Seite. Allmählich wurde ihm bewußt, daß über dem summenden Murmeln der Basare und Kaffeehäuser ein Wort zu schweben schien, ein Wort, das er sogar dann noch hörte, wenn es in der entferntesten Ecke eines überfüllten Raums gesprochen wurde, ein Wort, das ihm wie ein fernes Trommeln in den Ohren klang: *Hindustan*.

La Borgne verstand. Mit Empfehlungsschreiben verschiedener europäischer Edelleute versehen, denen er auf seiner Wanderschaft begegnet war, machte er sich auf den Weg nach St.

Petersburg und stellte sich am Hof der Zarin Katharina vor. Es gab keinen Grund, keinen heute nach all den Jahren einsichtigen Grund, keinen einzigen Grund, warum diese Frau, diese Zarin, sich bereiterklärte, die Reise eines Fremden nach Hindustan zu finanzieren. Es könnte sein, daß sie sich der Gier des Zaren Peter erinnerte, seiner Absicht, Heere über die Pässe des Hindukusch und des Himalaja zu entsenden, um sich die sagenumwobenen Reichtümer Hindustans anzueignen, um die Grenzen des Riesenreiches, das ihm vorschwebte, so weit auszudehnen, bis sie schließlich in den warmen Tiefen des Indischen Ozeans versanken. Oder vielleicht erkannte Katharina nur eine verwandte Seele, ein anderes in die Ferne blickendes Gesicht, hinter dem sich die inneren Heimsuchungen verbargen. Oder vielleicht hielt es Katharina nicht für angeraten, jemanden zurückhalten zu wollen, der mit Macht in die Zukunft strebte, der von Dem-was-kommen-soll gerufen wurde, wie andere Männer und Frauen von der Religion. Jedenfalls ritt La Borgne eine Woche nach seiner ersten Audienz bei der Zarin gen Süden.

In Aleppo stieß er auf eine Karawane, die auf dem Weg nach Bagdad war. Nachdem sie immer wieder von streunenden Reiterbanden, Überresten eines von den Türken zerstreuten persischen Heeres, überfallen worden waren, machte die lange Wagenkolonne auf halber Strecke kehrt und begab sich langsam auf den Rückweg. Aber La Borgne hatte seine Visionen gesehen und Stimmen gehört, die zu ihm sprachen. Er fand ein Schiff, das auf dem Weg nach Alexandria war. Ein Sturm erfaßte es in der Nähe des Nildeltas und warf es umher wie ein Spielzeug, ließ es von einem Ende zum anderen zerbersten und zerstreute seine Passagiere im stahlgrauen Wasser. Eine Gruppe arabischer Händler auf Kamelen fand La Borgne, wie er gelbe und grüne Galle in den weißen Sand spie. Die Araber waren durch ihren in der Wüste entstandenen Ehrenkodex gebunden, einen Kodex, der es ihnen verbot, die Schwachen und Kranken schlecht zu behandeln. So hoben sie den Ungläubigen auf und zurrten ihn an einem Kamelsattel fest. Drei Tage später ließen sie ihn am Stadtrand von Kairo mit dem Gesicht nach unten in den Schlamm plumpsen und verschwanden hinter den Hitzeschleiern.

La Borgne erholte sich rasch von Hitzschlag und Hunger. Wieder einmal erreichte er durch seine Statur, seine Haltung und den Hauch des Geheimnisvollen, den faszinierenden, gefährlichen Ruch der Zielstrebigkeit, der ihn umgab, daß man ihn mit Geld und Empfehlungsschreiben versah, daß wildfremde Menschen in die Taschen griffen, daß ihn wildfremde Menschen kleideten und nährten. Bewaffnet und wohlausgerüstet, setzte La Borgne nun Segel nach Madras über eine ruhige See. Der geschwungene Bug seines Schiffes durchschnitt die ebenmäßigen, gefälligen Gewässer am Kap der Guten Hoffnung; es segelte an Madagaskar vorbei, über lange, ruhige Tage mit guten Winden im Rücken. Es erhoben sich keine Stürme mehr. La Borgne stand an ein Schott gelehnt, im Frieden mit der Welt. Das Hindustan, dem er sich nun näherte, erlebte gerade den Niedergang des Mogulenreiches und litt unter den sich daraus ergebenden mörderischen Bruderzwisten. Es würde dort Platz für einen Soldaten geben.

Zehn Jahre nach Verlassen des väterlichen Hauses roch La Borgne den Duft des Grases und Schlammes und wußte, daß er heimgekommen war. Ein Skiff brachte ihn an einen flachen, breiten Strand. Er fiel auf die Knie, schöpfte den Sand mit den Händen und warf ihn sich händeweise über den Kopf. Er blieb ihm im Haar kleben, ließ ihn älter als seine siebenundzwanzig Jahre aussehen. La Borgne lachte. Er spürte die Sonne im Gesicht. Er zog sich die Jacke aus und schleuderte sie ins Wasser. Ein paar Kinder, dunkelhäutig und neugierig, in üppige Gewänder aus feinem weißem Stoff gehüllt, tauchten zwischen den Bäumen auf, die rundum den Strand säumten. Wieder lachte La Borgne.

In Madras fand er Moulin, einen hoch aufgeschossenen, dünnen französischen Offizier mit weißem Haar und einer Narbe, die von einer Seite der Stirn über eine leere Augenhöhle bis beinahe zur Lippe verlief. Moulin las La Borgnes Empfehlungsschreiben, nahm ihn mit heim in sein weitläufiges Haus inmitten dichter Bäume und wies ihn mit bestimmter Geste in Richtung eines Badezimmers. Als La Borgne wieder auftauchte, fand er neue Kleider, die man für ihn bereitgelegt hatte, eine engsitzende Baumwollhose und eine feinbestickte Jacke, die über seiner Haut zu schweben schien. Moulin und La Borgne saßen auf einem Balkon, eine leichte Brise strich ihnen durch das Haar. Bedienstete brachten Platten mit Essen.

»Dies ist Pulau: Reis und Fleisch«, und schon war La Borgne tief über einen Teller gebeugt, stopfte sich mit beiden Händen Essen in den Mund, und sein Gaumen tanzte vor Vergnügen. »Ich habe einen Koch aus Lucknow, und dies hier ist Zarda, süßer Reis mit Safran und Rosinen, und dies ist Kabab, gehacktes Rindfleisch, und dies Paratha, Brot«, und La Borgne schwindelte von all den mächtigen und starken und schweren Gewürzen und Gerüchen. Später brachten die Bediensteten leise blubbernde Wasserpfeifen, und La Borgne spürte, wie sich die Abendstille rings um ihn her ausbreitete.

Das hohle Klappern von Hufen auf Stein weckte ihn aus tiefem, traumlosem Schlaf. Er setzte sich auf. Moulin blickte von ihm weg nach Westen, wo eine Reihe von Reitern durch die Sonne zu schweben schien. »Lerne ihre Sprachen«, sagte Moulin und deutete auf seine Narbe. »Das können sie dir antun, aber oft senden sie dir am Abend vor einem Überfall eine Botschaft, in der sie um die Ehre des Zweikampfes bitten.« Er schüttelte den Kopf. »Irgend jemand wird sich all dies aneignen. Auf dem Feld kämpfen sie jeder für sich, als wäre es ein persönlicher Streit. Ich war Barbier in Lyon, und nun esse ich so.« Er rieb sich das Gesicht und meinte dann verdrießlich: »Du bekommst ganz bestimmt bald die Ruhr. Durchfall.«

»Nein«, erwiderte La Borgne, und er wurde nicht krank, und die Tage und dann Jahre eilten mit zunehmender Geschwindigkeit an ihm vorüber. Er fand seine Erfüllung in einem Offizierspatent bei den in Pondicherry stationierten französischen Truppen. Hier drillte er zum ersten Mal indische Truppen und begegnete jener besonderen und seltsamen Mischung von Stolz, Treue und anarchischer Aufgeblasenheit, durch die sich diese Soldaten ganz unabhängig von Alter oder Religion von jeder anderen Kriegerkaste der Welt unterschieden. La Borgne drillte, kommandierte und bildete aus – er war im Frieden mit der Welt. Und dann mußte er, wie vorauszusehen, weiterziehen.

Diesmal war es eine andere Art von Vision, eine Regung

des Fleisches. Man fand ihn mit der Frau eines anderen Offiziers im Bett. In europäischer Kriegführung ausgebildete Offiziere waren dünn gesät und Duelle daher verboten. Also stieg La Borgne auf einen Rappen und ritt in das lockende Landesinnere hinein, in den brodelnden Wirrwarr der Familien und Staaten und Kasten, die sich um das Erbe des Mogulenmantels stritten. Er ritt, sagen wir einmal, über staubige Tiefebenen und angeschwollene Flüsse, von Kalkutta nach Lucknow und Delhi (wo der Mogul Shah Alam in seinem Palast kauerte und die Erlösung aus seinem Elend in der Frömmigkeit suchte) und wieder in den Süden. Er zog, sagen wir einmal, schließlich die Aufmerksamkeit eines Mächtigen namens Madhoji Sindhia auf sich, der im Namen des Peshwa regierte, aber darauf bestand, daß man ihn mit Patel, das heißt Dorfältester, anredete. La Borgne trat, sagen wir einmal, in die Dienste dieses gerissenen Maratha ein, dessen Heere den Deccan umkreisten und sogar an den Vorstädten Delhis schnupperten. Wir wollen weiter annehmen, daß La Borgne für Madhoji zwei Infanteriebataillone zusammenstellte und ausbildete. Er verwandte all sein Geschick, seine Ausstrahlung und so manches Mal auch seine Körperkraft auf die Aufgabe, die ungeheuer fähigen, mutigen, individualistischen und eigensinnigen Männer aus allen Familien und Schichten zu einer einzigen Menschenmasse zusammenzuschmieden, zu einer Mechanik, einer Phalanx, einer Maschine, die sich schließlich auf Kommando drehte und wendete, durch La Borgnes magische Bestimmtheit in die Gleichzeitigkeit gezwungen. (Diese Maschine drehte und wendete sich oftmals unter dem verächtlichen Lachen und Spotten der stolzen, wilden Kavalleristen, die unterdessen mit eleganter Geste an Rosen schnupperten.) La Borgne ließ nicht locker, er war wie besessen und hatte schließlich auch einigen Erfolg.

Wir wollen weiter annehmen, daß La Borgne sich eines Tages auf einem Feld unweit des Dorfes Lalsot bei Jaipur befand, daß seine beiden Bataillone zur Linken des geschwächten kaiserlichen Heeres von Shah Alam standen, auf gleicher Höhe mit der Maratha-Kavallerie des Madhoji Sindhia. Diese Männer waren, sagen wir einmal, gegen die Heere von Jaipur und Jodhpur angetreten und gegen die Truppen, die von den Edelleuten der Mogule, von Muhammed Beg Hamadani und Ismail Beg befehligt wurden. Die Einzelheiten jenes Krieges sind inzwischen mit den Jahren so wirr und verschwommen geworden – wie immer kann man zu den Ursachen Machtgier, Habsucht, Wut, Furcht, Dummheit und auch Mut, Treue und Liebe zählen. Für uns mag hier reichen, daß sich auf diesem Feld bei Lalsot Benoît La Borgne in Benoît de Boigne verwandelte, daß Jahre der Wanderschaft den Jungen, den die präzisen Bewegungen der Mehlmühle so fasziniert hatten, in diesen Morgen hineingetrieben hatten.

Die Pferde tänzelten unruhig, als das Schwirren der Granaten die Luft zerriß, dem wenige Augenblicke später das dumpfe Dröhnen der Artillerie folgte. Muhammed Hamadani wurde von einer Kanonenkugel zerfetzt. Sein Kopf flog im hohen Bogen durch die Luft, bespritzte seine Leute mit Blut, die unruhig murmelnd zurückwichen. Ismail Beg spürte, daß Panik in der Luft lag, und trieb sein Pferd in die vorderste Front. Mit lauten Schreien führte er seine in Reih und Glied ausgerichteten Schwadronen gegen die Maratha-Kavallerie, die gegenüber Aufstellung aufgenommen hatte. Die Marathas gerieten ins Wanken. Auf der linken Flanke sah La Borgne eine blitzende, silberne Masse auf sich zukommen. Ein Schauder schien durch die Ränge seiner Brigaden zu gehen, ein Raunen, das in schnellen Wellen hin- und herlief:

»Rathor.«

»Stillgestanden!« schrie La Borgne, und seine Stimme überschlug sich. Zehntausend Rathor-Reiter bewegten sich auf ihn zu, Männer mit Kettenpanzern und stählernen Helmen, Männer aus der Rathor-Familie der Rajputs aus der Wüste, zehntausend unglaublich schöne Männer, die Blüte der Kavallerie von Rajputana, zehntausend Männer, die sich rühmten, von der Sonne selbst abzustammen, Männer aus der Familie, die behauptete, das Gefühl der Angst vergessen zu haben. Das Sonnenlicht wurde von ihren Helmen zurückgeworfen, während sie in Trab fielen. Lachend stürzten sie sich auf die Infanterie, die sich in ein Karree zurückgezogen hatte, denn noch nie hatte sich eine Infanterie dem Angriff der Rathor-Kavallerie widersetzen können (Lieder wehten durch die trockenen, windgepeitschten Täler von Rajputana und besangen die Reiter von Rathor, die Schwertkämpfer von Rathor). Sie fielen in Galopp, kamen unerschütterlich weiter auf La Borgnes Reihen zu, näher und immer näher, und dann zogen sich die Musketiere zurück und gaben den Blick auf La Borgnes Kanonen frei – die Rathors ritten weiter, mit erhobenem Schwert – und dann spien die Kartätschen heißes rot-gelbes Feuer über die Reiter, ein Kugelhagel prasselte auf sie nieder. Und er denkt: Von heute an wird man mich als Benoît de Boigne kennen. Die Reiter wurden zersprengt, kommen wieder angestürmt, stürmen immer weiter, stürmen in die Kanonen, holen nach den Kanonieren aus, schlagen mit ihren Schwertern auf de Boignes Reihen ein, näher, näher, und dann erblüht auf einen einzigen Befehl Feuer aus zweitausend Musketen, reißt die Rathors zu Boden, schleudert sie in den Schlamm. Plötzlich aufschießende Blutfontänen schwärzen den Sand, der zu feucht ist, um noch in die Luft zu stauben (Pferde fallen hinein, mit rollenden Augen und mit einem nassen Gleitgeräusch). Die Salven erschallen, eine nach der anderen, regelmäßig, krach-krachkrach, und de Boignes Männer stehen im Schulterschluß, wie aus Fels gehauen, lassen sich nicht auf die Herausforderungen ein, die ihnen die verdatterten Reiter entgegenschleudern, auf die Einladung, doch vorzutreten und ihre Kräfte zu messen. De Boignes Männer sind still. Es wird kein Jubel laut, denn noch nie hat jemand dergleichen erblickt. Die Rathors versuchen noch einmal, sich zu sammeln, mit roten Augen, aber de Boigne bläst zum Angriff, und seine Bataillone bewegen sich vorwärts, kommen zum Halt, und wieder werden die Musketen angehoben, präzise und wohlkoordiniert, und spukken ihre Salven aus. Die Rathors fliehen.

Die mit de Boignes Bataillonen verbündeten Streitkräfte gewannen an jenem Morgen, aber das hat für uns heute keine Bedeutung. Am Abend, als andere Offiziere mit Geschenken zu de Boignes Zelt kamen, fanden sie ihn draußen sitzend, den Blick starr auf den Horizont gerichtet. Sie legten ihre Gaben um ihn herum und zogen sich unter Verbeugungen zurück, denn sie dachten, er durchlebe die Ereignisse des Morgens noch einmal, der Zusammenprall mit den gefürchteten Rathors wäre eine Erfahrung, der man sich immer und immer wieder stellen müsse, bis sie schließlich verblaßte. Sie irrten

sich. De Boigne hatte Zukunftsvisionen, und er rang mit ihnen. Er sah andere Dörfer, andere Felder, wo sich für ihn das
Schicksal seiner Person, seiner Erziehung und seiner Geschichte erfüllen würde, wo er das Werkzeug jener perversen
Götter sein würde, die alle Ereignisse bestimmten und über
das Schicksal von Soldaten und Nationen entschieden. De
Boigne trug in dieser Nacht seine persönlichen Schlachten
aus, auch noch am Morgen auf dem Rücken des Pferdes und
in den wohlriechenden Räumen der Paläste, aber vergebens.
Auf anderen Schlachtfeldern, bei anderen stillen Dörfern mit
Namen wie Chaksana und Patan dezimierten seine sich wie
ein Uhrwerk präzise bewegenden Bataillone andere Heerscharen. Wieder und wieder schleuderten sich die erzürnten
Reiter gegen de Boignes widernatürlich unbewegliche Reihen. Auch in Patan brachen die Rathors auseinander und liefen davon, und schon konnte man auf den Paßstraßen der
Wüstenberge ein Lied hören:

> In Patan verloren die Rathors fünferlei:
> Pferd, Schuhe, Turban,
> Den hochgezwirbelten Schnurrbart des Kriegers
> Und das Schwert des Marwar ...

Erzürnt ob dieser Schmach begab sich auch noch der letzte
Rathor, der fähig war, eine Waffe zu tragen, nach Merta bei
Ajmer. Achtzigtausend Rathors trafen in diesem trockenen
braunen Tal zusammen und warteten auf de Boignes Bataillone und deren Maratha-Verbündete. Die Heere sammelten
sich und traten an. In der Nacht vor der letzten Schlacht
schliefen die Rathors tief und fest, freuten sich auf die Gelegenheit zur Rache. Sie wurden durch Laute aufgeweckt, die
man noch nie vernommen hatte – durch einen Angriff vor
Morgengrauen, im Schutz der letzten Dunkelheit. Während
Kugeln und Granaten über das Lager hereinprasselten, er-
wachten die Rathors aus opiumgeschwängertem Schlummer
und erkannten, daß der Tag bereits in Verwirrung verlorengegangen war. In aller Seelenruhe rief ein gewisser Rana von
Ahwa zweiundzwanzig andere Stammesobere an seine Seite,
und in aller Ruhe versammelten sie viertausend weitere Rei-

ter um sich. Diese Viertausend bereiteten sich einen Opium-
trank, hoben ihn gen Himmel und tranken. Sie hüllten sich in
gelbe Seidentücher, in die Farbe des Todes. Ruhig wurde jede
Handlung nach dem Gebot der Traditionen ausgeführt, und
dann ritten die Viertausend auf das Schlachtfeld, wo de
Boignes Bataillone vorrückten. Der Schrei »Erinnert euch an
Patan« wurde laut, und dann sprengten die gelben Reiter in
die vor ihnen stehenden Infanteriereihen. Vier Menschen-
gruppen wichen vor ihnen zurück, und dann trafen sie auf de
Boignes Hauptstreitkraft, die sich bereits zum Karree for-
mierte. Die Rathors teilten sich auf, umringten das Karree
und griffen an. Eine Wand aus Bajonetten und Musketen
starrte ihnen entgegen. Wieder durchschnitten Gewehrsalven die Reitermassen, wieder stürzten sich die Rathors, die
Gelbgekleideten, wie besessen nach vorn. De Boigne sah, in
Schweigen erstarrt, zu, wie sie wieder und wieder zurückflu-
teten. Er biß die Zähne zusammen, blickte zum Himmel hinauf, wandte den Blick ab, und sie kamen wieder. Grauer
Rauch und der Gestank von Pulver und Blut dickte die Luft
ein und brannte ihm in den Augen, und endlich verstand er,
daß ein Mann ganz aus Versehen General werden kann, daß
es für manchen keinen Ausweg vor dem Sirenenruf der Zukunft gibt. Er blickte sich um und sah mit großer Klarheit die
versteinerten Mienen der Männer beim Nachladen, die
Schweißtropfen auf der Stirn eines Soldaten, einen zerfetzten
Turban, der im Luftstrom einer abgeschossenen Kanone flatterte, ein Pferd, das mit den Hufen schlagend auf der Seite
lag, ein nasses, sich bewegendes, rot-weißes Pulsieren in einer
langen klaffenden Wunde in seinem Hals, ein zerfetztes gelbes
Seidentuch, das mit jeder neuen Salve flatterte und fiel, eine
Hand mit nach oben gerecktem Handteller, beinahe bet-
telnd. Und sie griffen wieder an und noch einmal – im gelben
Gewand gibt es keinen Rückzug –, bis nur noch fünfzehn
Reiter übrig waren.

Es herrschte Schweigen, als diese Fünfzehn von ihren Pferden absaßen, ein Schweigen, das man in Schlachten oft hört,
wenn man, so unglaublich es scheinen mag, das Tschilpen
und Zwitschern und Flügelschlagen der Vögel in fernen Bäumen vernehmen kann. De Boigne beobachtete, wie der Rana

von Ahwa vom Pferd stieg, sich neben das Tier stellte, ihm die Stirn zwischen den Augen liebkoste. Der Rana blickte zum Himmel empor, klatschte dann dem Roß mit der flachen Hand auf die Kruppe. Er zog seinen gelben Schal zurecht, wandte sich um und schritt auf de Boigne zu. Die anderen Rathors taten es ihm nach. De Boigne blickte ins Antlitz des Rana, sah den grauen Schnurrbart und die buschigen Augenbrauen, den struppigen Bart und die großen, schicksalsergebenen grauen Augen mit den schweren Tränensäcken. Die Rathors kamen geschritten, und kein Feuer begrüßte sie, löste das Versprechen ihrer gelben Seide ein. De Boigne öffnete den Mund, mußte aber feststellen, daß seine Lippen ausgedorrt waren, daß keine Worte dazwischen hervordrangen. Mit großer Klarheit spürte er eine innere Leere, ein Gefühl des Endes, und verstand, daß es nun keine Visionen mehr für ihn geben würde. Er blickte dem Rana in die ruhigen grauen Augen – die nun so nah gekommen waren – und verstand, daß diese Augen, klar und weitblickend, ihn von seinen persönlichen Dämonen erlöst hatten. Er wußte, daß das, was er nun zu tun hatte, das Ende aller Romantik bedeuten würde. Er sammelte alle Kraft in seinem Hals und schrie, und da ertönten keine Worte, da vernahm man keine Bedeutung, da war nur ein Heulen zu hören, ein Heulen wie von einem in stählernen Klauen gefangenen Tier, das aber doch jeder Mann in der Truppe verstand. Und dann schoß eine Flamme auf, und die grauen Augen verschwanden.

Sandeep führte eine Schale zum Munde und nippte daran. Irgend etwas bewegte sich zwischen den Bäumen oben am Berghang, und eine Zikade schlug Alarm. Shanker wickelte sich einen Schal um die Schultern. Sandeep fuhr fort:
Hört gut zu …

Die Jahre vergingen, und es gab noch mehr Siege für de Boigne. Er häufte ein Vermögen von dreihunderttausend Pfund an und machte Madhoji Sindhia zum mächtigsten Mann Indiens. Man gab de Boignes Brigaden den Namen Chiria Fauj, für ihre unerreichte Geschwindigkeit, für ihre Fähigkeit, unerwartet am Horizont aufzutauchen wie ein

Schwarm von Raubvögeln, für die ungestüme Geschwindheit ihrer Märsche. Mit de Boignes Brigaden im Rücken verfolgte Madhoji erbarmungslos seinen Traum von der Gründung einer unabhängigen Maratha-Dynastie. Das Vieh der Dörfer graste auf üppigen blutgedüngten Wiesen. De Boigne, der von seinen phantastischen Dämonen befreit war, entdeckte die Langweile und Banalität des Alltagslebens. Er ritt an der Spitze eines Korps, er war reich und berühmt, fand aber keine Erlösung von den eintönigen Alltagsgeschäften des Lebens, von den heißen Sommernachmittagen, wenn die Hitze sich in den Lungen festbeißt und über das Rückgrat aufsteigt und sich in ein Brummen im Schädel verwandelt. Er fand keinen Trost, nicht im Schweiß, der sich in der kleinen Mulde zwischen üppigen Brüsten sammelt, auch nicht in jenem schweren Schlaf, der vom Opium kommt. De Boigne betete zu den Göttern seiner neuen Heimat, aber die steinernen Götzen blieben ungerührt, sprachen nicht. Schon bald sehnte er sich nach den Farben, die sich früher den Weg aus der Dunkelheit in der Mitte seiner Seele nach außen gebrannt hatten, und fing eine halbherzige Affäre mit der Tochter eines seiner Hindustani-Kommandeure an, nahm sie zur Frau und zeugte einen Sohn und eine Tochter. Aber selbst Liebe, Ehe und Vaterschaft schienen ihm wie ferne Märchen, rauchvernebelte Träume.

Eines Tages zog sich Madhoji Sindhia unerwartet eine Krankheit zu, wälzte sich unruhig die ganze Nacht in Fieberfeuern und starb noch vor dem Morgen. De Boigne spürte den Atem des Todes an sich vorbeizischen, denn nun verstand er, daß es keinen besonderen Lebenszweck mehr für ihn gab, der ihn vor den Gewehrkugeln des Schlachtfeldes oder den Fiebern des heißen Sommerwindes schützte, daß zwischen ihm und den angreifenden Reitern nichts mehr stand außer den anderen Männern. De Boigne dachte an seine dreihunderttausend Pfund, an die Salons von Paris, an die Wassermühle, an seine Kindheit und daran, daß er, würde er bleiben, andere Schlachten schlagen würde, ohne das Warum, das Wann und das Wie zu wissen, daß er überhaupt nichts sicher wissen, außer Zweifeln nichts spüren würde. Da beschloß er, heimzukehren und die Rolle des Helden zu spielen, des

Soldaten, der aus verzauberten, unwirklichen Landen zurückkam. Also fuhr er nach Hause, ohne seine Hindustani-Frau, die sich weigerte, ihre Heimat und ihre Verwandten für etwas zu verlassen, was ihr eine Phantasie zu sein schien. De Boigne nahm seine Kinder und kehrte nach Chambéry zurück (mit dem leicht verwunderten Blick desjenigen, der auf der Suche nach einer Heimat weit gereist ist und sich bei der Heimkehr im selbst auferlegten Exil findet), und er spielte die Rolle – er ließ seine Kinder taufen und heiratete ein siebzehnjähriges adliges Fräulein, das ihn bald gegen die Salons von Paris eintauschte. Er stolperte noch eine Weile durch die Wildnis der Salons und der riesigen, glitzernden Bälle und bemerkte das hämische Grinsen und das Kichern, das sich ausbreitete, sobald er sich provinziell benahm oder aus Versehen ein Wort Urdu oder Persisch fallen ließ. Also lebte de Boigne zurückgezogen, ignorierte die Vorladungen von Napoleon Bonaparte, der anscheinend ebenfalls von den Reichtümern und Herrlichkeiten eines entlegenen Landes namens Hindustan träumte. Manchmal, insbesondere wenn andere, die auch in Hindustan gedient hatten, zu Besuch kamen, sprach de Boigne von seiner Vergangenheit, aber er redete immer von sich wie von einem Fremden, und er hörte immer mit den Worten auf: »Mein Leben war wie ein Traum.« Und dann gingen die Besucher stets unzufrieden und ein wenig verwirrt von dannen. Sie wußten nicht, daß de Boigne jede Nacht mit dem Wunsch nach Träumen einschlief, aber nichts sah, daß er sich mit den Jahren wünschte, seine Vergangenheit würde zu ihm zurückkehren, ruhige graue Augen würden seine Nachtstunden heimsuchen und irgend etwas würde ihm die Gewißheit vermitteln, daß sein Leben Wirklichkeit gewesen war und nicht nur Notwendigkeit. Aber es kamen keine Bilder, und de Boigne entdeckte die Schrecken eines Lebens, das nur in der Gegenwart und für die Zukunft gelebt wird. Er wußte, daß die Gegenwart nicht ausreicht und daß die Zukunft einen Menschen aufzehren und fallenlassen kann. Eines Nachmittags rief de Boigne seine Lakaien zu sich und veranlaßte, daß man ihn zu der Wassermühle seiner Jugend brachte. Als er eintrat, fand er seinen Sitzplatz wieder und blickte lange Zeit auf die knarrenden Zahnräder und Winden. Schließlich sagte er mit erstickender Stimme: »Es hat einen Anfang gegeben und dann eine Mitte, und dies muß nun mein Ende sein.« Er befahl den Arbeitern, ihn alleinzulassen und rief nach einer Fackel. Taumelnd streichelte er das uralte Holz mit der Flamme. Schließlich zerrten ihn seine Bediensteten aus dem Gebäude.

Er begann, um das Feuer herumzugehen, rund herum und auf und ab, und langsam wich die Wut aus seinen Schultern und die Verzweiflung aus seinem Herzen. Nach drei Stunden fing er an, die Namen seiner Kindheitsfreunde laut aufzusagen, die Namen seiner ersten Haustiere, die Namen seiner Kinderfrauen. Es war eine Art Litanei, sein Versuch, sich an jeden Mann, jede Frau, jedes Lebewesen zu erinnern, das er je berührt oder gesehen oder gehört hatte. Und während er so sprach, wurde seine Erinnerung vollständig und vielgestaltig, so daß er in den zwei ihm verbleibenden Tagen nur bis zu den Freunden seiner Jugendzeit vordrang, mit denen er aus Gärten Äpfel gestohlen und verbotene Häuser besucht hatte. Er erzählte seinen Bediensteten, die Liste sei trotz allem nicht vollständig, es fehle zu viel, er habe nicht die Stärke, sich an alle und alles zu erinnern. Er wurde immer schwächer, wollte aber nicht schlafen und sagte von seinem Bett aus zu dem herbeigerufenen Priester: »Ich war der Sklave eines Gedankens, und dies ist mein Ende, der Höhepunkt. Aber ich sterbe nicht.«

Der Priester, der exotische Flüche fürchtete, bekreuzigte sich und sagte: »Du gehst in die ewige Ruhe ein, ins ewige Leben.«

De Boigne schüttelte den Kopf. »Nein, ich sterbe. Aber mein Leben lebt weiter, und ich lebe und lebe und lebe.«

Der Priester verkündete mit lauter Stimme: »Du mußt glauben, daß du erlöst bist, daß du in ein vollkommenes, ewiges Glück einkehrst.«

De Boigne lachte und sagte fröhlich: »Wir werden nicht dazu geboren, glücklich zu sein.« Als die Stunde seines Todes nahte, wurden seine Augen sehr hell, und er begann in Sprachen zu reden, die niemand verstand. Und während er so in fremden Zungen flüsterte, dachten einige, er bäte um Verzeihung, und andere glaubten, er gewähre Vergebung.

…jetzt…

Ich genehmigte mir einen Augenblick Entspannung, schob die Schreibmaschine von mir und lehnte mich zurück.

»Du hast gesagt, es würde eine Geschichte für Kinder werden«, meinte Abhay. »Was zum Teufel war das jetzt hier?«

Ich war zu müde, um ihm zu antworten. Ich massierte mir die schmerzenden Finger und schüttelte den Kopf.

»Paß bloß auf mit diesem kriegerischen Zeug«, fuhr er besorgt fort. »Diese Kinder gehören in eine andere Welt, das ist eine neue Generation. Wenn sie noch viel mehr in der Art zu hören bekommen, gehen sie wieder Kricket spielen.«

Ich richtete mich ein wenig verärgert auf. Meine Muskeln ächzten. Ich versuchte weiterzuschreiben, aber meine Finger verkrampften sich.

»Dagegen unternimmst du besser was, Hanuman«, ließ sich Yama hören. »Dein Freund hat noch eine ganze Stunde.«

»Was?« fragte ich.

»Er hat recht. Genaugenommen fünfundfünfzig Minuten.« Hanuman ließ sich vom Türsturz herab und kam zu mir herüber. »Du mußt weitererzählen – und hör mal, sei vorsichtig. Wir hier drinnen lauschen gebannt, aber die da draußen werden langsam ein wenig unruhig. Sie sind neugierig, klar, aber das flaut allmählich ab. Wenn du noch lange in der Art weitermachst, fangen sie bald an, sich gegenseitig an den Zöpfen zu ziehen und aus Gummiringen Katapulte zu bauen, und was dann? Du darfst dich noch zwei Minuten ausruhen, aber dann mußt du weitererzählen.«

»Ich kann einfach nicht mehr. Sieh dir meine Finger an.«

»Ja, ich weiß, sie tun dir weh. Aber du mußt weitermachen.«

»Es sind nicht nur die Finger. Ich habe einfach nichts mehr zu schreiben. Hör mal, glaubst du vielleicht, das ist einfach, das alles in dieser Geschwindigkeit zu erfinden? Ganz besonders wenn dieser große schwarze Klotz immer in der Ecke steht, sogar nachts, wenn Yama selbst weggegangen ist?«

Hanuman blickte mich an. Seine roten Augen glänzten.

»Hör mir zu, Sohn des Windes«, flüsterte ich ihm zu. »Verhandle noch ein bißchen mit ihm. Erzähl ihm von den Herrlichkeiten, die da kommen werden. Überzeuge ihn davon, daß die Geschichte wunderbar und großartig wird. Sag meinen Kindern da draußen, daß sie mich nicht im Stich lassen sollen, denn es kommt noch viel mehr – Begum Sumroo, die Hexe von Sardhana, und ihr Geliebter Jahaj Jung, der einst Matrose war, und dann Sikander selbst: Sikander der Tapfere, der dreitausend Männer anführte und ein Freund des Poeten Parasher war, und die Romanze ihrer beider Kindheit und ihres frühen Mannesalters, ihre unglaublichen Abenteuer in Kalkutta und in den Umarmungen der göttlichen Kurtisanen von Lucknow. Erzähl ihnen all das und bitte sie, morgen wiederzukommen. Bitte! Ich kann nicht mehr. Schau nur. Sieh dir nur meine Finger an.«

»Der junge Mann da hat recht«, rief Yama aus seiner Ecke. »Du bist viel zu altmodisch. Du hast dich nicht angepaßt. Wenn du noch lange mit diesen fernen und seltsam unpersönlichen Heldensagen weitermachst, dann muß ich dich vom Platz nehmen. Reiß dich zusammen, Sanjay. Zugegeben, ich selbst möchte gerne den Rest hören, besonders die Sache mit Sikander. Aber jetzt mach mal. Draußen erreicht die Langeweile wahrscheinlich bald die kritische Masse.« Er lachte. »Manchmal überlistest du dich selbst, Sanjay. Auf, zurück an die Schreibmaschine!«

»Hanuman ...« hob ich an.

»Er verhandelt nicht. Der Vertrag ist unterzeichnet. Aber mach dir keine Sorgen. Der ist so dumm wie er grün ist, laß dich von ihm nicht ins Bockshorn jagen.« Hanuman wandte sich Yama zu. »Fürst, König, die Ereignisse nehmen nun eine unerwartete Wendung. Sanjay kann uns unmöglich noch eine weitere Stunde unterhalten – sieh dir nur seine Hände an. Der Krampf will sich nicht lösen. Der Vertrag sieht allerdings vor ...«

»Nein«, brüllte Yama und sprang auf. »Schluß mit dem Betrug. Eine Geschichte. Und zwar sofort.«

»Genau«, erwiderte Hanuman. »Eine Geschichte, das verlangt der Vertrag. Lies ihn sorgfältig. Es steht nicht da, wer sie erzählen soll. Lies nur. ›Es soll eine Geschichte erzählt werden. Das Publikum muß unterhalten werden, oder Parasher muß die Strafe auf sich nehmen.‹ Jemand anderer könnte das Erzählen der Geschichte übernehmen.«

»Nein, das ist Betrug.«

»Denk drüber nach, großer Todesfürst. Eine zusätzliche Geschichte zum gleichen Preis, und Sanjay muß am Spielfeldrand schwitzen.«

Yama wollte etwas sagen, hielt dann aber inne. Ich glaubte, einen Schimmer von Interesse wahrzunehmen. Ich konnte spüren, wie seine Wut versickerte, wie sie von einer köstlichen neuen Nuance in seiner Rache eingedämmt wurde.

»Wer?« fragte ich und versetzte Hanuman einen Rippenstoß.

»Seine Zukunft hängt von den Worten eines anderen ab, o Todesfürst. Und er hat keine Wahl.«

»Von wessen Worten?« drängte ich.

»Und eine Geschichte von fremden Ländern und Völkern ...«

»Wer? Er, der Junge?« fragte ich. »Schau ihn dir doch an ...«

»Abgemacht«, sagte Yama. »Ich will großmütig sein. Er hat zehn Minuten Zeit, um sich vorzubereiten.«

»Hanuman«, klagte ich, »großer Hanuman, das kann nicht dein Ernst sein. Schau dir sein Gesicht an. Der kann keine Geschichte erzählen. Er weiß ja kaum, wo er ist und wer er ist.«

»Vertrag ist Vertrag«, meinte Hanuman. »Beeile dich. Du hast zehn Minuten Zeit, ihn dazu zu überreden.«

Ich hub zu sprechen an, besann mich dann aber eines Besseren. Ich winkte Abhay zu mir, umfaßte mein rechtes Handgelenk mit der linken Hand und tippte mit zitterndem Zeigefinger eine Zusammenfassung des Gespräches, das gerade stattgefunden hatte.

»Nein«, erwiderte Abhay, »das kann ich nicht.«

»Wenn du es nicht machst, muß er sterben«, sagte Saira und wurde langsam wirklich wütend.

»Wenn du nicht auf ihn geschossen hättest, wäre er nicht in dieser Notlage«, fügte Mrinalini hinzu.

»Du trägst also eine gewisse Verantwortung«, meinte Ashok.

Abhay blickte sich um und schlug dann die Hände vors Gesicht. Ich umklammerte noch einmal mein Handgelenk und tippte. Er blickte auf.

»Bitte.«

»Und dann bist ganz allein du schuld daran«, sagte Saira,

und ihre Unterlippe begann zu zittern, als wolle sie weinen.

»Die gefällt mir«, flüsterte Hanuman. »Sie gefällt mir wirklich.«

»Gut, in Ordnung«, sagte Abhay mit eingesunkenen, glänzenden Augen. »Ich tue mein Bestes. Aber ich brauche mehr Zeit. Mindestens fünfzehn Minuten.«

Ich blickte zu Yama herüber. Er zwirbelte seinen Schnurrbart, hatte ein Bein bequem über das andere geschlagen, ließ einen Fuß leicht auf und ab wippen. Er nickte und lächelte selbstgefällig. Ich gab Abhay ein Zeichen. Er stand auf und begann im Zimmer auf und ab zu gehen. Draußen schwoll das Murmeln allmählich an. Mrinalini öffnete die Tür und blinzelte nach draußen.

»Sie schicken sich zum Aufbruch an«, meinte sie.

Saira erhob sich vom Bett. »Ich gehe raus und erzähle ihnen von dir«, meinte sie. »Nur so können wir sie zum Sitzenbleiben bewegen. Ich erzähle ihnen auch, daß Yama hier ist und daß er keine Kinder drinnen haben will, damit sie nicht gleich alle angerannt kommen, wenn ich ihnen von dem Affen berichte, der auf der Schreibmaschine tippt. In Ordnung?«

Yama zuckte lächelnd die Achseln, und ich nickte Saira zu, beugte mich einer mir überlegenen Richterin der Massen und Anführerin der Menschen. Ich schien bereits vergessen zu haben, warum ich meine Affengestalt geheimhalten wollte. Ich nehme an, es war ein Restchen Stolz, ein letzter Wunsch, dazuzugehören, als Teil der Menschheit betrachtet zu werden, aber diese vage Hoffnung war schon zerfetzt auf dem Müllhaufen gelandet. Schließlich bin ich doch das geworden, wogegen ich immer gekämpft hatte: eine Laune der Natur, ein Narr, ein Verbannter, jenes bemitleidenswerteste (vergebt mir meinen romantischen Überschwang – ich bin mir seiner durchaus bewußt –, aber zum gegenwärtigen Zeitpunkt ist die große Pose alles, was mir noch geblieben ist) und doch großzügigste aller Wesen, ein Affe vor einer Schreibmaschine, ein Dichter.

Also schritt Abhay auf und ab, und ich verschränkte die Arme und massierte mir die Muskeln. Wieder rief mir Yama etwas zu: »Hör zu, Sanjay, ein Rat unter Freunden. Du bist zu sehr mit dem wirklich Geschehenen verwoben. Ich habe zuviel von dem, was du erzählt hast, wiedererkannt. Du solltest ganz hemmungslos mit deinem Stoff umgehen, weißt du, ihn von innen nach außen krempeln, daß du deine helle Freude dran hast.«

Ich hatte so meine Gründe, warum ich mit dem wirklich Geschehenen verbunden bleiben wollte, aber ich hatte Schmerzen und war nicht in der Stimmung, mich diesem unförmigen grünen Idioten zu erklären, der mich an die Schurken aus den allerschlimmsten Melodramen erinnerte, die mein Vater und Onkel (in einem längst vergangenen Leben) geschrieben hatten. Also fuhr ich ihn nur mit meinem Affenknurren an, so daß zwei Jungen, die sich gerade durch die Tür hereinschleichen wollten, zusammenschraken. Sie sahen wie Brüder aus, waren vielleicht neun und zehn Jahre alt. Sie trugen seltsame Mützen mit dem Schirm im Nacken und weite weiße Hemden mit Buchstaben darauf. Auf einem stand »Cowboys«, auf dem anderen »LA«. Sie blickten mich an und liefen dann schnell zu Abhay.

»Abhay Bhaiya«, fragte der ältere. »Hast du eine Videokamera mitgebracht?«

»Was?« erwiderte Abhay.

»Hast du dir Rockkonzerte angehört?« erkundigte sich der jüngere.

»Was für ein Auto hattest du?«

»Hast du dir ein Haus gekauft?«

»Hat es einen Swimmingpool?«

»Warum bist du zurückgekommen?«

»Wohin?« fragte Abhay.

»Hierher«, sagten sie beide wie aus einem Munde.

Abhay zuckte die Achseln, Verwirrung spiegelte sich auf seinem Gesicht.

»Warst du da drüben glücklich?« fragte der jüngere der beiden.

»Was?«

»Glücklich.«

Abhays Gesicht war leer, als hätte man allen Schmerz und alle Freude davon abgewischt. Dann kam Saira herein und sah die beiden Jungen, nahm sie beim Kragen und hatte sie beide im Nu aus dem Zimmer expediert.

Der kleinere rief noch unerschrocken durch die sich bereits schließende Tür zurück: »Du *warst* da drüben glücklich.«
Abhay blickte ihm nach. »Glücklich?« sagte er.
Dann begann er zu tippen.

Ein mageres Glück

Zu Anfang meines letzten College-Jahres spulte ich eines Abends gerade die zweite Rolle von *Lawrence von Arabien* zurück, als mein Freund Tom in die Vorführkabine kam und mit seiner Sonnenbrille spielte. Es war eine nervöse Angewohnheit, diese Spielerei.
»Mach schon, Effendi«, sagte er. »Höchste Zeit für die große Oase.«
Ich war Filmvorführer und er Vorsitzender des studentischen Filmklubs. Ich kannte ihn nun schon drei Jahre. Wir mochten die gleichen Filme. Er sprach von der Mittwochsparty im Verbindungshaus der Alpha-Gammas, die wir nie ausließen.
»Geh schon vor«, meinte ich. »Geh schon vor.«
Und so kamen Tom und ich zusammen die Treppe in einen Kellerraum hinunter, der nach jahrzehntealten Ablagerungen von Bier und manchmal Pisse und immer Hasch roch. Wir bahnten uns einen Weg durch die versammelten Verbindungsbrüder, holten uns ein Bier und hockten uns dann in unsere Lieblingsecke, von wo aus wir die Leute beobachten konnten, die durch die Tür drängten.
»Sie sind da«, sagte Tom.
»Wer?«
»Erstsemesteralarm, und hier kommen sie auch schon, die neuen Mädels.«
Ich wandte den Kopf, und da waren sie schon an mir vorbei.
»Auf, Junge, hol dir eine«, forderte mich Tom auf.
»Es gibt hier nur einen einzigen Ausgang«, antwortete ich. Ich hatte aus dem Augenwinkel kurz ein zu mir gewandtes Gesicht wahrgenommen. Also warteten wir und tranken noch ein paar Bier und redeten über Lawrence. Den aus dem Film,

meine ich, nicht den echten. Plötzlich wurde die Musik lauter, und Echo and the Bunnymen spielten »The Cutter«.

Als das Lied gerade ausklang, sah ich sie zurückkommen. »Was sollte ich denn versuchen?« fragte ich.

»Welche?« erwiderte Tom und lehnte sich zu mir herüber.

»Die in schwarz. Mit den roten Haaren.«

»Mach auf die Angstmasche, Baby. Verrückt, aber obercool.«

Als sie neben mir angekommen war und nach unten blickte, um ihr Bier nicht zu verschütten, lehnte ich mich zur ihr hinüber und sagte ihr ins Ohr: »Elvis hat das Gebäude noch *nicht* verlassen.«

Sie lachte. Wir stellten uns vor. Sie hieß Amanda James, war Erstsemester in Scripps und stammte aus Houston in Texas. Tom und ich lachten und zogen sie damit auf, daß sie aus Houston war und ein weiches südliches Näseln in der Stimme hatte. Dann hatte Tom wohl etwas bemerkt, vielleicht in der Art, wie ich sie ansah, jedenfalls verdrückte er sich diskret, und Amanda und ich standen da und blickten einander schweigend an.

»Sie lernten sich in Los Angeles kennen«, sagte sie lächelnd.

»Wie bitte?«

»Sie lernten sich in Los Angeles kennen«, wiederholte sie, »auf einer Party, während im Hintergrund Echo and the Bunnymen dröhnten.«

»Er spürte, wie ihm das Kokain durchs Hirn schoß,« fuhr ich fort, »und fragte sich, ob er sie schon einmal irgendwo gesehen hatte. In New York im Palladium oder in L. A. im Parachute? Dann wurde ihm klar, daß es nicht wichtig war.«

»Und sie …« Amanda hielt unvermittelt inne und fragte dann: »Wo kommst du her?«

»Indien.«

»Oh«. Nach einer langen Pause. »Bist du ein Brahmane?«

»Nein.«

»Was bist du dann?«

»Nichts.«

Sie blickte weg, und dann berührte ein anderes Mädchen sie am Arm. Sie flüsterten miteinander.

Zu mir gewandt: »Ich muß weg.«

»Warum?«

»Ich bin mit den anderen Mädchen aus meiner Etage hier«, sagte sie, »und die wollen gehen.«

»Du brauchst doch nicht mitzugehen.«

»Irgendwann können wir uns sowieso alle nicht mehr leiden. Da sollte ich wenigstens am Anfang nett und freundlich zu ihnen sein.«

»Na gut.«

»Ich seh dich später.«

»Gut.«

Ich schob mich durch die Menge, nickte ein paar Leuten zu, hielt nach Tom Ausschau. Plötzlich tippte mir jemand auf die Schulter.

»He, Abhay.« Kate war blond und auf eine distanzierte, statuenhafte Art wunderschön. Wir hatten während unseres zweiten College-Jahres miteinander geschlafen und schliefen auch jetzt noch ab und zu miteinander, obwohl wir nun dazu nicht mehr so betrunken zu sein brauchten wie damals und uns auch nicht mehr so fest aneinanderklammerten wie seinerzeit. An diesem Abend trug sie einen weißen Pullover und sah aus, als wäre sie einem bewußt gedämpften Schwarzweißphoto einer Modezeitschrift entsprungen.

»Katie.«

Sie lächelte. »Wie geht's denn so, Abi?«

Ich zuckte die Achseln und lächelte. Sie kam näher, und ich brachte mein Bier in Sicherheit. Wir legten einander die Arme um die Hüften und standen eine Weile so da. Leute quetschten sich an uns vorbei. Ihr Haar war frisch und fein, ich berührte es gern.

Als ich aus dem Kellerzimmer nach oben kam, schleppten gerade ein paar Verbindungstypen eine große Gipsfigur, die irgendwie orientalisch aussah und im Lotussitz dahockte, auf die Treppe zu. Ich blieb stehen und hörte ihrem Streitgespräch zu. Schließlich ließen sie die Statue oben an der Treppe stehen und gingen runter, um sich ein Bier zu holen. Ich schlurfte über die Betonplatten nach Hause ins New Dorm und schloß die Tür auf.

Ich lag auf dem Bett und schaute auf die Bilder an der Wand, die im silbernen Licht der Straßenlaterne vor dem

Fenster dunkel und undeutlich wirkten. Dann setzte ich mich auf und versuchte, meinen verkrampften Kiefer zu lockern, schaffte das aber nicht, ohne jeden Muskel in meinem Gesicht bis zum Zerreißen anzuspannen. Ich ging noch einmal nach draußen und zum Bierkeller im Verbindungshaus zurück. Echo and the Bunnymen spielten immer noch »The Cutter«. Irgend jemand mochte offensichtlich den Song besonders gern. Ich sah, daß Kate mit einem Mädchen redete, das ich nicht kannte, ging zu ihr hinüber, legte ihr von hinten das Gesicht auf die Schulter und rieb meine Nase an der weichen Wolligkeit ihres Pullovers. Sie langte nach hinten, ohne sich umzublicken, und begann meinen Nacken zu streicheln. »Spare us the cutter«, sangen Echo and his Bunnymen.

Als ich aufwachte, lagen meine Beine unter Kate. Sie zuckte plötzlich zusammen und stieß ganz hinten aus dem Hals einen kleinen Seufzer hervor. Ich zog meine Beine unter ihr weg, berührte ihr Haar und spürte ein leises Brennen in den Fingerspitzen. Sie wandte sich, immer noch schlafend, zu mir. Nach einer Weile ließ ich sie los und stand auf. Während ich mich anzog, betrachtete ich Photos an einer Schranktür: Kate mit ihrer Mutter, Kate in der High School mit Freundinnen, Kate mit ihrem Pferd, Kate mit ihrem Freund in Paris, Kate mit verschiedenen rotgesichtigen, weißhaarigen Leuten.

Draußen wurde der Himmel schon grau. Ich ging über den Rasen von Scripps auf das Haus Pomona zu. Ein schwarzer Schäferhund, dem jemand ein blaues Tuch um den Hals geknotet hatte, kam auf mich zugerannt. Ich hockte mich hin und streichelte ihm die Schnauze, freute mich an dem warmen Atem, der hechelnd mein Gesicht streifte. Ich kraulte ihm das dichte Bauchhaar, und der Hund wand sich, sprang hoch, leckte mir übers Gesicht und warf mich um. Wir wälzten uns im Gras und lachten einander an. Mir wurde bewußt, wie lange ich kein Tier mehr berührt hatte. Ich sprang auf, und er folgte mir eine Weile, dann bog er ab, rannte mit leichten Schritten durch die hohen Wasserfontänen des Rasensprengers.

Im Flur baumelte der Hörer neben dem Telefon. Ich hob ihn auf und legte ihn wieder auf die Gabel. An meiner Tür klebte ein Zettel: »Das Telefon hat alle zehn Minuten geklingelt, und es war jemand mit einem ausländischen Akzent für dich dran.« Ich ging zurück in den Flur und setzte mich neben das Telefon. Während sich die Wand vor meinen Augen von Grau nach Orange verfärbte, spürte ich, wie sich die Tageshitze über meinen Nacken ausbreitete. Das Telefon klingelte, ich nahm den Hörer ab. Eine Stimme im Fernamt fragte undeutlich und weit weg nach mir, und dann räusperte sich mein Vater.

»Abhay.«

»Ja, Pa.«

»Abhay. Dein Großvater, er ist gestern von uns gegangen.«

Ich konnte in der Ferne, gedämpft durch die Tür und das Glas und den Beton, Vögel singen hören.

»Abhay?«

»Ja, Pa.«

»Ich gehe morgen zur ... Er war mit dieser alten Herzgeschichte im Krankenhaus. Sie haben gesagt, er hätte geschlafen, und dann schien er einen Augenblick lang wach zu sein.«

Wir schwiegen eine Weile. Ich konnte ihn atmen hören und stellte mir vor, wie das Signal vom Land in den Weltraum aufstieg, dort von Metall reflektiert wurde und wieder meilenweit durch den Weltraum wanderte, bis ich es hören konnte.

»Pa.«

»Ja?«

»Äh ... ich ...«

»Ja. Hör mal. Ich ruf dich bald wieder an.«

»Okay.«

»Gut.«

»Sag Ma, daß es mir gut geht.«

»Ja.«

Ich ging nach draußen und setzte mich auf die Treppe. Die Sonne funkelte mich durch die Fontänen des Rasensprengers hindurch an. Ich fühlte gar nichts und wußte, daß es später über mich hereinstürzen würde. Ich versuchte mich an das Gesicht meines Großvaters zu erinnern, konnte aber nur an seinen Schrank voller staubiger Medizinbücher und homöopathischer Medikamente denken. Der Vater meines Vaters war zum Rechtsanwalt ausgebildet worden, verbrachte seine Zeit aber viel lieber mit dem Studium zerfledderter alter Bücher und mit dem Verteilen süßer weißer Pillen an Menschen, die Ärzten mit einem richtigen, modernen Examen nicht trauten oder sie sich nicht leisten konnten. Als ich sehr klein war, besuchten wir ihn in seinem uralten Haus, und ich spielte Schach mit ihm, nach den alten indischen Regeln. Und dann klopfte es oft an der Tür, und er ging weg, und ich konnte schmale, ängstliche, manchmal schmerzverzerrte Gesichter sehen. Mein Großvater schaufelte dann Tausende kleiner weißer Kügelchen in ein Glasfläschchen und trug es vorsichtig zur Tür. Auch für meinen erwartungsvollen Mund brachte er kleine weiße Kügelchen mit, sprenkelte sie mir auf die Zunge und lachte dabei sein zahnloses Clownslachen. Als ich älter wurde, fing er an mich zu fragen, wann ich endlich meine Upnayana-Zeremonie feiern und meine geheiligte Schnur tragen und ein Zweimalgeborener werden würde. Aber ich war inzwischen in die Schule gekommen und hatte von den Übeln des Kastensystems erfahren, und wir spielten also nie mehr Schach. Kurz bevor ich in die Staaten aufbrach, gingen wir ihn noch einmal besuchen, und ich verbrachte den größten Teil dieser Woche auf dem Dach, las und beobachtete die Drachen, die am Himmel tanzten. Meine Mutter kam zu mir hoch und setzte sich neben mich auf das Bett. »Er wird alt«, sagte sie, »und du gehst weg, und er sorgt sich, weißt du, du bist der älteste Sohn, er macht sich wirklich Sorgen, du könntest es doch dem alten Mann zuliebe tun.« Und einen Augenblick lang erinnerte ich mich daran, wie seine Fingernägel gegen meine Zähne klapperten, wenn er die Süßigkeiten in meinen Mund streute, und an die Unschuld seines Lächelns, aber dann schüttelte ich den Kopf und wandte mich wieder meinem Buch zu. Und nun fragte ich mich, woran er wohl in jenen letzten wachen Augenblicken gedacht haben mochte.

Das Wasser versiegte. Ich fühlte immer noch nichts.

Im schrägen gelben Licht des frühen Morgens wirkte der Mount Baldy näher, als er in Wirklichkeit war, als könnte man, wenn man wollte, die schmalen dunklen Schluchten an seinen Abhängen mit Leichtigkeit hochspazieren. Ich saß immer noch auf den Stufen, als die Studenten zu ihren ersten Vorlesungen aufbrachen. Sie starrten mich im Vorübergehen neugierig an, sagten aber nichts. Sie waren es schon gewöhnt, mich schlafend im Flur oder auf dem Rasen draußen vorzufinden, aber an jenem Morgen sah ich, glaube ich, ganz besonders zerzaust aus. Ich rappelte mich auf und ging ins Haus zurück, nahm unterwegs die *New York Times* meines Nachbarn mit. Ich setzte mich damit im Flur neben das Telefon – er mochte es nicht, wenn seine Zeitung verschwand – und las einen Artikel auf der ersten Seite, der sich mit dem Marsch von protestierenden, Freiheitsparolen rufenden Studenten in Beijing beschäftigte. Im brasilianischen Dschungel stritten Katholiken aus New York mit Predigern aus Texas darüber, was wohl schlimmer sei: wenn man die Indianerstämme mit Predigten über das Höllenfeuer und die Verdammnis erschreckte und so zur Bekehrung trieb oder wenn man sie mit Unterrichtsstunden über Ackerbau sanft dazu überredete. In einem Leitartikel beschwerte sich jemand namens Krause unter der Überschrift »In Indien ist manches wichtiger als die Zeit« darüber, daß es dreißig Minuten gedauert hatte und er viele verschiedene Formulare hatte ausfüllen müssen, ehe er am internationalen Flughafen von Bombay ein Taxi bekam. Außerdem bemängelte er die allgemeine Ineffizienz der indischen Methode, die landeseigene Produktion von Fernsehgeräten durch Importzölle zu schützen. »Einige Dinge sollten wichtiger sein als Autarkie«, meinte er. Auf einer anderen Seite schrieb der Hauptkorrespondent der Zeitung aus seinem Büro in Neu Delhi über Ferien, die er in Darjeeling verbracht hatte, und das Hotel, in dem er abgestiegen war, das in seinen Worten »vom Charme des britischen Raj durchwoben« war. Ich schwöre: Das war die *New York Times* am Morgen nach dem Tod meines Großvaters. Während ich so dasaß, kam es mir vor, als befände ich mich in einem Film und als erwartete man von mir irgendeine Reaktion. Aber in meinem Kopf pochte es schmerzhaft, und ich konnte nicht entscheiden, ob dies alles nun Ironie oder Absurdität oder irgend etwas anderes oder überhaupt nichts war. Also ging ich ins Badezimmer und bürstete mir die aufgestaute Bitterkeit der Nacht aus dem Mund.

Dieses Gefühl, sich in einem Film zu befinden, hing auch noch später am Tag über mir, als ich hinten im Seminarraum saß und zuhörte, wie jemand namens Lin über Revolutionen in Asien redete. Die Briten, sagte er, hätten Indien mit ihrem gut funktionierenden Eisenbahnsystem und ihrer gut funktionierenden Verwaltung und so weiter sehr zum Vorteil verändert. Einen kurzen Augenblick lang hatte ich das Gefühl, ich müßte etwas sagen, aber dann spürte ich, wie mir die Röte ins Gesicht stieg, wie sich mein Kopf irgendwie mit der Erkenntnis anfüllte, daß nichts, ganz gleich, was ich sagte, einen Sinn ergeben, daß alles verrückt klingen würde, und so schlug ich ein Heft auf und kritzelte statt dessen herum, und am Ende der Stunde stellte ich fest, daß ich Vögel und Flugzeuge gezeichnet hatte, die sich vom Papier in die Lüfte schwangen.

Draußen hatte sich der Smog wie ein Vorhang niedergesenkt, und der Baldy war nun unsichtbar. Ich konnte spüren, wie meine Augen brannten und wie das beißende Prickeln mir langsam durch die Nasenflügel hinten in den Hals kroch. Kate kam, mit Büchern bepackt, um eine Ecke gekurvt. Sie warf sich mit einer schnellen Kopfbewegung das Haar aus dem Gesicht.

»Ich muß in dreieinhalb Minuten im Seminar sein.« Sie lächelte nicht.

»Okay. Wir sprechen uns später noch.«

Ich stand einen Augenblick lang da, streckte mich und beobachtete, wie ihr der weiße Rock über die muskulösen Waden strich, während sie mit schnellen kleinen Schritten davontänzelte. Als ich wieder im Vorraum des New Dorm war, setzte ich mich hin und lauschte dem Echo der Talking Heads draußen auf dem Hof: »Psycho killer, qu'est-ce que c'est? Fa, fa, fa, fa; fa, fa, fa, fa fa fa.« Mein Fuß stand auf einer zerfetzten Zeitung. Auf der Titelseite pflügte sich ein Panzerregiment durch ein Feld. Die Tür ging auf. Tom kam herein – auf der Nase eine verspiegelte Brille mit Silbergestell. Ich hatte wieder das Gefühl, mich in einem Film zu befinden, und es gefiel mir immer weniger, dieses Gefühl, meine ich.

»Was ist los, Kumpel?« Er setzte sich neben mich. »Du siehst aus, als wärst du von einer Klippe gefallen. Was ist los? Hast du einen Kater?«

»Nein«, erwiderte ich, sah mich aber außerstande, über Babuji zu sprechen, und zeigte statt dessen auf die Zeitung. »Nichts, nur diese ganze Scheiße, diese verdammte Weltpolitik. Macht mich fertig.«

»Darüber redet man doch nicht«, sagte er und schlug mir knapp unter dem Nacken ein paarmal auf den Rücken. »Nein, nein, nein, nein. Wirklich mega-out, Abhay. Es wäre besser, du nennst es Angst. Das versteht jeder.«

»In Ordnung. Ja. Gib mir mal die da.« Ich setzte seine Brille auf.

»Schauen wir mal nach, was Lawrence so macht.«

Also hockte ich in meiner Vorführkabine, und Lawrence war auf seinem Ritt durch die glühendheiße Wüste weiter auf der Suche nach irgend etwas. Als der Film zu Ende war und ich die Filmrollen wieder weggeräumt hatte, war ich völlig erschöpft, zerfasert wie eine Schnur. Das sagte ich Tom.

»Du hängst heute nur ziemlich durch, du Arsch«, antwortete er. »Eigentlich überhaupt in den letzten Tagen. Paß mal auf, wir gehen in die Stadt. Irgend jemand spielt im Parachute. Es ist wirklich furchtbar mit dir, wenn du in so einer Stimmung bist. Wir müssen dich wieder hinkriegen.«

»Ich weiß nicht.«

»Wir fahren mit irgend jemand mit. Es gehen eine ganze Menge Leute hin.«

»Ich weiß nicht.«

Aber an diesem Abend war sonst nicht besonders viel los, und allein sein wollte ich auch nicht. Also saß ich in irgend jemandes Auto auf dem Rücksitz und lauschte den Reifen, die auf der Schnellstraße surrten. Die Klubräume lagen im Keller, sie waren sehr dunkel, und die Musik dröhnte laut und gewalttätig, das übliche Zeug. Ich kaufte mir ein Bier und ging ein wenig umher, hielt mich ganz nah an der Wand. Ich lehnte mich an eine runde Säule und beobachtete eine Weile die Band, aber dann fand mich Tom und legte mir den Arm um den Hals.

»Komm Abs, jetzt ist Slam-Dance angesagt.«

»Ist das nicht auch passé?« meinte ich.

»Macht aber total Spaß«, antwortete er und bugsierte mich durch die Menge in eine Ecke, wo ein paar Leute, Männer und Frauen, Jungen und Mädchen, im Kreis wirbelten, miteinander zusammenstießen, voneinander zurückprallten.

»Komm schon.«

»Slam-Dance ist wirklich out.«

»Mach schon, du Arsch.« Er zerrte mich in den Kreis, und beinahe sofort hätte mich um ein Haar jemand umgerannt. Ein paar Augenblicke später hatte mich der Rhythmus gepackt, und bald prallte ich mit halbgeschlossenen Augen von einem Körper zum nächsten. Es sah martialisch aus, aber es machte Spaß, und man konnte sich ganz darin verlieren. Als ich schließlich aus dem Kreis taumelte, schwirrte mir der Kopf, mein Körper begann bereits zu schmerzen, aber ich spürte ein Lächeln auf dem Gesicht.

»Hallo«, sagte sie.

Sie trug wieder schwarz, diesmal einen Rock, dazu das allgegenwärtige T-Shirt. Ihr rotes Haar war zu einem straffen Zopf geflochten und ließ ihr Gesicht ganz frei. Sie sah sehr jung aus.

»Amanda.«

»Wie geht's?«

»Gut«, antwortete ich. »Gut. Und dir?«

»Okay. Die Leute, mit denen ich gekommen bin, sind schon wieder gegangen.«

»Die Mädchen aus dem Wohnheim?«

»Die fanden es hier zu kraß.« Sie schüttelte den Kopf. »Kraß. Arschlöcher.«

»Na ja, es ist ganz schön schäbig.«

»Ganz schön schäbig?«

»So ähnlich.«

»Du hast eine komische Art zu reden.«

»Ich komme ja auch aus einem komischen Land.«

»Komisch?«

Hinter ihr bewegte sich ein Glatzkopf im gelben Licht, er war vollkommen kugelförmig, und eine geschwungene Narbe schlängelte sich über die untere Hemisphäre.

»Wie alt bist du?«

»Achtzehn.«

»Gefällt's dir hier?«

»Und dir?«

Ich zuckte die Achseln. »Machen sie so was in Texas auch?«
»Überall.«
Ich holte mir noch ein Bier und eines für sie. Wir setzten uns an einen runden Metalltisch hinten im Raum, wo es so dunkel war, daß ich nichts sehen konnte außer einem weißen Blitzen, wenn sie ihre Augen bewegte. Um uns herum hockten schwarze, beinahe reglose Gestalten. Als ich ihre Stimme in der Dunkelheit hörte, fiel mir aus irgendeinem Grund die Zeit ein, als ich noch sehr klein war, als meine Freunde und ich noch zusammen in die Schule gingen und wir manchmal, in unsere Decken gewickelt, im Bett saßen und einander Gespenstergeschichten erzählten. Ich sagte es ihr, und sie lachte. Sie meinte, als sie noch sehr klein war, habe sie immer ganz allein im Bett gelegen, sich Eier in beide Achselhöhlen geklemmt und gehofft, es würden Küken schlüpfen.

»Was hast du?«

»Ich habe gedacht, daß ich die Eier ausbrüten könnte, also habe ich welche aus dem Kühlschrank genommen und sie mir beim Schlafen unter die Achseln gesteckt, und ich habe gedacht, daß ich vielleicht aufwache und Küken geschlüpft wären. Aber es hat nie geklappt, und nach einer Weile sind sie immer verfault oder so, und mein Vater ist gekommen und hat sie mir weggenommen und weggeworfen, nehme ich an. Aber ich habe immer gedacht, ich würde einmal welche ausbrüten, und hab mir neue geholt.«

»Das ist eine traurige Geschichte.«

»Sie sind aber nie zerbrochen.«

»Was macht dein Vater?«

»Er ist Richter. Er hat weiße Haare.«

Tom kam mit Schlagseite zwischen den Tischen hindurch auf uns zu, lehnte sich über die Bierflaschen und Gläser und Zigaretten, blinzelte auf die schaufensterpuppenhaft reglosen Gestalten.

»Tom«, ich erhob die Stimme über die Musik. »Tom!«

Er glitt auf einen Stuhl, lehnte sich vor, um einen genauen Blick auf Amandas Gesicht werfen zu können.

»Amanda«, sagte er. »He!«

»Hi!«

»Abhay, die anderen gehen. Wir müssen los.«

»Jetzt schon?« fragte ich und blickte auf das weiche Weiß seiner Zähne.

»Ihr müßt nicht«, meinte Amanda, »ihr könntet später mit mir fahren.«

»Du hast ein Auto?«

»Ja.«

»Super«, sagte er und wandte mir den Kopf zu. Ich hob einen Zigarettenstummel vom Tisch auf und schnipste ihn in Toms Richtung. Er traf ihn irgendwo in der Brustgegend und fiel zu Boden.

»Arsch«, sagte ich.

»Abhay fährt nicht Auto«, erklärte er, »er lebt in L. A., aber er will nicht Auto fahren.«

»Warum?« fragte sie.

»Ich weiß nicht«, antwortete ich. »Ich mag einfach nicht. Nicht, daß ich es nicht könnte. Ich habe es gelernt. Aber ich mag nicht.«

»Du bist ganz schön schräg, Junge«, meinte Tom.

»Tom ist ein echter Prolet aus Ohio. Den haben seine Eltern auf so ein dreirädriges Motorrad gesetzt, ehe er richtig laufen konnte. Und dann ist er quer durchs Land gebrettert und hat Kautabak gekaut und Jack Daniel's getrunken und den Mädels nachgestellt.«

»Und ist verdammt stolz drauf«, sagte er. »Die gute alte amerikanische Art, du kleiner Inderjunge. Und du, was hast du gemacht?«

»Bin in Pferdekutschen herumgefahren, nehm ich an. Ich weiß nicht.« Ein Knoten, ein kleiner harter Schmerzkern wuchs in meiner Brust, meine Stimme schlug um, ich wollte nicht mehr sprechen. Ich glaube, sie haben das gemerkt, denn sie fingen an, über Musikgruppen zu reden, die sie in anderen Städten und Staaten gehört hatten.

Wir kamen aus den Klubräumen nach oben, und es stank nach Pisse. Ein Schwarzer mit graumeliertem Bart hockte in einem Eingang und starrte seine Füße an, die vor ihm auf dem Bürgersteig ausgestreckt waren. Er blickte uns an, als wir vorübergingen, dann sah er wieder nach unten. Tom taumelte nach links und stolperte mitten auf die Straße. Ich rannte ihm nach, legte ihm den Arm um die Schultern und zerrte ihn zurück.

»Und was jetzt?« fragte er.

»Ich weiß nicht.«

»Nach Hause?«

»Vielleicht.«

»Es wird uns schon was einfallen«, sagte Amanda.

»Es ist ja noch früh am Tag«, meinte Tom.

Eine Neonröhre am Eingang zum Parkplatz brummte und flackerte, als wir unter ihr durchgingen. Auf dem Parkplatz wühlte Amanda in der Tasche, während wir uns zwischen den geparkten Autos durchquetschten. Tom streifte mit der Hand über die Windschutzscheiben und Wagendächer. Amanda blieb neben einem niedrigen schwarzen Auto stehen und steckte den Schlüssel ins Schloß.

»Das ist deiner?« staunte Tom.

»Ja.«

»Das ist deiner?« wiederholte er, machte sich von mir los und legte beide Hände auf das Auto, lehnte sich darüber, streckte sich darauf aus.

»M-h.«

»Das ist deiner?«

»Sie hat es gerade gesagt, du Dumpfbacke«, knurrte ich.

»Das hier«, sagte er und wandte sich zu mir um, »ist ein Jaguar, du Blödmann!«

»Oh«, meinte ich.

Er bückte sich und stieg ein, gab dabei kleine ekstatische Seufzer von sich: »Riech mal das Leder. So süß. Süß. Ich kann einfach nicht glauben, daß du dieses Ding hier fährst.« Amanda zuckte die Achseln: ein angespannter, peinlicher Augenblick. Ich setzte mich auf den Beifahrersitz und schnallte mich an. Dann schwiegen wir alle, bis wir auf der Schnellstraße waren.

Amanda drückte auf einen Knopf, und schon erfüllte Musik das Cockpit – so fühlte es sich nämlich an: als flögen wir, von allem losgelöst, über die unten zusammengekauerten Häuser hinweg. Ich konnte die Kraft dieser Maschine daran ermessen, wie sie leicht und sanft die Straße küßte und wie Amanda sie fuhr – eine Hand am Schalthebel, selbstsicher, immer von einer Spur in die andere.

»Du fährst gut«, sagte ich.

»Es ist ja auch ein Auto, das sich gut fährt«, erwiderte sie. »Man kann die Straße unter sich spüren.«

»Ihr lernt wohl in Texas schon im zarten Alter fahren? Irgendwann möchte ich einmal hin und mir das ansehen.«

»Was machst du?«

»Was ich mache?«

»Ja, was ist dein Hauptfach?«

Ich lächelte, weil ich gemerkt hatte, daß sie nicht so hatte fragen wollen, daß man sie gleich als Erstsemester erkannte.

»Anthropologie«, erwiderte ich. »Aber ich weiß nicht so recht, was ich damit anfangen will.«

»Wer weiß das schon?«

»Wo fahren wir hin, das ist hier die Frage«, meldete sich Tom.

»Schlaf du«, sagte ich. »Wir wecken dich, wenn wir da sind.«

»Ich laß mich überraschen«, meinte er. Er wälzte sich noch ein bißchen hin und her und bohrte mir durch den Sitz die Knie ins Kreuz, und dann regte er sich nicht mehr. Wir fuhren weiter in Richtung Claremont. Amanda und ich sprachen ab und zu, aber die meiste Zeit hörten wir nur die Musik und das Metall, das durch den Wind zischte.

Wir verließen die Schnellstraße bei Ausfahrt 47 und bogen nach Norden ab, auf die stillen, massigen Berge zu, die wir in der mondlosen Nacht mehr ahnten als sahen. »Laß uns auf den Baldy hochfahren«, schlug ich vor. Amanda nickte und bog an den Colleges vorbei zu den unteren Berghängen ab. Unter uns begann die Stadt sich zu einem Schachbrettmuster zu ordnen, in gerade Lichterketten, die sich bis ins Unendliche erstreckten, in eine kühle, kartesische Schönheit, die Ordnung und Hygiene verhieß. Amanda fuhr von der Straße ab auf einen Feldweg, und wir hielten auf einem Felsvorsprung an, von wo man einen Blick über das Tal hatte. Sie fing an, in der Handtasche herumzuwühlen.

»Ich wünschte, wir hätten daran gedacht, Bier mitzubringen«, sagte ich.

»Das hier ist viel besser«, meinte sie und hielt ein quadratisches Plastiktütchen hoch. Sie zog einen rechteckigen Spiegel aus der Tasche.

»O nein«, sagte ich.

»Magst du's nicht?« fragte sie mit hochgezogenen Augenbrauen.

»Nein, ich mag's zu sehr«, antwortete ich. Sie schüttete das weiße Zeug auf den Spiegel und begann es mit einer Rasierklinge zu zerschneiden. »Soll Koks nicht auch mega-out sein?«

»Wen kümmert's?« sagte sie.

»Na ja, ist wohl auch egal.« Sie schnitt die Linien, reichte mir den Spiegel und begann einen Fünfdollarschein aufzurollen. Ich drehte mich auf meinem Sitz um und langte nach hinten, um Tom wachzurütteln. Er fuhr hoch – mit Schrecken im Blick, geweiteten Pupillen und schmollendem Mund.

»Was, was …«

»Sachte, sachte«, sagte ich. »Willste'n Zuckerchen, Kleiner?«

Er rieb sich die Augen, gähnte, drehte den Kopf hin und her. »Es ist so dunkel. Ich meine, hier oben.« Er nahm mir den Spiegel aus der Hand.

»Heute scheint kein Mond«, meinte Amanda. »Und der Himmel ist bewölkt.« Sie gab ihm den aufgerollten Geldschein. Wir schnupften die weißen Linien, reichten den Spiegel herum. Ich war der letzte. Ich ließ den Kopf nach hinten sinken und genoß den supersauberen Schub, den harten, chemischen Geschmack und die surrende Taubheit um Gaumen und Lippen.

»Halleluja«, sagte Tom und fuhr mit dem feuchten Finger über den Spiegel. Er lächelte und schüttelte den Kopf. »Wir sind wahrhaft gesegnet.« Er legte Amanda die Hand auf die Schulter. »Laß mich mal auf den Fahrersitz. Wenn ich so tun kann, als ob ich das Ding hier fahre, dann bin ich im siebten Himmel.«

Sie kicherte. »Okay.« Also stieg sie aus, und ich ging auch zur Kühlerhaube vor und stellte mich neben sie. Wir beobachteten, wie sich Tom auf den Fahrersitz schlängelte und das Steuer in die Hand nahm. Er machte ein leises, brummendes Geräusch im Hals, drehte die Musik voll auf und begann, im Takt mit dem Kopf vor und zurück zu zucken, die Schultern hochzuziehen und fallen zu lassen. »Whoooheeee!« schrie er. Amanda und ich lachten.

Nach einiger Zeit schnitt Amanda noch ein paar weiße Linien. Wir setzten uns ins Gras und lehnten uns ans Auto. Ich langte hinter mich und klopfte an die Tür. »Tom«, rief ich. »Tom.«

»Was ist?«

»Mann. Mach die Musik leiser.«

»Kommt nicht in Frage. Macht viel zu viel Spaß. Wo ist der Schein?«

»Hier. Dreh das Fenster runter.«

Er reichte mir den Spiegel zurück, und dann hörte ich das Fenster mit leisem Zischen wieder hochfahren, und die Musik war verschwunden. Ich zitterte.

»Ist dir kalt?«

»Sieht nach Regen aus.«

Ich lehnte mich zurück und legte mir den Arm unter den Kopf. Wenige Augenblicke später spürte ich den ersten Tropfen mitten auf der Stirn, knapp über den Augen.

Ich hörte meine Stimme sagen: »Laß mich dir aus der Hand lesen.« Das überraschte mich selbst, denn es war eine abgedroschene Anmache aus der Zeit, als ich fünfzehn war. So konnte man jemand die Hand halten und streicheln. Aber Amanda reagierte begeistert.

»Du kannst wahrsagen?« fragte sie.

»Jawohl, Madame. Ich weissage nicht nur die Zukunft, sondern auch die Vergangenheit.«

»Aber du kannst doch gar nichts sehen, von den Handlinien und so.«

»Sag Tom, er soll drinnen das Licht einschalten.«

Sie lehnte sich über mich und machte Tom ein Zeichen. Ein schwacher Lichtschein fiel auf unsere Körper. Während sie sich seitlich neben mich legte, auf ihren Ellbogen aufstützte und mich ansah, spürte ich, wie die lange Schlange ihres Haares über meine Brust strich.

»Hier«, sagte sie und hielt mir ihre rechte Hand hin. Die Haut war fest und kühl wie Papier. Ich ließ meinen Finger über die kleine Erhebung an der Daumenwurzel gleiten. »Was?« fragte sie.

»Nichts, nichts.« Ich versuchte mich an die Astrologen zu Hause zu erinnern, die Wahrsager auf den Gehsteigen, die einen Papagei aus einem kleinen Häufchen schmuddeliger Papierchen dein Schicksal auswählen ließen. »Du wirst viele

Kinder haben«, sagte ich und bemühte mich, mit einem möglichst unamerikanischen Akzent zu sprechen. »Ich sehe in den ausgezeichneten und klaren Linien deiner Hand viel Erfolg und wenig Schmerz, viel Freude und wenig Leid.«

Sie lachte. »Lügner«, schimpfte sie. Wir küßten uns, und ihre Lippen waren weich und beweglich. Ich konnte an uns beiden das Pulver schmecken. Sie zog sich hoch, legte ihren Arm um mich und wischte mir den Wassertropfen von der Stirn. Die Knochen ihrer Schultern waren dünn und zerbrechlich in meinen Händen. Sie drehte den Kopf und fing an, meinen Hals zu küssen, fand sofort einen langen blauen Fleck, der im Bogen nach unten verlief. Sie murmelte etwas und leckte dann mit der Zunge darüber.

»Das ist ein Klischee«, sagte ich.

»Was?«

»Wenn man blaue Flecke oder Narben oder so küßt«, meinte ich. »Das ist ein Klischee.« Ich hob ihr Kinn wieder zu mir, zu meinen Lippen.

»Ach, sei doch still«, sagte sie und rollte sich auf mich, hielt meinen Kopf zwischen ihren flachen Händen. »Sei still, sei still, sei still.« Ich lachte und spürte, wie ihre Wimpern leis über meine Wangen strichen, spürte die Wärme in ihrem Mund, die weiche Berührung ihrer Brüste, die Spannung in ihren Schenkeln. Ich berührte ihre Taille, und die straffen Muskeln zuckten kurz vor mir zurück. Und dann bewegte sich etwas, ich weiß nicht was, vielleicht irgend etwas im Boden, unter mir. Ich richtete mich auf. Unten im Tal war ein Licht, ein Feuerfunke, der wuchs und heller aufbrannte, bis nichts anderes mehr zu sehen und der ganze Horizont weggeschwemmt war. »Was ist das?« fragte Amanda. »Was ist das?« Ich wartete darauf, daß es aufhören würde, aber ich konnte nur immer den hellen harten Schein sehen, und der war endlos. Mein Kopf sackte zurück. Ich war wie betäubt. Ungläubigkeit erfüllte mich. Aber es wollte einfach nicht aufhören, es war heller als der Tag, es wurde immer noch strahlender. Der Himmel glänzte furchterregend weiß, und jetzt konnte ich ein Grollen vernehmen, konnte es in den Beinen spüren. Ich begann zu zittern, zu beben, hatte keinen Gedanken mehr, keine Worte, spürte nur Panik, die mir durch Mark und Bein fuhr.

Der Himmel verdunkelte sich wieder, und ich hörte mich schreien. Nicht laut, sondern ganz tief hinten im Hals. Ich lag zusammengekrümmt auf der Seite. Ich setzte mich auf und spürte einen stechenden Schmerz durch die Adern meiner Arme und Beine schießen.

»Glaubst du's denn?« fragte ich, und meine Stimme überschlug sich und kiekste. »Mann, war das peinlich, verdammte Kacke! Ich habe gedacht, das ist jetzt die Bombe, Scheiße! Glaubst du's denn?«

Amanda saß ein paar Meter von mir entfernt vor dem Wagen, hatte die Knie an die Brust gezogen. Ich kroch auf allen vieren zu ihr hinüber und legte ihr die Hand auf die Schulter. Ich versuchte zu sprechen, aber mein Mund fühlte sich an, als würde er wie trockenes Holz bersten. Ich wandte ihren Kopf zu mir herum. Sie weinte, hielt die geballten Fäuste vor den Mund, hatte die Augen so fest zugekniffen, daß sie wie genähte Wunden aussahen.

»Amanda«, sagte ich leise und heiser. »Amanda.«

Rotz lief ihr aus der Nase.

»Amanda.«

Sie hob die Hände, bis ihre Unterarme das ganze Gesicht bedeckten und die Hände leise zitternd auf ihrem Haar ruhten. Der Magen krampfte sich mir zusammen, ich wandte mich ab und übergab mich, versuchte meinen Kopf mit Armen, die zitterten und in den Ellbogen weich waren, vom Gras hochzuhalten. Als ich wieder aufstehen konnte, taumelte ich zum Auto zurück. Die Musik lief noch, aber von Tom war nichts zu sehen. Ich zerrte an der Tür. Der Gestank sprang mich an, noch ehe ich Tom da zusammengekauert zwischen Fahrersitz und Pedalen liegen sah.

»Tom?« Ein Stern wuchs im Fenster der anderen Seite, ein zartes Gespinst aus kristallzarten Linien, die von der Scheibenmitte bis zum Chrom reichten. »Tom?«

Das Wageninnere stank nach Scheiße. Ich wich ein wenig zurück. Da schnellte auf einmal sein Kopf hoch, und er raste wie der Blitz an mir vorbei und in die Büsche. Ich stieg vorsichtig ein und blickte mich um, aber der Gestank war jetzt beinahe ganz verschwunden. Ich drehte den Radioknopf von einem Sender zum anderen, konnte jedoch nur Musik finden,

Songs. Amanda kam zur Seitentür und wischte sich den Mund. Es war mir irgendwie peinlich.

»Hm, das Fenster, Tom muß wild um sich geschlagen haben, vielleicht hat er es mit dem Fuß getroffen. Tut mir leid.«

»Macht nichts.«

Ich hievte mich auf den Beifahrersitz, damit sie auch einsteigen und sich hinsetzen konnte, aber sie blieb draußen und blickte auf das Tal unten.

»Da unten sind einige ganz dunkle Flecken«, meinte sie.

»Ja.«

»Wo ist er?«

»Da hinten in den Büschen.«

»Oh.«

Ich konnte die Musik nicht mehr ertragen, fand aber den Abschaltknopf nicht. Als ich mich vom Radio in die plötzliche Stille des Regens hinein aufrichtete, hörte ich Schritte knirschen. Tom tauchte hinter Amanda auf. Er war splitternackt. Er drückte sich an ihr vorbei, als hätte er sie nicht gesehen, und kletterte auf den Rücksitz hinter mir.

»Tom? Geht's dir gut?«

Er schien mich geradewegs anzuschauen, aber seine Augen waren auf etwas gerichtet, das weit, weit jenseits des Tales lag. Wir fuhren den Berg hinunter, und keiner sagte ein Wort, bis wir wieder auf dem Campus waren.

»Wohin?« fragte Amanda.

»New Dorm.«

Als der Wagen anhielt, stieg ich aus und drehte mich nach hinten um. Ich wollte Tom sagen, er solle im Auto bleiben, bis ich ihm was zum Anziehen geholt hatte, aber er kam schon hinter mir her und ging ohne einen Blick zurück über den Fußweg. Ich rannte ihm nach.

»Man sieht sich«, rief ich Amanda zu.

Sie nickte und fuhr weg. Auf der Treppe schlug John, der Studienberater, der auch im Haus wohnte, mit einer zusammengerollten Zeitung nach Tom: »Was zum Teufel ist euch Scheißkerlen denn jetzt schon wieder eingefallen? Zieh dir was über, sonst erschreckst du uns noch die kleinen Erstsemester.« Tom ging weiter, stapfte über die Zeitungsblätter am Boden. John wandte sich mir zu. »Geht's euch gut? Sieh zu, daß du ihn in sein Zimmer kriegst, hier ist heute schon genug Scheiße gelaufen.«

»Was?« fragte ich.

»Der Blitz hat in ein Trafohäuschen eingeschlagen und uns alle hier zu Tode erschreckt«, antwortete er. »Riesiger weißer Blitz, und natürlich haben alle gedacht, das ist die Scheißatombombe. Ein Mädchen, ein Erstsemester im Erdgeschoß, ist immer noch hysterisch. Wir mußten den medizinischen Notdienst anrufen, sah aus, als würde sie uns ersticken oder so.«

Als ich Tom eingeholt hatte, kämpfte er gerade mit seiner Zimmertür.

»Scheiße«, rief ich. »Deine Schlüssel hast du wohl auch da oben liegenlassen. John! JOHN!«

John kam und machte uns mit seinem Universalschlüssel die Tür auf, murmelte unablässig vor sich hin. Tom stand mitten im Zimmer, die Arme hingen ihm schlaff herunter. Ich schubste ihn aufs Bett und griff eine beinahe volle Flasche Whiskey aus dem Regal. Ich gab sie ihm, und er trank daraus und reichte sie mir zurück.

»Tom?«

Sein Blick blieb starr.

»Komm schon, Tom, laß den Scheiß mit dem starren Kilometerblick. Das war der Blitz, der hat in ein Trafohäuschen oder so eingeschlagen. Elektrizität, sonst nichts.«

Aber sein Gesicht zeigte keinerlei Regung, keine Spur. Ich breitete die Bettdecke über ihn, setzte mich auf den Stuhl neben dem Bett, und wir ließen die Flasche hin- und hergehen. Dann ging mir das Schweigen allmählich auf die Nerven; die stickigfeuchte Luft schluckte und dämpfte jeglichen Schall. Ich schaltete den Fernseher ein, und wir schauten uns *Glücksrad* an. Bald begannen die matten Farben auf dem Bildschirm ineinander zu verschwimmen, und der frenetische Applaus und das Gelächter wurden zu einem gemütlichen Surren. Tom begann von einem Kanal zum anderen zu schalten, von einem Interview mit Hugh Hefner zu *Baywatch* und weiter zu einer Werbesendung. Ich ließ mich nach hinten fallen, der Kopf sank mir auf die Brust, und ich dämmerte immer wieder in einen unruhigen Halbschlaf, hörte ab und zu die Stimme von Polizisten und das Schimpfen von Predigern, träumte aber nicht. Doch immer, wenn ich blinzelnd die Augen aufschlug, schien die Luft im Zimmer zu vibrieren, der Staub tanzte, und die Wände hatten sich irgendwie verändert, wölbten sich nach innen.

Ich sprang auf, und ein dünner, schmerzhafter Splitter Angst schnitt sich mir in die Brust. Ich versuchte mich daran zu erinnern, was mich aus dem Schlaf aufgeschreckt hatte. Ich rieb mir die Augen. Tom kniete mit flach auf den Bildschirm gebreiteten Händen vor dem Fernseher und hatte sich ein Laken um den Leib geschlungen, seine Nase berührte beinahe das elektrische Blau.

»Tom, hast du was gesagt?«

Das Bild auf dem Fernsehschirm änderte sich, und sein Gesicht wurde weiß. »Sieh nur«, sagte er. »Das ist so wunderschön.«

»Was?«

Ich kniete mich neben ihn und schubste seine Schulter weg, weil ich auch einen Blick auf den Bildschirm erhaschen wollte. Er wich ein wenig zur Seite, und ich sah den Mount Baldy schneebedeckt vor einem tiefblauen Himmel. Die Kamera glitt über die Berghänge, und dazu spielten sie eine Musik voller Trompeten, und es war schön und für die Ewigkeit.

»Perfekt«, sagte Tom, und seine Stimme war voller Sehnsucht und Bedauern.

Ich stand auf und ging durch das Zimmer zum Fenster. Das Plastikrollo widersetzte sich, als ich daran zerrte, dann klickte etwas, und es schnurrte auf die Rolle hoch: Da lag der Mount Baldy golden im ersten Morgendämmern vor mir, ehrfurchtgebietend und unberührt und so nah.

»Tom«, sagte ich, »schau nur, schau.«

Er wandte sich mir zu, hielt noch immer das Fernsehgerät umarmt. Ich sah ihn blinzeln, und dann stand er langsam auf und kam zu mir, stellte sich neben mich ans Fenster.

»Der Himmel«, sagte Tom, »das ist der Himmel.«

Dann lehnte er sich über die Betonbrüstung hinaus und begann in schnellen Sprechrhythmen zu schreien, die mir irgendwie bekannt vorkamen, die ich aber nicht einordnen konnte: »Himmel, Himmel, Himmel!« Ich überlegte, ob ich ihn davon abbringen sollte, mußte aber lachen. Ich lehnte mich neben ihm nach draußen, schmeckte den Morgen. Sein Ellbogen traf mich jedesmal in die Seite, wenn er sich zum Schreien vorbeugte, und dann noch einmal, wenn er sich unter tiefen, röchelnden Atemzügen wieder zurücklehnte. Es fühlte sich an wie Trommelschlag. Nach einer Weile begann auch ich zu schreien, zuerst leise, dann immer lauter, als ich merkte, wie wunderbar man sich dabei fühlte: »Himmel, Himmel, Himmel.«

»Wollt ihr Scheißkerle wohl endlich Ruhe geben!« Johns Stimme klang schläfrig, aber sie schien beinahe soviel Widerhall zu haben wie unsere. Vielleicht war es die Luft dieses vollkommenen Morgens, die so saubergeregnet war, daß ich die Bäume auf dem Baldy sehen konnte. »Bitte? Seid still?«

Wir hörten auf und drehten uns zur Mitte des Zimmers um, aber das Gelächter wollte uns nicht verlassen, und wir flüsterten miteinander, wir tanzten im Kreis herum, und unsere Füße hoben und senkten sich im Takt: »Himmel, Himmel, Himmel.«

Draußen schnitt der erste Sonnenstrahl mit scharfer Kante durch das Tal.

…jetzt …

Als Abhay zu Ende getippt hatte, stand er auf, wich dem Blick seiner Eltern aus und ging langsam zur Tür hinaus. Saira rannte über den Hof und teilte den Kindern mit, für heute abend sei das Geschichtenerzählen zu Ende. Dann lief sie hinter ihm her.

Yama stand auf und verbeugte sich vor mir, dann verschwand auch er. Ich konnte das Lauterwerden der Stimmen hören, als die Kinder aufstanden und sich entfernten. Mir wurde ein steter Schmerz im Kiefer bewußt, und ich merkte, daß ich den ganzen Abend die Zähne zusammengebissen hatte. Ich beugte mich vor und rollte mich auf dem Bett zusammen. Ich konnte spüren, wie in meinen Schenkeln und Schultern die Muskeln zuckten.

»Das war doch nicht so schwer, oder?« fragte Hanuman. »Ruh dich aus. Bis morgen.«

»Danke«, sagte ich. »Ich danke euch allen.«

»Sie können dich nicht hören, aber das macht nichts. Es sind deine Freunde.«

Ich rollte mich auf die Seite und streckte die Hand nach der Schreibmaschine aus, aber irgend jemand schaltete das Licht aus, und ich fühlte, wie mir die Augen zufielen. Als ich wieder erwachte, zeichnete das Mondlicht scharfe Schattenmuster auf den Fußboden, und eine kühle Brise wehte den Duft von Jasmin zum Fenster herein. Ich zog mich hoch. In einer Ecke des Zimmers schwebte eine diffuse Wolke silberner Staubteilchen. Ich kletterte aufs Fensterbrett und verrenkte mir den Hals, aber die Hecke und die schweren Zweige verbargen die Sterne. Ich schlüpfte zwischen den Gitterstäben durch, hangelte mich über die Hecke und ließ mich zu Boden fallen.

Während ich mich durch die Bäume schwang, sah ich auf dem Maidan eine einsame Gestalt, die langsam im Kreis schritt. Es war Abhay. Auch er fand keine Ruhe. Lange beobachtete ich ihn aus meiner Astgabel, während ich versuchte, die Vergangenheit in eine Form zu gießen, etwas aus ihr zu machen. Ich nehme an, er versuchte das gleiche.

Am nächsten Abend pünktlich um sechs Uhr erschien Yama auf seinem schwarzen Thron. Die Menschenmenge draußen war laut und unruhig. Ich baute mich vor der Schreibmaschine auf und knackte mit den Knöcheln.

»Warte«, sagte Hanuman. »Ohne Saira können wir nicht anfangen.«

Ich tippte eine Anfrage, und Ashok schüttelte den Kopf und meinte: »Ich weiß es nicht.«

»Wer sind all diese Leute?« fragte Mrinalini, die vor die Tür geschaut hatte. »Das sind nicht nur Kinder, weißt du.«

»Eines von den Kindern muß es einem Lieblingsonkel oder so erzählt haben«, sagte Abhay, »und dann haben es natürlich auch alle anderen erfahren.«

»Und was machen wir jetzt?« fragte Mrinalini. »Es ist gesteckt voll da draußen.«

An der Tür war ein entschlossenes Klopfen zu vernehmen. Mrinalini öffnete und trat dann einen Schritt zurück. Saira kam mit tränenüberströmtem Gesicht herein; eine große, füllige Frau, eine ältere Version von Saira in einem grünen Salwarkameez, hielt ihre Hand unerbittlich fest.

»Schwester«, sagte sie zu Mrinalini. »Was erzählt mir Saira da? Gestern abend ist sie so spät nach Hause gekommen, und ich habe sie gefragt, wo sie war, aber sie wollte nichts verraten. Und heute abend hat sie sich fertiggemacht und war sehr darauf aus, irgendwohin zu gehen, also habe ich ihr gesagt, wenn sie mir nicht verrät, wohin sie ...« Dann sah sie mich vor der Schreibmaschine sitzen. »O Allah, es ist wahr. Ein Affe. Eine Schreibmaschine.«

»Sie wollte mich nicht kommen lassen«, sagte Saira und wischte sich mit dem Handrücken über die Wangen. »Mama, das ist Sanjay. Sieh nur, er tippt.«

Mama starrte mich an, die Augen traten ihr aus dem Kopf, ihr Ausdruck lag irgendwo zwischen Schrecken und Ehrfurcht. Also schrieb ich: »Namaste ji. Ich bin Parasher. Deine Tochter hat mir in meiner Not beigestanden.«

Sie wich zurück und wiegte den Kopf hin und her.

»Mrinalini, was ist dieses Ding, das du da in deinem Haus beherbergst?«

»Zahira«, erwiderte Mrinalini. »Das ist schon in Ordnung. Es ist nichts Schlimmes.«

»Hanuman ist hier«, sagte Saira. »Hanuman der Große.«

»Sanjay hat noch nichts Schlimmes getan«, fügte Mrinalini hinzu.

Zahira blickte sie beide verdutzt an. Ich begann wieder zu tippen, hörte aber auf, als von draußen vom Hof dreimal ein lautes Scheppern zu hören war, ein Schlag nach dem anderen.

»Mrinalini«, meinte Zahira, »die schmeißen deine Blumentöpfe um.« Draußen klirrte und splitterte Glas. »Und das war dein Schiebefenster. Wer sind diese Leute?«

»Ich weiß es nicht, ich habe sie auch noch nie gesehen.«

»Die sind nicht einmal aus unserem Mohalla. Die können doch nicht einfach in dein Haus eindringen und sich so benehmen. Komm.«

Zahira ging nach draußen, und Mrinalini folgte ihr. Einen Augenblick später hörten wir Zahiras Stimme loszetern, und auf dem Hof trat Stille ein. Lächelnd blinzelte Saira zur Tür hinaus.

86

»Saira, du bleibst drinnen.« Saira sprang zurück.

»Die hat da draußen im Handumdrehen Ordnung geschaffen«, meinte sie.

»Das ging viel zu glatt«, sagte Yama. »Und es kam viel zu früh.«

»Die drei Schläge«, überlegte Hanuman, sprang von seiner hohen Warte herab und stolzierte mit ruhelos hin- und herpeitschendem Schwanz durch das Zimmer. »Diese drei Schläge, wie Trommelschläge, die zu einem großen Crescendo anschwellen, noch durch das splitternde Glas ergänzt und gerade rechtzeitig, um die Dame abzulenken, um sie zu einer Mitverschwörerin zu machen. Ging viel zu glatt.«

»Vermutest du eine verborgene Hand?« fragte Yama und richtete sich auf.

»Ein verborgenes Irgendetwas«, erwiderte Hanuman. »Aber wo? Wo hast du dich versteckt, wer immer du sein magst?«

»Wer?« erkundigte ich mich. »Wovon redet ihr?«

»Jemand, der möchte, daß eine Geschichte erzählt wird«, antwortete Yama.

»Jemand, der euch Affen verbunden ist«, meinte Hanuman, »aber das bin doch ich, und ich bin ja schon hier.«

»Wenn es erlaubt ist, aus dem Zeitpunkt und dem Rhythmus dieser drei Schläge Rückschlüsse zu ziehen«, sagte Yama, »dann ist es ein Ästhet. Ein Beschützer der Dichter.«

»Immer noch längst nicht genau genug«, merkte Hanuman an. »Aber denk doch einmal logisch, Yama, benutze die Ratio. Ich spüre etwas oder jemanden. Schau dir meine Nackenhaare an. Mein Blut rast wie bei der Jagd. Du bist doch der kühle, eiskalte Denker. Denk nach. Du kennst deine Methoden, also wende sie bitte an.«

»Ein Beschützer des Parasher. Und wer ist Parasher?« überlegte Yama und setzte sich hin. »Einstmals ein Sänger und Poet, ein Liebhaber, ein Unruhestifter, ein Affe. Nein. Noch nichts.«

»Nichts«, sagte Hanuman und sprang durchs Zimmer, die Zunge schnellte zwischen seinen harten gelben Zähnen heraus und herein. »Etwas, etwas, ich rieche etwas. Warum machst du uns nur so viele Schwierigkeiten, Sanjay? Warum bist du in dieses Haus gekommen, du Sänger?«

»Essen«, erwiderte ich. »Ich hatte Hunger. Daraus kannst du mir keinen Strick drehen.«

»Essen!« schrie Yama. »Das ist es! Du bist ein Dieb, Parasher, ein Kleiderdieb, ein Räuber, ein Plünderer, ein Langfinger!«

»Na hör mal, beruhige dich«, sagte ich. »Von irgend etwas mußte ich doch leben.«

»Diebe und Dichter«, sagte Hanuman und katapultierte sich von einer Wand zur anderen; seine Augen waren dunkel. »Dichter und Diebe. Und wer ist der fette Schutzherr der Dichter und Diebe? Na gut, du hochnäsiges Dickerchen, wo bist du? Komm raus, Bruchzahn!«

Hinter der Wand unter den Bücherregalen war ein Geräusch zu vernehmen, als würde irgend etwas über Ziegel und Holz geschleift. Hanuman machte mit ausgestreckter Hand einen Satz gegen die Wand. Er schlug mit der Faust ein Loch hinein (meine Freunde sahen mit vor Staunen offenstehenden Mündern, wie die Ziegel splitterten) und verschwand hinter dem Mauerwerk. Einen Augenblick lang hatte er zu kämpfen und mußte heftig zerren, und dann hörte man eine näselnde Stimme: »Ist ja gut, ist ja gut, ich komme raus.«

Hanuman trat ein wenig von der Wand zurück, und eine kleine Maus kam rückwärts aus dem Loch. Der Sohn des Windes hielt ihren Schwanz immer noch fest zwischen den Fingern. Eine winzige Gestalt sprang vom Rücken der Maus; sie machte ein paar Schritte und wurde bei jedem Schritt größer. Mein Gesicht verzog sich zu einem hilflosen Grinsen. Ich klatschte in die Hände. Ich brach in schallendes Gelächter aus.

»O Eure Hochnäsigkeit!« rief ich. »O herrlicher, wunderbarer Fettwanst!«

Ganesha zupfte mit plumpen Fingern zierlich an seinem Schal herum, bis er genau richtig fiel, sein Rüssel kurvte eilfertig um Hals und Nacken und ordnete die Brillantketten voller überirdischer Steine und die goldene Krone.

»Muß dieses rüde Benehmen sein, Affe?« fragte er. »Unfein.«

Hanuman kraulte die Maus zwischen den Ohren und

blickte lachend auf. »Und was hattest du da in den Wänden zu suchen, hm?«

»Es sollte eine Geschichte erzählt werden, und da bin ich natürlich gekommen. Auch wenn die Leute hier in der Gegend anscheinend vergessen haben, wer ich bin.«

»Der Beseitiger der Hindernisse höchstpersönlich«, grollte Yama. »Du bist es also die ganze Zeit über gewesen. Hast du auch meine Schreiber verhext? Hast du Zauber angewandt, um es diesem Affenmenschen leicht zu machen?«

»Wer? Ich?« fragte Ganesha und blickte den Todesfürsten aus tiefliegenden Elefantenaugen unschuldig an. »Ich habe überhaupt nichts getan. Ich bin doch erst eine Minute oder so hier.«

»Vielen Dank«, sagte ich und verbeugte mich vor dem Sohn des Shiva. »Vielen Dank.«

»Ich habe nichts getan«, erwiderte er, blickte mit seinem großen grauen Kopf unergründlich drein und ließ die Ohren leise vor und zurück schlappen. »Na los, es ist beinahe Zeit zum Anfangen.«

Er machte es sich auf dem Bett neben der Schreibmaschine bequem. Saira hüpfte auf die Laken und ließ sich auf der anderen Seite der Maschine nieder. Die Tür ging auf, und Zahira und Mrinalini traten ein. Ich konnte vom Hof leises Flüstern vernehmen.

»Ich bin immer noch nicht gerade begeistert von all dem hier«, meinte Zahira und legte schützend den Arm um ihre Tochter.

»Schwester, es ist schon in Ordnung«, versicherte Mrinalini. »Mein Sohn ist doch auch hier.«

»Ja, das stimmt, nicht wahr?« sagte Zahira und blickte Abhay neugierig an. »Nun ja, Allah wird uns schützen. Aber jetzt sind nur die Kinder hier im Haus, alle anderen sind draußen, über den ganzen Maidan verteilt. Und die wollen die Geschichte auch hören. Wollt ihr dann die Seiten hin und her reichen, von hier in den Hof und von da auf den Maidan? Und sollen sie erst hier und dann draußen vorgelesen werden?«

»Das klappt nie im Leben«, meinte Ashok. »Das gibt völlige Verwirrung.«

Ganesha gab mir einen kleinen Rippenstoß und flüsterte

mir etwas ins Ohr. Ich tippte: »Ganesha ist hier (wir erbitten seinen Segen bei unseren Verrichtungen, auf daß wir Weisheit und Wissen erlangen).« Wieder bekam ich einen Rippenstoß, und diesmal nicht eben einen sanften (gerade als Saira quiekte »Ganapati baba moriya, Ganesha ist auch hier!«), und also fuhr ich fort: »Ganesha fragt, ob ihr einen Stereolautsprecher habt, und wenn ja, dann sollt ihr ihn aufs Dach stellen und euch um die Verkabelung keine Gedanken machen.«

Es wurden sofort entsprechende Anweisungen an die hilfsbereiten Kinder ausgegeben, während ich dem Rest meiner Familie (ich denke, ich darf dieses Wort inzwischen verwenden) erklärte, was geschehen war. Sie wirkten ein wenig besorgt: Ein Gott im Haus ist ja schön und gut, konnte ich sie förmlich denken sehen, zwei sind sogar noch besser, aber drei in einem einzigen Zimmer? Das ist ein ziemlicher Haufen Göttlichkeit auf engstem Raum. Und was ist, wenn es so weitergeht? Können wir in der Erwartung leben, in nächster Zukunft das ganze unermeßliche Pantheon zu beherbergen, die himmlischen Heerscharen? Sollten wir uns auch auf den Besuch der ganz großen Tiere (Ashoks Formulierung), des A-Teams (Abhay, ziemlich nervös) und der Chefinnen (Mrinalini, lächelnd), also auf Shiva und Parvati und Vishnu und Lakshmi und vielleicht sogar Brahma selbst gefaßt machen? Ein schwindelerregender Gedanke! Und wer kann schon die Handlungen der Mächtigen vorhersagen (Hanuman zuckte die Achseln, Yama und Ganesha blickten undurchdringlich drein). Also ließ ich beschwichtigende Laute vernehmen und versuchte nicht nervös auszusehen. Die Stunde des Geschichtenerzählens rückte näher.

Endlich stand der Lautsprecher auf dem Dach.

»Das Kind soll etwas sagen«, meinte Ganesha.

»Saira, sag was.«

»Was?« erwiderte Saira, und dieses Wort erschallte klar wie der Ton einer ganz feinen Glocke aus dem Lautsprecher auf dem Dach. Saira zuckte zusammen und schlug sich die Hand vor den Mund. »Eins, zwei, drei«, sagte sie. »Test, Test, eins, zwei, drei.« Ihre Stimme reichte bis ganz zum Rand des Maidans und vielleicht sogar noch ein bißchen weiter.

»Hindernis beseitigt«, meldete Ganesha.

»Sei bloß nicht so selbstgefällig, Kleiner«, ermahnte ihn Yama. »In Ordnung, Sanjay. Wo waren wir stehengeblieben?« Wo wir waren, Gott? Bei Benoît de Boigne auf seiner Reise über die Meere, bei seiner Suche nach einem Traum. Also begann ich wieder zu tippen, und Mrinalini las alles vor. Hört gut zu ...

George Thomas geht über Bord

Auf einem Maidan unweit der grünen Berge tauschten Uday Singh und George Thomas Schwerthiebe aus, der Klang ihrer gegeneinander klirrenden Säbel hallte unter den Banyanbäumen und über den wassergetränkten Feldern wider.

George Thomas beobachtete Uday Singhs schläfrige Augen und entspannte Haltung, lauschte auf den leichten Atem des Gegners und wartete auf seine Chance. Sie umkreisten einander, immer rechts herum. Thomas spürte, wie die Welt um ihn herum versank, wie sie von ihren Kreisbewegungen in die Ferne gedrängt wurde. Er sah nur noch Udays weißen Bart, die schimmernde Schneide seiner Klinge, die Stelle, wo die Tunika den Grat seines Schlüsselbeins und die kleine Höhlung unten am Hals freigab. Thomas spürte Udays Gegenwart, seinen Geist, seinen Mut, seine alten Wunden, seine Lieben, seine Enttäuschungen, seine Furcht, spürte jene alte unausgesprochene Intimität, jenes manchmal schon obszöne Wissen, das Gegner voneinander haben, und er wartete auf ein geheimes Wanken, einen inneren Rückzug, der sich ihm als Gelegenheit offenbaren würde.

Thomas sah, wie sich Udays Augen verengten, und plötzlich bemerkte er eine Lücke in Udays Deckung, spürte, wie jener zurückfiel, und da war es: Thomas machte einen Ausfall nach vorn, aber während er noch seine Schenkel anspannte und die Säbelspitze vorstieß, wußte er bereits, daß es ein Fehler gewesen war, denn Uday bewegte sich lässig und langsam zur Seite, wich dem Hieb ohne Schwierigkeiten aus, attackierte nun seinerseits Thomas mit einer weit ausholenden seitlichen Bewegung und tippte ihm leicht mit der glatten Stahlklinge auf den Bauch.

Thomas richtete sich keuchend auf.

»Wie machst du das bloß?« fragte er. »Du wußtest, daß ich angreifen würde, ehe ich es wußte.«

»Ich konnte sehen, wie du dich dazu entschlossen hast«, erwiderte Uday. »Das ist gar nicht so schwer. Das kommt mit dem Alter.« Er hieb Thomas kräftig auf den Rücken. »Du wirst immer besser. An deinem Urdu mußt du allerdings noch arbeiten.«

Auf dem Rückweg zu den Zelten streiften sie die schweren Rüstungen aus Leder und Kettenpanzer ab, die in der Sonne des späten Nachmittags glänzten. Das Gras zu ihren Füßen war naß vom ersten Monsunregen. In einem roten Zelt aß Thomas, mit gekreuzten Beinen auf dem Teppich sitzend, und Uday sah ihm zu.

»Iß auch etwas«, sagte Thomas. »Niemand wird je davon erfahren.«

»Die Götter werden es wissen, und ich werde es wissen«, erwiderte Uday lächelnd. »Iß, Firangi.«

»Firangi? Ich? Ich bin kein Fremder. Ich bin Jahaj Jung, alter Mann, hast du davon noch nichts gehört?«

»Jahaj Jung, der Krieger der Meere«, sagte Uday lächelnd.

»Genau der«, meinte Thomas, »aber da kommt ein echter Firangi.«

Der Mann, der sich beim Eintreten in das Zelt leicht bücken mußte, war hoch aufgeschossen und dünn und hatte langes, strähniges dunkles Haar und eine große Nase.

»Reinhardt«, sagte Thomas. »Setz dich und iß.«

»Später«, antwortete Reinhardt. »Ich habe eine Idee, einen Plan.« Er ließ sich auf dem Boden nieder und goß Wein in einen Becher.

»Dann mach schon«, sagte Uday.

»Natürlich«, erwiderte Reinhardt. »Bald fangen die Regenfälle an, und wir hängen in diesen schlammigen Feldern herum, keine Feldzüge, kein Geld zu verdienen. Aber nicht weit von hier gibt es einen Palast. Einen Palast mit einer Frau. Einen Palast mit einer Prinzessin, die Offiziere für ihre Brigaden braucht.«

»Sardhana«, sagte Uday. »Du redest von Sardhana.«

»Natürlich«, grinste Reinhardt. »Eine wunderschöne Frau,

sagt man, eine stürmische Frau, eine hungrige Frau, eine leidenschaftliche Frau.«

»Eine Hexe«, fügte Uday hinzu. »Zeb-ul-Nissa, die Hexe von Sardhana. Tochter einer tanzenden Frau. Heiratete einen General namens Le Vassoult, der starb. Jetzt regiert sie seinen Besitz, mit Zauber und Schrecken und stählerner Faust.«

»Kommst du mit?« fragte Reinhardt.

»Natürlich kommt er mit«, erwiderte Uday.

»Eine wunderschöne Frau?« sagte Thomas.

»Ohne Frage«, antwortete Reinhardt.

»Eine leidenschaftliche Frau?«

»Zweifellos.«

»Eine stürmische Frau?«

»Sicherlich.«

»Du bist verrückt, wenn du dich auch nur in ihre Nähe wagst«, sagte Uday. »Sie besitzt die Magie der Brahmanen, die verborgene Magie. Aber natürlich müßt ihr gehen.«

»Eine Frau mit einem Reich, mit einem Königreich«, meinte Thomas. »Zu gut, um es sich entgehen zu lassen.«

»Du mußt gehen«, sagte Uday. »Du müßtest gehen.«

»Uday, der Fechter mit dem Blick in die Zukunft«, spottete Thomas.

»Fechten oder Frauen, die Überlebenstechnik ist immer die gleiche«, erwiderte Uday. Er lächelte. »Jahaj Jung, sei vorsichtig.«

»Kommst du nicht mit?«

»Ich weiß was Besseres, als mich in die Nähe einer Hexe zu begeben.«

»Kindergeschichten«, sagte Thomas.

»Genau die Geschichten, vor denen man sich fürchten sollte«, erwiderte Uday.

Am nächsten Morgen ritten Reinhardt und Thomas fort. Uday winkte ihnen zum Abschied von einem Schlammhügel zwischen zwei Feldern zu. Seine weiße Tunika schimmerte durchscheinend im niedrigen Sonnenlicht, sein Bart klatschte ihm in der nassen Brise auf die breite Brust. Reinhardt begann mit dünner Stimme ein französisches Lied zu singen. Thomas drehte sich im Sattel um, blickte auf die aufrechte Gestalt, die immer kleiner wurde, bis sie schließlich hinter einem Wäldchen von Mangobäumen mit ausladenden Kronen verschwand. Dann gab es nur noch den fernen Gesang von Frauen bei der Feldarbeit, das schwere, schmatzende Geräusch der Hufe im Schlamm, das Knirschen von Leder, das Zirpen Tausender Grillen, das geschäftige Zwitschern der Vögel und das ferne Grollen des Donners, das wogende Schwarz und Grau der Wolken.

Gegen Mittag machten sie an einer Kreuzung bei den Ruinen eines Serais halt, setzten sich auf den bröckelnden Stein und speisten kalte Chappatis mit Pickles. Eine Gruppe von Marwari-Händlern und ihre Pathan-Begleiter saßen auf der anderen Seite des Gebäudes zusammen und beobachteten sie neugierig.

»Wie lang bist du schon hier?« fragte Thomas.

»Hier in Indien? Ein Jahr und acht Monate.«

»Warum trägst du immer noch diesen Mantel?«

»Diesen Mantel? Was ist damit? Er ist aus Paris. Er ist dort eigens für mich gemacht worden.«

»Warum trägst du nicht so was? Das ist besser für diese Breiten, bequemer.«

»Ich mag den Mantel. Stimmt was nicht damit? Was?«

»Nein, nichts.«

Thomas blickte weg und sagte nichts darüber, wie die langen Schöße von Reinhardts Mantel beim Reiten um den Rumpf des Pferdes klatschten, so daß Roß und Reiter wie ein riesiger Raubvogel wirkten. Am Nachmittag trabten sie durch leichten Nieselregen. Reinhardt schien sich von seiner schnell aufflackernden Verärgerung erholt zu haben und nahm seinen Gesang wieder auf. Allmählich wurde die Straße immer breiter und der Verkehr dichter. Bauern mit Heuladungen auf uralten, zweirädrigen Karren, die von herrlichen weißen Ochsen gezogen wurden, Schäfer mit Herden dickbäuchiger Ziegen, Händler mit Planwagen, von lanzentragenden Rajputs und Afghanen eskortierte Karawanen. Reinhardt grinste und klatschte sich auf die Schenkel.

»Sehr reich, dieses Sardhana«, meinte er.

»Alles ist reich hier«, sagte Thomas. »Wenn die Kriege nicht wären, was für ein Land wäre dieses Hindustan!«

»Wenn die Kriege nicht wären, wo wären dann wir?« schrie

Reinhardt und gab seinem Pferd die Sporen. »Komm, auf zur Begum.«

In der Dämmerung näherten sie sich einem großen Bogentor in einer zinnenbewehrten Mauer.

»Wir sind Offiziere«, sagte Thomas. »Wir sind gekommen, um die Begum zu sehen und ihr unsere Dienste anzubieten.«

Der wachhabende Offizier, ein zahnloser, narbenübersäter alter Kämpfer aus Bengalen, hakte die Daumen in den Gürtel und spazierte im Halbkreis um die Pferde herum.

»Es ist schon spät«, erwiderte er, »und die Begum gewährt nur am Morgen Audienzen. Geht weg. Kommt morgen wieder.«

»Benachrichtigt sie jetzt«, sagte Thomas.

»Geht.«

»Sag ihr, daß Jahaj Jung hier ist.«

»Jahaj wer?«

»Du weißt schon, Bengali. Geh, und sage es ihr.«

»Jahaj Jung, der mit der Kanone?«

»Ja.«

»Ein feiner Soldat, hört man?«

»Ja.«

»Ein guter Mann?«

»Ein großzügiger Mann, ja«, sagte Thomas, und eine Münze flog in hohem Bogen durch die Luft und verschwand im Gürtel des Bengalen.

Die Hallen des Palastes waren gedämpft erleuchtet. Tigerfelle und Schwerter und runde Schilde glänzten im flackernden Licht der Fackeln. Thomas und Reinhardt folgten dem bengalischen Offizier durch dunkle Gemächer und über Treppen, ihre Schritte hallten auf polierten Steinplatten wider, ihre Sporen klirrten. Sie stiegen höher und immer höher, und dann hörte Thomas in der Ferne leises Gelächter, das Gelächter von Mädchen, das sich in lange Girlanden von Gekicher auflöste. Plötzlich klatschte Regen nieder, trommelte in drei Schwällen gegen die Glasscheiben der Fenster, und dann standen die drei Männer auf einem Dach.

»Wartet hier«, bedeutete ihnen der Bengale.

Unter einem rot-gelben Baldachin schwang eine silberne Schaukel quietschend hin und her. Der Bengale schritt über die juwelengeschmückten Gestalten, die auf den Teppichen saßen, hinweg und lehnte sich zur Schaukel hinüber. Wasserströme wirbelten über das Dach und spritzten über Begrenzungsmauern und Geländer. Thomas wischte sich mit dem Ärmel über das Gesicht, roch ganz schwach das Aroma von Tabak, den schweren Duft starker Parfüms und die nasse Erde selbst. Reinhardt murmelte vor sich hin und schneuzte sich.

Der Bengale winkte ihnen: »Kommt.«

Die auf der Schaukel zurückgelehnt sitzende Frau hob ein elfenbeinernes Mundstück an die Lippen und sog daran. Eine Wasserpfeife murmelte. Thomas verbeugte sich.

»Salaam walekum«, sagte er, Reinhardt sprach ihm nach.

»Walekum salaam«, erwiderte sie. Ihre Stimme war rauh, schwankte zwischen mädchenhafter Höhe und tiefer Heiserkeit. Ein winziger weißer Diamant prangte auf einem ihrer Nasenflügel und lenkte die Aufmerksamkeit auf die vollkommene Form der Nase, auf die feingemeißelte Länge, die gerade eben nicht zu lang war. Weißer Rauch kräuselte sich aus vollen Lippen und verschleierte die großen, dunklen, schwarzumrandeten Augen. Das Gesicht hatte eine gewisse Fülle, beinahe Plumpheit, die auf das weiche Fleisch schließen ließ, das unter der dunkelblauen Seide einer losen Kurta-Garara verborgen schlummerte.

»Wir haben vernommen, daß Ihr Offiziere benötigt, Hoheit«, sagte Reinhardt.

»Ja, aber wie gut reitet ihr?« fragte die Begum.

»Gut genug«, erwiderte Thomas lächelnd.

»Gut. Dann kommt. Die Chiria Fauj marschiert hier in der Nähe, sagt man mir. Ich will sie sehen.«

Sie erhob sich mit einer geschwinden Bewegung von der Schaukel. Die Männer folgten ihr die Treppen hinunter, durch schummrige Gemächer und Korridore, zum Vordertor hinaus, wo ein Trupp berittener Soldaten bei vier gesattelten Pferden wartete. Sie ritten durch die Dunkelheit, der Schlamm spritzte, Blätter und Zweige streiften ihre Gesichter und Arme. Gelegentlich, wenn die Wolken aufrissen, sah Thomas die Begum, die ihnen, über die Mähne ihres Schimmels gebeugt, weit vorausritt. Er wandte sich im Sattel um und ließ Reinhardt aufschließen.

»Verrückt«, schrie er über das Donnern der Hufe hinweg. »Wahnsinnig.«

Reinhardt blickte Thomas an, seine Lippen verzogen sich zu einer Grimasse, die unregelmäßige Zähne zum Vorschein brachte, aber er sagte nichts. Thomas setzte sich wieder im Sattel zurück. Bald verlor er bei den schwankenden Vorwärts- und Rückwärtsbewegungen, in den Geräuschen der Nacht und der Hufe und der Sättel und des Wassers, in der regelmäßigen Anspannung und Entspannung getreuer Muskelstränge jegliches Gefühl für die verstreichende Zeit. Als sie in einem Wäldchen halt machten, mußte er sich schütteln und durchatmen, als erwachte er aus tiefstem Schlaf.

Die Begum stieg vom Pferd und winkte Thomas und Reinhardt zu sich.

»Zieht dies über«, sagte sie und warf Thomas ein Bündel schwarzer Kleidungsstücke zu.

»Eine Burqua«, sagte Reinhardt.

»Ich möchte nicht erkannt werden«, erläuterte sie und streifte sich ein weites Tuch über den Kopf. Als sie fertig war, hatte sie jeden Zoll ihres Körpers außer den Augen verdeckt. Sie warf Thomas und Reinhardt unter hochgezogenen Augenbrauen einen schnellen Blick zu: »Was für feine Frauen ihr abgebt!«

Thomas verneigte sich, und Reinhardt murmelte ein paar französische Worte. Die beiden Europäer und der Bengale folgten der Begum durch das Wäldchen hindurch und in die Außenbezirke einer kleinen Stadt. Die Straßen waren bevölkert, sogar zu dieser späten Nachtstunde. Kleine Jungen rannten aufgeregt von einer Straßenseite zur anderen, fuchtelten mit hölzernen Schwertern und bunten Bogen herum. Die Begum und ihre Begleiter fanden einen Beobachtungsposten auf der erhöhten Veranda eines Halwai-Ladens. Thomas blickte die Begum durch das feine Netzgewebe an, mit dem der Augenschlitz der Burqua bedeckt war, und versuchte ihre Augen auszumachen. Trotz geschlossener Türen lag der Duft der Süßigkeiten noch über der Veranda, und plötzlich verspürte Thomas Hunger, und sein Gaumen sehnte sich nach dem Geschmack der Laddoos, Jalebis, Balushahis und Imurtis. Die Begum wandte sich ihm unvermittelt zu.

»Weißt du, warum wir hier sind?« fragte sie.

Thomas schüttelte den Kopf.

»Weil die Welt alt ist und weil dies etwas Neues ist.«

»Was?« sagte Reinhardt. »Was?«

»Pst«, zischte die Begum, als man vom anderen Ende der Straße das stetige Geräusch schwerer Schritte hören konnte. Die Jungen stoben auseinander, reihten sich an den Mauern auf, und die Chiria Fauj marschierte vorbei, im betäubenden Rhythmus des langen Marsches, mit leeren Gesichtern, im Gleichschritt, tramp-tramp-tramp, die Augen starr auf den Nacken des Vordermannes und doch durch das schwitzende Fleisch und das Haar hindurch auf einen vielleicht tausend Fuß entfernten Punkt gerichtet. Sie marschierten entschlossen, scheinbar taub und blind für alles.

»Fein«, flüsterte Reinhardt vor sich hin, »feine Männer.«

Thomas sah, wie sich der Kopf der Begum bewegte, bemerkte ein schnelles, kleines Verkrampfen ihres Nackens. Die Reihen marschierten vorbei, stetig und gerade ausgerichtet, und schließlich tänzelte ein Rappe herbei, dem ein Murmeln der Menge vorausgeeilt war, er tänzelte nervös und mit bebenden Flanken und trug eine hochgewachsene Gestalt in einem grünen Rock. Die Hand an den Zügeln war ruhig und im gelben Licht der Fackeln sehr blaß, die Brust hob und senkte sich gleichmäßig, die Schultern waren nach hinten und der Kopf nach oben gereckt, die Augen schweiften über die Reihen der Soldaten, über die niedrigen Häuser und dann hinauf zu etwas, das in den schwarzen Wolken und der Nacht verloren war.

»Er reitet wie ein König, dieser de Boigne«, flüsterte Thomas.

Wieder bewegte sich der Kopf der Begum, und dann taumelte sie zurück und fiel langsam, ganz anmutig. Thomas fing sie auf, hielt sie um die Taille gefaßt. Der Mond durchbrach die Wolken. Der Bengale rief: »Es ist eine Dame in Ohnmacht gefallen«, und Thomas und Reinhardt trugen die Begum über den Basar und hinaus in die Dunkelheit der Felder. Sie hielten in der Nähe des Wäldchens an und legten sie auf den Boden, betteten ihren Kopf auf Thomas' Knie. Der Bengale hob ihr den Schleier vom Gesicht. Ihre Augen waren hervorgequollen, der Atem pfiff durch ihre straff gespannten Nasenflügel, ihre Lippen zuckten. Sogar im trüben Mondlicht konnte Thomas erkennen, daß die Haut der Begum mit dunklen Flecken übersät war, die über ihr Gesicht jagten wie große, schwarze Schatten ferner Fische in einem tiefen Gewässer. Der Bengale begann leise zu singen. Thomas erkannte die langen, klingenden Vokale des Sanskrit.

»Ist das schon einmal vorgekommen?« erkundigte er sich.

»Noch nie«, antwortete der Bengale.

»Sie spricht«, meinte Reinhardt.

In einem Mundwinkel bildete sich ein blasiges Speicheltröpfchen und rann ihr über das Kinn hinab.

»Das Ding«, sagte sie.

»Begum«, sprach sie der Bengale an und tupfte ihr sanft die Feuchtigkeit aus dem Gesicht.

»Die Idee. Das Instrument«, brachte sie mit merkwürdig mahlenden Kiefern hervor. »Das Ding. Die Idee. Alles wird rot werden. Alles wird rot werden.« Wieder erschauerte sie, Tränen quollen ihr aus den Augen und rannen ihr über das Gesicht. Ihr Körper entspannte sich, die Augen fielen ihr zu. Sie trugen sie zu den Pferden und brachten sie in langsamem Ritt nach Hause. Die Begum schien in einen tiefen Schlaf gefallen zu sein, in den die kehligen Rufe Tausender Frösche und das unablässige metallische Zirpen der Grillen nicht vordringen konnten.

Am nächsten Morgen schlug ein Pfau sein buntes Rad vor dem rotgrauen Monsunhimmel, stolzierte dabei auf Zehenspitzen auf der Gartenmauer des Palastes hin und her. Thomas und Reinhardt saßen auf der baldachinüberspannten Veranda und nippten an Gläsern mit Lassi. Langsam drehte sich der Pfau, sorgfältig, mit anmutig gebogenem Hals.

»Thomas«, sagte Reinhardt, »weißt du, wie alt die Schöpfung wirklich ist?«

»Nein.«

»Ein Priester in England hat es ausgerechnet. Ich habe seinen Namen vergessen. Er hat alle verfügbaren Schriften ausgewertet und es ausgerechnet – viertausendsechshundertundzweiundsechzig Jahre.«

»Falsch«, meinte die Begum, und die beiden Männer sprangen auf. Sie lächelte fröhlich und entspannt.

»Falsch?« fragte Reinhardt.

»Die Brahmanen sagen, daß die Schöpfung ohne Anfang und Ende ist. Dreihundertsechzig unserer Jahre sind ein Götterjahr. Ein Kali-Yuga besteht aus eintausendzweihundert Götterjahren, ein Dvapar-Yuga aus zweitausendvierhundert Götterjahren, ein Treta-Yuga aus dreitausendsechshundert Götterjahren und ein Krta-Yuga aus viertausendachthundert Götterjahren. Ein Zyklus aus diesen vier verschiedenen Yugas bildet ein Großes Intervall. Einundsiebzig Große Intervalle sind eine Periode – am Ende einer jeden Periode wird das Universum zerstört und wieder neu erschaffen – und vierzehn Perioden sind ein Kalpa, ein Großer Zyklus. Die Großen Zyklen folgen aufeinander, in ihrem Inneren die kleineren Zyklen, Räder in Rädern in Rädern, Schöpfung, Aufbau, Chaos, Zerstörung. Viele Universen existieren nebeneinander, jedes mit seinem eigenen Brahma. Das ist das Rad, unendlich groß, jenseits jeglicher Vorstellungskraft.«

Thomas lachte. »Und mit uns geht es auf und ab, vor und zurück und noch einmal im Kreis, immer und immer wieder.«

»So ähnlich«, sagte die Begum. »So. Es scheint, ihr habt mir bereits gute Dienste geleistet. Nun leitet meine Brigaden.«

»Wie Ihr wünscht«, erwiderte Thomas und verneigte sich. Reinhardt saß schweigend da und blickte zwischen seinen Knien auf den Boden. »Reinhardt?«

»Wie? O ja, danke.«

Und so drillten Thomas und Reinhardt die Brigaden der Begum. Sie verbrachten viel Zeit mit der buntzusammengewürfelten Gesellschaft aus Europäern und Hindustanis, die Zeb-ul-Nissas Truppen anführten, übten das schnelle, kontrollierte Chaos der abrupten Bewegung von der Marschkolonne in die Kampflinien, die Beinah-Panik bei der Formation zum Karree mit seinen stachelig starrenden Bajonetten. Am Abend tranken die Offiziere in ihren Bungalows oder flanierten durch die Palastgärten, lauschten dem fernen Lachen, das vom Dach herunterwehte. Manchmal hielt die Begum Durbars. Dann saßen die Offiziere in langen parallelen Reihen vor ihr, boten ihr Schmeicheleien dar und nahmen Geschenke und Khilluts in Empfang. Manchmal wirbelte eine Tänzerin über den kühlen Marmor und erfüllte den großen Saal mit dem Klirren ihrer Fußreifen, bewegte schlangengleich die Hände und warf mit blitzenden Augen den Kopf hin und her. Bei derlei Anlässen sah man sogar Reinhardt mit gesenktem Kopf dasitzen, seine Kiefer mahlten, und er rief oft nach dem Wein.

In der Nacht, wenn die anderen Offiziere ihre Mätressen besuchten oder sich zusammensetzten, um Geschichten von Schlachten oder Verführungen zu erzählen, sah man Reinhardt flach und mit ausgebreiteten Armen und Beinen auf dem Boden seines Schlafgemaches liegen und die Erde mit Händen greifen. Zu anderen Zeiten machte er lange Wanderungen über Land, schritt über Felder und kämpfte sich durch Hecken und kehrte zerzaust und verschwitzt und mit wilden Augen zurück. Bald wurde ihm wegen seiner niedergeschlagenen Haltung und seiner Schweigsamkeit, wegen seiner ständig mahlenden Kiefer und der plötzlichen Seufzer, die ihm sogar während der Parade entfuhren und ihm die neugierigen Blicke der Soldaten eintrugen, der Beiname »The Sombre«, der Finstere, verliehen. Eines Abends spazierte Thomas an Reinhardts Bungalow vorbei und beobachtete ihn, wie er im Garten hockte, etwas in den Schlamm ritzte und dann auswischte, immer und immer wieder.

Thomas sprach ihn an.

Reinhardt sprang behende auf, sackte dann langsam wieder auf dem Boden zusammen.

»Reinhardt, was ist?« fragte Thomas. »Was ist geschehen?«

Reinhardt schüttelte den Kopf.

»Was ist?«

»Erinnerst du dich daran, was sie gesagt hat?«

»Was wer gesagt hat?«

»Sie. Die Begum.«

»Worüber?«

»Wie alt es ist?«

»Was?«

»Dies hier, dies«, schrie Reinhardt und fuchtelte mit den Händen über dem Kopf herum. »Alles. Dieses Land. Dieses Land hier. Wie viele Jahre?«

»Ja, ich erinnere mich.«

»Nein, du erinnerst dich nicht. Ich habe es ausgerechnet. Weißt du, wie viele Jahre es sind? Sieh.« Er kratzte es mit einem Stöckchen in den Schlamm: 4 320 000 000. »Sieh nur. Sieh.« Seine Stimme war zu einem Flüstern, einem Wimmern geworden.

»Und?« fragte Thomas.

»Und? Und?« erwiderte Reinhardt und rieb sich mit dem Knöchel über die Unterlippe. »Es lastet auf mir wie ein riesiger Felsbrocken. Es zermalmt mich.« Er schrieb es noch einmal, ritzte es tief in den Boden: 4 320 000 000. Er seufzte. »Das nimmt kein Ende.«

»Nichts stirbt. Das ist aber doch gut so.«

Reinhardt wandte sich mit angewiderter Miene ab. Er schritt mit zum Himmel gerecktem Gesicht davon, seine Hände schwangen schlaff neben den Schenkeln. Thomas kniete sich hin und betrachtete die Zahlen, die lange Kette von Nullen. Der Schlamm sickerte schon wieder in die geritzten Rillen zurück und füllte sie. Er hob einen Zweig auf und fuhr die Zahlen nach. Ein Taubenschwarm flog mit klatschenden Flügelschlägen über ihn hinweg, ein zarter Schatten voller veränderlicher Lichtflächen, wie ein Spitzenschal aus Lucknow, zog über die Erde hinweg. Thomas lächelte und hob einen Lehmklumpen auf. Er ging weiter und knetete den Klumpen zwischen den Fingern, spürte seine Glätte.

An jenem Abend klopfte der Bengale an Thomas' Tür.

»Die Begum bittet um das Vergnügen deiner Gesellschaft in ihrer unwürdigen Bleibe«, sagte er.

»Natürlich«, erwiderte Thomas. »Einen Augenblick.« Er zog sich die Stiefel an und setzte einen Turban auf. Der Bengale wahrte diskretes Schweigen, während sie durch die Dunkelheit ritten. Als sie schließlich neben der äußeren Palastmauer anlangten, neben einer selten benutzten Tür, die tief in die Wand eingelassen war, erkundigte sich Thomas: »Warum, was ist, Qasim Ali? Warum will mich die Begum zu dieser Stunde sehen?«

»Nun«, erwiderte der Bengale mit gewichtiger Miene, »sie wird sich wohl über das Wetter unterhalten wollen.«

Die Begum saß oben im Dachgarten auf ihrer Schaukel und war von der üblichen Mädchenschar umringt. Thomas nahm in einigen Fuß Entfernung auf einem niedrigen Schemel Platz und setzte seine Füße auf ein Kissen. Minuten vergingen mit dem Austausch von Begrüßungen und dem Hin und Her von Paan. Thomas blickte durch das dämmrige Licht der Lampen, hörte das schläfrige Gurren aus dem Taubenschlag am anderen Ende des Daches und das Klirren und Rascheln der Mädchen.

»Also«, sagte die Begum, »Thomas Sahib, meine kleinen Töchter hier sind neugierig. Woher kommen diese großen, rosagesichtigen Männer und warum? Wer sind sie, fragen die Mädchen, diese tapferen Krieger, die von so weit her in unser Hindustan gereist sind?«

»Sie fragen?« wunderte sich Thomas.

»Ja, wirklich«, antwortete die Begum.

»Dann hört zu, ich will es euch erzählen«, sagte er. »Ich weiß nicht, wie es bei den anderen war, aber von mir will ich euch erzählen. Hört gut zu …«

Ich bin an einem Ort namens Tipperary in Irland geboren, wo es immer kalt ist und die Nebel über die Moore ziehen. Ich lebte gut, und meine Familie aß und trank zur Zufriedenheit. Aber ich fühlte mich immer ein wenig leer, ein wenig abwesend, als fehlte mir etwas. Ständig dachte ich an Orte, wohin ich reisen konnte und wo alles neu sein würde. Und wenn ich eine Weile daran gedacht hatte, dann verschwand dieses Gefühl der Leere stets. Also lief ich eines Tages, als ich vielleicht zehn oder elf oder zwölf Jahre alt war, von zu Hause fort, schlug mich zur Küste durch und wurde dort Schiffsjunge, Kombüsengehilfe und später Matrose.

Ich will euch erzählen, wie eine Kanone mich zum Matrosen gemacht hat. Ich war damals Kombüsengehilfe für die niederen Arbeiten und Aushilfe in der Kajüte eines englischen Zweimasters, eines Briggschoners namens *Constant,* der die Gewässer nördlich von Calais befuhr und bei der Blockade Frankreichs mitwirkte. Eines Wintermorgens wurden wir in ein Gefecht mit der französischen Schaluppe *Ella* verwickelt, die ohne Vorwarnung plötzlich vor uns aus einer dichten Nebelbank auftauchte. Gleich von Anfang an war sie uns gegenüber im Vorteil. Als wir langsam in den Wind drehten und uns die Trommelschläge aufforderten, Posten zu beziehen, konnten wir bereits sehen, daß der Gegner uns achtern passieren und dabei vom Bug bis zum Heck mit seinem Kanonenfeuer bestreichen konnte, ohne daß wir auch nur einen einzigen Schuß abfeuern konnten.

So ist es nun einmal bei Seegefechten: Man kann sie weit im voraus kommen sehen. Ich trug Kartuschen aus dem Magazin an Deck, legte sie neben unsere zweite Kanone, und jedesmal, wenn ich nach unten stieg und wieder hochkam, war es furchtbar anzusehen, wie sich das feindliche Schiff uns langsam immer mehr näherte; dabei war es mit seinen weißen Segeln vor dem Dunkelgrau des Nebels und dem sauber und weiß aufschäumenden Kielwasser wunderschön anzuschauen. Während der ganzen Zeit fiel kein einziges Wort, man hörte nur das Knarren der Balken und spürte das langsame Auf und Ab des Decks unter den Füßen. Dann verschwand die Seite des französischen Schiffes im Rauch, und plötzlich lag ich platt auf dem Rücken und wunderte mich, warum die Segel über mir so zerrissen aussahen.

Als ich mich wieder aufgerafft hatte, erblickte ich vor mir ein stinkendes Durcheinander von Blut und Feuer. Die Marinesoldaten auf dem Achterdeck über uns waren übel zugerichtet, und zwei der Kanonen an der Steuerbordseite waren umgeworfen worden, bei einer war das Holz der Lafette ganz weggesplittert. Unsere zweite Kanone hatte sich losgerissen und rollte auf dem Deck herum, bewegte sich mit jedem Wellenhub vor und zurück, überrollte und zermalmte Körper, die auf dem Deck lagen. Als ich aufstand, kam sie auf mich zu. Ich war benebelt genug, um ganz kühl und ohne Angst zur Seite treten zu können, mich nach einer Handspake zu bücken, sie in die Speichen des Rades zu rammen und so den rasenden Lauf des Geschützes aufzuhalten.

»Gut gemacht, Junge«, tönte es aus einem rauchgeschwärzten, grinsenden Gesicht, als ich noch da stand und nicht wußte, was nun zu tun wäre. Ich erkannte den Richtkanonier unserer ersten Kanone, die nun auf der Seite lag und außer Gefecht war. Der Mann machte eine Handbewegung in meine Richtung, und wir mühten uns zusammen nach Kräften, um die Kanone wieder in ihre Zugseile zu hieven. Nun hatte ich jemanden gefunden, der mir zeigte, was zu tun war, und war wieder ganz ich selbst. Ich war schon immer stark für mein Alter gewesen, und zusammen mit einem anderen Matrosen hatten wir beide die Kanone wieder schußbereit gemacht, als der Wind in unsere Segel griff und die Zeit für unsere Antwort gekommen war. Sogar an diesem ersten Tag hatte ich bereits ein Gefühl für dieses Handwerk, und als die Kanone heiß wurde und beim Feuern wie ein wildes Tier in die Luft sprang, erlernte ich in recht kurzer Zeit ihren Rhythmus: das schnelle Auswischen mit dem nassen Lappen, die Kartusche, die Kugel, das Vorrollen des Geschützes, das Klopfen, während der Richtkanonier sein Ziel anvisierte und dann das Abwarten des Wellenberges und das Brüllen der Kanone. Wir wurden jedoch an jenem Tag schwer angeschlagen und hätten uns ergeben müssen, wäre nicht eine Fregatte aufgetaucht und hätte den Franzosen vertrieben. Als alles vorüber war, besann man sich auf meinen Beitrag und nahm mich in die Mannschaft an der ersten Kanone auf, was mir natürlich sehr behagte.

Danach diente ich auf vielen Schiffen. Die meisten waren Kriegsschiffe und lagen mit ihrer schweren Last von Kanonen und Kugeln tief im Wasser. Wir segelten über viele Meere, und mit den Jahren besuchte ich viele Länder und Städte in Europa, Afrika und dann Asien. Ich kämpfte gegen Männer aller Rassen und Hautfarben und lernte, mit dem Instrumentarium des Kriegs umzugehen. Dann ging ein englisches Schiff, auf dem ich diente, im Hafen von Goa vor Anker, und an jenem Abend betrat ich zum ersten Mal den Boden jenes Landes, das wir Indien nennen. Wir trieben Handel mit den Portugiesen und setzten zwei Wochen später wieder die Segel. Wann immer es möglich war, saß ich auf Deck und beobachtete, wie grün und dunkel die Küste von Malabar vorüberzog und Fischerboote zwischen den Stränden und Palmen und Sümpfen hin und her glitten. Wir zogen an vielen Schiffen vorüber, einigen portugiesischen, einigen arabischen und einigen, die zu den Königreichen entlang der Küste gehörten. Eines Nachmittags, eine oder zwei Wochen, bevor wir Comorin umrundeten, sah ich an einem Strand einen Tiger liegen, der gähnte und sich in der Sonne räkelte. Wir rannten alle schreiend und wild gestikulierend zur Reling, und ich erinnere mich, daß ich damals dachte, das dürfe ich nie vergessen. Während wir ihn beobachteten, erhob sich der Tiger und starrte uns an. Sogar auf diese Entfernung konnte ich das gelbe Blitzen seiner Augen ausmachen. Dann brüllte er (ich spürte, wie mir das Herz im Leibe hüpfte) und verschwand in der Dunkelheit zwischen den Bäumen.

Wir gingen in Kalkutta vor Anker. Ich spazierte durch die Straßen der Stadt, über die Basare voller Obst, Musselin, Seide und Fisch. Ich sah Menschen, die in jeder nur erdenklichen Farbe gekleidet waren und runde oder dreieckige Turbane und Juwelen an allen Gliedmaßen trugen. Da waren Händler, Soldaten, Gelehrte, Priester, Arbeiter, Bedienstete. Dutzende von Sprachen schwirrten durch die Luft, zischende und abgehackte Akzente, langgedehnte Vokale, kurze, entschlossene Konsonanten. Wir blieben einen Monat, und ich verbrachte jeden freien Augenblick mit meinen einsamen Wanderungen.

Schließlich segelten wir, mit Gewürzen und Seide beladen, wieder fort. Ich beobachtete, wie die weißen Strände sich in ferne Flecken am Horizont verwandelten, während die Segel knatterten und über mir die Masten knarrten und mir das Herz schwer wurde. Zwei Tage fuhren wir gen Südwesten, dann gerieten wir in eine Flaute und dümpelten nur noch dahin. Die See war schwachgrau, ein Rudel Delphine tummelte sich um unser Schiff und durchpflügte Flecken von Seetang; die Tiere bewegten sich auf den Schwanzflossen stehend durch das Wasser und grinsten zu uns hoch. Am zehnten Tag kam steuerbords Land in Sicht, auf das wir langsam zutrieben. Ich konnte riesige, knorrige Bäume erkennen, deren Zweige ins Wasser reichten und deren Wurzeln aus dem Wasser wuchsen. Die Luft war sehr still, die Sonne ließ uns hastig jeden Schatten aufsuchen, den wir finden konnten, und der blaßblaue Himmel schmerzte in den Augen. Ich saß unter einem Rettungsboot und fächelte mir mit einem kleinen Stroh-Punkah, den ich in Kalkutta erworben hatte, Kühlung zu; ich träumte, dachte wohl an die Geschichten, die ich von den Königreichen der Tiefebene und des Deccans gehört hatte, von den Nawabs von Avadh, den entmachteten Mogulen, den Sikhs, den Marathas, den Rajputs, den Sultanen des Südens. Spät in jener Nacht erhob sich eine leichte Brise, und unser Kapitän kam aus seiner Kabine gestürzt und brüllte Befehle. Taue knarrten, Holz ächzte, und wir begannen uns langsam und zögerlich zu bewegen. Da hörte ich plötzlich aus den Bäumen hervor, aus dem dunklen Wald eine Art hustendes Knurren. Ich richtete mich auf, und dann dröhnte das Brüllen eines Tigers über das Schiff, ein hartes, furchterregendes, unglaublich lautes Fauchen. Ich spürte, wie sich eine warme Flüssigkeit aus mir ergoß und über meine Schenkel floß. Noch ehe das Echo verhallt war, rannte ich schon auf die Reling zu. Ich sprang kopfüber ins Wasser, zerteilte es wie ein Messer. Während ich auf die Bäume zulief, konnte ich hinter mir Schreie hören. Aber ich wußte, daß man nicht anhalten und ein Boot nach mir ausschicken konnte – der Wind hatte aufgefrischt, und um einen einzigen Mann konnten sie sich nicht kümmern. Also schleppte ich mich lachend und weinend und Selbstgespräche führend durch die Dunkelheit. Bald konnte ich mich auf eine dicke Wurzel hochziehen. Die Lichter des Schiffs verschwanden in der Ferne. Ich war allein unter den Bäumen zurückgeblieben.

Thomas war ganz still und blickte dann einen Augenblick lang verträumt in die Dunkelheit.

»Warum?« fuhr er fort. »Man könnte sich fragen, warum? Hört gut zu…«

Während ich durstig und halbverhungert durch den Sumpf taumelte und schwamm, fragte ich mich das immer und immer wieder. Aber die Wurzeln der Dinge liegen im Verborgenen, sie sind uns verhüllt. Die schwarzen Bäume ragten hoch über mir auf, ich sprang von einem Ast zum anderen. Meine Haut war mit Schwären und Stichen und Schürfwunden übersät. Ich verlor meine Schuhe in dem gurgelnden Schlamm, der jeden Tag mit den Gezeiten stieg und wieder abebbte. Ich fühlte mich schwach und verlor jegliche Orientierung. Oft brach ich zusammen, und meine Gliedmaßen zuckten und schlugen um sich, während ich träumte und unglaubliche Kreaturen aus dem grünen Wasser auftauchen sah: Schimären, Greife und Phönixe. Warum? fragte ich mich. Die einzige Antwort, die ich auch jetzt noch finde, ist, daß für manche Menschen das Unbekannte stets die Verheißung der Liebe, der Vollkommenheit in sich birgt.

Eines Morgens lag ich auf dem Rücken auf einem kleinen Inselchen, einem Fleckchen brauner Erde inmitten gurgelnden Wassers. Ich beobachtete mit wäßrigen Augen, wie die Sonne durch die Bäume aufstieg. Dann spürte ich plötzlich einen heißen Atemhauch auf meinen Füßen, einen Pesthauch, der mir über Schenkel und Brust hinaufkroch, einen starken Verwesungshauch, der mir die Nüstern füllte. Ich blickte auf und sah in goldene Augen, ruhige Augen, leere Augen mit einer natürlichen Wildheit, die jeglicher Boshaftigkeit vollkommen entbehrte. Ich spürte, wie Barthaare leise über meine Wangen strichen, und dann den scharfen Schmerz eines Bisses in meiner linken Schulter, knapp unter dem Hals. Er hob mich auf und trug mich mühelos durch das Wasser und über Baumstämme und trockenes Land. Das Blut strömte aus mir heraus und floß über sein Maul, tropfte in den dicken grünen Schaum auf dem Wasser. Die Sonne folgte uns, zog hoch über dem Flickenbaldachin der Bäume über uns hinweg. Licht tanzte in meinen Augen, und ich wußte, daß ich sterben würde. Kurz bevor der letzte Funke meines Bewußtseins verlosch, verlor ich jegliche Beherrschung und roch in dem Dunst, der über dem Wasser schwebte, den Gestank meiner eigenen Exkremente.

Ich öffnete die Augen und sah einen braunhäutigen Mann breitbeinig über mir stehen. Er brüllte dem Tiger etwas zu und fuchtelte mit einem Speer. Der Tiger lag geduckt da, hatte den Bauch flach ins Gras gedrückt und peitschte mit dem Schwanz hin und her. Er knurrte, schob den Kiefer vor, entblößte seine Zähne, die noch von meiner Schulter rosa gefärbt waren. Die Stimme des Mannes verfiel beinahe in einen Gesprächston – er redete mit dem Tier in einer Sprache voller Stöhnen und schnalzender Laute. Der Tiger schien ihm zuzuhören, dann schrie der Mann etwas und reckte die Hände hoch über den Kopf. Der Tiger fuhr zurück, erhob sich aus seiner geduckten Stellung, wandte sich um und verschwand zwischen den Bäumen.

Mein Erretter beugte sich lächelnd zu mir herunter und sprach in jener sanften, schnalzenden Sprache mit mir. Er war ein alter Mann mit einem winzigen, verschrumpelten Gesicht, das mit roter und grüner Farbe bemalt und von einem bunten Federbusch gekrönt war. Um den Hals und an den Ohren prangte Schmuck aus Knochen und bearbeiteten bunten Steinen. Er war in Tierfelle gekleidet und trug Speer und Bogen. All dies nahm ich wahr, während er sich über mich beugte und mir die salzverkrusteten, verfilzten Haare aus dem Gesicht strich. Er legte die flache Hand auf seine dunkle, muskulöse Brust: »Guha«, sagte er, »Guha.«

Ich versuchte zu sprechen, konnte aber nur ein schwaches Krächzen hervorbringen. Guha wischte mir Blut und Schlamm aus der Wunde, hob mich mühelos auf und schwang sich meinen schlaffen Körper über die Schulter. Bei jedem Schritt baumelte mein Kopf hin und her, und meine Wange glitt über seine glatte braune Haut. Bald schon begannen der regelmäßige Rhythmus unserer Bewegung und die Klänge des Sumpfes, dieses zwitschernde, stöhnende, summende, dröhnende Lied, einander in einer hypnotischen Antiphon zu antworten, die mich in die Gefilde der Träume und der Erinnerungen hinabsteigen ließ: Schon hatten die Orte und Gesichter meiner Vergangenheit jenen weichen Schimmer angenommen, der die grotesken Leiden der Kindheit und die trostlose Einsamkeit der ersten Jugend auf immer und ewig verhüllt.

Als ich erwachte, rieb Guha gerade meine Gliedmaßen mit einem nassen Büschel weichen Grases ab, wischte mir Schmutz und Schweiß weg. Später bettete er meinen Kopf in seinen Schoß und träufelte mir den Saft einer Frucht in den Mund. Und immerfort sprach er zu mir, glucksend und leise schnalzend, rollte die Augen, gestikulierte. Oft ließ er mich auf der kleinen Lichtung zurück, wo er sein Lager aufgeschlagen hatte, und verschwand unter den schweren Ästen. Stunden später kehrte er dann wieder, und blutige Kadaver hingen von seinem Gürtel. Als ich wieder gehen konnte, jagte ich mit ihm. Ich duckte mich hinter ihm. Wir schlichen uns an, und in dem Sumpf, in dem ich vormals nichts gesehen und nur Hunger verspürt hatte, erkannte ich nun Überfülle, blühendes Leben: Schwimmen, Kriechen, Gebären, Krallen, Beißen, all die Wunder und all den Schmutz. Ich tötete Wild, und jedesmal kniete sich Guha über den noch warmen Tierkörper und murmelte leise, berührte das blutige Fleisch mit seinen langen dünnen Fingern.

Als die Sonne in den Süden wanderte und die Tage kürzer wurden, waren meine Kleider in Fetzen zerfallen, und ich kleidete mich genau wie Guha, trug sogar Federn und Schmucksteine. Ich lernte ein wenig von seiner Sprache, die Wörter für Blätter, Insekten, Früchte und Tiere, für Furcht und Gefahr, und wir sprachen ab und zu miteinander. Manchmal sang er gegen Tagesende in unserem Lager, hob seine Augen zu dem roten Glühen zwischen den Bäumen. Ich verstand einige Worte, begriff einige kleine Splitter von dem, was er dem Himmel darbot. Aber selbst wenn ich nichts verstanden hätte, wären doch das Staunen, die Ehrfurcht und der Humor in seiner Stimme unüberhörbar gewesen. Als Gegengabe sang ich ihm Lieder vor, an die ich mich aus meiner Kindheit erinnerte. Eines Nachts bei Vollmond sang ich eine Ballade, ein altes Lieblingslied meines Clans darüber, wie sie einmal vor langer Zeit die Engländer in einer Schlacht übel zugerichtet hatten. Als ich eine kleine Pause zwischen den Strophen machte, piepste Guha mit seiner zitterigen Stimme los und fügte ein paar Zeilen aus einem seiner Liedchen ein, und schon bald schwangen wir fröhlich vor und zurück und scheuchten oben in den Baumwipfeln die Vögel auf. Guha beugte sich vor, tätschelte mir das Knie und nickte dazu mit dem Kopf, dann brachen wir beide unter lautem Gelächter zusammen, brüllten vor Vergnügen, waren unendlich begeistert von unserer Verrücktheit. Unser Lagerfeuer prasselte, und vielleicht schaute sogar der Mond oben zu und lächelte ein wenig über unsere Possen, denn gute Freundschaft ist nicht so leicht zu finden, und das Leben ist lang.

Am nächsten Morgen schritt Guha durch unser Lager und sammelte allerlei ein, schien plötzlich sehr zielstrebig. Er forderte mich mit einer Geste auf, meine kümmerlichen Habseligkeiten zusammenzupacken. Ich folgte ihm, und wir verließen die Lichtung. An jenem Tag liefen wir immer nur nach Westen. Guha schlüpfte lautlos durch die Büsche. Bei Sonnenuntergang machten wir einige Minuten Pause, um etwas zu essen, und dann zogen wir weiter. Wohin gehen wir? versuchte ich zu fragen, wohin? Aber er marschierte nur einfach schweigend weiter.

In der Nacht ließen wir die verschlungenen Bäume und das ruhige Wasser hinter uns und wanderten über eine hügelige Ebene. Als wir über einen erhöhten Damm gingen, sah ich in der Ferne das Licht einer Lampe blinken und merkte, daß wir in ein Gebiet des Ackerbaus, der Bewässerung und der Ernten gelangt waren. Einen Augenblick lang verspürte ich Furcht und wünschte mich zurück in die feuchte Höhle des Sumpfes. Aber ich hatte Ozeane überquert, um der erstickenden Enge meines Zuhauses zu entkommen und nach dem schimmernden Märchen namens Abenteuer zu suchen, also fuhr ich mir nur mit der Zunge über die Lippen, packte die Waffen ein wenig fester, und wir gingen weiter, ohne unsere Geschwindigkeit zu verlangsamen oder Pausen einzulegen. So zogen wir vierundzwanzig Nächte lang dahin, und bei Tag versteckten wir uns in Hainen oder dichten Zuckerrohrfeldern. Einige Male kamen Menschen wenige Fuß neben uns vorbei, manchmal sprangen schnuppernd und unruhig die Dorfhunde herbei, aber Guhas Fertigkeiten waren so alt wie die Zeit und kannten keine Grenzen. Schließlich erreichten wir ein Gebiet, wo der Boden langsam zu bewaldeten Hängen anstieg. Als die Sonne über dem vierundzwanzigsten Tag aufging, ließen wir die Felder hinter uns und kletterten in den Schatten des Dschungels.

Nun schienen wir ziellos umherzuziehen, wanderten in großen Bögen unter den Bäumen und dem Unterholz umher. Guha geriet ins Träumen, griff hier und da mit suchender Hand nach Blättern und Rinden. An einem Bach, wo der Boden dunkel und lehmig war, wandte er sich zu mir um, legte mir die Hände auf die Schultern und drückte mich zu Boden. Er faltete meine Beine zum Lotussitz und preßte mir gegen den Rücken, bis ich mit kerzengeradem Rücken auf der Erde saß. Dann ritzte er mit seinem Speer einen Kreis rings um mich herum in den Boden. Er barg mein Gesicht in seinen Händen, beugte sich so nah zu mir herüber, daß ich die gelben Pünktchen in seinen Augen sehen konnte, und blickte mich mit der Zärtlichkeit an, die sich auf dem Gesicht einer Mutter spiegelt, wenn sie ihrem Säugling das Hinterteil abwischt, mit jener ungeschickten Drehung des Halses, jener hilflosen Liebe, und flüsterte mir langsam zu, so daß ich es verstehen konnte: »In diesem Kreis bleibe. Hier ist es.«

»Was?« fragte ich, aber er trat bereits zurück und streckte die Hand zu dem schlammigen Umriß aus, der mich umgab. Seine Finger krümmten sich und schnellten vor, und als er beinahe schon den Erdboden zu berühren schien, schoß von dem Kreis rauchlos und sauber ein weißer Flammenvorhang in die Höhe. Ich fuhr in panischem Schrecken zusammen, sprang auf und schrie, flehte Guha an, das Feuer zu löschen, mich herauszulassen, aber er lächelte nur und schulterte seinen Speer. Dann loderten die Flammen so hoch auf, daß sie ihn ganz verdeckten, alles verdeckten, bis ich nur noch über mir ein rundes Stück Himmel sah, und selbst das wurde bald vom heißen Sonnenball ausgelöscht. Ich sank in die Knie und schluchzte. Eine Weile betete ich zu Gott, dem Heiland meiner Kindheit, den ich bei meinen Reisen vergessen hatte, und zu seiner gebenedeiten Mutter. Ich bat flehentlich darum, von diesem Ort des Bösen und der Zauberei erlöst zu werden. Ich murmelte Entschuldigungen dafür, daß ich mich mit Unerlösten eingelassen hatte, die dem Satan ihre Seelen verkauft hatten. Ich bat darum, daß die göttliche Rache den Magier Guha treffen möge, der mich in dieser Falle gefangen hatte, zweifellos um meine Seele in einem seiner schmutzigen Rituale, in irgendeinem Handel mit unreinen Dämonen zu benutzen. Ich kniete nieder, drückte das Gesicht in den Schlamm, krampfte die Hände zusammen und beichtete jede Verfehlung, jede Sünde, jedes Verlangen, das je aus meinem schwitzenden, unreinen, schleimgeplagten Fleisch geboren ward, jeden Zornausbruch, jedes letzte Quentchen Gier, jeden in Faulenzerei verbrachten Nachmittag, jeden Abend, der nur dem ekelerregenden Geschäft des Kauens, Speichelns und Verdauens gewidmet gewesen war. Ich beichtete alles, die Sünden vermehrten sich auf blutige, monotone Art, wie niedrige Tiere: Mord, Wollust, Unzucht, Begehrlichkeit. Ich weinte, bis mein Körper unter jedem herzzerreißenden Schluchzer schmerzte, und dann verfiel ich in einen erschöpften Halbschlaf.

Als ich erwachte, waren die Flammen erloschen, und es war nur noch ein glühender tiefroter Kreis übriggeblieben, der bebte und zitterte wie die geschmolzene Lava, von der ich einmal vor langer Zeit einen Reisenden auf einem meiner Schiffe hatte sprechen hören. Der Erdboden, auf dem ich kauerte, war mit geronnenem gelbem Erbrochenem verkrustet. Ich streckte meine Hand zur roten Grenzlinie hin aus; ich verspürte keine Hitze, aber je näher ich ihr kam, desto deutlicher fühlte ich, wie mir aus der Magengrube die Furcht emporkroch. Ich kann das heute nicht erklären, kann es euch nicht verständlich machen, aber ich glaube, ich hätte diesen Kreis ebensowenig berühren können, wie ich eine vom Waffenschmied gerade geschmiedete Klinge, die noch zischte und spuckte, hätte liebkosen mögen. Ich konnte mich jedenfalls nicht dazu überwinden, Guhas Zauberlinie zu überschreiten und mein luftiges Gefängnis zu verlassen. Also blieb ich.

Im schummrigen Licht der Morgendämmerung sah ich ein Reh vorsichtig zwischen den Bäumen hervortreten und zum Wasser gehen. Ich verspürte Hunger und sah mich auf meinem kleinen Erdfleckchen um, fand aber nur einige wenige Grasbüschel. Ich rupfte einen grünen Halm aus und führte ihn zum Mund, und sofort lief mir das Wasser im Munde zusammen. Aber noch ehe ich zu Ende gekaut hatte, fühlte ich mich bereits gesättigt. Im Laufe der nächsten Tage entdeckte ich, daß ich irgendwie Nahrung aus der Luft und dem Sonnenlicht aufzunehmen schien, aus dem Duft, der von den Blumen herüberwehte, die zwischen den Felsen am Bachufer wuchsen. So überlebte ich, beobachtete die Tiere und Vögel, die mich zunächst ängstlich umkreisten, mich dann aber bald als einen Bewohner ihrer Welt annahmen, als einen Beobachter, der so still und so wenig bedrohlich war wie die Felsen oder die Bäume. Keines der Raubtiere versuchte in den Kreis einzudringen, und so faßte ich nach einer Weile Vertrauen zu Guhas Zauber und betrachtete bei Tag das anmutige Springen des Leoparden und bei Nacht den schwereren, sicheren Tritt des Tigers.

Im Laufe der Zeit wurde mein Kopf ganz leicht. Im Morgengrauen lag der Tau dick auf den Blättern, und die weißen Wolken bewegten sich beinahe unmerklich am Himmel. Manchmal schlief ich und träumte, und wenn ich die Augen aufschlug, schienen die Träume noch weiterzugehen. Nebeldunst, die ganze Welt ein Nebeldunst, furchtbar und wunderschön, und manchmal wußte ich sogar in meinen Träumen, daß ich immer noch in diesem Kreis saß, daß mein Körper durchscheinend wurde wie schlieriges Glas, so daß ich durch meine Finger hindurch die Grashalme sehen konnte, und jetzt drang mir die Sonne bis ins Herz, und mein Schatten wurde immer schwächer und undeutlicher. Schließlich konnte ich nicht mehr aufrecht stehen. Ich rollte mich auf die Seite und zog die Knie an die Brust.

Als sie mich fanden, konnten sie durch meine Schenkel und Arme hindurch den Erdboden sehen. Sie beobachteten mich erst eine Weile, wie sie mir später erzählten, hielten mich für den Teil eines Traumes, den irgend jemand träumte, oder für ein durch Kummer geschwächtes Gespenst. Guhas roter Kreis war verschwunden und hatte nur einen schwachen dunklen Fleck hinterlassen. Nach kurzer Zeit begann ich um mich zu schlagen, und dann sahen sie, wie ich im Schlamm nach einem winzigen grünen Hälmchen wühlte, das sich kaum aus der Erde gewagt hatte, und es dann zitternd zum Mund führte. Da wußten sie, daß ich ein menschliches Wesen war. Sie hoben mich auf, wunderten sich laut darüber, wie leicht sich mein Körper vom Boden aufnehmen ließ, und trugen mich in ihr Dorf, wo ein Ojha mit trockenen Blättern über mir raschelte und mich eine alte Frau mit einem pappigen grauen Brei fütterte, wobei sie mit ihren rauhen harten Fingern meine Lippen berührte.

Sie nannten sich die Vehi. Später erzählten sie mir, einst sei ein Stück der Sonne herabgefallen und durch die Luft getrudelt. Ein Adler habe es für eine Art kleinen Kolibri gehalten und sich im hohen Bogen herabgesenkt, um das Stückchen aufzuschnappen, und sei dann, durch die Hitze in seinem Rachen völlig betäubt, sofort erdwärts gefallen. Im Laufe der Zeit seien ihm nacheinander Federn und Klauen und Schnabel abgefallen, bis nur noch ein weichhäutiges, von dem Leuchten in seinem Inneren völlig verwandeltes Tier übrig war: das erste menschliche Wesen, der ferne Ahne der Vehi. Ich lebte viele Monate bei ihnen, erholte mich von meiner Tortur und lernte ihre Sprache. Ich warf meine mir noch verbliebenen Schmuckstücke fort und kleidete mich wie sie, trug um meine Lenden ein Stück Stoff gegürtet, das sie im Tauschhandel aus den Tiefebenen bezogen hatten. Zunächst verbrachte ich meine Tage damit, zwischen den Bäumen herumzustreifen und den Frauen zuzusehen, die Wurzeln und Früchte sammelten, aber als ich meine Kraft wiedererlangt hatte, ging ich mit ihnen auf die Jagd und verfolgte Tiere und Vögel jeglicher Art. Manchmal erzählte ich ihnen von meiner Heimat und von den anderen großen Städten, die ich gesehen hatte, und dann klatschten sie sich vor Verwunderung auf die Wangen. Aber mir schien alles sehr fern und glanzlos, und ich fragte mich, wie ich einmal so hatte leben können. Früher hätte ich diese Menschen als Wilde bezeichnet, sogar als Unerlöste, aber nun wußte ich, daß ich, wenn sie nicht gewesen wären, im Schlamm des Urwaldes versunken und ein Traum oder Gespenst geworden wäre, denn ich verstand nun, daß einem der Dschungel das antun kann. Also blieb ich bei ihnen und lernte ihre Geschichten.

Die Tage vergingen, und ich verbrachte meine Zeit mit den jungen Männern meines Alters. Ich lernte, die Waffen der Vehi zu benutzen, und schon bald waren meine Unterarme mit den geschweiften weißen Narben der Bogenschützen übersät. In der Nacht saß ich mit den jungen Leuten des Stammes zusammen, erzählte Geschichten, sang Lieder und spielte Liebesspiele im Gotul, der Schule. Vom zwölften Lebensjahr an verbrachten die Mädchen und Jungen der Vehi ihre Nächte unter dem Schilfdach der Schule. Dort lernten sie Lieder, Geschichtenerzählen und Liebeskunst, alles, was das Leben ausmacht. Jeder wählte eine andere Person aus, einen Schatz, eine Geliebte, aber diese Paare trennten sich oft, und neue fanden sich zusammen, alles ohne große Aufregung oder Eifersucht. Die älteren Leute draußen heirateten und kümmerten sich um die Verwaltung der Ansiedlung und die Beschwichtigung der Götter und Geister, die in den Bäumen, in den Bächen und im Himmel wohnten. Manchmal setzte der Monsun spät ein, und dann auch nur mit sehr kurzen und schwachen Regenschauern, nicht mit den wilden Wassern, nach denen die ausgetrocknete und geborstene Erde zu schreien schien, und darauf folgten Zeiten der Dürre und des Hungers. Die Tiere starben schnell, scharrten verzweifelt in den bröckelnden Furchen der Flußbetten, und die Vehi wurden dünn und helläugig, aßen Blätter und kämpften mit Wildschweinen und Eichhörnchen um die Wurzeln. Einige ältere Leute saßen im Schatten und starrten in die Ferne, während Fliegen um ihre Lippen schwirrten, ihnen über die Mundwinkel krabbelten und sich nahe bei den Nasenlöchern niederließen. Dann starben Kinder. Aber auch dies ging vorüber, und das Leben bei den Vehi war leicht und gut, weil ihre Priester fröhlich waren und es kein Geld gab. Ich weiß nicht, wie lange ich bei ihnen verweilte, vielleicht einige Jahre, vielleicht zwei oder drei oder vier. Ich weiß nur, daß die jungen Leute meines Alters schon den Gotul verlassen hatten und daß meine Freunde und ich fern von der Siedlung jagten, an Orten, die ich noch nie gesehen hatte.

Eines Nachmittags kamen wir an eine hohe Felsenklippe, wo die Hochebene steil zum Tiefland abfiel. Drunten waren bunte Zelte mit Wimpeln, Elefanten und Pferde zu sehen. Ein Kavallerietrupp ritt im großen Bogen aus dem Lager und verschwand in einer Staubwolke. Die Sonne blitzte auf Kanonen und Lanzenspitzen. Wir saßen da und schauten, und während der Nachmittag verging, erzählten mir meine Freunde eine Geschichte, die ich schon einmal gehört hatte: Die Vehis waren einst Könige gewesen und hatten über die unermeßlichen und reichen Ebenen geherrscht. Sie hatten in Palästen gewohnt und Heere wie dieses befehligt. Aber eines Tages hatte sie der König eines benachbarten Reiches überfallen, war im Schutze der Nacht auf kaum bekannten Pfaden über die Grenze gekommen, und bald schon kämpften die Vehi auf den Straßen ihrer Städte und Dörfer. Sie wurden besiegt und zogen sich in den Dschungel zurück, wo sie sich wieder der alten Lebensweise zuwandten, als wären die Paläste nur ein Traum gewesen. Ich lauschte und beobachtete, wie sich unten die Elefanten ameisengleich bewegten. Und ich dachte bei mir, wie das wohl sein mochte mit den Franzosen im Süden, den Marathas und Rajputs im Westen, den Sikhs im

Norden, den Briten im Osten und den Mogulen in der Mitte (entmachtet und von Erinnerungen geplagt) und all den anderen, all diesen Königreichen, den Königen und Prinzen und Generälen und Soldaten, Maharajas und Sultanen, Königinnen und Gemeinen – alle waren sich ihres Lebens nicht sicher, waren verängstigt und gierig, und sie hatten keine Mitte mehr. Bis spät in die Nacht hinein beobachtete ich die Lagerfeuer unten. Am nächsten Morgen, als meine Freunde ihre Bögen aufnahmen, hielt ich sie zurück und sagte: »Wartet, die Vehi sollen wieder Könige werden.«

Die Schaukel quietschte erst leise und sacht, dann schriller. Einige Lampen waren flackernd verloschen, das Öl war ausgegangen. Als Thomas aufblickte, konnte er das Gesicht der Begum kaum erkennen. Er schluckte, schmeckte das bittersüße Aroma der Vergangenheit auf der Zunge und fuhr fort.

Ich sagte, die Vehi sollten wieder Könige werden. Zuerst lachten sie alle, waren voller Feuereifer, sofort von dem Gedanken an eine solche Zukunft bezaubert. Aber als ich ihnen dann erklärte, was es bedeuten würde, als ich vom Abstieg aus dem Dschungel redete, vom Abstieg über die zerklüfteten Weiten der Klippe und von den Anstrengungen, die da folgen würden, von den Kämpfen, vom Soldatenleben, da saßen sie ernüchtert und gedankenverloren vor mir. Ich sah es ihren Gesichtern an, während sie überlegten: Ich sah die Phantasiebilder von Palästen und Macht, die Erinnerung an den Duft der Kochstellen in der Siedlung am Abend und an den fernen nächtlichen Gesang vom Gotul, und noch bevor sie die Köpfe schüttelten, wußte ich, daß ich der einzige Verrückte war, der sich in die Welt dort unten stürzen würde, in dieses Chaos aus Ehrgeiz und Gier, das wir Zivilisation zu nennen belieben.

Also nahm ich Abschied von den Brüdern meines Alters, hielt jeden einen Augenblick lang eng umfangen und stieg dann in die Tiefebene hinab. Schon bald waren ihre Stimmen verhallt, und die steile Bergwand verdeckte den dahinterliegenden Dschungel. Am späten Nachmittag konnte ich bereits die Blätter an den Büschen unter mir erkennen, und die Wachtposten des Lagers hatten mich erspäht. Als ich unten am Abhang über das lose Gestein geklettert kam, erwarteten mich drei Reiter, die über mir den Felsen mit den Augen absuchten. Ich merkte, daß sie beunruhigt waren und nicht wußten, was auf sie zukam. Ich konnte sehen, daß Kriegszeit war. Ich wußte, wie seltsam ich mit dem Eingeborenenbogen, den blauen Augen und der bleichen Haut eines Firangi oder Pathan für sie aussehen mußte, also lächelte ich fröhlich und grüßte sie in der mir plötzlich so wenig vertrauten englischen Sprache und mit meinem bißchen Französisch. Sie blickten einander verwundert an, verstanden zwar meine Worte nicht, erkannten aber wohl die Rhythmen wieder. Dann trieben sie mich vor sich her ins Lager, ritten mit gesenkten Lanzen hinter mir her.

Es waren muskulöse Männer auf guten Pferden, die, wie es mir schien, ganz nach Lust und Laune in einer wilden Farbenvielfalt gekleidet waren, so völlig anders als alle Berittenen, die ich je zu Augen bekommen hatte. Obwohl jeder eine Lanze trug, waren doch alle Waffen unterschiedlich lang, von sechs bis beinahe zwölf Fuß, und nur an einer flatterte ein Wimpel. Alle drei besaßen Tulwars, das Krummschwert der Hindustanis, aber jedes hatte einen anderen Griff, und eines war ganz besonders reich in Silber ziseliert. Zwei Männer verfügten über Pistolen, und alle drei hatten ganze Sortimente von Dolchen und Messern im Gürtel stecken. Insgesamt waren sie mit ihren Turbanen und hochgezwirbelten Schnurrbärten und langwallenden Locken ein überaus buntscheckiges, schneidiges Trio. Doch in meinen Augen wirkten sie, so wie sie ausstaffiert waren und sich gaben, kaum wie Soldaten, nicht einmal wie Kavalleristen, von denen man ja weiß, daß sie eine übergroße Vorliebe für Schneid und Eleganz haben.

Als wir das Lager erreichten, hatte sich dort bereits eine ganze Menschenmenge versammelt, die wie ein Kometenschweif hinter uns herzog. Ich schritt zwischen all dem Drängeln und Rufen hindurch, vorbei an Kaufmannsbuden, Lebensmittelständen, Juwelieren, Tuchhändlern, Süßigkeitenverkäufern, Waffenschmieden, einem regelrechten Basar, der,

wie ich sehen konnte, beinahe so gut versorgt war wie das geschäftige Handelsviertel von Kalkutta, das ich, wie ihr euch
erinnern werdet, kurz kennengelernt hatte. Auch das war
äußerst seltsam: Dieses Heer marschierte in Begleitung eines
regelrechten Trosses von Händlern, Handwerkern und Un-
terhaltungskünstlern, es war eine Art wandernde Stadt, die
dem Soldaten auch im Feld die Freuden und Bequemlichkei-
ten eines geordneten Lebens bot. Bereits zu diesem Zeitpunkt,
in diesem babylonischen Stimmengewirr wußte ich, daß mich
dies noch sehr beschäftigen würde. Denn obwohl es zweifellos
auf eine wesentlich zivilisiertere Art der Kriegführung hin-
auslief, als diejenige, die man dort pflegte, wo ich herkam, so
ging es doch auf Kosten der Beweglichkeit und hatte eine
fatale Unfähigkeit zu schnellen Reaktionen und zum blitz-
artigen Zuschlagen zur Folge. Ihr müßt verstehen, daß bereits
damals etwas mit mir geschehen war, daß ich schon dachte:
Das und das werde ich tun, diese und jene will ich überfallen,
das alles wird mir gehören, ich werde dies und das sein. Ich
hatte den Vehi gesagt, daß sie wieder Könige werden würden,
aber sie hatten sich in ihre grünen Wohnstätten zurückgezogen, und ich dachte schon nicht mehr an sie.

Wir schritten zu einem großen roten Zelt, und der Reiter
mit dem reich verzierten Schwertknauf schwang sich vom
Pferd, nickte den Wachen zu und ging hinein. Die Menschenmenge hatte sich im Halbkreis um den Eingang geschart, und
während wir warteten, rief mir jemand etwas zu. Als ich nicht
reagierte, traktierte man mich recht unsanft mit Stöcken und
Tulwars. Ich machte einen schnellen Schritt zurück und nahm
den Bogen von der Schulter. Einen Augenblick lang herrschte
angespannte Stille, und ich konnte die Fahnen im Wind flattern hören. Aber dann näherten sich von hinten Schritte, und
die Menge schien in sich zusammenzufallen, die erhobenen
Stöcke senkten sich und die zuckenden Hände bewegten sich
von den Schwertgriffen weg. Ein stämmiger Mann von vielleicht dreißig Jahren – in weiße Seidengewänder gekleidet,
Perlen am Hals, an den Fingern Diamanten und ein sma-
ragdbesetztes Schmuckstück am Turban – ging in guten zehn
Fuß Entfernung langsam im Kreis um mich herum. Ein anderer, ein weißhaariger Mann mit breiter Brust, trat zu mir

hin und blickte auf meinen Bogen. Er sah sich um und zeigte dann auf einen Speer, der ungefähr fünfzig Fuß entfernt im Boden stak. Ich legte einen Pfeil ein, sandte ein Gebet zum Himmel, dachte unerklärlicherweise in jenem Augenblick an Guha und schoß. Der Speer bebte, und ich konnte das schnelle, ersterbende Surren seiner Schwingungen hören. Nun fühlte ich mich meiner Sache sicher, zog einen weiteren Pfeil hervor und schoß ihn knapp unter den letzten, einen anderen etwas darüber. Die Menge murmelte anerkennend, der weißhaarige Mann grinste.

Und so kam ich in die Dienste des Raja von Balrampur, denn das war der in Seide gekleidete Mann. Am frühen Morgen gingen Uday – der Weißhaarige – und ich immer hinter die Gefechtslinien und schossen mit Pfeilen nach Bäumen, Zweigen und schließlich sogar nach Blättern, die in der Luft zitterten. Ich brachte ihm alles bei, was ich über den Gebrauch des Vehi-Bogens wußte, und er zeigte mir Übungen zur Stärkung der Handgelenke und unterwies mich in der Kunst, wie man den Tulwar schwingt. Ich lernte auch die Sprache des Lagers, der Soldaten aus allen Gegenden von Rajasthan bis zum Deccan, jenen aufregend schönen Dialekt, den man Urdu nennt. In diesen ersten Tagen und Wochen, während ich die Lebensweise der Leute kennenlernte, waren die morgendlichen Übungen mein einziger Kontakt mit den Soldaten. Denn getreu den Regeln ihrer Kasten wollten sie mich nicht in die Nähe ihrer Kochstellen lassen. Ich war ein seltsamer, abgerissener Firangi, und nur die Niedrigsten der Niedrigen, die Plünderer und die Straßenkehrer, ließen mich bei sich sitzen, wohl weil sie, nehme ich an, den Kitzel genossen, einmal einen wirklich fremd klingenden Fremden an ihren Feuern zu Gast zu haben.

Ich war einsam, einsamer denn je. Ich versank noch tiefer in meinem Alleinsein als während jener frühen, furchterregenden Tage meiner ersten Reise, als die See glatt und still war und der Spülicht, den wir über Bord kippten, beinahe ohne einen einzigen Spritzer unterging. Ich lag nachts da und knirschte mit den Zähnen, und ein drückender Schmerz lastete mir gleich unterhalb des Halses schwer auf der Brust. Ich wälzte mich unruhig hin und her und fragte mich, warum ich immer von einer ungewohnten Umgebung zu nächsten weiterziehen mußte. Ich träumte von den Vehi, von meinen Geliebten, meinen Brüdern, aber ich wußte schon jetzt, daß es keine Rückkehr geben konnte. Für manche von uns gibt es nie eine Rückkehr.

Der Raja von Balrampur hatte einige Monate zuvor die Thronfolge angetreten, nachdem sein alternder Vater auf einmal Blut in die geliebten Jasminbüsche spuckte. Als der alte Mann gestorben war, hatte der Nawab des benachbarten Fürstentums Amjan mit räuberischen Horden die Dörfer nahe der Grenze überfallen, um Balrampurs Nervenstärke auf die Probe zu stellen. Es hatten Verhandlungen stattgefunden, und Brahmanen hatten Anfragen und Drohungen hin und her getragen. Aber schließlich hatten sich die Heere auf das Schlachtfeld begeben, und nun marschierten wir in großen Bögen aufeinander zu, machten Vorstöße und drängten, suchten nach einer Öffnung, nach der einen, der einzigen Gelegenheit. In einem langsamen, spiraligen Tanz schoben sich die beiden Heeresmassen aufeinander zu, trieben dann wieder auseinander, zögerten wohl, aufeinanderzutreffen, waren aber nicht in der Lage, sich aus diesen aufeinander zustrebenden Umlaufbahnen zu befreien.

Vom Rand aus beobachtete ich, in Udays abgelegte Gewänder gekleidet, die täglichen Vorgänge im Lager: die Männer, wenn sie morgens mit ihren Waffen übten, den blauen Dunst und den pfefferigen Geruch von den Kochstellen, die ausgefeilte Etikette der Durbars und das Überreichen der Khilluts, die heftigen Zetereien über Rückstände bei den Soldzahlungen und die großartigen Versprechungen, an Festtagen die langen Tänze der berühmten Kurtisanen mit ihren klirrenden Fußreifen, die endlosen Reihen in die Weite starrender Augen. Ich folgte Uday auf Schritt und Tritt, wenn er Befehle hervorknurrte, Pferde und Gewehre überprüfte, Ratschläge gab und, wie mir schien, die Pflichten und Obliegenheiten eines Offiziers mittleren Ranges erfüllte. Bald galt ich allgemein als Udays Leibwächter und Majordomus, eine Stellung, die, wie ich später begriff, immer Fremde innehatten: Araber, Abessinier, Pathans, Afghanen, Mongolen, Türken, Perser, all die flinken Abenteurer, die immer wieder den Weg nach Hindustan fanden, um hier ihr Glück zu suchen. Ich begann auch in ihrer Sprache zu reden, zunächst Begrüßungsworte und die Formeln guten Benehmens, dann die komplizierten Flüche der Soldaten, die am Anfang eines jeden Marsches aus dem staubigen Chaos erklangen und sich stets wenig schmeichelhaft auf Familienverhältnisse und Anatomie des Gegenübers bezogen. Während wir marschierten, hielt ich die Augen offen und lernte viel. Wir schienen uns, wie ein Sprichwort sagt, so vorwärtszubewegen, wie die Eidechse rennt und die Schildkröte kriecht. Schließlich standen die beiden Heere einander in der Nähe einer Stadt gegenüber, deren Namen ich vergessen habe. Als die Sonne nur noch eine purpurne und violette Pfütze am Horizont war, konnten wir die Feuer des Gegners nach Norden hin über die Ebene verstreut sehen, wie ein Nest Glühwürmchen, wie Katzenaugen im Dunkeln.

Ich schlief unruhig, und im ersten Morgengrauen, das nur flache Schatten kennt, wenn es noch unmöglich scheint, daß einmal die Explosion der Farben folgen wird, hockte ich da, zitterte und lauschte dem Klopfen meines Herzens. Als sich im Lager Leben regte, ging ich umher und schaute mir die schläfrigen Gesichter an, die sich mit Dantunzweigen die Zähne schrubbten oder der Sonne ihr Morgenopfer darbrachten. Ich sah keinerlei Furcht, und niemand schrieb noch schnell verzweifelt Briefe, wie ich das an anderen Morgen, vor anderen Schlachten sonst erlebt hatte. Da verstand ich, daß ich mich unter Fremden befand, inmitten von Soldaten, die einem fremden Glauben anhingen, aus einem fremden Boden gewachsen waren.

Nach einem geruhsamen Frühstück traten wir in Formation an und marschierten aufs Feld. Ihr könnt euch die Situation sicher gut vorstellen: das Blitzen der Sonne auf den Rüstungen und Waffen, den Staub, den Trommelschlag, das Schrillen der Tritonshörner und Knarren von Zaumzeug, das Wiehern der Pferde und Trompeten der Elefanten, den mächtigen Gestank des Dungs. Balrampur ordnete sein Heer so an: Die Front bestand aus drei Infanterieregimentern, zwischen denen, bunt zusammengewürfelt, Kanonen aus seinem Arsenal aufgebaut waren. Die linke Flanke wurde von einem

Rissalah Kavallerie geschützt, zum größten Teil waren es Afghanen und Rajputs. Die leeren Häuser der namenlosen Stadt, wo sich eine Infanteriebrigade eingegraben hatte, dienten uns auf der rechte Flanke als Schutz. Hinter der vordersten Linie der Infanterie hatte der Raja drei Rissalahs Kavallerie und eines mit Elefanten aufgestellt, und ganz hinten hielt er sich schließlich, von seiner Gardekavallerie umringt, selbst auf. Er thronte, in strahlendes Weiß gekleidet, auf einem mit einer herrlichen Schabracke geschmückten Elefanten. Seine Howdah hatte beinahe drei Fuß hohe Stahlwände, so daß nur Kopf und Augen dem Angriff ausgesetzt waren.

Udays Rissalah lag hinter Balrampur in Reserve. Ich hatte kein Pferd, mußte also neben dem Araberrappen meines Mentors herlaufen und mich an meine armseligen Vehiwaffen klammern. Zudem hatte Uday mir einen Tulwar gegeben. Er lächelte mir zu, fingerte am Knauf des Schwertgriffs, der an einer Art Scharnier aufklappte und ein flaches Fach freigab, das voller grüner Kügelchen war. Uday nahm eines und steckte es sich in den Mund. Als er bemerkte, daß ich ihn beobachtete, schnippte er mir auch eines zu. Ich streckte die Hände aus, um es zu fangen, verfehlte es aber im Sonnenschein. Ich kämmte im Knien mit den Fingern durch das Gras, um das Kügelchen zu suchen, und als ich es zum Mund führte, waren mein Hände vom Saft der geknickten Grashalme grün geworden. Ich kaute, leckte mir die Finger und sah zu, wie sich Amjans Heer auf der anderen Seite des Feldes auffächerte. Eine ruhige Trägheit und schicksalsergebene Gelassenheit durchströmte meine Adern bis in die Fingerspitzen.

Die beiden Heere waren einander etwa ebenbürtig, obwohl wir vielleicht über ein wenig mehr Infanterie verfügten. Unser Gegner hatte ungefähr spiegelbildlich zu unseren Reihen Aufstellung genommen: die Kavallerie an den Flanken, die Infanterie und Kanonen im Zentrum. Allerdings waren die Schlachtreihen des Feindes ein wenig kürzer als die unseren, und die linke Flanke verlief schräg zu der Stadt zu unserer Rechten. Kurz vor Mittag, wenn man nach dem Stand der Sonne ging, sah ich Rauchwolken auf der anderen Seite des Feldes aufsteigen, und dann hallte das Dröhnen der Artillerie zu uns herüber, dicht gefolgt vom Zischen der Kanonenkugeln. Unsere Geschütze antworteten mit einer Kanonade, und schon wurde an allen Seiten gefeuert. Aber die Männer in unserer Umgebung blieben gelassen. Mir raste das Blut durch die Adern, und ich erinnere mich noch, daß ich nichts als wilde Erregung verspürte und überrascht sah, wie die Kanonenkugeln (kleine schwarze Punkte vor dem blauen Hintergrund) auf der Höhe ihrer Flugbahn innehielten, ehe sie sich herabstürzten und Schlammfontänen aufspritzen ließen. Das Feuer schien mehr Krach und Rauch als Verletzte zu bewirken. Dazu kam noch das Zischen und Dröhnen von Raketen: Männer rannten mit Stöcken und Lunten zwischen den Reihen hin und her und feuerten sie ab. All dies war mir damals völlig neu, müßt ihr wissen. Sogar als ein funkenspeiender Feuerball sich auf geschwungener Bahn durch die Luft auf uns zubewegte und in der Nähe auf dem Boden verlosch, worauf die Pferde nervös tänzelten und die Köpfe schüttelten, stand ich immer noch kerzengerade und mit steifem Hals und hin- und herjagenden Augen da und nahm alles durstig in mich auf, ich übereifriger junger Dummkopf.

Mit einem Aufschrei bewegten sich aus der Mitte von Amjans Reihen die Kämpfer auf uns zu, kleine Feuerzungen spien auf unsere Linien. Balrampur sagte etwas zu einem seiner Generäle, und dann preschten zwei Reiter fort. Augenblicke später galoppierte eines der vor uns aufgestellten Rissalahs zwischen unseren Infanteriebrigaden hindurch und stürzte sich auf den Feind, zerstreute seine Truppen in alle Himmelsrichtungen, zog aber sofort einen Gegenangriff von Amjans Kavallerie auf sich. Die Reiter umkreisten einander, Staubwolken wirbelten um sie auf, und an meinem Standort konnte ich die Schreie, die Befehle, die Erkennungsrufe und das Schmerzgebrüll hören – es klang weit weg und spröde durch die heiße Luft. Mir dröhnte der Kopf, ich überlegte, wie es wohl da drinnen in diesem Wirbel sein müßte. Ich kann euch dieses Gefühl nicht beschreiben: Mitleid und Furcht und Feuereifer und darunter etwas anderes, das obszöne Brausen des Blutes. Ich war jung, also betrachtete ich das Spektakel völlig selbstvergessen und vergaß dabei ganz, die Taktik der Generäle, ihre Finten und Techniken und ihre Nutzung des Terrains so sorgfältig zu beobachten, wie ich es mir in der Ruhe der Nacht vorgenommen hatte. Ich kann euch also nicht genau sagen, was auf dem Schlachtfeld geschah, während die Sonne über uns hinwegzog und die Schatten sich um uns her verschoben. Aber ich erinnere mich an eine plötzliche Aufregung ganz in meiner Nähe, an verrenkte Hälse und Bewegung.

Ich blickte zu Uday auf, der seine Augen beschattete und auf die Stadt zu unserer Rechten schaute, wo Rauch über den Dächern aufstieg. Vor uns war die gesamte Front in Gefechte verstrickt und in Staub gehüllt. Die Sonne, ein brennender gelber Fleck über uns, war trübe geworden, aber die Luft stach mir glühendheiß in die Nase, und das Metall am Griff meines Schwertes verbrannte mir die Finger. Es war klar, was Amjan gemacht hatte: Einige Truppenteile hatten sich, vielleicht während der Nacht, in der Nähe der Stadt in einem kleinen Wäldchen oder in einer Mulde, einem Nullah oder etwas Ähnlichem verborgen, und als unsere Linie ins Gefecht eingriff, hatte dieser Trupp die Stelle attackiert, wo wir am wenigsten mit einem Angriff rechneten, um von dort unsere Flanke aufzurollen. Befehle wurden gebrüllt, und die Reiter um mich herum begannen sich in Bewegung zu setzen. Ich rannte neben Uday her. Er blickte mich nachdenklich an und schien etwas zu überlegen, dann verfiel er in Trab – jetzt konnte ich kaum noch mithalten. Ich gestikulierte mit erhobenem Bogen, wußte wohl selbst nicht, was ich damit meinte, aber in seinen Augen veränderte sich etwas: Vielleicht war es nur ein Blinzeln gegen den Staub, vielleicht auch etwas anderes, jedenfalls griff er nach unten, packte mich beim Arm und zog mich nach oben. Einen Augenblick später saß ich hinter ihm und wurde auf und ab gerüttelt, während wir, so schnell wir konnten, auf die weißen Häuser zugaloppierten.

Auf der Hauptstraße setzten wir über umgestoßene Wagen und verrenkte Leichname. Am anderen Ende der Straße kämpften zwei Gruppen von Männern stöhnend miteinander, waren ineinander verkeilt und verklammert. Während wir uns ihnen noch näherten, umschwirrte uns ein Kugelhagel von den Dächern, sausten uns Geschosse dicht am Kopf vorbei und trafen mit kurzem dumpfem Schlag auf lebendiges Fleisch. Ich spürte, wie das Pferd unter uns ins Straucheln kam und zur Seite wankte, und dann mußten wir uns schnell in Sicherheit bringen, als es zu Boden ging. Ich versuchte mich zur anderen Straßenseite durchzuschlagen, aber irgend etwas, ein Stiefel oder ein Knie, traf mich im Nacken. Ich schmeckte Blut, und mein Blick verschleierte sich. Als ich wieder zu mir kam, lag ich auf Knien, und Uday schleifte mich hinter sich her. Er hatte den Säbel gezückt und fluchte, schrie irgend etwas von Müttern und Schwestern, das mich beinahe laut auflachen ließ. Ich sah wild strampelnde Pferdehufe und einen feinen Blutstrahl, kicherte ein wenig und kämpfte mich auf die Füße.

Da sie in der schmalen Straße zusammengedrängt waren, hatten die Sowars keine Gelegenheit, ihre Geschwindigkeit, ihre Beweglichkeit oder ihr Gewicht zum Tragen zu bringen. Von den Dächern, wo ein anderer Kampf tobte, regneten unablässig Pfeile herab. Ich hörte das peitschende Knallen der Jezails, und schon bald türmte sich blutend und nässend ein Haufen aus Menschen und Tieren auf, wie Treibholz zusammengebündelt, bildeten sie ein Damm, gegen den die nachfolgenden Reihen brandeten und wirbelten und ihrerseits hilflos niedersanken. Ein reiterloses Pferd drängte sich, wahnsinnig vor Furcht, an mir vorbei. Ich krallte meine Hand in seine Mähne, zog mich hoch und beugte mich dann zu Uday hinunter. Wir jagten wieder die Straße entlang, hinweg von dem alles niedermähenden Geschoßhagel.

Uday schrie Befehle, und schon bald brach das gesamte Rissalah über den Maidan am Ende der Straße herein. Die Reiter machten kehrt, waren offensichtlich bereit, sich wütend und unüberlegt sofort kopfüber in einen neuen Angriff zu werfen. Wieder rief Uday irgend etwas, und sie beruhigten sich ein wenig. Inzwischen dachte ich an die Gefechte, die ich auf See miterlebt hatte, an die beiden Schiffe, die vor dem Wind kreuzten, um sich längsseits anzunähern und Breitseiten aufeinander abzufeuern; ich dachte an die Kartätschenkugeln, die Segel durchlöcherten und über die Decks strichen.

»Kanone«, sagte ich auf Urdu. Das Wort war mir sofort und mühelos eingefallen. Ich zeigte auf die Mitte unserer Angriffslinie, dann wieder auf die Stadt zurück: »Kanone.«

Uday schien zu verstehen. Auf seinen Befehl saß die Hälfte des Rissalah ab, einige liefen die Straße hinunter, andere zogen sich auf die Dächer hoch. Vier folgten uns noch zu Pferd, während wir kehrtmachten und in den Staubwolken verschwanden. Ein Infanterieregiment tauchte aus dem Dunst auf und marschierte hinter uns vorüber. Hier und da saßen hilflos blickende Männer; und die Gegenwart des Todes war bereits daran zu spüren, wie ihre Hände schlaff mit nach oben gedrehten Handflächen auf dem Boden lagen. Wir mußten blitzschnell ausweichen, um nicht mit drei Reitern zusammenzustoßen, die mit rollenden Augen und gefletschten Zähnen an uns vorbeijagten und vorüber waren, ehe wir ausmachen konnten, ob es Freunde oder Feinde waren. Der Boden war wie umgepflügt, wie von einem riesigen Tier durchwühlt. Eine Kanone lag mit zerborstenen Rädern auf der Seite. In einiger Entfernung luden zwei Männer ein anderes Geschütz, einen Fünfundzwanzigpfünder, und machten es zum Feuern bereit. Als wir nähergeritten kamen, gingen sie unter der Kanone in Deckung und erwarteten wohl, von unseren Lanzen aufgespießt zu werden. Uday redete mit ihnen, und sie kamen blinzelnd wieder zum Vorschein. Ich nehme an, der Kampf war über sie hinweggebrandet, hin und her, und die Ochsengespanne, die ihre Geschütze zogen, waren längst verschwunden, entweder zurückgefallen oder umgekommen. Ich konnte kein Zugseil entdecken, also nützten auch unsere Pferde nicht viel. Die Zeit war knapp. Wir sprangen also ab und stemmten die Schultern gegen die Kanone. Sie bewegte sich im schlüpfrigen Schlamm langsam und widerspenstig vorwärts. Meine Wange war an das heiße Metall geschmiegt, während ich nach Luft japste und spürte, wie mir das Blut in die Schläfen schoß. Ein kleiner Graben, über den wir noch Augenblicke zuvor leicht hinweggeritten waren, ohne auch nur die kurze Anspannung der Muskeln unter dem Sattel zu bemerken, erschien uns nun wie ein breiter Wassergraben, wie ein beinahe unüberwindliches Hindernis, das wir verfluchten und beschimpften. Ich schob und drückte, und die Welt schnurrte zu einer kleinen Kugel zusammen, die mit dem Holz unter meiner Hand und dem schweren verbrannten Geruch des Metalls angefüllt war, und dann rollte sie über den Graben, unsere Kanone, und wir schoben sie auf die Stadt zu, in unserem Gefolge die beiden Artilleristen, die mit Pulversäcken und Kanonenkugeln bepackt waren und unsere ebenfalls schwer beladenen Pferde am Halfter führten. Auf der Stadtstraße waren die von ihren Pferden abgestiegenen Sowars schon beinahe bis zum Ende der Straße zurückgedrängt worden, und wir luden eine Speerlänge vom Ort des Gefechtes entfernt unser Geschütz und machten es schußbereit.

Ich gab Uday ein Zeichen. Dann schoben wir die Kanone noch weiter vor, schoben sie so weit vor, müßt ihr verstehen, bis sie in der vordersten Gefechtslinie war, an jener äußersten Grenze, wo Stahl auf Stahl Funken sprühte. Den Männern verschlug es den Atem, als sie sahen, wie da ein Fünfundzwanzigpfünder von jemandem wie eine Nahkampfwaffe gehandhabt wurde, aber dann hielt ich ein Stück glimmendes Tau an das Zündungsloch – nun taumelten einige zurück, rissen die Arme in die Höhe, wollten es immer noch nicht wahrhaben, daß hier plötzlich diese schwarze Mündung aufgetaucht war –, und dann sprang die Kanone in die Höhe, war mit beiden Rädern mindestens sechs Zoll über dem Boden. Als sich der Rauch kurze Zeit später verzog, konnte ich sehen, daß die Explosion die Kämpfenden wie Spielzeug umgefegt hatte. Einen Augenblick lang bewegte sich niemand, dann stürzten Uday und seine Soldaten mit einem lauten Aufschrei vor, schwangen ihre Krummschwerter und mähten die vor Schreck erstarrten, erblindeten, taub gewordenen Feinde nieder wie Halbwüchsige, die mit Stöcken auf halbwelke Büsche eindreschen. Ich lud die Kanone aufs neue, schob sie weiter vor, richtete sie auf und feuerte noch einmal. In jener Stunde, an jenem Tage wandte sich auf dem Schlachtfeld das Blatt, denn wir hatten die Straße in kürzerer Zeit leergefegt, als wir gebraucht hatten, um die Kanone in die Stadt zu schleifen.

Jetzt hatten wir die Oberhand, die anderen hatten unserem Schwung nichts entgegenzusetzen. Nachdem ich die Mündung einige Male in die Höhe gerichtet hatte, fielen sie auch auf den Dächern entmutigt und verwirrt zurück. Wenn wir nun die Kanone über die aufgehäuften Körper und den Schutt hoben, der sich auf den Pflastersteinen auftürmte, schien sie federleicht zu sein. Ich konnte mich selbst schreien und brüllen hören, mein Gesicht war gerötet, ich lachte mit jener wahnsinnigen Wut, die der Schrecken gebiert. Ich weiß nicht mehr, wie oft ich die Kanone abfeuerte, wie oft meine Kameraden und ich übereinandersprangen, aber schon bald hatten wir das andere Ende der Straße erreicht, wo sie in eine Weide auslief. Uday schrie Befehle nach hinten, und jetzt ritt die andere Hälfte seines Rissalah – mit gesenkten Waffen – in einem gedrängten Pulk an uns vorbei.

Uday schwang sich in den Sattel, und die Reiter schwärmten auf dem Grasland aus, ritten mitten durch die fliehenden Feinde, wurden immer schneller, senkten die Lanzen zum Angriff. Ich brach in die Knie, und mir wurde bewußt, daß ein Reif aus Schmerzen meinen Kopf umspannte. Ich beobachtete den Angriff auf die Kavallerie Amjans, die einige hundert Schritt entfernt wartete. Ich spürte den Aufprall, als sich das Rissalah auf die unvorbereiteten Reihen des Feindes stürzte. Ich hörte jenes unbeschreibliche, niederschmetternde Stöhnen, als das Gewicht von Reitern und Pferden wie ein Hammer auf sie niedersauste. Amjans Kavallerie wankte, zerstob und floh. Das besiegelte die Niederlage, denn seine gesamte linke Flanke zerbröckelte wie eine Wand, die ein Erdbeben bis in die Grundfesten erschüttert hat. Damals empfand ich es als großartig, daß eine kleine Gruppe von Männern losreiten und einen zahlenmäßig weit überlegenen Feind bezwingen konnte. Seither habe ich viel gesehen, viele Schlachten erlebt. Mir scheint heute, daß zwar Zahlen, Qualität der Waffen und Nutzung des Terrains, Fähigkeit der Männer und all diese Dinge ihren Wert haben, daß es aber eine verborgene Hand, einen blinden Zufallsgott gibt, der über Sieg und Niederlage, über das Brandschatzen von Städten und das Schicksal ganzer Länder entscheidet. Wegen einer zufälligen Erinnerung aus meiner Vergangenheit, wegen eines sekundenlangen Aufeinandertreffens von einem Bild in meinem Kopf und einer gegenwärtigen Notlage hatte ich an die Kanone gedacht, und die hatte uns den Sieg gebracht. Vielleicht wäre jemand anderer Sekunden später auch auf diese Idee gekommen, vielleicht hätten wir ohnehin gesiegt, aber eine Schlacht ist wie ein Nebel, wie ein Chaos, dessen geheime Ordnung man immer erst im nachhinein erkennt. Hinterher erzählen die Männer einander Schlachtgeschichten, um sich zu trösten und zu schützen, aber auf den Schlachtfeldern tanzt nur Kali mit geschwärztem Gesicht und roter Zunge, und sie ist wahnsinnig.

Die linke Flanke des Feindes wankte und begann sich zu zerstreuen, aber es waren gute Soldaten, und sie hätten aushalten, sich neu formieren und wieder angreifen können, hätte nicht Amjan den Mut verloren und wäre auf seinem Elefanten aus dem Kampfgetümmel geflohen. Als sie ihn davoneilen sahen, schien das gesamte Heer aufzugeben, und sie flohen Hals über Kopf, während unsere Kavallerie sie verfolgte und niedermetzelte. Ich saß völlig erschöpft da und beobachtete den Kampf. Mir wurde nun bewußt, daß ich irgendwann im Verlaufe des Tages Bogen und Köcher verloren hatte. Auf der Kanone, die jetzt schwieg, stand eine Inschrift in Urdu, in jener Schrift, die wie Vogelflug am Horizont aussieht. Ich ließ meine Finger über die sich aufschwingenden Buchstaben gleiten.

»Ghazi«, sagte eine Stimme hinter mir. Es war Uday. Sein Gesicht und seine Kleidung waren über und über mit rostrotem Blut und schwarzem Pulverschmauch beschmiert. Er wies auf die Schrift an der einen Seite der Kanone und wiederholte: »Ghazi.«

Ich schüttelte den Kopf, und er deutete auf die andere Seite: »Himmat-i-mardan, maddad-i-khuda.«

Aber ich konnte wiederum nur den Kopf schütteln. Er klatschte hinter sich auf den Rumpf des Pferdes, und ich kletterte zu ihm hinauf. Wir ritten zusammen zurück, Männer wiesen mit Fingern auf mich, zeigten mich ihren Freunden, starrten mich unverhohlen an. Die Straße war mit Blut besudelt und mit Haarbüscheln, Schuhen, Tulwars (von denen einige zerbrochen und zersplittert waren), Eingeweiden, abgetrennten Gliedmaßen und Leichen übersät.

Im Lager wies man mir ein Zelt zu, gab mir ein weiches Bett mit seidenen Kissen und stellte Speisen auf goldenen Tellern vor mich. Aber ich konnte nur Wasser trinken, Becher für Becher, und mußte das Essen wegwinken, von dessen Geruch mir Kopf und Hals anschwollen, mir die Galle aufstieg, mir übel wurde. Ich lag beinahe bewegungsunfähig da, konnte aber nicht schlafen, weil ich jeden Augenblick dieses Tages noch einmal durchlebte und bereits jetzt dieser unglaubliche Reichtum an Gesehenem, Gehörtem und Gerochenem begonnen hatte sich zu einer Reihe zusammenhangloser Fragmente zu zerfasern.

Am nächsten Morgen badete ich, und Uday gab mir neue Kleider. Im offenen Durbar saß ich ein wenig hinter Uday und versuchte jede seiner Bewegungen, jede höfliche Verbeugung und Geste nachzuahmen. Balrampur reichte Uday ein Khillut. Dann bedeutete man mir, ich solle vortreten. Der Maharaja hielt mir ein Khillut hin, das ich mit den gleichen Gesten und Begrüßungen annahm, die zuvor Uday vollführt hatte. Aber dann begann der Maharaja zu sprechen, sagte, nehme ich an, staatsmännische und inspirierende Worte, wie es einem guten Befehlshaber ziemt. Er beendete seine Rede, und die anderen blickten erwartungsvoll auf mich. Ich stotterte einen Augenblick lang, und platzte dann ohne große Überlegung mit der Formel heraus, die ich kürzlich gehört hatte: »Himmat-i-mardan, maddad-i-khuda.«

Die versammelten Edelleute brachen in schallendes Gelächter aus, sie waren offensichtlich über meinen ungeschickten Akzent belustigt, aber die allgemeine Aussage schien auf Anerkennung zu stoßen, und ich wußte augenblicklich, daß ich vom zweifelhaften Status des Firangi zu dem eines Soldaten aufgestiegen war, vom Beinahe-Pariah zum Kshatriya, wenn auch von zweifelhafter Herkunft. Mir wurde klar, daß die Eingeborenen Hindustans trotz ihres Glaubens an das Kastensystem auch außerordentlich praktisch denken. Ich blickte auf die freundlichen, lächelnden Gesichter ringsum und verstand, daß ich genau das Richtige gesagt hatte, daß sie mich nun mochten, daß ich vielleicht in zehn Schlachten hätte kämpfen können, ohne die gleiche Zuneigung zu gewinnen. Als wir das Zelt des Maharajas verließen, lächelte Uday und legte mir den Arm um die Schulter.

In meinem Zelt zog ich das Ehrengewand an, das mir Balrampur geschenkt hatte, und betrachtete voller Staunen den prächtigen Stoff und den fremden Mann, der mir aus dem

Spiegel entgegenblickte, den Mann mit der sonnengegerbten Haut und den vorsichtigen Augen, der dem Jungen, der seinerzeit in unbekannte Gewässer gesprungen war, so gar nicht mehr ähnelte. Vom fernen Schlachtfeld hörte ich das Heulen eines Schakals und fragte mich, was die Worte auf der glatten schwarzen Oberfläche meines Glücksbringers, der Kanone, wohl bedeuten mochten. Seit jenem Tag bin ich weit geritten und habe vielen Königen gedient, ich habe gekämpft und geliebt, und ich habe geträumt. Nun verstehe ich diesen Satz, diese Worte, die ich, ohne ihren Sinn zu kennen, wie ein Mantra aussprach und die mir Anerkennung verschafft und so mein Leben verändert haben. Heute kann ich sie wissentlich und voller Stolz aussprechen: Mit Gottes Hilfe und dem Mut der Menschen.

Als Thomas zu Ende gekommen war, hatte sich Stille über den Dachgarten gesenkt. Die unerwartete Gewalttätigkeit seiner Erzählung hatte sein Publikum – das sonst unablässig kicherte und flüsterte – zum Schweigen gebracht. Thomas rieb sich abwesend, wie in Trance die Augen, aber dann übernahm die Begum entschlossen das Kommando und befahl, man solle die Musikanten zurückrufen. »Auf, auf, Mädchen, Thomas Bahadur hat uns seine Geschichte erzählt, nun müssen wir den Gefallen erwidern: Sangeeta, Rehana, tanzt.« Also übertönten die Flöte, die Tablas und die klirrenden Fußreifen bald jenen Nachgeschmack des Geschichtenerzählens, die Leere, die Thomas in sich verspürte. Er schaute zu, wie die beiden Mädchen eine legendäre Liebesgeschichte nachspielten, die Sehnsucht der Radha nach ihrem Geliebten, die unerträglich langen Nachtstunden, dann den Ruf Krishnas, des anmutigen Kuhhirten mit der feinen Gestalt und der betörenden Flöte, der Tanz, die Ekstase.

Am nächsten Abend wurde Thomas wieder zum Dachgarten hinaufgerufen. Wieder erzählte er eine Geschichte und wieder wurde er durch einen Tanz belohnt, diesmal von Sita und Nerou. Jede Nacht erzählte er, und jede Nacht folgten dann Pirouetten und Schritte, Mudras der Liebe, der Furcht, des Zornes, der Warnung, der Freude, das rasche Klatschen von Füßen auf Stein. Er erzählte Geschichten aus seiner Jugend, von zu Hause, von seinen Eltern, von seinen Reisen.

»Natürlich«, sagte Sandeep, »habe ich, als ich dies von meiner namenlosen Geschichtenerzählerin zum erstenmal hörte, damals im Terai, auch gefragt: ›Was waren das für Geschichten? Wovon handelten sie?‹«

»Natürlich«, murmelten die Sadhus. »Diese Frage muß man sich stellen.«

»Aber sie antwortete: ›Sei nicht so gierig. Irgend etwas muß für diejenigen übrigbleiben, die sich spätere Geschichten ausdenken.‹ Trotzdem fragte ich noch einmal, und sie antwortete: ›Jede Geschichte trägt in sich den Samen zu allen anderen Geschichten. Jede Geschichte, wenn man sie nur lange genug weiterspinnt, wandelt sich zu allen anderen Geschichten: Und diejenige, die dir dies vorenthielte, wäre keine wirkliche Geschichtenerzählerin.‹ Dann war sie still, und ich stellte mir vor, wie sich die Geschichten wie von selbst vermehrten, wie sie freudig einer Muttergeschichte entsprangen, wie sie schon jetzt vollkommen waren, aber nie vollständig wurden, wie sie neue Geschichten gebaren, so zahlreich wie die Blätter an den Bäumen, wie die Galaxien im Himmel, Geschichten, die alle miteinander verbunden sind, die keinen Anfang und kein Ende kennen, und mir schwindelte. Dann fuhr sie fort. Hört gut zu ...«

Jeden Abend verließ Thomas sein Quartier und spazierte durch die Felder zum Palast der Begum. Manchmal sah er in der Ferne die verlorene Gestalt Reinhardts, der zwischen Himmel und Erde in einer nie endenwollenden, scheinbar ziellosen Wanderung gefangen war und nur noch Linien und Reihen von Nullen, nichts als Nullen, auf Wände und Dächer malte, in Baumstämme und den Erdboden ritzte.

Auf dem Dach lauschte Thomas, wenn die Begum ihre Kritik zum Tanz äußerte, und hörte die angeregten Dispute zwischen ihren Schülerinnen; so wurde er bald innig mit den komplizierten Regeln der Tänze vertraut, mit ihren Techniken und Feinheiten, den Traditionen, die einen Stil vom anderen unterschieden, und mit der Kunst oder dem Hauch von Genie, der einige der Darbietungen durchwehte – wie ein Hauch läuternder, heiß brennender Luft aus einer anderen Welt –, der einige Tänzerinnen in mancher Nacht zur vollkommenen Selbsterkenntnis erhob, so daß die Technik des Tanzes völlig unsichtbar wurde und nur noch das Gefühl, die nackte Seele übrigblieb. In jenen Nächten, wenn die Schülerinnen besondere Begabung unter Beweis stellten, fragte sich Thomas oft, wie die Begum tanzen würde, welche Fertigkeiten die Lehrerin wohl beherrschte, welche Ausrufe der Bewunderung und Seufzer der Befriedigung sie ihrem Publikum – ihm – entlocken würde. Er begann sie über die Tanzfläche hinweg zu beobachten. Die Körper der Tanzenden, der Wirbel bestickten Tuches, das scharfe Blitzen des Silbers verschwammen zu einer undeutlichen Fläche, und es schien, als wäre die Musik nur als Begleitung zu den Regungen ihres Gesichtes geschaffen, das im rötlichen Schein der Lampen leuchtete und auf jede Feinheit des Tanzes reagierte. Er betrachtete ihre dunklen Augenbrauen, den vollen Mund, den winzigen Diamanten im Nasenflügel, und eines Abends wurde ihm nach dem Erzählen und dem Tanz klar, daß er jede ihrer Schülerinnen mindestens dreimal hatte tanzen sehen. Die Musikanten packten ihre Instrumente zusammen, aber er konnte noch leise den letzten bebenden Ton des Sitar hören, ehe er in die Stille glitt, und er fragte verträumt, als hätte man ihn hypnotisiert: »Wann tanzt Ihr, Begum?«

»Ich tanze nicht«, erwiderte sie knapp, und dann milderte sie, was wie eine Zurückweisung geklungen hatte, durch ein strahlendes Lächeln ab. »Spielst du Shatranj?«

»Ich habe früher Schach gespielt«, antwortete er. Es wurde ein Brett herbeigebracht, und die Mädchen gingen in einer langen Reihe davon, vermieden es geflissentlich, Thomas anzusehen. Die Begum lehrte ihn die Regeln des Spieles, wie man es in Hindustan seit Urzeiten spielte, und nun wurde auch dies, dieses Messen des Geistes, Teil ihres täglichen Rituals. Am Anfang gewann sie immer, aber bald war er ihr ebenbürtig, konnte sie in die Falle locken, doch war er nie sicher, ob er wirklich besser wurde oder ob sie ihn gewinnen ließ. Wenn sie ihn schachmatt setzte, wurde er störrisch, und sie kicherte, wenn sie ihn mit zornesrotem Gesicht vor dem

Brett hocken sah und seine Blicke von den Bauern zu den Türmen und dann zur Dame huschten. Sobald er schließlich den eingekesselten König auf die Seite gelegt hatte, ging er unruhig auf und ab, und seine Kiefer mahlten. Einmal brachen Flüche aus ihm hervor, und er beschwor die Verdammnis auf die Erfinder der Regeln herab, weil im Feld ein eingekesselter König keine Bedeutung hatte, weil Schlachten bis zum bitteren Ende weitergekämpft wurden und eigentlich der Spieler gewinnen müßte, der die letzte Figur auf dem Brett hatte. Aber sie merkte lachend an, dies müsse eine sehr törichte Vorgehensweise sein, wenn man zwar gewänne, aber nur Trostlosigkeit zurückbehielte. Da wurde er sehr still und blickte sie nachdenklich an, ohne sich dessen bewußt zu sein; er fragte sich, was für Menschen das sein mußten, die Spiele mit wirklichen Schlachten und Spielregeln mit der Wirklichkeit verwechselten. In jenem Augenblick spürte er, wie sich eine Welle in seinem Inneren überschlug, und er überlegte, ob er versuchen sollte, sie zu küssen. Doch plötzlich spielte ihr ein kleines Lächeln um die Lippen, und er errötete, stammelte Artigkeiten und zog sich für die Nacht zurück.

Als es kälter wurde, verlegte man die abendlichen Zusammenkünfte in ein Gemach im Palast, einen großen Raum neben einem kleinen Garten voller Pflanzen mit breiten Blättern und Blüten in allen Farben und Düften. In diesem Zimmer standen zwei niedrige, mit runden und eckigen, kleinen und großen Kissen übersäte Ruhebetten. Tiefe weiche Teppiche mit Mustern aus Blüten, Ranken und der komplizierten Geometrie der Phantasie bedeckten den Boden. An den Wänden hingen zweckmäßig und doch elegant geformte Musikinstrumente. In diesem Raum wurde das Geschichtenerzählen zum Familienereignis, hier war man geborgen vor den Frösten der Außenwelt, und Thomas begann plötzlich, seine Erinnerungen mit Gespenstergeschichten zu würzen, die er auf seinen Reisen gehört hatte, mit kleinen Phantasiegebilden voller boshafter Kobolde und guter Zauberer. Nachdem die Mädchen sich zurückgezogen hatten, schien die Begum alle Förmlichkeit, die ihrer Stellung und ihrem Alter ziemte, abzulegen und wurde selbst ein lachendes Mädchen voller Schabernack und Koketterie. Trotz ihrer mit Kajal exotisch umrahmten, blitzenden Augen, ihrer eleganten Nase und vollen Lippen – oder vielleicht gerade ihretwegen – sah sich Thomas außerstande, jenen letzten Schritt zu tun, jene letzte Initiative zu ergreifen, die ihm alles gewinnen würde.

Er stellte fest, wie sein Ernst verflog. Als er merkte, daß sie beim Spiel schummelte, daß sie die Figuren auf dem Brett verschob, wenn er nicht hinsah, daß sie ihn mit Plaudereien und dem Klirren ihrer Armreifen ablenkte, während sie heimlich bereits gefallene Bauern wieder auferstehen ließ, erfaßte ihn ein unerklärliches Glücksgefühl, und er scherte sich keinen Deut mehr darum, ob er gewann oder verlor. Er versuchte auch zu schummeln und dabei ein ernstes Gesicht zu wahren. Eines Abends saßen sie über das Brett gebeugt, die Köpfe nah zueinander geneigt. Am Ende eines heiß umkämpften Spiels, dessen Gefallene um das schwarz-weiße Schlachtfeld herum verstreut lagen, wurde ihm klar, daß er dem unmittelbaren Schachmatt nur entgehen konnte, wenn er seine Dame ein Feld nach links verschöbe. Mit absichtsvoller Lässigkeit blickte er über ihre Schulter und rief: »Sieh nur, ein Papagei!« Sie wandte sich um, er streckte die Hand nach seiner Dame aus, aber bereits während dieser Bewegung floß ihr das lange schwarze Haar über die andere Schulter, ergoß sich wie eine Welle über das Spielbrett, stürzte Fußvolk, Türme, Kavallerie, Artillerie, Damen, Könige um, fegte das Brett leer und flog dann weiter wie eine dunkle, duftende Wolke, traf Thomas ins Gesicht, barg irgendwo noch ihre weiche Dupatta in sich, und er wühlte seine Hände hinein (seine Stimme erbebte in einem ungebetenen, angstvollen Stöhnen), führte das Haar an die Augen, an die Lippen, hieß es wie die Nacht willkommen.

Die Liebe mit ihr war wie ein Tanz. Gleiche Sorgfalt wurde hier der Choreographie geschenkt, den Positionen, die in leuchtenden Farben auf den Palmblättern der alten Schriften verzeichnet waren (und den ganzen Körper ohne Scham einbezogen), und den Augenblicken, Minuten und Stunden des genau gezügelten Atems und der formalisierten Zärtlichkeiten, die sich schließlich in den letzten stechenden, klammernden Zuckungen und der folgenden Stille verströmten. Liebe war nicht nur Liebe, sie war immer auch etwas anderes, eine verborgene Sprache, die von einem tieferen Geheimnis erzählte. Wenn er mit ihr kam, verspürte er ein Verschwinden, ein Fließen, das in seiner tief in ihr vergrabenen Spitze seinen Ausgang nahm und sich ihm durch Lenden und Bauch hindurch bis ins Zwerchfell und Herz erstreckte. Sie liebten sich jede Nacht, den ganzen langen, trockenen Winter hindurch, wachten am Morgen auf und fanden den marmornen Hof vor ihrem Gemach mit Rosenblättern übersät. Es wurde wärmer, und eines Abends saßen sie einander von Angesicht zu Angesicht gegenüber, mit gekreuzten Beinen, miteinander vereint und vom schimmernden Schein des Schweißes überzogen. Er spürte mit den Händen ihrer Wirbelsäule nach. Ihre Zunge tanzte ihm über das Gesicht, fuhr die Linien seiner Ohren nach, flackerte ihm über die Nase. »Heirate mich«, keuchte er, »heirate mich.«

Sie warf den Kopf zurück und lachte. »Such dir selbst ein Königreich, dies hier gehört mir.« Sie lachte wieder, und er spürte, wie er errötete und wie sich sein Nacken verkrampfte. Er zog sich auf die Knie hoch, drückte sie zu Boden, stemmte die gebogenen Zehen in den Boden; die Hände hatte er noch in ihrem Haar vergraben. Er versuchte ihr weh zu tun, aber sie wand sich in unsichtbaren Zuckungen unter ihm, und Wollust kroch ihm den Rücken hinauf. Sie wandte den Kopf und biß ihn ins Handgelenk, schlug ihm mit geballter Faust scharf, aber nicht schmerzhaft auf den Rücken, dann wieder mit der hohlen Hand sorgfältig beherrscht auf die Seite. Sie wälzten sich durch den Raum – manchmal sie oben, stoßend, manchmal er – hinterließen hinter sich eine feuchte Spur auf Laken und Boden. Als sie reglos und keuchend Seite an Seite lagen, berührte sie zart die gebogene Spur ihrer Fingernägel auf seinem Schenkel, einen Kratzer, und meinte: »Halbmond«. Als sie über einen rötlichen Fleck, einen unregelmäßigen, von Zähnen gebissenen Kreis an der Unterseite ihrer Brust strich, sagte sie: »Aufgebrochene Wolke«. Er blickte sie mit offenem Mund verständnislos an, und sie schüttelte liebevoll den Kopf: »O Jangli, hast du denn in deinem Dschungel gar nichts gelernt?«

»Bist du wirklich eine Hexe?« fragte er, und sein Zorn war verraucht. »Die Hexe von Sardhana?«

Sie lächelte, und ihre Pupillen weiteten sich wie schwarze Monde. Die Lampen im Raum flackerten auf, die Blätter und Blüten draußen wirbelten für einen Augenblick vor dem Fenster zu einem Vorhang aus Rot und Grün auf. Er lächelte unsicher und meinte dann: »Was du auch immer sein magst, du solltest jedenfalls heiraten. Eine Witwe, die allein an einem solchen Ort wohnt, stellt eine Versuchung für Tausende von Freibeutern dar.«

»Ich muß also einen König haben?«

»Es wäre sicherer.«

»Vielleicht hast du recht. Es könnte sie abschrecken, und warum sollte ich das Schicksal herausfordern? Wer soll es sein? Ein Firangi, um des Überlebens willen, denn ich kenne das Ding, das sich vor unseren Toren herumtreibt, ich allein.«

»Was meinst du?«

»Reinhardt, ich glaube, der soll es sein, wenn es denn sein muß.«

»Er? Er?«

»Wer sonst? Du taugst als Liebhaber, aber wenn ich einen fremden König nehmen muß, dann soll er es sein«, sagte sie. Er schluckte eine Weile unter dieser Beleidigung, aber er dachte an Reinhardt den Finsteren (oder wie ihn die Hindustani-Soldaten in ihrer verzerrten Version des englischen Wortes *sombre* nannten, Reinhardt den Sumroo), den die unendlichen Äonen der Schöpfung, das unaussprechliche Alter Hindustans und die Bürde der unendlichen Zeiten dünn und bleich gemacht hatten. Während er sie vor sich sah, ihre Brüste und Schenkel, die noch von ihnen beiden feucht waren, verstand er, wie es sein würde, sah die Gerechtigkeit, die Vollkommenheit, die Ergänzung. Er lachte, beugte sich vor und ließ seine Zunge über die kleine Wunde auf ihrer Brust streichen, fuhr durch die Falte unterhalb, wo sich ihr Fleisch von der Brust emporwölbte, und in ihre Armbeuge, und sie liebten sich unendlich langsam: »Ja, ich werde es tun«, lachte sie. »Ja, ich werde die Begum Sumroo.«

…jetzt…

»Deine Zeit ist noch nicht um, Affe«, sagte Yama. »Noch fünf Minuten.«

Mit dem Buchstaben des Gesetzes hat er es schon immer wörtlich und peinlich genau genommen und sich um den Sinn einen Dreck geschert. Deswegen gibt einem ja auch in diesem Land jeder Besuch im Büro eines Babu einen kleinen Vorgeschmack auf den Tod. Ich machte also an der Schreibmaschine Platz für Abhay und winkte ihn mit einer Handbewegung herbei.

»Was, ich?« fragte er. »Ich bin noch nicht so weit. Wirklich nicht.«

»Irgend jemand muß doch eine Geschichte haben«, meinte Hanuman.

Ich blickte mit wilden Augen um mich. Ashok und Mrinalini saßen nebeneinander. »Nur ein paar Minuten«, tippte ich. »Außerordentlich dringend. Egal was, aber die Vertragsbedingungen müssen erfüllt werden.«

»Aber von uns?« zweifelte Ashok.

»Wir haben nichts zu erzählen«, fügte Mrinalini hinzu.

»Aber natürlich haben sie das«, meinte Ganesha. »Sie sind Lehrer. Sag ihnen, sie sollen die große Geschichte erzählen.«

»Welche große Geschichte?« fragte Ashok, der mir über die Schulter schaute.

»Unsere Geschichte natürlich«, sagte Ganesha. »Was wirklich geschehen ist.«

Was wirklich geschehen ist

Hört gut zu…

Diese Geschichte berichtet, was wirklich geschehen ist; sie läßt die Vergangenheit neu erstehen, sie rekonstruiert Dinge, die bis heute in uns weiterleben, so wie sie vor langer Zeit geschehen sein könnten. Nehmt einmal an, jemand fragt: Was ist wirklich geschehen? Dann antwortet, daß es früher Menschen gab, die im Tal des Flusses Indus Städte bauten, große, von Menschen wimmelnde Städte mit breiten, geraden Stra-

139

ßen in einem rechtwinkligen Netz. Aus dem Treibsand sind einige Dinge ans Licht gekommen, die in ihrer sehr geheimnisvollen und verschlüsselten Art von diesen Menschen erzählen. Da wäre die Statue eines sehr klugen, sanften Mannes mit nachdenklichen, nach innen gerichteten Augen. Oder eine kleine Figur, ein tanzendes Mädchen mit stolz erhobenem Haupt und sorglos und selbstbewußt nach vorne geschobenen Hüften, das die Hand in die Seite stützt und jeden Augenblick lebendig zu werden scheint. Da wären auf unzähligen Tonsiegeln Tausende von Zeilen in einer wunderschönen, nicht zu entziffernden Schrift. Auf einem dieser Siegel sitzt Pashupati in Meditation versunken, er ist der höchste aller Yogis, der Herr aller Tiere, der wilde König des Waldes, der mit seinem Tanz das Universum zusammenhält, und sein Penis ist in geballter Energie aufgerichtet. Da wäre, unendlich oft auf den Siegeln wiederholt, die Figur des Stieres mit den gewaltigen Lefzen und der ungeheuren Kraft. Oder Spielzeuge, Tausende von tönernen Tieren und Karren, wie wir sie auch heute noch auf den Landstraßen sehen. Da wären große Badeanlagen, die nun öde und verlassen liegen. Und endlos weht der Wind den Staub über die Wüste.

Wohin sind all jene Reichtümer verschwunden? Ist es wahr, daß von den westlichen Paßstraßen her ein Stamm auf Streitwagen kam, ein Stamm mit der ungestümen Kraft der Steppen, der einen Regengott anbetete, der schon bald Zerstörer der Städte genannt wurde? Gab es Massaker und Überfälle und Verzweiflung? Oder änderte lediglich der Fluß seinen Lauf und ließ die langen Straßen leer und still zurück? Oder wurden die Städte einfach nur alt, sehr, sehr alt und sanken wie sterbende Bäume in sich zusammen? Niemand weiß es, aber wir wissen wohl, daß Shiva auch heute noch unablässig mitten unter den in Ehrfurcht erstarrten Tieren meditiert; daß die Legenden der streitwagenfahrenden Arier von alten, dunkelhäutigen Asuras erzählen, die ihr Wissen in den geheimen Künsten an auserkorene Schüler weiterreichten; daß tapfere Abenteurer sich in die Töchter ihrer Feinde verliebten, der Menschen von früher, die alte Götter anbeteten; daß die Klänge der südlichen Sprachen zu den Aufschwüngen und Abstrichen der nicht zu entziffernden Schrift zu passen scheinen; daß Urvashi und Menaka und die anderen Apsaras aus Indras Himmel nach uralten Rhythmen tanzen, ihre Hände in uralten Gesten biegen, die ganze Ozeane an Bedeutung in sich bergen; daß Stiere, vor Stärke bebend, durch Landschaften schreiten, die Äonen später ausgedacht und erfunden wurden; daß jeden Morgen Tausende in Bombay und Kalkutta und Madras und Delhi baden und dann in Meditation versunken sitzen und ruhig den Atem, das Zusammenströmen der Energie beobachten.

Was ist wirklich geschehen? Angenommen, jemand fragt: Was ist wirklich geschehen? Dann antwortet, daß Kala in unserer Mitte schreitet, durch all unsere Städte und Dörfer und Felder, und daß er auf seine Gelegenheit wartet – geduldig, unerkannt und immer siegreich. Wenn er schließlich gewinnt, gehen nur die Namen verloren, nur die Namen entschweben verdorrt und hohl, zerkrümeln und mischen sich mit dem Sand, aber etwas anderes bleibt lebendig, meditiert, tanzt, schreitet weiter. Antwortet: Das Rad dreht sich. Aber antwortet auch: Es gibt Dinge, denen sogar Kala nichts anhaben kann.

Die Arier zogen nach Westen und Süden und rodeten Wälder für ihr Weidevieh. Aus Indra, dem Donnergott, wurde Indra, der Zerstörer der Städte. Aber obwohl Städte oft zerstört werden, verschwinden sie doch manchmal nicht, sondern werden nur unsichtbar und schleichen sich in die Herzen und Gedanken der Zerstörer, die dann – für immer verwandelt – weiterleben.

So prallten die Neulinge und das alte Volk aufeinander und wandelten sich gemeinsam zu etwas völlig Neuem und doch unaussprechlich Altem, gerieten auf neue Umlaufbahnen um neue Schwerpunkte. In diesen rechtlosen Zeiten schufen sich die neuen Machthaber rasch eine Weltanschauung, die ihnen Ordnung verhieß, und warfen dabei jene älteste und grundlegendste aller Aussagen in die Welt: Ich und du, wir und sie, was ich bin und was ich nicht bin, weiß und schwarz. Wichtiger noch: Aus den Meditationen in den einsamen Wäldern, aus den mathematischen und musikalischen Rhythmen der großen Opfer oder vielleicht aus der gesteigerten Wahrnehmung des Jägers wurde eine neue Sicht oder eher eine neue Erfahrung der Wahrheit geboren: Das Universum ist eins. Es gibt eine Einheit. Es gibt sie, die eine grenzenlose Mutter des Es-Ist-So und des Es-Ist-Nicht-So. Und diese große Harmonie, diese Einheit, dieses Brahman, birst als Vielfalt ins Leben, sie kann nur dadurch sichtbar werden, daß sie Nicht-Einheit wird, so daß also – seid ihr bereit? jetzt kommt's! – die Einheit Vielfalt ist und die Vielfalt Einheit. Und diese Vielfalt, jedes einzelne Teil dieser Vielfalt ist geheiligt, weil alles eins ist – Himmel und Felder, Sommer und Regengüsse, das Leben, das sich von anderem Leben ernährt, die Vögel und Tiere, alle sind Teil eines großen Gewebes: »Alles ist gleichzeitig Speisender und Speise.«

So schien es nun also, daß auch die Menschen sich voneinander unterscheiden müßten. Es wurde dazu eine Geschichte erzählt: Die Menschenwesen kamen zur Welt, als in einem großen Opfer Purusha, der erste Mensch, in Stücke gehackt wurde. Aus seinem Kopf entstanden die Brahmanen, die Gelehrten; aus seinen Armen die Kshatriyas, die Krieger; aus seinen Schenkeln die Vaishyas, die Bauern; aus seinen Füßen die Sudras, die Knechte; jeder hatte eine andere Rolle zu spielen, eine andere Rolle im Leela, dem großen kosmischen Theaterstück. Jeder mußte beitragen, wozu er fähig war, und jedem stand, zumindest im Prinzip, das zu, wes er bedurfte.

Also brachten die Brahmanen Opfer dar und schrieben Hymnen, die Kshatriyas fochten in Kriegen, die Vaishyas und Sudras pflügten und arbeiteten. Große Viehherden grasten auf den Feldern, Städte aus Holz wurden errichtet, glänzende Städte mit Gärten und Liebespaaren und guten Häusern. Die Jahre zogen ins Land, die Jahrhunderte vergingen, und die Worte der uralten Seher, jene in der Einsamkeit gewonnenen Erkenntnisse, wurden in den Vedas in Formeln niedergeschrieben, in Versen, die dem Uneingeweihten wenig enthüllen, aber trotzdem jedes Herz anrühren. Denn die Macht der Göttin Vac – der Sprache – ist unermeßlich. Sie brachte das Sichtbare und Unsichtbare aus dem Reich des Möglichen hervor, das Äußere aus dem Innenliegenden. Die Vedas zeigen wenig und erzählen viel. Wer sehen kann, wird sehen. Geheiligtes Wissen in den Händen von Toren zerstört alles.

...jetzt...

Der Wind raschelte in den Blättern des Peepulbaumes. Ich saß in der Dunkelheit auf dem Dach und beobachtete, wie der Mond über die schlafende Stadt zog. In diesem Licht konnte ich mir leicht vorstellen, wieder über den Dächern meiner Kindheit zu sitzen. Yama hatte sich in üblicher Manier verabschiedet, war genau in dem Augenblick, als Mrinalini und Ashok ihre Geschichte beendet hatten, mit einer Verbeugung aus seiner Ecke verschwunden. »Schlafe, schlaf gut«, hatte Hanuman zu mir gesagt, aber ich war immer noch wach, und die Geschichte rumorte in meinem Inneren, sie schrieb sich selbst.

»Was kommt nach dem Tod?«

Ich fuhr herum und sah Abhays Gesicht, seine Augen lagen im Schatten verborgen. Ich war also nicht der einzige, der keinen Schlaf fand. Ich schaute mich nach Schreibutensilien um, und Abhay reichte mir Papier und Kugelschreiber.

»Nach dem Tod?« schrieb ich (und wunderte mich, wie leicht der seltsame Metallstift über das Papier glitt). »Nun, wieder dies hier, all dies: wieder Leben.«

Während er das Papier ins Mondlicht hielt, sah ich mir den Stift an, knipste den Druckknopf auf und ab. Ich war, müßt ihr wissen, immer noch von jeder kleinsten technischen Errungenschaft dieser neuen Welt fasziniert. Abhay beobachtete mich, und schließlich stahl sich ein winziges Lächeln auf sein Gesicht.

»Leben nach dem Tod«, sagte er. »Daran habe ich nie geglaubt. Es klang einfach nicht vernünftig. Ich habe es immer für einen beschränkten Aberglauben gehalten.«

»Und welcher Aberglaube wäre wohl beschränkter als die reine Vernunft?«

Er lachte und setzte sich mit bedächtigen Bewegungen neben mich.

»Aber woran erinnerst du dich?«

»Was den Tod angeht? An den Klang rauschenden Wassers und an Dunkelheit.«

»Und danach?«

»Wieder Leben.«

»Immer wieder Leben.«

»Immer wieder.« Dann hatte ich meinerseits eine Frage an ihn, und wir saßen die ganze Nacht hindurch da: Er erzählte mir vom Leben dieses grausamen Jahrhunderts, von den hundert Jahren voller Hoffnung und Schrecken, denen ich in meiner Flucht vor der Menschheit und vor mir selbst entkommen war. Lange nach Mitternacht und bis ins Morgengrauen hinein hörte ich mir alles an, widerstrebend und bebend zwar, aber ich hörte noch zu, als die Sonne schon aufging und uns einen neuen Tag bescherte.

Und so begann ich mit meinem Versuch, Versäumtes aufzuholen. Abhay brachte mir Bücher vom Basar und aus der Bibliothek, und als ich Saira nach dem Kino (welch wundersame Erfindung!) fragte, meinte sie: »Kein Problem« und übernahm meine Unterweisung auf diesem Gebiet. Noch am gleichen Nachmittag wurde unten im Zimmer ein Videogerät aufgebaut, und es tauchte ein Stapel Videokassetten aus dem Kapoor Universal Video Centre am anderen Ende der Straße auf. Dann begannen natürlich die Streitgespräche: Es stellte sich heraus, daß Yama ein begeisterter Anhänger des Autorenkinos war, während Ganesha ein Fan von Manmohan Desais musikdurchtränkten Monumentalfilmen war. An jenem ersten Tag gab es ein lebhaftes Hin und Her. Nachdem er sich nervös zappelnd *Aparajito* angesehen hatte, flüsterte mir Ganesha mit einem wütenden Blick auf Yama ins Ohr: »Das ist das Schlimme an diesen Parvenüs, diesen Pseudointellektuellen. Sie sind nicht nur in ihren guten Absichten so unerträglich aufrichtig, sie bestehen auch noch darauf, uns andere alle mitzulangweilen.«

Hanuman räkelte sich, zuckte mit den Ohren und grinste mich an: »O du Weiser«, sagte er. »Was ist denn deiner Meinung nach eine gute Geschichte?«

»Was sie immer gewesen ist, du Affe«, erwiderte Ganesha. »Ein Dhansu Konflikt. Etwas Chaka-Chak-Gesang und Tanz. Leid. Liebe. Liebe zum Geliebten. Liebe zur Mutter. Liebe zum Heimatland. Komödie. Horror. Ein furchtbarer Schurke, den wir auch lieben müssen. Und alle diese Elemente fein ausgewogen und schön eines nach dem anderen zusammengemisht wie ein vollkommenes Mahl mit einem wahren Tanz der Aromen. Das ist's.«

Und so sahen wir uns in der Zeit, die uns noch bis zum Beginn des Geschichtenerzählens verblieb, *Amar Akbar Anthony* an, ein wahres Festmahl: Reichlich und gut genährt hüpfte ich zu meiner Schreibmaschine und tippte und lachte, während meine Worte über die wachsende Menschenmenge auf dem Maidan hallten: »Gut, gut, ruft sie herbei. Es wird Zeit, daß die Brüder das Licht der Welt erblicken.«

Ram Mohan schürzt einen Knoten, und Sikander wird geboren

Im Frühjahr heiratete Zeb-ul-Nissa Reinhardt den Finsteren. Eine Woche vor der Hochzeit, die mit Feuerwerk und Tänzen begangen wurde, ritt George Thomas allein gen Süden. Er hatte verloren, er war besiegt, aber er war ohne alle Bitterkeit. Er spürte in sich vielmehr ein Aufwallen der Freiheit, das sich im Auf und Ab des Pferderückens und sogar in den Holi-Feuern, die überall auf der Ebene erblühten, noch zu verstärken schien. Als sie sich beim Zusammentreffen der Jahreszeiten voneinander verabschiedeten, erzählte die zukünftige Begum Sumroo ihm von den Frühlingsfeuern, die den Tod der Holika feierten, die auf die Herausforderung eines frommen Mannes hin in die Flammen geschritten war und dort einen schnellen Opfertod gefunden hatte. Die Begum lächelte, als sie die Geschichte erzählte, aber Thomas sah vor sich, wie das Fleisch zusammenschmolz und verkohlte, wie es sich sauber vom weißen Knochen löste, und ihn schauderte.

»Aber Thomas Sahib oder Jahaj Jung, sollte ich wohl sagen«, meinte die Begum, »am Abend lodern die Feuer auf, die an ihr Opfer erinnern, und wenn der Morgen kommt, bestäuben die Leute einander mit farbigen Pulvern, trinken Bhang, singen derbe Lieder, necken einander und schwatzen, es gibt eine Ernte und dann ein neues Pflanzen. Das eine ist ohne das andere nicht möglich. Frag jeden Greis im Dorf, und er wird sich mit ernster Miene am Kopf kratzen, klug schauen und dir genau dies erwidern und vielleicht hinterher von dir noch Geld für die Auskunft verlangen.«

Trotzdem hielt sich Thomas zu Anfang seines Weges von den Dörfern und Städten, von den flackernden roten Pünktchen fern. Später, als die Feierlichkeiten vorüber waren und er sich in die Siedlungen und Lager vorwagte und einen neuen Dienstherrn suchte, wurde er wegen seines langen dunklen Haares, seiner sonnenverbrannten Haut und seiner Ausstattung – zur der unter anderem eine zehn Fuß lange Lanze gehörte – für einen Pathan, einen Perser oder manchmal sogar einen Türken gehalten. Auf den Straßen, in den Serais am Wege und an den Brunnen hörte er die Geschichte von seinem Zusammentreffen mit der Hexe von Sardhana, hörte hundert entstellte Fassungen der Affäre, in denen sich immer der große Jahaj Jung schmachvoll Reinhardt dem Finsteren geschlagen geben mußte. Verlegen und beschämt verdingte sich Thomas unter einer ganzen Reihe falscher Namen. Einige nicht sonderlich gut bezahlte Anstellungen als Begleitung von Handelskarawanen brachten ihn nach Rajputana, wo Berge und Hügel die Landschaft bestimmten, wo jede von Büschen bestandene Anhöhe von einer Festung oder einem Bergfried gekrönt war, wo jede Straßenmeile durch ein kleines turmartiges Chattri bezeichnet wurde, das an den Tod eines Helden erinnerte: Er war im Reich der Rathor.

Hierher war Rajah Cheit Singh von Benares gereist, um eine seiner Töchter zu verheiraten. Thomas gehörte zur berittenen Eskorte: Er ritt voraus und kundschaftete die Seitentäler aus, während sich der Baraat schnell die Straße entlang bewegte, die Elefanten anmutig des Weges schritten und die Kamele durch den Staub trotteten. Im Laufe der Tage staute sich immer mehr Hitze zwischen den Felsen und dem Sand, so daß jede Nacht ein wenig wärmer als die vorangegangene war. Der Sommer und die Straße schienen endlos zu sein wie eine Hölle, die sich bis in alle Ewigkeit dahinzieht. Aber dies war nicht der einzige Grund für die verzweifelte Hast, für das angespannte Drängen des Oberkommandierenden, für das Anspornen der Ochsen und das grausame Zwicken der faltigen Elefantenhaut mit den Haken, den Ankus. Der Rajah fühlte sich durch seinen Nachbarn im Osten bedroht, jenen Kriegsgewinnler, jenes amöbengleiche Wesen, das sich noch nicht in ein Reich gewandelt hatte: die East India Company. Ein alter Streit über Vorherrschaft und fällige Tribute schwelte seit Monaten, wurde durch ständige Grenzscharmützel und Überfälle am Leben gehalten, und der Gegner hatte aus der Abwesenheit des Rajahs seinen Vorteil gezogen und den Konflikt so weit angeheizt, daß inzwischen Manöver durchgeführt wurden – als Vorbereitung auf einen Krieg, auf eine Invasion und Belagerung und all die blutigen Geschäfte, mit denen Streitigkeiten zwischen Nationen ausgetragen zu werden pflegen.

Also trotteten die Elefanten schnaubend vorwärts, und die Ochsen wurden bis zur Erschöpfung vorangepeitscht (wenn Thomas sie durch ihre beringten Nüstern schnauben hörte, mußte er wieder an Holika denken). Eines Nachmittags trat bei einer scharfen Wegbiegung oberhalb einer kleinen Schlucht ein schwerer dickhäutiger Fuß auf einen Überhang, der sofort wegbröckelte, und mit einem schrillen Schrei und in einem grauen Wirbel fiel eine Howdah durch die Akazienzweige hinab und warf ihre bisher hinter Purdahs verborgene Last von Prinzessinnen und Hofdamen in die Dornen. Die Straße schlängelte sich an dieser Stelle steil bergab, und Thomas blickte von weit unterhalb hinauf und sah den Elefanten fallen, träge von den grauen Felsen prallen, sich immer wieder überschlagen, und hinter ihm folgten zersplittertes Holz und puppenartige Körper, die sich festklammerten und schrien.

Thomas warf sein Pferd herum und trieb es mit den Sporen wieder bergauf. Dann erblickte er eine gelbgekleidete Gestalt, die mit verschlungenen Zweigen kämpfte. Er schwang sich aus dem Sattel. Die Frau, deren Gesicht abgewandt war, blutete an mehreren Stellen, sie hatte lange schwarzrote Striemen auf den Armen und ihrem weißen Rücken (die Dupatta war verschwunden, war ihr von diesem schamverletzenden, schleierzerreißenden, brutalen Holz weggerissen worden). Selbstvergessen beugte sich Thomas über sie und zerrte einen Ast zur Seite. Als sein Körper den ihren berührte, wich sie vor ihm zurück, tiefer in die Umarmung der Akazie hinein, und sie blitzte ihn wütend an. Ihr Gesicht war oval, die Nase lang und schmal und mit einem goldenen Ring verziert. Später erinnerte er sich an ihre Augen, sehr große, dunkle, mit Kajal umrahmte, wunderschöne Augen, aber damals zwang ihn ihr Blick, sich unter Entschuldigungen hastig zurückzuziehen. An ihre Augen und ihre dünnen Arme – schwer vor dikken, goldenen Armreifen – erinnerte er sich, nachdem sie sich befreit hatte und an ihm vorüberstolziert war. Sie streifte ihn mit einem unpersönlichen Blick, während die Schreie des Elefanten in der Schlucht widerhallten. Sogar später noch, nachdem man das Tier von seinen Leiden erlöst hatte und die Sonne untergegangen war, sogar nachdem er begriffen hatte, daß sie eine hochgestellte Rajput-Dame war, die einfach durch ihn hindurchsah, die ihm jenen metaphysischen Status verlieh, der Bürde und Segen aller Bediensteten ist – die Unsichtbarkeit –, konnte er sie nicht vergessen. Sogar zwischen den steinernen Türmchen und Befestigungen von Bejagarh, als der Hochzeitszug sein Ziel erreicht hatte, spürte er, wie ihn ihre Augen von den fernen rosa Mauern des Rani Mahal, des Königinnenpalastes, her anblickten. Auch als er sich klarzumachen versuchte, daß es keinen Grund geben konnte, warum sie sich seiner entsinnen sollte, warum sie, wie es ihm vorschwebte, einsam an einem der Filigranfenster stehen und die Mauerkronen beobachten sollte, um einen Blick auf ihn zu erhaschen, spürte er doch eine zärtliche Berührung seiner Haut, die ihm die feinen Härchen aufstellte – eine deutliche Reaktion darauf, daß ihn jemand von ferne anblickte. Unaufhaltsam zog es ihn zu dem von Wachen umringten Zenana-Palast hin.

Er machte seinen Einfluß geltend, ließ Andeutungen fallen, zahlte Bestechungsgelder, schwatzte und schmeichelte und sprach gelegentlich auch versteckte Drohungen aus, um sich eine Reihe von Audienzen zu verschaffen, die ihn durch die konzentrischen Ringe dieser Festung hindurch immer näher an das innerste, wohlgeschützte Heiligtum heranführten, wo die hochgeborenen Frauen ihre Lieder sangen und ihre feinen Intrigen spannen, mit denen sie sich Einfluß auf die Prinzen und Thronerben zu verschaffen hofften. Das Vordringen zu dieser Mitte war langsame, mühselige Arbeit. Unten in der Ebene breiteten sich inzwischen die Heere der East India Company aus wie zäh sickernder Schleim, sie liefen zusammen, vermischten und vermehrten sich, bis sie die gesamte Festung umringten. Man stellte sich auf eine lange zermürbende Zeit ein, auf jenes schwere Mahlen und Kauen, das die Hauptzutat der selbstbeherrschten Kunst der Belagerung ist und das die schnelle Leidenschaft der Eroberung zügelt.

Manches Mal, während er in der dritten Wache Dienst tat, wenn die Lagerfeuer unten – die Ebene wie ein plötzlich emporgeschossener Teppich aus Frühlingsblumen überziehend – zu einem matten Dunkelrot verglüht waren, wenn die Nacht jenen besonders bitteren Geschmack von Einsamkeit und klarem Blick auf eigenes Versagen mit sich brachte, der die Menschen in den Stunden vor dem Morgengrauen heimsucht, war Thomas versucht, sich zu erkennen zu geben, zu erklären, er sei Jahaj Jung. Er träumte davon, trotz der Geschichten über seine Niederlage gegen Reinhardt den Finsteren befördert zu werden, plötzlich in den Korridoren des Rani Mahal in aller Munde zu sein. Vielleicht könnte sich dann durch einen wilden Zufall eine gottgegebene Möglichkeit auftun, sie noch einmal zu sehen, mit ihr zu sprechen. Aber einen Jahaj Jung würde man unweigerlich zu den äußeren Mauerringen schicken, wo die Granaten gegen die Wände prallten und sich die Belagerer in verzweifelter Hoffnung nach vorne warfen, während er als unbekannter Wachposten in der Nähe der Mitte, des unerreichbaren Herzens bleiben konnte. Also sagte er nichts und verharrte auf seinem Posten, ein Besessener.

Als Thomas sich bis zu den äußersten Toren des Rani Mahal vorgearbeitet hatte, war die Ebene unten bereits von Tunneln und Gräben durchzogen, die im Zickzack auf die Befestigungsanlagen zustrebten. Nachts arbeiteten die Belagerer wie die Maulwürfe mit Spitzhacken und Spaten. Die Verteidiger oben auf den Mauern lauschten dem Klang von Metall, das sich in die Erde beißt, dem Klirren von Eisen auf Stein, dem Scharren eilender Füße, und sie berechneten Entfernungen und Richtungen und warfen Granaten in die Finsternis hinaus. In der Festung schraubte sich der Getreidepreis stetig höher; Wangenknochen traten immer spitzer hervor und warfen Schatten auf bleicher werdende Wangen. Aber Thomas wurde immer siegessicherer, weil er nun an einem Tor Wache stand, an dem jeden Morgen und Nachmittag die Dolis der Prinzessinnen vorbeikamen. Es konnte einfach nicht sein, daß sie nicht dabei war, daß sie ihn nicht sah. Also wartete er jeden Morgen ungeduldig auf den Ruf der Sänftenträger: »Huh-HAH-huh-HAH-huh-HAH-huh-HAH«. Weiter unten machten die Verteidiger im Morgengrauen überraschende Ausfälle auf die parallelen Linien und die Belagerungsgeschütze des Gegners. Um Mitternacht gruben sich Pioniertrupps in die Tunnels der feindlichen Linien ein und mordeten mit Spitzhacken, Zaunpfählen, Hämmern, Spaten und Steinen, verkrallten sich ineinander, fluchten, würgten, drückten Gesichter in den Schlamm. Die so dem Boden zurückgeschenkten Elemente machten die Erde reich und fruchtbar. In der Festung wurden Rüstungen und Waffen spottbillig.

Eines Nachmittags kaufte Thomas einen eleganten Stahlsäbel, dessen Klinge auf beiden Seiten reich mit Silber ziseliert war: auf der einen Seite zwei dräuend aufgerichtete Löwen, auf der anderen die Urdu-Worte »Der Rote«. Am nächsten Morgen während der Wache meinte er, in einer der Dolis eine flinke Bewegung gesehen zu haben, das Wehen eines Vorhanges, das für einen kurzen Augenblick einen Spalt aufklaffen ließ. In jener Nacht kaufte er einen glänzend polierten Helm mit stolzem Federbusch, dessen Nasenschutz noch mit dem schwarzen Blut des Vorbesitzers verkrustet war, den zweifellos die Kugel eines Heckenschützen ins Auge getroffen hatte – oder der Pfeil eines Kämpfenden in die Stirn oder die Spitzhacke eines Grabenden unter das Kinn. Zur nächsten Wache erschien Thomas im vollen Glanze seines neuen Helmes und mit blitzendem Säbel und überhörte geflissentlich die hämischen Bemerkungen seiner Kameraden. Diesmal gab es keinen Zweifel mehr: Hinter dem Brokat war unverkennbar das leise Flattern weiblichen Interesses zu spüren, als die Dolis vorbeischwankten (und die dunkelhäutigen Doli-Wallahs schwitzend und mit weißen Augen ihren stetigen Trott beibehielten und ihr gleichmäßiges »Huh-HAH-huh-HAH-huh-HAH-huh-HAH« sangen).

Im Laufe der nächsten Woche ergänzte Thomas seine Ausstattung noch durch ein Kettenhemd, das den gesamten Oberkörper bis zu den Schenkeln bedeckte (mit einer kaum sichtbaren Delle unter dem linken Arm, wo ein Loch gewesen war); durch einen schwarzen Plattenpanzer, den er um den Körper schnallen konnte und der ihm Brust und Rücken schützte; durch graue Stahlschienen, die sich an seine Unterarme schmiegten; durch einen mattgrauen Schenkelschutz, dessen eingravierte Verzierungen an Blätter und Ranken erinnerten; durch rote, robuste, aber weiche Reitstiefel; durch einen geschwungenen Dolch mit grünem Jadegriff in der Form eines Pferdekopfes; durch ein paar Reiterpistolen, die zierlich in einem abstrakten türkischen Muster mit Gold eingelegt waren; durch einen Handgelenkschutz aus hellem Leder; durch einen fein zusammengesetzten Bogen aus Holz und Hornstreifen, Sehnen und gefärbtem und mit rotem Tuch umwundenem Leder, das in der Mitte und an den Enden mit Goldfäden umsponnen war; durch einen festen Lederköcher und Pfeile, von denen einige mit quadratischen oder stumpfen Spitzen versehen, andere wie Rasierklingen oder Halbmonde geformt waren und wieder andere die Form von Tiger- oder Wolfsköpfen hatten, die auf ihrem Flug durch die Luft schrien. Nachts in seinem Charpoy spürte Thomas an jener Grenze zwischen Wachen und Schlafen noch das Gewicht des Metalls an seinen Gliedmaßen. In seine Träume drang die Vergangenheit anderer Männer ein, drängte sich die Erinnerung an Dinge, die er niemals gesehen oder erlebt hatte, mischten sich Sprachen, die so fremd waren, daß er den Klang ihrer Worte nie vernommen hatte. Im Schlaf durchlebte er die Schmerzen anderer Männer aufs neue, freute sich mit ihnen des Aufberstens der Fruchtbarkeit, wenn der Regen den Boden durchweichte, schmeckte die Asche der Bitterkeit, wenn geliebte Menschen starben, betete die Göttinnen des Frühlings, des Wissens und der Pocken an. Wenn er morgens seine Ausrüstung anlegte, schien jedes einzelne Stück durch die Fingerspitzen zu ihm zu sprechen. Der Helm summte mit dem Mut eines Berittenen, der für den Sattel geboren war; das Kettenhemd stank nach der schuldgeplagten Wut des Frauenschänders; der Säbel vibrierte mit der blindwütigen Weißglut eines Berserkers; der Schenkelschutz klirrte mit der Zärtlichkeit eines Rissaldar, den seine Leute sehr liebten. Manchmal glaubte Thomas den Verstand zu verlieren: Entweder war der Grund die Stärke seiner Liebe zu einem Mädchen, das er nur ein einziges Mal gesehen hatte, oder die Todesangst der durch die Hitze zum Wahnsinn getriebenen Stadt. Trotzdem ließ er nicht ab. Jeden Tag war er auf seinem Posten zu bewundern, sein riesiger Körper war mit den Gerätschaften des Kampfes behangen, wirkte wie eine übermäßig gut ausgerüstete Reinkarnation des Mars oder des – wie er in seinem neu erworbenen Wissen dachte – Kartikeya. Die anderen Männer lachten, und einer, ein alter Sikh, rieb sich den Bauch und grinste: »O je, was soll diese Buße in der Sonne, was soll das Gewicht all des Metalls? Warum unter diesem Kettenhemd brennen? Es wird noch Wochen dauern, bis sie hier einfallen, in diesen Hort köstlicher Zartheit. Wir sind hier gut geschützt, und dafür kämpfen sie – unsere Narren dort unten – wie Wahnsinnige, wie Verrückte, wenn die da draußen kommen.« Thomas wandte seinen Blick ab und sah zu den dunklen Fenstern über dem Kopf des Sikh hinauf, der fortfuhr: »Ah, ich verstehe, ein persönlicher Eid, das Gelübde eines Kriegers. Worum wirst du bitten, wenn dein Gott erscheint? Um Reichtümer? Um Liebe? Nein, wenn man dich so anschaut, dann wird es wohl eine echte Soldatenforderung sein. Wie Hiranakashyapu wirst du wohl darum bitten, unverwundbar zu werden. Laß mich untötbar sein, kein Mensch und kein Tier soll mich zu töten vermögen, weder bei Tag noch bei Nacht, weder drinnen noch draußen. Mach mich, wirst du sagen, so hart wie den Donner.« Thomas drängte sich an ihm vorbei, als er in der Ferne das »Huh-HAH-huh-HAH-huh-HAH-huh-HAH« hörte. Die Dolis zogen vorüber, tränkten die Luft mit dem Geruch von Rosenöl und Schweiß. Thomas wandte sich um und suchte den Sikh.

»Eh, Iqbal Singh-ji«, rief er. »Und was ist dann mit Hiranakashyapu geschehen?«

Der Sikh stand mit gespreizten Beinen auf der Mauer und urinierte, freute sich am Anblick seiner Pisse, die im hohen

Bogen durch das Sonnenlicht spritzte und hundert Fuß weiter unten auf die Felsen klatschte. »Er ist gestorben«, sagte er. »Weißt du das nicht? Er hat so viele umgebracht, daß er meinte, niemand solle jemand anderen außer ihm anbeten. Aber sein Sohn war ein treuer Anhänger Vishnus, ein außerordentlich frommer, prüder kleiner Balg, was man so hört. Also trug Hiranakashyapu seiner Schwester Holika auf, sie solle den kleinen Prahlad verbrennen, und sie sprang auch mit dem Bruder auf dem Arm ins Feuer, verbrannte aber an seiner Statt. Also zog Hiranakashyapu selbst das Schwert, um den Jungen zu töten. Er bemerkte, daß Prahlad ziemlich furchtlos dreinblickte, und fragte: ›Bist du von Sinnen, daß du dich nicht ängstigst?‹ Aber Prahlad antwortete nur: ›Mein Herr ist überall, er wird mich schützen.‹ Und Hiranakashyapu klopfte an eine Säule und sagte: ›Ach ja, ist er wirklich auch hier drin?‹ Da erschien Vishnu aus der Säule, und er war halb Mann und halb Löwe, und es war im Zwielicht der Dämmerung, und er trug Hiranakashyapu zur Türschwelle, so daß er halb drinnen und halb draußen war, und dann zerfetzte er ihn.«

Thomas kicherte unsicher, und dann duckten sich beide, als ein dunkler Gegenstand vom Himmel herab an ihnen vorbeipfiff und sie mit seinem Schatten streifte. Thomas landete ungeschickt, sein Körper verdrehte sich, und er blickte in das knurrende Gesicht eines kleinen Hundes, der mit steif ausgestreckten Beinen durch die Luft wirbelte, beim Aufprall auf dem Boden zerbarst und eine schwarze Flüssigkeit und Maden verspritzte.

»Diese verdammten Saftsäcke und Schwesternschänder«, knurrte der Sikh und rieb an einem Fleck auf seiner Hose. »Diese vermaledeiten Mutterschänder.«

Thomas richtete sich klirrend auf und ging mit vorsichtigen Schritten durch den Unrat bis zu der Stelle, wo der Hund lag, in dessen heraushängenden Eingeweiden sich langsam weiße Würmer bewegten. Die Lefzen waren von den Zähnen zurückgezogen, die Augen sehr schwarz und undurchdringlich. »Sehr nah«, sagte er. »Zu nah.«

»Sie sind weiter gekommen, als ich dachte. Sie werden bald hier sein«, meinte der Sikh. »Jetzt dauert es nicht mehr lange.«

Und so begann auf der Höhe der Sommerhitze, in den Tagen um die Sommersonnenwende die East India Company längst verendete Tierkadaver in die Festung zu katapultieren: Kälber mit verwester Haut und übelriechende Geißen, die in langen hohen Bögen geflogen kamen und auf die Felsen und das trockene Gras klatschten. Nun breiteten sich Krankheiten schnell aus, Seuchen gingen wie Lauffeuer durch die Festung, verminderten die ohnehin schon dezimierte Besatzung noch mehr. Wenn jetzt glühendrote Kanonenkugeln die Dächer in Brand schossen, leistete niemand mehr den Flammen Widerstand, und sie konnten Häuser und Geschäfte verschlingen. In seinem Kellerzimmer wurde Thomas oft nachts vom undeutlichen Wummern der Mörser und von verwirrten Schreien geweckt. Dann wälzte er sich auf seinem Charpoy herum, daß die Beine über die untere Kante hingen, murmelte etwas, blickte schläfrig auf die Rüstung und die Waffen, die in konzentrischen Kreisen um das Bett herum lagen (und trotz der Dunkelheit glänzten und blitzten), und er verspürte eine ungeheure Welle der Befriedigung und des Selbstvertrauens und fiel wieder in einen tiefen Schlaf, der aufs Köstlichste mit in Sänften sitzenden Prinzessinnen bevölkert war.

Eines Abends stolzierte Thomas durch den Basar: Er war bis an die Zähne bewaffnet, das lange Haar hatte er sich geölt, die Augen mit Kajal umrahmt, eine rosa Blüte steckte hinter dem Ohr. Er ging an den geschwärzten Lücken in den Ladenreihen vorüber, von denen einige noch rauchten, vorbei an leeren Häusern, an zerzausten Kurtisanen, die ihn ohne große Begeisterung oder Hoffnung aus den Fenstern der Obergeschosse anriefen, vorbei an quiekenden Schweinen, die sich von Kadavern ernährten, vorbei an Gruppen Tee trinkender Soldaten, die in jenem vollkommenen Schweigen befangen waren, das vom vollkommenen Wissen um die drohende Katastrophe herrührt, vorbei an schuttüberhäuften Straßen, an weinenden Kindern, an Familien, die unter der Bürde ihrer hastig zusammengerafften Habe wankten, vorbei an Rudeln schmaler weißer, bedrohlich katzengleicher Hunde.

»Sahib. O Sahib, warte.«

Thomas wandte sich um, warf sein Haar mit einer schnellen Bewegung über die Schulter. Es war einer der vielen Waffenhändler, mit denen er in letzter Zeit Geschäfte gemacht hatte, ein dünner, nervöser Mann mit dem Kastenzeichen der Shaivite auf der Stirn.

»Ich gehe, Sahib«, sagte er. »Wir versuchen heute nacht, die Festung zu verlassen. Aber ehe ich gehe, dachte ich, muß ich den Sahib finden, nur er wird dies zu schätzen wissen. Seht.« Er hielt eine zweieinhalb Fuß lange Kriegswaffe aus schwerem Stahl in die Höhe, deren oberes Ende in gebogene, blütenblattgleiche Kanten auslief und in dieser Knospe mit einem achteckigen Dorn gekrönt war. »Seht. Es ist weniger ein Streitkolben als ein Ding, an dessen Zartheit selbst eine Frau Gefallen finden könnte. Seht euch die feine Handwerksarbeit am Schaft an. Seht euch an, wie stark der Hals ist. Man würde sich ja beinahe freuen, unter einem Hieb dieser Waffe zu fallen, man würde sich selig wähnen.«

»Ja, wirklich«, erwiderte Thomas. »Es ist sehr angenehm anzusehen mit diesen schön geschwungenen Kanten, dem Buckel und der schweren, geraden Linie des Dorns.«

»Hab ich es doch gewußt. Nur Ihr könnt den Wert eines solchen Stücks ermessen. Nennt es Morgenrose, Sahib. Bulbul des Himmels.«

»Herzensprinzessin.«

»Wunderbar, ja, Herzensprinzessin, ja wirklich.«

»Wieviel?«

Nach dem obligatorischen Feilschen trug Thomas seinen neuen Besitz heim, schwang die Waffe hin und her, lauschte auf das kaum vernehmliche, aber deutliche Pfeifen der Luft zwischen den stumpfen Klingen. In der Nacht hatte er sie neben sich liegen, rieb mit der Handfläche über die Kreuzschraffur des Griffes, genoß die angenehme Kühle und warf sich später im Schlaf herum, so daß sein Kopf darauf ruhte und er unbeabsichtigt die elektrische Bitterkeit des Metalls schmeckte. Dann wachte er plötzlich auf, mit Dreck in Nase und Mund und mit dröhnenden Ohren. In der Nähe waren laute, hysterische Stimmen zu hören, wurden durch den gelben Schleier aus Putz und Staub, den die Wände von sich geschüttelt hatten, gedämpft. Thomas begann seinen Panzer anzulegen.

»Komm, Bruder, es ist Zeit.« Iqbal Singh tauchte aus dem Trüben auf und band sich die Hose zu.

»Was war das?«

»Eine Mine unter dem Osttor. Es ist, habe ich vernommen, verschwunden, das ganze Tor.«

»Natürlich.«

Sie rannten die enge Treppe hinauf. Draußen färbte im Osten bereits der erste Hauch von Grau den Himmel, und die rasch eilenden Gestalten, die Gesichter der Männer, das rhythmische Auf und Ab der Zinnen zeichneten sich wie Schattenrisse dagegen ab. »Wir leben«, sagte Iqbal Singh, »in sehr schlechten Zeiten.«

Dann stürzten sie sich ins Gefecht. In der kämpfenden, wogenden Masse war es schlechterdings unmöglich, Freund und Feind auseinanderzuhalten. Und so wurden die Schläge und Hiebe anonym und zufällig ausgeteilt, und Körper wanden sich erstickend und zuckend unter den Tritten der Kämpfenden. Thomas warf sich mit seinem ganzen Gewicht ins Gefecht, bahnte sich, von Iqbal Singh flankiert, einen Weg durch die Menge, nahm neugierig den seltsam hohen Ton wahr, der aus dem Gedränge erklang, und den schweren, nicht einmal unangenehmen Geruch von Schweiß und Furcht und die kurzen Blicke – im tanzenden roten Licht der Flammen und im glühendweißen Aufblitzen der Pistolenschüsse – auf hervorquellende Augen, aufgerissene Münder, Hände, Lippen, Ellbogen, Augenbrauen. Schließlich kamen sie keuchend auf ihrem angestammten Posten am Tor des Rani Mahal an. Über ihnen verdichtete sich eine dicke Säule pechschwarzen Rauches nach unten hin immer mehr, türmten sich Schwaden über Schwaden. Das Tor selbst stand offen, ein Dutzend Männer der Palastwache kauerte nervös und unentschlossen daneben. Weiter unten zeigte eine dichte, gezackte Reihe von Blitzen die Vorhut des Feindes an, die sich einen Weg nach oben bahnte und die Verteidigungslinien von unten her aufrollte.

»Zusperren«, schrie Iqbal Singh. »Zusperren, ihr Idioten!«

Sie stemmten sich gegen das Tor, das sich nur knarrend und träge bewegte. Irgend etwas klirrte oben gegen den Torbogen und ließ eine stechende Wolke aus Marmorsplittern auf sie niederregnen. Hinter Thomas fiel ein Mann zu Boden, unter leisem Wimmern wich der Atem aus ihm. Nachdem das Tor geschlossen war, mühten sie sich mit dem riesigen, verrosteten Riegel ab, der ihnen quietschend Widerstand leistete; große braune Rostschuppen fielen auf ihre Füße herunter. Als sie gerade den Riegel durch die erste Lasche geschoben hatten, wölbte sich das Tor nach innen, hallte wie ein riesiges Trommelfell von den rammenden Hieben und Schüssen wider.

»Weg hier«, sagte Iqbal Singh. Der dröhnende Trommelklang verfolgte sie, während sie einen im Bogen ansteigenden Gang entlangliefen, der von Balustraden und Mauern mit Schießscharten umgeben war. Dann waren sie im eigentlichen Palast und rannten durch Säulenhallen und Innenhöfe, wo rote und grüne Papageien kreischten und mit den Flügeln schlugen und aus den Ästen stürzten. Unter einer Tür tauchte eine Gestalt auf, ein feister, auffällig gekleideter Mann, der mit ungeschickter Hand einen Kavalleriesäbel umklammert hielt.

»Wir gehören zu euren Leuten«, sagte Thomas.

»Wo sind all die Wachen, wo sind die anderen?« fragte Iqbal Singh.

»Keine Wachen da, es kam alles so plötzlich.« Er begann zu weinen. Die Tränen zeichneten glänzende Spuren auf seine fetten Wangen. »Wir hatten nicht einmal Zeit, Holz für den Jauhar beiseite zu legen, es kam alles so plötzlich. Und jetzt sind alle auf die hinteren Balkone geflohen.«

»Da haben wir uns auf eine wirklich nutzlose Mission begeben«, sagte Iqbal Singh. »Sie können sich nicht rituell verbrennen, die feinen Rajput-Dämchen, also fliegen sie aus wie kleine Vögelchen. Hier gibt's nichts zu schützen, Bruder. Laß uns heimgehen.«

Aber Thomas war – den »Roten« in der rechten Hand und die »Herzensprinzessin« in der Linken – schon weiter gerannt, und die anderen folgten ihm. Sie stürzten durch teppichgeschmückte Wohngemächer, liefen unter riesigen Kristalleuchtern hindurch und trampelten in den Schlafzimmern über seidenbeladene Betten, rannten Treppen hinauf, an zartgemeißelten steinernen Wandschirmen vorbei und dann in einen großen Saal – schwarz-weiße Kacheln sah Thomas in jenem ersten Augenblick und an der Wand ein Gemälde, ein großes Gemälde, eine tanzende Frau, Musikanten –, wo sich auf der anderen Seite eine große Frauengruppe um eine Reihe von Balkonen scharte, die den Blick auf das Tal unten freigaben. Er rannte auf sie zu. Eine von ihnen, eine alte Frau mit weißem Haar und bleicher Haut, hob, als sie ihn kommen sah, den Fuß und stieg auf das Sandsteingeländer, das den Balkon umgab, und dann tat sie mit vollkommen furchtlosem Gesicht einen Schritt ins Leere. Einen Augenblick lang schien ihr gelbes, rot gemustertes Gewand, das sich um sie herum aufblähte, sie zu halten, aber dann fiel sie und war nicht mehr zu sehen. Schreiend lief Thomas an den Wänden des Saals entlang, drängte die Frauen von den Balkonen, vom Abgrund weg. Er sah sie, er wußte, daß sie es war, trotz des üppigen Ghunghat, der ihr Gesicht verschleierte. Sie stand völlig unbeweglich da und blickte auf einen Balkon, sie hatte den Rücken an eine Säule gelehnt und klammerte sich daran fest. Er rannte zu ihr hin, sah, wie sich ihr Kopf unter dem Tuch bewegte, als sie spürte, wie er sich näherte. Er hob den Streitkolben, spießte eine Falte des Ghunghat auf den spitzen Dorn und riß ihn weg. Sie war es. Während ihr das Tuch vom Kopf fiel, waren ihre Augen völlig ausdruckslos und die Pupillen erweitert, das Blut drängte sich in ihr Gesicht, rötete es, das Tuch fiel, Thomas hörte ein dröhnendes Brüllen, Rauch stieg auf, Gemäuer brach zusammen, das Tuch fiel.

»JAHAJ JUNG!«

Thomas wandte sich wie benommen um und sah Uday Singh, den weißen Bart rußverschmiert, gebückt durch ein schartiges Loch in der Wand steigen, unmittelbar gefolgt von einem gedrungenen, rotgesichtigen Europäer in einem grünen Rock. Öliger Rauch strömte durch das Loch im Mauerwerk und glitt über die Kacheln. Uday bewegte sich im Krebsgang entspannt zur Seite, aber schon schlich er sich an, bot nie mehr als das Profil dar, das stets von der schwingenden Spitze seines Schwertes geschützt wurde.

»Ein Zufall, der es wert wäre, in die alten Geschichten einzugehen«, sagte er glucksend. »Aber ich hätte mir denken sollen, daß ich dich hier finden würde, Jahaj Jung, hier bei den Schönen.«

Der Europäer war mitten im Saal stehengeblieben, seine Kiefer mahlten, Schweiß rann ihm über das Gesicht, seine Brust hob und senkte sich, er schien aus seinem grünen Gewand zu bersten.

»Verdammte schwarze Niggerbande!« fluchte er in stark schottisch gefärbtem Englisch. »Trenn sie von den Frauen, Uday Singh.«

»Ja, Skinner, Sa'ab«, sagte Uday auf Englisch und wechselte dann wieder zu Urdu: »Der Firangi möchte, daß ihr von den Schönen hier weggeht.« Uday lächelte. »Gehst du, Jahaj Jung? Ich diene jetzt bei den Engländern, und ich muß dich wohl zwingen.«

Thomas, dessen Aufmerksamkeit nach wie vor von der Frau gefesselt war, sah am Rande seines Gesichtsfeldes die Männer zurückweichen, ihn mit Furcht und sogar Ehrfurcht anstarren, aber auch jetzt noch beobachtete er sie, mit gesenktem Streitkolben (der Ghunghat war zu Boden gezerrt). Sie blickte an ihm vorbei, hatte die Augen niedergeschlagen, blickte auf den Abgrund, auf das Tal unten, auf die zerstreuten Bäume, die braunen Felder, den Nebel, die schweren Kumuluswolken, die sich gen Süden auftürmten.

»Gehst du?«

Thomas drehte sich wortlos um, überwand mit einem einzigen Satz die Entfernung zwischen sich und Uday, hob den Streitkolben hoch über den Kopf und zersplitterte Udays zur Parade hochgerecktes Schwert bis zum Griff, warf ihn taumelnd zurück, zu Boden. Und schon war Thomas über ihn hinweg, eine Schulter traf Skinner im Plexus, ließ ihn wie einen Sack zusammensinken. Weiter! Der »Rote« schwang nach oben und schlug zu; Männer zögerten, zogen sich zurück, drängten und versuchten ihm aus dem Weg zu gehen, eine Lücke tat sich auf, Iqbal Singh und die anderen folgten ihm mit schwingenden Schwertern durch das Loch in der Wand in einen rauchdurchzogenen Raum, im Rennen streckten sie Männer nieder, durchbohrten ihre Rücken mit Schwertern, Lanzen, Speeren (die längst verhallte Stimme eines Rissaldar: »Erinnert euch, Kinder, wenn ihr auseinan-

derbrecht und wegrennt, wenn ihr sie nicht sehen könnt,
wenn ihr nicht parieren oder dagegenhalten könnt, dann
massakrieren sie euch, dann mähen sie euch nieder ...«).
Nachher konnte er sich nie an diesen Korridor erinnern, nur
daran, daß er durch eine stinkende Gasse taumelte, und an
den stechenden Schmerz zweier langer Schnitte auf seinem
Körper, an einen unter dem rechten Arm und an eine blutige
Kerbe im Schenkel. Sie rannten hintereinander durch die
Gasse, er allen voran, er führte sie von den breiteren Straßen
weg und hielt sich immer an die engen, kleinen Sträßchen,
aber er wußte nicht, wohin er floh.

Dann hörten sie Pferde schreien, ein widerhallendes, pfeifendes Geräusch, das über den Häusern hing. Sie fanden den
Stall hinter einem weißen Palast. Drinnen war das Prasseln
von Flammen zu hören, und die Pferde bäumten sich auf gegen das Holz, die Ziegel, die Steine. Thomas stieß eine Stall-
tür auf, und um ihn herum krallten sich Männer verzweifelt
in Mähnen fest, und dann saß er auf einem Pferderücken, die
glatten Muskeln unter ihm ballten und entspannten sich.
Aber nein, zum Tor hinaus! Vor Thomas und Iqbal verlor
ein Mann den Halt, rutschte auf dem Rücken des Pferdes hin
und her, klammerte sich fest, verschwand unter dem Bauch
des Tieres, und dann senkten sich Hufe auf ihn nieder, trafen
ihn mit einem trocken-reißenden Geräusch. Jetzt jagten sie
hügelabwärts durch Seitensträßchen und wenig bekannte
Gassen, und Männer warfen sich zur Seite, es war nicht einmal Zeit für einen Schwerthieb. Thomas hing über dem Hals
seines Pferdes, hatte den Arm darumgeschlungen, die »Herzensprinzessin« war mit einem Lederriemen an sein Handgelenk gebunden, Schaum bedeckte den Hals des Tieres,
wurde Thomas ins Gesicht geweht, er schmeckte das Tier,
liebte es. Jetzt standen die Häuser weniger dicht, und der
staubige Abhang mündete in einen Felsvorsprung, der ein
paar Hundert Fuß zu einem Wassergraben abfiel, Wenden,
Wenden, Wenden, dann ritten sie parallel zum Abgrund, aber
mit Lanzen bewaffnete Reiter kamen aus der Stadt gesprengt,
schnitten ihnen den Weg ab, und Thomas schrie, wohin, zog
an der Mähne des Pferdes, zerrte es nach rechts, Wenden. Er
konnte die blitzenden Spitzen der Lanzen sehen, Wenden,

zehn Fuß lange Lanzen, herum, Junge, herum, und die Verfolger fächerten sich in eine breite Linie auf, es waren viele, sie schwärmten aus: Flanken, ein Halbmond, eine Sichel, kein Ausweg, keiner, nur der Abgrund. Thomas spürte, wie sein Herz raste: Oh, komm schon, Schönster, komm, mein Herz, mein Freund, auf zur Klippe, zum Abgrund, komm, mein Schöner, noch einmal wenden, schnell, schnell, schnell, und jetzt hält uns nichts mehr zurück, der Sommer hat seine trockene, giftige Bosheit aufgebraucht, der Monsun rollt schon wieder in den Wolken, jetzt wartet der Himmel auf uns. Thomas ließ seine Waffen fallen, lehnte sich noch weiter nach vorn, streckte die Hand aus und hielt ganz sanft, so sanft er konnte, dem Pferd die Augen zu, nur keine Furcht, und der Abgrund raste näher, verschluckte sie ohne Zögern, und Mann und Tier schrien aus voller Kehle. Sie fielen. Das Tier hatte all seine glattmusklige Pferdeanmut verloren. Es fiel zusammengekauert wie ein Kind, mit übereinandergeschlagenen Gliedmaßen. Die Luft zerrte an ihnen. Thomas breitete die Arme aus, streckte Arme und Beine, der Wind strich ihm das Haar aus dem Gesicht und ließ es hinter ihm herflattern, er streckte die Finger aus. Unten wand sich die grüne Schlange des Wassergrabens, wartete auf ihn. Thomas überschlug sich und landete unweit seines Pferdes, dessen ruhige braune Augen ihn gelassen, unvoreingenommen anblickten. Er spürte, wie etwas in seiner Brust zerbarst, spürte die brodelnde Hitze neuer Geburt, und das Gefühl erfaßte ihn mit solcher Macht, daß er sich krümmte und streckte, keinerlei Schmerz verspürte, keine Furcht, und immer noch ruhte das ruhige goldene Auge auf ihm, und er rief: »Ich liebe dich, oh, ich liebe dich!« Und sie sanken ins Wasser.

Hustend zog sich Thomas an der anderen Seite des Wassergrabens auf die bröckelnde Böschung, während hinter ihm ein stöhnender Haufen aus Männern und Pferden kreischend und blubbernd rasch im Wasser verschwand. Er zerrte an Krautstengeln, krabbelte die Böschung hinauf, die unter ihm nachgab. Hinter ihm hagelten von der Mauerkrone Steine und andere Wurfgeschosse nieder und zersprengten Schädel und zermalmten Knochen, die ohnehin schon durch den Fall gebrochen waren. Thomas wandte kurz den Kopf um, aber sein Pferd war bereits in dem schäumenden, aasigen Schleim verschwunden, versank schnell im grünen Wasser. Er rutschte auf flaches Gelände, kroch verzweifelt einen oder zwei Meter auf allen vieren, zog sich dann hoch auf die Füße und taumelte benommen und mit rechtwinklig vom Körper ausgestreckten Armen auf die relative Sicherheit einer Baumreihe zu.

Als er im bergenden Schatten des Wäldchens war, machte er zitternd Halt, lehnte sich an einen Peepulbaum und sank dann schwerfällig in eine halbliegende Stellung zusammen. Einen Augenblick später warf sich Iqbal Singh neben ihm auf den Boden, atmete in tiefen Zügen ein und mit spitzen kleinen Schreien wieder aus: »Ah-ah-ah-ah.« Und während sie da lagen, kamen, naß und Schlammspuren hinter sich herziehend, ein Dutzend Männer dazu, zwei Dutzend vielleicht, sie tasteten sich durch die Dunkelheit und setzten sich erschauernd hin. Die Gestalten auf der Mauerkrone droben schienen das Interesse an ihnen zu verlieren und machten sich davon. Thomas packte seinen Baum und zog sich mit bebenden Knien hoch. Er blickte auf die Mauer, auf die schiere Höhe aus Fels und Mauerwerk, die ihm von seinem Standort aus jegliche Sicht auf die Stadt oben verwehrte. Sein Mund öffnete sich, ein Muskel zuckte und zitterte in seinem Kiefer, und dann heulte er und winselte und spie kleine rosa Speicheltröpfchen, die auf Blättern und Schlamm zerplatzten und Flecken und Punkte hinterließen.

»Jetzt reicht es«, meinte Iqbal Singh. »Du hast genug getan.«

Aber Thomas brüllte noch einmal los. Diesmal warf er den Kopf vor und zurück und spie einen roten Schwall, vor dem Iqbal Deckung suchte. Seine Augen waren halb geschlossen, und seine Zähne schienen in Klumpen schwärzlichen Blutes zu wurzeln.

»Jetzt aber«, sagte Iqbal wieder, »jetzt reicht es wirklich. Diese Männer sind mit dir gekommen, über dieses Ding hinweg, einige blind vertrauend, andere gegen ihren Willen, aber sie sind dir alle gefolgt. Sie kamen unwissentlich, sie folgten dir, aber jetzt sind sie auf immer die Deinen. Jetzt folgen sie dir überallhin, Jahaj Jung.«

Thomas schluckte, rülpste und drehte sich kurz weg. Er hob eine Hand zum Gesicht: Sie wurde dort sandig und schwarz, und grüner Rotz schlängelte sich um sein Handgelenk. Dann blickte er an sich herunter. Der größte Teil seiner Rüstung war weg, sein Kettenhemd war zerrissen und zerschnitten und hing in Fetzen, wo er Hiebe eingesteckt hatte, an die er sich nicht erinnern konnte. Er nickte, nickte noch einmal, wandte sich ab und schritt zwischen den Bäumen hindurch. Die anderen folgten ihm. Nach ein paar Augenblicken schreckte er Iqbal auf, als er in lockerem Gesprächston, ohne sich umzuwenden, meinte: »Ich frage mich, was aus dem Eunuchen geworden ist?«

»Der hat überlebt«, antwortete Iqbal nach kurzem Zögern. »Das muß so sein. Die überleben immer.«

»Und so«, sagte Sandeep, »versuchte Thomas für kurze Zeit, seinem Schicksal zu entkommen, der trägen Geschwindigkeit seines Namens Jahaj Jung zu entfliehen, seines Namens, der ihn unweigerlich auf einen gewissen Dschungel, eine Stadt, eine von einem Mann und zwei Löwen bevölkerte Wildnis zuführte, ihn jedoch von den jungfräulichen Wäldern der Vehi fortlockte. Freunde, Freunde, wir kämpfen, wir schreien, wir träumen, aber die Formen bestimmen uns, die Metaphern zerbrechen uns, unsere Namen sind wie Mantras (versteckt sie), und die Göttin Vac, die Königin der Sprache, ist die heimliche Herrin der Welt. Aber nun auf, an die Arbeit!

Monate vergehen, und in einer Stadt namens Barrackpur in Bengalen diskutieren zwei Männer – oder laßt uns das Kind beim Namen nennen –, zwei Avadhi-Brahmanen, die zufällig Nachbarn dieses Skinner sind, den wir gerade kennengelernt haben, zwei Brahmanen, die der Redekunst verfallen sind und für ihr Leben gerne predigen, und diese beiden disputieren über das Schicksal der Dichtkunst und über den Charakter eines Alexander von Makedonien – den man manchmal den Großen nennt, in Indien jedoch zuweilen Sikander den Wahnsinnigen. Sie tauschen Klatsch aus über die Intrigen am Hof des Raja Sahib, eines unbedeutenden, von den Briten gegängelten Prinzen, über ihren Freund, den Daroga, über ihren Nachbarn John Hercules Skinner, den briti-

schen Residenten an diesem Hof, und sie denken über die
Rolle dieses Alexanders oder Sikanders in der Geschichte
nach. Hört gut zu …

»Er hat, glaubst du es denn, gesagt, daß ein Ding nur tun
solle, wozu es bestimmt sei, nicht mehr und nicht weniger.«

»Barbarisch«, erwiderte Ram Mohan, schlang die Arme
um die Knie und blinzelte zu seinem Schwager hinauf.

»Genau. Und der Waffenschmied wurde ganz bleich und
blickte weg.« Arun schritt auf und ab und vergaß heute aus-
nahmsweise einmal den täglichen rituellen Kleiderwechsel,
das Abwerfen seiner schweißgetränkten Gewänder. »Ich
stand keine drei Fuß von ihm entfernt, und ich sah sein Lippe
ganz deutlich beben.«

»Und Daroga Sahib?«

»Nun, da er diesen Waffenschmied empfohlen hatte, ihn in
die Stadt gebracht, ihm Geld gegeben hatte, damit er seine
Werkstatt einrichten konnte, und sich dabei auf seine Beziehung zum Raja Sahib verlassen hatte, kannst du dir vorstellen, in welchem Zustand er sich befand. Er lachte und platzte
heraus: ›Iskinner Sahib‹, sagte er, ›Iskinner Sahib, aber seht
doch …‹, aber bevor er noch zwei Sätze hervorgebracht hatte,
meinte der Firangi mit gekräuselter Lippe: ›Ich heiße Skinner,
Skinner.‹«

»Unglaublich, einfach unglaublich.«

»Du kannst dir also vorstellen, wie sich der Daroga gefühlt
haben muß. Er stotterte, und schließlich sagte ich: ›Arre Skinner Sahib, seht euch die feine Arbeit an, seht, wie der Löwe
an der Mündung dieser Waffe brüllt, wie kunstfertig die Form
des Tieres sich den unabdingbaren Linien der Waffe an-
schmiegt, wie schön sie ist, wie wunderbar dieses Ding gemacht ist‹, aber er erwiderte nur, das sei unnütz, ein Ding
solle nur tun, wozu es bestimmt sei, nicht mehr und nicht weniger. Und dann ging er.«

»Der Mann ist einfach unerträglich.«

»Aber unser Raja Sahib ist völlig vernarrt in ihn, weil die
Company alle Schlachten gewinnt. Die Company siegt hier,
die Company siegt dort, überall siegt sie, also werden wir nach
den Maßstäben der Company beurteilt. Ich sage dir, Bruder,

wir leben in gräßlichen Zeiten. Soldaten sind in unser Leben eingedrungen. Wir sprechen ihre Sprache, wir vergrößern ihre Macht, wir feiern ihre Siege, unsere Dichtkunst hat sich von ihren Kriegslisten anstecken lassen, unsere Gedanken von ihrer Hinterlist.«

Ram Mohan hoffte, die Wut seines Schwagers ein wenig zu besänftigen, indem er ihm eine silberne Paan-Dose entgegenhielt. Arun nahm sich ein Blatt und kaute wütend darauf herum, daß ihm der karmesinrote Saft nur so aus den Mundwinkeln spritzte. »Skinner wohnt auf der anderen Seite unserer Gartenmauer, aber er hat sich auch in unserem Haus breitgemacht, Bruder. Hier sitzen wir beide, du und ich, Liebespoeten ersten Ranges, und es bleibt uns nichts mehr übrig, als über einen menschenmordenden Verrückten zu schreiben, weil unsere Majestät von Skinners aufschneiderischen Geschichten so fasziniert ist, von seinen Geschichten darüber, wie er dies und jenes eroberte, wie er hier und dort mordete, und schließlich noch bei einem kleinen Abstecher dies und jenes Land in Flammen aufgehen ließ. Unser Name wird mit uns aussterben.«

»Gräßlich.«

»Oh, aber wir sind Sklaven. An die Arbeit, an die Arbeit! Hast du den Knoten geschürzt?«

»Ja, Bruder, er ist hinter dem Haus.«

Sie gingen um das Haus herum, blieben dabei stets auf den äußeren Veranden, mieden vorsichtig die Innenräume. Arun begann seine Kleider abzuwerfen, und Ram Mohan hinkte hinter ihm her, bückte sich schwerfällig, um die Gewänder aufzuklauben.

»Ich habe den Gordischen Knoten geschürzt«, sagte Ram Mohan im Gehen. »Ich habe ihn geschürzt aus Kordel, Schnur, Lederriemen, Pflanzenfasern, Stoffstreifen, Tiergedärmen, aus Stahl- und Kupferdrähten, aus feinen Goldnetzen, dünn ausgezogenen Silberfäden, Tauen aus fernen Städten, Frauenhaar und Ziegenbärten. Ich habe Butter und Öl benutzt. Ich habe alles ineinander verstrickt und verwoben, habe alle Teile zusammengepreßt, daß sie einander so innig kennenlernten, bis sie vergaßen, daß sie je von einander getrennt waren, und ich habe sie gegeneinander festgezurrt, bis sie winselten und stöhnten. Und schließlich, als ich fertig war, habe ich mich mit gekreuzten Beinen neben den Knoten hingesetzt, Wasser im Kreis um mich herum verspritzt und die Zaubersprüche geflüstert, die alle Dinge geheimnisvoll machen, die Gesänge der Tiefe und der Kompliziertheit. Mein Bruder, einen solchen Knoten hat es noch nie gegeben. Sieh ihn dir an.«

Er hing zwischen zwei Ästen eines Peepulbaumes, der neben Mangobäumen und Hibiskusbüschen in der Nähe der Begrenzungsmauer wuchs, die den ungepflegten Garten umgab. Die Seile, an denen er hing, reichten wie unordentliche Krakenarme nach oben. Als Arun nun, nur noch mit seinem Dhoti bekleidet, nähertrat, schaukelte der Knoten vor und zurück, und sein Schatten glitt leicht über den Boden. Arun blieb abrupt stehen.

»Wie hast du ihn so groß machen können?«

Ram Mohan lächelte geschmeichelt und duckte sich unter den Ball; er strich zärtlich mit der Hand über die rauhe Oberfläche und hielt sich an dem Knoten fest, während er sich zum Boden bückte.

»Hier ist dein Säbel, frisch geschärft, wie du es verlangt hast.«

»Soll doch der Säbel in seiner eigenen Pisse ertrinken, Ram Mohan«, sagte Arun. »Sieh dir bloß dieses Ding an, das ist ungeheuerlich.«

»Aber du hast doch gesagt, du willst einen großen Knoten haben. Du hast es gesagt.«

»Ja, ja, aber ich habe groß gemeint, nicht so etwas.«

»Das wußte ich nicht. Nach einer Weile hat es mir gar keine Mühe mehr gemacht – ich habe nur irgend etwas in seine Nähe bringen müssen, und es hat sich wie von selbst dort eingebunden, es wurde scheinbar vom Knoten aufgesogen.«

»Nun gut. Nun gut. Also. Aber dieses Ding kann man nicht durchschlagen«, sagte Arun.

»Du mußt es zumindest versuchen.«

»Es ist eindeutig unmöglich.«

»Sikander hat es gemacht.«

»Er war ein Verrückter, er hatte die Stärke eines Wahnsinnigen. Krankheit bringt manchmal ungeheure Muskelkraft. Schreib das gleich auf.«

»Oder er war ein König der Könige.«

»Na gut, na gut. Hier. Gib her.« Arun nahm den Säbel, zog ihn aus der Scheide, beugte die Schulter vor und zurück, fixierte dabei immer den Knoten, diesen Aufruhr von Farben und Oberflächen, der im Umfang beinahe so groß war wie Ram Mohans Oberkörper. »Selbst wenn er ihn zerschlagen konnte, wenn er ihn zerschlagen hat, wie konnte er es nur über sich bringen? Schau dir das Ding an. Du hast es selbst gesagt, es hat eine solche Tiefe. Denk dir nur, ein Knoten, den über Tausende von Jahren hinweg niemand hat lösen können, ein nicht entschlüsseltes Geheimnis, so tief und unergründlich, daß es gleichzeitig Schmerz und Lust bereitet. Was ich meine: Es ist ein Denkmal, und dann kommt dieser Mordgeselle, dieser kindische Emporkömmling, den Anfälle von Melancholie und unkontrollierbare Wutausbrüche plagen, und reißt ihn einfach in Stücke! Zerschlägt ihn!«

»Er war ein brutaler Kerl. Aber Skinner nennt ihn den König der Könige. Die Welt nennt ihn den König der Könige.«

»Welch ein Raub! Welch eine Mißachtung aller kommenden Generationen. Wie viele Tausend junge Menschen hätten noch die Reise auf sich genommen, in der Hoffnung, das Rätsel zu lösen, den Knoten zu lösen, Faden für Faden, aber er, er hat ihn zu Nichts reduziert, zu Nichts.«

»Zu Nichts. Aber schlage du nur zu, Bruder.«

»Geh weg dahinter. Weg, sage ich. Gut.« Arun wiegte sich auf den Fußballen vor und zurück, stellte sich schließlich mit tiefliegendem Schwerpunkt breitbeinig hin. Er maß mit einem niedrigen Schwung des Säbels den Abstand zu seinem Ziel und holte dann tief Luft.

»Du siehst wie ein Krieger aus, wie Arjuna«, meinte Ram Mohan.

Arun lächelte. »Wie Parashurama, hoffe ich. Zum Ruhm unserer Familie!«

»Für den guten Namen der Parashers.«

Die Klinge zischte durch die Luft, und dann wälzte sich Arun auf dem Boden (über ihm schaukelte quietschend der Knoten, es war kaum ein Einschnitt sichtbar) und hielt sich das Handgelenk, schrie und fluchte. Er rief alle möglichen Verwünschungen auf den Knoten herab, auf Ram Mohan, auf sich selbst, auf das Schwert, auf Skinner, und schließlich verfluchte er Sikander selbst als einen von seinen Leidenschaften gebeutelten, syphilitischen Narren, der auch jetzt noch den Schlaf von Millionen von Menschen störte, sogar jetzt, Hunderte von Jahren, nachdem die Würmer sein Fleisch verzehrt hatten.

»Bruder«, sagte Ram Mohan. »Sieh nur, sieh –«

»Was ist, du Eulenlaich? Schau dir mein Handgelenk an, es schwillt jetzt schon an. Oh, was war ich nur für ein Narr, warum habe ich das getan, wozu braucht ein Dichter Experimente? Geh, was schaust du so, du Schlammhirn, hol jemanden, schick jemanden zum Knocheneinrenker, hol ihn her, hör auf zu glotzen.«

»Aber Bruder –«

»Was Bruder-Bruder? Hol mir den Vaid.«

Inzwischen hatte sich Arun wieder aufgerappelt, er hielt sich das Handgelenk, während er sich auf die Füße zog. Als er hinter sich eine Stimme hörte, schrak er herum und stieß gegen den Knoten, der zurückschwang und Ram Mohan vor die Brust traf, ihm die Luft abschnürte und eine vorübergehende, atemlose Verwunderung verursachte, einen Augenblick schmerzlich scharfer Wahrnehmung, während er voller Staunen auf die hochschwangere Frau starrte, die oben auf der Gartenmauer schwankte, nachdem die Kugel ihres Bauches sie beinahe aus dem Gleichgewicht gebracht hätte. Sie fragte noch einmal: »Was hat er über Sikander gesagt?«

Die beiden Männer traten mit unsicheren Schritten vor. Ram Mohan hielt die Hände mit nach oben gewandten Handflächen vor sich. Sie hatten sie schon vorher einmal gesehen, hatten auf ihre schmalnasige Schönheit gestarrt, auf die große Rajput-Dame, die unerklärlicherweise Skinners Frau geworden war: Sie war auf der Straße vor ihrem Haus an ihnen vorbeigerauscht, die Vorhänge ihrer Doli waren stets zurückgezogen, als bräuchte sie alle Luft, die sie nur irgend bekommen konnte. Sie hatte mit der mißmutigen, nach innen gerichteten Geistesabwesenheit derer, die hassen müssen, in die Welt geschaut. Immer hatte sie durch sie hindurchgeblickt, ohne Hochmut, aber mit der Zerstreutheit jener, die an eine vergangene Tragödie denken. Während nun Ram Mohan die Arme hob und sich gegen den Stein streckte, erglühte auf ihrem Antlitz so etwas wie Hoffnung.

»Was ist mit Sikander?«

»Er flößt uns auch jetzt, nachdem er lange verschwunden ist, noch Furcht ein«, sagte Ram Mohan. »Aber, bitte, seid vorsichtig. Kommt da oben herunter.«

»Erzählt mir von ihm«, befahl sie und schwang gebieterisch den Arm, beinahe hätte sie sich von ihrem hohen Posten heruntergestürzt.

»Er war die Geißel der Erde«, sagte Arun, der endlich seine Stimme wiedergefunden hatte. »Wenn sich eine Stadt nicht ergeben wollte, dann ließ er Vernichtung über ihre Einwohner regnen, bis ihr Name vom Angesicht der Erde getilgt war.«

»Er wollte Herrscher der Welt werden«, sagte Ram Mohan, »und deswegen hat er sie zerstört. Als er schließlich in unser Land kam, nach Bharat Varsha, da machte er kehrt, aber die Welt erinnert sich seiner, und wegen seiner Gemetzel halten ihn manche für einen Helden, andere für einen Gott.«

Da geschah etwas Merkwürdiges mit ihren Augen: Sie flammten auf. Nachdem Ram Mohan das gesehen hatte, nachdem er gesehen hatte, wie ein kaltes weißblaues Licht ihr Gesicht überzog, konnte er in seinen Schriften nie wieder diesen abgedroschenen Ausdruck verwenden, weil er verstand, wie unangemessen er war, wie wenig das Wort einzufangen vermochte, wieviel doch von der unschuldigen, schlohweißen Zerstörung dieses Strahlens verlorenging (es erinnerte ihn nicht nur an den Tod, sondern auch an etwas völlig anderes, an etwas, auf das er sich nicht besinnen konnte), und schließlich und hauptsächlich deswegen, weil er damals und für immer und alle Zeiten begriff, daß das »Aufflammen« keine Metapher war oder daß es vielleicht eine Metapher sein mochte, die aber doch das Geschehene vollkommen beschrieb, völlig den Tatsachen entsprach und die Wahrheit wiedergab. All dies wurde ihm in diesem Augenblick klar, und doch vermochte er, als es vorüber war und er sie wieder sehen konnte, ihr Gesicht wieder sehen konnte, kaum zu glauben, daß es ihm wirklich geschehen war. Er rieb sich die Augen und reichte noch einmal die Hand nach oben, versuchte zu berechnen, wie sie wohl fallen würde, und machte sein lahmes Bein steif, weil er fürchtete, es könnte unter ihm nachgeben.

Dann wandte er den Kopf herum, als er hinter sich eine gebieterische Frauenstimme hörte: »Oh, nun komm schon herunter, Kind, du tust dir nur weh.« Seine Schwester kam den schmalen Pfad zwischen den Bäumen entlanggerannt, der Pallu ihres Saris fiel ihr auf die Taille, während sie sich aufgeregt und mit bebenden Hüften und Schenkeln gegen die Mauer streckte. »Was stehst du da nur dumm herum, Ji, geh und hole die kleine Couch von meiner Veranda«, fuhr sie ihren Ehemann an, der aus seinem Traum aufschreckte, aufhörte Maulaffen feilzuhalten und forteilte.

Ein paar Minuten später (inzwischen: »Sikander! Erzählt mir von Sikander!«) erschien Arun wieder, kämpfte mit der sperrigen Form des Sofas, das er unten an die Mauer stellte. Die beiden Männer kletterten hoch, und unter Shanti Devis gebrüllten Anweisungen und flehentlichen Bitten schafften sie es, die Hände weit genug hochzustrecken und die Frau des Firangi herunterzuziehen – wobei ihr nach vorne gewölbter Bauch den beiden gegen Arme und Gesichter prallte – und sie auf die Couch zu setzen. Da thronte sie wie eine Königin oder eine Göttin, ein Bein flach vor dem Bauch ausgestreckt, das andere nach unten abgewinkelt und fest mit dem Boden verwurzelt.

»Erzählt, erzählt, erzählt, von Sikander!«

»Warum willst du dir diese furchtbaren Geschichten anhören, Kindchen?« fragte Shanti Devi. »Wie heißt du?«

»Ich bin Janvi. Er nennt mich Jenny.«

»Wie schön du bist,« sagte Shanti Devi, hob eine Ecke ihres Saris hoch und wischte dem Mädchen den Schweiß von der Stirn. »Hat er dich wirklich bei einer Schlacht gefangengenommen?«

»Ich war feige. Ich liebte das Leben zu sehr. Ich konnte nicht springen.«

»Was hat er dir angetan, daß du so geworden bist?«

»Er nennt mich Jenny«, antwortete sie, als erklärte das alles.

»Du solltest in dein Haus zurückgehen«, sagte Shanti Devi.

»Was wird er denken, was wird er machen, wenn er merkt, daß du in ein fremdes Haus gegangen bist und dich fremden Männern gezeigt hast?«

»Ich will von Sikander hören.«

»Wirklich«, sagte Arun, »das könnte Unannehmlichkeiten geben. Du solltest zurückgehen.«

»Ich will aber von Sikander hören!«

»Bruder, Schwester, hört mich an«, ließ sich Ram Mohan vernehmen. »Hört gut zu. Sikander war ein König, ein König aus einem fernen Land. Getrieben von Beweggründen, die wir noch genau erforschen müssen, brachte er Menschen um, bis er König von ganz Griechenland war. Dann beschloß er, noch mehr Menschen umzubringen, bis er König der Welt war. Auf seinem Weg hat er viele Großtaten vollbracht, unter anderem einen Knoten zerschlagen, den man Jahrtausende lang vergeblich zu lösen versucht hatte, und das machten wir gerade, als du uns überrascht hast, ich meine, diese Begebenheit haben wir gerade näher untersucht. Ich glaubte, es ließe sich so nicht machen. Mein Bruder hier war der Meinung, daß ein starker Mann diesen Knoten durchaus zerschlagen kann. Also versuchten wir es, und du siehst ja, was dabei herausgekommen ist.«

»Oh, meine Hand, Shanti, wir brauchen einen Arzt.«

»Das ist nur eine Kleinigkeit, ich streiche dir ein bißchen Kurkuma drauf, und dann wird es schon wieder.«

»Ich denke also, Sikander hat diesen Knoten gesehen, er versuchte ihn zu lösen, verlor die Beherrschung, versuchte ihn zu zerschlagen, brach sich dabei das Handgelenk, fiel mit Schaum vor dem Mund auf den Boden und brüllte nach seinen Leibwachen, die ein, zwei Stunden mit Äxten auf dem Ding herumhackten, bis sie es endlich zerstört hatten. Wie gefällt dir das, Bruder?«

»Das will der Raja Sahib bestimmt nicht hören«, sagte Arun und massierte sich den Arm. »Möchtest du, daß wir alle ins Exil verbannt werden?«

»Nein, nein, das wohl nicht«, erwiderte Ram Mohan. »Aber was ist mit den Motiven? Warum wollte er die ganze Welt umbringen?«

»Ich weiß nicht«, meinte Arun. »Woher soll ich das wissen?«

Shanti Devi schüttelte müde den Kopf. »Wer kann schon die Männer verstehen?«

»Rache«, sagte Janvi langsam und sehr deutlich. »Rache.«

»Rache?« fragte Ram Mohan. »Wofür?«

»Die Welt«, antwortete Janvi, hob die Hand zum Gesicht und rieb sich über eine Wange, schneller und immer schneller, bis ihre Lippen zuckten und die Zähne sichtbar wurden.

»Oh, Kind, mach das nicht«, sagte Shanti Devi, packte Janvi beim Handgelenk und zog sie nah an sich heran, barg sie in den weiten Falten ihres Saris, der sich über ihre Brust breitete. »Du solltest gut auf dich aufpassen. Um deines Sohnes willen, weißt du.«

Janvi erstarrte. »Es wird eine Tochter.«

»Eine Tochter?«

»Eine Tochter.«

»Woher willst du das wissen?«

»Ich will ihm keine Söhne gebären. Nicht *seine* Söhne. Ich will nicht, ich will nicht, ich will nicht.«

»Na gut, na gut. Worauf wartest du noch, Ji? Fang mit deiner Geschichte an.«

Arun drehte Janvi sein Profil zu, stellte einen Fuß vor den anderen, erhob in deklamatorischer Geste einen Arm und fing an. Ram Mohan saß am Fuß der Couch, blickte in Janvis Gesicht empor und warf hie und da ein Wort dazwischen. Und dann schlängelte sich die uralte Geschichte dahin. Sikander wurde geboren (Ram Mohan machte sich auf einem Täfelchen Notizen: Außergewöhnliche Geburt? Böse Vorzeichen? Ein im Palasthof wild phantasierender Prophet? Ein Fluch? Familie von aller Welt verfolgt? Unglückselige Ereignisse, die die Seele beim Eintritt in den Körper verletzten?), wuchs auf, wurde von einem berühmten Philosophen unterrichtet (Wer genau war dieser Lehrer? Ein verbissener alter Mann? Ein frustrierter Soldat, der zum Guru geworden war? Ein Schulhoftaktiker, der sich nach Ruhm und Ehre sehnte? Ein Kinderschänder?). Sikander zähmte einen Hengst (Wundersame Geburt des Hengstes? Symbolischer Wert? Hatte das Pferd offiziellen Status als Freund des Königs, als Minister? Warum Pferd? Warum Freund? Warum verlieben sich Helden/Schurken/Schlächter immer in Pferde?). Dann begann

das blutige Geschäft der Unterwerfung aller anderen Griechen (Wo sind die Geschichten der Opfer? Wie viele sind umgekommen?), natürlich mit dem ältesten rhetorischen Kunst-
griff: »Vereinigt euch, Landsleute, vor den Toren lauert der
Feind!«. Zermürbt durch die Furcht vor den Persern (Leidenschaftliche Reden? Perser als Vergewaltiger/Götzendiener/
Tiere?) stellten sich die Griechen geschlossen hinter Sikander,
und er stürzte sich auf Asien, vernichtete die Perser, dann bewegten sich seine Bataillone mit der Präzision eines Uhrwer-
kes wie ein einziges Wesen (Wie können Menschen das schaffen? Warum konnten die Griechen das besser als alle anderen?
Und ist diese Fertigkeit eine gute Sache?). Danach hörten sie
natürlich nicht auf (Hatten sie das je vorgehabt? Hatten sie es
nicht immer schon gewußt? War es ihnen gleichgültig? Glaubten sie, es der barbarischen Welt schuldig zu sein? Sahen sie
sich als die Träger des Lichtes? Träumten sie von einem griechischen Frieden, auch dann noch, als sie Köpfe abschlugen
und ganze Dörfer hinrichteten? Sahen sie den Schmerz der
Opfer nicht? Hörten sie die Schreie nicht? Schwebte ihnen
ein Griechenland vor, das wie ein fetter Blutegel auf der Welt
thronte? Oder waren sie einfach nur habgierig? Oder machte
ihnen das Morden Spaß? Sind alle Städte und Nationen zur
Expansion verdammt? Ist Morden unsere Leidenschaft? Wirklich? Wer sind diese dreckigen Griechen überhaupt? Oh, meine
Fragen!). Er kam wie ein Pfeil geflogen, ein Pfeil, den man auf
die goldenen Städte abgeschossen hatte, deren Straßen mit
Edelsteinen gepflastert waren, auf den sagenhaften Pagoden-
baum, auf den Goldenen Vogel (Hatte ihm der alte Lehrer
einst mit feuchten Lippen von den Reichtümern des Landes
erzählt, das hinter den hoch aufgetürmten Heimstätten des
Schnees lag? Hatte er einmal, als er noch so klein war, daß er
sich kaum mehr an die Geschichten erinnern konnte, vom
reichsten Land der Welt gehört, der Quelle der Gewürze, des
königlichen Purpurs und des Sandelholzes?). Als er in den
Punjab hinabgestiegen war, begegnete er einigen nackten
Sadhus (Was haben sie zu ihm gesagt? Haben sie ihn ange-
lacht? Oder haben sie ihn und seine Heere einfach ignoriert?
Haben sie ihn erschreckt?). Schließlich fand mit schreienden
Elefanten, die ihre Reiter abwarfen und Pferde zertrampelten,

die Schlacht am Indus statt, aber er gewann wieder (Warum? Warum gewinnen manche? Und andere verlieren? Solche einfachen Fragen!), und der tapfere König Porus stand in Ketten da (Wer war dieser Porus? Was war seine Geschichte?), und Sikander fragte arrogant und herablassend: »Wie sollten wir euch behandeln?« Porus antwortete: »Wie ein König andere Könige behandelt.« (Gut gemacht, Porus, der du so voller großartiger Theatralik bist, dem besten Charakterzug unserer Landsmänner), und dann soll Sikander ihn freigelassen haben und umgekehrt sein (Umgekehrt! Rückzug? Weggelaufen? Lag es an den riesigen Heeren, die in den Ebenen auf ihn lauerten?), und schließlich starb er an einem Fieber (Wer war dieser Sikander? Warum tat er, was er tat? Das soll unsere Frage sein.)

Während Janvi lauschte, wurde ihr Gesicht ganz ruhig. Sie blickte auf die Parashers, und es schien, als nähme sie die Familie nun erst wirklich wahr. In den folgenden Tagen und Wochen, während die Geschichte wuchs, während sie über den bleichen Knochen jenes ersten Tages Fleisch ansetzte, während sie immer mehr Gestalten, Motive, Konflikte, donnerndes Schlachtengetümmel, ruhige Augenblicke des Nachdenkens, Höhepunkte und Anfänge bekam, schien Janvis kleiner Körper Energie und Zielstrebigkeit in sich zu sammeln, so daß sich Ram Mohan fragte, wie sie zu einem solchen Muster an mütterlicher Gesundheit hatte werden können. Sie war immer noch sehr ruhig, aber nun schien es, als sammelte sie ihre Kraft für ein bedeutendes Ereignis. Als ihre Zeit gekommen war, gebar sie ohne großes Aufsehen ihr Kind und erschien am nächsten Tag lächelnd wieder auf ihrem gewohnten Platz.

»Kind, Kind«, schalt Shanti Devi. »Du solltest dich ausruhen. Wo ist deine jüngste Tochter?«

»Er hat sie«, sagte Janvi. »Sie gehören ihm, beide Töchter, es ist mir einerlei. Aber jetzt muß ich Uday Singh persönlich sprechen. Könntet ihr ihn bitten, hierherzukommen?«

»Wen?«

»Uday Singh. Den stellvertretenden Befehlshaber der Truppen. Ich möchte mit ihm reden, ohne daß mein Mann etwas davon erfährt.«

»Ich kann doch nicht gut herumlaufen und Soldaten Nachrichten über Geheimtreffen zuflüstern«, sagte Arun. »Wenn das jemand herausbekommt, denken sie, ich will den Herrscher umbringen oder ich plane einen Staatsstreich oder dergleichen. Wenn ich Glück habe, darf ich mich vergiften. Nein, nein.«

Janvi wandte sich Ram Mohan zu, der im Lotussitz neben ihr auf der Couch saß und sich das Bein massierte. »Machst du es?«

»Ich? Ich?« In seiner Erregung verlor er kurz die Herrschaft über Lippen und Zunge und übersprühte sie mit einem Wasserhauch von Spucke. Schnell bedeckte er den Mund mit der Hand und versuchte zu lächeln.

»O nein, ihn schickt nicht nach da draußen, daß er herumschleicht und jedem, der nur zwei Minuten Zeit zum Zuhören hat, Geheimnisse verrät«, sagte Arun. »Macht es nicht. Dann werden wir mit Sicherheit alle hängen.«

»Was bleibt ihr anderes übrig, wenn du nicht willst, Ji?« fragte Shanti Devi und zog die Augenbrauen in die Höhe.

»Was denn?«

»Und du würdest es auch noch machen, du grinsender Narr?« Arun zerrte an der heiligen Schnur, die ihm über die Schulter hing, ließ sie zischend um seinen Körper sausen. »Nein, nein, das reicht. Das mache ich nun wirklich nicht. Ich habe schon viel zu lange die Gefahr in mein Haus zu Gast gebeten. Jetzt ist es genug.«

»Von welcher Gefahr redest du denn?« johlte Shanti Devi. »Du schwatzt immer von Gefahren, die außer dir niemand sieht.«

»Und du, du bist immer nur zu bereit, alles zu tun, worum sie dich bittet. Du scherst dich keinen Deut darum, ob deine eigene Familie lebt oder stirbt oder irgendwas.« Arun wandte sich um, blieb abrupt stehen und starrte Janvi wütend an. Dann ging er mit großen Schritten auf das Haus zu. Shanti Devi walzte hinter ihm her.

»Keine Sorge«, sagte sie. »Den habe ich in fünf Minuten wieder beruhigt.«

Sie hörten den Streit, wie er durch verschiedene Räume des Hauses tobte. Rasch entwickelte er sich von einem kleineren Scharmützel zu einem regelrechten Gefecht. Zunächst ging es bei der Schreierei hauptsächlich um die Logik der Situation, um die Wahrscheinlichkeit der Gefahr und die Grenzen der Verpflichtungen, aber schon bald tönten die kreischenden Stimmen von vor ewigen Zeiten zugefügten und erlittenen Wunden, von jahrealten Beleidigungen und Familienfehden; und Fetzen des Streites hallten zwischen den Bäumen wider und schreckten die Vögel zu plötzlicher Flucht auf. »Wenn mein Vater nicht gewesen wäre, dann säßest du heute noch in deinem verschlafenen Nest und würdest jeden Morgen für einen Zehntel Paisa Slokas vor dich hin singen. Nur seinetwegen stehst du heute hier in deinen feinen Kleidern und plusterst dich als Höfling auf.« – »Ach ja, ich plustere mich auf? Was mache ich denn schon außer arbeiten, Tag und Nacht, um dich und deinen Bruder zu unterstützen? Zwei Dutzend Jahre füttere ich deinen faselnden idiotischen Bruder schon mit durch. Und nie hat er auch nur einen einzigen Tag gearbeitet.« – »Laß meinen Bruder aus dem Spiel. Kein Wort gegen meinen Bruder!« – »Oho, deine Familie ist also geheiligt. Über deine Familie darf man nicht sprechen, aber meine arme Mutter beleidigst du Tag und Nacht. Ich verstehe.«

Ram Mohan barg den Kopf zwischen den Knien und kratzte ziellos Linien in den Staub zwischen seinen Zehen. Er versuchte das wohlvertraute Muster der Beleidigungen, die aus dem Haus geströmt kamen, nicht wahrzunehmen, das alte, oft wiederholte Muster von Beleidigungen, das immer um das eine, stets unausgesprochene Thema kreiste, um den einen Groll, der wie eine Eiterbeule schwärte und stets noch mehr Bitterkeit anhäufte, um die eine tödliche Beschuldigung, die ihren Herzen am nächsten stand, die aber keine der streitenden Parteien je benutzte: »Du hast mir keine Kinder geschenkt.« Aber heute zerrten und rissen Mann und Frau mit ungewohnter Wildheit aneinander, stießen zu und verletzten einander, bis Ram Mohan es nicht länger aushalten konnte: Er warf sich flach auf die Erde und verschränkte die Arme über dem Kopf, schlug wild mit den Füßen auf den Boden. Da spürte er eine Hand auf der Schulter.

»Sei still«, sagte Janvi ruhig und blickte zum Haus hinüber. »Sie sind bald fertig miteinander.«

»Ich wünschte, ich könnte gehen«, sagte er. Er hatte das Haus noch nie ohne Begleitung verlassen. »Das wünschte ich wirklich.«

»Ja«, erwiderte sie. Ihre Augen bewegten sich, und sie beobachtete ihn, wie er die Füße unter den Leib zog und sich hinkauerte, die Hände lagen mit der Handfläche nach oben vor ihm. Dann lehnte sie sich zurück und wartete. Als die Sonne hinter dem Haus verschwand und das Zwitschern der Vögel zu einem ununterbrochenen Gesang anschwoll, kam Shanti Devi wieder in den Garten, nicht jubelnd, aber mit dem sicheren, großmütigen Schritt der Siegerin.

»Es ist in Ordnung. Alles ist in Ordnung«, sagte sie. »Er geht hin.«

Und zwei Tage später erschien im frühen Morgengrauen Uday Singh an Aruns Tor. Das Gesicht hatte er hinter einem Schal verborgen, der um Kopf und Schultern geschlungen war. Zwischen den Bäumen verbeugte er sich tief vor Janvi und führte seine Handflächen zusammen, während er »Khama ghani, hukum« sagte. Nachdem er sich auf einem weißen Tuch niedergelassen hatte, das vor ihrer Couch ausgebreitet lag, scheuchte sie die anderen mit einer Handbewegung weg, und sie beobachteten von fern die beiden unbeweglichen Gestalten, während sich der Garten mit dem klaren Licht des frühen Winters füllte. Gelegentlich hörten sie unter dem Ruf der Zikaden das gleichmäßige und eintönige Murmeln ihrer Stimme. Schließlich vernahmen sie, wie Uday etwas sagte, und dann schritt er mit sorgsam unbeteiligtem Gesicht an ihnen vorbei und warf sich den Schal um die Schultern. Am Nachmittag wurde dem Hof mitgeteilt, Uday Singh, Befehlshaber im Heer Seiner Majestät, sei aus dringenden familiären Gründen beurlaubt und in einer persönlichen Angelegenheit nach Norden geritten. Nun war Janvi ruhig und sanft und erfüllt. Sie schien die Wärme der Nachmittagssonne zu genießen und die kleinen Explosionen des Witzes, mit denen das Stück über Alexander gewürzt war. Jeden Nachmittag, wenn Arun das Ergebnis der morgendlichen Arbeit vorlas und abwechselnd in die Rolle des Sikander, des Lehrers, der frommen Männer am Rande der Wildnis und des Porus schlüpfte, beobachtete Ram Mohan ihr Gesicht sorgfältig, versuchte nicht einmal zu blinzeln, wog ihre Reaktionen ab und beschnitt und änderte das Werk dementsprechend.

Eines Abends, die schlimmste Winterzeit war vorüber, hatten sie gerade ihre Lesung und Diskussion beendet und sammelten in der frühen Abenddämmerung eben ihre Hefte und Stifte ein, als eine dunkle Gestalt in wehendem Gewand mit einem gewaltigen Satz über die Mauer gesprungen kam. Ram Mohan fiel ein Tintenfaß aus den Händen, er taumelte, stolperte und sank zu Boden, er stammelte voller Furcht: »Ah-ah-ah-ah«.

»Fürchte dich nicht, Junge, ich bin's nur. Wenn die wüßten, daß ich zurückgekehrt bin und dir etwas mitgebracht habe, Parasherji, dann würden sie gegen uns beide Verdacht schöpfen. Es hat bei meiner Abreise schon genug Fragen gegeben. Ich bin gerade eben zurück, und ich glaube, sie wissen es. Also bin ich im Schutze der Dunkelheit gekommen.« Uday legte ein in weißes Tuch eingeschlagenes Bündel vor Janvi. Geschwind knotete er es auf und schlug mehrere Lagen Musselin zurück. Ein weicher orangegelber Schein fiel von unten auf sein Gesicht. Ram Mohan rutschte näher und streckte die Hand aus, um voller Staunen die kleinen orangen Kugeln zu berühren, die wiederum aus kleineren Kügelchen bestanden.

»Laddoos«, sagte er. »Drei Monate Abwesenheit, und du bringst uns Laddoos.«

»Von welchem Zuckerbäcker?« erkundigte sich Arun. »Von welcher Hexe hast du diese Dinger, die du da in mein Haus gebracht hast? Warum leuchten sie so?«

»Hübsch«, meinte Ram Mohan.

»Faß sie bloß nicht an«, warnte Arun.

»Höre, Hukum«, erwiderte Uday. »Wie du mir auftrugst, bin ich hingeritten und habe mit ihm geredet, aber er ist zur Zeit in ein außerordentliches Gefecht um ein Königreich oder Größeres als ein Königreich verstrickt. Er konnte nicht kommen, doch er sagte: ›Nimm ihr diese hier mit. Sie soll sie essen, immer eines nach dem anderen, sie soll ein jedes ganz in den Mund stecken. Sag ihr, sie werde Söhne gebären, die ihrer Mutter würdig sind. Sag ihr, sie werde Söhne haben, die der Welt entgegentreten. Sag ihr, sie soll Söhne gebären.‹ Deshalb habe ich sie dir gebracht. Nun muß ich gehen. Im Palast warten sie sicher schon auf mich.« Er hüllte sich in eine graue Decke und erkletterte die Mauer.

»O Rama, rette uns«, flehte Arun.

»Gib mir eines«, forderte Janvi und hielt ruhig ihre Hand auf.

Ram Mohan hob ein Laddoo mit den Fingerspitzen auf und hielt es in der hohlen rechten Hand. Es war schwer wie Eisen, und trotz des warmen Scheins lag es kühl auf seiner Haut. Er streckte es ihr hin, und sein Bizeps zuckte ein wenig von dem Gewicht. Janvi nahm es und hielt es in die Höhe, und es tanzte wie Feuer in ihren Pupillen. Rot schnellte ihre Zunge vor, und dann blähten sich ihre Wangen, und ihre Augen quollen hervor. Einen Augenblick lang würgte sie, dann fiel sie auf die Seite und glitt von der Couch, schleppte sich über den gestampften Lehm, bis ihre Hände Ram Mohans Dhoti berührten. Sie klammerte sich an ihn, und ihr Leib bäumte sich auf. Ram Mohan strich ihr über das Gesicht, und ihn schauderte vor dem kalten Schweiß, der sofort seine Finger überzog. Schließlich hatte sie alles heruntergeschluckt und rang mit weitaufgerissenem Mund nach Luft: »Aa-ha, aa-ha, aa-ha«.

»Was ist dir, Kind?« fragte Shanti Devi.

»Zuerst«, erwiderte Janvi keuchend, »eine Süße, die so süß war, daß ich dachte, es sei Ambrosia. Dann eine so vollkommene Bitterkeit, daß ich meinte, mein Mund müsse schmelzen. Dann zwang es sich mir sanft, aber unerbittlich den Hals hinunter, und ich spürte es im Bauch und in den Knochen und im Blut, und ich fühlte, wie es sich einnistete und hart wurde wie Stahl.«

»O Gott, was ist das nur, Kind? Woher kommt es?«

»Gib her«, sagte Janvi. »Gib mir noch eines.«

»Nein«, erwiderte Ram Mohan.

»Gib her.«

»Bitte.«

»Gib her.«

»Nein, keines mehr.«

»Mohan«, sagte sie.

Er hob ein weiteres Laddoo auf und führte es ihr an den Mund, spürte dabei, wie weich ihre Haut dort war, wo die Fülle ihrer Lippen sich in die Beuge ihres Kinns schwang. Sie schluckte, und wieder warf sie ihren Körper zuckend gegen ihn.

»Schlimmer«, sagte sie. »Das war noch schlimmer.«

»Bitte«, flehte Ram Mohan.

»Söhne«, beharrte sie. »Ich muß Söhne gebären.« Und sie schluckte noch eines. Diesmal hoben sich ihre Hüften vom Boden und schlugen hart wieder auf, und er spürte, wie ihm die Tränen in die Augen schossen. Nachdem die Zuckungen ihres Halses vorüber waren, schrie sie mit bebendem Schluchzen: »Ich kann nicht. Ich kann nicht mehr.«

»Gut«, meinte Ram Mohan und griff nach dem letzten Laddoo.

»Nein, nicht, laß«, sagte Janvi und richtete sich mühsam auf einen Ellenbogen auf. »Shanti Devi, du hast so viel für mich getan. Nimm es. Wir werden gemeinsam Söhne gebären.«

»Nein«, wetterte Arun. »Untersteh dich. Tu's nicht.«

»Von wem ist es?« fragte Shanti Devi.

»Das kann ich dir nicht sagen. Bitte iß es«, sagte Janvi und nahm das Laddoo von Ram Mohan. »Ich kann es nicht wegwerfen.«

»Shanti, das kannst du nicht machen«, flehte Arun. »Denk nur, was es alles sein könnte. Denk an das Übel, das wir unseren Ahnen zufügen würden, wenn wir ihnen einen Nachkommen schenken, der von weiß Gott welchem finsteren Unheil gezeugt wurde. Denk nur.«

»Größeres Unheil ist, wenn wir ihnen keine Nachfahren schenken«, sagte Shanti Devi und streckte die Hand aus, in die Janvi das letzte Laddoo legte. Sie zögerte einen winzigen Augenblick, aber dann machte Arun einen Schritt auf sie zu, und das entschied die Sache: Das Laddoo verschwand in ihrem Mund. Stöhnend wurde sie in die Dunkelheit geworfen, und als Arun ihr zu Hilfe eilen wollte, schüttelte ihn ihr Körper ab wie eine lästige Mücke, und sie wand sich allein weiter in Zuckungen. Als alles vorüber war, kroch sie aus dem trüben Schatten der Bäume heraus zu Janvi, und die beiden Frauen hielten einander umfangen, ihre Köpfe waren dicht beieinander, und die Haare hingen ihnen wirr und wie nasse Taue vom Kopf. Die Männer beobachteten sie schweigend, zitterten noch ein wenig vor Angst.

»Was für ein Gift, was für ein Gift du da bloß genommen hast«, meinte Arun, aber schon bald schwollen die Leiber beider Frauen an, und sie gingen mit einem Lächeln heimlicher Freude auf dem Gesicht umher, richteten die Fußspitzen nach außen und stützten die Hände in die Hüften, um das Gewicht zu tragen. Beide entwickelten eine Vorliebe für bittere Speisen: Karela, Grapefruit, Methi. Und beide lauschten nun mit verträumtem Gesichtsausdruck der letzten Fassung des Sikander-Stückes. Ram Mohan fragte sich, ob sie der Geschichte überhaupt Gehör schenkten oder ob sie sich nicht vielmehr ihre ganz persönliche Sage von Eroberung und Ruhm zusammenbrauten. Ram Mohan hoffte mit der sentimentalen Schrulligkeit des Dichters, daß beide Kinder am gleichen Tag zur Welt kommen würden und daß an diesem Tag auch das Stück – das inzwischen »Sikander, Herr des Universums« hieß – bei Hof vorgestellt werden würde. Aber der Tag der Aufführung des Stückes bei Hof kam und verging, und die beiden Frauen saßen unverändert da, ruhig und wie aus einer anderen Welt.

Eines Nachts setzte sich Shanti Devi im Bett auf und rief nach ihrem Bruder und ihrem Ehemann. »Ich habe einen Schrei gehört«, sagte sie, aber niemand sonst hatte ihn vernommen. Sie warteten bis zum Morgen, lauschten den Grillen und dann den Vögeln. Sobald es hell war, gingen sie zur Gartenmauer, und die Männer liefen unruhig auf und ab, bis sie im Schlamm auf der anderen Seite schlurfende Schritte hören konnten. Janvis Kopf erschien über der Mauerkrone.

»Ich habe letzte Nacht entbunden«, sagte sie lächelnd.

»Oh, Kind, wir haben dich gehört«, meinte Shanti Devi.

»Nein, das war nicht ich«, erwiderte Janvi und kletterte leichtfüßig über die Mauer. »Ich habe keinen Laut von mir gegeben. Das war die Hebamme. Die Närrin, sie sagte, sie hätte, als sie den Jungen auf die Laken legte, geradewegs durch ihn, das Tuch und alles hindurchsehen können und er habe sich erst langsam verfestigt.«

»Hai Ram«, sagte Shanti Devi.

»Nein, es ist alles gut. Als sie ihn mir zeigten, wußte ich, daß er es noch nicht war. Er hatte bleiche Haut und dünne Gliedmaßen, und wie lang sie waren, endlos lang zwischen Ellbogen und Handgelenk. Ich habe immer gewußt, daß er den erstgeborenen Sohn haben wollte, und so war es dann auch. Er hat ihn mir genommen, und ich habe nichts gesagt. Soll er ihn haben. Der nächste wird mein Sikander sein.«

»Ja«, erwiderte Shanti Devi. »Natürlich.«

»Ja«, sagte Janvi. »Aber was ist nun mit dir, Schwester? Nun bist du an der Reihe.«

Doch Shanti Devi sollte noch nicht an der Reihe sein, neun Monate lang nicht. Neun Monate, in denen sich Janvis Bauch wieder rundete, warteten sie ängstlich, hofften jeden Tag, daß nun ihre Zeit gekommen wäre, daß Shanti Devis Kind endlich in die Welt eintreten werde, aber es geschah nichts. Zuerst rief man Vaids und Ärzte und Chirurgen herbei, aber die zogen sich verwirrt zurück. Dann, als die Schwangerschaft bedrohlich lange währte, wurden Priester, Wahrsager, Astrologen und Magier herbeigeholt, und die setzten angemessen bekümmerte Mienen auf, praktizierten ihr jeweiliges Gewerbe und gingen. Eines Morgens, im siebzehnten Monat, wurde Ram Mohan von Arun, der alt und erschöpft und grau aussah, wachgerüttelt.

»Sie ist verschwunden«, sagte er. »Sie ist nicht mehr da.«

Sie stolperten durchs Haus und weckten die Dienerschaft auf; dann hasteten sie in den Garten und riefen ihren Namen. Als er ein leises Klopfen hörte, hielt Ram Mohan inne, eilte nach rechts, schlug sich ungeschickt durch die Büsche, rutschte oft aus und fiel dann beinahe über seine Schwester, die an ihm vorbeirannte. Die Arme hatte sie zur Seite ausgestreckt, ihren angeschwollenen Leib hielt sie wie eine Waffe vor sich, sie lief langsam vor und rammte gegen einen Peepulbaum. Bei jedem Aufprall schwang Sikanders riesiger Knoten, der in der Nähe hing, vor und zurück. Ram Mohan stürzte sich auf sie, und sie fielen beide gegen den Baum, ihr Gesicht lag an seine Brust gepreßt. Sie schlug die Hände vor die Augen und weinte.

»Was für ein Ungeheuer werde ich in die Welt setzen? Was lebt da in meinem Leib? Er tritt und schüttelt meinen ganzen Körper.«

»Ruhig, Schwester. Es ist nichts dergleichen. Er scheut nur

unsere schlechte Welt, er ist zu klug, um schon herauszukommen. Er wartet nur, bis er stark genug ist.«

»Nein, Arun hatte recht. Ich trage Unheil in mir.«

»Ruhig. Ruhig.«

»Er wird niemals herauskommen. Er wird mir das Leben nehmen. Er wird mich auffressen.«

Er nahm ihr nicht das Leben, aber er fraß sie auf. Als er endlich geboren wurde, hatte Shanti Devi ihre ganze Körperfülle verloren; nach der Geburt ähnelte sie wieder jenem schlanken Mädchen, das Arun geheiratet hatte. Eines Nachts im November schrie sie freudig auf, mit einem überschäumend frohen Ruf, in dem sich Schmerz und Erleichterung mischten: »Oh, es geht los, es geht los!« Und weit weg, jenseits der Mangos und Peepulbäume, antwortete ihr Janvi, Schrei für Schrei. Arun und Ram Mohan flohen in den Garten und hockten Seite an Seite auf einem kleinen Sims zwischen Blumentöpfen und kräftig duftendem Torfmull. Ram Mohan zuckte alle paar Sekunden zusammen, wenn die Frauen einander zukreischten oder wenn Arun in seinen unaufhörlichen Gebeten (in denen er alle Götter des Himmels anflehte und zur Sicherheit auch noch ein paar ziemlich zwielichtige Gestalten, die anderswo residierten) einen besonders leidenschaftlichen Abschnitt erreichte. Aber selbst im Zusammenzucken dachte Ram Mohan noch über Fragen der Ästhetik nach.

»Dieser Knabe«, sagte er mit einiger Befriedigung, »hat nur auf seinen Freund drüben gewartet. Sie wollten nur zusammen geboren werden.«

Arun blickte auf und dachte eine Weile mit geschürzten Lippen nach. »Du hast recht. All dies hat mit Sikander begonnen, folglich hat er auf Sikander gewartet.«

»Es muß«, meinte Ram Mohan zufrieden lächelnd, »ein Dichter sein.«

Die Söhne wurden am Morgen geboren, in der tiefsten Stille jener Stunde, die zugleich die späteste und die frühste ist, in der Stille kurz vor der Explosion der Dämmerung. Sie wurden nicht genau gleichzeitig geboren, aber beinahe, der eine tauchte auf, als der andere gerade erschienen war. Aber hinterher konnte sich niemand erinnern, in welchem Haus die Schreie zuerst abgeebbt waren, niemand konnte sich erinnern, niemand wußte, wer der ältere von beiden war. Nur wenig später, ehe die Sonne zu hoch am Himmel stand, trafen sich die Mütter an der Gartenmauer.

»Es hat weh getan«, sagte Janvi. »Früher war das nicht so.«

»Es hat wirklich weh getan, nicht?« erwiderte Shanti Devi. »Aber schau sie dir nur an.«

»Wie sie einander ähneln«, sagte Arun. »Wie schön sie sind.« Er blickte Shanti Devi bewundernd an, seine Augen glänzten, und dann schaute er wieder auf die Knaben, die, in orange Tücher gewickelt, auf die Couch lagen. Der eine schlief, der andere war wach, beide hatten einen kleinen schwarzen Kajalpunkt im Gesicht, der sie gegen den bösen Blick schützen sollte. Ram Mohan kniete neben den Säuglingen nieder und lächelte so breit, daß ihm die Wangen schmerzten.

»Schaut ihn euch an«, sagte Arun. »Nach zwei Jahren in seiner warmen, bequemen Residenz beehrt er uns mit seiner Gegenwart.«

»Seht euch sein Haar an«, staunte Ram Mohan. »Wie dick es ist. Er ist stark, seht euch nur seine Arme an. Er ist weise, seht euch nur seine Stirn an.«

»Wir haben gestern nacht beschlossen, daß er Dichter werden soll«, sagte Arun.

»Genau wie sein Vater«, meinte Shanti Devi, neigte ein wenig den Kopf zur Seite und warf ihrem Mann einen strahlenden Blick zu. »Wie ruhig er schläft. Wie lange er schläft. Seit er zu uns kam, schläft er.«

»Nicht alle, deren Augen geschlossen sind, schlafen auch«, sagte Arun.

»Ein Dichter, wie sein Vater«, ließ sich Ram Mohan vernehmen. »Wir sollten ihn Sanjay nennen, nach dem, der seine Augen schloß und doch alles sah.«

»Ja«, sagte Arun. »Sanjay.«

»Schaut ihn an«, Janvi betrachtete ihr Kind. »Seht, wie er in die Welt blickt.«

»Ruhig und furchtlos«, sagte Ram Mohan. »Furchtlos. Seht euch seine Brust an. Er wird den Mut eines Löwen besitzen. Seht euch seine Schenkel an. Er wird die Kraft von zehn Männern besitzen.«

»Sein Vater möchte ihn James nennen«, erklärte Janvi.

»James?« erwiderte Ram Mohan.

Janvi nahm ihren Sohn hoch. Shanti Devi beugte sich herab und hob ihr Kind an die Schulter. Sie lächelten einander an. »Oh, mein Kind«, sang Shanti Devi leise und schaukelte von einer Seite zur anderen. »Lausche, lausche der Welt.«

»Ich nenne ihn Sikander«, sagte Janvi und hob ihr Kind hoch, hielt es mit den Händen unter den Achseln, so daß sein Kopf hin und herwackelte und seine Augen (so beständige Augen, erinnerte sich Ram Mohan später, so beständig) in die Sonne blickten. »Sieh nur«, sagte Janvi. »Sieh dir deine Welt an, Sikander.«

Auf den Tag genau neun Monate nach Sikanders Geburt schenkte Janvi dem letzten der Laddoo-Kinder das Leben, einem Jungen, den sein Vater Robert taufte, dessen wirklicher, von der Mutter gegebener Name jedoch Chotta Sikander war. Und wahrlich: Er war seinem Bruder wie aus dem Gesicht geschnitten.

Die drei Jungen wuchsen in jenem Garten auf, kletterten, kaum daß sie laufen konnten, über die Trennmauer, ließen sich mit Leichtigkeit ins andere Territorium herab oder fielen in den Schoß von Ram Mohan, der, wenn die Mütter einmal wegen ihrer Haushaltsverpflichtungen nicht anwesend waren, die Rolle des stellvertretenden Kinderhüters übernahm und alle Mägde und Diener verscheuchte. »Ohe, Sikander«, sagte er dann mit schiefem Grinsen, »hörst du wohl auf, den kleinen Sikander so am Haar zu ziehen, du reißt ihm ja gleich den Kopf ab. Und du, Sanjay Sa'ab, was du dir da in den Mund stopfst, ist Schlamm, das ist schon in Ordnung, aber du verdirbst dir den Appetit, und dann schimpft mich deine Mutter wieder aus.« Wenn die Mütter mit dem Befehligen der Dienerschaft und der Planung der Mahlzeiten fertig waren, kamen sie heraus, setzten sich in die Nachmittagssonne und betrachteten ihre Jungen, wie sie auf Ram Mohan herumkletterten, ihn an den Haaren zogen und sein Bein in ihre Versteckspiele einbezogen. Nicht lange danach sah man ihn häufig mit ausgestreckten Armen und einer orangen Dupatta über dem Kopf durch den Garten zockeln, und um ihn herum sprangen drei kleine affengleiche Gestalten und schrien: »Mamaji, hier bin ich, hier bin ich.«

Eines Nachmittags, fünf Jahre nach Sikanders Geburt, schliefen die Jungen, erschöpft von einem Versteckspiel, auf der Couch neben der Mauer (die inzwischen von Sonne und Regen verwittert und verzogen war). Ram Mohan saß daneben auf dem Boden und döste, er hatte sich mit dem Rücken an die rauhe Steinwand gelehnt und träumte. Da spürte er (er hörte sie nicht) zu seiner Linken eine schnelle Bewegung, zwang seine Augen auf und kämpfte gegen die träge Schwere der Müdigkeit. Einen Augenblick lang verschwammen die Grün- und Brauntöne der Welt ineinander, wirbelten umeinander: Die Sonne war weitergezogen, während sie schliefen, und Chotta und Sanjay waren vor ihr zurückgewichen und hatten ihre Köpfe gegen Sikander gedrängt, der in der Mitte schlief. Sikander schlief friedlich, über Gesicht und Brust breitete sich ein dunkler, dichter Schatten. Der umgebende Halbschatten ließ auf eine regelmäßige Form schließen, auf ein Blatt vielleicht, ein großes Lotusblatt. Ram Mohans Augen fielen allmählich schon wieder zu, aber dann klatschte ein Tropfen auf Sikanders Brust, rann den Bogen einer Rippe entlang in die Achselhöhle, und Ram Mohan fuhr jäh aus dem Schlaf auf und blickte in zwei glitzernde rote Diamantaugen. Die Eingeweide krampften sich ihm zusammen, sein Mund begann zu zittern, und er versuchte zu sprechen, aber das schwarze Haupt bewegte sich ein wenig, und ein Feuerbrand schien über die winzigen goldenen Pünktchen an der Seite des schlanken, schwarzen, kräftigen Nackens und Körpers hinwegzuhuschen. Ram Mohan sank in sich zusammen. Wieder bildete sich im Winkel eines roten Auges ein Tropfen, fiel durch die Luft und zeichnete einen Silberstreifen auf Sikanders Körper. Während Schatten und Lichtflecke über den Lehm wanderten, bewegte sich die Königskobra, hielt ihren großen, weitaufgespannten zwei Handspannen breiten Schild immer über Sikander, schirmte ihn gegen die Sonne ab, und ihre Tränen benetzten seinen Körper, während ihr zwanzig Fuß langer Leib wie schützend um die Jungen geschlungen war. Sehr viel später, als Ram Mohan endlich wieder einen Laut hervorbrachte, versuchte er den Namen eines Dieners zu rufen und um Hilfe zu schreien, aber es entrang sich ihm nur ein ersticktes Winseln, ein Laut wie der verendende Ruf einer tödlich verwundeten Gazelle. Sogleich richtete sich Chotta auf, während sich auf der anderen Seite Sanjay bewegte und die Augen rieb.

»Was ist, Mamaji?« fragte Chotta und blickte auf das entsetzte Gesicht seines Onkels. Er wandte sich um, sah die Schlange und sprang sofort auf die Beine, holte mit geballter Faust zum Schlag aus. Die Königskobra beugte ihren Hals, senkte ihr Haupt näher zum Boden, näher zu Sikander; sie öffnete ihr Maul und ließ die milchweißen, zart gebogenen Zähne sehen, die sich über zwei Zoll zu den todbringenden Spitzen hin verjüngten. So verharrten sie einen Augenblick lang, während sich Sanjay aufrichtete, gähnte, die Beine übereinander schlug, die Ellbogen auf die Knie stützte und sein Kinn in die Hand schmiegte, und dann lachte Chotta. Langsam streckte er die Hand zur Königskobra hinüber, zu ihrem Maul, in ihren Schlund, berührte mit dem Zeigefinger einen Zahn und fuhr daran auf und ab. Als er die Hand zurückzog, glitzerte ein gelbes Tröpfchen Gift auf seiner Fingerspitze. Er drehte den Finger eine Weile hin und her und lächelte. Ram Mohan kroch auf allen Vieren zu ihm, denn er wußte genau, was nun geschehen würde: Chottas Zunge schnellte vor und leckte die Flüssigkeit sauber vom Finger.

Die Königskobra erschauerte am ganzen Leibe und zischte eine lange, wilde Warnung: Er solle sich fernhalten, solle fernbleiben. Dann flog ihr Kopf pfeilschnell zurück, wieder vor, zur Seite. Ram Mohan wähnte sein letztes Stündchen gekommen und duckte sich. Aber nun hörte er zu seiner Rechten ein anderes, leiseres Zischen. Der Schild der Schlange faltete sich ein, sie schien sich zu entspannen, zischte noch einmal, diesmal ganz kurz, beinahe fragend. Sanjay antwortete, schürzte die vollen Lippen und ließ seine Zähne aufeinanderschlagen. Jetzt folgte ganz eindeutig ein Gespräch, und dann ringelte sich die Schlange herum und verschwand blitzschnell im Gras.

Sikander räkelte sich und stand mit ausgestreckten Armen und Beinen von der Couch auf. »Oh, was für einen wunderschönen Traum ich hatte«, sagte er. »Von Löwen, von Löwen und großen Städten.«

Zitternd vor Erregung, rief Ram Mohan die Diener herbei und wies sie an, die Jungen mit ins Haus zu nehmen und bei ihnen zu bleiben, sie ja nicht allein zu lassen. Dann eilte er in sein Zimmer und zerrte unter seinem Bett eine große Truhe hervor, aus der er seine Diwali-Gaben holte: eine seidene Kurta aus Lucknow, einen feinen Dhoti aus Benares, lederne Jootis aus Jodhpur. Er legte geschwind diese Gewänder an, aber als er endlich den Turban gewunden hatte, taten ihm die Finger weh. Er schlüpfte in die festen neuen Schuhe, warf sich ein besticktes weißes Tuch über die rechte Schulter und begab sich in den Hauptraum vorne im Haus.

Als er um eine geschlossene Sänfte und Träger bat, starrten die Diener einander an und tuschelten. Er mußte erst ein wenig zornig blicken und sie scharf anfahren, ehe die Sänfte endlich erschien. Er brachte es fertig, den Trägern seine Anweisungen in sehr selbstsicherem Ton zu geben. Als sie aber durch das vordere Tor gegangen waren und sich auf der Straße befanden, verspürte er hinten im Hals ein plötzliches Aufwallen von Galle, sank in die Kissen zurück und zog die Vorhänge einen Spalt weit auf, um ein wenig Luft in die stickige Dunkelheit zu lassen. Die Straßen draußen kamen ihm fremd und ungewohnt vor, die Häuser wirkten mit ihren von Klappläden geschützten Türen und Fenstern geheimnisvoll und bedrohlich. Es wurde ihm klar, daß er seit dem Tag seiner Ankunft vor siebzehn Jahren nie einen Fuß aus dem Haus seiner Schwester gesetzt hatte. Als sie vor einem roten, von hohen Mauern umgebenen Ziegelgebäude anhielten, pochte es in einer Ader, die sich über seine rechte Schläfe hinzog, mit jedem Herzschlag schmerzhaft. Er hielt sich eine Weile die Hände vor die Augen, schob dann die Vorhänge beiseite und schritt auf eine von Laternen erhellte Marmortreppe hinaus.

»Ich möchte«, sagte er deutlich und unter großen Anstrengungen zu einem schnurrbärtigen Majordomus, »den ehrenwerten Kommandanten um die Ehre einer Audienz ersuchen.« Der Mann trat einen Schritt zurück, und Ram Mohan begriff, daß er in seinem eifrigen Bemühen, die richtigen Worte korrekt auszusprechen, vergessen hatte, bei den harten Konsonanten nicht zu spucken. Er fuhr fort: »Ich bin mir darüber im klaren, daß mein Erscheinen ohne jegliche Anmeldung höchst ungewöhnlich ist, aber ich hoffe, daß der Kommandant-Sahib mein ungebührliches Verhalten entschuldigen wird. Ich bin in einer dringenden Angelegenheit hier.«

Der Diener verschwand, deutete mit einer Handbewegung auf eine Couch und befahl mit einem Kopfnicken, Schalen mit Wasser und Paan zu bringen. Wenige Minuten später kehrte er zurück.

»Kommt mit.«

Uday Singh war nackt bis zur Taille und machte in einem gekachelten Innenhof seine Übungen: Er schwang eine zehn Fuß lange Lanze langsam über dem Kopf. Sein Schatten ragte hoch auf und tanzte über die weißen Wände.

»Es tut mir leid, daß ich dich so empfange«, sagte er und wirbelte die Lanze von einer Hand in die andere, ohne dabei den langsamen Rhythmus seiner Kreise zu unterbrechen. »Aber wie du sagtest, Sahib, kommst du ohne Voranmeldung. Also nahm ich an, daß dich mein Mangel an Höflichkeit nicht beleidigen würde.«

»Keine Ursache«, murmelte Ram Mohan. »Keine Ursache. Keine Ursache.« Er zwang sich, tief Atem zu holen und seine Augen von der schwarzen Spitze der Waffe loszureißen. »Ich bin gekommen, um dich nach den Jungen zu fragen.«

»Nach welchen Jungen?«

»Unseren Jungen. Nach Skinners Jungen und dem Jungen meiner Schwester.«

»Wieso sollte ich etwas über sie wissen?«

»Du hast die Laddoos gebracht.«

»Welche Laddoos?«

»Du weißt schon. Du hast sie gebracht. Ich war dabei.«

»Das muß mir entfallen sein.«

»Du mußt dich daran erinnern. Wie könntest du das vergessen haben? Du hast die Laddoos gebracht, die ihre Geburt ermöglichten.«

»Was für ein seltsamer Gedanke. Und selbst wenn es so wäre, was dann?«

»Woher hattest du sie? Wer war der Mann, der sie geschickt hat? Woraus setzten sie sich zusammen?«

»Zu viele Fragen. Ich habe keine Antworten.«

»Doch.«

»Wirklich nicht.«

»Du mußt es mir sagen, du mußt.«

Uday hielt in seiner Bewegung inne und richtete sich auf. Wie zufällig zeigte die Lanze auf Ram Mohans Brust.

»Warum muß ich das?« fragte Uday.

»Du mußt.« Ram Mohan trat einen Schritt vor. »Du mußt. Um ihretwillen, um Sikanders Mutter willen.«

»Wegen ihr? Bist du deshalb hier? Um ihretwillen?«

»Ich habe heute nachmittag im Garten hinter dem Haus meines Schwagers eine Königskobra gesehen, wie sie ihren Schild über Sikander ausbreitete, um ihn vor der Sonne abzuschirmen, und wie sie über ihm weinte. Ich habe heute Chotta Sikander gesehen, wie er seine Hand ausstreckte und das Gift aus dem Maul derselben Kobra nahm, wie man Wasser aus einer Kanne nimmt, und es trank, wie andere Kinder die Milch einer Kuh trinken. Ich habe heute Sanjay gesehen, wie er mit dieser Kobra sprach, als wären sie alte Freunde, die Grüße miteinander austauschen, oder Versschmiede, die ihre Reime miteinander vergleichen. Deswegen mußt du mir sagen, wer und was diese Jungen sind.«

»Eine Kobra?«

»Eine Königskobra, schwarz mit goldenen Pünktchen und mit einem Schild, der so breit war.«

»Du hütest die Jungen?«

»Ich bin Tag und Nacht bei ihnen.«

»Nun gut«, sagte Uday Singh, legte seine Lanze aus der Hand und ließ sich auf einem Schemel nieder. »Bitte setz dich. Du sollst es erfahren. Ich weiß nicht, wie du danach über die Sache denken wirst, aber du sollst es erfahren. Hör gut zu ...«

Ich sah sie (erzählte Uday Singh), die Frau, die heute Skinners Gattin und Sikanders Mutter ist, zum erstenmal während der Belagerung von Bejagarh, nachdem wir endlich das Osttor in die Luft gesprengt hatten und uns in der Stadt, sogar in den Palästen befanden. Um uns herum gingen noch Granaten nieder, während wir die Verteidiger niedermetzelten. Ich habe damals wie auch heute unter Skinner gedient, der ein vorsichtiger, sturer Mann ohne großen Schwung oder Schneid ist, aber trotzdem auf seine eintönige, entschlossene Art ein Soldat. Wir brachen also im ersten Morgengrauen über die Stadt herein und kämpften uns den Hügel hinauf, trafen ab und zu auf kleine Widerstandsnester und hatten Verluste zu verzeichnen, aber wir waren bereits siegessicher und stürzten uns schließlich, begierig auf die Rubine und das Gold, die dort drinnen auf uns warteten, mit Freudenschreien in die Paläste.

In einem Palast, einem sehr reich ausgestatteten Gebäude, sahen wir am Ende eines Ganges Männer fortrennnen. Wir nahmen an, daß wir einige Nachzügler aufgestöbert hatten, verfolgten sie also, verloren sie aus den Augen, erspähten sie wieder, wie Hunde, die eine Antilope jagen. Dann schlug eine Granate ein, sie brach durch das Dach, und überall flog Holz und Mauerwerk herum. Schließlich bemerkte ich vor mir eine Mauerlücke, und ich rannte, ohne groß zu überlegen, mußt du verstehen, in meinem Schwung einfach hindurch und sah im nächsten Augenblick meinen alten Freund und Kameraden George Thomas, den die Welt als Jahaj Jung kennt. Er stand wie betäubt vor einer Frau von großer Schönheit.

Während ich noch auf sie zurannte, betörte mich schon ihre Schönheit, und ich spürte, wie die Laute des Krieges verhallten, wie der Atem mir aus dem Körper strömte, und ich wollte nur noch weinen. Also schrie ich, um mich von diesem Zauber zu befreien und auch um ihn zu warnen: »JAHAJ JUNG!« Er wandte sich starr um, sah mich immer noch nicht, und ich, ich versuchte sie nicht anzublicken, versuchte meine Aufmerksamkeit auf meine Waffe und auf ihn zu konzentrieren, denn ich wußte, daß ich ihm im Kampf gegenübertreten mußte. Dann sagte Skinner etwas mit jener Arroganz, die ihm angeboren sein muß, und ich sprach zu Thomas, aber er sprang mich an, kam sofort auf mich zugestürzt, mußt du wissen, ohne ein Wort des Grußes oder des Erkennens, wie man es von einem alten Kameraden erwarten sollte, auch wenn die Umstände des Schicksals und des Gefechtes den einen gegen den anderen stellen. Damit überrumpelte er mich, er überraschte mich nicht nur mit der Geschwindigkeit seines Angriffs, sondern auch mit der wahnwitzigen Stärke seines Hiebes, der auch ihn aus dem Gleichgewicht brachte und ihn meinem Gegenstoß ausgesetzt hätte, hätte sein Schlag nicht mein Schwert zersplittern lassen und mich rücklings zu Boden gestreckt. Ich raffte mich wieder auf und jagte ihm nach, sprachlos vor Wut über sein ungehöriges Benehmen und seine Gefühllosigkeit – weißt du, schließlich erwartet man von seinen Freunden derlei Verhalten nicht –, aber in der Menge und in den Kampfeswirren verlor ich seine Spur und mußte also auf der Straße vor dem Palast die Jagd nach ihm aufgeben.

Ich ging wieder hinein und traf Skinner, wie er gerade eine Wache um die wenigen Frauen herum postierte, die noch übriggeblieben waren, die wenigen, die auf dem schwarzweißen Boden des Saals saßen, wo wir sie gefunden hatten. Sie hielten ihre Köpfe voller Scham gesenkt, und ich verspürte Mitleid mit ihnen, weil ihnen nun, nachdem ihnen der Tod verwehrt war, nichts mehr blieb als die Schande. Skinner stolzierte geschäftig umher, und ich bemerkte, daß seine Aufmerksamkeit ganz besonders einer Frau galt: Er kniete sich neben sie und sagte mit hochrotem Kopf und einem Grinsen auf dem Gesicht in seinem abgrundtief schlechten Urdu: »Macht euch keine Sorge. Ihr seid nun in Sicherheit.« Sie antwortete mit einer von der Dupatta gedämpften Stimme: »Gib mir nur Gelegenheit, mich umzubringen.« Er antwortete: »Nein, nein, Unsinn. Kommt nicht in Frage.« Sie blickte kurz zu ihm auf, der Schleier bewegte sich, und ich sah ihre Augen vor Haß blitzen, aber wieder wurde mein Herz von ihrer Schönheit angerührt, und ich verfluchte mich, daß ich nicht den Mut besaß, sie gleich an Ort und Stelle zu töten. Aber sie lebte weiter, und Skinner nahm sie zur Frau. Was konnte sie schon dagegen machen? Ihre Stadt war tot, ihre Leute waren tot, ihre Familie war tot, ihre Zeit war tot.

Ich dachte also, ich würde sie nie wiedersehen. Aber wie du weißt, hat sie mich vor einigen Jahren zu sich gerufen, und ich bedachte die Gefahr, die mit dem Gang zu eurem Haus verbunden war, den Verdacht über Umsturzpläne und Hochverrat, der wie Gift in der Luft hing, aber ich versuchte nur, mich an ihr Gesicht zu erinnern, und da wußte ich, daß ich gehen mußte, und sei es nur, um sie noch einmal zu sehen, ehe ich starb.

Ich kam im frühen Morgenlicht in euer Haus und setzte

mich zu ihren Füßen. Sie war so wunderschön wie immer, nur sah sie nun wie ein strahlendes junges Mädchen aus und war vor Eifer errötet. Jetzt war kein Schmerz mehr zu spüren. Sie lächelte mich an und fragte: »Du warst beim Fall von Bejagarh dabei, als dieser Mann meine Dupatta herunterriß? Ja? Und du hast ihn Jahaj Jung genannt? Ist er das? Der Krieger von jenseits der Meere? Der mit der Kanone? Der Eroberer der Städte?« Und ich erwiderte: »Ja, das war er, aus irgendeinem Grund war er verkleidet oder zumindest nicht unter seinem eigenen Namen dort.« Und sie meinte: »Wenn er es nur war. Hör zu, Uday Singh, ich habe einen Entschluß gefaßt. Man hat mich beleidigt, aber das war mein Schicksal. Mein Karma ist schlecht, also muß ich weiterleben. Aber wenn ich schon Kinder von einem Firangi haben muß, dann soll es dieser Fremde sein. Wenn ich Söhne gebären muß, dann soll Jahaj Jung ihr Vater sein. Geh zu ihm. Finde ihn, wo immer er sein mag. Erkläre ihm, daß ich gesagt hätte, wenn ich schon Söhne haben muß, dann von ihm.«

Ich blickte in ihr glückliches Gesicht und dachte, wie schrecklich die Wut sein mußte, die sie in diesen Wahn getrieben hatte. Ich verfluchte unser Zeitalter, in dem die Moral nur auf einem einzigen unsicheren Bein steht, in dem die einzige Liebe zwischen Männern und Frauen die körperliche Leidenschaft ist, die einzige Tugend die Gier, in dem die Ehre in Vergessenheit geraten ist. Aber ich erwiderte: »Ich werde es ihm mitteilen.« Dies sagte ich, weil ich damals und immer alles für sie getan hätte, weil auch ich sie liebte, wie alle anderen, die sie zu Gesicht bekamen.

Was war es? Ihre Schönheit? Ja schon, aber sie war vielleicht zu zerbrechlich. War es ihre Anmut? Ja schon, aber sogar das ist eine künstliche, vergängliche Sache, die nur Begierde auslöst. Was war es dann? Ich werde es dir sagen: Du und ich, Ram Mohan Sahib, und all die anderen lieben sie wegen ihrer Unschuld, wegen dieser echten, kindlichen Unschuld, die uns glauben läßt, sie käme aus einer früheren Zeit zu uns, aus einer Zeit, als uns die Macht noch nicht zu Zynikern gemacht hatte, als es keinen Unterschied gab zwischen dem, was man sagte, und dem, was man fühlte, als alles Handeln noch Folgen hatte. Jetzt haben wir nur noch Ursache und Wirkung. Ich antwortete also: »Ja, ich sage es ihm« und erhob mich, um zu gehen. Sie lächelte und sprach: »Sag ihm, daß er der erste war, der meinen Schleier gelüftet hat.« Ich verstand.

Ich verbeugte mich und verließ das Haus auf dem gleichen Weg, auf dem ich gekommen war. Ich schaffte es, von meinen Pflichten entbunden zu werden, auch auf die Gefahr hin, daß man mich des Ränkeschmiedens verdächtigen würde. Noch am gleichen Tag ritt ich auf meinen stärksten Pferden aus, in meinen Mantelsaum hatte ich Geld eingenäht, meine Bambuslanze war neben dem Steigbügel festgezurrt, und ich sagte immer wieder vor mich hin: »Wenn ich schon Söhne haben muß, dann von ihm.«

Nachdem ich einige Wochen lang immer wieder Gerüchten nachgejagt war und in kleinen Dörfern und Städten und namenlosen, von Banditen heimgesuchten Weilern erfolglos gesucht hatte, fand ich ihn. Ich fand ihn in einer verlassenen Stadt, nördlich und ein wenig westlich von Delhi, mitten zwischen Gemäuer, das unter dem geduldigen Gewicht der Bäume geborsten war, neben bröckelnden Brunnen. Als ich ihn fand, trug er Frauengewänder, und sein Gesicht wurde gerade von einer Gruppe kichernder Houris bemalt, während in der Nähe drei Badmashes – die Sorte, verstehst du, die immer einen Dolch im Gürtel trägt und einen kleineren im Stiefelschaft und einen noch kleineren hinter der Schulter und noch ein winziges Messer im Ärmel und noch ein anderes irgendwo versteckt hat –, während drei solche Schurken also Blumen vor dem Bildnis einer Frau aufhäuften, das aus Holz und Lehm gefertigt war, und sangen:

> HRING, O Zerstörerin der Zeit!
> SHRING, O Schreckliche!
> KRING, Du Wohltäterin!
> Du besitzest alle Künste,
> Du bist Kamala,
> Zerstörerin des Stolzes der Kalizeit.
> Du blickst milde auf den mit dem verfilzten Haar
>   herab.
> Du verschlingst ihn, der verschlingt.

O Mutter der Zeit,
Du bist strahlend wie die Feuer der letzten
   Auslöschung,
Gattin dessen mit dem verfilzten Haar.
O du mit dem furchterregenden Antlitz,
Du Ozean, der vom Nektar des Mitgefühls fließt,
Barmherzige,
Gefäß der Gnade,
Deren Gnade keine Grenzen kennt,
Die du dich nur durch deine Gnade mitteilst,
Die du das Feuer bist,
Goldbraune,
Schwarz Gefärbte.
Die du dem Herrn der Schöpfung die
   Freude mehrest,
Die du die wahnwitzige Mutter der Welt bist,
Du Nacht der Finsternis,
Du Verlangen,
Das doch von den Stricken des Verlangens befreit.

Ehe ich Thomas begrüßte, setzte ich mich zu einigen seiner
Männer, zu denen auch ein alter Sikh gehörte, und fragte:
»Was macht er? Ich bin sein alter Freund Uday Singh. Was
geschieht hier?« Der Sikh antwortete, ja, sie hätten ihn von
mir sprechen hören. Und sie erzählten mir, daß sie Thomas
in Bejagarh über eine Klippe und in einen Wassergraben
nachgesprungen waren, daß sie nach diesem Sturz, nach der
Flucht ziellos hierhin und dorthin geritten waren, von der
Hand in den Mund gelebt hatten und der zerlumpten Gestalt
des Jahaj Jung gefolgt waren. Schließlich kamen sie wie durch
Zufall in die Stadt Sardhana, wo Thomas um eine Audienz
bei seiner alten Bekannten Zeb-ul-Nissa nachgesucht hatte,
die nun allgemein als die Begum Sumroo bekannt ist. An ihrem Hof hatten Thomas und sein kleiner Trupp einen ziemlichen Aufruhr verursacht – es lag nicht nur daran, daß jeder
von ihnen so gewaltig bewaffnet war, als wollte er eigenhän-
dig einen Krieg austragen, nein, daran nicht allein. Es lag
auch nicht an ihrem offenkundigen Hunger, jenem wilden,
strahlenden Blick des Verhungernden. Nein, vielmehr war es

die Art und Weise, wie sie sich im Einklang miteinander so flüssig bewegten und wie doch immer ein jeder darauf bedacht war, die Flanke des anderen zu decken; es war ihre lässige Zurschaustellung dieses wortlosen Verstehens, wie es sonst nur zwischen denen herrscht, die von derselben Mutter geboren sind; es war der Mangel an Schulterklopfen und lauten Reden, der die Höflinge und auch die Begum Sumroo mit Furcht erfüllte.

Die Begum begriff, daß es nicht weise ist, sich ein Rudel Wölfe im Haus zu halten, und sagte zu Thomas: ›Vergiß, was geschehen ist und was dich traurig macht. Was ihr braucht, du und deine tapferen Krieger, das ist ein Königreich, ein Reich, in dem ihr eure Fahne aufpflanzen könnt, einen Ort, den ihr, wie man so sagt, euer eigen nennen könnt. Westlich von hier liegt ein Ort namens Hansi. Dereinst war es eine blühende Stadt, übervoll mit den Früchten des Feldes und der Handwerkskunst, aber in letzter Zeit sind die Kriege immer wieder über den Ort gebrandet, und da wir heute die uralten Regeln der Kriegführung nicht mehr beachten (wir leben in schlechten Zeiten), wurden dabei die Ernten zerstört und Unschuldige niedergemetzelt. Jetzt stehen die Städte leer, und Hansi ist heute eine Ruine voller Gespenster und Erinnerungen. Aber der Boden ist noch fruchtbar‹, sagte sie. ›Geh hin und baue diese Stadt wieder auf und sieh in der Gegend ringsum nach dem rechten – lasse die Diebe hinrichten, erhebe Steuern und werde alt und fett, kurz gesagt, errichte dir ein Königreich.‹ Thomas, der bisher wie unter dem Einfluß einer milden Droge schien, blickte auf, und wir sahen alle, wie der Rausch dieses neuen Traumes seine Augen klar blicken ließ und seinen Rücken aufrichtete. Und dann lächelte er uns zu und sagte: ›Was haltet ihr davon, Leute?‹

Als wir die Stadt endlich zu Gesicht bekamen (erzählten die beiden Männer), als wir diesen kleinen Haufen aus Lehm und verrottendem Holz erspähten, brachen wir in Freudengeheul aus und galoppierten los, kamen jenen Abhang dort neben dem Dickicht heruntergesprengt und erreichten, was einmal die Hauptstraße von Hansi gewesen sein muß. Wir ritten hindurch, ließen unsere Pferde über die Überreste der Stadt springen, als wir plötzlich einen Mann sahen, einen kleinen, nackten Mann mit starken Muskeln und wirrem, strohigem Haar, dessen Haut über und über mit rotem Lehm verkrustet war. Er stand aufrecht auf einem der wenigen unzerstörten Dächer, hatte die Arme mit geballten Fäusten in die Seite gestemmt, den Kopf zurückgeworfen und die Augen verdreht. Thomas ritt uns voran und schrie: ›Lauf, alter Mann, jetzt kommen wir, fliehe, du Narr.‹ Einige von uns hatten schon die Lanze im Anschlag, als plötzlich dicht neben uns ein Laut erklang, ein Laut wie Blut, wie der Tod selbst, der uns erschütterte und unsere Pferde aufschrecken ließ, daß sie sich wanden und hinfielen und völlig außer Rand und Band waren. Bete zu deinen Göttern, wer immer sie sein mögen, Bruder (sagten die Männer), daß dir, wenn du noch nie das Brüllen eines Löwen aus nächster Nähe gehört hast, dieser Laut nie in die Ohren dröhnt: Was du auch immer durchlebt haben magst (und wir leben in schlimmen Zeiten), was du auch immer für Schlachten gesehen hast, was für Hoffnungen dir auch immer in der Brust erkaltet sind, dieser Laut wird dich wieder zum Kind machen, wird dich in Furcht und Schrekken versetzen, dir deine Hosen mit Pisse füllen.

Dann erschienen zwei Löwen, sprangen von Mauern auf Dächer, auf Bäume, brüllten, beobachteten uns mit ihren gelben Augen, ihre dunklen Mähnen sträubten sich bei jedem Schritt, ihre Schwänze peitschten hin und her. Wir trafen unsere Vorbereitungen: Einige von uns hielten Musketen im Anschlag, andere stützten die Enden ihrer Speere gegen Felsen, und wir warteten schwitzend. Aber plötzlich blickte der Alte auf dem Dach, der Mann mit der rotverkrusteten Haut, auf uns herab, und sogar diejenigen von uns, die weitab standen, spürten die Gewalt seiner Gegenwart (und die Löwen beruhigten sich und legten sich nieder), als er uns zuschrie: ›Warum seid ihr hier? Was macht ihr in meiner Stadt?‹ Und Thomas brüllte zurück: ›In deiner Stadt? Wieso ist es deine Stadt?‹ – ›Es ist meine, weil ich meinen Anspruch darauf erhebe‹, antwortete der andere, und Thomas erwiderte ihm: ›Ich erhebe auch Anspruch darauf. Verlasse meine Stadt, Alter. Verlasse sie mit deinen räudigen Haustieren, ehe ich dich hinauswerfe.‹ – ›Mich hinauswerfen?‹ antwortete der Alte. ›Komm nur, wirf mich hinaus!‹

Also legte Thomas Lanze und Schwert nieder und rannte aufs Dach hinauf. Wir beobachteten es lachend, aber der alte Mann bewegte sich ohne den geringsten Anschein einer Bewegung und warf Thomas ohne das kleinste Zeichen einer Anstrengung vom Dach, so daß er benommen im Staub liegenblieb. Wir hoben ihn auf, und der alte Mann sah uns zu, wie wir ihn aus Hansi heraustrugen und an diesen Ort hier brachten. Wir feuchteten ein Stück Stoff an und legten es ihm auf die Stirn, aber sobald er sich erholt hatte, stürmte er nach Hansi zurück, diesmal mit zwei Piken, und forderte den alten Mann zum Zweikampf auf. Wieder mußten wir ihn hierher zurücktragen. Diesmal hatte er zwei tiefe Wunden in der linken Seite und am Schenkel und einen Schnitt am Kopf.

Wenige Tage später, sobald er meinte, wieder kämpfen zu können, rannte er aufs neue dort hinunter, und seither hat er eine Waffe nach der anderen erprobt, seither hat Thomas immer wütend angegriffen, und der Alte hat sich verteidigt, und die Niederlagen folgten einander nach demselben Muster. Inzwischen war auch dem Begriffsstutzigsten im Lager klar geworden, daß der alte Mann eine Art Meister des Arcanum sein mußte, ein Zauberer vielleicht. Inzwischen hatte Thomas seine Wut vergessen und begann eine kühle Begeisterung für diesen Zweikampf zu empfinden. Wir überredeten ihn also, als er das letzte Mal hinunterging, sich vor dem Alten zu verneigen und höflich zu fragen: ›Meister, wie kann man Euch besiegen?‹ Der alte Mann lächelte, verschränkte die Arme hinter dem Rücken und sagte: ›Ich bin froh, daß Ihr mich fragt, denn sonst hättet Ihr mich niemals bezwingen können. Hört also zu. Vor langer Zeit hat man mir geweissagt, daß nur jemand, der eine Frau ist, diese Stadt erobern kann. So könnt Ihr mich bezwingen.‹

Am gleichen Abend sandte Thomas eine Botschaft an die Begum Sumroo, die eine Woche später mit ihrem Mädchenhofstaat und ihren von Reinhardt dem Finsteren angeführten Bataillonen erschien. Nun, die Begum Sumroo hörte sich an, was Thomas zu sagen hatte, und stand da und blickte auf Hansi herab. Sie fragte sich ohne Zweifel, wer der alte Mann war, was mit dieser Stadt, die sie für verlassen gehalten hatte, geschehen war. Dann bereitete sie drei ihrer schönsten Mädchen vor, badete sie in frischem Quellwasser und besprengte sie mit den kostbarsten Duftwassern aus Lucknow, drei ihrer Schülerinnen, die in der Kunst der Erotik am besten bewandert waren, eine hochgewachsen und schlank, eine klein und üppig, eine mit dem Körper eines Knaben – und sie hüllte sie in durchscheinende, mit Goldfäden bestickte Gewänder und erklärte ihnen zweifellos, daß ihre Mission darin bestünde, den alten Mann von seinen Meditationen abzulenken, ihn zu entkräften, ihn zur Verströmung der gewaltigen geistigen Energie zu verleiten, die er durch Jahre des Opfers und der Kasteiung angesammelt hatte. Sie verließen uns noch am gleichen Abend und schritten mit sanft wiegenden Hüften bergab, ihre Fußreifen klirrten, und die ganze Nacht hindurch hörten wir ihre spitzen Schreie durch die Baumwipfel schrillen, so daß wir am Morgen nicht wußten, ob sie tot oder lebendig waren. Aber später kamen sie ein wenig steifen Schrittes, in der Taille leicht nach vorn gekrümmt, mit arg zerzausten Gewändern und entrücktem Halblächeln auf dem Gesicht zurück. Die Kleine kicherte und meinte: ›Ich glaube nicht, daß wir ihn sehr entkräftet haben.‹ Im Lager machten sich Verwirrung und Hoffnungslosigkeit breit, und einige von uns wollten schon gehen. Aber da sagte Thomas: ›Wartet, meine Freunde. Kleidet mich in Frauengewänder, und dann gehe ich noch einmal hinunter, zum allerletzten Mal, und versuche mein Glück, wir werden sehen, was geschieht.‹ Hier sitzen wir nun (sagten die beiden Männer) und warten ab, ob es der Frau Thomas besser ergehen wird als dem Mann und was aus dem Alten und seinen Löwen wird.‹

Dann (sagte Uday Singh) erhob ich mich, dankte dem Sikh und dem anderen Mann, ging zu Thomas und grüßte ihn höflich. »Mein Freund«, antwortete er mir, und ich setzte mich neben ihn und erzählte ihm, warum ich gekommen war, bezeichnete dabei Skinners Ehefrau als die Dame aus Bejagarh. »Es tut mir leid«, erwiderte er, »aber du hast sicherlich gehört, daß ich anderweitig beschäftigt bin. Ich glaube, ich verstehe, was sie mit den Söhnen meint, aber ich kann im Augenblick wirklich nichts unternehmen.« Also beugte ich mich vor, blickte ihn ernst an und sagte: »Die betreffende Dame ist schon genug beleidigt worden. Du könntest heute nacht dort unten sterben, und was soll ich ihr dann berichten?« – »Versteh doch«, erwiderte er, »ich kann nicht.« – »Dann muß ich leider mit dir kämpfen«, sagte ich. »Ich kann nicht gegen ihn und dich kämpfen«, erwiderte er. »So ist es nun einmal«, meinte ich. Da sagte eines der Mädchen, die ihn ankleideten, die Große, die in der Nacht zuvor in Hansi gewesen war: »Warum fragst du nicht den alten Mann dort unten? Ich bin sicher, daß ihm etwas einfallen wird.« Sobald Thomas bereit war, ging ich mit ihm hinunter nach Hansi. Als wir das Lager verließen, lächelte das knabenhafte Mädchen, dessen Gesicht noch vom Schlaf aufgedunsen war, uns zu und sagte: »Viel Glück, du Hübsche!«

Auf dem Pfad nach unten streckte Thomas die Hände aus und strich im Vorbeigehen über die Blüten an den Büschen, und die Armbänder an seinen Handgelenken klirrten und klimperten. Hinter uns konnten wir den leiser werdenden Gesang des »Hring, Shring, Kring« vernehmen. Der Wind zerrte Thomas die Dupatta vom Gesicht, und er zog sie mit einer kurzen Handbewegung und einer langsamen, anmutigen Drehung des Kopfes wieder zurecht, daß Nase und Mund vom Tuch verdeckt waren, und blickte mich aus schrägen Augen an. Ich fragte mich, wie lange er schon die seltsame List der Besiegten studierte, diese Waffen, die keine sind, das Dharma des Überlebens.

In Hansi erwartete uns der alte Mann, seine Löwen saßen ihm zur Seite – ich hörte sie atmen, lange ehe ich sie erblickte –, und sobald er unser gewahr wurde, rief er: »Da seid ihr ja. Ich habe mich schon gefragt, was aus euch geworden ist.« – »Ich bin noch einmal hergekommen«, sagte Thomas, »zum letzten Mal. Aber ehe wir es noch einmal versuchen, gibt es noch eine Aufgabe zu lösen.« Er berichtete dem alten Mann, warum auch ich dabei war, worauf der Alte einen seiner Löwen hinter dem Ohr kraulte und meinte: »Kein Problem. Kein Problem. Bringt mir ein wenig Kichererbsenmehl, Zucker und Öl.« Er sagte es, und wir brachten ihm all das. Er stellte eine Pfanne auf das Feuer, formte kleine Kugeln aus dem Mehl, preßte sie zu größeren Kugeln zusammen und briet sie in dem Zuckersirup. Wir saßen unterdessen da und betrachteten ihn voller Genugtuung, denn seine Bewegungen waren leicht und geschmeidig, und manchmal verzierte er sie zu unserem Ergötzen mit kleinen Schnörkeln. Schließlich legte er fünf Laddoos auf ein Musselintuch und wandte sich an Thomas. »Nun, mein Freund, brauchen wir noch ein Stück von dir in jedem dieser Laddoos.« Er murmelte leise etwas vor sich hin – irgendeinen geheimen Zauberspruch, irgendein uraltes Mantra –, und reichte Thomas dann den kleinen Kochlöffel, mit dem er im Sirup gerührt hatte. »Mache dir hiermit einen Schnitt in alle Finger deiner rechten Hand«, sagte er. »Hiermit?« wollte Thomas wissen. »Warum nicht mit einem Messer?« – »Keine Widerrede!« Thomas hatte ein bißchen zu kämpfen, brachte dann aber doch mit dem schartigen Teil des Löffels, wo das Eisen des Schaftes in den Löffel übergeht, einen kleinen Kratzer in jedem Finger seiner rechten Hand zustande. »Jetzt einen Tropfen für jedes Laddoo, eines nach dem anderen, eines nach dem anderen.« Der alte Mann hebt ein Laddoo nach dem anderen hoch. Thomas hält seine Hand darüber und quetscht einen glänzenden schwarzroten Blutstropfen auf jede der Kugeln, einen Finger für jedes Laddoo. Die dunkle Flüssigkeit wird sofort von den vielen kleinen Kügelchen aufgesogen, aus denen die Laddoos bestehen, und läßt sie eines nach dem anderen aufglühen, feurig scheinen. Mich überlief ein kurzer Schauder, dann hörte ich einen Laut und blickte von den Kugeln auf. Thomas stand mit verzerrtem Gesicht da, während das Blut aus ihm heraustropfte, und er weinte, ob aus Freude oder Schmerz, kann ich nicht sagen.

Als sie fertig waren, ließ der alte Mann den Löffel auf das Tuch fallen, nahm die vier Zipfel des Musselins auf und knotete mir ein kleines Bündel zusammen. »Hier«, sagte er. »Sie soll diese eines nach dem anderen essen und soll sie ganz in ihren Mund stecken, dann wird sie Söhne gebären.« – »Ja«, erwiderte ich. »Ja«, sagte Thomas. »Sie soll sie essen, und sie wird Söhne haben, die ihrer wert sind.« – »Und du, Jahaj Jung?« fragte ich. »Ich bleibe hier«, antwortete er. »Dann«, meinte ich, »bleibe ich hier sitzen, halte deine Söhne in meinem Schoß und beobachte den Zweikampf.«

Sie kauerten nieder und umkreisten einander, schlugen gelegentlich nach einander. Ich sah sofort, daß der alte Mann seine Kunst in einer der extravaganteren Schulen des Westlichen Avadh gelernt hatte – so wie er aus dem Stand ohne jegliche Vorwarnung kaum je weniger als fünf oder sechs Fuß vorschnellte –, und daß er sehr schnell und sehr gefährlich war. Thomas lag zurück und mußte sich verteidigen, er zögerte und war durch das Fehlen jeglicher Waffe verunsichert, durch den klatschenden Aufprall von Fleisch und sicherlich auch durch das ungewohnte Flattern der Gewänder, die er trug. Er wich vor dem Angriff des alten Mannes zurück, verlor schnell an Boden, blieb nie lange an einer Stelle, schwankte unter den Schlägen, erduldete die Schmerzen, und eines schwöre ich dir: Ich habe gesehen, wie er lernte, habe beobachtet, wie er jeden Schlag als Lektion hinnahm, als Unterweisung in den unvermeidlichen Gesetzmäßigkeiten der Geschicklichkeit und Stärke und Kraft, der Dominanz und der Unterwerfung, die jener gräßlichen Verbindung zwischen Herrscher und Beherrschtem zugrundeliegt.

Der alte Mann verlor die Geduld und warf sich wiederum nach vorn, streckte sein vorderes Bein ein wenig zu sehr aus und langte in die Luft. Thomas packte ihn beim Handgelenk und fiel hin, zog den alten Mann auf sich. Dann wirbelte er schnell, sehr schnell herum, wand sich herum, war obenauf. Der alte Mann rollte auf den Rücken, und Thomas stampfte mit dem Fuß knapp oberhalb der Leiste des Alten auf, machte einen weiteren Schritt, einen ungeheuren Schritt, und der andere Fuß krachte auf die Brust des alten Mannes nieder. Einen Augenblick stand Thomas reglos auf seinem Gegner, die Beine waren ihm mitten im Schritt erstarrt, und da lachte der Alte keuchend und sagte: »Ich glaube, jetzt hast du mich besiegt.«

Thomas stieg von ihm herunter, stolperte ein wenig. Der alte Mann krümmte sich, hielt sich den Bauch und rang nach Luft. Nach einer Weile kämpfte er sich auf die Beine und winkte seinen Löwen zu. Er legte jedem eine Hand auf die Schulter und trottete mit langsamen Schritten zum Stadtrand. Thomas beobachtete seinen Rückzug schweigend.

»Wer war das?« fragte ich. Dann hörten wir die Löwen brüllen, und Thomas starrte in die Wildnis und sagte kein Wort.

Wir gingen zusammen zum Lager zurück. Als sie uns kommen sahen, brachen die anderen in Jubelschreie und Applaus

aus, denn sie wußten, daß er, wenn er überhaupt wiederkam, siegreich gewesen sein mußte. »Sieg für Jahaj Jung«, schrien sie. »Jahaj Jung wird ewig leben.« Aber die Begum Sumroo kam sofort zu mir und fragte, wie der Alte mir bei meinem Problem geholfen hatte. Ich erzählte ihr von den Laddoos. »Zeig sie mir«, sagte sie. »Zeig sie mir.« Ihr Ehemann lungerte mit seinen Soldaten in der Nähe herum, also gab ich ihr die Laddoos. Sie hob sie eines nach dem anderen vom Musselin, hielt sie hoch, untersuchte sie sehr genau, schnupperte daran und legte sie zurück. »Was ist das?« fragte ich. »Wie wirkt es?« – »Ich weiß es nicht«, antwortete sie. »Wirklich nicht.«

Am nächsten Morgen packte ich das Bündel in meine Satteltasche und verabschiedete mich von Thomas und seinen Leuten, deren Gedanken bereits um ihre Stadt kreisten, sich mit dem Wiederaufbau und den Bewohnern und der Einwanderung beschäftigten. Also ritt ich von dannen, soweit wie möglich in südliche Richtung, hielt mich an die großen Straßen und schloß mich, wo ich nur konnte, Karawanen an. Aber eines Abends befand ich mich in jener Region, wo die in Hainen wachsenden grünen Bäume von Braj in die braunen Büsche von Rajputana übergehen, und ich ritt alleine und versuchte, vor Einbruch der Dunkelheit das nächste Serai zu erreichen. Da stieß ich auf die berittenen Vorposten eines Infanterieregimentes.

Ja, ich muß es zugeben, ich war unvorsichtig gewesen. Ich hätte sie hören müssen. Ich hätte auf das plötzlich ängstliche Zwitschern der Vögel achten sollen. Aber vielleicht lag es am Mond, der rund und schwer am Horizont stand, oder am purpurnen Dämmerlicht. Ich war unvorsichtig, ich träumte, und sie schnappten mich. Als ich sie sah, hielt ich es für besser, nicht davonzulaufen. Unannehmlichkeiten gab es keine. Sie brachten mich zu ihrem Regiment, und als ich die Gesichter der Infanteristen sah und diesen regelmäßigen, synchronisierten Marschschritt, diese leeren Blicke (geradeaus, immer geradeaus), die Geschwindigkeit, mit der sie durch die Landschaft stampften, da wußte ich, daß ich es mit der Chiria Fauj zu tun hatte. Und wirklich, während wir an der Böschung entlangritten, ertönte ein Ruf aus einer auf jeder Seite von sechs Männern getragenen Sänfte, hinter der noch sechs

Mann als Ablösung marschierten. Einer der Kavalleristen wandte sich zu mir um und meinte: »Nun zeige Respekt, du Narr, der durch die Nacht reitet. Du wirst gleich den General aller Generäle kennenlernen, den Bezwinger von Armeen, den Beherrscher Hindustans: General de Boigne.«

Ich murmelte vor mich hin: »Den Puppenspieler selbst und seine strohköpfigen Soldatenmarionetten.« Der Reiter fuhr halb im Sattel herum, und beinahe wäre es womöglich doch noch zu Unannehmlichkeiten gekommen. Aber da rief der Mann in der Sänfte schon wieder: »Was ist los?« Der Reiter erklärte es, und de Boigne – ja, er war es wirklich – sagte: »Überprüft ihn, durchsucht seine Satteltaschen.«

Sie fanden das Bündel und öffneten es, und die Laddoos schimmerten. Sie reichten de Boigne das Bündel, hielten den Musselin vorsichtig an den Zipfeln. Er fragte: »Was ist das?« Sein Gesicht war aufgedunsen, Fettwülste quollen aus seinem Hemd, wie er da riesig und schwerfällig in der Sänfte lag. Ich erklärte ihm, es handele sich um ein geweihtes Parsad von einem Opfer, das ein alter Mann gebracht hätte, und daß ich es für Freunde und Verwandte in meine Heimatstadt zurück-trug. »Geheiligte Speisen? Wirklich? Ein heiliger alter Mann?« Ich nickte. Er streckte die Hand aus und nahm ein Laddoo. »Nicht berühren«, platzte ich heraus. Er zog eine Augenbraue in die Höhe, nahm dann eines nach dem anderen in die Hand, rollte es in seiner Handfläche. »Nicht«, sagte ich, und er lächelte nur. »Ich mache Könige«, meinte er und um-schloß das Laddoo, das er in der Hand hielt, fester mit den Fingern, bis es zerkrümelte, Stück für Stück auf das Tuch fiel und schnell seinen glühenden Schein verlor.

Ich sagte nichts. Er setzte sich auf und rieb die Finger an-einander. Er blickte mir gerade ins Gesicht und spuckte auf den Musselin, sehr sorgfältig spuckte er, einen tränenförmi-gen Spucktropfen auf jedes Laddoo. Ich blieb starr stehen. »Laßt ihn weiterziehen«, befahl de Boigne. »Es ist offensicht-lich nichts Wichtiges.« Er warf das Bündel auf den Boden, gleichzeitig schleuderte mich jemand mit einem einzigen glat-ten Nackenschlag zu Boden. Ich kroch auf allen vieren über tiefe Wagenrinnen hinweg zum Straßenrand, zerrte das Bün-del immer hinter mir her. Ich kniete über den Laddoos, versuchte, das zerbröckelte wieder zusammenzupressen, drückte die kleinen Kügelchen aneinander, versuchte sie wie Lehm aneinanderzukleben, aber nichts konnte das schimmernde Glühen wieder entfachen. Und dann – ich versuchte wirklich, dem Einhalt zu gebieten, aber es ging nicht, und auch ich berührte sie – fielen die Tränen meiner Wut auf sie, auf die noch ungeborenen Söhne, und die Infanterie und die Kavallerie und die Artillerie und die Pioniere trampelten vorbei und wirbelten staubige Nebel auf, die alles zudeckten. Ich warf die Überreste des zerbröselten Laddoos an den Wegesrand, knotete das Bündel zusammen und machte mich wieder auf den Weg. Viele Tage vergingen, und schließlich kehrte ich in jenen Garten zurück. Den Rest kennst du.«

»Ja. Sie und meine Schwester aßen die Laddoos, und die Kinder wurden geboren.«

»Deine Schwester auch?«

»Es hat sehr weh getan, sie zu essen. Sie gab meiner Schwester eines, und mein Neffe wurde zur gleichen Zeit wie Sikander geboren, zwei Jahre nach dem Tag seiner Empfängnis.«

»Von den zwei Jahren habe ich gehört.«

»Und alle haben wir die Laddoos irgendwie berührt.«

»Ja. Der alte Mann, Thomas, die Begum Sumroo, ich, de Boigne, du, wir alle. Alle außer den Vätern.«

»Ja.«

»Ich habe darüber nachgedacht, nachdem ich ihr die Laddoos gegeben hatte«, sagte Uday Singh. »Und ich denke, deswegen habe ich die Tage gezählt, die nach diesem Morgen verstrichen, und ich hatte meine Spione als Obst-Wallahs, Bettler und Zigeunerkinder verkleidet um euer Haus postiert. Aber trotz alledem hatte ich nicht die geringste Ahnung, daß der erste Knabe geboren war, ehe Skinner es bei Hof verkündete. Später bekamen meine Männer die Hebamme zu fassen, und ich hörte, wie man ihn entbunden und wie er ausgesehen hatte. Und wieder zählte ich die Tage, und diesmal hörten meine Bediensteten die Schreie. Ich verkleidete mich als Nachtwächter und stand mit meinem Hund vor eurer Gartenmauer und lauschte. Die Nacht verging unter Schreien, aber als die Zeit gekommen war, wußte ich es, und ich konnte doch nicht verstehen, warum ich es zu wissen glaubte.

Vielleicht war es die zweijährige Schwangerschaft deiner Schwester, vielleicht die Erinnerung an den alten Mann und Thomas und an alles, was geschehen war, aber ich erwartete, daß Kometen über den Himmel schießen würden, daß Esel schreien würden und großes Wehklagen im Himmel sein würde. Ich dachte, Kühe würden Esel gebären, und Blut würde aus der Luft tropfen, und Gespenster würden auf der Straße an ihre Schilde hämmern und mit den Schwertern rasseln. Aber es geschah gar nichts. Ich wußte, daß dies der Augenblick war, denn die ganze Welt verstummte, es war nirgends ein Laut zu vernehmen, nichts. Nur Stille. Damals wußte ich es. Später dann dachte ich, nein, es wäre nichts gewesen, nur das Schreien hätte aufgehört.«

»Aber ich habe heute die Königskobra gesehen.«

»Ja.«

»Wirklich.«

Uday blickte weg, schaute dann wieder Ram Mohan an. »Glaubst du wirklich« fragte er, »daß Sikander König, gar Kaiser sein wird?«

»Ich weiß es nicht«, antwortete Ram Mohan. »Ich muß jetzt zu ihnen zurück.«

»Ja.«

Als die Träger die Sänfte angehoben hatten und schon losgelaufen waren, streckte Ram Mohan noch einmal den Kopf hinaus und blickte Uday an. »Und warum hat die Kobra geweint?« fragte er.

Uday schüttelte den Kopf. Die Träger sangen ihr »Hu-hu-hu-hu-hu-hu« über den Gesang der Grillen. Der Mond hing dicht über den Baumwipfeln. Ram Mohan sank gegen das Holz der Lehne, er war erschöpft, spürte die Härte der Erde bei jedem Schritt in der Hüfte, an der Stelle, wo die Knochen aufeinandertrafen. Er blieb immer noch störrisch still. Der Schweiß rann ihm über die Brust und umgab ihn mit seinem ranzigen Gestank, aber trotz alledem mußte er gegen einen wilden Jubel ankämpfen, gegen den Wunsch, laut herauszuschreien: »Ich habe Söhne!« Denn nun schien jeglicher Schmerz unwirklich, nun würden alle Beleidigungen gesühnt werden, nun schienen alle Möglichkeiten offenzustehen, schienen erneuert zu sein, nun war der Tod bezwungen: Ich bin der Vater von Sikander, dem König. Ich bin die Mutter von Chotta Sikander, dem Prinzen. Ich bin der Vater von Sanjay, dem Dichter. Ich werde niemals sterben.

Und Sandeep rief:

HIER ENDET DAS ERSTE BUCH,
DAS BUCH DES KRIEGES UND DER AHNEN.
SIKANDER IST GEBOREN.

NUN BEGINNT DAS ZWEITE BUCH,
DAS BUCH DES LERNENS UND DER TROSTLOSIGKEIT

DAS BUCH DES LERNENS
UND DER TROSTLOSIGKEIT

...jetzt...

»Schlangen?« fragte Abhay. »Kobras?« Er lächelte und zog ungläubig eine Augenbraue in die Höhe.

»Du sei bloß still, Bhaiya«, sagte Saira und ließ sich neben mich fallen. »Wie kann es eine große Geschichte geben, in der keine Schlange vorkommt?«

»Genau«, kritzelte ich Abhay hin.

»Und denen da draußen hat sie gefallen«, meinte Saira mit einer weit ausholenden Armbewegung.

»Wirklich?«

»Ja. Und es sind ziemlich viele. Ich habe noch nie zuvor so viele Menschen auf unserem Maidan gesehen«, meinte sie und errötete vor Besitzerstolz. »Komm, und schau es dir mal an.«

Wir kletterten aufs Dach und schauten hinunter, und wirklich waren dort viele Menschen versammelt, sie füllten beinahe den halben Maidan. Ich sah Erdnußverkäufer, die sich durch die Menge arbeiteten, und ein geschäftstüchtiger Kerl hatte sogar schon unter einem Baum einen Cola-Stand aufgemacht und dudelte Filmmusik auf einem Kassettenrecorder. Familien kamen und gingen, kleine Jungen flitzten auf Fahrrädern durch die Menge.

»Auf jetzt«, sagte Saira. »Die Pause ist vorbei.«

Als wir die Treppe herunterkamen, stimmten die Kinder im Innenhof einen Sprechgesang an: »Wo waren wir? Wo waren wir?« Abhays junge Freunde, die beiden mit den Fragen zu Amerika, hatten sich in die erste Reihe gepflanzt.

»Wo wir stehengeblieben waren?« sagte Abhay. »Bei einer Party und bei der Trauer um einen Toten. Unser Trostversuch am Berghang wurde von einem überirdischen Licht beschienen, das heller war als tausend Sonnen, vom alleszerstörenden Licht und der Furcht in unseren Herzen.«

Abhay begann zu tippen.

Ich reichte Saira einen Zettel. »Stammt die Zeile von ihm, oder hat er sie irgendwo gestohlen?«

Sie zischelte mir in lautem Flüsterton zu: »Uff! Natürlich ist es ein Zitat. Haben sie dir denn in der Schule gar nichts beigebracht?«

Was wir auf der Uni gelernt haben

In jener Nacht hat sich Kate umgebracht. Irgendwann vor Sonnenaufgang hat sie in einem ihrer beiden schlanken Champagnergläser drei Röhrchen Schlaftabletten in Wasser aufgelöst, hat sich an ihren Schreibtisch gesetzt, alles in kleinen Schlückchen getrunken und dann mit Bourbon heruntergespült. Sie trug einen langen schwarzen Rock, eine weiße Bluse und eine Perlenkette. Der Sergeant, der mich auf der Polizeiwache von Claremont befragte, berichtete mir, daß sie, als man sie fand, die Hände vor sich auf dem Tisch gefaltet hatte und ihr das glatte blonde Haar wie ein Vorhang ins Gesicht fiel. Links von ihr standen in zwei ordentlichen Reihen die Gläser und Flaschen. Alles war in schönster Ordnung, nur ihr linker bestrumpfter Fuß war aus dem schwarzen Schuh gerutscht. Unter dem Fuß lag ein Blatt schweres weißes Papier mit einigen Worten in ihrer verschnörkelten Schönschrift: »Abhay, noch so ein öder Selbstmörderbrief.« Das war alles, sonst nichts.

Der Sergeant, der mich befragte – ich habe seinen Namen vergessen –, war ein großer Schwarzer mit hängenden Schultern. Sie führten mich herein und ließen mich in einem hellerleuchteten Raum mit braunen Teppichen und Plastikmöbeln Platz nehmen. Es war das grelle Licht von Leuchtstoffröhren, und ich blinzelte und hatte das Gefühl, als blickte ich durch ein Bullauge auf die Welt hinaus. Ich nippte an einer Tasse mit bitterem Kaffee und dachte darüber nach, was sie vielleicht gerne noch auf das weiße Papier hatte schreiben wollen, welche Gründe für ihr Sterben sie wohl unten in den leeren Raum unter meinem Namen hätte einfügen können, warum sie zu schreiben aufgehört hatte. Ich fragte mich, ob sie wohl den grellen Blitz draußen gesehen hatte, ob der sie zum Schweigen gebracht hatte, ehe sie mit Erklärungen beginnen konnte. Oder ob sie ihn gesehen und erst dann den Bourbon und die Gläser geholt hatte.

»Um welche Uhrzeit ist es passiert?« fragte ich den Sergeanten, als er hereinkam, sich hinsetzte und einen braunen Aktendeckel aufklappte.

»Wir wissen es noch nicht«, erwiderte er. »Morgen machen sie eine Autopsie. Ist Ihnen nicht gut?«

Irgendwo ganz in der Nähe steigt der Rauch auf, während die elektrische Feinsäge sich surrend durch ihren Schädelknochen arbeitet.

»Doch.«

»Wann haben Sie sie zum letzten Mal gesehen?«

»Vor ein paar Tagen. Am Dienstag, nein, am Mittwochabend. Auf einer Party.« In ihrem Zimmer goß sie uns Rotwein ein und ging dann weg, um sich ihr Pessar einzusetzen.

»Und?« fragte der Sergeant.

»Wir sind nach Hause gegangen. Ich meine, ich bin mit ihr nach Hause gegangen. In ihr Zimmer, meine ich.« Auf dem Weg nach Scripps schob sie ihre Hand unter meinen Ellbogen. Ich konnte spüren, wie ihre Knöchel meine Rippen streiften, konnte ihren weichen Pullover fühlen. Wir sprachen beide kein Wort, bis später in ihrem Zimmer, als sie sagte: »Ich bin gleich wieder da.«

»Hat sie irgend etwas gesagt oder getan, was darauf hätte schließen lassen, daß sie deprimiert war? Unglücklich?«

»Nein, ich glaube nicht.« Ich weiß, daß sie einen schwarzen BH trug. Ich weiß, daß es ihr gefiel, wie ich ihr mit den Fingerspitzen ganz sanft über die Schulterblätter strich. Ich weiß, wie sich ihr straff gespannter Nacken an meiner Wange anfühlte und wie der Laut, den sie schließlich von sich gab, mir durch die Haut zitterte. Ich weiß, daß ich dalag und nicht einschlafen konnte, die Wand anstarrte, die unordentliche Collage, zu der sie Bilder aus Modezeitschriften zusammengeklebt hatte: eckige schwarz-weiße Leute, alle mit den gleichen Wangenknochen, alle. Das weiß ich.

»Haben Sie eine Vorstellung, warum sie es getan haben könnte?«

»Nein.« Nein, habe ich nicht. Ich bin ein Opfer dieser weitverbreiteten Krankheit, Sir, jenes öden Unwohlseins, das so viele in unserer vor Verbindungen nur so wimmelnden Welt völlig aus der Verankerung reißt. Für alles, versichert man mir, für alles gibt es einen Grund, nur habe ich das Gefühl, zu schwimmen, dahinzutreiben. Ich glaube nicht, daß die Sonne morgen wieder aufgeht. Ich verstehe nicht, warum der Himmel blau ist.

»Keine Vorstellung?«

»Nein.«

»Wie oft haben Sie sich mit ihr getroffen?«

»Ab und zu. Wissen Sie, wir waren nicht, na ja, enger befreundet oder so was.«

»Was war das letzte, was sie zu Ihnen gesagt hat?«

»Sie war auf dem Weg zum Seminar, und sie meinte, sie hätte nur noch drei Minuten.«

»Drei Minuten?«

»Dreieinhalb Minuten.«

Er ordnete seinen Papierstapel, legte den Kugelschreiber obendrauf und blickte mich an. »Warum sind Sie hergekommen? In dieses Land?«

»Zur Ausbildung«, sagte ich, »selbstverständlich.«

Er nickte, dann stand er auf und ging den Flur hinunter. Ich saß allein in dem Raum mit den Plastikstühlen und versuchte mich daran zu erinnern, warum ich gekommen war. Ich hatte gelogen. Ausbildung, das war der Anlaß gewesen, aus dem ich gekommen war: mit Hilfe von Stipendien. Warum ich gekommen war, das war eine ganz andere Geschichte. Aber worin bestand der Grund? Ich versuchte mich daran zu erinnern, und mir fiel immer nur ein Samstagnachmittag ein, als wir uns in Mayo vom Schulgelände schlichen und in die Nachmittagsvorstellung im Imperial gingen. Wir waren immer zu fünft, saßen in die Tonga gequetscht und freuten uns am Klipp-Klapp der Pferdehufe, hatten aber schreckliche Angst, daß hinter jeder Ecke ein Lehrer auftauchen könnte. Die Dunkelheit des Kinos war uns eine Erleichterung. Damals spielte der Kinobesitzer immer vor dem Film eine zerkratzte Schallplatte: »Tequila«. Ich mochte die Western am liebsten. An jenem Nachmittag sahen wir uns *Die glorreichen Sieben* an. Nachher auf dem Heimweg in der Tonga waren wir ganz still, wie betäubt, als sähen wir den Film noch vor uns. Jetzt wirkte die Stadt Ajmer mit ihrer alten Moschee und der noch älteren Festung oben auf dem Berg schmutzig und unwirklich, und das grelle Sonnenlicht schmerzte uns in den Augen.

Damals, in der neunten Klasse, schlichen wir uns jede Woche vom Schulgelände, manchmal sogar unter der Woche. Ich sehnte mich nach »Tequila«. Es war wie eine Verliebtheit. An jenem Nachmittag fuhren wir mit der Tonga am Hauptgebäude vorbei, vor dem die Statue des Schulgründers, eines britischen Vizekönigs, stand, vorbei auch am Ajmer House und dem Rajasthan House zu der Lücke in der Umgrenzungsmauer. Wir kletterten einer nach dem anderen drüber, ich als letzter. Erst als wir alle wieder drinnen waren, bemerkten wir, daß im Schatten Katiyar auf uns wartete.

»Aber, aber, meine Herren«, sagte er.

Katiyar war Schulpräfekt, Kapitän der Kricketmannschaft und noch dazu Primus seiner Klasse. Und er quälte uns später nach dem Abendessen und den Hausaufgaben, bis uns der Schweiß in Strömen herunterlief und alle Knochen einzeln weh taten. Er trug den blauen Blazer in den Schulfarben und den Schulschal, und er sah so elegant aus wie immer.

»Was ihr doch für jämmerliche winselnde Babies seid«, meinte er. Sein Vater war in Oxford gewesen, und er sprach mit dem gleichen abgehackten Akzent. Er befahl uns, auf einem imaginären Stuhl zu sitzen und die Hände gerade vor uns auszustrecken. Meine Oberschenkel zitterten so sehr, daß ich sicher war, ich würde jeden Augenblick umfallen.

»Und ich bin noch nett zu euch.«

»Vielen Dank, Katiyar«, knirschte ich. »Wir sind dir wirklich dankbar.«

»Ich hätte euch beim Direktor melden können«, sagte er. »Was, glaubt ihr, wäre dann geschehen? Schulverweis, meint ihr nicht? Fragt mich doch mal, warum ich so nett zu euch bin.«

Also riefen wir im Chor: »Warum, Katiyar, warum?«

»Weil ich heute meine Zusage von Yale bekommen habe. Mit einem Vollstipendium.«

»Katiyar«, sagte ich. »Du bist ein Halbgott.«

»Bin ich«, erwiderte er. »Nicht wahr?«

Das war er wirklich. Nachdem wir uns noch einmal hatten bücken müssen, klatschte er uns mit seinem wunderbaren importierten englischen Kricketschläger auf das Hinterteil und ließ uns endlich laufen. Und irgendwie schien es uns sogar, als schenkte er uns mit dem heftigen Schmerz dieses Schlages alle unbegrenzten Möglichkeiten, alle Versprechungen Amerikas. Die Nachricht von seinem Selbstmord kam, als wir gerade selbst unsere Anmeldeformulare ausfüllten, und sie war für uns eine nicht zu entziffernde Hieroglyphe, über die wir endlos spekulierten, die wir aber nie begriffen. Man sagte uns, er habe sich in seinem Zimmer in Yale während der Ferien zu Thanksgiving erhängt. Es war schockierend und unglaublich und außerdem absurd. Ich hatte ihn nie besonders gut gekannt, aber ich weigerte mich, an seinen Tod zu glauben. Ich war sicher, daß es kein Selbstmord war, sondern ganz etwas anderes, irgendeine Verschwörung, eine Lüge. Sich Katiyar in Yale vorzustellen, das war der Traum von einer Art Paradies gewesen. Wie sehr ich es auch versuchte, ich konnte mir seinen Tod nie ausmalen: das Zimmer, das Seil, den Grund.

Als ich aus dem Polizeirevier trat, war es dunkel. Die Erde war naß, glattschwarz, spiegelte meine Schritte. Der Jaguar glitt geräuschlos über den Parkplatz, weiße Gischt spritzte von seinen Reifen. Er hielt neben mir an, und leise klickend öffnete sich eine Tür.

»Steig ein, Abhay«, sagte Tom, als ich mich vorlehnte. »Wir machen eine Landpartie.«

»Eine Landpartie?« fragte ich und zog die Tür hinter mir zu, fühlte mich beinahe sofort sicher und geborgen zwischen den dunklen, künstlichen Oberflächen des Innenraums, beim gemütlichen, leisen Brummen des Motors, während wir über den Asphalt der Straße sausten.

»Mh-h«, sagte Amanda. »Eine Landpartie.«

»Und wohin?«

»Wir gehen den Himmel suchen«, erklärte Tom.

Ich wandte ihm den Kopf zu. Im auf- und abschwellenden Licht der Straßenlaternen konnte ich nur Bruchteile seines Gesichtes ausmachen, aber es sah aus, als lächelte er.

»Den Himmel?«

»Jawohl. Wir gehen den Himmel suchen«, erwiderte er im

Tonfall eines Fernsehsprechers. »Zumindest ein Stückchen davon.«

»Wir fahren also in die Stadt?«

»Nein, nein, nein«, meinte er und schüttelte den Kopf. »Wenn du in Englisch 101 auch nur ein kleines bißchen aufgepaßt hättest, dann wüßtest du, daß man den Himmel nicht in der Stadt sucht. Ganz im Gegenteil.«

»Andere Richtung«, sagte Amanda.

»Genau. Abhay, wir suchen den Himmel im großen, weiten Raum«, meinte Tom und wedelte mir mit dem Finger vor dem Gesicht herum. »In den Prärien und in den Bergen.«

»Nach Osten, junger Mann«, sagte Amanda und kicherte.

Und was ist mit der Uni? wollte ich gerade sagen, als sich mein Magen beim bloßen Gedanken daran verkrampfte. Also fragte ich: »Was ist mit Geld? Ich habe überhaupt nichts bei mir.«

»Unsere junge Freundin hier hat einen ganzen Stapel Kreditkarten, vom guten alten Papa. Hör also auf, Probleme zu machen«, erwiderte Tom. »Denk an das Abenteuer. Denk an den Himmel.«

»Himmel.« Ich konnte mir kaum das Lachen verkneifen.

»Siehst du. Es geht dir schon besser.«

Er lehnte sich über meine Schulter nach vorn und schaltete das Radio an. »Die Japaner kaufen MGM«, sagte eine Stimme, »Sony will Universal.« Wir glitten auf einer Schnellstraße nach Osten, am tiefroten und blauen Schein der Neonreklamen und den Fassaden der riesigen Gebäude vorbei, die wie gefrorenes schwarzes Öl dalagen. Um uns herum die gemütliche, anonyme Gesellschaft der anderen Autofahrer und immer Musik, der einfache, aber sehr befriedigende Rhythmus des Metalls und der Elektrizität. Wir verfielen alle in Schweigen, die allmählichen Kurven der Schnellstraße, ihre Einsamkeit, ihre riesige Breite, die blitzenden Sterne über uns und unter uns, die Dunkelheit und die Geschwindigkeit zogen uns in ihren Bann.

Als ich in einem McDonald's-Restaurant aus einer Plastikflasche eine rote Sauce – sie nannten es Ketchup – auf meinen Hamburger quetschte, fragte ich: »Wo fahren wir denn nun wirklich hin?«

»Wir lassen uns einfach treiben, Mann«, sagte Tom im sanften Tonfall der sechziger Jahre.

»Wirklich?«

»Wirklich.«

Aber Amanda streckte ihre Hand aus und griff mich am Handgelenk, zwang mich, die Flasche abzustellen, und zog meine Hand in ihren Schoß, wo sie sie mit beiden Händen umschloß und nicht mehr losließ, bis wir wieder draußen im Auto waren und sie fahren mußte.

»… es war nur eine von diesen High-School-Geschichten, aber es hat mich völlig wahnsinnig gemacht, wie nichts vorher oder nachher. Und ich weiß immer noch nicht, warum.« Ich hatte mit Tom getauscht und saß nun auf den Rücksitz gequetscht. Ich schlief schon beinahe, und schmiegte meinen Nacken gegen die sanften Kurven des Leders. Wir hatten eine Flasche Jack Daniel's gekauft und reichten sie hin und her, bis ich schließlich mit dem Kopf auf den Sitz sank. Toms nuschelige Worte brandeten fern und verzerrt durch das stetige Brummen des Motors, durch den saugenden Sumpf meines Schlafes zu mir.

»Eine High-School-Geschichte«, meinte Amanda.

»Klar«, sagte Tom. »Eine dusselige Teenager-Story. Und so ist es passiert …«

Ich kannte sie, ich kannte sie schon seit Jahren. Wir gingen seit der vierten oder fünften Klasse auf die gleiche Schule. Ich wußte immer, wer sie war, und sie wußte, wer ich war, aber sie zog mit ihren Leuten herum und ich mit meinen, also haben wir uns nie richtig kennengelernt, haben nicht ein einziges Mal miteinander geredet, glaube ich. Aber im letzten Schuljahr, da landeten wir im zweiten Halbjahr beide in einem Leistungskurs Englisch, AP, ihr wißt schon: »Das amerikanische Leben im Spiegel der Literatur«, bei Mrs. Christiansen. Und plötzlich sitzt sie da vor mir, und all das blonde Haar fällt über die Stuhllehne, und ich erwische ab und zu einen winzigen Hauch, eine kleine Brise, einen säuselnden Zephir ihres Parfüms, und sie wirft den Kopf zurück, ihr wißt schon, wie das Mädchen mit langen Haaren machen, und Ling schaut zu mir und verdreht die Augen.

Ling ist seit der siebten Klasse meine beste Freundin. Sie ist aus Taiwan, und ihr voller Name ist Ling-Ling Lee. Beide Eltern sind Ärzte, und Ling geht nach Stanford – das ist längst entschieden –, und dann studiert sie Medizin und dann spezialisiert sie sich auf Chirurgie. Ling wußte sogar schon in der ersten High-School-Klasse, worauf sie sich spezialisieren würde, also was sie als Ärztin machen würde. Sie ist einfach unglaublich. Sie arbeitet härter als alle anderen, die ich kenne, und wenn sie will, kann sie wirklich komisch sein. Sie trägt ihr Haar kurz geschnitten und hat eine runde Goldrandbrille, hinter der ihre dunklen Augen hervorschauen. Also: Mercy – die Blondine – hat ihr Haar über die Stuhllehne geworfen, und ich beuge mich ein wenig vor, um mir das alles ganz genau aus der Nähe anzusehen, und Ling preßt die Lippen aufeinander, als müßte sie gleich lächeln.

Man könnte schon lächeln über Mercy, nehme ich an. Ihr voller Name ist Mercy Fuller Cunningham, und so schreibt sie es auch in all ihre Bücher, sie hat Unmengen von Haar, toupiert und gebürstet und was weiß ich, bis es wie der sprichwörtliche Wasserfall herunterrieselt, und sie hat blaue Augen und helle Haut und Brüste, die ganz sanft in den Saks-Blusen wogen, die sie immer trägt, ihr wißt schon, was ich meine. Wenn sie über den Parkplatz vor der Schule geht, verstummen alle Kids, die da lässig auf den Motorhauben hocken, und das Schweigen folgt ihr, während sie ihr hinterhergaffen, wie ihre Beine den Rock zum Schwingen bringen. Jedenfalls, sie dreht sich auf dem Stuhl um und streckt mir die Hand hin und wirft mir dieses große, schreckliche Lächeln zu, das einen völlig umhaut, und sagt:»Hi, Tom. Gesehen haben wir uns ja schon hier und da, aber noch nie so richtig. Also, ich bin Mercy Cunningham.«

Na, ich brauche ungefähr eine Minute, bis ich auch ein Lächeln zustandebringe und ihre Hand packe, weil ich so benommen und bezaubert davon bin, daß sich eine Mercy Cunningham wirklich vorstellt, als wüßte nicht sowieso jeder in der Schule, wer sie ist. Dann kommt Mrs. Christiansen rein, aber ich hocke nur da und schaue eine ganze Stunde lang ihre Haare an und kriege nichts davon mit, was Mrs. Christiansen und die anderen über den armen alten Rip Van

Winkle zu sagen haben, der in die Berge gehen mußte. Ihr glaubt also wohl, mich hat's schon erwischt. Aber ich sitze eigentlich bisher nur da und bewundere, wie Mercy Cunningham so perfekt und doch so unglaublich süß sein kann. Ich habe andere Leute an der Schule schon davon reden hören: »Sie ist wirklich nett, ehrlich!« Aber ich habe es bisher nie richtig glauben können, weil sie immer mit den total eingebildeten Typen rumgehangen hat, denen, die wie aus der Modezeitschrift kopiert aussehen, denen mit den perfekten grünen Pullovern und dem gewissen Etwas, das man angeblich haben muß, um diese Klamotten zu tragen, und den Parties, von denen unsereiner erst erfährt, wenn sie schon vorbei sind. Und Ling und ich, wir waren immer Außenseiter, wir organisierten den Theaterklub und gewannen sämtliche Stipendien, und wir würden auf die tollen Colleges gehen, aber in der High-School zogen wir immer nur miteinander herum, und niemand außer unseren engsten Freunden kannte uns wirklich. Als mir also Mercy Cunningham die Hand schüttelt, sitze ich bloß da und denke: »Es stimmt wirklich, echt.« Aber ich bilde mir keine Schwachheiten ein, und ich mag Blondinen sowieso nicht. Ich hatte damals erst eine Freundin gehabt, Sarah Nussenbaum, Lings beste Freundin, dunkelhaarig und niedlich und klein und sehr jüdisch – Princeton, das steht schon lange fest. Sarah und ich sind sechs Monate miteinander gegangen, und wir hätten es zweimal beinahe getan. Beim zweiten Mal sprang sie von der Couch (im Haus ihrer Eltern) auf, versuchte ihren BH wieder zuzuhaken, wandte sich weinend ab und sagte, wir sollten nur gute Freunde sein. Ich erwiderte: »Okay, in Ordnung, ehrlich, ist in Ordnung.« Und ich tröstete sie und war sehr zartfühlend, obwohl ich ein schmerzliches Pulsieren in meinen Jeans spürte. Also sind Sarah und ich jetzt Freunde.

Mrs. Christiansen schwafelt immer noch über Rip, und Mercy Cunningham sitzt über ihr Heft gebeugt und schreibt fleißig mit. Ich bemerke, wie Ling mich beobachtet, während ich Mercys Haar beobachte, und es ist mir für Mercy ein bißchen peinlich. Ihr müßt wissen, Mrs. Christiansen hat die Begabung, auf längst bekannten Sachen wie blöd herumzureiten, und die meisten Kids in AP haben *Das poetische Prinzip* so an die sechzehnmal gelesen, und einige sind ganz wild auf Semiotik, also ist es Ehrensache, daß keiner irgendwas, was Mrs. Christiansen sagt, mitschreibt. Und jetzt hebt auf einmal Mercy den Kopf und fragt: »Sie meinen, Rip ist irgendwie *Künstler*?«

Mrs. Christiansen errötet vor Vergnügen, und ich höre ein oder zwei Leute kichern. Ling verdreht die Augen. Dann ist der Unterricht vorbei, und ich bleibe an der Tür stehen, um Mercy vorbeizulassen. Sie wirft mir wieder so ein Lächeln zu und sagt: »Ich seh dich, Tom.« Und sie streckt ihre Hand aus und tippt mir im Vorbeigehen ganz leicht ans Handgelenk. Diesmal lähmt mich diese flüchtige Berührung wirklich, und ich stehe glotzend in der Tür, ich mag echt immer noch lieber Brünette, spüre aber trotzdem mein Herz hämmern. Dann packt mich Ling am Ellbogen und zerrt mich nach draußen und den Flur entlang.

»Die wäscht sich doch bestimmt jeden Tag die Haare«, spekuliert Ling. »Meine Großmutter in Taiwan sagt, das moderne Shampoo zerstört die Haare, all die Chemikalien, weißt du. Irgendwann fallen sie ihr alle aus.«

»Sei nicht so gemein, Ling«, erwidere ich. »Sie ist nett.«

»Mh-h, und eines Tages macht sie dann einen Cheerleader-Luftsprung, und es fliegt alles weg, und wenn sie wieder landet, hat sie eine Glatze«, sagt Ling. Ich knuffe ihren Arm, aber ich muß doch lachen. Auf dem ganzen Heimweg spinnen wir diese Geschichte weiter: über die glatzköpfige Cheerleader-Tussi, die in den Appalachian Mountains lebt und unschuldige jugendliche Wanderer mit ihren unglaublich muskulösen Schenkeln erwürgt.

Auf dem Weg zu Lings Haus gehen wir durch die schattigen Alleen – Elm Avenue, Green Avenue – einer ganz gewöhnlichen bürgerlichen amerikanischen Vorstadt. In unserem Fall liegt sie ein paar Meilen von Cincinnati entfernt, ist aber eigentlich von tausend anderen Orten irgendwo auf dem Kontinent nicht zu unterscheiden. Im Wohnzimmer sitzt Lings Vater vor dem Fernseher, neben ihm steht eine gerade geöffnete Flasche Johnnie Walker Black. Wenn wir später am Abend wieder herauskommen, wird er immer noch da sitzen, nun auch seine Frau neben ihm, und die Flasche ist halb leer.

Beide tragen sie graue Kleidung und werden im Laufe des Abends immer stiller.

Also gehen Ling und ich an ihm vorbei, und er lächelt mir höflich zu, und wir holen uns Soda und Käsestangen und hocken uns vor den Videorecorder. Trotz unserer tollen Noten und unserer guten Unis und unserer ostentativen, frühreifen Achtziger-Jahre-Kultiviertheit teilten nämlich Ling und ich eine glühende Leidenschaft für schlechte Filme. Wir hatten unser eigenes Punktsystem und eine Kartei – im Scherz meinten wir oft, wir würden einmal ein Buch darüber schreiben. In unserem System bekam also zum Beispiel haarsträubend prätentiöser Scheiß wie *Paris, Texas* 2 von 10 möglichen Punkten, während unser absoluter Renner aller Zeiten ein Film namens *The Snow Beast* war. Das Schneemonster war ein Typ in einem aufgemotzten Gorillakostüm, der in einem Wintersportort Angst und Schrecken verbreitete. Nur denke ich, sie konnten es sich wohl nicht leisten, das ganze Kostüm zu mieten, und deswegen sieht man immer wieder, wie irgendwelche Busenwunder von einer Gorillahand massakriert oder von einem Gorillakopf zerfetzt werden, der von irgendwoher ins Bild kommt. *The Snow Beast* bekam auch noch zwei Sonderpunkte, weil der blonde arische Held »Yar« hieß. Als das erstemal jemand sagte: »Yar, draußen auf dem Berg da drüben ist ein verdammtes Schneemonster, Yar!« fielen Ling und ich glatt vom Sofa und lachten, bis uns beinahe schlecht war.

Jetzt legen wir also *Afterwards* ein, Ling drückt auf die richtigen Knöpfe, und sofort befinden wir uns in einem Einkaufszentrum in der Zeit nach dem atomaren Vernichtungsschlag, nach der Zerstörung der Ozonschicht, nach dem Schmelzen des Polareises, nach allen möglichen Chemiekatastrophen, nach einer Epidemie von Geschlechtskrankheiten. Schorfverkrustete, strahlenversengte Zombies, denen das Haar büschelweise vom zerklüfteten Schädel fällt, prügeln sich um Essen und Designermode und Lippenstifte und Foundation, während die normalen Hauptdarsteller – ohne Narben und mit goldener Haut – sie mit vollautomatischen Gewehren wegpusten und sich Sorgen machen, ob nicht einer von ihrer kleinen, tapferen Truppe in Wirklichkeit ein Zombie mit Elizabeth-Arden-Maske ist. Der Film ist ganz bewußt eklig und furchtbar, aber wir genießen ihn nicht so wie erwartet, vielleicht weil ich ein wenig geistesabwesend und zerstreut dasitze und nicht an den richtigen Stellen lache. Ich sage Gute Nacht und gehe nach Hause, hüpfe in der Dunkelheit ein wenig auf einem Bein. In dieser Nacht träume ich von Schenkeln, die sich um meinen Kopf pressen, und meine Zunge taucht in eine rosa-goldene Welt ein. Ich erwache lachend.

Jetzt denkt ihr wahrscheinlich, daß das alles nichts als eine ganz normale Teenagerschwärmerei für die Schulschönheit ist. Aber in Wirklichkeit finde ich die ganze Sache lächerlich. Die Frau ist nämlich todlangweilig. Im Laufe der nächsten Tage rede ich öfter mit ihr und stelle fest, daß sie »gescheit« ist, was heißen soll, daß sie einen vollständigen Satz zusammenbringt und daß Mrs. Christiansen den Rand ihrer Klassenarbeiten mit Bemerkungen wie »Gut!« oder »Genau!« übersät, was ja alles schön und gut ist, aber nichts daran ändert, daß ich mir nach »Wie geht's dir heute?« und »Was müssen wir bis Freitag lesen?« mit ihr nicht mehr viel zu erzählen habe. Schlimmer noch: Sie findet die Armut in der Dritten Welt »traurig«, hält eine unnachgiebige Haltung in Verteidigungsfragen für »notwendig« und meint, Hawthorne sei ein »deprimierender« Schriftsteller – und das mir, dem Typen, der in Geschichte in der letzten Reihe sitzt und darauf besteht, jawohl, darauf besteht, daß das Wort Genozid benutzt wird, wenn wir von den Dakota und Tscherokesen reden. Ich schreibe schwülstige Gedichte, frei nach Marina Zwetajewa und Cesare Pavese, die von den Herausgebern des *Hilltop High Viewpoint* in jener eingeschüchterten, niedergeschlagenen Manier zur Veröffentlichung angenommen werden, die zehn Meilen gegen den Wind nach Unverständnis riecht. Als ich neun Jahre alt war, erklärte mir mein Vater den Sex, wandte sich dann ab, zog seine graue englische Strickjacke zurecht und meinte dann: »Ach ja, noch was: Die drei größten Ungeheuer dieses Jahrhunderts waren Josef Stalin, Joseph McCarthy und Margaret Mitchell.«

Na gut, sagt ihr, sie ist also nicht gerade Mercy Sontag Cunningham, aber das hat sie auch nie behauptet, und in Wirklichkeit bist du ja auch nur scharf auf ihren süßen, prallen

Hintern, auf ihre Brüste, die wie knackig-frisches Obst sind, auf ihre – wie soll man es sonst beschreiben? – herrliche Mähne, ihre Baby-Billy-Budd-Augen. Auch ich erwäge dies, erwäge jeden einzelnen Posten, die Summe aller Posten und das Ganze, das größer ist als die Summe der Teile, aber ich stehe immer noch vor einem Rätsel: In Sachen Hintern mag ich lieber die vollen, runden; in Sachen Brüsten die üppigen; das Haar dunkel und seidig; die ganze Packung – ich weiß, ich weiß, die sexistische Sprache, diese ganze abscheuliche Analyse, aber darauf scheiß ich im Augenblick, jetzt sagen wir es mal ganz unverblümt – das gesamte Angebot hätte ich eigentlich lieber anders: reif zum Pflücken, geheimnisvoll und ein wenig schmollend.

Nun, Sarah Nussenbaum als Vorsitzende des Englisch-klubs in Hilltop hatte die allererste Dichterlesung an unserer Schule organisiert, und natürlich verlangte Mrs. Christiansen von all ihren APs, daß sie hingingen. Und ich, ich bürste mein Haar platt, so gut es geht, ich trage schwarz und schwarz, das Hemd am Kragen offen, denke sogar über einen Hut nach, entscheide mich aber dagegen, frage mich, ob ich mir einen Bart stehenlassen kann oder doch zumindest ein paar anständige Stoppeln, baue mich neben dem Podium auf und knicke die Hüfte zur Seite, habe die eine Hand in der Hosentasche und die andere irgendwo lässig in der Taille und lege mit meinem epischen Gedicht los: *Ich, sie, Bosch, die Landschaft und ich und ich.* Ich weigere mich, noch mehr von diesem Gedicht preiszugeben, denn jedes weitere Wort könnte mich geradewegs in die Sonderhölle für schlechte Dichter befördern. Jedenfalls beuge ich mich hinterher, von meiner leidenschaftlichen Lesung noch ganz verschwitzt, in einem Flur über einen Trinkbrunnen und trinke in großen Schlucken Wasser. Ich denke natürlich an Mercy Fuller Cunningham und meine unglaublich blöde Schwärmerei für sie und habe mich, glaube ich, gerade entschlossen, die Sache aufzugeben, mich an den Gedanken zu gewöhnen, daß nie etwas daraus werden könnte, weil ich ich bin und sie sie. Ich richte mich auf; meine Lippen sind vom Wasser noch ganz kühl. Und plötzlich legen sich mir Arme um den Hals, Brüste gleiten über meinen Rücken, und sie lehnt sich über mich, und da sind ihre Lippen, warm und feucht, berühren mich kurz, und sie sagt: »O Tom, das war phantastisch. Das hat mir wirklich gefallen.« Dann ist sie schon am anderen Ende des Flurs, und doch kann ich ihren Atem noch in meinem Ohr spüren. Und ich weiß, daß ich rettungslos verloren bin.

Nun also, geneigte Zuhörer, beginnt die Zeit, beginnen die Monate und Tage meines Wahns. Ich verbringe die ganze Nacht – und damit meine ich von der Abenddämmerung bis zum Morgengrauen, und ich schwöre, es ist wahr – damit, die Worte »O Tom, das war phantastisch. Das hat mir wirklich gefallen« auf tausend verschiedene Papierfetzchen zu schreiben, auf millionenfach unterschiedliche Art. Ich untersuche jede Nuance dieser Worte, es gibt keinen Sprachwissenschaftler auf Erden, der diese zehn Worte so gut kennt wie ich, ihre Struktur, ihren Rhythmus, ihre Bedeutungen und Ableitungen, ihre vielfältigen Konnotationen. Als die Sonne aufgeht, bin ich überzeugt davon, daß Mercy Fuller Cunningham in mich verliebt ist. Schlag neun bin ich am Boden zerstört, niedergeschmettert und voller Selbsthaß – ich sehe sie mit ihren schicken Kumpels auf dem Parkplatz, mit ihren eleganten Freunden, mit ihren Jet-Settern, ihren Schickimickis, und mit einem knappen »Hi Tom« geht die Schlampe an mir vorbei und wirft mir keinen Blick zu. Da sitze ich nun im Englischkurs und denke mir, na prima, Tom, das arme Mädchen wollte nur ein bißchen freundlich sein, nett sein, ganz platonisch, und du steigerst dich gleich in deinen Die-Frau-als-Zerstörerin-Wahn hinein. Aber dann kommt sie strahlend und unerträglich munter hereingetanzt, lehnt sich über meinen Tisch und küßt mich auf die Nase, auf die Nasenspitze. »Hi, du unglaublicher Dichter, du!« Und dann fängt Mrs. Christiansen mit *Moby Dick* an, und gleichzeitig, genau zur gleichen Zeit, versteht ihr, flehe ich all den Schmerz und all den Haß, den alle je in der Geschichte der Menschheit gefoppten und gequälten männlichen Wesen in sich aufgestaut haben, auf Mercy herab. Und doch schwebt mir wieder ein strahlendes Bild von mir und ihr vor Augen, und meine Wut, diese Gewaltsamkeit meiner Reaktion entsetzt mich. Armer Ahab. Armer Claggart. Scheißleben.

Die nächsten paar Tage verbringe ich damit, ihren Stundenplan auswendig zu lernen und mich in Fluren und Treppenhäusern herumzudrücken, um dann verzweifelt meinen keuchenden Atem zu zügeln und ganz lässig an ihr vorbeizugehen, nett zu lächeln und zu nicken. Dann sagt sie eines Tages, während ich mich auf dem verschlungensten Pfad zum Geschichtskurs befinde, den die Schule je gesehen hat: »Oh, Tom, da bist du ja schon wieder.« Sie sagt es mit einem Lächeln, aber noch in der gleichen Nacht verbringe ich zwei Stunden damit, mich im Spiegel anzustarren – und beschließe, auf kalten Entzug zu gehen. Ich schwänze dreimal hintereinander den Englischkurs, verbringe jede freie Minute in der Bibliothek, reiche mein Geschichtsreferat über die Kulturrevolution zwei Wochen vor dem Termin ein. Ich fühle mich diszipliniert und stark, ausgelaugt und leer, ich bin mir sicher, daß nichts mich zerbrechen kann, aber immer vor Englisch überkommt mich doch wieder dieses altbekannte Gefühl des hilflosen Versinkens. Also schwänze ich einmal mehr, lese hinter der Turnhalle Poe, und am Nachmittag hebe ich die vierhundertachtundneunzig Dollar und dreiundzwanzig Cent von meinem Sparbuch ab. Ich rufe Sarah Nussenbaum an und hole sie abends in einer superlangen Limousine ab.

Ich lade Sarah Nussenbaum ins L'Auberge ein, wo sie mir zuflüstert, sie hätte das Gefühl, nicht elegant genug angezogen zu sein, und ich gerade noch das dringende Bedürfnis unterdrücken kann, ihr einfach zu sagen, sie solle endlich mit dem ewigen Gejammer aufhören, und sie statt dessen großzügig mit teurem Rotwein abfülle. Nach einer Weile sind ihre Wangen gerötet, und sie fängt an, mir zu erzählen, wie toll es sei, daß sie und Ling und ich Freunde sind, wie viel es ihr bedeute und daß wir uns nie aus den Augen verlieren dürften. Ich murmele: »Für dich tu ich doch alles, Sarah«, und blicke sie aus zusammengekniffenen Augen über den Glasrand hinweg an. Dann redet sie von was anderem, und ich nicke und füttere sie mit Kuchen von meinem Teller. Auf dem Heimweg in der Limousine wendet sie sich mir begeistert zu, als ich ihren Hals mit der Hand berühre. Sie streichelt mir über Stirn und Augen, während wir uns küssen, und ihr Mund schmeckt nach Wein. Aber plötzlich reiße ich mich los und

sage: »Ich glaube nicht, daß das so eine gute Idee ist, Sarah.«
Sie sinkt in ihre Ecke zurück, und ich sehe auf ihrem Gesicht:
Aber wozu dann das Ganze? Doch sie ist viel zu gescheit und
zu stolz, um diese Frage zu stellen. »Tut mir leid«, sage ich.

Nachdem ich sie zu Hause abgeliefert habe, schicke ich die
Limousine weg, stapfe durch die leeren Straßen und versuche mich genau an den Zustand meines Körpers und Ge-
hirns während unserer Küsse zu erinnern. Aber ich kann
mich nur auf die grenzenlose Erregung besinnen, die ich immer empfinde, wenn ich in Sarahs Nähe bin, und an eine
ebenso grenzenlose Angst, eine Nervosität, die mich von
Kopf bis Fuß erbeben läßt. Während ich vom Schatten ins
Licht spaziere, meine ich mich zu erinnern, daß ich ihr mit
den Händen durchs Haar gefahren bin, aber ich bin beinahe
sicher, daß ich das nur erfunden habe, um es mir noch einmal
vorzustellen. Plötzlich stehe ich vor ihrem Haus, nicht vor
Sarahs Haus, meine ich, sondern vor dem Haus, in dem
Mercy Fuller Cunningham wohnt. In irgendeiner vernebel-
ten Stunde des Selbstbetrugs habe ich ganz beiläufig danach
gefragt und in Telefonbüchern nachgeschlagen und bin vielleicht sogar ihrem weißen Audi lange genug gefolgt, bis ich
eine Vorstellung hatte, wo sie wohnt. Und jetzt bin ich da:
»CUNNINGHAM« steht auf dem Messingschild. Namens-
schilder sind Zeichen, erinnere ich mich an Lings Erklärung,
weil sie eine bestimmte Art von Information vermitteln, während Flaggen Symbole sind, weil sie für eine Unmenge von
Dingen stehen. Was für eine Flagge würde wohl Mercy haben, frage ich mich, während ich mich durch Hecken und
über Rasenflächen um das große weiße Betongebäude her-
umschleiche. Hinten sehe ich hoch über mir ein Fenster mit
zugezogenen Gardinen, von dem ich sofort weiß, daß es ihres
sein muß. Es ist schon sehr spät, und in der Ferne erstrahlen
nur wenige flimmernde Lichter, die einen Heiligenschein um
sich haben. Ich wälze mich unter ihrem Fenster im Schlamm,
zerdrücke dabei kleine gelbe Blümchen. Als ich mich schließlich hinknie und die Arme um meinen Leib schlinge, rinnen
mir Schweiß und Pflanzensaft über die Lippen, und ich kann
den Mond auf meinem Gesicht spüren. Er hängt über mir, als
ich von Baum zu Baum nach Hause torkele.

Am nächsten Tag frage ich meine Eltern beim Frühstück: »Was sind wir?«

»Wie bitte?« sagt meine Mutter und legt die Zeitung weg. Die beiden schauen mich mit einem gewissen professionellen Eifer an, wir werden schon damit fertig, wir sind schließlich beide Psychiater. Existentielle Fragen, dafür leben die beiden, und jugendliche Angstzustände mögen sie besonders gern.

»Ich meine, was sind wir? Sind wir Deutsche oder Engländer oder Holländer oder was? War Opas Vater nicht aus Deutschland?«

»Dein Urgroßvater hat Deutsch gesprochen, aber ich glaube, er ist schon in Neuengland geboren«, sagt mein Vater.

»Woher dieses plötzliche Interesse?« fragt meine Mutter.

Sie sind beide ein wenig verwirrt und neugierig. Über die Stellung des Menschen im Kosmos, darüber können sie reden, damit verdienen sie ihr tägliches Brot, aber so ethnisches Zeug, das ist ihnen eine Spur zu primitiv, sie fühlen sich gar nicht wohl damit.

»Ach, nichts«, sage ich. »Nur so.«

»Hauptsächlich Deutsche, ein paar Engländer, ein paar Holländer, ein paar Franzosen, glaube ich«, meint mein Vater.

»Keine Italiener?« frage ich.

»Kann sein«, erwidert meine Mutter. »Meine Familie hat lange in New York gelebt.«

»Ich muß weg«, sage ich. Ich gehe zur Schule, ich spüre den Bewegungen meines Körpers nach, ich versuche herauszubekommen, ob nicht vielleicht ein kleines angeberisches Stolzieren dabei ist. In Wahrheit schäme ich mich im hellen Sonnenlicht des Tages ein bißchen und fürchte mich noch weit mehr vor dem, was ich in der Nacht zuvor gemacht habe. Sich im Gebüsch zu wälzen, das ist für jeden eine ziemlich extreme Angelegenheit, aber für mich? Ich habe in der zehnten Klasse eine Facharbeit über die Erfindung der romantischen Liebe durch Eleonore von Aquitanien geschrieben. Jetzt suchte ich nach einem genetischen Grund für mein Verhalten, nach einer schwachen völkischen Erinnerung, die wieder in mir hochgekommen war und mich Hals über Kopf in diesen Wahn getrieben hatte.

Im Englischunterricht redet Mercy Fuller Cunningham mit atemlosem Schrecken in der Stimme von dem seltsamen Tier, das sich in ihrem Garten gewälzt und die Hecken zertrampelt hat.

»Sei bloß vorsichtig«, sage ich im Vorübergehen. »Es könnte das Schneemonster gewesen sein.« Mit über den Kopf erhobenen Händen, geducktem Rücken und in die Luft gekrallten Fingern knurre ich: »Ahhaarrrr. Aarrr.«

Sie blickt mich verwundert an. Ich gebe die Nummer mit dem Schneemonster auf, gehe um sie herum und setze mich mit einer einzigen gleitenden Bewegung an meinen Tisch. Als Mrs. Christiansen schon hereinkommt, beugt sich Ling zu mir herüber: »Warum läufst du so komisch?« Ich zucke die Achseln.

An diesem Tag gehe ich nach dem Unterricht mit Mercy Fuller Cunningham über den Flur und rede über Filme. »*Lockere Geschäfte*, yeah«, sage ich. »Der war voll cool, aber mir hat *Top Gun* besser gefallen.« Ich weiß, ich weiß, ich hatte einen akuten Angstanfall, als ich erfuhr, daß man einen Film drehen wollte, in dem Jets, Motorräder und Tom Cruise eine Rolle spielen sollten. Ling behauptete, der männliche Durchschnittsteenager könnte schon aus dem hormonellen Gleichgewicht geraten, wenn er nur das Plakat anschaute. Aber jetzt, in dieser verzweifelten Lage, wäre ich wohl selbst über John Wayne ins Schwärmen geraten, wenn mir Mercy Fuller Cunningham die geringste Möglichkeit dazu gegeben hätte. Also schlenderten wir ganz lässig in die Cafeteria, während ich ganz lässig meinen Redefluß aus der mittleren, oder knapp über der mittleren, bloß nicht zu radikalen Bildungsschublade weiterplätschern ließ, und wir stellten uns ganz lässig in die Schlange, und ich besorgte ganz lässig Milch und irgendwas und wir gingen auf den Innenhof hinaus, und sie fragte: »Hier?« Und wir setzten uns an die rot-grünen Beton-Picknicktische, und ich machte meine Milch ganz lässig mit einer Hand auf, und um uns herum verrenkten sie sich die Hälse.

Wißt ihr, ich weiß ja nicht, wie das an euren Schulen war, aber in Hilltop gab es die Punker und die Schickimickis und die Junkies, die Ethnos, die Supermänner und ihre Cheerleader, die Intellos, die Superintellos, die Kunstjünger, die Jesus-zwerge und die Niemande. Manchmal ging vielleicht ein Punker mal mit einer New-Wave-Schickimicki-Tussi aus, und ab und zu rauchte ja ein Intello klammheimlich eine mit einer von den Junkies, aber im allgemeinen hielt man sich sklavisch an die Kastenregeln und setzte sie mit gemeinstem Spott durch. An allem konnte man gemessen werden, für alles verurteilt und ausgestoßen werden, und ich meine wirklich für alles, für die Schuhe, die man trug, für seine Eltern, sein Auto, seine Religion, seine Kleidung, ganz besonders wenn man eine Frau war. Als ich mich also neben Mercy Fuller Cunningham zum Essen hinsetze, geht ein Raunen durch die versammelte Menge – da hockt ein eingefleischter Kunstjünger und Superintello und bricht das Brot mit der erhabensten und rosengleichsten aller Cheerleader-Tussis: Verdammt, also hör mal, alter Junge, was ist bloß aus der Welt geworden? Erbärmlich schlechter Stil, was?

Aber ich ignoriere das Kichern und leise Lachen, genieße es sogar, denn für meine Leidenschaft erdulde ich die Pfeile und den Spott der unglaublichen Konformität. Ich kann alles aushalten. Während der nächsten paar Wochen gebe ich all mein Geld für Kleidung aus und stemme in der Unterwäsche vor dem Spiegel Hanteln. Ich übe, wie man »Yo!« sagt. Ich esse häufig mit Mercy und versuche mich mit ihren Freunden zu unterhalten, von denen mich alle mit ausgesuchter Höflichkeit behandeln. Mercy stellt mich immer vor: »Das ist mein kluger Freund Tom, er ist Dichter.« Ich habe den Eindruck, das unsägliche Überlegenheitsgefühl dieser Typen wird dadurch noch gesteigert. Und manchmal kann ich diese Leute einfach nicht kapieren, dann habe ich das Gefühl, daß sich Mercy für sie schämt. Zum Beispiel einmal beim Mittagessen geht Salma vorbei. Salma ist ein Pakistani-Mädchen, sie ist Spitze in Mathe, löst Differentialgleichungen im Kopf, und sie hat wunderschönes schwarzes Haar, das ihr in einem dicken Zopf bis in die Kniekehlen hängt, und Salma kommt vorbei, und ein paar aus Mercys Clique, Mary und Ellen und Bill und Steve, fächeln sich lächelnd mit der Hand vor der Nase herum. »Was ist?« frage ich und spüre ein nervöses Grinsen auf den Lippen.

»Ja, weißt du das denn nicht?« erwidert Craig. »Die waschen sich nie die Haare.« Craig und John sind zwei gutaussehende schwarze Typen mit Supertrendhaarschnitten, beides Footballspieler, und jetzt sitzen die beiden da und grinsen mich an. Ich verspüre den wahnwitzigen Impuls, mich zu ihnen hinüberzulehnen, sie beim Kragen zu packen und anzubrüllen: »Was gibt's da, verdammt noch mal, zu lachen, ihr Ärsche?« Aber Mercy legt mir unter dem Tisch die Hand auf den Arm, und so bleibe ich ruhig sitzen, und sie fangen von einem anderen Thema an.

Ich möchte Ling davon erzählen, aber statt dessen rede ich mit ihr über die Abschlußarbeiten und über irgendwelchen anderen Blödsinn. Sie möchte kommen und sich ein Nachschlagewerk bei mir ausleihen, und ich versuche sie damit hinzuhalten, daß ich es morgen in die Schule mitbringe. Sie fragt: »Was ist denn los mit dir?« Also sage ich: »Na gut.« Zu Hause fängt sie schon auf der Treppe zu meinem Zimmer zu schnuppern an, und einen Meter vor der Tür platzt sie heraus: »Was ist das denn für ein Geruch? Weihrauch?«

Sie betritt das Zimmer und bleibt wie angewurzelt stehen. Die Wände sind mit italienischen Madonnenbildern bedeckt, Frauen mit traurigen Augen, einem unschuldig reinen Gesichtsausdruck und einer unglaublichen sexuellen Verheißung.

»Oh, Tom«, sagt Ling. »Oh, oh, Tom.«

Vom nächsten Tag an läßt sie immer wieder fotokopierte Artikel auf meinem Pult liegen, Artikel mit zweiteiligen Titeln wie *Aufstieg und Fall der Marilyn Monroe: Eine postfeministische Betrachtung* und *Männer, Frauen, Sex und Krieg: Geschlechterrollen und Gewalt bei den Kikuyu* und *Komplexer Traum oder einfaches Bedürfnis: Erste biogenetische Ansätze zum Verständnis des männlichen Sexualtriebs* (letzterer Artikel von einer Autorin namens Emmaline Shakti Sharpstown). Ich möchte zu Ling sagen: »Danke, aber die brauche ich nicht, ich verstehe sie nur zu gut, die schäbigen Symbole meiner Psyche, die ächzenden Ausflüchte meines Id«. Aber es ist mir zu peinlich, als daß ich darüber reden könnte.

Also ziehen die Tage vorüber, und meine Noten stürzen in ungeahnte Tiefen, und Mrs. Christiansen gibt mir meine Arbeiten mit verächtlich groß auf die erste Seite gemalten schlechten Zensuren wieder, und bald weiß alle Welt, daß ich langsam durchdrehe. Ich höre tatsächlich, wie eine pickelige kleine Tussi aus dem ersten Jahr ihrer gleichermaßen pickeligen Freundin zuflüstert: »Das ist der Typ, der von Mercy Fuller Cunningham völlig besessen ist – der ist total durchgedreht.« Ich spaziere jetzt in meinen neuen Reeboks und mit meinem neuen Haarschnitt über die Flure wie ein groteskes, von einem Feuer gebrandmarktes Wesen: Gespräche verstummen, wenn ich in die Nähe komme, die Leute blicken überall hin, nur nicht in meine Augen. Und während all dies geschieht, bringen mir die Ethnos eine Art seltsames Mitgefühl entgegen: Eines Tages drehe ich mich in der Cafeteria um, und da steht Muhammed Ziai, einer aus dem zweiten Jahr, der einzige Schüler iranischer Abstammung, und er wendet sich schnell ab, aber ich kann doch vorher noch das traurige Lächeln auf seinem Gesicht sehen. Das passiert mir immer wieder: Pakistanis, Libanesen, Vietnamesen, Kubaner starren mich geistesabwesend an und wenden dann blitzschnell ihre Augen ab. Inzwischen frage ich mich, ob Mercy Fuller Cunningham das alles mitbekommt. Sie muß es doch merken, trotzdem macht sie jedesmal, wenn ich einen halbherzigen Versuch unternehme, den Zauber zu zerstören, etwas, das mich voll wieder reinzieht, eine von diesen kleinen Berührungen und dieses Lächeln und dieses: »Heute habe ich dich noch gar nicht gesehen, Tommy, du hast mir gefehlt.« Das ist alles so vollkommen unschuldig, daß ich nach wie vor hin- und hergerissen bin, daß ich sie einmal für die sprichwörtliche Tussi halte, die einen nur scharfmacht und dann fallenläßt, ein andermal für ein armes, mißverstandenes, großzügiges Mädchen, das in ihrer Schönheit eingekerkert ist.

Und so geht es weiter: Ich durchleide den Kreislauf zwischen Depression und ungeheurem Glücksgefühl, und der Anblick von Liebespaaren, von ganz egal welchen zwei Menschen, erregt in mir eine morbide, haßerfüllte Eifersucht. Sogar der Anblick der wasserstoffblonden *Sheena, Königin des Dschungels* in den Armen ihres Großen Weißen Geliebten macht mich trübsinnig, auch wenn Ling prustet: »Wenn sie tatsächlich auch noch auf dem Löwen reitet, kriegt dieses Machwerk zwei Sonderpunkte.« Als sie meine finstere, fanatische Miene bemerkt, beruhigt sie sich ein wenig und tut dann ein, zwei Minuten so, als betrachte sie den Film, ehe sie sagt: »Ich wette mit dir um fünf Dollar, daß sie innerhalb der nächsten halben Stunde noch von singenden Eingeborenen an einen Pfahl gebunden wird.« Als sie mir auch damit keinerlei Reaktion entlocken kann, platzt sie heraus – zum allerersten Mal spricht sie direkt mit mir über diese Angelegenheit – und explodiert: »Wenn es dir so zusetzt, warum zum Teufel redest du dann nicht mit ihr, du Arsch?«

Ich blicke sie völlig verdutzt an, denn ich höre zum erstenmal aus ihrem Mund das Wort »Arsch«, und ich möchte ihr erklären, daß ich nicht mit Mercy reden kann, denn wie kann man, wie kann irgend jemand ohne Hoffnung leben? Statt dessen zucke ich nur die Achseln. Ich lehne mich zum Fernsehschirm vor, und sie läßt das Thema fallen und spricht nie wieder darüber. Ich kann ihr nicht erklären, daß ich möchte, daß alles von ganz allein passiert, daß ich nichts sagen möchte. In meinen Träumen werde ich Millionär und kaufe ihr Manhattan. In meinen Träumen bombardiere ich Kambodscha in Grund und Boden, und elegante Frauen in Washington lüpfen ganz spontan auf dem Rücksitz meiner Limousine den Saum ihrer schwarzen Kleider für mich.

Gegen Ende des Schulhalbjahres gibt Mercy Fuller Cunningham eine Party, und diesmal werde ich eingeladen. Auf geprägtem Papier, das in einem schweren cremeweißen Umschlag steckt, den sie auf meinen Tisch legt, oben auf einen Artikel mit dem Titel *Ego und Projektion: Ein postpostmoderner Ausblick.* Die nächsten zwei Wochen verbringe ich mit Pläneschmieden, ich beobachte mich, ich betrachte mein Ziel, ich studiere sozusagen das Terrain. Ich denke über meine Kleidung nach und versuche mich daran zu erinnern, ob sich Mercy mir gegenüber je zum Thema Herrenbekleidung geäußert hat. Ich versuche mich in Tom Cruise hineinzudenken. Ich beobachte ihre Freunde. Ich schwanke zwischen Oprah Winfrey und Geraldo Rivera: »Wenn Frauen zuviel lieben« und »Wie mache ich das beste aus meiner Beziehung?« Ich leihe mir Geld.

Endlich kommt der große Tag. Ich erspare euch eine Beschreibung meiner unmittelbaren Vorbereitungen. Ich erscheine jedenfalls genau eine Stunde und fünfzehn Minuten zu spät, und diese Verzögerung spiegelt meinen Berechnungen zufolge den genauen Grad von Coolness wieder, den ich zu vermitteln wünsche. Und, das darf ich nicht vergessen, ich fahre im Volvo meiner Mutter vor, den ich ihr mit zähen Verhandlungen und Überredungskünsten und der Drohung mit einem Nervenzusammenbruch abgeluchst habe. Aber es ist gerade niemand draußen vor dem Haus, also sieht auch keiner das Auto, doch das ist schon in Ordnung. Ich klopfe, und Mercy macht die Tür auf. Sie trägt ein schlichtes weißes Kleid, das ihre eleganten Schultern freiläßt, die genau das richtige Maß an Kontur und Knochen haben. Das Licht scheint von hinten durch den Stoff und läßt ihr Haar erglänzen, sie hat einen irgendwie natürlich wirkenden, aber feuchtschimmernden Lippenstift aufgelegt, alles ist vollkommen und wird vom natürlichen Bühnenbogen der Haustür eingerahmt.

»O Tom«, sagt sie. »Dein Haar sieht Klasse aus.«

Ich glaube, jetzt muß ich wohl noch beichten, daß ich mir an jenem Abend als letzten Schliff für mein Outfit noch eine weiche graue Matsche in die Locken geschmiert und dann alles, wie es auf der Tube stand, locker nach hinten gekämmt hatte, um diesen geschniegelten, aber eleganten Wet Look zu erzielen. Jetzt oder nie, hatte ich mir gedacht.

»Danke«, erwidere ich. »Und du, du bist einfach strahlend schön.« Auf der Hinfahrt im Volvo hatte ich geprobt, wie ich Mann von Welt und Dichter unter einen Hut bringen könnte. Eine Kreuzung aus Cruise und Byron, sagte ich mir, John Donne genetisch auf Don Johnsons Fahrgestell gepfropft.

Sie führt mich herein, und ich spüre, wie sich die Köpfe zu uns umdrehen, und sie stellt mich ein paar Freunden vor. Ich nicke anderen zu, die ich schon kenne. Im Nebenzimmer kann ich Craig tanzen sehen. Alle schimmern im sanften Licht der Lampen irgendwie golden, und sie stehen alle herum und lehnen sich an irgendwas an, ihre Hände berühren einander, sie haben die Arme vertraut um einander geschlungen, sie trinken irgendwas aus beschlagenen Gläsern. Keine Spur von

Mercys Eltern. Ich spreche einen Moment mit ihr, dann klingelt es wieder an der Tür, und sie geht weg. Ich höre der kleinen Gruppe, bei der sie mich abgestellt hat, ein paar Minuten zu. Sie reden über Leute, die ich nicht kenne. Also räuspere ich mich und sage: »Na ja, dann geh ich mir mal was zu trinken holen.« Sie wenden sich mir alle zu und schauen mich an.

Ich hole mir meinen Drink, einen Gin und Tonic, und bleibe an der Bar stehen. Vor mir erstreckt sich das Zimmer, und überall reden die Leute miteinander. Craig schiebt sich an mir vorbei: »Hey, Kleiner!« Ich schaue mir einen Kunstdruck an der Wand ganz genau an, irgendwelche Vögel im Flug, und dann betrachte ich den nächsten. Ich trinke mein Glas aus und hole mir an der Bar Nachschub. Ich lese die Buchrücken auf dem Regal im Flur. Dann gehe ich die Treppe hoch und stelle mich in die Schlange vor der Toilette. Die beiden Mädchen vor mir tragen rosa Kleider und reden davon, wo sie im Sommer hinfahren wollen. So sehr ich mir auch das Hirn zermartere, es fällt mir nichts ein, was ich sagen könnte, und dann öffnet sich die Tür zum Badezimmer, und sie gehen zusammen rein. Nachdem ich fertig bin, spaziere ich mit dem Glas in der Hand wieder die Treppe hinunter. Da höre ich direkt unter mir Mercys Stimme.

»Trotzdem, er ist eigentlich doch ganz süß«, sagt sie.

Ich spüre, wie ich erröte, und ich möchte weit ausholen und das Glas quer durchs Zimmer an die Wand schmeißen, aber da bin ich schon am Fuß der Treppe und bahne mir einen Weg durch sie alle hindurch und an der Bar vorbei, und dann bin ich im Eingangsflur und aus dem Haus. Ich sehe Mercy gar nicht, ich sitze im Auto und bin auf dem Heimweg.

In meinem Zimmer merke ich, daß ich ihr Glas immer noch in der Hand halte. Ich stelle es auf meine Kommode und blicke durch die Dunkelheit hindurch in den Spiegel, sehe mein Haar und meine neue weiße Jacke mit den Reißverschlüssen und das pastellige Hemd und den schmalen schwarzen Gürtel, und ich trete einen Schritt zurück, damit ich mich ganz im Spiegel betrachten kann, stolpere über meine Hanteln auf dem Boden und falle mit einem stechenden Schmerz, der mir vom Steißbein bis in den Kopf schießt, auf den Hintern. Und in jenem Augenblick echten Schmerzes sehe ich im Spiegel meinen

Scheitel, und ich verstehe ganz genau, warum ich in der Falle sitze: Ich habe mich in meiner Arroganz, in meiner klugschei-ßerischen, jämmerlichen literarischen Schleimerei aus zwei-ter Hand, in meinem Ehrgeiz verfangen. Also rappele ich mich hoch, nehme ihr Glas, gehe ins Badezimmer und knipse das Licht an. Ich reiße eine neue Packung Einmalrasierer auf und schüttele sie alle ins Waschbecken, so daß sie in einem un-ordentlichen Haufen auf dem Porzellan liegen. Dann greife ich nach der Schere und fange an, mir die Haare abzuschnei-den. Sie fallen in ordentlichen Strähnen, und ich lege sie eine nach der anderen in das Glas. Als ich mit dem Schneiden fertig bin, sprühe ich mir Rasierschaum auf den Kopf und lege mit den Rasierern los. Mein Schädel kommt bläulich und knub-belig und unschuldig zum Vorschein. Die Rasierer kratzen und hallen in meinem Kopf wider, und ich schneide mich oft. Als ich das erledigt habe, wische ich den restlichen Schaum mit einem weißen Handtuch ab und schütte mir Aftershave in die hohle Hand. Es beißt unsäglich auf der Haut und treibt mir die Tränen in die Augen.

Dann nehme ich das Glas und gehe nach draußen auf die Straße. Ich beginne zu laufen. Es ist dunkel, und ich suche nach einem Gewässer. Ich brauche diese Geste, die ich selbst nicht vollständig begreife, aber inzwischen habe ich akzeptiert, daß Gesten absolut notwendig sind. Ich wandere lange Zeit um-her. Gegen Morgen finde ich irgendwo in einem Garten einen kleinen Teich. Rund um mich stehen Bäume, und auf der Schnellstraße pfeifen die Lastwagen vorbei. Ich lehne mich über einen Zaun und werfe das Glas mit einem Unterarm-wurf ins Wasser. Sogar das winzige Aufspritzen schreckt eine Kette Enten auf. Dann mache ich mich auf den Rückweg.

Als ich bei der Schule um die Ecke biege, schmerzen meine Oberschenkel, und der Morgen ist schon halb vorbei. Ich gehe durch den Haupteingang, dann durch die Flure. Die Leute drehen sich nach mir um, und als ich in der Cafeteria an-komme, habe ich einen Rattenschwanz von Kids hinter mir. Drinnen verebbt das Gemurmel der Gespräche, und dann herrscht Stille. Mercy hat wie immer mitten im Raum mit Blick auf die rückwärtige Wand Platz genommen. Sie ißt ein Sandwich, sie hält es in der Hand, und vor ihr steht ein Teller mit Essen. Ihr Körper ist zur Seite gewandt, ihr Rücken aufrecht, und rund um sie herum auf den Bänken sitzen Leute und zu ihren Füßen zwei Jünger, die sich die Footballstiefel zuschnüren. Ich gehe zu ihr hin, gleite auf den Stuhl ihr gegenüber und sage dann mit klarer und stolzer Stimme: »Ich liebe dich, Mercy Fuller Cunningham.« Dann lehne ich mich vor und versenke mein Gesicht in ihrem Teller.

Als ich mich wieder aufrichte, schaut sie mich an, das Sandwich hält sie noch in der Luft, und in ihren Augen spiegelt sich nicht Liebe, nicht Mitleid, nicht Schrecken, nicht Abscheu, nicht Widerwillen – ihr müßt mir meinen Ausflug in die Sprache von Henry James schon verzeihen, aber er ist hier wirklich angebracht –, nicht Haß, nicht Verachtung, nicht Hohn, nicht Spott, nicht Erheiterung, nicht Schadenfreude, nicht Sarkasmus, nicht Sorge, nicht Mitgefühl, nicht Schmerz, nicht Freude, nicht Humor, nicht Sympathie, nicht Enttäuschung, nicht Entmutigung, nicht Verzagen, nicht Desillusionierung, nicht Niedergeschlagenheit, nicht Unzufriedenheit, nicht Schock, nicht Beunruhigung, nicht Furcht, nicht Angst, überhaupt nichts, nur eins: peinliche Verlegenheit. Und da bin ich endlich befreit.

Sie steht auf und rennt weg, ihre Freunde hinterher. Ich sitze nur da. Beim Vorbeugen hat sich meine Haut angespannt, und einige Schnittwunden auf meinem Schädel sind wieder aufgeplatzt. Also sitze ich da und lächle vor mich hin, und Blut und Mayonnaise triefen mir vom Gesicht. Dann kommen Ling und Sarah herbeigeeilt und bringen mich nach Hause.

Was ist noch zu erzählen? Meine Eltern wurden in die Schule zitiert, um Gespräche mit meinen Lehrern zu führen. Und ich verbrachte viele Abende bei ihren Berufskollegen, die mir Ratschläge gaben. Ich brauchte das zwar nicht, aber sie fühlten sich danach besser, und ich denke, auf diese Art und Weise habe ich eine kurze praktische Einführung in »Die Probleme und Fragestellungen der modernen psychiatrischen Praxis« bekommen. Im Studium versuchte ich aufzuholen, und Mrs. Christiansen gab mir meine sperrige Facharbeit zu *Ethan Brand* mit einer meiner Meinung nach übertrieben freundlichen guten Bewertung zurück. Meine Noten in diesem letzten Semester waren nicht gerade atemberaubend, aber das Pomona College hatte mich ja bereits angenommen, und ich habe nicht genug Mist gebaut, daß sie sich die Mühe machen wollten, mich zu einem so späten Zeitpunkt noch von der Liste zu streichen. Sarah und ich gingen zusammen zum Abschlußball und tanzten trotzig zu jedem Titel langsam und engumschlungen. Das letzte Mal habe ich Mercy Fuller Cunningham gesehen, als Ling und ich unserem Videoladen im Einkaufszentrum den rituellen Abschiedsbesuch abstatteten. Wir wollten noch einen gigantischen letzten Marathon mit schlechten Filmen machen, und da standen wir also mit unserem Stapel: *Frantic* und *Conan, der Barbar* und *Barbarella*. Und ich hatte gerade das ungeheure Glück gehabt, zufällig *Dschingis Khan* zu finden, mit John Wayne in der Hauptrolle, als Mercy mit irgendeinem Knilch hereinspaziert kommt. Zu diesem Zeitpunkt hatte ich sie schon eine ganze Weile nicht mehr gesehen, weil man mir erlaubt hatte, AP Englisch aufzugeben. Ich nehme an, sie haben befürchtet, daß ich mich vielleicht auf sie stürzen oder ihr Sonette ins Gesicht rezitieren würde oder so, also wollten sie auf Nummer Sicher gehen. Und jetzt erstarrt Mercy da zwischen DRAMA und HORROR, ihr Mund schnappt ein paarmal auf und zu, und ich sage total cool und beinahe weltmännisch: »Suchst du 'nen Film, Mercy?«

»Ja«, erwidert sie.

Also greife ich wahllos eine Kassette von einem Regal auf meiner Seite, gebe sie ihr und sage: »Da, versuch's mal damit.«

Sie nimmt den Film und schaut noch verlegener drein. Der Typ, der wirklich gut aussieht, das muß ich zugeben, und den ich nie vorher gesehen habe, kriegt auch langsam mit, daß ihm ein paar sehr seltsame Vibes um die Ohren fliegen, und ich merke, daß er darüber nachdenkt, ob er bitterböse und komisch oder feindselig und gewalttätig werden soll. Also sage ich: »Viel Spaß. Bis später mal.«

Ling und ich spazieren durch die Kasse, und als wir draußen im Einkaufszentrum stehen, wendet sie sich zu mir.

»Hast du eigentlich gesehen, was du ihr gegeben hast?«

»Nein.«

»Den ersten *King Kong*.«

Wir fangen beide zu lachen an, obwohl der Witz so gut nun auch wieder nicht ist, aber wir rasten völlig aus und verlieren uns in diesem Lachen, bis wir nur noch taumeln und den Leuten im Weg rumtorkeln und so weiter und die Sheriffs langsam auf uns zukommen. Also setzen wir uns auf eine geschwungene Bank und halten uns die Bäuche. Ich gewinne zuerst die Fassung wieder und sitze da und sehe ihr zu, wie sie sich die Brille von den Ohren hakt und sich sorgfältig mit einem zusammengefalteten Taschentuch die Augen trockenwischt. Um uns das Glitzern von Glas und poliertem Stein, anonyme Teenagerhorden und Beton. Ich spüre einen kalten Luftzug im Nacken. Ich sehe Lings dickes Haar ganz klar, ihre breiten Wangenknochen und die kleine Nase, die Falte zwischen ihren Augen. Ich frage:»Ling, wie wirst du eigentlich mit dieser ganzen Scheiße fertig?«

Sie zuckt die Achseln, wirkt ohne ihre Brille sanfter, als ich sie je gesehen habe:»Wasser aus dem Brunnen holen, Holz hacken.«

Ich habe mich seither wieder verliebt, nicht nur einmal, sondern öfter, ganz klar, aber inzwischen habe ich auch gelernt, wie wichtig eine schurkische Ironie ist. Ich umfasse Brüste mit meinen Händen, ich führe sie an die Lippen, aber ich mache das mit einer gewissen schneidigen Kennerschaft. Ich habe gelernt, daß das, was wir wissen, und das, was wir einander erzählen, und das, was wir unserer Meinung nach glauben müssen, rein gar nichts bedeutet. Also vergebe ich den Leuten, oder vielleicht verzeihe ich nur mir selbst. Wenn ich höre: »Versuchter Raubüberfall bei Kroger's«, dann vergebe ich. Wenn ich lese:»Vater tötet Sohn und begeht dann Selbstmord«, erschauere ich und vergebe.»Mutter dreier Kinder mit dem Tod im Bunde« und»Abgeordneter wegen Unterschlagung angeklagt« – ich vergebe ihnen allen. Wenn sie, wenn wir alle unweigerlich jedes Wochenende in Karawanen quer durchs Land ziehen, wenn wir mit unseren Planwagen nach B ziehen, um von A wegzukommen, dann vergebe ich das, wenn sie in ihren Transam-Schlitten mit dem Feuervogel auf der Kühlerhaube an mir vorbeirauschen, wenn ihre Reifen über die Straße zischen und sie die Augen ewig auf den Horizont gerichtet halten.

Als ich aufwachte, stand der Jaguar, zwischen einem offenen Lieferwagen und einem großen schwarzen Motorrad eingequetscht, vor einem niedrigen weißen Gebäude. Ich wuchtete mich aus dem Auto und lehnte mich dagegen und versuchte meine Muskeln aus der Verkrampfung der Nacht zu lösen. Tom saß auf einer niedrigen Mauer, die um den Parkplatz verlief, er hatte die Knie angezogen und paffte an einer Zigarette.

»He da, Majnoon«, rief ich ihm zu.

Er wandte sich mir zu, hielt die Hand mit der Zigarette vors Gesicht. »Was ist, du Arsch?«

»Majnoon«, wiederholte ich verlegen. Das Gebäude barg uns in seinem tiefen Schatten, aber ich konnte die Hitze der Sonne sogar in einiger Entfernung spüren. »Majnoon, das war ein großer Liebender. Wortwörtlich heißt es ›verrückt‹.«

»Was soll die Scheiße?« Aber hinter der Hand lächelte er ein wenig.

Amanda kam auf uns zu und schirmte die Augen mit der Hand ab. »Auf geht's«, rief sie uns zu.

Ich warf die Tür des Jaguars zu, wir trotteten hinter ihr her. In der rechten Hand hielt sie die Brieftasche und in der Linken zwei Schlüssel mit riesigen Messinganhängern. Tom warf mir einen bedeutungsvollen Blick zu. Das Motel war in zwei Halbkreisen angelegt, dazwischen lag struppiger Rasen. Wir gingen über das Gras, und dann blieb Amanda vor einer Tür mit dem Schild »8« stehen und warf Tom einen Schlüssel zu.

»Bis später«, rief sie und nahm mich bei der Hand.

»Tschüs, Majnoon«, sagte ich. Er grinste.

Amanda und ich gingen weiter zur Nummer neun. Drinnen duschte ich als erster, kam, in ein Handtuch gewickelt, heraus, legte mich aufs Bett und wartete auf Amanda. Als sie neben mir unter die Decke schlüpfte und sich eng an mich schmiegte, spürte ich ihren Rücken an meiner Brust und ihr nasses Haar in meinem Gesicht. Ich war schon ein paarmal zwischen Wachen und Traum hin- und hergeglitten. Sie nahm meinen Arm, zog ihn um sich, legte sich meine Hand auf die

Brust, aufs Herz und hielt sie dort fest. So lagen wir eine ganze Weile, und dann schliefen wir ein.

Ich erwachte aus einem anderen Traum – wovon ich geträumt habe, weiß ich nicht mehr –, und da liebten wir uns bereits. Ich zerrte ihr das T-Shirt vom Leib, und sie griff nach unten und fand mich, führte mich in sich ein. Dann bewegten wir uns wie wildgeworden gegeneinander, ihre Fingernägel bohrten sich in meine Schulter und kleine Schreie drangen in mein Ohr. Als wir fertig waren, rollte ich zur Seite, und sie bewegte sich mit mir, ihre Knie klemmten mich noch immer ganz fest und schmerzhaft ein. Wir lagen lange so da, und dann glitten wir auseinander, wie ein Knoten, der sich auflöst. Noch immer war in meinem Herzen ein rasendes, schmerzendes Pulsen, und ich blickte mich im Dunkeln im Zimmer um und versuchte mich darauf zu besinnen, wo ich war. Nun küßten wir uns langsam, und ich streichelte ihren Rücken, bewegte ihre Muskeln sanft unter meinen Fingern. Sie sagte: »Oh, das ist wunderbar.« Schließlich schliefen wir wieder ein und träumten nicht.

Am Morgen saß ich draußen auf den Stufen und trank Cola aus einer roten Dose. Der Himmel verfärbte sich über den Gebäuden, und ganz unten auf der Straße stöckelte eine einsame blonde Frau in Rot auf hohen Absätzen über den Bürgersteig. Die kommt gerade nach Hause, dachte ich, die geht nach Hause.

... jetzt ...

Gestern fand während des Erzählens eine Geburt statt. Man sagt, eine Frau, nicht einmal eine Zuhörerin, sondern eine längst überfällige Schwangere habe auf dem Heimweg vom Krankenhaus kurz innegehalten, um vom anderen Ende des Maidans dem fernen Widerhall der Worte zu lauschen, die so weit weg nur noch teilweise verständlich waren, und habe plötzlich die ersten Wehen verspürt. Man brachte sie ins Krankenhaus zurück, wo sie von gesunden Drillingen entbunden wurde, drei Mädchen. Natürlich ist weder der Name dieser Frau noch der des Krankenhauses bekannt, in das sie gebracht wurde, aber jeder hat irgendeinen Onkel, der jemanden kennt, der ihre Familie kennt. Jetzt soll die ganze Stadt nur so von dieser Neuigkeit widerhallen, und morgen erwarten wir schwangere Frauen aus dem gesamten Bezirk. Bald wird unser Maidan vor Fruchtbarkeit nur so überquellen.

Inzwischen habe ich gesehen, daß Übersetzungen verkauft wurden, vielmehr Nacherzählungen unserer Geschichten in anderen Sprachen, handgeschrieben, von armen Schreibern und Bürokraten im Ruhestand auf billiges buntes Papier kopiert. Diese Geldschinderei schert mich nicht im geringsten, aber Abhay schien ein wenig ungehalten über die Erklärungen und Einschübe, mit denen diese Nacherzähler den Text durchsetzt haben, und er murmelte düster irgend etwas von Urheberrechten.

»Da sind ganze neue Geschichten drin«, sagte er. »Es ist nicht einmal mehr unsere Geschichte, die diese Kerle da verscherbeln.«

»Es war schon in dem Augenblick nicht mehr deine Geschichte, in dem du sie aufgeschrieben hast«, gab ich zu bedenken, erntete damit aber nur einen wütenden Blick. Wir beobachteten, wie die Menge zusammenströmte, mehr Leute als je zuvor. Ich dachte für mich: Bedeutet diese Überfülle Bürde oder Geschenk? Diese Menschenmassen?

Ashok kam durch die Tür herein und brachte mir einen Stapel Zeitungen mit. »Wir werden in allen erwähnt«, meinte er. »Und ich habe mir sagen lassen, daß die Polizei sich auch schon Gedanken macht. Es sei eine nicht genehmigte Zusammenkunft.«

»Spontaner Ausdruck unseres Erfindungsreichtums«, sagte Abhay. »Dagegen gibt es doch bestimmt keine Gesetze.«

»Aber sicher doch«, erwiderte Ashok.

»Ruhig jetzt«, mischte sich Yama ein. »Es wird wieder Zeit.«

Janvi verteidigt ihre Ehre

Während Sikander aufwuchs, machte sich sein Vater, dessen Name Hercules war, insgeheim an die Aufgabe, die Eingeborenen Hindustans vor der ewigen Verdammnis zu retten, die er für ihr unabwendbares Schicksal hielt. Dabei zeigten sich

seine Bemühungen vor allem darin, daß er Missionaren, die
als Händler aus Kalkutta oder als Gelehrte verkleidet durch
Barrackpur zogen, Beistand, Gastfreundschaft und Unterstützung angedeihen ließ. Die Company fürchtete die Unruhe, die sich ihrer Meinung nach aus einer Missionierung
ergeben würde, sowie die Minderung ihrer Profite, die eine
Verletzung der einheimischen Gefühle mit sich bringen
würde, und hatte folglich alle Missionare aus Hindustan verbannt. Und so prallten Sikander, Chotta und Sanjay bei ihren
Versteckspielen oft mit dürren, bleichen Männern zusammen,
die von einer zu gleichen Teilen aus Wut und Stolz zusammengesetzten, säuerlichen Ausdünstung umgeben waren und
alle an einem merkwürdigen Amulett herumnestelten, das
einen blutenden Mann zeigte, der an zwei zu einem Kreuz zu-
sammengefügte Holzbalken genagelt war. Manchmal bellte
einer von Hercules' Gästen, wenn er die Kinder im Haus her-
umtollen sah, ihnen ärgerlich etwas in einer unverständlichen
Sprache hinterher, und dann suchten die drei geschwind in
der Sicherheit des Gartens auf der anderen Seite der Mauer
Zuflucht, in Ram Mohans Reich, wo der Dichter sie auf der
alten Couch um sich scharte und ihnen irgendeine vertraute
Geschichte von lustigen Dämonen, armen Brahmanen und
selbstlosen, sanften Helden erzählte. Manchmal kam auch
Chottas und Sikanders Mutter herübergeklettert, setzte ihre
Füße in die gut ausgetretenen Vertiefungen in der Mauer.
Obwohl Hercules Sanjays Vater bei Hof nur gerade eben
höflich behandelte und sich wenig Mühe gab, seine Verach-
tung für indische Dichter im allgemeinen zu verbergen, erlaubte er doch seiner Frau und seinen Söhnen diesen einen
Kontakt mit den Eingeborenen, solange er streng inoffiziell
blieb und nur über die Gärten hinter dem Haus, über die
Gartenmauer hinweg stattfand.

So kam Sikanders Mutter und übernahm das Erzählen,
und dann wurden die Geschichten unweigerlich viel rauhbei-
niger, wimmelten nur so von Rajput-Kriegern, die ganz beiläufig ungeheure Tapferkeit und selbstverständliche Ritterlichkeit an den Tag legten. Sie und Ram Mohan wechselten
einander ab, lächelten einander an. Zuerst kam: »Es war einmal ein armer Schüler, ein Brahmane, der sich in eine wun-

derschöne Prinzessin verliebte ...« und dann »Eines Tages nahm Rana Saga von den achtundachtzig Wunden eine Edelfrau, die Frau eines Moguls, gefangen ...« Am Spätnachmittag erschien gewöhnlich Sanjays Vater erhitzt und schweißüberströmt, gefolgt von seiner Frau, und die beiden nahmen Sanjay zwischen sich, während der Vater eine schwungvolle Ballade vortrug, die er für den Raja geschrieben hatte. »Eine Kurtisane in Lucknow, dereinst sie erkannte/Wie dort ein Soldat seinen Bogen spannte ...«

Aber eines Tages, als Sanjay so alt war, daß seine Eltern über sein Upnayana nachdachten, als sich sein Kopf auf der Höhe des väterlichen Nabels befand, eines Tages strichen Chotta und er durch Hercules' Haus und versteckten sich vor Sikander. Sie krochen seitlich über einen Balkon und lauschten auf die gelegentlich hörbaren Schritte ihres Verfolgers, vernahmen statt dessen eine ferne Stimme, die in der vertrauten, aber größtenteils unverständlichen Sprache der Firangis redete. Durch ihr häufiges Abgleiten in ein verzerrtes Jaulen und allein durch ihre Lautstärke vermochte die Stimme jedoch den Eindruck äußerst intensiven Abscheus und größten Ekels zu vermitteln. Sanjay hörte aufmerksam zu und verstand kein Wort. Sikander und Chotta verschwanden jeden Morgen für anderthalb Stunden in den vorderen Gefilden des Hauses: Sie nannten das »Angrezi mit Hercules« – ihr Vater setzte sie auf zwei identische Schemel und drillte sie in den merkwürdigen Tönen und seltsamen Wendungen seiner Muttersprache. Sie schienen beide diese täglichen Begegnungen mit ihrem Vater als eine der eher unangenehmen, aber unausweichlichen Prüfungen des Lebens zu betrachten und weigerten sich, sehr zu Sanjays Unmut, ihren Unterricht mit ihm zu besprechen oder gar ihre Kenntnisse des Englischen an ihn weiterzugeben. Sie sagten immer: »Uns hat das heute morgen schon gereicht.«

Sanjay setzte sich auf, um besser lauschen zu können. Die Stimme fuhr fort: »Die Menschen in Indien brauchen unsere Hilfe nicht, um Regeln für zwischenmenschliches Verhalten und den Umgang mit Eigentum zu bekommen. Genau wie das Christentum hat die indische Theologie ihr eigenes Gottesbild und ebenso erhabene Moralvorstellungen hervorgebracht.« Chotta zupfte ihn verzweifelt am Arm: Aus dem Zimmer neben dem Balkon waren die unverkennbaren, beinahe (außer für Chotta, der die Ohren und überhaupt die Sinne eines wachen Tieres hatte) unhörbaren Schritte schleichender, sorgfältiger, vorsichtiger Füße zu vernehmen. Sanjay blickte wild um sich, aber die einzige Tür des Balkons führte geradewegs in die Arme des sich anpirschenden Freundes. Es schien, als müsse Gefangennahme und Schmach ihr Schicksal sein. Aber da kletterte Chotta hinter Sanjay, zog sich hoch und hatte sich im nächsten Augenblick schon über das Geländer des Balkons auf den schmalen Sims draußen fallen lassen. Sanjay folgte ihm, schwang ein Bein über die Brüstung, hielt dann aber inne und blickte in den Abgrund. Kalt und rauh lag der Stein zwischen seinen Schenkeln, alle Kraft war ihm aus den Gliedmaßen gewichen. Chotta zupfte ihn am Zeh. Dann holte Sanjay tief Luft und stieg auf den Sims hinaus, krabbelte auf allen vieren hinter Chotta her über den schmalen Steinvorsprung, bewegte sich auf die Stimme zu, die inzwischen von der Wut in eine höhere Tonlage getrieben worden war: »Jeder Bericht über die hochentwickelte Zivilisation Indiens und über die wunderbaren Fortschritte, die seine Einwohner in den schönen Künsten und nützlichen Wissenschaften gemacht haben, muß sich unweigerlich darauf auswirken, wie sich die Europäer diesem Volk gegenüber verhalten. Es muß uns klar sein, daß England, sollte Zivilisation je ein Handelsartikel werden, großen Nutzen aus importierten Gütern dieser Art ziehen könnte.« Chotta und Sanjay krochen um eine Ecke. Nun war der Sprecher auch zu sehen: Ein hoch aufgeschossener Mann in einem schwarzen Gehrock, rothaarig, mit seltsam schmalen und hervorstehenden Zähnen und mit weißer, sommersprossiger Haut, die jetzt mit blutdunklen Flecken übersät war, rang nach Luft und hielt ein Bündel gelbes Papier in der linken Hand.

Neben ihm stand der beleibte Hercules mit zurückgeworfenem Kopf und trug den üblichen hochnäsigen Stolz zur Schau. Um sie herum saßen in Korbsesseln andere schwarzgekleidete Männer und hörten respektvoll und mit vor Gedanken und Sorgen gefurchter Stirn zu, hielten die Fingerspitzen vor dem Kinn gegeneinander gelegt. Der Rothaarige holte tief Luft, schien zum Sprechen anzusetzen, und Sanjay packte Chottas Dhoti, um ihn am Weiterkrabbeln zu hindern. »Und schließlich, meine lieben Freunde«, fuhr der Mann fort, »sagt der Schurke noch – und es fehlt mir fast der Mut, die schiere Unverfrorenheit, dies vor einer Versammlung gottesfürchtiger Männer zu verlesen –, also schließlich sagt er …!« Er blickte auf das Papier herab, biß die Zähne zusammen, warf den Kopf zurück und blickte wie um Hilfe heischend gen Himmel, dann ruckartig wieder auf das Geschriebene, leckte sich die Lippen und sprach schließlich mit hervorquellenden Augen: »Er sagt folgendes. Ich zitiere: ›Die Menschen Indiens sind ein nüchternes, stilles und fleißiges Volk, und die Verbreitung des Christentums in diesem Land ist weder wünschenswert noch durchführbar.‹«

Hercules und die anderen Männer antworteten ihm mit einem Chor aus ungläubigen Staunenslauten und entsetzten Seufzern. Chotta über ihnen zitterte und bebte, er war aufmerksam und angespannt wie ein Mungo. Sikander kam aufrecht und mit auf Chotta und Sanjay gehefteten Augen um die Ecke, leicht und zielsicher setzte er die Füße auf die Mitte der Brüstung, sein Körper entspannte sich, ein schnelles, siegesgewisses Lächeln stahl sich auf sein Gesicht, den rechten Arm hatte er schon zum Abschlagen ausgestreckt. Sanjay hatte sich umgewandt und folgte Chottas Blick, und jetzt stemmten sich Chottas Beine gegen seinen Rücken (von unten wandten sich die ersten Köpfe zu ihnen herauf), und während Sanjay vor der berührungsgierigen Hand zurückwich (schließlich kannte er ihre verletzende Stärke), schaffte er es noch inmitten dieser wilden Anstrengung, einen Augenblick lang Sikander um seinen leichtfüßigen Stand und seine Anmut zu beneiden und sich selbst wegen seiner plumpen, nutzlosen Beine zu verfluchen, sich Körperkräfte zu wünschen anstelle seiner frühreifen und völlig unprofitablen Fertigkeiten im Schreiben (mit zwei kannte er das Alphabet und mit viereinhalb die Freuden eines Verses, der sich beinahe von selbst in einen Reim fügt), aber dann wurde ihm schlagartig der Mangel an Stütze unter seinem Hinterteil bewußt, die massive, unaufhörliche Forderung der Schwerkraft. Ein Ausdruck nachdenklicher Konzentration trat auf sein Gesicht, eine Andeutung dieses Was-ist-dieses-Nichts-unter-meinem-Hintern, während er hintenüber fiel und mit den Knöcheln über den Stein schabte, während sich die Welt auf den Kopf drehte, während alle Dinge des Bodens – die Blätter, die Grashalme, die Sandkörner und noch etwas, zwei Erhebungen – immer größer und größer wurden. Und dann ein Augenblick des Lichtes:

Yama ist ein glücklicher Gott. Ruinen säen sich in der Erde aus, die Ernte besteht aus Ranken, die aus dem Boden durch unsere Fußsohlen hindurch hervorbrechen. Ohne unser Wissen setzen sie sich in uns fest.

Über Tausende von Jahren hinweg kreisen Milane am Himmel, halten sorgfältig nach jeder kleinsten Staubfahne unten Ausschau. Jeder ist zugleich Fresser und Gefressener. Die Felsen erbeben, weiten sich aus, ziehen sich zusammen, bis sie bersten. Schlangen lassen ihre Schätze im Untergrund zurück, sie werfen unter der Sonne ihre trockenen Häute ab, Gestalten eines früheren Ichs, zerbrechliche Geschichte, die zu zerbröckeln beginnt, sobald sie Form angenommen hat.

Lärmend ziehen die Mächtigen vorüber, aber der Regen erstickt sogar diesen Laut. Flüsse schwellen an, und die aufgedunsenen Kadaver der Löwen tanzen wie Kinderspielzeuge an der Oberfläche, aufgeweicht und bereit für das Chirurgengeschick der Geier. Denkmäler sind mit Schlamm verkrustet, Fenster mit Lehm und Asche versiegelt. Wenn die Wasser weichen, bringen die Bauern eine gute Ernte ein.

Droben ist tot, wer die Geister nicht sehen kann. Die Anziehungskraft des kalten, kurz aufblitzenden Glanzes von Städten am Meeresboden, das Zischen der Wächter, all das treibt uns voran. Sogar die, die uns zurückweisen, sind Getriebene: Mit jedem Bissen verschlingen sie hundert Jahre, eine Million Tote. Was geheiligt ist, kann nicht Geschichte sein, aber die Erinnerung (die Grimasse des Affen, das Gähnen des Haies) ist göttlich.

Als Sanjay das Bewußtsein wiedererlangte, hatte er zwei Löcher im Kopf, die in harmonischem Abstand auf seiner Stirne angeordnet waren, und die Menschen begannen, ihm Geheimnisse anzuvertrauen. Später kam er zu dem Schluß, dies könnte vielleicht daran gelegen haben, daß die Löcher irgendwie an ein zusätzliches Augenpaar erinnerten, daß die Leute sich wohl deswegen zu Geständnissen getrieben gesehen hätten, vielleicht aber auch wegen seines ständig leicht schmerzverzerrten Gesichtsausdrucks, der auf eine frühreife Weisheit hinzudeuten schien (und natürlich auf Frömmigkeit und Heiligkeit schließen ließ), aber tatsächlich von seiner Doppelsichtigkeit stammte, daher, daß er alles zweimal sah. Unter Umständen war es aber auch die Art und Weise, wie er sich die Verletzung zugezogen hatte. Als Ram Mohan ihm erzählte, daß er auf den Dreizack des Shiva gefallen war, hatte er sich zunächst gefragt, ob sich sein Onkel wieder einmal eine komplizierte Metapher ausgedacht hatte, aber es war wirklich und wahrhaftig so gewesen: Die Verletzung stammte von zwei Spitzen, die aus dem Boden ragten. Bei näherer Untersuchung und nach einigen Ausgrabungen fand man zunächst einen Dreizack, dessen mittlere Zacke unten abgebrochen war, und dann den tanzenden Gott selbst. Als Sanjay allein war, fragte er sich, wie lange Shiva sich wohl mit erhobener rechter Hand unter der Erde versteckt hatte: zehn Jahre, hundert, tausend? Aber jetzt war er wieder aufgetaucht und hatte mit der Art seines Kommens Sanjay berühmt gemacht: den Jungen, der den Gott wiedergebracht hatte. Ein endloser Strom von Besuchern erschien im Haus und bekundete Mitgefühl und drückte Verwunderung über seine Errettung aus, über seine Widerstandsfähigkeit gegen diesen Doppelangriff auf sein Hirn.

Der erste Besucher, an den sich Sanjay erinnerte, der erste, bei dem er im Kopf klar genug war, um ihn zu erkennen, war Hercules – es war das erstemal in all den Jahren der Nachbarschaft mit den Parashers, daß sich Sikanders Vater herabließ, den Brahmanen-Haushalt zu besuchen. Er erschien im vollen Glanze seiner Uniform, in leuchtendem Rot und Grün, und er hatte seine beiden Söhne im Gefolge. Viel später erinnerte sich Sanjay an die pedantische Biegung des Handgelenks, mit der Hercules die Rockschöße hochwarf, ehe er sich vorsichtig auf den einzigen Stuhl im Stile der Angrez setzte, den es im Haushalt der Familie Parasher gab. Er erinnerte sich auch daran, wie Hercules mit hochgezogenen Augenbrauen auf die Wandgemälde und die farbenfrohen Muster auf der Bettdecke starrte und dann Sanjays Vater lange und sorgfältig beäugte. Der stand am Fuße des kleinen Bettes, zuckte ein wenig unter diesem prüfenden Blick zusammen, wollte aber seinen Sohn nur ungern mit dem Soldaten allein lassen. Aber schließlich beugte sich Hercules zu Sikander hinab, der Arun etwas zuflüsterte, und dann verließen die drei – Arun, Sikander und Chotta – den Raum. Während sie gingen, sprach Hercules ein paar Worte in seinem gebrochenen Urdu, stolperte oft genug über Konsonanten, um ein kleines, amüsiertes Zucken auf Aruns Gesicht zu zaubern, worauf Hercules resolut zur englischen Sprache überging und vielleicht ein wenig lauter als nötig redete. Als er die englischen Klänge vernahm, versuchte Sanjay den Kopf zu heben, kämpfte gegen den Schwindel an, der sich aus dem Zweifachbild der Welt in seinem Kopf ergab, aus der Verdopplung – gegenwärtig von Hercules –, die ihn für einen großen Teil seines Lebens quälen würde.

»Meine Söhne waren zweifellos ursächlich in die Entstehung deines gegenwärtigen Zustandes verwickelt, mein Junge«, sagte Hercules. Er beugte sich vor und ergriff Sanjays Hand. »Aber man könnte auch mit einiger Gewißheit sagen, daß dich dein unglückseliges Land angegriffen hat, denn es hat sich ja einer jener alten Götzen, die dein schlichtes Volk nun schon seit Urzeiten unterdrücken und demütigen, aus dem Erdreich nach oben gewühlt und dir seine Waffe in die Stirn gebohrt.«

»Einen Augenblick mal«, warf einer der Sadhus ein. »Nur einen Augenblick.«

»Hast du Zweifel?« fragte Sandeep.

»Aber ja. Wir können doch an diesem Punkt der Entwicklung mit Sicherheit annehmen, daß Sanjay kein Englisch spricht, oder?«

»Das brauchen wir gar nicht anzunehmen. Ich habe meiner Geschichtenerzählerin im Wald die gleiche Frage gestellt, und sie hat mir geantwortet, daß Sanjay kein Englisch verstand.«

»Wieso scheint er dann zu verstehen, was Hercules sagt? Warum hören *wir*, was Hercules sagt?«

»Weil Sanjay es hört.«

»Aber du hast doch gerade gesagt ...«

»Sanjay hört es, und es ist sein Segen oder seine Kraft, daß er, auch wenn er nicht versteht, was gesagt wird, doch jedes Wort, jeden Klang kristallklar und von allen anderen unterschieden hört. Ihr mögt sagen, daß er mit dem Fluch geschlagen ist, nicht einfach nur Geräusche wahrzunehmen, daß ihm die Gabe verliehen oder vielmehr die zwingende Aufgabe übertragen wurde, einer Sprache ganz intensiv zu lauschen. Als er also Hercules sprechen hörte, vernahm er nicht das wirre Geplapper, als das den meisten von uns eine fremde Sprache erscheint, sondern eine Reihe scharf voneinander abgegrenzter, geschliffener, vollständiger Dinge, die keinerlei Bedeutung hatten, denen aber eine innere Vollständigkeit und Schönheit anhaftete. Und später konnte er sich an diese Dinge oder Wörter erinnern. Als er nach vielen Jahren die mit den Symbolen verknüpfte Bedeutung lernte, war er in der Lage, das zu verstehen, was Hercules an jenem Nachmittag gesagt hatte, vielmehr, was die von ihm geäußerten Laute bedeuteten.«

»Ist ja alles schön und gut, aber für meinen Geschmack etwas zu spitzfindig«, brummte der Sadhu. »Doch wir müssen wohl, nehme ich an, unseren Geschichtenerzählern ein bißchen Freiraum gewähren.«

»Spitzfindig ist wohl kaum das richtige Wort«, erwiderte Sandeep. »Es ist von der Struktur her notwendig – wenn Sikander der Tapfere ist und Chotta unbeschadet Gift trinken kann, dann ist es notwendig, daß Sanjay Sprache hören kann.«

»Wirklich?« meinte der Sadhu. »Mir erscheint das kaum sinnvoll.«

»Hör zu«, fuhr Sandeep fort. »Tatsächlich hat Sanjay noch mehr zu bieten, denn er weiß Dinge, die man ihm nie beigebracht hat ...«

»Das ist völlig akzeptabel«, sagte der Sadhu. »Wir haben alle schon von Mozart und seinen im Alter von viereinhalb Jahren komponierten Sinfonien gehört, aber diese andere Geschichte, also weißt du ...«

»Können wir jetzt vielleicht weitermachen?« fragte ein anderer Sadhu, ein junger Mann mit der nervösen Angewohnheit, sich immer mit dem angewinkelten Zeigefinger auf die Fußsohle zu klopfen. »Ich möchte wissen, was Hercules will.« »Na gut, na gut«, sagte Sandeep. »Hört gut zu ...«

»Man könnte mit einiger Gewißheit sagen, daß dich dein unglückseliges Land angegriffen hat, denn es hat sich ja einer jener alten Götzen, die dein schlichtes Volk nun schon seit Urzeiten unterdrücken und demütigen, aus dem Erdreich nach oben gewühlt und dir seine Waffe in die Stirn gebohrt«, sagte Hercules. »Ach, mein Junge, es ist ein Kreuz, daß du nicht verstehst, noch nicht jedenfalls, wie sich in deinem Unglücksfall die Hand des Schicksals zeigen kann. Denn in den fähigen Händen von Reverend Sarthey wird aus deiner Geschichte ein Werkzeug, ein überzeugender Balsam, und sie wird auf die Christenheit Europas eine wundersame Wirkung haben, wird die Geldbörsen lockerer sitzen lassen und eine politische Aktion in Bewegung setzen, die auf die Korrektur der unglückseligen Politik der Company dringt, damit wir auch deinen Landsleuten das Wort Gottes bringen können. Der gute Reverend wird jenes furchtbare Götzenbild mit seinem Schlangenhalsband, dem Tigerfell und der ekstatischen Pose mit sich führen, er wird damit durch ganz England ziehen, durch alle Dörfer und kleinen Städte, wird die Abgründe der Erniedrigung aufzeigen, durch die sich die sogenannte Theologie des Hindu auszeichnet, jene Ansammlung von Wüstheit, Unterdrückung, Aberglauben und Wahnwitz, die sich als Religion maskiert. Er wird deine Geschichte erzählen und auf dich als ein Symbol hinweisen. Du darfst also nicht verzweifeln. Dein Leiden hat einen Zweck, einen Sinn – durch deine Verletzung hast du die Verderbnis aufgezeigt, die sich unter der Oberfläche dessen versteckt, was hier Zivilisation genannt wird, die Dämonen, die unter der Patina der weibischen Gespräche und dekadenten Künste lauern. Du bist auserwählt. Frohlocke.«

Hercules sprang unvermittelt von seinem Stuhl hoch und verließ den Raum (als er den Vorhang an der Tür zurückzog, füllte das hereinströmende Licht Sanjays Kopf mit schmerzhaften, grellen Kreisen). Erschöpft ließ Sanjay den Kopf zurücksinken und lauschte auf die Stimmen draußen – die

Stimmen von Hercules und Sikander und von seinem Vater. Wegen der Entfernung und des schallschluckenden Tuches dazwischen lauschte er vergebens, aber dennoch vermittelten ihm der Klang der Stimmen, ihr Rhythmus und ihre Tonhöhe ein wenig von der vorsichtig abwartenden Angespanntheit des Gespräches. Er schloß die Augen, um noch besser zuhören zu können. Weiter entfernt spürte er die Gegenwart seiner Mutter (schlurfende Schritte, nasales, leicht feuchtes Atmen), seines Onkels Ram Mohan (das Knacken von Knochen in einem Gelenk, häufiges Schlucken) und von Sikanders Mutter (kaum Hörbares, was war es?). Die drei kamen durch die Tür herein, hockten sich zusammen, schoben den roten Vorhang leicht zur Seite.

»Ist er weg?« flüsterte Sikanders Mutter. »Ist er weg?«

»Ich kann ihn draußen noch hören«, erwiderte Ram Mohan.

»Was hat er von dir gewollt?« fragte Sanjays Mutter und strich ihm mit der flachen Hand über die Wange. Er zwinkerte, versuchte, ihre beiden parallelen Abbilder miteinander zu verschmelzen. Tränen rollten langsam über ihre Wangen. »O Kind. O Kind.«

Sanjay grunzte, ein Muskel zog sich in seinem Hals zusammen, bewegte sich auf und ab, versuchte Worte nach oben zu stoßen. Er konnte die Worte sehen, die Form, die sie annehmen würden, konnte sie fühlen, konnte die Emotionen spüren, die jedes von ihnen tragen würde, aber trotz all der keuchenden Konzentration, die er darauf verwendete, schlackerte ihm doch die Zunge nur lose im Hals, war nicht zu beherrschen. Er riß sich zusammen und unternahm noch einen Versuch – die anderen beobachteten ihn traurig, aber ermunternd –, Speichel rann ihm übers Kinn. Er schluckte (Ram Mohan streckte die Hand aus und wischte), preßte die Lippen zusammen, konzentrierte die allerletzte Faser seines Wesens auf sein Gesicht (auf Lippen, Nasen, Augen und Kinn), ließ dann locker, und ein Wort kam heraus: »Mmmmm-Mah.« Seine Mutter, die neben dem Bett kniete, senkte ihren Kopf auf seine Brust und weinte, daß ihre Schultern bebten (aber darüber schwebte noch das andere Bild, tat es ihr gleich). Dann kam Sanjays Vater herein, gefolgt von Sikander und Chotta.

»Er will, daß ich ihm die Veden gebe«, sagte Arun und fuchtelte wütend mit den Händen. »Deswegen ist er in Wahrheit gekommen, wegen der Veden und der Gita.«

»Was meinst du damit, ihm die Veden geben?« fragte Ram Mohan. »Wie kannst du irgend jemandem Dahergelaufenem die Veden geben?«

»Das hat er gesagt. Es wohnt ein Mann bei ihm, ein Engländer mit roten Haaren, irgendein Sartha oder Partha oder so ...«

»Sarthi«, meinte Janvi.

»Genau der«, erwiderte Arun. »Und der soll Gelehrter oder Lehrer oder so etwas sein, hat er das nicht gesagt, Sikander?«

»Das stimmt, Onkel«, antwortete Sikander. »Er hat mir gesagt, daß ich übersetzen soll. Und er hat gesagt, daß Sarthi ein Gelehrter ist, der die Veden studieren will – nur daß er sie Beden genannt hat –, und daß der Onkel sie ihm geben soll.«

»Gib ihm bloß nichts«, warnte Janvi.

»Aber wie soll ich das machen?« fragte Arun. »Oh, er war sehr höflich, aus Mitgefühl mit unserem Kind ist er gekommen. Als er mit mir gesprochen hat, da war das eine Bitte, aber er wußte und ich wußte: Man erwartet von mir, daß ich ihm gebe, was immer er verlangt. ›Wenn Ihr so freundlich sein könntet, meinem Freund das Nötige zur Verfügung zu stellen ...‹ So hat er es formuliert, nicht wahr, Sikander? Und wie er mich dabei angesehen hat! Stand breitbeinig da in meinem Haus, als wüßte er nur zu gut, wer hier der wahre Herr ist. Wie sollen wir da nein sagen?«

»Die Veden sind für die Zweimalgeborenen bestimmt«, sagte Janvi. »Und sie sind nicht zweimalgeboren.«

»Die Wahrheit ist, daß, wer immer die Macht hat, die Veden zu nehmen, sie auch nimmt, ganz gleich, ob er zweimal oder dreimal geboren wurde«, meinte Arun.

»Macht hat nichts damit zu tun«, erwiderte Janvi, und ihre Stimme wurde lauter. »Sagt nein.«

»Die Mächtigen, das sind die Zweimalgeborenen«, sagte Ram Mohan sehr leise, »und sie nehmen sich alles.« Janvi blickte ihn verdutzt an und senkte den Kopf.

»Jetzt sind sie die Mächtigen«, meinte Arun. »Der Raja

verläßt sich in allem auf ihn. Ihre Beauftragten, die Männer der Company, kontrollieren jedes Handelsgut, das wir irgendwohin schicken, jede Ware, die ins Land kommt. Sie haben ein Monopol für alles. Und deswegen richtet sich der Raja nach ihm. Und dieser Mann erscheint nun in meinem Haus und teilt mir mit, er will die Veden haben, er braucht die Gita, ich muß sie ihm geben. Würde der auf dich hören?«

»Nein«, antwortete Janvi. »Und ich würde ihm auch nichts sagen.«

»Dann müssen wir etwas finden, das wir ihm geben können.«

»Er hat bereits meine Töchter. Und er will nun auch meine Söhne haben. Wieviel müssen wir ihm noch geben?«

»Die Frage ist, mit wieviel er zufrieden ist«, meinte Arun. »Ich weiß wirklich nicht, was ich tun soll.«

»Unser Sohn ist krank, und er erscheint in unserem Haus und stellt Forderungen«, ließ sich Shanti Devi vernehmen. »Was ist das bloß für ein Mensch?«

Sanjay hatte wieder seine ganze Körperkraft zusammengeballt, und diesmal brachte er zwei ganze, schwere Silben über die Lippen: »Ve-dah … Ve-dah …« Damit wollte er ihnen mitteilen, sie sollten einen Tausch vorschlagen – die heiligen Bücher (wenn sie denn übergeben werden mußten) gegen die heiligen Bücher der Firangis, eine Sprache gegen die andere, ein Geheimnis gegen das andere, im Dialog, aber seine Verletzungen – wund, nässend – verhinderten diesen Vorschlag. Also hielt man die Äußerung, die er zustandebrachte, irrtümlich für frühreifes Interesse an theologischen Studien.

»Ich bringe sie dir bei«, sagte Ram Mohan. »Ich bringe dir alles bei.«

»Du bringst ihm alles bei«, sagte Arun. »Ja, hier in diesem Zimmer bei den Frauen ist alles in schönster Ordnung, aber da draußen, bei Hof, da habe ich ihn im Nacken. Was soll ich machen? Ich muß ihm geben, was er verlangt. Und ich weiß nicht einmal, wo ich ein Exemplar auch nur von einem der Veden herbekommen soll.«

»Kämpfe gegen ihn«, sagte Janvi.

»Wie?«

»Oh, erfinde irgendwas, kannst du das nicht?« sagte Shanti

Devi und wischte sich das Gesicht mit einem Zipfel ihres Saris ab. »Das kannst du doch so gut.«

»Sag ihm, daß wir nach den Veden ausgeschickt haben«, schlug Ram Mohan vor.

»Ja, das sage ich ihm«, erwiderte Arun. »Aber schließlich müssen wir ihm etwas geben, irgend etwas.«

»Ich erinnere mich«, sagte Ram Mohan. »Ich kann den größten Teil auswendig hersagen, na ja, einiges, zumindest einiges.«

»Wirklich?«

»Ich habe es von meinem Vater gelernt, und es war das einzige, was ich wirklich gut konnte.«

»Also, dann rezitierst du. Aber wer schreibt auf?«

Da ließ Sanjay ein wütendes Grollen vernehmen und schlug auf dem Bett wie wild mit Händen und Füßen um sich. Die anderen betrachteten ihn ein wenig verschreckt, bis Ram Mohan sich die Hand vor den Mund schlug und sagte: »Natürlich, mein Kind, du wirst alles niederschreiben. Wer sonst?« Er wandte sich den anderen zu. »Wer sonst? Er hat schreiben gelernt, ohne daß es ihm jemand beigebracht hat, er beherrscht Sanskrit ohne eine einzige Unterrichtsstunde. Wie und warum, das haben wir uns oft gefragt, vielleicht nur zu diesem einen Zweck. Ich werde rezitieren, und er wird es niederschreiben.«

Und so schrieb Sanjay alles nieder. Aber ehe dies geschehen konnte, mußte erst noch seine Initiation stattfinden, denn natürlich durfte nur ein Zweimalgeborener die Veden studieren. Also schor man ihm, noch ehe er sich aus dem Bett erheben konnte, den Schädel, und Sikander und Chotta schleppten sein Bett über den Hof, wo er an die versammelten Brahmanen und Anverwandten die rituelle Bitte um Almosen richtete, dann in eine Hirschhaut gewickelt und der Hitze und Dunkelheit ausgesetzt wurde.

Zunächst lag er ziemlich ruhig da, freute sich an der weichen, feinkörnigen Beschaffenheit des Leders, aber bald bemerkte er, wie ein schwacher Lichtschein sichtbar wurde, wieder verschwand, dann am Rande seines Gesichtsfeldes tanzte. Er wandte den Kopf ein wenig, und das Licht war weg, nur um sich gleich wieder am anderen Rande neu zu bilden. Dies-

mal vermied er sorgfältig, hinzuschauen. Und bald schon löste es sich vollends auf, die Ecken verschoben und härteten
sich, bis er die Gestalt eines riesigen Fisches ausmachen
konnte, dessen Größe sich am gemächlichen Auf und Ab seines Körpers und seinen langsamen Bewegungen ermessen
ließ. Der Fisch schien näher zu kommen, und Sanjay verspürte, wie ihn langsam Panik ergriff, als plötzlich die Umrisse der Gestalt in sich zusammenfielen, sich zusammenzo-
gen und wieder weiteten und dann einen weißen, borstigen
Eber entstehen ließen, der mit den Füßen scharrte. Sanjay
versuchte krampfhaft, sich das Leder vom Kopf zu zerren,
kam keuchend, hustend und wild fuchtelnd zum Vorschein,
im grellen Sonnenlicht, das er freudig begrüßte, obwohl sich
seine Augen mit Tränen füllten. Seine Anverwandten scharten sich um ihn. Ram Mohan gluckste leise, ließ die Hand über
die glatte, weiche Tierhaut gleiten, berührte sogar die dünne,
perlengleiche Wundmembran an Sanjays Stirn, linderte den
Schmerz mit seiner zarten Hand.

Als Sanjay sich beruhigt hatte, trug Ram Mohan ihn zum
geheiligten Feuer, barg ihn eng an der altersschlaffen Brust.
Er trieb die Priester zu großer Eile bei der Zeremonie an,
legte Sanjay schließlich die neunfädige Schnurschlinge um
den Kopf, zog sie unter einer Schulter hindurch (während die
Brahmanen sangen) und sprach dabei: »Nun trittst du in
diese Welt ein, jetzt ist die Welt die deine.« Sanjay fuhr bei
einem plötzlichen Aufflackern des Feuers zusammen, als das
Ghee von den Fingern des Priesters tropfte. Durch die sprü-
henden Funken und die hitzeflimmernde Luft hindurch sah
er Chotta und Sikander leicht schwitzend und mit hingerisse-
nen Mienen dasitzen und mit festem Blick in die Flammen
starren, auf das Bröckeln des Holzes, auf die komplizierten
Muster aus Glut und Flammen (wie lebendige Städte, die
man von weitem betrachtet). Sie schienen die mögliche Zer-
störungskraft des Feuers zu bedenken: Was essen die Götter?
Was geht verloren? Was wird geläutert?

Er scheint im Morgengrauen wie das Sonnenlicht,
Verwandelt diese Opfer, so wie Priester
sich in ihrer Meditation verändern.

256

Agni, der Gott, dem alle Geschlechter wohlbekannt sind,
Besucht nun die Götter als Bote, höchst hilfreich.

Mit diesem Vers begann Ram Mohan sein Diktat der Veden.
Zunächst überprüfte er Sanjays Niederschrift oft, stellte aber
zu seiner nicht geringen Genugtuung fest, daß sein Schreiber
übernatürliche Genauigkeit an den Tag legte, und konzentrierte sich nun darauf, in die Erinnerung zurückzuholen, was
er nur konnte: Stücke aus dem Rig und dem Yayur, Fragmente des Sama, eine Sloka oder zwei aus der Katha-Upa-
nishade. Ein Wort oder Satz aus den Veden erinnerte ihn
dann vielleicht an einen Vers von Kalidasa, und also rezitierte er – eher zur Erbauung seines Neffen als zum Nutzen
des Engländers – einen oder zwei Verse über den prasselnden
Regen oder den elefantengleichen Gang der Geliebten.

Sanjay saß da, über das Palmblatt gebeugt, ließ seine
Schreibhand tanzen, erfand ausgeklügelte Schwünge und rituelle Aufstriche für seine Tinte, verschnörkelten Zierat für
die einzelnen Personen, nur um ein wenig Zeit zu schinden,
um sich die geringste Möglichkeit zum Nachdenken, zum
Verstehen zu verschaffen. Yajnavalkya? Svetaketu? Wer waren diese jungen Männer? Nachiketas? Aber er hatte kaum
Zeit, eine Zeile niederzuschreiben, da war Ram Mohan
schon (zufrieden lächelnd) mit der nächsten bereit. Gegen
Ende des Morgens tauchten Sikander und Chotta auf, lun-
gerten ungeduldig herum, wurden des Wortschwalls schnell
überdrüssig.

Die Arbeiten des Morgens waren jedoch nicht offiziell vorüber, ehe nicht Sanjays und Sikanders Mütter erschienen und
Paan, Attar und andere Erfrischungen brachten. Dann ergriffen die Knaben die Flucht, wobei die Brüder Sanjay zwischen
sich stützten, der seines Weges taumelte, weil sein Gleichgewicht noch immer etwas schwankend war und sein Fortkom-
men (wenn er allein unterwegs war) oft dadurch erschwert
wurde, daß er dazu neigte, mit Gegenständen zusammenzustoßen – denn bei der Entschlüsselung seiner doppelten Welt
machte er oft Fehler hinsichtlich der Entscheidung darüber,
was wirklich war und was nicht. Bei ihren Spielen war er gewöhnlich der reiche Händler und die anderen die Räuber,

oder er war der mächtige, aber seßhafte König und sie die schneidigen Reitersmänner. An einem dieser Nachmittage, dem Nachmittag, nachdem Sanjay die Geschichte von Nachiketas niedergeschrieben hatte, war er als Wachtposten vor einem großen Schatz eingesetzt, während die beiden anderen auf der Suche nach dem verborgenen Schlüssel Abenteuer bestanden. Er saß in einem Hain, der sich in einiger Entfernung von ihrem Zuhause befand, unter einem Baum neben einem Nullah, in dem Tiere auf Knien im trockenen Flußbett nach Wasser gruben. Er saß auf einer kleinen Erhebung – Eingang zu einem unterirdischen Gang, dessen Wände mit kostbaren Juwelen bedeckt waren und wo die schlangengleichen Naga-Könige zischten – und wünschte sich nichts sehnlicher, als daß seine Doppelsichtigkeit ihm zum Ausgleich wenigstens ein erweitertes Sichtfeld bescheren würde anstelle von nur zwei Fassungen der gleichen Sehwahrnehmung nebeneinander. Die Fähigkeit, gleichzeitig Kommen und Gehen, Vorne und Hinten zu sehen, wäre ein großer Vorteil bei den Spielen mit Sikander und Chotta gewesen, die sich langsam und leise bewegten, die über die trockenen Blätter und spröden Zweige des Sommers zu schweben schienen, die urplötzlich auftauchten und zum Schlag gegen Sanjays Nacken ausholten (»Oh, Sanjay, du schielst nicht nur, du bist auch noch taub!« – »Aus dir wird nie ein Wachtposten in einem Regiment meines Vaters, du hast ja Knöpfe statt Augen!«).

An jenem Tag schreckte Sanjay hoch, weil Sikander und Chotta unerwartet da auftauchten, wo er sie deutlich sehen konnte; zwar geräuschlos wie immer, aber zweifellos klar auszumachen, schon auf gute zehn Fuß Entfernung. Sanjay erhob sich auf die Knie und zeigte ihnen mit Handbewegungen an, daß er sie sehen konnte. Aber die anderen überwanden die Entfernung zu ihm in Blitzesschnelle (wie schafften sie das?), schoben ihm jeder einen Unterarm unter die Schulter, hoben ihn vom Boden auf und trugen ihn in die Büsche. Er wehrte sich, aber ein warnendes, schmerzhaftes Zwicken brachte ihn gerade noch rechtzeitig genug zum Schweigen, um zwischen den Bäumen ein Schlurfen zu hören, das einen vertrauten Rhythmus hatte: Es steckte der Versuch der Heimlichkeit darin, aber auch unverkennbar Ungeschicklichkeit.

Der Gang eines Menschen ist wie seine Handschrift – alle Versuche, ihn zu verstellen, müssen fehlschlagen, weil die Maskerade gewöhnlich übertrieben ist. Und wer könnte schon jene Arroganz verbergen, jene Anmaßung, die von den Dingen fordert, daß sie zur Seite weichen, wenn der Fuß niedergesetzt wird, die wie selbstverständlich davon ausgeht, daß alle Wege geebnet werden? Es war natürlich Hercules. Aber er schlich sich durch die Büsche, und seine Verstohlenheit wurde noch durch den offensichtlichen Eifer betont, durch die Hast, mit der er durchs Unterholz eilte. Er bewegte sich an den Jungen vorbei, und Sanjay sah, wie Sikander und Chotta einander neugierig anblickten, wie verdutzt sie über dieses heimlichtuerische Benehmen ihres Vaters waren. Wortlos wurde eine Entscheidung gefällt – die beiden zerrten Sanjay auf die Füße, stützten ihn zwischen sich, Sikander hinten und Chotta vorn, und machten sich auf Hercules' Fährte.

Solange er denken konnte, hatte Sanjay immer gewußt, daß Sikander und Chotta irgendwie die Technik des Unsichtbarseins gelernt hatten (waren sie vielleicht sogar mit dieser Begabung geboren?), aber an jenem Tag beobachtete er sie bei der Ausübung ihrer Kunst: Sie setzten ihre Füße mit weitgespreizten Zehen und mit dem Ballen zuerst auf, schnell und sicher, aber ohne plötzliche Bewegungen, so daß ein trockenes Blatt anstatt zu knistern sich nur bewegte und leicht bog und ihr Gewicht geduldig trug. Manchmal hatten Sikander und Chotta offensichtlich ihre wahre Freude daran, ihrem Wild so nah auf den Fersen zu folgen, daß es beinahe unmöglich schien, daß er sie nicht sah – und er blickte sich häufig und mit der ruckartig in die Höhe gereckten Nase einer schnüffelnden Katze um –, aber wann immer es beinahe sicher war, daß er sie nun sehen müsse, erstarrten sie in der Bewegung, wurden irgendwie von Schatten und Sonnenlicht, vom goldenen Gras und der Erde verborgen. Sikanders rechte Hand, die er unterhalb der Taille hinter sich hielt, gab Zeichen zum Stehenbleiben und Weitergehen, signalisierte Sicherheit oder Dringlichkeit. Sie schlichen vom Maidan zu einer Gruppe von Hütten. Hier richtete sich Hercules wieder auf, zupfte seine Revers gerade, zog ein Tuch hervor und knotete es sich nach Räubermanier vors Gesicht. Dann nahm er seinen üblichen gemessenen Schritt wieder auf. Jetzt änderten Sikander und Chotta ihre Taktik – sie schlenderten ihres Wegs, so daß sie Hercules kaum noch im Blick hatten, blieben hier und da stehen und sahen sich die Obstkörbe und Waren der Chat-Verkäufer an.

Mit dem wohligen Schauer, der einen überfällt, wenn man auf verbotenes Gebiet vorgedrungen ist, bemerkte Sanjay, daß sie sich in einer Siedlung von Menschen der niedrigsten Kaste befanden. Er blickte sich mit der eifrigen Neugierde eines Fremden um, der halb erwartete und halb hoffte, schockiert zu werden. Aber rund um sie herum liefen nur die Geschäfte und Tätigkeiten des ganz gewöhnlichen, vertrauten Lebens ab – Essen, Haushaltspflichten, Kinder, Tiere, das Waschen von Kleidern, und vielleicht war das einzige Außergewöhnliche ein Unterschied in der Wicklung der Turbane oder eine besondere Art, den Dhoti zu tragen. Die Anwesenheit der drei unbekannten Jungen schien keine Feindseligkeit hervorzurufen, nur ein leeres, ruhiges Starren, das rein gar nichts erkennen ließ. Sanjay verspürte allmählich Enttäuschung darüber, daß sich nichts Seltsameres ereignete, als Hercules links in eine Gasse einbog. Die Jungen kamen gerade noch rechtzeitig um die Ecke, um zu sehen, wie er einen zerlumpten roten Vorhang zur Seite schob und geduckt in einer Tür verschwand. An der Abwasserrinne, die an der Seite der Gasse entlanglief, spielten Kinder; sie zogen einen kleinen hölzernen Karren hin und her.

»Wenn wir irgendwie aufs Dach kämen«, meinte Chotta.

»Stimmt«, erwiderte Sikander.

Sanjay zupfte Sikander flehentlich am Ärmel und schüttelte den Kopf, aber die beiden Brüder schritten schon die Gasse entlang und sprangen mit einem Satz über den Karren, der dahergerattert kam. Sie drückten sich eng an die Hütte, standen mit dem Rücken zur Wand, schauten aufmerksam dem Spiel der Kinder zu. Als sich gerade einmal keine Augen auf sie richteten, rannten sie geschwind hinter die Hütte und zogen Sanjay mit. Eine Kuh hob den Kopf und blickte sie an, wandte sich dann wieder ihrem Futter zu. Sikander und Chotta fanden eine Ritze in der Lehmmauer, stemmten ihre Füße hinein und zogen sich zum Strohdach hinauf. Sie streckten die Hände nach Sanjay aus.

»Komm schon«, sagte Sikander.

Sanjay schüttelte den Kopf.

»Na komm schon, du Dummkopf«, flüsterte Chotta. »Diesmal geschieht dir nichts.«

»Komm, Sanju«, sagte Sikander. »Diesmal halte ich dich fest.«

Sanjay wandte sich ab, sein Puls raste. Die Kuh beobachtete ihn kauend.

»Sanju«, drängte Sikander. »Willst du es denn nicht *wissen?*«

Er hob ihnen beide Hände entgegen, und sie zogen ihn mühelos hinauf (er spürte, wie seine Füße vom Boden abhoben, wie sich die Fußgelenke streckten). Sie arbeiteten sich um die Ecke des abschüssigen Daches herum, und Sanjay wandte sein Gesicht entschlossen dem tröstenden, muffigen Geruch des Strohs zu und klammerte sich fest an Sikanders Kurta.

»Hier«, sagte Sikander und schob mit vollen Händen das grobe Stroh zur Seite. Sanjay griff neben ihm auch zu, er war froh, endlich etwas zu tun zu haben. »Leise. Leise.« Das Zeug ließ sich mit Leichtigkeit in ganzen Büscheln entfernen. Es war ein wenig feucht, und dann waren sie durch: ein kleines Loch mit zackigem Rand, ein störender Balken und jenseits davon sehr weiß im grauen Licht des Innenraumes (draußen brannte die Sonne vom Himmel) ein zunächst unbenennbares, sich bewegendes Etwas, ein zuckendes Rechteck und zwei Rundungen. Dann verdrehte sich das Bild in sich, löste sich auf (die Höhe kann einen schwindlig machen) und wurde zu einem Rücken, der im Grat der Schulterblätter auslief, und zwei sich rhythmisch zusammenziehenden und entspannenden Hinterbacken darunter – ein kurzer Augenblick des Schwindels, der unglaublichen Verwirrung, dann ein Verlangen, ein Verlangen, das einem die Knochen zermalmen kann –, und unten bewegte sich Hercules schneller (in abgehackten Rhythmen) zwischen den dunklen, weit gespreizten Schenkeln, und über seiner rechten Schulter ein dunkles Gesicht, eine Frau, ein grobes Gesicht, passiv, unbeteiligt, die Augen blickten auf die farbenfrohen Figuren auf dem Regalbrett, die Götterstatuen, die Bilder, wandten sich dann ein wenig ab und schauten in die leere Ecke (nur Staub schwebte sternengleich im Raum), Zeit verging, und Hercules stöhnte, hatte seine Finger in ihr Haar gekrallt, zog daran, drehte ihr Gesicht zu seinem herüber (ihre Lippe schmerzverzerrt), stöhnte noch einmal, einen langen röchelnden Seufzer.

Sanjay wandte den Kopf Chotta und dann Sikander zu, konnte aber ihren Anblick nicht ertragen. So war ihm die Erinnerung an jenen Augenblick immer ein Wirrwarr aus Stroh, einem Nacken, Händen, vielleicht Augen. Er blickte wieder zu Hercules herunter, der zur Kante der Matte gerollt war und nun still und mit wogender Brust auf der Seite lag. Über seinen Bauch tropfte ein glänzender feuchter Streifen auf den Boden. Die Frau bewegte sich – dichte Dunkelheit zwischen ihren Schenkeln – und zog ein Stück Stoff um sich.

»Als ich noch ziemlich klein war«, sagte Hercules, unterbrach sich dann, streckte die Hand aus und legte sie flach gegen die glatte Lehmmauer. Die Frau ging im Zimmer herum, hörte nicht zu, steckte Haarsträhnen fest, bückte sich, um ein Paar Stiefel in eine Zimmerecke zu stellen. »Als ich noch ziemlich klein war«, begann Hercules von neuem. »Der einzige Alptraum aus meiner Kindheit, an den ich mich erinnere, ist folgender: Ich träumte, daß ich über eine steingepflasterte Straße ging, die von weißen Häusern gesäumt war, als sich plötzlich der graue Himmel über mir öffnete wie ein Trichter und mich aufsog. Der Boden schwand mir unter den Füßen, und ich wurde nach oben gerissen, hilflos und in Angst und Schrecken. In kürzester Zeit umfing mich der Himmel, erstickte mich wie ein Grabtuch, ich wurde in alle Winde zerstreut, verschwand, war weg, war nicht einmal mehr fähig, Angst zu empfinden. Da wachte ich zitternd auf. Später an jenem Morgen – damals kann ich nicht älter als vielleicht neun oder zehn gewesen sein – gingen mein Vater, meine Mutter und ich mit meinen Geschwistern zur Kirche. Alles war gut – es war keine Wolke am Himmel, ich konnte die Vögel singen hören, meine Brüder rannten trotz der Ermahnungen meiner Mutter wild herum –, aber selbst da hatte ich noch Angst. Sie fragten mich, was mit mir los sei, aber welches Kind von neun oder zehn Jahren könnte schon sagen, was es fühlt, und also schüttelte ich nur den Kopf, trottete weiter und versuchte mich immer zwischen meinen Eltern zu halten. In der Kirche klammerte ich mich am Holz der Bank fest und versuchte, meine Beine auf die Sitzfläche hinaufzuziehen. Mein Vater langte hinter meiner Mutter zu mir herüber und versetzte mir einen heftigen Schlag auf den Hinterkopf. Als meine Tränen versiegt waren, fielen meine Augen auf das Bild Christi: eine einfache Darstellung Jesu aus dunklem Holz, der eine gewisse Schwere anhaftete, als zögen ihn die Qualen hinab, zerrten an ihm. Ich wischte mir die Augen, schniefte, blickte dann genauer hin. Die Muskeln der Figur spannten sich. Ich folgte der Beugung des Armes bis zu den straffen Sehnen am Handgelenk, dann bis zu dem Nagel, der das Fleisch gerade und rechtwinklig durchbohrte. Ich versuchte mit den Augen den Weg des Metallstiftes durch das Fleisch und bis ins Holz hinein zu verfolgen, und bemerkte, wie fest Er angenagelt war, wie fest. Ich weinte vor Erleichterung, und meine Eltern betrachteten mich voller Stolz, denn sie dachten, die Predigt hätte mich so gerührt. Ich wußte, daß ich eine Botschaft erhalten hatte, so gewiß, als hätte Er selbst zu mir gesprochen, Seine hölzernen Lippen bewegt: Der Mensch ist unter dem Zeichen der Tragödie geboren, und das muß die Welt erfahren. Damals war ich neun. Die Jahre vergingen. Ich wurde Soldat, um das Wort Gottes in die Welt hinauszutragen. In diesem Land haben viele, wenn nicht die meisten, ihr Leben ohne dieses Wissen verbracht. Deswegen habe ich immer denjenigen geholfen, die das Wort verkünden, die es verbreiten. Ich habe ihnen Unterschlupf und Schutz gewährt und sie gespeist, und ich habe versucht, die Erinnerung an jene halbe Stunde lebendig zu halten, in der mir klar wurde, daß zwischen mir und der Verwüstung nur Er allein steht. Aber nun kommt das verborgene Heer des Widersachers, die lange Kette vieler Augenblicke, es kommen die tausend notwendigen Dinge, die einen ablenken. Ich tue alles, was notwendig ist: Ich verdiene, ich verwalte, ich esse, ich kämpfe, aber schließlich, wenn ich innehalte und nachdenke, wird mir klar, daß ich wieder einmal verschlissen und verschlungen wurde und daß die große Aufgabe nach wie vor unbewältigt ist. Seine Tat, jener vollkommene Höhepunkt wurde vergessen, alles erstreckt sich ins Unermeßliche, nach vorne und nach hinten, wie dieser endlose, gräßliche indische Götterhimmel. Er ist gestorben! Es hat sich dadurch etwas verändert! Aber mit der Müdigkeit schleichen sich auch Zweifel ein, und dann komme ich hierher, um zweifach verschlungen zu werden. Hier, an diesem Ort, bin ich schließlich völlig am Ende. Hörst du mir überhaupt zu?«

Hercules richtete sich auf, die Frau blickte ihn an und begann Betelblätter und Tabak in der hohlen Hand zu ordnen. Er langte nach seinem Hemd, streifte es sich über die Schultern und stand auf, wobei seine Schenkel zwischen den Hemdzipfeln hervorlugten. Sanjay beobachtete ihn, wie er sich anzog. Er war immer noch bestürzt über die unendliche Traurigkeit in Hercules' Stimme, die so ganz anders klang als seine übliche sonore Selbstsicherheit. Sanjay wollte Sikander und Chotta fragen, was Hercules gesagt hatte, warum seine Worte so kaum hörbar gewesen waren, was ihn gezwungen hatte, die Wand zu prüfen, als müsse er sich ihrer Festigkeit, ihrer Körperlichkeit versichern. Aber ein Blick zu den beiden überzeugte ihn, damit besser noch zu warten: Die Brüder betrachteten ihren Vater unten mit einer Konzentration, die jegliche Möglichkeit einer Gefühlsäußerung oder gar eines Gespräches völlig ausschloß. Also beobachtete auch Sanjay Hercules, wie er sich anzog, sich das Haar glattstrich, ein paar Münzen aus seiner Geldbörse nahm und auf den in die Wand eingelassenen Sims legte. Hercules ging, ohne ein weiteres Wort an jene Frau zu richten, die dasaß und verdrossen an ihren Paanblättern kaute – sie schienen einander nun gleichgültig zu sein.

»Los«, sagte Sikander. Sie ließen sich vom Dach herab – diesmal gönnte ihnen die Kuh in der Ecke nicht einmal einen schnellen Blick –, bogen um die Hütte und wurden von einer lauten Kindermeute aufgehalten.

»Wer sind die?« fragte von hinten ein kleines Mädchen, das auf Zehenspitzen stand und einen hölzernen Karren hinter sich herzog.

»Was haben diese reichen Babas hinter der Hütte unserer Amba zu suchen?«

»Die wollen ihre Kuh stehlen.«

»Die gehen nicht einmal durch die Vordertür raus, wie alle anderen.«

Die Kinder drängten nach vorn, Sanjay trat einen Schritt

zurück, aber Sikander und Chotta behaupteten ihr Terrain, rückten nur ein wenig enger zusammen. Sikander schien ruhig, beinahe träumerisch, aber Chotta duckte sich kampfbereit, hielt die Hände mit nach außen gerichteten Handflächen vor den Schenkeln.

»Warum seid ihr hier, Babas?«

»Ihr Saftärsche«, schrie Chotta, »ihr Söhne von Saftärschen.«

»Das reicht«, sagte Sikander, aber schon jetzt schoben sich drei oder vier Jungen durch die Menge, um sich auf Chotta zu stürzen, der seinerseits vorwärtsdrängte, um ihnen entgegenzutreten. Der erste mußte an Sikander vorbei, welcher seinen Arm ausstreckte und ihm eine Hand auf die Schulter legte: »Nein.«

»Eh, du, halt dich da raus«, sagte der Junge, wollte Sikander mit einer Armbewegung abschütteln, flog aber plötzlich im hohen Bogen durch die Luft und landete unsanft auf dem Hinterteil, genau vor dem kleinen Mädchen mit dem Karren.

»Ich hab' doch nein gesagt, oder?« meinte Sikander und lächelte freundlich. Die anderen standen wie angewurzelt da, waren sich auf einmal nicht mehr so sicher, während der Junge sich mit tränenden Augen aufrappelte. Dann bewegten sie sich alle zusammen in kleinen Rucken und Schrittchen vorwärts, ein jeder wartete darauf, daß die anderen den Angriff beginnen würden. Sie fluchten lästerlich in einer Art ermutigendem Singsang. Sikander rollte den Kopf in einer seltsamen Bewegung im Kreis, und Sanjay überlief ein Schauder, als er die Knochen im Nacken krachen hörte.

»Oh, warum müßt ihr euch immer auf der Gasse prügeln, ihr Dreckpack? Euch vor meiner Tür schlagen und herumschreien? Macht, daß ihr wegkommt. Los, weg mit euch, sonst kriegt ihr mein Nudelholz zu spüren.« Es war die Frau aus der Hütte, Hercules' Frau. Sie stand in der Tür, hatte die Hände in die Hüften gestemmt, das Haar wallte ihr über die Schultern, ihr Mund war vom Paan rot verfärbt. »Und was sind das für Kinder? Warum laßt ihr diese feinen Jungen nicht in Ruhe? Schert euch weg, laßt sie in Ruhe.«

»Sind die auch Kunden von dir, Amba?« rief ein Junge von hinten, und darauf rannte sie mit fuchtelnden Armen hinter ihnen her, teilte Ohrfeigen und Knüffe aus, und sie liefen lachend in alle Richtungen auseinander. Schließlich kehrte sie schnaufend zu den dreien zurück.

»Kommt herein«, sagte sie. »Wartet ein Weilchen, dann sind die kleinen Strolche weg. Dann belästigen sie euch nicht mehr.«

Im Inneren der Hütte versuchte Sanjay krampfhaft, nicht auf die kleine Lichtpfütze hinten an der Wand zu schauen, konzentrierte sich statt dessen auf eine genaue Untersuchung der Abbilder von Göttinnen und Göttern, die auf unzähligen Simsen, in Nischen und auf den in die Wand eingelassenen Regalen standen.

»Habt ihr euch verlaufen? Warum seid ihr hierhergekommen? Ihr Ärmsten, hier habt ihr wirklich nichts zu suchen. Ihr habt euch verlaufen, nicht?«

Diese Frage war an Chotta gerichtet, der die Frau mit weinerlichem Mund und glänzenden Augen anstarrte, als würde er jeden Augenblick in Tränen ausbrechen. Sie schaute ihn einen Augenblick lang neugierig an, dann wandte Sikander sich ihr zu.

»Ja, wir haben uns verlaufen«, sagte er.

»Wie habt ihr das bloß geschafft? Habt ihr einfach nicht aufgepaßt und seid zu sehr in euer Spiel vertieft gewesen? Wo wohnt ihr denn?«

»In Char Bagh.«

»Oh, da seid ihr aber weit vom Weg abgekommen. Können die beiden anderen hier gar nicht reden? Sie fürchten sich wohl. Aber ihr braucht keine Angst zu haben, früher oder später hättet ihr doch den Weg hierher gefunden. Ihr seid nur ein wenig früher dran. Ihr aus Char Bagh, ihr kommt doch alle hierher, ganz gleich, wie vornehm ihr tut.« Sie lachte, die rosige Innenseite ihres Mundes leuchtete sehr hell vor der dunklen Haut, und wieder verspürte Sanjay dieses unglaubliche Verlangen im Bauch. »Sie kommen alle hierher, die Brahmanen und die Rajputs und die Männer von der Company. All ihr Dies-darfst-du-berühren-und-das-nicht und die Unberührbarkeit und deine Kaste und mein Volk und Ich-darfeure-Speisen-nicht-essen, all das vergessen sie hier. Dies ist der Ort, von dem alle Heiligen gesungen haben, meine kleinen Männer. Hier darf jeder jeden berühren, und nichts geschieht. Wenn ihr ein wenig älter seid, wenn ihr ein bißchen mehr versteht, dann kommt auch ihr und berührt. Dann bin ich vielleicht schon eine alte Frau, aber ihr müßt euch an mich erinnern. Hier könnt ihr die Welt vergessen und jedermanns Freunde sein. Versteht ihr, was ich sage? Ich habe eine Freundin, sie wohnt ein Stück die Gasse entlang in einem großen Haus, in das man sie brachte, als sie noch ein Kind war. Aber sie erinnert sich an das Leben davor, als sie noch zu Hause war, weit weg im Süden. Manchmal singt sie, und dann frage ich sie: ›Was ist das? Was bedeutet es? Wessen Lied ist das?‹ Und sie antwortet: ›Hör mir zu, Schwester, ich weiß nicht, wer es geschrieben hat, aber es bedeutet dies:

Was könnte meine Mutter der
Deinigen sein? Was ist mein Vater
Dem Deinigen? Und wie haben
Du und ich einander je getroffen?
Aber unsere Herzen haben sich vermählt
In der Liebe
Wie die rote Erde mit dem strömenden Regen

Sie legte sich die Hände auf die Knie und lehnte sich vor, zog die Augenbrauen in die Höhe. »Versteht ihr das, meine Kleinen? Das geschieht hier.«

Sie lächelte und zeigte wieder ihr rosiges Zahnfleisch. Sanjay zupfte Sikander am Ärmel: nichts wie weg hier.

»Wir müssen jetzt gehen«, sagte Sikander.

»Paßt gut auf euch auf.«

Draußen stolperten sie durch die Straßen, schlurften durch den Staub. Sanjay hob den Arm, um seine Augen gegen das Sonnenlicht abzuschirmen. Er blinzelte und bemerkte nun, wie viele Frauen, mit nichts als einem Unterrock bekleidet, in den Türen saßen, den Vorübergehenden dreist ins Gesicht schauten und ihnen manchmal etwas zuriefen. »Komm, komm in mein Haus.« Jetzt sah er, daß sich viele lächelnde, schmierige Männer, die Blumengirlanden um die Handgelenke trugen, zwischen den Geschäften herumtrieben, daß andere Männer langsam durch die Gassen schlenderten, ein

wenig strauchelten, mit der unnötig lauten Stimme des Scher-
zens und der Kameraderie redeten. Aber Sanjay wunderte
sich über die unter allem mitschwingende unverkennbare
Furcht und Hoffnung. Er blickte sich zu Chotta um, der kaum
die Füße hob und die Augen auf den Boden geheftet hielt. Sikander bemerkte diesen Blick und legte den beiden die Arme
um die Schultern.

»Wir sind schon beinahe draußen«, sagte er.

Chottas Mund schien sich noch mehr zu verziehen, und
Sanjay wollte sagen: ›Nein, sie hat gesagt, daß wir wiederkommen, daß wir wiederkommen wie all die anderen, wie
verlorene Söhne‹, aber statt dessen rang er sich ein Lächeln
ab, und sie gingen weiter.

Im trockenen Bett des Nullah sackten Sanjay die Knie weg,
und er setzte sich erschöpft auf die sich dahinschlängelnden
Kanäle, die das Wasser einstmals gegraben hatte. Ein feiner
kalter Schweißfilm überzog seinen Körper, und ein, zwei Mal
spürte er, wie ihm etwas Heißes, Klebriges in den Hals stieg.
Sikander und Chotta hockten sich neben ihn, stellten sich aufs
Warten ein. Sie kratzten geistesabwesend im Schlamm herum, kritzelten Muster, manchmal Figuren, meistens Pferde.

Zuerst hörten sie den Gesang, eine hohe, krächzende Stimme in einer fremden Sprache, dann erschien der Mann – ein
großgewachsener Mann, ein Firangi mit pomadigem, schmut-
zigweißem Haar und einer Narbe, die ihm von einer Seite
der Stirn über eine leere Augenhöhle bis beinahe zur Lippe
verlief. Er trug eine Flasche in der Hand, von seinem blauen
Rock hingen Fetzen schmutzigschwarzer Spitze herab. Er
blieb am Rand des Nullah stehen und beugte sich zu den Jungen herab.

»Ach, da seid ihr«, sagte er auf Englisch. »Da seid ihr ja, meine
kleinen Freunde. Ich hatte schon gedacht, daß ich eure Fährte
verloren hätte. Darf ich mich vorstellen – ich bin Moulin, der
Möchtegern-Abenteurer, aber meistens Koch.« Er unterbrach sich, um einen tüchtigen Schluck aus der Flasche zu
nehmen. »Ich komme zu euch runter, Jungs. Ich werde mich,
wie passend, in eine Kloake hinunterbegeben.« Er rutschte,
halb sitzend, den Hang hinunter und näherte sich ihnen

dann leicht schwankend. »Was für feindselige kleine Gesichter! Aber deswegen bin ich euch ja gefolgt. Ich habe euch durch den Basar gehen sehen und mir gedacht: ›Das sind die drei traurigsten Jungen, die ich je erblickt habe. Und was machen sie hier?‹ Also bin ich euch nachgegangen, denn ich, Moulin, bin auch traurig. Ich, meine Herren, bin der traurigste Franzose, den ihr je zu Gesicht bekommen werdet. Aber versteht ihr überhaupt, was ich sage?« Er ging zu rauhem Urdu über. »Ihr alle verstehen das Englisch?«

Sikander und Chotta nickten, aber Sanjay starrte nur teilnahmslos nach oben. Er war zu erschöpft, um auch nur den Kopf zu schütteln.

»Dann«, sagte Moulin und setzte sich neben die Jungen, »dann werden wir unsere Konversation auf Englisch führen, denn mein Urdu ist auch nach all den Jahren noch sehr primitiv.« Er hielt inne, um der Flasche wieder seine ungeteilte Aufmerksamkeit zu schenken, und wischte sich dann den Mund ab. »Primitives Urdu. Aber wieso sprecht ihr beiden denn Englisch? Und fürchtet euch nicht vor mir – schließlich bin ich jenes schrecklichste aller Wesen, ein Weißer. Hat eure Mutter nicht zu euch gesagt: ›Still, Baba, sonst kommt der Firangi und holt deinen kleinen Tonkarren und all deine Spielsachen? Und raubt das Land deines Vaters? Und die Ehre deiner Mutter?‹ Nein? Oh, ihr wollt nicht reden? Macht auch nichts.«

Er setzte sich umständlich zurecht, breitete seine Rockschöße wie schwarze Flügel um sich aus. »Dann rede ich. Ich werde euch Ratschläge erteilen. Oder wie wäre es mit einer Geschichte? Ich erzähle euch eine Geschichte, die mit mir zu tun hat und mit einem Abenteuer, das ich in meinen jüngeren Jahren zusammen mit einem Freund erlebt habe. Wie in allen guten Soldatengeschichten kommen darin zwei Reitersmänner, eine schöne Frau, ein gutes Pferd und ein Schwert vor. Das Schwert habe ich sogar noch, seht nur her.« Er riß seinen Gürtel herum, bis ein Schwertgriff zu sehen war, der in der Form eines Pferdekopfes aus weißer Jade geschnitzt war.

»Hört gut zu. Vor langer Zeit, als ich jung war, beinahe so jung wie ihr heute, da traf ich einen Mann, einen Mann namens La Borgne, einen Savoyarden. In der rauhbeinigen Manier von Männern, die einander in fremden Landen begegnen, faßte ich sogleich eine Zuneigung zu ihm und lud ihn zu mir nach Hause ein. Damals war mir das Schicksal hold, ich war Soldat in den Diensten einer gewissen Macht (es tut nichts zur Sache, welche es war; am Ende sind sie doch alle gleich), und mein Haus war voller Diener. So labte ich meinen Freund mit einem herrlichen Mahl. Er aß, und ich betrachtete ihn und neidete ihm das Vergnügen, die Küche der Mogule zum ersten Mal zu schmecken. Danach schlief er. Sein Gesicht entspannte sich, und ich wunderte mich über den Ausdruck des Friedens auf seinen Zügen, denn ganz gewiß war er ein Mann ohne Träume. Ich muß gestehen, daß ich nach einem solchen Mahl gewöhnlich von Schimären geplagt werde, die in meinem Inneren lauern. Meine Freunde sagen, daß meine Augen von einer Seite zur anderen zucken, daß meine Gliedmaßen sich aufbäumen und ich manchmal sogar aufstehe und unter den Bäumen mit den ausladenden Wipfeln herumwandere. Also beobachtete ich ihn, und während er schlief, hörte ich das schnelle Trappeln von Pferdehufen und sah in weiter Ferne eine Gruppe von Reitern traben. La Borgne erwachte, und wir schauten beide auf die Berittenen und die untergehende Sonne. Neugierig geworden, rief ich meine Kundschafter zu mir und sandte sie hinter den Männern her.

Sie kehrten noch in der gleichen Nacht zurück, meine Sucher, der eine war als alte Zigeunerin verkleidet, der andere als Verkäufer von Spezereien. Sie berichteten uns – inzwischen hatte ich La Borgne in alle meine Aktivitäten eingeweiht, denn er war ein feiner junger Mann –, sie berichteten uns also, sie hätten sich zu den Lagerfeuern der Truppe begeben und unter die Leute gemischt, mit ihnen gescherzt und ihnen den besten Wein und die zartesten Fleischstücke empfohlen, und sie hätten herausgefunden, daß es sich um eine bunt zusammengewürfelte Truppe von Rajputs, Türken, Afghanen, Sikhs, Marathas, Avadhi-Brahmanen, Bengalis, Kashmiris, Arabern, Deutschen, sehr vielen Deutschen und ein paar Engländern handle, die sich auf der Suche befanden, auf der Suche nach einem Schatz, der mit der Sonne zog. Und ich meinte, wie herrlich das sei, aber mein Freund lachte verächtlich.

Trotzdem riß ich ihn früh am nächsten Morgen aus dem

Schlaf, und wir ritten aus und schlichen uns im Schutz des Geländes und der Dunkelheit in ihr Lager. Kurz vor Sonnenaufgang standen die Männer auf und bildeten rasch einen Kreis. Im Mittelpunkt errichteten sie eine merkwürdige Gerätschaft: ein Feuer, darüber einen Kessel voll Wasser und im Wasser einen zum Himmel gerichteten Spiegel. Als der Rand der Sonne über den Bäumen erschien, ringelte sich der Rauch des Feuers nach oben und um den Topf herum, aber dann fing der Spiegel einen Sonnenstrahl auf und ließ ihn wie eine Explosion zurückblitzen, und wir hielten uns alle die Hände vor die Augen.

Als ich wieder aufschaute, stand vor dem Feuer eine Frau: Sie war in Rauch gehüllt, in einen weißen Sari gekleidet und hatte rabenschwarzes Haar. Aus ihrem Mund entsprang ein Schimmel, ein Pferd von vollkommener Schönheit, das im Kreise herumtänzelte, seine Knie hoch anhob, den Kopf mit rollenden, blitzenden Augen von einer Seite zur anderen schüttelte und laut wieherte. Ich fürchtete mich. Sie fragte der Reihe nach jeden Mann im Kreis: ›Willst du dieses Pferd, sag die Wahrheit.‹ Und alle antworteten mit ›Ja‹, und sie erwiderte: ›Dann sollst du den Schatz nicht haben.‹

Sie blickte zu uns hinauf. Sie wußte um uns, obwohl wir gut versteckt waren, und sie fragte wiederum: ›Willst du dieses Pferd?‹ Und La Borgne erwiderte: ›Nein, töte es.‹ Uns anderen verschlug das Entsetzen den Atem, denn von allen Dingen, die je gelebt hatten, war dieses Tier zu vollkommen, um sterben zu müssen. Aber sie zog ein Schwert hervor – dieses Schwert hier, das Schwert mit dem weißen Griff in Form eines Pferdekopfes –, und das Pferd näherte sich ihr, und sie stieß ihm das Schwert in die Brust, an der Stelle, wo zwei Muskelstränge sich in ein Tal neigten. Das Pferd warf den Kopf zurück, taumelte zu Boden, mit der Hinterhand zuerst, und dann glitt das Schwert aus der klaffenden roten Wunde, und alle außer La Borgne schrien verzweifelt auf. Die Frau sagte zu ihm: ›Du hast den Schatz.‹ Und dann verschwand sie, und das Schwert fiel klirrend auf die hartgestampfte Erde.

Nun verfluchten alle Männer La Borgne, weil er ohne Not den Tod des Pferdes verursacht hatte, denn es war kein Schatz zu sehen. Doch er lachte sie nur aus. Sie zogen ihre Schwerter, und ich eilte von hinten auf sie zu, und wir kämpften mit ihnen, über und um den Tierleichnam herum (wie schön er sogar jetzt noch war!), und töteten sie alle. Dann sagte ich: ›Ich habe dir geholfen, weil ich dein Freund bin, aber jetzt muß ich gegen dich kämpfen, weil du den Tod des vollkommensten aller Geschöpfe verursacht hast.‹ Er lachte mich aus, und da haßte ich ihn. Ich rannte mit gezückter Klinge auf ihn zu, aber er parierte den Hieb mit Leichtigkeit, versetzte mir einen gewaltigen Schlag auf die Stirn und nahm mir mein Auge. Ich fiel zu Boden und lag mit dem Gesicht gegen den Bauch des Pferdes, schrie vor Schmerzen und Wut: ›All dies hast du für nichts getan.‹ Er erwiderte hämisch: ›Du Narr, du elender Narr, der du gedacht hast, der Schatz sei Gold oder das Pferd oder das Schwert oder die Frau.‹ Und mit diesen Worten warf er mir die Waffe zu. ›Ich besaß den Schatz in dem Augenblick, als ich sprach.‹ Das sagte er und ging weg.

Ich erholte mich von meiner Wunde, zumindest heilte sie, und ich habe viele andere Abenteuer bestanden. Ich war reich, dann mächtig, dann arm und wieder reich. Und hier bin ich nun. Während ich langsam in die Grube der Armut und des Alters hinabstieg, eilte La Borgne von Sieg zu Sieg, wurde immer reicher und mächtiger, bis er schließlich de Boigne wurde, der Herr der Chiria Fauj. Ich habe oft an ihn gedacht, vielmehr immer, und jedesmal, wenn ich wieder von einem seiner Triumphe erfuhr, schoß mir der Schmerz wie eine Klinge durch die Gedärme und durchbohrte mir den Hals. Wenn ich es nur gemerkt hätte, dachte ich dann, wenn es mir nur eingefallen wäre, dann könnte jetzt ich der Herrscher über ganz Hindustan sein, wenn, ja wenn. So wanderte ich voller Bitterkeit von einem Land zum anderen, von einem Mißgeschick zum anderen, ohne Geld für die Heimreise und ohne ein Heim, in das ich hätte zurückkehren können. Schließlich war die einzige Arbeit, die ich noch finden konnte, die eines Kochs für einen Zuhälter, einen Käufer und Verkäufer von Mischlingen, und das bereitete mir große Pein, glaubt mir, es schmeckte mir bitter wie verdorbenes Fleisch. Aber diesen Säbel habe ich nie verkauft, ich habe ihn immer bei mir getragen, obwohl so mancher begehrliche Blicke darauf warf und mir große Geldsummen dafür bot.

Heute ging ein Raunen durch den Basar, und Menschen rannten in Gruppen durch die Straßen. Kinder tanzten vorüber, attackierten einander mit hölzernen Schwertern. ›Was ist das?‹ rief ich, und sie antworteten mir: ›Der große de Boigne zieht vorüber, er fährt zu Schiff nach Kalkutta.‹ Also legte ich Schöpfkelle und Gewürze aus der Hand, zog mir meinen besten Rock an, gürtete mir den Säbel um, rannte die Straße entlang zum Flußufer und schob mich durch die Menschenmenge. Nach einer Stunde, vielleicht auch zwei, kamen Schiffe über das Wasser geglitten, langsam, ganz langsam. Ich schirmte die Augen gegen die Sonne ab, aber das gleißende Licht des Flusses blendete mich. Also schrie ich: ›La Borgne, La Borgne, La Borgne, L-aaa Bo-oooooo-rgne‹, und rund um mich herum wichen die Leute zurück und lachten, aber ich schrie weiter. Auch die Besatzungen der Schiffe blickten zu mir herüber, manche drohten mir mit den Fäusten: ›Sei bloß still!‹ Aber dann schob auf dem dritten Schiff ein Mann die Stoffbahnen eines Baldachins zur Seite, ein hoch aufgeschossener Mann, ein breiter, stämmiger Mann, und er richtete sein Fernglas auf das Flußufer. Ich sprang in die Luft, winkte, schwenkte den Säbel: ›Laaa Bo-oooooo-rgne!‹ Er setzte das Fernglas ab: ›Moulin, Moulin, bist du es?‹

Plötzlich war ich glücklich. Ich rannte zum Ufer hinab, lief neben dem Schiff her, und er schrie: ›Moulin, du hattest recht, du hattest recht.‹ Und seine Stimme hallte vom Wasser wider und erscholl als Echo: ›Ich kann nicht träumen, Moulin, ich kann nicht träumen.‹ Und sogar auf diese Entfernung und über mein Keuchen hinweg konnte ich seine Traurigkeit spüren, das Umschlagen in seiner Stimme. Als ich nicht mehr weiterrennen konnte, blieb ich stehen, und die Schiffe bewegten sich mit zunehmender Geschwindigkeit um eine sanfte Flußbiegung. Da rief er mir wiederum etwas zu, zum letzten Mal – und es klang unerträglich, ja, verheerend traurig! – ›Moulin, Moulin, ich bin frei, frei!‹

Als ich mich wieder aufrappeln konnte, kehrte ich in die Stadt zurück, verkaufte all meine Habe – es war nicht viel – und erstand mir vom Erlös ein halbes Dutzend Flaschen dieses erbärmlichen Weines. Französischer Wein war es, sechs Flaschen. Jetzt habe ich nur noch diese eine. Wenn sie ausgetrunken ist, bin ich am Ende. Die Geschichte, meine Herren, ist beinahe vorüber, und was ist die Moral? Was soll das alles bedeuten? Ich weiß es nicht, meine Herren. Das müßt ihr selbst herausfinden. Aber ihr denkt vielleicht, es ist die Pflicht des Geschichtenerzählers, euch etwas zu geben, irgend etwas zumindest. Nun, ich für mein Teil gebe euch diesen Säbel. Ich überreiche ihn euch vorsichtig und dankbar, meine letzte Illusion.«

Moulin zerrte an einer Schnalle, bog sich, um den Gürtel vom Leib zu bekommen. Er warf ihn so, daß er vor Sikanders Füßen landete. Der beugte sich hinunter, ließ den Finger über den Pferdekopf des Griffs gleiten, nickte Moulin zu, dessen Gesicht nun beinahe eine Karikatur der Traurigkeit geworden war: Tränensäcke unter den Augen, hängender Mund, zerzaustes Haar.

»Gehen wir«, sagte Sikander. Sanjay stand auf, stützte sich mit beiden Händen schwer auf den Schenkeln ab und kam sich wie eine alte Frau vor. Als sie auf den Rand des Nullah zugingen, beschleunigte er seine Schritte, obwohl ihn Waden und Knie schmerzten, denn er konnte es kaum erwarten, wieder zu Hause zu sein: im Garten, beim vertrauten Geplapper seines Onkels, beim freundlichen Geplänkel zwischen seiner Mutter und seinem Vater, bei den erhabenen Geschichten von Sikanders Mutter. Als sie sich gerade anschickten, die Böschung hinaufzuklettern, hörte er Moulin wieder in der unverständlichen Zunge des Fremden brüllen: »Kommt zurück, kommt zurück. Als Gegengabe müßt ihr ihn benutzen. An mir benutzen. Meine Herren, ihr sollt mich töten. Erledigen.«

»Schnell«, sagte Sikander, aber Sanjay konnte nicht anders, er mußte sich umdrehen – wie konnte in denselben Worten Hoffnung und niederschmetterndste Verzweiflung liegen? Als Moulin merkte, daß sie weiterkletterten, griff er hinter sich und warf ihnen die Flasche nach. Sie trudelte durch die Luft und schlug auf der Böschung auf – sie duckten sich, weil sie einen Scherbenregen erwarteten –, aber sie steckte mit dem Hals in einem unmöglichen Winkel im weichen Schlamm unter einem Überhang. Darauf jaulte Moulin wie ein Hund, kroch mit verzerrtem Gesicht auf allen vieren hinter ihnen her, erhob sich taumelnd wieder und rannte auf sie zu. Sikander und Chotta zogen sich über den Rand und streckten die Hände nach Sanjay aus. Der hob die Arme, krallte die Finger in ein Grasbüschel, zog sich hoch, während seine Füße nach einem Halt angelten. Die andere Hand reckte er nach oben, faßte Sikanders Hand. Er spürte einen heißen Atemhauch im Nacken, einen Druck um die Brust. Hinunter – Gras wurde aus der Erde gezogen – Moulins Gesicht – glänzende Augen – Pupillen in rotem Adernetz. Dann flog oben etwas über ihn hinweg, schlang sich um Moulins Kopf, und beinahe gleichzeitig vermittelte sich durch den Körper des Franzosen hindurch der Schock eines anderen Zusammenpralls. Sie rollten den Abhang hinunter, die Welt wirbelte. Moulins Klammergriff – eine Umarmung. Chotta schrie wortlos, Sikander war konzentriert und bedacht, hatte nur ein Ziel vor Augen. Grasbüschel und Schlammbrocken, tote Blätter wirbelten – grüne Tuchlappen – peitschende Gliedmaßen – die Panik unzureichender Stärke – dann Stille.

Sanjays rechte Hand klemmte unter einem Knie, unter einem Körper von ungewöhnlich lastendem Gewicht, der sich keinen Fingerbreit bewegen wollte. Als er mit der anderen Hand dagegendrückte, spürte er eine Trägheit, die unzweifelhaft und unveränderlich war. Er begriff, was das zu bedeuten hatte. Er fühlte, wie sein Leib in der Mitte aufklaffte, wie irgend etwas, sein Herz, seine Seele in den luftleeren Raum stürzte. Er blickte auf: Sikander saß mit gekreuzten Beinen da, hatte die Hände im Schoß gefaltet und rang nach Luft; Chotta lag mit dem Gesicht nach oben, blinzelte, machte den Mund auf und zu, der von dunklem Blut umkrustet war; Moulins Gesicht war in den Schlamm gedrückt (der sich verdunkelte, von irgendwoher mußte es stetig tropfen), sein Rücken zeigte zum Himmel, die Hände waren an den Gelenken mit den Handflächen nach oben gedreht, ein Fuß zeigte nach innen, der andere nach außen: Er war tot.

»Kommt«, sagte Sikander und tätschelte Chottas Kopf. Sie zogen Sanjays Arm unter dem Leichnam hervor, hievten ihn zwischen sich die Böschung hoch. »Wisch dir das Gesicht ab.« Chotta rieb an dem Fleck, während Sikander sich bückte und den Säbel aufhob. Ohne auf die anderen zu warten, machte sich Sanjay zu den Bäumen auf. Sikander holte ihn ein und legte ihm den Arm um die Schulter. »Wir dürfen es niemandem erzählen. Verstehst du das? Gar niemandem. Wir dürfen es niemandem erzählen.« Sanjay nickte, spürte das Gewicht des Armes auf seinem Nacken, kämpfte mit dem Drang loszuweinen. Im Hain machten sie Halt, wickelten die Waffe in Sikanders Kurta und versteckten sie unter einem Felsbrocken am Fuß eines Banyanbaumes. Als er Feuchtigkeit verspürte, die sich stetig ansammelte, rieb sich Sanjay das rechte Auge und merkte dabei, daß er nun mit dem anderen Auge normal sehen konnte – ein vollkommen scharfes Bild von Sikander, wie er da kniete und um einen Felsbrocken herum Blätter festdrückte, von Chotta, wie er auf die Fußballen vorschaukelte und dann wieder zurück auf die Fersen. Sanjay hielt die Hand vor das andere Auge, und auch hier waren Bäume, ein brauner Himmel, graue Eichhörnchen und Vögel ohne jegliche Doppelung zu sehen. Wenn er mit beiden Augen schaute, kehrte das alte Zweifachbild zurück. Er war von der Rückkehr zur einäugigen Einfachheit so begeistert, daß er den ganzen Rest des Weges damit verbrachte, erst ein Auge, dann das andere zu prüfen, und darüber beinahe die Flecken auf seinen Kleidern und die Kratzer an seinen Gliedmaßen vergaß.

»Geh ganz leise hinein und bade«, sagte Sikander. »In Ordnung? Und erzähle niemandem auch nur ein Wörtchen. Wenn sie dich fragen, sagst du, daß wir gespielt haben und daß du den Schatz bewachen mußtest und wir dich überfallen haben. Vergiß das nicht.«

Später saß Sanjay in einem Verschlag neben dem Hausbrunnen auf einem Holzschemel und schüttete sich Wasser aus einem Eimer über den Kopf. Unter dem kühlen Wasserstrahl fühlte sich seine Haut glatt und geschmeidig an, seine Muskeln entspannten sich, und eine sanfte Müdigkeit überkam ihn. Als das Wasser verbraucht war, saß er still da, und die faltige Haut seines Hodensacks pulsierte gegen das kalte Holz. Tausende von Vögeln zwitscherten und flogen in ihren waghalsigen abendlichen Sturzflügen umher. Ganz leise konnte er das Läuten von Kuhglocken hören, während die Tiere heimgeführt wurden. Erst als er merkte, daß die Schnur über seiner Schulter schon trocken und steif war, wurde ihm bewußt, daß sein Gesicht noch naß war, daß er weinte.

Am nächsten Morgen, während er die Geschichte von Yajnavalkya niederschrieb, der ohne einen Vater geboren wurde, blickte Sanjay zu seinem Onkel auf. Ram Mohan saß wie immer in der klassischen Pose des Lehrers und Gelehrten da, mit gekreuzten Beinen, die Handgelenke locker auf die Knie gelegt, das Haupt ein wenig in den Nacken gebeugt, die Augen auf ein Ziel gerichtet, das knapp über dem Horizont lag. Zu seiner Rechten hatte Sikanders Mutter mit leicht zur Seite geneigtem Kopf Platz genommen und betrachtete mit ernster Miene ihre Zehen, die unter ihrem weiten roten Rock hervorlugten. In jenem Augenblick erkannte Sanjay ganz klar die keusche und verzweifelte Liebe zwischen den beiden, sah die Jahre des Begehrens und der öffentlichen Begegnungen, der beiderseitigen Erkenntnis, daß eine Erfüllung dieser Liebe unmöglich war, daß selbst die Erwägung der Möglichkeit (bei der Ungeheuerlichkeit der Hürden, seien sie nun gesellschaftlich oder körperlich) ein kühnes Wagnis war. Und doch brannte da stets die ruhige, unverminderte Leidenschaft. Sanjay fragte sich, warum er dies nie vorher bemerkt hatte – es war deutlich genug zu sehen –, warum es sonst niemand wahrgenommen hatte. Er schrieb ein paar Worte, und dann, während er die Hand ausstreckte, um die Feder ins Tintenfaß einzutauchen, schloß er ein Auge. In der zweckmäßigen Kargheit seiner einäugigen Sicht gerann die Szene zum Gemälde: der Gelehrte und die Edelfrau, der arme Brahmane und die Prinzessin, der Yogi und die Versuchung. Mit einem Auge betrachtet, in der Einzelsicht schien ihre Liebe so phantastisch, so idealisiert, daß sie unwirklich wurde und daher nicht existierte, nicht existieren durfte. Er öffnete das zweite Auge, und jetzt (im doppelten Reichtum seiner Fehlsicht) war das Wirkliche nicht mehr vom Unwirklichen zu unterscheiden, und alles Phantastische wurde zur Existenz gezwungen, in der Wirklichkeit und mehrfach. Ihm wurde zum erstenmal im Leben seine Macht bewußt, und er kicherte. Die beiden blickten erfreut zu ihm hin. Er lächelte zurück und fühlte sich lachhaft alt und großmütig. Er wollte sie an sich drücken, ihre

Köpfe an seiner Brust bergen und sagen: »Geht hin in Liebe und wachst und gedeiht.« Statt dessen kicherte er, fiel zurück in seine Kinderrolle und beugte sich wieder über seine Aufgabe.

Sie blickten ihn überrascht an. Er lächelte und reichte ihnen einen Zettel: »Laßt uns alle, wenn der Mond voll und rund ist, einen Ausflug zum Ganges machen.« Ram Mohan las Sikanders Mutter die Notiz vor, und dann reichten sie den Zettel hin und her. Sanjays plötzlicher Redefluß beunruhigte sie – in den Wochen und Monaten nach dem Unfall hatte er sich den Ruf erworben, trübselig und finster zu sein. Als er spürte, daß es in dieser Sache noch Zweifel gab, reichte er ihnen einen weiteren Zettel: »Ich habe oft das Gefühl, als verschlänge mich der Himmel. Ich glaube, der Ausflug würde mir guttun.« Ram Mohan las die Worte durch, und seinem verwirrten Gesichtsausdruck konnte Sanjay entnehmen, daß diese Anspielung auf Schrecken oder Tod für ein Kind viel zu fremdartig und zu pathetisch war. Er ließ einen weiteren Zettel folgen: »Onkel, Onkel, rede du mit Mama, auf dich hört sie. Mir tut der Kopf so weh, und das Wasser des Ganges kann das heilen.«

Ram Mohan langte zu ihm herüber und tätschelte ihm das Knie. »Mach dir keine Sorgen, ich rede mit deiner Mutter. Ein Ausflug zum Ganges wird uns allen guttun.« Er straffte die Schultern. Sikanders Mutter wandte ihren Blick von ihm ab und musterte wieder ihre Zehen. »Die Schriften sagen, daß Gangaji unsere Mutter ist und daß, wer immer in ihren Fluten badet, von allem Karma reingewaschen wird.« Er begann, Hymnen an die Göttin Ganga zu rezitieren, und hub mit einer Erzählung der Geschichte von Shantanu an, von dem König, der eine Frau heiratete, die alle ihre Kinder, alle sieben, eines nach dem anderen, tötete. »Der Tod«, sagte Ram Mohan, »kann, wie Shantanu herausfand, manchmal ein Geschenk für die Lieben sein. Es empfiehlt sich auch zu lernen, woran man Göttinnen erkennen kann, wenn man sich mit Heiratsgedanken trägt, sonst läuft man Gefahr, schließlich ohne Gattin dazustehen, mit nichts als einem einzigen Kind, das auch noch große Kriege heraufbeschwört.«

»Laßt mich machen«, sagte plötzlich Sikanders Mutter,

ohne aufzublicken. »Laßt mich – ich rede mit allen, die zu fragen sind. Ich schicke nach Sänften und Elefanten, ich stelle Köche und Kulis und Diener und Träger ein. Ich besorge Wachen, Soldaten und Berittene, und dann ziehen wir über Berge und durch Wüsten zum heiligen Fluß.«

»Hier sind zwar keine Berge, und wir haben auch nichts, was im entferntesten einer Wüste ähnelt«, meinte Ram Mohan, »aber wenn es dein Wunsch ist, dann mußt du es selbstverständlich tun.«

»Gut«, sagte Sikanders Mutter mit sehr ernster Miene, gleichzeitig strahlte sie aber einen ungewohnten Eifer und tiefe Zufriedenheit aus. Sie stand schnell auf, raffte ihre Ghagra schwungvoll um die Knöchel und ging mit raschen Schritten davon, während sie noch das Ende ihrer Chunni in das Taillenband stopfte, als wollte sie sogleich mit der Anordnung der Kamele und der Planung der Mahlzeiten beginnen. In den nächsten Tagen sah man sie selten, und selbst dann war sie immer auf dem Weg in eine Küche oder einen Lagerraum, und es folgten ihr drei oder vier Mägde verschiedener Altersstufen, eine oder zwei weißhaarige, treue Dienerinnen und eine schwitzende Köchin. Sikander und Chotta berichteten davon, daß der Waffenstillstand zwischen ihren Eltern zusammengebrochen war: Es fanden hitzige Gespräche über die Möglichkeit einer Reise an den Fluß statt, später dann über die Notwendigkeit einer solchen Unternehmung. Hercules hatte seine schwarzberockten Freunde im Garten zurückgelassen, war an den Türen der Frauengemächer aufgetaucht und hatte (auf Englisch, das von Sikander, Chotta und ihren Schwestern übersetzt wurde) von der mangelnden Sicherheit der Straßen (Strauchdiebe, die man noch nicht lange aus der eigenen Provinz verbannt hatte), von den Mühsalen einer solchen Reise (Staub, Hitze, wenig vertraute Gesichter), von der Umstellung in der Ernährung der Kinder und von den Kosten gesprochen. Aber Sikanders Mutter fuhr ruhig mit ihren Vorbereitungen fort und sagte nur: »Es wird ihnen guttun.«

Schließlich machte sich Hercules mit der Miene eines Mannes, der auf eine ihm nicht vertraute, unabänderliche Naturgewalt gestoßen ist, auf die Suche nach einem Kompromiß: Er werde die Reise genehmigen, sagte er, wenn die Reisegesellschaft von einem Reitertrupp der Company begleitet würde, und von dieser Vorsichtsmaßnahme verspreche er sich, daß sie einer angemessener Atmosphäre offizieller Förmlichkeit und Macht förderlich sein werde, die aller Wahrscheinlichkeit nach kriminelle Elemente an Missetaten hindern würde. »Meine Töchter müssen auch mitkommen«, sagte Sikanders Mutter. »Verschone sie mit dieser Torheit«, entgegnete Hercules. »Du gefährdest ihre Gesundheit. Die Luft in diesem Land ist ohnehin faulig, aber besonders zu dieser Jahreszeit begünstigt sie die Fieberkrankheiten, und wer weiß, was für Wasser sie trinken müssen. Warum geht ihr nicht zu unserem Fluß hier draußen vor der Stadt, wenn es denn unbedingt sein muß. Der sieht in meinen Augen ganz genauso gut aus.« – »Es gibt nur einen heiligen Fluß. Sie trinken nur, was ich zuerst gekostet habe«, erwiderte Sikanders Mutter. »Du hast bisher mit ihnen gemacht, was immer du wolltest. Du hast sie so behandelt, wie ihr Angrez eure Frauen behandelt, so daß ich inzwischen kaum mehr mit ihnen reden kann. Aber bevor ich sterbe, möchte ich sie einmal im heiligen Strom baden sehen.«

Darauf blickte Hercules ein wenig überrascht, vielleicht sogar beschämt, und er meinte, unter Umständen, wenn Mr. Sarthey und zwei seiner Damen mitkämen und die ganze Unternehmung als Anstandsdamen begleiteten und auf diese Weise eine gesittete Atmosphäre wahren könnten und so weiter. »Fein«, meinte Sikanders Mutter, »aber Sanjays Onkel kommt auch mit, er muß sich um die Gesundheit des Jungen kümmern.« – »Der Krüppel?« fragte Hercules. »Na ja, das geht wohl in Ordnung, wenn Mr. Sarthey auch dabei ist. Aber insgesamt ist doch die ganze Unternehmung wieder einmal eine von diesen sinnlosen Frauensachen, und noch dazu kurz vor dem Monsun.« Aber da war Sikanders Mutter schon fort und überwachte das Verpacken der Lebensmittel. Hercules wandte sich um, nickte seinen Söhnen zu, räusperte sich und begab sich in seinen Teil des Hauses zurück.

Neun Tage später machte sich die Gesellschaft auf den Weg. Vor Sikanders Haus wiegten Elefanten ihre Köpfe, weigerten sich Kamele unter ihrer Last, sich auf die Füße zu erheben, stiegen Pferde auf und trabten umher, rannten Diener eifrig hin und her und brachten doch nichts zuwege, bellten Hunde, schrien Soldaten Befehle und saßen verdrossene Sänftenträger in Gruppen beieinander und rauchten. Aber schließlich bildete sich aus dieser wirbelnden Masse ein Strom, der sich träge die Straße hinabwälzte – allen voraus ein Trupp Kavallerie, dessen Lanzenspitzen im ersten Sonnenlicht rot glänzten. Sikander und Chotta durften sich nach allerlei Beratungen und Versicherungen den Reitern anschließen und saßen nun vor zwei graubärtigen Offizieren im Sattel. Dahinter folgte ihre Mutter mit den Schwestern in zwei Sänften mit Vorhängen (die Träger schrien ihr stetiges »Hunh-HA, Hunh-HA, Hunh-HA«), die noch von Bediensteten zu Fuß umringt waren. Dann kam ein Elefant namens Gajnath, der größte Elefant der Gruppe. Auf diesem gewaltigen Tier, hinter dem Mahout, saß Sanjay, und ihm war so schwindelig vor Glück, daß er kaum den leichten Schmerz im rechten Oberarm verspürte, den ihm der knochige Klammergriff seines Onkels zufügte, der kerzengerade hinter ihm saß und dessen Gesicht sich jedesmal, wenn Gajnaths Rücken sich während eines Schrittes hob und senkte, sorgenvoll verzog. Wie sich der Troß so durch die Straßen wand, rannten Kinder auf Balkone und Dächer, um die Pferde, die Soldaten und Gajnath anzusehen. Sanjay setzte sich aufrecht hin, konzentrierte sich darauf, nur geradeaus zu schauen, und er wünschte sich, sie hätten auch eine Gruppe von Musikanten dabei, die eine schmissige Militärmusik spielen könnten – denn er war ein König, und er befand sich auf dem Weg zur Inspektion seiner Provinzen; er war ein Prinz, der sich aufmachte, trotz aller ränkeschmiedenden Rivalen eine wunderschöne Prinzessin für sich zu gewinnen; er war der Befehlshaber eines kleines Heeres, das gegen einen mächtigen Tyrannen, der das Land überfallen hatte, in die Schlacht zog.

»O Gajnath, Herr der Elefanten, du bist wahrhaft mächtig, o Umfangreicher«, sagte Ram Mohan. Als er merkte, daß der Druck auf seinen Oberarm nachgelassen hatte, wandte sich Sanjay, aus seinen Träumereien gerissen, zum Onkel um. Der lachte darüber, wie Gajnath den Schwanz hoch zu einer Seite aufreckte und riesige dampfende Kugeln schwarzen

Dungs eine nach der anderen mitten auf die Straße plumpsen ließ. Dann blieb Gajnath stehen und begann den Pfad mit einem dunklen, nassen Kreis zu markieren, der sich schon bald mindestens dreißig Fuß ausgebreitet hatte. Zwei Soldaten, die des Weges getrabt kamen, erhoben ihre rechte Hand und sagten: »Fein, fein, sehr gut!« Die Schaulustigen applaudierten staunend, und Sanjay wünschte, er könnte absteigen und sich diesen reißenden Strom ansehen, denn sicherlich war er es wert, daß man sich seiner erinnerte. Aber gerade da, als Gajnath endlich seinen Schwanz wieder gesenkt hatte, kamen drei Reiter in Schwarz mit flatternden Rockschößen angaloppiert und ritten vorbei. Die Gesichter hielten sie sorgfältig nach oben gewandt, ihre Nasenflügel bebten. Dann bezogen sie Position um die rote Sänfte, in der Sikanders Schwestern saßen. Einer von ihnen, den Sanjay als den cholerischen Ausländer aus dem Garten, den Redner mit dem Buch, wiedererkannte, beugte sich zu den Vorhängen hinunter und sprach, richtete sich dann auf und blickte die Menschenmenge voller unverkennbarer Feindseligkeit, zumindest voller Furcht an.

»Ich glaube, der da, der mit dem roten Gesicht, ist derjenige, die die Bücher haben will, Sanju«, sagte Ram Mohan. »Was ist denn los? Mußt du pinkeln? Nein? Hör mal, wenn du mußt, dann geh. Wenn du es verhältst, kann das die übelsten Folgen haben. Wir halten dich hier hinten über die Howdah, und dann kannst auch du einen schönen Fleck in den Schlamm machen, genau wie Gajnath. Nicht?«

Sanjay schüttelte heftig den Kopf. Er war bestürzt über den Verlust königlicher Würde, den eine solche Vorgehensweise mit sich bringen würde. Er war sich gar nicht im klaren darüber, worin der Grund für die plötzliche Unruhe lag, die es ihm unmöglich machte, stillzusitzen. Er schloß ein Auge. Die drei schwarzen Reiter bewegten sich gemessenen Schrittes neben der roten Sänfte. Er wiederholte den gleichen Vorgang noch einmal mit dem anderen Auge, und immer noch trotteten die drei dahin und umringten die Sänfte wie Wachtposten. Er öffnete wieder beide Augen, und aus den drei wurden sechs, ein schwarzer Kreis.

»Hör zu«, sagte Ram Mohan. »Ich erzähle dir eine Geschichte, in Ordnung? Habe ich dir jemals von dem Theaterstück erzählt, das dein Vater und ich vor langer, langer Zeit geschrieben haben, als du noch nicht einmal unter uns warst, und über den Knoten und über den Sikander von Makedonien, der die ganze Welt töten wollte? Habe ich dir davon schon einmal erzählt? Nun, darin gab es einen Abschnitt, eine Szene, die sich mit genau diesem Thema befaßte, eine kurze Szene, die wir gestrichen haben, ehe wir das Stück bei Hof aufführten, weil Skinner, ja, Sikanders Vater, uns in seiner Eigenschaft als Resident zu verstehen gab, ein solches Thema sei mit der Würde des Hofes nicht vereinbar. Das hat er wirklich gesagt: ›Würde des Hofes‹. Dabei hatte er den Hof ja selbst erniedrigt und gedemütigt, bis der Raja nur noch ein nervöses altes Kamel war. Aber jedenfalls gab es da diese Szene, möchtest du die anhören? Also, dann hör zu. Sie ging etwa so. Dies ist die berühmte Szene, in der Sikander einige Sadhus unter einem Baum antrifft. Wir waren eigentlich der Meinung, daß sie uns gut gelungen war, aber die Leute von der Company dachten, Sikander von Makedon verdiente eine würdigere Behandlung, einen erhabeneren Dialog. Jedenfalls ging sie etwa so. Du mußt verstehen, Sikander spricht über einen Dolmetscher mit den Sadhus.

DOLMETSCHER: Er will wissen, warum ihr nackt seid.
SADHU: Frag ihn, warum er Kleidung trägt.
DOLMETSCHER: Er sagt, hier stellt er die Fragen.
SADHU: Fragen gebären nur immer neue Fragen.
DOLMETSCHER: Er sagt, Leute, die ihm komisch kommen, werden hingerichtet.
SADHU: Warum?
DOLMETSCHER: Weil er der König der Könige ist. Und du sollst aufhören, Fragen zu stellen.
SADHU: König der Könige?
DOLMETSCHER: Er ist aus einem Land namens Griechenland hierhergekommen, also ist er der König der Könige, verstehst du.
SADHU: Tor der Toren, Meisterclown der Clowns, Maha-Idiot der Idioten.
DOLMETSCHER: Willst du wirklich, daß ich ihm das sage?

SADHU: Ich hab's doch gesagt, oder?

DOLMETSCHER: Du bist noch verrückter als er. Er sagt, er bringt dich um. Hier und jetzt.

SADHU: Irgendwann muß ich ohnehin sterben.

DOLMETSCHER: Hör mal, mach das nicht. Er ist wahnsinnig, es ist ihm nicht klar, wer du bist. Er denkt, nackte Menschen sind arme Wilde. Er wird dich wirklich umbringen.

SADHU: Ich muß wirklich eines Tages sterben.

DOLMETSCHER: Er will wissen, warum du keine Angst vor dem Sterben hast.

SADHU: Das wäre doch töricht.

DOLMETSCHER: Er sagt, das ist keine zufriedenstellende Antwort.

SADHU: Was für eine Antwort möchte er denn gerne haben?

DOLMETSCHER: Er sagt, du sollst ihm erklären, welchen mystischen Weg du beschritten hast, um diesen erhabenen Zustand der Gleichgültigkeit zu erreichen. Und er möchte, daß du aufhörst, Fragen zu stellen. Es ist wirklich unglaublich, aber ich denke, du hast seine Neugier erweckt.

SADHU: Mystischer Weg?

DOLMETSCHER: Mystischer Pfad. Wörtliche Übersetzung.

SADHU: Wenn mir nach Scheißen ist, dann scheiße ich; wenn mir nach Essen ist, dann esse ich.

DOLMETSCHER: Ich glaube, so habe ich ihn noch nie gesehen – er weiß nicht recht, ob er bestürzt oder höchst fasziniert sein soll. Du kannst das wirklich gut. Er sagt, es sei unverantwortlich, zu scheißen, wenn einem danach ist, man müsse in seinem Leben ein wenig Disziplin halten, anstatt nackt unter einem großen Baum herumzulungern. Er sagt, Leute die scheißen, wenn ihnen danach ist, machen nie etwas aus ihrem Leben.

SADHU: Frag ihn, wie oft er scheißt.

DOLMETSCHER: Du willst Sikander von Makedonien in aller Öffentlichkeit fragen, wie oft er scheißt?

SADHU: Ich hab's gesagt, oder nicht?

DOLMETSCHER: Weißt du, langsam geht ihr mir mit eurem Frage-und-Antwort-Spiel ein bißchen auf die Nerven. Na gut, ich frage ihn. Ich glaube, es hat ihm die Sprache verschlagen. Ich glaube, er ist völlig aus der Fassung.

SADHU: O-ho. Ich habe mir doch gleich gedacht, daß er Verstopfung hat, wie ich ihn gesehen habe.

DOLMETSCHER: Was? Was? Das soll ich ihm sagen?

SADHU: Warum nicht? Sag ihm, daß es ihn wahrscheinlich deshalb dazu treibt, andere Nationen zu überfallen und ganze Stämme zu massakrieren und all das – jeder Yoga-Schüler kann dir sagen, daß es zu einer geistigen Katastrophe führt, wenn man seinen Körper mißhandelt. Die Yoga-Lehre hat gezeigt, daß Menschen, die es nicht rauslassen können, unausweichlich zu solchen Verhaltensweisen getrieben werden, daß sie durch die Lande ziehen und Leute aufschlitzen, Städte belagern und sinnlose Tapferkeiten begehen.

DOLMETSCHER: Jetzt hast du es geschafft. Diese Anfälle bekommt er immer, wenn er wütend wird. Schau es dir an, er wälzt sich am Boden. Das letzte Mal, als er so etwas hatte, wurde nachher eine Stadt mit achtzigtausend Einwohnern in Schutt und Asche gelegt. Keine Überlebenden.

SADHU: Es ginge ihm wesentlich besser, wenn er öfter scheißen würde. Ich wüßte zu gern, was sein Ausstoß pro Woche ist.

DOLMETSCHER: Das frage ich ihn nicht, hörst du? Dann bringt er dich und all deine Freunde und wahrscheinlich noch den ganzen Rest von Sindh um. Ich verweigere den Dienst aus Gewissensgründen. Es ist meine Aufgabe, aber ich weigere mich, weil ich an das Wohlbefinden der Bevölkerung dieses Landes denke.

SADHU: Es gibt eine Yogikur gegen Verstopfung. Man nimmt dazu jeden Morgen ...

DOLMETSCHER: Halt's Maul. Halt's Maul. Du hast für einen Tag schon genug Ärger gemacht.

SADHU: Man würde sich an dich erinnern als an den Mann, der die Welt vor Sikander, dem Schlächter, rettete. Wenn man diesen Kerl so hinkriegt, daß er richtig scheißt, geht er wahrscheinlich artig wie ein Lämmchen nach Hause.

DOLMETSCHER: Nein, nein. Du hast Glück gehabt. Er hat beschlossen, daß es nicht gut für seinen Feldzug wäre, wenn er dich jetzt umbrächte. Es würde grausam wirken, und dann würde sich ihm niemand ergeben. Er wird seine Geschichtsschreiber bitten, diese Unterhaltung aus den Aufzeichnungen zu streichen. Nun wird die Geschichte lehren, daß Sikander der Große einige seltsame nackte Männer unter einem Baum getroffen hat, mehr nicht.

SADHU: Nun gut. Viel Glück, mein Freund.

DOLMETSCHER: Dir auch viel Glück. Wünscht man das Leuten wie dir überhaupt? Jetzt fange ich auch schon an, Fragen zu stellen!

SADHU: Warum schreibst du es nicht auf, zumindest in groben Zügen? Dann erinnert diese Geschichte an dich als den Autor der einzigen umfassenden Theorie über kaiserliche Eroberungen: Die Verstopfungshypothese oder Die Affinität zwischen Scheiße und Ruhm.

DOLMETSCHER: Nein, danke. Selbst wenn ich meine Kinder haßte, würde ich doch andere Flüche auf sie herabwünschen als den der Lächerlichkeit.

SADHU: Du würdest die Welt vor einer Menge verstopfter Mörder retten.

DOLMETSCHER: Nein. Nein.

SADHU: Du wirst schon sehen. Alle wahrhaft großen Befreier werden diese Theorie in ihre Überlegungen und Berechnungen einbeziehen.

DOLMETSCHER: Nein.

SADHU. Und so stirbt die Welt an einer Übermenge zu straff gespannter Schließmuskeln. Und dabei wäre es doch so einfach.

Das war die Szene. Dein Vater und ich hielten sie für eine unserer besseren Arbeiten, aber die Leute von der Company meinten, Sikander hätte gewiß bohrendere Fragen über Philosophie und Metaphysik gestellt. Also mußten wir sie rausnehmen, unsere Metaphysik der Scheiße. Es war ein wahrhaft trauriger Tag, als wir das machten. Damit schien unserem dramatischen Aufbau das Zentrum genommen, oder sollte ich vielleicht sagen, es wurde unserem Sikander sein Scheiß genommen.« Ram Mohan lachte und rief dann: »Oh, du bist wahrhaftig großartig und edel, süßer Gajnath«, denn genau in diesem Augenblick schmetterte das Tier einen ungeheuerlichen, prächtig duftenden, unbestritten elefantigen Furz her-

286

vor. Sanjay lachte eine leise Begleitung zu Ram Mohans langgezogenem Krähen und den heiseren Lachsalven der Diener und Soldaten und Begleiter, aber dann blickte er nach vorn: Das Gesicht des zornigen Mannes leuchtete sehr weiß unter seinem breitkrempigen schwarzen Hut, und sein Mund war so verkniffen wie eine Börse, deren Bänder man fest zusammengezurrt hat, seine Lippen waren verzogen. Inmitten des Gelächters, all der neuen Gerüche des Landes, der Scherze der Soldaten und der Dienstmägde, inmitten von Gajnaths leichter, wiegender Anmut und all der Erwartung des Flusses und des Weges, der vor ihnen lag, inmitten all dessen packte Sanjay eine eiskalte Furcht, und er begriff vollkommen und ohne jeglichen Zweifel, daß sehr Schlimmes geschehen würde.

Aber wie immer ging die Sonne auf, und die Straße schlängelte sich nun durch Felder und Haine. Hinter Gajnath zog sich der Troß aus Pferden und Kamelen und Fußvolk über zwei und eine halbe Meile hin. Reiter patrouillierten mit wichtiger Miene auf und ab, die Enden ihrer Turbane flatterten hinter ihnen, Metall klirrte beruhigend, und Sanjays Furcht legte sich. Sikander und Chotta kamen mit ihren Offizieren zurückgeritten und warfen ihnen ein halbes Dutzend Mangos zu, die sie in einem Obsthain neben der Straße ergattert hatten. Sikander hielt inzwischen die Zügel, und er wendete das Pferd selbstbewußt und schnell, was seinen Graubart zu begeistertem Lachen beflügelte.

»Wer weiß, wo diese Früchte herkommen, aus wessen Obsthain?« fragte Ram Mohan. »Andererseits, wir sind unterwegs, und unter schwierigen Umständen gestattet es der Dharma, daß man unbekannte Speisen zu sich nimmt. Iß, iß.«

Sie rollten die kleinen grünen Mangos zwischen den Handflächen und drückten sie. Dann nagten sie an einem Ende mit den Zähnen einen kleinen Schlitz. Der kühle, unglaublich süße, durch lange köstliche Fasern eingedickte Saft spritzte ihnen in den Mund. Gajnath verlangsamte seinen Schritt und streckte den Rüssel über den Kopf.

»Er will eine«, sagte sein Mahout. »Gajnath fordert eine Mango. Er mag sie nämlich sehr gern.«

Sanjay reichte eine nach vorn. Gajnath nahm sie seinem

Mahout so zart aus der Hand, wie ein Musiker von einem Bewunderer ein Stück Paan entgegennimmt. Einen Augenblick später langte er schon wieder mit seinem fordernden Schnüffelorgan über die Stirn nach oben.

»Gajnath möchte mehr«, kritzelte Sanjay auf ein Schiefertäfelchen.

»Gajnath, der Herrliche«, sagte sein Onkel.

»Gajnath will immer mehr«, meinte der Mahout und rieb mit der Hand über die aufgesprungene graue Haut zwischen den beiden schlappenden Ohren. Wie aus Dankbarkeit beschleunigte Gajnath seinen Schritt und trug sie wieder näher zu den Sänften. Die drei Firangis hatten sich Streifen weißen Stoffs um die Gesichter gewunden und ritten mit gesenktem Kopf. Sanjay stützte sich auf die Vorderwand der Howdah und beobachtete, wie sie immer tiefer in ihren Sätteln versanken. Während die Hitze anstieg, ebbte das Rufen und Schwatzen ab, und man hörte nur das monotone Knirschen des Leders, das Schlurfen der Füße im Staub, das übereifrige Schnauben der Pferde und das pfeifende Keuchen der Elefanten. Der Himmel wölbte sich wie eine gewaltige Kuppel, hoch, stählern und vollkommen blau. Jetzt schien Sanjays Hals schlaff zu werden, sein Kopf kam ins Rollen. Er spürte, wie ihn der Onkel zu sich nach hinten zog, und versuchte zu protestieren – nein, ich will auf die Straße schauen, will alle beobachten –, aber die Dunkelheit war gut (Hatte Ram Mohan die Vorhänge der Howdah zugezogen?), und Gajnath wiegte ihn auf und ab und im Kreis herum – ist es das Meer, Mutter, werde ich träumen, kann ich träumen? Der Traum kam: ein Schiff, eine schwarze, zähflüssige See, klatschende Wasser, endlose Tage, ewig weite Himmel und ein Gefühl der Resignation, Stunde um Stunde die gleiche Ruhe, Jahre vergingen. Sanjay wachte ganz abrupt auf, voller Ungeduld und war froh, als er Gajnaths unermüdlichen Schritt wieder wahrnahm, Ram Mohans vertrautes pfeifendes Atmen hörte, während er mit dem Kopf an der Seite der Howdah lehnte und schlief. Sanjay schob einen paillettenbesetzten Vorhang zur Seite und blinzelte in die grelle Sonne. Die Pferde stapften mit tief gesenkten Köpfen; ganz weit in der Ferne blitzte es ab und zu im Grünen rot auf. Sanjay setzte sich zum Warten zurück; er wurde ungeduldig, denn er hatte gesehen, wie man die Zelte zusammenfaltete und auf die Kamele lud. Man hatte ihm erklärt, daß eine Gruppe von Dienern früh, noch im Dunkel des ersten Morgens losziehen würde, und er wußte, daß heiße Speisen auf ihn warten würden, daß er Gelegenheit haben würde, seine verkrampften Gliedmaßen auszustrecken und natürlich das Verhalten und die Ausstattung der Firangis aus nächster Nähe zu studieren. Sein ungutes Gefühl vom Morgen kehrte unvermindert zurück, aber diesmal war die Unruhe mit der Erwartung eines Zusammentreffens mit dem Unbekannten gewürzt. Er versprach sich selbst, daß er der Sprache der Firangis aufmerksam lauschen, sich ihren Tonfall und die Länge der Silben gut merken würde, und daß er Sikander und Chotta keine Ruhe lassen würde, bis sie ihm die Bedeutungen der Wörter beibrächten, an die er sich genau erinnerte: *di-gra-did, si-vil-iz-a-shun, prau-gres, di-cay*. Glücklich kniete er sich hin und steckte seinen Kopf zum Vorhang heraus, rüttelte seinen Onkel wach und gab ihm einen Zettel. Ram Mohan räusperte sich und rief dann »Los, Gajnath, schneller, schneller, Sanjay sagt, daß bei den Zelten Mangos auf uns warten und Sherbet und Barfi.«

»Vorsichtig, Herr«, bemerkte der Mahout nervös. »Wenn du all das sagst, wirst du ihm all das geben müssen. Er mag es nicht, wenn Leute Versprechen machen und sie nicht halten. Dann bekommt er schlechte Laune. Dich kann er gut leiden, das sehe ich schon.«

»Ich gebe es ihm, sagt Sanjay«, las Ram Mohan wieder vor. »Gajnath, mach dir keine Sorgen, wir haben all das und mehr. Los doch, Gajnath.«

Im Lager kniete sich Gajnath schwerfällig hin. Ram Mohan kletterte, an jeder Seite von einem Diener gestützt, herunter und hinkte auf ein Zelt zu. Sanjay sagte tonlos zu Gajnath: »Warte, warte (inmitten des grauen Fleisches das alte, wissende Auge, Tränenspuren darunter).« Dann rannte er auf der Suche nach vertrauten Gesichtern davon. Am Rand des Lagers fand er zwischen Bergen von Gepäck einen arg bedrängt aussehenden Bawarchi, der seine Untergebenen anbrüllte. Als er wieder in die Lagermitte zurückkehrte, sah er Gajnath noch genauso da sitzen, wie er ihn verlassen hatte: Die Beine waren am Knie vor den massigen Körper geknickt, die Ohren schlappten vor und zurück, der Rüssel bewegte sich von einer Seite zur anderen.

»Er wollte sich keinen Deut von der Stelle rühren«, sagte der Mahout verzweifelt. »Was hast du zu ihm gesagt? Hast du ihm jetzt auch noch das Lesen beigebracht? Nun wird der Kerl noch unmöglicher, als er ohnehin schon war.«

Gajnath nahm Sanjay die Mangos von der Hand, und das weiche rosa Ende seines Rüssels streichelte einen Augenblick wie ein Finger über das Handgelenk des Jungen. »Der Bawarchi sagt, auf das Barfi und das Sherbet müssen wir noch eine Weile warten.« Sanjay bewegte tonlos die Lippen. »Er sagt, schließlich seien wir in einem Zeltlager am Straßenrand und nicht in einem Palast. Aber früher oder später bekommen wir welches.« Gajnath erhob sich, türmte sich auf, und Sanjay lachte entzückt. Als er Gajnath davonschreiten sah (neben ihm den schimpfenden kleinen Mahout), verstand Sanjay die Anspielungen, die Ram Mohan bei seinen Diktaten auf wunderschöne Frauen mit dem Gang eines Elefanten gemacht hatte: dieses gelassene, anmutige Aufsetzen eines Fußes, dann des nächsten, der sich darüber wiegende Körper, diese köstliche Zartheit. Er spürte jemanden hinter sich und wandte sich um. Der Oberfirangi stand in einiger Entfernung, hatte die Arme auf dem Rücken verschränkt, lehnte sich, von seinen jüngeren Landsleuten flankiert, ein wenig vor und beobachtete Sanjay.

»Charles, wenn du bitte so freundlich sein könntest«, sagte der Anführer, und einer von den anderen zog ein herrlich in rehfarbenes Leder gebundenes Notizbuch hervor. »Der Inder, nein, nein, fang noch einmal an, der Eingeborene Indiens ist einzigartig in seiner Unfähigkeit, die natürliche und gottgegebene Unterscheidung zwischen dem Menschen und den anderen Geschöpfen zu machen. Sie neigen alle dazu, die niedrigeren Arten so zu behandeln, als seien sie von ihnen verschiedene und gleichberechtigte Nationen und nicht etwa Kreaturen, denen die Macht des Verstehens fehlt, die ein gerechter und guter Gott allein Seinen Menschen zum Geschenk gemacht hat. Weiterhin legen die Eingeborenen die Launenhaftigkeit von kleinen Kindern an den Tag, was heißen soll, daß sie, während sie eine sentimentale und zuweilen gotteslästerliche religiöse Anhänglichkeit zu den niederen Tieren wie zum Beispiel zu den fratzenschneidenden Affen, zur wiederkäuenden, friedfertigen Kuh und zum Elefanten zeigen, doch zu den herzlosesten Grausamkeiten gegen diese selben Tiere fähig sind.« Er unterbrach sich.»Was meinst du, Charles?«

»Eh, höchst aufschlußreich«, sagte der junge Mann.»Für die Leser meine ich, Sir.«

»So soll es auch sein«, erwiderte der Ältere.»Himmel, warum blickt er uns so an? Versucht er zu sprechen, was meint ihr?«

Sanjay probierte tonlos das Aroma eines neuen Klangs – *crool-ti* – das Wort schmeckte wie Asche.

»Das ist der Junge, der hingefallen ist, der Nachbarsjunge.«

»Eh, jawohl, Sir. Ich sehe die Narben.«

Der ältere Mann beugte sich in die Hocke herunter. Aus der Nähe sahen seine Pupillen blaßblau aus, die Augen waren vom Straßenstaub mit einem deutlichen und erschreckenden Rot umrahmt. Ein weißer Kragen drückte gegen das lose und wund aussehende Fleisch seines Halses.

»Hallo«, sagte er lächelnd. Sanjay betrachtete gerade die Schwärze der Bartstoppeln vor der weißen Haut und wurde durch das Lächeln aufgeschreckt.»Ich bin Reverend Sarthey«, sagte der Mann und lächelte wieder, diesmal mit ziemlich deutlicher Anstrengung, und dann legte er sich die Hand auf die Brust.

Sanjay zog einen Stapel Papier hervor, kritzelte etwas und reichte ihm einen Zettel, was beträchtliche Überraschung auslöste.»Er schreibt! Und Angst hat er auch nicht vor uns. Charles, sieh dir einmal an, ob du das entziffern kannst.«

»Leider nicht, Sir, es ist in einer ziemlich flüssigen Handschrift verfaßt, denke ich, und wohl auch Umgangssprache. Ich kann gerade einmal ein paar Buchstaben unterscheiden.«

»Na ja, macht nichts. Wir werden versuchen, deine Botschaft zu entziffern, junger Mann, und bringen dir dann morgen eine Antwort. Inzwischen, Adieu.« Er streckte die Hand mit senkrecht zum Boden gehaltener Handfläche und hochstehendem Daumen aus. Einen Augenblick lang versuchte

Sanjay, die Bedeutung dieser seltsamen Geste zu entschlüsseln (Ein einhändiger Namaste-Gruß? Oder wollte er eine Mango?). Dann kritzelte er eine weitere Botschaft und steckte sie dem Mann zwischen zwei der Finger. Die Engländer lächelten alle und schritten davon. Sanjay ging langsam durch das Lager, ließ sich die verschiedenen Nuancen des jüngsten Zusammentreffens noch einmal durch den Kopf gehen: Wieviel hatten sie verstanden? Was hatten sie gesagt? Er fragte sich, was sie nun mit seinen beiden Botschaften machen würden. In der ersten fragte er: »Was ist *si-vil-iz-a-shun*?« und in der zweiten erkundigte er sich: »Was bedeutet *di-cay*?«

Sikanders Mutter hatte ein sehr großes Zelt, ein karmesinrotes Shamiana, das von einem roten Quanat-Schirm umspannt war. Es schien sich endlos weit in alle Himmelsrichtungen auszudehnen, war unterteilt und abgeteilt, so daß es immer neue Nischen zu entdecken gab. Der Stoff selbst war mit Chintz abgefüttert, der in abstrakten Mustern bestickt und bemalt war, die von den Blumen und Ranken eines imaginären, vollkommenen Gartens und der regelmäßigen, hypnotischen Geometrie der Mathematik abgeleitet waren. Gelbe Wimpel flatterten in regelmäßigen Abständen von den Zeltstangen, und vor den Eingängen und schmalen Fenstern hingen gestreifte Vorhänge. Der Boden war mit leichten Dhurris bedeckt, Klappmöbel waren aufgebaut und mit Kissen bedeckt. Nachdem er durch den Bogen des Haupteingangs hindurchgeschritten war (der so geschnitten und bemalt war, daß er wie Stein wirkte), wo zwei Soldaten Wache standen, suchte sich Sanjay einen Weg durch das Labyrinth der Gänge und Räume im Inneren bis ganz hinten ins Zelt. Als er Sikanders Stimme hörte, blickte er sich nach dem Eingang des großen Zenana-Wohnzimmers um, aber da war nur eine leere, weiße Stoffwand. Er ging an ihr entlang, ließ die Hand über den glatten, schweren Stoff fahren, lauschte, wie Sikanders Mutter ihren Söhnen mitteilte, daß ein ganzer Tag Reiten wirklich reichte, ganz besonders in dieser modrigen Hitze, und daß sie auf keinen Fall noch einmal nach draußen dürften. Sanjay fand eine Lücke in der Wand, eine Stelle, an der zwei Bahnen zusammenstießen und an einer Bambusstange befestigt waren. Er nestelte an einigen Knoten, zog mit den Zähnen daran und quetschte sich dann durch den entstandenen Schlitz. Nach einem Augenblick äußerster Anstrengung – er hatte den Kopf verdreht, Schulter und Knie schrammten schmerzhaft gegen den Bambus – zwängte er sich hindurch, landete auf einem fürsorglichen Berg Kissen und erschreckte Sikanders Schwestern, die schreiend aufsprangen. Dann richtete er sich auf, setzte sich mit gekreuzten Beinen auf die Polster und betrachtete die beiden ganz unverhohlen. Sie waren ein geheimnistuerisches, unzertrennliches Paar. Sie tuschelten ständig miteinander, flüsterten sich in der Sprache ihres Vaters Dinge ins Ohr, verwendeten dazwischen ein paar Worte Urdu oder Hindi. Sikander und Chotta schienen ihre Schwestern mit der gleichen förmlichen Herzlichkeit zu behandeln, mit der sie auch ihren Vater bedachten, mit jener bemühten Sorgfalt, die man normalerweise Hausgästen angedeihen läßt. Die beiden Mädchen ihrerseits – sie hießen Ai-mee-lee und Jain – schienen die Gemächer und Freunde ihres Vaters den Räumen und den Vertrauten ihrer Mutter vorzuziehen. Sanjay sah sie selten, hatte nie auch nur ein Wort mit einer von ihnen gewechselt, fand sie aber beide ungeheuer faszinierend: Ihre Kleidung war nach einem ausländischen Muster geschnitten, das wahrscheinlich aus dem Heimatland ihres Vaters stammte. Sie schienen allem, was sie umgab, eine Miene allgemeinen Widerwillens entgegenzubringen. Wenn sie eine Sprache benutzten, die er verstehen konnte, so sprachen sie unweigerlich Vokale verkehrt aus und setzten ihre falschen Betonungen auf eine Art, die er ungeheuer bezaubernd fand. Er lächelte sie dümmlich an, streckte dabei unwillkürlich die Zunge heraus. Die Mädchen warfen den Kopf zurück und fuhren mit ihrer unterbrochenen Unterhaltung fort.

»Nein, Chotta«, sagte Sikanders Mutter, »du darfst nicht noch einmal nach draußen gehen. Ich möchte, daß du hierbleibst, du bist ja jetzt schon von der Sonne ganz schwarz verbrannt. Wer weiß, wie du aussiehst, wenn wir nach Hause kommen? Wo ist die Frau mit dem Obst? Sind die alle gestorben?« Zwei Dienerinnen kamen herbeigeeilt und brachten Tabletts mit Pakoras und Sherbet, und Sikanders Mutter hielt den Mädchen einen Teller hin: »Eßt. Eßt. Nehmt noch eins.«

»Versucht dies«, sagte Ram Mohan und bot ihnen Barfi an. Er saß auf einer niedrigen Couch und rutschte unruhig hin und her. Irgend etwas in seiner Stimme erregte Sanjays Aufmerksamkeit. Ram Mohan bemerkte seinen schnellen Seitenblick, lächelte verlegen und sagte: »Und wie geht es dir, Maharaj? Meine Knochen sind wie zerschlagen. Dein Freund, der Elefant hat mich wie eine Lumpenpuppe hin und her geschleudert, so daß mir jetzt jeder Knochen im Leib einzeln wehtut.«

»Aber ich will draußen bei den *Männern* sein«, maulte Chotta.

»Wie es mir nach ein, zwei Wochen einer solchen Reise gehen mag, weiß ich wirklich nicht«, meinte Ram Mohan, lächelte wieder und wirkte überhaupt nicht verzagt.

»Nein, du darfst nicht nach draußen, Chotta«, sagte Sikanders Mutter. Chotta saß immer noch da und trat mürrisch gegen ein Kissen auf seinem Ruhebett. »Du mußt mit uns allen hier in der Zenana bleiben.« Darauf hieb Chotta noch einmal seinen Fuß in das Polster, das Kissen rollte langsam herunter und fiel auf ein Tablett, stürzte Gläser um und ließ Pakoras über den Teppich kugeln. Alle sprangen auf, auch Sanjay, aber während er noch auf die kippenden Gläser zuhechtete, jagte sein schlechtes Auge (sein zweiter Blick) an den Rand des Geschehens, eilte unfreiwillig im Zickzack (welches war das schlechte Auge, das rechte oder das linke?) und nahm unweigerlich das tiefe Erröten wahr, das sich von Ram Mohans Hals über sein ganzes Gesicht und seinen kahlen Schädel ausbreitete, ein derart auffälliges und leuchtendes Erröten, daß es Sanjay mitten im Aufspringen dazu veranlaßte, die Blickrichtung zu ändern und eine Neufokussierung zu versuchen. Dabei verlor er natürlich völlig die Kontrolle, und es zuckten ihm nur noch Bildfetzen durch den Kopf: Ram Mohan, Sikanders Mutter, Sikander, Chotta, die beiden Schwestern, das sich über Boden und Teppich ergießende Wasser, das gedämpfte Leuchten der Sonne auf dem Zeltdach.

Als sich alles wieder beruhigt hatte, als der Schwindel nachgelassen hatte, wich Sanjay sorgfältig Ram Mohans Blick aus. Sikander setzte sich hinter Sanjay und lehnte sich an ihn.

»Was ist, kleiner Bruder?« fragte er leise. »Du hast wieder diesen grünlichen, bedeutungsschwangeren Gesichtsausdruck, als würdest du unter dem Druck nächstens platzen. Das heißt normalerweise, daß du denkst und denkst und denkst.« Sanjay schüttelte den Kopf. »Eines Tages denkst du noch zuviel«, fuhr Sikander fort. »Und dann explodierst du, wie ein Knallfrosch. Immer diese Denkerei.«

Wie ein Knallfrosch, wie ein Knallfrosch: Die Worte gingen Sanjay an diesem Abend nicht mehr aus dem Kopf, nicht einmal nach dem Kartenspiel, auf dem Sikanders Mutter bestand. Alle spielten mit, nur die beiden Mädchen nicht; sie sahen mit einer Mischung aus Verachtung und Faszination zu, wie Chotta seine Gewinnkarten mit Triumphgeheul hinwarf, wie Ram Mohan bei jedem Zug zögerte und nachdachte, wie er sich bei Sikanders Mutter entschuldigte und diese es mit liebevoller Nachsicht akzeptierte. Jahre später, weit weg, in Delhi, in den tristen Palästen des Bahadur Shah II. (der als Kaiser geboren wurde, den sein Mißgeschick zum Dichter und dann sein Volk wieder zum Kaiser machte) sollte Sanjay eine Gruppe von Engländern sehen, die alle gekommen waren, um sich den letzten der Mogule anzusehen, und auf ihren Gesichtern würde er den gleichen Blick wiederfinden, diese Selbstzufriedenheit und Ungeduld, die nur denen gegeben ist, die Reisende sind, die ihre Macht nur ihrer letzlichen äußersten Gleichgültigkeit verdanken, dieser leis lächelnden Reserviertheit des Touristen. Aber an jenem Abend war der Blick für ihn noch unergründlich, er erregte seine Neugier und ließ ihm die Rute hart und zitternd steif werden, so daß er den Zipfel seines Jama unter die Knie klemmen und ein Zelt errichten mußte und sein Spiel ungeheuer ernst und unbarmherzig war, während die anderen lachten und sorglos wichtige Wesire und wertvolle Könige abwarfen.

In dieser Nacht schliefen sie nebeneinander, Sikander zwischen Chotta und Sanjay. Immer noch spürte Sanjay ein Beben und Pulsieren, ab und zu einen stechenden Schmerz, und er wand sich und klemmte sich ein flaches Kissen zwischen die Knie, packte sich fest mit der Hand, dachte aus unerfindlichem Grunde an eine Schlange, die ihr Haupt erhob und zischte: fffff-fffffft.

»Wie du heute abend alle Spiele gewonnen hast, Sanjay«, flüsterte Sikander. »Wie du gespielt hast. Das war schlau, sehr schlau.« Sanjay hob den Kopf und nickte, dann langte er mit seiner freien Hand herüber und malte auf Sikanders Arm die Worte *König* und *Minister*, was bedeuten sollte, daß die anderen mit diesen Karten sehr sorglos umgegangen waren. »Denkst du das, Sanjay? Ich denke manchmal, wir werden Soldaten, wir stellen Heere auf, wir werden Könige. Kannst du dir das vorstellen? Wir bauen uns irgendwo eine Festung, und wir besiegen alle, die sich gegen uns stellen, und ich führe die Kavallerie an, und du kannst Minister sein und Spione aussenden, und ich gebe Ratschläge.« Sanjay setzte sich auf. Auf Sikanders anderer Seite schlief Chotta mit dem Gesicht nach unten, weit ausgebreiteten Gliedmaßen und nach oben gekehrten Handflächen, als hätte man ihn aus großer Höhe abgeworfen. »Wir werden vom Kaschmirtal bis in die Meerenge von Lanka regieren, bis zum äußersten Ende des Kontinents, und Chotta wird mein General sein und du, Sanju, schickst Botschaften und sagst ihnen, daß unser Pferd kommt, unser weißes Pferd, und sie sollen sich dreinschicken und Tribut zahlen oder kämpfen.« Sikander fuhr auf, und sie blickten einander durch die Dunkelheit an, versanken in den Schatten. Plötzlich sprang Sikander auf die Füße.

»Du bleib hier«, sagte er, und in seiner leisen, beiläufigen Stimme schwang ein Befehlston mit, der auf so natürliche Art vollständigen Gehorsam heischte, daß Sanjay sich sofort wieder hinlegte und sich das Kissen zwischen die Knie klemmte. »Schlaf«, sagte Sikander. »Ich gehe noch einmal nach draußen. Ich komme später wieder.«

Er schob einen Vorhang zur Seite und verschwand. Sanjay drückte die Arme um das Kissen und barg das Gesicht in dem süßduftenden Stoff. Viel später warf er sich im Schlaf herum und wurde von einem nicht unangenehmen, aber bitteren Geschmack auf der Zunge geweckt. Es war ihm sofort klar, daß Sikander zurückgekehrt war und nun wieder zwischen ihm und Chotta lag und daß er nach Schweiß roch. Sanjay schob das Kissen weg und streckte sich flach auf den Laken aus, die sich nun unangenehm rauh anfühlten. Er preßte seinen Körper so fest er nur konnte nieder, um das unerträgliche, fremde Organ zwischen sich und dem Bett zu zermalmen. Er öffnete den Mund und biß ins Tuch, spürte seine Zähne mahlen, aber er fand keine Erleichterung.

Am nächsten Morgen saßen sie auf einer Veranda hinten am Zelt und tranken Milch aus großen Messingbechern. Auf den Chintz, mit dem die Innenseite des umlaufenden Quanat-Schirms bespannt war, waren große Lotusblumen gemalt. Von der anderen Seite hörten sie schwach das Grunzen und Rufen erwachender Tiere. Sanjay kritzelte eine Notiz und reichte sie Sikander: »Wohin bist du gegangen?«

»Wie hast du schreiben gelernt, ohne daß man es dir je beigebracht hat?« fragte Sikander.

Bei näherem Überlegen konnte sich Sanjay nicht an den Augenblick erinnern, in dem er vom Nicht-Wissen zum Wissen gelangt war. Unterhaltungen in geschriebener Form schienen ihm natürlicher als gesprochene – wenn man mit Feder und Papier arbeitete, war alles Gesagte sichtbar und solide und ließ sich hin- und herreichen, während aus Mündern erklingende Worte trotz des Vergnügens, das man an ihrem Geschmack und ihrer Form finden konnte, nur allzu vergänglich waren und genau wie das Leben verschwanden. Er antwortete: »Wer hat dir beigebracht, so in der Dunkelheit herumzuschleichen?«

»Ich bin gegangen, wohin ich eben gegangen bin«, sagte Sikander und tippte Chotta auf die Schulter. »Komm schon. Vielleicht lassen sie uns heute allein reiten.« Chotta hatte ihnen keinerlei Aufmerksamkeit geschenkt, weil er vollauf damit beschäftigt war, den allerletzten Tropfen Milch aus seinem Glas zu lecken, und die Zunge nach dem letzten weißen Bläschen ausstreckte. »Du hast Milch an den Augenbrauen, Chotta.« An der Tür wandte sich Sikander um. »Und du, Sanjay, du hast einen Milchbart. Du siehst wie ein alter Mann aus.«

Sanjay war gerade in Gedanken versunken und stellte sich etwas vor: ein sich im Dunkeln bewegender weißer Fleck, ein Frauengesicht über einer Schulter, Stille jenseits allen Schmerzes, sogar jenseits der Resignation. Er saß lange mit dem weißen Schaum auf den Lippen da und blickte auf die Schrift auf dem Papier. Wenn er mit Konzentration und Präzision

an jene Szene dachte, an jenes Bild, das seine Erinnerung und
sein ganzes Sein beherrschte, an das Kratzen des Strohs an
seiner Brust, an das Licht, das sich auf dem Spiel der Muskeln
fing, die sich auf der Rückseite eines Oberschenkels spannten
und bis in eine Hinterbacke dehnten, an die kleinen schmat-
zenden Geräusche der Bewegung, dann verwandelten sich
die Buchstaben auf dem Papier in schwarze Krakeln, wurden
die vertrauten Formen seiner eigenen Handschrift ungelenk
und fremd, die Wörter selbst ausländisch. Die Sonne war
langsam über seine Zehen gekrochen, und er spürte, wie sich
auf seiner Haut die Hitze staute. Es würde ein sehr heißer
Tag werden, ein schlechter Tag zum Reisen. Eine Kuh muhte
irgendwo jenseits des Schirmes, und Sanjay überkam eine
unerklärliche, alles umfassende Zärtlichkeit, ein weiches Gefühl, das die ganze Welt umspannte: all ihre Pferde und
Frauen und Wandschirme und Berge und Staubwolken und
Heere und Gedichte und Gajnath und Götter und die Sonne.

Die Tage vergingen. Der Troß zog die Straßen entlang, und
jeden Abend warteten die Zelte auf sie. Manchmal kamen sie
an Karren vorbei, auf denen sich das Heu unglaublich hoch
auftürmte und deren Fahrer eingenickt waren. Oft sahen sie
Bauern, die sich auf den Feldern zum Boden beugten, und
Frauen, die mit Körben auf dem Kopf auf den hohen Böschungen zwischen den Feldern entlangschritten. Alle bewegten sich langsam, als wollten sie ihr Durchhaltevermögen
unter Beweis stellen, als wollten sie ihre Beharrlichkeit de-
monstrieren, bis endlich der Regen wiederkam. Alle außer
den Karawanen und Wagenzügen, die ihnen häufig in beiden Richtungen begegneten: Der Handel allein schien unzerstörbar zu sein, taub für das Diktat der Jahreszeiten. Ram
Mohan betrachtete sie, wie sie schwitzend an ihnen vorüber-
zogen, setzte sich in der Howdah zurück und wurde sorgenvoll.

»Was machen sie nun, Sanju?« fragte er jedesmal, wenn er
das Knallen einer Peitsche hörte. »Wedeln sie jetzt mit den
Schwänzen?«

»Warum haben sie es so eilig?« fragte Sanjay.

»Ich weiß es nicht, Sanju«, erwiderte Ram Mohan. »So sind

Händler nun einmal, und heutzutage scheinen sie es noch eiliger zu haben als vor dreißig Jahren, als ich zum erstenmal das Haus deiner Eltern betrat.

Eines Nachts war nämlich mein Vater im Schlaf gestorben. Ich war das letzte seiner Kinder; alle Schwestern hatten geheiratet, die Brüder waren in verschiedene Städte gezogen. Ich war zu Hause geblieben, hatte mich nie nach draußen begeben, aber nun sagten mir die Anverwandten und Brüder, ich müßte mich entscheiden, wo ich leben wollte, denn es wäre vorüber, ich könnte nicht allein leben, nicht in diesen schlechten Zeiten. Also sagte ich, ich wollte bei ihr leben – bei deiner Mutter –, sie war die Älteste von allen und ich der Jüngste, und vielleicht brachte sie mir deswegen eine solche Zuneigung entgegen. Also reiste ich zum allerersten Mal in einem von zwei geschmückten Ochsen gezogenen Karren, und überall hörten wir die gleiche Kunde: Die Angrez kommen, die Angrez kommen. Damals kämpften sie noch mit den Nawabs, wie heute weiter westlich und nördlich. Und es gab nur wenige Karawanen, aber wenn wir welche sahen, zogen sie fluchend und ängstlich über die geschwärzte und zerschossene Landschaft auf Städte zu, die auch nicht viel besser aussahen. Überall bemerkte ich menschenleere Dörfer, und manchmal, wenn wir halt machten, kamen halbwahnsinnige, zu Gerippen abgemagerte Männer und Frauen aus den Feldern gekrochen und bettelten uns um Essen an. Heute spielt sich gleiches anderswo ab. Die Angrez behaupten, daß sie dieses Land wieder sicher gemacht hätten, aber ich erinnere mich daran, wieviel von diesem Chaos auf ihre Gewehre und ihre Drohungen und ihre Gegenwart zurückgeht, wie man zu jener Zeit nur in ein Dorf zu gehen und zu sagen brauchte, ein rotgekleidetes Heer oder nur der Steuereintreiber komme, und wie dann das ganze Dorf sein Bündel schnürte und auf und davon rannte. Aber schließlich kam ich im Haus deiner Mutter an, und sie saß da und blickte mich lange an, und dann weinte sie. Jetzt kommen und gehen die Karawanen und Heereskolonnen, aber diese Bauern, sieh sie dir an, ihnen geht es nicht viel besser. Das Land ist sicherer, wenn man von hier nach da reisen will, und wir ziehen zum Fluß. Aber alle Straßen fangen hier an und führen nach London, denke immer daran, alle diese Karren mit ihren Seidenballen und diese anderen, schwereren mit edlen Metallen, die bauen in London irgendeinem Nawab seinen Palast und ernähren eine bleiche Familie, die einen seltsamen Namen trägt.«

Sanjay lauschte dem leisen Monolog seines Onkel eine oder zwei Minuten lang, und dann konzentrierte er sich, weil er die Rede ziemlich unverständlich und größtenteils langweilig fand, wieder auf eine grellfarbige und zersplitterte Phantasie, in der er auf eine Hütte zuging (irgendwo ist eine ruhig vor sich hinkauende Kuh zu sehen) und eine Frau traf (ihre Brüste sind dunkel und wölben sich über ihre Bluse, der Geruch ihrer Achselhöhlen ist betäubend) und mit ihr irgendwelche Geldgeschäfte abwickelte und sie dann irgendwie entkleidet waren und ihre Bäuche aneinander rieben. Aber als er den Namen der sagenumwobenen Stadt London hörte, kehrte er mit einem Ruck in die Wirklichkeit zurück.

»Lon-don?« schrieb er. »Warst du je in London?«

»Nein«, erwiderte Ram Mohan. »Aber vielleicht kommst du einmal dorthin.«

»Vielleicht wandern Gajnath und ich einfach immer weiter«, schrieb Sanjay. »Bis London.«

»Das würde ich euch nicht raten«, sagte Ram Mohan. »Ich weiß nicht, ob Gajnath in London willkommen wäre. Jedenfalls müßtet ihr ein Schiff nehmen, um über das große Wasser zu gelangen.«

»Vielleicht nimmt mich Sikanders großer Bruder mit«, schrieb Sanjay. Sikander hatte einen älteren Bruder, einen Jüngling, den Sanjay verschwommen als groß und dünn in Erinnerung hatte. Er war zur See gefahren, und man hatte nie wieder von ihm gehört.

»Wenn ich nach dem gehe, was ich vor seiner Abfahrt so von Sikanders Bruder gehört habe«, sagte Ram Mohan, »dann glaube ich, daß der nicht einmal sich selbst irgendwohin transportieren kann. Er war immer traumverloren, in einer anderen Welt.«

Da erinnerte sich Sanjay an seinen eigenen Traum und wandte sich abrupt zum Mahout, denn er war sich sicher, daß der wilde Strom der Erregung, der von seinen Lenden ausging und über ihn hinwegflutete, für alle sichtbar sein müsse.

»Ich muß wohl ein Schiff nehmen und Gajnath hier zurücklassen«, schrieb er.

»Auch das ist gefährlich«, antwortete Ram Mohan. »Du verlierst deine Kastenzugehörigkeit, wenn du dich über das Wasser begibst. Nach deiner Rückkehr wird niemand aus deiner Bruderschaft auch nur eine Pfeife mit dir teilen wollen.«

»Warum?« schrieb Sanjay.

»Ich weiß es nicht. Aber so ist es.«

»Das ist mir einerlei«, schrieb Sanjay. »Es ist mir einerlei, wenn mich alle schneiden. Ich fahre nach London, wo die Seide und die edlen Metalle sind.«

»Na gut«, erwiderte Ram Mohan. »Aber sage es leise. Laß es bloß nicht deine oder Sikanders Mutter hören, sonst setzen die beiden alles dran, daß du es nicht einmal bis Kalkutta schaffst.«

Auf der restlichen Reise spielte Sanjay, daß er auf dem Weg nach London war: Die Prozession war sein königlicher Troß, die Kavallerie war seine Eliteleibwache, die bedeckten Sänften transportierten seine Königinnen (alle hatten sie langes, dunkles Haar), Gajnath war der Träger der kaiserlichen Howdah, die Landschaft war eine Wüste (zwischen ihm und London *mußte* einfach eine Wüste liegen). Auf seinem Weg schlug er viele Schlachten, überlistete unzählige bösartige Rakshasas und Rätselsteller, rettete eine ganze Reihe von Prinzessinnen, stets mit Hilfe verschiedener ihm freundlich gesonnnener Menschen, Geister und Tiere. Gegen Ende der Reise, als sie sich dem Fluß näherten, versuchte Sanjay eine entsprechende Ankunft in London zu konstruieren, mußte aber feststellen, daß er in seiner Phantasie die Stadt ausschließlich mit schreienden, rotgesichtigen Männern bevölkerte. Wie sehr er es auch versuchte, es gelang ihm nicht, eine ansprechende Londoner Prinzessin heraufzubeschwören (seine schneidige leichte Kavallerie, die schon weit voraus in die Stadt galoppiert war, berichtete, die Stadt sei voller dunkler Ecken und verschreckter Frauen), und so ließ er seine Heere resolut auf dem Absatz kehrt machen und in wärmere Zonen zurückmarschieren. Das London seiner Wünsche, so mußte er feststellen, war ein sehr vergänglicher Ort, der sich seinem Zugriff stets knapp entzog.

Der Fluß selbst erschien ihm wie jeder andere Fluß: Das Wasser war von einem tiefen, schlammigen Braun, die Oberfläche glitzerte und warf Tausende kleiner Kräuselwellen auf, die heraufgetanzt kamen und wieder vergingen, scheinbar ohne sich weiterbewegt zu haben. Die weiten Flußbiegungen hatten hier und da schlammige Ufer aufgeschwemmt, und an anderen Stellen fielen von Wurzeln zerfaserte Böschungen steil zum Wasser ab, während oben die Bäume in gefährlichem Winkel lehnten. Lange bevor das Wasser zu sehen war, schnaubte Gajnath und wurde ungeduldig, und jetzt konnte er es kaum erwarten, daß man ihm sein Zaumzeug abnahm und er mit gesenktem Kopf hineinrennen konnte. Er hielt nur kurz inne, um sich einen Rüsselvoll Wasser über die Stirn zu prusten, und ließ sich dann schwerfällig im flachen Wasser auf die Seite plumpsen. Er streckte sich genüßlich, ließ seinen Rüssel langsam durch das Wasser schwingen und blies gelegentlich eine Wasserfontäne über seine Seiten.

»Nichts liebt er so sehr wie ein gutes Bad«, sagte der Mahout zu Sanjay, »also rennt er ins Wasser, ohne sich auch nur umzusehen. Aber wir kleinen Leute, wir müssen nach Krokodilen Ausschau halten.« Er schirmte sich die Augen mit der Hand ab und blickte angestrengt auf den Fluß. »Sie verstecken sich unter Büschen im flachen Wasser, oder sie sind hinter Sandbänken verborgen, und nur ihre Augen schauen heraus. Sogar hier, im heiligen Strom. Aber an dieser Stelle hier scheint alles in Ordnung zu sein.«

Sanjay hatte Gajnath bei seinen Waschungen beobachtet. Nun bemerkte er ein Boot, das auf sie zugeglitten kam und den Fluß schon beinahe halb überquert hatte. Hinten konnte er die dunkle Gestalt des Bootsmannes ausmachen, wie er sich über das Ruder beugte, vorne in der Nähe des Bugs war eine Gruppe weißer Gestalten zu sehen, die er nicht genau erkennen konnte. Weiter unten am Ufer zu seiner Rechten stand der alte Engländer, den die Soldaten Sarthi nannten, wie immer von seinen beiden Begleitern flankiert. Der Angrez stand mit gespreizten Beinen und auf dem Rücken verschränkten Händen da, sein dunkler Rock flatterte ihm in der leichten Brise, die vom Wasser heraufzog, um die Beine. Es war eine Haltung der Erwartung, und deswegen behielt Sanjay die Engländer und das Boot auch dann noch im Auge, als er ins Wasser watete und Gajnath den Rücken kratzte.

Als das Gefährt näherkam, begannen die Passagiere, den Männern am Ufer etwas zuzurufen. Es waren vier, zwei Frauen und zwei Männer; alle trugen schwarz. »Reverend«, brüllte eine der Frauen so laut, daß Gajnath neugierig den Kopf hob. »Reverend!« Auch auf dreißig Fuß Entfernung war Sanjay klar, daß dies die gewaltigste Frau war, die er je gesehen hatte. Selbst im Sitzen überragte sie alle anderen im Boot noch um einen Kopf und mehr, und ihre Stimme paßte zu ihrer Erscheinung. Dem Angrez seinerseits schien das Geschrei zu mißfallen, und als sie dies bemerkte – dabei einen riesigen weißen Sonnenschirm zur Seite bewegte, um besser sehen zu können –, zog sie den Kopf ein und war still, ehe der Bootskiel auf den Ufersand lief. »Reverend Sarthey«, sagte sie dann, »wie schön, Sie wiederzusehen. Und mit was für einem verwegenen Haufen Sie gereist sind! Ich bin ja so froh, daß ich Pinsel und Farben mitgebracht habe.«

»Es war eine ziemlich anstrengende Reise«, sagte der Angrez, »aber es ist ja alles im Dienst einer guten Sache. Kommen Sie.« Sie gingen zusammen ins Lager, und Sanjay wandte sich nun der fesselnden Aufgabe zu, Gajnaths Rücken mit einem Bimsstein abzuschrubben. Plötzlich riß ihn ein Aufruhr im Lager aus seinen Träumereien. Seine bösen Vorahnungen kamen ihm schlagartig wieder ins Gedächtnis, und er rannte über den Strand hinauf in das erst halb errichtete Lager, daß seine nackten Füße die Staubwolken nur so aufwirbelten. Die Engländer standen dicht gedrängt vor dem roten Zelt von Sikanders Mutter; Sikander und Chotta waren ihnen entgegengetreten.

»Was ist?« schrieb Sanjay.

»Sie wollen die Mädchen mitnehmen«, sagte Chotta mit hochrotem Gesicht.

»Welche Mädchen?« fragte Sanjay. »Was soll das heißen, mitnehmen?«

»Unsere Schwestern, unsere Schwestern. Wen sonst?« antwortete Chotta. »Sie haben gesagt, er hat es ihnen erlaubt, sie dürfen sie mitnehmen.«

»Wer, er?«

»Er. Unser Vater, Hercules.«

»Seid ruhig, ihr beiden«, fuhr Sikander dazwischen. Er und

Chotta trugen zusammengestoppelte Rüstungen, die ihnen ihre glühenden Verehrer aus der Kavallerie bei einem vorüberziehenden Waffenschmied gekauft hatten, und Sikander hatte seinen Säbel mit dem Pferdeknauf umgeschnallt.

Einer der Angrez, der in dem Boot mitgekommen war, beugte sich zu ihnen herunter und sagte in passablem Urdu: »Habt ihr eurer Mutter gesagt, daß wir einen Brief eures Vaters haben, der den Reverend berechtigt, die Mädchen nach Kalkutta zu bringen?«

»Sie will keine Briefe«, antwortete Sikander. Irgend etwas an der Art, wie die beiden sprachen, an der künstlich bemühten Geduld des Engländers, an seinem versuchten Lächeln und an Sikanders ruhiger Erwachsenenwut ängstigte Sanjay, und er wandte sich ab und rannte ins Zelt hinein. Er flitzte durch die kühlen, flatternden Stoffbahnen der Flure und fand Sikanders Mutter, die auf einer niedrigen Couch zwischen ihren Töchtern saß und die Handgelenke der Mädchen mit festen Händen umschloß. Die beiden wirkten verängstigt; die jüngere weinte hemmungslos, und die unabgewischten Tränen strömten ihr über Wangen und Hals.

»Wenn ich nicht gerade in diesem Augenblick nach ihnen geschickt hätte, damit sie mit ihren Brüdern hier ein bißchen zusammensitzen«, sagte Sikanders Mutter, »dann hätte er sie jetzt. Er hätte sie hinübergebracht, und ich hätte nichts daran ändern können. Sag den Wachen, daß sie sie wegscheuchen sollen. Trag ihnen auf, daß sie sie mit der Peitsche vertreiben sollen.«

»Das werden sie nicht tun«, erwiderte Ram Mohan. »Schließlich sind es nicht unsere Leute, sondern seine. Sie müssen daran denken, wo ihre nächste Mahlzeit herkommt.«

»Sag ihnen, daß sie gehen sollen«, meinte Sikanders Mutter. »Sag ihnen, ich gebe meine Töchter nicht her. Du, Sanjay. Geh und sag es ihnen.«

Ihr schmales Gesicht war verkniffen und runzlig, und gegen Ende der Rede überschlug sich ihre Stimme. Also machte Sanjay kehrt und flitzte wieder an den Stoffbahnen der Gänge entlang. Der Engländer-der-über-das-Wasser-gekommen-war saß immer noch mit ernstem Gesicht in der Hocke da.

»Wollt ihr nicht, daß eure Schwestern eine gute Erziehung bekommen?« fragte er. »Wollt ihr nicht, daß sie nach Kalkutta geschickt werden und dort auf eine große Schule gehen und richtige Damen werden? Sie werden Mem Sahibs und fahren in einer großen Kutsche durch die Gegend. Möchtet ihr das nicht? Dann könntet ihr sie besuchen kommen und mit ihnen zusammen Kutsche fahren. Wäre das nicht fein?«

Sanjay reichte Sikander einen Zettel, der sich dem Engländer zuwandte: »Geht weg«, sagte er. »Niemand kommt mit euch mit.«

Sarthi trat näher, legte dem hockenden Engländer eine Hand auf die Schulter und zog ihn zu sich: »Das reicht«, sagte Sarthi auf Englisch. »Das reicht. Kommen Sie. Wir schicken einige Männer hinein, die holen die Mädchen heraus, und damit fertig. Kommen Sie, wo ist der Subedar? Ich werde mit ihm reden.«

»Reverend«, erwiderte der Engländer. »Dies ist die Zenana einer hochstehenden Dame, und keiner eurer Männer wird dort hineingehen. Das ist für sie undenkbar.«

»Das werden wir ja sehen«, sagte Sarthi. »Kommen Sie, wir wollen hier nicht mitten auf dem Basar stehen und mit diesen, diesen Kindern streiten.«

Sie gingen weg, die Männer umringten die Frauen, aber als sich die Gewaltige umwandte und zurückblickte, starrte sie geradewegs über ihre Köpfe hinweg.

»Gut«, sagte Chotta. »Keiner von der Kavallerie wird sich bereiterklären, hier hereinzukommen.«

»Ja«, meinte Sikander. »Aber sie lassen uns auch nicht von hier wegziehen – denn schließlich hat er ihnen bestimmt gesagt, daß der Angrez das Kommando hat.«

Sie gingen ins Zeltinnere und stellten eine Magd ab, die durch einen Netzvorhang eine mögliche Rückkehr der Engländer erspähen sollte.

»Sind sie weg?« fragte Sikanders Mutter.

»Ja, Ma«, erwiderte Sikander. »Das sind sie. Aber er hat der Kavallerie befohlen, daß sie Sarthis Anordnungen Folge leisten sollen, und ich glaube, daß sie nichts anderes machen werden, als uns hier festzuhalten. Wir sind umzingelt.«

»Macht nichts«, meinte Sikanders Mutter und richtete sich

auf. Sofort überzog ein beinahe durchscheinendes, geläutertes Leuchten ihr Gesicht, das Sanjay später, Jahre später auf den Gesichtern gewisser, in gelbe Gewänder gehüllter Reitersmänner wiedersehen würde. Im Augenblick verzehrte ihn die Neugier, die brennende Ungeduld, daß er nicht überall gleichzeitig sein konnte, um all die Männer und Frauen zu belauschen und zu beobachten, um an allen Fronten der Schlacht gleichzeitig dabeizusein. Als er sich jedoch an die große Frau erinnerte, sprang er auf und rannte nach draußen, sprintete zwischen den Zelten hindurch auf den Fluß zu. Er fand die Engländer auf der Sandbank, wie sie in ihr Boot kletterten. Sarthi zögerte noch.

»Fragen Sie«, sagte Sarthi zu dem Urdu sprechenden Engländer. »Fragen Sie, ob sie verstehen, daß man ihnen befohlen hat, meinen Anweisungen Folge zu leisten, und daß meine Anweisungen sind, daß uns die Mädchen übergeben werden. Fragen Sie, ob ihnen klar ist, daß sie die Ausführung einer direkten Anweisung verweigern, die ihnen ein von ihrem obersten Befehlshaber dazu ausdrücklich Befugter gegeben hat. Fragen Sie, ob sie verstehen, daß das gleichbedeutend mit Meuterei ist.«

Die Befragten waren drei Männer aus der Kavallerie, drei Subedaren, Männer mit langen grauen Bärten, die aussahen, als hätten sie zusammen mindestens drei halbe Jahrhunderte, wenn nicht mehr, gedient, und diese drei blickten den Engländer mit verschränkten Armen starr an und ließen sich nicht einmal zu einem Achselzucken herab. Ärgerlich stieg Sarthi ins Boot und setzte sich mit geballten Fäusten auf eine Bank.

»Wer Unmögliches fordert«, murmelte der älteste der Graubärte, als das Boot ablegte, »kann niemanden der Meuterei beschuldigen.«

»Ja, ja, Subedar Sahib«, sagten die anderen unter viel Nicken, »dergleichen haben wir noch nie gehört.«

Und damit zog sich die Kavallerie vom Schlachtfeld zurück.

Sanjay wanderte durch das Lager zurück, wo alle mit den leisen Stimmen und bedeutenden Tönen einer Krisensituation sprachen. Sikanders Mutter hatte ihre Töchter in die entfernteste Ecke des Zeltes gebracht und zwei Dienerinnen zu ihrer Bewachung abgeordnet. Sobald Chotta Sanjay sah, nahm er ihn zur Seite.

»Wir halten Kriegsrat, und du mußt kommen und dich zu uns setzen.«

Sanjay ließ sich von Chotta zu einem Platz auf dem Teppich schleifen, aber seine Aufmerksamkeit galt seinem Onkel, der mit zur Brust hochgezogenen Beinen und vor den Schienbeinen verschränkten Händen dasaß. Ram Mohans Augen waren über dem weißen Tuch kaum auszumachen, das die knotige, mitleiderregende Form seiner Gliedmaßen nicht verbergen konnte.

»Wie wir alle wissen, ist ein wirkungsvoller Angriff die beste Verteidigung«, sagte Sikander. »Wir überfallen sie heute nacht.«

»Gut«, meinte Chotta, »ein nächtlicher Überfall. Böse Geister und Kobolde werden die Knochen der von uns Getöteten zermalmen. Es wird uns ein Fest sein.«

»Es verstößt gegen alle bisherigen Regeln der Kriegskunst«, sagte Sikander, »aber dies ist ein Kal-yug, und da geraten alle Regeln in Vergessenheit. Wir rücken in der Dunkelheit aus.«

Sanjay kritzelte: »Gut. Plant ihr es.« Damit stand er auf und ging quer durch den Raum zu Ram Mohan, ihre unverhohlene Mißachtung kümmerte ihn nicht. Was ihn in diesem Augenblick mehr interessierte, war die völlige Unbeweglichkeit seines Onkels, die steinerne, yogi-artige Konzentration (und wieder bedauerte er, nicht überall gleichzeitig sein zu können, bedauerte er die beharrliche Existenz seines Körpers, der all die vielen gleichzeitigen Möglichkeiten des Lebens auf einen einzigen, monsterstarken Erzählstrang begrenzte).

»Was wird geschehen?« Er reichte Ram Mohan eine Notiz. »Wie sieht unsere Zukunft hier aus? Was sind die Möglichkeiten?«

»Du stellst zu viele Fragen«, erwiderte Ram Mohan. »Das ist eine üble Angewohnheit, für die ich verantwortlich bin.« Er blickte auf das Stück Papier und strich es auf seinem Knie glatt. »Ich denke nicht an die Zukunft. Die Zukunft ist einfach. Da gibt es Menschen, die nach innen schauen können, in ihre Seelen hinein, die auf die Konstellationen der Planeten blicken, die die Gestalt der Welt berechnen und dir so genau sagen können, was geschehen wird. Die Zukunft ist einfach, ich kann sie in der hohlen Hand halten. Und die Gegenwart ist nur eine Frage der Ausdauer, des nötigen Abstandes und des Humors. Was mich ängstigt, ist die Vergangenheit. Was-bald-geschieht ist nur einer Frage der Begabung und der Mathematik. Was-bereits-geschehen-ist, das ist der schlüpfrige, vielköpfige, sich ständig wandelnde Dämon, der sich all unseren Hieben, all unseren geometrischen Deutungsversuchen entzieht.«

Er blickte auf Sanjay hinab. »Ich wollte dich nicht erschrekken. Ich fühle mich heute zum erstenmal sehr alt. Denn vor langer Zeit, ehe du geboren wurdest, gab es schon einmal eine andere Belagerung. Andere Frauen wurden ihren Familien weggenommen, eine davon am allerweitesten verschleppt. Heute verstehe ich eines: Manch einer wird dir sagen, das Geheimnis der Maya sei das Verlangen; wieder andere werden dich zu überzeugen versuchen, das Wissen sei der Schlüssel, aber schließlich ist es doch immer nur ein schrecklich alter, staubiger Gott namens Zeit. Ein Mann hat mir einmal eine Geschichte über Laddoos erzählt, und wenn ich mich entscheide, diese Geschichte zu glauben, dann ist die Zukunft für mich kristallklar, fest und faßbar, und ich muß mich darauf vorbereiten.« Er lachte. »Ich fasele dummes Zeug, wirklich, und noch dazu mit so bombastischen Worten. Verzeih mir. Ich fühle mich sehr alt und bin mir sehr sicher, daß ich weiß, was geschehen wird. Es ist ziemlich einfach, aber ich habe nicht die Kraft, gegen die Zeit anzukämpfen. Ich bin zu schwach, um die Vergangenheit zu ändern, und deswegen werde ich alles, was ich liebe, und alle, die ich liebe, verlieren.«

Er stand mühsam auf, lächelte Sanjay an und ging aus dem Zimmer; er hob die Füße kaum vom Teppich, während er mit sehr langsamen und zögerlichen Schritten davonschlurfte.

»Nachts gibt es keine Boote«, sagte Sikander. »Wir müssen versuchen, ob uns dein Freund, der Elefant, über den Fluß bringt. Wir fragen den Mahout.«

Sanjay reichte ihm eine Mitteilung: »Das glaube ich nicht. Warum sollte der Mahout sein Tier und seine Anstellung riskieren?«

In Wahrheit wollte Sanjay trotz seiner Sehnsucht und seiner Neugier den Fluß nicht überqueren. Die unerklärlichen und verworrenen Worte seines Onkels hatten ihn erschreckt wie die Laute eines unbekannten Tieres im Dunkeln. Er wollte bei den Zelten bleiben, irgendwo in einem hell erleuchteten Raum, am sicheren Gestade und in Gesellschaft so vieler Menschen wie nur irgend möglich. Aber jetzt blickten ihn Sikander und Chotta nachdenklich an, als wäre es unglaublich, daß irgend jemand nicht über das dunkle Wasser in das Lager der Engländer rudern wollte, denen der allgemeine Ruf der Blutrünstigkeit und Mißachtung jeglichen Lebens vorauseilte.

»Wir werden schon sehen«, meinte Sikander. »Wir müssen den Mahout fragen und ihm vielleicht Geld oder sonst etwas anbieten.«

Die beiden wollten sich eindeutig nicht durch bloße logistische Spitzfindigkeiten von ihrem Vorhaben abbringen lassen. Also schrieb Sanjay: »Was genau soll denn Sinn und Zweck dieser Expedition sein? Werden wir ihre Zelte niederbrennen?«

»Wenn du auch nur ein bißchen Ahnung von der Vorgehensweise der Kavallerie hättest«, erwiderte Chotta in dem verächtlichen Ton, den er immer anschlug, wenn er es mit der konfusen Denkart der Brahmanen zu tun bekam, »dann wüßtest du, daß die erste Pflicht der leichten Kavallerie das Kundschaften ist. Wir müssen herausfinden, was die da drüben machen.«

Die einzige Möglichkeit, sich jetzt noch vor dem Unternehmen zu drücken, war eine glatte Weigerung, zu der sich Sanjay jedoch nicht durchringen konnte. Irgendwie hatte er, während er aufwuchs, ohne große Fragen die Begeisterung seiner Freunde für die Kshatriya-Tugenden übernommen: Geschwindigkeit, Mut, Stärke, Schneid, Ritterlichkeit, Aggressivität. Jetzt all diese klaren Wahrheiten zu verwerfen, die Hunderte von Geschichten in Frage zu stellen, die Sikanders Mutter erzählt hatte, war undenkbar – es würde einen Rückzug in die strahlend hell erleuchtete Welt bedeuten, in der sein Onkel, seine Eltern und Tausende anderer Pandits mit zum Lotussitz verschlungenen Gliedmaßen residierten und endlose Gespräche führten und weibische Gesten machten und unmögliche Philosophien spannen (»Form ist Leere, und Leere ist Form«), es wäre ein Rückfall in die erdrückende Sicherheit oder doch zumindest in die Klauen sehr subtiler Gefahren, die einen nur durch Andeutungen und Metaphern bedrohten, durch Geschichte und Sprache. Also kämpfte Sanjay tapfer gegen die Tyrannei seines Fleisches und seiner Erziehung und versuchte, die gedankenlose Unbekümmertheit seiner Freunde, das stolze, leicht angeberische Ehrgefühl des Kshatriya-Dharma zu imitieren: Na gut, dann gehen wir jetzt eben Gajnath suchen.

Zu seiner Überraschung erklärte sich der Mahout ohne Fragen oder Bedenken mit der Expedition einverstanden. Vielleicht war auch er ein wenig der allgemeinen Vernarrtheit der Soldaten verfallen: Sie liebten Sikanders und Chottas gebieterisches Auftreten, ihre absolute Selbstsicherheit und ihr offensichtliches, ungeheures Geschick beim Umgang mit Tieren und Waffen. Jedenfalls stand er mit Gajnath da und wartete, als sie sich um Mitternacht aus dem Zelt stahlen und unter der Qanat-Trennwand und den Lotuspflanzen hindurch zum Flußufer krochen.

»Gajnath schleicht leise wie eine Maus«, flüsterte der Mahout. »Er hat den ganzen Weg vom Lager bis hierher keinen Mucks gemacht.«

»Gut«, meinte Sikander. »Weiter jetzt.«

Sie kletterten in die Howdah hinauf, und dann watete Gajnath ins Wasser. Bald schon verebbten die Stimmen der Grillen im steten Plätschern des Wassers. Sanjay war im dunkelsten Schwarz verloren, das er je erlebt hatte – es war nichts zu sehen, nicht einmal der kleinste Schimmer eines Sterns, nicht die schwächste Andeutung einer Lampe oder Kerze in weiter Ferne. Nun, da keinerlei Licht zu ihm durchdrang, brachten seine Gedanken rote und grüne Wirbel und Spiralen hervor, die ihn umschwebten, sich verdrehten und veränderten, die immer im Begriff waren, sich in etwas, in ein Ding zu verwandeln. Voller Furcht schloß er die Augen, aber die Formen folgten ihm, trudelten seitwärts auf ihn zu. Er schlug die Augen auf, doch es änderte sich nichts, und nach einigem schnellen

Blinzeln wußte er nicht einmal mehr genau, ob seine Augen offen waren oder nicht.

Er malte mit dem Zeigefinger auf Sikanders Arm: »Kannst du irgend etwas sehen?«

»Nein«, antwortete Sikander.

»Gajnath kann sogar im Finstern sehen«, meinte der Mahout. »Als ich noch ein Kind war, ging mein verwitweter Vater oft in der Nacht aus, und ich schlief dann zwischen Gajnaths Füßen. Er bewachte mich, und nichts und niemand konnte mir etwas anhaben.«

»Wie alt ist Gajnath?« Chottas Stimme klang seltsam körperlos, sie schien durch die Stille zu klirren.

»Sei ruhig«, mahnte Sikander. »Über das Wasser tragen Stimmen weit, sie könnten uns kommen hören, und die Sache ist gestorben.«

Sanjay lehnte sich abwartend zurück, barg die Hände in den Ärmeln: Nach der trockenen Hitze des Tages stellte ihm der kühle Windhauch, der vom Wasser aufstieg, die Härchen auf Unterarmen und Beinen auf. Neben ihm begann der Mahout leise zu beten, und brachte dabei ein abgehacktes, pfeifendes Geräusch hervor, das Sanjay irgendwie vertraut war. Erst jetzt beschlich ihn die Erkenntnis, wie ganz und gar gefährlich diese Expedition war: Vor ihnen in den Büschen, die über das Flußufer hingen, konnte er sehr klar eine ganze Horde von Wachposten ausmachen, alle mit riesigen Schnurrbärten und Musketen, und unterhalb im Wasser löste sich ein langes, echsengleiches Wesen aus einer Höhlung in der Uferböschung, kam flußaufwärts durch das Wasser gepaddelt und peitschte seinen kräftigen Schwanz hin und her.

Sanjay fragte sich, wie man sich angesichts solcher körperlichen Gefahren, solcher robusten und möglicherweise knochenzermalmenden Risiken noch vor Abstraktionen fürchten konnte. Während er Gajnaths wiegenden Schritt unter sich spürte, stieg in ihm eine gewisse Verachtung für seinen Onkel auf, der seine metaphorischen Waffen auf imaginäre Feinde richtete und die Niederlage mit sehr echter Verzweiflung hinnahm (so schien es jedenfalls), ehe auch nur eine Schlacht stattgefunden hatte oder stattfinden konnte. Wie er da auf dem Fluß (Welcher Fluß ist es? dachte er plötzlich und konnte sich nicht mehr an den Namen erinnern) mit seinen Freunden, den Rajputs (Warum tragen sie gelb?), neben einem betenden Mann (Wer ist sein Gott? Seine Göttin?) auf einem Tier ritt, das diente, ohne groß zu fragen (Warum liebt er uns?), packte Sanjay seine Unterarme, spürte, wie die Muskeln über die Knochen glitten, freute sich daran, freute sich auch daran, wie der Wind ihm das Nackenhaar lockte, und er schwor sich: Ich werde dem Tod niemals gestatten, mich mitzunehmen.

»Aufgepaßt«, flüsterte Sikander. »Wir sind gleich da.«

Gajnath und der Mahout blieben hinter einem Gebüsch hocken und kauten auf Grashalmen. Während die Jungen eine Böschung hinaufschlichen, stieg der Mond über die Bäume auf, schob sich gelb durch die peitschenden schwarzen Zweige. Viele Lagerfeuer waren zwischen den Wagen und Tieren über das ebene Gelände verstreut, und Sikander und Chotta arbeiteten sich zwischen den flackernden Lichtkreisen hindurch, suchten immer den Schatten. Mitten im Lager fanden sie in einem schmalen Durchgang zwischen zwei Zelten eine flache Mulde, und Sikander drückte Sanjay in diese Vertiefung hinunter.

»Bleib hier«, flüsterte er. »Wir trennen uns und sehen uns um. Keine Bewegung.«

Sie hockten noch einen kurzen Augenblick neben ihm, dann verschwanden sie plötzlich, ohne das geringste Schmatzen von Schlamm oder auch nur das Geräusch von Stoff, der gegen Stoff reibt. Sanjay duckte sich so nah wie möglich an den Boden und fragte sich, was wohl seine Rolle bei dieser Expedition sein sollte, angesichts seiner körperlichen und womöglich ererbten Unfähigkeit, sich so geräuschlos zu bewegen, und seiner mangelnden Begabung für den Zweikampf, für nächtliche Schandtaten und allgemeine Waghalsigkeit. Die beiden anderen schienen ihn mit größter Selbstverständlichkeit in ihre Pläne einzubeziehen, vielleicht um ihrem Bedauern über seinen Sturz und seinen Sprachverlust Ausdruck zu verleihen; aber ihre Pläne, ihre Versuche, ihm Trost zu spenden und Zuneigung zu zeigen – falls es das war –, schienen unweigerlich zu immer größeren und dauerhafteren Gefahren für Leib und Leben zu führen. Sanjays Onkel, sein vertrauter Familienkreis wurde wohl von den kosmischen, kaum wahrnehmbaren Manövern des Kala geprägt, während seine Freunde, seine Welt, seine öffentliche Existenz anscheinend immer mehr zum potentiellen Reich der Kali, zu ihrem Frühstück, zu ihrem Mahl gehörten. Während er mit verschränkten Armen im Dunkeln saß und an Kala und dessen Schwester Kali dachte, wurde Sanjay klar, daß ihm das Leben etwas mitteilen wollte. Er war sich dessen so sicher, als hätte die Erde unter seinem Bauch ihr schlammiges Maul aufgerissen und in grollenden Baßtönen zu ihm gesprochen: Es gab keine Flucht vor dem Leben, außer – und hier erinnerte er sich an das glückliche Gesicht seines Onkels, während er die Geschichte von Sikander erzählte – vielleicht ein wenig, indem man Dichter wurde, weil man dann an allen Orten gleichzeitig sein konnte. Er nahm sich also vor, viel besser aufzupassen, wenn sein Onkel das nächste, halberinnerte Fragment des Shilpa-Sutra oder der Kommentare des Patanjali diktierte, befahl sich, die von Bharata formulierten Prinzipien des Dramas auswendig zu lernen und jeden, aber auch wirklich jeden Tag darüber zu meditieren und das Schlachtfeld dieser Welt aus der kunstsinnigen Distanz des Poeten zu betrachten. Aber während er noch darüber nachdachte, hörte er eine Frauenstimme, eine rauhe Stimme, Englisch reden.

Englisch, besonders wenn man es unter dem Mantel der Nacht und vor Furcht beinahe erstarrt vernimmt, ist ein exotisches und verführerisches Ding. Kurz und regelmäßig fallen die Silben, wie die Kadenz eines Trommelschlags: dum-DAH dum-DAH dum-DAH. Die Bedeutung geht verloren, aber der Rhythmus deutet auf Sicherheit und ein gewisses Selbstvertrauen hin, die Konsonanten kommen kurz abgehackt daher, überaus munter und sich in keiner Weise der Dunkelheit bewußt. Sanjay kroch also aus seinem Unterschlupf heraus und hob den Kopf, um besser lauschen zu können. Ihn trieb eine völlig unvernünftige und gedankenlose Neugier.

»Ich hoffe, daß es nicht auf ungeheuren und unverzeihlichen Stolz schließen läßt, wenn man in diesen Ereignissen die Hand der Vorsehung erblickt«, sagte die Frau.

»Nein, wahrhaftig nicht.« Es war Sarthis Stimme. »Es ist nur logisch, daß Er uns bei der Ausführung Seines großen Plans hilft. Während du natürlich das ganze Jahr lang, wie es sich ziemt, schwarz tragen mußt, so wäre es doch nicht ungebührlich, anzumerken, daß dein Vater durch sein Ableben seinem Land und seinem Glauben weit mehr Nutzen gebracht hat als durch sein Leben.«

Sanjay krabbelte unter einen Wagen und kroch zwischen ein paar Säcke.

»Ich bin froh, daß er …«

»Still, meine Liebe. Sein Geld wird für gute Taten verwendet. Es steht uns nicht an, über die Toten zu richten.«

»Trotzdem bin ich glücklich darüber, Francis.«

»Ja.«

Inzwischen war Sanjay hinter ein Rad gekrochen und konnte durch die Speichen Sarthi und die Frau sehen, die eng beieinander auf Klappstühlen saßen und Gläser in der Hand hielten. Die Frau hatte ihre schwarze Kopfbedeckung gegen eine weiße Haube aus feinem Tuch ausgetauscht, Sarthis Haar umgab seinen Kopf wie eine rote Wolke, die noch dazu von einer zischenden Paraffinlampe erleuchtet wurde.

»Wir fahren nach England«, sagte Sarthi. »Ich habe auch schon einen Titel für mein Buch: *Die Sitten, Gebräuche und Riten der Eingeborenen von Hindustan. Der Bericht eines Christenmenschen von seinen Reisen durch die Länder der Hindus und seine Bitte …*«

Plötzlich verspürte Sanjay unsägliche Schmerzen. Jemand zog ihn am linken Ohr hinter dem Rad hervor ans Licht. Man ließ ihn ohne viel Federlesens und mit ziemlicher Wucht vor den Stühlen auf den Boden plumpsen; er krümmte sich tränenblind zusammen und preßte sich die Hände an den Kopf.

»Du gemeiner kleiner Dieb!«

»Nein, schau doch. Ich habe ihn heute schon einmal gesehen. Es ist einer von den Jungen, die vor dem Zelt standen.«

»Ah, ja«, sagte Sarthi. »Ein alter Bekannter, er gehört zu der Brahmanenfamilie, deren Grundstück an Captain Skinners Garten grenzt. Komm, komm.« Er beugte sich lächelnd zu Sanjay herab. »Wir haben es hier mit einem ziemlich gebildeten und überaus wißbegierigen jungen Mann zu tun. Er hat uns schon zu Problemen der Zivilisation und Kultur befragt.«

»Wirklich?«

»Glaub mir, sie bringen ihnen ihre abscheulichen brahmanischen Spitzfindigkeiten bei der frühestmöglichen Gelegenheit bei, so daß auch schon die Jungen bald zu gewitzten Kämpfern in Wortgefechten werden und bereits im jugendlichen Alter Haare spalten und alles in Frage stellen können, was heilig ist.«

Sanjay blinzelte zu ihnen hinauf. Das Gesicht der Frau war eckig und von hellbraunen Locken umrahmt, ihre Augen waren von einem klaren, furchterregenden Blau, und ihre Bluse war bis zum Hals und an den Manschetten zugeknöpft. Sanjay blinzelte noch einmal und legte sich dann eine Hand vor sein linkes Auge, um das Phantombild zu verscheuchen (die gleiche Frau, ein wenig kleiner und kränklich aussehend), das über ihr schwebte. Sie legte sich die Hand aufs Herz.

»Du kleiner Teufel«, sagte sie. »Wie du mich erschreckt hast. Einen Augenblick glaubte ich, ich würde gleich die Besinnung verlieren.« Sanjay blickte sie mit dem anderen Auge an. »Was hat er hier zu suchen, Tom?«

Der Engländer mit den Zangenfingern stellte ihm die Frage auf Urdu, und Sanjay antwortete nur mit einem nervösen Kopfschütteln.

»Er kann nicht sprechen«, sagte der Engländer zu der Frau. »Und ich denke, er hat zu viel Angst, um zu schreiben.«

»Ich glaube, daß der Junge durch, durch, sagen wir es ruhig, seinen Wissensdurst hierhergetrieben wurde«, sagte Sarthi.

»Wie ist er über den Fluß gekommen?«

»Das frage ich mich auch«, erwiderte Sarthi. »Geschwommen, gerudert, irgendwie hat er es geschafft.«

»Meine Güte«, sagte die Frau. »Was für ein tapferes kleines Kerlchen. Sieh dir diese kleinen Hosen an und den Haarknoten. Er ist so herzig süß, den muß ich einfach zeichnen. Sag ihm das, Tom. Sag ihm, daß ich ihn malen will, und daß er sich nicht fürchten soll.«

Sie packten Sanjay also auf einen niedrigen Schemel und setzten ihm Essen vor. Die Frau hockte sich mit einem großen weißen Tablett auf den Knien vor ihn hin, und ihre Bleistifte und Kohlestifte glitten über das Papier, während Sarthi und der andere Engländer versuchten, ihn in ein Gespräch zu verwickeln und ihm zu bedeuten, er solle sich nicht fürchten. Er rührte das Essen nicht an und bekundete für eine Weile Interesse an den Malwerkzeugen der Frau, aber dann gaben die beiden Männer den Versuch auf, mit ihm Konversation zu machen, und schauten ihn nur an. In ihren urteilenden Augen, in den schnellen, berechnenden Blicken der Frau, im doppelten flackernden Licht der Laterne, in den Linien, die sich über das Blatt ausbreiteten und sich kreuzten und verschränkten (eine Art Netz, ein Knoten) verspürte er eine seltsame, unbeschreibliche Empfindung, eine Art Hunger, Wut, Schmerz, etwas Unwägbares, das in seinen Körper eindrang und seine Seele von den Knochen ablöste, sie festhielt und sanft, aber beharrlich zusammenquetschte, bis sein Herz nur noch eine zusammengeschrumpelte tote, kalte Kugel war, so daß er, als ihm dann die Tränen über die Wangen zu laufen begannen, ungerührt zuschauen konnte, wie aus großer Höhe, als geschähe das alles jemand anderem.

»Oh, sage ihm, er soll sich nicht fürchten, es gibt keinen Grund zur Angst«, meinte die Frau, und der Engländer versicherte es ihm wiederholt. Er schüttelte einmal den Kopf, dann wieder, um zu zeigen, daß er keine Angst hatte, daß es nicht die Furcht war, sondern ganz etwas anderes. Aber die Tränen rollten ihm unablässig über die Wangen, sein Körper war ihm plötzlich so fremd geworden, und er mußte daran denken, wie sein Onkel das Bein hinter sich herzog, wie er beim Reden spuckte. Er dachte an seine Häßlichkeit, seine Gedichte und an seine – welches andere Wort konnte man dafür finden? – Liebe, seine zum Scheitern verurteilte, unerfüllte Liebe, und er spürte einen Haß gegen ihn in sich aufsteigen. Er hätte ein Mörder werden sollen, ein wirbelnder, steinharter Mörder mit trunkenen Augen, der sie alle hätte retten können und auch gerettet hätte, der seine blutverkrusteten Arme im Triumph über den Kopf erhob, im Siegesgeheul, in einem rauchigen, rauhen Jaulen.

Mit einem schnellen »Klirr« verschwand das Glas der Paraffinlampe, die Flamme flackerte und verlosch dann, und Sanjay erkannte voller Dankbarkeit die Arme, die ihn von seinem Stuhl hochhoben – er wurde gerettet. Wieder einmal nahmen Sikander und Chotta ihn zwischen sich und ließen ihn wie durch Zauberei aus dem Lager verschwinden, umgingen dabei geschickt Rufende und suchende Fackeln. Am Fluß stand Gajnath bereits im Wasser, der Mahout wartete neben ihm.

»Der Mond ist aufgegangen«, sagte Sikander. »Jetzt sehen sie uns ganz bestimmt.«

Hinter ihnen schrien Menschen einander zu, kamen immer näher.

»Keine Sorge, Sahib«, sagte der Mahout. Er sprach mit Gajnath in einem Durcheinander aus Hindi und einigen nördlichen Sprachen und dazu noch einer Mischung aus Zwitschern, Knurren und anderen Tönen, die Sanjay für Elefantensprache hielt. Sofort sperrte Gajnath das Maul auf, spritzte sich Wasser hinein und tauchte dann mit gesenktem Kopf so weit unter, bis nur noch die Spitze seines Rüssels aus dem Wasser ragte. Hinter ihm durchbrach die Oberkante der Howdah gelegentlich das Wasser.

»Haltet euch am Holz fest«, sagte der Mahout, »und bleibt so weit unten, wie ihr nur könnt.«

Sanjay wollte gerade antworten, er solle kein dummes Zeug reden, als ihn Sikander und Chotta mit starker Hand beim Gürtel packten und ins Wasser hoben. Er klammerte sich nun an eine Stange, die viel zu dick war, als daß seine Hand sie hätte umspannen können, und fühlte sich immer noch weit von allem entfernt.

»Los«, sagte Sikander.

Der Mahout duckte sich, und Sekunden später zogen sie los. Sanjay war vollauf damit beschäftigt, seinen Kopf über Wasser zu halten, ständig im Kampf mit Sikander, der ihn mit der Hand herunterdrückte, damit er nicht zu weit aus dem Wasser ragte. Wenige Augenblicke später hörten sie am Ufer Stimmen, und Sikander zog ihn zu sich herunter, bis jeder abrupte Schritt des Tieres ihm Wasser in die Nase schießen ließ. Sanjay wehrte sich gegen seinen Freund, dann wehrte er sich gegen das Wasser, und das Wasser zog sich zurück, und er flog mühelos und kraftlos durch einen grauen Himmel. Dann schrappte ihm der Kies über Schienbeine und Hände, und er schleppte sich spukkend und hustend und weinend durch das flache Wasser. Er fiel aufs Gesicht, seine Finger fächerten sich auf, so daß die kleinen, harten Kiesel zwischen ihnen hindurchstachen und nur wenig schmerzten.

»Schaut ihn euch an, er badet schon wieder«, sagte der Mahout. Er saß im Schneidersitz da und wischte sich Arme und Brust mit einem nassen Tuch ab. »Als wäre er nicht gerade zweimal durch den Fluß geschwommen.«

Gajnath lag im flachen Wasser auf der Seite und sprühte sich ab. Im Licht des Mondes schimmerte seine Haut hell, beinahe silbern.

»O Sanju«, sagte Sikander. »Weswegen hast du denn da gesessen? Sie hat wohl Gefallen an dir gefunden oder so, daß sie ein Bild von dir gemalt hat?«

»Denkst du, du gehst mit ihr über alle Berge auf und davon und heiratest sie?« fragte Chotta. »Und läßt uns arme Kerle hier allein?«

Sie waren auf ihre besonnene Art jovial, hatten an ihrem Abenteuer Gefallen gefunden, insbesondere an der knappen Flucht, aber Sanjay war sogar zu erschöpft, um ihnen böse zu sein. Statt dessen wunderte er sich über Gajnath, der stark genug war, um sie alle mit einem einzigen Schlag seines Rüssels niederzustrecken und zu töten. Warum war er ihnen zu Gefallen? Warum setzte er sein Leben für sie aufs Spiel? Warum gehorchte er?

Sikander und Chotta hoben ihren Freund auf, und er ließ sich von ihnen langsam zu den Zelten führen. Hinter ihnen stand Gajnath inzwischen am Ufer und bepuderte sich mit Staubwolken, die in ihren tausend wirbelnden Körnchen das Licht einfingen und einen kurzen Augenblick lang die festen Umrisse seines Körpers verbargen, sie in die wallenden Nebel eines riesigen Geisterbildes auflösten. Sanjay erschauerte, und Sikander legte einen Arm um ihn und seinen Bruder.

»Wir haben etwas herausgefunden – er kommt«, sagte er. »Wir haben sie im Lager darüber reden hören. Sie haben nach ihm geschickt, und so lange bleiben sie einfach hier hocken und warten ab. Sie werden gar nichts unternehmen.«

Sanjay blickte auf. Fieberschauer schüttelten ihn, und er hatte das Gefühl, gerade das Gehen wieder neu zu lernen – bei jedem Schritt wurden seine Knie weich und sackten unter ihm weg, sein ganzer Körper schwankte. Die Worte schwebten ohne jede Bedeutung an ihm vorbei, als hätte sie jemand in einer fremden Sprache gesagt. Er blickte sie verständnislos an, mit dem offen zugegebenen, in keiner Weise verlegenen Unwissen des Kleinkindes.

»Oh, du Idiot«, sagt Chotta. »Er kommt. Er. Hercules.«

So richteten sich die beiden Parteien des Zwistes häuslich ein und warteten auf die Ankunft von Hercules. Im Laufe der Tage überquerten Diener und Soldaten von beiden Seiten den Fluß, um Karten zu spielen, eine Wasserpfeife zu rauchen, Gerüchte auszutauschen oder entfernte Verwandte zu begrüßen. Jeden Abend klang der Tag mit den klatschenden Rudern des letzten Bootes aus, das Leute über den Fluß setzte; unweigerlich spekulierten alle darüber, was geschehen würde, wenn Hercules käme.

Inzwischen schien Ram Mohan zu begreifen, daß man von ihm, ganz gleich wie der Kampf zwischen den Engländern und Sikanders Mutter ausgehen würde, erwartete, daß er sein Manuskript fertiggestellt haben würde, ehe Sarthi zur Abreise bereit war. Er fing also wieder mit seinen Diktaten an. Aber nun hüpfte er nicht mehr wie zuvor munter von heiligen Schriften zu Bruchstücken von Dramen und zurück – wie es ihm das Gedächtnis und uralte Gedankenverbindungen gerade eingaben –, nun rezitierte er beinahe ohne Atemholen Seite für Seite grundlegende Axiome, Thesen, Klauseln, Unterklauseln und Kommentare der sechs wichtigsten philosophischen Schulen.

Mit schweißglänzendem Gesicht und Augen, die auf einen imaginären Punkt irgendwo über Sanjays Kopf gerichtet waren, ging Ram Mohan von der genauen Untersuchung des Wissens, wie sie für Gautamas Nyaya charakteristisch war (»Wenn man gegen ein Argument, das auf der Ko-Präsenz des Grundes und der Aussage oder auf der wechselseitigen Abwesenheit der beiden beruht, einen Einwand formuliert, der auf der gleichen Art von Ko-Präsenz oder wechselseitiger Abwesenheit beruht, dann wird von diesem Einwand, weil der Grund nicht genau angegeben ist oder der Aussage nicht dienlich ist, gesagt, daß er ›die Ko-Präsenz aufwiegt‹ oder ›die

wechselseitige Abwesenheit aufwiegt‹.«); hin zu der Metaphysik der Unterscheidung und der Klassifizierung, die Ka-
nada in seiner Vaisesika-Schule vertrat (»Das Mittel der direkten Sinneswahrnehmung kann als jede wahrhaftige und
undefinierbare Wahrnehmung aller Gegenstände definiert
werden, die sich aus vierfachem Kontakt ergibt; die Substanz
und andere Kategorien sind das Wahrzunehmende; das
Selbst ist der Wahrnehmende; und die Erkenntnis der guten,
schlechten und indifferenten Natur der wahrgenommenen
Gegenstände ist die Wahrnehmung.«); dann zum kausalen
Evolutionsgedanken in Kapilas Samkhya (»Ohne das ›Sub-
jektive‹ könnte es kein ›Objektives‹ geben, und ohne das
›Objektive‹ kein ›Subjektives‹. Deswegen ergibt sich eine
zweifache Entwicklung, die des ›Objektiven‹ und die des
›Subjektiven‹«); bis zu den methodischen inneren und äußeren Techniken in Pantanjalis Yoga (»Wer den Unterschied
zwischen dem Bewußtsein und der reinen objektiven Existenz
erkennt, gewinnt die Herrschaft über alle Seinszustände und
die Allwissenheit.«); bis hin zu den Untersuchungen über
richtiges Handeln, wie sie die Anhänger von Jaiminis Purva
Mimasa anstellen (»Dharma ist das, was – durch die Veda – als
dem höchsten Gut am gedeihlichsten genannt wurde.«); bis
hin zum selbstbewußten Idealismus der Vedanta (»Das
höchste Selbst existiert im Zustand des individuellen Selbst.«).
    Während Sanjay all diese Dinge niederschrieb, von denen er
die meisten nicht verstand, fragte er sich, wie es wohl sei, wenn
man eine Hüfte hatte, die die Beugung verweigerte, oder einen
Mund, der beim Reden unfreiwillig spuckte. Am Morgen nach
dem Ausflug über den Fluß war er früh aufgewacht und hatte
sich im Zelt umgesehen, während seine Freunde noch schliefen und ihre Gesichter in das orange Licht getaucht waren, das
vom Dach herabsickerte, und es war ihm klar geworden, daß
nichts bleiben würde, wie es war. Er hatte sie betrachtet: Sikanders lange Nase (genau wie die seiner Mutter), seine gebogenen
Wimpern, Chottas rundes Gesicht und seinen nervösen Klammergriff ins Laken, sogar im Schlaf, und er hatte sich zum erstenmal gefragt, wie es wohl wäre, wenn er an ihrer Stelle wäre.
Trotz all seiner Körperkraft und seiner natürlichen Führer-
rolle, hatte Sikander nicht doch manchmal Angst? Wachte er

im Dunkeln auf? Wie war das, wenn man so mörderisch wütend wurde, wenn man den nackten Zorn verspürte, der Chotta so leicht übermannte? Oder wie wäre es, jemand völlig anderes zu sein, Schafe zu hüten, Reiskörbe über bewässerte Felder zu tragen, auf einem Pferd zu reiten und es von ganzem Herzen zu genießen oder auch, fünfzig Pfund schwere Kegel dampfenden grünen Dungs zu scheißen?

Sanjay merkte, daß etwas mit ihm geschehen war. Bisher war er es immer zufrieden gewesen, Menschen in sein Leben eintreten zu lassen, die es veränderten, und er hatte sich mit ihrer Gegenwart und ihren Handlungen wie mit Naturgewalten abgefunden, hatte sie als Anreize gesehen, auf die er spontan reagieren mußte. Aber nun stellte er alles in Zweifel: Er betrachtete sich selbst voller Neugierde, untersuchte seine eigenen Gefühle und Wahrnehmungen, lauschte seinem eigenen Atem, und die einfachste Handlung – wie das Trinken eines Glases Milch, wenn er mit den anderen beim Abendessen saß – wurde ihm zu einem Ereignis, das nur sehr schwer zu ertragen war, weil er sich seiner selbst so sehr bewußt war, weil überall untrennbar mit der Existenz die Ironie verbunden war.

An den Nachmittagen, wenn es für Diktate zu heiß geworden war, rannte Sanjay voller Feuereifer zum Fluß, wo die einzige Aufgabe auf ihn wartete, in der er sich ganz verlieren konnte: Er schrubbte und wusch Gajnath mit der Hingabe eines Meditierenden, hob Hautfalten an und gelangte in die verborgensten Winkel, in denen winzige Kreaturen lebten und sich ernährten. Manchmal kamen Sikander und Chotta vorbei und setzten sich still ans Ufer. Ihre ungewöhnliche Ruhe zerstörte jedesmal Sanjays Konzentration, so daß er das Gefühl hatte, er müsse mit ihnen sprechen, um die furchtbare Last der sich auftürmenden Stille zu erleichtern. Also fuchtelte er mit seinem Bimsstein herum und plantschte wild mit dem Wasser, bis er sich eines Tages – alles war besser als dieses Schweigen – gezwungen sah, Sikander einen Zettel zu geben, den er dem Mahout vorlesen sollte: »Wenn Gajnath der König aller Elefanten ist, warum dient er dann uns?«

»Ah, Gajnath«, erwiderte der Mahout. »Er ist nicht nur der König, er ist auch ein Nachfahre von Königen. Hört gut zu, am Hof des großen Akbar gab es viele Elefanten, die man für ›khacah‹ erklärte, was bedeutet, daß sie nur den Kaiser tragen durften. Da war Koh-shikan, der Zerstörer der Berge; Utam, der Verliebte; Madan Mohan, der Herzensbrecher; Sarila, der Gewandte; Maimun Mubarak, der Außerordentlich Ruhige; und viele, viele andere, aber unter all diesen war der oberste Elefant Aurang-Gaj. Aurang-Gaj war der Liebling Akbars, weil er so außergewöhnliche Proportionen hatte, weil er mutig und treu war, und er gab ihm zehn Bedienstete, die ihn betreuen sollten, und jeden Tag einhundertsechzig Pfund gutes Essen. Und so trug Aurang-Gaj den Kaiser zu den allerfeierlichsten Anlässen ...«

»Ja«, meinte Sikander und las einen Zettel vor. »Aber trotzdem hätte doch auch der große Aurang-Gaj den Kaiser Akbar wie eine kleine Erdnuß zertreten können, warum hat er ihn dann auf seinem Rücken getragen?«

»Weil Akbar ihn gefangengenommen hat.«

»Aber wie?«

»Indem er ihn in einem Tal in die Enge trieb und ihn dann von anderen zahmen Elefanten einkreisen und vor sich her treiben ließ.«

»Aber warum haben jene anderen Elefanten angefangen, Akbar zu dienen?«

»Weil Akbar sie an Bäume band und auspeitschte oder aushungerte oder irgend etwas, bis ihre Schmerzen unerträglich wurden, und dann sahen sie ein, daß es besser war, Akbar zu dienen als endlos zu leiden oder zu sterben.«

»Und darum haben sie alle aufgegeben?«

»Sie haben gar nichts aufgegeben. Sie haben sich nur für das Weiterleben entschieden. Und also dienten sie Akbar, aber selbst die Stärksten müssen einmal schwach werden, und deswegen kauern heute die Nachfahren Akbars in ihren zerbröckelnden Palästen in Delhi, und die Kinder des Aurang-Gaj sind über ganz Hindustan verstreut.«

»Aber hat je einer der Elefanten einfach nein gesagt, genug, ich will nicht mehr?«

»Auf tausenderlei Art haben sie das jeden Tag getan. Sie dienen uns, wir sind ihre Herren, das ist klar. Aber wenn man lange genug mit ihnen zusammenlebt, dann weiß man, daß sie verstehen, daß in Wirklichkeit sie die Stärkeren sind, daß aber eine offene Weigerung nur in Zerstörung enden würde. Also sind sie unendlich geduldig und harren aus, und wenn man möchte, daß sie schneller gehen, dann gehen sie ein kleines bißchen langsamer als nötig, und wenn man will, daß sie irgend etwas tun, dann geben sie vor, es nicht zu verstehen, o nein, Herr, wir sind doch nur dumme Tiere und begreifen nichts. Sie rebellieren im Kleinen, weil sie verstehen, daß es besser ist, zu dulden und zu überleben, als nein zu sagen und zu sterben.«

»Aber Akbar hat Aurang-Gaj geliebt, und Aurang-Gaj hat Akbar geliebt?«

»In gewisser Weise sozusagen, und das ist das Seltsamste daran.«

Dann standen Sikander und Chotta auf und beobachteten, wie die Engländerin zu ihrem Boot ging, das darauf wartete, sie ans andere Ufer zurückzubringen. Jeden Nachmittag kam sie mit einem der jüngeren Engländer herüber und ging zum Zelt von Sikanders Mutter. Wenn ihr diese dann eine Audienz verweigerte, setzte sie sich unter einem Sonnenschirm auf einen Klappstuhl und schickte eine Bedienstete nach der anderen herein, die Argumente vorbrachte und eine Eigenschaft beschwor, die sie »gesunden Menschenverstand« nannte: Die Mädchen würden eine Erziehung erhalten, sie würden in der besten Umgebung aufwachsen, sie würden feine Mems werden und die begehrenswertesten und mächtigsten Männer heiraten, und sie müsse doch erwägen, was das Beste für die Mädchen sei, für ihre Zukunft. Wenn sie keinerlei Antwort bekam, klappte die Engländerin ihren Stuhl und den Sonnenschirm wieder zusammen und zog sich für die Nacht auf die andere Flußseite zurück, nur um am nächsten Tag wieder aufzutauchen. Im roten Zelt sah Sanjay, wie wütend Sikanders Mutter war; sie fuhr sogar Ram Mohan an, als wolle er ihr die Töchter wegnehmen. Obwohl sie sich weigerte, die Engländerin zu empfangen, hörte sie sich doch alle ihre Botschaften begierig und mit niedergeschlagenen Augen an.

»Was denkt sie sich eigentlich«, platzte es aus ihr heraus, wenn die Boten gegangen waren. »Glaubt sie denn, daß eine Mutter sich keine Sorgen um die Zukunft ihrer Töchter macht? Ich kenne die Art Erziehung nur zu gut, die man ihnen dort angedeihen lassen wird.« Eine Pause, während der wieder ein neuer Bote erschien. »Ich lasse sie nicht einfach in etwas anderes ummodeln.«

Die beiden Mädchen beobachteten alles und lauschten still. Die Erfahrung, sich im Mittelpunkt eines Kampfes zu befinden, der solche Wut und solchen Schmerz hervorrief, hatte ihnen ihren Hochmut gründlich ausgetrieben. Jetzt schien es Sanjay im Gegenteil, als behandelten sie ihre Mutter mit recht großer Zuneigung, während diese die Mädchen mit Essen verwöhnte und mit der wilden Wachsamkeit einer Löwin umkreiste. Er konnte die Schwestern nie allein sprechen, und er war zu schüchtern, um mit ihnen in der Gegenwart anderer ein Gespräch anzuknüpfen, aber er war es schon zufrieden, sie zu beobachten, wenn sie mit Sikander und Chotta Karten oder Parchesi spielten und kicherten und miteinander flüsterten. Sie gehorchten ihrer Mutter sofort und ohne Frage und schienen ihre Besuche beim Schneider und beim Goldschmied des Ortes zu genießen, die sie mit leuchtend bunten Ghagras und fein gearbeiteten silbernen Armreifen und Halsketten ausstaffierten, so daß sie wie kleinere Ausgaben ihrer Mutter aussahen. All dies kam eines heißen Nachmittags ohne große Zeremonie zu einem abrupten Ende, während alle vor sich hin dösten: Hercules trat mit zielstrebigen Schritten ins Zelt, fand den Raum, in dem die Mädchen neben ihrer Mutter schliefen, beförderte zwei Dienerinnen mit Fußtritten zur Seite und hob die Kinder mit einer einzigen Hand am Arm hoch. Als seine Frau an den Mädchen zerrte, schlug er sie mit dem Handrücken so hart ins Gesicht, daß sie nach hinten taumelte und auf ihr Bett fiel. Ehe Sanjay, Ram Mohan, Sikander und Chotta wachgeworden waren, stand Hercules schon vor dem Zelt und übergab die beiden Mädchen zwei rotberockten englischen Kavalleristen, die sich, von einer englischen Infanterieeskorte begleitet, zum Fluß begaben und ihn überquerten. Hercules kam ins Zelt zurück und stürmte an seinen Söhnen vorbei, ohne sie eines Blickes zu würdigen.

»Habe ich dich nicht immer gut behandelt?« fragte er Sikanders Mutter in seinem stark akzentbehafteten Urdu. »Habe ich dir nicht alles gegeben, was du brauchtest? Habe ich dir nicht ein Haus, Bedienstete und Geld gegeben? Habe ich dir nicht deine Söhne gelassen, wie du es wolltest?«

Sie schaute ihn unverwandten Blickes an. Auf ihrer rechten Wange leuchtete ein kleines rotes Mal, und sie sagte kein Wort.

»Um die Mädchen wollte ich mich kümmern, und ich bin ihnen ein guter Vater gewesen. Ich möchte, daß sie als Engländerinnen erzogen werden und aufwachsen. Das ist das Beste für sie, und deswegen wollte ich es so. Verstehst du das? Ich begleite sie nun nach Kalkutta und übergebe sie dort der Fürsorge von Freunden. Wenn du möchtest, kannst du mitkommen und bei ihnen bleiben, bis wir zurückkehren.«

Sie sagte kein Wort, und er machte auf dem Absatz kehrt und ging hinaus. Sie saß bewegungslos auf dem Boden neben dem Bett. Der Abend senkte sich mit dem langsamen Verlust aller Formen und Umrisse nieder, mit seinem Blütenduft und dem Wassergeruch, und dann kam die Nacht. Sanjay und die anderen saßen in der Dunkelheit neben Sikanders Mutter, und Sanjay merkte, daß er keinen Schlaf brauchte, nicht einmal mehr Tagträume. Es reichte ihm, ihr Gesicht zu beobachten, während die Schatten langsam darüber hinwegzogen. Am Morgen, als die Vögel zu singen begannen, sagte sie plötzlich mit sehr klarer Stimme:

»Holt Sandelholz.«

Ram Mohan zog sich aus seiner halbliegenden Stellung hoch und hockte neben Sanjay. »Was?«

Aber irgendwie wußte Sanjay schon, was sie wollte. Irgendein Muskel oder Nerv, ein einzelner klarer Gefühlsstrang, der ihm von den Lenden bis zum Nacken reichte, zog sich zuckend zusammen.

»Für einen Scheiterhaufen«, sagte sie.

Die Nachricht verbreitete sich wie ein Lauffeuer durch das Lager. Innerhalb weniger Minuten wimmelte das Zelt vor Dienerinnen, die vor ihrer Herrin hockten und auf die schlanke Figur in ihrer Mitte starrten.

»Holt Holz«, wiederholte sie. Als sich niemand dazu anschickte, stand sie schnell und entschlossen selbst auf und ging zwischen ihnen allen hindurch, sprach einzeln mit Namen an und bat sie um Hilfe, aber niemand regte sich.

Dann trat sie die Dienerinnen mit Füßen, tobte, erinnerte sie an die vielen Jahre, in denen sie ihr Brot gegessen hatten, aber sie umschlangen nur die Beine mit den Armen und senkten die Köpfe auf die Knie. Schließlich wandte sie sich an Ram Mohan.

»Nein«, erwiderte der.

»Man hat mich beleidigt«, sagte sie.

»Nein.«

»Du weißt alles«, sagte sie. »Ich tue nur, was ich schon vor langer Zeit hätte tun sollen.«

»Dies nicht. Es ist ein Verbrechen.«

»Ich bin eine Rajput. Padmini hat es mit all ihren Prinzessinnen gemacht. Das steht in den Schriften.«

»In welchen Schriften?« fragte er mit hochrotem Kopf. »In welchen? In denen, die Lügen und Erfundenes berichten.« Ram Mohan dozierte an die zehn Minuten, zitierte Kommentare und führte Präzedenzfälle an, zerstörte die Autorität eines jeden Textes, der auch nur im entferntesten ihre Absichten unterstützen könnte, und schloß mit den Worten: »Für einen Hindu sind ohnehin alle Schriften ohne Bedeutung, die Tradition selbst spricht sich dagegen aus.«

»Sehr gut«, meinte sie. »Dann entscheide ich mich dafür, ich ganz allein. Holt Holz.«

»Denk an deine Söhne«, ermahnte er sie.

Sanjay blickte ihre Söhne an und sah, daß Sikander weinte. Chotta starrte seine Mutter ganz benommen an. Aber Sikander schaute tränenblind zum Dach, dorthin, wo die Sonne nur ein umwölkter Schein war, und er weinte. Seine Mutter erwiderte schnell:

»Meine Söhne sind auch Rajputs. Sie werden mich verstehen. Holt Holz.«

»Nein«, sagte Ram Mohan.

Langsam trat sie vor, machte vier oder fünf Schritte, zögerte, streckte dann ihre Hand zu ihm aus und legte sie ihm auf die Schulter. Sanjay spürte, wie Ram Mohan erschauderte, und er blickte ihn kurz an, dann wieder zu ihr zurück. Plötzlich schien sie ihm jünger, und ein Erröten überzog sie von den Schultern her. Sie löste ihre Hand von Ram Mohan und stand dann mit vor der Brust gefalteten Armen da, wie ein Mädchen in einem Gemälde. Abrupt kämpfte sich Ram Mohan auf die Beine und verließ das Zelt.

Sie schichteten den Scheiterhaufen am Wasser auf – eine drei Fuß hohe Plattform aus kurzen Holzbalken, die man übereinanderstapelte und mit Ghee tränkte. Im Zelt beobachteten Sanjay, Sikander und Chotta, wie die Dienerinnen sie ankleideten. Sie hüllten sie in bräutliches Rot und schmückten ihre Arme mit dicken goldenen Armreifen. Sie wirkte entspannt und hob häufig die Arme, um das Gold auf ihrer Haut zu bewundern.

»Bringt mir Kheer, bitte«, bat sie leise und lächelte die Dienerinnen sanft an. Ein schwarzhäutiger Khansamah kam auf seinen fetten, zitternden Beinen an und brachte einen ganz gewöhnlichen Kochtopf und einen alten Eisenlöffel. Während sie den süßen Reisbrei aß, versammelte sich draußen eine tausendköpfige Menschenmenge, die aus den Dörfern und Feldern der Umgebung zusammengelaufen war. Ihr Murmeln schwappte wie eine brechende Welle über das Zelt hinweg. Sanjays Wahrnehmung tanzte wie verrückt, war ohnehin durch seine alte Verletzung verdoppelt und wurde nun von Schwindel und Schweiß noch vervielfacht. »Kommt, setzt euch zu mir«, sagte sie, »alle.«

Sie hatte einen Jasmin-Attar aus Lucknow benutzt. Der leichte Duft klärte Sanjay den Kopf, befreite ihn von dem weichen Gemurmel, das von draußen hereindrang. Er zwinkerte und blickte sich um: Sikander weinte immer noch. Chotta starrte mit weit offenstehendem Mund in das Gesicht seiner Mutter.

»Weint nicht«, sagte sie. »Denkt daran, wer ihr seid. Denkt immer daran, wer ihr seid.« Sie blickte Sanjay an. »Und du. Du mit deinen Träumen.« Sie löffelte sich Reisbrei in den Mund. »Kommt. Es ist Zeit zum Abschied.«

Sie stützte sich auf Chottas Schulter, und er legte den Arm um sie. Sikander und Sanjay gingen hinterdrein. Draußen verstummte die Menschenmenge. Nur die Fahnen knatterten noch. Der Fluß bewegte sich träge im Sonnenlicht.

»Würdest du etwas rezitieren?« fragte sie Ram Mohan.

»Was?«

»Was immer man zu solchen Anlässen sagen muß.«

»Ich weiß nicht, was man da sagen muß.«

»Dann sage irgend etwas auf.«

»Nun gut. Es ist ja das einzige, was ich kann.«

»Vom ersten Augenblick an«, sagte sie und trat zu ihm hin, »vom allerersten Augenblick an hast du mir alles vergeben, was ich war und tat. Und dies hier, das ist gar nichts, denn du wirst immer hier bleiben.« Sie wandte sich ihren Söhnen zu. »Denkt immer daran. Der Tod ist nichts.« Mit drei raschen Schritten schwang sie sich vom Boden bis oben auf den Scheiterhaufen. Ein einziger riesiger Schrei erhob sich aus der Menge und hinterließ eine Stille, die hart wie Stein war. Sie saß da und leckte immer noch an dem Eisenlöffel. »Das ist sehr süß«, sagte sie lächelnd, und dann ließ sie den Löffel in den Schoß sinken, faltete die Hände vor dem Oberköper und schloß langsam die Augen. Sie atmete tief ein.

»Du bist der älteste Sohn«, sagte Ram Mohan zu Sikander und nahm aus einem irdenen Gefäß ein Stück Holz, das an einem Ende geschwärzt war und flackerte. Sikander schaute auf die Fackel hinab, dann zum Himmel, keinen Augenblick zu seiner Mutter hin. »Jetzt«, sagte Ram Mohan, »bitte.« Aber Sikander ließ die Arme an die Seite sinken und schluchzte hilflos; seine Brust hob und senkte sich. Mit einem Schrei (Was sagte er?) warf sich Chotta herum und riß Sikander die Fackel aus der Hand, hielt einen einzigen verlorenen Augenblick inne (Wie lang?), beugte sich dann zum Holz herunter und streckte sich, und mit einem einzigen Schlag flammte es überall auf. Sanjay rannte, merkte, wie Sikander seine Hand ergriff und sich fünf Fingernägel in seine Haut hieben (er spürte sofort, wie sie an fünf verschiedenen Stellen eingeritzt wurde).

»Sieh nur«, sagte Sikander und wandte seinen Kopf ab. »Sieh nur.«

Sanjay kämpfte ein schnelles Muskelzucken lang, aber wie immer war er unfähig, Sikander zu irgend etwas zu bewegen. Ram Mohan begann seinen Sprechgesang, und Sanjay schaute, und die Flammen waren emporgelodert, und sie saß reglos da, mit hoch erhobenem Haupt, eine dunkle Gestalt. Er hielt seine Hand noch in Sikanders Hand (er spürte, wie das Blut rann) und blickte hin. Ram Mohan hatte angefangen, ein uraltes Lied auf Sanskrit zu singen:

Dhritarasthra uvacha –
Dharmakshetre kurukshetre samaveta yuyutsavah
Mamakah pandavasraiva kim akurvata Sanjay …

Dhritarasthra sprach –
Versammelt auf der Dharma-Ebene des Kurukshetra
O Sanjay, was haben meine Söhne und die Söhne des Pandu getan?

Währenddessen rast über dem brennenden Holz ein blauer
Dunst über die dunklen Umrisse des nackten Körpers (alle
Hüllen verbrannt?), und das Holz sinkt in sich zusammen,
und sie alle werden von einem Regen glühendroter, beißender Funken verjagt, alle außer Chotta, der allein dasteht und
die Wunden freudig begrüßt; und Sikander hält noch immer
die Hand seines Freundes, hat seinen Blick abgewandt, folgt
der Sonne, die brüllt und verzehrt; und nichts ist mehr zu sehen;
und Ram Mohan bricht zusammen und kann nicht mehr
singen; und Sanjay schließt die Augen, sieht immer noch den
Scheiterhaufen, klar und wirklich, nicht in seiner Vorstellung,
die präzisen Flammen, die Gesichter der Zuschauenden, die
Anordnung der Utensilien am Boden, das Flattern des Chunni einer Frau im Wind, einen unbekannten bärtigen alten
Mann, der um den Scheiterhaufen herumgeht; und Sanjay
versteht, daß er, was immer er auch machen wird, sich nicht
weigern kann, die Welt zu sehen, und er öffnet die Augen,
blickt voll in das Feuer, erinnert sich daran, daß sie um einen
Sprechgesang gebeten hat, und beginnt, ganz natürlich und
ohne nachzudenken, zu singen:

Nainam chindanti sastrani nainam dahati pavakah
Nacainam kledayanty apo na sosayati marutah …

Waffen zerschneiden es nicht, Feuer verbrennt es nicht,
Wasser benetzt es nicht, Wind trocknet es nicht aus.

Sie warteten drei Tage und drei Nächte, bis die Überreste des
Infernos abgekühlt waren. In der letzten Nacht, als man die
graue Asche schon beinahe berühren konnte, sprach Sanjay
mit dem alten Mann, der neben dem Scheiterhaufen aufge-

taucht war. Dieser Alte, der für alle außer Sanjay unsichtbar war, kam und setzte sich neben ihn und legte ihm die Hand auf die Schulter. Er hatte glattes Haar, das über der Stirn von einem Band zusammengehalten wurde, und einen gestutzten Bart, und er hielt die Augen halb geschlossen, als meditiere er, seine Haut war dunkel, und er hatte sich einen Schal mit einem Blumenmuster über eine Schulter drapiert.

»Ich bin Yama«, sagte der alte Mann. »Der Herrscher des Todes.«

Sanjay blickte ihn an. Das Gesicht des alten Mannes war ruhig und vornehm, sein Verhalten das eines Ästheten.

»Es wird sich noch mehr von dieser Art ereignen, nicht wahr?« fragte Sanjay.

»Ja«, erwiderte der alte Mann, und dann zwinkerte Sanjay ein wenig mit dem linken Auge (der Wind wirbelte die Asche auf), und einen Augenblick lang verschwand der andere, und seine Stimme verlor sich. »... sab lal ho jayega – alles wird rot werden.«

»Noch mehr von dieser Art«, sagte Sanjay und begann einen Stoffstreifen von seinem Dhoti abzureißen.

»Warte«, sagte der alte Mann und streckte seine Hand nach ihm aus. »Hör zu, du mußt mir zuhören.«

Aber Sanjay hatte das linke Auge bereits geschlossen und sich den Stoff so um den Kopf geschlungen, daß das Lid fest zugehalten wurde. Der alte Mann verschwand.

»Zur Hölle mit dir«, sagte Sanjay.

Nachdem man die Asche ins Wasser gestreut hatte, blieb die Gesellschaft am Fluß, und alle schienen wie gelähmt. Niemand war willens oder in der Lage, den Befehl zu geben, daß man sich in die eine oder andere Richtung bewegen solle. Sikander und Chotta ritten kreuz und quer durch die Ebene, brachen frühmorgens auf und kehrten spätabends erschöpft und staubschwarz zurück. Ram Mohan saß am Fluß und ließ die Füße ins Wasser baumeln, verweigerte jeglichen Sonnenschirm und jegliches Kissen. Und Sanjay verbrachte seine Tage mit Gajnath. Am sechsten Morgen kam Hercules über den Fluß zurückgeeilt, er war bleich und wollte die Nachricht nicht glauben. Die Frau und Sarthi begleiteten ihn. Während

Hercules stampfend und schreiend und Fragen stellend durch das Lager tobte, sagte Ram Mohan zu Sikander und Chotta und Sanjay: »Wartet. Ich möchte euch eine Geschichte erzählen.«

Er erzählte ihnen eine Geschichte: Einst wurde eine Frau namens Janvi gefangengenommen, als man eine Zitadelle einnahm, und ein Mann namens Jahaj Jung – der sie liebte – entkam aus der brennenden Stadt. Hercules, der Janvi gefangengenommen hatte, schloß die Ehe mit ihr, aber durch bloße Willenskraft brachte sie nur Töchter zur Welt, und eines Tages schickte sie nach Jahaj Jung aus und bat ihn um Söhne. Er sandte ihr schimmernde Laddoos, und alle, die sie berührten, wurden Teil dieser Geschichte. Und Janvi und ihre Nachbarin Shanti Devi aßen die Laddoos. Und nachdem die Söhne geboren waren, hielt eine Kobra sie schützend umfangen.

»Und so seid ihr alle geboren«, sagte Ram Mohan. »Wie sie sagt: zur Rache geboren. Aber wir alle, die wir euch berührt haben, sind eure Väter, und ihr seid zu viel mehr als nur dazu bestimmt. Ihr seid aus dem Staub marschierender Füße geformt, aus den Tränen der Menschen, aus Speichel und Hoffnung.«

Hercules kam, von Soldaten flankiert, auf sie zumarschiert. »Verhaftet diesen Mann«, sagte er, »als Komplizen und Helfershelfer bei einem Selbstmord.«

Die Soldaten hoben Ram Mohan auf und führten ihn auf das Lager zu, und Hercules wischte sich Tränen vom Gesicht.

»Es ist noch viel zu tun, Sir«, sagte Sarthi. »Sehr viel.«

»Ja«, erwiderte Hercules.

Sandeep hielt inne und rieb sich die Augen. »Sie legten Ram Mohan in Eisen«, fuhr er fort, »an Armen und Beinen, und sie verfrachteten ihn hinten auf einen Gepäckkarren. Als sie nach der ersten Tagreise anhielten, saß er mit dem Kopf auf den Knien da und war tot.« Sandeep erhob sich und zog sich die Falten eines losen Schals um die Schultern. »In den ersten beiden Monaten nach Janvis Tod annektierte die Company zwei kleine Territorien und ein großes. Sechs Rajas und zwei

Nawabs unterzeichneten Verträge mit der Company und erlaubten den Briten, Garnisonen auf ihrem Gebiet zu unterhalten, und gestanden ihnen für alle Zeiten gewisse Rechte in Politik und Wirtschaft zu. In den sechs Monaten nach Janvis Tod wurden dreihundertundvier Frauen auf den Scheiterhaufen ihrer Ehegatten verbrannt. Einige kletterten aus freien Stücken auf die Holzstöße, stolz und taub für alle flehentlichen Bitten; andere wurden schreiend von ihren Anverwandten in die Flammen gezwungen. Über all diese Todesfälle berichteten die Zeitungen in Indien und in Europa ausführlich. Sie entwickelten sich zum Kernpunkt so mancher Predigt und so manchen Leitartikels, und die Kampagne für die Zulassung von Missionaren in Indien gewann an Boden.« Sandeep warf sich den Schal um und schritt in die Dunkelheit hinaus. Dann wandte er sich um und rief:

HIER ENDET DAS ZWEITE BUCH,
DAS BUCH DES LERNENS UND DER VERZWEIFLUNG.
SIKANDERS KINDHEIT IST VORBEI.

NUN BEGINNT DAS DRITTE BUCH,
DAS BUCH DES BLUTES UND DER REISEN.

DAS BUCH DES BLUTES
UND DER REISEN

... jetzt ...

Inzwischen tobte auf dem Maidan eine hitzige Debatte, die irgendwie während des Geschichtenerzählens begonnen hatte. Die Kontrahenten waren der emeritierte Leiter der Abteilung für Sanskrit an der Universität Janakpur und ein Gast, ein Biologe aus Kalkutta. Es ging natürlich um Bewußtsein und Körper und die Natur des Geistes. Die Emotionen schlugen hohe Wellen, und die Stimmen noch höhere. Ganesha und Hanuman schlossen bereits Wetten ab.

»Das gewinne ich locker, Affe«, meinte Ganesha. »Die Bildung des Alten geht so viel tiefer.«

»Ja, aber der Bengali ist so viel belesener«, sagte Hanuman. »Er hat einen Universitätsabschluß in kolonialer Literatur.«

»Stimmt, stimmt, aber das kommt nur am Rande ins Spiel, wenn überhaupt.«

»Abwarten und Tee trinken«, sagte Hanuman. »Abwarten und Tee trinken.«

An der Tür war ein Geräusch zu hören. Ein Mann kam mit einer Kiste ins Zimmer. Er war groß und dick und hatte ein rundes Gesicht, aus dem sein schütteres Haar mit Pomade nach hinten gestrichen war. Die Kiste, die er vor sich her trug, war mit blau, grün und golden schillerndem Papier abgedeckt.

»Onkel Gulati«, quietschte Saira und sprang auf.

Er schlug für sie das Papier zurück, und in der Kiste lagen Reihen um Reihen von Süßigkeiten, Gulab Jamuns und Jalebis und Barfi. Über Sairas gebeugten Kopf hinweg nickte er mir zu. »Ich Gulati«, sagte er. »Eigentümer von Gulati Kaufhaus für Süßigkeiten. Süßigkeiten für den Geschichtenerzähler. Bitte versuchen.«

»Weißt du«, sagte Saira und biß in ein Gulab Jamun. »Eigentlich hast du hier nichts verloren.«

»Ich gehe ja schon«, meinte er. »Wollte nur eine kleine Aufmerksamkeit bringen, darum bin ich gekommen. Genießt es.«

Während er seinen massigen Körper an den Stühlen vorbei

zur Tür manövrierte, warf Abhay Saira einen finsteren Blick zu. »Wie ist der eigentlich hier hereingekommen, an all deinen Wachen vorbei?«

»Wahrscheinlich hat er sie alle mit Gulati-Süßigkeiten bestochen«, meinte Saira. »Wer kann da schon widerstehen?«

»Und jetzt rennt er herum und erzählt jedem, der es hören will, daß er der offizielle Süßigkeitenlieferant des Wunderaffen ist«, meinte Abhay. »Dieser schmierige Fettwanst.«

»Du, Abhay Bhaiya«, sagte Saira, während ihr der Saft des Gulab Jamun übers Kinn troff, »hast dir die traurige Angewohnheit zugelegt, nichts und niemandem zu glauben.«

»Sei nicht so ungezogen zu Leuten, die älter sind als du«, mahnte ihre Mutter und fuchtelte mit einem Jalebi in der Luft herum.

»Stimmt aber doch«, maulte Saira. »Das ist eine sehr schlechte Angewohnheit.«

Inzwischen versuchte ich in ein Barfi zu beißen, und ich mußte feststellen, daß es ein durch und durch ehrliches Barfi war, voll der aufrichtigen und hellen Essenz der Mandel, eine wahre Freude für Geist und Herz. Ich schob Abhay die Kiste zu. Er schüttelte den Kopf.

Ashok und Mrinalini saßen an ihrem Platz bei der Schreibmaschine. »Wir sind so weit«, meinte Mrinalini und wischte sich die Finger ab.

»Sag denen draußen, daß sie still sein sollen«, befahl Yama. »Die Körper- und die Geistfraktion. Sonst bekommen sie es mit mir zu tun.«

Was wirklich geschehen ist

Die Jahre vergingen. Stadtstaaten kollidierten miteinander, und aus diesem Gewühl und Getümmel entstanden die großen Reiche mit ihren Denkmälern und Heldengedichten und Wissenschaften von Mord und Macht. Einige Schlachten wurden im Lauf der Zeiten vergessen, andere wurden zu Erinnerung und versammelten die Träume ganzer Völker um sich, so wie ein Staubkörnchen eine Perle um sich ansammelt. Und diese angesammelten Geschichten wurden zu den

Geschichten über Geschichten, zu den Geschichten einer Nation, die sich aus vielen Nationen zusammensetzt, zum gemeinsamen Traum vieler Völker, die ein Volk waren.

Während die Kaiser und Könige noch ihr Land erforschten und ihre Spione aussandten und ihre Armeen befehligten, waren da Menschen, die das reiche Land bebauten, andere, die viele Dinge herstellten und den Menschen dienten, und dann diejenigen, die aus Stein und Holz, aus Worten und Stoffen Schönstes schufen. Händler bereisten die Meere und führten vieles aus und sandten anderes nach Hause zurück, und Gold füllte ihre Truhen. Es gab wie immer Reiche und Arme, Leidende und Blutrünstige, Sanfte und Geduldige und Schlechtgelaunte, aber alle waren sie Teil des wunderbaren Reichtums dieser Welt, des Rades, das sich drehte, und schließlich lebten diese Männer und Frauen ein erfülltes Leben. Es war genug Zeit für die Argumente der Philosophen, und überall debattierten die Pandits über die Zwänge der Rituale und die Grenzen der Vernunft und die Existenz eines Lebens nach dem Tod und die Notwendigkeit des Karmas in jeder moralischen Handlung. Und es gab Pandits, die Frauen waren, und Frauen, die über Familien und über weit mehr herrschten. Es gab Frauen, die draußen in der Welt einem Beruf nachgingen, und sie waren für ihr Geschick in den vierundsechzig Künsten bekannt und für ihren Witz berühmt. Es waren Zeiten der Unschuld, in denen der Dharma manchmal in Vergessenheit geriet, man ihn aber immer noch anstrebte, in denen noch der Fluch eines armen Bauern einem König den Kopf beugen konnte, in denen noch der Stolz einer Kurtisane einen Fluß zum Rückwärtsfließen bewegen konnte.

Aber das Ritual nährt sich aus sich selbst und wuchert dann wie eine wilde Hecke, bis es jegliche Bewegung unmöglich macht und die Straßen der zerfallenden Städte verstopft. Männer und Frauen verloren das Wahre und Gute aus dem Blick, und die Vergangenheit wurde zu einer Zeit der Unschuld erklärt, doch dann kamen diejenigen, die den tragenden Balken der Welt zerbrachen. Sakyamuni saß meditierend da, und Mahavira wanderte allein und nackt durch die Lande. Und sie und andere leerten die Schale und füllten sie wieder neu.

Es ging die Kunde von einem Wahnsinnigen namens Alexander, von einem Schlächter, der sich seinen Weg durch die Welt hackte und sich auf das Reich zuwälzte. Er vernichtete viele Stämme, schlug eine harte Schlacht am Jhelum und verschwand wieder in den Tiefen des Kontinents. Er zog ab, aber ganz vergaß man ihn nie. Manche meinten, er werde wiederkommen.

Dann folgte eine Zeit der Reichtümer. Ein König namens Ashoka tat etwas Kurioses: Er gab seine aggressiven Eroberungen auf und regierte nur noch zum Besten aller Kreatur. Die Händler reisten in die Reiche des Westens, führten Waren mit sich und kehrten mit Gold zurück. Politische Parteien entstanden und vergingen wieder, und die hungrigen Stämme lauerten jenseits des Khaiber, aber immer noch war Bharat ein Land des Friedens, ein Weltwunder.

Am Hof des Vikramaditya (lang möge sein Angedenken fortleben!) vervollkommneten jene vollkommenen Männer, die man die neun Juwelen nennt, die Künste und Wissenschaften. Draußen wachte die Stadt auf, und man hörte die Lobgesänge aus den Tempeln. Menschenmengen füllten die Straßen und gingen ihren Geschäften nach. Man vernahm die Rufe der Ladenbesitzer, die Waren aus aller Welt anpriesen. Alte Frauen gingen von Haus zu Haus und verkauften Blumen. Adelige fuhren voller Hochmut vorbei, ihre Schwerter in den goldbesetzten Scheiden blitzten in der Sonne, und parfümierte Damen beobachteten sie von den Balkonen herab. Junge Herumtreiber wachten nach durchzechter Nacht früh, aber zufrieden auf und machten sich an das harte Geschäft des Badens und der Schönheitspflege, um sich auf das Stelldichein mit ihren Geliebten im Garten vorzubereiten. Ihre Barbiere legten ihnen das Haar in komplizierte Wellen, flüsterten ihnen Abschnitte aus Liebeshandbüchern zu. Man konnte von Ferne das Hämmern der Schmiede auf dem Amboß und das Klappern der Webstühle hören.

Am Abend füllten sich die Straßen mit Musik und dem Gesang der Kurtisanen. Dorfleute wankten, trunken vom Wein der Stadt, durch die Straßen und lachten. Frauen eilten mit ihren Familien durch die Abenddämmerung, schwankten unter der Last der Blumen, die sie den Göttern darbrachten.

Wenn die Stadt schlief, kamen die waghalsigen Diebe aus ihren Verstecken, um ihre Kunst auszuüben, aber die Wachleute paßten gut auf.

...jetzt...

Die große Debatte über Geist und Körper dauerte die ganze Nacht hindurch fort und fand erst ein Ende, als beide Kontrahenten gleichzeitig einschliefen. »Jetzt schnarchen alle zwei ganz fröhlich«, sagte Saira. »Schnaufen wie die Lokomotiven!« Sie war früh am Morgen in ihrer Schuluniform erschienen, um von Mrinalinis Aloo-Parathas zu essen. Gerade machte sie sich laut schmatzend an ihre dritte.

»Was für ein verfressenes kleines Schweinchen du doch bist«, meinte Abhay und zog sie am Zopf.

»Ach, laß sie doch essen«, sagte Ashok über seine Zeitung hinweg.

Saira schnitt Abhay eine Fratze. »Ist schon in Ordnung, Onkel Ashok. Es macht mir nichts aus. Aber wenn jemand nicht nach Herzenslust Gulati Mithai und Tantchens Aloo-Parathas ißt, dann stimmt was nicht mit ihm, das kann ich euch sagen.« Und sie blickte Abhay finster an und nahm noch einen herzhaften Bissen von ihrer Paratha.

»Ja, das ist wohl so, Guruji«, lachte Abhay.

Jetzt war draußen ein Tumult zu hören, und Leute rannten mit schweren Schritten auf und ab. Es war die Nachricht umgegangen, die Polizei habe beschlossen, die täglichen Treffen zu verbieten.

»Warum?« fragte Saira.

»Weil niemand eine Erlaubnis eingeholt hat«, meinte Ashok.

»Das werden wir ja sehen«, sagte Saira und stapfte in ihrer Uniform mit der blauen Schulkrawatte aus dem Zimmer. Ashok und Mrinalini gingen zusammen weg, um den Beamten zu sprechen, der früher einmal einer ihrer Schüler gewesen war.

»Erlaubnis!« schnaubte Abhay. »Wofür halten die sich eigentlich?«

Ich antwortete: »Die Ausübung von Macht ist eine große Freude. Selbst im Kleinen.« Wir hatten ein System ausgeklügelt: Ich schrieb auf kleine Notizblöcke, und er schaute mir dabei über die Schulter. Jetzt war es uns beinahe möglich, ein Gespräch in normaler Geschwindigkeit zu führen.

»Du warst einmal mächtig, stimmt's?« fragte er.

»Ich wußte ein wenig über die Macht«, schrieb ich und fürchtete mich plötzlich vor dem, was ich in den nächsten Tagen würde schreiben müssen. »Es gibt einige Dinge, von denen ich mir wünschte, sie wären in Vergessenheit geblieben, aus dem Gedächtnis verbannt.«

»Laß die Erinnerung kommen, wenn sie muß«, sagte er. »Aber zunächst einmal kommt, wie man mich erinnert hat, das Vergnügen.« Also schauten wir uns *Kagaz ke Phool* an und dann *Sholay* und etwa auf der Hälfte des Films kam Saira durch die Tür gefegt, zerrte sich die Krawatte vom Hals und hüpfte im Zimmer umher.

»Na gut, kleine Ratte«, sagte Abhay. »Was für Großtaten hast du zu berichten?«

»Ha!« erwiderte sie. »In der ersten Stunde haben wir unserer Sozialkundelehrerin gesagt, daß wir nicht lernen wollten. Dann haben die Kinder vom Polizeichef, die sind in der sechsten und siebten Klasse, ihr Mittagessen nach Hause zurückgeschickt, ohne auch nur einen Bissen angerührt zu haben. Und nach dem Unterricht, als wir alle nach Hause gegangen sind, gab es mit einem Mal einen spontanen Bandh im Basar, und sogar die Mithai-Geschäfte hatten geschlossen.«

»Oha!« sagte Abhay. »Und jetzt?«

»Na, jetzt gibt es auf einmal eine polizeiliche Erlaubnis. Und sie wollen sogar Ordner für die Menschenmenge schicken und einen Stand für Fundgegenstände einrichten.« Sie kicherte und warf den Kopf zurück, ein tiefes, ansteckendes Lachen schüttelte ihren ganzen Körper. Sie grinste uns an und schwang die Krawatte um den Kopf wie eine Peitsche. »Tolle Sache, die Demokratie, nicht?«

Sanjay schluckt alles

Hört gut zu ...

Ein Jahr und sechs Monate nach dem Tod von Sikanders Mutter schickte Hercules den Jungen nach Kalkutta zu einem

Drucker in die Lehre. Chotta verfiel inzwischen wochenlang in düsteres Schweigen und brach unvermittelt in Lachsalven aus, kugelte sich wie ein Embryo zusammen und unternahm lange Ausritte. Man behielt ihn also in Barrackpur zurück, da man ihn für unberechenbar erachtete und fürchtete, er werde sich selbst Schaden zufügen. Aber zu Sikander sagte Hercules: »Die Welt ist im Umbruch. Du sitzt zwischen den Stühlen, du bist weder ein Engländer noch einer von den anderen, und niemand wird dich hereinlassen, weder die eine noch die andere Seite. Lerne also ein neues Handwerk, fange ganz unten an, lerne etwas, das in der Welt Bestand haben wird.«

Und so schlich sich Sikander an diesem Abend leise davon, mied auf seinem Weg zu Sanjays Haus die Hauptstraßen, hielt sich an die gewundenen kleinen Gassen und brachte ihm die Nachricht von seiner bevorstehenden Abreise. Nach Ram Mohans Tod waren Sanjays Eltern in ein kleineres Haus in der Stadtmitte umgezogen (am Abend vor ihrem Umzug war Sikanders Knoten verschwunden, und nur ein paar Schnüre und Drähte schwangen noch im Wind). Arun war in den Monaten nach dem Vorfall unmerklich, aber unaufhaltsam am Hof in Ungnade gefallen, war aus den Augen des britischen Residenten geschwunden und hatte das künftige Schicksal der Obskurität mit einer ruhigen Gelassenheit auf sich genommen, die seine Freunde erstaunte. Er schien es zufrieden, sich seiner Schriftstellerei zu widmen, Romanzen zu schreiben und diese einem kleinen Kreis intimer Freunde zu lesen zu geben. Inzwischen hatte Sanjays Mutter plötzlich und unter großen Schmerzen sämtliche Zähne verloren, und es sah nun so aus, als hätte ihr der Tod ihres Bruders und ihrer Freundin das Gesicht zerknüllt, es zur halben Größe zusammenschrumpeln und doppelt so alt werden lassen. So kam Sikander in einen sehr viel weniger großzügigen Haushalt, der immer noch in Trauer befangen war. Sanjay grüßte ihn bei der Tür: »Ich habe mir einen Künstlernamen ausgedacht.«

In den Tagen nach dem Feuer, nachdem er seine Stimme wiedergewonnen hatte, hatte Sanjay seine große Liebe zur Sprache aufs neue entdeckt, seine Liebe zu den Wörtern und zu der Art, wie sie holperten und klangen und herumstolzierten, zum feinen Säuseln der Ghazals und den großen Worten der Epen. Er hatte angefangen, viele, aber unzusammenhängende Shers zu schreiben, fand immer mit Leichtigkeit einen Endreim, konnte sich aber nie lange genug auf ein Thema konzentrieren, um eine vollständige lyrische Komposition zuwege zu bringen.

»Oh, du großer Poet«, sagte Sikander. »Unter welchem Namen sollen wir dich von nun an kennen?«

Sanjay richtete sich auf und sprach: »Hör dir dies an:

Das geheime Wesen aller Dinge, es springt empor, wenn der Geliebte, der Wind es ruft.

Sagt Aag: Er seufzt um meinetwillen, mein Geliebter, und wenn wir uns verschlingen, so soll davon das Universum hell erleuchtet sein.

Was hältst du davon?«

»Ich find's mittelprächtig«, meinte Sikander. »Und der Name klingt unheilschwanger. Such dir einen anderen aus, Sanju.«

»Das ist nun nicht mehr zu ändern«, meinte Sanjay.

»Du bist ganz schön störrisch geworden«, sagte Sikander.

»Jetzt ist die Zeit der Stärke gekommen«, entgegnete Sanjay, und dann wurde seine Stimme lauter, »falls du es noch nicht gemerkt haben solltest.« Noch während er sprach und der Zorn in seiner Stimme deutlich zu hören war, tat es ihm schon leid. In den Monaten nach den Todesfällen war Sikander unerklärlich sanft und langsam und nachgiebig geworden, als hätte der Schmerz seine leidenschaftliche Natur angegriffen, ihn irgendwie den Dingen entrückt. Und so schüttelte er auch jetzt nur den Kopf und lächelte.

»Nur keinen Streit, feuriger Aag-Sanjay. Ich bin gekommen, um dir zu sagen, daß ich weggehe. Ich soll nach Kalkutta und dort das Druckerhandwerk lernen – Lettern und Druckerschwärze.«

Sofort tobte in Sanjay die Wut. »Du? Nach Kalkutta? Drucker?« Es kam ihm ein weiterer Gedanke: »Drucken in Englisch?«

»Das nehme ich an«, erwiderte Sikander. »Die Druckerei gehört einem Freund von Hercules.«

»Was weißt du schon von Wörtern?« tobte Sanjay. »Du

bist ein gottverdammter Rajput, du bist nur für Pferde und Schweiß zu gebrauchen, du Klotzkopf!«

»O du mein brahmanischer Kuhscheißenpoet, nur keine Eifersucht«, sagte Sikander und zog Sanjay am Haarknoten. Im nächsten Augenblick rauften sie schon miteinander. Sanjay tat sein bestes, aber trotz allen Armwedelns und aller Anstrengung lag er bereits in der nächsten Sekunde mit dem Gesicht nach unten und war in irgendeinen exotischen Klammergriff gefesselt, der ihn am Rand des grimmigsten Schmerzes zur Bewegungslosigkeit verurteilte.

»Oh, laß mich los, du Schweinehund«, sagte er. »Meine Augenbinde geht schon ab.«

»Wer ist der Stärkste der Starken?« fragte Sikander.

»Du, du«, wimmerte Sanjay. »Der große Sikander, Krieger und Kaiser.«

Sikander ließ von ihm ab, und Sanjay zerrte am Knoten seiner Augenbinde, zog ihn wieder fester. Jeden Tag wechselte er das Band vom einen Auge zum anderen und achtete sorgfältig darauf, daß er nicht beide Augen gleichzeitig geöffnet hatte – es war besser, gar nichts zu sehen, als es mit Dingen zu tun zu bekommen, über die man keine Kontrolle hatte.

»Warum kommst du nicht einfach mit? Ich spreche mit Hercules«, sagte Sikander.

Sanjay unterbrach das Knoten seines Tuches und sperrte das Maul weit auf, als er diesen kühnen Vorschlag hörte; er erwog die Möglichkeit und schüttelte dann den Kopf. »Nein, sie würden mich nie weglassen. Sogar morgens beim Aufwachen, immer ist sie da und schaut mich an. Erst heute morgen hat mein Vater gesagt: ›Du bist alles, was uns jetzt noch bleibt.‹«

»Du bist doch so ein geschickter Wortjongleur«, sagte Sikander. »Überrede sie. Gib ihnen deine Gründe an, blende sie mit dem Licht deines klaren Verstandes. Debattiere.«

Aber Wörter sind der Liebe nicht gewachsen, wie Sanjay herausfinden sollte. Seine Mutter weinte, und sein Vater begann unaufhörlich zu husten und zu spucken und sich die Brust zu halten. An jenem Abend las Sanjay beim Licht des Mondes und einer heimlichen Kerze. Er las ein Halb-Paisa Urdu-Pamphlet, das man in Kalkutta auf grobes gelbes Papier gedruckt hatte und das voller saftiger Verse und voller Klatsch über die berühmtesten Kurtisanen von Lucknow, Renu und Banno war und voller bizarrer, wortspielerischer Geschichten über die Engländer, die nur in Andeutungen auf deren wichtigste Persönlichkeiten Bezug nahmen: »Man hört aus gutunterrichteten Kreisen, daß der außerordentlich verehrte ROTE es sich in letzter Zeit angewöhnt hat, mit der Gattin des GROSSEN FISCHES Spazierfahrten zu unternehmen ...« Als er seine Mutter im Nebenzimmer hörte, löschte Sanjay mit einer schnellen Handbewegung das Licht und stopfte gleichzeitig das Pamphlet unter die Matratze, denn er wollte sich nicht wieder ihrer erstickenden Sorge um sein stark gefährdetes Augenlicht aussetzen. Alles Geräusch war verstummt, aber Sanjay lag immer noch still auf dem Rücken und dachte über die lebenssprühenden Straßen von Kalkutta nach, die vollbeladenen Wagen, die Händler, die Maler und die Dichter, und irgendwie bewegte sich durch diese lachende Menge die mit goldenen Armreifen geschmückte und wohlparfümierte Renu von Lucknow, deren Schönheit die Nawabs in den Wahnsinn trieb und die jungen Männer von Welt ihres gesamten Vermögens beraubte. Renu lachte, und ihre Fußreifen klirrten, und Sanjay drehte sich auf die Seite und begann sich ganz langsam gegen ein rundes Kissen zu bewegen. Er preßte sich schmerzhaft gegen dessen wenig nachgebende weiche Fülle und war doch unfähig aufzuhören. Renu wirbelte durch die Menge, aber immer noch konnte er den zarten feuchten Schimmer auf ihrem Nacken sehen, und Sanjay saß stocksteif und aufrecht da, der Herzschlag in seiner Brust dröhnte immer lauter, er hatte beide Augen aufgerissen, und die Augenbinde war irgendwo in der Dunkelheit verlorengegangen. Er tastete mit beiden Händen, versuchte sich an die Art des Lautes zu erinnern, den er gerade gehörte hatte – oder gehört zu haben glaubte. War es eine Stimme gewesen, ein Flüstern, das irgendwie die Klarheit und Unmittelbarkeit eines Schreis gehabt hatte, oder nur der Ruf eines Vogels oder ein Knarren des Holzes in der Nacht? Durch eine Tür fiel ein silbriges Rechteck aus Licht auf den Boden, und draußen lag der Innenhof, in dessen Mitte eine Tulsi-Pflanze stand. Sanjay wußte, daß, wer auch immer zu ihm

gesprochen hatte, dort auf ihn wartete. Er preßte die Handflächen auf die Augen, spürte dabei die Flüssigkeit unter der
Haut. Dann drehte er sich wieder auf die Seite und zog sich
das Laken bis über den Kopf. Aber nun verrannen die Augenblicke zögerlich, einer nach dem anderen, und jeder brachte
einen neuen Schwall Neugierde.

Schließlich stand Sanjay auf und ging langsam zur Tür,
hielt dabei das linke Auge fest geschlossen. Der Innenhof war
mit Ziegeln gepflastert und von weißen Arkaden und Wänden umgeben. Die Tulsi bewegte sich leise. Sanjay ließ die
Hand sinken und öffnete das Auge. Ein wunderschöner junger Mann in einem langen weißen Dhoti lächelte ihn an.
Seine Augen waren dunkel umrahmt, er trug Juwelen an den
Armen, und seine Brust war entblößt.

»Wer bist du?« fragte Sanjay.

»Ich wußte, daß du kommen würdest«, sagte der junge
Mann.

»Bist du Yama?« fragte Sanjay.

»Ich wußte, daß du zu mir kommen würdest. Ich bin Kala.«

Sanjay schloß das Auge. Jetzt war nur noch der Hof mit
der Pflanze zu sehen. Er ging ins Zimmer zurück, dann
erneut nach draußen. Langsam verdoppelte er seine Sicht
wieder und ließ Kala Gestalt annehmen. »Was willst du von
mir?«

Kala zuckte die Achseln. Seine Lippen waren voll und
rund, seine Hüften bogen sich sanft zur Leibesmitte hin.
»Dich unserer Liebe versichern.«

»Wenn ihr Verehrung von mir wollt«, sagte Sanjay, »die
bekommt ihr von mir nicht. Keine Gaben, nichts. Für keinen
von euch, nicht für dich und nicht für Yama, diesen Narren.«

»Wir wollen nicht ...«

»Ich gebe euch nichts«, schimpfte Sanjay, »denn ihr gebt
uns auch nichts, ihr könnt uns nicht retten, ihr könnt uns
nicht schützen.«

»Wir wollen gar nichts von dir«, erwiderte Kala. »Aber erinnere dich an die Geschichten, die man dir erzählt hat. Wis-
se, daß auch wir deine Väter sind, daß auch wir Teil hatten
an deiner Geburt, und deswegen lieben wir dich ...«

»Weg mit dir«, schrie Sanjay, und seine Stimme hallte durch

den Innenhof. »Weg aus meinem Haus. Ich werfe dich hinaus. Ich verbiete dir, einzutreten. WEG.«

»Ich gehe«, sagte Kala und war wunderschön anzusehen im Mondlicht, wie sein schwarzes Haar ihm ins Gesicht fiel und er köstlich nach Jasminwasser duftete. »Ich gehe. Die ganze Welt ist mein Zuhause. Bleibe du hier in deinem Heim, kümmere dich um deinen Vater und deine Mutter, werde du zu einem Haushalter im Herzen deiner Stadt.«

»Mögest du leiden, wie du uns leiden machst, Kala«, wünschte Sanjay, und die Tränen schossen ihm in die Augen. »Ich verfluche dich. Ich werde dich besiegen.«

»Ich bin schon besiegt und werde immerzu besiegt, mein Liebster«, erwiderte Kala, neigte sanft das Haupt, faltete die Hände nach Art der Tänzer und war verschwunden.

»Was ist los?« fragte Sanjays Vater. »Was ist los?« Er kam aus dem Haus gerannt, ihm dicht auf den Fersen seine Frau. Shanti Devi stolperte zu Sanjay herüber, drückte ihm die Hände auf die Schultern und wischte ihm das Gesicht mit dem Zipfel ihres Saris ab.

»Was ist, mein Sohn?« fragte sie. »Wen hast du angeschrien? Hast du schlecht geträumt?«

»Ich habe eine Stimme in der Dunkelheit gehört«, antwortete Sanjay. »Das war kein Traum, das war eine wirkliche Stimme.«

»Rama möge uns beschützen.«

»Es war eine Stimme, und sie hat mir befohlen zu gehen. Sie hat mir gesagt, daß ich in die Stadt ziehen und dort das Druckerhandwerk lernen soll und daß darin mein Schicksal liegt, daß sie mich dorthin befehlen.«

»Sie?« fragte Arun.

»Die Götter.«

»Wer weiß schon, was das wieder gewesen ist?« zweifelte Shanti Devi. »Ein Dämon? Eine Hexe? Und was ist überhaupt dieses Druckzeug? Ist das eine Arbeit, die deiner wert ist? Eines Brahmanen? Unseres Sohnes?«

»Nein, vergeßt all das«, sagte Sanjay. »Ich muß gehen. Sie haben es mir befohlen.«

»Wenn wir versuchen, dich aufzuhalten, wirst du doch gehen«, meinte Arun. »Jetzt glaubst du, daß es dein Schicksal ist.«

»Es ist nichts dergleichen«, warf Shanti Devi ein.

»Er geht, du Mutter des Sanjay«, erwiderte Arun. »Du kennst deinen Sohn nicht. Ich kenne deinen Sohn nicht. Vielleicht kennt er sich selbst nicht so recht. Du hältst ihn für verletzlich und zerbrechlich, aber er bewegt die Dinge in einer Art, die wir uns gar nicht vorstellen können. Und deswegen wird er gehen. Morgen oder übermorgen. Komm, laß uns wieder schlafen.« Er führte sie fort und wandte sich noch einmal zu Sanjay um. »Du denkst, daß du weiser bist als wir. Und sicherlich weißt du jetzt schon viel mehr. Aber eines laß dir von mir sagen, ehe du dich auf die Reise begibst. Ich habe in meinem Leben eines gelernt: Es gibt kein Schicksal, und die Freiheit existiert nicht. So ziehe nun deines Weges, ich segne dich und gebe dir all meine guten Wünsche mit.«

Also stählte drei Wochen später Sanjay sein Herz und wandte sein Gesicht ab, als der Wagen von seinem Zuhause und von seinem Vater und seiner Mutter wegrollte, der Wagen, der vor Sikanders Haus zu dessen Reisegruppe stoßen sollte. Arun und Shanti Devi schritten hinter dem Gefährt her, sie waren noch nicht willens, ihren Sohn aus den Augen zu lassen. Sie zogen durch die Basare der Stadt, wo der Wagen nur sehr langsam vorankam, und Shanti Devi stützte sich auf den Arm ihres Gatten. Als sie die übervölkerte Stadtmitte hinter sich gelassen hatten und die Straße gerader und ebener wurde, fielen die beiden zurück. Shanti Devi rief ihm hinterher: »Schreibe uns jeden Tag!« und Arun winkte unbeholfen. Sanjay blickte sich noch einmal um und wandte dann den Kopf nach vorne. Sein Gesicht brannte, die Lippen hatte er verzweifelt zusammengepreßt. Bald schon senkte sich die Straße in eine kleine Niederung und verschwand hinter Bäumen. Sanjay setzte sich zwischen den Essenspaketen und Gerätschaften zurecht, die seine Mutter für ihn eingepackt hatte. Unter seinem linken Arm klemmte der rauhe Stoffbeutel, in dem sich das Abschiedsgeschenk seines Vaters befand: eine vollständige, handgeschriebene Ausgabe der Werke des Mir. Sanjay zog auf gut Glück eines der Blätter heraus und las:

Eines Tages ging ich in den Laden der Glasbläser
Und fragte: O Schöpfer des Kelches, habt ihr vielleicht ein Glas

In der Form eines Herzens?
Sie lachten und sagten: Du suchst es vergebens,
O Mir, jeder Kelch, den du siehst, ob oval oder rund, jedes Glas
War einstmals ein Herz, das wir im Feuer geschmolzen und
zu einem Kelche geformt.
Das ist alles, was du hier siehst, hier gibt es kein Glas.

Ashutosh Sorkar war ein Mann, der die Form einer umgedreh-
ten Trommel hatte. Wenn er, nur mit einem Langot bekleidet, zwischen den verschiedenen Einzelteilen seines In-
strumentes, der Druckerpresse, stand, wölbte sich sein Bauch
riesig von der Brust nach vorne, wurde aufs Schönste von
einem Paar großer, aber hoher Hinterbacken aufgewogen,
und immerfort waren seine ohnehin prallen Wangen noch
durch eine gewaltige Portion Paan angeschwollen. Sein Haar
lag ihm flach am Kopf und wich an der Stirn bereits zurück,
aber seine Augen eilten pfeilschnell hin und her. Kraft seines
langjährigen Amtes als Druckermeister bei der Markline Orient
Press bewegte er sich mit einer trägen Majestät, die Sanjay
sofort an seinen alten Freund Gajnath, den König der Elefanten, erinnerte. Außerdem war da noch etwas, das Sanjay
nicht genau ausmachen konnte, eine Verfeinerung des Tons
trotz seiner überaus spärlichen Bekleidung, eine gewisse Zartheit im Umgang mit Worten und Gegenständen. Aber dies
schrieb Sanjay der eleganten Lebensart der Leute von Kalkutta zu, für die sie schließlich berühmt waren.

»Also«, meinte Sorkar in seinem bengalisch angehauchten
Urdu, »ihr nennt mich Sorkar Chacha oder einfach Chacha.
Sorkar Sahib oder Sorkar Moshai oder sonstwas braucht es
hier nicht. Und ich habe mir sagen lassen, du bist Sanjay und
du James.«

»Sikander.«

»Sikander? Ah, ein großartiger Name, ein guter Name. Du
sollst die Geschäftsführung lernen, und deswegen sitzt du
vorne, in dem kleinen Alkoven, und hast hauptsächlich mit
den Kunden und ihren Wünschen und ihren Rechnungen
und Konten zu tun. Und du, Sanjay, arbeitest hier mit mir,
du stellst die Seiten zusammen, machst den Schriftsatz, stellst
das Buch her. Bei diesem unseren Bemühen stehen uns un-

sere Freunde Kokhun und Chottun hilfreich zur Seite, altbe-
währte Meister im Rollen der Walze und Ziehen der Presse.«

Kokhun und Chottun waren Brüder, glichen sich beinahe
aufs Haar, hatten die gleiche schwarze Haut und die gleichen
drahtig-dürren Gliedmaßen. Sie lächelten zusammen und
rieben sich mit den Händen über das feine Netz der Muskeln
auf ihren Bäuchen.

»Ich füttere sie und füttere sie«, sagte Sorkar, »und sie
bleiben doch immer gleich dürr. Ihr beide steht auch nicht
gerade gut im Futter. Wir müssen euch ein paar Kalkutta-
Pfunde anmästen, mit Rosogullas und Fisch und Rahm. Meine
Herren, ihr werdet die Küche der Götter kennenlernen, ich
gratuliere euch.«

Also begannen Sikander und Sanjay ihre Arbeit in der Druk-
kerei. Die Druckerwerkstatt selbst war über einen großen Bereich verstreut: Die Lettern wurden von flinken Fingern aus
einem schräg gegen die Wand gelehnten Setzkasten gegriffen
und in einen Winkelhaken gesteckt, dann kam die fertige Zeile
in ein Setzschiff. Diese Setzschiffe (»Setzschiff«, sagte Sorkar.
»Sprecht mir nach: Letter, Winkelhaken, Setzschiff.«) wurden,
wenn der Setzer sie fertiggestellt hatte, von Kohkun zu einem
anderen Tisch getragen und mit Hilfe von Walzen mit Druk-
kerschwärze eingestrichen. Anschließend wurden sie Chottun
übergeben, der sie in die Presse einspannte und den Hebel herunterdrückte, um die Platte nach unten zu bewegen, dann erneut drückte, um die Platte hochzuheben. Sanjay starrte ehr-
furchtsvoll auf die Buchstaben, die mechanisch und magisch,
sauber und regelmäßig auf dem weißen Papier erschienen.
Zug um Zug, zweimal Ziehen für jeden Druck, verso und rec-
to, ganz nach Sorkars geheimnisvollen Berechnungen, und die
Seiten stapelten sich, wurden gefaltet und waren dann plötzlich ein Buch, das fertig zum Heften und Binden war.

In jener Nacht rüttelte Sanjay Sikander wach, mitten zwischen den vielen Ries Papier und dem Geruch der Druckerschwärze. Sie schliefen auf dünnen Matratzen, die man auf
dem erhöhten Gang ausgebreitet hatte, der rings um das Gebäude der Druckerei verlief. »Hör mal, Sikander«, sagte Sanjay. »Denk dir nur, was hier geschieht. Hast du gesehen, wie
die Seiten eine nach der anderen zu Boden gefallen sind?

Wenn früher die Leute ein Buch machten, dauerte das Schreiben Wochen und Monate, und selbst wenn es mit einem Druckstock gedruckt wurde, so mußte der nach einer Weile neu geschnitten werden, und überall schlichen sich Fehler ein, und der Schnitzer des Druckstocks mischte sich ein, und die Wörter waren ganz verwässert und ungeschickt vor lauter Fehlern und Gefühlen, die dazwischengerieten. Aber jetzt wird etwas geschrieben, und die Lettern fallen an ihren richtigen Platz, du überprüfst es, und dann, katta-kat, katta-kat, Seite für Seite, Buch für Buch, vervielfältigen sich die Wörter, und alle sind sie gleich, alle sind genau und auf göttliche Weise identisch, es werden Tausende, dann Millionen, und sie füllen den Erdkreis, katta-kat.«

»Katta-kat«, grunzte Sikander. »Schlaf endlich, du Idiot.«

»Schlafen? Oh, du Rajput-Krieger, verstehst du denn nicht? Alles ist jetzt anders geworden. Pferde und Schwerter, damit ist es nun vorbei. Heute spreche ich hier ein Wort, und morgen ist es ein Buch, und übermorgen ist die Welt verändert, katta-kat.«

»Arme Welt«, seufzte Sikander, drehte sich auf die Seite und wühlte sich in die Kissen.

»Denk doch, denk doch nur, irgendein armer Irrer, ein Priester oder Dichter oder so, der schuftet an seinem Schreibtisch und schafft etwas, und in der Zeit, die er dazu braucht, ein Kapitel zu schreiben und eine Abschrift, zwei Abschriften, ein Dutzend Abschriften anfertigen zu lassen, habe ich zwanzigtausend Exemplare von meinem Buch vor seiner Tür abgeladen, und er geht einfach unter, er ist fertig, erledigt. Denk doch nur.«

Ohne sich auch nur umzudrehen oder hinzusehen, langte Sikander mit dem Arm hinter sich und versetzte Sanjay mit dem Handrücken einen Hieb vor die Brust. »Schlaf jetzt, oder ich erledige dich, und zwar gleich.«

Also schwieg Sanjay still und legte sich hin, aber die Gedanken an unvorstellbaren Ruhm hielten ihn wach. Soll doch Sikander seine Königreiche haben, aber in den Häusern werden sie meine Worte sprechen, mir gehorchen. Er stand auf und ging ins Gebäude hinein, suchte in seinem Gepäck nach dem Manuskript des Mir und saß da und berührte es in der Dunkelheit, war von zärtlichen Gefühlen für die Unschuld seines Vaters überwältigt. Das Papier lag zart und zerbrechlich unter seinen Fingern, und Sanjay fragte sich, wie viele Exemplare von den Theaterstücken seines Vaters wohl existierten, wie viele von den Schriften seines Onkels, wie lange es dauern würde, bis ihre Werke gänzlich vergessen wären, bis sie selbst auf ewig und alle Zeit verschwunden waren.

Am nächsten Morgen stand Sanjay neben Sorkar beim Setzkasten. Für jede Type, die gebraucht wurde, zeigte Sorkar auf das entsprechende Fach und rief: »Großes Aaa! Dreieck mit zwei Beinen, aus dem oberen Teil des Kastens! Rauf, Sanjay, weiter rauf! Eff! Soldat mit zwei Armen hinter sich! Ell! Soldat mit schleppendem Bein! Aaa! Tee! Soldat mit englischem Hut! O! Kreis voller Leere! O! Grenzenlose Möglichkeit! Enn! Soldat, dann Abhang, dann Soldat!« Binnen drei Tagen kannte Sanjay das gesamte Alphabet, und in einem Anfall von Ehrgeiz versuchte er, einen Satz zu lesen oder ihn zumindest zum Klingen zu bringen. Er beugte sich über einen Stapel Seiten, die Chottun gerade gedruckt hatte. Da begriff er, daß er gelernt hatte, Spiegelbilder zu erkennen, daß die Buchstaben, die er nun kannte, verkehrt herum waren, daß er unter Sorkars Aufsicht die verdrehte Sprache des Bleis gelernt hatte. Er verrenkte den Hals, bewegte den Kopf, während er versuchte, die Buchstaben auf der Seite als ihre Gegenstücke, als ihre spiegelverkehrten metallischen Ahnen zu sehen, und sogleich überkam ihn eine Welle von Übelkeit, schwirrte ihm der Kopf.

»Müde?« erkundigte sich Chottun und stützte ihn. »Mach dir keine Sorgen, du gewöhnst dich dran.«

»Nein, ich bin nicht müde«, erwiderte Sanjay. »Es ist dieses Englisch. Es ist so schwer zu lesen.«

»Komische Sprache«, meinte Chottun. »Ich habe schon längst aufgegeben, jetzt sehe ich es mir einfach nur so an, alle Buchstaben hübsch getrennt nebeneinander.«

»Feiglinge!« brüllte Sorkar vom anderen Ende der Werkstatt her, wo er sich gerade mit Sikander über ein Kontobuch beugte. »Ihr Angsthasen. Steckt ihn mir bloß nicht an!«

»Sorkar Sahib hat die Sprache bezwungen«, sagte Kokhun.

»Er hat sie besiegt«, fügte Chottun hinzu.

»Wahrhaftig«, meinte Sorkar, der mit großen Schritten in die Mitte der Werkstatt kam und die Daumen in seinen Gürtel gehakt hatte. »Hör zu, Sanju, zuerst hatte ich genausoviel Angst wie du. Dieses Englisch, es hat mich angefaucht wie ein Löwe, und ich wagte mich kaum in seine Nähe.«

»Wie hast du es gelernt?« fragte Sikander und stand von seinem Stuhl auf. »Hattest du einen Lehrer?«

»Nein, kein Lehrer für Sorkar Sahib«, sagte Kokhun.

»Er hat das Tier ganz allein bezwungen«, meinte Chottun. »Im fairen und gleichen Wettstreit. Er ...«

»Seid jetzt endlich still, ihr zwei«, fügte Sorkar mit einem schnellen Seitenblick auf Sikander hinzu.

»Sag es uns, Meister«, bettelte Sanjay. »Ist es eine geheime Methode?«

»Bitte«, flehte Sikander.

»Nein, nein«, erwiderte Sorkar. »Genug geschwatzt. Zurück an die Arbeit.«

Sikander kehrte an sein Schreibpult zurück und Sanjay zu seinen umgekehrten Buchstaben. Später am Nachmittag druckte Chottun einen ganzen Stapel Blätter, er saß neben der Maschine und wischte sich Unterarme und Brust mit einem Lappen ab. Sikander kam aus seiner Nische, zog sich das Hemd aus und griff zum Hebel.

»Das geht schon in Ordnung«, sagte er, als Chottun und Kokhun etwas über Anstand und Sitten zwitscherten. »Das kann uns doch gleichgültig sein.«

»Was sie meinen, ist, daß diese Arbeit nichts für dich ist«, erklärte Sorkar. »Schließlich bist du ein Sahib ...«

»Ich bin ein Rajput«, erwiderte Sikander. Er ergriff den Hebel und machte sich an die Arbeit, und bald schon mußten sich Kokhun und Chottun gewaltig sputen, um mit ihm mitzuhalten. Sikanders Körper war geschmeidig glatt und gedrungen gebaut, und er glänzte in einem dunklen Braun, war unermüdlich und regelmäßig in seinen Bewegungen, sein Gesicht hatte einen leeren Ausdruck, seine Augen waren nach innen gerichtet. Der Hebel bewegte sich, kata-kat, kata-kat, und die bedruckten Blätter stapelten sich, ein Ries nach dem anderen. Auch am nächsten und übernächsten Tag arbeitete Sikander weiter, und sie schauten ihm alle ehrfürchtig dabei

zu, von seinem Durchhaltevermögen und seiner Kraft beeindruckt. Am dritten Abend unterbrach ihn Sorkar und reichte
ihm ein Glas gesüßten Lassi.

»Genug gearbeitet«, sagte Sorkar. »Genug, o wunderbarer
Sikander, oder wir sind mit unserem Auftrag schon vor Ende
der Woche fertig, und das ist in Kalkutta noch nie vorgekommen. Hier, trink.«

»Wie hast du Englisch gelernt?« fragte Sikander, die Hände noch am Hebel, mit wogender Brust.

»Ich zeige es euch, ich erkläre es euch«, sagte Sorkar. »Trink,
trink.«

Sikander nahm den stählernen Becher und trank, während
Sorkar in einem Lagerraum verschwand. Kokhun und Chottun hockten sich einander gegenüber hin. Dann kam Sorkar
zurück und legte mitten in den Kreis der Sitzenden einen
rechteckigen, in rotes Tuch eingeschlagenen Gegenstand. Er
wischte sich die Hände am Dhoti ab und löste mit der Miene
größter Feierlichkeit den dicken Knoten oben auf dem Paket.
Kokhun und Chottun lächelten wissend. Sorkar faltete vier
Zipfel zurück und brachte ein dickes Buch zum Vorschein,
das in Leder gebunden und mit Goldprägung verziert war.
Er schlug den Deckel auf, das Frontispiz zeigte einen verträumt blickenden bärtigen Mann.

»Kannst du es enträtseln?« fragte Sorkar Sanjay und zeigte
auf den Titel auf der gegenüberliegenden Seite. »Nein, macht
nichts, so ging es mir anfangs auch. Ich habe das Buch gestohlen« – er lächelte Sikander an –, »und ich konnte kein
einziges Wort lesen. Das ist sehr lange her. Das war ganz zu
Anfang, als die Druckerei gerade aufgemacht hatte und Mr.
Markline noch hier arbeitete, als ich selbst noch ein kleiner
Junge war und hier die Handlangerdienste machte und putz-
te. Und so manchen Abend lag Mr. Markline genau an dieser
Stelle und trank aus einer schwarzen Flasche und versetzte
mir einen Rippenstoß, wann immer ich in Reichweite vor-
beikam. Es ist schon sehr lange her. Damals war er noch jung
und gerade von jenseits der Meere angekommen, und seine
Augen waren so hellblau wie heute, sein Haar lag ihm flach
und blond am Kopf. Er war dünn, stets angespannt und kurz
angebunden, und immer unberechenbar. Es mußte bei ihm

alles ganz korrekt sein, und wenn einmal etwas nicht so war, wie er es haben wollte, dann wurde er furchtbar wütend und schrie mit rotem Gesicht in einer Sprache herum, die keiner von uns verstand. Ich schüttelte dann den Kopf und mußte manchmal unwillkürlich lächeln, und das machte ihn so zornig, daß ihm die Tränen in die Augen traten und er mich schlug. Einmal hat er mich mit einem Stock verprügelt, mit einem Stock, weil irgendwo ein Stäubchen war, wo keines hätte sein sollen, weil die Anschwärzballen nicht am richtigen Ort lagen oder was weiß ich, ich habe es vergessen. Nachher lag er in der Hitze betrunken im Hof, und ich saß da und tastete die brennenden Wunden auf meiner Schulter ab und weinte. Ich war noch jung, aber ich hatte in meinem Dorf schon eine Frau und drei Kinder und meine Mutter zu versorgen und besaß ein kleines Stückchen Land. Ich hockte da und fluchte und dachte nach. Als ich ihn schnarchen hörte, ging ich zu ihm hin und stellte mich über ihn, schaute ihn mir von Kopf bis Fuß an, die Beine, die über den Rand des durchgelegenen Bettes hingen, die kräftigen Arme mit ihren starken Muskeln, die rosa Lippen, und ich dachte, ich könnte ihn jetzt einfach umbringen, ihm seinen Schnaps vergiften, eine Giftnatter in sein Bad stecken. Neben seinem Bett lag dieses Buch, eines der wenigen, die er mitgebracht hatte. Es waren alles wunderschöne Bücher, die er manchmal betrachtete, Beispiele englischer Buchdruckerkunst, nehme ich an. Ich hob das Buch auf und trug es nach draußen, aus dem Gebäude heraus und versteckte es in einer Höhlung des Banyanbaumes. Dann öffnete ich ein Fenster, ging aber selbst durch die Tür ins Gebäude zurück und schloß sie hinter mir. Ich wartete noch einige Augenblicke, dann schrie ich: ›Diebe, Meister, Diebe!‹ Er fuhr auf, und wir rannten herum, zündeten Laternen an und überprüften die Türschlösser. Schließlich entdeckte er das offene Fenster. Er stellte fest, daß nur das Buch fehlte. ›Ich habe Schritte gehört‹, sagte ich, ›und eine Gestalt gesehen, die sich über Ihr Bett beugte.‹ Er schaute mich an und leuchtete mir mit der Laterne ins Gesicht, aber ich hielt seinem Blick stand, und was konnte er da machen? Nun, wir schliefen weiter, und die Tage und Monate vergingen. Wir hatten viel zu tun, wir druckten, und es lief immer besser. Ich begann ihm beim Setzen zu helfen, und eines Tages überließ er mir die Druckerei und fing andere Sachen an, andere Geschäfte. Er verdiente Geld und ließ mich die Druckerei betreuen, kam einmal am Tag zum Korrekturlesen, dann jeden zweiten Tag und dann noch seltener. Eines Abends, als ich ihn wochenlang nicht gesehen hatte, ging ich nach draußen und holte das Buch aus dem Baum und trug es wieder ins Haus zurück. Es war vom Wetter ziemlich mitgenommen, das Leder steif und verblichen, das Papier wellig. Ich schlug es auf und sah dieses Bild, den bärtigen Mann mit seinem Ohrring. Und ich dachte an die Narben auf meinem Rücken, und ich sagte mir: Ich muß das lesen. Versteht ihr, damals kannte ich nur die Buchstaben, jeden für sich und getrennt von einander, und vielleicht hier und da ein paar vertraute Wörter. Aber ich sagte mir: Ich muß das lesen. Also las ich die erste Seite, diesen Titel, kannst du ihn sehen, Sanjay? Versuch es einmal.«

»D-i-e«, buchstabierte Sanjay. »G-e-s-a-m-m-e-l-t-e-n ...«

»Sag es«, forderte ihn Sorkar auf.

»D-ieeee«?«

»Die«, sagte Sikander lächelnd.

»Gesammel ...«, fuhr Sanjay fort.

Sikander half ihm weiter: » ... ten.«

Nach viel Zögern und mehreren Anläufen brachte Sanjay es schließlich zustande: »Die ge-sam-mel-ten Wer-ke von William Shake-speare.«

»Und so begann ich zu lesen«, erzählte Sorkar. »Zuerst waren die Gesammelten Werke für mich wie ein Dschungel, die Sprache wie Treibsand. Metaphern wanden sich zu meinen Füßen und wurden zu bissigen Schlangen, Bilder flohen wie verängstigte Rehe vor meinem Verstehen und nahmen all ihre Bedeutung mit. Alles war mir fremd, und unter den hängenden und verworrenen Ranken dieser ausländischen Grammatik wurde mir jeder Klang zum gräßlichen Geräusch. Ich hatte Angst um mich, um meine geistige und körperliche Gesundheit, aber dann erinnerte ich mich wieder an mein Ziel, dachte daran, wer ich war und wo ich war, und besann mich auf den Schmerz. Und dann machte ich weiter.«

»Oh, wie tapfer«, ließ sich Kokhun vernehmen.

»Furchtlos«, sagte Chottun.

»Und so las ich Tag für Tag weiter, bis zum Ende, und ich

verstand nicht viel, aber ich lernte. Im nächsten Jahr las ich es noch einmal von vorne bis hinten. Und im nächsten Jahr noch einmal. Und so habe ich die Gesammelten Werke vierunddreißig Mal durchquert, und ich habe mir aus diesem ausländischen Dschungel meinen eigenen Garten gegraben. Jeden Fußbreit dieses Geländes habe ich mit meinem eigenen Körper abgeschritten, diese Erde ist meine Erde. Willy ist mein kleiner Junge. Fragt mich, was ihr wollt, und ich antworte euch, wie er es getan hätte. Fragt. Gebt mir ein Wort.«

»Herz«, sagte Sikander.

Sorkar lächelte und deklamierte dann auf Englisch:

> *Und selbst der elffach Schild Sikanders könnte nicht*
> *Den Angriff mir vom Herzen wehren.*

»Was bedeutet das denn?« fragte Sanjay.

»Das lernst du noch, gib du mir auch ein Wort.«

»Macht.«

> *Größ're Macht als die, der wir zu widersprechen wagen,*
> *Begrub wohl uns're Absicht.*

»Aber was bedeutet es?« fragte Sanjay mit lauter werdender Stimme.

»Das wirst du schon bald einsehen, mein Sohn«, erwiderte Sorkar. »Aber hört nur zu:

> *Zeit wird enthüllen, was verschlung'ne List geschickt verbarg;*
> *Was Stärke uns verdeckt, darin wohnt wohl zuletzt die Ehre.*

»Ich wünschte, du würdest mir sagen, was das alles bedeutet«, schmollte Sanjay. Aber statt dessen begann Sorkar ihm Sprachunterricht zu geben. Beim Setzen sprach er nun ganze Wörter aus und sagte Sanjay ihre Bedeutungen, umschrieb sie, erklärte sie. Währenddessen wurde Sanjay ohne jeden Zweifel klar, daß Sorkar den Engländer fleißig und in großem Stil bestahl: Ries über Ries Papier wurde für aufgebraucht erklärt, wenn noch gut ein Viertel Zoll übrig war. Von jedem zusammengemischten und benutzten Faß mit Druckerschwärze wurde mindestens ein Zehntel von Kokhun und Chottun zur Seite geschafft, und völlig intakte Setzschiffe landeten in einem Hinterzimmer auf einem großen Haufen. Und natürlich arbeiteten alle außer Sikander mit entschlossener Langsamkeit, mit häufigen Pausen zum Trinken, Ausruhen oder Nachsinnen. Außerdem hatte Sorkar oft seine nachdenklichen Minuten, wenn er sich am Kopf kratzte, aus zusammengekniffenen Augen auf seinen Winkelhaken blinzelte und etwas zu berechnen schien. Danach zog er, anstatt Sanjay um eine Type zu bitten, etwas aus einem Kasten hervor, den er, mit rotem Tuch bedeckt, unter seinem Schemel aufbewahrte. Beim Einsetzen dieses ganz speziellen Buchstabens in den Haken warf er Sanjay ein albernes kleines Lächeln zu, das sein ganzes Gesicht zur Mitte hin verzog und ihn aussehen ließ wie einen Ochsenfrosch, dem etwas im Hals stecken geblieben ist. »Ooooo ja«, sagte er dann und ergötzte sich an seiner Lehrerrolle und sprach in seinem, wie Sanjay bereits damals erkannte, unwiderruflich von einem Bengali-Akzent verdorbenen Englisch: »Den nächsten bitte, Buchstabe Uuu, der uns zur Hälfte des Wortes ›Fluß‹ bringt, was sagen will, ein Gewässer, ein Fließen oder ein ergiebiger Strom von irgend etwas.«

Ja, und ich neige mich vor dir, o du mein Guru, wollte Sanjay sagen, aber warum das *u* aus dem Kasten unterhalb deiner mächtigen Hinterbacken, zu welcher Sprache gehört das? Doch schon war klar, daß Sorkar nur so viel enthüllte, wie er wollte, daß er Wissen nach einer geheimen Berechnung zuteilte, daß er einen erst nach einer mysteriösen Beurteilung über seine vielen Verteidigungswälle hinweg zu den innersten Geheimnissen vordringen ließ, die jenseits jeglicher Schmeichelei oder Beeinflussung lagen. Also wartete Sanjay ab, versuchte es seinem Meister recht zu machen, konzentrierte sich auf die Sprache und befragte Sikander nach dem Geheimnis.

»Was denkst du, was macht er?« meinte er. »Ich habe mir die Buchstaben angesehen, nachdem du sie gedruckt hast, und das *u* in Fluß sieht genauso aus wie alle anderen.«

»Ich weiß es nicht«, erwiderte Sikander, rollte sich auf die Seite und schlief ein. Er war seltsam langweilig geworden und wenig wissensdurstig. Jeden Tag arbeitete er an der Presse und druckte, schob den Hebel hoch und runter, bis er vor Müdigkeit und Eintönigkeit beinahe benommen schien. Am Abend fiel er erschöpft ins Bett und schlief, in die Laken verschlungen. Er war unempfindlich für die Laute und Gerüche Kalkuttas, die über die Mauern hereinwehten und Sanjay bis spät nachts wachhielten: Der lag da und dachte über die Kurtisanen aus den Pamphleten nach, konnte es aber nicht über sich bringen, der Stadt allein entgegenzutreten. Nachdem alle Stimmen ruhiger geworden waren und draußen die Räder aufgehört hatten, sich quietschend zu drehen, quälte dieser Stadtgeruch Sanjay noch mit seiner holzrauchigen Bitterkeit, seiner Fäulnis, seiner Sirupschwere, so daß Sanjay auch noch »Kali-katta, Kali-katta« flüsterte, als er schon beinahe eingeschlafen war und von Geheimnissen träumte.

Eines Morgens weckte Sorkar sie früh und sagte: »Kommt, kommt, heute ist Rechnungstag, und da möchte Markline Sahib euch sehen, er hat darum gebeten.« Er wies sie an, ihre besten Kleider anzulegen – Sikander seinen schwarzen Rock und Sanjay seine seidene Kurta –, und überwachte persönlich ihr Bad. Er setzte sie, einen auf jede Seite, neben sich in eine Rikscha, dann nahm er noch eine große Papierrolle auf den Schoß, und sie fuhren fort. Die Stadt glitt an ihnen vorbei. Sie mußten mit der Fähre über den Hugli setzen. Die Morgensonne spiegelte sich im Wasser, das Ruder knarrte und ächzte in der Halterung, und der Fährmann sang ein unverständliches bengalisches Lied voller Sehnsucht. Als Sanjay am anderen Ufer vom Auf und Ab des Wassers immer noch ein wenig unsicher auf den Beinen stand, waren sie auch schon am Haus angelangt, einem Bungalow, der hinter einer weißen Mauer inmitten säuberlich beschnittener Hecken und ordentlicher Wege weit abseits der Straße lag. Sie warteten in einem Vorzimmer, saßen unbequem auf mächtigen Sofas unter einer Reihe von Tiertrophäen, inmitten von braunen, mit Silber überladenen Tischchen, einem Schirmständer aus einem Elefantenfuß und verschiedenen ländlichen Szenen aus kühleren Regionen an den Wänden. Ein hoch aufgeschossener Hausdiener in weißen Gewändern kam herein und bat sie mit einer Handbewegung zu einer großen Doppeltür. »Kommt.«

An der Schwelle legte Sorkar Sanjay eine Hand auf die Schulter. »Deine Schuhe«, sagte er.

»Was?«

»Du mußt sie ausziehen.«

Sanjay spürte, wie die Wut in ihm aufwallte, und wußte, daß sich sein Gesicht rötete, aber Sikander bückte sich bereits zu seinen Stiefeln herunter.

»Du nicht, Baba«, sagte der Diener zu Sikander.

Aber der war schon aus den Stiefeln geschlüpft, und nun mußte sich Sanjay beeilen, seine Sandalen von den Füßen zu bekommen, weil Sikander sich bereits durch die Tür schob, zum erstenmal seit Wochen ein wenig angeregt.

Der Engländer saß in einem tiefen Korbsessel und hatte die Füße auf die verlängerten Armlehnen gestellt. Es fiel Sanjay schwer, ihm direkt in die blauen Augen zu schauen, er starrte statt dessen auf das weiße Hemd, die braune Hose und die schlammbespritzten Stiefel, die muskulöse Länge der Arme unter den hochgerollten Hemdsärmeln. Der Marmor lag eiskalt unter Sanjays Füßen.

»Bist du James?« fragte Markline. Sanjay war überrascht, daß er trotz des Akzentes jedes Wort verstand. Er verspürte ein plötzliches Aufwallen von Selbstbewußtsein und blickte hoch: Der Mann hatte feines blondes Haar, das ihm in die Stirn fiel, seine Haut war rot und ein wenig faltig, aber gesund, seine gelblichen Zähne hielten eine lange braune Zigarette fest umschlossen.

»Sikander.«

»Ich verstehe«, meinte Markline und lehnte sich vor, so daß seine Hacken auf den Boden klickten. »Ich verstehe.« Sikander erwiderte seinen Blick ohne jede Furcht, und Sanjay dachte voller Stolz zum erstenmal in seinem Leben: Mein Bruder. Markline unterdrückte ein Lächeln und wandte sich ihm zu: »Und das ist der Junge aus der anderen Familie?«

»Jawohl, Sir«, antwortete Sorkar.

»Sehr interessant«, sagte Markline. »Ein richtiger Frechdachs, scheint mir.« Er wandte sich wieder Sikander zu. »Ich kannte deinen Vater gut. Wir waren als junge Männer zusammen in Kalkutta. Du mußt dich seiner würdig erweisen, du mußt hart arbeiten.« Er senkte den Kopf ein wenig, um Sikander genauer zu betrachten, der inzwischen wieder seine gewohnte Gleichgültigkeit der Welt gegenüber angenommen hatte. Markline wandte sich mit hochgezogenen Augenbrauen zu Sorkar und dann zu Sanjay: »Und dieser junge Mann, was will der werden?«

»Schriftsteller, Sir«, antwortete Sanjay und überraschte sich selbst damit, denn eigentlich hatte er Dichter sagen wollen.

»Du sprichst Englisch?«

»Wenig, Sir.«

»Wie lange lernst du schon?«

»Wenig Wochen, Sir.«

»Gut, verdammt gut. Diese Einstellung sehen wir hier gern.« Bei diesen Worten streckte Markline einem Diener seine Füße hin, der sich hinkniete, ihm die Stiefel auszog und ihm ein Paar weich aussehende schwarze Schuhe zuschob. Damit war die Unterredung beendet. Sikander und Sanjay wurden wieder in das Vorzimmer geführt, wo man sie anwies zu warten. Die Tierköpfe an der Wand – ein paar Hirsche mit Geweihen, zwei Eber und eine Nilgauantilope – schienen mit schwarzäugiger, unverhohlener Verachtung auf sie herabzustarren. Sanjay versuchte erneut, Sikander in ein Gespräch zu verwickeln: »Ich möchte wissen, wie er wohl jagt.«

Aber Sikander starrte mit vorgerecktem Hals auf den Elefantenfuß, den man am Knie glatt abgetrennt und ausgehöhlt hatte. Dann trat Sorkar durch die Tür. »Kommt, wir wollen nach Hause gehen.«

Sie machten jedoch bei einem Halwai-Händler halt, wo Sorkar drei Seer weiße Rosogullas kaufte, die er ihnen eines nach dem anderen reichte, während sie durch die Gassen spazierten. Sanjay schluckte sie herunter und leckte sich den Sirup von den Händen. Dann fragte er: »Warum war er so schlammbespritzt?«

»Sie spielen Polo«, antwortete Sorkar. »Aber er mag dich, er meinte, es sollte mehr Burschen wie dich geben, lernbegierig und auf Veränderung erpicht, so hat er es formuliert, glaube ich.«

»Wirklich?« fragte Sanjay. »Das hat er gesagt?«

»Bestimmt.«

Sanjay ging weiter. Seine Zunge lag ihm glitschig zwischen den Lippen. »Er ist wohl sehr stark, was?«

»Stimmt«, sagte Sorkar, und dann hob er mit zwei Fingern das letzte Rosogulla von den Blättern auf und hielt es an Sanjays Lippen. Der blieb stehen, machte den Mund auf und schloß die Augen, während ihm die süße Kugel mit einer flüchtigen Berührung von Sorkars Fingern in den Rachen rollte und eine vage Kindheitserinnerung an Dinge mit sich brachte, die ihm in den Mund gefüttert wurden. Sorkar fuhr fort: »Er ist stark, da besteht kein Zweifel, aber ich will euch eine Geschichte erzählen.« Sanjay blickte wieder auf. Sorkar spielte mit den Fingern und hatte einen nachdenklichen Gesichtsausdruck. »Er ist sicherlich stark, aber hört euch das Folgende gut an und überlegt euch, ob ihr das amüsant findet. Du bist ein ruhiger Junge, ein sehr aufmerksames Bürschchen, ob du nun abwechselnd einäugig bist oder nicht, du siehst dir die Welt genau an. Ich habe wohl bemerkt, wie du den Kasten betrachtet hast, der unter meinem Schemel steht, und wie du gesehen hast, daß ich ab und zu Typen herausnehme. Und du fragst dich warum, bist aber gewitzt genug, mich nicht danach zu fragen. Aber was meinst du dazu? Du mußt doch etwas aus deinen Beobachtungen abgeleitet, irgendwelche elementaren Rückschlüsse gezogen haben? Was?«

»Die Typen unterscheiden sich nicht«, antwortete Sanjay.

»Und wenn sie sich unterschieden, was dann?«

»Dann müßte ich mir die Buchstaben anschauen.«

»Zu welchem Zweck?«

»Um zu sehen, ob sie zusammen irgend etwas bedeuten. Aber es könnte auch ein Code sein, wie ihn die Könige in ihren geheimen Botschaften verwenden, die Chiffre eines Spions.«

»Du hast deinen Chanakya gründlich gelesen, was? Aber warum sollte ich eine Chiffre in die Sachen einfügen, die wir drucken? Regierungsdrucksachen und Berichte der East India Company? Was würde ich damit sagen? Und wem? Wessen Spion könnte ich denn sein?«

»Ich weiß nicht«, erwiderte Sanjay.

»Ah«, meinte Sorkar. »Siehst du, die logische Folgerung hat ihre Grenzen. Man muß auch die andere Hälfte der Welt kennen.« Er wies sie mit einer Handbewegung an, eine Straße entlangzugehen, und sie überquerten einen Gemüsemarkt. »Ich will euch eine Geschichte erzählen. Angenommen, da ist ein Mann, der Shakespeare liebt, der den süßen Willy anbetet. Und angenommen, dieser Mann arbeitet in einer Druckerei. Und weiter angenommen, dieser Mann wird eines Tages von seinem Dienstherrn, dem Eigentümer der Werkstatt, zu sich gerufen, der ihm eine ganz besondere Aufgabe stellt: ein vierundsechzigseitiges Pamphlet herzustellen, das auf schweres Papier gedruckt und in weiches Hirschleder gebunden werden soll, ein kleines Buch für die private Zirkulation. Und angenommen, unser Mann trägt das Manuskript in die Werkstatt und beginnt es zu setzen, nur um festzustellen, daß es sich um einen Angriff auf Willy handelt, um die Behauptung, daß irgendein dahergelaufener ungebildeter, gemeiner, versoffener, bäurischer Analphabet, der bis über die Ohren im Aberglauben und in den vulgären Gemeinheiten der Leute vom Land steckte, unmöglich diese göttlichen Schauspiele, dieses glänzende Werk geschaffen haben kann. Daß es vielmehr ein anderer Mann, ein gebildeter Städter, ein Höfling, ein Edelmann und vor allem ein Wissenschaftler gewesen sein müsse, der diese wunderbaren Träume zu Papier gebracht und sie der Welt unter einem Pseudonym geschenkt hat, weil er politische Rückwirkungen fürchtete. Daß dieser Mann, der wahre Urheber dieser Stücke, ein Rationalist gewesen sei, ein Beobachter der menschlichen Natur, ein Philosoph, ein Hort ungeheurer Bildung, der Glorius Mundi, Francis Bacon, Lord Verulam höchstpersönlich. Beweise, mögt ihr fordern, wo zum Teufel noch mal sind die Beweise? Bei all dem, beim Raub an unserem armen Willy, bei all diesen Überlegungen war der Wunsch der Vater des Gedankens, man weigerte sich einfach zu glauben, daß einer, der nicht zu den Ihren gehörte, etwas so Hervorragendes und Gutes hervorbringen konnte, und außerdem fußte die These noch auf der fadenscheinigen, unglaublichen Entdeckung eines handfesten Beweises im Text selbst. Das soll heißen, daß der Eigentümer-Dienstherr des Druckers behauptete, im Text gebe es eine Chiffre, nämlich Sonette, die, wenn man die Anfangsbuchstaben der Zeilen rückwärts liest, ›Bacono‹ ergeben und in der Diagonale ›Francisco‹, alles Blödsinn natürlich, dreimal gequirlte Schifferscheiße, wie sie die Welt noch nie gesehen hat. Angenommen also, unser Freund, der Drukker, der Willy als seinen persönlichen Freund betrachtet, vielleicht als seinen einzigen und besten Freund, sitzt nun mit diesem Manuskript, mit diesem Ding in der Hand da und denkt sich: Ich muß das machen, ich muß es mit Sicherheit machen. Und er sieht sich das Bild unseres armen Willy an, dieses schüttere Haar und die riesigen Augen, diesen reservierten Gesichtsausdruck, der von erlittenen und verziehenen Verletzungen spricht, und der Drucker denkt: Diese weichhirnigen Mistkerle, wenn sie Chiffren wollen, dann sollen sie welche kriegen. Anstatt also in dieser Woche die Überbleibsel aus der Druckerei, oder, um es offen zu sagen: die aus der Werkstatt gestohlenen Materialien, wie sonst einer bedürftigen Bengali- oder Urdu-Zeitung zu schenken, verkaufte er sie. Dann suchte er sich einen Typenschneider, einen verschrumpelten alten Bengalen aus Dhaka, einen Juwelier, der gelegentlich Grabsteine meißelte und Typen schnitt, und er gab bei ihm eine Reihe neuer Typen in Auftrag. Die Buchstaben waren beinahe, aber eben nicht ganz identisch mit denen, die beim Satz des Bacon-Buches verwendet werden sollten, und so baute sich unser Freund eine Chiffre auf: Er rechnete und rechnete und ersetzte bestimmte Buchstaben im Text durch Typen aus seiner neuen Beinahe-Duplikatschrift, so daß nur eine ungeheuer aufmerksame Person mit einem geschulten und geübten Auge sie sehen konnte – sie paßten sich beinahe vollkommen in die anderen Schriftzeichen ein. Falls ein wacher Leser auf diese ungewöhnlichen Zeichen aufmerksam wurde, konnte er aus der Position der Zeichen in der Zeile und ihrem Abstand zueinander je nach seinen mathematischen Talenten und seinem Geschick im Dechiffrieren eine verborgene Botschaft rekonstruieren. Der Code baut auf der Zahl ersetzter Zeichen zwischen ...«

»Ja, aber was war die Botschaft?« wollte Sikander wissen.

»Nun«, erwiderte Sorkar, »in Marklines Pamphlet, dem er den Titel *War Sir Francis Bacon der wirkliche Autor der Dramen von Stratford?* gab, lautete die Botschaft: ›Hat die Mutter dieses Autors bei Vollmond in Stratford Schwänze gelutscht?‹ In der folgenden Woche druckte die Werkstatt einen Bericht der East India Company mit dem Titel: *Eine physikalische und wirtschaftliche Erhebung über die Territorien Ostindiens unter besonderer Berücksichtigung Bengalens,* und unser Freund mogelte die folgende Botschaft hinein: ›Die Company macht Witwen und Hungersnöte und nennt das Frieden.‹ Und dann noch in *Die Religionen und Völker Indiens: Reisen eines Rationalisten*: ›Dieser Reisende ist weder ein wahrer Reisender noch ein Rationalist‹. In *Großbritannien und Indien: Überlegungen zum Verfall einer Zivilisation und zum Fortschritt*: ›Großbritannien ist der Eiter im Krebsgeschwür Europas‹. Und in *Statistischer Bericht über den Anbau von Reis und Weizen in Bengalen im Jahre 18-irgendwas* schlicht und einfach nur: ›Leck mich am Arsch.‹«

Sorkar unterbrach sich, weil Sikander lachte: Er stand, vor Lachen zusammengekrümmt, mitten auf der Gasse, und er heulte und japste und schrie und hielt sich die Seiten. Die Leute blieben stehen und starrten ihn an, und dann mußten sie selbst lächeln, und zwei kleine Jungen fingen zu kichern an, weil Sikanders Lachen ein gutes Lachen war, ein Lachen wie kaltes Wasser aus einem irdenen Krug im Sommer, ein Laut der Erlösung und der Dankbarkeit.

»Das ist gut«, keuchte Sikander schließlich. Sein braunes Gesicht war gerötet, und er langte nach Sorkars Hand, so daß die beiden Seite an Seite nebeneinander herliefen. »Erzähl mir noch mehr.«

Also ergötzte ihn Sorkar mit den in einem ganzen Jahrzehnt aufgelaufenen Botschaften, die er geschickt in das fremde Terrain von Marklines Büchern eingeschmuggelt hatte. Der Inhalt dieser verborgenen Sprüche war nach Sanjays Einschätzung zum größten Teil irgendwo im Spektrum zwischen sentimental-kindisch und offensichtlich idiotisch anzusiedeln. Sikander jedoch genoß sie alle mit einer Wonne, die Sorkar sehr zu freuen schien und sein Gedächtnis zu weiteren Großtaten beflügelte – vorsichtshalber hatte er keine dieser Botschaften und Chiffren schriftlich festgehalten – und wohl auch neue Erfindungen inspirierte. Denn welcher des Denkens mächtige Erwachsene bei klarem Verstand würde schon in einem Buch mit dem Titel *Eine vergleichende Meditation über die Metaphysik des Christentums und des Hinduismus* die Botschaft ›Englisches Essen ist das schlechteste der Welt, und nur zum

Verzehr durch Esel und Anthropomorphe geeignet‹ unter-
bringen? Sanjay hörte Sikanders Lachen mit offen zur Schau
gestellter und aufrichtiger Freude, die aber eine tiefere und
beschämendere Erregung verbarg: Soweit er sich zurück-
erinnern konnte, hatte er in einem sogar vor sich selbst ge-
heimgehaltenen Teil seiner Seele immer einen heimlichen
Neid gehegt, daß Sikander mit solch spielerischer Leichtigkeit mit Menschen umgehen konnte, daß er so mühelos und
ungezwungen mit ihnen Wortgefechte austragen und mit
Menschen aus allen Lebensbereichen ohne Scheu oder Mühe
plaudern konnte. Sanjay hatte für kurze Zeit eine seltsame
Befriedigung darüber empfunden, daß sich Sikander so sehr
in die Stille und Innerlichkeit zurückgezogen hatte. Es war
ihm, als hätte Sikanders Stille – sein Rückzug ins Innere –
seiner Rajput-Sorglosigkeit und Körperlichkeit den gleichen
Fluch auferlegt, den Sanjay auf sich lasten spürte, den Fluch
eines inneren Lebens, das nach Aufmerksamkeit gierte und
die Außenwelt besiegte; Träume, die sich einfach nicht zum
Schweigen bringen ließen; jene ungewünschte Doppelsichtigkeit, die ihm zum Zusammentreffen mit Göttern verhalf
und ihm eine Art Halbwissen um die Dinge, die da kommen
sollten, vermittelte. Aber nun blühte Sikander wieder auf. Er
teilte Bidis mit Kokhun und Chottun, saß schweißüberströmt
da und hatte den beiden die Arme um die Schultern gelegt
und sprach Sorkar mit ›Chacha‹ an und hänselte ihn in vertraulichem Ton. Und schon spazierten die drei Drucker freudig erregt im Tal seines bezaubernden Wesens, wanderten zu
einer Zuneigung, die tief und grenzenlos war wie schon damals in der Kindheit der Jungen die Zuneigung der Soldaten.
Sanjay versuchte den kleinen Stachel des Grolles zu verbergen, der sich irgendwo schmerzhaft in seine Brust bohrte,
und zog sich in die Bücher zurück, die unordentlich vom
Boden bis zur Decke gestapelt waren. Zu seinem Entsetzen
mußte er feststellen, daß nicht einmal sie noch ein sicherer
Hort waren. Während des Lesens konnte er nicht umhin,
nach den verborgenen Botschaften von Sorkars Chiffre zu
suchen. Aber seine Augen kamen schmerzlich ins Schwimmen, wenn er die Buchstaben betrachtete, um den winzigen
Unterschied zu finden, der den versteckten vom wahren Buch-

staben unterschied. Zahlen schwirrten ihm durch den Kopf, während er versuchte, nach Sorkars ausgeklügelten Regeln die numerische Beziehung zwischen den chiffrierten Buchstaben zu berechnen, so daß schließlich die Botschaften, die er herausarbeitete, seltsam und unverständlich schienen. »Brat den Fisch« verkündete *Kalzinate und Sulphate*, während *McNallys Geschichtslesebuch für unsere Kleinen* nur höflich bat: »Kannst du morgen kommen und es dir ansehen?«

Zuerst war Sanjay fest davon überzeugt, daß diese seltsamen Mitteilungen nur deswegen in den Büchern standen, weil er die Buchstaben nicht richtig erkennen konnte und Sorkars Zeichen an den Stellen, wo sie wirklich auftauchten, nicht gefunden hatte und weil er sich bei den Berechnungen irrte. Aber eines Abends, als er den *Almanach für Astronomen* zuklappte, sagte eine deutlich vernehmbare Stimme in Urdu mit Panjabi-Akzent: »Nach seiner Pensionierung war er ziemlich zufrieden.« Sanjay schrak auf und blickte sich um, aber er war allein im Raum, und die Tür war geschlossen. Er nahm den *Almanach* wieder zur Hand und blätterte ihn durch. Als nichts geschah, schluckte er und lächelte erleichtert vor sich hin. Als er ihn aber in die andere Richtung durchblätterte, redete eine weibliche Stimme in einer abgehackten südlichen Sprache zu ihm, unverständlich, aber so klar wie eine Mynah an einem Frühlingsabend. Sanjay pfefferte das Buch in die Ecke: Es segelte mit flatternden weißen Seiten durch die Luft und glitt dann an der Wand herab, bis es mit der aufgeschlagenen Seite nach unten liegenblieb und endlich Ruhe gab. Er floh nach draußen zu Sikander und den anderen, die auf einem Charpoy saßen, nach dem Abendessen Paan kauten und fröhlich vor sich hin rülpsten.

»Was ist los?« fragte Sorkar. »Du rennst ja durch die Gegend wie eine Gazelle.«

»Nichts«, erwiderte Sanjay, setzte sich neben die anderen und versuchte lauter als alle anderen zu rülpsen, weil er Angst hatte, daß er vielleicht gleich wieder aus all dem Papier und den bedruckten Seiten, die überall herumlagen, ein Flüstern vernehmen würde.

»Kein schlechter Versuch«, kommentierte Sorkar eine von Sanjays Bemühungen. »Willensstark, wenn auch vielleicht noch das Durchhaltevermögen fehlt. Versuch's noch mal.«

Aber alle Bemühungen Sanjays wurden von Sikanders mächtigen Rülps-Eruptionen in den Schatten gestellt, die durch seinen ganzen Körper zu beben schienen, ehe sie aus seinem Mund hervorbrachen und in der Luft widerhallten wie lange Töne aus einem Tritonshorn.

»Erstaunlich«, priesen ihn Kokhun und Chottun wie aus einem Munde. »Ungeheuerlich.«

Sanjay unterdrückte seinen Mißmut und seinen neuentdeckten Abscheu vor derlei gastrischen Spielchen und schloß sich dem Applaus der anderen an. In dieser Nacht bestand er darauf, oben auf dem Dach des Hauses zu schlafen, obwohl schon ein wenig Frost in der Luft lag und es vielleicht regnen würde. Nach diesem Abend versuchte er Büchern aus dem Weg zu gehen, konnte sich aber nie länger als einen Tag von ihnen fernhalten. Immer wieder warf er einen verstohlenen Blick auf die Seiten, die Sikander bedruckt hatte, und am nächsten Nachmittag nahm er mit schlechtem Gewissen einen Text über die Schießkunst zur Hand, legte ihn hin, riß ihn wieder an sich und las dann gierig zehn Seiten am Stück. In seinem Kopf erhob sich ein vollkommenes Durcheinander von Stimmen, während er verzückt von diesem Papier Sätze in sich aufsaugte, deren Bedeutung er nicht verstehen konnte. Voller Selbstekel ging er mit wildentschlossenem Gesichtsausdruck durchs Haus und zog sich damit den Spott Sikanders zu; Sorkar versuchte ihm mit einem Abführmittel zu helfen. Diesmal dauerte die selbstauferlegte Enthaltsamkeit ganze drei Tage. Dann sprang er eines Nachts spät aus dem Bett, rannte in den Versandraum, wo Bücher und Pamphlete schon gestapelt und verschnürt lagen und auf die Lieferwagen warteten. Und dort las er die ganze Nacht heimlich beim flackernden Licht einer Laterne, bis sich ihm alles im Kopf drehte und die Augen schmerzten. Als der Morgen heraufzog, wußte er, daß er in der Falle saß, für immer von Wörtern gefangen und gefesselt war. Im gleichen Augenblick, als ihm dies klar wurde, während eine Wolke von Sperlingen in schwindelerregenden Schwüngen über den Hof zog, erinnerte er sich an seinen Onkel Ram Mohan und fluchte mit seiner neu erworbene Kalkutta-Raffiniertheit von ganzem Herzen und in wilden Worten: Du kannst es dir nicht aussuchen, woraus du gemacht bist, ob es nun Spucke ist oder Staub aus den noch immer tosenden Winden einer anderen Generation. Aber schlimmer noch: Eines Morgens weißt du, daß deine Knochen unabwendbar die gleichen vergänglichen Eigenschaften hervorgebracht haben, die eigentlich mit deinen Urahnen hätten aussterben sollen, die gleichen Hoffnungen und Verzweiflungen und Lieben und Schwächen,und daß du für ewig und alle Zeiten in ihren abstrusen Begierden und Idealen gefangen bist.

So lernte Sanjay seine frühe Karma-Lektion und war in seinem Leben in Kalkutta von vielen Stimmen von fern und nah umgeben: von Frauen aus dem Punjab, von alten Sindhi-Tanten, von Geschäftsleuten aus Gujarati, Intellektuellen aus Kaschmir und Tausenden von anderen, deren Sprachen er nicht verstehen konnte. Manche hatte er noch nie zuvor gehört. Einige, da war er sicher, konnten unmöglich aus einer Kehle des Subkontinents stammen: Es waren schnalzende und knackende Laute und nasale Silben, die ganz und gar fremdartig klangen. Aber da diese Stimmen – oder Äußerungen zweiten Grades, wie er sie jetzt für sich bezeichnete – aus Büchern stammten, aus Romanen und Chroniken und Dokumenten und Handbüchern, die einen nicht abreißenden Strom zusammenhängender und scheinbar sachdienlicher Informationen lieferten, sagte sich Sanjay, daß es wohl ein fairer Handel war: Wenn man der klaren Musik der Logik lauschen will, argumentierte er, dann muß man auch den Lärm des trüben Durcheinanders tolerieren und in Kauf nehmen. Weiße Paläste müssen nun leider einmal auf stinkendem Schlamm erbaut werden, grübelte er und las weiter.

Bald danach kam Sorkar eines Tages zu ihm gewatschelt. Er hatte die Hände sorgfältig vor dem Bauch gefaltet und strömte eine Art speckiger Höflichkeit aus, hinter der er beinahe völlig verschwand. »Sanjay, mein Junge, er will dich sehen«, sagte er.

»Wer?« fragte Sanjay. Die anderen – Sikander und Chottun und Kokhun – trockneten sich den Schweiß oder zupften sich mit peinlicher Genauigkeit Flusen aus dem Nabel. Ihr Verhalten erinnerte Sanjay plötzlich an die Beschreibung, die sein Vater von Höflingen nach dem Verlesen eines neuen Gedichtes gegeben hatte: So überwältigend höflich wie große

Damen, die sich unerwartet in Gegenwart einer Dirne befinden. Sanjay platzte hervor: »Warum glotzt ihr mich so an?«

»Mr. Markline hat nach dir geschickt«, erwiderte Sorkar.

»Warum?«

»Ich weiß nicht recht«, meinte Sorkar. »Die Nachricht lautet nur, daß er dich morgen früh um elf Uhr in seinem Haus erwartet. Du sollst pünktlich kommen und so weiter und so weiter...«

»Warum denn ich, was will er von mir?« fragte Sanjay ungestüm und war sich gleich vom ersten Augenblick an bewußt, daß er sich verstellte. Denn seit jenem ersten Besuch im Bungalow hatte er dergleichen erwartet und eigentlich damals sein vorwitziges Englisch nur in der Hoffnung zur Schau gestellt, den Engländer damit zu beeindrucken. Die anderen zuckten die Achseln und wandten sich wieder ihrer Arbeit zu, überließen Sanjay seinen Gedanken an das bevorstehende – und mehr noch an das vergangene – Treffen. Wenn er das Ereignis sorgfältig rekonstruierte, wenn er die Schichten, mit denen sich das Gedächtnis im frommen Selbstbetrug umhüllt, wie Zwiebelschalen eine nach der anderen zurückschlug, dann schien es ihm, als habe er mit geradem Rücken und gerecktem Hals dagestanden und versucht, Marklines aufrechte Haltung nachzuahmen und ihm unerschütterlich in die blauen Augen zu sehen. Die ganze Nacht über versuchte Sanjay sich vorzustellen, wie er selbst wohl in wunderschönen, spiegelblanken Stiefeln und einem weißen Hemd aussähe, die schlanke, drahtige Gestalt eines Reiters in einer imaginären Landschaft. Am Morgen zog er jedoch eifrig und nervös – und ohne jegliche Anleitung von Seiten Sorkars – seinen weißen Achkan und sein bestes Dhoti an. Er verließ das Haus früh und war eine halbe Stunde eher als nötig im Hugli Ghat. Trotzdem zerrte das Geschwätz der Bootsleute und ihre lässige, genüßlich langsame Überquerung des Flusses ihm an den Nerven wie die langen Fingernägel eines Sitarspielers an den Saiten. Schließlich hielt er die Bootsleute in heftigem Ton an, schnell, schnell zu machen.

Der Bootsmann sagte etwas in Bengali zu den anderen Passagieren. Sie lachten alle, während Sanjay mit glühendem Gesicht zu Boden schaute. Das Boot behielt seine Geschwindigkeit bei, aber das gemächliche Klatschen der Bootsstange ertönte nun im Rhythmus eines Liedes, das der Fährmann sang. Die Leute summten leise mit, lehnten sich in ihre Sitze zurück, und einige von ihnen lächelten noch, während sie ihre Blicke zu Sanjay schweifen ließen. Einer beugte sich vor: »Es ist ein sehr berühmtes Lied«, erklärte er, »über einen jungen Mann, den die Liebe in den Wahnsinn getrieben hat und der an die Seite seiner Geliebten eilt und dabei mit unermeßlichen und unvorstellbaren Schwierigkeiten zu kämpfen hat.«

»Warum beeilt er sich so?« fragte Sanjay unwillkürlich.

»Weil die Geliebte, nachdem sie ihm gegenüber ein Leben lang nur Abscheu und Abweisung und Härte gezeigt hat, nun im Sterben liegt. Und sie hat nach ihm gerufen. Und unser junger Mann liebt sie wirklich und wahrhaftig.«

»Was für ein Blödsinn«, sagte Sanjay und wandte sich betont ab. Er versuchte sich wieder in den vormaligen Zustand der Erwartung und Erregung zurückzuversetzen, aber zum zweiten Mal innerhalb weniger Stunden mußte er an seinen Vater und an seinen Onkel denken und ärgerte sich über die Mischung aus Schuldgefühl und mildem Abscheu, die diese Erinnerung aus einem unbekannten Bereich seiner Seele hervorquetschte. Plötzlich wurde ihm klar, daß er das Geschenk seines Vaters, das Mir-Manuskript, schon wochenlang nicht mehr gesehen hatte und daß er auch keine Ahnung hatte, wo es in dem Durcheinander aus Papieren und Makulatur in der Werkstatt liegen könnte. Wozu diese Sensationslust, wozu all diese Mir-Nachahmung? Warum sollte Liebe immer mit Schmerzen verbunden sein? Und dann wurde ihm plötzlich bewußt, daß er seiner Mutter schon lange nicht mehr geschrieben hatte. Wie lange schon? Einen Monat sicherlich, vielleicht sogar zwei. Also wandte er seine Aufmerksamkeit wieder nach außen, auf das Wasser und die Sonne am Himmel. Beobachte gut, befahl er sich, beobachte und erinnere dich daran, denn dies ist ein bedeutender Tag in deinem Leben. Aber das Wasser war glatt und braun, und der Himmel von einem riesigen, verwaschenen Blau, und die Mitreisenden auf der Fähre waren die übliche Ansammlung von Bauern, Händlern und irgendwelchen anderen Gestalten, die alle da hockten und schnatterten, kurz gesagt: keinesfalls die Art von Gesellschaft, die man sich auf einer bedeutsamen Reise in die Zukunft wünschen würde. Am Ufer glitt die Fähre, während Sanjay heruntersprang, unter ihm nach hinten weg, und er landete in gut drei Zoll tiefem Wasser. Dunkle Schlammflecken breiteten sich bis beinahe zum Knie auf seinem weißen Dhoti aus. Wie zornig er auch daran herumrieb, es nutzte nichts. Den Tränen nah, stapfte er den Hang hinauf und auf die grünen Bäume zu, während der Baumwollstoff ihm an den Beinen klebte.

Diesmal brachte man ihn im Haus sofort zu Markline, der mit einem blitzenden Messer und einer Gabel etwas Braunes aß. Während der Engländer methodisch an dem Fleisch auf seinem Teller herumsägte und es in gleich große braune Quadrate aufteilte, mußte Sanjay eine rasch aufsteigende Übelkeit unterdrücken.

»Guten Morgen«, sagte er, wie er es aus dem Buch *Etikette für unsere Kleinen* gelernt hatte.

»Morgen«, erwiderte Markline. »Warum trägst du eigentlich das Ding über dem Auge?«

»Ich sehe gedoppelt«, erwiderte Sanjay.

»Doppelt. Warst du schon beim Doktor damit?«

Dak-tah? Daak-ter? Sanjay rutschte unruhig hin und her, er fühlte, wie ihm das Wasser von den Knien auf die Füße tropfte.

»Doktor«, wiederholte Markline. »Warst du schon beim Doktor damit?« Er schluckte und sagte dann ganz langsam: »Doktor?«

»Oh, Doktor, Doktor«, erwiderte Sanjay entzückt, weil er es endlich verstanden hatte. »Ja, ja, aber die haben nichts gemacht. Viele Hakims und Vaids sind gekommen.«

»Ich meine einen richtigen Arzt«, sagte Markline. »Komm mit.«

Draußen wartete eine geschlossene Kutsche. Sanjay wurde hinaufgewinkt und saß zwischen dem Kutscher und Marklines Majordomus, dem großen dünnen Mann, der seinen Namen als Ardeshir angab. Er hockte still da und hielt die Hände auf dem Schoß gefaltet. Auch der Kutscher war schweigsam, und Sanjay ging durch den Kopf, wie seltsam sprachlos alle Bediensteten Marklines zu sein schienen. Aber dann vergaß er all diese Überlegungen, während sie durch die Straßen polterten und die Leute überall ihre Gespräche unterbrachen und ihnen hinterherglotzten. Sanjay warf die Schultern zurück und gab vor, auf irgend etwas zu starren, das in vielleicht hundert Fuß Entfernung in der Luft schwebte. Die Aufmerksamkeit gefiel ihm, aber nur allzu bald waren sie an einem Maidan angelangt, der von Kutschen umringt war. Markline sprang, gefolgt von Ardeshir, aus der Kutsche und verlor sich sofort in der Menge der Firangis, die in wildem Strudel um das Gefährt wirbelten und die Luft mit Englisch füllten, das zu geschwind gesprochen und zu sehr von Dialekten gefärbt war, als daß er es hätte enträtseln können. Sanjay folgte dem Kutscher auf die andere Seite des Maidan, wo sie sich zu anderen gesellten, die Sanjay sofort als Bedienstete erkannte. Es zuckte ihm ein kurzer Blitz der Wut und Scham durch den Körper, und einen schnellen Augenblick lang dachte er an seine Mutter. Aber dann barst eine geballte Gruppe von Pferden auf den Maidan, und die Luft war voller Anfeuerungsrufe und Schreie.

Der Staub wallte vom Boden hoch. Die Reiter tauchten auf und verschwanden wieder in dem gelben Nebel, droschen mit Stöcken auf einen Ball ein, der von einem Ende des Maidan zum anderen hin- und herprallte. Manchmal verfolgte die wirbelnde Masse aus Männern und Pferden den Ball ganz in Sanjays Nähe, und dann schien es ihm für wenige kurze Augenblicke, als wäre er völlig von Geschrei umgeben, von riesigen, rollenden schwarzen Augen, von eisenharten Pferdemuskeln und gelben Zähnen, von Hufen und Stöcken, die durch die Luft zischten und hart gegeneinanderkrachten, von Gebrüll. Bald verebbte alles und verschwand wieder im Staub, und nur sein Herz klopfte und klopfte noch, als wollte es ihm die Brust zersprengen. Der Wind peitschte für kurze Augenblicke den Staubschleier fort, so daß er weit weg auf der anderen Seite des durchpflügten Spielfeldes die Kutschen sehen konnte, in denen die Frauen der Firangis standen und Tücher schwenkten und mit Stimmen Hurra schrien, die ihn nur gedämpft und doch durch die Entfernung geschärft erreichten und mit einer recht angenehmen, aber ziemlich verschwommenen Nostalgie erfüllten, als sehnte er sich nach einer Erinnerung, die er nie gekannt hatte.

Als alles vorüber war, kehrte Markline schlammverkrustet zu seiner Kutsche zurück, stieg wortlos ein, und sie fuhren los. Sanjay wurde klar, daß er während des gesamten Matches Markline nie unter den anderen Reitern hatte ausmachen können, daß dieser Sport den Spielern eine seltsame Anonymität verlieh. Im Haus zeigte Markline mit dem Finger auf Sanjay: »Warte!« Er ging ins Haus und kam einige Augenblicke später mit großen Schritten wieder. Ohne innezuhalten warf er Sanjay einen kleinen rechteckigen Gegenstand zu und sagte. »Hier!«

Sanjay riß die Arme in die Höhe, wollte ein einziges Mal in seinem Leben etwas Geworfenes fangen, aber natürlich kam das Ding in einer Spiralbewegung auf ihn zugeflogen und traf ihn so schmerzhaft an der Brust, daß ihm die Augen tränten und er im Staub des Dämmerlichtes danach tasten mußte.

»Lies das!« sagte Markline und wandte sich schon wieder zum Gehen. »Und komm nächste Woche wieder.«

Es war ein Buch, und Sanjay linste auf die Titelseite, führte das Papier ganz nah an die Nase. Es roch nach Rauch, und der Titel war in einfachen schwarzen Lettern auf Mitte gesetzt: *Die Poetik des Aristoteles*.

Sanjay las das Buch in jener Woche sehr sorgfältig: Der Sinn war klar genug. Allerdings erlegte der Schreiber dem Kunstschaffenden auch einige Beschränkungen auf. Besondere Bedeutung schien er der emotionalen Gleichförmigkeit beizumessen, der Bestrebung, von Anfang bis Ende einer Wortschöpfung ein und dasselbe Gefühl zu erwecken, als könne man Einheit als Homogenität oder Gleichheit definieren. Ebenso bestand wohl eine seltsame Vorstellung von den Emotionen: Sie wurden als etwas betrachtet, das man zu entfernen, abzusondern, in der Tat auszuscheiden hatte, als wäre das höchste Ziel aller Kunst eine Art Stuhlgang der Seele. Aber all das klang irgendwie vernünftig, man konnte es verstehen, wenn es auch alle Regeln verletzte, die sich Sanjay aus den bruchstückhaften Reden Ram Mohans herauszufiltern versucht hatte. So wie es da stand, war es als intellektuelle Trockenübung begreifbar, als ein System von Glaubenssätzen, eine mögliche Darshana der Welt. Das Unirdische und Furchterregende an dem Buch war die Stimme, die aus seinen Seiten flüsterte, eine wispernde Stimme, die doch alle anderen zum Verstummen brachte und über die Druckerei ein Schweigen herabsenkte, in dem nur sie allein übrigblieb und immer und immer wieder einen einzigen Satz sprach: »Katharos dei einai ho kosmos.« Sogar abends, wenn das Buch zugeschlagen war, oder beim Essen hörte Sanjay die Silben über die Innenhöfe schweben und über die Mauern fliegen, unter dem Wind und dem Knarren der Äste. So ging es immerfort, zunächst sanft und vernünftig, aber dann wahnwitzig in seiner Eindringlichkeit, morgens und abends, katharos, katharos, bis Sanjay sich verzweifelt, ungeachtet aller Schmerzen, mit den Fäusten gegen die Ohren hämmerte.

An einem Morgen dieser Woche kleidete sich Sikander an und ging seine Schwestern besuchen. Erst spät in der Nacht kehrte er zurück und wirkte völlig erschöpft. Sorkar setzte ihm ein üppiges Abendessen vor und schickte ihn gleich danach ins Bett. Während Sanjay bis in die frühen Morgenstunden wachlag und dem ständigen Flüstern draußen zuhörte, lauschte er auf Sikanders Atem und wußte, daß auch er nicht schlafen konnte.

»Wie geht es ihnen?« fragte Sanjay schließlich.

»Wem?«

»Deinen Schwestern.«

»Gut. Es geht ihnen gut.« Er hielt einen Augenblick inne. »Heute nacht muß ich immer wieder an sie denken.«

»Natürlich«, meinte Sanjay. »Du hast sie ja gerade besucht.«

»Nein«, erwiderte Sikander. »Nicht an Emily und Jane. An sie. Ma.«

»Und meinen Onkel?« erkundigte sich Sanjay.

»Ja.«

»Hör mal, Sikander«, sagte Sanjay plötzlich, unterbrach sich dann aber verlegen.

»Was?«

»Du weißt doch, dieses Buch, das ich gerade lese?«

»Ja.«

»Es ist ein Buch von einem Griechen.«

»Ja?«

»Und wenn ich es lese, höre ich eine Stimme.«

Sikander drehte sich zu ihm um. »Eine Stimme? Du meinst, eine Stimme, die zu dir spricht?«

»Ja.«

»Armer Sanjay.«

»Wieso armer Sanjay? Ich wußte, ich hätte es dir nicht sagen sollen. Du verdammter Rajput!« Sanjay sprang von seinem Bett auf und stand zitternd in der Dunkelheit.

»So habe ich das ›armer Sanjay‹ nicht gemeint«, erwiderte Sikander mit aufreizender Ruhe. »Setz dich, setz dich, Sanju.« Sanjays Wut war sogleich gelindert, er war für Sikanders Charme empfänglich wie eh und je. »Was sagt die Stimme?«

»Ich weiß es nicht, sie spricht in einer fremden Sprache, es muß wohl Griechisch sein. ›Katharos dei einai ho kosmos‹, sagt sie. Immer wieder ›katharos, katharos‹, die ganze Zeit.«

»Ein Gespenst? Ein Geist, der an das Buch gefesselt ist?«

»Nein, es ist etwas anderes. Aber das ist es nicht, was mich schreckt. Was mich ängstigt, ist, daß ich glaube, ich weiß, wer da spricht, ich weiß nicht, warum, aber ich erkenne sie, die Stimme.«

»Wer ist es?«

»Alexander«, sagte Sanjay. »Du weißt schon, Alexander der Große.«

»Alexander der Wahnsinnige? Der Schlächter?«

»Ja, der.«

»Hat er das Buch geschrieben?«

»Nein. Ich weiß nicht, warum ich denke, daß er es ist.«

Sie lagen schweigend da. Dann fragte Sanjay: »Wo war sie her, ich meine Ma?«

»Ich weiß es nicht genau«, antwortete Sikander. »Sie hat nie darüber gesprochen. Aber sie hat manchmal von einem Ort namens Ahwa geredet.« Sie konnten inzwischen von draußen schon ab und zu Vogelgezwitscher hören. »Sanjay, wofür sind wir geschaffen worden?«

Aber darauf wußte Sanjay keine Antwort. Kurz bevor er einschlief, als bereits die Sonne aufging, sagte Sikander mit kaum hörbarer Stimme: »Finde heraus, was Alexander sagt, Sanju.«

Am Ende der Woche besuchte Sanjay Markline wieder. Abermals wurde er zu einem Polo-Match und dem alles verschleiernden Nebel mitgenommen. Anschließend im Herrenhaus verwickelte ihn der Engländer auf der Veranda in ein Gespräch.

»Hast du das Buch gelesen?« fragte Markline.

»Ja«, antwortete Sanjay, »von vorne bis hinten.«

»Braver Junge. Behalte das Buch und lies es noch einmal sehr sorgfältig«, meinte Markline. »Du mußt es gründlich studieren, wenn du einmal Schriftsteller werden willst.« Er saß in einem Korbsessel und trank aus einem Glas ein weißliches Gebräu. Nun lehnte er sich vor und tippte Sanjay leicht mit dem steifen Zeigefinger auf die Brust, knapp unterhalb der Stelle, wo die Rippen aneinanderstoßen. »Da ist noch viel drin«, sagte er und tippte wieder, »da müssen wir noch viel ausrotten, viel Zeug, das wir rausholen und wegwerfen müssen, wenn aus dir überhaupt etwas werden soll. Du bist mit einem großen Handikap angetreten, verstehst du das? Das Gewicht von Jahrhunderten von Aberglauben und purem Unwissen. Ich habe alle eure großen Bücher gelesen, all diese großen Weisheiten des Ostens. Und nie vorher habe ich einen solchen Sumpf, einen solchen Morast der Finsternis, der Verwirrung, der Zauberei, der Dummheit und Habgier gesehen. Die Geschichten verlaufen in verschlungenen Pfaden, springen in einer einzigen Minute von der Trauer zum Bauernschwank. Erzählstränge, die nichts miteinander zu tun haben, werden ineinander verschlungen und unterbrechen einander. Riesige Schlachten mit Millionen von Kriegern auf jeder Seite werden mitten im hitzigsten Getümmel unterbrochen, damit irgendein sterbender Patriarch eine Rede über die Pflicht halten kann, eine Rede, die sich über fünfzig Seiten erstreckt. Metaphern drängen sich vor und buhlen um Aufmerksamkeit, ganze Ketten von Bildern werden gesponnen, die sich über viele, viele Zeilen erstrecken. Menschen verlieben sich oder morden, nur damit man nachträglich ihre Handlungen zu Ergebnissen vergangener Geburten erklärt. Menschen sterben, nur um unverzüglich wiedergeboren zu werden. Kein Anfang ist ein wirklicher Anfang, die Mittelteile sind unerträglich lang und verworren, und nichts wird je zu einem Ende geführt. Tragödien sind hier einfach *unmöglich*!«

Markline schien sich nun seiner erhobenen Stimme und

seines geröteten Gesichts bewußt zu werden. Er setzte sich abrupt im Sessel auf und stürzte seinen Drink herunter. »Lies es sorgfältig«, sagte er. »Dieses Buch ist der Ursprung all dessen, was gut ist in der Literatur. Es wendet die Prinzipien der Naturwissenschaft auf die Kunst des Poeten an und bringt so das Reich der Phantasie ins klare Licht der natürlichen Logik. Es formuliert Prinzipien, die alle Prüfungen der Zeit überdauert haben, die von den Philosophen geprüft und für gut befunden wurden. Dieses eine schmale Bändchen ist mehr wert als ganze mit den sogenannten großen Büchern Indiens vollgestopfte Bibliotheken. Behalte es, junger Mann, und lies es sorgfältig.«

Er schloß die Augen, und das Gespräch schien beendet. Sanjay stand auf und ging weg. Ardeshir hielt ihn an und reichte ihm einen Stapel Bücher: »Für die nächste Woche«, erklärte er.

Sanjay nahm die Bücher und stolperte weiter. Er konnte immer noch den Finger des Engländers nah bei seinem Herzen spüren. Da hörte er Marklines Stimme, die hinter ihm herrief: »Nicht vergessen!« Sanjay wandte sich um und stand zwischen den sorgfältig angeordneten Rosenbeeten auf dem Gartenweg, die Augen vom Licht der untergehenden Sonne über dem Bungalow geblendet. »Nicht vergessen!« schrie Markline. »Wenn du Fortschritte machen willst, dann mußt du dich von deiner Vergangenheit lösen! Du mußt sie dir herausreißen!«

Ohne zu wissen, warum, rief Sanjay zurück: »Katharos dei einai ho kosmos.«

»Sehr gut«, brüllte Markline. »Braver Junge. Nun auch noch Griechisch, was?«

»Ich weiß nicht. Ich habe das irgendwo gelernt. Was bedeutet es?«

»Es bedeutet, mein Sohn, daß die Welt gesäubert werden muß.« Markline erhob sein leeres Glas zu Sanjay. »Die Welt muß gesäubert werden!«

Sanjay erzählte Sikander nicht, was Alexander in dem staubigen Innenhof der Druckerei flüsterte. Er zuckte die Achseln, als man ihn danach fragte, und vergrub sich nur noch mehr und wie besessen in die Lektüre aller Bücher, deren er nur habhaft werden konnte. Er fing mit Marklines Büchern an und stürzte sich dann auf alles, was die Druckerei zu bieten hatte, nahm auch solche Bücher nicht aus, die lediglich die in einem bestimmten Jahr aus Bengalen ausgeführten Reismengen auflisteten, auch nicht die Protokolle der Sitzungen irgendeiner Kommission im Bezirk Chittagong. Anders als beim Essen verschlang er beim Lesen ausnahmslos alles. Ohne Unterschied und in großen Mengen verleibte er es sich ein. »Katharsis, Katharsis«, murmelte Sanjay als Antwort auf Alexanders unaufhörliches »Katharos, katharos.« Er hatte das Gefühl, an der Schwelle eines großen Geheimnisses zu stehen, aber auch das Gefühl, von einer allmählich immer stärker werdenden und geifernden Furcht gehetzt und gejagt zu werden. Wovor er sich ängstigte, das hätte Sanjay nicht zu sagen vermocht, aber es war Furcht, ein Schrecken, der schattengleich in den langen stillen Nachmittagen lauerte und ihn beinahe dazu bewegte, die Augenbinde wieder abzulegen und nach den Göttern zu rufen, die er so verflucht hatte. Aber dann besann er sich auf seinen Stolz und sagte sich, daß die Dinge, die er hörte und sah, unwirklich waren, Nachwehen eines Schadens, den man seinem Körper zugefügt hatte, und eines alten, am besten der Vergessenheit anheimgegebenen Wahnes. Also suchte er Zuflucht bei den Buchstaben, stürzte sich verzweifelt auf die Wörter, bettete beim Schlaf seinen Kopf auf Bücher und breitete sie wie eine Decke über seine Gliedmaßen, hatte immer eines aufgeschlagen auf der Brust liegen, ein paar andere in der Nähe seines Gesichtes, wo er sie riechen konnte. Jeden Morgen wachte er auf und dachte: Wenn ich die Katharsis wirklich und wahrhaftig verstehen kann, sie begreifen kann, mit Kopf und Herz und Hand, dann werde ich diese Furcht besiegen, ich werde sie gegenstandslos machen, werde sie aus meinen Höfen verbannen. Und dann, Alexander, kannst du in die Wüste gehen und dort schreien, dort bei den Eidechsen und den gebleichten Knochen, da kannst du deine Säuberungsparolen und deine bedeutungsschwangeren Sprüche in den Wind brüllen, und wir lachen nur über dich und vergessen dich.

Aber die Furcht nahm mit jeder Sitzung in Marklines Haus zu, mit jedem neuen Buch, während die Zuneigung des Engländers für Sanjay mit jedem neuen Wort, das er lernte, zu wachsen schien. Als Sanjay im Gespräch zum erstenmal das Wort *gigantisch* benutzte, lächelte Markline. Bei *unzufrieden* warf er den Kopf zurück und lachte. Und das Wort *umsichtig* bewegte ihn dazu, die Hand auszustrecken und Sanjay lobend auf die Schulter zu klopfen. Nach *Anwendung schlüssiger Logik* begann er spontan von sich zu erzählen, während er über die Baumwipfel hinwegblickte und an seinem Drink nippte: Er war der jüngste von vielen Söhnen im Hause eines Lords, der nach dem Studium an einer der großen Universitäten des Landes Familie und Heimat hinter sich gelassen hatte, weil das Erbrecht ihn dort zu einem Leben in Untätigkeit und ohne jegliche Verantwortung verurteilt hätte, zu einem Leben voller Frivolität und sinnentleerter Fleischlichkeit. In Indien hatte er sich geweigert, die Möglichkeiten wahrzunehmen, die ihm seine Herkunft im Geschäftsleben und in der Politik eröffnet hätte. Statt dessen hatte er seine Bemühungen auf das Reich der Gedanken gelenkt, denn schließlich waren es die Gedanken, die unkörperlichen und scheinbar kurzlebigen Gedanken, die den Lauf der Geschichte und die Handlungen der Nationen bestimmten. Inzwischen lieferten die Markline Press und andere mit ihr verbundene Unternehmen Bücher für ganz Indien, ja sogar für den gesamten Orient. Die Gewinne und Einkünfte waren Marklines gerechter Lohn, und »Zuhause« blieb ein Traum für ihn. Er hatte sich entschlossen, in Kalkutta zu bleiben, ein lebenswichtiges Element und unverzichtbarer Helfer bei einer großen Aufgabe zu werden: bei der Öffnung des Orients.

»Und so sitze ich also hier, mein Freund«, sagte Markline, »denn für einen Freund halte ich dich. Da wir inzwischen eine gemeinsame Sprache sprechen, solltest du mich allmählich als einen wohlwollenden Gönner sehen lernen, als einen älteren Wohltäter, dem vor allem an deinem Wohl gelegen ist, an deinem körperlichen und geistigen und sonstigen Wohl. Einverstanden?«

»Ja«, erwiderte Sanjay.

»Wenn du das nächste Mal kommst, wird sich jemand hier dein Auge ansehen«, sagte Markline. »Ein Arzt soll feststellen, ob man deine Doppelsichtigkeit nicht doch kurieren kann.«

»Ja«, erwiderte Sanjay und lächelte. Er lächelte auch noch auf dem ganzen Heimweg und machte sich überhaupt nichts mehr daraus, daß seine Augenbinde gelegentlich die verwunderten Blicke der Leute auf sich zog, wie dies nun schon beinahe sein ganzes bewußtes Leben lang war. Aber als er in der Werkstatt den anderen von seiner möglicherweise bevorstehenden Heilung berichtete, konnte man ihre Reaktion nur als mißtrauische Kleingeistigkeit bezeichnen.

»Paß bloß auf«, sagte Sorkar. »Paß auf mit den Engländern. Ihre Großzügigkeit ist Gift, ihre Liebe ist Zerstörung, ihre Heilung ist Raub.«

»Gift und Zerstörung«, wiederholten Kokhun und Chottun.

»Tod«, meinte Sikander.

»Du?« wunderte sich Sanjay. »Du auch? Wie kommt denn das? Du, mit deinem Vater und all den anderen, du, du bist doch ein Engländer.«

Und plötzlich – er hatte gar nicht gesehen, daß sich Sikander überhaupt geregt hatte – packte ihn eine Hand beim Hals, hob ihn hoch und schüttelte ihn. Die Finger schlossen sich wie ein eiserner Kragen um seinen Hals. Sanjays Augen starrten durch einen Tränenschleier in Sikanders hochrotes Gesicht, eine Faust wurde erhoben, Sikander schrie mit jedem Wort lauter: »Ich bin ein Rajput!« Sanjay vermochte ihn nun nicht mehr zu sehen. Ein krachender Laut explodierte in seinem Hinterkopf, ein weißer Blitz schoß ihm durch die Augen. Dann lag er am Boden, betastete seinen Hals und hustete.

»Er wollte dich töten«, sagte Sorkar im leichten Gesprächston, während er über Sanjay kniete. Dann ging er weg, gefolgt von Kokhun und Chottun. Sanjay setzte sich auf und rieb sich den Hinterkopf, den Sikander gegen die Wand geschmettert hatte. Er war sich darüber im klaren, daß er eine unsichtbare Grenzlinie in unaussprechlich intime Bereiche überschritten hatte, denn in all ihren gemeinsamen Jahren hatte Sikander ihn noch nie geschlagen. Aber auch nach einer halben Stunde Grübelei konnte Sanjay kein Bedauern in sich aufspüren, er dachte vielmehr nur: *Wie provinziell.* In dieser Meinung wurde er noch durch das Verhalten Sikanders in der folgenden Woche bestärkt, als der sich weigerte, irgend etwas zu ihm zu sagen, außer »Gib mir mal diesen Winkelhaken« oder »Hast du die zweite Seite schon fertig?« und »Willst du das hier in einem Stück setzen oder Zwischenräume einfügen?« Die anderen waren nun höflich und zuvorkommend und daher unerträglich, und Sanjay arbeitete also schweigend weiter, griff mit wütender Geschwindigkeit Lettern so schnell und geschickt wie nie zuvor aus dem Setzkasten. Niemand ermahnte ihn, langsamer zu arbeiten. So war er am dritten Tag der Woche, als ein Manuskript geliefert wurde, das in schwarzes Papier eingeschlagen war und Anmerkungen in einer Handschrift trug, die Sanjay von den Vorsatzblättern in Marklines Büchern kannte (eng geschlungene Unterlängen, die Buchstaben so klein und zusammengedrängt, daß sie wie eine ausländische, doppelt fremde Sprache aussahen), mit seinem Wochenpensum bereits fertig und konnte den Auftrag annehmen.

»Besonders wichtig«, sagte er in den Raum hinein, »das steht hier. Ich mach das schon.« Natürlich antwortete ihm niemand. Also riß er das Packpapier weg und fand ein kleines schwarzes Buch. »Ein Nachdruck«, sagte Sanjay, während sich ihm der Hals schmerzhaft zusammenschnürte, denn in säuberlichen goldenen Lettern war auf dem Einband zu lesen: *Die Sitten, Gebräuche und Riten der Eingeborenen von Hindustan. Der Bericht eines Christenmenschen von seinen Reisen durch die Länder der Hindus und seine Bitte an alle betroffenen Gläubigen.* Der Autor war natürlich der Reverend Francis M. A. Sarthey.

Marklines Begleitschreiben mahnte zu »höchster Priorität und Sorgfalt«. Sanjay wurde ohnehin schon vor Neugierde beinahe aufgefressen. Also machte er sich ohne ein Wort an die Arbeit. Er lehnte das Buch aufgeschlagen gegen seinen Setzkasten, nahm einen Winkelhaken fest in die linke Hand und war bald so in den Text versunken, daß die Buchstaben wie von allein in die Zeilen flogen und sich zu Worten verdichteten. Noch nie zuvor hatte Sanjay so schnell und so hart gearbeitet. Die Text floß zäh dahin; er war in einem Prosastil geschrieben, der vor frommen Ermahnungen und selbstbeweihräuchernden Rückblicken nur so strotzte. Sanjay konnte Sartheys Weg von einem Gymnasium in Middlebury zum geistlichen Stand verfolgen; er las mit ungebrochener Konzentration und mit dem schrecklichen Wissen um den unvermeidlichen Zusammenprall, auf den all die Unsicherheit dieser Kindheit, all die Strafen, all die Frömmigkeit hinführten. »Aber zu meinem großen Glück führte mich die Göttliche Gnade …« Mitten in diesem Satz pfefferte Sanjay seinen Winkelhaken in die Ecke, ließ einen Buchstabenregen über die anderen niederprasseln, der sie mit seinem Metall stach und über allen Maschinen widerhallte, nahm das schwarze Buch in die Hand und blätterte es vom hinteren Einband aus rückwärts durch, suchte nach vertrauten Namen, nach Feuer und Asche. »Was ist denn, was ist denn?« fragte Sorkar. Aber schließlich hatte Sanjay seine Seite gefunden und las mit immer lauter werdender Stimme vor: »Eine merkwürdige Tragödie suchte im Sommer jenes Jahres einen Freund und Wohltäter heim, einen gewissen Captain, dessen Name hier ungenannt bleiben soll, um seine Intimsphäre zu wahren und seine Gefühle zu schonen. Besagter Gentleman hatte in einem Akt christlicher Nächstenliebe und zu deren Schutz eine indische Dame aus einer hohen Rajput-Kaste geheiratet, die bei einer blutigen Belagerung ihrer Familie und aller Zukunftsaussichten beraubt worden war. Der Vereinigung entsprangen fünf Kinder. Zwei dieser Nachkommen, die Töchter, wurden Anlaß eines Streites, der in einem sinnlosen Akt der Selbstzerstörung gipfelte. Der Captain wünschte seine Töchter nach den Normen der zivilisierten Gesellschaft erzogen zu wissen, wollte sie aus der finsteren Grube des Unwissens befreien, aber ihre Mutter, die diesen Bruch der uralten geheiligten Sitte der *Purdah* als eine Verletzung ihrer eigenen übertrieben stolzen und empfindlichen Rajput-Ehre betrachtete, nahm sich durch Selbstverbrennung das Leben. So forderte jene tiefe Finsternis im Herzen Indiens, jene jahrhundertealte Barbarei ein weiteres Leben …« Bei diesen Worten schleuderte Sanjay das Buch quer durch den Raum, und die Gewalt seines Wurfes schien den Buchrücken zu brechen, so daß die Seiten in alle Richtungen davonstoben und wie weißer Nebel auf den Boden niedersanken. »Es ist nicht wahr, es ist nicht wahr, es ist nicht *wahr*«, schrie Sanjay mit brechender Stimme. Er schleuderte seine Arme von einer Seite zu anderen, und sein

Gesicht rötete sich. Sorkar packte ihn und Sikander hob ihn hoch, und sie legten ihn auf ein Charpoy, das Kokhun und Chottun schnell herbeigebracht hatten. Dort hielten sie ihn mit vereinten Kräften fest: Mit einer Hand drückten sie ihn aufs Bett, mit der anderen streichelten sie ihn, bis er sich beruhigte, bis er nur noch von einem trockenen Keuchen geschüttelt wurde, das an tränenlose Schluchzer erinnerte.

»Schschsch«, murmelte Sikander.

»Aber es ist nicht wahr«, beharrte Sanjay. »Sie verbreiten Lügen über sie.«

»Ich weiß. Wir alle wissen, daß es so nicht war.«

»Was tut es zur Sache, daß wir es wissen? Sie erzählen der Welt diese andere Geschichte als Wahrheit.«

»Ja.«

»Was soll das heißen, ja? Wir müssen etwas dagegen unternehmen. Laßt mich *los*!« Er setzte sich auf und umschlang seinen Körper mit den Armen. »Was können wir bloß tun? Laßt uns das ganze verdammte Buch verbrennen.«

»Was bringt das schon?« wandte Sorkar ein. »Es stammt aus einer dieser Maschinen, hast du das vergessen? Ein Lakh mehr in Sekundenschnelle, mehr als genug, um die ganze Welt damit zu überschwemmen.«

»Laßt uns die verdammten Hurenmaschinen zerschlagen!«

»Noch sinnloser – die vervielfältigen sich selbst schneller, als du sie zerschlagen kannst!«

»Dann müssen wir dagegen sprechen. Etwas dagegen schreiben«, sagte Sanjay.

Sie blickten ihn alle an. Sogar er mußte einsehen, wie lächerlich das klang. Aber von irgendwo im Hof hörte er es: Katharos, katharos, er spürte plötzlich, wie sein Körper leichter wurde, merkte, wie er jeden Augenblick vom Bett abheben und in den Raum schweben würde. Und er wußte, daß er immer weitersprechen mußte, daß er, wenn er jetzt aufhörte, wenn ihn nun das Schweigen packte, auf immer und ewig verloren wäre, daß seine Toten verraten wären, seine Eltern – alle Eltern – entehrt, seine Erinnerung nichts als eine Lüge, und die halbe Welt, die halbe Welt mit ihren Tieren und Bäumen und Festen und Göttern und Philosophien und Büchern und Kriegen und Liebesgeschichten, daß mehr als die halbe Welt zuschanden, unwichtig und zu nichts würde. Also holte Sanjay tief Luft und begann einen Sprechgesang in englischer Sprache: »Ist so nicht geschehen, ist so nicht geschehen, ist so nicht geschehen …«

Sikander und Sorkar blickten einander an. Dann sagte Sorkar: »Ruhig, Kind, sei ruhig.« Aber Sanjay fuhr fort. Sie setzten sich auf seine Bettkante und massierten ihm die Gliedmaßen, während Chottun ein Glas Wasser holen rannte und Kokhun ihn mit Versprechungen von Rosogullas lockte, wenn er nur aufhörte, aber er machte weiter. Nach zwei Stunden Gesang hielt ihm Sikander fest die Hand vor den Mund. Sanjay wehrte sich nicht dagegen, redete aber trotzdem weiter: Die Worte ebbten zu einem erstickten Murmeln ab. Nach einer Weile ließen sie ihn allein und gingen wieder an die Arbeit. Er fuhr ohne jede Hast in gleichmäßigem Ton fort, der sich der anderen, der unsichtbaren Stimme im Innenhof anpaßte. Als die Nacht hereinbrach, redete er immer noch, unterbrach sich nur ein einziges Mal, um ein Glas Wasser zu trinken, murmelte aber auch dabei noch durch eine schäumende Wolke von Bläschen. Die erste Nacht war einfach, seine Stimme hielt durch, und sein Körper gewann neue Stärke, als der Morgen graute. Aber am Spätnachmittag des zweiten Tages begann sein Hals zu schmerzen, und die Wand vor seinen Augen schwoll in Wellen an und zog sich wieder zusammen. Die anderen beobachteten ihn, und inzwischen drängten sich auch Nachbarn in der Tür, um einen Blick auf ihn zu erhaschen. Am dritten Tag mittags konnte er nur noch das eine Wort *nicht* immer und immer wieder sagen, murmelte er diese einsilbige Verneinung mit einer Stimme, die heiser klang und nach Blut und Speichel schmeckte. Er konnte nun seine Gliedmaßen nur noch spüren, wenn er sich so fest ins Fleisch kniff, daß seine Fingernägel bläuliche Flecken auf der Haut hinterließen. An jenem Abend blickte er von seinem Bett auf und sah etwas über den Schaulustigen schweben. Er erblickte eine Art Gruppe von grellbunten, durchscheinenden, wunderschönen Drachen, die man von ihren Schnüren losgeschnitten hatte, er sah über sich fliegen, was er im stillen sofort als einen Götterschwarm bezeichnete: Ganesha, Hanuman und natürlich Yama und viele andere. Er nestelte an seiner Augenbinde, versicherte sich, daß sie fest saß, schloß beide Augen, spürte aber immer noch die Nähe der Götter, spürte, wie ihre Gegenwart die Luft wohlriechend und kühl machte. Sanjay schlug die Augen auf und blickte nach oben, versuchte in ihren Gesichtern zu lesen. Aber sie blieben göttlich unergründlich, und so machte er nur eine obszöne Geste in ihre Richtung, auf die sie mit keinem Wimpernzukken reagierten, und fuhr mit seinem Mantra fort: »Nicht, nicht, nicht, nicht ...«

Nun erhob sich unter den Schaulustigen ein großes Gemurmel, und viel Gerenne entstand. Als man ihm ein Glas heiße Milch reichte, wurde ihm klar, daß man ihn aus Sorge um seine geistige Gesundheit zum Schweigen bringen wollte. Er schüttelte den Kopf, und als sie ihn packten, wehrte er sich mit aller Macht und kämpfte, während er immer weiter »Nicht, nicht, nicht, nicht ...« schrie. Aber schließlich erwischen sie seinen Kopf, halten ihm die Nase zu und zwingen ihm den Mund auf. Sanjay spürt den warmen Eisengeschmack der Milch auf der Zunge, fühlt das warme Metall des Bechers, das sich gegen seine Lippen drängt, hört murmelnde und schnalzende Stimmen, das Flattern der Göttergewänder über ihm, wie sie um ihn herumfliegen und mit ihren seidenen Kleidern über seine Stirn streichen, ihn in Rot, Gold und Blau einhüllen, und dann kann er nicht mehr sprechen, dann schläft er.

Als er ganze zwei Tage und Nächte später aufwachte, war es wieder Zeit für seinen Besuch in Marklines Haus, und trotz der Beschwörungen der anderen machte er sich auf den Weg.

»Geh nicht, geh nicht«, bat Sorkar. »Du stehst unter Schock. Wer weiß, was du anrichtest?«

»Hör mal, Sanju«, meinte Sikander, »du mußt da nicht hingehen. Wir können ihm irgendwas sagen. Wir sagen ihm, du bist krank.«

Sanjay schüttelte den Kopf. Er wollte Markline besuchen, er wußte selbst nicht warum. Wenn er an ihn dachte, an sein rotes Gesicht und die polierten Stiefel und die präzisen Bewegungen, dann erfüllte ihn eine ungeheure Wut, aber er wollte trotzdem hingehen. Er bereitete sich vor, kleidete sich mit noch größerer Sorgfalt als sonst an, suchte seine Kurtas durch, bis er eine fand, die vor lauter Stärke schon beinahe blau schimmerte. Die anderen begleiteten ihn bis zum Fluß, und während Sanjay schon ins Fährboot kletterte, meinte Sikander: »Wir warten hier auf dich.«

Auf dem Wasser träumte er davon, was geschehen würde: In der einen Minute sah er sich, wie er mit Markline argumentierte, wie er den Engländer davon überzeugte, daß das Buch log, wie er ihn mit seinen subtilen Argumenten blendete und seine Gegenthesen mit unglaublicher Gewalt zerschmetterte. In der nächsten schlitzte er Marklines Kehle von einem Ohr zum anderen auf, als wäre sie Papier, und das schwarze Blut quoll wie dicke Druckerschwärze hervor. All diese Bilder wurden jedoch immer undeutlicher und schwächer, je näher sie der anderen Seite kamen, und als Sanjay schließlich über das Ufer stapfte, war es ihm völlig unmöglich, mit einer dieser Phantasien die Furcht einzudämmen, die ihm mit dem Sand entgegenwirbelte und durch die Nasenlöcher pfiff. Während er durch das Tor trat, war er sich nur noch der Gegenwart Marklines im Haus bewußt, alles andere war weg, die Bäume waren verschwunden, die Vögel verstummt, alles war auf unerklärliche Weise, aber ohne jeden Zweifel durch die furchtbare und unsichtbare Macht des Mannes im Haus, durch Sanjays panische Angst zu nichts reduziert. Beim nächsten Schritt hob er mit beiden Füßen vom Boden ab und spürte, wie er durch die Luft schwebte, wie ihn der Schwung an die zwanzig Fuß vorwärtstrug, bis er mit den Beinen strampelte und sich mühsam zum Kies herabstreckte. Als er wieder mit beiden Beinen auf dem Boden stand, blickte sich Sanjay schuldbewußt um, ob ihn jemand gesehen hatte, und ging dann mit kleinen schlurfenden Schritten ins Innere des Hauses.

Vergiß es nicht, dachte Sanjay, vergiß es nicht. Aber außer diesen Worten fiel ihm nichts ein, während er von Dienern durch die Räume des weißen Hauses geleitet wurde. Er konnte sich weder an das Gesicht seiner Mutter erinnern, noch an den Geruch seines Vaters. Als er schließlich vor Markline stand, hörte er nichts außer dem Pochen seines eigenen Herzens.

»Hallo, junger Freund«, grüßte ihn Markline. »Du siehst heute richtig gut aus. So rosig.«

Nein, es geht mir nicht gut, wollte Sanjay sagen. Statt dessen starrte er auf das Ding, das Markline aß: eine braune Scheibe, die jedesmal schwarzrot spritzte, wenn der Engländer hineinschnitt. Er benutzte dazu ein schmales Silbermesser, mit dem er sägende Bewegungen ausführte, und eine vierzinkige Gabel, mit der er das Zeug aufspießte und jedesmal vier rötliche Bläschen an die Oberfläche drückte, die bald darauf in seinem Mund verschwanden. Sanjay bewegte den Kopf, schloß die Augen und versuchte zu sprechen; aber es schnürte ihm etwas die Kehle fest zu, ein Gegenstand von beinahe metallischer Härte. Er wußte nicht, was er sagen wollte, er wußte nur, daß er es nicht konnte. Was er hätte sagen können, war im Englischen nicht zu sagen. Denn wie konnte man auf Englisch sagen: Rosen, zum Scheitern verurteilte Liebe, keusche Leidenschaft, mein Vater, meine Mutter, ihre nie ausgesprochene Liebe, Stolz, Ehre, wofür ein Mann leben kann und eine Frau sterben sollte; kann man auf Englisch sagen: das ferne langsame Läuten der Kühe bei Sonnenuntergang, die grüne Schwere der Bäume nach dem Monsun, der Staub vom Worfeln des Getreides und die Lieder der Frauen, der elegante Schatten eines Minar, der sich langsam über den weißen Marmor stiehlt, die geduldige Güte der Menschen, die man am Wegesrand trifft, das einen warm umhüllende Vertrauen zu Tanten, Onkeln und Vettern, die Feuer des Winters und frische Chappatis? Im Englischen bleibt all dies, die wahre Gestalt und Form des Herzens einer ganzen Nation, ungesagt und unsagbar. Und so konnte Sanjay schließlich nur ein Wort hervorbringen: »Nicht.«

»Was könntest du damit wohl meinen?« wunderte sich Markline und lehnte sich vor. Er blickte Sanjay einen Augenblick lang sehr konzentriert an. Eine tiefe Furche erschien zwischen seinen Augenbrauen, und dann sagte er abrupt: »Macht nichts. Der Arzt kommt.« Er lächelte. »In ein paar Minuten ist er hier.«

Sanjay nickte und spürte, wie ihn eine Welle der Übelkeit überkam. Er hatte schon früher viel Fleisch gesehen. Bei Sikander zu Hause aßen sie es jeden zweiten Tag in einem Currygericht. Aber das Ding auf Marklines Teller schien ihm traurig und verzerrt. Wie sehr er sich auch bemühte, er konnte sich nicht vorstellen, daß es einmal Teil irgendeines Tieres gewesen war.

»Wie ich sehe, interessierst du dich für mein Essen«, meinte Markline. »Und das ist auch kein Wunder. Dein gegenwärtiger Zustand könnte sehr wohl das Ergebnis eines Mangels an angemessener Ernährung sein. Zumindest wird er wohl durch deine Eßgewohnheiten verschlimmert.« Er lehnte sich in seinem Stuhl zurück. »Wir wollen einen Geheimpakt schließen: Ich tue alles in meiner Macht Stehende, um dich zu kurieren, aber du mußt als Gegenleistung auch etwas für mich tun. Einverstanden?«

»Was?«

»Du mußt mit diesen Bräuchen brechen, die dich so schwächen. Wir wollen es einmal ganz offen aussprechen: Einer von uns beiden hier hat Saft und Kraft und Macht, der andere nicht. Wir Engländer regieren in eurem Land, weil uns wissenschaftlich ermittelte Eßgewohnheiten Kraft geben, körperliche wie geistige. Wenn du in unsere Fußstapfen treten willst, dann mußt du deinen Aberglauben ablegen. Ich weiß, daß du willens bist. Aber wir wollen auch ein Zeichen setzen, daß du deine Entscheidung getroffen hast, daß du den ersten und wichtigsten Schritt gemacht hast.« Mit schnellen, kantigen Bewegungen schnitt er ein rechteckiges Stück von dem Fleisch auf seinem Teller ab und hielt es Sanjay auf der Gabel entgegen. »Iß.«

Sanjay schwankte hilfesuchend vor und zurück. Er sah, daß die Tischplatte aus geädertem Marmor bestand, die Beine aus dunklem Teakholz. Es standen zwei kleine Beistelltische da, auf jedem eine Messingkanone. An der Wand hing ein Gemälde, eine Frau in einem weißen Gewand und ein Schwan. Auf dem Kaminsims eine goldene Uhr, deren Zeiger sich in regelmäßigen mechanischen Rucken vorwärtsbewegten.

»Iß«, forderte ihn Markline noch einmal auf. Und diesmal sprach er den letzten Konsonanten hart und explosiv aus. Der dumpfe Geruch füllte Sanjays ganzen Kopf. Er fühlte, wie ihm etwas auf die Lippen drückte, dann spürte er es im Mund, er schluckte, während die vier Stahlzinken ihm durch den Mund kratzten, sich über seine Unterlippe zurückzogen, er spürte, wie sich sein Schlund über der sehnigen Masse dehnte, sich wieder zusammenzog, aber sein Mund war voller Blut, und er schrie und schrie nach seiner Mutter und brach zusammen.

Als Sanjay aufwachte, blickte er in ein stechendes, helles Licht und wurde von suchenden Fingern abgetastet. Das Licht war ganz nah und weiß und überwältigend, die Finger kneteten seine Stirn durch und hielten ihm die Augen auf. Er drehte den Kopf weg, zerrte an den fremden Händen und stöhnte. Er hatte einen sauren Geschmack im Mund und konnte seinen eigenen Atem riechen.

»Ruhig, Junge, ruhig.« Die Stimme war ihm unbekannt, aber dann hörte er über sich Markline.

»Es ist der Arzt, Sanjay. Halte still.«

Sanjay kämpfte sich frei und setzte sich auf. Zunächst konnte er nur kreiselnde und sich überschneidende Lichtrauten sehen, dann verblaßten die Blitze zu einem doppelten Bild von Markline, der eine dunkle Laterne hielt, aus der ein einziger sehr starker und gebündelter Lichtstrahl fiel. Der Arzt ging um Sanjay herum und stand mit in die Hüften gestützten Händen leicht gebeugt vor ihm.

»Sehen Sie nur«, sagte er. »Keine Spur von Überkreuzung. Der Schaden ist innerlich, wie ich es mir schon gedacht hatte.«

Sanjay schlug eine Hand vor das rechte Auge, sprang vom Bett und rannte zur Tür.

»Warte«, rief Markline. »Sanjay ...«

»Was habe ich vorhin gegessen?«

»Sanjay ...«

»Was war das?«

»Rindfleisch.«

Sanjay rannte aus dem Haus. Der Boden war heiß unter seinen Füßen und ließ seine Sohlen stechend schmerzen, aber Sanjay blieb nicht stehen. Am Ufer kniete er sich ans Wasser und versuchte sich zu übergeben, steckte sich erst einen, dann zwei Finger in den Hals. Aber es schüttelten nur einige Krämpfe seinen Körper und streckten ihn nieder, mit dem Gesicht ins Wasser. Er trank in riesigen Schlucken, und schließlich war der Geschmack aus seinem Mund verschwunden, aber sein Magen war noch immer ein harter und unauflöslicher Knoten. Die Fähre kam, und er hockte sich auf einen Platz im Heck, versuchte niemandem ins Gesicht zu blicken und versteckte seinen Kopf zwischen den Knien.

»Was hat der Scheißkerl mit dir angestellt?« fragte Sikander, sobald er aus dem Boot gestiegen war,

»Du bist so blaß«, meinte Sorkar.

»Käseweiß«, sagten Chottun und Kokhun.

Aber Sanjay weigerte sich, auch nur ein Wort zu sagen, und ging barfuß durch die Straßen Kalkuttas nach Hause. Am nächsten Morgen machte er sich wie gewöhnlich an die Arbeit. Aber nun setzte er die Buchstaben langsam, legte jede Type mit absichtsvoller Sorgfalt in den Winkelhaken, baute Sartheys Buch mit leidenschaftsloser Genauigkeit zusammen. Mittags fragte er Sorkar: »Wo wohnt der Mann, der Juwelier aus Dhaka, der Typen schneidet?«

»Was hast du vor?« entgegnete Sorkar.

»Was du die ganze Zeit über gemacht hast: meine Worte unter die seinen legen.«

»Benutze meine Lettern.«

»Nein. Das ist meine ganz persönliche Angelegenheit.«

»Und wie willst du den Mann bezahlen?«

»Ich finde schon was.«

Sorkar zögerte, aber schließlich zeichnete er in groben Zügen einen Plan auf einen Handzettel. Mit dem Stück Papier in der Tasche wanderte Sanjay an diesem Abend allein in die Stadt. Er schlich sich leise aus der Werkstatt, umging so Sikanders Angebot, ihn zu begleiten. Er ging schnell, bog mit präzisen Bewegungen um Ecken und ahnte Wegbiegungen voraus. Die dünnen Linien des Plans waren ihm klar ins Gedächtnis eingeprägt, er brauchte gar nicht nachzusehen. In einem ärmlichen Moslemviertel blieb er stehen und sprach mit einer Gruppe von Männern, die auf Charpoys saßen. »Ich suche Kabir, den Schriftgießer.«

»Ich bin Kabir«, sagte ein dünner Mann mit einem grauen Bart, der ihm bis zum Gürtel hing.

»Ich arbeite für Sorkar Moshai bei der Markline Press. Ich hätte gerne eine Schrift geschnitten und gegossen.«

»Komm herein«, erwiderte Kabir der Schriftgießer und führte ihn in ein winziges Zimmer, das kaum mehr als eine

Nische in einer Wand war. Ringsum standen Regale mit Schmuck und Lettern.

»Sorkar Moshai braucht diese Schrift?«

»Nein, ich.«

»Du?«

»Ja, ich. Genau wie du es für Sorkar Moshai gemacht hast: eine Kopie der zehn Punkt Baskerville.«

»Die gleichen Veränderungen?«

»Nein. Für mich mach einfach nur die Serifen dicker, so daß es auf der Druckseite aussieht, als könnte es verschmierte Druckerschwärze sein, wenn es jemand beiläufig bemerkt.«

»Verschmierte Druckerschwärze? So viel dicker?«

»Ja, so möchte ich es.«

»Du weißt, wieviel Geld dich das kostet?«

»Ich habe kein Geld.«

»Was hast du denn?«

»Die Gesammelten Werke von Mir. Handschriftlich auf feinem Papier.«

»Davon würdest du dich trennen?«

»Die Sache ist es mir wert.«

»Warum?«

»Man hat meine Ehre verletzt.«

Draußen war inzwischen die Sonne untergegangen. Die Wasserpfeifen der Männer blubberten leise in der Abenddämmerung. Die Basare waren erleuchtet und voller Menschen. Sanjay roch überall Essen, den satten Duft des Mithai, der sich mit den Aromen der Gewürze von den Chat-Wallahs mischte. Jetzt, da ein Anfang gemacht war, da die Tat in Angriff genommen war, fühlte er sich ruhig und einsam, er spürte weder Zorn noch Bitterkeit noch Furcht. Er spürte auch keinen Hunger, und die Dunkelheit und der gelbe Lichtschein distanzierten ihn irgendwie von allem um ihn her, so daß die anderen merkwürdig flach und weit weg wirkten. Als er in die Werkstatt zurückkehrte, weigerte er sich, zu Abend zu essen, und lag die ganze Nacht über auf seinem Bett und hörte Alexander zu.

Drei Tage später ließ ihn Kabir der Schriftgießer wissen, daß seine Schrift fertig sei. In der Zwischenzeit hatte Sanjay den Mir gesucht und in einem Stapel Bücher gefunden, eingeklemmt zwischen *Prinzipien der Physik* und losen Blättern aus einem Werk über Nutztierhaltung. Als er Kabirs Botschaft erhalten hatte, wischte Sanjay den Staub von dem Buch und machte sich eilends auf den Weg. Er hatte drei Tage lang nicht an dem Sarthey-Auftrag gearbeitet und sich die ganze Zeit über Gedanken gemacht, was er einfügen solle, was er in der Sprache verbergen würde. Als er bei Kabir angekommen war, reichte ihm der Schriftgießer die Typen in kleinen Papierpäckchen, setzte sich dann hin und betrachtete den Mir, nahm die Seiten auf und legte sie behutsam eine nach der anderen wieder hin.

»Hör mal«, sagte Kabir. »Das ist wirklich eine große Gegengabe.«

»Nimm sie«, erwiderte Sanjay. Er hatte eines der Päckchen aufgerissen und untersuchte die Buchstaben m und x. »Wenn du solche Lettern gießt, hast du sie verdient.«

»Trotzdem, es ist sehr viel. Sag irgendeine Zahl, und diese Seite sollst du bekommen. Zum Behalten.«

»Nein. Sie gehören alle dir. Danke.« Damit verschloß Sanjay die Päckchen wieder und trat auf die Straße hinaus. Während er sich eilends davonmachte, kam Kabir hinter ihm hergelaufen.

»Nimm dies«, sagte Kabir mit rauher Stimme und stopfte Sanjay eine Seite in den offenen Halsausschnitt seiner Kurta. »Nimm sie.«

Sanjay schaute dem Mann ins Gesicht und spürte, wie sich hinter ihm die jungen Männer in ihren Lungis zu rühren begannen. Dann nickte er, nickte noch einmal, trat rückwärts auf die Gasse und fing an zu rennen, wobei ihm das zusammengeknüllte Papier auf der Brust kratzte. Als sich die Gassen zu Straßen weiteten, blieb er stehen, tastete in seiner Kurta nach der Mir-Seite, zog sie heraus und warf sie mit aller Gewalt über die Straße in eine Pfütze. Den ganzen restlichen Heimweg zur Werkstatt verspürte er Erwartung, während er mit den Fingern über die Päckchen strich, ihre Schwere fühlte und die harten kleinen Formen der Lettern unter der Verpackung spürte. Er ging sofort zu seinem Arbeitsplatz und schüttete die Typen auf das Holz. Ohne eine Pause einzulegen und die Lettern in einen Setzkasten zu ordnen, begann er mit dem

Setzen, fuhr fort, wo er vor Tagen aufgehört hatte. Die wahnwitzige Geschwindigkeit war nun absichtsvollen, gleichför-
migen Bewegungen gewichen, Sanjay arbeitete regelmäßig,
ohne Pausen und ohne Zögern. Als die anderen am Abend
ihr Tagwerk abschlossen, kamen sie und beobachteten ihn
eine Weile, überließen ihn dann ohne Einwände seiner Aufgabe. Er arbeitete beim Schein einer Laterne die ganze
Nacht hindurch und verspürte am nächsten Morgen keinerlei Müdigkeit. Er wußte mit Sicherheit, daß dies keine Illusion war, daß er keine Fehler machte, daß die Ausdauer
seines Körpers und seines Geistes ein Geschenk seines Zornes
waren, vergleichbar mit den immerwährenden Flammen,
die mancherorts über Spalten in der Erdkruste lodern. Er arbeitete den ganzen Tag hindurch, verweigerte Essen und
Wasser, worauf Sorkar vor sich hin murmelte:

Nun, er hat keine einz'ge Träne zu vergießen:
Denn sein Leid ist ihm der allerschlimmste Feind,
Der sich der ausgeglühten Augen frech bemächtigt
Und sie mit Strömen seiner heißen Zähren läutert:
Und dennoch in der Rache Höhle sucht er tastend einen Weg.

Das Setzen und Drucken des Buches war innerhalb von drei
Tagen vollendet. Sanjay aß und trank in all der Zeit nichts.
Als die Druckfahnen fertig waren, faltete er sie und steckte sie
in einen roten Umschlag, den er Sorkar gab, der sie zu Markline bringen sollte. »Ich gehe nie wieder dort hin.« Die Fahnen
kamen mit der Bemerkung: »Kein einziger Fehler – Hervor-
ragend!« zurück. Sie druckten das Buch, was einundzwanzig
Tage dauerte, und immer noch aß und schlief Sanjay nicht.
Alle Fragen beantwortete er mit einem Achselzucken, und er
erzählte niemandem, nicht einmal Sikander, von dem Ding,
das ihm wie ein Ziegelstein im Magen lag. Als das Buch fertig
gedruckt war, zerlegte Sanjay die Winkelhaken. Er sortierte
Kabirs Schrift sorgfältig aus und verpackte sie, versteckte die
Päckchen unter seinem Kopfkissen und schlief elf Tage lang,
träumte einen einzigen langen Traum, in dem er zwischen
verstreuten grauen Findlingen wandelte, die aus den Nebeln
ragten.

»Wach auf, wach auf.« Als er aufwachte, war draußen Abenddämmerung. Sikander rüttelte ihn, und er konnte vor dem Haus Marklines Stimme hören. »Steh auf, er hat deine gottverdammten Lettern aufgespürt«, sagte Sikander. »Er hat gemerkt, daß die Buchstaben verbreitert waren und daß diese verbreiterten Buchstaben regelmäßig auftauchten, aber er kann deinen Code nicht knacken. Also hat ihm Sorkar erzählt, daß es nur schlechte Druckerschwärze wäre, sehr dünnflüssige. Und jetzt suchen seine Leute draußen nach den verborgenen Lettern. Wo sind sie? Er ist ganz rot im Gesicht und sieht richtig mordlustig und blutrünstig aus. Sie haben Sorkars Schrifttypen unter seinem Schemel entdeckt, aber sie haben nicht mit Sicherheit feststellen können, daß sie irgendwie anders waren. Er hat ihnen gesagt, daß es nur eine Reserve wäre. Aber wenn er deine Lettern findet, dann weißt du, was dir blüht.«

Sanjay deutete auf sein Kopfkissen und stand auf, um aus dem Fenster zu blicken. Er konnte schemenhafte Gestalten sehen, die hin und her eilten, und hörte, wie Gegenstände durch die Gegend geworfen wurden. Und unter alldem vernahm er das Flüstern: Katharos, katharos.

»Hör mal«, meinte Sikander. »Hier drinnen können wir sie nicht verstecken. Sie haben uns den Rückzug abgeschnitten, wir können nur über den Innenhof raus. Es sind außer Markline noch vier andere da. Aber wenn du sie ablenkst, dann könnte ich vielleicht ...«

»Nicht nötig«, sagte Sanjay. »Hier, gib her.«

»Was? Wozu?«

»Gib her. Ich habe Hunger.«

»Hör mal, du träumst wohl noch oder was?«

»Nein, ich träume nicht. Ich sehe dich jetzt klar und deutlich. Schau mal, ich nehme sogar meine Augenbinde ab und blicke dich mit beiden Augen an und sage laut und deutlich: Gib sie mir, ich habe Hunger. Ich weiß, daß es geschehen muß, ob wir wollen oder nicht.«

»Was? Was redest du da? Was hast du vor?«

»Gib her.«

Sanjay nahm eines der Päckchen, riß eine Ecke ab, hob das Kinn und öffnete den Mund, bis ihm die Kiefer krachten, und schüttete dann die Lettern hinein, in einem einzigen ununterbrochenen Strom, alle harten Ecken, rasselnd. Er spürte, wie sich sein Schlund weitete, wie seine Zunge zerfetzt wurde und sich sein Mund mit Blut füllte, aber die Buchstaben glitten einer nach dem anderen hinein, und dann war das Tütchen leer.

»Mehr.«

»O Mutter, wie hast du das bloß angestellt?«

»Auch ich bin der Sohn unserer Mutter. Ich kann alles schaffen. Mehr. Bitte als nächstes die Kursiven.« Er spürte, wie ein grausiges Grinsen sein Gesicht verzerrte. Eins nach dem anderen öffnete Sanjay die Päckchen und fühlte, wie die Drucktypen ihm durch die Gurgel glitten, fühlte es in Schlund und Brustkorb, fühlte, wie sie seinen Magen erreichten. Er spürte, wie sie seinen Körper beschwerten und seine Haut verhärteten.

»Komm«, sagte er, als alles vollbracht war, und spuckte Blut. »Wir wollen uns den Tamasha ansehen. Haben sie schon auf dem Dach gesucht?«

»Zuallererst.«

»Dann setzen wir uns da oben hin.«

»Dein Hals, ich habe sie in deinem Hals gesehen. Er hat sich aufgebläht wie der Kropf einer Python. Er ist ganz schwarz.«

»Was?«

»Dein Hals.«

»Komm schon.«

Sie gingen über den Innenhof, hoben ihre Arme weit vom Körper weg, als Marklines Bedienstete auf sie zukamen: Schaut, wir haben nichts. Sorkar hockte mit gesenktem Haupt vor dem Engländer auf dem Boden, neben ihm Kokhun und Chottun. Sanjay starrte Markline ohne jede Furcht an und ging dann wortlos an ihm vorbei. Als er sich auf dem Dach im Schatten bedächtig in der Hocke niederließ, wo er den Innenhof überblicken, aber selbst nicht gesehen werden konnte, spürte er, wie ihm eine klebrige Flüssigkeit hinten über die Oberschenkel rann. Er setzte sich hin, öffnete den Mund und ließ sich das Blut übers Kinn laufen.

»Wir müssen dir einen Vaid besorgen«, sagte Sikander.

»Mir geschieht nichts, sei ruhig.«

Unten war ein Schrei zu hören, und wenige Augenblicke später wurde ein rot eingeschlagenes Paket Markline zu Füßen gelegt. »Könnte es das sein?« fragte er. »Sieht eigentlich aus, als wäre es zu klein. Und außerdem frage ich mich, ob du wirklich die Kühnheit besitzen würdest, Bacons Code in einem Buch zu benutzen, von dem du wußtest, daß ich es lesen würde. Aber dieses Päckchen wurde wie ein Geheimnis hinter Kleidern und dergleichen versteckt, nicht wahr? Da wollen wir uns einmal ansehen, was es ist.« Er schlug das Tuch auf, und das fahlgelbe Leder schimmerte im Licht der Dämmerung. »Da soll doch einer! Hier ist es! Mein gestohlenes Buch!« Er warf sich im Stuhl zurück, lehnte sich dann wieder vor und legte die Unterarme auf die Knie, reckte sein Gesicht vor, ganz nah an Sorkars. »Schau mich an. Warum hast du es so lange behalten?« Sorkar zuckte die Achseln. »Was soll ich nun mit dir machen? Ich komme her, um eine Verfehlung zu untersuchen, finde keinerlei Beweise, stoße aber auf eine andere Sünde, die inzwischen verblichen und vom Alter zerschlissen ist. Soll ich dich nach Hause schicken? Ins Gefängnis stecken lassen? Auspeitschen lassen? Wie soll die Strafe aussehen, die diesem Verbrechen angemessen ist? Wie wirst du damit umgehen? Na ja, du schaust trübselig drein, kannst du mir Vorwürfe machen, wenn ich dich bestrafe? Erinnerst du dich, mein Lieber, an die Worte des großen Dichters, des *Glorius Mundi* höchstpersönlich: ›Mich strafen für die Tat, die du mich zwangst zu tun, Scheint nicht gerecht…‹«

»Willy«, sagte Sorkar.

»Was?«

»Es war Shakespeare, nicht der andere.«

»Was haben wir denn hier? Einen Stratford-Apostel? Einen Stratford-Anhänger, der seine Meinung kundtut, obwohl ihm Gewalt droht, die Möglichkeit der Peitsche, die fristlose Kündigung und die erzwungene Rückkehr in sein Heimatdorf, vielleicht Gefängnis und eine verhungernde Familie! Ich sehe nun klar, was geschehen muß, was wir brauchen: eine öffentliche Verbrennung, eine Demonstration der endgültigen Zerstörung aller Irrtümer und Fehleinschätzungen, eine Zerstreuung des blanken Aberglaubens und des blinden Vertrauens. Nun, mein Lieber, so machen wir es: Du wirst diesen Band nehmen, eine Seite nach der anderen, angefangen mit dem grauenhaften Porträt dieses Hochstaplers, und du wirst sie alle verbrennen und dadurch deine Irrtümer eingestehen und all deine Behauptungen zurücknehmen.«

Oben auf dem Dach mußte sich Sikander erheben und etwas von Sanjay abrücken, denn es hatte sich um ihn eine schwarze Lache gebildet, eine träge Pfütze, die etwa einen Zoll tief war und sich jeden Augenblick weiter ausdehnte. Trotz des stetigen Flusses aus seinem Körper, aus Mund und After, fühlte Sanjay, wie seine Kraft zunahm. Sein Körper wurde schwerer und immer schwerer, und nun bemerkte er, daß seine Doppelsichtigkeit verging, daß seine zwei Bilder der Welt langsam, aber unmißverständlich miteinander verschmolzen. Er betrachtete die Szene unten im Innenhof mit innerem Abstand, spürte den Zorn nur noch in einem fernen, fremden Winkel seiner selbst, versteckt unter einer Kruste aus Ruhe und Resignation. Unten blickte Sorkar geschwind zu Markline auf, sein dunkles Gesicht und seine weißen Augen schimmerten im flackernden Schein des Lichtes. Ohne Zorn und Schmerz und ohne Protest nahm er die Fackel, schlug das Buch auf und riß sauber das Bild des Mannes mit den Ohrringen und dem traurigen Gesicht heraus. Im klaren flüssigen Gold des Feuers schwärzte sich das Antlitz des Mannes aus Stratford, schwärzte sich und verschwand. Die Seiten flüsterten kaum, ein schnelles Knacken, dann verschwanden sie im hüpfenden Tanz der Flammen. Als alles vorüber war, lag eine hauchdünne Schicht schwarzer Asche über dem Innenhof, es schwebte ein Hauch Bitterkeit in der Luft, und der Himmel droben war schwarz. Markline verschwand ohne ein weiteres Wort.

Als Sanjay vom Dach herabstieg, war sein Körper vom Mund bis zu den Zehen mit einer schwarzen Kruste aus Blut überzogen. Sie bedeckte ihn wie eine neue Haut und platzte auf, wenn er sich bewegte. Er spürte jeden Schritt, den er machte, als metallischen Aufprall, der an den Fersen seinen Ausgang nahm und ihm dann durch den ganzen Körper bebte. Sein Fleisch war nun von einer solchen Schwere, daß er fürchtete, tiefe Abdrücke in den Ziegeln des Hofes zu hinterlassen.

»Ich kann dich deutlich sehen«, sagte er zu Sorkar. »Das Doppelbild ist verschwunden.«

»Was ist mit dir geschehen?« fragte Sorkar.

»Er hat seine Drucktypen aufgegessen«, erwiderte Sikander. »Hat sie alle verschluckt.«

Sorkar faltete seine Beine auseinander und lehnte sich in der Dunkelheit vor: »Und er hat es überlebt.«

»Ich fühle mich stark«, sagte Sanjay. »Stärker als je zuvor in meinem Leben.«

»Hat er dich also doch noch kuriert«, meinte Sorkar und lachte kurz auf.

»Ich muß mich waschen«, sagte Sanjay, nahm Sikander beim Arm und führte ihn fort. »Alexanders Stimme ist auch verschwunden. Ich will hier weg«, flüsterte er Sikander ins Ohr. »Weg von den Engländern.«

»Warte«, rief ihm Sorkar nach. »Was hast du in seinem Buch versteckt?«

»Wir haben ein Recht, das zu erfahren«, ergänzte Kokhun.

»Was war die Botschaft? Was war der Code?« fragte Chottun.

»Lest es einfach«, meinte Sanjay.

»Es war kein Code?« wunderte sich Sorkar.

»Kein mathematischer Code. Sucht einfach die Buchstaben mit den verbreiterten Serifen heraus.«

»Warum konnte Markline es dann nicht lesen?«

»Es ist in Hindi. Er dachte, es wäre ein bedeutungsloser Buchstabensalat.«

»Du bist ein großes Risiko eingegangen.«

»Mitnichten. Und wenn er zweihundert Jahre in diesem Land lebte, er würde kein einziges Wort Hindi lernen. Und er ist zu stolz, um jemanden zu fragen.«

»Was war die Botschaft?«

»Sie lautet: ›Dieses Buch zerstört alles vollständig, dieses Buch ist der wahre Mörder.‹ Nur das, immer und immer wieder. Entschuldigt mich. Ich muß mich waschen.«

»Ja«, meinte Sorkar. »Und wir müssen wieder an die Arbeit.«

»Arbeit? Nach all dem? Nach allem, was er getan hat?«

»Ich muß arbeiten.«

»Er hat dich beleidigt.«

»Ja«, Sorkar rappelte sich mühsam hoch und ging mit schweren Schritten auf die Druckerpresse zu, Kokhun und Chottun hinterdrein.

Im Bad leerte sich Sanjay einen Eimer kaltes Wasser nach dem anderen über den Kopf, hielt sein Gesicht in den säubernden Schwall. Die schwärzliche Schicht auf seiner Haut löste sich auf und verschwand, verschwand in einem dickflüssigen Strom voller kleiner schwarzer Teilchen im Abfluß. Die darunter freigelegte Haut schien ihm bleicher, als er sich ihrer erinnerte. Bald war er wieder sauber. Außer einem blau-violetten Streifen, der seinen Hals wie ein Kragen umschloß, war alle Farbe verschwunden. Er nahm seine Augenbinde ab, schlug sie aus, faltete sie zu einem breiten Streifen und wand sie sich um den Hals. Während er noch damit beschäftigt war, erschien Sikander in der Tür.

»Ich will hier weg«, sagte Sanjay.

»Ja«, erwiderte Sikander.

»Weg von hier, weg von den Engländern. Sie haben die monotone Angewohnheit, sich in mein Dasein zu schleichen und mir das Leben schwer zu machen.«

»Das habe ich mitbekommen.«

»Ich möchte ihre ewigen Beurteilungen loswerden. Wir wollen gleich heute nacht gehen. Jetzt.«

»Ja.«

»Ganz leise.«

»Du willst dich nicht von Sorkar Moshai verabschieden?«

»Nein.«

»Warum?«

»Er ist ein Feigling, er hat überhaupt kein Ehrgefühl.«

»Du bist ein Trottel. Er ist der mutigste Mann, der dir je begegnen wird.«

»Dann verabschiede du dich von ihm.«

»Das mache ich auch. Und ich werde ihm die Füße küssen.«

Als sich Sikander abwandte, rief ihm Sanjay noch nach: »Laß uns nach Lucknow gehen.«

»Warum denn Lucknow?«

»Ich möchte Schriftsteller werden. Ich möchte Frauen haben.«

»Du möchtest ganz schön viel heute abend.«

»Ich sehe die Dinge jetzt sehr klar.«

Er wartete draußen auf der Gasse auf Sikander. Nur gelegentlich zerriß ein einsames Hundebellen die Stille der Nacht. Laken und Bettdecken flatterten in einer sanften Brise, Fenster knarrten. Sanjay stellte sich vor, wie sich der leichte Wind vom Meer erhob, von den Dünen ins Inland hineinwehte, wie er diejenigen, über die er hinwegstrich, weder kannte noch bemerkte. Er spürte, wie es ihn im Hals drückte, sich wie ein Schraubstock um ihn schloß.

Sikander trat, lautlos wie immer, aus der Dunkelheit: »Wir wollen gehen.« Sie machten sich auf in das vollkommene und ungebrochene Dunkel. »Sorkar läßt dir Auf Wiedersehen sagen. Er gibt dir seinen Segen mit auf den Weg. Er meinte, du solltest nicht so wütend sein, und ich soll dir sagen, Willy ist mein Junge, das soll ich dir sagen, Willy ist mein Junge. Er sagte, ich soll es dir erzählen, soll dir von dem Engländer berichten:

> *Er ist es selbst, sein eigen besser Teil,*
> *Seins Auges klares Aug, seins Herzens teures Herz,*
> *Sein Speis, sein Glück, und seiner süßen Hoffnung Ziel,*
> *Der einz'ge Himmel seiner Erden, seins Himmels Glück.*

Und dann hat er noch etwas von dem Engländer erzählt.«

»Was?«

»Er meinte, Markline wäre ein überaus großzügiger Mann. Er spendet für wohltätige Einrichtungen. Er richtet Krankenhäuser für die Armen ein. Er ist zornig und wütend über Ungerechtigkeit und Tyrannei, und er arbeitet härter als alle anderen.«

»Und deswegen hat sich Sorkar entschlossen, bei ihm zu bleiben?«

»Nein. Sorkar Chacha sagt, daß diese Großzügigkeit Markline gerade so gefährlich macht.«

»Ja.«

»Er sagt, du sollst es dir gut ergehen lassen.«

»Ja.«

Dann waren sie beide still und wanderten weiter, die Gesichter zum Sonnenaufgang gewendet, und die Nacht war ihre Zuflucht. In jener zerbrechlichen Dunkelheit, die von allem verdammenden Urteil des Verstandes befreit ist, sind Vergangenheit und Gegenwart gleich, und die Zukunft wird vom strahlenden Licht der Hoffnung erhellt, und die Geister der Ahnen schreiten neben dir. Das Zittern der Erde unter deinen Füßen und die Bewegungen der schemenhaften Tiere bergen allen Schmerz einer Mutter, die das Universum liebt und es heilt.

Lucknow entdeckte sich ihnen als eine Stadt, die im Wahn der Gedichte lebte. Sie erreichten es viele Tage später an einem Morgen, bei Sonnenaufgang. Gleich erstarrten sie in Schweigen ob eines Liedes, das sich von den Wassern des Gomti erhob wie das Feuer der Sonne und sie mit seinem unbändigen Lebenswillen blendete. Sie saßen am Flußufer und sahen dem Seeadler und dem Fischreiher zu, wie sie vor der Dunkelheit des Wassers ihre Kreise zogen, beobachteten, wie sich langsam die Morgennebel hoben, wie die fernen Minarette und Kuppeln der Stadt rosa und weiß zum Vorschein kamen, während die Muezzine zum Gebet riefen. Schließlich verhallte das Lied. Es schien nicht aufzuhören, sondern sich vielmehr nur wieder in die Stille zurückzuziehen, aus der es gekommen war. Später konnten weder Sanjay noch Sikander sich auf die Worte besinnen; es blieb ihnen allein die Erinnerung an eine Sehnsucht.

»Wer hat da gesungen?« rief Sanjay einem Basarjungen zu, der auf eine Brücke in ihrer Nähe zuging und einen Topf auf dem Kopf balancierte.

»Wer hat je ein Lied gesungen?« tönte die Antwort des Jungen. »Das Lied singt den Sänger.« Er wanderte weiter, keck die Arme schwingend und summend.

»Die Leute von Lucknow sind alle verrückt«, meinte Sanjay.

Wie verrückt, das wurde ihnen noch klarer, als die Sonne aufging: Ein Kulfi-Verkäufer baute seinen Karren neben der Brücke auf, und alsbald lief eine Menschenmenge zusammen, zum größten Teil kleine Jungen. Die Knaben schrien ihm Beleidigungen zu, auf die er, nie um eine Antwort verlegen, in Reimform antwortete. Er war anscheinend ein Kulfi-Verkäufer, der für seinen Witz und seine Gelehrsamkeit berühmt war. Sanjay und Sikander beobachteten, wie er seine Leckereien an Leute verkaufte, die wohl eher seiner Verse als seiner Süßigkeiten wegen zu ihm kamen. Später am Nachmittag hörten sie Tablas fragend rülpsen und Sitars beben. Stimmen probten zögerlich: Sa-re-ga-ma-pa. Sa-re-ga.

»Wir sind in den halbseidenen Teil der Stadt geraten«, meinte Sikander.

»Gut«, erwiderte Sanjay. »Genau da wollte ich hin. Hast du eigentlich keinen Hunger?«

»Und wie. Und du?«

»Ich auch.« Aber sie hatten kein Geld mehr. Die letzten beiden Tage ihrer Reise hatte sie nur dank der Freundlichkeit der Bauern und mit Hilfe eines gelegentlichen Serais am Wege durchgestanden, das man zur Unterstützung von Reisenden eingerichtet hatte. »Was tun?«

Sikander zuckte die Achseln. Allmählich wurde Sanjay klar, daß sie wohl stehlen müßten. Die einzige Frage war, ob sie es noch bei Tageslicht versuchen sollten, wenn das Essen dalag und geradezu danach schrie, mitgenommen zu werden, oder ob sie die Geduld haben würden, auf das Hereinbrechen der Nacht zu warten. Jedenfalls befürchtete er nicht, daß man sie erwischen würde. Wer mit Sikander, dem geborenen Meister der Heimlichkeit und Geschicklichkeit, auf Diebeszug ging, der jagte gewiß mit einem geisterhaften und leichtfüßigen Raubtier: Die Opfer würden nicht einmal wissen, daß man sie bis auf die Knochen ausgeraubt hatte, daß man ihnen ihr fettes Fleisch sauber von den Rippen geschält hatte.

»Wann willst du es machen?« erkundigte sich Sanjay. Sikander blickte ihn verständnislos an, unschuldig wie ein Säugling. Als ihm Sanjay erklärte, was er meinte, reagierte er erstaunlicherweise, als hätte man ihn beleidigt.

»Ich bin ein Rajput«, sagte er. »Ich lungere nicht in den Gassen herum und mopse hier eine Chapati und dort ein paar Pice.«

»Und was für einen Plan hast du dann?« fragte Sanjay

hitzig. »Einen Tag ehrliche Feldarbeit? Oder wird Gold vom Himmel fallen?«

Sikander schien diese höhnischen Bemerkungen kaum zu hören. Er schlenderte durch die Straßen, sah sich dies und das an, fand großes und geduldiges Entzücken an allem, angefangen bei den tönernen Spielzeugen bis hin zur silbrig glänzenden Folie, mit der man die Süßigkeiten abgedeckt hatte. Währenddessen spürte Sanjay, wie ihm ein Schmerz im Hinterkopf wuchs. Er kam weniger vom Hunger als vielmehr von dem Unmut über die sanfte Geduld seines Freundes und weit mehr noch von einer Erkenntnis, die er sich kaum selbst eingestehen wollte: Er war ein Fremder in Lucknow. Während der Reise hatte ihm eine Stadt vorgeschwebt, die dem Ort, den er jetzt vor sich sah, mit wenigen kleinen Ausnahmen sehr ähnelte. Er hatte mit Erleichterung und eifriger Begeisterung an diese Stadt gedacht. Es sollte eine Heimkehr für ihn werden. Kalkutta hatte ihn mit seinen schwarzen Maschinen und seinem Lärm aus der Fassung gebracht, und so hatte er sich vorgestellt, wie er inmitten der zuvorkommenden, wohlerzogenen Höflinge Lucknows auf einer Lagerstatt ruhte, hier und da eine witzige Bemerkung ins Gespräch warf und sich ab und zu verneigte; er hatte sich im Mondschein an einem Fluß sitzen sehen, wie er sich manchmal vorbeugte, um einen schwarzen Haarschopf zu streicheln. Aber nun hatte Lucknow etwas an sich, das ihn ängstigte: Vielleicht war es die Enge der Gäßchen oder ihr schlangengleich gewundener Verlauf, vielleicht waren es die zweifellos altmodischen, merkwürdig schachtelförmigen Kappen, die alle Männer trugen, vielleicht war es die lässige Art, wie die Ladenbesitzer mit ihren Fliegenklatschen über die Waren wedelten. Die Stadt war so völlig anders als Kalkutta, und Sanjay fühlte sich hier fremd.

»Ich habe Hunger«, sagte er und spürte, wie ihm das Blut in die Wangen stieg, als er sich des klagenden Tones seiner Worte bewußt wurde. Sikander zog eine Augenbraue in die Höhe, wie es seine Mutter immer gemacht hatte, und Sanjay wandte sich ab. Er ging nun mit steif ausgestreckten Armen, sein Körper war vor Scham und Verlegenheit ganz linkisch. Eine schwere Wolke aus Gewürzduft ließ seine Schritte zaudern. Er stand vor dem Laden eines Halwai und spürte, wie der Geruch der Kulchas und Choles ihm in die Nase stieg und über die Zunge strich, irgendwo in seinem Hals verschwand und sich um sein pulsierendes Gehirn wickelte. Er schwankte von einer Seite zur anderen, sein Mund schmerzte. Dann streckte er beinahe gegen seinen Willen die Hand aus, schnappte sich eine Kulcha, machte kehrt und lief davon. Er rannte mit vorgereckter Brust und zurückgeworfenem Kopf, aber die Schreie hinter ihm näherten sich immer mehr. Er zog sich verzweifelt an einer weiß getünchten Mauer hoch, die ihn weit überragte. Sikander hob ihn herüber und ließ ihn auf der anderen Seite unsanft zu Boden fallen. Verzweifelt grapschte er nach der Kulcha, die ihm entglitten war, spürte, wie ihn jemand am Kragen packte und über den Boden schleifte. Dann hörte er eine Stimme: »Hier herein.«

Ein Tor schloß sich klickend hinter ihnen, und sie befanden sich in einem von hohen Ziegelmauern umgebenen Garten. Ihr Retter winkte sie vom Gartentor weg und weiter in den Garten hinein – es war der singende Junge aus dem Basar. Er war etwa so alt wie sie, aber das Haar auf seinem runden Schädel, der ihm wie eine glatte Kugel auf den Schultern saß, begann sich bereits weit vor der Zeit zu lichten. Er lächelte sie an und ging rückwärts vor ihnen her, schüttelte den Kopf, als hätte er gerade einen wunderbaren Witz gehört. Als sie inmitten grüner Peepuls und Mangobäume und außer Sichtweite der Mauer waren, hockte er sich neben einen Brunnen und zupfte an dem heiligen Faden, der ihm über die Schulter und um den Körper verlief.

»Was war das denn?« fragte er. »Was habt ihr denn gemacht?«

»Essen gestohlen«, erwiderte Sanjay. Die Äste über ihnen waren dick und verschlungen, so daß trotz der hellen Nachmittagssonne unter den Bäumen Dunkelheit herrschte. Der Schweiß trocknete, und plötzlich fühlte sich seine Haut kühl an.

»Als ich euch heute morgen gesehen habe, da wußte ich, daß es nur eine Frage der Zeit war. Wo kommt ihr eigentlich her? Hört mal, wir sind hier in Lucknow, da braucht ihr doch nicht zu stehlen. Lucknow gibt euch schon, was ihr braucht.

Das glaubt ihr mir nicht? Fragt nur. Warum seid ihr herge-kommen, was wollt ihr hier werden? Ich wollte Koch werden, und schon jetzt bin ich bei einem Halwai in der Lehre, und bald werde ich ein echter Unterkoch bei einem großen Koch-künstler sein. Also sagt nur – was wollt ihr werden?«

»Soldat«, antwortete Sikander. »Ich will Soldat werden.«

»Und ich gar nichts«, sagte Sanjay, ließ sich zur Seite fallen und kugelte sich auf dem weichen Gras zusammen. »Über-haupt nichts.« Er spürte den Lehm unter dem Gras, feucht und frisch duftend.

»Sag mal«, fragte Sikander, »könnten wir etwas zu essen bekommen?«

»Ich heiße Sunil. Klar.«

»Du bleibst hier, Sanjay«, sagte Sikander.

Sanjay hörte sie fortgehen. Dann war nur noch das gele-gentliche Säuseln des Windes in den Blättern zu vernehmen und ein regelmäßiges Zirpen, während er dankbar in tiefen Schlaf fiel. Er wachte auf, als jemand ihn rüttelte. Die schwan-kenden Baumkronen über ihm ragten unglaublich weit hinauf und bogen sich in einen dunkelvioletten Himmel. Ihm war, als befände er sich unter Wasser. Er kämpfte gegen das Schüt-teln, versuchte sich wieder in die ruhige Leere zurückzu-ziehen und hörte eine Stimme fragen: »Sanju, was willst du werden?« Er wehrte sich, und dann krampfte sich ihm der Magen zusammen, und ein Speichelschwall weckte ihn ruck-artig auf, weil nun heißer Essensgeruch Befriedigung ver-hieß. Er setzte sich benommen auf, und die schwarzen For-men der Bäume ragten hoch über ihm auf, kamen näher und entfernten sich. Wieder die Frage: »Was willst du werden?« Einen Augenblick lang wußte er nicht, wer und wo er war.

»Dichter«, erwiderte er automatisch und begann zu essen, schaufelte ganze Hände voll heißen Reis und Dal von den Bananenblättern. Er schmierte sich das Essen über das ganze Gesicht, Brocken fielen ihm auf die Brust, und einmal stopfte er sich so viel in den Mund, daß er würgen mußte und zu kämpfen hatte, schließlich aber doch alles mit einem heftigen Schlucken herunterbrachte. Er aß und aß, bis alles verschwun-den war. Am Brunnen trank er mit zum Wasser gesenktem Kopf wie ein Tier. Endlich hielt er inne und blickte zum

Himmel empor, betrachtete die schrecklichen Entfernungen und die Größe der Wolken und die seltsamen, fremden Formen der Bäume vor diesem Hintergrund. »Dichter«, sagte er hilflos.

»Da bist du an den richtigen Ort gekommen«, meinte Sunil.

»Allerdings«, sagte Sikander aufgeregt. »Hör mal, Sanjay, du ahnst nicht, wen ich gesehen habe. Wir sind von einem Laden zum anderen gezogen und haben mit Leuten gesprochen, die Sunil kennt, und haben hier und da ein bißchen was zu essen bekommen. Und dann sind wir an die Hinterpforten der großen Häuser gegangen, und Sunil hat mit den Köchen und Hausmägden geredet. Und als wir bei einem dieser Häuser um die Ecke bogen, da habe ich einen Mann auf einem Pferd gesehen, der von uns wegritt. Es lag etwas Besonderes in der Art, wie er sich hielt, wie er den Kopf trug, so daß ich Sunil hinter die Wand zurückgezogen und dem Mann ganz vorsichtig nachgeschaut habe. Und weißt du, wer es war?«

Sanjay schüttelte den Kopf.

»Sobald ich ihm nachblickte«, sagte Sikander, »wußte er, daß er beobachtet wurde. Er zügelte sein Pferd, drehte es langsam herum und beschattete seine Augen mit der Hand. Ich warf schnell den Kopf zurück und preßte mich ganz eng an die Wand.«

»Es war Uday«, meinte Sanjay.

»Uday höchstpersönlich. Ich wußte, wenn wir nur einen einzigen Augenblick länger dortblieben, würde er uns finden. Und mir ist nicht klar, was er getan hätte: ob er uns zurückgebracht hätte oder nicht. Also zerrte ich Sunil weg. Uday steht bei einer großen Dame in diesem Haus in Diensten, sagt Sunil. Was meinst du?«

»Geh ihm aus dem Weg«, riet Sanjay. »Er wird uns zwingen zurückzukehren.«

»Was sollen wir dann tun?«

»Hierbleiben«, sagte Sanjay. Nach dem Essen war er es ganz zufrieden, in diesem Hain zu verweilen. Es schien ihm eine wunderbare Sache: inmitten dieser Bäume Gedichte zu schreiben. Lucknow draußen mit seinen Verlockungen war ohnehin in gebührendem Abstand vorzuziehen, wenn die kleinen Unvollkommenheiten, die rätselhaften Abweichungen von der Symmetrie und Eleganz verschwammen oder überdeckt wurden. Aber das Essen in Lucknow war gut, und das gab er Sunil auch zu verstehen, der sogleich zu Geschichten über berühmte Köche und großherzige Feinschmecker anhub:

Einstmals (erzählte Sunil) gab es einen Koch namens Mashooq Ali, der für seine meisterliche Verwandlung verschiedener Speisen berühmt war. Die Berichte über seine Fertigkeiten gelangten eines Tages dem bekannten Feinschmecker Ajwad Raza zu Gehör. Der brüstete sich vor seinen Freunden, daß es keinem Koch je gelingen würde, ihn zum Narren zu halten. Also richteten die jungen Herren voller Begeisterung einen Wettstreit aus. Am festgelegten Tage setzte sich Ajwad Raza zu Tisch, um eine von Mashooq Ali bereitete Mahlzeit zu sich zu nehmen. Er aß ein wenig Reis, nur um zu seinem Kummer festzustellen, daß jedes Reiskorn ein sorgfältig polierter Mandelsplitter war. Dann wollte er seinen Gaumen mit einem Bissen Granatapfel klären, aber die Frucht war ein Konfekt aus Zucker, die Samenkörner waren aus Birnensaft, die Kerne Mandeln. Und so stellte sich alles, was er aß, als etwas völlig anderes heraus, bis er sich schließlich geschlagen gab und zugeben mußte, noch nie zuvor einem solchen Künstler begegnet zu sein, worauf sich Mashooq Ali verneigte und sagte: »Allah ist großmütig und seine Wege sind unerforschlich.«

Ein andermal (erzählte Sunil) war da ein Ringer namens Abu Khan, ein ungeheurer Riese von einem Menschen, der bei einer einzigen Mahlzeit zwanzig Seer Milch, zwei und ein halbes Seer Trockenobst und Nüsse, sechs große Laib Brot und – dies berichtet uns eine zuverlässige Quelle – eine normalgroße Geiß verzehrte. Er bildete sich etwas auf seine Gier ein und stolzierte mit seinem gewaltigen Leib wie ein Pfau durch die Straßen. Eines Tages lud jedoch ein gewisser gelehrter Munshi, der Pandit Jayaram, ein Heiler der Kranken und Liebhaber der Tauben, der sich über diese Prahlerei ärgerte, diesen Koloß zum Essen ein. Der Ringer hockte auf der Matte, zwirbelte sich den Schnurrbart und rieb sich mit der Hand über den Brustkasten. Als kein Essen aufgetragen

wurde, herrschte er die Bediensteten an und erging sich in
höhnischen Bemerkungen über den Munshi. Schließlich begann er herumzubrüllen und wollte sich schon zum Gehen
anschicken, aber die Diener verneigten sich und hielten ihn
zurück, er solle nur noch ein wenig verweilen und geduldig
sein. Als das Essen aufgetragen wurde, floß dem Ringer der
Schweiß bereits in Strömen, und sein Gesicht war gerötet.
Sobald er den Deckel von der Schüssel hob, traten ihm die
Augen aus den Höhlen, und es verschlug ihm beinahe die
Sprache: Auf dem Teller befand sich nur eine kleine runde
Kugel Reis. Die würdigte er kaum eines Blickes und warf sie
sich in den Schlund, schrie schon nach mehr. Aber die Bediensteten gaben ihm zu verstehen, das ist alles, großer Mann.
Abu Khan fluchte und wollte aufstehen, überlegte, wohin er
nun gehen wollte, um sich den Magen vollzuschlagen, fiel
aber plötzlich wie von einem Schlag getroffen zurück – sein
Magen war voll, seine Gliedmaßen schwer, als hätte er einen
ganzen Getreidespeicher leergegessen und noch einen Hüh-
nerhof dazu. Nun brachten ihm die Diener süßes Naschwerk:
»Hier ist die Nachspeise, Maharaj.« Aber Abu Khan konnte
nichts essen. Sie brachten Sherbet und Wein, aber Abu Khan
konnte nichts trinken. Dann erschien der Munshi in der Tür,
hielt in der Hand einen Teller mit Reis, wie ihn Abu Khan
verspeist hatte, aß alles mit Leichtigkeit und größtem Vergnügen. Danach trank er Wasser und warf die übriggebliebenen Reiskörner den Tauben zu, die ihn umflatterten. Abu
Khan hatte seine Lektion gelernt und sagte: »Wahrlich,
Hochmut kommt vor dem Fall.« Der Munshi erwiderte: »Iß
nicht wahllos und voller Gier, sondern mit Wissen und Bescheidenheit, denn das Herz aller Dinge ist ein Geheimnis, und
was groß ist, ist klein, und, wahrlich, was klein ist, ist groß.«

Während Sikander und Sunil sich jeden Tag auf die Suche
nach Essen machten, saß Sanjay in seinem Hain und schrieb
Gedichte. Er wollte präzise, elegante und stählerne Zeilen ver-
fassen, aber unweigerlich schlich sich doch immer ein Hauch
Mir mit hinein, wie der schwache Nachgeschmack eines Ge-
würzes, das man weniger schmeckt als in der Erinnerung hat.
Nachdem er sich einen ganzen Tag damit herumgeplagt hatte,

gab er auf und beschloß, ein Liebesgedicht voll sanfter Sehnsucht und Trauer zu schreiben, aber nun begannen die Worte zu entschweben und verfestigten sich schließlich zu einer derart scharfkantigen und beißenden Klinge, daß sie ihm die Zunge bis aufs Blut zerschnitten und daß die Vögel, ob dieses plötzlichen Ausbruchs der Bitterkeit kreischend, von den Ästen aufstoben. Wenn er also ein Gefühl heraufbeschwören wollte, das so durchscheinend sein sollte wie der Dunst, der vom Weihrauch aufsteigt, und das sich ebenso gemächlich in die Lüfte kringeln sollte, dann brachte er statt dessen hervor:

> *Der Mond wallt übers Firmament und kennt nicht seinen eignen*
> *Schmerz;*
> *Was er zurückläßt, ist die Schwere nur der Dunkelheit nach allzu*
> *überird' schem Licht.*
> *Du Aag, du bist nur das Geröll, das eine unsichtbare Flut verzerrt und*
> *riesig an den Strand geschwemmt,*
> *Warst nie bekannt und bist noch weniger vergessen.*

Und wenn er Messerschärfe beabsichtigte, eine feine, dünne Klinge, die verletzte, ohne daß man auch nur den Einstich bemerkt hätte, dann bekam er:

> *Was ist nun die Erfüllung, die ich so von dir ersehne, Aag?*
> *Ich zürne, daß du dich nicht zeigst, daß ich allein bin mit den*
> *Überresten meiner selbst, den schmerzenden.*
> *Doch du weißt nicht, wie schön du bist, es ist dir nicht bewußt, daß*
> *man dich liebt.*
> *Wenn du erscheinst, so atmet deine Unschuld sacht, entfacht aufs neue*
> *meine Flamme, und ich bin wieder hilflos und verloren.*

Es war ihm unmöglich, nur das eine und nicht auch gleichzeitig das andere zu sein, pur und rein zu sein und doch die Lauterkeit des Hasses oder die Klarheit der Liebe zu besitzen. Dieses Verweilen in der Mitte – oder gar an einem völlig anderen Ort – verwirrte seine Zuhörer. »Klingt anders als alle Ghazals, die ich je gehört habe«, meinte Sunil, »aber es ist gut, wirklich gut.« Und Sikander lehnte sich an die Baumwurzeln zurück, nickte mit dem Kopf im Rhythmus der Zeilen, sagte aber nichts. Also versuchte es Sanjay noch einmal. In zwei Wochen schrieb er sieben Gedichte, die alle halb Ghazal und halb etwas anderes waren. Dann verfiel er in mutloses Schweigen. Er verbrachte seine Tage nun damit, um den Garten herumzuschreiten und dabei mit den Händen an den Ziegeln der Mauer entlangzustreichen. Eines Nachts träumte ihm, er sei von einem Feuer eingekreist, das schwer vom Krachen zermalmter Knochen stöhnte, und dann verlor er den Boden unter den Füßen und fiel, taumelte auf eine riesige schwarze Wasserfläche zu, die sogar den Kreis des Mondes verschluckte und nichts zurückgab. Da wußte er, daß er seinen Hain verlassen mußte, daß die Welt einem keine Erlösung von ihren Doppeldeutigkeiten gewährt, schlimmer noch: daß sie einem auch keinen Schutz vor ihren Belohnungen schenkt.

Also sagte er zu Sikander: »Laß uns gehen und Uday unseren Respekt zollen.«

»Ich dachte, du wolltest für immer hierbleiben.«

»Das wollte ich eigentlich auch, aber du bist noch genausowenig ein Soldat wie am Tag unserer Ankunft, und ich muß endlich Dichter werden.«

So verließen sie an jenem Abend zusammen mit Sunil den Hain und gingen zu dem Haus hin – es schien eher ein Palast zu sein –, und Sikander sagte zu dem Soldaten am Tor: »Sag dem Kommandanten, daß seine Söhne hier sind.«

Der Wachtposten blickten sie unsicher an, war sich nicht ganz im klaren, welche besondere Bedeutung er diesem Verwandtschaftsanspruch beimessen sollte. Im Inneren des Hauses war einiges Getrappel zu vernehmen. Als die Jungen dann hereingebeten wurden, führte man sie nicht zu dem Soldaten, sondern zu einer Frau. Sie war eine ältere Dame, saß auf einer niedrigen Couch und knackte mit bloßen Händen Walnüsse. Ihre Diener und Mägde machten sich mit behenden Bewegungen im Zimmer zu schaffen. Als sie sprach, klang ihre Stimme singend, aber auch ein wenig rauh, wie die Stimme einer geübten Sängerin. Und doch hatte sie eine solche Autorität, eine solche Schärfe, daß Sanjay sich augenblicklich wieder in seinen Hain zurückwünschte.

»Söhne?« fragte sie. »Wieso Söhne? Söhne woher? Doch nicht etwa ungelegene Söhne?«

»Wir kennen den Kommandanten-Sahib schon sehr lange«, sagte Sikander.

»Nicht so lange wie ich und wohl auch nicht so wenig wie ich, wenn ich es recht bedenke«, erwiderte sie. »Aber seid ihr wirklich seine Söhne?«

»Das war nur so eine Redensart«, meinte Sanjay. »Wir sind nicht von hier.«

»Aber er ist wirklich ein seltsamer und überaus zurückgezogener Mann«, sagte sie. »Wer weiß? Jedenfalls seid ihr nicht blutsverwandt mit ihm?«

»Nein«, antwortete Sanjay.

»Nur im Gefühl verwandt, das wollt ihr doch sicher sagen. Aber hört einmal, wer sind dann eure Väter? Du, du mit dem kahlen Schädel, dich habe ich doch hier schon herumlungern sehen, du siehst wie ein ganz gewöhnlicher Junge aus, aber diese beiden, schau sie dir doch an, wer weiß, woher die kommen, was sie sind, ob sie überhaupt Menschenkinder sind oder was? Sie könnten ganz normale Knaben sein, ebensogut aber auch Dämonen, Diebe oder irgend etwas anderes.«

»Wir sind nicht hierhergekommen, um …« hub Sanjay an, aber Sikander packte ihn am Arm.

»Wir gehen«, sagte Sikander. »Ihr entschuldigt uns.«

»Halt«, fuhr sie dazwischen, und ihre Stimme dröhnte so laut, daß ihre Diener durch die Türen hereingestürzt kamen. Sikander ließ Sanjays Arm los und stellte sich breitbeinig hin. Sie lachte und ließ ihre weißen Zähne aufblitzen und ihr rotes Zahnfleisch aufschimmern. »Was seid ihr doch für stolze *Männer*.«

Sanjay wandte sich von der Tür zu ihr zurück. Plötzlich überkam ihn die aufregende Gewißheit, daß er wußte, wer sie war, daß er sie zumindest früher einmal gekannt hatte. Er trat näher zu ihr hin, bis er ihr schon ungehörig nah war, stand dann völlig reglos da und blickte ihr ins Gesicht. Er war sich sicher, daß sie einmal wunderschön gewesen war, aber ihre Lieblichkeit war jetzt unwichtig geworden. Um sie schwebte nun, dachte er, eine selbstbewußte und ziemlich ruchlose Aura der Macht, eine Aura, die ihrem Lachen, dem Lachen einer alten Waschfrau, ihrer rauhen und leichtfertigen Schlüpfrigkeit nichts nahm. Während er ihr in die Augen starrte, erblickte er sich selbst ganz deutlich in ihren Pupillen, die ihm riesengroß schienen. Schwindel erfaßte ihn, und er spürte, wie ihm etwas aus dem Schädel sproß wie eine Blüte, und ehe er sich dieses ungewohnten Gefühls ganz bewußt werden konnte, platzte es aus ihm wie aus einem Kindermund hervor: »Ich weiß, ich weiß, wer Ihr seid.«

»Und ich weiß nicht, wer du sein magst«, erwiderte sie und lachte wieder.

»Ihr seid die Begum Sumroo«, sagte Sanjay.

»Vielleicht«, antwortete sie. »Aber wer seid ihr und was seid ihr?«

»Ich bin Sikander und bin hierhergekommen, um Soldat zu werden.«

»Ich bin Sanjay und möchte Dichter werden. Aber Ihr, Ihr seid die Hexe von Sardhana.«

Das Feuer war so weit heruntergebrannt, daß es nur noch ein schwaches rotes Glimmen in der Nacht war und keiner der Sadhus mehr Sandeeps Gesicht sehen konnte. Aus dem Dunkel erscholl seine Stimme:

HIER ENDET DAS DRITTE BUCH,
DAS BUCH DES BLUTES UND DER REISEN:
NUN BEGINNT DAS VIERTE BUCH,
DAS BUCH DER RACHE UND DES WAHNS.

DAS BUCH DER RACHE UND DES WAHNS

...jetzt...

»Da drüben verlieben sie sich alle«, sagte Saira. Wir saßen während unserer üblichen Erzählpause auf dem Dach und wunderten uns laut über die Zuhörerschaft, die inzwischen den gesamten Maidan füllte und sich auch bereits auf die Dächer der Häuser am entferntesten Rand ausgeweitet hatte. Am westlichen Ende des Maidans war ein improvisierter Basar entstanden, wo Thela-Wallahs Obst, Eiskrem, Kulfi, Filmzeitschriften, Chat und Küchengerätschaften verkauften. Am Ostende unter den Bäumen, auf die Saira zeigte, konnte man in den Schatten eindeutig ausmachen, wie Jungen sich mit Mädchen trafen, die sich aus der Obhut ihrer Eltern davongestohlen hatten.

»Skandalös«, sagte Mrinalini und lächelte. »Da fällt mir ein, Abhay: Ich habe heute morgen meine Freundin Mrs. Khanna getroffen. Ihre Tochter ist nächsten Monat mit dem Studium fertig. Sie fragt, wann ich einmal mit meinem aus den USA zurückgekehrten Sohn zum Tee komme.«

»O Mutter«, meinte Abhay.

»Was?« erwiderte Mrinalini. »Warum denn nicht?«

»So einfach kann es doch nicht sein«, meinte Abhay.

»Das müssen wir erst einmal sehen«, sagte Hanuman. »Ob sie unseres Abhay überhaupt würdig ist.«

»Gebildet, liebenswert, schüchtern und doch irgendwie ein winziges bißchen unanständig«, sagte Ganesha. »Eigensinnig und treu und natürlich schön. Für unseren Abhay.«

Ich reichte Saira diesen Zettel, die losprustete. »Bhaiya, du läßt dir am besten schon einen guten Anzug schneidern«, sagte sie und gab Abhay den Zettel. »Mit so interessierten Verwandten wie Hanuman und Ganesha wird sich dein Leben sicherlich schon sehr bald ziemlich kompliziert gestalten.«

Abhay murmelte darauf nur: »Ich habe eine Geschichte zu erzählen.« Und dann floh er die Treppe hinunter.

»Wir haben bisher eine Liebesgeschichte gehört«, tippte er

wenige Minuten später, als ich mich neben ihm aufs Bett schwang. »Vom Zusammentreffen mit einem Ideal in einer amerikanischen High School, jenem Schmelztiegel, in dem die schwerelosesten und reizvollsten Mythen der Welt zur Vollkommenheit gebracht werden. Wir hatten uns auf den Weg gemacht, wie ihr euch erinnern werdet. Wir waren auf der Suche nach dem guten Leben, nach einem schwerelosen Leben, nach einem lichtdurchfluteten Paradies auf Erden.«

Sex und der Richter

Als ich meine Cola ausgetrunken hatte, quetschte ich die Dose so zusammen, daß sie eine ganz scharfe Kante bekam, die ich mir auf den Oberschenkel drückte, bis es schmerzte. Der Himmel war bereits verwaschen blau, aber die Straße war noch leer, die Schnellimbisse waren noch geschlossen und die Videoläden verrammelt. Ganz plötzlich begann ich zu meiner eigenen Überraschung zu weinen und konnte einfach nicht mehr aufhören. Ich spürte meine Tränen, aber ich konnte in meinem Herzen keinen Schmerz finden, nichts, das mich zum Weinen gerührt hätte. So schüttelte ich nur ungläubig den Kopf. Je mehr ich den Kopf wiegte, desto lächerlicher kam ich mir vor. Schließlich hörte ich auch damit auf und saß einfach nur da und wischte mir das Gesicht.

Dann breitete sich ein Geruch um mich aus, ein guter Geruch, der aber so durchdringend und mächtig war, daß ich mich daran verschluckte und meinen Kopf mit einem Ruck von dem Pappbecher vor meiner Nase abwandte.

»Milchshake?« Eine Frau in einem roten Kleid hielt mir etwas hin, das wie ein kleiner Eimer aussah. »Schokolade.«

»Großer Gott, nein, danke. Das ist ja riesig.«

»Stimmt. Das hilft dir über alles hinweg, ganz egal was es ist. Krach?«

»Nein.«

»Kater?«

»Nein. Eigentlich gar nichts.«

»Oh, so was.«

Wir saßen da und schauten einander an. Sie war wunderschön und hatte langes glattes blondes Haar, das sie in einem Pferdeschwanz zusammengefaßt hatte. Und sie hatte die hellste Haut, die ich je gesehen hatte. Das Kleid war aus einem Stoff, der mit irgendeiner Chemiefaser durchwoben war, es lag eng an und dehnte sich mit. Als sie sich bewegte, konnte ich nicht anders, ich mußte einfach auf die sommersprossige Falte zwischen ihren Brüsten schauen und dann schnell meinen Blick abwenden.

»Ich hab dich schon mal irgendwo gesehen«, meinte ich.

»Kann schon sein«, erwiderte sie und warf mir ein Verschwörerlächeln zu. Ihr Gesicht hatte haarfeine Fältchen, und an den Ellbogen konnte ich schon die rauhe Haut des Alters sehen.

»Ja? Was machst du denn sonst, außer daß du verlorenen Seelen Balsam für ihre Wunden anbietest?«

»Na ja, also in Wirklichkeit«, sagte sie, »bin ich Schauspielerin. Bühnenkünstlerin. Filme.«

»Gut. In welchem Film könnte ich dich denn gesehen haben?«

»In irgendwas, was du eigentlich nicht sehen solltest.«

»Wie bitte?«

»Ich mache dreckige Filme.«

»Scheiße, jetzt weiß ich's. Du bist die aus dem Fernsehen, ich meine aus dem ganz normalen Programm. Du warst da in so einer Kommission oder so.«

»Ich habe vor einer Kommission ausgesagt, ich hab nicht dazugehört. Trink deinen Shake.«

»Kyrie«, sagte ich zwischen zwei Schlucken. »Kyrie, so heißt du. Und was machst du hier?«

»Das ist eine lange Geschichte. Ich bin eigentlich gar nicht hier, nur auf der Durchreise.«

»Wohin?«

»Warum sollte ich das ausgerechnet dir auf die Nase binden?«

»Du hast mir ja auch deinen Shake gegeben.«

»Na ja, stimmt schon. Aber ich habe keine Zeit. Ich muß weg.«

»Haust du wegen irgendwas ab?«

»So könnte man es ausdrücken. Du kannst es dir heute in den Nachrichten ansehen. Nein, ich habe niemanden umgebracht oder so was. Es ist keine gefährliche Scheiße, nur einfach seltsam.«

»Und du willst zu Fuß gehen?«

»Weiß nicht. Mein Auto hat irgendwo da draußen den Geist aufgegeben.«

Also spazierte ich mit ihr zu unserem Auto, wo Amanda und Tom gerade die Einwickelpapierchen und Plastikflaschen und zerknüllten Zigarettenschachteln ausräumten. Amanda meinte mit einem Achselzucken und einer schroffen Kopfbewegung, das ginge schon in Ordnung, während Tom sich an den Jaguar lehnte und breit grinste.

»Ziemlich staubig, das Ding«, sagte er. Also fuhren wir mit dem Wagen durch eine Waschanlage und waren für einige wenige Minuten in einen gemütlichen Kokon aus weißem Schaum eingesponnen, dann wieder draußen auf der Straße. Nach einer Weile befanden wir uns in der Wüste, und das Licht der tiefstehenden Sonne füllte das Innere des Autos aus. Schließlich hatte man das Gefühl, daß wir bei jeder Straßenbiegung eine wahre Lichtexplosion aussandten. Ich hielt mir den Pappbecher umgekehrt über den Kopf, um auch die letzten Tropfen der Schokoladenmilch herauslecken zu können, und schaffte es, mir dabei das Zeug in Augenbrauen und Haare zu schmieren. Amanda blickte zu mir herüber und kicherte. Am Morgen, als wir miteinander aufgewacht waren, hatten wir nur sehr wenig gesprochen, aber nun lächelte ich sie an und lehnte mich bequem gegen die Tür. Nach einer Weile erzählte uns Kyrie, ohne daß sie jemand danach gefragt hätte, mit leiser Stimme, wovor sie wegliefe und wohin sie wollte.

Ja (sagte sie), also, ich denke, es hat alles mit meiner Mutter angefangen – und so wollte sie auch genannt werden: »Mutter« –, als sie siebzehn war und die beste Schülerin und Kuchenbäckerin in der St. Judes' School for Girls in Houston. Die Nonnen, meist Texanerinnen irischer Abstammung, erzählten ihr mehr als einmal, wie sie sie vor ihrem zerlumpten, verdreckten Vater, einem Landstreicher und versoffenen Apachen gerettet hatten, der sich nicht einmal aufraffen konnte, sich bei einer Suppenküche in die Ausgabeschlange zu stellen, geschweige denn sich um ein so ruhiges, so introvertiertes und nachdenkliches Kind wie sie zu kümmern.

»Aber du«, hatten sie ihr mit ihren singenden, säuselnden Stimmen in ihrem wunderbaren breiten Dialekt erzählt, »aus *dir* wird einmal etwas ganz Besonderes.« Sie wuchs heran und wurde eine gedrungene, in sich ruhende Person: sehr klein, dunkel, nicht gerade hübsch, aber sehr stark, mit einer ungeheuren Fähigkeit zu körperlichen und anderen Arbeiten, welche die Nonnen hell entzückte und dazu bewegte, flehentliche Bittbriefe an die Colleges der Ivy League zu schreiben. Es war eine solche Ernsthaftigkeit um das Mädchen, eine solche Zielstrebigkeit. Wenn die anderen in den ersten Anfängen ihrer Schönheit selbstbewußt und sorglos wurden und es wagten, die Hostien zu stehlen, die man zum Trocknen in der Sakristei ausgelegt hatte, dann weigerte Mutter sich nicht nur mitzumachen, sie strafte die Spötteleien ihrer Mitschülerinnen mit einer Gleichgültigkeit, die wesentlich schlimmer als Verachtung war. Sie brachte die anderen mit ihrer moralischen Sicherheit zum Schweigen, die ihnen das Gefühl gab, kleinliche Geschöpfe zu sein. Dieses elementare Gutsein, diese Weigerung, nervös oder ekstatisch oder sonstwie zu lächeln, das liebten die Nonnen, aber sie waren auch ein wenig erschrocken darüber. Also neckten sie das Mädchen mit Bemerkungen über Jungs, und als sie schließlich siebzehneinhalb und beinahe ihrer Obhut entwachsen war, da beschlossen sie, daß sie unbedingt auch ein bißchen Spaß im Leben brauchte, und schickten sie eines Samstags mit zwei Mädchen, denen sie vertrauten, ins Rialto-Kino in die Nachmittagsvorstellung.

Diese beiden anderen waren Janine Alcott und Carol Ann Mayberry, saubere, glatte, wendige und hübsche Mädchen. Die eine war Mannschaftsführerin im Debattierklub, die andere Star im Hockeyteam. Trotz ihrer offensichtlichen strahlenden Gesundheit und ihrer Geradlinigkeit, mit der sie die Herzen der Nonnen gewonnen hatten, litten die beiden wie viele andere schwer an der unterdrückten Geilheit der späten vierziger Jahre. Kaum im Kino angekommen, stürzten sie schon aufs Klo und machten sich mit der verzweifelten Kunstfertigkeit aller Siebzehnjährigen zurecht. Während sie malten und zupften und an sich herumstrichen, beobachtete Mutter sie im Spiegel mit dem unparteiischen Interesse einer

Anthropologin. Es fiel ihnen gar nicht ein, konnte ihnen gar nicht in den Sinn kommen, ihr einen Lippenstift oder gar gute Ratschläge anzubieten, so verdammt objektiv war sie. Draußen warfen sie einander über Mutters Kopf hinweg Blicke zu, hatten einen Moment lang Mitleid mit ihr, weil sie wie üblich mit tüchtigen, kleinen Schritten vor ihnen herging, die Schultern unter ihrem absurden Kleid mit dem runden Krägelchen kantig angespannt und völlig unberührt von der ungeheuren Welle der Geilheit, die ihnen aus der dunklen Höhle des Kinos entgegenschlug.

Am nächsten Tag, als die Nachmittagszeitungen verkündeten: »Raub in der Mädchenschule – Starschülerin unter Verdacht« und »Klassenbeste kapert katholischen Klingelbeutel«, da drehten und wendeten sich Janine und Carol Ann und sonnten sich wie dressierte Seehunde im warmen Licht der Blitzlichter und sagten, sie hätten immer schon gedacht, daß sie einen harten Zug um den Mund hätte, aber niemand hätte je gewußt, was es war. Niemand weiß, was mit Mutter damals in der Dunkelheit geschehen ist, die beiden nicht, die Nonnen nicht, und ich auch nicht, vielleicht nicht einmal sie selbst. Sie hat nie darüber geredet, kein einziges Mal. Aber ich habe die Zeitungen aus der Zeit durchgesucht, die Polizeiberichte und all das, und ich weiß immer noch nicht, was sie dazu gebracht hat, das zu tun. Im Kino lief an jenem Nachmittag der Film *Ich tanze mich in dein Herz hinein*, in dem Fred und Ginger schwerelos über den Dächern Manhattans schwebten. Aber die Zuschauer im Rialto schenkten ihnen an jenem Nachmittag keinerlei Aufmerksamkeit, sie waren entrückt, gefangen in der feuchtschwülen, aromatischen Schwere ihrer Körper, im wunderbaren Weihrauchduft von Popcorn, Cola, Kaugummi, Schweiß, miteinander ausgetauschtem Speichel und – sehr schwach, aber zweifellos gegenwärtig – dem süßen Geruch von Samenflüssigkeit, die in die gestärkten Jeans sickerte. Keiner nahm die engelhafte Leichtigkeit von Fred und Ginger wahr, keiner außer Mutter, die kerzengerade auf ihrem Klappsitz saß, die Hände vor der Brust ineinander gekrampft hatte und auf die leuchtende Leinwand starrte. Was sie da gesehen hat? Ich weiß es nicht, aber ich glaube, sie muß den puren Geist gesehen haben, der sich vom Körper befreit hatte, die Liebe, die dem Sex entronnen war, die Freude, die sich vom Leiden abgekoppelt hatte, und – ich bitte meine hochtrabende Schwafelei zu entschuldigen, aber ihr könnt es verstehen, nicht? – die Zeit, die sich von der Geschichte freigemacht hatte. Sie blickte nach oben, ihr Gesicht war tränenverschmiert (so berichten uns Janine und Carol Ann auf den vergilbten Zeitungsseiten), sie schaute auf den weißen Lichtstrahl über ihrem Kopf, und ich weiß, sie muß das feste Gewicht ihrer Muskeln gespürt haben, die sie beschwerten, ihre braune Haut, die dunklen Brustwarzen, die platte Nase, das langweilige Haar. Und ich weiß, daß sie ein Gefühl überwältigt haben muß, eine Überzeugung, die so faßbar und wirklich war, daß sie davon völlig zermalmt und in etwas anderes verwandelt wurde. Denn an jenem Abend stieg sie aus Janines Studebaker aus und ging ohne einen Blick zurück einfach weg. Später brach sie in die Sakristei ein, hebelte den Opferstock auf und leerte ihn bis auf den letzten Cent. Sie nahm auch die Portokasse aus dem Büro der Direktorin und die Tageseinnahmen der Bäckerei mit, und als im Flur Schwester Carmina in ihrem rosa Nachthemd aus einer Tür gestolpert kam, versetzte ihr Mutter einen Fausthieb zwischen die Augen, der die arme Schwester mit verdattertem Gesicht in ihr Schlafzimmer zurückkatapultierte und zwei Wochen ans Krankenlager fesselte.

In Manhattan suchte sich Mutter Arbeit als Schreibkraft bei einer Krankenversicherung. Dort zögerte man zunächst, sie einzustellen, aber als man die erbarmungslose Regelmäßigkeit ihrer Finger auf den Tasten der Schreibmaschine und ihre atemberaubende Geschwindigkeit sah, stellte man sie schnellstens ein und vertraute ihr bald blind. Sie arbeitete ohne Pause, außer der ihr zustehenden Stunde für das Mittagessen, und selbst am Ende eines Arbeitstages zeigte sie keinerlei Anzeichen von Erschöpfung. Die anderen Bürokräfte, zumeist Mädchen südamerikanischer Abstammung mit hochhackigen Schuhen, begannen sie »La Machina« zu nennen und verbrachten so manche Kaffeepause damit, sich Horrorgeschichten darüber auszudenken, was Mutter wohl nach der Arbeit machte. Dabei war die Antwort ganz einfach: Von ihrem ersten Gehalt kaufte sie sich zwei Hanteln, vom nächsten noch

zwei, und dann verbrachte sie ihre Abende allein in ihrem
kleinen Zimmer im gelben Schein der Lampe und stemmte
Gewichte. Das war lange vor der Fitneßwelle, aber ich erinnere mich sehr deutlich an sie, wie sie vor einem gesprunge-
nen Spiegel stand, ihren Körper mit distanzierter Feindseligkeit betrachtete, jedem einzelnen Teil ihre intelligente und
unbeugsame Aufmerksamkeit schenkte und ihn Stück für
Stück bearbeitete, wie sie schwitzte und stöhnte, bis jede Kurve,
jede Vertiefung wie fest gemeißelt war, bis alles in dem däm-
merigen Licht wie eine braune Statue aussah, die über Jahrtausende hinweg von einer tobenden See gequält und poliert
worden war.

Wie ich auf der Bildfläche erschienen bin, fragt ihr euch?
Woher ich gekommen bin? Ich glaube, ich war notwendig,
weil sie nie glaubte, daß sie selbst fliegen könnte. Also warf sie
sich jeden Samstag in ein loses grünes Fähnchen, das ihrer
Haut schmeichelte, und stöckelte in die Bars, geschützt von
jenem heiligen Ernst, der ihr von Anfang an eigen gewesen
war. Sie brauchte sehr lange, bis sie fand, was sie suchte, denn
damals war es für eine Frau wie sie schwierig, einen Mann
kennenzulernen, sagen wir mal einen Yale-Studenten, der
fürs Wochenende nach Manhattan gekommen war, schwerelos, windzerzaust und in weißen Flanellhosen, vielleicht mit
einem marineblauen Pullover und feinem blondem Haar,
das ihm in seine schmale Stirn fiel, mit langen, feingliedrigen
Händen und manikürten Fingernägeln. Denn so jemanden
wollte sie, und nach anderthalb Jahren fand sie ihn in einem
Jazzklub an der Amsterdam Avenue im oberen Teil der
neunzigsten Straße. Sie verführte ihn nicht mit Weibchen-
wimmern oder kokettem Augenaufschlag, sondern indem sie
ihm eine volle halbe Stunde lang unentwegt in die Augen
starrte und dann zu ihm hinüberspazierte: »Komm mit mir
nach Hause.« Er ging mit, zwinkerte über ihren Kopf hinweg
noch seinen Kumpels zu und war auf dem ganzen Weg in
ihre Wohnung ungeheuer siegessicher, ehe sie sich ihm dort
zuwandte und ihn auf ihr Bett schleuderte, sich über ihn warf
und ihm noch in dieser Bewegung den Gürtel löste. Sie weigerte sich, ihn zu küssen, und was ihn noch mehr ängstigte als
die eisenharte Stärke ihres Bizeps, war die Art, wie sie ihn in

der Dunkelheit anblickte. Nachdem er geflohen war, duschte sie ausführlich und schlief dann sehr tief.

Also wuchs ich in ihr, Zelle für Zelle, von ihrem Blut durchspült, Fleisch von ihrem Fleisch. Sie ignorierte weitestgehend die Tatsache, daß sie schwanger war. Sie arbeitete genauso unermüdlich wie immer und nahm all die halb hämischen Sticheleien mit einem kurzen Kopfnicken zur Kenntnis. Sie tippte: »Am Nachmittag des 3. Februar wurde Mr. Hardin im Mittelgesichtsbereich von einem Baseballschläger getroffen, was zu einem Verlust dreier Zähne des permanenten Gebisses aus dem Oberkiefer führte.« Und ich glaube, ich habe irgendwie folgendes gehört – ich weiß, es klingt verrückt, aber es ist die einzige Erklärung, die ich für alles, was später geschah, was ich getan habe, finden kann: »Mr. James trat auf einer Baustelle in ein Loch und fiel auf seine linke Hand. Dabei zog er sich eine Rotationssubluxation des Scaphoids und ein Weichteiltrauma am linken Handgelenk sowie an der linken Hand, einschließlich des Metacarpophalangealgelenks zu. Er entwickelte in Folge eine de Quervainsche Tendovaginitis und ein Karpaltunnelsyndrom.«

Während ich dies alles in ihrem Inneren lernte, übertrug sie ihren Willen auf mich. Indem sie ihre Muskeln anspannte, indem sie jeden Abend eine Stunde lang Tausende von Postkarten von knopfäugigen Säuglingen und die Gesellschaftsseiten in *Harper's Bazaar* und in der *New York Times* und in *Look* anschaute, machte sie mich: mit rosiger Haut, blauen Augen und blondem Haar. Während ich mich in ihr bildete, löschte sich Mutter selbst aus mir aus. Glaubt mir, genauso ist es geschehen, es ist wirklich möglich, die Kraft des Willens ist viel stärker als die Wissenschaft, sie ist die stärkste Magie der Welt, sie wirkt Wunder. Nachdem sie mich gemacht hatte, spuckte sie mich aus wie eine Erdnuß und berührte mich nie wieder, außer um mir die Ohren sauberzumachen oder die Haare zum Pferdeschwanz zusammenzubinden. Die Krankenschwester sagte: »Es ist ein Mädchen, sehen Sie nur. Und was für wunderschönes Haar sie hat.« Und sie antwortete nur: »Ja, ich weiß.« Und drehte sich zur Wand und schlief ein. Ich habe auch nie geweint.

Also wuchs ich heran, und sie nahm sich einen zweiten Job

als Abendbuchhalterin in einem Hotel, dann einen dritten an den Wochenenden als Organisatorin und Steuerfachkraft für Fernfahrerkneipen und kleine Restaurants. Und all das nur, damit ich 18-Dollar-Haarschnitte in den Salons an der Second Avenue bekam, Matrosenmäntelchen von Charivari's, Ballettunterricht und genau die richtigen Schuhe dafür, natürlich von Stein; damit die Leute in begeisterte Ausrufe ausbrechen konnten, wenn ich aus einer dunklen Glastür trat und einen kühlen Hauch Luxus um mich verbreitete und – wie soll ich es beschreiben? – schlicht und einfach Perfektion auf dem Bürgersteig vorführte, so daß sie sagen konnten: »Wie wunderschön, wie niedlich sie ist.« In solchen Augenblicken stand Mutter gewöhnlich bescheiden zwei Schritte hinter mir, und die Leute hielten sie für eine äußerst förmliche und ungeheuer tüchtige Kinderfrau. Sie schauten sich ihr grobschlächtiges braunes Gesicht an, die vor dem Körper gefalteten Hände, die flachen Schuhe, und dann fragten sie mit einer Spur Neid in der Stimme, für wen sie arbeitete, und sie schüttelte nur mit einem kleinen, schmallippigen Lächeln des Entzückens den Kopf und sauste mit mir davon. An solchen Abenden mischte sie mir einen Extralöffel Ovomaltine in die Milch und bürstete mir mit hundert Strichen das Haar und zupfte die Ringellöckchen weg und blickte mich mit ihrem geheimnisvollen Lächeln an.

Ich wuchs heran und hielt uns eigentlich nie für irgendwie seltsam. Ich wußte, daß Mutter hart für mich arbeitete, also arbeitete ich auch hart für sie. Und all die anderen Sachen akzeptierte ich als ganz natürlich und dachte mir nichts dabei. Ich war eitel, ich verstand, warum Mutter eitel war, was mich betraf. Ich bemitleidete sie ein wenig darum, wie sie aussah, und war deswegen noch mehr darauf erpicht, mit den allerbesten Zeugnissen nach Hause zu kommen und meine Jetés noch federnder zu tanzen. Aber als ich zwölf Jahre alt war, kam ich eines Nachmittags nach Hause und fand Mutter in dem Morgenmantel, den sie immer zwischen den Jobs überstreifte, wie sie auf ihrem neuen Großbildfernseher eine federige Dampfspur verfolgte, die sich in den Himmel schwang. Ich setzte mich neben sie und sah zu, wie sie von einem Kanal zum anderen schaltete, von einem Bild zum anderen, auf dem immer eine dünne weiße Scheibe auf einer riesigen Dampfsäule ritt und schließlich nur einen schwebenden Klecks im Himmel und die Erinnerung an ein gewaltiges Röhren hinterließ, das einem in den Ohren gedröhnt hatte.

»Sieh dir das an«, sagte sie. »Sieh dir bloß mal das an.«

»Nicht schlecht«, tat ich die Sache kurz ab, mit meinem allzu lockeren und allzu lässigen Lob. Ich fing an, eine Nummer von *Life* durchzublättern, war ein bißchen erschrocken und doch auch ein klein wenig erfreut, als ich ihren kleinen bösen Seitenblick zu mir bemerkte. Sie war auch schon früher wütend auf mich gewesen, aber stets nur wegen Dingen, die ich gemacht oder nicht gemacht hatte. Aber im Grund war immer ich an dieser Wut schuld gewesen. Jetzt schien es auf einmal, als bedeute ihr dieses andere Ding so viel, daß sie seinetwegen verletzt und beleidigt war. Ich tat in den folgenden Wochen und Monaten, als geschehe in unserem Haushalt nichts Seltsames, aber das stimmte nicht: Mutter sammelte jedes Bild, jedes Fetzchen bedrucktes Papier, das sie über diese Raketen finden konnte, die sich von der Erdenschwere loszureißen vermochten. Ich mußte in der Wohnung über Stapel von Zeitschriften wie *Popular Mechanics* und über billige Plastikmodelle von *Gemini II* steigen und abends mein Sofabett unter NASA-Broschüren ausgraben; ich stolperte morgens im Badezimmer über Taschenbuchbiographien von John Glenn. Dort, auf dem Klo, mit schläfrigen Augen und dem Geschmack der Nacht im Mund, ließ ich meine uninteressierte Fassade fallen und sah mir diesen John Glenn einmal an, sein hoffnungsfroh in den Himmel gerecktes Gesicht, seine klaren blauen Augen, und ich versuchte mir über die Verbindung zwischen den beiden klar zu werden. Aber ich war jung und selbst zu sehr von wissenschaftlichen Tatsachen gefesselt, als daß mir eine logische Erklärung eingefallen wäre. Es blieb mir nichts anderes übrig, als meine Mutter einfach nur für sehr merkwürdig zu halten. Meine Betrachtungen – die Ausdünstungen meines Körpers hatten zudem irgendwie eine gemütliche Atmosphäre geschaffen – wurden stets von Mutter unterbrochen, die an die Tür trommelte: »Ich verstehe einfach nicht, wie du soviel Zeit da drin verbringen kannst.«

Das tat ich aber, mehr und mehr. Während sie ihre eleganten Flugmaschinen betrachtete, entdeckte ich in der Dunkelheit des Badezimmers meinen Körper, am einzigen Ort in unserer Wohnung, wo ich ungestört sein konnte. In der Dusche, unter dem beißenden Rosettenstrahl des Wassers untersuchte ich mit Fingern, grub aus, entdeckte die Quellen seltsamer Flüssigkeiten, süße und salzige Gerüche, unendliche Weiten. Klar, ich geilte mich mit der begeisterten Entdeckerfreude einer Halbwüchsigen auf, ich masturbierte unter der Dusche, auf dem Boden, über das Waschbecken gebeugt. Aber es war mehr als nur das: Während ich mich gegen die Wand preßte und die Lippen an die kühlen Kacheln drückte, während ich mich zuckend am Boden wand oder mich gegen die rauhe Oberfläche eines Handtuchs rieb, wußte ich, daß es alles da war, ich meine, daß die Welt da war, mit all ihrer Rauheit und Kraft, ich konnte sie spüren. Wovon, fragte ihr, wovon zum Teufel redest du da? Ihr müßt verstehen, daß ich draußen bei Mutter manchmal das Gefühl hatte, daß alles zweidimensional und flach wie Papier war, wie Licht, das durch Buntglasfenster fällt. Ich hatte zuweilen das Gefühl, daß ich schwebte, tief in meinem Inneren wegdriftete, und daß alles ganz weit weg war, nichts als die Ausdünstungen eines Gespenstes. Wenn ich in einer solchen Stimmung war, wurde ich ganz atemlos, aber irgendwie cool, wie so eine total gelassene Tussi, wißt ihr, eine Killerin oder vielleicht auch eine Patientin im Koma auf einer weißen Krankenhausstation. Und dann schloß ich mich im Lokus ein und zerrte mir den Rock vom Leib und lutschte an meinem Zeigefinger, Mittelfinger und Daumen, rammte sie dann in mich hinein, in meine strahlenden Schamlippen, meine Möse (ja, ich hatte auch mit der einschlägigen Lektüre angefangen, was denkt ihr denn?), Fältchenring, seidige Kurven des Bauchs, Zunge und Zähne an der Schulter, und so holte ich mich wieder fest mit beiden Beinen auf die Erde runter.

Und so ging es weiter. Ich war im Badezimmer und meine Mutter draußen, ich wälzte mich und zuckte auf dem kalten Kachelboden herum, ich saß ernst und nervös in der Schule. Die Jungen liefen mir eine Weile lang nach, und dann erzählten sie sich häßliche Geschichten über mich. Ich glaube, ich war ganz hübsch, aber ich zögerte immer, weil ich es trotz allem immer Mutter recht machen wollte, ich versuchte es, ich trug das zermalmende Gewicht ihrer Erwartungen und versuchte so zu werden, wie sie es sich für mich erträumt hatte. Wir lebten all die Jahre zusammen und redeten doch nie viel miteinander. Ich wußte, wie stolz sie auf mich war, und doch spürte ich in meiner Brust etwas wie Dornen wachsen, einen geheimen, engen Ort des Grolls, dessen ich mich am Tag schämte. Aber ich glaube, ich hätte es getan, ich hätte zugelassen, daß sie mich zu dem machte, was sie wollte, wenn sie mich nicht zersägt hätte.

Sie hat mich zersägt, ich meine, buchstäblich zersägt. Sie hat mein Fleisch mit dem Skalpell bearbeitet, an meinen Knochen herumgemeißelt, und danach haßte ich sie. Aber ehe ich sie haßte, wollte ich wirklich fliegen für sie, ich hatte lange und gründlich darüber nachgedacht und mich schließlich entschlossen, um ihretwillen Astronautin zu werden. Das Jahrzehnt war mit all seiner Wut und mit dem Dschungelkrieg in einem fernen Land an mir vorübergerauscht, und ich wußte immer noch, daß ich es ihr irgendwie zurückzahlen mußte. Ich wußte, daß sie etwas von mir erwartete, irgend etwas, ungeheuer viel, aber sie hat nie etwas gesagt, und ich wußte also nie, was genau. In meinem letzten Jahr in der High School habe ich dann in der Schule einen Film im Physikunterricht gesehen: Raumschiffe, die vor einem tiefen Schwarz lautlos aufeinanderzugleiten, Menschen, die sich, durch silberne Nabelschnüre verbunden, langsam drehen, und ich dachte: Das will sie. Sie will, daß ich so was mache. Und also sagte ich ganz unvermittelt laut in die Klasse: »Ich möchte Astronautin werden.« Die Kids haben mich ausgelacht, aber die Lehrerin, eine kratzbürstige alte Irin, lächelte. Und auch ich lächelte im Bus auf dem ganzen Heimweg. Doch zu Hause hatte Mutter auf dem Küchentisch einen braunen Ordner aufgeschlagen, der voller Hochglanzbroschüren und Fotokopien aus medizinischen Fachzeitschriften war. Ich erblickte schwarz-weiße Querschnittzeichnungen, säuberlich dargestellte und erklärte Knochen und Knorpel.

»Was ist denn das?« fragte ich.

»Für dich«, antwortete sie. »Und das hier, das ist die, die wir nehmen.«

»Für mich? Eine Nasenkorrektur?«

Nun, es stellte sich heraus, daß sie meine Nase schon jahrelang im Visier hatte. Ich betrachtete sie im Spiegel, und sie schien mir völlig in Ordnung zu sein, aber Mutter meinte, sie sei zu breit und zu flach.

»Zu breit und zu flach wofür?« erkundigte ich mich mit erhobener Stimme. »Mir gefällt sie gut, so wie sie ist.«

»Für nichts«, meinte sie. »Sie ist einfach nur zu breit und flach.«

Im Spiegel sah ich eine gute Nase, gerade und stumpf, nicht irgendwie entstellt oder häßlich, aber ihr schwebte nun einmal dieses Ding vor, sie zeichnete es mir auf einen Schreibblock: Von den Brauen sollte es in klarer Linie losgehen, ziemlich dünn, aber nicht zu dünn, und dann wie eine schmale Klinge weiter bis zur ganz leicht nach oben strebenden rhombenförmigen Spitze über wohlgeformten und verdeckten Nasenlöchern. Sie hatte bereits jahrelang an diesem Konzept gearbeitet, es war das Ergebnis mehrjähriger Forschungen, und das war es, was sie von mir und für mich wollte. Ich jaulte wieder: »Wozu? Ich brauche keine neue Nase, verdammt!«

»Fluch nicht!« ermahnte sie mich und war nicht einmal böse. Sie hatte schon seit Jahren Geld gespart, und nun war ich endlich alt genug, und die Möglichkeit, es vielleicht nicht zu tun, wurde überhaupt nicht erwogen.

»Nächsten Donnerstag«, sagte sie und packte ihre Unterlagen ordentlich weg. »Dann kannst du dich in den Thanksgiving-Ferien erholen.«

Sie lächelte ein wenig, und nun begriff ich, daß sie Dankbarkeit von mir erwartete, daß dies ein Geschenk von ihr an mich war.

»Mutter«, setzte ich an. »Darf ich dich was fragen. Was glaubst du, soll ich später einmal werden?«

»Alles, was du willst, Liebes«, erwiderte sie. »Du kannst alles werden, was du willst.«

Ich nehme an, es war der alte, dumme Hoffnungstraum, den sie mir da verkaufen wollte. Dann ging mir allerdings auch durch den Kopf, daß es ihr eigentlich egal war, was aus mir wurde, solange ich nur abhob, aus dem schmuddeligen Gefängnis des Andersseins entkam und mich einpaßte, mir die gottverdammte Nase der Zugehörigkeit zulegte. Also schnippelte sie an mir herum. Na klar, es war nicht sie selbst, sondern ein Typ namens Schwartz, der den kalten Meißel ansetzte und mit einem einzigen krachenden Schlag den Knorpel vom Knochen trennte. Aber es waren ihre Hände, die ich an mir spürte. Und ich, ich saß da und erschauderte von diesem Klang, ich spürte nichts, war zumindest örtlich betäubt. Ich schloß die Augen und spürte, wie mein Gesicht gefror. Er sprach mit mir: »Okay, Schätzchen, jetzt spürst du vielleicht ein bißchen was, kein Grund zur Sorge, also, jetzt kommt's.« Und dann hörte ich ganz weit weg auf der anderen Seite der Erde ein Beben, krach, und er hatte sie mir gebrochen. Verdammte Scheißziege, dachte ich.

Und dann lag ich im Bett, mit blutunterlaufenen Augen und einer weißen Bandage, die man mir übers Gesicht geklebt hatte. Ich denke mal, es ist nicht übertrieben, wenn ich sage, daß ich vom Truthahn zu Thanksgiving nur das Bittere zu schmecken bekam: Die Kapseln, die mir Schwartz gab, hinterließen einen sauren Geschmack, der mich noch nach Tagen verfolgte. Als ich wieder in die Schule ging, war die Schwellung schon beinahe ganz zurückgegangen, aber ich hatte noch immer eine breite weiße Bandage quer über dem Gesicht. Und bereits da stellte sich heraus, daß ich eine Heldin war. Sie mochten mich, noch ehe sie die neue Nase überhaupt gesehen hatten – ich denke mal, sie haben die Bemühung honoriert. Nachdem Schwartz die Fäden gezogen hatte, zog sich die Nase langsam aber sicher in ihre neue Form. Jeden Morgen beim Aufstehen fand ich eine neue Konstellation vor, und Mutter meinte, es würde eine Weile dauern, bis sie zu ihrer normalen Form gelangte. In Wahrheit war es mir völlig egal, wie ich schließlich aussehen würde, ich konnte mir gar keine Sorgen darum machen, dafür schmerzte es viel zu sehr, nur einfach zuschauen zu müssen, wie sich dieses Ding veränderte, ja dieses neue Ding überhaupt an mir zu sehen. Na ja, das ist ja eigentlich klar, ich sah einfach verdammt nach jemand völlig anderem aus. Ab und zu berührte ich das Ding ganz vorsichtig, und meine Finger tasteten nach den alten, inzwischen unsichtbaren Konturen. Ich war fix und fertig, ich fühlte mich, als hätte man mir ein Ersatzteil angepaßt.

Und was war mit deiner Mutter? fragt ihr. Ich habe mich ganz still verhalten und war vorsichtig dankbar, harrte auf ich weiß nicht was. Ich wartete. Ich wußte nicht, was ich machen sollte, aber ich wußte, daß meine Antwort ein Knaller sein mußte. Es war mir sowieso klar, daß meine NASA-Pläne gestorben waren, denn mir wurde sogar bei dem Gedanken, in ein Flugzeug zu steigen und nach Texas oder sonstwohin zu fliegen, schon kotzübel. An den Wochenenden stand ich immer früh auf und ging in den Park. Dort beobachtete ich die Arbeiter, wie sie am Morgen die Blätter zusammenfegten und mit Wasser und Dünger hantierten. Ich las auch viel, meistens, ich weiß auch nicht warum, Märchen: deutsche und indische Märchen, isländische Sagas, so Zeugs. Irgendwie habe ich mich danach besser gefühlt. Geredet habe ich mit niemandem.

Nach einiger Zeit habe ich dann angefangen, auch abends in den Park zu gehen. Mutter erzählte ich, daß es Jungs wären, Rendezvous', Parties, und sie glaubte mir das nur zu gerne. Ich saß auf dem Rasen und wartete, daß sich die Dunkelheit herabsenken würde. Dann stieg ich in den letzten Bus und fuhr nach Hause. Ich hätte Angst haben sollen, hatte aber keine. Eines Tages schlief ich ein und wachte erst auf, als ich das Geräusch des Rasensprengers hörte, ein sanftes Rieseln, das sich ständig wiederholte. Ich spürte, wie mir das Wasser auf die Haut tröpfelte und perlte und sie abkühlte. Als ich versuchte, den Kopf zu heben, ging das nicht. Es war, als versagten meine Muskeln. Da dachte ich: Wenn ich mich einfach gehenlasse, dann versinke ich in der Erde, verwandle mich in Schlamm und Mutterboden. Ich setzte mich auf und kam mit klopfendem Herzen wieder zu mir. Ich hielt mir die Brust und rappelte mich hoch und fing an zu gehen. Ich verließ den Park und spazierte weiter, an vielen Dingen vorbei. Zunächst waren da in unmittelbarer Nähe des Parks die Häuser der Reichen, groß und leuchtend, die Fenster gleich kostbaren weichen Stücken aus einem weißglühenden Metall, Barrikaden, die eine ganze Welt hinter sich verbargen. Dann ging ich an den Häusern der ganz normalen Sterblichen vorbei, an ordentlichen Reihen schachtelartiger dunkler Brokken. Später kam ein festliches, geschäftig-lautes Einkaufszentrum, der Parkplatz davor voller Autos. Dann sah ich struppige

Rasenflächen, Fabrikgebäude, Wellblechschuppen. Und später spazierte ich an den Häusern der Armen vorbei, an vielen Reihen von Wohnblocks, Treppen, vergammelnden Autos. Und auf einmal eine große Freifläche, grau und verlassen, hier und da ein paar alte Drähte, ein weißer Tierschädel und Bellen im Dunkeln, verstreute Gebäudereste. Dann einen langen Augenblick gar nichts, vollkommene Dunkelheit, nicht einmal eine Straße. Und schließlich ein rotes Leuchten in der Finsternis, ein Neonkreis, ein gezackter Schriftzug mit fehlenden Buchstaben: »Joyland«.

Als ich Joyland betrat, dachten sie dort, daß ich einen Job suchte, und ich habe nicht nein gesagt. Weil ich so jung war, waren sie nervös, und doch wollten sie mich ganz offensichtlich. Also habe ich mir angehört, wie sie die Sache Schritt für Schritt durchzogen, mit Feilschen und aalglatter Schmeichelei und allen möglichen Spielchen, und ich wußte doch schon Bescheid, als ich zur Tür reinkam. Sie nahmen mich mit nach hinten, und ich wartete in der Kulisse, bis ich an der Reihe war. Dann spazierte ich auf die Bühne, kümmerte mich gar nicht um die Musik, setzte mich einfach an die Rampe und schlüpfte langsam aus den Kleidern. Ich meine, ich habe keine Show abgezogen oder so, ich habe nicht mal versucht zu tanzen, ich habe mich einfach ausgezogen. Aber es schien ihnen wirklich zu gefallen, denn nach einer Weile bat ich laut darum, man sollte das Licht im Zuschauerraum anmachen, und da habe ich ihnen ins Gesicht und in die Augen geschaut und habe nur dagesessen und habe mir alles ausgezogen, und dann bin ich noch ein bißchen länger sitzengeblieben und habe mich ein bißchen nach hinten gestreckt, und das war's. Ich meine, viel war es nicht, und ich habe mich oft gefragt, warum es auf einmal so still wurde und die anderen Mädchen aufhörten, sich am Boden zu räkeln, und warum alle nur noch mir zuschauten. Ich bin mir verdammt sicher, ich sehe nicht so toll aus, daß die Leute Essen und Trinken und alles andere vergessen, nur weil ich die gottverdammten Klamotten ausziehe, also frage ich mich, was es wohl an diesem ersten Abend war. Ich weiß es nicht. Vielleicht lag es daran, daß ich ihnen in die Augen schaute und nicht versucht habe, ihnen irgendwas zu verkaufen.

Also fing ich in dem Schuppen an. Ich will euch gar nicht weismachen, daß es immer nur nett war. Es klebte Bier auf dem Boden, manche Frauen arbeiteten, um ihre Kinder und andere durchzufüttern, Besoffene hingen in den Klos rum, und dann all diese Männer, die in der Dunkelheit saßen, ihre Augen, und ab und zu eine Messerstecherei, Bullen auf Streife, Falschgeld von der Mafia und all das Zeug. Aber an drei Abenden in der Woche band ich Mutter den Bären auf, daß ich mich mit Eddie und Barbara und Pennel traf, und statt dessen ging ich ins Joyland und zog meine Nummer ab. Warum, fragt ihr. Es hat mir gutgetan. Ich hätte es überall gemacht, glaube ich, auf der Straße oder im Bus, aber in Joyland war alles schon dafür vorbereitet, und da konnte ich es machen, also habe ich es da gemacht.

Einige von den Frauen verachteten mich, andere kümmerten sich um mich. Die Männer umkreisten und beobachteten mich, waren sich nicht sicher, was sie von mir halten sollten, und es gingen alle möglichen Gerüchte um. Aber ihr wollt wohl immer noch wissen, was ich davon gehabt habe, was ich empfunden habe, ob ich mich nicht billig und ausgenutzt gefühlt habe? Nein, was ich damals unter dem scharfen Mond des Scheinwerfers gespürt habe, das war nur ich, der Schweiß auf meiner Haut. Ich bin mir ganz sicher, daß andere, die da tanzten, die Zuschauer und sich selbst dafür verachteten. Aber mir war das nicht einmal wichtig, weder das noch das Geld, deswegen bin ich nicht immer wieder an den Stadtrand gegangen. Mir war wichtig, daß es mich in der Wirklichkeit verankerte. Da drinnen war ich vor den Messern des Fortschritts sicher, zumindest für eine Weile. Und für mich war es wirklich eine ganz unschuldige Sache: Ich bin danach immer schnurstracks nach Hause gegangen, habe einfach all die Einladungen überhört, all die traurigen und hoffnungsvollen Anfragen.

Die Zeit verging. Ich machte meinen Schulabschluß und machte in Joyland weiter. Eines heißen Juliabends ging ich zu Fuß nach Hause. Überall vor den Schaufenstern hatten sich Menschentrauben gebildet, die eine graue, felsige Oberfläche und ein kleines weißes Raumschiff betrachteten, das durch die Schwärze schwebte. Als ich nach Hause kam, saß

Mutter kerzengerade am Tisch, und im Hintergrund murmelte leise und mit eindringlicher Stimme der Fernseher. Sie blickte mich nur an.

»Du weißt Bescheid?« fragte ich.

»Ich weiß Bescheid«, erwiderte sie. Es war zwecklos, sich zu erkundigen, wie sie es herausgefunden hatte, denn in meine Shows kamen Hunderte von Männern, und so hatte sie es eben irgendwie herausgefunden. Ihre Hände lagen flach vor ihr auf dem Tisch, ihr Gesicht war in der Dunkelheit verborgen, aber von hinten tanzten Lichtblitze über ihren Kopf.

»Du Dreckstück«, sagte sie, und es schwang mehr Verwunderung als Ärger in ihrer Stimme mit. »Alles hättest du werden können, alles hättest du machen können. Aber statt dessen gehst du hin und ...«, ihre Stimme überschlug sich, » ... entscheidest dich für diese SCHEISSE.« Als sie mir mit diesen Worten die Welt, meine Zukunft entgegenhielt, da umschloß ihre Geste die kleine Küche, die gerahmten Titelseiten der *Saturday Evening Post* an der Wand und ganz besonders das Bild im Fernseher hinter ihr. Sie verstummte, wandte sich von mir ab, blickte tief in das Fernsehgerät hinein und entließ mich mit den Worten: »Du Barbarin.«

Also ging ich. Ich spazierte die Straße entlang, und ihr wißt, was ich da auf Hunderten von hell erleuchteten Rechtecken auf beiden Seiten der Straße, in Schaufenstern und Wohnzimmern sah, ihr wißt, wessen Stimme mich verfolgte und, begleitet vom metallischen Zischen aus Tausenden von Meilen Weltraum, immer und immer wieder sprach: »Ein kleiner Schritt für einen Menschen, aber ein Riesensprung für die Menschheit.« Ihr wißt, was ich da gesehen habe: eine weiße Gestalt, hell und sauber, die eine Flagge in den Mondboden rammte. Also suchte ich mir ein Telefon und machte ein paar Anrufe. Es hatten mich Leute um Sachen gebeten, ich sollte bestimmte Dinge tun. Die rief ich nun an, und wenige Stunden später war alles bereit: ein quietschendes Eisenbett in einem abgelegenen, stinkigen Haus, eine zerschlissene Matratze, die mit einem billigen, aber nagelneuen Laken überzogen war, zwei winzige Scheinwerfer auf Metallständern und eine uralte, zerschrammte, aber funktionierende 16mm-Kamera, ein Kameramann und ein Mann. Zuerst hat der Mann, ein langhaariger Typ mit Cowboystiefeln, so um die dreißig, der aus einer kleinen Flasche trank, also, zuerst hat er mich angelächelt: »Baby, mach dir keine Sorgen, ich paß schon auf dich auf.« Ich sagte kein Wort, da hielt er die Klappe. Ich meine, ich war ganz ruhig. Innerhalb einer Minute hatte ich alles ausgezogen und sagte: »Dann mal los.« Er blickte überrascht hinter der Kamera hervor, denn ich glaube, er hatte gedacht, hatte sich vielleicht sogar gewünscht, daß ich mich fürchten würde. Er saß auf dem Bett, und ich rollte mich über ihn und riß ihm das Hemd vom Leib, und dann war da die pickelige Haut seiner Schultern, der leicht säuerliche Geruch seiner Achsel, seines Nackens und seiner Handgelenke, der scharfe Geschmack im Mund, Bourbon, die glatte Weichheit seiner Lippen, die unter geschlossenen Lidern hin- und herwandernden Augen, jedes einzelne Haar auf seiner Brust, die Gänsehaut seiner Brustwarzen, meine Zunge wie ein kleiner Pfeil, eine Schwalbe, Zähne, die in die Haut zwicken, das bebende Atmen des Bauches und die zuckenden Muskeln, die gebenedeite Festigkeit und die Wärme, die willkommene Andeutung eines scharfen Aromas darunter, in der sich die Nase schnuppernd und neugierig stubsend vergräbt, faltige Haut, so weich, so glatt und kostbar darunter, der Mund öffnet sich und kommt zur Begrüßung: Schwanz ist gut, und dann besucht er die Knie, die knubbeligen und narbenübersäten Knie der Kindheit, die langen Fußgelenke und gebogenen Zehen. Ich schwinge mich nach oben, und nun bewegt er sich Kuß für Kuß meinen Rücken herunter, meine Seite entlang, Arme und Nacken und Ohren, ein kleines nasses Tier, warm und kneifend, Beben an der Brust, Brustwarzen in Habacht, dann ganz schnell nach unten, und ich beuge mich über sein Gesicht, rieche mich selbst, spüre Lippen über mir, jede Bewegung ist ein langer Blitz, der mir ins Herz fährt, meine Schamlippen sind voll und üppig, angeschwollen, eine kreiselnde Spitze sucht meinen Kitzler und findet und verliert ihn wieder, Hände breiten sich über meine Hinterbacken, meine eigenen Finger auf mir: süße, unerschöpfliche Güte der Fotze. Die Kamera surrt, ich lehne mich zurück und lange nach unten, nehme ihn, muskulös und gegen meine Hand zuckend, bewege die Hüften, bis ich ihn umfange, lege mich zurück, der stechende Schmerz entlockt mir einen Schrei, aber ich sehe meinen glänzend nassen Körper und darüber seinen, ich halte ihn in meinem Inneren fest, und seine Länge fühlt sich so seltsam an, der bloße Gedanke – ich habe ihn in mir – ist so unerwartet und wunderbar, daß ich lachen muß, er zittert und lacht auch, und aus irgendeinem Grund überkommt uns nun beide das Kichern, und wir lachen und lachen, bis ich zusammensacke und immer noch lache, und die Kamera stoppt, und alles, was ich noch hören kann, sind wir drei, und wir lachen.

So ging uns der Film aus, und ich mußte am nächsten Tag noch mal hin, damit wir die Aufnahme vom Kommen machen konnten. Dann saßen wir klebrig im Bett und aßen Doughnuts. Als ich wissen wollte, warum die Aufnahme vom Kommen (in Zeitlupe, mit einem üppigen Schwall von Flüssigkeit) unbedingt sein mußte, da zuckten sie nur beide die Achseln und sagten: »So wird's nun mal gemacht, Babe, das ist die Einstellung, die die Kohle bringt.« Komisch, dachte ich bei mir, aber es war mir eigentlich egal, denn mir ging's wirklich gut. Die Leute glauben es mir nie, wenn ich ihnen das erzähle, also die Normalen, die aufrechten Bürger, die stinknormalen Leute, Mama und Papa mit ihren zwei Komma null fünf Kindern. Die schauen mich an, und auf ihren Gesichtern wechseln sich Mitleid und Entsetzen ab. Und wenn ich dann auf meiner Meinung bestehe, dann tun sie so, als gäbe es mich gar nicht. »Du bist verblendet«, sagt Mama, »du bist verrückt. Du weißt bloß nicht, was da mit dir geschieht, was die mit dir machen.« Wenn ich dann darauf beharre: »Nein, nein, so bin ich nun mal«, dann knurren sie: »Dreckstück« und versuchen mich zu vergessen. Aber Mann, ich bin überall rumgekommen. Nach diesem ersten Tag habe ich mir von dem verdienten Geld einen klapprigen alten Packard gekauft, bin eingestiegen und losgefahren. Ich war in jedem Nest von Albany bis Zanesville, in jeder Stadt. Wenn du reinfährst, wenn du die Einkaufszentren siehst, dann fährst du einfach an den Läden vorbei, machst einen großen Bogen um die Geschäftsviertel, wo die Typen in den feinen Anzügen rumhängen, und um den Stadtrand und die gepflegten Rasenflächen und suchst nach den vergammelten Gebäuden, den Pennern, den Polizeiautos und dem Regen, und dann findest du's schon. Ich bin von einer Stadt zur anderen gezogen und habe gestrippt. Und dann bin ich wieder in den Osten zurückgekommen und habe Sexfilmchen gedreht, mit grobkörnigen, schlecht ausgeleuchteten Bildern in schwarz-weiß. Manchmal behielten die Macker ihre Schuhe an, weil sie Angst vor Razzien hatten. Und auf einmal waren die siebziger Jahre da, und wir machten richtige Filme, mit Vorspann und Abspann, mit Musik und allem, und die Leute wußten allmählich, wer ich war, sogar die Frauen. Nach Hause bin ich nie mehr zurückgegangen.

Ich denke, so ganz grob gesprochen könnte man sagen, daß ich ein Star wurde. Aber ich will euch eins verraten: Was ich mache, ist Arbeit, es ist ein Handwerk. Denkt mal drüber nach – du trittst morgens an, und vielleicht hat die Person – Mann oder Frau –, mit der du arbeiten sollst, wenn du Pech hast, überhaupt keine Lust; sie finden es grauenhaft, sie hassen sich selbst dafür, oder es ist ihnen einfach nur langweilig, oder sie sind müde, und dann mußt du die Szene rausreißen. Dann gehen die Scheinwerfer an, die sind heiß und machen dir Kopfweh. Wenn sie die Kamera woanders hinstellen, hockst du da, und dann mußt du noch einmal von vorn anfangen, und vielleicht hat der Typ inzwischen allmählich keinen Ständer mehr, die Aufheizmiezen bearbeiten ihn zwar wie wild, aber er schlafft trotzdem langsam ab, und dann mußt du ihn wiederbeleben. Nach all dem Zirkus muß es funktionieren, zumindest bei mir, denn ich bin stolz auf meine Kunst. Am Ende funktioniert es auch, und dann gibt es nur noch das Fleisch, weich und schimmernd unter den Bogenlampen, und das Zimmer ringsum verschwindet, und da ist nur noch eine ruhige, wunderbare Konzentration, auch wenn der Regisseur hinter der Kamera brüllt.

Das habe ich jahrelang gemacht. Bei meinem ersten richtigen Film, mit Titel und so, da fragte der Produzent: »Schätzchen, willst du deinen eigenen Namen benutzen?« Ich erwiderte, ich würde mal drüber nachdenken. In jener Nacht saß ich in meiner Wohnung und dachte drüber nach. Mein eigener Name – egal, wie der lautete – schien mir inzwischen

ganz unwirklich, und vielleicht war er ja auch nie wirklich gewesen. Ich dachte daran, wie ich mich im Badezimmer versteckt hatte, dachte an die dampffeuchte Haut und die dünne
Luft draußen im Haus meiner Mutter, an das Klima gemä-
ßigter Vernunft, in dem wir lebten, und da wußte ich, daß
mein Name mir nie gehört hatte. Also machte ich mich auf
die Suche nach einem neuen, blätterte die Bücher in meinen
Regalen durch, spazierte von einem Fenster zum anderen.
Schließlich zog ich mir den Mantel über und ging nach draußen, nach Norden. Ich wohnte damals in Manhattan, in der
Columbus Avenue. Es war schon spät, es war Winter, und die
Straßen glitzerten vor Eis. Ich wanderte durch die Stadt und
hörte die Stimmen von Sternsingern klar und deutlich wie
Messerklingen durch die schneidende Luft erschallen. Ich
bog um eine Ecke, und da ragte die Kirche von St. John vor
mir auf, und ich stand da und blickte auf diese riesige schwarze
Hülle. Wie sie sich da so über mir auftürmte, wartete ich und
wartete, wartete darauf, daß sie mir etwas sagen würde, wartete darauf, daß ich eine Frage stellen durfte, die halbformu-
liert in mir bebte. Aber schließlich wandte ich mich ab, nichts
war gesagt worden, an nichts hatte ich mich erinnert.

Am nächsten Morgen rief mich ein Arzt aus dem Bishop-
Krankenhaus an: Man hatte Mutter in die Unfallstation ein-
geliefert, nachdem sie bei der Arbeit zusammengebrochen
war. Die Symptome deuteten auf akute Verhungerungser-
scheinungen hin. Als ich im Krankenhaus ankam, erzählte
mir der Arzt (nach dem kurzen Augenblick verdatterten Erkennens, an den ich mich langsam gewöhnte), daß sie lange
an einer hartnäckigen Verstopfung gelitten hatte und daß es
schien, als habe sie, anstatt das Bauchweh und die Kopfschmerzen und die Tinkturen und Tabletten und die Würdelosigkeit
des allmorgendlichen Drückens weiter zu erdulden, einfach
mit dem Essen völlig aufgehört. Sie schlief, und ich blickte
durch das Glasfenster in ihrer Zimmertür, zog es aber vor,
nicht zu ihr hineinzugehen, aus Angst, sie aufzuwecken. Sie
hatte einen Tropf am Arm und einen Schlauch in der Nase.

»Wir ernähren sie durch die Nase«, erklärte der Arzt.

Ihre Hände waren auf der Brust zu zwei winzigen Fäusten
geballt.

»Wie lange hat sie schon nichts mehr gegessen?«
»Zwei Wochen, scheint es.«
»Wie lange muß sie hierbleiben?«
»Eine Woche, vielleicht zehn Tage. Das zahlt ihre Versicherung, machen Sie sich keine Sorgen. Zumindest diesmal.«
»Das habe ich nicht gemeint.«
Wirklich nicht. Woran ich gedacht hatte: Wie dunkel ihr Körper gegen das Weiß der Krankenhauslaken aussah, wie wütend sie sein würde, wenn sie aufwachte und feststellte, daß man sie besiegt hatte. Auf dem Parkplatz froren mir die Tränen auf dem Gesicht, mein Kopf war angefüllt mit einem einzigen Wort, mit einer Erinnerung, vielleicht aus irgendeinem Spätfilm meiner Kindheit; vielleicht hatte ich das Wort auch gehört, als es mir von der Krankenhauskapelle entgegenflog. An jenem Nachmittag hielt ich plötzlich inne, während ich gerade an einer Brust züngelte, an einer vollkommenen Brustwarze saugte, hob den Kopf und sagte in den Raum hinein: »Kyrie. Das ist mein neuer Name: Kyrie.«

Sie behielten Mutter drei Wochen im Krankenhaus, zur Behandlung und zur psychiatrischen Beobachtung. Sie weigerte sich, die Fragen des Seelenklempners zu beantworten; sie weigerte sich auch, mich zu sehen: »Und von ihrem dreckigen Geld will ich auch nichts.« Heiligabend entließ man sie. Ich beobachtete sie von meinem Auto aus, wie sie selbstbewußt in das Schneegestöber schritt, das über der Stadt hing. Sie ging weg, und ich sah ihr lange hinterher, während die Lichter in der Ferne verschwommen schimmerten, und ich lauschte der Stille. Am nächsten Morgen war sie schon wieder auf der Unfallstation, erbrach sich unter Krämpfen und hatte große Schmerzen – sie war nach Hause gekommen und hatte sich mit Essen vollgestopft, mit dicken Scheiben gekochten Schinkens, mit ganzen Blöcken von Butter, mit Wildhühnern und Pasteten. Als man ihr die Kleider auszog, wölbte sich ihr Magen weit vor, war in seiner Rundheit seltsam durchscheinend und von schwarzen Venen überzogen. Diesmal behielten sie sie einen ganzen Monat lang da, und sie wurde von ganzen Rudeln von Ernährungsfachleuten und Psychologen untersucht. Zögerlich, aber unwillig, sie noch länger im Krankenhaus zu behalten – sie schien so verdammt gesund zu sein –,

entließ man sie in die Pflege einer bei ihr lebenden Krankenschwester und eines schicken jungen Harvard-Doktors. Aber
jetzt schien ihr Körper, obwohl sie unter den wachsamen
Augen der Krankenschwester regelmäßig und sorgfältig aß,
vollends zu verhungern. Das Essen verschwand einfach in ihr,
spurlos – sie wurde schwächer und immer schwächer, bis sie
kaum noch aus dem Bett aufstehen konnte. Die Haare fielen
ihr aus, und sie sah allmählich aus wie ein Kind aus einem
Hungergebiet: mit aufgeblähtem Bauch und riesigen, verletzt
blickenden Augen. Sie driftete leise vom Wachen in den Schlaf
und zurück, verfiel dann ins Koma. Aber plötzlich wachte sie
auf und bat um ein Steak. Man gab ihr statt dessen irgendeine
graue, schlabberige Nährlösung, doch bereits am nächsten
Morgen saß sie aufrecht im Bett und verzehrte ungeheure
Mengen Rührei und verlangte nach mehr. Hinterher schworen alle Stein und Bein, man hätte förmlich zusehen können,
wie sich von einer Minute zur anderen ihr Fleisch wieder mit
Muskeln ausfüllte. So lebte sie die nächsten zwei Jahre in ab-
wechselnden Zweimonatszyklen des Hungerns und der Völlerei, der Kontrolle und des Terrors, stets von ihren Modellen
von *Voyager I* und später der Raumfähre umgeben.

Inzwischen lebte ich. Ich traf eine Abmachung mit ihrer
Krankenversicherung, die mir erlaubte, die meisten Rechnungen zu bezahlen, ohne daß sie davon wußte. Ich arbeitete
beinahe jeden Tag – zunächst verdiente ich fünfhundert am
Tag, dann achthundert, dann tausend, dann zweitausend,
dann mehr. Ich konnte mir ein Haus auf Long Island kaufen.
Ich stopfte es voll mit Büchern, zumeist alten Büchern, und aus
irgendeinem Grund mit Steinen. Ich weiß nicht warum, aber
der Anblick einer Oktav-Ausgabe von *The Recuyell of the
Histories of Troy* in einem weichen Volledereinband neben
einem zerklüfteten, schartigen Brocken Gneis bereitete mir
großes Vergnügen. Eine Weile hatte ich einen Fernseher,
mußte ihn aber schließlich rausschmeißen, denn wenn ich spät
nachts noch schaute und all diese wunderschönen Leute sah,
all diese Bierreklamen und Werbespots für Jeans, in denen sie
umeinander herumscharwenzelten, zwar nie richtig fickten, es
aber immer doch andeuteten, fühlte ich mich unerträglich
einsam. Ich meine die Art Einsamkeit, bei der du dich selbst

haßt, die dir vom Tod spricht, die dich in deinem eigenen Zuhause fremd sein und dir das Aufwachen am nächsten Morgen unmöglich erscheinen läßt. Also warf ich den Fernseher raus. Aber meistens war mein Leben ganz normal und sehr schön. Ich arbeitete, ich hatte Freunde, ich hatte Liebhaber. Ich kam abends nach Hause und machte mir eine Tasse heiße Schokolade und saß auf meiner Veranda und las. Wenn es dunkel wurde, aß ich, normalerweise gesundes Zeug, Salat und Artischocken und solche Sachen. Ich investierte bei General Motors, bei zwei gerade neu gegründeten Unternehmen für Agrarprodukte, bei einer Bank und so weiter. Ich wohnte eine Weile, fünf Jahre genaugenommen, mit einem Freund zusammen. Er war auch Pornodarsteller, und er hieß George. Wir trennten uns, es war die übliche Beziehungskiste, wir hatten uns auseinandergelebt und so, aber nicht aus Eifersucht, wie ihr vielleicht denkt. Ich habe seither andere Freunde und auch Freundinnen gehabt, manche länger als andere, und ein paarmal habe ich mit dem Gedanken ans Heiraten gespielt, es aber nie wirklich gemacht. Ich meine, mein ganzes Leben war ziemlich durchschnittlich und beinahe langweilig, außer daß ich, um mir meinen Lebensunterhalt zu verdienen, die Leute aufgegeilt habe, was eigentlich ganz gut ist. Es war auch gut. Aber ich habe auch gesehen, wie Leute kometenhaft aufstiegen, in Flammen aufloderten und dann rasant zu Boden gingen, wie irgendeine Droge oder eine wilde Wut sie in Brand setzte und in dieses Leben trieb, in die verzweifelte Affäre mit Schuld und Ablehnung, die den größten Teil von Joyland ausmachte. Ich habe gesehen, wie einige mit den schweren Jungs und den Tussis geliebäugelt haben, die wie Hyänen am Rand des Ghettos auftauchten, in dem ich gelebt hatte, und diese Freunde verschwanden dann im schwarzen Schlund des Rechtssystems. Einige kamen später in Talkshows wieder zum Vorschein und nahmen am tagtäglichen Kreuzzug der Schuld und der Opfer teil, spielten die herausgeputzten Unschuldslämmer, die ihre Verfehlungen offen eingestanden, die den heiligen Zorn Amerikas auf sich nahmen, und kehrten dann dankbar, weinend und manchmal mit einem Buchvertrag in den Klauen in die Herde der Rechtschaffenen zurück.

Inzwischen kotzte Mutter, hungerte und aß. Und so kamen wir in die achtziger Jahre, und ganz plötzlich zog eines Morgens Reagan ins Weiße Haus, und mein ehemaliger Freund George war an AIDS gestorben, und ganze Bataillone wild blickender, steifgliedriger Roboter fielen über uns her und schwenkten die verschiedensten Schriften und waren mächtig scharf darauf, einen Rachefeldzug gegen den Sex zu führen. Ich machte am Anfang einen großen Bogen um alle derartigen Schauveranstaltungen. Aber als im Stadtrat meiner Stadt jemand den Antrag stellte, den örtlichen Fickpalast – Wonderland – aus dem öffentlichen Leben zu verbannen, rief ich im Rathaus an und sagte ihnen, ich wollte mit dem zuständigen Ausschuß sprechen, ich wollte dort aussagen oder was immer sie von mir wünschten. Als ich erklärte, wer ich war und was ich machte und warum ich qualifiziert war, dort zu sprechen, sagte die Frau immer wieder: »*Sie* leben hier?« Ich bat sie, in ihren Steuerunterlagen nachzusehen, und hängte auf. Also mußten sie mich reinlassen. An dem Morgen, als ich zu meiner Anhörung fuhr, hatte das NBC-Studio am Ort einen Ü-Wagen zum Rathaus geschickt, und der Saal, ein Raum mit einem Wandgemälde, das große amerikanische Erfinder darstellte (die Gebrüder Wright, Edison, Henry Ford), war brechend voll. Der Ausschuß setzte sich aus den folgenden Personen zusammen: einem katholischen Priester; einer Mutter dreier Kinder (so beschrieb sie sich selbst), die als Lektoratsassistentin bei einem Verlag in Manhattan arbeitete; dem Pfarrer einer örtlichen Methodistengemeinde (die damals gerade eine Kirchenrenovierung für zwei Millionen Dollar anfing); eine feministische Schriftstellerin von einigem Ansehen und wütendem Aufsehen; und ein Ehepaar, jung, sehr sauber und energiegeladen, die Frau Immobilienmaklerin und führende Persönlichkeit in der Elternvertretung, der Mann Anwalt. Während sich diese Leute auf dem Podium niederließen und während ich wartete, lehnte sich ein Reporter über die Bankreihe zu mir und flüsterte laut: »He, Kyrie, was ist dran an der Geschichte von dem Nero-Film?«

»Kein Kommentar«, meinte ich etwas schnippisch, denn das sollte eigentlich noch geheim sein. Die Sache war die: Ich verhandelte nun schon monatelang mit einem großen Hollywoodstudio, das mit einem bereits oscargeschmückten Regisseur jenes ganz und gar unmögliche Ding versuchen wollte: einen Bumsfilm fürs breite Publikum, ihr wißt schon, Riesenetat, Tausende von Mitwirkenden, vielleicht ein paar echte Stars. Ich hatte mit einigen aus der Chefetage gesprochen, pomadig glatt und fönfrisiert alle miteinander, aber ich konnte ihnen an der Nasenspitze ablesen, daß sie am Rande der Verzweiflung waren: Das Studio lag in den letzten Zügen. Also waren sie auf der Suche nach dem großen Geld, sie waren ganz heiß auf die vier Milliarden Dollar, die die Leute in Joyland, auf der weniger feinen Seite des Lebens machten. Ich konnte die Dollarzeichen in ihren Augen aufleuchten sehen, als sie die lodernden Flammen über Rom beschrieben. Dekadenz wollten sie und Wollust und Zerstörung und schließlich den blutigen Tod Neros. Sie hatten schon ein paar Stars mit der Rolle des Nero geködert, und ich sollte seine Mutter spielen.

Aber nun knisterten die Lautsprecher im Saal, und wir waren bereit anzufangen. Ich saß vor dem Podium und schaute ihnen über eine Reihe von Mikrofonen hinweg ins Gesicht. Die Szene hatte jene seltsame zweidimensionale Atmosphäre, die durch zu viele Scheinwerfer entsteht. Ich trug ein graues Kostüm und hatte mir die Haare streng aus dem Gesicht frisiert, so daß ich eher wie eine Geschäftsfrau aus dem mittleren Management als wie die wilde, halbzerstörte Nutte aussah, die sie gern gehabt hätten. Aber sie kamen schnell über ihre leichte Verwirrung hinweg, und dann prasselten die Fragen auf mich nieder, hart und in schneller Folge.

Sex ist eine ganz private Sache, ein wunderbares Band zwischen zwei Menschen, ein großes Geheimnis. Warum erniedrigen Sie sich und das heilige Geschenk der Liebe, indem Sie es wie Tiere vor den Augen der ganzen Welt treiben?

Was Sie machen, entmenschlicht den Menschen. Was zwischen zwei Menschen geschieht, ist kompliziert und geheimnisvoll. Was Sie auf den Bildschirm bringen, ist ein Zerrbild menschlicher Beziehungen, und es ermutigt Menschen, einander so zu behandeln wie in diesem Zerrbild. Warum machen Sie so etwas?

Für jeden vernunftbegabten Menschen ist diese obsessive Beschäftigung mit der reinen Mechanik des Liebesaktes, dieser durch und durch verderbte und verderbende Blick auf den nackten Körper, dieser Dreck einfach zum Kotzen widerlich. Der Geschlechtsakt ist eine Gabe Gottes, der man sich in allem Ernst, aller Bescheidenheit und spirituellen Bewußtheit widmen sollte. Verstehen Sie denn nicht, daß das, was Sie machen, Sünde ist, die Glorifizierung der Sünde?

Pornografie ist Gewalt gegen Frauen. Sie ist die Kolonialisierung ihrer Seele und ihres Körpers. Sie ist Sklaverei. Stimmen Sie dem nicht zu? Wie können Sie eine Frau sein und diese Meinung nicht teilen?

Können Männer und Frauen nicht einfach Freunde sein?

Ich beantwortete die Fragen, so gut ich konnte. Müde und erschöpft verließ ich den Saal und wurde auf dem Weg zwischen dem Gebäude und meinem Auto von den Kameras verfolgt. Zu Hause klingelte das Telefon, während ich noch die Tür aufschloß.

»Hi Babe, du warst umwerfend.« Es war einer der Studiobosse aus Hollywood. »Nur weiter so. Jede Minute im Fernsehen verkauft zehntausend Kinokarten. Also, hier wäre unser Angebot: Ich habe mit den Geldgebern verhandelt, und die haben grünes Licht gegeben. Beinahe.«

»Wo ist der Haken?« fragte ich.

»Sie waren sehr beeindruckt von den Namen, die wir für Nero zu bieten hatten, und sie können sich gut vorstellen, daß du die Big Mama spielst. Ich meine, sie können das direkt schon vor sich sehen, du bist einfach die Richtige. Besonders nach deinem heutigen Auftritt in der Flimmerkiste. Aber da wäre noch eine Sache. Also, diese Agrippina, weißt du, das war so ein rassiges Vollblutweib. Die sieht man förmlich vor sich, also ich weiß nicht, verstehst du, so eine mit einem Luxuskörper, geradezu saftig.«

»Und ich bin wohl ein Klappergestell, wie? Eine Bohnenstange?«

»Nein, nein, du bist ein Rasseweib. Du in der Toga, das ist es. Nur eine Sache wäre da noch, vielleicht. Beziehungsweise zwei.«

»Meine Titten! Ein schleimiger, geldgeiler Hollywood-Titten-Job! Ich soll mir für euch die Titten ummodeln lassen!«

»Warum bist du denn so sauer? Das machen doch alle, das weißt du doch.«

Also hängte ich auf, und er war klug genug, nicht gleich wieder anzurufen. Ich saß neben dem Telefon und hielt mir die Titten, sie waren wie vertraute Freunde in meinen Händen, nicht gerade von spektakulären Proportionen, aber immerhin doch da, ein wenig schlaff und sehr schön. Ich hatte Freundinnen gesehen, die sich die Operation angetan hatten, und ich erinnerte mich an die schwarzen Blutergüsse, an die quälenden Schmerzen, die sie zwangen, die Arme immer fest an die Seite gepreßt zu halten, an den leuchtend violetten Blutandrang um die Brustwarzen herum, an den Brustkorb, der aussah, als hätte ein Wahnsinniger mit einem Vierkantholz ordentlich Schwung geholt und es ihnen vor den Latz geknallt. Und während ich mich an all das erinnerte, zuckte mein Körper von den Brustwarzen bis in die Lendenwirbel hinunter zusammen. Ich saß eine Weile da und versuchte dann etwas zu essen, aber mir war der Hals wie zugeschnürt, und die Furcht ließ mir das Herz anschwellen und schmerzhaft schlagen, so daß ich mich schließlich mit einer Flasche Wein hinsetzte.

Das Telefon schreckte mich aus verschwommenem, trunkenem Schlaf hoch, und ich mußte einige Sekunden blinzeln, hatte völlig vergessen, wo ich war.

»Es wäre besser, wenn Sie jetzt gleich kommen«, sagte die Stimme, und einen seltsamen Augenblick lang schien sie mir in meinem benommenen Zustand überhaupt nicht von einem Menschen zu herzurühren, sondern irgendwie aus den Drähten selbst, aus diesem riesigen Gewirr von Spulen und Transistoren und Satellitenschüsseln und Kabeln. Der Boden war gefroren und knochenhart, und meine Schritte hallten auf dem Parkplatz des Krankenhauses wider wie Hammerschläge. Man hatte Mutter auf einem Bett mit einem Schutzgitter aufgebahrt und mit einem weißen Laken zugedeckt, das bis über den Kopf hochgezogen war. Was mich überraschte, waren ihre mittlerweile eisengrauen Haare. Ich fürchtete mich, das Tuch hochzuheben, aber ein Arzt stand hinter mir und begann mir mit leiser Stimme zu erzählen, was geschehen war. Er sagte, man sei der Meinung gewesen, ihre Eßstörung unter Kontrolle zu haben, und sie sei ihnen in letzter Zeit noch ruhiger als sonst vorgekommen. Es sei also alles richtig gut gegangen, aber heute habe die Krankenschwester die Badezimmertür verriegelt gefunden, und als sie die Tür aufgebrochen hatten, fanden sie Mutter in der Wanne. Die Haut am Bauch und an den Fußgelenken war voller kleiner, tiefer Schnitte, die sie sich absichtlich mit einem Teppichmesser beigebracht hatte, das sie noch in der rechten Hand hielt. An ihrem rechten Fußgelenk war ein frischer Schnitt, den Fuß hatte sie unter dem Heißwasserhahn auf den Wannenrand gesetzt. Der Abfluß war mit schwarzen Blutkrusten überzogen. Es sah aus, als hätte sie das schon wochenlang so gemacht, sagte der Arzt, als hätte sie versucht, alles Blut aus ihrem Körper abzulassen. »Ich weiß nicht, warum sie es nicht alles auf einmal gemacht hat«, meinte er, »ich kann das nicht verstehen. Aber ich glaube nicht, daß sie, wissen Sie, sterben wollte. Sie hatte neben der Wanne ein Stück Schokoladenkuchen auf einem Teller stehen. Es war einfach nur das Blut, ich glaube, sie dachte, sie könnte auch ohne weiterleben.«

Sie ließen mich eine Weile mit ihr allein. Ich berührte ihr Gesicht. Die Haut war kalt, aber weich. Schließlich wandte ich mich von ihr ab, ging aber von der Tür noch einmal zu ihr zurück und zog das Tuch ganz weg. Ihr Körper lag da, weit geöffnet und schlaff, wie Tote eine Weile lang sind, völlig ohne jegliche Anspannung. Die Hände waren leicht gekrümmt, die Knie nach außen gerichtet. Ihr Schamhaar war weiß, und darüber verliefen in regelmäßigen Abständen zwei Zentimeter lange, leicht rötliche Zickzacklinien. Auch um die Fußgelenke hatte sie Ringe, Fußreifen aus den gleichen Linien. Ich schaute mir ihren Hals an, die tiefen Falten am Ansatz, den Bogen der Rippen unter ihrer Haut, die selbstbewußte Stämmigkeit der Schenkel.

Nahaufnahme. Technicolor, überlebensgroß, vergrößert. Ein Penis penetriert eine Vagina. Der Bildausschnitt ist so eng, daß wir sonst nichts

445

sehen. Das Bild ist so scharf fokussiert, daß wir jedes Fältchen, jeden kleinen Knubbel, jedes Haar erkennen. Die menschlichen Genitalien sind nicht gerade schön. Die Sache hat etwas Häßliches. Sie hat etwas sehr Häßliches.

Wir sind eine Gesellschaft, die nur um Haaresbreite vom Zusammenbruch entfernt ist.

Dickflüssiges, moschusgeschwängertes Licht, wie zähflüssig verklebter Sirup. Gehsteige und Teenager auf dem Strich; Bourbon und die angespannten, seilartigen Muskeln der Heroinsüchtigen. Das ist die Welt, in der Sie leben.

Ich hörte mir all das an. Meine Fingerspitzen wurden kalt, und ich zitterte unter meinen grauen Business-Klamotten. An der gegenüberliegenden Wand schwang sich ein klappriges Flugzeug unsicher in den Himmel auf.

Wir verabscheuen, wir verfluchen, wir verachten es.

Warum muß es das sein, warum muß es ausgerechnet das sein, es sollte nicht so wichtig sein.

Wir sind doch nicht im Dschungel.

Hören Sie auf damit!

Also schob ich schließlich einfach meinen Stuhl nach hinten und stand auf. Das Holz scharrte über den Boden und quietschte, und sie blickten mich alle mit offenen Mäulern an, und ihre Gesichter waren nur noch weiße Kleckse in der bläulichen Nacht. Ich knöpfte meine Jacke auf, bewegte mich ohne Hast, ganz absichtsvoll. Dann streifte ich die Jacke von den Schultern. Niemand reagierte, bis ich meine Bluse schon halb ausgezogen hatte. Da erhob sich ein ungeheures Stimmengemurmel, und irgend jemand schrie nach einer Trage. Ich hörte, wie hinter mir die Reporter über das Absperrgitter kletterten, hörte Flüche, als ein Scheinwerfer jemanden krachend am Kopf traf. Dann habe ich meinen BH abgestreift, irgend jemand kreischt, ich steige aus dem Rock, den Slip schäle ich mit einer einzigen Bewegung herunter, zwei Bullen langen über Köpfe hinweg, ich stehe da, habe Gänsehaut von der Kälte, die Hände hängen mir an der Seite, und ich rufe: »Keine Sorge, keine Sorge.« Aber eine Frau kämpft sich durch die aufgebrachte Menge hindurch, ihr Gesicht ist so tiefrot, daß es wie eine Kumquat aussieht. Sie geifert Spucke; ich habe noch nie so viel Spucke aus einem einzigen Mund kommen sehen. »Hure! Hure!« Und ich glaube, ich kenne sie, habe sie schon früher einmal gesehen, stellvertretende Staatsanwältin oder so. Einer der Bullen schiebt sie zur Seite. Sie holt mit der Handtasche nach ihm aus, er taumelt, hält sich das Auge, ein kleiner Blutfleck wird auf einem weißen Hemd sichtbar. Der Partner des Bullen schmettert mit seinen Knüppel eine Rückhand, und aus dem Kopf der Frau wallt Blut auf, wallt in einem starken, pulsierenden Strom, der alle und alles bespritzt. Für einen Augenblick gefriert alles zum Standbild, und ich renne weg.

Ich weiß nicht, wie ich da rausgekommen bin. Ich erinnere mich, daß ich einen gelben Korridor entlanggelaufen bin und in jemandes Büro hinein. Dort habe ich in einem Schrank dieses Kleid gefunden, und dann bin ich auf die Straße gerannt und in ein Taxi gesprungen. Zu Hause habe ich ein bißchen Geld zusammengekratzt, aber ich hatte kaum den Taxifahrer bezahlt, da kamen auch schon die Ü-Wagen vom Fernsehen auf quietschenden Reifen um die Ecke. Also habe ich mir eine Tasche geschnappt, ein paar Sachen reingeworfen und bin über die hintere Gartenmauer geklettert, habe mir ein anderes Taxi nach La Guardia genommen und bin mit dem ersten Flugzeug weg, für das ich ein Ticket kriegen konnte. Das hat mich in Burbank rausgesetzt, und von dort bin ich mit dem Greyhound Bus gekommen, habe mir dann mit einer meiner Kreditkarten ein Auto gekauft, und da bin ich nun.

Als Kyrie innehielt, drehte ich mich zu ihr um. Während ich ihr zuhörte, war ich auf meinem Sitz immer weiter nach unten gerutscht, bis ich so flach wie nur irgend möglich dalag. Jetzt lächelte sie mich an, hatte das Kinn auf die Knie geschmiegt.

»Ich weiß wirklich nicht, warum ich euch das jetzt erzähle«, meinte sie. »Es gehört vielleicht nicht einmal zur Geschichte. Aber aus irgendeinem Grund habe ich es im Gedächtnis behalten. Ihr erinnert euch doch an die beiden Mädchen, die mit Mutter ins Kino gegangen sind, die Debattiererin und die Hockeyspielerin? Nun, beide sind eines gewaltsamen Todes gestorben. Janine Alcott haben sie vierundsiebzig neben einer Schnellstraße in Pasadena, Texas gefunden. Sie hatte siebzehn Messerstiche. Man hat nie rausgekriegt, wer es war, sie hatten nicht mal einen Verdacht. Carol Anne Mayberry hatte geheiratet und war nach Kalifornien gezogen, dann hatte sie sich scheiden lassen. 1981 versuchte sie, einen Liebhaber mit einem fünfundzwanzig Zentimeter langen Tranchiermesser zu erstechen, und der schoß ihr eine Kugel in den Kopf. Sie starb auf der Stelle.«

Sie blickte aus dem Fenster. Das einzige Geräusch war das kreisende Summen der Reifen. Über uns lösten sich zwei weiße Kondensstreifen langsam im Blau des Himmels auf.

»Bomber«, meinte Tom. »Bomber vom Luftwaffenstützpunkt in Edwards.«

»Ich weiß nicht, warum ich euch das erzähle«, sagte Kyrie, räkelte sich und zündete sich eine Zigarette an. »Ich weiß es wirklich nicht.«

Amanda und ich schwiegen miteinander, während wir im Jaguar durch das Land sausten. In den Motelzimmern öffnete sie sich unter meinen Händen dem Vergnügen, aber selbst dann zog sie sich weiter in eine Privatheit zurück, in die ich ihr nicht folgen konnte, die ich nicht zu durchdringen vermochte. Trotz all der Gespräche im Auto erzählte sie mir nichts von sich selbst. Das einzige, was ich kannte, war der manchmal ein wenig seltsame nach innen gerichtete Blick, den sie bekam, wenn sie sich unbeobachtet wähnte, eine Schwere, von der sie sich mit einem schnellen Schulterzucken abwandte. Wenn sie fuhr, war sie wunderschön: Wir flogen unter dem eleganten Geschick ihrer Hände durch die Wüste, und manchmal war der von der Sonne beleuchtete Staub hinter uns wie ein Kondensstreifen. Das Auto ging sanft in die Kurven und folgte den Konturen der Straße. Es war deutlich zu merken, wie stolz sie auf ihre Fahrkünste war; es lag in diesem Stolz auch eine Freude, eine Selbstvergessenheit. Aber ich wußte zu wenig über die Fahrkunst, als daß ich sie hätte loben können. Also schaute ich ihr nur zu.

Wir fuhren so schnell durch die Städte, daß ich nur einen allgemeinen, anonymen Wirbel von Schaufenstern und Werbetafeln wahrnahm. Einmal wachte ich aus tiefem Schlaf auf und erblickte die gleichen Fragmente von Licht in der Dunkelheit, die gleichen Fassaden, die ich vor ein paar Stunden gesehen hatte. »Wohin fahren wir so schnell?« fragte ich und sah sie mit einem Achselzucken antworten, von einem schnellen roten Licht umrahmt, das mit einem fernen Windjaulen an uns vorbeiraste. Ich schlief wieder ein und wachte bei der gleichen Geschwindigkeit auf.

Wir machten zum Essen in einer kleinen Stadt halt, auf einer schäbigen Hauptstraße, die von braunen Hügeln umgeben war. Ich versuchte, ein Essen zu verzehren, aber mir wurde schlecht, und schließlich bekam ich nur einen Milkshake von McDonald's herunter.

Beim Aufwachen blickte ich verdutzt um mich, weil ich den Klang von Gujarati hörte, Kinderstimmen: »Fang ihn, hol den Ball, hierher, zu mir.« Einen verwirrten Augenblick lang glaubte ich, wieder in Indien zu sein, auf der höheren Schule, und ich spürte, wie mich die Panik überkam: O Gott, ich komme zu spät zum Frühstück. Dann spürte ich Amandas Bein neben meinem. Sie schlief auf dem Rücken, hatte die Beine ausgestreckt und die Hände auf dem Bauch gefaltet; sie lag reglos da. Ich berührte sie an der Schulter, und sie wachte sofort auf. In dem kurzen unachtsamen Augenblick zwischen dem Schlaf und dem Lächeln, das sie mir zuwarf, lag ein furchtsamer Blick, ein kindlicher Angstblick, der auf die weiße Zimmerdecke und weit darüberhinaus gerichtet war. Aber er war so schnell verflogen, daß ich dachte, ich hätte ihn mir wohl nur eingebildet. Sie drehte sich auf die Seite und räkelte sich genüßlich.

»Was ist das denn?« fragte ich. Ganz oben auf ihrer linken Schulter war ein kleiner heller Fleck, der eine winzige Spur heller war als die umgebende Haut, so wenig, daß er beinahe unsichtbar gewesen wäre, hätten nicht meine Finger die andere Struktur der Haut erspürt.

»Oh, das«, erwiderte sie. »Das war ein Muttermal. Meine Mutter hat es entfernen lassen, als ich noch ein Kind war.«

»Warum?« rief ich ihr nach, während sie ins Bad ging.

»Man kann mit so einem Ding auf der Schulter keine schulterfreien Abendkleider tragen.«

»Ding? War es so häßlich?«

»Weiß nicht. Wahrscheinlich schon.«

»War es rot?«

Als sie zurückkam, lachte sie. »Weiß ich nicht.«

Sie saß auf dem Bett, und ich zog sie zu mir hin, um ihre Schulter genauer zu betrachten. »Muß wohl rot gewesen sein«, meinte ich.

»Ich weiß nicht. Du bist wirklich seltsam.«

Ich küßte sie auf die Schulter. Die Liebe mit Amanda war langsam und voller Spannung und unerwarteter Wildheit, und sie hielt fest, fest, fest und ließ nur mit einem Seufzer los.

Die Kinder draußen, Jungen und Mädchen von neun und zehn Jahren, spielten Völkerball. Ich saß da und beobachtete sie, wie sie mit einem Tennisball nach einander warfen, sich duckten und schrien. Dann kamen Kyrie und Tom vorbeispaziert.

»Bis gleich«, sagte Kyrie. »Wir suchen uns einen Friseur.«

Sie schlenderten weiter, und während sie um eine Ecke bogen, drehte sich Tom um und winkte mir zu. Ich fragte mich, wie wohl in ihrem Zimmer die Schlafkonstellation ausgesehen hatte, aber siegestrunken hatte er eigentlich nicht gewirkt. Vielleicht einfach nur entspannt. Ich war zu träge, um darüber nachzudenken, ließ das Kinn auf die Knie sinken und döste. Die Kinder und ihr Spiel wurden zu verschwommenen grauen Gestalten hinter meinen Augen.

»Auf geht's.« Es war Amanda, gestiefelt und gespornt, mit gepackten Taschen und zum Aufbruch bereit. Ich erzählte ihr von dem Friseurbesuch der anderen, sie machte wortlos auf dem Absatz kehrt und ging ins Zimmer zurück. Nach einiger Zeit unterbrachen die Kinder ihr Spiel und machten Mittagspause. Ich folgte Amanda ins Zimmer; sie saß aufrecht auf dem Bett und schaute fern. Ich ging an ihr vorbei in die Dusche, und als ich herauskam, saß sie immer noch da, kerzengerade und voll konzentriert.

»Was ist los?«

Ich hätte schwören können, daß ihr Blick haßerfüllt war, aber sie sagte nur einfach:»Mir ist langweilig.«

»Schalte auf einen anderen Kanal«, meinte ich. »Die beiden kommen bestimmt bald zurück.«

Eine Büffelherde polterte über den Bildschirm. Wir beobachteten, wie die Tiere in endloser Reihe von rechts nach links galoppierten.

»Mir ist langweilig. Mir ist langweilig. Mir ist langweilig.«

»Dann erzähl mir eine Geschichte.«

»Nein.«

Jetzt war ich wirklich wütend auf sie. Also ging ich wieder nach draußen und spazierte zum Empfangsbereich. Er war von oben bis unten grün gestrichen, und grellbunte Bilder von Obst hingen an den Wänden. Der Besitzer war ein kleiner Mann aus Gujarati mit Goldrandbrille, der sich mir gleich als Desai vorstellte. Seine ebenfalls kleine, aber untersetzte Frau kam ein wenig später heraus und brachte uns Tee. Desai fragte:»Ist das Ihre Frau?«Ich schüttelte den Kopf, und er meinte:»Heiraten Sie, junger Mann, heiraten Sie.«

Ich ging in unser Zimmer zurück, wo Amanda zusammengerollt auf dem Bett lag. Der Fernseher plärrte, aber ich dachte, sie schliefe. Sie drehte sich um, und da konnte ich sehen, daß sie hellwach war, daß sie zitterte und die Arme ganz fest um sich geklammert hielt, die geballten Fäuste zwischen die Knie geklemmt hatte. Als ich mich neben sie legte und ihren Unterarm berührte, zuckte der Muskel kurz vor mir weg.

»Ist dir immer noch langweilig?« erkundigte ich mich.

Sie sagte nichts, aber in ihren Augen lag nun das leere Starren der Panik.

»Erzähl mir was«, forderte ich sie auf. »Erzähl mir eine Geschichte.«

»Nein«, erwiderte sie und machte sich daran aufzustehen. Ich klatschte ihr meine Hand auf die Taille und hielt sie fest.

»Nein. Erzähl mir was.«

Sie wand sich, und durch die schiere Gewalt ihrer schnellen

Gegenwehr hätte sie sich beinahe von mir befreien können. Wir trugen einen leisen, aber vollkommen ernsten Ringkampf miteinander aus. Sie war sehr stark. Schließlich hatte ich ihr die Hände mit dem T-Shirt über dem Kopf zusammengedreht und kniete mit einem Bein auf jeder Seite über ihrer Brust. Wir starrten einander keuchend an, und ich spürte, wie meine plötzliche, grundlose Wut in mir zusammenfiel. Ich begann aufzustehen. Sie zischte mir »Nein« zu und hakte ein Bein über meins. Dann wandte sie den Kopf zur Seite und biß mich ins Handgelenk. Meine Hände hinterließen Druckstellen an ihrer Seite.

Als wir ins Auto stiegen, spürte ich in mir eine angenehme Leere. Ich war müde und machte mich auf die Raserei auf der Schnellstraße gefaßt. Amanda ließ den Wagen an. Während sie aus der Parklücke auf dem Motelparkplatz zurücksetzte, warf sie mir ein kleines, schmallippiges Glückslächeln zu. Hinter uns hatte Tom seinen Kopf in Kyries Schoß gelegt und döste. Die beiden waren am späten Nachmittag dahergeschlendert gekommen, mit schimmernden, wohlduftenden Köpfen. Kyries Haar war nun tiefbraun; nach dem aufsehenerregenden Weißblond des Morgens sah sie nun viel jünger aus. Tom hatte einen rappelkurzen Haarschnitt, mir schien es beinahe eine Art Kinderhaarschnitt zu sein, der oben ganz borstig war. Beide sahen nagelneu aus. Wir fuhren in den Sonnenuntergang hinein. Amanda setzte eine Sonnenbrille mit runden Gläsern und Silberrand auf, die ihr Gesicht in ein anderes, jüngeres Jahrzehnt zurückverwandelte.

»Laß uns nach Texas fahren«, sagte ich.

»Warum?« fragte Amanda. Ich merkte, es paßte ihr gar nicht, daß ihre Flucht nun eine Richtung bekommen sollte.

»Ich möchte zur NASA«, erwiderte ich. »Vielleicht können wir sehen, wie eine Rakete startet.«

Kyrie lehnte sich vor. »Vielleicht finde ich meinen Großvater.« Sie grinste, ich nehme einmal an, weil der Gedanke so absurd war.

»Vielleicht«, sagte ich.

»Will auch eine Rakete sehen«, murmelte Tom.

»Na gut«, meinte Amanda. »Dann fahren wir hin.«

Sie schlug also mit uns einen riesigen Bogen von einer Schnellstraße zur anderen, irgendwo in dieser ungeheuren amerikanischen Nacht, und schon waren wir auf dem Weg nach Süden. Ich setzte mich zurück, ich war hellwach, und aus einem unerfindlichen Grund mußte ich immer wieder an Mayo denken, an einen Jungen namens Shanker, der älter war als wir. Er war Schulpräfekt, saß jeden Nachmittag auf dem Innenhof vor seinem Zimmer, hatte einen riesigen Cowboyhut auf dem Kopf und las einen der Bände aus seiner beinahe vollständigen Sammlung von Louis-L'Amour-Büchern, während wir mit Steinen auf einen Tamarindenbaum warfen, um die sauren Früchte herunterzuschlagen. Wenn wir ihn mit unserer Schreierei zu sehr ärgerten, blickte er mit glasigen Augen aus seinem Traum auf und richtete einen Finger auf uns, den Daumen am imaginären Abzug. Da wären wir, Shanker, hier ist endlich das echte Texas.

»Das echte Texas?« fragte Amanda.

Ich muß es wohl laut gesagt haben. Aber die Geschichte war schon zu lange her und irgendwie auch zu absurd, als daß man sie dort in dem Auto und an diesem Ort hätte erzählen können. Also zuckte ich nur die Achseln. »Das echte Texas«, sagte ich in bestimmtem Tonfall. Sie zog eine Augenbraue hoch, fragte aber nicht weiter. Im echten Texas finde ich dich. Im echten Texas werden wir sehen, was es ist. Im echten Texas stoßen wir zum Kern der Sache vor.

Als wir schließlich die Grenze nach Texas überquerten, schlief ich. Ich wurde vom Brummen des Radios geweckt, in dem von den Krawallen zwischen Hindus und Moslems in Ahmedabad die Rede war. Ich fummelte so lange an dem Knopf herum, bis das Radio mit einem Knacks ausging. Die Nachricht machte mir nicht weiter zu schaffen, aber alles war viel zu unordentlich, hatte viel zuviel vom Gestank des Glaubens und vom Elend der Leidenschaft. Ich wollte das messerscharfe Gefühl wiederhaben, die geschärften Sinne und das Glücksgefühl der Geschwindigkeit.

»Wir sind in Texas«, sagte Amanda.

Wir bewegten uns wie im Flug, wie in einer langen schwebenden Kurve. Die Straße war glatt, die gelbe Mittellinie voll-

453

kommen und ruhig unter uns. Ich beugte mich tief über das Armaturenbrett und linste in die Ferne, strengte meine Augen an, als müsse ich sofort den langen weißen Kondensstreifen der Rakete im fernen Süden sehen. Ich schaute zu Amanda herüber und sagte: »Cool!« Ich fühlte, wie meine Lippen die Zähne freigaben. Sie lachte, und ihr Haar flatterte dunkelrot im Wind. Ich konnte ihre Augen glänzen sehen, und es war so etwas wie Liebe.

Wir kamen an einem heißen Nachmittag nach Houston. Die Straße hatte durch stickiges, sumpfiges Gelände geführt, wo sich nichts regte. Dann plötzlich tauchte die Stadt vor uns auf, so abrupt, als hätte sie nichts mit den umliegenden Feuchtgebieten zu tun, als wäre sie ganz und gar einer fremden Phantasie entsprungen. Die Gebäude vor uns waren riesig und phantastisch schön, so symmetrisch und geradlinig, daß ich mich fürchtete, sie nur anzuschauen. Es war wie eine Stadt auf einem anderen Planeten. Ich blickte zu Amanda, und sie hatte wieder diesen abwesenden Gesichtsausdruck, diesen konzentrierten und entschlossenen Blick, wie ein Soldat, der ein Terrain sondiert, nach Schußfeld und toten Winkeln absucht.

Sie hielt bei einem Motel mit Namen »The Hokaido« an, das freigelegte Pseudobalken und vor der Tür einen Steingarten hatte. Der Fußbodenbelag in den Zimmern war ein dichtgewebter brauner Teppich, dessen Farbe ihn wohl faserig und körnig aussehen lassen sollte. Ich setzte mich hin, strich mit dem Fuß darüber und wartete darauf, daß Amanda von ihrer endlos langen Dusche wieder auftauchen würde. Als sie schließlich kam, war sie rosig wie ein Säugling und genauso wehrlos, und ich hielt sie auf dem Schoß und küßte ihren Scheitel, der frisch und naß und unschuldig duftete. Ich begann ein Lied zu summen, das aus einem halbvergessenen Schwarz-Weiß-Film aus der Nachmittagsvorstellung stammte: *»Too kahan ye bata«*. Sie kann es unmöglich gekannt oder verstanden haben, aber sie muß es in meiner Brust gespürt haben. Jedenfalls gab sie kleine zufriedene Geräusche von sich und wickelte ihr weiches weißes Handtuch fest um sich. Einen Augenblick lang waren die Japaner in Schach gehalten, und das verrückte Indien war weit weg, und Amandas gierige Geschwindigkeit war verlangsamt, und Houston war weit weg, und es war nur das Geräusch fallenden Wassers zu hören, und wir waren still miteinander.

An jenem Abend zogen wir von einer Bar zur anderen, und Amanda trank einen Wodka nach dem anderen. Die einzige Veränderung an ihr war, daß ihre Haut durchscheinend wurde, so daß sie im feuchten Nachtlicht wie eine Marmorstatue leuchtete. Die Stadt selbst war heiß und riesig, und aus den Auspuffrohren der Autos und den Gebläsen der Klimaanlagen entlang der Bürgersteige stieg ein Aroma der Gefahr auf. Ich versuchte mir vorzustellen, wie Amanda als kleines Mädchen fröhlich über diese Bürgersteige gehüpft war, aber das Bild verblaßte unter dem Klirren der Gläser und in den trägen Wellen des Gesprächs.

»Wie willst du in einer Großstadt einen einzelnen Mann finden?« fragte ich Kyrie.

»Ich weiß es nicht«, erwiderte sie. »Er war ein Säufer. Er ist vielleicht schon längst tot.«

»Wir suchen ihn«, meinte Tom.

»Wo, bei der Polizei, im Stadtarchiv?«

»Nein, einfach nur hier. Wir fragen nach ihm.«

Also standen sie auf und begannen sich von einem Ende der Bar zum anderen durchzufragen, lehnten sich zu Leuten herunter, schrien über die Musik hinweg. Ab und zu starrte jemand Kyrie nach, als versuchte er sich an sie zu erinnern, sie in verschwommenen Kindheitserinnerungen auszumachen.

»Die spinnen«, sagte ich. »Das ist doch unmöglich.«

»Ja«, stimmte Amanda zu.

Ich holte tief Luft, blickte auf mein Glas und fragte: »Wann rufst du deine Eltern an?«

»Meine Eltern?«

»Die wohnen doch hier, oder? In Houston?«

»Ja.«

»Und du gehst nicht hin, ich meine, sie besuchen?«

»Nein.«

»Amanda, die werden rausfinden, daß du hier bist. Spätestens wenn die Abrechnung von der Kreditkarte ankommt.«

»Und?«

»Und? Du mußt also hingehen.«

»Wieso?«

»Deine Aufwartung machen.«

Sie zwinkerte und schaute mich an, als redete ich in einer Sprache, die sie nicht verstand. Selbst mir schienen die Worte im Licht der Kerze, die zwischen uns in einem roten Plastikbecher brannte, fremd und seltsam.

»Du mußt«, wiederholte ich. »Wirklich.« Ich sagte das immer wieder, und wir starrten einander an, bis wir schließlich beide losprusteten. Aber ich bearbeitete sie weiter, während Kyrie und Tom von Bar zu Bar zogen. Schließlich gab sie spät in der Nacht, zu so später Stunde, daß es tatsächlich einmal kühl war, klein bei und lallte: »Na gut, na gut, wir gehen.« Und ich schlief mit einem merkwürdigen Glücksgefühl ein, als sollte ich jemanden kennenlernen, nach dem ich schon lange gesucht hatte.

Wir fuhren am nächsten Morgen hin. Kyrie und Tom ließen wir mit Amandas Kreditkarte im Motel zurück. Es war Sonntagmorgen, und die Straßen waren ruhig und leer. Der Wagen bog um eine Ecke, und es schien auf einmal, als hätten wir die Einkaufszentren und Apartmentblocks und die schamlose Schäbigkeit der Motels hinter uns gelassen. Jetzt hatten die Häuser zwei Stockwerke, waren von gepflegtem Rasen umgeben, mit Efeu bewachsen und mit Zinnen bewehrt. Die Straße war plötzlich ganz eben und eigentlich keine Straße mehr, sondern ein von Eichen gesäumter Boulevard.

»Phantastisch«, sagte ich. »Wo sind wir?«

»River Oaks«, erwiderte Amanda.

»Wo ist der Fluß?« erkundigte ich mich, bekam aber keine Antwort. Sie drehte am Lenkrad, und nach einer scharfen Kurve sahen wir vor uns ein sehr großes Gebäude liegen, das mitten in einem Grundstück auf einer kleinen Anhöhe aufragte. Es war ohne Zweifel das gleiche Haus, an das ich mich aus Hunderten von klassischen Comics erinnerte, die in einem anderen Jahrhundert in England spielten. »Wow«, staunte ich. »Mannomann, Wuthering Heights.«

Amanda schloß die Tür mit einem goldenen Schlüssel auf,

der an einer Kette baumelte. Beim Eintreten hatte ich das Gefühl, in eine andere Zeit versetzt zu werden: Der Eingangsflur stand voller überladener viktorianischer Stühle, nichts als Schnörkel und ausladende Stuhlbeine, an der Wand Stiche von Jagdszenen und ein fragend blickender Hirschkopf. Weiter im Inneren waren die Flure weiß getüncht und hatten hohe Decken, und die Zimmer waren so glänzend und poliert und vollkommen wie Filmkulissen. Amanda ging mir voraus in die Küche, und erst hier wurde die schwindelerregende Illusion zerstört, als sie ein funkelndes Glas vom Regal nahm und es unter einen Wasserhahn hielt, der in den riesigen weißen Kühlschrank eingelassen war.

»Wow«, staunte ich. »Fließendes kaltes Wasser.« Dieser Wasserhahn im Kühlschrank faszinierte mich, und ich stürzte mein Wasser schnell herunter, nur damit ich mein Glas drunterhalten und zusehen konnte, wie es sich aus dem glänzenden Wasserhahn neu füllte. »Das ist vielleicht toll!« Sie blickte mich mit einem leisen Grinsen an. »Ehrlich. Das ist so verdammt elegant, weil es funktioniert.« Ich trank noch ein Glas Wasser. Es schmeckte ein bißchen komisch, sauber und leicht schal, aber es war makellos kalt. Ich nahm noch ein Glas und mußte es nun in kleinen Schlucken trinken. »Weißt du, wann meine Amerika-Besessenheit angefangen hat? Das ist schon verdammt lange her. Da war ich noch richtig klein. So klein, daß ich noch nicht einmal im Internat war. Ich muß damals fünf oder sechs gewesen sein, höchstens sieben. Von irgendwoher flatterte uns eines Tages ein Sears-Katalog von 1967 ins Haus. Er war ziemlich dick und schwer, und ich mußte ihn mit beiden Händen hochheben. Ich glaube, eine unserer Nachbarinnen hatte ihn zu uns mitgebracht, um meiner Mutter Schnittmuster für ihre Töchter zu zeigen. Ich fand ihn an einem Wintertag im Wohnzimmer, als ich aus der Schule nach Hause kam. Meine Mutter schlief, und ich trug den Katalog hinauf aufs Dach, wo ich dasaß und ihn Seite für Seite durchblätterte. Ich fing mit der Herrenbekleidung an, mit all den blonden, blauäugigen Typen, die karierte, leicht taillierte Hemden trugen. Kam dann zur Herrenunterwäsche, zur Damenbekleidung, der Damenunterwäsche, und dann zu den Familiengruppen, Müttern und Töchtern im gleichen

Kleid mit der gleichen Glockenfrisur, und dann die Gartenge-
räte, all diese eleganten Heckenscheren und langen grünen Gar-
tenschlauchschlangen, und – begeisternd und unglaublich –
fahrbare Rasenmäher, kleine, viel zu teure, viel zu tödliche
Traktoren, mit denen man auf dem Rasen herumfuhr, und
hinten kam das Gras, in Säcke verpackt, raus. Aber das Beste
von allem kam ganz hinten, man hatte es sich bis zum Schluß
aufgespart: vollständige, funktionierende, benutzbare und ma-
kellose Swimming Pools! Swimming Pools, die man per Post
bestellen konnte, die, in Kisten verpackt, angeliefert wurden,
die man auf den ausgedehnten Rasenflächen hinter dem Haus
zusammenbauen konnte zu dem, was da geschrieben stand, zu
verdammt aufregenden Swimming Pools, in denen hübsche
Töchter, Söhnchen mit Bürstenschnitt und verdammt atemberaubende Ehegattinnen paddeln und sich gemächlich
unter der besten Sonne in dieser besten aller Welten räkeln
konnten. Ich meine, mir war, als hätte man mir meinen sie-
benjährigen Schädel aufgesprengt, als hätte ich den Himmel
gesehen, nein, so nun auch wieder nicht, aber doch so, als
wäre das, was ich da vor mir hatte, wie das Leben wirklich
war. Das war's, verdammt. Als meine Mutter nach mir rief,
schrak ich hoch und haßte sie dafür, war augenblicklich wütend, daß unser Haus so gar nicht ordentlich und adrett
aussah, daß es vom Wetter mitgenommen und von oben bis
unten mit Rissen durchsetzt war, alt, uralt in allem. Ich wollte
den alten Peepulbaum abhacken, der seine Zweige über das
Dach ausstreckte und unseren Hof mit seinen welken Blättern bestreute. Ich war so verzweifelt darüber, wer ich war
und wo ich war und wie ich in diesem ganzen Durcheinander
gefangen war, daß ich noch mit dem Katalog in der Hand die
Treppe hinunterrannte und erst auf halbem Weg innehielt
und daran dachte, umzukehren und ihn unter dem Wasser-
tank zu verstecken. Dort bewahrte ich ihn jahrelang auf, bis
er völlig auseinandergefallen war. Ich schlich mich immer
wieder hoch, um ihn mir anzusehen. Ich hatte ihn jahrelang,
bis sich alle Seiten eingerollt hatten und einige sogar heraus-
gefallen und vom Wind weggeweht worden waren, bis die
Familien verblaßt waren. Aber die Bilder, die Vorstellungen
standen noch leuchtend vor meinem inneren Auge.«

Amanda nahm mich hinter das Haus mit, zum Swimming Pool, der wie eine Grotte im schottischen Hochland aussah, mit Wasserfall und künstlichen malerischen Felsen, die so angeordnet waren, daß sie wie eine Szene aus *Lorna Doone* aussahen, inklusive des knorrigen alten Eichenbaums auf dem Hügelchen.

»Wer hat dieses Haus gebaut? Ich meine, wer hat es entworfen?«

»Meine Eltern«, antwortete sie. »Wer sonst?«

»Wo sind sie?«

»Sie müssen wohl in der Kirche sein.«

Einen Augenblick lang versuchte ich mir die Kirche vorzustellen, aber meine Gedanken rasten wild von einem Bild zum anderen, von französischer Gotik zu englischem Landhausstil. Dann wurde mir klar, daß es alles sein konnte, alles, und ich gab auf. Ich saß gespannt am Pool, mit völlig leerem Kopf, und wartete auf Amandas Eltern. Wir zogen unsere Schuhe aus und ließen die Füße ins Wasser baumeln und warteten.

»Ist dir langweilig?« fragte Amanda.

»Ja«, erwiderte ich. Also brachte sie einen kleinen Farbfernseher heraus und Wodka, und wir tranken am Poolrand Bloody Marys und schauten uns *Star Trek* an. während ich die Bloody Marys schlürfte, fühlte ich mich geistreich und mir war kühl, und Amanda und ich redeten laut mit Kirk und Spock, wir machten bissige, ironische Bemerkungen und lachten über unsere eigene Gescheitheit.

»Fernsehen ist so beschissen blöd«, sagte Amanda.

»Da hast du verdammt recht«, stimmte ich ihr zu. »Blöd wie Schifferscheiße.«

Amandas Mutter war die schönste Frau, die ich je gesehen hatte: Sie hatte lockiges blondes Haar, grüne Augen, breite Schultern und knackige Beine. Sie kam durch die Schiebetür geschritten wie eine Vision aus einer Hochglanzzeitschrift, und der Anblick ihrer Tochter, die mit mir im Pool herumpaddelte, brachte sie keine Sekunde aus dem Gleichgewicht.

»Hallo, Amanda«, sagte sie.

Ich saß auf einem roten Plastikfloß mitten im Pool, meine Füße baumelten ins Wasser, in der Hand hielt ich ein Glas.

Ich erwartete mit Spannung, daß nun bald die Schreierei losgehen würde, und paddelte mit meiner freien Hand aufs Ufer zu, brachte mich aber damit nur wild ins Kreiseln, so daß ich nur ab und zu einen kurzen Blick auf die beiden erhaschen konnte.

»Hallo, Mutter«, sagte Amanda und kletterte aus dem Wasser. Die beiden spitzten die Münder einen guten Zoll von der Backe der anderen entfernt zum Kuß. Dann setzte sich die Mutter in einen Liegestuhl, schlug elegant die Beine übereinander und ließ einen Fuß in einem stromlinienförmigen schwarzen Schuh mit nadelspitzem Absatz wippen. Ihr Kleid war aus einer Art schwarzer Spitze, und sie trug einen riesigen schwarzen Hut mit geschwungener Krempe.

»Mutter«, sagte Amanda. »Das ist Abhay. Wir sind zusammen auf der Uni. Abhay, das ist Candy, meine Mutter.«

»Hallo«, meinte ich. Das Floß war endlich zum Stillstand gekommen.

»Hallo.«

Dann saßen wir da und warteten. Amanda nippte seelenruhig an ihrem Drink. Ich hielt das für eine Art atemloser Spannung angesichts des ungeheuren, patriarchalischen Zorns, den sie von ihrem Vater erwartete. William James war ein großer Mann mit einem kantigen Kinn. Sein Haar war vollkommen weiß, seine Augen leuchtend blau. Er kam herein, sagte höflich Hallo und schenkte sich einen Drink ein. Das ging so weiter, bis die Mutter fragte: »Sollen wir jetzt zum Mittagessen reingehen?«

Auf dem Weg ins Haus flüsterte ich Amanda zu: »Schimpfen sie mit dir, wenn du später mit ihnen allein bist?« Ich konnte sehen, daß ich ihr wieder ein Rätsel aufgegeben hatte. Aber da zogen wir alle schon unsere Stühle näher an den großen Eichentisch, und ich setzte mich, und wir aßen, und die Mutter sprach von texanischer Politik, von Filmen und von Jerry Hall. Eine junge Taiwanesin namens Annie servierte das Mittagessen. Wir aßen bedächtig, das Besteck klirrte, und Candys ruhige Stimme war wie sanfte Musik. Währenddessen zeichnete Amanda mit ihrem nackten Fuß unter meinem Hosenbein unmißverständlich lüsterne Kreise und Schlaufen auf mein Schienbein. Und über dem Tisch hing ein lebensgroßes Gemälde von zwei wichtig dreinschauenden Leuten in Galakleidung, deren Namen mir aus den unergründlichen Tiefen meiner Erinnerung aufstiegen: Prinz Albert und Prinzessin Alexandrina. Während der Prinz und die Prinzessin mit großer Herablassung auf mich herunterstarrten, die Zeit und Geschichte völlig außer Acht ließ, hatte ich das sichere Gefühl, Candy schon einmal irgendwo gesehen zu haben. Es war ein sehr verwirrendes Mittagessen. Als es endlich vorüber war, war mir schwindlig. Ich war nicht mehr so neugierig auf Amanda, sondern mir war einfach nur noch schwindlig und ungeheuer schläfrig zumute. »Amanda«, fragte ich und legte meinen Kaffeelöffel weg, »glaubst du, daß ich hier irgendwo ein Nickerchen machen könnte?« Ich war wirklich hundemüde und stolperte hinter ihr her durch einen langen, holzgetäfelten Flur. Dankbar sank ich auf das kühle weiße Kissen nieder, und während meine Atemzüge regelmäßiger wurden, hatte ich das Gefühl, aus großer Höhe zu fallen und zu schweben, aber dann schlief ich ein.

Ich wachte auf und dachte, ich sei in einer anderen Welt. Ich meine, ich hatte keine Ahnung, wo ich war, und alles, was ich sehen konnte, war ein Lichtschimmer auf dem Holz und ansonsten Dunkelheit. Draußen vor dem Fenster regte sich der Wind, Tüllgardinen wehten, und einen ganzen langen Augenblick glaubte ich mich in einer Stadt mit Pferdekutschen und Gaslaternen, und ich hatte einen bitteren Geschmack im Mund und atmete schwer. Dann rückte alles ganz langsam wieder ins rechte Licht, und ich wußte, wo ich war. Ich stand auf und ging bedächtig durch den Flur, wollte unbedingt so viel wie möglich erkunden. Aber das Haus war still und leise, alle Lichter waren gedämpft, und es war keine Spur von Candy oder William James oder Annie zu sehen. Ich holte mir in der Küche ein Glas Wasser und spazierte durch das Haus zurück. Als ich gerade durch ein Studierzimmer im Stil der Jahrhundertwende ging, sah ich den Umriß eines Kopfes und erschrak so, daß ich alles Wasser auf dem Boden verschüttete.

»Abhay.« Es war Amanda. Sie saß mit einem Drink in der Hand im Dunkeln. Ich setzte mich neben sie und nahm voller Mitgefühl ihre Hand.

»Ist es gut gelaufen?« fragte ich. »Oder sind sie wirklich böse gewesen?«

»Abhay, du liegst völlig daneben. Die sind so was gewöhnt.«

»Die sind es gewöhnt, daß du einfach von der Uni abhaust und mit seltsamen Leuten hier auftauchst? Mit fremden Männern? Mit fremden dunkelhäutigen Männern?«

Sie sagte nichts und trank ihr Glas leer. Ich schaute ihr zu, wie sie aus einer Flasche nachschenkte.

»Weißt du«, sagte ich, »ich glaube, ich habe deine Mutter schon mal irgendwo gesehen.«

»Kann sein«, erwiderte sie. »Das hat jeder.«

»Jeder?«

»Sie war auf dem Ausklapper.«

»Im *Playboy*?«

»Ja.«

Und plötzlich war ich wieder im Schlafsaal der siebten Klasse. Draußen tobte eine stürmische Wüstennacht, und Karan, Mich und ich kauerten mit einer Taschenlampe über einer Zeitschrift, die wie ein kostbares Erbe von einer Klasse zur anderen weitergereicht wurde, sorgfältig repariert und mit vergilbendem Tesafilm konserviert und nun endlich unser Eigentum. Unterdrücktes Lachen, Stöhnen: »Oh, Mann, sieh dir das an!« Und schließlich fiel mit weichem Umblättergeräusch der Aufklapper auf, und der Lichtschein wanderte über unwirkliche Beine und Brüste und blondes Haar, alles war so vollkommen, und dann nur noch Ehrfurcht und Stille. Jahre später, als ich mich an die elegante Biegung der Seite erinnerte, an die Enthüllung dieses Ausbundes aller Schönheit, spürte ich wieder die Mischung aus Freude und Übelkeit, das Wunderstaunen und die Bitterkeit, die einen überkommen, während man diese großartige Göttin angafft und sich fragt, ob man so etwas je besitzen wird. Mein Magen drückte also ein wenig, aber ich lachte und sagte: »Du wirst es kaum glauben, mit deiner Mutter und mir, das geht schon ewig.«

»Klar doch.« Sie lachte, als sie das sagte.

»Sie hat mir damals viel Ärger beschert.« Was geschehen war: Zu jener Zeit lebte ein Mädchen auf der anderen Seite des Maidans. Sie hieß Vibha und war Medizinstudentin im zweiten Jahr. Ich kannte sie nur vom Hörensagen, aber eines Sommers, als ich in den Ferien nach Hause kam, war sie berühmt. Die Leute drehten sich nach ihr um und stießen einander mit den Ellbogen an, wenn sie vorüberging. Sie schien von einem kleinen Kreis des Schweigens umgeben, der von Flüstern gesäumt war. Als ich mich nach ihr erkundigte, zuckte meine Mutter die Achseln und wechselte verlegen das Thema. Aber andere waren ganz wild darauf, mir alles zu erzählen. Was sie getan hatte? Sie hatte sich verliebt. Nebenan wohnte ein Junge namens Ramesh, der zwei Jahre jünger war als sie. Sie sprachen, erzählte man sich, in den frühen Morgenstunden miteinander, wenn Vibha zum Lernen aufs Dach stieg. In jener stillen Stunde vor dem Morgengrauen saßen sie zusammen und redeten miteinander. Sie wurden natürlich ertappt. Ramesh wurde ins Dorf seines Großvaters verfrachtet, und Vibha war plötzlich in Verruf geraten. Aber nicht die dreckigen Geschichten, die mir zu Ohren kamen, verursachten mir Übelkeit und machten mich wütend, nicht die ekligen Witze, die die Männer sich an den Straßenecken erzählten, es war vielmehr Vibhas Mut, ihre großartige Würde, wie sie ihren Kopf hielt und die Straße entlangschritt, die Bücher eng an die Brust gedrückt, ihre klaren Augen und ihr ruhiges Gesicht, das machte mich wütend. Ich wollte etwas tun, all die kleinen Häuschen einreißen, die so selbstzufrieden und dichtgedrängt dastanden, wollte mich von dieser schweren, ewiggleichen Stickluft befreien, die in den engen Gäßchen hing und mir den Atem abschnürte. Und doch: Es gab einfach nichts, was ich hätte tun können.

Ich hatte die Zeitschrift bei mir, die Thanksgiving-Ausgabe des *Playboy* von vor sechs Jahren. Die Seiten waren schon ein wenig vergilbt, hatten aber immer noch ihren ganz typischen Geruch, den ich inzwischen mochte. Man hatte mir die Zeitschrift für die Ferien anvertraut, ich sollte sie sorgfältig hüten und zum Ergötzen aller und zur Bildung der jüngeren Klassen wieder mit in die Schule bringen. Ich blätterte sie gewöhnlich abends bei verschlossener Tür durch und wurde dabei eher von Sehnsucht als von Erregung durchströmt. Eines Abends saß ich neben einem Baum auf dem Maidan und stützte das Kinn auf die Knie, als ich in der Dunkelheit eine einsame Gestalt durch den Staub schreiten sah. Es war schon spät, und alle hatten sich bereits in ihre Häuser zurückgezogen, also ertönten keine Pfiffe und lüsternen Bemerkungen, aber ich konnte am Gang erkennen, daß es Vibha war. Sie schritt an mir vorbei, ohne den Kopf zu wenden, und erst nachdem sie durch ihr Tor gegangen war und den Riegel mit einem plötzlichen lauten Knall geschlossen hatte, vernahm ich einen einzigen leisen Schluchzer. Ich stand auf, konnte aber in den Schatten nichts ausmachen, hörte nur, wie sich eine Tür öffnete und leise wieder schloß. Ich zitterte in der Dunkelheit, als hätte ich Fieber, und am nächsten Morgen ließ ich den *Playboy* aufgeschlagen auf meinem Bett liegen, den Aufklapper ganz über das Kissen gebreitet. Natürlich fand ihn meine Mutter, und sie und mein Vater sprachen voller Trauer und Sorge mit mir. Mir war schon damals klar, wie armselig und wie kleinlich meine Geste war und daß es irgendwie unfair war, alles an meinen Eltern auszulassen, aber es war das einzige, was ich tun konnte. Ich schaute sie mir an, meine Mutter mit den verwunderten Augen und meinen Vater mit seiner Sanftmut, und meine Wut wurde nur noch größer. Ich versuchte, meine Bosheit zu steigern, indem ich zu spät nach Hause kam, mit niemandem redete, mich sogar auf die Suche nach echtem Laster machte. Aber ich wußte nicht, wo ein Bordell gewesen wäre, und niemand wollte mir Schnaps verkaufen, und ich hatte sowieso kein Geld. Jedenfalls fühlte ich mich Vibha verbunden, während ich durch die Straßen schlich, und gegen Ende dieses Sommers gab ich dann die äußerste Kriegserklärung ab: Jedes Jahr hielt meine Mutter ein Puja ab, eine Woche des Gebetes, in welcher der Pandit die Geschichte Krishnas von seiner Ahnenreihe über seine Geburt und seine Abenteuer erzählte, einschließlich der Techtelmechtel mit den wunderschönen Gopis, bis hin zu seinem Tod. Als ich noch ein Kind war, saß ich immer völlig hingerissen da und hörte mir die oft wiederholte Geschichte an, freute mich im voraus auf jede Wendung und ergötzte mich an allem, besonders an den Erwähnungen von Ganesha und Hanuman, die ich am meisten liebte, weil sie zuerst Tiere und dann Götter waren. Jetzt blieb ich in meinem Zimmer, und als meine Mutter kam und mich aufforderte: »Komm, komm, es geht los, wir müssen anfangen«, da sagte ich: »Ich komme nicht. Ich glaube nichts von alldem.« Darauf konnte sie nur antworten: »Warum? Warum?« Ich schüttelte den Kopf: »Alles scheinheilig, scheinheilig«, erwiderte ich. »Sonst nichts. Krishnas Liebe, während draußen im Leben ...« Ich brach mit einem Achselzucken ab, und sie blickte hilflos und ging weg. Es schien mir unerträglich geschmacklos, das kleine schwarze Figürchen des Krishna mit seinen billigen kleinen rosa-silbernen Puppenkleidern, der Geruch des verbrennenden Ghee, der fette Priester mit seiner feisten Selbstgefälligkeit und seiner dröhnenden Stimme, alles völlig gedankenlos auswendig dahergeleiert. Eine Woche lang ging ich frühmorgens aus dem Haus und kam erst spät wieder. Und als alles vorüber war, fiel es mir sehr schwer, wieder irgend etwas zu meinen Eltern zu sagen, und der Rest der Ferien verstrich in Schweigen. Ich dachte ohne Unterlaß an die Frau aus der Zeitschrift und verbrachte lange heiße Nachmittage damit, von ihr zu träumen, mir die Einzelheiten ihres Lebens vorzustellen, ihr Auto, ihr Parfüm, ihr Haus, ihren Hund, ihre Familie.

Während ich Amanda dies erzählte, ging das Licht an. Es waren Amandas Eltern. Nun konzentrierte sich meine Aufmerksamkeit ausschließlich auf Candy. »Ich mag Pferde und die Natur«, hatte unter einem Bild gestanden, das sie in einem Wasserfall zeigt, den Rücken der Kamera zugewandt. Jetzt ging sie an mir vorüber zur Bar, und ich konnte nicht anders, ich mußte einfach hinter ihr herstarren, vielmehr hinter ihrem in Seide gepackten Hinterteil, wie es durch den Raum kreuzte.

»Ich interessiere mich brennend für Indien«, sagte William James plötzlich und erschreckte mich damit so, daß ich mir meinen Drink in den Schoß kippte. »Indien zur Kolonialzeit, genaugenommen«, fügte er hinzu, während ich meinen Schoß trockenwischte. Amanda blickte auf meine Hände, und ihre Lippen waren in einem unterdrückten Lächeln straff angespannt. Ich folgte ihren Augen: Es ließ sich nicht leugnen, ich hatte eine Beule in der Hose, eine offene und ehrliche und unverfrorene Erektion. Ich schlug die Beine übereinander. »Der Sepoy-Aufstand von 1857«, erklärte William James, »ist mein Spezialgebiet.« Candy kam mit einem Glas Rotwein zurück und ließ sich graziös auf einem roten Sofa nieder, einen Arm auf die Rückenlehne drapiert, eine Hüfte in die Luft gereckt. »Ich habe eine ziemlich gute Sammlung von Zeitzeugenberichten«, fuhr William James fort. Während er über ledergebundene Folianten und vergilbte Zeitungsausschnitte sprach, kam Amanda und setzte sich neben mich. Sie lehnte sich ganz nah zu mir herüber und streifte meine Schulter.

»Willst wohl die alte Dame stechen, was?« flüsterte sie mit einem ganz passablen britischen Akzent.

William James redete von Hodson's Horse, von Kanpur und Nana Saheb, und ich versuchte verzweifelt, meine Aufmerksamkeit auf ihn zu konzentrieren. Candy stand auf, um unsere Gläser nachzufüllen, und Amanda zischelte mir ins Ohr: »Sie hat sich den Arsch liften lassen. Chirurgischer Eingriff.« Ihr Vater spulte weiter seinen Katalog von Berichten aus dem Jahre 1857 herunter, während mir Amanda vertraulich weitere Körperteile ins Ohr raunte: »Abnäher am Bauch. Rippe entfernt. Brüste geliftet. Brustimplantate. Lippen unterspritzt. Zähne überkront. Haut geschält. Nase rekonstruiert. Gesicht geliftet.« Candy blieb ganz ruhig und beobachtete uns leidenschaftslos über den Rand ihres Glases hinweg. Ihre Augen waren riesengroß und grün. Schließlich wurde mir klar, daß William James mit seiner Liste fertig war und mich erwartungsvoll ansah.

»Ehem, das würde ich gerne alles mal sehen«, sagte ich. »Irgendwann einmal.«

»Vielleicht morgen«, meinte er. »In der Zwischenzeit …«, er stand zackig auf. »Gute Nacht.«

»Gute Nacht.«

Nachdem sie weg waren, wandte ich mich Amanda zu. »Nein, ich will deine Mutter nicht stechen.«

»Tatsächlich?« Sie lächelte. »Komm.«

»Wohin?«

»Ins Bett.«

»Mit dir?«

»Was hast du denn gedacht?« Sie machte eine kleine Pause. »Willst du?« Sie hatte ihr Kinn auf die Brust gesenkt und blickte ängstlich und abwartend zu mir hoch.

»Ja, aber ich dachte, ich dachte, daß ich am anderen Ende des Flures untergebracht wäre oder so.«

Ihr Gesicht leuchtete auf. »Du wolltest dich zu mir ins Zimmer schleichen?« Jetzt war sie hell entzückt. »Was für ein Riesenspaß!«

Sie lehnte sich gegen mich, bis ich mich von ihr auf die Veranda schieben ließ. Als ich durch ihr Fenster hereingestiegen kam, lag sie auf dem Bett und hatte die Hände vor der Brust gefaltet. »Ich bin eine jungfräuliche britische Maid in der exotischen indischen Nacht«, kicherte sie. »Los, mach schon deinen Aufstand mit mir.« Ich setzte mich neben sie und streichelte ihr Haar. Sie spürte meine Trauer, richtete sich auf und legte mir die Arme um die Schultern. Ich hielt sie fest, und wir legten uns zusammen hin. Lange nachdem sie eingeschlafen war, sah ich noch das Mondlicht und die Schatten über die Wand gegenüber ziehen.

William James war in Ohio aufgewachsen, in einer ländlichen Gegend in der Nähe von Columbus. Sein Vater war Farmer und Versicherungsvertreter, ein Mann, der das Land bebaute und Versicherungen gegen alle Katastrophen des Lebens verkaufte. Aber William James hatte immer nach Texas gewollt, schon bevor er an der Kent State seinen Abschluß in Geschichte gemacht und in Austin an der juristischen Fakultät angefangen hatte. Die grellbunten Romane seiner Jugend standen noch heute, ordentlich in Plastikfolie eingeschlagen, auf den Regalen seiner viktorianischen Bibliothek. Nach Abschluß seines Studiums ging er zurück nach Ohio und fand die Luft dort irgendwie zu stickig, obwohl der gleiche Himmel sich bis zu den Maisfeldern hinunter erstreckte. Nach genau zehn Tagen verließ William James die Gegend erneut und kehrte niemals zurück. In Texas praktizierte er als Firmenanwalt für Ölgesellschaften, kaufte ein Haus und eine Ranch, auf der er Brahma-Bullen züchtete. Er war mit seinem Leben zufrieden, mit Ausnahme eines kurzen Zwischenspiels in Korea in einem Versorgungsregiment, wo er einmal unter Mörserbeschuß geriet. Mörser, stellte er fest, waren eine Erfahrung auf dem mittleren Teil der Streß-Skala: schlimmer als Verkehrsstaus, aber besser als der Vorfall vor Gericht, als ein mit Drogen zugekiffter Wahnsinniger sich die 38er eines Polizisten geschnappt und drei Leuten Kugeln in den Kopf gejagt hatte. Er kam zurück aus Korea und war zufrieden damit, wer er war, und froh, daß er in Texas lebte. Und er hatte nie wieder das Bedürfnis, auf Reisen zu gehen. Was ihm jedoch gefiel, war, daß er den Militärdienst hinter sich hatte; das kam ihm bei seinem stetigen Aufstieg zum Richteramt auch sehr zugute. Er glaubte an Gott und das Rechtssystem. Er hatte eine Daguerrotypie von Sherlock Holmes an der Wand seines Arbeitszimmers hängen, und er sammelte Bücher über das Leben von Königin Victoria und über Kriege. Alles in allem war er ein glücklicher Mensch, ein Mann, der alles bekommen hatte, was er vom Leben erwartete. Er lernte Candy nach dem nationalen Football-Endspiel bei einer Superbowl-Party kennen, auf die er nur widerstrebend gegangen war. Das Fest wurde von einem Stadtrat veranstaltet, und William James erkannte in Candy sofort die Frau, die er auf seiner Ranch haben wollte. Sie war knackig und gesund, sie trug Jeans, die sie in grüne Stiefel gesteckt hatte, und ein rotes Bandanatuch. Sie sah blitzsauber aus. Er fragte sie: »Lieben Sie Brahma-Bullen?« Vier Monate später heirateten sie in einer Kapelle, die die Form eines riesigen Schiffes hatte.

Das alles hatte mir Amanda über William James erzählt, und einiges auch er selbst. Er fing an, sich für mich zu interessieren. Ich ging in seine Bibliothek und fand ihn, wie er in der Encyclopedia Britannica den Eintrag über Indien las. »Ein riesiges Land«, sagte er mit einer Spur Mißbilligung. Dann begann er mit mir zu reden. Er sagte mir ziemlich unverblümt, das Britische Raj sei gut für Indien gewesen: Vereinigung des Landes, Eisenbahnen, das politische System der Demokratie, die Sitte des Teetrinkens und Kricket, all diese Vorteile seien den wohlwollend Regierten erwachsen. Er benutzte zusammenfassend dafür das Wort Erwachen. Ich hörte zu und hatte nicht viel zu sagen, weil er kaum je eine Pause einlegte, und ich glaube, wegen meines Schweigens fing er an mich zu akzeptieren. Ich weiß das, weil er sich an jenem Abend nach den Cocktails vor dem Essen, nach dem Wein während des

Essens und nach dem Cognac nach dem Essen vertraulich zu mir herüberlehnte: »Amandas Freunde sind bisher immer solche Mistkerle gewesen.«

»Lumpen?« fragte ich.

»Absolut.« Dann klopfte er mir anerkennend auf die Schulter. Später am Abend, als Amanda und ich fickten und sie vor mir kniete, biß ich sie so fest in die Schulter, daß sie aufschrie. Als wir fertig waren, lag ich auf ihr und hatte mein Gesicht in ihre Nackenbeuge geschmiegt. Ich flüsterte: »Erzähl mir von deinen Freunden.«

Das machte sie: »Der erste, das war, als ich dreizehn war. Er war ein Aussteiger, ein abgerissener Drogendealer, mit dem ich mich hinter dem Schulgebäude traf, schwarzes ärmelloses Motocross-T-Shirt, langer silberner Ohrring, dreckiges blondes Haar und fliehendes Kinn. Blaßblaue Augen. Und dann war da der Trompeter aus einer Rockband. Er trug schwarze Cowboystiefel mit silbernen Spitzen, eine Toreroschleife und einen Gürtel mit einer Riesenschnalle in Form eines W, warum weiß ich nicht. Er hat viel gesoffen und ist immer mit einem Jeep durch die Gegend gekurvt. Da war ich fünfzehn. Es waren schon noch andere dazwischen, aber das war der nächste wichtige. Ich meine, er war dreißig, und es schien mir, als wüßte er eine Menge. Er hat mich auf all den großen Parties hinter der Bühne reingeschleust. Ich hab sogar mal Mick Jagger getroffen. Jagger sagte: ›Coole Kette, die du da trägst.‹ Es war eine Jadekette mit einem Anhänger in Pferdeform. Mein Freund antwortete: ›Yeah, und sie selbst ist auch ziemlich cool, Mick.‹ Und dann legte er mir die Hand in den Nacken. Und dann ...«

»Dreizehn?« sagte ich.

»Mh.«

»Wo waren denn deine Eltern?«

»Hier. Und dann ...«

»Hör auf.«

»Du stellst doch andauernd Fragen.«

»Hör auf.« Ich drehte sie zu mir herum und hielt sie fest und zerrte ihr das Haar aus dem Gesicht. »Hör auf.« Sie kicherte an meiner Brust, und ich weiß nicht warum, aber ich spürte, wie etwas durch meinen Körper schnitt, ein Gefühl, ein stechender Schmerz, eine Bitterkeit, wie eine Welle. Wir lagen in einem Himmelbett, einer echten Antiquität, die William James auf einer Auktion in einem kleinen texanischen Städtchen namens New Brunswick gefunden hatte. Er hatte das Bett für einen Apfel und ein Ei erstanden. Es war zweihundert Jahre alt. Das hatte er mir erzählt.

Am nächsten Morgen rief Kyrie an. »Wir haben meinen Großvater gefunden.«

»Nein!«

»Yeah. Vielmehr hat er uns gefunden. Er hat von jemandem in einer Bar gehört, daß wir ihn gesucht haben, und da hat er uns angerufen.«

Wir trafen sie in einer Bar im Stadtzentrum, im Schatten der ungeheuer hohen Gebäude. Kyries Großvater war ein kleiner Mann mit einer zerschlissenen Jeansjacke, formlosen, am Knie zerfaserten Hosen und gelben Turnschuhen. Er hatte dichtes weißes Haar, und seine Hände waren so vernarbt, daß sie wie Werkzeuge aussahen, die er um das Glas geschlungen hatte, aus dem er mit großer Geschwindigkeit trank. Seine Nase war breit und hakenförmig und krumm. Er stellte sein Glas hin und blickte mich lange an. Dann sagte er: »Ich bin Weißer Adler.«

Ich nahm Kyrie beim Ellbogen beiseite, und in einiger Entfernung vom Tisch in der Nähe der Bar sagte ich: »Hör mal, du glaubst doch nicht im Ernst, daß dieser Typ dein Großvater ist?«

»Er sagt, daß er's ist.«

»Der ist auf der Suche nach einem Drink, sonst nichts. Ehrlich. ›Ich bin Weißer Adler.‹«

Sie zuckte die Achseln und lächelte ein wenig verdattert. Wir gingen zum Tisch zurück, wo Tom lachte und Weißem Adler auf die Schulter klopfte. »Du hast früher mal Büffel gejagt?« fragte Tom.

»Ich bin einhundertzweiundzwanzigeinhalb Jahre alt«, verkündete Weißer Adler.

Amanda kicherte. Seine Augen waren scharf und schwarz und saßen hinter seiner riesigen Nase tief im Kopf. Ich wußte, man erwartete von mir, daß ich Spaß an seiner Schlitzohrigkeit und dem malerischen blauen Bandanatuch fände, das er um den Hals trug, aber ich spürte nur Ärger. »Das kannst du den Touristen erzählen«, murmelte ich in meinen Drink, und Tom versetzte mir einen leichten Rippenstoß.

»Hör dir doch mal an, was der Mann zu erzählen hat«, sagte er und wandte sich Weißem Adler zu. »Erzähl uns davon, erzähl uns von der Jagd.«

Also fing der Typ an, uns eine Story von der Büffeljagd zu erzählen, alles inklusive, sogar donnernde Hufe und Soldaten in blauen Röcken. Ich hörte zu, und es kam mir alles irgendwie vertraut vor, und ich fragte mich warum. Dann erinnerte ich mich an die Filme am Samstagabend in Mayo: Wir saßen alle auf den ansteigenden Stufen des Kricketpavillons, die Leinwand hatte man an der Umgrenzungsmauer aufgestellt, der Lichtstrahl des Projektors durchschnitt die Dunkelheit, die Wüstenbrise strich uns über die Gesichter, und auf der Bildfläche waren Indianer zu sehen, und wir jubelten den Cowboys zu.

Als Amanda und ich gingen, zahlten die beiden anderen immer noch die Drinks für Weißen Adler. Er trank Bourbon und Wasser, und Kyrie trug seinen Hut, ein braunes Teil mit einem Lederriemen. Als wir nach Hause kamen, setzte ich mich aufs Bett und hatte gerade angefangen, mir die Schuhe auszuziehen, als ich auf dem Kopfkissen einen Umschlag mit meinem Namen bemerkte, der in schwungvollen Zügen mit schwarzer Tinte geschrieben war. Darunter war ein eleganter Schnörkel mit einem Punkt dahinter. Das Papier war schwer und dick, und der Briefbogen trug in goldenen Lettern William James' Briefkopf. Darunter stand: »Die Cricket League trägt morgen ein eintägiges Match aus. Würden Sie gern für uns oder das andere Team als Schlagmann spielen?«

…jetzt…

Heute sind die Fernsehkameras gekommen und auch die ersten Morddrohungen. Verschiedene Organisationen haben uns gewarnt, daß das Geschichtenerzählen sofort aufhören müsse. Die Gruppen der extremen Rechten – Gruppen verschiedener Religionszugehörigkeit – haben etwas gegen den »sorglosen Umgang mit religiösen Symbolen und die unaufhörlichen Beleidigungen der empfindlichen Gefühle der frommen Gläubigen«. Die Parteien am äußersten linken Rand des Spektrums erheben Einspruch gegen »die sensationslüsterne Aufmachung und die Verfälschung der Geschichte und die verderblichen westlichen Einflüsse auf die Jugend«. Alle haben sie etwas gegen den Sex, alle außer dem Publikum.

Wir sind zu einem landesweiten Gesprächsthema geworden. Es hat sogar Anfragen im Parlament gegeben. Sir Patanjali Abhishek Vardarajan, der große alte Herr der indischen Naturwissenschaft, hat eine Belohnung von fünfzigtausend Rupien für denjenigen ausgesetzt, der »die Existenz eines schreibmaschineschreibenden Affen unter Laborbedingungen nachweisen kann«. Wir werden von Reportern und Photographen belagert, die versuchen, über die Mauern in unser Haus einzudringen. Also haben wir inzwischen Wachtposten rund um das Dach und im Garten hinter dem Haus aufgestellt.

Auf dem Maidan geht Janakpur unterdessen – während des Erzählens, vorher und nachher – seinen gewöhnlichen Geschäften nach: Es wurden Eheschließungen arrangiert und Liebesbeziehungen hintertrieben, Schlägereien begannen und verliefen wieder im Sande, Geld wurde verdient, Geschäfte wurden abgeschlossen, und Leute starben an Altersschwäche.

»Wir lassen uns nicht ins Bockshorn jagen«, sagte Saira. »Schreib weiter.«

»Tapferes Mädchen«, sagte Hanuman. »Furchtlos.« Als ich Saira berichtete, was er gesagt hatte, stellte sie ihm eine Frage.

»Frag ihn, warum es auf der Welt Scheinheilige gibt.«

»Weil es schwer ist, das Glück der anderen zu ertragen.«

»Wann sind wir denn glücklich?«

»Wenn wir nichts mehr begehren und begreifen, daß aller Besitz nur zeitweilig ist, und wenn wir folglich immer spielen.«

»Was ist Bedauern?«

»Wenn man merkt, daß man sein ganzes Leben damit vertan hat, sich Sorgen um die Zukunft zu machen.«

»Was ist Leid?«

»Wenn man sich nach der Vergangenheit sehnt.«

»Was ist das höchste Vergnügen?«

»Wenn man eine gute Geschichte anhört.«

»Gute Antworten, Hanuman«, sagte Saira und warf einen Apfel in die Höhe, der irgendwo zwischen ihrer Hand und den Deckenbalken verschwand.

»Weiter«, forderte mich Hanuman auf, als er sich wieder herunterhangelte und sich mit einem Lächeln neben mich setzte. Ich konnte spüren, wie sein Affenherz gegen meinen Körper schlug. Auf meiner anderer Seite saß Saira, hatte mir einen Arm um die Schulter gelegt und aß einen Apfel.

»Hab keine Angst vor dem, was du nun erzählen mußt«, sagt Hanuman. »Erzähle deine Geschichte.«

Und so hub ich wieder an. Hört gut zu ...

Sikander erlernt die Kriegskunst

Die Begum Sumroo hieß Sikander und Sanjay in ihrem Haus in Lucknow willkommen und ließ ihnen unverzüglich Arbeit zuweisen. Obwohl sie ein elegantes Haus führte, war die Begum doch nicht die Frau, ihre Gäste zu verhätscheln, am allerwenigsten die jüngeren: »Was seid ihr?« fragte sie, und noch am gleichen Nachmittag fand sie für Sikander einen Platz bei den Soldaten und brachte Sanjay als Dichterlehrling unter. »Ich bin fest davon überzeugt, daß man sich im Leben anstrengen sollte«, sagte sie. »Seid ihr selbst, meine jungen Herren, seid ihr selbst. Das ist das allerwichtigste.« Trotz ihrer Vorliebe für Inkognito-Reisen, trotz ihrer Freude an Intrigen, trotz ihres landesweiten Rufes als Giftmischerin und Verführerin (die *erzböse* Begum Sumroo) war sie offensichtlich eine Frau, die genau wußte, wer sie war. Vor allem ihre Zufriedenheit beeindruckte Sanjay, ihre sichere Gewißheit, daß alles, was sie tat, richtig war. Sie schrie ihre Mädchen an, und es war majestätisch, sie zielte mit Paansaft wie mit einem schnellen Pfeil in die Spucknäpfe, ftuuu, und auf ihre lässig sorglose Art war sie weltgewandt. Ihm schien, daß er selbst inzwischen nur noch aus Zweifeln bestand: Seine Pumphosen waren ganz klar altmodisch im Schnitt, sein Haar viel zu unordentlich zusammengebunden, seine Redeweise unaussprechlich provinziell. Als die Begum ihnen also erzählte, daß sie für beide Stellen gefunden hatte, sah sich Sanjay außerstande, die zierliche Dankesfloskel über die Lippen zu bringen, die er sich ausgedacht hatte, und errötete statt dessen nur tief.

Man wies ihnen ein kleines Zimmer im Hinterhaus an, in einiger Entfernung von den Frauengemächern. Von hier konnten sie das langgezogene Brüllen der Milchbüffel hinter dem Haus und die Spiele der Kinder der Bediensteten hören.

»Es ist schon seltsam«, meinte Sanjay. »Sind wir ihre Söhne?«

»Ich weiß nicht«, erwiderte Sikander. »Schlaf jetzt. Morgen ist ein langer Tag.«

Aber Sanjay starrte noch lange in die Dunkelheit, und an Sikanders Atem konnte er hören, daß auch er noch wach lag. Sanjay verspürte in seinem Herzen Vorfreude auf den morgigen Tag, wie er sie seit geraumer Zeit nicht mehr gefühlt hatte, Sehnsucht nach dem Morgen und Dankbarkeit für alles, was der Tag ihm bringen würde. Er lag mit offenen Augen da und dachte an seinen künftigen Ruhm.

Am Morgen weckte man die beiden zeitig und setzte ihnen ein einfaches Frühstück vor, Parathas und Milch. Danach führte ein bewaffneter Wachtposten Sikander weg. Sanjay saß vor dem Zimmer und wartete. Schließlich holte ihn gegen Mittag ein rangniedriger Diener ab und führte ihn auf verschlungenen Pfaden durch die Gassen der Stadt. Sie kamen zum Gomti und gingen einen sandigen Strand entlang. Als sie an der Einmündung eines Nebenflusses um eine Ecke bogen, standen sie plötzlich vor einem riesigen weißen Palast, der ganz unerwartet über dem Fluß aufragte. Es war ein phantastisches Gebäude: überladen mit roten Türmchen, Bögen und Befestigungsanlagen, die von nirgendwo nach nirgendwo verliefen, mit ungeheuer langen Mauern, die in merkwürdigen Winkeln aufeinanderstießen, hier und da eine aufblitzende goldene Kuppel, und überall ein Gemisch sämtlicher Traditionen und Architekturen. Der Diener wies Sanjay mit der Hand durch ein riesiges Tor (das mit einem Strahlenkranz aus wehrhaften Stahlspitzen überkrönt war) und wandte sich zum Gehen.

»Warte, warte«, rief ihm Sanjay zu. »Was soll ich hier?«
Der Diener zuckte die Achseln, ohne sich umzudrehen, und
ging weiter. Sanjays Stimme hallte hinter ihm in einer Art offenem Vorzimmer wider, das von Gewölben umgeben war.
Als der Klang erstarb, vernahm er nur noch das weiche, monotone Gurren der Tauben. Sanjay stand lange Zeit dort, dann
rief er: »Seid ihr da? Seid ihr da?« Seine Stimme wurde lauter
und immer lauter, bis er schließlich schreiend auf Zehenspitzen stand. Nachdem er sich von dieser Anstrengung erholt
hatte, nahm er all seinen Mut zusammen und schritt entschlossen in den Raum. Drinnen spielte das Licht über kunstvoll angeordnete Schatten, so daß Sanjay bei jedem Schritt das
Gefühl hatte, von einer Stimmung in die andere zu gelangen.
Bald hatte er jegliche Orientierung verloren und war völlig in
die Irre gelaufen. Treppen führten ihn in Gänge, die ihn genau
an den Ausgangspunkt zurückbrachten. Er wanderte lange
durch einen riesigen, langgestreckten Raum, der von einer frei-
tragenden Kuppel überkrönt war, und der Widerhall seiner
Schritte prallte klar und deutlich von den Wänden zurück. Dann
hörte er über sich eine Stimme, kaum mehr als ein leises Murmeln, aber kristallklar. Er drehte sich ruhelos um die eigene
Achse und versuchte dem Klang zu folgen, aber die Stimme erschallte scheinbar aus dem Nichts. Er blieb stehen und hockte
sich hin. Nun überraschte ihn die Stille. Die Welt schien den
Atem anzuhalten. Er fand eine Tür und rannte in die Dunkelheit hinein, rannte um eine Ecke und dann in blendende Helligkeit und wieder ins Dunkel, immer wieder, bis er schließlich
in einen Garten taumelte, durch eine Hecke brach und in
weiter Ferne ein von einem Blättergewölbe umgebenes Bild
vor sich sah: Zwei Männer mit weißen Bärten lagen an runde
Kissen gelehnt und saugten sanft an blubbernden Wasserpfeifen. Ihre Angarkhas schimmerten sehr weiß, beinahe bläulich vor dem tiefen Rot des Teppichs, auf dem sie saßen. Zwischen ihnen hatte sich eine Frau niedergelassen, die in goldene
Gewänder gekleidet war. Ihren Kopf hatte sie zur Seite geneigt, und sie wandte ihn langsam und genüßlich, während sie
mit geschlossenen Augen sang. Sanjay erschauerte. Dann war
wieder alles ganz still, bis auf das leise Gurgeln der Wasserpfeifen.

Schließlich zwang sich Sanjay, einen Schritt nach vorn zu machen. Während er über den Gartenpfad ging, wandten sich die beiden Männer um und blickten ihn an. Die Frau hingegen hielt ihre Augen geschlossen, auch dann, als Sanjay zum Gruß mit der Hand seinen gebeugten Kopf berührte.

»Ah, gut, du hast zu uns hereingefunden«, sagte der dünnere der beiden Männer. Er war sehr groß, alles war lang an ihm, der Bart war kurz gestutzt, und über seinem schmalen Gesicht ragte ein schimmernder kahler Schädel auf.

»Und dein Name ist Parasher, nicht wahr?« fragte der andere, und sein leichter, aber unverwechselbar englischer Akzent ließ Sanjay einen Schritt zurückweichen. Plötzlich schien es ihm, als hätte sich das schwarze Band um seinen Hals enger zugezogen.

»Ja«, brachte er schließlich hervor. »Es tut mir leid, daß ich so hereinplatze, aber es war niemand ...«

»Macht nichts«, antwortete der Lange. »Wir sollen wohl deine Ustads in der Dichtkunst sein. Ich bin Pandit Hari Ram Sharma, man kennt mich besser als Muraffa. Und dieser Herr hier ist Thomas Hart Bentford, früher Nottingham, England, nun aber in diesen Gemächern wohnhaft und von uns liebevoll Hart Sahib genannt.«

»Du hast dich entschlossen, Dichter zu werden, und mußt dir folglich einen Takhallus ausgesucht haben«, meinte der Engländer. Er sprach perfektes Urdu, nur die Vokale waren vielleicht eine Spur zu breit. »Könntest du uns deinen Künstlernamen verraten?«

»Aag«, erwiderte Sanjay, und bei der Nennung dieses Namens hob die Frau plötzlich die Lider und ließ ihn abermals in Schweigen erstarren. Ihre Augen waren von klarem Gold, die Pupillen dunkelbraun. Als er in diese Augen blickte, fühlte Sanjay sich winzig klein und fremd, vermochte sich nicht vorzustellen, was sie wohl dachte oder fühlte. Es war, als gehörte sie einer völlig anderen Gattung an.

»Ein erstaunlicher Künstlername«, meinte der Pandit.

»Ja«, stimmte der Engländer zu und strich sich mit den Fingern durch den weißen Bart, der die Oberlippe freiließ. »Ja. Was soll die heutige Lektion sein?«

»Beobachtungsgabe, denke ich«, sagte der Pandit. »Beobachte gut, mein lieber Aag. Hinter dieser Tür liegt ein geheimer Garten, und dort befinden sich tausend Vögel, vielleicht mehr, die genaue Zahl will ich dir nicht verraten. Du sollst hineingehen und versuchen, jedes Lied sorgfältig aufzuschreiben, und uns dann am Ende dieses Tages mitteilen, welches die fünf schönsten sind und warum.«

Sanjay verneigte sich und ging unter Verbeugungen rückwärts zu dem Tor und kam sich lächerlich vor. Als er sich schließlich in dem riesigen Vogelkäfig befand und sich vor den niedrig über ihn hinwegfliegenden Vögeln duckte, fühlte er sich noch närrischer. Er hatte schon allerlei Geschichten von jungen Dichtern gelesen und von den Aufgaben, die ihnen ihre Lehrmeister stellten, Aufgaben, mit denen wohl eher der Eifer als die Begabung oder Befähigung der jungen Schüler geprüft werden sollten. Aber er hatte immer geglaubt, diese Prüfungen gäbe es nur in den Legenden und nicht im wirklichen, harten Leben der Gegenwart, wo sie echten, wirklichen Menschen auferlegt wurden.

»Und diese gottverdammten Vögel haben den lieben langen Tag auf mich runtergeschissen«, erzählte er Sikander am Abend. »Was sollte ich daraus, bitte, lernen?«

»Vielleicht, daß auch die Schönheit scheißt?« lachte Sikander. »Aber hast du die fünf richtigen Gesänge ausgesucht?«

»Nein«, erwiderte Sanjay. »Sie haben nur ›falsch‹ gesagt, und das war's. Ich bekomme nicht einmal eine zweite Chance. Morgen kriege ich eine andere Aufgabe gestellt. Das sind mir zwei alte Langweiler, ich frage mich, was ich von denen lernen soll.«

»Dann geh einfach nicht hin.«

»Muß ich. Sonst ist die Begum Sumroo beleidigt.« Aber darum ging es gar nicht. Er mußte hingehen, weil die goldene Frau kein einziges Wort zu ihm gesagt hatte, obwohl er ihr direkt in die Augen geblickt hatte, als er seinen letzten Abschiedsgruß sprach. Sie hatte ihn mit einem Blick angestarrt, der schlimmer als Gleichgültigkeit war, mit einem völlig undurchdringlichen, unbekannten Blick. »Ich muß hin.«

»Ich glaube dir kein Wort«, sagte Sikander.

»Was gibt es da nicht zu glauben?«

»Du hast so einen listigen Blick. Ich kenne dich doch.«

»Na gut. Da war eine Frau.«

»Eine Ehefrau oder eine Tochter?«

»Nein, glaube ich nicht.«

»Was dann?«

»Sie hat gesungen. Und sie war ganz in Gold gekleidet.«

»Und?«

»Sie hatte goldene Augen.«

»Oh, du Idiot. Vergiß sie.«

»Warum?«

»Die ist nichts für dich oder mich.«

»Warum? So viel älter als ich ist sie nicht, vielleicht zwei oder drei oder fünf Jahre.«

»Und trotzdem, sie war für die beiden da, nicht für dich.«

Da wurde Sanjay so wütend, daß ihm die Augen tränten und sein Hals wieder zu schmerzen begann. Er fuhr mit seinen Fingern unter das Halstuch und rieb. »Na, darauf ist geschissen.«

»Hör mal, Sanju«, meinte Sikander. »Hör mal. Hier im Haus gibt es ein Mädchen, ich glaube, sie ist die Tochter einer Waschfrau. Heute morgen kam sie mit einem Korb voller Kleider hier vorbei. Sie hat schimmerndes schwarzes Haar, ein rundes Gesicht und riesige kugelrunde Augen und Brüste wie Äpfelchen. Ich habe gesehen, wie sie dich angeschaut hat.«

»Ich habe sie nicht bemerkt.«

»Das ist ja dein Problem. Was du vor der Nase hast, siehst du nie. Statt dessen richtest du deinen Blick immer auf irgendwelche blöden Sachen. Hör mir mal gut zu, du junger Narr, hör dir meine Lebensweisheit gut an: Achte auf die Töchter der Wäscherinnen.«

»Ich *will* sie aber nicht.«

»Da haben wir dein Problem kurz und knapp zusammengefaßt: Du bist ein Idealist.«

Was auch immer sein Problem sein mochte, Sanjay sah sich außerstande, die Frau in Gold zu vergessen, deren Name, wie er bald herausfand, Gul Jahaan war. Sie war der erklärte Liebling von Lucknow, die Kurtisane des Augenblicks: Ihr Bildnis zierte Streichholzschachteln und wurde in Broschüren verkauft, und die Lieder, die sie sang, waren bald der letzte Schrei bei allen schneidigen jungen Edelmännern. Jeden Tag ging Sanjay in den Weißen Palast, wo er eine endlose Reihe sinnloser Aufgaben zu erfüllen hatte: Er suchte unauffindbare Blumen, spülte endlose Stapel von Geschirr und so weiter. Obwohl er wußte, daß damit seine Standhaftigkeit und sein Verlangen nach der Dichtkunst geprüft werden sollte, wurde er ungehalten und fluchte vor sich hin. Nur eins machte seine Plagen erträglich: die Erinnerung an Gul Jahaans Augen. Manchmal schienen ihm diese Augen seine einzige Stärke zu sein, und wenn er ermüdete und sich sein Mund mit der Bitterkeit der Niederlage füllte, gab dieses Bild seinen Gliedern neue Kraft. Manchmal allerdings, insbesondere in den bizarren Stunden des Zwielichtes, wenn er aus erschöpftem Kurzschlaf aufschrak, quälte ihn Gul Jahaan mit ihrer Distanz. Sie schien ihm ein fernes Gestirn, war so unberührbar wie der Mond. Dieser Gedanke stürzte ihn in eine derart verzweifelte Einsamkeit, daß er sich die Haare raufte, das Haupt in den Händen barg und versuchte, dem Drang zu widerstehen, mit dem Kopf wieder und wieder auf den Boden zu schlagen. Dann nahm ihn Sikander – der offenbar den Wahnsinn in Sanjays Augen sehen konnte – beim Arm, spazierte mit ihm durch die Gärten der Begum und erzählte ihm, was er am vergangenen Tag gelernt hatte.

»Hör mal«, sagte er dann. »Hör mal. Heute habe ich die Bekanntschaft von Ustad Kaliharan gemacht, dem größten lebenden Meister des Bogenschießens im Land. Weil er ein Freund meines Meisters Uday Singhji ist, hat er sich bereiterklärt, mein Lehrer zu sein. Heute saßen wir bei Sonnenaufgang mit unseren Bögen im Wald, und er sagte zu mir: ›Ziele mit deinem Pfeil auf diesen Vogel.‹ Das habe ich gemacht, und dann fragte er: ›Was siehst du?‹ Ich sagte: ›Den Vogel.‹ Er fragte. ›Sonst noch etwas?‹ Ich erwiderte: ›Nein, nur den Vogel, sonst nichts.‹ Er sagte: ›Dann schieße.‹ Und ich habe mein Ziel verfehlt. ›Du hast danebengeschossen, weil du nicht den ganzen Baum gesehen hast, mit all seinen Tausenden von Blättern, und den ganzen Wald‹, sagte er, und während er noch zu mir hinblickte, schoß er, und der Vogel flog auf. ›Geh hin und schau‹, forderte er mich auf. ›Du wirst eine Feder vom Kopf des Vogels finden, die vom Pfeil durchbohrt ist.‹ Und so war es auch. ›Wenn du hinschaust‹, sagte er, ›dann sieh den Vogel, sieh den Himmel darüber, die Erde darunter, sieh alles, und dann verfehlst du dein Ziel nicht, weil du es nicht verfehlen kannst.‹«

»Was soll das denn heißen?« fragte Sanjay.

»Ich weiß es nicht«, erwiderte Sikander. »Aber er hat nicht danebengeschossen. Er trifft immer.«

Die Wochen zogen ins Land. Alle vierzehn Tage, schien es, nahm Uday Singh Sikander zu einem neuen Lehrer mit, und Sikanders Geschick und angeborene Fertigkeiten ernteten bei allen höchste Bewunderung. Nun wandten sich die Leute nach ihm um, wenn er vorüberging. Manchmal waren bei seinen Lektionen ganz offensichtlich einige Leute, vor allem Soldaten, als Zuschauer zugegen. Inzwischen rackerte sich Sanjay weiter ab. Er durfte ab und zu an den beinahe all-abendlich im Weißen Palast veranstalteten Soireen teilnehmen. Man hatte ihn allerdings bei diesen Anlässen dazu ver-donnert, sich ganz still als bloßer Zuschauer im Hintergrund zu halten und für den Pandit und Hart Sahib den Laufjungen zu spielen. Wenn auch Gul Jahaan anwesend war, riß ihn seine leidenschaftliche Begierde so hin, daß er nichts sonst mehr wahrnehmen konnte, aber bei anderen Gelegenheiten beobachtete er ganz genau und lernte viel. Er stellte fest, daß die Welt der Dichtkunst wie jedes andere Betätigungsfeld ist: Auch hier gibt es verschiedene Parteien, auch hier gibt es Manöver aller Arten, endlose Schlachten und vernichtende Niederlagen. Nach sechs Monaten hatte Sanjay schon viel gesehen: einen alten Herrn, der eine leidenschaftliche Zunei-gung zu einem schönen jungen Poeten gefaßt hatte und sich daher nur zu gern dazu überreden ließ, diesem immense Geldsummen vorzustrecken und vielerlei Hilfestellung zu ge-ben, ohne je im Gegenzug mehr zu ernten als herzlich wenig Zuwendung und gelegentliche Erniedrigungen; den genauen Augenblick, in dem ein Dichter, der sein bestes gegeben hatte – man hatte ihn einmal als vielversprechendes Talent gewür-digt –, den Augenblick, als dieser Dichter herausfand, daß er nun nicht mehr vielversprechend war, sondern einfach nur alt, daß man seinen literarischen Wert gewogen und nicht einmal einer Fußnote in der Biographie eines anderen für würdig befunden hatte; und auch die buchstäblich blutige Schlacht um den korrekten Gebrauch eines persischen Wortes in der Lyrik des Urdu, einen Streit, der mit sorgfältig hingeworfenen Seitenhieben begann, sich dann zu Flüstereien und angestrengten Seitenblicken bei Lesungen verdichtete und schließlich nach einem Picknick in einem Zuckerrohrfeld mit einem zwar nicht geplanten, aber mit großer Verve geführten Duell mit unreifen Zuckerrohrstangen endete. Sanjay begriff, daß die Frucht der Dichtkunst süß ist, daß man aber erst andere Dinge lernen mußte, ehe es einem gestattet wurde, sich in ihrer Sprache zu äußern, daß man erst verstehen mußte, wie man in der Welt zurechtkommt, wie man sich die gute Meinung anderer sichert, und daß man ganz einfach die richtigen Leute kennen mußte. Als ihm das klar war, machte er sich ganz bewußt an die ihm gestellten Aufgaben und wirkte dabei ganz aufrichtig.

Inzwischen kam Sikander jeden Abend mit neuen Geschichten über seine zahlreichen Lehrmeister nach Hause. Er erlernte die Kunst, mit einem hölzernen Schwert zu fechten, von Lale Khan, dem Patta-Mann, der mit seiner hölzernen Klinge fünf nach Belieben ausgewählte, mit scharfen Säbeln ausgerüstete Delhi-Soldaten besiegen konnte und sie wie Betrunkene herumtorkeln ließ; dann war da Ilahi Baksh, der Meister des Dolches, der klein und häßlich war, aber so schnell und so unmerklich zustieß, daß viele Männer starben, während sie noch über ihn lachten; und da war Arvind Khakka, der Künstler im Nahkampf, der drei schnelle Tauben unter ein Bett manövrierte und dort stundenlang gefangenhielt, indem er nur seine Füße windschnell wirbeln ließ, bis allen Zuschauern schwindelig war und sie ihn flehentlich baten, doch aufzuhören.

»All das ist wahr«, beteuerte Sikander jeden Abend. »Und wenn du mir nicht glaubst, dann komm und sieh es dir an, jederzeit. Was für ein Hort der Künstler dieses Lucknow doch ist, der reinste Himmel.«

Sanjay hatte so seine Zweifel. Aber am Abend behielt er seine Skepsis lieber für sich, denn nun, wenn sie nach dem Bad zusammensaßen, kam die Zeit, in der man sie einlud, der Begum ihren Respekt zu zollen. Jeden Abend folgten sie dem

Butler durch die von Fackeln erleuchteten Gänge bis hinauf zum Dach, wo eine Flöte sehnsüchtige Erinnerungen in die Abendluft tröpfelte und die Begum inmitten ihrer Frauen saß. Ihre Gesprächsthemen ließen sich nie vorausahnen, sie reichten von der Metaphysik bis zu Fragen der Kochkunst und der Herstellung pikanter Köstlichkeiten. Ihr Umgangston war formlos, intim und neckend. Eines Abends fragte sie: »Wie sind sie, deine Lehrer, Sanjay? Sag mir die Wahrheit.«

»Es sind wunderbare Lehrer, großzügig und …«

»Red kein dummes Zeug.«

»Nein, wirklich, sie sind gut.«

»Ja, aber wie sind sie?«

Diesmal war ihre Stimme ein wenig gereizt und schlug gegen Ende der Frage um. Also sagte Sanjay: »Sie sind seltsam. Sie leben in ihren verschiedenen Gemächern an entgegengesetzten Enden des Weißen Palastes. Die meiste Zeit verbringen sie getrennt voneinander und kümmern sich um ihre eigenen Angelegenheiten. Dann trinken sie abends Tee miteinander. Jeden Abend findet diese Zeremonie entweder am einen oder anderen Ende statt, beim Engländer oder beim Inder, und immer mit den entsprechenden Getränken und Speisen und Weinen. Also trägt der Engländer an einem Tag eine Angarkha und spricht Urdu, und am nächsten zieht sich der Inder einen grauen Gehrock und enge Schuhe an und wirft mit Englisch um sich. Es ist seltsam. Sie gehen vom einen zum anderen, und warum, weiß ich nicht.«

»Wie gehen sie miteinander um?«

»Förmlich und sehr korrekt. Jeden Abend, nachdem die Gäste sich verabschiedet haben, verbeugen sie sich voreinander und schütteln einander die Hand oder grüßen einander, je nachdem, ob es ein indischer oder ein englischer Abend war. Dann ziehen sie sich zurück, jeder auf seine Seite. Es ist sehr seltsam.«

»Es ist ein sehr gutes Arrangement«, sagte die Begum. »Dich verstört es wohl? Warum?«

Sanjay zuckte die Achseln, aber die Begum wartete auf eine Antwort. Um sie abzulenken, sagte er: »Darf ich Euch etwas fragen?«

»Vielleicht.«

482

»Eine unverschämte Frage.«

»Nun?«

»In der letzten Geschichte, die wir über Euch hörten – die Geschichte unserer Entstehung sozusagen –, kam auch ein Mister Sumroo vor. Und nun kommt uns so einiges über ihn zu Ohren, und wir wundern uns ein wenig.«

»Wirklich eine unverschämte Frage!« Doch sie lächelte.

»Aber Ihr müßt zugeben«, sagte Sanjay, »daß es eine ganz natürliche Verwunderung ist.«

»Nun gut, ich erzähle es euch.« Sie setzte sich in ihrem Sessel zurecht. Sie saßen auf dem Dach, und weit über ihnen schwebten die Laternen wie Drachen in der Luft. »Ich erzähle es euch, aber nur kurz, denn heute ist Schnelligkeit angesagt, alles muß schnell-schnell gehen, wird immer schneller, es ist weder Zeit noch Raum für die langen alten Geschichten mehr, es liegt etwas in der Luft. Also hört von Sumroo. Hört gut zu ...

Ihr wißt, daß es einmal jenen traurigen Mann gegeben hat, der schweigsam und von finsterer Miene war. Er bewegte sich durch die Welt, als trüge er eine große Last auf den Schultern. Warum er so war, hat er mir nie enthüllt, aber sogar das, was wir als Vergnügen betrachten, nahm er mit einer Art müder Trauer hin. Ich konnte nie herausfinden, ob ihm eine bestimmte Speise besser schmeckte als eine andere oder ob ein Tanz ihm mehr bedeutete als ein anderer. Er lebte, soweit ich es beurteilen konnte, in einer grauen Welt, in der alles nur schwach beleuchtet war und deswegen jeglicher Farbe entbehrte. Ich habe mir sagen lassen, daß alle Dinge schwarz erscheinen, wenn man sich nur tief genug unter Wasser begibt. In gewisser Weise war das für mich ganz angenehm, denn ich tat, was zu tun war, und er zuckte zu allem stets nur die Achseln und sagte: ›Gut, gut so.‹ Eines Sommers jedoch veranstaltete eine gewisse Gruppe Unzufriedener in einer meiner Brigaden einen Aufstand, und ich war gezwungen, mein Sardhana zu verlassen. Während meiner Flucht – noch mit Sumroo – sahen wir, wie die aufgehende Sonne auf etwas blitzte, das weit hinter uns lag, und wir wußten, daß sie die Verfolgung aufgenommen hatten. Man hatte uns verraten. Ich wußte nur zu gut, was sie mir, von jeglicher Scham

483

befreit, wie sie waren, antun würden. Also zog ich einen Dolch, erhob ihn über meine Brust und stach zu, und es schien mir, als habe er mein Fleisch geteilt, es durchdrungen. Aber als ich an mir herabblickte, sah ich kein Tröpfchen Blut, da war der Musselin meiner Dupatta noch unversehrt. Meine Hand war ruhig, ich zitterte nicht, und ich machte erneut einen Versuch, ganz ruhig und mit voller Absicht. Aber obwohl mir einen Augenblick lang schwindelte, geschah wiederum nichts. Nun stützte ich das Heft des Dolches gegen das Holz der Kutsche und versuchte es noch einmal, und erneut verlor ich kurz das Bewußtsein und saß dann wieder da, unversehrt und ohne einen Kratzer. Inzwischen hatte eine meiner Dienerinnen, ein ganz und gar eitles und oberflächliches Geschöpf, den bloßen Dolch gesehen, seine scharfe, gebogene, funkelnde Klinge, und sie hatte nichts Besseres zu tun, als den ganzen Troß entlangzurennen und in den höchsten Tönen nach Sumroo zu kreischen: ›Die Begum ist tot, die Begum hat sich den Tod gegeben.‹ Sumroo wandte sein Pferd herum und sagte: ›O wirklich?‹ In seiner Stimme mischten sich, erzählte man mir später, mildes Interesse und Erleichterung. Schnell zog er seine Pistole, eine riesige, unhandliche Dragonerwaffe, die man eigens für ihn angefertigt hatte. Dann zog er ein wenig die Augenbrauen in die Höhe, und mit einem gewaltigen Donnerschlag erhob sich sein ganzer Körper drei Fuß in die Luft und hing – das schworen sie mir – eine Ewigkeit reglos und leicht wie eine Feder dort in der Luft, bis er auf die Erde niederschlug und spritzend aufklatschte.

Also holten uns die Meuterer ein und nahmen mich gefangen – ich zerbrach mir noch immer den Kopf über meine so gar nicht zustechen wollende Klinge –, und sie schleppten mich nach Sardhana zurück, wo sie mich nach vielerlei Beschimpfungen und Verletzungen im Innenhof meines eigenen Palastes an eine Kanone ketteten. Dort, das laßt euch gesagt sein, hatte ich reichlich Zeit und Gelegenheit, die Geheimnisse meiner Existenz gründlich zu überdenken: Warum lebte ich und wie? Völlig verdreckt, mit entblößtem Haupt, das Haar mit Schlamm und Blut verkrustet, die Kleider in Fetzen, so saß ich tagelang ohne Wasser oder Essen da und sehnte den Tod herbei. Ich sollte euch noch erzählen, daß mir jegliche Würde abhanden gekommen war: Dafür sorgen schon die Sonne, das glühende Metall, der Staub, die unstillbaren Gelüste des Körpers. Ich schrie, ich verfluchte sie alle und ihre Mütter, und ich drohte ihnen damit, was ich mit ihren Schwestern anstellen würde. Ich kämpfte, bis ich an Armen und Fußgelenken ganz wund war, und immer noch konnte ich nicht sterben. Am elften Tag lehnte ich mich an die Kanone und durchlebte Augenblicke außergewöhnlicher geistiger Klarheit. Der Himmel war tiefblau wie eine Muschel aus der tiefsten See, der Dunggeruch von den Pferden der Wachtposten lag in der Luft, und mir wurde eines überaus klar: Für manche Menschen gibt es den Luxus der Ehre und die Segnungen eines schnellen Todes, aber für mich gibt es nur das Leben. Ich lebe und lebe und werde weiterleben, weil das Leben gut ist und weil das Leben notwendig ist. Also hörte ich auf zu schreien und wartete, wartete noch zwei geschlagene Tage auf meine Rettung. Sie überschütteten mich mit Hohn, und ich erwiderte ihnen gar nichts. Also peitschten sie mich aus. Ich wartete, wartete. Und wißt ihr, wer dann kam? Wißt ihr's? Natürlich wißt ihr's. Wer ist der Krieger, der selbst nach einem Königreich suchte? Wer ist der wahre Freund, der Kavalier und Paladin? Ihr wißt es, denn er ist auch Teil von euch: Jahaj Jung.

Am dreizehnten Tag, kurz vor Morgengrauen, kam George Thomas mit seinen verrückten Mannen über die Mauern. Was für ein Massaker es da gab, ein wahres Blutbad. Sie schlugen die Meuterer nieder und befreiten mich. Die Kunde hatte Jahaj Jung in seinem Georgegarh erreicht, und also kam er herbeigeeilt. Wir verbrachten einige himmlische Tage miteinander, und dann ging er zurück zu seinem Traum. Ein glückliches Ende, denkt ihr? Wartet, wartet, die Geschichte ist noch nicht vorüber. Ich saß wieder auf meinem Thron, aber ich konnte spüren, wie er unter mir wankte, und wahrhaftig, einige Monate später geschah es. Zwei meiner Dienerinnen, zwei meiner Mädchen, die von klein auf bei mir gewesen waren, verliebten sich und beschlossen, daß sie sich aus meinen Diensten befreien müßten: nicht nur das, sie meinten auch, mir genug stehlen zu müssen, um ein Leben des süßen Nichtstuns führen zu können. Also

485

baten sie mich nicht etwa um meinen Segen oder um Geschenke, sondern statt dessen stahlen sie Geld, und nicht nur Geld, sondern auch drei meiner Bücher, seltene und geheime Zauberbücher, wenn ihr es unbedingt wissen wollt. Und mehr noch: Sie beschlossen auch, daß sie den Diebstahl geheimhalten und uns von ihrer Flucht ablenken müßten, und legten also in meiner Bibliothek Feuer. Wir haben viel verloren, aber wir konnten einige Bücher retten. Der Preis dafür war viel versengtes Fleisch und zwei tote Männer. Wir fingen die Mädchen mit Leichtigkeit wieder ein, umzingelten sie an einem Flußufer. Ihre Liebhaber wurden im Zweikampf getötet, und dann brachten wir die Mädchen und die Bücher in den Palast zurück. Ich saß da und schaute sie mir an, diese Kinder, die ich kannte, seit sie noch unschuldig waren und nie von Liebe gehört hatten, schaute mir ihre rundlichen, tränenverschmierten Gesichter an, hörte mir ihr Wehklagen an. Und dabei konnte ich immer die Erwartung spüren, die in der Luft lag, die sich langsam aufstauende Verachtung, die zukünftigen Rebellionen und den Diebstahl, der in allen Augen rings um mich schon jetzt abzulesen war. Also küßte ich die beiden und gab meine Anweisungen. Zuerst entkleidete man sie und peitschte sie aus, bis sie das Bewußtsein verloren, und dann wurde neben der Bibliothek ein tiefes Loch ausgehoben. Man belebte sie wieder und warf sie in die Grube hinunter. Nachdem man den Lehm wieder festgetreten hatte, ließ ich meinen Thron über die Stelle schieben, und an jenem Abend rauchte ich dort meine Wasserpfeife. Nun war alles ruhig. Als ich mich erhob, um zu Bett zu gehen, spürte ich, wie meine Füße im Boden versanken. Es schien mir, als hätte sich mein Fleisch gesetzt und sei ein wenig schwerer geworden. Aber versteht ihr? Ich lebe.

Anstatt Sanjay zu ängstigen, flößte diese Geschichte ihm Vertrauen zur Begum Sumroo ein: Er fühlte sich nun sicher und behütet, so sehr, daß er ihr am nächsten Abend seine Liebesgeschichte anvertraute und sie um Ratschläge bat, wie er sich in Zukunft verhalten sollte. »Ich will sie«, sagte er in wehleidigem Ton.

»Nun, ich habe sie noch nicht kennengelernt, aber soviel

weiß ich von ihr und von allen Frauen: Werde du ein großer Dichter und ein großer Liebender, und dann bekommst du vielleicht, was du willst.«

Von den zwei Zielen war das erste ganz natürlich zu erreichen: Er mußte den Lektionen im Weißen Palast aufmerksam folgen, alle seine Aufgaben erfüllen, scharf beobachten, zuhören und lesen. Das zweite Ziel zu erreichen fand er unerklärlich schwer, obwohl sich rings um ihn herum ein Panorama der Liebe erstreckte, ein ständiges und endloses Theater der Leidenschaften und der kunstvoll dargebotenen Möglichkeiten: Der oberste Diener war in die älteste Dame der Begum verliebt, und ihre geheimen Stelldicheins auf der höchsten Terrasse brachten ein Lächeln auf die Gesichter der ganzen Hausgemeinschaft; dann waren da die zarten Bande zwischen einigen der Damen untereinander, das unsichtbare Schlurfen von Schritten und Klirren von Armreifen in der Nacht; die wilden nachmittäglichen Fummeleien eines Soldaten mit seiner Herzallerliebsten, einer mit einem anderen verheirateten Putzfrau, in der Nähe der Ställe; und natürlich erwartete man mit Ungeduld die Besuche eines gewissen Edelmannes mittleren Alters wegen der feinen Reime, die seine Leidenschaft für einen Vetter, mit dem er aufgewachsen war, in ihm inspirierte; und jeden Abend kamen die Leute herbeigerannt, um den unglückseligen jungen Mann zu beglotzen, der vor dem Haus durch die Gasse schlich, verzweifelt verliebt in die jüngste Frau des Kaufmanns, der im Haus gegenüber wohnte: Er hatte einst während einer Moharram-Prozession einen Blick in ihre Augen erhascht. Rings um Sanjay herum, so schien es, tobte neben allen anderen Geschäften des Alltagslebens ein nicht nachlassendes Fieber der Verliebtheit, mit Seufzern, Verrat und Fleischlichkeit, aber er zog sich davon ganz zurück, obwohl ihm Sikander Möglichkeiten aufzeigte und ihn auf oft nicht gerade zart formulierte Einladungen aufmerksam machte. Schließlich war das für alle so offensichtlich, daß die Begum eine Bemerkung machte.

»Warum«, fragte sie, »bist du nur wie ein zum Bersten vollgepumpter Ballon? Siehst immer aus, als müßtest du jeden Augenblick platzen? Meine Wortwahl ist natürlich nicht gerade zartfühlend, aber die Zartheit habe ich schon vor Jahren aufgegeben. Ganz besonders, wenn es um meine engsten Vertrauten geht. Also, heraus mit der Sprache.«

»Na ja«, meinte Sanjay ein wenig verdrießlich, weil er wußte, daß die Leute ihn für reichlich seltsam hielten. »Na ja, weil ich keine andere will, weil ich sie will.«

»Was für ein absurder Gedanke!« lachte die Begum. »Was hat denn das eine mit dem anderen zu tun? Du glaubst wohl, daß sie, wenn du erst ein großer Dichter geworden bist, von dir träumt, nur weil du immer noch ein unerfahrener, ungeschickter kleiner Junge bist? Wo kommt das hier hin, Gul Jahaan, und was mache ich hiermit? Du Idiot. Sie wird dich wegen der Qualität deiner früheren Liebschaften haben wollen, wegen der, der, der, der, sagen wir einmal, der Tiefe deines Wissens.«

»Aber es steht mir mit keiner anderen der Sinn danach.«

»Wo in Gottes Namen bekommst du nur diese absurden Ideen her? Ich befehle dir: Suche dir eine Frau und bumse drauflos. Das ist doch wahrhaftig keine große Sache. Oder doch?«

Er zuckte die Achseln. Es blieb ihm nicht viel anderes übrig, denn er verstand selbst nicht recht, warum er so empfand. Dieses Gefühl tauchte ganz fertig und despotisch aus einer verborgenen Ecke seiner Seele auf. Es gab keinerlei Erklärungen ab und ließ sich keinerlei Widerstand gefallen, und er gab ihm ohne Fragen zu stellen und beinahe erleichtert nach. Seit er sich in Gul Jahaan verliebt hatte, waren seltsame weiße Flekken auf seinem Körper erschienen, regelmäßige weiße Flekken, die die Form gewisser Buchstaben des englischen Alphabets annahmen. Der erste war ein umgedrehter Großbuchstabe A, der oberhalb seiner Leiste zum Vorschein kam, und zwar an dem Nachmittag, als er Gul Jahaan im Garten zum erstenmal gesehen hatte. Das A tauchte ganz plötzlich auf und blieb ein paar Tage, ehe es leise und schmerzlos wieder verschwand. Zunächst hatte Sanjay diese Male als eine Hautkrankheit abgetan, ein leichtes Leiden, das seine Phantasie in den Mantel des Geheimnisvollen hüllte. Aber nach längeren Heimsuchungen durch die Buchstaben B und C in regelmäßiger und unerbittlicher Folge mußte er sich eingestehen, daß alles, was er geschluckt hatte, sich noch immer in seinem Körper befand.

Das D, das er als nächste Letter erwartete, erschien denn auch auf seiner rechten Hand, auf dem Handrücken. Ein paar Tage lang trug er eine Bandage und schürzte eine Verstauchung vor. Außer dem Pandit, Hart Sahib und Sikander kannte er niemanden, der diese fremdartigen Male auf seinem Körper würde erkennen können, aber er zog es doch vor, weit geschnittene Kleidungsstücke zu tragen, die verbargen und schützten. Es reichte schon, daß er sich fremdartig und gezeichnet fühlte. Er hätte es nicht ertragen können, wenn man ihn in dieser Stadt, von der er sich erträumt hatte, daß sie ihm Heimat werden würde, als fremdartige Absonderlichkeit betrachten würde. Also schwieg Sanjay trotz aller Scherze und Fragen, behielt seine wahnwitzige Liebe für sich und versuchte, das Dichterhandwerk zu erlernen.

Das Schreiben fiel Sanjay schwer. Er hatte von Dichtern voller Schwung und Phantasie gehört, die noch vor dem Frühstück ganze Elegien zu Papier brachten, während der Mahlzeit ein paar kleine Verse schrieben und danach ein Ghazal. Aber er mußte jedes Wort mühselig an seinen Platz tragen wie einen Ziegelstein, und jeder Satz brauchte viel Mörtel und wiederholte Messungen mit der Wasserwaage und oft auch Reparaturen. Er verbrachte ganze Nachmittage und Wochen mit abgeschiedener mühseliger Arbeit. Danach war er immer so erschöpft, daß er sich ganz tugendhaft fühlte und meinte, Gul Jahaan nun zu verdienen. Außerdem fühlte er sich Sikander meilenweit überlegen, der von der Sonne schwarzgebrannt und staubig vom Kampfplatz nach Hause kam. Und doch hatten seine Gedichte, wenn sie endlich fertig waren, etwas, das ihm selbst bizarr, exzentrisch und wenig vertraut vorkam: Das lag nicht an der Sprache oder gar an den alltäglichen Einzelheiten des Lebens, die immer wieder auftauchten und sich in den Text mogelten, sondern an seiner Haltung, seiner Einstellung. Er vermochte diese Stimme nicht einzuordnen, bis er eines Abends Sikander seinen neuesten Vers vorlas. Danach fragte ihn Sikander: »Hast du in letzter Zeit mal an deine Eltern geschrieben?«

»Warum willst du das wissen?«

»Keine Ahnung. Habe nur gerade dran gedacht. Bist du jetzt wütend?«

Sanjay schüttelte den Kopf, aber er war zornig, daß man ihn erwischt hatte. Als er die Frage hörte, war ihm schlagartig klargeworden, daß seine Gedichte nichts als Protest waren: Wo sein Vater und Onkel sentimental gewesen waren, wollte er hochgeistig sein; wissenschaftlich statt mystisch; kühl und trocken statt ekstatisch; kurz und knapp statt weitschweifig. Einen Augenblick lang schien ihm dies so einfach, so selbstverständlich und so abgrundtief dumm, daß er ganz zu schreiben aufhörte und versuchte, eine andere Ausdrucksweise zu finden. Aber dann erlaubte man ihm zum erstenmal, seine Werke in den Weißen Palast mitzubringen und dort vorzulesen. Es war an einem Frühlingstag. Die beiden Ustads trafen ihre Schüler draußen im Garten. Die anderen beiden waren Jungen aus der Stadt, denen Sanjay instinktiv aus dem Weg gegangen war. Sie stanken nach Öl und Duftwässern, und jetzt, während sie ihre Gedichte vortrugen, konnte er sie gar nicht hören, weil sein Herzschlag so laut in seinen Ohren dröhnte. Schließlich fanden sie ein Ende, und er durfte lesen. Als er fertig war, bemerkte er zuerst ihre offenstehenden Münder, deren Innenseiten vom Paan dunkelrot gefärbt waren.

»Sehr seltsam«, meinte der Pandit.

»Ja«, stimmte Hart Sahib zu. »Ein wenig zu persönlich, scheint mir.«

Sanjay beobachtete sie, wie sie sich über die Blätter beugten, seine Zeilen durchgingen, anstrichen, herumkratzten und korrigierten. Zu seiner Überraschung verspürte er keine Angst oder Nervosität, sondern statt dessen ein wenig Mitleid beim Anblick der beiden weißen Häupter, die so nah zueinander gebeugt waren. Er schaute seinen Mitstudenten geradewegs in die Augen, schockierte sie mit einem Lächeln und hielt sie von jenem Tag an für nichts als traurige Schafe. Als man ihm seine Gedichte zurückgab, verbeugte er sich tief, nur um Haaresbreite vom Spott entfernt. Vor dem Palast stopfte er die Seiten in seinen langen Mantel, ohne auch nur einen Blick auf die Korrekturen zu werfen, und stolzierte nach Hause.

Sikander kam heim, ließ sich auf den Boden fallen und zog sich müde die verdreckten Gamaschen aus. Dann hub er zu den üblichen Geschichten über seine Lehrmeister an. Jettu war in ganz Hindustan für seine Speerkämpfe berühmt; Mirak Jan, der König des Jal-Bank, war unerreicht im Unterwasserkampf; Mahadeo Sharma, der Binaut-Künstler war so schnell und heimlich, immer unbewaffnet, aber so wissend, daß in seinen Händen sogar ein Rosenkranz zu einer tödlichen Waffe wurde.

»Warum lernst du all dies unnütze Zeug?« fragte Sanjay plötzlich.

»Unnütz?«

»Das ist doch alles vorbei. Kämpfe, das sind heute Menschenmassen mit schnell zu ladenden Musketen, die sich wie riesige Maschinen bewegen. Liest du denn gar keine Zeitung? Wer schert sich darum, ob du all diese Fertigkeiten hast? Sogar wenn du all das wirklich kannst, macht es keinen Unterschied.«

»Was sollten wir also tun?«

»Das ist doch klar – wenn es nicht mehr funktioniert, werft es weg.«

Sikander zuckte die Achseln, wandte sich ab und sammelte seine Kleidungsstücke ein. Ein wenig später fragte er, das Haar noch naß vom Bad: »Willst du heute abend mitkommen?« Jeden Abend zog Sikander nach der Audienz bei der Begum mit seinen Freunden in die Stadt, wo sie durch die geschäftigen Straßen der Märkte wanderten. Manchmal aßen sie etwas, und manchmal besuchten sie Frauen, aber meistens spazierten sie nur herum, machten Scherze und grüßten Bekannte.

»Nein«, erwiderte Sanjay. »Ich muß noch zum Pandit.« Die Wahrheit war, daß er eigentlich nicht zum Palast gehen mußte, es aber wollte. Sikander grinste beim Abschied, aber diesmal ging Sanjay in der Abenddämmerung nicht einmal wegen Gul Jahaan zum Weißen Palast. Die Anziehung war noch viel stärker, das Geheimnis noch absurder: An den Abenden, wenn er keine Aufgaben zu erfüllen hatte, ging Sanjay gern in einen gewissen Raum des Palastes, der sich genau zwischen den beiden Flügeln befand. Dort lagen in riesigen unordentlichen Stößen und Haufen und auf den Regalen Tausende von Büchern, Berge von Papier, unzählige Broschüren. Die Dienerschaft nannte diesen Raum Bibliothek, aber nichts an dieser höflichen Bezeichnung bereitete den Besucher auf das Papier-Chaos vor: die hohen staubbedeckten Regale, die zur Decke hin schon die Dunkelheit verschlang, die fauchenden Laternen; die völlig zufällige Anordnung der verschiedensten Themen und Nationalitäten; die unerwarteten Schätze, die man achtlos hier und da hingeworfen hatte. Sanjay gab sich dankbar der Völlerei hin: Er lag genüßlich auf einem Lotterbett aus alten Zeitungen aus aller Herren Länder und tat sich an Erzähltem gütlich: Was geschehen war, was danach geschah, und was dann und dann. Sein Appetit richtete sich nicht nur auf Geschichten oder Romane (die im Überfluß vorhanden waren), sondern auch auf kleine Fragmente, die in den Briefen an den Herausgeber erschienen, in historischen Fußnoten, in den Einleitungen zu wissenschaftlichen Wälzern, in den Werbeanzeigen für Haarpomade, die auf den Vorsatzpapieren der Bücher abgedruckt waren. Er las und las und las und ging erst nach Hause, wenn ihn eine schläfrige Haushälterin davonjagte, die es nicht erwarten konnte, die Lampen zu löschen und das Haus abzusperren. Noch auf dem Nachhauseweg zuckten und jagten seine Gedanken unkontrollierbar von einem Bild zum anderen, und oft konnte er bis in die frühen Morgenstunden keinen Schlaf finden.

Viele Monate später saß Sanjay an einem dunstigen Winterabend in der Bibliothek und blätterte gedankenverloren in einem Stapel der Londoner *Times*. Die schnelle Folge von Namen und Schreckensmeldungen und politischen Debatten in weiter Ferne ließen Gul Jahaan zu einem vagen Schmerz verblassen, zu einer beharrlichen Abwesenheit, die nur noch durch einen Schutzschirm zu ahnen ist. Sanjay fühlte sich wohl. Ganz allmählich wurde er sich der Gegenwart einer anderen Person bewußt und blickte zögernd auf. Es war Hart Sahib, der, weil es ein indischer Tag war, eine lange violette Choga und einen Turban trug. Während sich Sanjay erhob, mußte er leicht verärgert feststellen, daß Hart das Gewand mit einiger Eleganz trug und seine Haltung sehr gelassen war.

»Setz dich, setz dich«, sagte Hart (in fehlerfreiem Urdu) und winkte ihm zu. »Ich wollte mich nur mit dir über die Stunde heute morgen unterhalten.« Sanjay hatte wieder drei Gedichte gebracht, hatte seine Mitstudenten, die Schafe, schockiert und ziemlich mürrisch und wenig zerknirscht reagiert, als der Pandit von unnötigen Attacken auf die Tradition, von seinen Posen, seiner wenig bemerkenswerten und in der Tat alltäglichen Sprache und dem völlig unangemessenen Thema geredet hatte. Hart Sahib suchte sich einen Schemel und setzte sich, während er sich mit einem Schwung seiner Hand die Choga in regelmäßige Falten um die Fußgelenke drapierte. »Was du tust, ist ganz natürlich und wirklich wichtig«, sagte er. »Aber mir scheint, daß du es dir dabei zu leicht machst. Du hast die natürliche Intoleranz und Ungeduld der Jugend, und du schaffst dir den Ruf, ein Heißsporn und so weiter zu sein.«

Bei diesen Worten verspürte Sanjay ein plötzliches Aufwallen des Blutes, den schmerzhaft pochenden Puls des Sieges, und Gul Jahaan war überall rings um ihn her, ihr Parfüm wie ein Liebeszauber. »Könntet Ihr, könntet Ihr, wenn ich die Dichtkunst Europas studieren wollte, könntet Ihr mir helfen? Könnt Ihr mich unterrichten?«

Hart blickte verwundert und ein wenig traurig, nicht froh, wie Sanjay erwartet hatte. Er lächelte und sagte: »Hör mir zu. Laß mich dir etwas erzählen, etwas, das ich dir vielleicht gar nicht verraten sollte. Der Pandit wird mir sicher zürnen, aber ich will dir eins sagen: Du hast großes Talent. Verschwende es nicht im Kampf. Verschwende es nicht, indem du dich selbst bekriegst.«

»Wollt Ihr mich unterrichten?«

Hart schwieg. Sein Gesicht schimmerte bleich in einem staubigen Lichtstrahl, der von der Tür ins Zimmer fiel. »Wenn du mich bittest, muß ich es wohl tun. Womit möchtest du anfangen? Shakespeare?«

»Das ist doch alt«, erwiderte Sanjay. »Was lesen sie heute dort drüben? Was gibt es Neues?«

Und so begann Sanjay seine englischen Literaturstudien und fing an neue, nie dagewesene Gedichte zu schreiben und strebte nach Ruhm und Vollendung.

Sechs Monate später erklärten Sikander und die Begum beinahe gleichzeitig ihre Absicht, Lucknow zu verlassen. Die listenreiche Diplomatie der Begum war zu Ende geführt, ihre

Gespräche waren abgeschlossen, und sie sehnte sich nach Sardhana zurück. Sikander schien seine Lehre erfolgreich beendet zu haben und sehnte sich danach, die Wirklichkeit des Militärlebens kennenzulernen. All dies war nicht ungewöhnlich, dachte Sanjay: Es waren die unvermeidlichen Abschiede des Erwachsenenlebens, die auseinanderstrebenden Pfade, die vom gemeinsamen Boden der Kindheit wegführten. Es war alles viel zu natürlich, als daß man darüber hätte trauern müssen. In der Zwischenzeit erfüllte ihn sein schnell anwachsender Schatz an Gedichten mit Entzücken. Ein Verlag hatte Interesse angemeldet, und er nährte die Hoffnung auf Ruhm in jugendlichem Alter. So verspürte er am Morgen des Abschieds weder Furcht noch Schmerz, sondern stilles Selbstvertrauen. Die Begum reiste bei Sonnenaufgang ab, und es wäre alles ganz ruhig verlaufen, hätte sie nicht, als man ihre Sänfte vom Boden anhob, eine unerwartete Erklärung abgegeben: »Ich habe vor, Christin zu werden.«

Nach dieser Bemerkung rannte Sanjay neben der schwankenden Sänfte (»Huh-ha-ha-huh«) her und versuchte durch die Brokatvorhänge zu spähen.

»Du magst es ebenso gut als erster erfahren«, sagte sie. »Nach all meinen Gesprächen mit verschiedenen Herrschern und nach meinem Verständnis der politischen Lage und meinen Vorahnungen für die Zukunft weiß ich nur eins: Wir werden verlieren. Alles wird rot werden. Wenn du überleben willst, denke gut darüber nach.«

Sogar mit dem Gewicht der Sänfte auf den Schultern waren die Träger inzwischen schneller als Sanjay. Schließlich blieb er mit zitternden Beinen stehen. Nach einer Weile wandte er sich um und ging zurück zu Sikander. »Und du?« fragte Sanjay. »Was wird aus dir?«

»Ich gehe nach Kalkutta zurück und sehe zu, daß mich jemand schnappt, irgendein Freund meines Vaters. Wenn sie mich dann wieder in ihrem Gewahrsam haben, bitte ich um ein paar Empfehlungsschreiben. Ich suche de Boigne. Der hält sich noch irgendwo im Land auf. Man hat ja allerhand Geschichten über ihn gehört, beinahe jeden Tag eine neue. Der gibt mir bestimmt Arbeit.«

Aber Sanjay blickte ihn nur hilflos und ratlos an. Seine

Sorglosigkeit lag in Fetzen; die gefährlichen Gedanken an die Zukunft, die Kanonen der grundlegenden Veränderung hatten sie völlig nutzlos gemacht. Was sollten noch diese zerbrechlichen Gedanken über Soldaten und Dichter, wenn immerfort unter der Oberfläche eine finstere Veränderung vor sich ging, genau umgekehrt wie bei der Häutung einer Schlange: An der Oberfläche blieb alles gleich, aber im Inneren war alles anders. Nach einer Weile erwachte er aus seiner Starre und konnte an jenem Abend gefaßt von Sikander Abschied nehmen, ja dabei sogar mit Eleganz auftreten. Aber er brauchte einige Tage, bis er wieder mit der gewohnten Vehemenz schreiben und seinem Künstlernamen alle Ehre machen konnte. Bald schockierte er die Schafe wieder wie eh und je, aber nun schien ihm in mancher Nacht sein Erneuerungsvorhaben fern, ja sogar abstoßend. In diesen Nächten füllte sich die Dunkelheit mit Erinnerungen und Stimmen: Man hat meine Ehre verletzt. Was frißt, und was wird gefressen? Nachiketas. Gewähre mir den Tod. Und mehr noch: die verwirrende Erinnerung an das Brüllen eines Tigers über sonnengesprenkeltem Wasser. Eine Wanderung in den Bergen. Wartender Schnee. Aber diese Unruhe verging wieder, die Tage verstrichen, die Arbeit nahm ihren Fortgang. Im allgemeinen folgten auf kleinere Enttäuschungen winzige Erfolge, die Wochen waren in keiner Weise bemerkenswert, die Monate gingen nahtlos ineinander über, die Jahre verrannen, und Sanjay konnte sich an nichts aus dieser Zeit erinnern. An nichts außer der Legende von Sikander dem Soldaten, die mit jedem Erzählen an Umfang zunahm. Sanjay hörte unglaubliche Geschichten über seinen Freund: Sein Kavallerietrupp war so schnell, daß er an zwei Orten gleichzeitig sein konnte; an einem Abend sah man ihn an einem Ort, am nächsten tauchte er mit gezückter Lanze hundert Meilen entfernt am Lagerfeuer des Feindes auf. Sikander war der Tapferste der Tapferen, bei einem Kampf gegen sechs Reiter stach er mit einem Lanzenhieb zwei nieder, streckte einen weiteren beim Zurückziehen der Waffe mit dem Schaft tödlich getroffen zu Boden, trennte zwei anderen mit einem einzigen blitzenden Hieb des Säbels mit dem Pferdekopf das Haupt ab und schenkte dem letzten Verbleibenden das Leben. Ja, er war großzügig, großzügiger zu seinen Feinden als zu seinen Freunden, denn darin liegt die wahre Ehre. Er war weise, er saß im Durbar seines Regimentes und ließ die alten Kämpfer das Wort führen, und es war Liebe zwischen seinen Männern, und das Regiment war geeint. Es war die beste irreguläre berittene Einheit in ganz Hindustan: Furchtlos waren sie, verwegen und schneidig, und sie waren bildschön anzusehen. Als sich Sanjay all dies anhörte, dachte er: Vielleicht wird er doch König. Und der strahlende Ruhm von Sikanders Legende führte ihm die träge Langeweile seines eigenen Lebens nur noch deutlicher vor Augen. Er dachte über seine eigenen ehrgeizigen Ziele nach: Ist das alles, nicht mehr? Ist das schon das Leben?

»Aber«, sagte Sandeep, »in der Zukunft gab es immer noch Gul Jahaan, strahlend und vollkommen. Wenn ihn die Langeweile bedrückte, wenn Sanjay von sehnsüchtigem Verlangen nach seiner Kindheit beinahe zermalmt wurde, dann stand sie vor ihm, dann erinnerte er sich in allen glänzenden Einzelheiten an sie. Und also machte er weiter.«

»Aber«, fragte ein Mönch dazwischen, »was ist denn wirklich mit Sikander geschehen?«

»Und was ist mit Chotta?«

»Und was ist mit Jahaj Jung?«

»Ja, ja, wartet nur ab«, antwortete Sandeep und wirkte ein wenig bedrängt. »Das kommt alles noch. Hört also gut zu. In jenen Jahren erhielt Sanjay in unregelmäßigen und unvorhersehbaren Abständen Briefe von Sikander. Manchmal brachten Soldaten die Schreiben mit, manchmal Händler. Aber immer, wenn sie auftauchten, störten die Briefe den regelmäßigen Lauf von Sanjays Leben empfindlich. Er verfiel jedesmal in eine Art Panik, und sein eigenes Leben schien ihm plötzlich ganz fremd. Der erste Brief kam zum Beispiel kurz nachdem seine erste Gedichtsammlung erschienen war. Wegen dieses Briefes fühlte sich Sanjay bei seinen eigenen Feiern merkwürdig einsam. Er betrachtete seine Gedichte und dachte, wie seltsam das doch alles war, Wörter auf einer Seite, so zerbrechlich und künstlich, schwarz auf weiß.«

»Aber was stand in diesem Brief?«

»Hört also zu«, sagte Sandeep. »Hört gut zu …«

Der Brief lautete so:

Mein Bruder,

vor langer Zeit habe ich schon beobachtet, wie zögerlich Du zur Feder greifst, wenn es darum geht, etwas anderes als Gedichte zu schreiben. Ich zögere also ebenfalls, wenn es darum geht, Dir eine Epistel zukommen zu lassen. Denn wie hochgesteckt müssen die Ansprüche eines Menschen sein, der sich weigert, Wörter für irgend etwas anderes als Lieder zu verwenden! Aber ich bin nun einmal unerschütterlich entschlossen, mich nicht von meiner Kindheit trennen zu lassen, und werde mich verzweifelt an Dich klammern, trotz aller Furcht und aller Mißbilligung. Und deswegen bringe ich etwas zu Papier, wie jämmerlich es auch sein mag und wie wenig Lob es verdient haben mag. Also, ich bitte um Entschuldigung für meine rauhe Soldatensprache und um Verständnis für die unverblümte Redeweise des Mannes der Faust und um Vergebung für meine angeborene Ungeschicklichkeit und stürze mich nun kopfüber in die übliche Begrüßungsformel: In der glühenden Hoffnung, daß dieses Schreiben Dich bei guter Gesundheit und in glücklichen Lebensumständen finden möge usw. usw.

Was soll ich Dir berichten? Ich bin kein weiser Erzähler, und das tägliche Geschäft eines Soldaten ist voller Trivialitäten, endloser Einzelheiten, ausgedehnter Wartezeiten und Langeweile. Aber ich will versuchen, Dir etwas zu erzählen, ich werde allen Ballast abwerfen und hoffe, daß das, was ich Dir vorlege, Dich unterhalten wird. Nun höre gut zu: Ich verließ Dich mit Kummer im Herzen, ich war voller Traurigkeit, denn diese Art des Abschiedes ist zu endgültig, hat zu viel von Trennung und Auseinanderreißen. Damals spürte ich zum erstenmal meine eigene Sterblichkeit, fühlte zum erstenmal, daß das Leben nicht endlos so weitergeht. Haben wir beide das wirklich einmal geglaubt? Ich bin fortgezogen und sicher nach Kalkutta gelangt. Hier richtete ich es so ein, daß mich ein Diener von Colonel Burns (meinem Paten, wie Du Dich vielleicht erinnerst) im Basar entdeckte. Ich wurde ins Haus des Colonels gebracht, und dort war alles wie erwartet: Tränen, schwesterliche Vorwürfe (sie erinnerten sich an Dich), eilige Botschaften an meinen Vater, Du kannst es Dir sicher vorstellen. Ich ließ alles geduldig über mich ergehen. Als sich die Wogen etwas geglättet hatten, fragte man mich schließlich: »Nun, da du dich weigerst, Drucker zu werden, welchen Beruf möchtest du denn ergreifen?« *Ich sagte nur:* »Ich habe mich fürs Soldatenleben entschieden.« *Das führte nur zu neuen Tränenfluten, Diskussionen und so weiter. Schließlich kam der Einwand, die Briten könnten mich als einen im Lande Gebo-*

renen nicht brauchen. »Nun«, erwiderte ich ganz still, »dann gehe ich in den Dienst der Marathas.« Erneut folgten Weigerungen und Streitgespräche, aber ich blieb bei meinem Vorsatz, und schließlich ließen sie mich gewähren. Man versah mich mit einem Empfehlungsschreiben für de Boigne, und ich machte mich auf den Weg.

Jetzt mache ich mit Dir einen gewaltigen Sprung bis zu meinem Zusammentreffen mit de Boigne – ist das einem Erzähler erlaubt? – und erspare Dir die Reise, die kleinen Abenteuer und die langen winterlichen Reisetage voller Annehmlichkeiten. Ich traf de Boigne mitten in seinem Lager, in dem er, von seinen Brigaden umgeben, lebt. Es sind seltsame Männer, Sanju, schweigsam und diszipliniert. Man sah sofort, daß es gut sein würde, sie in einem Kampf auf seiner Seite zu haben. Aber trotzdem ist etwas mit ihnen, es fehlt ihnen etwas, ich weiß nicht was. Und er, er saß da in seinem Durbar, ganz großartig in einer schimmernden grünen Uniform, umgeben von sich verneigenden und schmeichelnden Menschen. Man kann seine Macht in jedem Augenblick spüren, den man in seiner Gegenwart verbringt. Aber es ist etwas Totes um ihn. Ich bin sicher, Du könntest es in ein, zwei Zeilen einfangen, eine einzige Zeile von Deiner geübten Feder würde es für immer festhalten, dieses gewisse Etwas. Es ist seine Größe, es ist das Fleisch, das ihm schwer und rot ums Kinn hängt, es ist die Art, wie er auf seinem Stuhl sitzt, ganz entspannt und locker, wie der Atem seinen riesigen Brustkorb auf und ab bewegt, ganz langsam. Ich bin nicht sicher, ob Du verstehst, was ich meine, aber Du erinnerst Dich vielleicht, daß er angeblich auch einer unserer Stammväter ist. Während ich mit ihm redete, fiel mir wieder diese seltsame Geschichte ein, und ich schauderte. Wenn sie wahr ist, dann fürchte ich irgendwie um uns. Nicht wegen seiner Macht, sondern wegen der Mächte, die ihn zu dem gemacht haben, was er ist.

Er hat nicht viel zu mir gesagt, hat kaum einen Blick auf mein Empfehlungsschreiben geworfen. Aber er hat mich eingestellt, und also war ich nach unserem Gespräch Soldat, durfte mich zumindest so nennen. Ich war ein ganz kleiner Offizier. Die alten Soldaten, die angeblich meine Untergebenen waren, kümmerten sich um mich, zeigten mir, in welche Richtung es ging, und dergleichen. Aber Du willst ja wohl keine langweiligen Einzelheiten über Ausbildung und Logistik und über das Futter für die Pferde hören, sondern Du willst zum Kern der Sache vordringen. Ja, ich war in Kämpfe verwickelt, ich bin mit Blut besudelt, und ich habe auch getötet. Wie war das? Das läßt sich unmöglich in Worten ausdrücken. Das erste Gefecht erlebte ich im Krieg der Tanten. Die Einzelheiten dieses schmachvollen Bürgerkriegs sind Dir sicher geläufig: ein Krieg zwischen verschiedenen Fraktionen der Marathas. Der Grund war, daß ein neuer Herrscher die verwitweten Frauen seines Onkels, des alten Königs, vernachlässigt hatte, vielmehr zwei von ihnen, während er angeblich der jüngsten und schönsten ungewöhnlich viel Aufmerksamkeit schenkte. Nun kristallisierten sich also alle alten Rivalitäten um diesen neuen Familienzwist, die Menschen ergriffen Partei, und schon gab es Krieg. Irgendwie schien es mir ganz besonders passend, daß meine Einführung in das Kriegshandwerk durch Tanten erfolgen sollte. Jedenfalls tobte unser Feldzug den Deccan auf und ab. Eines Tages gab man mir während eines Rückzugs aus einer verlorengegebenen Schlacht den Befehl, mit zwei Kanonen und zwei Kompanien einen Paß zu verteidigen. Nun, das haben wir gemacht, vielleicht habt ja sogar Ihr in Lucknow davon gehört. Die anderen griffen an, wir feuerten, und schließlich griffen wir an, zerstreuten sie in alle Windrichtungen, und das war es. Wie schnell so etwas erzählt ist. Wie war es? Es zog sich lange hin, sehr lange. Wir standen da, ringsum fielen die Männer, und wir hielten aus. Kugeln pfiffen uns um die Ohren, Blut spritzte. Das Geräusch, wenn eine Kugel trifft, all das, und was ich fühlte, das kann ich nicht beschreiben. Ich war ganz ruhig, nicht ängstlich wie das Kaninchen vor der Schlange, das sich nicht bewegen kann, aber ich hatte doch immerfort Angst. Und trotzdem gab ich Befehle, ging umher. Es machte mir keine Freude (was für ein Wort!), aber ich war wie jemand, der ins Wasser springt und sich ganz in den Sprung hineingibt. Was war es? Es war das Übermaß der Welt, ihr ungeheures Gewicht, ihr Wahn, aber auch ihr Leben und ihr gieriger Hunger. Ich bin in den Krieg gezogen, und ich habe geheiratet, nicht einmal, sondern zweimal, und ich werde es wieder tun, das weiß ich. Manchmal denke ich darüber nach, wer ich bin, Sanju, und blicke auf meine Hände herunter, sehe, wie sie Gegenstände halten, während rings um mich herum dieser ungeheure Strudel tobt, der riesige Himmel, die Berge. Ich bin Soldat. Das ist nicht nur mein Beruf, das bin ich selbst, ich bin Soldat in dieser Welt, die ich nicht verstehe. Ob sie das mit Dharma meinen? Die Welt hungert nach mir, und ich hungre nach der Welt.

Aber nun genug philosophiert. Jetzt will ich Dich mit meinen weiteren Abenteuern unterhalten. Höre nun, wie ich gegen die Rajputs gefochten habe. Wir kämpften gegen Jaipur. Ich sah den Angriff der Rathors, und niemand, der es nicht mit eigenen Augen gesehen hat, kann sich dies ausmalen. Stell Dir ein Feld vor, eine struppige Wüste. Die Armeen sind angetreten, und plötzlich wandelt sich das Licht, ein leiser Donner grollt, eine Wolke silbern blitzenden Lichtes verwandelt sich in ein Meer von Lanzen. Ich sah sie fallen, Sanju, sah sie unter der Kanonade der Brigaden verschwinden. Aber sie kamen wieder und ritten über die Brigade hinweg, ritten die ganze Einheit in den Staub – sie verschwand einfach. Sie ritten lachend weiter, um eine fliehende Kavallerie-Einheit anzugreifen. Sie stoben vom Schlachtfeld, ohne jede Furcht, und während ihrer Abwesenheit verlor ihre Seite die Schlacht. Wie, das tut nichts zur Sache, aber als sie schließlich zurückkamen, in selbstbewußten Gruppen zu zweit und zu viert, da hatte sich das Blatt gewendet, und wir – das heißt: de Boignes Brigaden – mähten sie mit Leichtigkeit nieder. Ich wandte mich von all dem ab und ritt voraus, durch die verkohlten Haufen, die Jaipurs Gefechtslinie markierten. Nichts regte sich, niemand schoß auf mich, es war kein einziger Laut zu vernehmen, und weit vor mir sank die Sonne langsam hinter die Dünen. Wir schienen durch den schwarzen Rauch zu schweben, in dem hier und da die grotesken Klauen eines Baumes nach uns griffen. Riesige schwarze Felsen türmten sich bedrohlich auf. Für einen Augenblick schlug eine Krähe über mir geräuschlos die Flügel und strömte dabei einen überwältigenden Kadavergeruch aus. Ich weiß nicht, wie lange ich geritten bin, aber schließlich kam ich auf eine kleine Anhöhe und befand mich im Lager der Rajputs. Überall waren leere Zelte, lagen Schuhe verstreut, kein Flüstern regte sich. Ich ging weiter und kam zu einem großen Zelt in der Mitte des Lagers, einem riesigen Zelt, rot, mit flatternden Fahnen bekrönt. Die Wände waren innen so bemalt, daß sie einem Garten glichen. Teppiche federten meine Schritte ab, große Kissen auf dem Boden waren in goldene Stoffe gehüllt, Obst lag auf der Erde, als wären alle gerade eben aufgebrochen. Diese Reichtümer muteten mich seltsam an. Aus unerfindlichen Gründen begann ich zu weinen. Mit tränenfeuchtem Gesicht schob ich seidene Vorhänge zur Seite, ging von einem Raum zum anderen, bis schließlich im Zentrum des Zeltes ein goldenes Aufblinken mein Augenmerk auf sich zog: Es war ein seltsamer Fisch aus Messing, der auf den Boden gefallen war. Ich hob ihn auf, umklammerte ihn, stolperte nach draußen und zog mich mühsam auf mein Pferd hoch. Auf dem Rückweg begegneten mir unsere Soldaten, und alle lachten und sprachen meinen Namen, Sikander, Sikander, bis es beinahe ein Chor war, und als ich mich erkundigte, da sagten sie mir, daß dieser Fisch das Zeichen des Herrschers sei, Jaipurs Symbol der Königswürde. Sikander, Sikander, so flüsterte mir das grausige Schlachtfeld zu, während ich den Weg nach Hause zu finden suchte.

Der Sieger auf diesem Schlachtfeld, de Boigne, brach kurz darauf nach Europa auf. Die Karawane, die seine Reichtümer trug, war drei Meilen

lang, ich habe sie selbst gesehen. Niemand weiß genau, warum er uns verlassen hat, warum ausgerechnet jetzt. Aber ich habe sein Weggehen beobachtet. Er grüßte uns alle, doch ich hatte den Eindruck, daß er keinen von uns gesehen hat. Er schien mir ein Mann zu sein, der durch die Welt schritt, der sie regierte, der aber nichts von ihr wußte. Ich erinnerte mich an die Geschichten unserer Kindheit und lehnte mich ganz nah zu ihm hin, als er vorüberkam, und seine Augen waren so undurchsichtig wie Spiegel.
    Was soll diese Erzählung, Sanju? Ich weiß nicht, warum ich ausgerechnet diese Augenblicke für Dich ausgewählt habe. Kannst Du einen Zusammenhang sehen? Ich werde, denke ich, bald befördert werden. Sanjay, ich, Sikander, frage Dich: Ist es dies? Ist dies unser Dharma?
    Dein Freund Sikander*

Der nächste Brief kam zwei Jahre später, an dem Morgen nach Sanjays erster Liebesnacht mit Gul Jahaan. Ein reisender buddhistischer Mönch reichte ihm das Schreiben, murmelte *om mani padme hum* und überließ ihn seinen Gedanken über die vergangene Nacht. Wie schon Sikanders anderer Brief würde auch dieser ihn dazu bewegen, sein eigenes Leben neu zu überdenken, es abzuwägen und zu messen, und das wollte er nicht.

    Er fühlte sich an diesem Morgen zart und zerbrechlich, als könnte ihn schon ein leichter Stoß zu Staub zerfallen lassen. Nun nach dem großen Ereignis schienen ihm all die Pläne und Intrigen, mit denen er Gul Jahaan hatte gewinnen wollen, trivial und unsinnig. Was ihn einstmals verzehrt hatte, rief nun nur Selbstverachtung in ihm hervor. Das Entzücken war größer gewesen, als er erwartet hatte (fassungslos hatte er auf ihre Brüste gestarrt, die sie ihm plötzlich im Mondlicht entblößte), aber es war auch noch etwas anderes gewesen: Nachher hatte er sie im Schlaf beobachtet, wie sie zu einer ruhigen Kugel zusammengerollt dalag, klein und müde, und er hatte sich so einsam gefühlt, daß er glaubte, weinen zu müssen. Am nächsten Tag war er so geschäftig wie nur irgend möglich. Er trug Sikanders Brief in seinem Gürtelband herum, und am Abend ging er auf ein Fest, das seine Freunde für ihn organisiert hatten. Seine Leidenschaft für Gul Jahaan war kein Geheimnis, und alle hatten seine Bemühungen beobachtet, seine wachsende Bedeutung als Dichter der feu-

rigen Gefühle und als Bilderstürmer, Gul Jahaans Anerkennung dieser Tatsache und dann diese letzte Episode. Und
nun begrüßten sie ihn begeistert, in ihrem strahlenden Lächeln schwangen unausgesprochen Glückwünsche mit. Aber
keiner wußte, während sie ihre Kelche erhoben, um Sanjays
merkwürdige Traurigkeit, um seinen unerklärlichen, verborgenen Kummer. Und es nagte noch eine tiefere Enttäuschung
an ihm, die er sich nur ungern eingestand. Er versuchte nicht
darüber nachzudenken, aber das Gefühl folgte ihm lautlos,
wie jemand, der im Wald hinter einem herschleicht, den man
spürt, aber nicht erkennt. Er lächelte und lachte über ihre
Scherze. Erst gegen Ende des Abends, als sie alle verstummten und ihn erwartungsvoll anblickten, wußte er, was es war:
Er trug zwei seiner Gedichte vor, und die anderen waren
voller Entzücken und Lobpreisungen, und während sie noch
applaudierten, traf ihn das volle Gewicht der Erkenntnis wie
ein Schlag auf die Brust. Er hatte plötzlich mit dem unver-
rückbaren Wissen zu kämpfen, daß seine Gedichte trivial waren, gescheit und feurig, das schon, aber letztlich nur sensati-
onslüstern, daß sie ihm Ruhm und deswegen Gul Jahaan
eingebracht hatten, daß er sie darum und in dieser Form geschrieben hatte und daß all sein Rebellentum nur ein Sprung
ins Nichts gewesen war, daß er sich und seine Sprache ver-
schwendet hatte. Und so breitete sich in dieser Stunde, die
sein größter Triumph hätte sein sollen, nur ein bitteres
Lächeln über sein Gesicht, und er weinte insgeheim eine be-
schämte Elegie um sich, um sein einstmals unschuldiges Talent. Als er endlich allein war und das Rufen und die Glückwünsche noch in seinen Ohren widerhallten, las er den Brief.

Mein Bruder,
Du scheust, wie es scheint, immer noch das geschriebene Wort. Ich höre
viel über Dich, aber nichts von Dir. Ich habe deine Karriere verfolgt und
habe sogar an den staubigen Außenposten, die mein gewöhnlicher Aufent-
halt sind, das Privileg genossen, einige Deiner Zeilen zu lesen. Obwohl
diese geschliffenen Sätze Deinen Zorn vermitteln, läßt mich doch ihre
landesweite Verbreitung und Bekanntheit hoffen, daß es Dir gutgeht. Ich
werde Dir also nicht die üblichen Wünsche zu Deinem Wohlergehen
senden. Ich bin gewiß, daß Du Dich wohl befindest. Ich erzähle Dir nun

unverzüglich von meinen weiteren Abenteuern, die auch Dich betreffen.
Und vielleicht gelingt es Dir, eine tiefere Bedeutung aus diesen Ereignissen
herauszulesen. Du wirst zumindest zugeben, daß sie außerordentlich
seltsam waren.

Dir ist vielleicht bekannt, daß sich Chotta mir angeschlossen hat. Er
folgte mir in den Soldatenberuf und hat eine Weile in den Diensten der
Begum Sumroo gestanden. Sie hat ihn gut behandelt, aber er beschloß, daß
er bei mir sein wollte. Als er von der Begum kam, folgte ihm mein Lehr-
meister Uday, der nun auch mit uns Dienst leistet, was insgesamt ein
Vorteil ist, über den ich hocherfreut bin. Ich freue mich auch, daß Chotta
hier ist. Er ist ruhig wie immer, vielleicht noch ein wenig ruhiger als
früher, und ich bin froh, daß ich ihn im Auge behalten kann. Gleich nach
seiner Ankunft habe ich ihn zu den Graubärten meiner Brigade, den
struppigen alten Subedaren, mitgenommen und gesagt: »*Väter, dies ist*
mein Bruder, der wie ich Offizier werden soll. Ich stelle ihn Euch vor, und
ich bitte Euch, daß Ihr Euch seiner annehmt, wie Ihr Euch meiner ange-
nommen habt, und daß Ihr ihn als einen jüngeren Sohn betrachtet.« *Und*
sie neigten mit ernster Miene ihre Häupter, und mir war nicht mehr ganz
so bang um ihn. Es ist etwas an Chotta, das mir Sorge bereitet. Aber das
will ich nur nebenbei erwähnen. Nun muß ich zu meinem Hauptaben-
teuer kommen (ich schreibe zwischen zwei Märschen): Ich werde Dir die
Geschichte von meinem Krieg mit George Thomas erzählen.

Du weißt, wir kämpfen gegen die Briten, im Nordwesten warten die
Sikhs, und der Preis ist Delhi: Wer in Delhi regiert, regiert in ganz Indien.
Der Mogul ist erschöpft und schwach, aber der Thron ist ungeheuer wich-
tig, er hat die Autorität von Jahrhunderten. Thomas lag ein wenig nörd-
lich von Delhi auf der Lauer, in Reichweite der Stadt, und alle wußten,
daß man ihn eines Tages beseitigen würde, eines Tages, noch vor der end-
gültigen Abrechnung mit den Engländern. Die Marathas sagten: »*Wenn*
wir unser Augenmerk auf Kalkutta lenken und Thomas sich auf Delhi
stürzt, dann ist alles verloren.« *Die Engländer dachten das gleiche. Und*
so beschloß man, Thomas zu beseitigen, und es eilte ihm niemand zu Hilfe,
weil er allen ein Dorn im Auge war. In diesem Spiel zwischen den Staaten
ist alles Beute. Wir zogen also gegen ihn zu Feld, und er zog sich in seine
Stadt Hansi zurück. Wir holten ihn in der Nähe eines Ortes namens
Georgegarh ein, an einem Außenposten, den seine Männer gebaut und
nach ihm benannt hatten. Wir griffen an, er verteidigte sich, und sie
hielten gut stand gegen uns. Bei Einbruch der Nacht hatten wir unsere
leichte anfängliche Überzahl eingebüßt, und hätte nicht das Licht nach-

gelassen, so hätte es übel um uns gestanden. Aber abgesehen von den großen Geschicken des Tages war da noch etwas anderes: Ich stand ihm auf dem Schlachtfeld von Angesicht zu Angesicht gegenüber. Gegen Ende des Tages führte ich einen Angriff gegen ihren Sammelplatz (sie hätten uns sonst erwischt), und im Eifer des Gefechts fand ich mich auf einmal an einem Steilhang ihm gegenüber: Er war es ganz ohne Zweifel, ein Riese von Wuchs in einer altmodischen Rüstung. Sein Schlag gegen meine Parade betäubte mir das Handgelenk, so daß ich zurücktaumelte und fiel. Er ließ mich ziehen, und wir wurden in verschiedene Richtungen gedrängt. Der Nasenschutz seines Helmes und die Ketten seines Backenschutzes bedeckten sein Gesicht, aber seine Augen waren strahlend blau, und es schien mir, als blickte er mir durch den Staub nach.

Später am Abend, als ich in unser Lager zurückkehrte, schauten mich einige Mitoffiziere neugierig an. Als ich stehenblieb, erklärten sie mir, daß Chotta vermißt sei: Einige hatten gesehen, wie Thomas selbst ihn mit einem Schlag niedergestreckt hatte. Also rannte ich aufs Schlachtfeld zurück und stolperte im wechselhaften, von Wolken durchwehten Mondlicht zwischen den aufgehäuften Leichnamen umher und suchte meinen Bruder. In jenem unruhigen, aber klaren Licht schien es mir, als lägen die Toten bis zum Horizont und weiter. Alles hatte den Anschein des Unwirklichen, als wären es nur Schauspieler, als wäre die Katastrophe nichts als ein Bühnenstück, eine Kulisse, die man für die Nachwehen einer riesigen Schlacht errichtet hatte. Ich hatte das Gefühl, stundenlang durch diese Illusion zu schweben, als stehe mein Herz in Flammen. Und dann nahm ich plötzlich einen anderen gebeugten Schatten wahr, einen anderen Mann, der sich zur Erde und ihrer Last hinabneigte. Es war Chotta, der sich auf der gleichen Mission befand wie ich, der mich suchte, der mich für tot hielt, einem Schlag von Jahaj Jung selbst zum Opfer gefallen. Wir umarmten einander freudig, und er zeigte mir die zerborstenen Metallringe seines Kettenpanzers an der Stelle, wo der Schlag auf ihn niedergegangen war. Er erzählte mir ganz offen, daß er vor Thomas weggelaufen sei, unfähig, der gewaltigen Stärke dieses Mannes etwas entgegenzusetzen. Wir hielten uns bei der Schulter und lachten einander ins Angesicht. Dann ließ mich etwas verstummen, ließ mich zusammenzucken. Ich wandte mich von Chotta ab und sah über uns eine dunkle Gestalt, die sich als schweigende Silhoutte abzeichnete: eine bis an die Zähne bewaffnete Gestalt, die einen mit einem Stachel bewehrten Helm und eine breite Schulterrüstung trug, welche eckig vor den Wolken aufragte, kantig und furchterregend, und ich dachte, ein rächender Geist habe sich vom Schlacht-

504

feld erhoben und vor uns feste Form angenommen. Ich stand völlig reglos und erstarrt da. Dann sprach die Erscheinung: »Ich bin gekommen, um euch zu suchen.«

Es war Thomas. Er hatte am Ende des Tages die beiden Begegnungen nicht vergessen können, die beiden Schläge gegen uns, und er hatte nicht schlafen oder an irgend etwas anderes denken können. Also hatte er sich aufgemacht und uns gefunden. Und nun fragte er: »Wer seid ihr?« Ich nannte ihm unsere Namen, aber die erkannte er nicht, und er starrte uns immer noch verwirrt und verwundert an. »Seid ihr im Land geboren?« fragte er. Ich antwortete: »Ja, unsere Mutter ist eine Rajput-Dame.« Und da überkam ein überaus seltsamer Ausdruck sein Gesicht, und er murmelte: »Ihr seid ihre Söhne!« Es ist also vielleicht doch etwas dran an diesen alten Geschichten, Sanju! Er schien alles ohne Frage zu glauben und behandelte uns von diesem Zeitpunkt an in allem, als seien wir seine Söhne. Das führte, wie Du sehen wirst, zu den absonderlichsten Situationen, denn in jener Nacht auf dem Schlachtfeld umarmte er uns und weigerte sich nachher kategorisch, gegen uns zu kämpfen. Damit meine ich, daß wir den ganzen Morgen hindurch in Furcht und Schrecken auf seinen Angriff warteten, der uns sicher vollends vernichtet hätte. Wir waren im Nachteil, und wenn er gekommen wäre, hätte er uns zerschmettert, und nach allen Regeln des Kampfes hätte er kommen müssen, das war jedem Soldaten und Offizier auf diesem Schlachtfeld mehr als klar. Aber er kam nicht, und mit jeder Minute und jeder Stunde rückte unsere Verstärkung näher, und wir warteten dort auf dem blutigen Sand, und der Tag neigte sich, und er tat nichts. In jener Nacht gingen Chotta und ich wieder hinaus, und er wartete auf uns. Ich fragte: »Was hat dich heute zurückgehalten, warum hast du nicht angegriffen?« Und er antwortete schlicht: »Ich werde nicht gegen euch kämpfen.« Ich wollte nun nicht sagen: »Komm schon, du mußt doch auch wissen, daß dies deine letzte Chance ist, du mußt angreifen.« Denn das wäre nicht loyal gewesen; schließlich war ja jeder Augenblick, den er zögerte, ein Geschenk des Himmels für diejenigen, in deren Diensten ich stand. Aber ich fragte doch: »Warum?« Die Frage erschien ihm seltsam, und er zuckte nur die Achsel und wiederholte: »Ich werde nicht gegen euch kämpfen.« Und so blickten zwei Wochen lang unsere beiden Armeen einander über die Dünen hinweg an, und in unserer Offiziersmesse wurden große Diskussionen geführt, warum Thomas, der schneidige Jahaj Jung, so gelähmt war, warum er wartete, und Chotta und ich schwiegen. In der fünfzehnten Nacht brach es schließlich aus Chotta hervor: »Wenn du morgen nicht kommst, dann bist du verloren,

505

unsere Verstärkung ist nur noch einen Tagesmarsch entfernt.« Und wieder schüttelte Thomas nur den Kopf.

Ich muß sagen, daß Chotta und ich inzwischen eine große Zuneigung zu diesem Mann gefaßt hatten. Er war stark, er war ein Ehrenmann, und er war sanft zu uns, er streichelte uns zur Begrüßung und zum Abschied über die Köpfe. »Warum«, fragte Chotta wütend, »warum?« Aber Thomas zuckte nur die Achseln, und dann schrie Chotta ihn an, obwohl ich versucht hatte, ihn zurückzuhalten. »Du wirst vom Angesicht der Erde verschwinden, und niemand wird sich deiner erinnern, du wirst verschwinden wie ein Traum. Auch wenn wir deine Söhne sind, mußt du doch gegen uns kämpfen.« – »Wird es so geschehen?« fragte Thomas. »Ich bin von Bord eines Schiffes gesprungen, um dieser Geschichte zu entfliehen.« Und dann sagte er kein Wort mehr. Erst als er uns in jener letzten Nacht verließ, wandte er sich um und rief uns zu: »Ich werde nicht gegen euch kämpfen. Ich bin ein Inder, aber was seid ihr?«

Ich habe nie herausgefunden, was er mit dieser Frage gemeint hat, denn an jenem Nachmittag trafen unsere Hilfstruppen ein, und dann saß er vollständig und endgültig in der Falle. Was hat er mit dieser Frage gemeint, Sanju? Warum hat er mich das gefragt? Ich habe die ganze Zeit darüber nachgedacht, als wir zwischen den Lagern hin und her gingen und die Verhandlungen über seine Kapitulation führten, über die Bedingungen sprachen, ich habe immer daran gedacht. Schließlich endete es so glimpflich wie nur möglich: Er wurde abgesetzt, ging aller Ländereien verlustig, wurde für immer aus Hindustan verbannt, durfte aber sein Vermögen mitnehmen. Er stimmte dem zu, er hatte auch keine andere Wahl. Ehe er ging, luden wir ihn ein, mit uns in unserer Offiziersmesse zu Abend zu essen. Er kam auch, und es war eine unerfreuliche Angelegenheit. Auf dem Gesicht unseres Befehlshabers Perron lag ein verächtliches Grinsen, und seine Günstlinge taten es ihm nach und setzten hochmütige Mienen auf. Thomas saß in seinen Stuhl zurückgelehnt und trank. Schließlich erhob Perron das Glas, kicherte und brachte einen Trinkspruch auf die Niederlage aller unserer Feinde aus, und Thomas brüllte los: »Ich habe keine Niederlage erlitten.« Und bei diesen Worten blitzte sein Schwert über seinem Kopf auf, und Perron rannte weg wie ein ängstliches Schwein. Wir beruhigten Thomas und geleiteten ihn nach Hause. Als wir im Dunkeln neben seiner Sänfte gingen, lag er da und blickte zu den Sternen auf und murmelte irgendeine Geschichte von einem alten Mann in einem Wald und von einem anderen Mann in den Ruinen einer Stadt, und er erzählte uns, wie wunderschön seine Stadt Hansi war, wie er sie gebaut und dort Menschen angesiedelt hatte. Ich versuchte etwas zu sagen, aber was konnte ich schon zu einem Mann sagen, der gerade sein Königreich verloren hatte, der um der Liebe willen sein Königreich verloren hatte? Am letzten Tor stand eine Wache, einer von jenen unausstehlichen Leuten, die vor Kraft kaum laufen können, und dieser Posten rief uns an: »Wer da?« Und Thomas' Männer antworteten: »Es ist Jahaj Jung, der Sahib Bahadur.« Und dieser Kerl, der wohl schon von dem Streit gehört hatte und wahrscheinlich darauf erpicht war, sich bei Perron einzuschmeicheln, richtete seine Klinge auf ihn und sagte: »Ich kenne keinen Sahib Bahadur, ich sehe nur einen Trunkenbold, wer da?« Und ich schwöre Dir, ich hatte selbst gesehen, wie Thomas an jenem Abend drei Flaschen Wein durch die Gurgel jagte, aber ehe ich noch daran denken konnte, ihn aufzuhalten, saß der Wachmann auch schon mitten auf der Straße, hielt sich das Handgelenk und schaute, wie das Blut aus seinem Armstumpf schoß, und Thomas kam auf mich zu und schüttelte das Blut von seinem Schwert ab. Er lehnte sich zu mir herüber und sagte: »Ich hätte gewinnen können.« Ich antwortete: »Ja, aber ich wünsche dir dort drüben ein glückliches Leben.« Er lächelte und erwiderte: »Ich werde mein Glück finden, aber nicht dort drüben, nicht mit all diesen Reichtümern. Ein alter Mann wird mich holen kommen, und wir werden miteinander in die Berge wandern.« Dann ging er fort, und am nächsten Morgen geleitete man ihn nach Delhi und von dort nach Kalkutta. Ich habe ihn nie wiedergesehen. Ich frage mich jetzt, was er wohl mit all dem gemeint hat, ob er sich entschlossen hat, nicht zu gewinnen, von welchem alten Mann er geredet hat und warum. Ich weiß nicht, was ich davon halten soll. Aber eins weiß ich: Nachdem er gegangen war, teilten wir seinen Männern mit (und was für harte Gesellen das waren!), daß sie sich uns anschließen könnten, und wir boten ihnen gute Bedingungen an, aber alle bis zum letzten Mann sagten: »Wir sind mit Jahaj Jung geritten, wir werden keinem anderen dienen!« Und dann rissen sie sich die Kleider vom Leib, und alle diese Soldaten wurden Sadhus. Das habe ich mit eigenen Augen gesehen. Was war das für ein Mann, Sanju? Was war er, daß er seine Soldaten zu solchen Taten inspirieren konnte? Ich glaube, wir werden es nie erfahren, aber ich weiß, daß Chotta um ihn geweint hat und daß Thomas nie nach dort drüben, nach Europa zurückgegangen ist, genau wie er es uns versprochen hatte. Auf dem Weg nach Kalkutta, so erzählte man uns, starb er im Angesicht des grünen Dschungels. Eines Morgens fanden sie ihn, und er lächelte im Schlaf. Ich glaube, wir werden seinesgleichen nie wieder sehen: Er gab ein Königreich auf, und seine Männer wurden zu seinem Gedächtnis Mönche.

Ich werde alt, Sanjay. Ich habe wieder geheiratet, nicht einmal, sondern fünfmal mehr, insgesamt nun siebenmal. Ich bin glücklich, ich habe Arbeit, ich weiß, was mein Ehrgeiz im Leben ist, und ich bewege mich unerbittlich vorwärts. Aber es gibt doch Zeiten, manch einen Abend, wenn es regnet, wenn ich plötzlich nachts erwache, wenn irgendeine bange Vorahnung außerhalb meines Wissenskreises mich beschleicht, dann spüre ich ein anderes Verständnis. Ich kann es nicht in Worte fassen, ich weiß nicht, was es ist, aber die Straße ist nicht gerade, nichts ist klar, es gibt nur Abzweigungen über Abzweigungen, Kreise und Reisen mit seltsamen Zielen. Ich habe dir ganz selbstbewußt die Geschichte von George Thomas, von Jahaj Jung erzählt, aber ich spüre, daß ich weder ihn noch die Geschichte verstanden habe. Die wahre Bedeutung ist überall, im Staub von Hansi und in jenem Wald und läßt sich weder fassen noch in Worten ausdrücken.

Dein Freund Sikander.

Mit den Jahren schrieb Sanjay immer weniger. Worte aufs Papier zu bringen, das wurde mehr und mehr zur Lüge, zu einem erdrückenden Verrat am eigentlichen Leben, und deswegen mußte Sanjay eines Tages feststellen, daß er völlig außerstande war zu schreiben. Er nahm seine Feder zur Hand, saß an seinem Tisch und fühlte sich wie ein Schauspieler. Während er noch ein paar Schnörkel auf das weiße Blatt kratzte, schwebte er schon hoch über sich und beobachtete sich. Die Minuten verrannen, aber es war kein einziges Wort mehr in ihm. Er saß so den ganzen Morgen hindurch und bis in den Nachmittag hinein, wühlte in seiner Seele, zerrte hier und dort Erinnerungen hervor, durchsuchte alles. Aber schließlich mußte er sich eingestehen, daß nichts übrig war, gar nichts. Während ihm das noch klar wurde, überkam ihn eine riesige Erleichterung. Er legte das Papier zur Seite, klappte den Deckel der Dose über seinen Federn zu, stand schnell auf und schritt in den Abend hinaus. Die Gassen waren ungewöhnlich still, und während er so spazierte, erfreute er sich am raschen Flug der Vögel in der Dämmerung, an der kühlen Luft und an der schweren grünen Masse der Bäume.

»Du bist heute sehr schnell gegangen«, sagte Gul Jahaan, als sie sich niederließen. »Ich habe gesehen, wie du durch den Garten gekommen bist.«

»Ich bin heute glücklich«, erwiderte Sanjay.

Sie blickte ihn ruhig an, und er sie. Ihr Gesicht, das ihm einst so exotisch vorgekommen war, war ihm nun vertraut.

»Ich bin auch glücklich«, sagte sie ganz ernst und hielt dann einen langen Augenblick inne. »Ich bin glücklich.«

»Was ist?«

Sie blickte ihn ruhig an, ihre Hände lagen mit den Handflächen nach oben in ihrem Schoß, und dann lächelte sie strahlend, und ihre Augen füllten sich mit Tränen. »Du wirst Vater.«

Als er so mit ihr dasaß und spürte, wie sie ihren Rücken fest an ihn lehnte, wie er vom Duft ihres Haares umgeben war, dachte Sanjay über diese Person nach, die sich in seine Arme schmiegte, eine ganz eigene Person, kompliziert und schwierig. Er wandte sanft ihren Kopf zu sich um und fragte: »Wie bist du in dieses Lucknow gekommen? Wo bist du geboren?«

»Das hast du mich in all den Jahren nie gefragt.«

»Erzähl es mir.«

Während sie von Onkeln und längst aus den Augen verlorenen Brüdern sprach, von einer Mutter und einem Dorf, betrachtete er ihr Gesicht: Eine vollständige Geschichte voller Schmerzen und Hoffnung, die sich sehr von den Träumen seiner Kindheit unterschied, und doch war sie die sanfte, übersprudelnde Quelle der Hoffnung und unerträglich schön. Die Wärme ihrer Erzählung traf ihn wie ein Stich, und er unterbrach sie, indem er sie auf die Augenlider küßte. Sie fiel lachend in seine Arme. Schließlich hatte sie zu Ende erzählt und flüsterte: »Du siehst müde aus. Bist du müde?«

»Ja«, antwortete er. »Ich bin ein wenig müde.«

Das Kind war ein Junge, eine Totgeburt, vollständig ausgeformt und mit goldener Haut, die kleinen Fäuste waren fest geballt. Der nächste Junge war dunkelhäutig, beinahe blau, kündete wiederum seine Ankunft nicht mit einem lauten Schrei an. Noch drei weitere Kinder wurden tot geboren. Als Gul Jahaan zum sechsten Mal schwanger war, hatten sie die Vaids, die Munshis, die Gurus und die Pilgerfahrten nach Avadh erschöpft; es blieb ihnen nichts mehr übrig als abzuwarten. Diesmal konnten sie einander nicht einmal mehr hoffnungsvolle Geschichten erzählen, und sie waren zu ausgelaugt, um zu trauern. Sie warteten mit der grimmigen Gefaßtheit auf die Geburt, die man gewöhnlich im Angesicht des sicheren Todes empfindet, wo man mit einer gewissen schrecklichen Ungeduld wünscht, es wäre alles schon aus und vorbei. Jetzt berührten sie einander kaum noch, sie lebten in einer Art stiller Kameradschaft. Sanjay erhielt die Einkünfte von seinen früheren Schriften, weil aber keine neuen Werke kamen, glitten sie langsam, aber spürbar immer weiter in die Armut ab, die sie wiederum als unvermeidlich akzeptierten. Sanjay stellte fest, daß die Melancholie seines Lebens nicht so unangenehm war, wie er gedacht hätte. Der Abstieg hatte einen gewissen Frieden mit sich gebracht, und er verspürte also keinen Schmerz, außer an gewissen Nachmittagen, wenn er einschlief und ruckartig und in großer Angst vor dem Alter aufwachte und dachte: Ich werde alt, ich bin alt.

All diese Trägheit war mit einem Schlag wie weggefegt, als die Nachricht von einem reisenden englischen Arzt sie erreichte, von einem Mann, der durch die Lande zog und in seinen nächtlichen Lagern allen Hilfe spendete, ohne Ansehen der Stellung, des Alters oder des Geschlechts. Er hatte sich während der kurzen Zeit seiner Reisen durch Avadh den Ruf erworben, größte Geschicklichkeit zu besitzen, Fieberkranke und bereits Totgesagte zu retten, die von Unfällen Verstümmelten von ihren unerträglichen Schmerzen zu befreien und sogar, sagte man, den Menschen, die von Kindheit an blind waren, das Augenlicht wiederzuschenken. Viele Hilferufe wurden diesem Manne vorgetragen, und sogar die orthodoxesten und gegenüber Fremden mißtrauischsten Menschen warfen ihre Furcht über Bord und suchten seinen Rat.

Gul Jahaan hatte zuerst von diesem Mann gehört. Sie begann unverzüglich Pläne zu schmieden, mit der Leidenschaft einer langsam Ertrinkenden, die eine Möglichkeit zur Rettung sieht. Sie verkaufte einen Teil ihres Schmuckes, ließ sich neue Kleider schneidern und redete währenddessen von ihm nur als dem »englischen Arzt«. Sanjay ging langsamer vor, vorsichtig und von Erinnerungen geplagt. Aber auch er konnte die Hoffnung nicht unterdrücken, spürte sie wie eine unaufhaltsame Flutwelle über sich hinwegschwappen. Was die Engländer betraf, sagte er sich, hatte er sich automatisches Mißtrauen und Wachsamkeit angewöhnt. Also schrieb er Briefe an Bekannte, schickte Boten aus und wartete auf Informationen über diesen über die Maßen großzügigen Engländer. Sanjay wartete in einem merkwürdig fiebrigen Zustand, halb hoffte er, halb haßte er. Als er schließlich den Namen des Arztes erfuhr, lachte er lange und hysterisch. Es schien ihm, als habe das Leben seine ganz eigene seltsame und kindische Ästhetik, denn der Name des Arztes war natürlich Sarthey.

Den Rest wußte er, ohne fragen zu müssen. Es war wirklich der Sohn jenes Mannes, den er einst gekannt hatte, und dieser Sohn war nun in jungen Jahren ein bekannter Arzt geworden. Er war ein hervorragender Mediziner, hatte zwei Bücher über die Behandlung von Infektionskrankheiten geschrieben, nun reiste er mit dem erklärten Ziel durch Hindustan, Material für ein drittes Buch über Tropenkrankheiten zu sammeln. Es verstand sich von selbst, daß er gut aussah, großgewachsen war und das Haar lang trug – für einen Engländer jedenfalls – und daß er blaue Augen hatte. All dies wußte Sanjay, und er wollte es Gul Jahaan zu erklären, wollte ihr klarmachen: Wir sollten nicht zu ihm gehen, ich weiß, wir sollten es nicht tun. Aber als er zum Sprechen anhub, bemerkte er das neue Leuchten in ihren Augen, beobachtete, wie sich ihre Brust vor Freude schnell hob und senkte, sah das kleine halbe Lächeln über ihr Gesicht huschen, während sie ihn voller Liebe anblickte und ihm überhaupt nicht zuhörte. Er schüttelte besiegt den Kopf und sagte: »Nun ja, dann gehen wir wohl hin.«

»Natürlich gehen wir«, erwiderte sie.

Als der Arzt in die Nähe von Lucknow kam, begaben sie sich in sein Lager, das sich in einem kleinen Dorf befand, von dem niemand je gehört hatte, fünf Meilen jenseits des Gomti. Sie überquerten den Fluß in einem gemieteten Boot, und Sanjay saß im Bug und sah die vertraute Stadt in der Dämmerung versinken, zu einem Schatten werden und sich dann in eine Wolke winziger Lichter auflösen, die immer kleiner wurden. Das englische Lager war in rechten Winkeln um das schlichte graue Zelt des Doktors aufgebaut. Als erstes fielen Sanjay die geharkten, mit Kies bestreuten Wege auf, die man sogar in diesem provisorischen Lager angelegt hatte, das durch die Trennlinien ordentlich wie ein Schachbrett aufgeteilt wurde. Die Kranken warteten geduldig in der Dunkelheit und wurden von den Bediensteten des Arztes in ordentlichen Reihen angeordnet. Sanjay sprach mit einem dieser Diener und kehrte dann zu Gul Jahaan zurück.

»Wir müssen warten«, sagte er mit einem Achselzucken.

»Dann warten wir.« Ihre Stimme erklang nur gedämpft durch die Burqua. »Wir warten.«

Das Leiden bringt eine ganz eigene Gleichheit mit sich: In der Dunkelheit saß Sanjay neben Landarbeitern und Bauern und dachte darüber nach. Ab und zu war ein gedämpfter Laut zu vernehmen, ein fernes Stöhnen, ein Rascheln von Stoff, während sich jemand mühselig erhob und ein paar Schritte schlurfte. Als man sie aufrief, schien ihnen das Licht im Zelt des Arztes in den Augen zu schmerzen. Es fiel weiß und stechend aus einer neuartigen Laterne, die mit einer nie gesehenen blauen Flamme brannte. Sanjay blinzelte, und der eisige Schein des Lichtes war so stark, daß er zunächst den Sprecher, der ihm eine Frage stellte, gar nicht sah.

»Ist er blind?« Jemand anders sprach nun auf Englisch.

»Nein, das bin ich nicht«, antwortete er auf Englisch. »Die Patientin wartet draußen.«

»Sie sprechen Englisch?« Diesmal konnte ihn Sanjay sehen. Er trug Schwarz, einen englischen Gesellschaftsanzug von der Art, wie ihn Sanjay bisher nur auf Holzdrucken gesehen hatte, ein schwarzes Halstuch. Sanjay kam zunächst nur ein Gedanke: Ihm muß in diesen Kleidern ungeheuer warm sein.

»Ja«, erwiderte Sanjay schließlich. »Ich spreche Englisch. Ich heiße Parasher.«

»Angenehm. Ich bin Dr. Sarthey. Und die Patientin?«

»Sie wartet draußen.«

»Nun, ich bin sicher, Sie verstehen, daß ich mit ihr, mit der Patientin selbst reden muß.« Das leichte Lächeln auf dem Gesicht des Arztes war vertraulich, deutete gemeinsames Wissen an.

»Natürlich«, sagte Sanjay und fühlte sich wider Willen töricht. »Ich gehe und hole sie.«

Draußen hob Gul Jahaan den Purdah vom Gesicht, um besser mit ihm sprechen zu können. Sie hörte ihm mit ernster Miene zu und fragte dann: »Werde ich mein Gesicht vor ihm entblößen müssen?«

»Wahrscheinlich.«

»Ich habe schon Schlimmeres getan«, erwiderte sie. »Und diesmal ist es um unserer Söhne und Töchter willen.« Sie stand auf und ging schnell an ihm vorbei. Drinnen sprach sie laut und direkt und streckte dem Arzt ohne Zögern ihr Handgelenk hin. Er wiederum saß auf einem Eisenstuhl und verschrieb ihr Ruhe, Geflügelbrühe und eine Arznei, die er ihr geben würde. Schließlich riet er ihr, nach der Geburt des Kindes einen guten Arzt hinzuzuziehen.

»Sag ihm, daß wir keinen anderen Arzt haben«, sagte Gul Jahaan. »Sag ihm, daß wir mit ihm ziehen werden.«

»Mit mir reisen?« fragte der Arzt, nachdem Sanjay übersetzt hatte. »Das ist schwierig, und außerdem …« Aber er hielt inne und blickte in Gul Jahaans kleines Gesicht, das von ihrer schwarzen Burqua eingerahmt war und so ernst und aufmerksam aussah, während sie ihn unverwandt anblickte.

»Ja«, meinte Sanjay. »Dazu ist sie fest entschlossen.«

»Ja«, erwiderte der Arzt. »Dann geht es wohl in Ordnung.«

Sie waren schon darauf vorbereitet. Sunil, dessen kahler Kopf inzwischen von der Bedeutsamkeit und Würde des berühmten Kochs glänzte, führte Gul Jahaans Gefolge an. Sie waren mit Karren, Betten und Moskitonetzen gekommen, und sie ließen sich in einiger Entfernung von den englischen Zelten nieder und ahmten die ordentlichen Reihen und die Anordnung der anderen Zeltsiedlung nach. In jener Nacht wandte Gul Jahaan sich Sanjay voller Freude zu. Ihre Sinnenfreuden waren immer langsam, gemächlich, völlig bewußt, aber in jener Nacht schienen sie von einer Art tiefem Wissen durchdrungen zu sein. Die beiden saßen einander gegenüber, miteinander vereint, reglos bis auf jene geheimen Regungen und jenes verborgene Wogen, und sie blickten einander in die Augen, und das ging so fort, bis die Leidenschaft einer größeren Klarheit wich. Es war finster, aber er konnte sie trotzdem vollkommen sehen, als würden ihr dunkles Haar und die Rundungen ihrer Brüste, als würde alles von einem inneren Licht durchstrahlt. Und er mußte plötzlich lachen, weil die Luft so klar war, und jede Berührung ihrer Finger wurde wie ein Wort in sein Inneres getragen, sein Kopf war ihm leicht und schwebend, war durch sie umgewandelt und für immer verändert, durch ihren Duft, ihre Gegenwart, die überall zu sein schien.

Am nächsten Tag wurde ihnen klar, daß sie sich in einem ausländischen Lager befanden. Der junge Arzt verbot Gul Jahaan kategorisch jeglichen Auftritt. Sie war in ganz Avadh berühmt, und folglich hatten sie viele Besucher, Leute aus Dörfern und Städten, und einige baten um das Vergnügen, sie singen zu hören. Sarthey verbot dies, zwar ohne Zorn oder Strenge, aber er sagte trotzdem:»Das ist unmöglich.« In jeder anderen Hinsicht war er höflich, und Gul Jahaan akzeptierte seine Wünsche als Bedingung für ihren Aufenthalt im Lager. Jeden Tag untersuchte der Arzt sie und überwachte streng ihre Diät, schickte ihr manchmal Köstlichkeiten für die Küche. Sanjay seinerseits sprach oft mit ihm, und sein Englisch, sein Interesse an englischen Themen, vor allem an der Dichtkunst, schien Sarthey großes Vergnügen zu bereiten. Bald gewöhnte sich der Arzt an, Sanjay Bücher mitzubringen, historische Abhandlungen, Diskussionen über Währungen und Handel, Traktate über Geographie und Fortschritt und das ungeheure Potential der Zukunft. Zunächst drehten sich ihre Gespräche nur um diese Dinge, dann konnten sie auch miteinander schweigen, während sie frühmorgens nebeneinander herritten, und Sanjay erkannte dies beinahe ungläubig als die natürliche Stille zwischen Freunden. Jene Augenblicke, wenn die Sonne eine dünne rote Linie auf die fernsten Wolken malte, hatten den unverwechselbaren Geschmack der Vertrautheit, und widerwillig mußte Sanjay diesen Engländer ins Herz schließen. Er war neugierig auf alles, und er wollte die Namen aller Pflanzen wissen. Sein Haar war streng aus der Stirn gekämmt, aber über sein schmales, ernstes Gesicht zog sich oft ganz plötzlich ein Lächeln, und dann lehnte er sich weit im Sattel vor, hielt verschämt eine Hand vor den Mund und kicherte. Obwohl Sanjay wußte, daß sie gleichaltrig waren, fühlte er sich viel älter, als hätte er schon den Geschmack der Asche und des Kompromisses auf der Zunge, während der andere bisher nicht einmal die vollständigen und durch nichts getrübten Hoffnungen der Jugend kennengelernt hatte. Und vor allem war da – neben allem anderen und wertvoller als alles andere – Sartheys Intelligenz, es war nicht scharfsinniger Witz, sondern eine langsame Wachsamkeit, die ihren Gegenstand umkreiste, ihn untersuchte und erprobte und schließlich zugriff. Es schockierte Sanjay, daß er dies in dem Engländer entdeckte, denn sein Leben lang hatte er eine stolze Einsamkeit kultiviert, einen gewissen Glauben an sein frühes Wissen und sein Verständnis der Welt, und so etwas hatte er bisher in niemand anderem außer diesem Mann erkannt. Also dachte Sanjay zwar an die Vergangenheit zurück und prophezeite aus dieser Erinnerung eine zweifellos katastrophale Zukunft. Nun war da aber auch diese Kameradschaft, ungebeten und grundlos. Trotz allem verspürte Sanjay in jenen Morgenstunden keine Scham, wenn er Fragen über Fragen stellte. »Was macht ihr am Morgen in England, wenn ihr aufsteht? Wie wird das Frühstück bereitet?« Und ohne Zögern kamen die Antworten und dann die Gegenfragen.

Gul Jahaan schien ihre Treffen mit der amüsierten Duldung zu betrachten, die Frauen der Welt der Männer entgegenbringen. Sie gewöhnte es sich an, Sarthey als »deinen Engländer« zu bezeichnen, und gab einer gewissen Furcht Ausdruck, die sie vor ihm, seinen blauen Augen und seinem asketischen Gehabe verspürte. Aber Sanjay, der als Übersetzer danebenstand, beobachtete ihn manchmal am Abend, wenn er Patienten behandelte: seine präzisen Finger auf den Verbänden, die geraden, ordentlichen Knoten, seinen klaren Blick, wenn er Wunden und Geschwüre auswusch, das Auge des Arztes, das sich von allem Schmerz, von den zuckenden Gesichtern abschottete und das doch Mitleid ausströmte. All das erschien Sanjay sanft.

Zu dieser Zeit erreicht ihn ein weiterer Brief von Sikander. Er wurde ihm von einem Süßigkeitenverkäufer überreicht, der das kleine Paket, zwischen zwei Rosogullas eingeklemmt, ablieferte.

Sanjay,

Ich bin verletzt.

 Ein anderer Krieg, ein anderer Kampf. Ich will Dich nicht mit den un-glückseligen Einzelheiten des Soldatenlebens ermüden. Soviel nur: Der Kampf um die Vorherrschaft in Hindustan tobt unvermindert, die Bünd-nisse verändern sich, Soldaten sterben. Diesmal gerieten wir auf offenem Feld in einen ungleichen Kampf, hatten keinerlei Hilfstruppen und keine Hoffnung. Wir zogen uns, so gut wir konnten, zurück, aber sie durchbra-chen unser Karree. Dann fiel die Kavallerie über uns her, und ringsum herrschten Angst und Schrecken. Ich schlug wild um mich, und plötzlich, während ich noch rannte, dachte ich an meine Ehefrauen und meine Kinder und streckte mit Leichtigkeit einen Mann nieder. Ich schrie irgend etwas, ich weiß es nicht mehr, ich könnte es Dir nicht sagen. Ich machte einen gewaltigen Satz nach vorn, und sie wichen völlig verschreckt vor mir zurück. Dann sah ich aus einem Augenwinkel einen Reiter auf mich zu-sprengen, wandte mich zu ihm um, bemerkte, wie er seine Pistole erhob, und verspürte einen schweren Schlag gegen den Oberschenkel, als hätte mir jemand mit großem Schwung eine Eisenstange gegen den Bauch ge-schlagen, stumpf und betäubend. Ich sah das Aufblitzen in seiner Hand, und ich sackte schwerelos zu Boden, und mir schien, als hallte das Geräusch des Schusses immerdar in meinem Kopf wider.

 Als ich erwachte, Sanjay, war es Nacht, und ein ungeheurer Schmerz durchbohrte mir die Eingeweide und nagelte mich an den Boden. Der Schmerz hatte meinen Körper wie eine Fessel umschlungen, seine Stränge verliefen von meinen Lenden in alle Richtungen, und jede Bewegung schien sie nur noch fester zu ziehen. Zunächst fürchtete ich mich, aber dann zwang ich mich schließlich, meine Hand nach unten gleiten zu lassen und zu fühlen. Aber ich konnte nur die schartigen Ränder einer Wunde ertasten, die Formlosigkeit eines Körpers, der irgendwie aufge-platzt war. Während ich die Verletzung betastete, wirbelte das Chaos kreiselnd um mich herum, und ich schrie auf, weniger vor Schmerz, als aus Furcht vor diesem Wahn, der mich auffressen, mich zu Puder zer-malmen wollte. »Mutter«, schrie ich, »Mutter, Mutter.« Weißt Du, wo-vor ich mich fürchtete, Sanjay? Vor diesen Nachwehen auf dem Schlacht-feld, vor den Menschenteilen, die wie Unrat verstreut liegen, wenn alles zu einem einzigen Brei geworden ist, wenn es nicht mehr als dies oder das zu erkennen ist, sondern alles in den großen Wirbel von Feuer und Dreck geraten ist – dieser ungeheure Verlust, diese Anarchie verschlug mir den Atem. Ich gestattete meiner Furcht, mir die Sinne zu rauben; dankbar ließ ich sie alle schwinden. Aber dann stieg der Mond am Himmel auf, und ich sah alles und konnte mich nicht mehr davor verstecken. »Mutter, Mutter, Mutter«, flüsterte ich zusammen mit den anderen neben mir. Wir weinten in der Dunkelheit im Chor, und im faden weißen Licht zeichnete sich alles als scharfe Schwärze ab, Schatten und Stahlkanten wie Feuer. Auch Blut ist bei Nacht schwarz. Da hörte ich die Stimme einer Frau: »Sikander, hier bin ich.« – »Mutter«, sagte ich. Aber dann sah ich sie: eine wunderschöne, hochgewachsene Frau in Weiß, ihre Haut schimmerte von innen, sie hatte einen roten Mund, und es war Kali. Sie ging auf mich zu, Sanjay, und ich bebte vor Angst und Schrecken, war wie in Trance und bewußtlos, und die Nacht zersplitterte in viele Fragmente, der Mond zitterte und fiel auf die Erde. Als ich zu mir kam, konnte ich wieder sehen und denken und hörte eine Stimme: »Sikander, bist du das, bist du es?« Es war Uday. Ich konnte den Schmerz in seiner Stimme hören, die Todespein, den ihm eine anonyme Kanonenkugel zugefügt hatte, als sie ihm das Bein zerfetzte. Er erzählte mir, daß er sie hatte kommen sehen, kurz bevor sie ihn traf, und dann hatte sie ihn zerschmettert. »Lerne deine Lektion, Sikander, junger Freund«, sagte er. »In diesem Krieg kannst du mit deinem Geschick nur bis hierher kommen. Wenn dich die Kugel finden will, findet sie dich, keine Ehre, gar nichts kann sie von dir fernhalten.« So redeten wir, und die Schmerzen ebbten ab, aber ich konnte fühlen, wie sie wiederkamen, sah den Himmel kreiseln, das Rad eines Streitwagens, das sich drehte und drehte und schließlich zerbarst, spürte mich selbst an hundert Stellen in hundert Stücke zerschellen. Dann wieder Udays Stimme: »Halte durch, Junge, halte durch, nur immer mit der Ruhe.« Aber ich war wieder weg. Die Dunkelheit teilte sich, und ich sah aus weiter Ferne die Berge zermalmter Körper, die zerbrochenen, aufgespießten Speere, ich hörte die Fieberschreie der Verwundeten: »Wasser, Wasser, bitte, Wasser.« Mir schien nun, Kali hielte mich in ihren Armen, wiegte mich, mein Kopf ruhte an ihrer Brust, und ich blickte auf in ihre wilden Augen und sagte: »Mutter.« Dann war sie über mir, saß mit gekreuzten Beinen auf meinen Lenden: »Sikander, warum fürchtest du dich?« Sie lachte, das dunkle Haar wehte ihr ums Gesicht. Nun tanzte sie auf meinem Körper, drückte mich von Kopf bis Fuß mit ihren Füßen, und sie sagte: »Sikander, du bist nicht dazu geboren, glücklich zu sein.« Schließlich legte sie sich neben mich und streichelte mir über die Stirn: »Fürchte dich nicht, es gibt nichts zu fürchten.« Und ich wußte, daß sie die Wahrheit sprach, der Schmerz fiel von mir ab, ich lächelte und schlief ein.

Als ich aufwachte, wußte ich irgendwie, daß Mitternacht vorüber war.

Ich wußte, wo ich war, und nun war da auch nicht mehr dieser Schwindel, dieser Schrecken von vorher. Ich versuchte mich aufzusetzen, so gut ich konnte, um meine Männer sehen zu können und festzustellen, was ich noch für sie tun konnte. Sie waren in den Qualen einer ganz besonderen Soldatenhölle gefangen, in der die Zeit ewig ist, in der Dein Blut fließt, Du Dich aber nicht bewegen kannst, und in der es kein Wasser gibt. Rings um mich hörte ich den Schrei nach Wasser, schwach, verzweifelt, hoffnungsvoll, wahnsinnig, wie immer der Rufende sich fühlen mochte. Über allem vernahm ich Udays Stimme, der redete und ermutigte, aber selbst bei ihm konnte ich hören, wie seine Lippen aufeinanderklebten, wie sich die Zunge, einem ledernen Getier gleich, in der trockenen Höhle seines Gaumens bewegte. »Ist es sehr schlimm, Meister?« fragte ich. Und er antwortete: »So schlimm nicht, daß es nicht vorübergehen würde.« Seine Worte luden mir großen Schmerz auf die Schultern, denn plötzlich wußte ich, daß er nicht ohne Hoffnung von seinem eigenen Tode sprach.

So verging die Nacht. Am Morgen tauchten zwei alte Leute auf. Ich sah, wie sie von fern auf uns zukamen. Es waren ein Mann und eine Frau, steinalt und ihrer Kleidung nach Bauern, die Wasserschläuche trugen. Sie waren dünn und verschrumpelt, von einem Leben voller harter Arbeit ganz schwarz gegerbt, aber in ihren Augen lag das Mitleid von Jahrtausenden. Sie gingen von einem Mann zum anderen, gaben allen Wasser und spendeten Trost und Hoffnung. Die Frau kam zu mir, und ich trank dankbar. Sie rollte einen Mantel zusammen und schob ihn mir unter den Kopf. Sie schenkte mir ein zahnloses Lächeln und sagte: »Wir sind Bauern.« Uday wollte ihr Wasser nicht annehmen. Er sagte: »Vielen Dank, aber ich kann nicht. Ich würde mich damit außerhalb meiner Kaste stellen.« Ich entgegnete: »Nimm es, Vater, denn selbst in den Schriften steht, daß die Kastenregeln in solchen Zeiten der Katastrophen nicht gelten.« Aber er erwiderte: »Das mag sein, und ich halte niemanden für schwach, der Wasser trinkt, aber ich werde es nicht tun.« Also begann ich zu ihm zu sprechen: vom Rationalismus und der Naturwissenschaft (in Erinnerung an all die Gespräche, die ich im Haus meines Vaters gehört hatte) und von der Religion. Kurz und gut, wir führten ein theologisches und philosophisches Streitgespräch, während wir da mit unseren durchlöcherten Leibern im hohen Gras lagen. Wir behandelten jede erdenkliche Frage des Glaubens und des Zweifels, und allmählich verstummten auch die anderen Verwundeten und hörten uns zu. Schließlich bewies ich ihm seinen Irrtum, nämlich daß es nicht nur möglich, sondern geradezu seine Pflicht war zu trinken. Aber er erwiderte nur: ›Ich bin ein alter Mann, ich habe schon zu lange gelebt, und ich habe zu viele Veränderungen gesehen. Du hast zweifellos recht, und ich irre mich. Es tut mir leid, wenn ich dich verstört habe. Aber ich lebe nun schon sehr lange Zeit mit diesem Dharma und sterbe in wenigen Stunden; ich werde mich weiterhin daran halten.« »Aber du leidest«, platzte es aus mir heraus, »wie du leiden mußt!« Er sagte nur: »Das ist mein Dharma.«

So beobachtete ich ihn den ganzen langen Tag. Er lag da, an tausend Stellen durchbohrt und doch standhaft. Am Abend kamen unsere Gegner zurück, nachdem sie das Gefecht beendet hatten. Sie hoben uns auf und brachten uns an einen geschützten Ort und zu guten Ärzten. Aber Uday war tot. Als sie mich emporhoben, sagte die alte Frau zu mir: ‹Weine nicht, weine nicht wegen des Todes.› Uday war tot, und ich konnte mich nicht erinnern, wann seine Stimme versagt hatte. Als sie mich hochnahmen, schoß mir der Schmerz durch den Körper und rang mir einen Schrei ab, aber es war zugleich ein Laut der Erleichterung, der Befreiung. Irgendwie steckte in all der Verwirrung doch ein Sinn. Über mir der von schwarzen Vögeln gesäumte Himmel, die Augen der alten Frau und ihres Ehemannes, ihre Güte, der unerschütterliche Dharma des Uday, die Toten rings um mich her, und ein Leben, das sich wieder vor mir auftat. Und ich sagte zu den Wasserträgern: »Ich schwöre bei dem Schmerz, den ich erlitten habe, daß ich unabhängig von Recht oder Unrecht, von diesem oder jenem, von uns und den anderen, einen Tempel, eine Moschee und eine Kirche errichten werde, all dies zu Ehren meiner Mutter und meines Vaters, zu Ehren all der Männer, die mit mir geritten sind, und zu Ehren dessen, was noch kommen wird.« Inzwischen war ich halb wahnsinnig, aber die Alten sagten: »Das ist gut.« Und ich werde es tun. Obwohl ich nun, da ich in aller Ruhe darüber nachdenke, nicht weiß, was ich gemeint habe, und mich auch nicht genau daran erinnern kann, was ich auf dem Schlachtfeld gesehen habe, werde ich es tun.

Ich bin für immer verwundet. Um es ganz brutal auszudrücken: Die Kugel hat mir ein Ei abgerissen. Ich bin geheilt, aber wohl auch halbiert. Wohlverstanden, ich bin nicht weniger potent als vorher, sagen wir mal. Aber vorher lebte ich sorglos, forderte der Welt meine Siege ab, mehr wollte ich nicht. Nun bin ich nicht mehr so sicher. Nun kann ich nicht mehr schlafen, und der Sieg, wenn er denn kommt, schmeckt gar nicht mehr süß. Aber ich schweife ab. Nun weiter, zu meinen anderen Abenteuern.

Ich wurde geheilt, und unsere Feinde entließen mich aus der Gefangenschaft. Ich übernahm wieder den Befehl über meine Truppe. Aber das Unglück, das sich schon so lange drohend am Horizont abgezeichnet hatte, *wandte sich schließlich gegen uns, wie du wohl weißt. Die Marathas kämpfen gegen die Engländer. Der Augenblick der Entscheidung ist gekommen. Wir warten schon so lange darauf, Sanjay, und wir haben alle gewußt, daß es auf uns zukam. Aber nun kämpfe ich inzwischen nicht mehr für die Marathas. Das kam so: Wenige Tage nach Beginn des Feldzuges rief Perron – Du erinnerst Dich, der angeberische Franzose, der in Georgegarh vor Thomas wegrannte –, nun, dieser Perron rief alle im Land geborenen Offiziere, die seinem Befehl unterstanden, in sein Zelt. Keiner konnte sich den Grund dafür vorstellen, aber wir gingen alle hin. Perron saß in vollem Staat da und erklärte uns unsere Zukunft: Während er an keinem einzelnen von uns zweifelte, sagte er, hätte man doch entschieden, daß man sich auf diejenigen Offiziere, die teilweise englischer Abstammung waren, im kommenden Krieg nicht ganz verlassen könnte. Und in diesem überaus wichtigen Krieg könnte man sich keinerlei Zweifel leisten. Deswegen würde man uns aus dem Dienst entlassen. Es stehe uns frei, zu tun, was wir wollten, man sichere uns freies Geleit zu usw. usw. Darauf erhob sich ein wildes Geschrei unter allen Versammelten, und wir stürzten nach vorn. Perron erbleichte ein wenig, und seine Wachen packten ihre Waffen fester. Ich trat vor und sprach:* »Ich bin ein Rajput, und meine Treue ist unbestritten. Ihr beleidigt mich.« *–* »Das liegt nicht in unserer Absicht«, *erwiderte er, aber es schwang eine besondere Befriedigung in seiner Stimme mit, ein leiser Triumph, als er seine Botschaft verkündete. Er haßte die Engländer, mußt Du wissen, und also haßte er uns.* »Ich bin ein Rajput«, *wiederholte ich.* »Zweifellos«, *meinte er,* »aber Ihr seid auch etwas anderes.« *Darauf preschte Chotta vor, und ich streckte instinktiv die Hand aus, um ihn aufzuhalten. Der Anblick seines Gesichtes, das mit Tausenden von roten Zornesmalen übersät war, schockierte mich so, daß ich ganz ruhig und beherrscht wurde. Chotta hätte ihn umgebracht. Ich nickte, konnte beim besten Willen keine Verbeugung zustandebringen, und ich führte sie alle nach draußen ins helle Sonnenlicht. Wir schritten durch die militärische Geschäftigkeit hindurch, die wir unser ganzes Leben lang gekannt hatten und die uns nun auf einmal fremd sein sollte.*

Die Straße, die wir danach einschlugen, Sanjay, war die längste unseres Lebens. Wir verabschiedeten uns von unseren Männern, trockneten ihre Tränen, zerstreuten ihre Pläne für eine Meuterei und verließen das Lager. Wir schlugen die einzige Richtung ein, die uns verblieben war: Wir bewegten uns auf die britischen Truppen zu. Ich bin Soldat, und das war der einzige Dienst, der sich mir damals und heute bot. Wir waren noch nicht weit gekommen, da verbarg die Entfernung bereits unsere ein-

stigen Kameraden vor unseren Augen. Die Straße wurde zwischen Fel-
dern und kleinen Wäldchen immer schmaler, und alles war friedlich. Ich
bat meine Freunde, schon vorauszugehen, und sagte ihnen, ich würde sie
bald wieder einholen. Ich verließ die Straße und suchte den Schatten der
Mangobäume. Ich lehnte mich gegen einen der Stämme. Meine Knie
gaben unter mir nach, und ich saß da mit gespreizten Beinen wie ein
kleines Kind. Dann fiel ich vornüber und weinte, verschmierte mein Ge-
sicht mit dem Staub meines Landes.

Also bewegten wir uns auf die Engländer zu. Am nächsten Morgen – wir
waren noch nicht weit gekommen – tauchten auf einmal zersprengte
Gruppen von Maratha-Reitern auf und strömten an uns vorbei, antwor-
ten auf unsere Fragen nur mit dem Ruf: »Die Engländer kommen, die
Engländer kommen!« Dann sahen wir Perron, wie er ohne Hut auf einem
völlig ausgepumpten Pferd an uns vorbeisprengte. Ich rannte ihm entgegen
und griff die Zügel. »Es ist alles vorbei«, sagte er. »Alles vorbei, die
Engländer haben uns überrascht, flieht, flieht!« Er fieberte vor Panik, und
seine großen gelben Augen rollten. »Aber ihr habt ja gar nicht gegen sie
gekämpft«, schrie ich. »Seht doch, eure Waffen sind nicht abgefeuert wor-
den, ihr habt gar nichts getan.‹ Er erwiderte nichts, nur daß die Eng-
länder sich ungesehen und unerwartet an das Lager herangeschlichen
hatten und daß alles vorbei war. »Kommt, wir helfen euch«, sagte ich.
»Wir stellen uns ihnen hier entgegen. Ruft Eure Leute zusammen, wir
schlagen sie.« Aber er begann zu weinen. »Es ist alles vorbei, vorbei.« Also
ließ ich ihn ziehen und sagte zu den anderen: »Kommt, wir wollen uns zu-
sammentun, wir werden die Engländer aufhalten.« Und ich begann mein
Pferd zu satteln. Chotta tat es mir nach, aber die anderen schauten uns nur
wütend zu, und als ich den Sattelgurt angezogen hatte, war ich erschöpft
vor Hoffnungslosigkeit und Wut. Wenn wir in jener Nacht bei unseren
Männern gewesen wären, wäre diese Unachtsamkeit vielleicht nicht vor-
gekommen, es hätte keine Überraschung, keine Panik und keine kampflose
Niederlage gegeben. Wegen der Borniertheit dieses Europäers und seiner
Kumpane haben die Marathas diese Schlacht verloren, wenn nicht gar
diesen Krieg und vielleicht ihr Königreich. Er hatte mich angeschaut und
in mir nicht die Fähigkeiten des Soldaten gesehen, das Gelübde des Raj-
puts. Was sind das für Männer, Sanjay? Wir sind wahrhaft im Kali-
Yuga. Im Staub dieser Straße, als alles in Stücke zerfiel, als ich unter dem
großen Himmel ganz allein dastand, weit von meinen Männern entfernt,
da habe ich vor allem die infame Gewalt einer ungeheuren Falle gespürt,

die langsam um mich zuschnappte, deren gut geölte Scharniere und Kraft mich völlig zermalmte. Ich fürchte mich.

Als wir zu den Engländern stießen, behandelten sie uns wie Ehrenmänner, aber mehr oder weniger als Gefangene. Schließlich fragte man uns einige Tage später, ob wir in ihre Dienste treten würden. Ich konnte nirgendwoanders hin, Sanjay, aber trotzdem zögerte ich. Und dann sagten sie zu mir: »Eure Männer, Euer altes Regiment ist auch hier und dient uns.« Ich erwiderte: »Ich möchte sie sehen.« Da führten sie mich zu meinen Soldaten. In meiner Anwesenheit fragten die Engländer: »Wollt ihr in unseren Dienst treten?« Sie bekamen keine Antwort, nur eine Art Murmeln. Dann sagten die Engländer: »Wir lassen euch eure eigenen Befehlshaber auswählen. Wen wollt ihr haben?« Und wie aus einer Kehle schrien sie: »Sikander. Sikander.« In meinen Ohren klangen diese Worte wie ein fallendes Schwert. »Sikander, Sikander«, brüllten meine Männer, und ihre Lanzenspitzen blitzten in der Sonne. Und ohne zu überlegen, irgendwo aus meinem Inneren heraus, sagte ich: »Gut, wir tragen Gelb, und unser Motto ist: Himmat-i-mardan, maddad-i-khuda.« Sie riefen immer noch meinen Namen: »Sikander, Sikander.« Ich sagte zu den Engländern: »Ich trete in eure Dienste. Ich werde euch dienen, aber nicht gegen meinen früheren Meister, nicht gegen Holkar.« Des waren sie zufrieden. Also führe ich nun mein Regiment nach Norden in das Land zwischen den beiden Strömen, um dort Frieden zu stiften und nach dem Rechten zu sehen und Delhi zu bewachen. Ich stehe jetzt also im Dienst der Engländer, Sanjay. Hat man mich verraten, oder bin ich ein Verräter? Während ich hier saß und schrieb, ist die Stunde des von den Kühen aufgewirbelten Staubes gekommen, rings um mich her höre ich ihre Glocken bimmeln. Ich bin allein in meinem Zelt, innerhalb der roten Wände, und in der Nähe kann ich das Wasser eines Bachs rauschen hören. Ich bleibe wie immer Dein Freund

Sikander

Die Tage von Gul Jahaans Schwangerschaft vergingen, und ihr Gesicht rundete sich. Sanjay hatte alle Hände voll zu tun, ihr die Süßigkeiten zu bringen, nach denen es sie gelüstete: Ras Mallai, Gulab Jamuns, Jalebis. Und währenddessen schreckten Kriegsgerüchte das Land auf. Als Sanjay Sarthey vorschlug, man sollte sich vielleicht mehr in der Nähe der Städte aufhalten, vielleicht sogar erwägen, eine Weile lang an einer Stelle zu verharren, schüttelte der Engländer nur den

Kopf und sagte, die Arbeit müsse weitergehen. Bei dieser Arbeit, die auch der englische Krieg nicht unterbrechen durfte, ging es um mehr als nur medizinische Versorgung. Es gehörten dazu auch das Einrammen gewisser Eisenstangen in den Boden und Messungen mit einem Instrument, durch das Sarthey angestrengt blickte, worauf er alles gewissenhaft auf große Papierbögen notierte. Diese systematischen Skizzen, die den Erhebungen, Senken und Flußläufen besondere Aufmerksamkeit widmeten, wurden manchmal durch den Anblick einer neuen Tierart oder Vogelgattung unterbrochen. Die unglückseligen Kreaturen wurden sogleich von Sarthey erlegt und in einem weiteren Skizzenbuch festgehalten. Sanjay betrachtet diese Neugierde voller Bewunderung und mit Staunen über die Gier des Engländers, über seinen unersättlichen Appetit auf Einzelheiten. Wenn jedoch Sartheys Forschungen weit unter die Oberfläche vordrangen, wenn es ihn dazu trieb, zuzustechen und aufzuschneiden, konnte Sanjay das Zusehen nicht ertragen. Als Sarthey zum erstenmal ein Eichhörnchen mit ausgebreiteten Gliedmaßen auf einem flachen Brett feststeckte, schaute Sanjay zu, denn er ahnte nicht, was dann kam: spitze Scheren, die von den Lenden bis zur Brust einen Schlitz schnitten, Metallklammern, mit denen die verschiedenen Fettschichten zurückgehalten wurden, bis die Organe der Bauchhöhle zum Vorschein kamen, die sorgfältige Entfernung eines grauen Sacks, der weiße, halb ausgeformte Gestalten enthielt. Bei diesem Anblick wandte sich Sanjay ab, und obwohl er sich bereiterklärte, die Meßstangen, die Meßinstrumente, die Skizzenbücher und sogar die schwarze Ledertasche mit den in Reih und Glied angeordneten Messern zu tragen, zog er es danach doch immer vor, sich zu entschuldigen, wenn es ans Schneiden ging. Dem stimmte Sarthey stets mit einem geduldigen Achselzucken zu, als wolle er die Duldung eines Erwachsenen gegenüber einer kindischen Überempfindlichkeit andeuten. »Du bist sentimental, mein Lieber«, war der übliche Kommentar, und Sanjay schloß sich dieser Beurteilung von ganzem Herzen an, konnte seinen Körper aber trotzdem nicht dazu überreden, sich zu fügen, seinem Magen nicht verständlich machen, was er im Kopf als die intellektuelle und ganze Wahrheit erkannte.

Während er so weit wie möglich vom Seziertisch entfernt saß, dachte Sanjay gewöhnlich über seine merkwürdige Beziehung zu dem Engländer nach. Sollte er ihm seine wahre Identität eingestehen – wenn das überhaupt das richtige Wort war – und von seiner lange zurückliegenden Begegnung mit dem älteren Sarthey berichten? Wichtiger noch: Die freundschaftlichen Gefühle, die er für den Engländer hegte, verwirrten ihn. Sanjay, du, der du einst die ganze englische Nation verflucht hast, warum fühlst du dich zu diesem Mann hingezogen? Warum suchst du seine Gesellschaft und fragst ihn nach seiner Meinung? Darauf gab es keine Antwort. Wenn er nachts neben Gul Jahaan lag und den Kopf an ihren Bauch geschmiegt hatte, dann war es schwer, an seinem Sohn vorbeizudenken, der bald das Licht der Welt erblicken sollte, und die Zukunft schien von der bevorstehenden Geburt so strahlend hell erleuchtet, daß es ihm unmöglich schien, über dieses Ereignis hinauszuschauen.

Schließlich rückte ihre Zeit näher. Es war Sommer, und sogar im Freien unter einem Moskitonetz war die Luft stickig und lastete einem wie eine schwere Decke auf dem Gesicht. Sanjay wälzte sich auf dem Bett hin und her, warf sich erst in die eine, dann in die andere Richtung. Endlich riß er sich alle Kleider außer seinem Halstuch vom Leib, konnte aber immer noch keinen Schlaf finden. Also stand er auf, zog sich seine weiten Baumwollhosen über, ging ein paar Schritte bis zu einer Wasser-Matka und tauchte seine Hand unter die kühle, nach Lehm duftende Oberfläche. Er sah den Mond im Wasser schwimmen und war kurze Zeit ganz vom Duft des Wassers und seiner Kühle gefesselt. Dann wandte er sich plötzlich um. Er hatte kein Geräusch vernommen, und es war auch noch nichts zu sehen, aber er wußte, daß da etwas war. Sanjay trat in den Schatten zurück und wartete. Als er die dunkle Gestalt wahrnahm, lachte er leise in sich hinein: Die Körperhaltung kannte er noch aus längst vergangenen Zeiten. Man konnte an der Körpergröße sehen, daß es Sarthey war; aber es war die beinahe katzenhafte Verstohlenheit, an die Sanjay sich aus seiner Kindheit erinnerte. Er lachte und machte sich daran, dem Engländer zu folgen, fragte sich, was für eine Geliebte Sarthey wohl hatte: eine der Mägde oder

Dienerinnen? Oder war es einer der als Eskorte angeheuerten Soldaten? Es schien ein langer Weg in der Dunkelheit zu sein. Dann verließ Sarthey das Lager ganz und folgte dem schmalen Flüßchen, an dem sie ihre Zelte aufgeschlagen hatten. Für ein bloßes Bad schien der Spaziergang zu weit. Schließlich stieg Sarthey in die Schlucht hinab, die das Wasser gegraben hatte, kletterte bis ganz hinunter auf den Talgrund, wo der dünne Wasserlauf floß. Sanjay warf sich oben am Rand der Schlucht auf den Boden und sah zu, wie der andere seinen Anzug abstreifte und sich im Bach hinkauerte.

Im weißen Licht schimmerte Sartheys Haar schwarz und lag wie ein dicker Streifen zwischen den mageren Knochen seiner Schultern. Sanjay konnte den schmalen Rücken ausmachen und die zarte, sich abwärts schlängelnde Kette der Wirbel. Sarthey kauerte reglos, und dann wurde Sanjay klar, daß er sich mit so großer Körperbeherrschung in dieser Stellung hielt, daß seine Muskeln unter der starren Oberfläche kaum merklich bebten. Sarthey erhob sich aus dem Wasser, kniete dann bei dem dunklen Kleiderhaufen nieder und zog einen Gegenstand darunter hervor. Sanjay konnte es zunächst nicht erkennen, bis ein dunkler Streifen über Sarthey schwirrte und dann mit einem Knall niederschlug. Sanjay schaute lange zu, wie der Gürtel durch die Luft sauste und ein Geräusch machte wie ein dickes Holzscheit, das man auf nasses Tuch schlägt, immer und immer wieder, immer und immer wieder. Erst als Sartheys Rücken ganz schwarz war, schwarz glänzte, kroch Sanjay fort, taumelte zurück zu Gul Jahaan und lag bis zum Tagesanbruch neben ihr, die Hand an ihre Hüfte geschmiegt.

Am Morgen gab es kaum eine Atempause zwischen der grauen Nachtkühle und der weißen Hitze der Sonne. Gul Jahaan kam in die Wehen. Sanjay saß draußen vor dem Zelt des Arztes und zuckte bei jedem Stöhnen zusammen. Schließlich verebbten die Schreie, und nun schimmerte das Zelt in einem leuchtenden Orange, als brenne drinnen ein Feuer. Eine Frau warf eine Zeltbahn zu Seite und rief ihn herein: »Komm.« Drinnen lag Gul Jahaan in einem triefnassen Haufen von Laken, ihr Gesicht war grellrot, ihre Augen verdreht, und ihr Atem ging schnell und keuchend. Sarthey war über sie gebeugt, und auf seinem Gesicht zeichnete sich eine so lebhafte Neugier und Wißbegierde ab, daß er ganz glücklich wirkte.

»Dergleichen habe ich noch nie gesehen«, sagte er, ohne aufzublicken. »Da.«

Er deutete auf eine Wiege in der Ecke (die man einstmals in Lucknow hatte anfertigen lassen), die nun schwarz verkohlt war, aber gegen einen grellen gelbweißen Schein kaum zu sehen war. Sanjay schirmte sein Gesicht mit der Hand ab und wandte sich halb von dem alles verzehrenden Licht ab, lehnte sich nach vorn und sah – blinzelnd – einen vollendet geformten kleinen Jungen, der über alle Maßen schön war, aber von einer solchen inneren Hitze flammte, daß Sanjay spürte, wie ihm die Wärme wie mit Fingern ins Gesicht griff. Als er sich umwandte, deutete der Arzt auf Gul Jahaan, die wie im Schüttelfrost bebte. All die kühlen, feuchten Tücher, die man gegen sie preßte, halfen nicht: Sie neigte das Haupt und starb. Unter dem Stoff des Zeltes tobte die Hitze. Sanjay rannte hinaus, aber im ganzen Land gab es für ihn keine Linderung, selbst der tiefste Schatten atmete dornengeschwängerte Luft. Sanjay spürte, wie sein Schädel mit jedem Pulsschlag dröhnte. Jeder Schritt war ihm eine Qual, aber aus Angst vor dem Wahnsinn konnte er auch nicht reglos stehenbleiben, taumelte also den ganzen Tag von einem Baum zu anderen, von einem Gebäude zum anderen und haßte die namenlose, staubige Stadt, die stumpfsinnig mit ihren Alltagsgeschäften fortfuhr. Den lieben langen Tag folgte Sunil ihm, gab ihm Wasser und versuchte ihn zum Essen zu zwingen. Am Abend (er konnte sich nicht erinnern, wann der Tag sich geneigt hatte), führte Sunil ihn ins Lager zurück.

»Das Kind ist in Sicherheit, das Kind ist in Sicherheit«, sagte man ihm, sobald man seiner gewahr wurde. Der helle Schein des Jungen war etwas verblaßt. Es war nun möglich, ihn direkt anzuschauen, und man konnte zwar den Blick nicht lange auf ihm ruhen lassen, aber doch seine Haut ganz leicht berühren. Die Frauen, die sich mit Eimern voll Wasser und Musselintüchern um ihn zu schaffen machten, murmelten voller Bewunderung, wie schön seine Haut sei. Sanjay fragte nur: »Wo ist Gul Jahaan?« Sie antworteten: »Der Doktor ...«

Sanjay machte auf dem Absatz kehrt und rannte, er wußte nicht warum, so als wäre Eile geboten, auf das englische Zelt zu. Am Eingang herrschte panische Geschäftigkeit, man wollte ihn zurückhalten, aber er schob sich hindurch, ging hinein und sah auf einem erhöhten Holztisch eine flach hingestreckte weiße Gestalt mit ausgebreiteten Armen, nach oben gewandten Handflächen und leicht geöffnetem Mund. Ein vertikaler Schnitt verlief vom Brustbein bis zum Schambein, zwei Hautlappen waren nach außen geschlagen und leicht erhöht, um den Blick auf die eng gepackten und deutlich zu unterscheidenden Schichten des Körpers freizugeben, auf die überraschende Tiefe und Breite der Höhlen, aus denen man Organe entfernt hatte, insbesondere zwei graue Pakete und einen gestreiften und rot getupften Sack, die ordentlich am Rand des Tisches aufgereiht lagen. Während Sanjay eintrat, beugte sich Sarthey nach vorn, machte sich mit zarten, aber sicher geführten Pinzetten und Scheren zu schaffen und brachte ein großes gelbliches Dreieck zum Vorschein. Langsam wandte er den Kopf über die Schulter, hielt das Dreieck noch hoch, und in seinen Augen mit den geweiteten Pupillen lag der harte Blick der Konzentration, seine Arme waren bis zu den Schultern naß. »Außerordentlich merkwürdig«, hub er an, »sehr merkwürdig.« Und dann schien er Sanjay zu erkennen und richtete sich auf. »Aber mein Lieber …« Aber Sanjay war schon aus dem Zelt gestürzt, rannte fort, hatte, ohne innezuhalten, den Jungen an die Brust gerafft, ungeachtet des Brennens, und er rannte und floh aus dem Lager der Engländer.

Von Sunil begleitet ritt Sanjay nach Osten. Seinen Sohn trug er in einer Schlinge aus feinem Stoff vor der Brust. Mit jedem Schritt wurde im klarer, daß seine Reaktion falsch gewesen war, unangebracht. Er hatte schon von medizinischen Autopsien gelesen und verstand ihren Sinn und Zweck. Er wußte um die Wichtigkeit wissenschaftlicher Untersuchung, um die Notwendigkeit von Geschwindigkeit und Effizienz im Angesicht unerklärlicher Phänomene. Während er ritt, schalt sich Sanjay für seine völlig sentimentale und primitive Reaktion, für das krasse Melodrama seiner Handlung. Aber solange sein

Sohn wie ein riesiger Knoten an seinem Herzen lag, konnte er nicht umkehren. »Wir nehmen ihn zu meiner Mutter mit«, sagte er zu Sunil. »Sie wird sich um ihn kümmern.« Es war klar, daß der Junge dringend liebevolle Fürsorge brauchte. Mit jedem Tag des Rittes kühlte der heiße Staub den Jungen ein wenig ab, nahm die wilde Hitze ein wenig, aber doch merklich ab. In jeder Stadt fand Sanjay eine Amme, aber das Kind wurde mit jedem Tag weniger außergewöhnlich. Sanjay war klar, daß in diesem Fall das Gewöhnliche und Alltägliche tödlich sein würde, daß das langsame Einsetzen der Normalität die Ankunft von Schwäche und Tod signalisierte. Während die goldenen Augen des Jungen langsam glanzlos und einfach nur menschlich wurden, wünschte sich Sanjay in seinen Gebeten ein Wiedererstehen des alten Wunders vom heißen Licht, auch wenn das für ihn, den Vater, Brandblasen, geblendete Augen und Schmerz bedeuten würde.

Als Sanjays Mutter ihn sah, schrie sie zunächst auf und begann zu weinen. Dann bemerkte sie das Kind, stellte für einen Augenblick all ihren Kummer und ihr Glück hintan und machte sich mit Entschlossenheit und kurzangebundener Kompetenz daran, sich um den Kleinen zu kümmern. Sanjays Vater schenkte ihm nur ein Lächeln, das ihn mit seiner völligen Zahnlosigkeit schockierte. Beide Eltern sahen nun vollkommen gleich aus: Er war ein wenig untersetzter geworden, sie ein wenig dünner, so daß sie mit den Jahren mehr und mehr wie Geschwister wirkten, wie Bruder und Schwester. Sie fragten Sanjay nicht nach den Jahren, die vergangen waren, sondern begannen statt dessen, ihm ungeheure Mengen von Essen vorzusetzen und ihm Geschichten über Nachbarn und Freunde zu erzählen, die er völlig vergessen hatte. So saß Sanjay in seinem alten Heim, das nun von Rissen durchzogen war und an den Dachbalken verdächtig durchhing, redete mit seinen alten Eltern und spürte die Grausamkeit, mit der er sie behandelt hatte, wie eine stählerne Stange im Hals. Im Zwielicht der Dämmerung erinnerte er sich deutlich an seine Kindheit, mit all ihren Farben und Gerüchen und Geräuschen, aber der Rest seines Lebens schien ihm nun formlos und schattenhaft.

Der Junge kühlte immer mehr ab und war dem Tod nah.

Sanjay wußte, daß er sterben würde, sobald das Fieber schwand, wenn es denn überhaupt ein Fieber war. Inzwischen wandelte sich die Welt mit jedem Tag. Die Bäume wurden kleiner, und die Stadt schien jeden Tag ein wenig tiefer im Schlamm zu versinken. Die Tage wirkten länger und die Langeweile unvermeidlich. Eine stille Panik trieb ganz gewöhnliche Menschen auf offener Straße in den Wahnsinn. Sanjay war klar, daß dies alles wirklich geschah und er es sich nicht nur einbildete. Es war ihm so sehr bewußt, daß er seinem Brief an die Begum Sumroo, in dem er um ihre Hilfe durch ihre Zauberkunst bat, einen vorsichtigen Nachsatz hinzufügte und sich erkundigte, ob in Delhi auch der Wahn tobte. Auf diese Frage ging die Begum nicht ein. Sie beantwortete nur ganz knapp Sanjays Bitte um strategische Ratschläge: »Wenn Du die Macht des Engländers brechen und Deinen Sohn retten willst«, schrieb sie, »dann verbrenne seine Bücher.« Und in einem nüchternen und völlig unzweideutigen Nachsatz fügte sie ihrerseits hinzu: »Bekehre Dich zum Christentum. All dies ist sinnlos. Werde, was ich geworden bin. Ich nenne mich Christin, aber in Wirklichkeit bin ein englischer Mann geworden.«

Sanjay war entschlossen, sein Kind zu retten. Also nahm er Sunil und zog mit ihm hinaus, um sich in einen Hinterhalt zu legen, dem Fremden aufzulauern und seine Bücher zu verbrennen. Die Reise nach Norden war lang und anstrengend, aber Sarthey war leicht zu finden: Er hatte seine Zelte vor den Toren Delhis aufgeschlagen und war von einer drängelnden Menschenmasse von Bittstellern umschwärmt. Sie warteten bis zum Einbruch der Nacht. Nun war kein großes Geschick vonnöten, um die beiden Wachen zu umgehen und eine Öffnung in eine Zeltplane zu schneiden. Im Zeltinneren überwältigte sie die bloße Anzahl der Bücher, die in Stapeln auf zusammenklappbaren Regalen lagen oder ordentlich in Holzkisten gepackt waren.

»Welche sollen wir nehmen?« flüsterte Sunil.

»Das hat sie nicht gesagt.« Trotz der Dunkelheit und der draußen lauernden Gefahr hatte Sanjay gegen den übermächtigen Wunsch anzukämpfen, sich einfach hier hinzusetzen, es sich gemütlich zu machen und zu lesen und zu lesen, willkürlich und wissensdurstig, bis ihm von diesem Übermaß schlecht würde. »Nimm so viele, wie du nur kannst, und dann gehen wir«, sagte er verzweifelt und spürte, wie seine Selbstbeherrschung nachließ. Sie packten Bücher in zwei dicke Baumwolltücher, sicherten sie mit riesigen, groben Knoten, stolperten hinaus und taumelten durch das Lager, zwei schwer beladene und ungeschickte Diebe, die eine überaus gnädige Schutzgöttin der Stehlenden sicher zum Rand des Lagers und darüber hinaus geleitete. Sie hoben jedes Bündel gemeinsam an, beförderten es unter viel Stöhnen und Schieben und unter Einsatz ihrer ganzen Körperkraft nach oben und schafften es so, die Bücher auf ihre wartenden Pferde zu verfrachten. Die schnaubten und stolperten. Sanjay ging neben ihnen her und stützte die sperrige Last mit der Hand ab, und es schien, als würden die Wälzer mit jedem Augenblick schwerer. Obwohl dies, wie Sanjay wußte – wissenschaftlich gesehen – schlicht unmöglich war, spürte er das wachsende Gewicht so deutlich, daß er alle halbe Stunde anhalten ließ, damit die Pferde sich ausruhen konnten, gegen den ausdrücklichen Rat Sunils und trotz seiner zunehmend dringlicheren Beschuldigungen.

Als die Morgendämmerung heraufzog, waren sie auf halbem Weg über eine buschige Ebene, die von Morgennebeln umkränzt und vom endlosen metallischen Zirpen der Grillen erfüllt war. »Verbrennen wir sie hier«, sagte Sunil. »Verbrennen wir sie hier, und fertig. Mach Schluß damit, und dann nichts wie weg.«

Und doch zögerte Sanjay noch. Dann erinnerte er sich an das Gesicht seines Sohnes und nickte. Sie schoben die Bücher auf den Boden. Während Sunil Funken schlug und Fidibusse rollte, nahm Sanjay ein paar Bände zur Hand und schichtete sie zu einem Stapel auf. Zunächst schienen die Flammen nur über die Einbände und Lederrücken zu züngeln, und Sunil fächelte und pustete mit der Fertigkeit des geübten Kochs. Bald hatten sie ein knisterndes Feuer entfacht, das Sunil sorgfältig mit Alben und Handbüchern und Anleitungen speiste. Sanjay hockte auf einem Felsen und beobachtete ihn still. Er konnte nicht umhin, er mußte ab und zu die Hand nach einem Buch ausstrecken, die Titelseite lesen, den Erscheinungsort, die Vorsatzpapiere betrachten und eine Seite aus der Mitte studieren und hörte erst auf damit, wenn Sunil ihm das Buch mit bestimmter Geste aus der Hand nahm und sanft in das Feuer legte.

Etwas in den Flammen sackte zusammen, lautlos brach ein lederner Buchrücken, und unter großem Schnaufen blies das Feuer eine Wolke weißer Blätter über den Boden. Sanjay rannte herum, bückte sich und sammelte die Seiten ein. Dabei bemerkte er, daß sie mit der kleinsten Handschrift bedeckt waren, die er je gesehen hatte, einer unglaublich winzigen, doch ganz präzisen Schrift, mit feinster Feder und in grüner Tinte ausgeführt, in ordentlichen Zeilen, die sich fehlerfrei und ohne jeglichen Klecks von einem Rand zum anderen erstreckten.

Auf der angekohlten Seite unter seinem Daumen las er:

Ich bin in der Hölle. Ich bin in der Hölle. An meinem zweiten Tag in Norgate dachte ich dies immer wieder. Dulwich warf mich aus dem Bett. Er sagte: »*Auf mit dir, du Miststück.*« *Wir waren Porters Handlanger, Byrd und ich, mußten morgens um fünf ins Feuer blasen, damit Porter heißes Wasser zum Rasieren und Waschen hatte. Es war teuflisch kalt, und die Eimer zerrten auf dem langen Weg zurück zu Porters Zimmer an unseren Armen, und für das, was wir vor Erschöpfung verschüttet hatten, mußten wir nur noch einmal mit dem Eimer zurück. Dann wieder in den langen Saal, eine furchterfüllte Minute oder zwei, um uns selbst abzuschrubben, dann die Treppe hinauf, immer zwei oder drei Stufen auf einmal, zum Morgengebet in der Schulkapelle, wobei wir von dem einen oder anderen Präfekten Fußtritte einsteckten. Mir versetzte einmal einer einen hinten auf den Oberschenkel, von dem ich sieben Tage lang einen blauen Fleck hatte, und später durchweichte ich meine Brotkruste mit Tränen, und meine Marmelade schmeckte salzig.* »*Grein nicht, du Miststück!*« *sagte Byrd.* »*Da kommt Dr. Lusk.*« *Ich bin in der Hölle.*

Nun rannte Sanjay um das Feuer, trampelte mit Füßen darauf herum und schrie: »Aufhören! Aufhören!« Er schlug auf die Papierstapel ein, versuchte Seiten auf den Boden zu schütteln.

»Was machst du da?« fragte Sunil und fiel ihm in den Arm. Aber inzwischen trat Sanjay nach dem Feuer, scherte sich nicht um die stiebenden Funken, die aufflogen und ihn verbrannten. Seiten des Tagebuches – denn das mußte es sein – kamen noch brennend zum Vorschein, das flammende Inferno hatte den Fluß der Erzählung unterbrochen und durchlöchert.

»Rette diese Seiten«, sagte Sanjay, der immer noch um das Feuer herumtanzte. »Die mit der grünen Schrift.« Er bemerkte, daß sich Sunil abgewandt hatte, nun vom Feuer wegblickte und sich gar nicht mehr um ihn kümmerte. Sie waren von einem halben Dutzend Reitern umringt, die alle in leuchtendes Gelb gekleidet waren, bärtige Lanzenreiter, die ihn voller Neugierde anblickten, als wäre er von Sinnen. »Wer seid ihr?« fragte Sanjay.

»Wir sind in Skinners Reiterei«, erwiderte einer von ihnen. »Und ihr seid die Diebe, die man uns zu fangen aufgetragen hat. Aber warum verbrennt ihr eure Beute? Oder tut ihr das nicht? Versucht ihr, sie vor den Flammen zu retten?«

Sanjay antwortete nicht. Während die Männer, die sie gefangengenommen hatten, noch das Feuer austraten, gelang es ihm, die Handvoll Papiere, die er gepackt hatte, unter sein Hemd zu stopfen. Er gab vor, den Soldaten zu helfen, und konnte noch ein Dutzend weiterer Seiten retten, die an verschiedenen Stellen verbrannt und versengt waren. Später auf dem Rückweg nach Delhi, von all diesen herrlichen Reitern umgeben, hatte Sanjay sehr viel Zeit, die Männer genau zu betrachten. Er hatte keine Zweifel, daß sie hervorragende Kundschafter und Kavalleristen waren, da sie so ohne jeden Laut und so plötzlich aufgetaucht waren. Darin waren sie fähige Gefolgsleute ihres Kommandanten Sikander. Was ihn interessierte, war ihre Kleidung.

»Gehört ihr zu Sikanders Einheit?«

»Ja. Wir sind die Reiter der Sonne.«

»Was hat diese gelbe Farbe zu bedeuten?«

»Wer sie trägt, hat den Tod schon in die Arme geschlossen und schert sich deswegen nicht um ihn.« Nach dieser großartigen Darlegung der Rajput-Weltanschauung konnte Sanjay keine weiteren Fragen stellen, denn alle Lanzenreiter glaubten offensichtlich daran: Sie lachten, ließen ihre weißen Zähne zwischen den schwarzen Spitzbärten aufblitzen, griffen ihre

Lanzen, trieben ihre Pferde unter wilden Schreien zum Galopp an und genossen offensichtlich das Glitzern der Sonne auf ihren stählernen Helmen und Lanzenspitzen. Sie waren eine schneidige Gesellschaft, sie warfen ihre Köpfe zurück und ritten mit eleganter, sorgloser Leichtigkeit.

»Nun«, sagte Sikander. »Gefallen dir meine gelben Burschen?«

Er war ein wenig gedrungener geworden, hatte eine Brust so breit wie ein Stier und schien schwer von der tierhaften Befriedigung, die ihm diese Kraft gab. Man hatte Skinners Reiterei abkommandiert, die Ebene um Delhi zu überwachen, dort für Frieden zu sorgen und alle Übeltäter, Räuber und Banditen niederzuwerfen. An jenem Morgen hatten sie es mit einer Geschwindigkeit bewerkstelligt, die den Legenden, die sich um sie rankten, noch weiteren Vorschub leisten würde. Sanjay zögerte, Sikander zu entdecken, warum er Sartheys Bücher gestohlen hatte, denn der Mann, der vor ihm stand, war ein Ehrenmann und irgendwie fremd, der Typ Mann, der vielleicht den Rat der Begum Sumroo lachend als Witz oder als primitives Märchen abtun würde. Aber dann sprach Sikander wieder: »Es ist eine schlechte Zeit für die Rache, die du nehmen wolltest. Die Zeiten sind schlecht. Wir hören aus den Nachrichten, die uns von Brieftauben und anderen zugetragen wurden, daß die Marathas bald, sehr bald, vielleicht schon heute oder morgen, den Engländern in der entscheidenden Schlacht gegenüberstehen werden. Bald werden sich de Boignes Brigaden den Truppen Wellesleys entgegenstellen. Sie haben den alten Mann nicht mehr, de Boigne ist weg, aber seine Brigaden sind noch da und kämpfen für die Marathas, und vielleicht bestreitet die alte Chiria Fauj ihr letztes Gefecht.«

»Wo?«

»Bei einem Dorf namens Assaye.«

»Hör zu, Sikander«, sagte Sanjay. »Wir sind beide älter geworden und haben auf verschiedenen Straßen weite Reisen zurückgelegt. Aber in deinen Briefen bist du noch immer mein Bruder. Ich werde mich an den Sikander wenden, den ich aus den Briefen kenne. Was in Assaye geschieht, hängt davon ab, was wir hier tun. Laß mich diese Bücher verbrennen. Sonst ist alles verloren.«

»Wie soll das denn vor sich gehen?«

»Das tut nichts zur Sache. Erinnere dich aber daran, was du gesehen hast, als du mit deiner Schußverletzung auf dem Schlachtfeld lagst. Willst du das heute leugnen? Ich habe einen Sohn, einen strahlenden Sohn, der unweigerlich vergehen wird, wenn diese Bücher weiterhin existieren dürfen.«

»Du sprichst von Magie, Sanjay, und ich habe hier und jetzt mit Tatsachen zu tun.«

»Weißt du, wer dieser Sarthey ist? Erinnerst du dich überhaupt an deine Mutter?«

Sikander blickte ihn an, ohne ihm ein Wort zu erwidern, und Sanjay bemerkte, wie absurd, wie wahnwitzig seine Worte in jenem Raum klangen: Die weißen Wände waren kahl, es stand ein brauner Schreibtisch mit einer weißen Schreibunterlage da, und selbst die Luft schien still und ruhig und vom Vernunftglauben ferner Gestade durchdrungen.

»Kennst du den noch?« fragte Sikander und zog einen schlichten Eisenlöffel aus einer Brusttasche. »Ich trage ihn immer bei mir. Er scheint mir irgendwie Trost zu spenden.«

»Bei der Erinnerung an deine Mutter, bei ihren letzten Worten flehe ich dich an, mir eins zu gewähren: Ich bitte dich um die Gunst eines Zweikampfes, und der Sieger soll dann mit den Büchern machen, was ihm beliebt.«

Sikander lachte. »Du bist wirklich übergeschnappt. Es muß an der Sonne liegen.«

Ohne ein Wort setzte Sanjay über den Tisch, packte Sikander beim Hals, erwischte aber nur eine Handvoll Jackenstoff, und trotz Sikanders geschickt ausweichenden Bewegungen schaffte er es, ihm eine Hand ins Gesicht zu drücken. Er mißachtete die flehentliche Bitte des anderen, aufzuhören, bitte aufzuhören. Dann verschob Sikander sein Gewicht ein wenig, rammte Sanjay den Ellbogen in den Brustkorb, so daß ihm die Luft wegblieb und er sich nach vorn krümmte. Sanjay verspürte noch einen ungeheuren Schlag im Nacken, dann sah er den Fußboden auf sich zukommen, dann nur noch Schwärze.

Als Sanjay erwachte, hatte sich sein Sehen wieder verdoppelt. Er befand sich in einem kleinen, bequem eingerichteten

Raum, der eindeutig keine Zelle war und doch keinerlei Hoffnung auf Flucht gab. Die Lüftungsschlitze hoch oben in der Wand waren vergittert, und dieses kleine weiße Bild war so vollkommen gedoppelt, daß Sanjay nicht wußte, was wirklich und was unwirklich war. Es saß lange Zeit auf seinem Bett, hielt den Kopf in den Händen und rieb sich die Augen. Schließlich zog er das geschwärzte Papierbündel aus seinem Gürtelband, das der Schweiß fleckig und schleimig gemacht hatte, und begann zu lesen. Es waren zufällige Seiten aus Sartheys Tagebuch. Er mußte sie zunächst auf dem Bett ausbreiten, um sie zu sortieren. Beim Lesen kamen zahlreiche Lücken zum Vorschein; viele Abschnitte hatte das Feuer unleserlich gemacht, andere völlig vernichtet. Es war also ein seltsamer Flickenteppich von einer Erzählung, zerfetzt und unzusammenhängend. Aber Sanjay las sie, als hinge sein Leben davon ab.

Da waren vier, die sich für tolle Kerle hielten und sich mit Halstüchern und breiten Manschetten und eleganter Sprache großtaten. »Betrachtet einmal dieses Exemplar, meine Herren«, sagte Bowles (als ich sie zum erstenmal zu Augen bekam, alle vier zusammen und Seite an Seite, wie sie über den Aschenweg schlenderten), »was sagt ihr zu diesem Homunculus?« – »Ein nußbraunes Mädel, was?« meinte Bailey. »Außerordentlich braun«, fügte Hodges hinzu. »Man könnte gewisse Schlüsse daraus ziehen.« Durrell setzte sich auf eine Bank am Weg, legte ein Bein über das andere, wippte mit dem Fuß und strich sacht mit dem Finger über seinen Spazierstock mit der silbernen Krücke. »Wie heißt du?« fragte er. »Paul Sarthey, Sir.« – »Paul?« erwiderte er. »Das glaube ich nicht. Du erscheinst nach den Hausaufgaben auf meinem Zimmer. Wir werden dir einen neuen Namen geben. Wir werden eine kleine Zeremonie abhalten und dir einen neuen Namen geben.« In jener Nacht ging ich in seine Räume.

Das neue Haus meines Vaters war das Haus meiner neuen Mutter. Wir kamen an einem grauen Oktoberabend dort an. Es war vier lange Monate kalt ohne Unterlaß, bis man mich in die Schule schickte. Trotz Kaminfeuern und Mänteln und vielen, vielen Decken zitterte ich und klapperte mit den Zähnen, weil ich nur die Sonne von Kalkutta kannte. Mir war kalt, und ich war immer einsam. Am Eßtisch schwieg ich. Manchmal befahl man mir, ich solle hinaus an die frische Luft gehen, und dann umkreise ich das Haus, entfernte mich nie zu weit von seinem grauen Stein, denn das Land ringsum war schlammig und weit und voller grober Menschen, deren Zungen Dialekte hervorbrachten, die ich nicht enträtseln konnte. Im Haus verfolgte mich das Echo, aber hier konnte ich allein sein und mich in Sicherheit fühlen. Ich suchte die leeren Zimmer in den oberen Stockwerken auf, wo kein Laut zu hören war, sich niemand aufhielt, und dort ging ich im Kreis umher, bis ich in eine Art Trance verfiel und mich wieder unter einem wärmeren Himmel wähnte und das vertraute endlose Zwitschern der Vögel und meine Freunde um mich verspürte. So entfloh ich diesem Zimmer mit seinen dunklen Möbeln, seinen Gemälden und der Holztäfelung, es war gar nicht mehr da, bis mich ein Diener zum Abendessen holen kam. »Iß nicht so schnell, Paul, du schlingst ja. Benutze dein Messer.« Sie war eine großgewachsene Frau mit blauen Augen, meine Stiefmutter.

»Du bist ein Nigger.« – »Bin ich nicht.« – »Du bist ein Nigger und Kaffer.« – »Bin ich nicht.« – »Nigger.« – »Bin ich nicht.« – »Du bist eine verheulte Nigger-Schlampe. Schaut euch das an. Jetzt flennt sie.« – »Tu ich nicht. Bin ich nicht.«

Tag und Nacht Schule. Die Nächte gehörten Durrell und die Tage Dr. Lusk. Gleich am Anfang rief man mich zu einem Gespräch ins Arbeitszimmer des Doktors, denn er wollte herausfinden, was ich wußte. Er befragte mich über die klassischen Dichter, von denen ich keinen kannte, über Geschichte, wovon ich nichts wußte. Schließlich sagte er: »Was du für einen furchtbaren Akzent hast, mein Junge. Daran wirst du noch arbeiten müssen. Deine Bildung ist auch sehr lückenhaft.« – »Mathematik kann ich«, sagte ich, »und ich kann alle möglichen technischen Sachen bauen, das Modell einer Brücke oder eine funktionierende Windmühle.« – »Das ist ja alles schön und gut«, erwiderte er, »aber hier bist du, um das zu lernen, was einen englischen Gentleman aus dir macht. Charakter«, sagte er. »Charakter.« Er war ungeheuer groß. In seiner schwarzen Robe und mit seinem riesigen Kopf, seiner gemessenen Sprache und seinem tiefen Baß jagte er mir schreckliche Furcht ein. »Ja, Sir«, erwiderte ich und wußte überhaupt nicht, was er meinte. Draußen führten mich die tiefhängenden grauen Wolken wieder zu den Docks am Hugli zurück, wo ich meine Seemannsknoten gelernt hatte. Am Abend sollte ich Durrell besuchen.

»Sehe ich das recht, daß deine Familie im Handel tätig ist«, fragte Durrell. Ich schwieg, denn was konnte ich schon sagen: Meine richtige Mutter *war ins Jenseits gerufen worden, ehe ich mich an sie erinnern konnte, und mein Vater war eben, wer er war. Dann heiratete er meine Mutter. Irgend etwas an ihm zog die Frauen an. Bei seinen Vortragsreisen scharten sie sich eifrig und mit feuchten Augen um ihn. Er hielt manchmal in seinen Vorträgen inne, warf die Hände in die Höhe und war zu aufgewühlt, um weiterzureden, wenn er von der großen Aufgabe sprach. Ich glaube, das liebten sie so sehr. Meine neue Mutter heiratete ihn gegen den ausdrücklichen Wunsch ihres Vaters. Sie warteten, bis er gestorben war. Sie war sehr dick, und ihr Geld hatte sie mit Kerzen gemacht und mit Tuch.*

»Dein neuer Name«, sagte Durrell, »dein neuer Name ist jetzt und für alle Zeiten Mary.« Ich schwieg. Danach nannten sie mich Mary. Man nimmt den Namen, den man bekommt.

Bowles war der Captain im Haus. Bailey und Hodge waren Präfekte, und Hodge zudem noch Kapitän der Kricketmannschaft. Durrell war gar nichts. Nicht offiziell jedenfalls, aber er war ohne Zweifel der Anführer. Sie folgten ihm alle, ich unbestreitbar auch, sobald ich ihn kennenlernte. Er war klein, kleiner als die anderen jedenfalls, und er hatte adrettes dunkles Haar (schon nach zwei Wochen zog ich mir genau wie er einen Mittelscheitel), und er blickte einen an, als wöge er einen, immer mit leicht belustigtem Blick. Er war absolut selbstsicher. Wenn ich versuche, mir darüber klar zu werden, warum wir alle seine Jünger waren, dann kann ich selbst heute nur sagen, daß er uns befehligte, weil er eine gewisse moralische Kraft hatte, eine stählerne Charakterstärke, die nur dann zum Vorschein kam, wenn er beschloß, sie zu zeigen. Obwohl sie alle so taten, glaube ich nicht, daß es einen einzigen Lehrer in Norgate gab, der wußte, wer er wirklich war, der Durrells Stellung in der Welt der Jungen begriff, die unsere Lehrer nur ungenügend, wenn überhaupt, kannten. Ich bin sicher, sie betrachteten ihn lediglich als einen mittelmäßigen Schüler und ziemlichen Dandy. Er war immer wie aus dem Ei gepellt. Ich war zwar noch jung, aber mir war schon damals klar, daß die anderen nur brutale Kerle waren, daß ihre Grausamkeit zwar bösartig war, aber doch nur hündisch, nichts als Geifern und Knurren und Angeberei. Durrell war anders. Ich habe ihn sehr lange nicht verstanden.

Dr. Lusk nahm sich meiner sehr an. Dafür werde ich ihm immer dankbar sein. Ich habe den Verdacht, daß er in mir ein würdiges Objekt für seine Reformbestrebungen sah, und das war ich ganz bestimmt: Aufbrausend und unbeständig; gefühlsbetont anstatt analytisch, trotz meines Interesses an den Naturwissenschaften; leicht zu Tränen und Wutanfällen neigend. Was auch immer der Grund und die Art seiner Aufmerksamkeit war, meine Gespräche mit ihm linderten meine Einsamkeit, obwohl er mir Angst und Schrecken einjagte. Es war, als spräche man mit Gott: Die Ehrfurcht vermochte nicht ganz die ungeheure Bestätigung zu zerstreuen, die man empfand, nur weil er einen bemerkt hatte. Er rief mich oft zu sich, wenn er in Norgate die Runde machte. »Nun, Sarthey, ich hoffe, daß du gut vorankommst und ordentlich ißt.« – »Guten Morgen, mein Junge, da ist mir zu Ohren gekommen, daß du dich nicht genügend um deinen Horaz bemühst, und darüber bin ich gar nicht glücklich.« Seine Stimme schmiegte sich elegant um die Steine von Norgate, sie war so kräftig und rund, und mir schien, er müsse unsterblich sein. »Darüber bin ich gar nicht glücklich.« Er tauchte auf wie eine schwarze Vision: in den Korridoren, im Park, im Schlafsaal, und immer wußte er genau, was man sich bei den Jungen gerade zuraunte, welche Skandale in der Luft lagen, wer der Schuldige war. Er war gerissen und furchterregend und allgegenwärtig.

Der Grund für meine erste Züchtigung mit der Rute war ein Verstoß, den Dr. Lusk beobachtet hatte: Ich hatte ein Stück Brot aus dem Speisesaal mitgehen lassen und aß es im Korridor vor dem Klassenzimmer. »Kein Brot in der Schule, zügele deinen Appetit, junger Mann«, sagte Dr. Lusk unvermittelt hinter mir. »Samstag in die Aula, bitte.« – »Was bedeutet das?« fragte ich Byrd. »Dir blüht eine Tracht Prügel, Mariechen«, sagte er ganz nebenbei. Ich dachte in den folgenden Tagen an nichts anderes. Ich wachte mit dem Gedanken daran auf und schlief damit ein. Ich nehme an, ich habe auch gegessen und gelesen und meine üblichen Verrichtungen gemacht, aber ich kann mich an rein gar nichts erinnern. Und dann die Aula am Samstagmorgen. Die älteren Schüler kamen zuerst dran. Sie lehnten sich über einen Tisch, hatten die Hosen heruntergezogen und das Hemd über den Kopf gezerrt und klammerten sich an die Tischkanten fest. Dr. Lusk streckte eine Hand aus, und man reichte ihm die Rute, ein buschiges, schreckliches Bündel Reiser. Ich wandte meinen Blick ab; aber das Geräusch hörte sich an, als klatschte Wasser aus einer Schüssel gegen einen Felsen. Als es unablässig anhielt, konnte ich es kaum ertragen, und als ich schließlich an der Reihe war, konnte ich kaum noch stehen, so sehr zitterten meine Beine, und ich greinte. Irgend jemand führte mich zu dem Tisch, löste mir den Gürtel und zog mein Hemd hoch. Als mich die Rute traf, war es einen Augenblick lang nur ein Aufprall auf meine Oberschenkel, und ich dachte mir, das sei nun schon alles gewesen, aber dann versengte es mich wie ein Feuer, und ich jaulte auf. Ich muß zugeben, daß ich nicht aufhören konnte. Ein Murmeln erhob sich, während ich brüllte – die Bestrafung mit der Rute war das Hauptspektakel des Samstagsmorgens, und eine ganze Menge Jungen saßen auf den Bänken und schauten zu. Sie fanden meine Vorstellung großartig. Ich bekam drei Schläge, und Byrd sagte hinterher: »Du hast wirklich einen hübschen Satz Striemen, eine von Lusks besseren Leistungen, ganz dicht beieinander und hübsch gruppiert.« Danach ging ich immer mit Byrd zu den Veranstaltungen am Samstag. Einige der älteren Jungen nahmen die Schläge hin, ohne auch nur zu stöhnen. Sogar beim Zuschauen zuckte ich jedesmal zusammen, wenn ich das dünne Pfeifen der Rute in der Luft hörte.

Während der Ferien war ich immer allein. Ich stolperte durchs Haus meiner Mutter, strolchte durch den Park. Einmal hatten meine Eltern Markline zum Essen eingeladen. Ich nehme an, er war so eine Art Adel, aber ich hielt ihn für einen frömmelnden Langweiler. Er fragte mich sehr genau über meinen Unterricht aus, ganz besonders über die praktischen Naturwissenschaften, und er schrieb alle meine Antworten in einem kleinen Buch auf. »Und gefällt dir irgend etwas nicht in Norgate?« fragte er und blickte bedeutend, und mein Vater glotzte mich über seine Schulter hinweg an. Sie waren beide so erpicht auf meine Antwort, daß ich eine Weile brauchte, bis ich begriffen hatte, was sie wollten, und dann mußte ich beinahe lachen. Aber ich sagte: »Nein.« Denn man hatte mir eingeschärft, ich solle sehr nett zu ihm sein. Das hatte meine Mutter gesagt: »Sei sehr nett zu ihm.« Er war nämlich reich und mehr noch: Er kannte die ganz Großen und konnte den beiden also bei ihren Kreuzzügen behilflich sein. Und er hatte mir meinen Platz in Norgate verschafft. Dafür bin ich ihm dankbar. Aber ihm von Durrell erzählen, nein. Ich habe niemandem von Durrell erzählt.

… in jener Nacht hatte mich Bowles in sein Zimmer mitgenommen. Ich saß eine Weile da auf einem harten Holzstuhl. Er hatte Jagdszenen an der Wand hängen. Dann kam er herein und tat so, als wäre er betrunken, aber ich glaube, das war nur Schau. Ich meine, er mußte so tun, als wäre er betrunken, damit er tun konnte, was er tat, nämlich mich aufs Bett werfen. Er fluchte und schubste mich hin und her. Nicht daß ich ihm Widerstand geleistet hätte, ich war vielmehr völlig passiv, auch als es weh tat. Die Kerze flackerte und er flüsterte: »Du Miststück!«, aber ich habe meine

Augen nicht zugemacht, nur sein Gewicht auf mir geduldet, als wäre er ganz weit weg, und das war er auch. Nachher habe ich mich ganz kühl und beherrscht verhalten, habe ordentlich meine Hose angezogen und den Gürtel zugeschnallt, und das hat ihn ziemlich beeindruckt. In der folgenden Nacht war es Hodges, und dann Bailey. Als mich also Durrell zu sich rief und ich in sein Zimmer ging und er auf mich zukam, fing ich an, die Hose aufzuknöpfen. Er sagte scharf: »Ach, laß das, du dummes Kind.« Ich muß ziemlich verwirrt ausgesehen haben, denn er setzte sich mir gegenüber hin, schlug die Beine übereinander und stützte einen Ellbogen auf das Knie. »Du bist doch viel zu gescheit für diese schlichten Vergnügungen«, meinte er. »O nein, dafür bist du viel zu schlau. Ich habe einen ganz besonderen Plan für dich. Ich beobachte dich schon lange«, sagte er.

Zuerst verstand niemand, was ich sagte, weil ich meine Worte halb sang. Ich mußte eine ganz neue Sprache lernen. Die Klos waren die »Abtritte«. Wenn man verprügelt wurde, bekam man eine »gute Tracht Hiebe«. Und Sonntagsmorgens gingen wir nicht in die Kapelle, sondern ins »Gefängnis«, um dort einmal ordentlich zu »jaulen«. Nichts war nur einfach gut, es war »top«.

In Mathematik war ich ziemlich bald Klassenbester. Ein mathematischer Lehrsatz hat etwas Tröstliches, wenn man weit weg von Zuhause ist und das Herz sich anfühlt wie eine offene Wunde. Ein Winkel gegen den anderen, die spannen das ganze Universum auf. Die Frage danach ist unendliche Erleichterung.

Durrell sagte: »Du bist begabt.« Ich antwortete: »Was?« – »Schau mal«, erwiderte er. »Ich will nicht von dir, was die anderen wollen. Ich will, daß du dir selbst einen suchst, den du wie einen Hund behandelst. Kapiert? Bring mir jemanden an, den du ficken kannst, und zeige mir, daß du's kannst, hier vor meinen Augen.« Einen kurzen Augenblick lang hatte ich das seltsamste Gefühl. Ich kann es jetzt gar nicht beschreiben. Es war, als risse irgend etwas auf. Als wäre ein Saum aufgegangen, als wäre der Abend in der Mitte aufgebrochen und hätte mir sein geheimnisvolles, warmes Herz gezeigt, sich mir ganz offenbart. Als verstünde ich mit einem Schlag alles, als wüßte ich es nun. Also sagte ich nur: »Aber wie?« Doch ich nickte zustimmend. Durrell lächelte und sagte: »Du bist doch ein schlauer kleiner Forscher, nicht? Benutze deine Phantasie.«

Mein Vater und meine Mutter redeten unablässig. Sie redeten in Räumen, die vom grauen Licht der Frömmigkeit durchdrungen waren. Aber als ich von Durrell wegging mit meiner Aufgabe, da fragte ich nicht warum.

In einem Sommer fand ich auf dem Speicher ein riesiges Kreuz. Es muß einmal in einer Kirche gehangen haben, ganz hoch oben und lebensgroß. Aber es war wohl ein Unfall geschehen, denn nun waren da nur noch die gekreuzten Balken, wunderschönes dunkles Holz, und die Nägel, schweres schwarzes Eisen. Sein Bildnis war verschwunden, vielleicht zerbrochen, zur Reparatur abgenommen, dann aber vergessen. Was übrig war, jagte mir schreckliche Furcht ein. Es nahm mich derart mit, daß ich es heute noch nicht erklären kann, denn schließlich war es doch nur ein großes, ganz gewöhnliches Kreuz mit Nägeln, das staubbedeckt dort vor mir lag. Es war wohl die Schwere des Holzes und die Dicke der Nägel.

Ich sah mich um und musterte die Jungen in meiner Umgebung. Es waren die üblichen Dämchen, die man in jeder Schule findet. Ich meine, es gab ein paar ganz offensichtliche Kandidaten, glattgesichtige, hübsche Jüngelchen, die immer ein wenig ängstlich aussahen, weil sie wußten, was sie waren. Keiner von ihnen war jedoch für mein Vorhaben interessant, wohl genau deswegen, weil es zu leicht oder zumindest plausibel gewesen wäre. Ich verspürte, müßt ihr wissen, eine gewisse Verpflichtung, mich blendend aus der Affäre zu ziehen, mit meinen Taten die Bewunderung meines Mentors zu erregen. Seine Worte hatten ein wenig nach Herausforderung geklungen, und nachdem er mir so den Fehdehandschuh hingeworfen hatte, hielt ich es nicht für fair oder männlich, eine einfache Lösung zu wählen. Nein, er erwartete große Dinge von mir, und ich wollte seine Erwartungen noch übertreffen. Also sah ich mich um, und inzwischen raunte man sich im Haus zu, daß ich Durrells Freund war. Also saß ich auf dem hohen Roß und benahm mich, als wäre ich viel älter, und ließ mir von niemandem irgend etwas gefallen. Er sah all das, und ich meinte die Andeutung eines Lächelns auf seinem Gesicht zu sehen, anerkennend, bildete ich mir ein.

Jeden Morgen blickte ich in den Spiegel und hoffte, daß der Tau, die Kühle und die Nässe meiner Haut ein wenig die lebhafte Färbung nehmen würden. Ich mochte die Kälte nicht, aber ich gewöhnte mich daran, und nach einiger Zeit erinnerte ich mich nur noch mit Entsetzen an die strahlende Helligkeit Indiens und die endlosen, heißen Ebenen. Aber nicht einmal die Erlösung von dieser schrecklichen Sonne und die guten kalten Winde von Norgate konnten meiner Haut je ihre olivenbraune Färbung nehmen, und bis zum letzten Tag meines Aufenthaltes dort gab es immer wieder Gekicher und gehässige Bemerkungen darüber. Allerdings hatten sie gegen Ende gelernt, sich vorzusehen. Am Schluß sagte auch niemand mehr Mary zu mir.

Meine Mutter habe ich nie gekannt. Ich besitze ein Miniaturbildnis von ihr in einem Amulett, das Bild einer dünnen, dunkeläugigen Frau mit schwarzem Haar. Die zweite Frau meines Vaters behandelte mich gut, und als wir nach England kamen und mir ihr Geld Norgate ermöglichte, war ich ihr dafür dankbar. Sie war eine untersetzte, talgige und sehr ernsthafte Frau, die ihre Familie verärgert und schockiert hatte, als sie meinem Vater nach Indien folgte und ihn heiratete. Ein Vermögen aus Talg und Kerzen war es, und dann später Tuch, aber sie hatten höhere Erwartungen für sie gehegt als diesen ärmlichen Missionar. Ich hielt sie immer für reizlos und dumm, und als ich älter wurde, irritierte mich am allermeisten ihre ständige sentimentale Freundlichkeit. Wenn ich unhöflich zu ihr war, wurde sie in ihrer Verletztheit ganz verschwitzt und noch fetter und hilfloser, was mich jedesmal wütend machte.

»Es ist der Boss«, sagte Durrell, und alle setzten ich gerader hin. Hodges versteckte seine Zigarette in der hohlen Hand hinter dem Rücken. »Nun, guten Morgen«, grüßte Dr. Lusk, und wir antworteten im Chor. Außer daß Durrell mit gedehnter Stimme »Mooorgen« sagte. Dr. Lusk warf ihm einen bösen Blick zu, aber Durrell blieb wie immer kühl und starrte eiskalt zurück. »Mr. Sarthey, Sie wissen doch, daß nur die Oberklassen Halstücher tragen dürfen. Ziehen Sie es aus. Aula am Samstag. Sie müssen die Regeln beachten, Mr. Sarthey«, sprach er und war verschwunden. »Das gibt sechs Hiebe, alter Junge«, meinte Hodges. »Macht nichts«, erwiderte ich und nahm eine Nase voll Rauch. »Wirst langsam erwachsen, Kumpel«, sagte Durrell. Irgendwie hatte er einen vollkommenen Schatz billiger amerikanischer Romane zusammengetragen und hatte es sich angewöhnt, mit gelangweilt gedehnter Stimme das zu sprechen, was er Yankee-Sprache nannte. »Er mag ja der Boss sein«, sagte ich, »aber er kann mir nichts anhaben.« – »Oh, wirklich, kann er nicht?« meinte Durrell. Und ich antwortete: »Wart's nur ab. Wartet's nur ab.« Die anderen, die von unserem Wettstreit oder unserer Wette oder wie man es immer nennen wollte, nichts wußten, schauten uns verdattert an und verfolgten unser freundli-

ches Geplänkel. Sie hatten mittlerweile aufgehört, mich in ihre Zimmer zu zitieren, wahrhaftig. Konnten einfach nicht kapieren, was ich so machte, und verstanden auch das Interesse nicht, das ihr Gott Durrell an mir hatte. »Er ist der Boss«, sagte ich, »aber dem rücke ich schon den Kopf zurecht.«

Wir veranstalteten einen Jahrmarkt im Stil von »Merrie Old England«. Die Drittkläßler waren Bauern, die Viertkläßler Händler. Einige aus der Fünften durften fahrende Sänger spielen, andere Diplomaten. Die aus der Sechsten waren Ritter und Barone. Auf dem Anger waren Zelte aufgestellt, und es gab herumziehende Schausteller, Theateraufführungen und lebende Bilder. All dies wurde für das Besuchswochenende der Eltern arrangiert. Dr. Lusk hielt eine Rede über Ritterlichkeit. »Was wir hier versuchen: Wir versuchen Engländer heranzuziehen«, sagte er. »Und was erwarten wir von einem englischen Gentleman? Wir erwarten Anstrengungen, aber ich erwarte nicht, daß meine Jungen nur gescheit sind, denn es gibt nichts Schlimmeres als einen gescheiten Jungen, der sich aus Stolz von seinen Mitschülern absondert, der seine Verantwortung nicht auf sich nimmt und mit Haarspaltereien der Wahrheit aus dem Weg geht. Wenn einer meiner Zöglinge Minister in der Regierung würde, sich dabei aber zum Sophisten und Atheisten entwickelte, dann würde ich schlechter, viel schlechter von ihm denken als von jemandem, der es nie zu Ruhm, Reichtum oder Ländereien gebracht hat, aber immer männlich aufrichtig die Wahrheit gesprochen hat, der seinen Körper nicht besudelt, sondern ihn stark und kräftig gehalten hat und der stets seine Pflichten als Christenmensch und treuer Untertan seines Monarchen getan hat. Wir leben in einer seltsamen winterlichen Zeit, und obwohl wir die Verheißungen des Frühlings spüren, fühlen wir doch auch, wie sich die Dunkelheit rings um uns zuzieht. Denn die alten Zeiten waren die besten, als noch die Speere gegen die Schilde klirrten und tapfere Ritter gegen den Feind in die Schlacht zogen. Damals gab es noch Ehre und Vertrauen und Kameradschaft und wahren Glauben, und das Christentum war noch nicht schwach und weibisch geworden, sondern stets stark und männlich, so daß man den guten Kampf kämpfen und das Licht des Glaubens in die Welt tragen konnte. Heute sehen Sie ringsumher, wenn Sie Ihre Söhne betrachten, nicht die zarten Gesichter Ihrer Sprößlinge, sondern offene, furchtlose und ehrliche Gesichter, die von Helmen mit Federbuschen gekrönten liebevollen und ernsten Gesichter derjenigen, die mit dem Heiligen Georg für das Kreuz und die Krone in die Schlacht geritten sind.«

Seine Stimme erhob sich, und nie wieder gab es etwas so Wunderbares wie die wehenden Fahnen, die Farben der Wappen und die Pagenuniformen vor dem dunklen Himmel, etwas so Wunderbares wie die Gesichter der Jungen, während sie einander mit glühenden Augen anblickten und wirklich eine Schar von Brüdern waren. Und kein einziger von uns hätte hinterher behaupten können, daß er nicht den Tränen nah gewesen wäre. Wir waren uns alle einig, daß es der herrlichste Besuchstag gewesen war, den es je gegeben hatte.

Die Sechstkläßler waren tapfere Ritter und zollten einem König ihren Respekt. Das war Haliburton, einer von Dr. Lusks Lieblingen, ein großer, trampeliger Kerl, der beim Kricket immer ganz rot im Gesicht wurde und wegen seines Gewichts und seiner Wucht ziemlich anständig Fußball spielte. Er war gut in allem, zeichnete sich aber in nichts besonders aus und war im allgemeinen freundlich zu den Kleineren und aufrichtig in seinen Gebeten. Ich mochte ihn, und es war allgemein bekannt, daß Dr. Lusk ihn mochte, da er ihn zum Herrscher bei unserem Fest ernannt hatte. Mit seiner Körpergröße gab er einen sehr malerischen König ab. Während der Rede saß er neben Dr. Lusk, und ich kann sogar heute noch sein Gesicht deutlich vor mir sehen; es war genau so gläubig und aufgewühlt wie die unseren. Er hatte feines blondes Haar und legte den Kopf zur Seite, wenn er lächelte, was er selbst jetzt mit der Pappkrone auf dem Kopf tat, während er die Augen starr auf den Doktor gerichtet hielt. Ja, der Doktor hat uns an jenem Nachmittag wirklich gerührt mit seiner Vision darüber, was wir waren und werden sollten, und ich glaubte ihm damals, wie wir ihm wohl alle glauben mußten. Aber der Tag war noch nicht vorüber. Ich sollte auch noch die Kehrseite der Medaille kennenlernen. Nach den Reden und der Preisverleihung gab es Tee, Kuchen und höfliche Konversation auf dem Rasen vor Dr. Lusks Haus. Ich stand bei meinen Eltern und fühlte mich ausgestoßen. Niemand würde sich zu einem Gespräch mit ihnen herablassen, da sie wegen ihrer Heirat noch immer skandalumwittert war und er ein Niemand. Aber beide, er und sie, lobten mit lauter Stimme den Duft des gottverdammten Kuchens, als sei nichts geschehen. Ich nehme an, sie waren es inzwischen schon gewöhnt, oder, wenn man ihren eleganten Elan in Betracht zog, erwarteten sie es vielleicht und sahen es als eine Art Martyrium. Aber es war wirklich furchtbar. Niemand stellte mich oder sie vor, niemand lud uns zu einem Besuch ein. Schließlich hatte mein Vater genug davon, und er sah sich nach dem Doktor um. »Muß dem Doktor meinen Dank abstatten«, murmelte er und ging geschäftig seiner

Wege (währenddessen stand sie allein da wie Königin Boadicea), bis uns ein Bediensteter sagte, daß sich der Doktor für kurze Zeit in sein Arbeitszimmer zurückgezogen hatte. Was machte er also, mein Vater mit seiner teuflischen Selbstsicherheit, er tappte mit mir durch das Haus des Doktors. Und wir drangen ohne Zögern in den Wohnbereich von Dr. Lusk ein, wo ich noch nie gewesen war, und auch sonst kein Sterblicher, soweit ich wußte. Was für ein dunkler Ort das war, voller schwerer, gräßlich geschnitzter und verzierter Möbelstücke, mit denen alles zugestellt war, so daß man sich gar nicht bewegen konnte, ohne sich das Schienbein zu stoßen. An den Wänden hingen gestickte Mustertücher, und alles war von einem gelben Licht durchflutet. Wir fanden das Arbeitszimmer und hörten drinnen Gemurmel. Mein Vater klopfte an die Tür, ein höfliches Tock-Tock. Das Holz schob sich zur Seite, und da saß Dr. Lusk, hatte seinen Arm noch ausgestreckt, und ihm gegenüber hockte mit der Krone auf dem Knie Haliburton: mit hängenden Schultern und ernstem Gesicht und mitten im Satz steckengeblieben. »Dankbarkeit, wollte Ihnen danken«, sagte mein Vater, und er und Dr. Lusk gingen ein, zwei Schritte ins Wohnzimmer, um miteinander zu reden, und Haliburton und ich blieben zurück und starrten einander an. Jetzt lag ein solch seltsamer Ausdruck auf seinem Gesicht, Wut war es, Trotz und noch etwas anderes, Angst, nein nackte Panik. Ich sah das ganz deutlich und sagte ohne nachzudenken, ich weiß nicht, woher mir die Eingebung gekommen war: »Was hast du ihm gerade erzählt, Haliburton?« Bei diesen Worten sprang er auf, kam mit zwei Schritten auf mich zu und sagte mit erstickender Stimme: »Halt's Maul, halt's Maul.« Und da hatte ich plötzlich wieder dieses Gefühl, als fielen mir die Geheimnisse warm und noch ganz frisch in die Hand, als teilten sich Schranken, und ich verstand auf einmal alles, in seiner ganzen Symmetrie und Vollkommenheit. Und ich sagte mit einem Lächeln und den Tränen der absoluten Freude in den Augen: »Haliburton, du bist ein gottverdammter petzender Kriecher.« Ich meine, ich hatte mit völliger Klarheit erkannt, woher die Allmacht des Doktors rührte, woher er sein Wissen bezog. Und Haliburton sagte: »Nein, aber nein.« Dann kamen mein Vater und der Doktor zurück, und wir verlegten uns alle auf Abschiedsgrüße und Dankesformeln. Draußen wartete meine Mutter, kaute gedankenverloren auf einem süßen Brötchen herum – was für einen gesunden Appetit sie doch hatte –, aber ich war zu aufgeregt, um an ihrer klebrigen Umarmung Anstoß zu nehmen und an ihren Abschiedsworten voller Jesus und Gebete. Nein, ich ging am nächsten Morgen zum Frühstück und aß das elende Scheißbutterbrot in höchster Erregung über das mir zuteil gewordene Geschenk. Haliburton sah ich den ganzen Tag lang nicht, bis er mich nach der Schule abpaßte und einen Spaziergang vorschlug. »Also hör mal her«, sagte er, als wir zwischen den Bäumen gingen, »schau mal, ich weiß nicht, was du dir gedacht hast, was du gestern gesagt hast.« Er sah aus, als könnte er noch ein paar Minuten lang solchen Brei ausspucken, der mich wohl einschüchtern sollte. Aber ich sagte nur knapp: »Haliburton, laß es gut sein, denn du bist ein verdammter petzender Kriecher.« Beim Wort petzen wich die Luft aus ihm, als habe man ihn angestochen, und ich dachte verwundert über dieses Wort nach, das ich bis vor ein paar Wochen nicht einmal gekannt hatte. Ich mußte es lernen, und ich mußte auch lernen, daß man in Norgate alles sein durfte, ein Lüstling, ein Prasser, ein Betrüger, ein Dieb, und daß die Jungen sich nichts dabei denken würden, daß im Gegenteil einige einen deswegen für einen tollen Hecht halten würden. Aber wenn sich herausstellte, daß man petzte, dann war damit das Ende deiner Schulkarriere und deines Lebens gekommen. Man war für immer gezeichnet, und man bekam das in Worten und Schlägen zu spüren. Es war die schlimmste Besudelung der Ehre eines Schuljungen, und so nahm das Wort Petze Haliburton alle Kraft, als hätte man sie ihm mit dem Messer herausgeschnitten. »Hör mal«, sagte er, nun aber flehentlich, »Dr. Lusk denkt, daß du ein feiner Kerl bist, und ich habe gesehen, wie du ihn anschaust, und du weißt doch, was seine Aufgabe ist, und er muß wissen, was hier vorgeht, das ist sehr wichtig, man kann keine Schule leiten, wenn man nicht bestimmte Dinge weiß, wenn man nicht weiß, was so los ist, verstehst du das nicht?« – »Ich verstehe nur, daß du eine Petze bist, Haliburton.« – »Daran ist nichts Unehrenhaftes«, sagte er, »das hat auch Dr. Lusk gesagt.« – »Du bist ein verdammter Lügner und eine Petze, Haliburton, und ein Gentleman verrät seine Freunde und Kollegen nicht.« Nun sah er sehr niedergeschlagen aus und rannte weg. Ich ließ ihn gehen. Er sollte im eigenen Saft schmoren, das tat er dann wohl auch. Seinem Mentor konnte er es nicht erzählen, denn sogar wenn sie einen Vorwand finden würden, um mich von der Schule zu verweisen, würde ich es doch verraten, auf Biegen und Brechen und aus purer Gehässigkeit, und das wäre sein Ende. Am nächsten Tag in der Schulversammlung sah er ängstlich aus, als erwartete er das Schlimmste. Ich meine, er ging umher und schaute allen ins Gesicht, um herauszufinden, ob sie etwas wußten. Als er mich sah, lächelte er ein ängstliches kleines Lächeln, und da hatte ich Gewißheit, daß ich ihn in der Hand hatte. Ich schlich mich nach dem Vortrag (Dr. Lusk in Höchstform zum Thema Feld der Ehre) zu ihm hin und flüsterte: »Wir sehen uns in deinem Zimmer, um vier.« Um vier Uhr ging ich, von neugierigen Blicken begleitet, in sein Zimmer, denn alle wußten, daß ich zu Durrell gehörte, und fragten sich, was nun Haliburton mit mir vorhatte. Drinnen wartete er auf mich und fieberte beinahe vor Furcht. Sobald sich die Tür hinter mir schloß, sagte er zitternd: »Du hast doch niemandem etwas gesagt, alter Junge, oder?« Er hatte den Tisch reichlich gedeckt, mit Toast und Marmelade und Tee und fetten Würstchen. Ich setzte mich hin und nahm einen Bissen zu mir, ehe ich die Achsel zuckte und meinte: »Nein.« – »Nimm noch von dieser Marmelade«, sagte er, und ich bediente mich ganz ungerührt: »Hör mal, Haliburton. Ich werde niemandem davon erzählen.« – »Ja«, sagte er, »ja.« Er lehnte über den Tisch und hielt mir ein Glas entgegen, und ich legte mein Messer hin und streckte meine Hand aus. Weiß der Teufel, woher ich mein Selbstbewußtsein bekam, aber ich streckte meine Hand aus und strich ihm übers Haar, streichelte es, könnte man sagen. Und ich fuhr mit dem Knöchel meiner Messerhand über seine Wange, und er wurde rot und blaß und wieder rot. »Ich erzähle niemandem etwas davon«, versprach ich, »wenn du tust, was ich dir sage.« Er schloß die Augen und zitterte, hielt mir immer noch das Glas entgegen und bebte und flüsterte mit noch geschlossenen Augen: »Ja.« – »Wie war das?« fragte ich. »Wie war das, Haliburton?« – »Ja.«

Jeden Nachmittag vor dem Abendessen wurde ein wildes Fußballspiel ausgetragen, die Jungs aus dem Oberen Haus und von Gartner gegen den Rest. Die Zahl der Mitspieler schwankte, aber für ein riesiges Menschenknäuel reichte es immer, überall Ellbogen und Stiefel und Knie, und irgendwo der Ball. Nachher war man immer verschrammt und blutete, schnaufte und war ganz rot im Gesicht, ausgepumpt, als hätte man eine Schlacht hinter sich. Man legte sich ins Gras und spürte, wie sich der Brustkorb hob und senkte, und die Mannschaft lag neben einem. Dann sagte irgend jemand: »Auf in den Kampf, meine Herren.« Und man antwortete: »Du mich auch.« Aber trotzdem sprang man auf die Beine, und es war einfach herrlich.

»Wir verzärteln Ihre Söhne hier nicht«, sagte Dr. Lusk. »Wir machen sie auf diesen Spielfeldern zu Soldaten.«

Durrell ist nun schon drei Jahre tot. Er wurde von einem Berserker von Eingeborenen in Hong Kong ermordet, wo er als Konsularbeamter arbeitete. Aber Dr. Lusk lebt noch.

... und Haliburtons Schenkel weiß unter seinem Hemd, und Durrells Gesicht halb im Schatten verborgen und bleich und vollkommen. Und ich sagte zu Haliburton: »Da drüben hin.« Er beugte sich über das Fußende des Bettes, und als ich sein Hemd anhob, war sein Gesicht in den Laken verborgen, die er mit Fäusten über den Kopf gerafft hatte, und seine Schultern zuckten. Jeder Herzschlag raste mir durch die Schläfen, aber ich kniete mich über ihn und konnte nicht. »Lockerer, du verdammter Idiot«, sagte ich, »lockerer, lockerer.« Aber meine Versuche waren trotzdem vereitelt, es lag nicht an ihm, sondern an mir: Ich war zu nervös und zu sehr von Ekel erfüllt. Ich blickte in Durrells Gesicht, das wie Marmor war und dessen Augen verborgen lagen. Ich schämte mich, sprang auf, nahm eine Reitgerte vom Kaminsims und holte aus. Beim ersten Schlag verflog meine rasende Wut vollkommen, und ich verspürte statt dessen waches Interesse und Neugierde. Den zweiten Schlag plazierte ich, so gut ich konnte, mit Zurückhaltung und perfekter Berechnung, und als er aufstöhnte, war ich vollkommen befriedigt. Aber ich schlug immer besser und besser, und seine Hinterbacken spannten sich und zuckten, wurden dann weich und nachgiebig, und ich machte immer weiter, bis der ganze Raum von dem scharfen Klatschen erfüllt war und das Blut im Licht des Abends schwarz rann. Dann beugte ich mich über sie, und ihr Kopf baumelte schlaff am Ende ihres Nackens, im Takt mit meinen Bewegungen, und ihr blondes Haar lag auf dem weißen Laken, und ich blickte Durrell an, der sich vorbeugte, den Ellbogen auf seine übereinandergeschlagenen Beine gestützt hatte, und dessen Augen wie glänzende Messerspitzen durch die Dunkelheit stachen, und er sagte: »Nein, nein, beobachten, immer beobachten.« Und er wandte mir ihr Gesicht zu, und wir schauten zusammen auf ihren halb geöffneten Mund und die tränenbefleckten Wangen, und nun verstand ich.

»He, Sarthey, willst du in die Stadt mitkommen?« fragte Byrd. Wir gingen zusammen, und weit vor uns auf der Landstraße waren andere Jungs, die herumtollten und redeten. Die Bäume neigten sich über die Hecken, so daß wir in einem schattigen Tunnel gingen, aber auf den goldenen Feldern lag hell strahlend die Sonne. Und wir hakten uns unter und gingen weiter.

Als Sanjay zu Ende gelesen hatte, was er von Sartheys Tagebuch hatte, überkam ihn die Angst und ein Schrecken, den er nie zuvor verspürt hatte. Es war nicht die Angst vor dem Unbekannten, nicht die Furcht vor dem Tod, auch nicht der

Schmerz des Blutes und der Verletzung. Es war ein Gefühl, als zerreiße ihn etwas, als ginge sein Innerstes in Scherben und verschwände. Jeder Augenblick, den er durchstand, verlangte von ihm eine Anstrengung, als stünde er auf einer Leiter, die sich immerfort seinem Griff entzog. Draußen war es dunkel, aber während Sanjay sich noch zwang, im Kreis durch den Raum zu schreiten, sah und spürte er das erste Morgenlicht. Er befahl sich, an ein unmittelbares Problem zu denken, nämlich daran, wie er die Papiere auf dem Bett verschwinden lassen könnte, ehe er Sarthey entgegentreten mußte, was sicher im Verlauf des Tages der Fall sein würde. Irgendwie hatte er das Gefühl, als müsse er sein Wissen verbergen, als wäre es zu seinem Vorteil, ahnungslos zu erscheinen. Er untersuchte den Raum noch einmal sorgfältig, aber kein Fenster war offen, es war nicht der geringste Riß in der Wand, es gab überhaupt kein Versteck. Schließlich stand er wieder beim Bett, nahm ein zerfetztes Blatt Papier in die Hand, versuchte die feine Handschrift darauf nicht anzusehen und stopfte es sich in den Mund. Augenblicklich verwandelte es sich in eine klebrige Masse, wurde elastisch und schwer zu schlucken, schmeckte bitter nach Asche, aber trotz einer Welle der Übelkeit machte er weiter und zwang den Klumpen herunter. Eine Seite nach der anderen, Stück für Stück, aß er sie alle, ging dabei im Zimmer herum, krümmte sich manchmal zusammen und hielt sich den Magen, und als er endlich fertig war, lehnte er schnaufend an der Wand und bebte und war von kaltem Schweiß überströmt.

Er hörte Sikanders Stimme, ehe die Tür aufging. Er erwartete ihn also in förmlicher Haltung, mit den Armen hinter dem Rücken und zur Tür gewandt.

»Die Marathas haben in Assaye verloren«, sagte Sikander, sobald er eingetreten war. »Wir haben das gerade über unsere Botenstafette erfahren.« Sanjay sagte nichts, weil ihm diese Nachricht schon während der Nacht Gewißheit gewesen war. Er hatte nun das Gefühl, als sei das alles unwichtig, da er beschlossen hatte, was zu tun war. »De Boignes Brigaden sind vernichtet. Die Chiria Fauj existiert nicht mehr. Sie haben wie die Löwen gekämpft. Sie wußten, daß sie verloren hatten, und kämpften doch weiter. Diese Schlacht war nicht schön anzusehen, es kam keine Kavallerie angesprengt, es gab keine großen Truppenbewegungen wie im Manöver. Es war eine lange, zähe Angelegenheit, die Brigaden standen wie fest gewurzelt, und die Briten bewegten sich auf sie zu und feuerten und feuerten. Dann schlossen sich die Reihen der Brigaden wieder über den Gefallenen, und es ging weiter, den ganzen Nachmittag lang, bis nichts mehr übrig war. Alles ist vergangen. Es war ein blutiges Gemetzel, und die Engländer haben gewonnen.«

Er blickte Sanjay wiederum an und wartete auf eine Antwort, aber Sanjay sah nur das fahle Morgenlicht, und all die Bilder von der Chiria Fauj, wie sie in einer Masse von Schlamm und Knochen versank, schienen ihm nur zu wirklich, es hatte so kommen müssen – und sie hatten keinen Schrecken für ihn.

»Mr. Sarthey ist hier und will dich sehen«, sagte Sikander.

Sanjay wartete ungeduldig, von missionarischem Eifer erfüllt. Er hatte das Gefühl, als sei etwas vorüber – die Brigaden Hindustans waren verschwunden –, als hätte sich etwas geändert, als wäre etwas für immer und ewig verschwunden; es bestand also keine Notwendigkeit für müßige Reden oder Anschuldigungen. Er harrte der Beleidigungen Sartheys mit Gleichmut, und als der Engländer erschien, blickte ihm Sanjay mit einer solchen Gleichgültigkeit in die Augen, daß der andere zurückwich, verdattert und zum Schweigen verurteilt.

»Was hast du dir bloß dabei gedacht?« fragte Sarthey. »Du, ausgerechnet du.« Sanjays Schweigen irritierte ihn. »Ich denke, ich war ein Narr, daß ich mit etwas anderem gerechnet habe. Von einem primitiven Menschen wie dir konnte man nichts anderes erwarten, ganz gleich, wie glatt dir das Englisch von den Lippen kommt. Trotz aller äußeren Politur bist du doch geblieben, was du immer warst: ein kleiner, ungebildeter Wilder.«

Sartheys Verachtung machte keinen Eindruck auf Sanjay, weil der bereits sein Leben in den Dienst einer einzigen Sache gestellt hatte: ihn zu töten. Obwohl die Furcht groß und gegenwärtig war, hatte er doch schon gelernt, wie er sie hinter eine Mauer aus Entschlossenheit und Logik verbannen konnte. Er schaute zu, wie der Mund des Engländers auf und zu ging.

»Er ist verrückt«, sagte Sarthey. »Laßt ihn laufen.«

Sobald man Sanjay entlassen hatte, eilte er zum Haus der Begum Sumroo, das in der Nähe lag und in ganz Delhi bekannt war. Beim Weggehen hatte er Sikander nicht angeblickt und nur gesagt: »Ich komme dich holen.« Im Hause der Begum wischte er mit einer Handbewegung alle höflichen Nachfragen nach seiner Gesundheit beseite, stand sehr still da und starrte eine Wand an, bis man ihn zu einer Audienz ins Haus bat. Ehe die Begum ein Wort sprechen konnte, sagte er: »Ich möchte unter vier Augen mit Euch reden.« Sie blickte ob seiner Unhöflichkeit überrascht auf, setzte sich dann aber langsam zurück und schickte ihre Bediensteten aus dem Zimmer.

»Ich habe keine Zeit«, sagte er. »Aber Ihr werdet mir vergeben. Ich möchte Euch um eine Gunst ersuchen.«

»Welche?« fragte sie.

»Bin ich Euer Sohn?«

»Ich habe es sagen hören.«

»Ist es wahr?«

Sie zuckte die Achseln.

»Ich habe einmal eine Geschichte gehört, wie Ihr das erstemal den Mann namens de Boigne gesehen habt. Ihr sagtet damals: ›Alles wird rot werden.‹ Ihr habt etwas von einem Gedanken gesagt.«

»Ich habe es gesagt, aber ich weiß nicht, was ich damit gemeint habe. Es war wie ein Traum. Ich sah ihn und sagte es.«

»Es tut nichts zur Sache. Hört zu. Die Brigaden Indiens gibt es nicht mehr. Die Zeiten haben sich geändert. Ich werde die Engländer aus Indien vertreiben. Aber damit ich das tun kann, ersuche ich Euch um eine Gunst.«

»Welche?«

»Ich habe sagen hören, daß Ihr bestimmte Dinge wißt.«

»Ich glaube die Hälfte dieser Dinge selbst nicht.«

»Trotzdem bitte ich Euch, mir etwas zu sagen. Ihr kennt die alten Bücher, also bitte ich Euch, mir etwas zu sagen.«

»Was willst du?«

»Ich möchte stark sein, ich möchte hart sein. Ich möchte niemals sterben.«

Sie zuckte zusammen, und ihre Augen wurden wäßrig und alt. »Das ist sehr schwierig.«

»Ich schaffe es.«

»Es ist gefährlich.«

»Ich mache es.«

»Bitte mich nicht darum.«

»Ich muß Euch bitten.«

»Ich bin deine Mutter und dein Vater, und du kannst mich nicht darum bitten.«

»Ich bin Euer Sohn, und ich bitte Euch darum.«

»Geh nach Hause, Sanjay!« Sie war aufgesprungen und schrie ihn an. »Geh nach Hause zu deiner armen Mutter und deinem Vater und sei gut zu ihnen. Schreibe Gedichte und zeuge Kinder und lebe in deiner eigenen Stadt und stirb da wie ein Mann, der geliebt wird und ein Heim hat.«

»Ich kann es nicht«, sagte er. »Ich bin auf die Welt gekommen, und meine Mutter hat mich in die Höhe gehalten und gesagt, daß ich für die Rache geboren bin. Ich kann dem nicht entfliehen.«

»Du weißt nichts über die Freiheit«, sagte sie. »Und noch viel weniger über den Dharma.«

»Und doch müßt Ihr es mir sagen.«

Sie sank auf die Knie. »Gehe auf einen Berggipfel«, sagte sie. Sie beugte sich ganz nah zu ihm herüber und flüsterte ihm lange ins Ohr.

»Alles wird rot werden«, sagte er, als sie zu Ende gesprochen hatte. »Ich kehre zu Euch zurück, wenn alles vollbracht ist.«

Sie schüttelte den Kopf. »Ich denke, daß ich nicht mehr hier sein werde, wenn du alles vollbracht hast.«

Er kniete nieder, nahm eine Falte ihres Gewandes und berührte damit seine Stirn. »Ich danke Euch, Mutter.«

»Und als Sanjay mit schnellen Schritten aus dem Raum ging, ließ die Begum Sumroo das Haupt auf die Knie sinken und weinte«, sagte Sandeep. Seine Stimme überschlug sich nach dem langen Erzählen ein wenig, und sein Gesicht war schmal geworden. »Die Begum Sumroo weinte. Nach einer Weile schlichen sich ihre Bediensteten wieder ins Zimmer und ihre Lieblingsdienerin ging zu ihr hin und legte ihr den Kopf auf das Knie. Die Begum begann den Kopf des Mädchens zu streicheln, die Haut ihrer Hände war von feinen Runzeln überzogen. Das Haar der Begum Sumroo war weiß, ihre Augen waren von einem tiefen Schwarz, ihr Gesicht war zerknittert, und sie hatte viele Zähne verloren. Ihr Haus glänzte golden und war wunderschön, und die Vögel flogen darüber hinweg, und es war von Mangobäumen und Guavabäumen gesäumt. Das war die Begum Sumroo.«

»Die *erzböse* Begum Sumroo«, sagten die anderen Mönche.

»Ja«, sagte Sandeep. »Und alles wird rot werden.«

Als Sanjay das Haus der Begum verließ, wartete draußen Sunil auf ihn. Zusammen zogen sie in den Norden. Sie gingen nach Hansi, wo sie zwischen den Ruinen der Stadt – sie lag inzwischen wieder verwüstet – die Überreste von Jahaj Jungs widerspenstiger Armee verstreut und in Meditation versunken fanden. Sanjay sprach im Namen seines Vaters George Thomas mit ihnen und redete ihnen von Schicksal und Rache. Inzwischen waren diese Soldaten nackt und bärtig und verfilzt, und sie waren alle Mönche geworden. Aber als Sanjay zu ihnen sprach, füllten sich ihre leuchtenden Augen mit Tränen, und langsam hielt die Leidenschaft wieder Einzug in ihre Körper, und Zorn erfüllte ihre Herzen, und sie schüttelten sich wild und ließen ihre riesige, köstliche Einsamkeit hinter sich zurück und sagten: »Wir folgen dir.« So zog also Sanjay, begleitet von Sunil und siebenundvierzig abgerissenen Soldaten, auf die Berge des Nordens zu. Zunächst wanderten sie aus den vor Menschen wimmelnden Ebenen in die üppige Wildheit des Terai, dann stiegen sie die Berghänge hinauf, wo vereinzelte Dörfer gefährlich nah an den scharfen Klippen klebten. Aber auch dies ließen sie hinter sich und kamen schließlich in die kargen Täler, die nur aus Eis und Felsen bestanden, zu den Gletscherspalten und Schluchten, durch die der Wind wie ein Faustschlag kam. Hier machten sie vor einem namenlosen, zerklüfteten und häßlichen Berggipfel halt, dessen Felsplatten schwarz waren und vor eisigem Wasser silbern schimmerten.

Sunil schickte sich an, den Hang hinaufzusteigen, aber Sanjay packte ihn beim Ellbogen und zog ihn zurück, zeigte dabei auf eine dunkle Spalte in der Bergflanke.

»Ich dachte, es müßte ein Gipfel sein«, meinte Sunil.

»Ein Gipfel ist für das, was wir zu tun haben, zu sehr den Elementen ausgesetzt«, sagte Sanjay. »Wir tun es da unten.«

Es war eine Höhle: Der Eingang war ein schmaler Spalt, der sich zu einer riesigen Halle ausweitete, zu einer abgrundtiefen Dunkelheit, in der sich ihre Stimmen ohne jeglichen Widerhall verloren.

»Hier tun wir es«, sagte Sanjay. »Sunil, warte du draußen und bewache den Eingang. Bedecke ihn mit Felsbrocken und Büschen, damit man uns nicht stört. Meine Freunde, wir ziehen nun zusammen in ein großes Abenteuer. Wir machen es ganz allein, aber wir tun es für unsere Landsleute. Wir werden leiden, aber für eine großartige Sache. Am Ende werden wir triumphieren, und unsere Feinde werden auf Nimmerwiedersehen vom Schlachtfeld verschwinden. Wir werden unbesiegbar sein.«

Unter Verbeugungen zog sich Sunil zurück, und Sanjay und seine Begleiter gingen ein wenig weiter in die Höhle hinein, bis sie im Herzen des Berges in völliger Dunkelheit waren und selbst ihre Fackeln die Illusion nicht mehr zu zerstreuen vermochten, daß sie endlos durch den Raum fielen.

»Kommt, Brüder«, sagte Sanjay. »Laßt uns anfangen.«

Sie ließen sich im Kreis nieder. In der Mitte zündeten sie mit dem aus der Ebene mitgebrachten Sandelholz ein kleines Feuer an. Während sich der duftende Rauch in die Dunkelheit erhob, sangen sie zusammen: »Tod, komme zu mir, komme zu mir, Tod.« Als sie dies jeder tausend und ein Mal wiederholt hatten, zogen sie ohne Zögern ihre schweren Säbel. Sanjay, dessen Bewegungen alle im Kreis nachahmten, legte seine linke Hand vor sich auf den harten Stein, hob die Klinge und hieb sich mit einem einzigen Schlag den kleinen Finger ab. Der Schock riß ihn herum, so daß er den Säbel fallen ließ und sich im Sprechgesang verhaspelte, ihn aber nie wirklich unterbrach. Als er sich an den Schmerz gewöhnt hatte, hob Sanjay den kleinen Fleischbrocken auf und warf ihn zusammen mit allen andern ins Feuer. Die Flamme flackerte kurz auf und brannte dann noch wilder, und der Geruch erfüllte Sanjays Kopf. Er hielt sich die Hand vor die Brust und fuhr in seinem Sprechgesang fort. Als die Zeit gekommen war, den Ringfinger abzutrennen, gelang Sanjay dies ohne Schwierigkeiten. Beim Daumen mußte er sich aber jede Beleidigung ins Gedächtnis zurückrufen, die er je erlitten hatte, nicht nur von Seiten der Engländer, sondern jede kleine Verletzung, jeden Schmerz, jede Ablehnung und verlorene Liebe, die je in ihm geschwelt hatte, jedes winzige bißchen vergangenen Unglücks, damit er es schaffte, das Metall wieder auf sich niedersausen zu lassen. Nun schien es ihm, als tobte in seinem Kopf ein Feuer, und durch den Tränenschleier in seinen Augen sah er im Rauch dunkle Gestalten tanzen. Als er seinen Ellbogen abhackte, brüllte er seinen Schmerz heraus, und die Höhle antwortete ihm mit tausendzüngigem Murmeln, und der Sprechgesang schüttelte seinen Körper. Einmal sah er ein Gesicht vor sich, einen seiner Begleiter, einen von Jahaj Jungs wilden Kerlen, den nun die Panik ergriffen hatte und der schrie: »Es ist Wahn, Wahn, laß uns gehen.« Aber er schüttelte ihn ab, tastete am Boden nach seinem Säbel und fand doch nur Knochen und faulige Verwesung. Ein wild tanzender Wirbelwind erfüllte die Dunkelheit mit grausigem Gelächter. Er konnte alles deutlich sehen, schien aber doch allein in der Höhle zu sein, spürte dann, wie sich Gesichter gegen ihn drängten, Augen und Zungen und Zähne von Männern und Tigern und Hunden, nur Getöse und Gebrüll, als schrie alles in der Welt. Er jedoch war von einer ungeheuren Kraft beseelt, und er hieb seine Zehen eine nach der anderen ab und lachte, und das Feuer wallte wie ein lebendiges Wesen. Der Geruch war so schwer und faulig naß, daß er spürte, wie er ihm durch die Nase glitt. Dann hörte er eine Stimme: »Was willst du? Was willst du?« Aber er antwortete nicht, weil er alles wollte, und weil er wußte, was er dafür tun mußte. Er tastete blind um sich, fand den Säbel und nahm das Heft in die Hand, spürte seine eigene unglaubliche Kraft, und dann legte er ihn ungeschickt, aber mit sicherer Hand gegen seinen Kopf, und sprach: »Tod, komm zu mir.« Und dann bewegte er sich mit solcher Präzision und Schnelligkeit, daß er zunächst dachte, er habe versagt, bis er spürte, wie sein Kopf über den Boden hüpfte wie ein Ball und weit weg sein Körper vor Blut strömte.

Er war allein. Die Höhle war leer, und er saß mit gekreuzten Beinen da und glaubte einen Augenblick lang, daß er alles nur geträumt hatte. Dann sah er dort, wo das Feuer gewesen war, Yama knien, mit gesenktem Haupt und am ganzen Körper blutend und verletzt. Yama hob den Kopf und sagte keuchend: »Deine Kasteiungen verbrennen die Bewohner aller drei Welten. Was willst du?« Sanjay tastete immer noch seinen Körper ab, der ihm unversehrt schien.

»Ja, es ist noch alles da«, sagte Yama. »Alles außer dem ersten Finger, der ersten furchtbaren Opfergabe. Ich wurde gegen meinen Willen hierhergebracht. Was willst du?«

»Also habe ich dich doch besiegt«, meinte Sanjay.

»Was willst du, Menschlein?«

»Ich will niemals sterben. Ich will so hart werden wie Stein. Ich will stärker werden als ihre Maschinen.«

Bei diesen Worten blickte Yama zu Sanjay auf, und der Zorn auf seinem Gesicht verflog langsam und wich einem gänzlich undefinierbaren Gefühl.

»Warum siehst du mich so an?« fragte Sanjay.

»Tu's nicht.«

»Hör mal, du erbärmlicher Sack Wind, du Geschöpf, das sich Gott nennt. Sag du mir nicht, was ich zu tun habe. Du hast uns verraten. Wir verlieren, weil die anderen besser sind. Wir verlieren, weil wir in einer Traumwelt leben, wir verlieren, weil wir wie Frauen sind, wie Kinder. Sie gewinnen, weil sie verstehen, was notwendig ist. Aber ich werde sie besiegen.«

»Tu's nicht.«

»Gewähre es mir. Ich sagte, du mußt es mir gewähren. Muß ich es noch einmal machen?« Sanjay blickte sich nach seinem Schwert um.

»Nein«, erwiderte Yama mit tränenfeuchtem Gesicht. »Du hast es schon. Du bist es geworden.«

Sanjay sprang auf und hob die Hände über den Kopf.

»Aber«, sagte Yama, »du mußt mir noch eine letzte Opfergabe schenken, um den Handel zu besiegeln. Du kannst alles sein, was du willst. Du wirst niemals sterben. Aber du mußt mir jetzt das geben, was dir am heiligsten ist. Denke sorgfältig darüber nach. Du mußt mir das geben, was dir an deiner Person am wertvollsten ist. Wenn du lügst, dann wird dein Kopf in tausend Stücke zerbersten, und du stirbst auf der Stelle. Aber wenn du es schaffst, dann bekommst du alles, was du willst.«

Sanjay taumelte zwei Schritte auf Yama zu, und sie konnten den Blick nicht voneinander lassen.

»Mein Sohn«, sagte Yama, »mein Sohn.«

Aber Sanjay griff nach oben, öffnete den Mund und rammte sich die Faust in den Hals, packte seine Zunge, die sich vor ihm hinwegwand, hielt sie fest und zerrte, riß sie sich an der Wurzel heraus und warf sie Yama bluttriefend zu. Diesmal war der Schmerz zu groß für ihn, und Sanjay fiel bewußtlos zu Boden.

Als er wieder zu sich kam, war er nackt. Er richtete sich auf, in eine Dunkelheit hinein, die vollkommener war als alles, was er je gekannt hatte. Während er auf allen vieren kroch, schob er Dinge zur Seite, die trocken klirrten. Er tastete herum, bis er einen kleinen runden Gegenstand gefunden hatte. Er untersuchte die glatten, trockenen Umrisse in verschiedene Richtungen, zeichnete ein Loch darin nach, fand ein weiteres, und dann, als er eine regelmäßige Schärfe spürte, die er als Zähne erkannte, warf er den Totenschädel aufstöhnend fort. Erst als er wenige Fuß weitergekrochen war, überfiel ihn die Erkenntnis, was der Schädel zu bedeuten hatte, zog er Rückschlüsse aus den anderen Knochen, durch die er sich seinen Weg bahnte: Wie lange hatte es gedauert? Sie mochten alle tot sein, aber Gerippe? Inzwischen spürte er auf der Haut am ganzen Körper etwas, keinen Lichtstrahl zwar, aber einen Bereich verringerter Dunkelheit, einen Strom frischerer Luft, und dieser Spur folgte er, bis er an eine Geröllwand kam, eine unregelmäßige Lawine aus Steinen und Schlamm. Er begann sich hindurchzuarbeiten und stellte zu seiner Befriedigung fest, daß er Felsbrocken zur Seite schleuderte, die ein Gespann Ochsen ermüdet hätten, und daß seine Finger stark genug waren, um selbst auf dem allerglattesten Gestein unerbittlichen Halt zu finden.

Schließlich brach er hindurch mit einem einzigen ungeheuren Schlag seiner Faust, der einen Felsen zerschmetterte und einen riesigen sternförmigen Schwall Sonnenlicht freisetzte, der ihn blendete. Als er wieder sehen konnte, schmerzte ihn der Berg mit all seinen Farben, der Himmel war unerträglich anzuschauen, und er konnte sich nicht erinnern, je die unberechenbaren, komplizierten Formen und Strukturen der Welt erblickt zu haben. Vor einer primitiven Hütte stand, den Schrecken ins Gesicht geschrieben, ein behäbiger alter Mann, der eine deutliche Ähnlichkeit mit Sunil hatte. Sanjay versuchte zu sprechen, brachte aber nur tief im Hals ein Gurgeln zustande. Das Gesicht seines Gegenübers erhellte sich, und er trat freudig auf ihn zu: »O mein Sanjay, du bist es wirklich.«

Natürlich bin ich es, du Narr, wollte Sanjay sagen. Statt dessen öffnete er den Mund und zeigte auf seine Zunge, wies vielmehr auf ihr Fehlen hin. Und da bemerkte er zum erstenmal, daß er einen dichten weißen Bart hatte, daß seine Haut so glatt und faltenlos wie die eines Säuglings war und weißer als der Schnee. Er berührte sich, konnte den Bart einfach nicht glauben, war erschrocken und doch erfreut über die zähe Kraft seines Körpers, über das Gewicht, das er in den Fersen spürte, und doch konnte all das nicht aufwiegen, was er bereits wußte. Er wandte sich um und blickte in die Höhle zurück.

»O mein armer Sanjay«, sagte Sunil. »Es kommt niemand mehr. Die anderen sind alle tot. Nur einer kam heraus, lange Zeit, nachdem ihr hineingegangen wart, und er war von Sinnen und sagte, alle anderen seien tot und schlimmeres. Er sprach's und rannte und stürzte den Berg hinab. Ich hielt ihn für tot, aber er stand auf und rannte schreiend weiter. Ich überlegte, ob ich ihm folgen sollte, blieb jedoch hier. Eine Woche später kam eine Karawane zu mir hinauf und berichtete mir, er sei am folgenden Tag im Wahn gestorben. Sie sind alle weg. Aber ich bin hiergeblieben. Ich hatte nicht den leisesten Zweifel, daß du zurückkehren würdest, daß du das angestrebte Ziel erreichen würdest.«

Sanjay blickte wild um sich, kniete dann nieder und zeichnete auf den Felsen: »Wie lange?«

»Mein Freund, mein Freund«, antwortete Sunil. »Es ist nun zweiunddreißig Jahre, zwei Monate und drei Tage her.«

Und Sandeep sagte leise:

HIER ENDET DAS VIERTE BUCH,
DAS BUCH VON RACHE UND WAHN.
NUN BEGINNT DAS LETZTE BUCH,
DAS BUCH VON DER WIEDERKEHR.

DAS BUCH DER WIEDERKEHR

…jetzt…

»Jetzt geht das schon wieder los«, sagte Yama, »da kommt euer nationales Talent zur Vermehrung durch Teilung wieder einmal voll zum Tragen.«

Es hatte exakt in der Mitte des Maidan eine kleine Streiterei gegeben, was die Polizei zwar gleich entschlossen unterbunden hatte, was aber trotzdem im raunenden Gemurmel der Menge noch weiterschwelte. Es hatte mit einer Unstimmigkeit über einen Sitzplatz begonnen, mit der Frage, wer das gottgegebene Recht hatte, ein bestimmtes kleines Fleckchen Erde zu besetzen. Dann hatten sich um das Gerangel zweier Menschen Parteien gebildet, was – wie mir Abhay mitteilte – bedeutete, daß die Angelegenheit inzwischen religiöse, ethnische und sozioökonomische Untertöne hatte und es nun auch noch um Kasten und Klassen ging.

»Das brauchst du mir nicht zu erzählen«, schrieb ich zurück, »das weiß ich längst.«

»Ja«, meinte Yama. »Natürlich weißt du das.«

Ich blickte ihn neugierig an. Keinerlei Sarkasmus schwang in seiner Stimme mit, nur Trauer. Noch seltsamer war, daß auch ich mühselig tief in mir nach ein wenig Bitterkeit für meine Antwort schürfen mußte: »Um so besser für dich, wenn wir uns gegenseitig bekriegen. Das steigert deinen Umsatz.«

Aber sein Kopf war schon zwischen die breiten Schultern gesunken, und er antwortete mir überhaupt nicht.

Saira stand am Fenster und schaute mit traurigem Gesicht hinaus. »Warum müssen wir immerzu miteinander streiten?« fragte sie. Und als wir dann alle zu ihr herüberblickten, lachte sie kurz auf und zuckte die Achseln. »'Tschuldigung. Blöde Frage.«

»Hör mal, kleine Saira«, schrieb ich auf einen Zettel. »Vergiß einfach die Streitereien, mach dir nichts aus all den Spannungen und Aussperrungen und Streiks und Terroristen und Raketenabkommen, nein, wir wollen ein Fest feiern. Das größte Fest, das die Welt je gesehen hat. Wir wollen essen und essen und essen, bis wir ganz fröhlich sind.«

»Ein Fest, ein großes Fressen, ein Fest des Essens«, sagte sie mit glänzenden Augen, und sie richtete sich auf und stand kerzengerade da. »Friß, bis du platzt.«

Plötzlich lachte Abhay auf. Als er sprach, schwang große Freude in seiner Stimme mit, ganz schlicht und klein und vollkommen. »Eine Feier des Appetits«, sagte er.

»Ja«, meinte Saira. »Also, auf, an die Arbeit.«

»Momentchen, Momentchen«, warf Mrinalini ein. »Es wäre noch ein winziges Stückchen Geschichte für heute abend übrig, nur ein kleines bißchen.«

Was wirklich geschehen ist

Dann folgte eine neue Welle von Eindringlingen. Einige von ihnen glaubten, daß die Reinheit ihres Glaubens durch die Überzeugungen anderer verunreinigt würde, also zerstörten sie viel: Ihr Glaube war ein Glaube unter dem Schwert. Sie lebten als Herrscher, aber ihre Kinder wurden bereits im Land geboren und gehörten bald zum Land. Ihr Glaube selbst veränderte sich, und schon bald lebten die verschiedenen Völker wieder wie früher zusammen. Aber die Machtkämpfe nahmen immer mehr Raum ein, und den Gewinnern fielen ungeahnte Reiche zu. Nach einem solchen großen Sieg gab es in Delhi einen Kaiser, und eine Weile herrschte Frieden, aber dann begannen die Kämpfe erneut. Überall wurde gestritten, Königreiche gingen unter, und Kaiser starben oder wandten sich der Dichtkunst zu. Jenseits der Meere rührte sich etwas anderes, ein anderes Volk. Doch niemand hatte Ohren, dies zu hören, denn alle glaubten, am Nabel der Welt zu leben. Unwissenheit ist der größte Zerstörer.

Dann kamen die Engländer.

...jetzt...

Wir aßen und saßen dabei im Kreis auf dem Boden, waren glücklich und lachten. Rechts von mir hatte Abhay Platz genommen, Saira links und Ashok und Mrinalini gegenüber. Sairas Mutter und Vater waren auch dabei, und alle ihre Kinder gaben sich den Freuden des Essens und der aromatischen Düfte und dem Überfluß hin. Vegetarische und nichtvegetarische Speisen, Rajma und Parathas, Fisch und Reis, Tandoori und Gebratenes, Essen aus dem Norden, dem Süden und aus Gujarati und Kalkutta, wir hatten alles. Abhay entwickelte zur Überraschung aller ungeahnte Talente im Chutney-Kochen. Ich probierte gerade sein Mango-Chutney. Von draußen, von jenseits der Mauer drangen die Klänge von Musik und die Rufe der Straßenhändler, die Kinderspielzeug und exotische Früchte und seltene Köstlichkeiten verkauften. Unser Maidan wimmelte inzwischen trotz aller Streitereien nur so vor schreienden Säuglingen und verträumt blickenden Schwangeren.

»Wo ist bloß wieder dieser Ganesha?« fragte Hanuman, der sich faul auf einem Dachbalken räkelte und zufrieden am Bauch kratzte.

»Beaufsichtigt die Küche«, sagte Yama. »Irgendwas ganz Besonderes, nehme ich an.«

Es war allerdings etwas Besonderes, wenn auch nichts Ungewöhnliches. Eigentlich sogar ziemlich gewöhnlich. Ich wußte es, denn ich hatte darum gebeten. Ich sprang auf, winkte den anderen zu, sie sollten ruhig weiteressen, und ging hinter das Haus, wo seit dem frühen Morgen drei Halwais unter einem Peepulbaum ununterbrochen gekocht hatten. Neben jedem der drei riesigen Kharais standen Körbe voller schimmernder goldener, aber ganz gewöhnlicher Bundi-ka-laddoos.

»Hat eine Weile gedauert, aber jetzt machen sie es richtig«, meinte Ganesha. Die drei Halwais hatten rote Köpfe und verschwitzte Arme. Sie hatten zunächst etwas unwirsch auf Ganeshas Anweisungen reagiert, die ich ihnen auf Zetteln weitergereicht hatte. Aber nun standen sie mit stolzgeschwellter Brust da und blickten auf die vollkommenen Laddoos. »Ein gutes Laddoo«, sagte Ganesha, »ist keine einfache Sache.« Also riefen wir alle zu uns heraus, und ich setzte mich neben die Körbe und teilte ihnen die Laddoos aus. Sie standen in einer langen, gewundenen Schlange an, und ich gab ihnen allen davon.

Dann kamen Abhay und Saira und stellten sich vor mich hin. Sie hielten ihre Laddoos noch in der hohlen Hand.

»Und wo ist deines?« fragte Saira.

Ich nahm mir eines. Hanuman hockte auf einer Mauer, Ganesha neben mir, und Yama lehnte an dem Peepulbaum.

»Auf das Leben«, sagte Abhay und hob sein Laddoo hoch.

»Und auf den Tod«, sprach ich tonlos und hob meines ebenfalls hoch. Aber ich weiß nicht, ob er es mir von den Lippen ablesen konnte.

Und dann aßen wir unsere Laddoos, und die Götter beobachteten uns dabei.

Die übriggebliebenen Laddoos ließen wir auf dem Maidan verteilen. Ich saß auf dem Dach und schaute zu, wie die Sonne über der Stadt unterging und die Menschenmenge sich unter mir drängte. Ich konnte sie alle essen sehen; die mit Blättern belegten Teller mit den Laddoos wurden von Hand zu Hand weitergereicht. Ich konnte ihre eifrigen und lachenden Gesichter im goldenen Abendlicht sehen. Über unseren Köpfen kreisten die Vögel, schwangen sich in wildem Flug gen Himmel und im Sturzflug herab. Aus allen Richtungen tönte Musik, und darunter immer das Gemurmel von Stimmen, so tief und endlos wie das Meer.

»Zeit zum Anfangen«, sagte Abhay.

Ich nickte und ging auf die Treppe zu, aber dann schwindelte mir plötzlich, und ich mußte mich hinsetzen.

»Was ist los?« fragte Abhay.

Ich schloß die Augen, schlug sie wieder auf und schrieb: »Ich bin sehr müde.«

Er ging neben mir in die Hocke und legte mir die Hand auf die Schulter. »Vielleicht könnten wir heute mal eine Pause einlegen, einen Tag Erholung vom Geschichtenerzählen.«

»Nein. Nicht jetzt. Ich habe keine Zeit. Es ist nicht mehr viel übrig.«

»Ich bin sicher, daß dich die Jury für heute abend vom Erzählen befreit. Unter den gegebenen Umständen.«

»Nein, das meine ich nicht. Geschichten verändern sich, während man sie erzählt, und diese Geschichte hier könnte ewig so weitergehen. Aber inzwischen birgt das Schweigen keinen Schrecken mehr für mich. Ich habe euch erzählt, wie ich den Tod besiegt habe. Doch Yama ist nicht mehr mein Feind. Ich muß weitererzählen, nicht um mir seine Schlinge vom Leib zu halten, sondern um die Geschichte zu Ende zu bringen. Wir sind ja schon beinahe fertig, und wir müssen zum Ende kommen, damit wir wieder von vorne anfangen können. Also Schluß nun. Schnell. Ich bin müde. Ich lebe noch, aber meine Stärke ist beinahe vergangen. Laßt mich erzählen, solange ich noch kann. Hört gut zu ...«

In London:
Die Schlacht der Unsterblichen

Als Sanjay und Sunil vom Berg herabstiegen, schmolz der Schnee, und die Flüsse tosten mit hüpfender Sorglosigkeit durch die Schluchten. Manchmal erbebte eine ganze Felswand und wurde abgesprengt, fiel in das brodelnde Wasser und hinterließ nur braunen Staub, der über die Oberfläche glitt. Sanjay ging mit schnellen Schritten die Berghänge hinab, war begierig auf seine bevorstehende Begegnung mit einer neuen Welt. Sunil aber fiel immer mehr zurück, schreckte, so schien es, vor einer Zeit zurück, in der sie beide plötzlich alte Männer geworden waren. Das Leben war an ihnen vorübergezogen, verschwunden. Sunil erzählte ihm alles, was während dieser Jahre geschehen war: Sein strahlender Sohn war tot, verblaßt und stumm. Seine Eltern waren tot, an Enttäuschung und Einsamkeit gestorben. Die Begum Sumroo war tot, friedlich im hohen Alter entschlafen; sie hatte nur noch die Ruhe herbeigesehnt, die Ruhe nach ihrem Leben, das zu ereignisreich gewesen war, als daß man es glücklich hätte nennen können. Sorkar und Chottun und Kokhun waren tot; Sorkar war an einem Fieber gestorben, das ihn in ein Delirium getrieben hatte, in dem er voller Wonne in einer Zunge redete, die keiner der Dorfbewohner an seinem Krankenbett verstehen konnte. Der Reverend Sarthey und Markline waren tot; Sarthey war im Schlaf gestorben, ein zufriedenes Lächeln auf dem Gesicht; Markline, nachdem ihm aus einem geplatzten Blutgefäß das Blut in hellen Strömen aus der Nase geschossen war und er sich in Schmerzen auf dem Boden eines schottischen Schlosses gewälzt hatte. Sanjays Lehrmeister der Dichtkunst waren beide tot; sowohl der Pandit als auch der Engländer waren an gebrochenem Herzen gestorben, nachdem der englische Resident Hart als unerwünschtes Subjekt aus Lucknow verbannte. Sie waren alle tot.

»Es scheint mir unglaublich, daß der Tod uns alle holen kommt«, sagte Sunil. »Er macht uns wirklich allen den Garaus. Ich habe das nie so recht verstanden. Aber wir sind seltsam, und wir leben.«

Sanjay schritt jedoch nur noch kraftvoller aus, nachdem er dieses Lied vom Tod gehört hatte. Er lachte über die Bäume, die vergebens gegen den Wind und das schneidende Wasser kämpften, über die Vögel und ihre schrägen Schreckensblicke und ihren ständigen Überlebenskampf. Er lachte, und er fühlte sich vollkommen allein und unbesiegbar. Er spürte einen Sinn in seinem Leben und die Geschwindigkeit eines Pfeils, der beinahe sein Ziel erreicht hat.

In Delhi setzte sich Sanjay auf den Chadni Chowk, und alsbald versammelte sich eine Menschenmenge um ihn und starrte ihn still an. Inzwischen war er es gewöhnt, in jedem Dorf war es so gewesen. Sie blieben stehen, um sich seine weiße Haut anzusehen, die trotz all seiner Wanderungen von der Sonne unberührt geblieben war, seine schwarzen Augen und die Gewißheit, die ihn wie eine Giftwolke umschwebte. »Er spricht nicht«, flüsterten sie einander zu. Aber es lag ein Ernst um ihn, der außergewöhnlich genug war, besonders wenn er in der Straße des Basars saß und zusah, wie die Engländer vorbeifuhren. Ein Wagen kam vorbei, randvoll mit guter Feiertagslaune und Picknickkörben, und fuhr fröhlich weiter zum Roten Fort. Wenige Minuten später rollte der nächste vorbei. Diesmal stand Sanjay auf und folgte ihm, die Menge immer hinterdrein. Sie blieben vor dem Fort stehen. Der Wagen war durchs Tor gefahren, und jetzt blickte sich Sanjay nach Sunil um. Aber der hatte weit vorausgedacht und war bereits in ein Gespräch mit einem Marwari Bania verwickelt, einem gutgekleideten Mann, der einen goldgeränderten Turban und eine feine Kurta trug. Beim Sprechen hielt er sich ein parfümiertes Taschentuch vor die Lippen.

»Wohin gehen sie?« fragte Sunil.

»Sie gehen sich den Kaiser ansehen«, antwortete der Bania.

»Du meinst, sie gehen zu einer kaiserlichen Audienz?«

»Nein, sie gehen sich den Kaiser ansehen.«

»Ansehen?«

»Ja. Sie gehen hinein, in die Privatgemächer. Und da sitzt er auf einem ganz gewöhnlichen Stuhl. Sie spazieren herein und sehen ihn sich an, den Kaiser von Hindustan. Sie lächeln. Er nickt ihnen zu. Sie verbeugen sich nicht, denn schließlich sind sie ja Engländer. Ich glaube, er versucht Gedichte zu schreiben. Sie machen Bemerkungen darüber, wie zerschlissen seine Vorhänge sind, wie schäbig sein Gewand ist. Man nennt ihn den Kaiser von Hindustan, aber sein Wort gilt nicht einmal mehr in seiner eigenen Stadt noch etwas.« Er hielt inne. »Der Kaiser von Hindustan ist eine Sehenswürdigkeit für Touristen geworden. Der Kaiser von Hindustan ist auch ein sehr guter Dichter.« Er lachte.

Der Bania wandte seinen Blick zu Sanjay, ehe er sich zum Gehen anschickte. Mit Erstaunen entdeckte Sanjay im Verhalten des Mannes eine Entschlossenheit, die der seinen in nichts nachstand. Da begriff er, daß alle Hiebe, die er in seiner Höhle eingesteckt hatte, durch die täglichen Beleidigungen aufgewogen, wenn nicht gar in den Schatten gestellt wurden, die die anderen währenddessen draußen erlitten hatten. Eine weitere Kutsche fuhr vorüber. Eine Engländerin betrachtete Sanjay durch ihr Lorgnon, und er wußte genau, was sie zu Hause erzählen würde: »Ein beinahe nackter, bleicher Mann mit weißem Haar und wilden Augen, meine Liebe, ein heiliger Mann!« Sanjay spie hinter der Kutsche her, die Menge murmelte und grinste, und die Wachen, die, auf ihre Speere gelehnt, am Tor zum Fort standen, lachten leise vor sich hin. Sanjay erbat sich von Sunil ein Stück Papier und schrieb etwas.

Sunil hob die Hand und bat um Ruhe. Er zeigte auf San-jay: »Hört gut zu. Alles wird rot werden. Alles wird rot werden.«

Sikander und Chotta lebten noch. Sie waren berühmt, und sie wohnten nebeneinander in herrschaftlichen Häusern am Chadni Chowk. Sie genossen höchstes Ansehen, und man erzählte sich viele Geschichten über ihre Heldentaten. Sie hatten mit ihrem Regiment die Umgebung von Delhi befriedet, hatten sie für die Menschen wieder sicher gemacht. Dabei hatten sie das Umland im Namen ihrer Herren, der Engländer, unterworfen. Man fürchtete die gelben Reiter wegen ihrer Geschwindigkeit und ihres plötzlichen Auftauchens. Sanjay hörte all diese Geschichten, während er sich zu den Häusern der beiden begab. Es war ihm, als wären alle Träume ihrer Kindertage in Erfüllung gegangen und in der Wirklichkeit bitter geworden. Wie er erwartet hatte, grenzten hinter den beiden Häusern die Gärten aneinander, und dazwischen verlief eine hohe Mauer, die an einer Stelle, wo jemand oft über sie hinweggeklettert war, ganz abgenutzt war. Sanjay stand unten und blickte auf die Stelle, wo der glatte Stein schwarz poliert war. Als er sich abwandte, schien ihm alles so vertraut, daß er unwillkürlich nach einem riesigen Knoten Ausschau hielt, einem Knäuel der Verwirrung, das sich jeglicher Auflösung widersetzte. Aber da war kein Knoten, und unter dem Mangobaum wurden keine Geschichten erzählt. Also ließ er sich nieder und wartete.

Als die Abenddämmerung kam und die Vögel verstummt waren, erschien auf der anderen Seite der Mauer ein Kopf. Er hielt einen Augenblick lang inne, und dann schwang sich ein Körper herüber. Es war Chotta. Sanjay erkannte ihn an der Form seiner Schultern und daran, wie er den Kopf hielt, aber sonst hatte sich alles an ihm geändert. Chotta war ein verkniffener alter Mann, der mit geballten Fäusten schnurstracks auf Sanjay zukam. Als der ihn sich mit ausgestreckten Armen vom Leib hielt, kämpfte er wie wild und mit rollenden Augen, daß man das Weiße sehen konnte.

»Chotta, Chotta«, tadelte Sunil. »Schau doch mal, wer da ist, schau uns doch erst einmal an.«

Aber Chotta hörte in seiner Hysterie gar nicht hin. Schließlich quälte sich Sanjay ein Geräusch aus dem Hals, eine Art Grunzen, und dieser Laut ließ die beiden in die Erinnerung zurücksinken, so daß sie plötzlich wieder kleine Jungen waren, die sich Scheinkämpfe lieferten und Kampfspiele veranstalteten, aber unerklärlicherweise war diesmal Sanjay der Stärkere.

»Du?« fragte Chotta, dessen Hände Sanjay umklammert hielt. »Bist du's?«

Sanjay nickte, und Sunil lachte: »Er ist es, ja.« Nun drehte Chotta Sanjay herum, versuchte ihn in der Dunkelheit besser zu sehen, und Sanjay wurde vom Mitleid übermannt. Die Haut an Chottas Händen war schlaff, sein Atem war der saure Hauch des Alters, das Haar war ihm von der Stirn zurückgewichen. Sie setzten sich auf den Boden, und Sunil erzählte von Sanjays Reise, von der Höhle in den Bergen, vom großen Abenteuer, dem Segen, den er dem Tod abgerungen hatte. Während er noch sprach, hörte Sanjay die mühselige Verzweiflung im langsamen Ein und Aus von Chottas Atmen, die Müdigkeit vieler Jahre, den Tonfall der Bitterkeit. Als Sunil fertigerzählt hatte, lachte Chotta: »Entweder bist du wahnsinnig oder ich. Solche Sachen geschehen heutzutage einfach nicht mehr. Entweder du bist ein Monster, oder diese Welt ist monströs.« Er hielt Sanjays Hand, wog ihre Stärke ab. Sanjay spürte, wie zerbrechlich die Knochen des alten Mannes unter den seinen waren.

»Möchtest du wissen, was aus uns geworden ist?« fragte Chotta. »Hör gut zu. Hör gut zu. Die Geschichte muß wieder mit Sikander losgehen, wie schon ganz zu Anfang. Ich folge ihm nun schon lange, und selbst jetzt, wenn ich meine eigene Geschichte erzähle, ist es eigentlich seine. Schaut nicht so überrascht, ja, ich war der treu ergebene Bruder, der pflichtbewußte, aber glaubt ihr, ich habe darüber nie nachgedacht? Weiß ich nicht schon längst, daß ich nur ein Mitspieler am Rande des Geschehens bin? Das war mir genug. Ich habe zugesehen. Ich habe eine ganze Reihe von Kriegen gesehen, und nun sind die Engländer die unumstrittenen Herren Indiens. Es gibt keine Armee, die ihnen entgegentreten kann. Wir haben ihnen dazu verholfen, Sikander und ich. Wir haben ihnen treu gedient, wir haben Aufstände niedergeschlagen, wir haben Diebe geschnappt, wir haben Gegner eingeschüchtert. Wir sind sehr berühmt und sehr verhaßt. Aber du hast uns ja auch gehaßt. Sikander erinnert sich daran, daß du ihm vor langer Zeit einmal gesagt hast, du würdest ihn dir schon noch holen. Er schärfte mir ein, ich solle vor allem Sanjays Zorn fürchten. Deswegen werden jede Nacht viele Betten für ihn bereitet, und niemand darf erfahren, in welchem er schläft. Aber man könnte sagen, trotzdem, ihr habt Geld, ihr habt Land, ihr werdet von euren Herren geliebt. Nein. Nein. Weißt du, was wir sind? Sie sind klug, sie sagen uns, daß es auf der Erde eine neue Gattung gibt. Sie ist weder dies noch das, gehört weder hierhin noch dorthin, sie ist nichts. Am Anfang, als wir geboren wurden, Sanjay, waren wir nur, was wir eben waren, die Söhne unserer Mütter und Väter, aber inzwischen sind wir etwas anderes. Die Zeit ist vergangen, die Jahre haben ein neuartiges Wesen aus uns gemacht: so-so-la-la, halb und halb, schwarz-und-weiß. Weißt du, was das bedeutet: schwarz-und-weiß? Es bedeutet, daß wir Weiße sind, also nach dem Gesetz des englischen Königs hier kein Land besitzen dürfen. Ah, ihr seid Weiße, das ist wohl eine Ehre? Nein, es scheint, daß wir doch nicht weiß genug sind, wir sind ja auch ein bißchen schwarz, also können wir bestimmte Orden nicht bekommen, und dieser oder jener Posten liegt außerhalb unserer Möglichkeiten, und diese oder jene Beförderung kann natürlich nicht abgesegnet werden. Wir sind dieses neue Etwas, das niemand haben will, Sanjay. Und dafür bin ich meinem Bruder gefolgt.

Er, er hat Geduld. Er sagt mir, ich sollte es zufrieden sein. Er sagt, wir dürfen nicht zuviel vom Leben verlangen. Er *kocht*, er macht Chutney, er verbringt ganze Stunden damit, einen bestimmten Geschmack, ein bestimmtes Aroma hinzubekommen. Er ist weise geworden. Jetzt schreibt er Bücher. Er hat einen Überblick über die Stämme Hindustans geschrieben, Sanjay, ein Buch, in dem er alles beschreibt und in Kategorien einteilt. Ein oder zweimal im Jahr wird er in das Haus irgendeines hohen englischen Tiers eingeladen. Dann läßt er sich eine neue Uniform schneidern und nimmt ihnen Geschenke mit. Er ist froh und glücklich, wenn sie ihn Colonel nennen. Was meinst du, Sanjay? Sollte ich auch glücklich sein? Ich denke, ich muß unglücklich sein. Ich habe mir das überlegt. Ich dachte bei mir: Mein Bruder ist glücklich, und Sanjay ist fortgegangen, da sollte mindestens einer am Unglücklichsein festhalten. Ich bin dieses Glückes müde, dieser Zufriedenheit. Alles scheint mir häßlich, Sanjay, und ich kann nicht einmal sagen, warum. Sollten wir nicht wütend sein? Ist nicht die Zeit für tobende Wut gekommen, Sanjay?«

Sanjay schrieb: »Komm mit mir. Wir führen einen Krieg. Wir werden dieses Ding, das sich in uns festgesetzt hat, für immer und alle Zeit hinauswerfen, und alles wird wieder wie zuvor.«

»Aber was ist mit *ihm*?«

»Wir fragen ihn, ob er auch mitkommen will.«

»Das wird er niemals machen.«

»Warum?«

Chotta lächelte. »Weil er ein Rajput ist.«

Sanjay lächelte zurück, und sie mußten beide lachen. Plötzlich stieg Sanjay eine schmerzliche Welle der Leere in den Hals – Gul Jahaan, Gul Jahaan – und übermannte ihn, so daß er wild kritzelte: »Wenn er halsstarrig ist, dann wissen wir schon, was zu tun ist.«

Chotta lehnte sich vor und legte ihm eine Hand aufs Knie. »Er ist mein Bruder. Ich will sehen, was ich tun kann. Ich rede mit ihm, aber ich sage ihm nicht, daß du hier bist. Ich will dies und das sagen, ich will fragen, ich will abwarten, was er antwortet. Inzwischen bleibe du hier, unsere Spione sind überall, nur hier nicht.« Er stand auf. »Ich schicke dir Essen.« Beim Weggehen rief er noch über die Schulter. »Er ist auch deiner.«

Sanjay fragte mit einem Schulterzucken: »Was?«

»Dein Bruder.«

Also plante Sanjay seine Revolution aus einem Garten heraus, der nicht der Garten seiner Jugend war: Es waren die gleichen Bäume, der gleiche Himmel strahlte darüber, und jeden Abend kam Chotta und saß mit ihm zusammen, aber nichts war gleich geblieben. Jeden Tag brachte Chotta Nachrichten über Sikander, und langsam wuchs Sanjays Neugier. Es schien, daß Sikander inzwischen ein Gelehrter geworden war: Er hatte eine Übersicht über die Stämme Hindustans geschrieben, einen akademischen Text, den er dem englischen Residenten vorlegte. Um seinen auf dem Schlachtfeld gegebenen Schwur zu erfüllen, hatte er einen Tempel, eine Moschee und eine Kirche, eine große Kirche, errichten lassen, mitten in Delhi. Aber das Bild eines Sikander, der mit einer Lesebrille auf der Nase und der Feder des Gelehrten in der Hand über einen Schreibtisch gebeugt saß, machte Sanjay zornig. Was war bloß aus ihm geworden?

»Du bist doch auch stark geworden«, sagte Chotta. »Sieh es vielleicht einmal so.« Er bat nun Sanjay immer öfter, seine Körperkräfte unter Beweis zu stellen, und mußte dann stets kichern. »Hier: ein Nagel.«

Sanjay bog den Nagel zum Hufeisen, und Chotta gluckste vor Vergnügen. Sanjay kratzte in den Lehm: »Hast du mit ihm über den Krieg gesprochen?«

»Ja«, erwiderte Chotta. »Er meinte: ›Der Krieg zerstört den Sieger.‹«

»Will er die Engländer hier im Land haben?«

»Er sagt: ›Ich habe ihr Brot gegessen.‹«

»Beleidigen sie ihn denn nicht?«

»Er sagt: ›Ich bin ein Rajput, und ich habe ihr Brot gegessen.‹«

»Sie verraten ihn jeden Tag.«

»Er legt Gemüse sauer ein und kocht Chutneys. Am Morgen erscheinen die Gemüsehändler an seiner Hintertür, und er kauft Obst und Gemüse. Er sammelt Rezepte. Er steht in der Küche und rührt. Wenn ich vom Krieg spreche, schaut er überrascht, als redete ich von etwas völlig Neuem.«

»Er ist alt geworden.«

»Vielleicht.«

»Kommt er je hierher?«

»In den Garten? Nein, das hier ist mein Haus. Hier gehe ich spazieren. Ich habe acht Frauen, Sanjay, und viele Kinder, aber ich komme hierher und bin ganz einsam. Als ich noch ein Junge war und mich manchmal allein gefühlt habe, habe ich immer gedacht, daß ich nie mehr allein sein würde, wenn ich erst einmal verheiratet wäre. Aber nun ist es so schlimm mit ihnen und mit allen anderen, daß es mich hierher treibt, wo ich allein bin. Ich bin so einsam, daß ich nachts weine, und ich weiß nicht, wonach ich mich sehne. Warum bin ich so einsam, Sanjay?«

»Ich weiß es nicht.«

»Niemand weiß es. Ich habe den Eindruck, daß es unheilbar ist, daß ich mich vor langer Zeit damit angesteckt habe.«

»Es geht vorüber.«

»Ich glaube es nicht.«

Sanjay verspürte auch Einsamkeit, aber er genoß sie. Sie vermittelte ihm das Gefühl, ein riesiger Vogel zu sein, der glitzernd und zerzaust am Himmel schwebte. Alle Menschen, die in den Garten kamen, all die Händler und Soldaten und Dienstmägde und Minister, sie näherten sich ihm mit der Ehrfurcht, die man einer Sache entgegenbringt, die so seltsam ist, daß man sie nicht mehr fürchtet. Sie hörten ihm zu, während er den Tod der Engländer predigte, von der endgültigen Tilgung der Engländer von der Erde Hindustans sprach und von ihrer Ehrlosigkeit und ihrer zukünftigen Schmach. Aber in Wirklichkeit galt ihr Interesse ihm, seiner ungeheuren Körperkraft und dem strahlenden Weiß seiner Haut. So erlangte Sanjay im Alter, in der für immer eingefrorenen Jugend, einen heimlichen landesweiten Ruhm, und damit erfüllte sich in gewisser Weise sein liebster Kindertraum.

Spät in einer Sommernacht hörte Sanjay Chottas Schritte, die sich dem Garten näherten. Sanjay konnte nun überhaupt keinen Schlaf mehr finden, und seine Dunkelheit war mit Plänen und Berechnungen angefüllt. Sanjay verspürte keinen Unterschied zwischen Tag und Nacht mehr, nahm lediglich einen Abfall der Temperatur und eine Verringerung des Lärms wahr, und also dachte er nun im Finsteren über seine Strategie nach. Er versuchte es zu bewerkstelligen, daß in ganz Hindustan die Menschen gleichzeitig zu den Waffen griffen und sich wohlorganisiert in die Schlacht stürzten. Er wußte, daß es Jahre, wenn nicht Jahrzehnte dauern würde, aber die Zeit schreckte ihn nicht mehr. Er war also wach, als Chotta irgendwann nach Mitternacht im Garten erschien. Aber auf seine Fragen war er in keiner Weise vorbereitet.

»Sag mir noch einmal, was geschehen wird.«

»Alles wir rot werden.«

Während Sanjay diese Worte auf Chottas Haut zeichnete, bemerkte er den kalten Schweiß auf dessen Arm. Sein Puls war aber stetig und langsam.

»Wer wird sterben?«

»Alle.«

»Wer?«

»Alle.«

»Gut.«

Chotta erhob sich und ging zum Haus zurück, aber auf halbem Weg wandte er sich um. »Ich sehe mich außerstande, noch Wut zu empfinden«, sagte er. »Es muß das Alter sein oder die Zeit.«

Ehe Chotta ihn verließ, versuchte Sanjay ihm mit einer Handbewegung etwas mitzuteilen, aber es war sehr dunkel, und er wußte ohnehin nicht, was er ihm genau damit andeuten wollte. Er setzte sich zurück, atmete tief durch die Nasenflügel, erst durch den rechten, dann durch den linken. Aber er vermochte die ganze Nacht über nicht zu seinen Plänen zurückzukehren. Er meinte, sich an etwas zu erinnern, doch es entglitt ihm, kurz bevor es an die Oberfläche drang.

Am Morgen war die Sonne gerade über den Dächern aufgegangen, als Sanjay die ersten Schüsse hörte. Er sprang auf und rannte zum Haus. Noch im Laufen beglückwünschte er sich zu seiner neugefundenen Geschwindigkeit. Aber die Schüsse waren noch schneller. Sie folgten ohne Pause aufeinander, und sie hatten etwas sehr Absichtsvolles. Sie klangen wie ein langsamer Trommelwirbel. Sanjay hörte Mord darin. Als er zum Wohnzimmer im vorderen Teil des Hauses lief und dort eine Magd erblickte, die an einer blutbefleckten Wand lehnte, fand er nur vor, was er erwartet hatte. Im Innenhof lagen drei weitere Leichname. Ein Koch kauerte mit zerschmetterter Wange unter dem Eßtisch. Auf der Treppe, die zum Dach hinaufführte, lag eine Frau mit dem Gesicht nach unten; ihr Chunni zog sich wie eine lange grüne Spur die Stufen hinauf bis ganz oben. Die Schüsse kamen vom Dach. Als Sanjay die Treppe hinaufrannte, ließ Chotta gerade Patronen in einen großen schwarzen Revolver gleiten.

»Hast du so einen schon einmal gesehen?« fragte er. »Ein Revolver. Sechs Schuß ohne Laden.«

Die Sonne stand hinter ihm, und er erschien Sanjay als Silhouette, die das weiße Licht noch dunkler machte. Eine Blutspur sickerte langsam durch die Ritzen zwischen den Ziegelsteinen des Dachs, rann zunächst um eine Ecke, änderte dann wieder und wieder die Richtung.

»Ein Wunder«, sagte Chotta. »Du feuerst und feuerst und feuerst.«

Sanjay nahm ihm den Revolver ab und drückte ihn mit derselben Bewegung gegen die Wand. Er hielt ihn mit Leichtigkeit an den Stein gepreßt und hatte seinen Hals mit einer Hand umfangen. Dann spürte er einen Schlag im Nacken. Er wandte sich um, ließ Chotta los und blockte eine Hand ab, die vor seinem Gesicht erschien, hielt sie absolut bewegungslos. Zunächst wehrte sich Sikander und versuchte freizukommen, dann wurde er schreckensbleich.

»Du?«

»Ja, er ist es«, sagte Chotta, der hinter Sanjay vortrat. Er knöpfte sich den Jackenkragen auf. »Er ist es. Er ist mit neuen Kräften aus den eisigen Bergen zurückgekehrt.« Bei diesen Worten streifte er seine Jacke ab, ließ sie zu Boden fallen und begann sein Hemd auszuziehen. »Er war es nicht. Ich war es.«

Sikander schaute Sanjay an, lehnte sich vor und hielt sich die Hand an der Stelle, wo Sanjays Griff auf der Haut weiße Flecken hinterlassen hatte. Langsam wandte er sich zu Chotta und fragte mit ausdrucksloser Miene: »Du?«

»Ja«, Chotta saß auf dem Boden und zerrte an seinen Stiefeln. Er warf einen weg, und der schlitterte über den Dachrand.

»Warum?«

»Weil ich enttäuscht bin.«

»Worüber?«

Chotta war inzwischen völlig nackt. Er saß mit gekreuzten Beinen an der Dachkante über dem Innenhof.

»Von dir. Ich bin von dir enttäuscht«, sagte Chotta. »Erinnerst du dich noch, was wir eigentlich werden sollten? Wir sollten Prinzen werden. Du solltest Kaiser werden, und ich sollte dir folgen. Das habe ich gemacht. Ich wollte, daß du ruhmreich wärest. Mein Leben lang bin ich dir gefolgt, und nun bin ich zornig darüber, was du aus mir gemacht hast. Ich sollte ein Prinz werden, ein Rajput, ein Soldat. Ich war meiner selbst so sicher. Und heute bin ich ein Nichts. Und weißt du, warum? Weil ich ein Anglo-Inder bin, jenes Geschöpf, das niemand haben will. Ich bin frei, und ich bin ein Nichts. Manchmal bin ich Soldat, manchmal Händler, manchmal dies, manchmal das. Ich bin alles und nichts. Ich bin nichts, und in diesem meinem Haus, das voller Nichtigkeiten ist, gebäre ich immer mehr Nichts. Also habe ich sie alle getötet, und jetzt töte ich mich selbst. Gib mir den Revolver.«

»Nein. Nein.« Sikander langte nach unten, packte Chotta am Nacken und zog ihn auf die Füße. »Was soll das? Was ist bloß mit dir geschehen?«

»Dagegen kannst du nicht ankämpfen, großer Bruder. Sogar deine gewaltigen Arme können das nicht bezwingen.« Chotta lehnte sich gegen Sikander, und er sprach leise und zärtlich. »Seit Sanjay aus den Bergen zurückgekehrt ist, ist mein Blick kristallklar. Vorher lag mein Leben unter einem Schleier der Hoffnung und Trunkenheit. Aber Sanjay hat die kühle Klarheit der Bergluft mit sich gebracht, und alle, die sich ihm nähern, atmen sie ein, diese Kälte, und auf einmal habe ich das Innen und Außen meines Hauses vollkommen deutlich gesehen. Und weißt du, was ich da erblickt habe? Ich sah einen Anspruch auf Großartigkeit, der aber an allen Ecken und Enden abblätterte; ich sah den schwarzen Ruß an den Zimmerdecken, wie ich ihn nie vorher bemerkt hatte; ich sah die alten Spinnweben in den Ecken, die verdorrten Kadaver längst gestorbener Spinnen; ich sah, daß mein ganzer Stolz, das Besteck mit dem Stempel ›Made in England‹ in Wirklichkeit billig und geschmacklos war; ich sah alles, wie ich es nie vorher gesehen hatte. Und ich sah, daß meine Frauen verbittert waren, daß ihr Lachen schrill und unerträglich nostalgisch war, daß sie ihre Hookahs mit Gier statt mit Genuß rauchten. Also fragte ich eine nach der anderen. ›Warum bist du so verbittert?‹ Und weißt du was? Nicht eine einzige wollte wissen, was ich damit meinte. Statt dessen gaben sie mir ihre Gründe an: Ich habe nicht genug Wollschals; meine Kinder sind nicht intelligent genug; ich hasse dieses Haus, in dem wir leben; ich war nie schön genug. Aber all diese Gründe stellten mich nicht zufrieden; sie schienen mir Ausflüchte zu sein. Schließlich fragte ich meine älteste Frau, diejenige, die ich als erste liebte. Sie zuckte die Achseln und sagte: ›Weil wir nicht das geworden sind, was wir dachten. Denn was bist du schon geworden? Und was wir?‹ Ich schaute sie an und begriff, daß wir nichts waren. Ich fragte sie, ich weiß auch nicht warum: ›Hast du mich je betrogen?‹ Sie verneinte, zögerte dann und blickte mir ins Gesicht und sah wohl, glaube ich, wie alt ich war. Dann sagte sie: ›Ja.‹ Ich fragte: ›Mit wem?‹ Sie antwortete, das sei nicht wichtig. ›Mit wem?‹ – ›Mit einem Diener.‹ Da wurde mir auf einmal klar, daß wir unser Leben nie mehr unser eigen nennen können. Ich war nicht wütend auf sie. Ich hatte sie gefragt, weil ich es halb erwartet hatte. Ich war nicht zornig. Ich liebte sie. Es lag daran, daß dies nicht war, was ich für mein Leben gewollt hatte. Also habe ich es getan. Enttäuschung ist eine wütende Krankheit.«

Sikanders Hände hingen ihm nun lose an der Seite. Chotta setzte sich wieder hin und zog die Beine unter den Leib.

»Interessant ist, daß ich die Kinder nicht getötet habe. Ich wollte es, aber ich habe es nicht über mich gebracht.« Er streckte die Hand aus. »Gib mir den Revolver.«

»Nein«, erwiderte Sikander. »Ich erlaube es nicht.«

»Bist du so von deiner Kraft überzeugt?« Chotta lachte. »Armer Bruder. Du bist immer noch ein Kind. Aber es gibt Dinge, gegen die deine Körperkraft nicht ankommt. Enttäuschung ist stärker als alles. Schau nur. Man sagt, daß Tugend und Buße einem Menschen die Macht über seinen eigenen Tod verleihen. Aber ich sage dir, die Enttäuschung ist stärker als alles andere. Im Namen der Enttäuschung rufe ich nun den Tod herbei, daß er mich holen soll.« Er blickte Sanjay an. »Räche uns. Enttäusche mich nicht.« Er schloß die Augen und holte tief Luft. Sein Körper schien einen intensiven Rotton anzunehmen, und am ganzen Leib tauchten Tausende von winzigen Flecken auf, die wie Kohlen glommen. Dann züngelte ein flammender Schein über seinen Leib, ein alles verzehrendes Feuer, das man kaum anblicken konnte, und er kippte langsam hintenüber auf das Dach. Nun verglühten die Flecken allmählich, bis seine Haut wieder weiß war. Sikander streckte die Hand nach ihm aus.

»Er ist tot.«

Das Blut tropfte vom Dach und bildete unten eine Pfütze.

Auf der Totenfeier reichte Sanjay Sikander einen Zettel. »Komm mit mir.« Während Sikander noch die Nachricht las, schrieb Sanjay schon eine andere. »Bring deine Männer mit. Wir machen all dem ein Ende.«

»Ich kann nicht«, erwiderte Sikander. »Ich habe ihr Brot gegessen.«

»Das ist eine alte Entschuldigung, die nicht einmal du selbst mehr glaubst.«

»Ich bin durch mein Wort gebunden.«

»Sogar nach all dem hier?«

»Ich sehe keinen anderen Ausweg.«

»Wirst du dich uns entgegenstellen?«

»Das werde ich wohl müssen.«

»Diesmal töte ich dich.«

Sikander sagte nichts. Sanjay wandte sich wieder zu dem Scheiterhaufen um, der inzwischen zu roter Glut zusammengesackt war. Er langte mit der Hand hinein und spürte die Hitze nicht als Schmerz, sondern als etwas Fremdes, das sich gegen seine Haut drückte. Er zog eine Handvoll schwarze Asche hervor. Als er wegging, rief ihm Sikander etwas nach.

»Was ist mit dir geschehen?«

Sanjay zeigte mit dem Finger auf ihn: genau das gleiche wie mit dir.

An jenem Abend sah Sanjay bei Sonnenuntergang zu, wie Sunil acht Ladungen Chappatis buk und eine jede mit der schwarzen Asche einstäubte. Der Geruch des Mehls war voller beißender Erinnerungen, aber Sanjay verdrängte sie und gab seine Anweisungen. Jedes Paket Chappatis sollte in eine der acht Himmelsrichtungen geschickt werden. Im ersten besten Dorf oder in der ersten besten Stadt sollten die Chappatis demjenigen gegeben werden, der von der größten Wut erfüllt war. Er sollte die Chappatis essen und nur ein winziges Stückchen übriglassen, das zerbröselt und über die Chappatis gestreut werden sollte, die man dort backen und dann wiederum ins Nachbardorf schicken sollte. Auf diese Weise würde sich der bittere Geschmack des Krieges überall ausbreiten und sich bei jedem Verzehren vervielfachen, bis er unkontrollierbar durch das ganze Land tobte und die rechte Stunde gekommen war. Sanjay schrieb: »Das läßt sich nicht aufhalten.«

Sandeep erzählte: »So bereitete Sanjay den Engländern ein Feuer. Er zog von Stadt zu Stadt, reiste rastlos zu Fuß und brachte Sunil mehr als einmal an den Rand des völligen Zusammenbruchs. Sanjays Essen tauchte in jedem Dorf auf, von Bengalen bis zum Punjab. Und da es unscheinbar, staubig und gewöhnlich war, fiel es keinem Engländer je auf, zumindest nicht, bis es bereits zu spät war. Alles war wie immer: die kleinlichen Streitereien minderer Könige, die Unterwürfigkeit der Diener gegenüber ihren Herren, die Treue der Soldaten zu ihrem Brotgeber, das ständige Branden des Handelsmeeres. Kein Engländer begriff, daß sich alles verändert hatte, daß Sanjay über die Straßen Hindustans wanderte, das inzwischen Indien geworden war. Sanjay war bleich, es umgab ihn ein harter Schein wie vom Stahl einer Maschine, sein Haar war weiß, und er schwieg. Und doch sprach er zu den Männern und Frauen von ihrer Demütigung und ihrer Verbitterung, er forderte sie auf, an das zu denken, was sie liebten. Er zeigte ihnen ihren Verlust auf. Das Land wurde still, und die Engländer hielten es für Frieden.«

Sanjay kehrte nach Delhi zurück, weil es einen einzigen Mann gab, der wußte, wer er war und was er wollte: Sikander. Sikander wußte es, und er bekämpfte ihn an jeder Wegbiegung. Sikander sammelte Informationen und schickte Spione aus und erstattete den Engländern Bericht, die ihm nie Glauben schenkten. In Agra gründete Sanjay eine Verschwörergruppe von muslimischen Pferdehändlern, aber drei Monate, nachdem sie ihre geheime Arbeit aufgenommen hatten, wurden sie verhaftet, von Sikander des Hochverrats angeklagt und hingerichtet. Sanjay fragte: »Wer ist sein bester Freund?« Der Name eines Engländers wurde als Antwort gegeben. Sanjay sprach (voller Bitterkeit): »Tötet ihn.« So geschah es, und Sikander veranlaßte die Verhaftung eines Mannes, der am Tod des Engländers unschuldig war, aber für Sanjays geheime Pläne in Delhi eine wichtige Rolle spielte. Dieser Agent, ein Edelmann, wurde des Mordes angeklagt und schmählich aufgehängt. Nach dieser Beleidigung hielt Sanjay es nicht länger aus. Er ließ Sikander eine Botschaft zustellen und bat ihn um ein Treffen. Sie kamen überein, sich in der schwarzen Amavas-Nacht in Hansi zu treffen.

Sie begegneten einander auf dem Brachland, wo Jahaj Jung seine letzte Schlacht geschlagen hatte. Sanjay stand mit vor der Brust verschränkten Händen da und sah zu, wie eine leichte Brise ihm den Staub gegen die Oberschenkel wehte. In einiger Entfernung war ein Tor, ein leerer Türbogen, der Überrest eines längst verschwundenen Gebäudes. Dort stand Sunil dichtgedrängt mit seinen Mannen. Es waren drei Bauern darunter, der jüngere Sohn eines kleinen Landbesitzers aus Arvadh und zwei Getreidehändler, das restliche Dutzend setzte sich aus ehemaligen Soldaten aller Altersstufen zusammen. Sie froren, aber sie hatten keine Angst, nicht einmal vor den Gelben Burschen, denen sie entgegentraten, denn sie hatten gesehen, wie Sanjay einem Mann mit einer einzigen kleinen Bewegung das Genick gebrochen hatte, und sie kannten seine kühle Berechnung und seine feinen Bewegungen. Sanjay spürte ihren Eifer, und die Winterkälte an seiner nackten Brust machte ihn prickelnd lebendig. Er fürchtete lediglich, daß Sikander nicht kommen würde, daß er im hohen Alter möglicherweise noch gelernt hatte, vorsichtig zu sein und die Dunkelheit zu fürchten. Sanjay wollte, daß er kam. Nicht die Ruinen weckten schmerzliche Erinnerungen in ihm, sondern der Gedanke, daß das, was Sikander und er hier tun würden, ganz gleich was es wäre, doch das Ende eines Lebens bedeuten würde. Das schien ihm gleichzeitig traurig und erfrischend. Die Wintererde war neu und naß und voller Verheißung.

Schließlich sah Sanjay, wie sich vom Horizont eine Linie aus Fackeln näherschlängelte. Sie kamen langsam heran und wahrten dabei eine geduldige Disziplin, einen gleichmäßigen Abstand, was Sanjay bei seinen Männern trotz seiner Erscheinung und trotz ihrer Furcht vor ihm nie erreicht hatte. Sogar jetzt noch neidete er Sikander dieses Geschick, diese scheinbar mühelose militärische Eleganz, und so war er also bereits wütend, als Sikander schließlich sein Pferd zügelte.

»Halloa«, rief Sikander. »Ein verteufelt langer Anmarsch für ein Treffen.«

Er kam mit großen Schritten auf Sanjay zu, durchquerte die mißtrauischen Reihen ihrer Wachen und umarmte Sanjay, schlug ihm zweimal krachend auf die Schulter. Sanjay wich zurück. Er konnte sehen, daß der andere lächelte, daß seine Freude ehrlich war. Aber Sanjay stand nicht der Sinn nach Konversation. Er schrieb eine Notiz und reichte sie Sikander: »Warum bekämpfst du uns?« Sikander nahm den Zettel, wiegte den Kopf hin und her und blickte ihn durch die Dunkelheit hindurch an. Sanjay deutete auf die Botschaft.

»Kannst du im Dunkeln sehen?« fragte Sikander und hatte eher Schrecken als Verwunderung in der Stimme. Sanjay schnappte sich eine Fackel und hielt sie über Sikanders Kopf, erhellte sein graues Haar, die dunkle Haut, die im roten Lichtschein porös wirkte, und das kantige Gesicht. Langsam ließ Sikander seinen Blick auf das Papier in seiner Hand sinken. Sanjay bemerkte oben auf Sikanders Schädel eine kahle Stelle, und plötzlich überkam ihn Mitleid.

Ein wenig abseits von den anderen setzten sie sich nebeneinander auf die Erde. Sanjay hielt Sikanders Arm und malte mit dem Finger eine Botschaft nach der anderen darauf. Alle erbaten nur das eine: »Komm mit uns. Warum kommst du nicht mit uns?« Sikander zuckte die Achseln. »Verstehst du, daß ich dich töten muß?« Sikander nickte. »Warum, warum willst du für die da sterben?« Sanjay erzählte ihm von den Engländern, wer sie waren, was sie bereits getan hatten und was sie noch vorhatten. »Sie bestehlen uns nicht nur. Sie werden nicht nur unsere Urenkel verhungern lassen, weil sie uns weißbluten und in Armut und Schwäche treiben. Das ist es nicht allein. Erinnerst du dich noch, daß ich einmal eine Stimme gehört habe, die Stimme Alexanders? Sie sind wahnsinnig, sie wollen mehr als nur das Land, sie wollen die Welt verändern. Sie werden nicht aufhören, niemals, denn wenn die Engländer gegangen sind, dann werden andere kommen, und sie werden alles auf ihrer Suche nach Schönheit zerstören. Sie sind wahnsinnig. Alles andere wird aufhören zu existieren, nur ihr Wahn nicht. Verstehst du das? Wir müssen jetzt gegen sie kämpfen oder für immer und alle Zeit verlieren. Dein Bruder ist tot, er war auch mein Bruder. Erinnerst du dich an deine Mutter? Wir sind alle verloren.«

Sikander schwieg. Sanjay dachte: Nein, so nicht, ich muß meine Taktik ändern. Er schrieb wieder etwas.

»Was ist es? Ist es das, was sie dir gegeben haben? Du glaubst, sie haben dir Ehre und Reichtum gegeben? Sie haben dich zu einer Art Nationaldenkmal gemacht, Sikander. Du bist eine der Sehenswürdigkeiten von Delhi geworden. Sie kommen her, mit ihren Kindern und Kindermädchen und Ayahs und Hunden und Picknickkörben, und zuerst haken sie das Rote Fort ab – ›Damen und Herren, Mütter und Väter, Säuglinge und Großväter, bitte diesen Ort hier anzuschauen, wo früher Shah Jahan Gericht gehalten hat‹; dann gehen sie zum Qutab Minar – ›Tantchen und Onkel, jetzt haben wir den höchsten Turm der Welt vor uns, das Wunder des Kontinents‹; und dann kommen sie hierher – ›Englische Lords und Ladies, jetzt bitte sehen Sie diesen Mann an, diesen schwarzen Mann, diesen Niggermann, da sitzt er vor Ihnen in Menschengestalt, ein Mausoleum! Seine Haut ist zu Stein geworden, seine Knochen zu Gebälk, in ihm wohnen die gestorbenen Hoffnungen und der tote Ehrgeiz, aber er bietet immer noch einen ordentlichen Schutzwall für die großen Hoffnungen und den Ehrgeiz der Briten. Man nimmt an, daß früher einmal ein Kaiser hier lebte, ein Herrscher, der sich an die Spitze seiner Völker stellen würde, aber wie Sie sehen können, war das alles eine Illusion, und heute lebt hier nur ein tatteriger alter Wahnsinniger (in jedem Grabmal dieses Landes haust ein Verrückter) zusammen mit ein paar stinkenden Aasgeiern. Aber keine Angst, meine Kleinen, der Alte krümmt euch kein Haar, kommt nur herein, setzt euch auf seinen Schoß. Er erzählt euch eine Geschichte, eine feine Geschichte voller Abenteuer und Eroberung, davon kennt er Unmengen. Er hat euch gute Dienste geleistet, er hat im ganzen Land für eure Väter Menschen ins Jenseits befördert. Und nun hockt er da und wartet ungeduldig auf Besucher, giert nach Publikum, damit er lächeln und den Kopf wiegen und Leute unterhalten kann. Schaut nur, wie närrisch er jede kleine Episode spielt; seht, wie er hüpft und springt, so ist er geritten, so hat er sein Schwert geschwungen, seid freundlich zu ihm, Kinder und Damen, belohnt ihn mit einem Lächeln.‹ Und dann gehen sie und sagen: ›Na, Robertchen, hat dir der Schrein gefallen? War er nicht sehr amüsant auf seine reizende, provinzielle indische Art? Esther, Kind, laß das liegen, nein, das gehört zu dem Mausoleum, du kannst nicht einfach zwei Ziegelsteine mitnehmen. Roger, laß bloß nicht Rover in diese schönen Rosenbüsche gehen, er kann sein Geschäft hier machen, an der Hauswand. Aber, aber, Edward, spiel nicht auf der Straße, paß auf, wo du hinläufst, und den Ton verbitte ich mir, ganz besonders wenn es um die Wagen da geht, denn die bringen Baumwolle nach Manchester und Eisenerz nach Leeds und Gold in die Bank von England. Nein, Edward, das gehört nicht alles zu diesem Herrenhaus – es ist überhaupt kein Herrenhaus, es ist ein Denkmal – es gehört uns, denn es erinnert an die Kapitulation, an die Ermüdung und die Feigheit der anderen. Schau dir einmal diese Tafel an, Edward – na, was hat sie für eine Form? Diese Form kennst du doch? Kannst du lesen, was da steht? Da steht in großen gemeißelten Buchstaben, daß der Dharma tot ist, daß der König abgedankt hat. Das bedeutet, Edward, daß die anderen verloren und wir gewonnen haben. Kommt schon, Kinder, beeilt euch, als nächstes gehen wir in den Zoo und schauen uns die Tiere an. Das wird fein, nicht? Grinsende Affen und Gorillas, die alles nachahmen.‹ Sikander, sie haben ein Tier aus dir gemacht, und irgendwie nimmst du nicht einmal mehr die Beleidigung wahr.«

Schließlich erwiderte Sikander: »Alles, was du sagst, stimmt. Aber ich bin, was ich bin. Und ich kann nichts daran ändern. Auch du bist das, was du leugnen willst, du hast dich ebenfalls bereits verändert. Ich kann sie nicht verraten, weil ich geblieben bin, was ich immer war, der Sohn meiner Mutter. Und du mußt gegen sie kämpfen, weil du geworden bist, was du bist und was du werden mußtest. Das ist auch wahr.« Er hielt inne. »Du sagst, daß ich dich verraten habe. Aber ich bin ein Rajput, und ich habe von meinem Körper gegeben. Ich habe noch nie Angst vor dem Tod gehabt, keiner von uns hat die. Wir haben über den Tod gelacht. Aber du, du solltest doch Dichter werden. Du solltest uns sagen, was aus uns werden sollte, was wir waren. Ich wäre ein König geworden. Ich wäre alles geworden, wenn du mir gezeigt hättest, wie. Du hast uns verraten. Du hast dich selbst verraten, weil du etwas anderes geworden bist.«

Sanjay schlug ihn, und Sikander nahm den Schlag wortlos hin, ohne auch nur mit der Wimper zu zucken.

Sie kämpften in einem Kreis aus Fackeln miteinander, einem Ring aus Licht, der von einer riesigen Finsternis umgeben war. Ein vorzeitiger Regen hatte eingesetzt, unregelmäßige Güsse, die dem Boden einen satten, lehmigen Geruch entlockten. Sanjay stand nackt mitten im Kreis und wartete, während Sikander zitternd seine Jacke abstreifte. Sikander rieb sich das Gesicht mit beiden Händen, und dann begannen sie ohne jegliche förmliche Einleitung. Der Kampf war schnell vorüber. Im ersten Augenblick erkannte Sanjay Sikanders ungeheures Geschick, seine jahrelange Kunstfertigkeit, die es ihm ermöglichte, sich so behende zu bewegen, daß man ihn unmöglich fangen konnte, obwohl er gar nicht den Eindruck der Schnelligkeit vermittelte. Sikander versetzte Sanjay in den ersten Sekunden ein ganzes Dutzend Schläge: Er hieb ihm gegen Schultern und Kopf, bohrte ihm seinen verhornten Daumen zwischen die Rippen, spürte einen Nerv an der Innenseite des Oberschenkels auf, aber all das änderte nichts. Sanjay war hart und unermüdlich. Die Schläge machten ihm nichts aus, er wartete in aller Ruhe ab. Schließlich umklammerte er die Brust seines Gegners mit beiden Armen und hielt ihn fest, während Sikander ihn mit verwundertem Blick anschaute. Sanjay drehte und wand sich, und sie fielen beide zu Boden. Sanjay hielt seinen Gegner nieder, drückte ihn fest an die Erde, ganz tief hinunter. Er spürte, wie Sikander sich gegen ihn aufbäumte, mit ungeheurer, immer wieder aufwallender Kraft, die wie Donner gegen die Erde trommelte, einmal, zweimal, dreimal. Und dann zerbrach Sikanders Körper. Sanjay sah, wie sich seine grauen Augen weiteten und schließlich entspannten. Sikander war tot.

Als Sanjay ohne einen Blick zurück wegging, leuchteten ihm Sikanders Soldaten mit ihren Fackeln ins Gesicht. Es war ihm klar, daß sie sich sein Antlitz einprägten, daß er sie sich zu Feinden gemacht hatte, und er begegnete ihren Blicken mit einem Ausdruck des Stolzes. Dieses Selbstvertrauen begleitete ihn auch noch, als er wegritt und sich dann in seine Arbeit stürzte. Er bewegte sich so schnell von einem Ort zum anderen, daß Sunil zwei Trupps organisieren mußte, von denen einer Wache halten und arbeiten mußte, während der andere schlief. Denn Sanjay war immer wach. Kein Dorf war ihm zu klein, kein Regiment zu unbedeutend, er besuchte sie alle mit seinen Chappatis und seinen mitternächtlichen Zusammenkünften. Er war unermüdlich. Als Sunil ihm sagte, man hätte Sikander in Hansi begraben, da zuckte er nur die Achseln und fuhr mit dem fort, was er gerade tat: mit einem Treffen mit den Ältesten aus vierzehn Dörfern in der Nähe von Agra. Diesen Männern erklärte er: »Haltet euch bereit. Fertigt Waffen an und vergrabt sie unter dem Fußboden eurer Häuser. Sammelt eure Leute, bringt ihnen Disziplin bei, bildet sie aus und wartet. Die Zeit wird kommen.«

»Der Zorn ist eine fruchtbare Saat«, sagte Sandeep zu den Mönchen. »Man kann sie sorglos ausstreuen, und sie faßt sehr schnell Wurzeln. Sie erscheint in den Ritzen eurer Fenster, sie breitet sich über die Dächer aus, sie sprengt die Pflastersteine auseinander, und plötzlich ist sie überall. Sanjay erzählte es den Männern und Frauen: ›Sie versuchen euch in etwas anderes zu verwandeln.‹ Und in jedem Dorf war bekannt, daß dies der Wahrheit entsprach. Es stimmte. Dann kam eine gewisse Patrone auf den Plan – ihr wißt das – eine neue Art der Produktion. Sanjay sagte: ›Wenn ihr sie in den Mund nehmt, verwandelt sie euch in etwas anderes.‹ – ›Sie besudelt jeglichen Glauben‹, sagten die Soldaten zueinander, ›und ist auf jede nur erdenkliche Art unrein.‹ Die Historiker werden euch erzählen, daß das nicht stimmt, daß die neuartige Patrone weder mit Rindertalg noch mit Schweineschmalz gefettet war. Aber Sanjay sagte: ›Sie wollen euch in etwas anderes verwandeln. Wenn ihr sie eßt, dann werdet ihr etwas anderes.‹ Und das stimmte damals und ist auch heute noch wahr. Die Menschen wußten dies und empfanden Zorn, und Zorn kann man nicht beherrschen. Sanjay hatte einen Plan, einen Zeitplan, der in seiner Kompliziertheit ganz häßlich war. Überall in Hindustan gab es Geheimparolen, Zellen treuer Verschwörer, Waffenverstecke, Schulen für den Aufstand. Aber Sanjay selbst hatte allen Zorn vergessen, weil er gar nicht mehr zur Gänze Mensch war. Er hatte die Wut vergessen, weil er sie schlicht und einfach nicht mehr verspürte. Manchmal geiferte er und wurde ganz rot im Gesicht, während man seine Reden verlas, aber das war alles nur Schau. Sanjay hielt diese Art des Zorns für lästigen Ballast, und er legte ihn ab. Er verspürte nur eine ungeheure Entschlossenheit. Selbst wenn er gewollt hätte, wäre es ihm nicht mehr möglich gewesen, noch etwas anderes zu fühlen. Aber schließlich übertölpelte doch der Zorn alle Pläne Sanjays und brachte seine Strategie zum Scheitern.«

An einem heißen Mainachmittag hörte Sanjay in einer Stadt namens Ranchipur in Bengalen Schüsse. Er saß auf dem Basar unter einem Baum, auf einem alten Sockel aus Stein, den man einmal im Kreis um den Baum herum angelegt hatte. Die Schüsse waren diesmal nicht die regelmäßigen rollenden Kadenzen aus den Schießständen der nahegelegenen Truppenunterkunft, sondern ertönten in schnellen Folgen, was nur auf ein Gefecht deuten konnte. Wie klatschender Regen erschallten die Gewehrsalven, wieder und immer wieder. In der anschließenden Ruhe kam die ganze Straße zum Stillstand, alle verharrten schweigend, sogar die Hunde standen bebend auf Zehenspitzen. Als es schon schien, als sei alles vorüber und als würde nun nichts mehr geschehen, hörte man noch das kurze Bellen eines Revolvers, zwei Schüsse, dann drei übereinander, fap-fap-fap. Alle auf dem Basar rannten wild durcheinander. Die Ladenbesitzer schrien, während sie ihre Türen ins Schloß warfen, ein Pferd galoppierte von einem

Ende der Gasse zum anderen, plötzlich lagen überall auf der Straße Schuhe und Chappals, die Gewehre bellten und hallten über den Häusern wider. Sanjay rannte, und als Sunil und er die Gefechtslinien erreichten, barsten dort bereits zwei Häuser lichterloh brennend auseinander. Es schien überall kleine verstreute Trupps von Soldaten zu geben, manche rannten zielstrebig hin und her, andere standen in ängstlichen Gesprächen beieinander.

»Was ist geschehen?« fragte Sunil. »Was geschieht hier?« Niemand schien seine Frage zu vernehmen. Er hörte auf, sie immer wieder zu stellen, und beobachtete einen Diener, einen Mann in einer weißen Uniform mit einem Turban, der eine silberne Suppenterrine durch die Menge trug. Es schwappte irgendein weißes Zeug darin, und die Suppenkelle ragte heraus. Das Gesicht des Dieners war tränenüberströmt. Sanjay streckte die Hand aus, packte einen Infanteristen beim Kragen und hielt ihn fest.

»Was ist geschehen?« fragte Sunil.

»Gestern wurde die dreiunddreißigste in Meerut in Ketten gelegt, weil sich die Soldaten weigerten, die neuen Patronen zu benutzen. Sie haben Männer vors Kriegsgericht gestellt, die ihnen dreißig Jahre gedient hatten, haben ihnen alle ihre Rangabzeichen aberkannt, sie öffentlich in Ketten gelegt und so aneinandergefesselt ins Gefängnis getrieben. Freunde haben die Gefangenen befreit und sich in den Besitz von Waffen gebracht, und sie haben alle Engländer getötet. Sie sind bereits in Delhi, und der Kaiser ist wieder der Kaiser. Die Engländer sind tot. Sie werden hinfort in Hindustan nicht mehr existieren. Wir sind gerächt.«

Sanjay stieß ihn weg und rannte durch die Menge, aber in der wirbelnden Menschenmasse war nichts von der sorgfältig verborgenen Organisation zu sehen, die er aufgebaut hatte. Sunil erkundigte sich nach bestimmten Männern, die sie als Anführer ausgewählt hatten, aber niemand wußte, wo sie sich befanden. Einige Soldaten bekamen kein Wort heraus, einer verfluchte diejenigen, die weinten, und bespuckte sie. Eine ungeheure Masse schwarzen Rauchs verdunkelte die säuberlichen Rasenflächen und Straßen der Truppenunterkunft mit einem einzigen endlosen Schatten. Nun kamen die

Schüsse hauptsächlich aus einer Richtung, aus der Gegend um eine kleine Kirche herum. Die Kugeln, die auf die Glocke aufschlugen, erzeugten ein seltsames, langgezogenes Geläute. Sanjay rannte um die Mauer des Friedhofs neben der Kirche, zog Soldaten in die Gefechtslinie zurück und dirigierte ihr Feuer auf die Fenster. Bald hörte die Glocke auf zu wummern, und das Gewehrfeuer entwickelte sich zu einem regelmäßigen Krachen. Sanjay führte einen Trupp von hinten an die Kirche heran. Als sie sich dem Gebäude näherten, spürte er, wie er schwerer wurde und bei jedem Schritt seine Füße tiefer im Boden versanken. Aber er war schnell und nicht mehr aufzuhalten und warf sich mit seiner ganzen Kraft nach vorn. Von einem der oberen Fenster aus wurden zwei Schüsse auf sie abgegeben, aber Sanjay blieb nicht einmal stehen, um sich umzuschauen. Schon hatte er eine schwere schwarze Holztür erreicht, die er mit einem gewaltigen Schlag der rechten Schulter aus den Angeln sprengte.

Im Inneren konnte Sanjay durch den dicken grauen Rauchschleier umgestürzte Kirchenbänke erkennen und Leichname auf dem Boden. Ein Mann mit rotem Haar lag zu seinen Füßen. Die Kehle war ihm zerfetzt worden, und sein Gesicht war zur Seite gedreht. Sanjay trat einen Schritt vor und spürte sein eigenes unglaubliches Gewicht. Dann sah er verschwommen, wie ein Offizier in einem roten Rock die Hand gegen ihn erhob. Sanjay versuchte sich zu bewegen, aber inzwischen fiel ihm sogar das Atmen schwer, als lastete ihm ein schweres Gewicht auf der Brust. Die Kugel traf Sanjay links im Bauch. Er spürte, wie sie gegen sein Rückgrat prallte, noch ehe er den Schuß hörte. Trotzdem bewegte er sich langsam vorwärts, nahm dem Engländer (der mit offenem Mund dastand) die Pistole ab, schleuderte sie fort und überließ den Mann den Säbeln, die hinter ihm geschwungen wurden. Schreie gellten durch das lange Kirchenschiff, und Sanjay schritt durch den Mittelgang. Das Gefecht, das um ihn herum tobte, berührte ihn nicht; jeder Schritt war für ihn eine Kraftprobe. Am Ende des Kirchenschiffs stieg er zwei Stufen zu einem kleinen Podest empor und hob die Hände über den Kopf. Endlich trat Ruhe in dem Gebäude ein, tiefe Stille, ohne Vogelgesang oder das Rauschen des Windes oder

das Plätschern des Wassers. Sanjay senkte die zu Fäusten geballten Hände und wandte sich seinen Männern zu. Sie
blickten alle zu ihm, schauten auf das blaue Loch rechts neben seinem Nabel. Er lächelte sie an, schrieb einen Zettel für
Sunil und deutete dann mit einem zitternden Finger auf
seinen Hals, auf den schwarzen Streifen, der sich wie ein nie
vergehender Bluterguß um seinen Nacken schlang.
»Keine Angst«, las Sunil mit erstickender Stimme. »Ich
habe ihr Metall schon in früheren Jahren schlucken müssen.«

Sanjay teilte gerade vor der Kirche die Männer in verschiedene Abteilungen ein, als man die Frauen und Kinder zu ihm
brachte. Sie hatten sich in einem Lagerraum im Keller der
Kirche versteckt gehalten, vier Frauen, sieben Kinder und
ein Säugling in Blau.
»Ich bin Mrs. Treadwell«, sagte eine der Frauen. Sie war
hochschwanger und schleppte ihren Bauch wie eine gewaltige Last vor sich her. »Ich besuche gerade meine Schwester.
Ich bin nicht von hier.« Sie hatte feines blondes Haar und
trug ein weißes Kleid mit einer riesigen Turnüre und hatte
eine Brosche aus dunklem Bernstein in Form eines Pferdes
anstecken. »Oh, spricht hier irgend jemand Englisch? Irgend
jemand muß doch gewiß Englisch sprechen?«
Niemand redete mit ihr, alle Männer wandten sich ab.
Schließlich gab Sanjay Sunil ein Zeichen, man solle die
Engländer in die Kirche zurückführen. Hier draußen konnte
Sanjay wieder frei atmen. Er begriff, daß es der fremdlän-
dische Einfluß des Gebäudes gewesen war, der das Metall in
seinem Körper beschwert und sein Fleisch zu Boden gedrückt hatte. Eine fremde Schwerkraft hatte ihn niederge-
halten.

Sanjay hatte schon beschlossen, daß sie nach Lucknow gehen
würden, wo die englische Garnison einer Streitmacht von
Soldaten standhielt, die sie umzingelt hatte. Er dachte über
seine Gefangenen nach und sagte sich: Indien muß gesäubert
werden. Er hatte das starke und bestimmte Gefühl, sauber,
gründlich und wirkungsvoll vorgehen zu müssen. Während
er an Lucknow dachte, spürte er: Indien muß gesäubert wer-

den. Sunil las es von einem Stück Papier vor: »Indien muß gesäubert werden.« Er benutzte das ungewohnte englische Wort »India«, als er es aus der winzigen Handschrift vorlas, sprach es »Ihn-die-ah« aus und sagte, es müsse sauber sein. »Was bedeutet das?« fragten die Männer. »Es bedeutet«, schrieb Sanjay, »daß wir hier keine Engländer zurücklassen dürfen.« Als die Worte gefallen waren, brachen die Männer aus der Formation aus, gingen von der Kirche weg und redeten leise miteinander. Sanjay befahl sie mit einer wütenden Handbewegung zurück. »Was seid ihr?« fragte er. »Was seid ihr bloß? Wißt ihr es denn nicht? Wie viele von uns sind schon gestorben? Zweifelt ihr noch, daß sie uns zerstören wollen? Habt ihr nicht die Leichname der Unschuldigen gesehen, die ihnen im Wege standen? Das Feuer? Den Rauch?« Keiner seiner Soldaten hatte dem etwas entgegenzusetzen, aber keiner wollte es tun. Kein einziger wollte es tun.

Sie verharrten drei Tage neben der Kirche. Währenddessen erklärte Sanjay seinen Männern, daß Indien gereinigt werden müsse. Beim Appell am ersten Morgen war ein Viertel der Männer verschwunden. In der darauffolgenden Nacht stellte Sanjay Wachen auf, und doch fehlten am nächsten Morgen wieder elf, darunter auch drei der Wachsoldaten. Sanjay begriff, daß die Willensschlacht, auf die er sich mit seinen Männern eingelassen hatte, womöglich seinen Krieg zerstören würde, ehe er überhaupt richtig begonnen hatte. Also ließ er am Nachmittag des dritten Tages Männer von den Basaren anwerben. Es kamen zwei arbeitslose Schlächter, ein Zuhälter und drei zweifelhafte Schlägertypen, die sich als Wachen anheuern ließen. Alle waren bereits betrunken, als sie im Lager erschienen. Sanjay ließ ihnen noch riesige Opiumkugeln austeilen, die sie bis spät in die Nacht hinein rauchten. Anschließend schickte er sie in die Kirche. Als sie im Dunkeln keuchend wieder aus dem Gebäude auftauchten, hielt Sanjay eine Fackel an das dunkle Holz der Tür. Der rote Feuerschein malte einen großen Kreis in die Nacht, und die Flammen leuchteten ihnen auf dem Weg nach Lucknow.

Plötzlich war ganz Lucknow vereint. Es gab nur noch eins: den Kampf um die britische Residenz. Dort hielten die Engländer gegen Regimenter aus, die noch gestern die ihren gewesen waren. Die Residenz war ein kleines weißes Gebäude auf einer sanften Anhöhe, sie war von Bäumen, Hecken und den Wohnhäusern der Angestellten umgeben. Die Grenze der Engländer verlief durch Baumgruppen, an Einfriedungsmauern entlang und um einen Friedhof herum. An dem Morgen, als Sanjay Lucknow erreichte, war die Hitze schon so unerträglich, daß kaum mehr ein Kampf möglich war. Aber trotzdem feuerten die Artilleristen vom Rand des Lagers noch in unregelmäßigen Abständen auf die englischen Stellungen. Ab und zu wallte eine Wolke weißen Gesteinsstaubs von den Wänden der Residenz, und aus den Reihen der Angreifer erhob sich schläfriger Jubel. Der Mangel an Organisation, die Zufälligkeit und Amateurhaftigkeit der Angriffe erfüllten Sanjay mit rasender Wut. Über das gesamte Schlachtfeld lagerten die Männer in malerischer Unordnung verstreut, manche schliefen, andere wetzten ihre Säbel und viele kochten Essen. Die Regimenter waren völlig durcheinandergewürfelt, viele Soldaten hatten ihre Uniformen abgelegt oder farbenfrohe Akzente hinzugefügt – Halstücher, Abzeichen anderer Einheiten, britische Kavalleriehelme –, die jeglichen Überblick völlig unmöglich machten, man konnte nicht feststellen, wer sie waren und woher sie kamen. Sanjay fragte: »Wer hat hier den Oberbefehl?« Die Soldaten, die wach waren, zuckten die Achseln.

Am nächsten Morgen organisierte Sanjay einen Sturmangriff. Während der Nacht hatte er versucht, sich in die Residenz einzuschleichen. Er plante, in das Gebäude einzudringen und alle Engländer umzubringen. Er war zuversichtlich, und er fühlte sich unverletzbar. Aber als er sich schließlich auf den Weg machte, spürte er, wie die Dichte seines Körpers mit jedem Schritt zunahm. Als er noch immer gute hundert Fuß von den englischen Brustwehren entfernt war, konnte er sich kaum noch rühren. Jeder Schritt brauchte mehr Zeit als der vorherige, und schließlich hörte er aus den Gräben vor sich einen Knall und spürte, daß nun auch noch das Gewicht einer englischen Kugel in seiner linken Schulter hinzukam. Er wandte sich um und machte sich auf den Rückweg. Bis er schließlich wohlbehalten wieder in den eigenen Reihen war, hatte er noch weitere vier Metallstücke absorbiert. Nun wußte er, daß der Gott Yama ihm mit seiner unverletzbaren Stärke einen üblen Streich gespielt hatte und daß er sich auf die zweifelhafte Entschlossenheit seiner Landsleute verlassen mußte, wenn er die Aufgabe vollenden wollte. Er stellte sie also zum Angriff auf. Zwei in Reih und Glied angetretene Kavallerieregimenter warteten auf seine Befehle. Sie standen in geordneten Reihen, wie bei der Parade, und eine lange Kante glitzernden Stahles schimmerte in der Morgensonne. Die Offiziere scharten sich um Sanjay. »Wo ist die Artillerie?« fragte einer. »Geben uns die Kanonen keine Deckung?« Ein anderer wollte wissen: »Was ist unser Ziel? Sollen uns andere Einheiten folgen? Und was ist, wenn wir die feindlichen Linien durchbrechen?« Sanjay hörte sich alles an und wünschte sich, Uday stünde ihm zur Seite. Aber der war längst tot (und an seinen Schüler Sikander versuchte Sanjay möglichst nicht zu denken). Dieses Handwerk beherrschte er nicht, und es waren auch keine Meister an seiner Seite. Alle Inder waren rangniedere Offiziere, Kommandanten gab es nicht. Das Fragen ging weiter: »Wo sind die Feldschere?« – »Wird es etwa wieder kein Futter für die Pferde geben?« Schließlich kritzelte Sanjay wütend: »Hier habt ihr euer Ziel: Die anderen sind nur wenige, und ihr seid viele. Nehmt ihre Stellungen ein, wenn ihr Manns genug dazu seid.« Die Offiziere zuckten die Achseln und gingen zu ihren Mannschaften zurück. Wenige Minuten später schob sich die Reihe im Schrittempo vor. Aus den Gräben erscholl Jubel, und kurz darauf ertönte aus den englischen Stellungen ein Schrei. Als die Pferde in Trab fielen, explodierten um sie herum die ersten Granaten und ließen Staubwolken aufstieben. Dann begann das Gewehrfeuer, und die Reiter sprangen über Gefallene und ritten einen energischen Angriff auf die ersten Brustwehren. Einen Augenblick lang hörte man Pistolenschüsse, und ein Reiter trieb sein Pferd mit den Sporen die Mauer hinauf, fiel aber wenig später. Dann zogen sich die Kavallerieregimenter zurück, standen aber nach wie vor unter Beschuß. Sanjay beob-

achtete sie, wie sie, immer noch in bester Stimmung, zurückkamen. Er aber zitterte vor Ungeduld und Wut. Er hatte stets
bereitwillig eingeräumt, daß der Soldatenberuf eine Sache
des Geschicks war, daß man Kraft brauchte und Wendigkeit
und gutes Augenmaß. Aber nun und in den folgenden Tagen
mußte er feststellen, daß es sich auch um eine obskure Wissenschaft handelte und daß einem ohne Erfahrung alle
Stärke der Welt nicht weiterhalf, daß der Erfolg in der
Schlacht so flüchtig war wie das Aroma eines guten Gedichtes. Diese herbe Erkenntnis machte ihn manchmal so
wütend, daß er Felsbrocken packte und quer über den Maidan in die Residenz schleuderte. Damit verblüffte die Soldaten sehr und vergrößerte seine Frustration nur noch, denn
er wußte im selben Augenblick, daß all dies zu nichts nutze
war.

Die Tage verstrichen. Ein Angriff jagte den anderen, in den
Nächten blitzten Kanonen und Explosionen auf. Es wurde
ungeheurer Mut an den Tag gelegt, aber niemand hatte
genügend Wissen, um die Verteidigungslinien durchbrechen
zu können. Schließlich gingen den Belagerern die Gewehr-
munition und die Kanonenkugeln aus, und sie luden ihre Gewehre mit allen möglichen Metallgegenständen, die sie finden konnten. Sie beschossen die Mauern der Residenz mit
Nägeln, Krawattennadeln, Hufeisen, Stemmeisen, Teilen von
Bettgestellen, Messern, Gabeln und Löffeln, und eines Nachmittags sah Sanjay eine ganze Bronzestatue, ein Pferd, über
sich hinwegfliegen. Er schritt gerade um das Lager herum
und untersuchte es auf Schwachstellen. Obwohl er genau
hinschaute, wußte er doch, daß er keine Begabung dafür hatte, daß ein echter Soldat sofort totes Gelände erspähen würde, wo er, Sanjay, nur eine sanft gewellte Wiese sah, und Gefechtslinien, wo er nur Flecken von Wildblumen erblickte.
Aber er sah sich trotzdem um und beobachtete das Bronze-
pferd, wie es immer kleiner wurde und schließlich über den
zerschossenen Dächern verschwand.

»Es ist aus ihm rausgekommen. Sieh nur, wirklich.«

Sanjay wandte sich um. Zwei verschwitzte und schmutzige
kleine Jungen trugen Säcke voller Granatsplitter aus briti-

schem Beschuß auf dem Rücken. Es waren zwei von den vielen Kindern, die zwischen den Gefechtslinien im Niemandsland herumstreunten und die seltsame Munition einsammelten, die hier inzwischen zum Töten verwendet wurde. Einer von ihnen hielt einen metallenen Buchstaben in der Hand, ein X in einer Schriftart, die Sanjay seltsam vertraut vorkam.

Sanjay trat zu ihm hin, nahm ihm den Buchstaben ab und rieb ihn zwischen den Fingern. Er war heiß, und die Oberfläche war angelaufen.

»Es ist aus seinem Arm rausgefallen«, sagte der eine Junge zum anderen. »Ich schwör's.«

Sanjay schaute auf seinen linken Arm, wo oberhalb des Handgelenks ein kleiner weißer Hautlappen lose hing. Er berührte ihn, die Haut schuppte ab und fiel zu Boden. Neben dem Ellbogen war eine kleine Beule zu sehen, eine regelmäßige Härte, die die Haut in vertrauter Form ausdellte. Sanjay kratzte mit einem Fingernagel darüber, und die Haut hob sich ab wie ein Holzspan, ein Y fiel heraus und klirrte zu Boden. Die Buben jauchzten und sammelten den Buchstaben schnell ein.

»Mach noch mehr«, forderten sie ihn auf. »Mach noch mehr.«

Also pfiffen in jenem Sommer kleine Fragmente der englischen Sprache in das feindliche Lager und töteten die Briten, töteten Geistliche und Steuereinnehmer, Ehegattinnen, flachsblonde Söhne, ehrgeizige junge Männer und ihre Verlobten mit fünftausend Pfund Vermögen. Sprache klatschte auf die Dächer und zermalmte Säuglinge unter dem Schutt. Der Beschuß verwandelte die Residenz in eine rauchende Ruine, und ganz Lucknow roch nach Tod.

Während das Metall aus Sanjays Körper fiel, fühlte er, wie er leichter und leichter wurde. Er stellte fest, daß er nun immer näher an die Residenz herankam, ohne wie gelähmt stehenbleiben zu müssen. Er wußte, daß er innerhalb weniger Tage in der Lage sein würde, dort einzudringen und sie alle zu erledigen. Aber nun geschah etwas Furchtbares: Während er das Metall von sich stieß, wurde seine ganze Welt grau. Seine verbissene Entschlossenheit verblaßte zu endlosen Zweifeln, insbesondere früh am Morgen: Ist dies alles wirklich notwendig? Am Morgen suchte ihn die Stimme des dicken Sorkar mit ihren Shakespeare-Verschen heim, und kleine Stückchen aus Gedichten schienen über die Steine Lucknows hinwegzuschwirren. Er hatte bemerkt, wie seine Männer mehr und mehr ihre kopflose Wut verloren und nun lieber neben ihren Kanonen saßen und rauchten und schliefen. Sie fingen auch wieder an in der Nacht zu desertieren. Sanjay reagierte darauf mit feurigen Reden und öffentlichen Hinrichtungen am Galgen. Dann spürte er, wie tief in seinem Inneren die scharf umrissenen Gedanken ihre Konturen verloren, spürte Verwirrung, eine Vermischung von Gut und Böse, von Schwarz und Weiß. Er band sich Stoffstreifen um den Leib und die Beine, damit die Buchstaben in seinem Körper blieben, aber das Metall arbeitete sich in den Stoff vor und blieb dort hängen, so daß es bei jedem Schritt klirrte. Er mußte auch zusehen, wie der Bluterguß um seinen Hals langsam verblaßte. Und er wußte, daß dies nur eins bedeuten konnte: Er verwandelte sich wieder in einen ganz gewöhnlichen Sterblichen.

»Ich wollte kochen.«

Es war Sunil. Als sich Sanjay zu ihm umwandte, ließ er sich langsam in die Hocke nieder und stützte eine Hand auf dem Oberschenkel ab. Er hatte die rotwangige Gesundheit der Berge an den Krieg verloren und war nun ein gebrechlicher alter Mann, dessen Körper unablässig zitterte. Sanjay beobachtete wie üblich die Residenz, aber er freute sich über die Gesellschaft, die ihn davon ablenkte, daß sein Körper allmählich kraftlos wurde. Inzwischen gingen seine Wurfgeschosse im Niemandsland nieder; er hatte all diese Schleuderversuche aufgegeben, weil sie eine verheerende Wirkung auf die Moral der Truppe hatten. Er hatte in letzter Zeit nach vielen Jahren zum erstenmal wieder das Bedürfnis nach Schlaf verspürt, doch er fürchtete sich, die Augen zu schließen, denn das eine Mal, als er eingenickt war, hatte er von einer Kirche geträumt und war zitternd aufgewacht.

»Ich wollte kochen, aber ich bin dir gefolgt«, sagte Sunil. »Ich habe auf dem Berg auf dich gewartet, nachdem ich schon sicher war, daß du tot sein müßtest.«

595

Sanjay nickte.

»Ich wollte dir nur sagen, daß ich gehe. Ich gehe in mein Dorf zurück. Hier stimmt was nicht. Diese ganze Angelegenheit hat einen falschen Beigeschmack. Es ist nicht so, wie ich erwartet hätte. Sogar wenn wir gewinnen sollten, war es falsch. Ich habe lange darüber nachgedacht, und jetzt bin ich überzeugt, daß es falsch ist. Ich gehe. Ich wollte dich nicht hintergehen, also sage ich es dir. Du kannst mich aufhängen, wenn du willst.«

Sanjay streckte den Arm aus und hielt Sunils Hand fest. Die Haut auf seiner Handfläche war rauh und rußgeschwärzt. Die Hand fühlte sich gewichtslos an und hatte das durchscheinende Aussehen des hohen Alters. Sanjay wollte ihm sagen: Was auch immer geschehen ist, dies ist die Hand eines großen Künstlers. Was auch immer geschehen ist. Aber seine eigenen Hände zitterten, und er konnte die Buchstaben nicht schreiben. Der Bleistift malte nur ärgerliche Muster aufs Papier. Sanjay blickte zur Sonne auf und sah weit über ihren Köpfen den langsamen, kreisenden Flug der Vögel. Ein ringförmiger Graben war in die Erde gerissen, Furchen waren in den Boden gepflügt, Hautfetzen, Teile von Maschinen, Metall und Holz, zerfaserte Baumstümpfe lagen umher, alles war zerbrochen. Nach einer Weile zog Sunil langsam die Hand weg und stand auf. Er wandte sich ab und ging.

Die Engländer brannten Lucknow nieder. Schließlich schlugen sich ihre Hilfstruppen in die Stadt durch, und ein Feuer raste über die Dächer hinweg. Wer von den Angreifern noch in der Stadt war, kämpfte verbissen weiter, aber ihre Zeit war vorüber, und es gab keine Rettung mehr. Sanjay hielt sich in einem Herrenhaus auf, einem Palast, der früher einmal einer berühmten Kurtisane namens Nur gehört hatte. Dort führten die zerlumpten jämmerlichen Überreste des Ranchipur-Regimentes ihren letzten Verteidigungskampf. Sanjay lud ihnen die Musketen, rannte mit Patronentaschen von einem Fenster zum anderen. Die Schüsse donnerten und hallten wider, und der Rauch füllte den Raum mit Hitze. Ein scharfer Schmerz pulsierte in Sanjays Kopf und raubte ihm mit jedem Herzschlag alle Gedanken. Der Boden war glitschig vor Blut.

Sanjay fiel hin und rappelte sich wieder auf; er entdeckte an sich das ungewohnte Gefühl völliger Erschöpfung. Aber das Gewehrfeuer nahm kein Ende. Sanjay lud eine Muskete, seine Finger glitten von der Patrone und vom glühendheißen Gewehrlauf ab. Der Mann am Fenster wandte sich zu ihm um und lächelte. Der Haarknoten baumelte ihm lose im Nakken. Sein Gesicht war schwarz vor Ruß, seine Augen riesig groß und weiß.

»Rot, rot«, lachte er. »Rot.«

Da wirbelte es Sanjay herum, er wurde über den Boden geschleudert. Die Wand barst und verschwand in einer Wolke aus Steinen und Rauch. Sanjay sah, wie das Dach elegant zusammenbrach, er spürte, wie er fiel, und wußte, nun war es vorüber. Aber der Klang, der seinen Kopf erfüllte, war nicht der einer Explosion, sondern der eines reißenden Flusses, der Klang von Wasser, tief und schwer und endlos.

Als Sanjay aufwachte, war es Nacht. Seine Beine lagen unter Schutt begraben, und er mußte stundenlang an dem Gewicht scharren, das auf ihm lastete, ehe er sich befreien konnte. Schwankend stand er da und sah überall Feuer brennen, ringsumher war Lucknow in den Staub gesunken. Er stolperte durch die Ruinen, und überall lagen Leichname. Mit einem seltsam eiligen Geräusch stürzte etwas von ihm weg: Im Schein der Feuersbrunst konnte er schwarze Aasgeier ausmachen, die, vollgefressen, zu schwer zum Fliegen waren und in einem großen Schwarm umherhüpften und gegeneinanderprallten. Ihre Flügel strömten einen feuchten, süßlichen Geruch aus, der Sanjay noch verfolgte, als er versuchte, einen Weg aus der Stadt zu finden. Aber die Stadt war in Schutt und Asche gesunken, und er konnte nicht mehr feststellen, welche Richtung ihn hinausführen würde. Er war sich bewußt, daß er im Kreise ging. Der dunkle Rauch über ihm und die glühenden Kohlen am Boden wirbelten um ihn herum. Ein Schrei lauerte in ihm, aber er hatte keine Zunge dafür, und so schritt Sanjay schweigend durch das brennende Lucknow.

Im Morgengrauen wanderte Sanjay an den Ufern des Gomti entlang. Irgendwie war es ihm gelungen, die Stadt hinter sich zu lassen, aber nun fand er auch auf dem Land die Bauernhöfe verlassen, die Dörfer leer und schwelend. Er sah einen großen Banyan-Baum, dessen Zweige fest im Boden verankert waren, der noch unverändert und vollkommen wirkte, trotz des Krieges, der um ihn herum getobt hatte. Er blieb in seinem Schutz stehen und beobachtete, wie die Schatten über die Felder zogen. Er stand still, weil nichts mehr in ihm war, keine Bewegung, kein Gedanke an die Zukunft, keine Erinnerung an die Vergangenheit. Der Himmel schien in dürrer Trockenheit zu glühen. Das einzige Geräusch war das rauhe Zirpen der Grillen. Als er Pferde hörte, wußte er, daß sie ihm den Tod brachten. Aber er wartete ungeduldig, denn die Stille war ihm unerträglich.

Die Reiter, die meisten waren Engländer, hatte ein Dutzend zerlumpter Männer an ein schwarzes Seil gefesselt. Diese gingen mit fest auf dem Rücken verzurrten Händen, strauchelten manchmal ein wenig, wenn das Seil an ihren Hälsen zerrte.

»Hier ist noch einer.«

»Hängt ihn auf.« Das sagte ein dünner, kahlköpfiger Mann in einem hellen, stark verschmutzten Anzug, der mit braunen Flecken übersät war. Zwei Männer, Inder, standen vor ihm. Sanjay sah sie lange mit leerem Blick an, ehe er merkte, daß ihre Gewänder gelb waren.

»Erinnerst du dich an uns?« flüsterte ihm einer zu. »Gott ist sehr gütig. Du mußt dich an uns erinnern.«

Sanjay nickte. Es waren zwei der Männer, die ihm in der Nacht, als er mit Sikander gekämpft hatte, ins Gesicht gestarrt hatten.

»Deinetwegen«, sagte der Mann, »sind wir den Engländern treu geblieben. Jetzt ist es vorbei. Du zahlst für Sikander.«

Der Engländer brüllte: »Macht schon.«

Sanjay spürte Draht um seine Handgelenke. Seine Schulter schmerzte, als man ihn unter einen Ast zerrte. Man hatte die Seile bereits über das Holz geworfen. Eine Schlinge fiel ihm über den Kopf.

»Dieses Jahr wird es eine gute Ernte geben.« Der Mann neben Sanjay war alt, sein Hals war von Adern durchzogen und hing faltig im Seil. Er redete mit dem Soldaten, der in der Reihe neben ihm stand, einem muslimischen Subedaren mit elegantem Spitzbart und schwarz umrandeten Augen. Die Uniform des Mannes war zerfetzt und schmutzig, aus einer Schnittwunde an der Wange rann Blut. Er stand aufrecht da, hatte die Schultern zurückgeworfen und trug die Schlinge mit der gleichen Eleganz wie ein feines Halstuch.

»Der Regen kommt spät.«

»Aber kräftig.«

»Ja. Dieses Gebiet hier ist allerdings für Weizen nicht besonders geeignet. Dieses Dorf und die nächsten fünf liegen in einer Niederung des Flusses. Da ist der Boden oft zu sumpfig.«

»Oh? Mein Dorf ist nördlich von Delhi. Das beste Land für Weizen in ganz Hindustan. Vierundzwanzig Quintal Ertrag pro Hektar. Nie weniger.«

Der Engländer mit dem Anzug spazierte die Reihe auf und ab. Seine Kiefer mahlten, und er blinzelte.

»Was will er?« fragte der Subedar.

»Ich glaube, er will, daß wir uns fürchten.«

Sie lachten, und der Engländer wandte sich ab. Er hielt seinen Kopf in einem verkrampften, bösen Winkel geneigt. Sanjay bemerkte, daß er die Hände hinter dem Rücken verschränkt hatte und in einer Hand ein Buch hielt.

»Gutes Land«, meinte der Subedar. Dann versagte seine Stimme, weil ein englischer Soldat hinter ihm an dem Seil riß, das über den Ast geschlungen war. Sein Gesicht neigte sich zur Seite, als er mit strampelnden Beinen in die Luft gehoben wurde.

Sanjay fühlte, wie etwas an seiner Schulter zerrte, seine Fußballen schleiften über den Boden, und dann bewegte sich eine Ebene aus Licht über seine Brust und zermalmte sie und blendete ihn. Die Zeit schreitet fort, und er sieht, wie die Welt in Bruchteile zerbirst und sich dreht, sieht die wehenden Felder in der Ferne, strampelnde Füße neben sich, die Sonne, die um ihn herumwirbelt, donnernde Hufe, Lanzen, Gelb, eine Flut von Rot vor seinen Augen, Stille.

Als Sanjay merkte, daß er zwar tot war, aber immer noch nicht von seinen Erinnerungen und Erfahrungen erlöst, tobte er vor Wut. Weil er nicht sprechen konnte, haderte er schweigend mit Yama, verfluchte ihn wegen seiner kleinlichen Rache, wegen seiner unbarmherzigen Rachsucht, dafür, daß er sich nun am Ende eines Henkerseiles drehte und wand, kalt, leblos, ohne Zweifel tot, und doch lebendig. Er war sich ganz sicher, daß er lebendig war, denn während er dort baumelte, sah er, wie die Pflanzen ihre Farbe veränderten, wie die Ernte auf dem Halm schwerer wurde, wie die Leichname am Ast verwesten und die Vögel sich auf den Schultern des Subedaren bequem niederließen und große Bissen aus dem nun toten Hals hackten. Aber er selbst war tot und doch nicht tot. Denn er sah, wie die Engländer über das Land ritten, er sah, wie sie lange Reihen gefangener Bauern und kleiner Händler anführten (noch nie hatte es so viele Rebellen gegeben), er sah die Batterien von Kanonen, vor deren Mündungen die Gefangenen einer nach dem anderen gebunden wurden. Wenn die Geschütze abgefeuert wurden, sah er die Körper zerbersten und die Eingeweide auf der Erde verspritzen und die Köpfe wegfliegen, im Flug kreiseln, höher als der Wipfel des Banyan-Baumes. Langsam drehte er sich an seinem Seil, und die Vögel flatterten um ihn her, aber keiner näherte sich ihm. Im undurchdringlichen Schwarz ihres starren Blickes sah er sich besiegt, nicht nur in der Schlacht niedergerungen (was schließlich nicht so wichtig war), sondern im Herzen. Denn dadurch, daß er sich geweigert hatte, anders zu werden, hatte er sich vollkommen verändert. In seinem Zorn hatte er nicht nur sein Land, sondern auch sich selbst verloren. Ich bin nicht mehr ich selbst, sagte er sich. Dann riß das Seil krachend durch, und er fiel auf die Erde zurück. Irgendwie war ihm diese Bewegung vertraut, er begrüßte den Fall, während der Boden noch hart und erbarmungslos auf ihn zustürzte, und als er aufprallte, verspürte er keinen Schmerz, nur einen dumpfen Schlag. Er rollte zur Seite, wälzte sich, zerrte wütend an den Fesseln, die seine Hände zusammenhielten. Schließlich glitt eine Hand heraus, die Haut riß auf, und er betastete sein Gesicht. Sein Haar war steif wie Stroh. Er setzte sich auf und betrachtete seinen nackten Körper, der kalt und weiß war und etwas Kindliches hatte. Er fühlte sich klein und schwach, spürte seine Gliedmaßen merkwürdig neu und erst halb geformt, und er weinte. Laß mich gehen. Laß mich gehen. Ich will nicht mehr. Laß mich einfach gehen.

»Ich halte dich nicht.« Es war Yama, der da, elegant an den Baum gelehnt, stand. Er trug einen schwarzen Gehrock, Gamaschen, eine graue Fliege und einen glänzenden Zylinder, und er wirbelte einen Spazierstock mit einem Elfenbeingriff von einer schmalen Hand in die andere. »Wirklich nicht.«

»Was hält mich dann?«

»Du natürlich. Du bist derjenige, der nicht gehen will.«

Es schien Sanjay, als sei Yamas Lippe spöttisch verzogen, als läge ein selbstzufriedenes Grinsen auf seinem Gesicht, was seine eigene Niederlage nur noch unerträglicher und vollständiger machte. Ein dunkler Klumpen aus Bitterkeit und Groll zog sich in seinem Magen zusammen. Verdammt sollst du sein, verdammt, verdammt. Während er Yama noch verfluchte, rappelte er sich mühselig hoch und stolperte davon. Er hatte kein Ziel, aber er bewegte sich wie unter Zwang von der Stelle. Doch Yama ging neben ihm, mit leichten, mühelosen Schritten, und er wirbelte den Stock in einem schimmernden Kreis umher und setzte seine Füße mit elegantem Schwung.

»Wirklich. Du bist derjenige, der noch unerledigte Geschäfte auf Erden hat.«

Sanjay blieb stehen und überlegte verzweifelt, wie er Yamas ungeheure Selbstzufriedenheit zerplatzen lassen könnte. Schließlich schoß er ein jämmerliches Pfeilchen ab: »Warum bist du eigentlich wie ein Clown angezogen?«

»Weißt du es denn nicht? Die gesamte Landkarte ist nun rot. Victoria wird sich zur Kaiserin von Indien erklären. Alle sind nun Engländer. Du auch, aber du bist ja schon eine ganze Weile so etwas ähnliches. Und einige von denen sind schon so etwas ähnliches wie du gewesen. Alter Knabe.«

Der Stock pfiff durch die Luft, und Sanjay sah vor sich die geschwungene Bahn von Sartheys Gürtel im Mondlicht, er hörte den scharfen Aufprall, und plötzlich schienen ihn alle Knochen im Leib zu schmerzen.

»Ja«, sagte Yama sanft. »Es sieht ganz so aus, als sei jemand anderer auch noch am Leben. Ein Freund von dir.«

»London«, sagte Sanjay. »London. Es ist noch nicht vorbei. Ich muß nach London.«

Yama nickte, und ehe er in der Hitze verschwand, die über dem Boden flirrte, flüsterte er: »Sanjay, du bist doch schon dein ganzes Leben lang auf dem Weg nach London.«

Und so machte sich Sanjay, der nichts besaß, auf den Weg nach London. Er war nackt, er konnte nicht sprechen, er hatte keinerlei Mittel, aber er konnte gehen, und er hatte unendlich viel Zeit. Und ein unermüdlicher Mann, der den Tod nicht zu fürchten braucht, kann es nach London schaffen, auch wenn es ihn Jahre und Jahrzehnte kostet. Im Punjab, an den Ufern des Ravi, wurde Sanjay von Räubern überfallen (die sich nur wenig darum scherten, daß es nichts zu rauben gab), und man hielt ihn für tot und ließ ihn im Wasser des Flusses liegen. Aber er erholte sich und ging weiter, nur hatte er jetzt ein paar Narben mehr. In der Nähe von Kabul entführte ihn ein minderer Stammesfürst und hielt ihn dreizehn Jahre lang in einem öden Dorf in der Nähe von Herat als Sklaven. Aber schließlich starb der Stammesfürst, und in der Verwirrung um seine Beisetzung und im Kampf um seine Nachfolge spazierte Sanjay aus dem Lager und floh gen Westen. Er trug nun einen alten weißen Kittel, und in Persien ließ man ihn in Ruhe, weil man ihn für einen heiligen Mann auf der Pilgerschaft nach Mekka hielt. Eine ganze Weile folgte ihm eine Horde anderer Pilger, aber sie konnten nicht mit ihm Schritt halten und verließen ihn schließlich unter Bezeugungen der Verwunderung. In Basra gewährte man ihm einen Platz an Bord eines Schiffes, das nach Kairo segelte, das jedoch ein Sturm vom Kurs abbrachte und an einer zerklüfteten Küste zerschellen ließ. Sanjay fand sich also salzverkrustet und nackt an einem Sandstrand wieder. Er rappelte sich auf und ging in eine scheinbar endlose Sandwildnis hinein. Die Beduinen, die ihn fanden, hielten ängstlich Abstand, denn seine Haut blieb trotz der Sonne bleich und weiß. Er ließ sie hinter sich zurück, als er sich in ein felsiges Gelände begab, das so furchterregend war, daß sich seit Menschengedenken niemand hineingewagt hatte. Als er in Jerusalem ankam, hielt man ihn für einen Verrückten und sperrte ihn in ein erbärmliches Gefängnis, das seine Insassen durch Hitze und Überbelegung umbrachte. Er starb jedoch nicht, er überlebte zwei Gefängniswärter und entkam, indem er von einer Mauer sprang, die so hoch war, daß niemand je den Sprung lebend überstanden hatte. In all dieser Zeit teilte er sich niemandem mit, schrieb nichts und nahm alles, was ihm widerfuhr, mit dem Gefühl hin, daß es wohlvertraut und unwichtig war. Er hatte alles schon einmal erlebt. Immer trieb ihn die Verheißung des Endes an, immer war er begierig, die Vollendung zu finden. Als er also eines Tages in einem Außenbezirk von Jaffa im Haus eines Kaufmanns ein Fenster offenstehend fand, kletterte er hinein und nahm die Säcke voller Silber und Gold nicht mit einem Gefühl des Triumphes an sich, sondern mit dem Gefühl, daß dies unvermeidlich, eine Notwendigkeit war. Die Überfahrt nach Kreta und von dort weiter nach Otranto war einfach. Die anschließende Wanderung durch die ganze Länge Italiens bis Rom war ein Kinderspiel. In Rom kaufte er sich einen Überzieher, dunkle Hosen und Papiere, die ihn als sardischen Offizier auswiesen. Während der Fälscher das rote Visum für England hineinstempelte, sah Sanjay sein verschwommenes Ebenbild im staubigen Glas eines Schrankes voller alter Bücher, und plötzlich dachte er: Wir werden nicht geboren, um glücklich zu sein.

London kam unter einem dunkelroten Himmel backbord am Bug herangeschwommen. Sanjay, der von der Reling aus zuschaute, mußte seine Nase bedecken, weil vom Fluß ein stickiger Gestank aufstieg. Das Wasser war schwarz und zähflüssig, und der Geruch überraschte ihn, weil er sich kaum noch daran erinnern konnte, daß ihm sein Körper einmal Ungelegenheiten bereitet hatte. Er hatte gelernt, sein Fleisch einfach zu ignorieren. Aber nun würgte ihn dieser Gestank und trieb ihm die Tränen in die Augen. Es war ein Geruch, der ihm noch nie begegnet war, und er wußte, daß es keine menschliche Ausdünstung war. Es war die Stadt, riesig und voller Elektrizität und Gas und Maschinen, der Apparat selbst, der sich in den Flußlauf entleerte. Die Dächer erstreckten sich endlos und schwarz bis zum Horizont. Während das Schiff langsam ins Dock glitt, lappte das Wasser träge wie Öl gegen die Steine,

und Sanjay hatte das Gefühl, in einen riesigen Schlund hinein-
gezogen zu werden. Als er an Land ging, das Taschentuch
noch vors Gesicht gepreßt, starrten ihm die Matrosen, die in
der Nähe der Landeplanke lehnten, mit unverhohlenem Interesse nach. Er wußte, daß seine Reaktion auf die Stadt diese
Anteilnahme geweckt hatte. Man hatte ihn während der Überfahrt in Ruhe gelassen. Er war sich darüber im klaren, daß
seine bleiche Haut, sein kühler Handschlag und die schwarze
Undurchsichtigkeit seiner Augen sie beunruhigten und daß sie
deswegen vor ihm zurückschreckten. Aber nun bebte er unter
dem Gewicht Londons und dachte: Auf einmal erscheine ich
ihnen doch als ein ganz gewöhnlicher Mensch.

»An den Geruch gewöhnt man sich irgendwann«, sagte der
Mann, der in seinem Paß blätterte. »Nach einer Weile gefällt
er einem sogar. Wenn Sie einmal in London waren, können
Sie nirgendwo anders mehr leben. Bleiben Sie lange?«
Sanjay zeigte auf seinen Hals und schüttelte den Kopf. Dann
kritzelte er mit dem Bleistift etwas auf die Schreibunterlage
des Mannes, und der nickte. »Offizier? Kriegsverletzung?
Nun, Sie kommen schon durch. Manch einer kann sprechen,
aber nicht unsere Sprache. Sie haben eine schöne Handschrift. Willkommen in London.«

Die Straßen wimmelten von Menschen, aber sie bewegten
sich alle mit einer verstohlenen Geschwindigkeit, die Sanjay
fremd war; sie blickten über die Schulter zurück, rempelten
einander an. Es wurde sehr schnell dunkel, und plötzlich waren die Gassen menschenleer. Sanjay wanderte planlos durch
die Straßen, wußte nicht, wohin er sich wenden sollte und
warum er hier war. Er war vor so langer Zeit aufgebrochen,
daß er sich an den Grund seines Kommens schon nicht mehr
erinnern konnte. Ein seltsames Gefühl bedrückte sein Herz,
so ungewohnt, daß er es nicht mehr zu benennen wußte: Melancholie? Traurigkeit? Aber es machte ihn unerträglich einsam, dieser Wunsch nach einem Freund, einer Mutter, einem
Vater, dieses Bedürfnis, das ihn quälte wie der heftigste Durst,
so daß er, als ihm eine Laterne ins Gesicht leuchtete, ihren
Schein und die Stimme dahinter freudig willkommen hieß.

»Was haben Sie hier verloren? Wohin gehen Sie?« Es war
ein Polizist mit einem hohen schwarzen Helm und einem

Cape. Als Sanjay mit einer Geste seine Stummheit andeutete, packte ihn der Mann mit fester Hand beim Ellbogen und ließ ihm den Strahl seiner Laterne übers Gesicht streichen. Einen Augenblick später schrillte der Ruf seiner Trillerpfeife durch den Nebel. In kürzester Zeit hatte sich eine ganze Heerschar von Polizisten um Sanjay versammelt. Sie führten ihn durch die Gassen, die Treppen zu einem Polizeirevier hinauf, durch eine Menge wütender Gesichter hindurch, die Flüche über ihn regnen ließen: »Verdammter Ausländer, hängt ihn auf.« Drinnen setzte man ihn an einen nackten Holztisch, auf dem er den Inhalt seiner Taschen ausbreitete. Endlich konnte er eine Frage aufschreiben: »Was ist los? Was wollen Sie von mir?« Der junge Polizist, der ihn auf die Wache gebracht hatte und anscheinend auf den Namen Bolton hörte, lehnte an der Wand und schaute zu, während zwei andere Männer Sanjay verhörten. »Wie heißen Sie? Was machen Sie in London? Wann sind Sie hier angekommen? Wo waren Sie in der Nacht des 30. September?« Sanjay hielt seinen Paß in die Höhe, und schließlich hörten die Fragen auf. Sie nahmen seine Papiere an sich und verschwanden, wahrscheinlich, so vermutete er, um seine Aussage bei der Schiffsmannschaft zu überprüfen. Er wartete in dem kleinen kahlen Raum mit seinen Aktenregalen und dem gemütlichen Geruch nach Tee und Butter. Der Polizist Bolton starrte ihn eine Weile an, dann sagte er in vertraulichem Ton: »Wenn ich so frei sein darf, Sir, an Ihrer Stelle würde ich mir die Haare schneiden lassen. Und ich würde nachts nicht auf die Straße gehen. Die Zeiten sind schlecht für Leute, die ein bißchen anders aussehen, wissen Sie, ausländisch, meine ich, sozusagen.«

Sanjay schrieb eine Notiz und hielt sie ihm hin: »Warum?«

»Das wissen Sie nicht?« Bolton lachte und setzte sich dann Sanjay gegenüber an den Tisch. »Da draußen geht ein Wahnsinniger um, Sir. Ein verdammter blutrünstiger Mörder.«

Die Sonne war bereits aufgegangen, als Sanjay endlich wieder aus dem Revier entlassen wurde. Die Leute auf der Straße kauften mit einer Art schreckerfülltem Eifer Zeitungen und lasen sie. Sie reichten jede Seite von einer Hand zu anderen und redeten unablässig nur über ein einziges Thema. Sanjay kaufte bei einem Straßenhändler einen Zwieback und kaute darauf herum, während er durch die Straßen wanderte. In letzter Zeit war sein Hungergefühl langsam zurückgekehrt, und zweifellos war er auch müde und schläfrig, dazu noch verwirrt, und es war ihm ein wenig schwindlig im Kopf. Er stand an einer Straßenecke und war unschlüssig, wohin er gehen sollte, als in seiner Nähe ein zerfetztes Stück Papier an einer Wand im Wind flatterte und sein Augenmerk fesselte. Während er darauf blickte, hämmerte das Blut in seiner Brust. Es war nicht die gedruckte Schlagzeile »Faksimile eines Briefes und einer Postkarte an die Zentrale Nachrichtenagentur«, die in seinem Kopf einen solchen Aufruhr verursachte, vielmehr war es die Handschrift darunter, es waren die akkuraten, ordentlichen Buchstaben, die sich über die zerfetzte Seite zogen:

Ich habe Sie nicht an der Nase rumgeführt, liebster alter Boss, als ich Ihnen den Tip gab … diesmal gab's ein Doppelereignis, Nummer eins quietschte ein bißchen, konnte nicht gleich fertigmachen, hatte keine Zeit, auf die Polizei zu lauschen. Danke für Zurückhalten des letzten Briefes, bis ich wieder an die Arbeit ging.

Sanjay blickte vorsichtig von der Wand weg. Zwei blonde Kinder mit verfilztem Haar und schmutzigen Gesichtern saßen auf dem Bürgersteig und nagten an einem Knochen herum. Über ihnen verkündete ein großes weißes Schild »Estebury's Schreibwaren«. Auf der Straße rollte eine große grüne Kutsche vorüber, auf der (hinten) in großen goldenen Lettern »Omnibus« stand. Zwei junge Frauen mit schwarzen Hüten und ein Mann mit einer Pickhacke gingen vorbei. Die Straße roch nach Pferdedung. Aber als sich Sanjay wieder dem Plakat zuwandte, war die Handschrift noch immer da:

Mein Messer ist schön scharf, und ich möchte mich gleich an die Arbeit machen, wenn ich eine Gelegenheit bekomme.

Sanjay riß das Plakat von der Wand und rannte los. Als die Leute sich nach ihm umdrehten und die Frauen vor ihm zurückschraken, zwang er sich, langsam zu gehen, hielt die

Papierrolle fest an die Brust gepreßt und konnte spüren, wie ihm das Herz gegen die Finger pochte. Auf der Polizeiwache fragte er nach Bolton. Als der Polizist kam, winkte er ihn in dem langen Flur auf die Seite und legte das Plakat auf eine Bank. Er zeigte unten auf das Blatt. »Personen, die diese Handschrift erkennen, werden gebeten, dies der nächsten Polizeidienststelle mitzuteilen.«

»Was gibt's denn, Kumpel? Meine Schicht ist zu Ende, und ich bin auf dem Weg nach Hause.«

Sanjay schrieb quer über den unteren Rand des Posters: »Ich kenne diesen Mann. Ich habe bereits die Gelegenheit gehabt, seine Schreibkunst zu studieren. Er war mein Freund. Ich bin ganz sicher.«

»Nun, dann heraus damit. Wie heißt dieser Freund?« Bolton langweilte sich inzwischen und rieb sich müde die blauen Augen. Sanjay fragte sich: Wollen sie ihn denn nicht fangen? Aber statt dessen schrieb er: »Der Mann heißt Paul Sarthey. Er ist Arzt. Ich habe ihn früher einmal gekannt.«

Bolton lachte laut los. Als Sanjay ihn anstarrte, lehnte er sich an die Wand zurück und knöpfte sich den Jackenkragen auf. »Tut mir leid. Aber halb London ist in den letzten paar Tagen hier gewesen, und alle behaupten, daß ihr Schwager der Mann ist, daß der Typ aus ihrer Straße der Mörder ist. Und nun kommen Sie. Doktor Sarthey ist ein Freund von Ihnen, ja? Woher sollte ein Mann wie er Sie wohl kennen?«

Sanjay schrieb: »Aus Indien, wo ich im Dienst der einheimischen Armee stand.« Aber ihm war klar, daß Sarthey wegen der Stellung, die er erreicht hatte, bereits freigesprochen war. Bolton zufolge war er ein berühmter Orientalist, ein anerkannter Reiseschriftsteller, ein Arzt, in dessen Praxis die Größten des Landes ein und aus gegangen waren, darunter auch die jüngst verstorbene Mutter der Königin. Er war ein begüterter Mann, und vor allem hatte er eine gute Partie gemacht und die Schwester eines Mitschülers aus Norgate geheiratet, eine gewisse Lady Adelia May Haliburton, und ihre Heirat war in ganz England Tagesgespräch gewesen.

»Außerdem muß Sarthey inzwischen steinalt sein, ganze hundert Jahre. Dieser Mörder aber, der ist so schnell, der entschlüpft einer ganzen Hundertschaft von Polizisten, während die Leiche noch warm ist. Er mordet zwei Schritte von einer vor Menschen nur so wimmelnden Straße entfernt, und niemand bekommt ihn je zu sehen. Glauben Sie allen Ernstes, daß ein Pensionär so leichtfüßig sein kann, daß er es schafft, an uns allen vorbeizuwetzen? Sie sind müde, lieber Mann. Suchen Sie sich ein Bett und schlafen Sie sich erst mal ordentlich aus.«

Sanjay wollte erwidern: Die Schrift habe ich in mir, ich kenne sie zu gut, um sie zu verwechseln. Aber Bolton ging mit müden Schritten fort. Also machte sich auch Sanjay auf den Weg; das gefaltete Plakat trug er in der Jackentasche. Ich habe keine andere Wahl, sagte er sich, ich muß es allein tun. Ich muß ihn aufhalten, ich muß. Er eilte ein Stück die Straße hinunter zu einem Barbier. Als ein glänzendes Rasiermesser ihm den Bart von den Wangen schabte, blickte er auf das darunter zum Vorschein kommende Gesicht. Gewiß, alt war es nicht, aber auch nicht jung, es war in einer undefinierbaren Nachahmung des Lebens geronnen. Als der Friseur ihm eine dunkel-fettige Masse über die Schläfen goß und in sein gestutztes Haar einmassierte, erschien ein Antlitz voller aufsehenerregender Kontraste im Spiegel: Die Augen saßen wie schwarze Opale im matten Weiß seiner Haut, das Haar wellte sich in schimmernden schwarzen Locken an seinen geröteten Lippen vorbei. Wenige Straßen entfernt fand Sanjay ein Herrenbekleidungsgeschäft, das ihn mit seidenen Hemden versorgte, mit purpurroten Fliegen, schwarzen Gehröcken, grauen Hosen, polierten weichen Lederstiefeletten und mit einem seltsamen Spazierstock, der einen Mönchskopf als Griff hatte und darunter eine versteckte schmale Klinge. Und während Sanjay seinen Kragen zurechtrückte, dachte er: Verdammt, ich könnte als Engländer durchgehen.

»Soll ich diese Pakete liefern lassen, Sir?«

»Danke, das ist nicht nötig.« Sanjay zuckte vor Schreck so zusammen, daß er einen Stapel grauer Handschuhe auf den Boden fegte. Als der Verkäufer sich bückte, um sie aufzuheben, taumelte Sanjay nach hinten, die Hand vor dem Mund. Diese Stimme war aus seinem Mund gekommen, daran bestand kein Zweifel, aber sie klang seltsam flach und körperlos. Und wie der Klang entstanden war, konnte er sich nicht vorstellen, denn er konnte keine Zunge spüren.

»Sind Sie sicher, Sir? Es ist ziemlich viel, und es wäre uns ein Vergnügen.«

Sanjay wandte sich ab (ich darf ihn den Stumpf nicht sehen lassen!) und sprach durch zusammengebissene Zähne (Vorsicht bei der Aussprache!): »Lieber nicht.« Da war er wieder, der für einen Engländer seltsame Tonfall, ein leichter Singsang, aber das Näseln war in etwa richtig, und unzweifelhaft war es eine Stimme. Sanjay nahm seine Pakete und entfloh dem Starren der Verkäufer. Draußen in der Droschke versuchte er es noch einmal: »Kennen Sie ein gutes Hotel, bitte?« Die Stimme schien aus seinem Magen oder von noch tiefer zu kommen, aus den Kochen seines Oberschenkels oder aus den Fußsohlen. Die Antwort des Fahrers ging in Sanjays Tränen unter und in dem Gedanken, daß die Sprache doch nicht nur eine Sache der Zunge allein ist, daß in dieser seltsamen neuen Welt ein Mann erst sterben und seine Heimaterde hinter sich lassen mußte, damit er eine neue Sprache sprechen konnte.

In jener Nacht verließ Sanjay sein Hotel und spazierte als Engländer durch die Straßen Londons. Er stellte fest, daß man ihn zwar anstarrte, aber in Ruhe ließ, wenn er mit zuversichtlichen Schritten ging. Dieses Selbstbewußtsein verliehen ihm die Kleider eines Gentleman, und außerdem trug er den Spazierstock mit der Klinge und einen (am Nachmittag in einem Sportgeschäft erworbenen) Totschläger in der Manteltasche. Zusätzlich zu diesen Waffen hatte er Informationen: Doktor Sarthey, so hatte ihm ein langer Eintrag in Debrett's mitgeteilt, lebte heutzutage zurückgezogen, nachdem er dem Empire lange Jahre treue Dienste geleistet hatte. Nach vierunddreißigjähriger Ehe war seine Frau gestorben, ohne Nachkommen zu hinterlassen. Das Haus im West End wurde von seinen Bediensteten geführt. Dr. Sarthey war zahlreicher Ehrungen teilhaftig geworden, unter anderem hatte man ihn zum Commander of the Order of the British Empire ernannt, und man hatte ihn wiederholt des Dankes der Krone versichert. Seine Veröffentlichungen waren zahlreich und hatten einen außerordentlich wichtigen Beitrag zum Wissen der Welt geleistet. Sanjay wußte inzwischen ebenfalls, daß Sarthey keine Besucher empfing, weil ihn an diesem Abend ein rundlicher Butler abgewiesen hatte, der sich sogar geweigert hatte, bei seinem Dienstherren nachzufragen, und statt dessen verkündet hatte, daß der gute Doktor niemanden empfange, überhaupt niemanden und zu keiner Zeit, daß er auch keine Visitenkarten oder Briefe in Empfang nehme. Sanjay war der Meinung gewesen, daß er mit einer einfachen Warnung weitere Verbrechen verhindern könnte, daß die bloße Tatsache, daß jemand darum wußte, den Täter daran abschrecken würde, und er hatte dies sogar dem Butler mitgeteilt: »Sagen Sie ihm, daß ich weiß, daß er es ist.« Aber bei diesen Worten war die Tür schon wieder fest ins Schloß gefallen. Während er draußen vor der hohen Gartenmauer stand, war am anderen Ende der Straße ein Polizist aufgetaucht, und Sanjay begriff, daß Sartheys Heim wahrhaftig eine Burg war. Und so wartete er nun auf den Straßen auf ihn.

Die Luft schien ihm schwer und dicht zu sein, und die gelblichen Lichter warfen einen schimmernden, verschwommenen Schein auf die schwarzen Wände. Eine glatte Fensterfront glänzte. Sanjay dachte: Das ist doch Wahnsinn. Warum macht er das? Er versuchte sich an den Namen der Frau zu erinnern, sie war irgend jemandes Schwester, er dachte an das Gesicht, das er zum Tode verurteilt hatte, und er schauderte in der Dunkelheit und mußte sich gegen eine kalte Mauer lehnen und die stinkende Luft in tiefen Zügen einatmen. Nein, Wahnsinn ist es nicht, überhaupt nicht. Woran habe ich nur in diesem Augenblick gedacht, an das Für und Wider, es ist völlig klar, ich habe die Vorteile und die Kosten gegeneinander abgewogen, jawohl, die Kosten, darum geht es, das ist eine dermaßen klare und unausweichliche Logik, daß sie sich nicht aufhalten läßt, hier triumphiert wirklich der Verstand. Als sein Zittern abebbte, rappelte sich Sanjay auf und griff nach seinem Stockdegen (erinnerte sich mit einem Mal an die Geschichten, die sein Onkel ihm von einem riesigen Knoten erzählt hatte) und flüsterte nach langer Zeit wieder einmal ein Stoßgebet, in dem er seine Götter um Hilfe anflehte. Steht mir jetzt bei. Und dann ging er weiter.

Ab und zu sah er Frauen auf den Straßen, und er überlegte, wie groß wohl die Armut sein mußte, die sie selbst mitten in diesem Horror dorthin trieb. Natürlich war es mehr als nur

Hunger, es war auch der strahlende Glaube des Lebens an sich selbst, die Gewißheit, daß der Tod für alle anderen Wirklichkeit ist, für dich schon, aber für mich nicht. Er sprach mit diesen Frauen, und er zeigte ihnen eine Abbildung aus einem Buch über berühmte Männer, aus einer Sammlung von Lobpreisungen (der Aufsatz über den Doktor trug den Titel »Die Entdeckung der Ordnung«), die den Leser inspirieren sollten. Deswegen bildete die Photographie Sarthey wohl mit nach oben gerecktem Kinn ab, einen Arm hatte er quer über die Brust gelegt, mit der Hand auf dem Herzen, tiefe Furchen verliefen von den Lippen abwärts, und das Haar war inzwischen eine feine weiße Wolke. »Haben Sie diesen Mann schon einmal gesehen?« fragte Sanjay. »Denken Sie gut nach, haben Sie ihn gesehen?« Aber sie kannten ihn nicht. Sanjay warnte sie: »Halten Sie sich von ihm fern. Sie müssen ihm aus dem Weg gehen.« Dann wandten sie sich von ihm ab anstatt von jenem anderen – es gelang ihm nicht, die Dringlichkeit aus seiner Stimme zu nehmen, und er vermutete, daß sein Gesichtsausdruck reiche, um in der Finsternis einer dieser Londoner Nächte einen jeden das Fürchten zu lehren. Aber er machte weiter, er zog von einer Gasse zur anderen, bis er schwach vor Erschöpfung war, bis seine Oberschenkel schmerzten und seine Finger sich um den Stockdegen krampften. Endlich blieb er bei einer leeren Zisterne stehen, lehnte sich an eine Mauer, die Hand auf den Oberschenkel abgestützt, und die völlige Dunkelheit schien vom rauhen Röcheln seines Atems widerzuhallen.

»Nun, bist du's?«

Der Schatten zu seiner Rechten lehnte in genau der gleichen Pose an der Mauer, den linken Arm wie in einem Spiegelbild auf den Schenkel gestützt. Da warf sich Sanjay herum, stolperte über die Pflastersteine und taumelte auf die andere Seite der Gasse. Als er aufblickte, ragte die Gestalt groß und dunkel vor dem Himmel auf.

»Eine der kleinen Huren hier hat mir erzählt, daß jemand meinen Vater sucht, ein interessant aussehender Jemand. So interessant, daß ich von ihr ablassen mußte, sie hatte wirklich Glück, die Kleine, und mich auf die Suche nach dir machte. Ich wußte, daß du es sein mußtest. Meinen Vater. Stell dir

nur vor.« Ein sattes Lachen lag unter diesen Worten. Als er
sein Gesicht in einen flachen Mondstrahl vorreckte, waren
die Zähne makellos und weiß und glänzend, und die Augen
schimmerten in junger Haut, jugendlich jenseits der kühnsten Träume, das Kinn war straff und elegant, die Wangen
fest und rosig und hübsch, der Schritt elastisch. Sanjay fühlte
angesichts dieser blühenden Gesundheit Übelkeit in sich aufsteigen, und er beugte sich vor und übergab sich.

»Aber, aber. Und ich habe mich so gefreut, dich zu sehen.
Endlich jemand, mit dem ich reden kann. Jemand, der mich
versteht.«

Sanjay tastete im Dreck herum, und schließlich fanden
seine Hände die feste Form des Stocks. Mit einer einzigen Bewegung zog er die Klinge und sprang vor, und der Stockdegen sauste dem anderen über Schultern und Brustkorb.
Aber Sarthey war nicht da, der Stahl traf auf Stein und ließ
blaue Funken regnen. Sanjay ging durch die Gasse zurück,
ließ die Klinge suchend von einer Seite zur anderen streichen. Doch die Gasse war leer. Sanjays Augen sahen in der
Dunkelheit immer noch die Funken stieben, sonst nichts.

»Aber, aber, warum denn so vulgär?« Die Stimme kam von
oben. Als Sanjay den Kopf zurücklegte, sah er Sarthey oben
auf der Mauer sitzen, ein Bein über das andere geschlagen,
mit wippendem Fuß. »Natürlich willst du wissen, wie ich es
mache. Wie man so springen kann. Das ist eine ganz banale
Frage; worauf es ankommt ist das Warum. Warum man sich
von der Erde befreit, boing-boing-boing, mit gefederten Fersen sozusagen, und geradewegs in das Firmament hineinspringt. Es gab schon einmal einen anderen Schnitter, weißt
du das?« Er erhob sich leichtfüßig und ging auf Zehenspitzen
über die Mauerkrone, hielt die Arme ein wenig vom Körper
entfernt. »Ich bin unhöflich. Ich hätte dich schon längst
fragen sollen, wie du aus dem Ganzen herausgekommen bist.
Ich meine, warum bist du nicht tot? Macht nichts, ich hege
keine Zweifel, daß es so ähnlich wie bei mir war. Weißt du,
daß das, was aus dieser Höhe betrachtet von London am meisten ins Auge sticht, der Dreck ist? Er verbreitet sich auf überaus ärgerliche Weise. Hier im Herzen der Zivilisation gibt es
achtzigtausend Huren. Nichts als Brunst, Brunst, Brunst. Ich

habe das sehr sorgfältig untersucht.« Er drehte sein Gesicht zur Seite. »Oh, oh, haste den Teufel gesehen mit seim Mikkerskop und seim Schkalpul, wie er sich 'ne Niere anschaut und n'Stück davon hochsteht? Oh. Oh, oh!« Er lachte. »Wissenschaftliche Untersuchung, das ist das Geheimnis.«

Sanjay faßte sich, nahm Anlauf und sprang auf eine niedrige Mauer, kletterte hoch und ließ dann einen ungeheuren Rückhandschlag auf Sartheys Beine herabsausen. Der ungebremste Schwung warf ihn wieder kopfüber auf den Boden. Diesmal sah er, wie Sarthey mühelos nach oben und über die Mauer schwebte, und sein Rock breitete sich weit gegen die Nacht aus.

»Sei nicht so dumm. Ich habe es dir doch schon gesagt: Meine Fersen sind wie Sprungfedern. Ich bin leicht, ich bin luftig, ich bin frei. Aber ich erinnere mich jetzt an dich, an dich und deine von-hier-nach-da-Geschichten. Du willst alles erklärt bekommen. Na gut, dann erzähle ich es dir. Sei ruhig und höre mir zu. Ich fange ganz am Anfang an. Ich bin hierher zurückgekommen. War das der Anfang? Wir nehmen mal an, daß es so war.« Er lief leichtfüßig über die Dächer, spazierte auf Fensterbrettern, tänzelte über die Mauern, und Sanjay mußte sich sehr sputen, um Schritt zu halten. Er hatte noch den Stockdegen, aber Sarthey war immer ein Stückchen außer Reichweite, ein bißchen zu weit weg. »Ich kam nach England zurück, kurz nachdem ich dich in Delhi gesehen hatte. Der Streich, den du mir da gespielt hast, war hinterlistig, aber ich habe doch all mein Material zurückbekommen. Ich hatte genug für mein Buch. Hast du von meinem Buch gehört? Wissenschaftliche Studie Indiens und seiner Menschen, seiner Fauna und Flora? Danach war ich jemand, mein Lieber. Es ist großartig, wenn man ein gemachter Mann ist, solange man noch jung ist, eine wissenschaftliche und literarische Größe. Einmal ganz abgesehen von den vielen Einladungen zum Abendessen. Plötzlich hat alles, was man macht, eine ganz besondere Eleganz. Man bekommt eine Art schimmernden Schein, und das Geld umgibt einen mit einem gewissen Glitzern, nicht das Geld allein, auch der Erfolg, mit einem harten Heiligenschein der Schönheit. Ich konnte es im Spiegel sehen, und natürlich war es nicht nur das. Es war ganz etwas anderes, etwas, von dem ich niemand erzählt hatte, ein Geheimnis könnte man sagen. Ich habe alles, was ich in Indien gesehen hatte, in diesem Buch festgehalten, bis auf eins. Kannst du dir vorstellen, was das war? Natürlich weißt du es: Die Sache mit dem Kind. Mit dem Kind, das so hell glänzte, das glühte. Wie konnte ich das glauben? Eine Weile dachte ich, daß mich die Hitze in den Wahnsinn getrieben hatte, daß ich einen Sonnenstich erlitten und alles nur geträumt hatte. Aber ich hatte noch meine Aufzeichnungen, und ich konnte sehen, daß meine Handschrift regelmäßig war, vernünftig, keine Frage. Also mußte ich daraus schließen, daß es wirklich geschehen war. Es ließ sich einfach nicht leugnen, und doch mußte ich es aus meinem Buch herauslassen, denn wer hätte es mir hier schon abgenommen. Sie hätten mich für verrückt erklärt, mich! Also verdrängte ich es und fuhr mit meiner Arbeit fort, betätigte mich fleißig als Arzt und Chirurg. Wichtiger noch, ich behandelte die Leiden derjenigen, die wirklich wichtig waren. Das ist keine Kleinigkeit, all diese gesellschaftlichen Feinheiten richtig hinzubekommen; der angemessen sorgenvolle Blick und die Fertigkeit, das Tanzbein zu schwingen, können einem mehr Geld und Ruhm einbringen als die Fähigkeit, die Malaria zu heilen. Ich war der Liebling gewisser älterer Damen, wegen meines schnellen Witzes, wegen meiner scharfzüngigen Angriffe auf die führenden Damen der Zeit, die ich hinter dem erhobenen Weinglas hervor machte, kaum außer Hörweite des armen Opfers, das sich in erhabenem Unwissen darüber befindet, daß es gerade bis ins Mark getroffen wird. Wie ich diese Bälle liebte, die farbenfrohen Röcke der Militärs, die glitzernden Juwelen, die Paare, die über den Tanzboden schwebten. Aber hinterher in der Kutsche, draußen vor dem Fenster, da fiel mein Blick immer wieder sekundenlang auf etwas, auf ein Gesicht oder eine zerlumpte Gestalt, die in einem Türbogen vor Kälte schlotterte, und das riß mich herunter, schuf in mir ein so schmerzliches Gefühl, daß ich vor Wut bebte, so unappetitlich war das anzusehen, so bedrückend war dieser ganze Dreck, daß ich mich in meiner Kutsche zurücklehnte und die Hände vor die Augen schlug. Ich liebte diese Stadt mit ihren breiten geraden Boulevards voller Licht, aber immer drückte von unten unerwartet dieses häßliche Brodeln an die Oberfläche, die Straßenjungen mit ihren Rotzgesichtern, der Gestank, die Pferdeäpfel auf der Straße. Ich war dazu verdammt, immer und immer wieder heruntergerissen zu werden. Aber ich hatte noch ein anderes Geheimnis, ein in einem anderen Geheimnis verborgenes, und das war meine Rettung. Weißt du, was es war? Kannst du es raten? Kannst du es dir vorstellen? Du kannst es nicht. Was mich erlöste, war die Klinge, das Messer, das Durchschneiden. Als ich die letzte Wand durchtrennte und das Kind hindurchschimmerte, da hatte ich es, den Urgrund, den Anfang vom Anfang und die Antwort am Ende, die gerade Linie, die vom einen zum anderen führte, den Bogen, und da erzitterte das Universum und war einen kurzen Augenblick lang vollkommen geordnet, es war einfach da, und man brauchte nicht von Gott oder von Göttern zu reden. Ich verstand. Verstehst du das? Du kannst es nicht begreifen. Das macht nichts. Du mußt wissen, was ich später an jenem Nachmittag herausgefunden habe, nachdem du hinausgeeilt und mit dem Kind geflohen warst, nein, ich habe es nicht in dem Kadaver gefunden, sondern in mir selbst, und es war folgendes: Ich war reiner Geist geworden, ein Prinzip, das sich von dieser Erdenschwere befreit hatte, ich konnte fliegen. Am Abend ging ich spazieren und begab mich bei Anbruch der Dunkelheit auf den Rückweg zum Lager. Vom Boden eines Flußbettes bewegte ich mich nach oben, und ich schritt leichtfüßig über die Felsen, sprang vom einen zum anderen, und unter mir rann das Wasser. Schließlich blickte ich auf die dunkle Kante der Böschung über mir und sprang und stand auf einmal oben, und das Glitzern des Wassers lag weit unter mir. Ich konnte es nicht verstehen, die Entfernung war groß, etwa dreißig Fuß. Ich kam zu dem Schluß, daß ich krank sein müsse und fieberte, ging also nach Hause und schlief. Aber am nächsten Morgen versuchte ich es erneut und stellte fest, daß ich – aus dem Stand – gute fünf Yard in die Höhe springen konnte. Davon erzählte ich natürlich niemandem etwas. Aber bei jeder sich bietenden Gelegenheit genoß ich mit Freuden diese unglaubliche Veränderung, dieses Geschenk. Schon bald mußte ich allerdings feststellen, daß diese

Gabe mir wieder genommen wurde. Mit jedem Tag wurde ich weniger bemerkenswert, so daß ich, als ich endlich Kalkutta erreichte, wieder zu meiner normalen, erdenschweren Existenz zurückgekehrt war und wie alle anderen meine Füße schwer schlurfend hinter mir herzog. Es wäre der helle Wahn gewesen, jemandem davon zu erzählen, es hätte zumindest meine Karriere zerstört. Und so vergingen die Monate, und ich betrachtete diese Begebenheit als eine vorübergehende Verrücktheit, einen Streich, den mir meine Phantasie gespielt hatte, eine ausgedehnte Verirrung eines Hirnes fern der Heimat. Ich war schließlich, sagte ich mir, Wissenschaftler.

Als ich wieder zu Hause war, widmete ich mich ganz meiner Arbeit. Ich heiratete, und im Wirbel der Alltagsgeschäfte und meines wachsenden Ruhms vergaß ich meine kurze Begegnung mit dem Geheimnisvollen. Wenn Menschen in meiner Gegenwart von übernatürlichen Kräften sprachen, machte ich mich darüber lustig und tat mich groß als Rationalist der härtesten Sorte. Ich bin sicher, daß ich nicht wenige Phantasten verärgert habe, die Sorte Menschen, die sich für ihr Leben gern gegenseitig mit Geschichten von gespenstischen Mönchen in alten Landhäusern Angstschauer über den Rücken jagen. Aber insgeheim hatte ich das Gefühl, daß ich inzwischen ein paar eigene Gespenster hatte: Ich war launisch, plötzlich und unerwartet überkamen mich Gefühle, die ich selbst nicht begreifen konnte, Wutausbrüche und lange Zeiten schwärzester Depression, in denen alles um mich herum mir flach und dünn wie Papier erschien, in denen ich in betäubtes Schweigen verfiel, wo es nichts gab, außer der Langeweile und der Nichtigkeit des Lebens. Ich verstand nie ganz, warum mir dies widerfuhr. Ich akzeptierte es allmählich als den Preis, den ich für meine Intelligenz oder vielleicht für meine Bewußtheit zu zahlen hatte. Es überfiel mich ganz unerwartet. Ich konnte so schnell und so unmerklich von der Fröhlichkeit einer Feier in diese Wildnis sinken, daß die Person, mit der ich gerade zusammen war, vielleicht einer meiner Lieben, es nicht einmal bemerkte; sie redeten weiter und lachten, während ich auf das widerliche Rosa ihrer Kehlen und die grobe Rauheit ihrer Zungen starrte und sie haßte.

Es geschah mir immer wieder, eines Abends auch bei einem Diner. Wir speisten mit Freunden, um einen meiner Triumphe, einen großen Erfolg zu feiern: Man hatte mir die Goldmedaille der Gesellschaft für Wissenschaftliche Verdienste verliehen. Wir aßen Schildkrötensuppe und feines Fleisch, und vor mir auf dem Tisch stand eine offene Flasche Madeira. Ich war glücklich. Wenn ich auf meine Hemdbrust herabblickte, so schien sie mir wohlgefüllt und fest, und die Leute, mit denen ich am Tisch saß, waren angenehme Gesellschaft, am anderen Ende der Tafel hatte sogar ein Herzog Platz genommen, und alles war gut. Aber dann, als ich die Flasche zu meinem Glas hob, lachte jemand, während ich einschenkte und in der anderen Hand mein silbernes Messer hielt. Es war mein Freund Haliburton, und der Klang seines Lachens erschien mir viehisch, zweifellos war er es nicht, denn Haliburton war ein sehr wohlerzogener junger Mann, und ganz sicher hatte er ein angenehmes Lachen, so angenehm wie er selbst. Aber dieses Lachen drängte sich gegen mich wie ein widerliches, nasses Tier, klein und lederhäutig, und plötzlich jaulte rings um mich das Licht laut auf, und ich befand mich ganz allein in einer Ewigkeit, ich konnte sie alle nicht mehr ertragen, nicht die mit Speisen überladene Tafel, nicht die witzigen Gespräche, gar nichts. Ich befand mich wieder in der verschwitzten Hölle Kalkuttas und war von grinsenden schwarzen Gesichtern umringt. Es war so schlimm, daß ich mich vom Tisch zurückstieß und das Tischtuch mit den Fingern krallte. Ich sagte. ›Ich muß Sie leider einen Augenblick verlassen.‹ Und ehe jemand ein Wort sagen konnte, stürzte ich aus dem Zimmer, ließ ihr Stimmengewirr hinter mir zurück, und schon war ich auf der Straße und lief: weit, weit, und sehr schnell, und plötzlich war die Abenddämmerung gekommen. Als ich mich umsah, befand ich mich in einer verkommenen Gegend, in der ich noch nie gewesen war, in einem müllübersäten Hinterhof bei einem braunen Haus. Ich wischte mir übers Gesicht und kehrte um, trottete die Gasse hinunter und machte mich auf die Suche nach dem Heimweg. Aber dann bog ich um eine Ecke, und vor mir war ein zersplitterter Holzzaun, an den sich eine Frau lehnte, mit dem Gesicht zum Holz, und hinter ihr, über ihren Rücken gebeugt, stand ein Mann und pumpte vor und zurück. Ich hielt inne, wie in Trance. Der Mann bemerkte mich, taumelte zurück, raffte seine Hose in der Taille zusammen und floh die Gasse hinunter. Er blieb kurz stehen, um eine billige Melone aufzuheben, die ihm zu Boden gefallen war, er war wohl irgendein Schreiber oder Sekretär. Die Frau wandte mir kokett den Kopf zu, lehnte immer noch an dem Zaum, da war keine Spur von Scham, und dann richtete sie sich langsam auf, und während sie sich umwandte und ihr Rock sich wieder ordnete, tat sich einen Augenblick lang unter ihr die Dunkelheit auf, die Dunkelheit der Schöpfung und der Pestilenz der Fortpflanzung, und ich versuchte zu denken, zu denken, aber sie kam auf mich zu: ›Na, was is mit dir, Schätzchen, bist wohl fürn bißchen niederes Leben hergekommen, was?‹ Sie streckte die Hand aus, um mich an der Wange zu berühren, und an ihren Fingern klebte der Gestank danach, der Gestank der Materie, der ganzen dreckigen Existenz. Da stieß ich sie zur Seite, schob sie weg, dieses Greuel, und sie fiel hin, fluchte und kroch weg, und ich hielt das Messer noch immer in der Rechten, und ich beugte mich zu ihr hinunter und machte einen Schnitt in ihr rechtes Bein. Der Stoff zerfetzte und das gelbe Fleisch darunter auch, und sie schrie und schrie. Ich war ganz still und bewegte mich nicht, denn nun war mir klar, daß die Intelligenz untersuchen muß, ich war nun ganz ruhig, ich spürte, wie Stärke in mir aufwallte, als hätte jemand Schleusentore geöffnet, ich wußte nun, daß es mein Lebenszweck war, alles zu verstehen. Männer kamen die Straße heruntergerannt, wütende Männer mit erhobenen Stöcken, aber ich war ganz ruhig, und ich blickte sie unerschrocken an, sie kamen auf mich zugestürmt, und ich griff sie nicht an, ich floh nicht vor ihnen, ich machte nur einfach einen Schritt nach vorne und flog davon.

Du kannst sagen, daß ich nun über die bloßen Fakten verfügte, während ich mich über ihren erschrockenen Gesichtern und über dem Saustall da unten in die Lüfte erhob. Denn ich wußte nun, was ich tun mußte, um fliegen zu können, daß es dieses Bloßlegen war, das mich von der Dummheit der Schwerkraft befreite. Das kannst du verstehen, wie du willst, jedenfalls wußte ich, daß die Entdeckung diejenigen befreit, die es wagen, sich auf die Reise zu begeben. Ich hatte es schon immer bei chirurgischen Eingriffen und in Autopsien gemacht, aber erst durch den Schock wurde die Kraft freigesetzt. Der reine Intellekt vollbringt diese Handlung ohne irgendeinen Grund, nur aus Wissensdurst. Ich sollte am nächsten Tag eine Reise nach Yorkshire antreten. Ich fuhr hin, und ich forschte nachts im Hügelland zwischen den Bauernhöfen weiter: Ich pirschte mich an Schafhürden und Schweinesuhlen an, ich wartete, wartete, bis eine gedrungene Gestalt sich in der Dunkelheit näherte, auf dem Pfad von einer Seite zur anderen schwankte. Dann sauste ich blitzschnell hinterher, eine einzige rasche, sichere Bewegung des Handgelenks, und es ist vollbracht. Sie kreischen und jaulen, während sie sich zu mir umwenden, sich den Hintern halten, aber ich bin schon mit einem flotten Lachen auf und davon, weißt du, und ich kichere und flüstere in Selbstgesprächen, während ich mich glücklich und selbstsicher durch die Lüfte schwinge.

Jetzt weißt du es also, weißt, daß ich es bin, weißt, was ich will, ja, du weißt es, aber ich gebe dir nicht alles preis, denn schließlich bestehen gewisse Bande zwischen uns, zwischen dir und mir. Und ich weiß, daß du es verstehen mußt, sozusagen am eigenen Leibe fühlen. Man ist einsam, wenn niemand es weiß, begreifst du, also habe ich diese Aufzeichnungen gemacht, um mich zu amüsieren. Sie deuten gewisse Dinge an, mußt du wissen. Aber nun wird es hell, und ich muß wieder fort. Halte ab jetzt Ausschau nach mir. Morgen und übermorgen, ja, dann wirst du begreifen, was ich jetzt tue, was ich will. Ist es nicht herrlich, so jung und am Leben zu sein? Du rätselst noch daran herum. Ich will dir einen Hinweis geben: Die Logik ist ewig, sie vergeht nicht, sie ist universell, sie ist überall gleich, sie ist unendlich.«

Mit einem Schlagen seiner Arme sprang Sarthey in die Höhe und war plötzlich weg. Es schien Sanjay, als habe sich der Gehrock einfach zusammengefaltet und sei verschwunden, ins Nichts zusammengefallen. Er hob seinen Stockdegen auf und begriff nun, daß der immer nutzlos gewesen war, aber er war immerhin etwas. Er machte sich auf den Rückweg zum Hotel, weil er keinen anderen Ort hatte, an den er hätte gehen können. Er hatte Angst, denn ihm fehlte jede Vorstellung, was er als nächstes tun sollte, wie er Sarthey aufhalten könnte, der schneller und stärker und unverletzlich war. Er wußte auch, daß er nicht fliehen konnte, daß er keine Wahl hatte und einfach bleiben und kämpfen mußte. Er sprach das laut aus, und seine Stimme klang in der Morgenluft seltsam und fremd: Die ganze Welt war nun eins geworden, er konnte nirgendwohin fliehen.

Sanjays Körper war müde, aber er konnte nicht schlafen. Also verbrachte er seine Zeit im Lesesaal des British Museum und blätterte alle Bücher Sartheys Seite für Seite durch. In dem Buch über seine indischen Reisen las er:»Sanjay, ein Eingeborener, den ich für ziemlich vielversprechend hielt, hauptsächlich weil er eine Spur Bildung besaß, die er sich eher zufällig angeeignet hatte. Wie abzusehen war, hatte ich mich jedoch auch in ihm getäuscht, denn dieser Mann faßte in der typischen gefühlsbetonten Art der Einheimischen ohne erdenklichen Grund einen großen Haß gegen mich und versuchte, meine Bücher und Aufzeichnungen zu stehlen. Dieses Unterfangen wurde jedoch vereitelt. Unsere einheimischen Truppen machten ihn dingfest, aber ich entschied mich, ihn nicht vor Gericht stellen zu lassen, da er offensichtlich verrückt war. Als ich mein überaus wichtiges Material wiederhatte, ließ ich ihn laufen.« Im nächsten Satz wandte sich Sarthey wieder einer Abhandlung über den indischen Leoparden zu. Dies war also alles, was er je in seinen Schriften über Sanjay hatte verlauten lassen, und doch spürte der, während er es in diesem riesigen, von gelben Sonnenstrahlen durchkreuzten Raum las, ein ungewohntes Lächeln über sein Antlitz huschen, und er lachte leise und hielt sich das Buch vors Gesicht. Die anderen Bücher waren mehr oder weniger technischer Art, hatten die vielfältigsten Themen: von der Behandlung der Gefangenen in den Gefängnissen Ihrer Majestät bis hin zu Felsformationen in Wales. Gelegentlich kam ein Gefühl des Stolzes und ein großer Zukunftsglaube zum Ausdruck. Von einer Brücke in New York City schrieb Sarthey:»Als ich zu der exquisiten Geometrie dieser Konstruktion hinaufblickte, deren Form ebenso schön ist wie alles, was die Bildhauer des antiken Griechenland in Stein gemeißelt haben, da erfaßte

mich der Traum von einer Welt, die durch die Forschungen
der Wissenschaftler gerettet wird, von einer Welt, die von Armut, Hunger und Krankheit, von Krieg und Aberglauben erlöst ist, und zwar durch die rationalen Entscheidungen einer
Politik, die nicht von Emotionen, sondern von wissenschaftlichen Prinzipien getrieben wird. Die Aufgabe liegt vor uns,
wir dürfen nicht zögern. Sie wird getan werden. Sie wird bereits getan.« Sanjay las bis zur Abenddämmerung, und dann
ging er wieder auf die Straßen hinaus und spazierte durch die
Dunkelheit, legte den Kopf in den Nacken, um die Dächer,
die Balkone und den dunklen Himmel abzusuchen. Sanjay
wanderte die ganze Nacht umher und versuchte sich zu überlegen, was er tun würde, wenn Sarthey auftauchte, denn den
Glauben an Gewehrkugeln und Klingen hatte er inzwischen
verloren. Außerdem fühlte er sich schwach. Aber Sarthey erschien nicht. Sanjay wartete, bis bereits ein schwaches helles
Grau auf den Mauerkronen lag. Dann kehrte er in die Bibliothek zurück, wo er weiter in Sartheys Werken las. Die späteren Bücher wurden immer technischer, und Sanjay wurde
ganz leicht im Kopf von den vielen Abstraktionen, die, je
häufiger sie auftauchten, immer vergeistigter wurden. Als er
an jenem Abend auf einer Straße namens Bishopsgate in
Richtung East End dahinschritt, sah er den Polizisten Bolton.
Er näherte sich ihm von hinten und sagte: »Glauben Sie inzwischen, daß es Sarthey ist?«

Bolton fuhr herum und blickte ihn an. »Was war das bitte?«

Sanjay wiederholte seine Aussage und fragte sich, warum
Bolton ihn so anstarrte. Dann wurde ihm klar, daß er, als er
das letztemal mit Bolton geredet hatte, ein Fremder ohne
Stimme gewesen war, nun aber ein Engländer mit einem abgehackten Akzent war, den er zwischen den Zähnen hervorquetschte – der Mann hatte keine Ahnung, wen er vor sich
hatte.

»Sie kommen besser mit«, meinte Bolton. »Sie sind nicht
der erste, der diesen Namen erwähnt. Ich nehme an, der Inspektor möchte sich Ihre Geschichte anhören.«

Der Inspektor war ein gedrungener Mann mit einem riesigen, struppigen Backenbart und dem vertrauenerweckenden
Namen Abberline. Er bat Sanjay, Platz zu nehmen, und fing

ohne Umschweife mit seiner Befragung an. »Wer sind Sie? Woher kennen Sie diesen Sarthey? Welchen Grund haben Sie für Ihre Annahme, daß er der Gesuchte sein könnte?« Sanjay erzählte in allen Einzelheiten die Wahrheit, log aber mit Leichtigkeit bei den Angaben zu seiner Person; er gab vor, Schriftsteller zu sein, ein Mann, der einige Zeit in Indien verbracht hatte, wo ihm Schriftproben von Sarthey untergekommen waren, die er nun wiedererkannte. Er stellte fest, daß es ganz einfach war, einen englischen Namen (Jones) und ein englisches Leben für sich zu erfinden (Dienst in der Armee, Eltern verstorben), daß all die Romane und alten Zeitungen, die er vor langer, langer Zeit in der Bibliothek gelesen hatte, nun eine willkommene Quelle für diese notwendigen Erfindungen waren. Schließlich lehnte sich Abberline in seinem Stuhl zurück und sagte: »Wir hatten unsere eigenen Gründe, dem Haus dieses Mannes einen Besuch abzustatten und ihn uns anzusehen. Er ist alt, aber das tut nichts zur Sache. Wir haben sein Haus vorn und hinten mehrere Nächte nacheinander bewacht, niemand kommt heraus, niemand geht hinein. Angenommen, er ist der Gesuchte, wie soll er das Ihrer Meinung nach bewerkstelligen?«

Sanjay holte tief Luft: »Er fliegt.«

Abberline und Bolton lachten laut auf. Der Inspektor ruckte vor, und seine Stiefel donnerten auf den Boden. »Er fliegt. Natürlich! Wieso sind wir darauf nicht gekommen?«

Sanjay zuckte die Achseln, stand auf und nahm seinen Stockdegen zur Hand. »Sie machen sich gar keine Vorstellung, womit Sie es hier zu tun haben.«

»Zweifellos, zweifellos«, bestätigte Abberline. »Ich sage Ihnen ganz offen, daß uns dies kürzlich auch jemand anderes erzählt hat. Ein gewisser Mystiker, ein Medium, wie man es wohl nennt, hat uns zu seinem Haus geführt, das er in einer Trance erblickt hatte. Wir haben Doktor Sarthey gesehen, den armen alten Kerl; er ist so schwach, daß er kein Licht mehr vertragen kann, er liegt in einem dunklen Zimmer und hat alle Vorhänge zugezogen. Als wir das Haus wieder verließen, ohne eine Verhaftung vorgenommen zu haben, meinte der mystische Gentleman das gleiche wie Sie. Sind Sie auch ein Visionär?«

Sanjay war schon auf dem Weg nach draußen, und durch ein Fenster erblickte er den schwarzen, endlosen Nachthimmel. Ohne sich noch einmal umzudrehen, sagte er:»Sie werden schon sehen. Eines Tages werden Sie es sehen.«Während er sich umwandte, fiel hinter ihm eine Tür zu, und er hörte Boltons Stimme in der Ferne:»Ich frage mich, warum der gute Herr Doktor bloß all diese Verrückten anzieht.« Dann befand sich Sanjay wieder auf den Straßen, eilte, rannte beinahe auf die stinkenden Gassen zu, wo Sarthey zu finden sein würde. Während er ging, dachte er: Schweigen ist einfacher als Sprechen, Lügen sind glaubwürdiger als die Wahrheit. Er wanderte durch die Straßen, mit denen er inzwischen schon vertraut wurde. Und er dachte immer und immer wieder, wie ein regelmäßiger Rhythmus durchströmte es ihn: Alles, was nun bleibt, sind Lügen. Das dachte er auch, als sich eine Hand wie eine Klammer auf seine linke Schulter legte. Da wich die Straße unter ihm weg, die rauhe Oberfläche der Steine, die im Licht schimmerte, wurde zu einer dünnen Linie ganz weit unten, die Lichter schrumpften zu kleinen Pünktchen und ordneten sich zu einem regelmäßigen Muster. Dicht neben Sanjays Kopf sprach Sarthey, flüsterte ihm ins Ohr:»Du wirst mich nie fangen, wenn du nicht denkst wie ich. Was will ich?« Sein Atem ging schwer und duftete süßlich wie Weihrauch. Sanjay würgte, und Sarthey lachte leise, während er sich wehrte:»Ich habe festgestellt, daß ich stundenlang so hier oben schweben kann. Wenn man eine Art Ruhestellung gefunden hat, ist es wirklich sehr schön, all das da unten, von weitem gesehen. Aber dann wird es immer schwerer, wieder nach unten zu kommen. Je länger man oben bleibt, desto schwerer wird es, wieder nach unten zu kommen. In mancher Nacht fühle ich mich wie ein Engel. Das Mondlicht singt mir Lieder. Ich bin verwandelt. Verklärt eigentlich. Nicht dieses jämmerliche Kind, das ich einmal war. Nicht wie du. Ich habe auch an Doktor Lusk geschrieben, weißt du. Auf die eine oder andere Weise habe ich es sie alle wissen lassen. Ich habe es ihnen sogar vorgeführt. Nach einer meiner Veranstaltungen habe ich Stimmen gehört und bin auf die Straße getreten, und da waren zwei Polizisten. Ich inszenierte einen kunstvollen Stolperer, und einer von ihnen sagte: ›Geht es Ihnen gut, Sir?‹ Ich erklärte ihm, doch ja. Er sprach mit mir. ›Sir, es ist kalt‹, hat er gesagt. Und dann ging ich weiter. Eine Minute später hatten sie mein Werk gefunden. Aber ich war schon weg. Es war ein kleiner Nervenkitzel, aber sie sind ja so abgrundtief dumm. Man breitet es ihnen vor der Nase aus, doch sie können es nicht sehen. Dir habe ich am meisten erzählt, weil ich das Gefühl habe, daß du es verstehst. Das tust du doch? Antworte mir. Was will ich?«

Sanjay würgte, dann erbrach er eine weiße Flüssigkeit, die geräuschlos zur Erde hinunterfiel. Sarthey schüttelte ihn so sehr, daß seine Gliedmaßen wie die einer Puppe hin- und herbaumelten und sein Kopf vor und zurück schleuderte. »Was will ich?«

Und Sanjay erwiderte mit seinem wunderschönen, hohlen britischen Akzent: »Du willst niemals sterben.«

Sarthey schrie auf, ein wildes Bellen der Befriedigung, das über die ganze Stadt hinwegrollte: »Leben, Leben, Leben!« Und Sanjay spürte, wie der Klammergriff an seiner Schulter sich lockerte und wie er herabstürzte. Sartheys Stimme dröhnte ihm im Kopf, während unter ihm die Erde im Kreis wirbelte. »Ich möchte nun meine Schlußfolgerungen darlegen. Ich habe in mir die Fähigkeit des Fliegens entdeckt, die Fähigkeit, mich von den Fesseln der Erde zu loszuschneiden, aber trotzdem alterte ich. Ich hatte mich von der Schwerkraft befreit, aber nicht von der furchtbaren Schande der Entropie. Zerfall ist nicht fair, wirklich nicht. Ich wollte rein und unzerstörbar sein, der Urgegenstand, der Urgrund selbst, frei wie eine Feuerzunge im Dunkeln. Ich konnte das mit meinem Verstand nicht klären, es gab keine Antwort. Jedesmal wenn ich mein Skalpell benutzte, wurde ich stärker, aber trotzdem alterte ich langsam, wurde faltig und gebeugt, stank und pißte. Der Alterungsprozeß wurde zwar aufgehalten, verlangsamt, aber er nahm trotzdem seinen Lauf. Verdammt unfair. Aber ich bemühte mich, ich strengte mich für meine alte Schule noch einmal gewaltig an. Beobachten, immer beobachten. Alles gut durchdenken.« Nun kommt ihm der Boden entgegengestürzt, und Sanjay sieht, wie die Gebäude größer und größer werden und die Lichter aufflackern, und er schreit: »Sikander, mein Bruder!« Aber es ist zu spät. »Immer die Logik anwenden. Wieder ganz vorne anfangen. Und dann hatte ich die Antwort. Zum Anfang zurückgehen, zu dem zurückgehen, womit alles anfängt. Und diesen Anfang habe ich gesucht. Er ist stinkend und dreckig, aber das brauche ich. Am Anfang ist die Hitze. Heute nacht bekomme ich endlich, was ich immer wollte. Oder morgen. Du jedoch nicht. Denn du bist tot.«

Aber Sanjay war natürlich nicht tot, denn er war noch nicht bereit, das Leben aufzugeben, oder das Leben war noch nicht bereit, ihn aufzugeben, er konnte es nicht mehr auseinanderhalten. Er lag auf einem Dach. Er war nicht tot, aber jedesmal, wenn er versuchte, sich zu bewegen, spürte er, wie die gebrochenen Knochen in seinem ganzen Körper gegeneinanderrieben. Die Sonne zog in einem knirschenden Bogen über den Himmel, und er sah seinen Vater und seine Mutter durch einen Garten schreiten. Goldenes Licht zeichnete einen Tiger auf einen grünen Waldboden. Ein brennendes Gebäude und kreisende Zahnräder. Eine Kanonenkugel, die durch die Luft geflogen kommt. Eine königliche Dame namens Janvi, die auf einem Chaurasa-Brett würfelt, lacht und sich die Hand vor den Mund schlägt. Ein Elefant, der mit tanzenden Schritten im Mondlicht über eine Straße zieht. Eine Gasse in Kalkutta, in der nur Süßigkeitenverkäufer und Weinhändler wohnen. Ein Boot, das auf dem Gomti treibt und in dem eine Stimme *Jaane na jaane gul na jaane, baag to saara jaane hai* singt. Ein Kavallerieregiment, das im Galopp und mit gesenkten Lanzen herangesprengt kommt. Der schleppende Gang seines Onkels, sein weicher, mißmutiger Körper und seine flüsternde Stimme: »Die Welt ist endlos, und die Straße ist lang, singe, mein Freund, singe, alles, was stirbt, muß wieder geboren werden.« Sanjay war nicht tot, doch er wußte, daß er zerschmettert war, und der Schmerz tobte durch seine Gliedmaßen. Aber er spürte auch, wie die Bruchstücke wieder zusammenwuchsen, wie die Einzelteile sich wieder zusammenfügten, und obwohl er vor Schmerzen weinte und die Hände rang und sich an den Ziegelsteinen festklammerte, wurde er doch wieder lebendig und heil. Als er sich zum Sitzen hochziehen konnte, war es bereits Nacht, und er verfluchte seine müden Knochen, er fühlte sich alt und zitterig, und er hatte Angst.

Vorsichtig ließ er sich von einer Mauer herab und gelangte so auf die Straße. Als er sich an dem Mauerwerk festklammerte, schürfte er sich die Haut an den Handflächen auf. Er hatte den Stockdegen auf dem Dach gefunden und benutzte ihn nun als Krücke, während er sich eilends zur Polizeiwache begab. Er wußte jetzt, was Sarthey suchte. Er war sich nicht sicher, wie er zu diesem Wissen gekommen war. Als er auf dem Dach lag, war es plötzlich dagewesen. Aber als er es einmal wußte, war es so klar, daß ihm schien, er müßte es immer gewußt haben. Ohne Bolton oder Abberline konnte er jedoch nichts tun. Er wußte, was es war, aber nur sie könnten vielleicht wissen, wo es zu finden war. Also stolperte er durch die Straßen und fragte sich, ob es nicht vielleicht schon zu spät war, ob Sarthey seine Suche vielleicht schon abgeschlossen hatte. Auf dem Revier war keine Spur von Bolton zu sehen. Der diensthabende Sergeant beäugte Sanjays Aufzug mit unverhohlenem Mißtrauen, denn inzwischen war seine Kleidung staubig und an mehreren Stellen eingerissen und kaum noch als die eines Gentleman zu erkennen. Als Sanjay aber nach Abberline fragte und darauf bestand, daß er ihm eine äußerst wichtige Mitteilung zu machen hätte, war die Dringlichkeit in seiner Stimme wohl überzeugend, denn man brachte ihn unverzüglich in Abberlines Büro.

»Jones, nicht wahr?« meinte Abberline. »Was um alles in der Welt ist denn mit Ihnen passiert?«

»Das tut jetzt nichts zur Sache«, erwiderte Sanjay. »Ich weiß, worauf er aus ist.«

»Jones, wenn Sie nicht auf der Stelle nach Hause gehen, lasse ich Sie wegen dringendem Tatverdacht festnehmen und schmeiße Sie in den Knast und behalte Sie einfach hier.«

»Es ist mir völlig einerlei, ob Sie mich an die Wand stellen und erschießen. Hat es letzte Nacht einen Mord gegeben? Nein? Dann gibt es heute einen. Wenn Sie mir zuhören, können wir ihn aufhalten.« Abberline streckte die Hand nach der Klingel auf seinem Schreibtisch aus. »Hat nicht einer von ihren Constables ein, zwei Minuten vor dem Fund einer Leiche einen Mann gesehen? Einen ziemlich jungen Mann, etwa um die dreißig? Sehr blaß? Mit schmalen weißen Händen?« Abberlines Hand, die gerade den Klingelknopf drükken wollte, zögerte. »Seine Augen. Das Auffälligste sind seine Augen. Sie glühen im Dunkeln, sie leuchten ganz unnatürlich. Sie haben sich über die Kälte unterhalten.«

»Woher wissen Sie all das?«

»Ich habe den Mann getroffen, und er hat es mir erzählt.« Er wies auf sich, auf seine Kleider. »Er hat mich so zugerichtet. Sie werden es mir nicht glauben, aber glauben Sie es mir, wenn Sie es sehen?«

Abberline zog die Hand von der Klingel weg. Jetzt lag ein besorgter Ausdruck auf seinem Gesicht. »Wenn ich was sehe?«

Sanjay fragte: »Glauben Sie, daß ich mit Ihnen spreche?«

»Ja, natürlich, Sie sprechen mit mir.«

»Aber sehen Sie nur. Ich habe keine Zunge.« Bei diesen Worten öffnete Sanjay den Mund weit und schritt auf Abberline zu, der lachte und dann widerwillig hinschaute und zurückfuhr, seinen Stuhl umwarf und gegen die Wand taumelte. Sanjay trat näher auf ihn zu und zeigte auf seinen Mund. »Ich habe keine Zunge, und doch spreche ich. Ich sage es Ihnen noch einmal. Sie machen sich keine Vorstellung davon, was da draußen auf Ihren Straßen umgeht.«

Abberline schwieg lange. »Wenn das, was Sie sagen, wahr ist, warum macht er es denn?«

»Er sucht etwas.«

»Was?«

Sanjay beugte sich vor. »Gibt es auf diesen Straßen eine Frau, die ein Kind erwartet?«

Abberline nahm Sanjay wieder mit auf die Straßen, wo sie mit Streifenpolizisten redeten, mit Constables in Zivil und mit anderen, mit Polizeispitzeln, die der Inspektor in ihren dunklen Häusern aufstöberte und denen er dieselbe Frage stellte. Aber niemand wußte eine Antwort. Die Nacht ging vorüber, und Sanjay verspürte Furcht. Einmal hatte er einen zitternden Schrei gehört, und er und der Inspektor waren aufgeschreckt und zusammengeprallt und hatten bebend in die Dunkelheit gestarrt, bis Abberline knapp sagte: »Katze.«

Sanjay spürte das Gewicht von Abberlines Neugier. Er wußte, daß der andere wissen wollte, welche Verbindung er zu Sarthey hatte. Aber jetzt war nicht die Zeit für Gespräche, und so eilten sie von einer Gasse zur anderen, immer mit der gleichen Frage, die der Inspektor zwischen einem halben Dutzend anderer verbarg. »Haben Sie verdächtige Gestalten gesehen? Haben Sie Geräusche gehört?« Sanjay verstand, daß der Engländer dies nur widerwillig tat, daß er es einfach nicht glauben konnte und es doch glaubte. Er wartete ungeduldig, trat von einem schmerzenden Bein aufs andere, bis immer die Frage kam: »Eine Frau, die ein Kind erwartet?«

Es war schon sehr spät, nach drei Uhr, als ein kleiner Polizist namens Rollow, ein gedrungener, kleiner Mann vor Abberline Haltung annahm und mit einem knappen Ja antwortete. Als Sanjay mit mahlenden Kiefern auf ihn zukam, trat er einen Schritt zurück. Abberline fragte: »Wer ist sie? Sagen Sie es uns, Mann.«

»Sie heißt Mary Kelly.«

»Wo hält sie sich auf?« fragte Sanjay. »Wo?«

Rollow blickte zwischen Sanjay und Abberline hin und her und räusperte sich dann. »Sie hat einen Schlafplatz, Sir, in einem Zimmer in Miller's Court.«

Dorset Street Nummer 26 lag in Dunkelheit, als Sanjay und der Inspektor vorsichtig um das Haus herumschlichen. Jeder Atemzug kostete Sanjay ungeheure Anstrengung und raubte ihm das Gehör. Sein Puls dröhnte so laut, daß er schließlich still stehenblieb, vollkommen still. Abberlines Gesicht glänzte schweißnaß im flackernden Licht der Laterne über ihren Köpfen. Sie blickten einander an, und sie konnten nichts hören. Aber Sanjays Hände zitterten, er wandte den Kopf langsam um, etwas Kleines brummte durch das Licht, und der vergrößerte Schatten wirbelte wie ein Rad über die Mauern von Miller's Court. Sanjay wandte langsam den Kopf, wußte nicht, wonach er Ausschau hielt, untersuchte aber jeden Ziegelstein, jeden unregelmäßigen Pflasterstein, das lange Abflußrohr, das die Wand hochlief. Auf gleicher Höhe mit seinem Herzen war ein kleines rautenförmiges Licht, so winzig, daß es verschwand, wenn man direkt hineinblickte, aber als er

sich wieder abwandte, erschien es wieder, ein Lichtpünkt-
chen in der Wand. Er schritt auf die Mauer zu, eins zwei drei,
ließ die Füße wie zu einer Liebkosung sacht auf den Boden
sinken. Mit ausgestreckter Hand ertastete er eine Glasscheibe, ein Fenster und Stoff, ein Fenster mit einer zerbrochenen Scheibe, das Loch hatte man mit Lumpen zugestopft,
die nur einen kleinen Lichtstrahl durchließen. Sanjay beugte
sein Gesicht nach vorne (ein Gefühl des Fallens überkam ihn)
und lehnte sich dicht an die Glasscheibe, zog ganz vorsichtig
mit dem Zeigefinger an dem Lappen. Nun steht die schartige
Glaskante scharf in seinem Gesichtsfeld und einen Augenblick lang ist das, was jenseits liegt, noch verschwommen, ver-
dichtet sich dann aber zu dem klaren Bild einer schwarzen
Tasche, einer eckigen schwarzen Ledertasche, die geöffnet ist
und aus der ein stählerner Griff ragt. Jenseits davon auf dem
Boden eine Blutlache, ein Bett und auf dem Bett ein Mensch,
eine Frau, aber ihr Gesicht ist weggeschnitten, ihr Körper ist
zerfetzt, das Fleisch ist von den Oberschenkeln bis auf den
Knochen abgelöst, und Sarthey mit aufgerollten Hemdsärmeln lehnt über ihr, ganz konzentriert, das Licht scheint ihm
auf die Schläfen und die hohe Stirn, er hebt ihre Hand und
führt sie langsam und mit sicherem Griff in ihren Bauch, in
die rote Höhle, wo einmal ihr Bauch war, das Zimmer ist rot,
er führt ihre Hand in sie ein, er spricht, und seine Stimme ist
nun gefaßt und ruhig und leise, Sanjay kann jedes Wort klar
und deutlich hören. Sarthey spricht: »Sieh nur. Sieh nur.
Sieh nur, Indien, dies ist dein Schoß. Dies ist dein Herz. Dies
ist dein Knochen.«

Sanjay wandte sich um, streifte an Abberline vorbei und
war schon an der Tür, zerrte an dem Knauf, der sich nicht
drehen wollte. Er hielt ihn mit beiden Händen, und dann gab
er plötzlich nach, und Sanjay stürzte kopfüber in das Zimmer,
an Abberlines Arm vorbei, der durch das Fenster ragte, er
hatte nach innen gegriffen und den Riegel weggeschoben. Sarthey war immer noch auf seine Aufgabe konzentriert. Sanjay
hatte den Stockdegen gezogen und stach zu, aber Sarthey
wandte sich um und parierte den Schlag mit Leichtigkeit,
wehrte ihn aus der Luft ab und lenkte ihn zur Seite, drehte
ihn um. Sanjay taumelte zurück, aber Sarthey erwischte ihn

mit einem Stich in der Leibesmitte, er ging, von der Klinge durchbohrt, zu Boden. Sarthey hob mahnend den Zeigefinger, aber da war auch schon Abberline hinter ihm, schwang einen Totschläger, der mit dumpfem Knall auf Sartheys Kopf aufschlug. Der wandte sich um, hob den Inspektor mit einer einzigen Armbewegung empor und schleuderte ihn gegen die Wand, wo er langsam zusammensackte. Sarthey machte einen Schritt über die Beine des Inspektors hinweg auf die Tür zu, die er leise ins Schloß fallen ließ. Als er sich wieder umwandte, sah Sanjay seine Augen, leuchtend und ruhig, und Sarthey trat zum Bett und zog ein Instrument aus der Tasche, ein langes Messer, an das sich Sanjay erinnerte. Sarthey beugte sich herunter und arbeitete. Sanjay hörte leise, saugende Geräusche, und dann hob Sarthey etwas in die Höhe, hielt es in den hohlen Händen. Sanjay schloß die Augen, aber es nützte nichts, das Bild blieb, also schlug er die Augen wieder auf, und Sarthey starrte dieses Ding in seinen Händen an (das ist ein Stück von jemandem, dachte Sanjay, das ist jemand), einen nassen Knoten aus Gewebe und Blut und Flüssigkeiten, und Sarthey murmelte: »Hitze, Hitze, Hitze«, und es lag ein Ausdruck des Jubels und der Freude auf seinem Gesicht. Dann begann das, was er in Händen hielt, zu leuchten, nicht mit einer klaren Flamme zu brennen, sondern von einem inneren Strahlen zu leuchten, das heller war als tausend Sonnen, es versengte den Raum mit seinen weißen Strahlen, und Sarthey schleuderte es in den Kamin und hielt sich die Hände vor die Augen, zwischen seinen Fingern quoll Rauch hervor. Das Strahlen wurde noch immer heller und war dann unerträglich anzusehen, und Sanjay wandte das Gesicht ab. Als er wieder hinschaute, war im Kamin nichts mehr zu erkennen als ein verkohltes und geschmolzenes Instrument, und Sarthey kniete neben dem Bett und hielt sich das Gesicht mit Händen. Er hob langsam den Kopf. Seine Augen waren schwarze Krater geworden, verbrannt und blutend, aber Sanjay betrachtete die Haut auf Sartheys Händen mit besonderem Schrecken, denn sie wurde fleckig, und wo sie vorhin noch straff und faltenlos gewesen war, bekam sie Runzeln, wurde schlaff und alt. Von der anderen Seite des Zimmers beobachtete Abberline die Szene, seine Kiefer mahlten, und er preßte sich gegen die Wand. Jetzt veränderte sich Sartheys Gesicht, sein Haar fiel aus, seine Wangen wurden hohl, Schwären erschienen auf seinem Nacken, und seine Schultern verloren ihre kantige Schwere und wurden alt. Schließlich sackte er auf den Boden und lag zusammengekrümmt da, die Kleider hingen nur noch in losen Falten um die Überreste seiner geschrumpften Gliedmaßen, und sein Gesicht mit den verkohlten Augenlöchern starrte mit einem Blick voller beleidigter und empörter Überraschung himmelwärts.

Sanjay zog sich auf die Füße und zerrte an dem Schwertstock, bis er schließlich zu Boden fiel. Das Klirren schien Abberline aus seiner Benommenheit aufzuschrecken: Er sprang hoch, griff die Waffe, schwang sie in einem ungeheuren Bogen über den Kopf und ließ sie auf Sarthey heruntersausen. Die Klinge fuhr mit einem trockenen Rascheln durch Sartheys Hals, ganz leicht, und der Kopf rollte zur Seite. Es floß kein Blut, es gab nur einen kleinen heißen Lufthauch, und die Finger an der Hand, die Sanjay sehen konnte, zerkrümelten und zerfielen zu feinem Staub. Der Leichnam verschwand, und das weiße Hemd lag flach auf dem Boden, die feinen Lederstiefel standen leer da, und immer noch bewegten sich die Lippen an dem abgeschlagenen Kopf, die faltige Haut zuckte hin und her, die Nüstern bebten, und doch schienen die Augen blind zu starren.

Abberline bedeckte sein Gesicht mit dem Unterarm und weinte. »Was ist das? Was ist das bloß?«

Sanjay schüttelte den Kopf. »Er kann nicht sterben.«

»Warum?«

»Er hat gefunden, wonach er sich gesehnt hat.«

»Was? Was war das?«

»Ewiges Leben.«

Die kalte Luft, die über Sanjays Nacken strich, ließ seine neue Wunde schmerzen, aber er spürte doch, daß dieser eisige Hauch das einzige war, was ihn noch vom schwarzen Abgrund der Erschöpfung zurückhielt. Sie saßen in einem Dogcart, der auf den Stadtrand zuraste. Abberline lenkte das Gefährt, und unter dem Sitz befand sich die schwarze Tasche mit ihrer unaussprechlichen Last, daneben eine Schaufel. Nach allem, was geschehen war, schien es Sanjay, als sei Abberlines Rückkehr zu den praktischen Dingen des Lebens außerordentlich schnell erfolgt und darum ungeheuer bewundernswert. Er hatte leise vor sich hin gemurmelt, sich einige Male übers Gesicht gewischt, und dann war er plötzlich durch das Zimmer geschritten und hatte das Kommando übernommen. Er hatte die Lappen wieder in das zerbrochene Fenster gestopft, hatte den Stockdegen aufgeklaubt, hatte Sartheys Tasche aufgemacht und mit einer einzigen Bewegung alle Instrumente hineingepackt, er hatte die Kleidungsstücke vom Boden aufgesammelt, ohne mit der Wimper zu zucken, und schließlich hatte er sich sogar überwunden, den abgetrennten Kopf in die offene Tasche zu bugsieren, die er dann fest zuschnappen ließ. Währenddessen hatte Sanjay mit dem Gesicht zur Wand dagestanden und versucht, nicht auf die Frau auf dem Bett zu schauen, und gezittert. Als Abberline ihm die Hand leicht auf die Schulter legte, brach es aus ihm hervor: »Wer ist sie?«

»Mary Kelly, nehme ich an.«

»Ja, aber wer ist Mary Kelly?«

»Ich weiß es nicht.«

»Es tut mir leid.«

»Ja. Wir müssen hier weg.«

»Es tut mir leid.«

»Ja. Sind Sie schwer verletzt?«

»Das kommt schon wieder in Ordnung. Aber es tut mir leid.«

»Ich verstehe. Kommen Sie.«

»Es tut mir leid.«

»Wollen Sie jetzt wohl ruhig sein und mitkommen?«

Sanjay ließ sich hinausführen. Abberline nahm einen Schlüssel vom Tisch und schloß die Tür hinter sich ab. Und dann flohen sie, und Sanjay sagte nichts mehr, nur immer dieselben Worte, die sich in seinen Gedanken endlos wiederholten: Es tut mir leid. Inzwischen waren sie auf einer dunklen Straße angelangt, und Abberline raste in halsbrecherischer Geschwindigkeit dahin. Sanjay hörte ein anderes Flüstern, eine Wortfolge, konnte aber nicht ausmachen, ob sie wirklich war oder ob sie sein Gehirn aus dem Trommeln der Räder hervorzauberte. »Sauber«, sagte die Stimme, »die Welt muß sauber werden, sauber, sauber, sauber.« Sanjay war es müde, er wollte nicht mehr zuhören, er wollte nicht mehr denken, und er wollte schlafen, aber er wußte, daß die Zeit dafür noch nicht gekommen war.

Sie hielten neben einem riesigen Eisentor an, und Abberline kletterte ihm voran über den Zaun. Auf der anderen Seite spürte Sanjay Gras unter den Füßen.

»Wonach riecht es hier?« fragte er.

»Es ist ein Friedhof.«

Der Geruch lag so dick und schwer über dem Boden, daß es kein Entrinnen gab. Als Sanjay seine Nase bedeckte, konnte er noch spüren, wie der Gestank ihm im Hals brannte. Es waren die Ausdünstungen des verwesenden Fleisches, der langsamen Auflösung von Geweben und Muskeln, der Boden war von den Gasen aus menschlichen Eingeweiden durchdrungen. Sanjays Augen tränten, sein Magen krampfte sich zusammen. Sie traten hinter einem Gebüsch hervor, und Sanjay sah vor dem Nachthimmel die dunklere Silhouette einer Kirche, den Glockenturm und die hoch in den Himmel ragenden Türme. Schließlich blieb Abberline neben einem großen Mausoleum stehen und begann dicht bei der Wand zu graben. Sanjay stand da und schaute sich die eleganten Umrisse der Kirche an, ließ seinen Blick von einem Ende zum anderen schweifen, tat alles, um die Erinnerung an Miller's Court zurückzudrängen. Er hielt sich immer noch die Hand vor die Nase, aber alle Versuche waren zwecklos, und seine Gedanken taumelten an einem Abgrund von Wahnsinn und Verwesung entlang.

»Helfen Sie mir«, forderte ihn Abberline auf. Er hatte die Tasche unten in die Grube gestellt, und nun schoben sie die Erde wieder zurück ins Loch, trampelten sie fest. Und doch hörte Sanjay immer noch eine Stimme flüstern: »Sauber, sauber, sauber«. Aber er wußte, daß er träumte, denn das Ding in der Tasche war begraben, und er wollte nichts lieber, als diesen Ort so schnell wie möglich zu verlassen. Endlich war Abberline fertig, und sie eilten davon. Das Pferd stand zitternd neben dem Zaun. Als sie in den Dogcart gestiegen waren, hielt Abberline Sanjay beim Ellbogen: »Es ist vollbracht.«

»Ja. Es ist vollbracht.«

»Ich habe gesehen, wie die Klinge durch Sie hindurchging, und doch sind Sie nicht tot. Was sind Sie? Was war er?«

»Wir waren, wir waren ganz gewöhnliche Menschen. Irgend etwas hat uns verändert.«

»Was?«

»Es war die Entfernung, glaube ich, und eine Art Traum.«

»Magie? Sie meinen, da drüben? In Indien?«

»Ja, Magie war es ganz gewiß. Aber indisch war es nie.«

Abberline wandte sich ab. »Ich muß wahnsinnig sein.«

Sie holperten die Straßen entlang, und Sanjay mußte Abberline über den Fahrwind hinweg seine Worte zuschreien. »Gibt es keine Möglichkeit, daß man das, was wir dort drüben vergraben haben, entdeckt?«

»Nein. An dieser Stelle werden sie nicht graben. Ich meine, nicht neben diesem Mausoleum. Da liegt ein Mitglied der königlichen Familie bestattet.«

Als sie die Stadtmitte erreichten, war es früher Morgen, und Abberline setzte Sanjay bei seinem Hotel ab und bat ihn, dort zu warten, bloß nirgends hinzugehen. Dann begab er sich zum Polizeirevier zurück und wartete darauf, daß man die Leiche entdeckte. Sanjay verbrachte den Tag auf dem Bett liegend, immer einen Schritt vom Schlaf entfernt, die Augen auf die weiße Decke gerichtet. Er hatte das Gefühl, als wäre etwas vorüber, als hätte sich ein Vorhang gesenkt, aber er hatte nicht die Stärke, daraus eine Lehre zu ziehen. Also untersuchte er den Stuck der Decke bis ins kleinste Detail, begriff das feine Netz der Haarrisse, die Schwünge der Stukkateurkellen, die noch auszumachen waren. Schließlich konnte er die schwüle Stickigkeit des Zimmers nicht mehr ertragen, verließ das Hotel und wanderte bis zum Abend durch die Straßen. Der Lärm reichte aus, um ihn abzulenken, und er achtete nicht darauf, wohin er ging. Als die Abenddämmerung kam, stand er vor einem großen Palast neben einem riesigen Tor, das von großgewachsenen Soldaten bewacht wurde. Einige Kutschen rollten durch das Tor, das sich hinter ihnen wieder schloß. Die versammelte Menge jubelte. Der Mann neben Sanjay sagte: »Das war die Königin, Kaiserin Victoria höchstpersönlich.«

Sanjay wandte sich zu ihm um. Auf dem Gesicht des Mannes

glänzte ein strahlendes, aufgeregtes Lächeln. Er war ein kleiner, sehr zarter Inder mit schmalen Schultern, der einen dunklen Abendanzug und einen hohen Zylinder trug, sein Englisch war sorgfältig und kontrolliert, aber trotz aller Bemühungen hatte es noch einen leichten Gujarati-Singsang. Er war sehr jung, vielleicht siebzehn oder achtzehn Jahre alt.

»Ja«, sagte Sanjay und stellte fest, daß auch er lächelte. Er zeigte auf das Buch, das der andere unter dem Arm trug. »Sind Sie Student?«

»Ja«, erwiderte der Mann und hielt das Buch in die Höhe. Es war *Bell's Standard Elocutionist.* »Ich versuche, mir korrektes Englisch beizubringen.« Sein Gesicht hatte etwas Vertrauensvolles, etwas Unschuldiges und Aufrichtiges, trotz des eleganten Anzugs und des versuchten Dandytums und des unglaublichen Hutes, der viel zu groß für seinen Kopf war. Sanjay streckte impulsiv den Arm aus und schüttelte dem anderen die Hand. Er wunderte sich, wie zerbrechlich die Knochen waren, wie dünn die Hand.

»Viel Glück«, sagte Sanjay. »Ich bin sicher, daß Sie guten Erfolg haben werden.« Er machte eine Pause, hielt immer noch die kleine Hand in der seinen, und er spürte, wie ihm eine Welle der Zärtlichkeit die Tränen in die Augen trieb. »Mögen die Götter Sie beschützen.«

»Danke.« In der herabsinkenden Dunkelheit waren die Augen des Mannes kaum noch auszumachen, aber Sanjay konnte sehen, daß sie überrascht und erfreut blickten, daß sie feucht und braun, beinahe schwarz waren. »Danke. Ich muß nun nach Hause, zum Abendessen. Gute Nacht.«

»Gute Nacht.« Als sich die winzige Gestalt immer weiter entfernte, fragte Sanjay noch: »Übrigens, wie heißen Sie?«

Aber der junge Mann war bereits in der Menge verschwunden.

Im Foyer des Hotels wartete Abberline auf ihn. Als Sanjay hereinspaziert kam, nickten sie einander zu und gingen wortlos die Treppe hinauf.

»Ich muß nach Indien zurück«, sagte Sanjay zu Abberline, sobald sich die Tür seines Zimmers hinter ihnen geschlossen hatte. »Ich muß zurück und habe keine Papiere, zumindest keine, die jetzt ausreichen würden.«

»Warum nicht? Ich dachte, Sie hätten schon ausgedehnte Reisen unternommen?«

Sanjay schüttelte den Kopf. »Ich bin nicht der, für den Sie mich halten.«

»Nicht Jones?«

»Ich heiße Parasher.«

»Sie sind kein Engländer?«

»Doch. Aber ich bin Inder.«

»Wie können Sie Engländer sein, wenn Sie Inder sind?«

»Genau deswegen, weil ich Inder bin, bin ich Engländer.«

Abberline warf die Hände über den Kopf. »Diese Rätsel und Paradoxe sind einfach zuviel für mich. Ich will Sie loswerden. Was hier in den letzten Wochen geschehen ist, dieses Ding auf dem Friedhof, all dies hat in meiner Stadt keinen Platz. Verstehen Sie das? Ich bin Polizist, Detektiv, ich kann es kaum fassen, daß ich hier sitze und mit Ihnen rede. Ich weiß nicht, wer Sie sind und was Sie sind, aber ich besorge Ihnen die Papiere. Ich will Sie raushaben aus meiner Stadt. Ist das klar?«

Sanjay wollte sagen: Aber all dies ist ja gerade Ihre Stadt, Ihr London. Doch er nickte nur. Er sah die Neugier auf Abberlines Gesicht, und stärker noch: die Furcht. Er verstand, daß der Mann ihm Fragen stellen wollte, sich aber vor den Antworten fürchtete; und er war froh darüber, denn um antworten zu können, hätte er auf sein gesamtes Leben zurückblicken müssen, und davor hatte er Angst. Also redeten sie an diesem Abend nicht mehr miteinander, auch am nächsten Morgen nicht, als ihm Abberline einen Paß und eine Fahrkarte brachte, oder als er ihn in Southampton durch den Zoll begleitete, ihn bis zum Schiff begleitete und sich mit einem Nicken von ihm verabschiedete. Außer diesem Lebewohl sagten sie nichts zu einander.

Auf dem Schiff schloß sich Sanjay in seiner Kabine ein und wartete die Tage ab. Er blickte nicht einmal aus dem Bullauge, als England am Horizont verschwand. Er schenkte den Aktivitäten an Bord keinerlei Aufmerksamkeit, genausowenig den Menschen, die sich die Zeit mit Shuffle-Board-Spielen oder mit Spaziergängen an Deck vertrieben. Er saß mit gekreuzten Beinen und mit halbgeschlossenen Augen auf seiner Koje und wartete. Aber eines Tages, kurz nachdem sie den Suez-Kanal durchquert hatten, hörten die Vibrationen der Maschine auf, das Schiff kam langsam zum Stillstand, und ein Schweigen senkte sich herab, das sogar die Urlauber ganz still werden ließ und bis in Sanjays sorgfältig gewahrte Abgeschiedenheit hineindrang: die Stille des Todes. Sanjay ging an Deck. Das Meer war glatt, aber in ständiger Bewegung, und es warf unzählige glitzernde Pünktchen auf. Am Heck hatte sich eine kleine Menschenmenge versammelt. Als er kam, machten sie ihm den Weg frei, weil ihn etwas Geheimnisvolles umschwebte, den Mann, der ganz allein in seiner Kabine blieb; er war blaß, und sein Haar verlor die Londoner Färbung und wurde wieder weiß. Auf Deck lag ein in Segeltuch eingenähter Leichnam, und der Kapitän las aus der Bibel vor. Sanjay erkundigte sich, wer der Tote sei, und ein Offizier lehnte sich zu ihm herüber und flüsterte ihm ins Ohr: »Er war ein Seemann, der älteste Seemann. Vielleicht der älteste, der je gelebt hat. Ein seltsamer Bursche. Er hat sein ganzes Leben auf Schiffen verbracht. Buchstäblich. Er diente nur auf Schiffen, die von Indien nach England und zurück fuhren, nur auf diesen. Aber im Hafen, ganz gleich ob es Bombay oder Dover war, ging er nie an Land. Er blieb an Bord, wartete ab, bis das Schiff wieder in See stach. Er war schon ewig lange auf diesem Schiff gewesen, als ich vor zwanzig Jahren an Bord kam, und es gab manchen Alten, der sich noch von vor mehr als dreißig Jahren und von anderen Schiffen an ihn erinnerte. Er hat sein ganzes Leben auf dem Wasser verbracht. Zwischen hier und da.«

»Wie hieß er?« fragte Sanjay.

»John Skinner.«

»John *Hercules* Skinner?«

»Kannten Sie ihn?«

Sanjay nickte und versuchte eine verschwommene Erinnerung an Sikanders älteren Bruder heraufzubeschwören, an den Bruder, der zur See gegangen war, von dem man nie wieder gehört hatte, der auf dem großen Ozean verschwunden war. Inzwischen war der Offizier zum Kapitän herübergeeilt,

und die beiden sprachen leise miteinander. Dann nahmen sie
Sanjay zur Seite.

»Sie kennen diesen Mann?«

»Er ist mein Bruder.«

Sie gaben laut ihrer Verwunderung Ausdruck und stimmten eifrig zu, als Sanjay bat, den Leichnam noch einmal sehen
zu dürfen. Ein aufgeregtes Raunen lief durch die Reihen der
zuschauenden Passagiere, als der Schiffszimmermann die
Stiche des Leichentuches auftrennte und es zurückschlug.
Das Haar war weiß, das Gesicht war lang und eckig. Sanjay
konnte sich überhaupt nicht daran erinnern, aber er erkannte
die Ähnlichkeit mit Sikander und Chotta. Der Kapitän rief:
»Er sieht aus wie Sie.« Während Sanjay noch hinschaute, bemerkte er, daß mit dem Leichnam etwas Seltsames geschah,
daß die Umrisse flackerten, daß die Wangenknochen durchscheinend wurden, daß man durch die Augenlider bereits hindurchsehen konnte, kurz: daß der Leichnam unsichtbar wurde.
Der Kapitän mußte es auch bemerkt haben, denn er erbleichte, schüttelte wütend den Kopf, wie jemand, der Kopfschmerzen hat, und sagte: »Wir müssen mit der Zeremonie fortfah-
ren, Sir.« Sanjay breitete das Leichentuch wieder über das
Gesicht, und man nähte es erneut zu. Während der Gebete
blieb Sanjay neben dem Toten stehen. Als man den Leichnam endlich über Bord warf, spritzte die ruhige goldene See
kaum auf. Sanjay wandte sich um und ging unter Deck. Als er
wieder in seiner Kabine war, hatte man bereits die Maschinen angelassen, und das Schiff kam gut voran.

Die See im Hafen von Bombay war unruhig. Sanjay wurde in
einer Barkasse zum Kai gebracht. Es regnete, und ganze Was-
servorhänge schienen vom Himmel zu fallen und gegen die
Gebäude zu klatschen. Sanjay verließ die Docks so schnell
wie möglich. Er ließ sein Gepäck zurück. Nachdem er sich durch
die Gruppe vor Kälte schlotternder Tanga-Wallahs am Ausgang einen Weg gebahnt hatte, ging er durch die über-
schwemmten Straßen. Die Geschäfte waren mit Klappläden
verschlossen, und niemand hielt sich draußen auf. Es merkte
also auch niemand, als Sanjay seine Jacke auszog und in den
schnell fließenden Wasserstrom im Rinnstein fallen ließ.

Nicht einmal, als er seine Schuhe, seine Hose und alles übrige abstreifte und schließlich nackt durch die Stadt wanderte. Er ging die ganze Nacht hindurch, und am nächsten Morgen war er auf dem Land. Der Regen hatte ihm den letzten Rest von Schwarz aus dem Haar gewaschen, und als die wenigen Dorfbewohner, die auf den Feldern arbeiteten, ihn sahen, nahmen sie an, er sei ein Sadhu, denn wer sonst würde schon nackt durch einen Monsunsturm wandern. Sanjay ging immer weiter, und der Regen ließ nicht nach. Auf einmal wurde er gewahr, daß jemand neben ihm ging. Es war ein Bauer mit einem weißen Turban, ein dünner Mann, dessen drahtige Muskeln wie Saiten gespannt waren, dessen Haut von einem Leben unter der Sonne ganz schwarzgegerbt war und dessen Gesicht von tausend Jahreszeiten des Pflanzens und Erntens ganz geduldig geworden war.

»Du schon wieder«, sagte Sanjay. »Yama, ich verachte dich immer noch.«

»Ich bin dein Freund.«

»Du bist niemandes Freund.«

»Doch, deiner.«

»Ich brauche dich nicht.«

»Aber wir treffen uns immer und immer wieder.«

»Ja«, sagte Sanjay. »Ich weiß, daß ich wiedergeboren werde, daß es vor dir kein Entrinnen gibt. Ich kenne mein Leben gut und weiß, daß ich keine Befreiung gefunden habe. Ich werde zu dir zurückkommen müssen. Aber erinnere dich, wenn ich sterbe, gebe ich nicht etwa dir nach, dann gebe ich die Welt auf. Diese Welt, in der nichts klar ist, in der hinter jeder Wegbiegung Angst und Schrecken lauern, ich habe sie satt. Ich weiß, ich werde wieder in diese Welt hineingeboren. Da du, wie du sagst, mein Freund bist, möchte ich dir eine Frage stellen. Wird es besser?«

»Die Welt ist eben die Welt. Ihr seid diejenigen, die für Angst und Schrecken sorgen.«

»Eine feine Art, mir zu sagen, daß es immer schlimmer wird. Na gut, dann stelle ich dir eine andere Frage. Wenn ich schon wiedergeboren werden muß, dann möchte ich lieber kein Bewußtsein haben, nicht immer in mir selbst gespalten sein, kein Monster sein. Ich habe zweifellos durch meine Taten einen Fluch auf mich geladen, aber habe ich auch genug angerichtet, um als Tier wiedergeboren zu werden?«

»Warum glaubst du denn, daß es ein Fluch ist, als Tier wiedergeboren zu werden? Das ist eher ein Privileg.«

Sanjay blieb abrupt stehen. »Muß ich wieder Mensch werden?«

Yama zuckte die Achseln, und eine nasse Bö klatschte Sanjay ins Gesicht.

»Hör zu«, sagte Sanjay. »Du hast mich freiwillig deinen Freund genannt, mit deinem eigenen Mund. Bei deiner Zunge, du schuldest mir einen Gefallen. Ich bitte dich, daß ich nicht als Mensch wiedergeboren werde. Ich verlange, daß ich ein Tier werde. Gott, zum allerersten Mal bitte ich dich um etwas, das kannst du mir doch nicht abschlagen.«

»Kann ich nicht«, erwiderte Yama. »Du sollst werden, was du dir auswählst.«

Sie wanderten weiter und befanden sich mittlerweile im Bergland, zwischen steilen schwarzen Felswänden. Vor ihnen lag ein Fluß, ein Strom, den die Regenfälle zum reißenden Strudel hatten anschwellen lassen.

»Ich verlasse dich jetzt«, sagte Yama. »Wir sehen uns wieder.«

»Das bezweifle ich nicht«, antwortete Sanjay. Als er zurückblickte, konnte er nur dicke Nebelbänke sehen. So ging er allein weiter. Er folgte dem Geräusch des Flusses, bis er einen flachen Felsen fand, der über eine Schlucht ragte. Über den Stein neigte sich ein Baum, dessen Zweige in den leeren Raum herabhingen. Dort ließ sich Sanjay mit überkreuzten Beinen nieder. Von den Blättern über ihm tropfte das Wasser auf ihn herab. Während er ein- und ausatmete, schwoll das Geräusch des Wassers in seinen Ohren so laut an, daß es in eine Art Stille zurückwich. In diesem Tümpel der Stille blickte er starr vor sich hin, bis er seine Kindheit wiedersah, seine Freunde, seine Eltern und dann seine Jugendjahre, wie er die Leidenschaft kennengelernt hatte. Er sah all das und gab es auf, ließ es los und spürte, wie es einem Funken gleich aus seinem Kopf flog. Dann dachte er über seine Feinde nach, die er haßte, wie er sie verachtet hatte, und auch das gab er auf, und es flog von ihm fort. Er erinnerte sich an seine Verbrechen, an die Menschen, die er ermordet hatte, und seine Vergehen klebten an ihm, aber schließlich ließ er auch sie mit einem schweren Seufzer los. Eines nach dem anderen lösten sich alle Dinge auf, die ihn an das Leben banden, und verschwanden. Er spürte, wie seine Seele ohne Fesseln und ganz nah an der weißen Grenze des Todes schwebte, aber immer noch war da etwas, das ihn wie mit einer hauchdünnen Kette hielt. Plötzlich erinnerte er sich an das Gesicht des Studenten in London, an den schmalen jungen Mann, dessen Namen er hatte wissen wollen, und er rief ins Wasser hinein: »Ihr Kinder der Zukunft, ihr jungen Männer und Frauen, die ihr uns befreien werdet, mögt ihr glücklich sein, mögt ihr fehlerlos sein, mögt ihr so sanft und weich wie Rosenblätter sein und doch so hart wie der Donner, mögt ihr furchtlos sein, mögt ihr vergeben, mögt ihr klug sein und mögt ihr einen unerschütterlichen Glauben euer eigen nennen, mögt ihr Hindustanis und Inder und Engländer und alles andere gleichzeitig sein, mögt ihr weder dies noch das sein, mögt ihr besser sein als wir, ich segne euch, mögt ihr glücklich sein.« Und dann spürte er, wie der letzte Strick riß, wie ihn der letzte Funke des Verlangens verließ; es war das Schwerste, aber dann riß auch die Fessel des Stolzes, und er war frei.

Der bleiche Körper unter dem Baum lehnte sich nach vorn, glitt zur Seite und fiel über den Abhang hinunter in die Gischt des Flusses. Und das Wasser trug ihn geschwind seinen gewundenen Lauf entlang, und er drehte sich einmal und war verschwunden.

Sandeep hielt inne und blickte die im Kreis sitzenden Mönche an und auch Shanker, der sein Kinn auf das Knie gelehnt hatte und ihm zuhörte. Dann fuhr er fort:

»Diese Geschichte erzählte mir meine Lehrmeisterin im Wald. Sie blickte in das hohle Gefäß ihrer Hände und erzählte sie mir. Als sie fertig war, schaute sie zu mir auf und lachte. Und dann goß sie sich das Wasser über Gesicht und Schultern.

›Es ist Zeit zum Gehen‹, sagte sie.

›Wohin?‹

›Nach Hause.‹

›In die Welt hinaus?‹

›Ja,‹ antwortete sie. ›Wo andere Geschichten warten. Lebe-wohl. Und danke.‹

›Ich danke dir‹, rief ich ihr nach, aber sie hatte schon ihr Rehleder aufgehoben und war fortgegangen. Ich wartete noch eine Weile im Wald, doch ich habe sie nie wiedergesehen. Ich glaube, sie ist nach Hause gegangen. Und so habe auch ich den Wald verlassen und euch diese Geschichte erzählt.«

Shanker stand auf, und alle Sadhus taten es ihm nach. Sie verbeugten sich vor Sandeep. Er legte bescheiden die Hand-flächen gegeneinander und sagte: »Ich danke euch, daß ihr mir zugehört habt. Dies war die Geschichte von Sikander und Sanjay. Und all jenen, die mir aufmerksam und gläubig gelauscht haben, werden alle Zweifel genommen werden, und sie werden danach für immer verwandelt sein, etwas an-deres geworden sein.« Er schüttelte Shanker die Hand. »Ich gehe jetzt.«

»Wohin geht Ihr?«

»Ich gehe in die Berge«, sagte er. »Dort werde ich meditie-ren, und ich werde zuhören. Dies war schließlich nur ein Teil der Geschichte. Vielleicht kommt dort der Rest auch zu mir.«

Also verließ Sandeep den Ashram des Shanker, und er ging in das grüne Terai, und die Sadhus blickten ihm nach, bis er nur noch ein kleiner weißer Punkt am Berghang war. Dann kam der Abend, und man zündete die Feuer an.

HIER ENDET
DAS BUCH DER WIEDERKEHR,
DAS LETZTE BUCH.

DIE GESCHICHTE VON SIKANDER UND SANJAY
IST ZU ENDE.

...jetzt...

Als ich fertig war, lehnte ich mich von der Tastatur zurück und sank aufs Bett. Ich war müde, aber ruhig und irgendwie geläutert, als hätte man mich von etwas losgesprochen. Saira saß im Schneidersitz neben mir, eine Hand hatte sie mir auf die Schulter gelegt. Es war seltsam, aber ich fürchtete mich nicht mehr. Als Abhay mit leidenschaftlicher Stimme zu sprechen begann, fuhr ich erschreckt zusammen.

»Was? Das war alles? Steh auf! Du hast uns noch mehr zu erzählen. Weiter!«

Ich schüttelte den Kopf und machte eine Handbewegung. Nichts mehr.

»Hast du Angst? Hast du aufgegeben?« Er kam mir ganz nah und hockte sich mit zornigen Augen neben mich. »Willst du etwa, daß Yama, dieser Narr, doch gewinnt? Du bist ein Geschichtenerzähler. Bist du schwach geworden? Ist deine Phantasie versiegt? Das Buch der Wiederkehr ist noch *nicht* zu Ende. Steh auf und tu deine Pflicht.«

Hanuman blickte von einem Deckenbalken herab, dann hangelte er sich lässig herunter und landete neben Ganesha, der im Schneidersitz in einer Ecke saß und seinen Rüssel hin- und herschwang.

»Sehr seltsam«, meinte Hanuman.

»Ja«, stimmte ihm Ganesha zu. »Es scheint, als liebte er dich doch.«

»Er hat seine Angst vor dem Wahnsinn vergessen.«

»Was ist schon Wahnsinn, was Normalität?« Dann lachten sie beide herzlich miteinander, Hanuman wälzte sich am Boden, und Ganeshas Bauch bebte gewaltig. Aber Yama konnte ich nicht sehen. Als ich nach links blickte, war sein Thron verschwunden, und er war nirgends auszumachen. Als ich mich zurücklegte und meinen Kopf auf das Kissen bettete, sah ich, daß jemand hinter mir saß. Es war ein alter Mann mit feinem weißem Haar und goldenen Augen. Er war ganz in Weiß gekleidet. Seine rechte Schulter war entblößt, und auf seinen Lippen lag ein leises Lächeln, als er zu mir herabblickte.

»Wer bist du?« fragte ich.

»Kennst du deine Freunde immer noch nicht?«

Seine Augen blinzelten nicht, sie waren so still wie tiefe Teiche, und in ihnen konnte ich tausend rote und weiße Wimpel gespiegelt sehen, das Glitzern von Lanzen, den Schweiß auf den Schultern der Pferde und die stolzen Reiter, ich sah, wie die Sonne strahlte und ein Wind über die Ebene strich, und ich sah mich, mein Affengesicht und das andere daneben, durchscheinend und miteinander vermischt, die Narben des einen erschienen auf dem anderen. Und während ich mich so betrachtete, schienen tausend andere hinter mir zu schweben: de Boigne, George Thomas, die Begum Sumroo, Ram Mohan, Arun, Shanti Devi, Janvi, Hercules Skinner, Sorkar, Markline, eine Heerschar anderer, sogar der verrückte Grieche Alexander, sie waren alle da.

»Ja, ich weiß, wer du bist«, sagte ich. »Endlich erkenne ich dich: Du bist Dharma, der Freund aller Männer und Frauen. Du bist immer bei uns, auch wenn wir dich nicht erkennen, du gehst mit uns durch die Straßen, und schließlich kehren wir zu dir zurück. Du bist Yammam-Dharmam, und du bist unser Vater.«

Er lächelte mich an und legte mir die Hand auf die Schulter. Seine Berührung war kühl. Dann war draußen plötzlich Geschrei zu vernehmen, ein Aufbrüllen wütender Stimmen. Ashok eilte hinaus, und als er wenige Minuten später zurückkam, war sein Gesicht voller Trauer und Sorge.

»Drei Gruppen haben miteinander gekämpft«, sagte er. »Die Polizei hat der Sache ein Ende gemacht.« Es war nun kein Geschrei auf dem Maidan mehr zu hören, nur das Gemurmel von Tausenden von Stimmen.

»Worum ging es?« erkundigte sich Mrinalini.

»Wer weiß?« antwortete Ashok. »Inzwischen geht es jedenfalls um Politik.«

»Schnell, Sanjay«, sagte Abhay. »Du mußt weitermachen. Erzähle weiter, dann hören sie zu.«

Also erhob ich mich langsam und ging zur Schreibmaschine zurück, und dann tippte ich all dies hier, und dann noch:

»Abhay, im Vertrag steht, daß eine Geschichte erzählt werden muß. Du hast heute noch deinen Teil zu erzählen, also mußt du das machen. Es hatte eine Einladung zu einem Krikketspiel gegeben, nicht? Erzähle die Geschichte. Aber ich, ich bin fertig. Saira und du, meine Freunde, ich danke euch. Habt keine Angst, es gibt nichts zu fürchten. Trauert nicht, denn die Tragödie ist eine Illusion. Wir sind frei, und wir sind glücklich, und zusammen ergeben wir ein vollständiges Ganzes. Abhay, wenn ich fertig bin, lege ich meinen Kopf in Yamas Schoß und höre mir deine Geschichte an. Und diese Geschichte wird nie aufhören, und in ihrem Maya spielen wir und finden immerwährende Freude.«

Nun werde ich nie mehr sprechen. Saira sitzt neben mir, ganz still, und hält meine Hand fest in der ihren. Und sie weint.

Das Kricketspiel

Ich hatte schon so lange nicht mehr Kricket gespielt, daß ich es vergessen hatte. Ich meine, nicht nur, wie man es spielt, sondern ich hatte auch den Leinöl-Geruch des Schlagholzes vergessen, das glatte Gewicht des Balles und den vertrauten Trost seiner Saumstiche, das gute Grün des Rasens, das hohle *Pock* eines guten Treibschlags, das beste Geräusch der Welt, die weißgekleideten Gestalten in der Ferne, das Glas Ale im Pavillon, den leisen anerkennenden Applaus für einen besonders eleganten weiten Schlag, die Kameradschaft und den Sportsgeist und das Wohlbefinden. Ich hatte mir von William James eine weiße Kluft geliehen. Die Hosenbeine mußte ich hochkrempeln, das Hemd fiel mir lose über die Schultern und bauschte sich in der Taille. Ich muß lächerlich ausgesehen haben, aber ich erinnerte mich an Kricketspiele unter der Wüstensonne, und es war mir völlig egal. Ich erinnerte mich an Lord Mayo und den Berg Madar, der über uns aufragte, an heiß umkämpfte Matches zwischen den Häusern des Internats, daran, wie wir uns den Beinschutz umschnallten und mit offenen Mäulern einem vorbeigehenden Schuljungen nachstarrten, der schon eine Legende geworden war: ein Kricketspieler aus der ersten Schulelf, der im letzten Match gegen eine andere Schule eine doppelte Hundert geschlagen hatte und der die Schule in sechs Sportarten bei Wettkämpfen vertrat.

An all das erinnerte ich mich, und ich nehme an, meine Kindheit muß sich auf meinem Gesicht widergespiegelt haben, denn Amanda sagte: »Warum willst du dir das alles antun?« Sie räkelte sich in einem Liegestuhl, trank einen Wodka Tonic und sah bereits jetzt gelangweilt und unglücklich aus.

»Ach, Liebes, es ist das einzige Spiel, das in der Stadt läuft, wie man so schön sagt.«

»Du redest so komisch.«

»Ohne Zweifel.«

»Ich finde es schrecklich hier.« Wir saßen auf der Veranda des Regent Club. Das Haus war ein riesiges quadratisches schwarzes Gebäude mit klassischen Säulen und schnörkeligen Simsen. Ich fand, daß es eher einem Ministerium als einem Kricketpavillon glich, aber meine Vorstellungen von Sportgebäuden leiteten sich ja auch von dem zarten roten Phantasiegebilde aus Sandstein ab, das unser Pavillon in Mayo gewesen war. Und überhaupt lag da vor uns das Spielfeld, wo die Spieler den Ball hin- und herwarfen, und der Platz war wirklich wunderbar, glatt und eben und hart wie ein Billardtisch. Also hörte ich Amanda gar nicht richtig zu, der ein dunkelhäutiger Kellner in einem weißen Jackett gerade einen neuen Drink gebracht hatte.

Die Glastür des Clubhauses ging auf und ließ einen Schwall kalter Luft herausströmen. Dann tauchte William James auf, gefolgt von einer Reihe anderer Spieler. Er war groß und, wie ich feststellen mußte, sehr breitschultrig. Während er mit mir redete, ließ er den Ball von einer Hand in die andere gleiten, und seine massigen Unterarme waren wirklich beachtlich. Er sah rotwangig und stark und sauber aus.

»Sie spielen für die Coasters«, sagte er und meinte damit die andere Mannschaft. Er war der Kapitän der Regents. Er blickte auf das Spielfeld und sagte: »Es ist ein Freundschaftsspiel.«

Er stellte mich dem Kapitän der Coasters vor, einem etwa fünfzigjährigen Engländer namens Ballard. Dann ging er für die Seitenwahl mit ihm nach unten. Ballard gewann und entschied sich, daß seine Mannschaft zuerst am Schlag sein sollte. Also hockte ich mich auf die Treppe und unterhielt mich mit den anderen Coasters, einer bunt zusammengewürfelten Truppe aus Australiern, Indern und Pakistanis und ein paar Westindern. Die Mannschaft der Regents bestand hauptsächlich aus älteren Männern, sechs Amerikanern (mehr als ich erwartet hatte), einem Iren, zwei Australiern und, seltsam genug, einem Japaner. Wir applaudierten den ersten beiden Schlagmännern, die aufs Feld gingen, und William James begann als Werfer. Er war ziemlich gut, warf zumeist mit mittlerer Geschwindigkeit, versuchte aber ab und zu einen wirklich schnellen Ball. Wenn er einen solchen Ball hinschnalzen wollte, verlor er allerdings meist die Kontrolle über die Weite. Aber ab und zu gelang ihm ein Ball genau auf den richtigen Punkt, der am Schlagmann einfach nur so vorbeipfiff. In seinem dritten Durchgang traf er das Wicket und warf einen unserer Schlagmänner glatt aus, und der mittlere Stab wirbelte gute sechs Fuß weit durch die Luft, und der Wicket-Wächter fing eines der Querhölzchen.

Ich blickte mich nach Amanda um. Sie war verschwunden. Also stand ich auf, versprach Ballard, ich würde gleich wiederkommen, und ging ins Haus hinein. Die Klimaanlage war so weit aufgedreht, daß es schon beinahe bösartig war. Ich konnte spüren, wie die Schweißströme, die mir über den Rücken liefen, augenblicklich versiegten. Drinnen war die Decke hoch, und alles, die Teppiche und die Wände, schien grün zu sein, und über mir hingen riesige Kronleuchter. Ich wanderte von einem Raum zum anderen, und dann fand ich den Kellner, der uns bedient hatte.

»Miss Amanda?« fragte er. »Ich weiß nicht. Vielleicht ist sie auf dem Dach.«

»Auf dem Dach?«

»Mit ihrer Mutter am Swimming Pool.«

»Auf dem Dach gibt es einen Swimming Pool?«

»Ja«, sagte er und lächelte. Er war ein alter Mann mit graumeliertem Haar, und nun konnte ich ganz schwach einen leichten Jamaica-Akzent aus seiner Stimme heraushören. »Links bis zur Treppe. Schauen Sie es sich einmal an, junger Mann. Das ist wirklich sehenswert.«

Ich glaubte eigentlich nicht, daß ich Amanda bei ihrer Mutter finden würde, aber diesen Swimming Pool auf dem Dach wollte ich mir doch einmal ansehen. Also ging ich hinauf und trat in einen so blendenden Sonnenschein hinaus, daß ich ein paar Sekunden lang strauchelte und mir in dem grellen Licht die Hand vor die Augen halten mußte. Als ich schließlich wieder klar sehen konnte, erblickte ich ein glänzendes Rechteck vollkommenen blauen, blauen Wassers, so makellos, daß es schon nicht mehr wirklich schien. Daneben lag Amandas Mutter, und als ich sie sah, fiel mir das Herz aus dem Körper und wirbelte irgendwo in den weiten Raum hinaus. »Candy«, flüsterte ich. Sie winkte mir zu, und während ich mich ihr näherte, verlor ich jedes Gefühl für mich und meinen Körper. Es war, als schwebte ich über der Erdoberfläche, und in der Ferne schwankten die Baumwipfel. Sie lag flach auf dem Bauch und trug einen goldenen Bikini. Vor ihr war ein Buch aufgeschlagen, und ihr Körper war glatt und lang und vollkommen. Sie hatte das Bindeband des Oberteils aufgeknotet, und ihr ganzer langer Rücken schimmerte und glänzte. Ich konnte die Seiten ihrer Brüste sehen, während sie sich auf die Ellbogen stützte. Irgend etwas geschah mit mir, aber es war keine Erregung, das solltet ihr nicht denken, es war ein tiefes und hohles und leeres, eigentlich eher ein schlechtes Gefühl. Es machte mich ganz verrückt. Es war wirklich keine Erregung, nur Anziehung.

Ich setzte mich im Schneidersitz neben sie, und sie wandte mir (langsam, ganz langsam) den Kopf zu. Ihr Haar schimmerte in der Sonne beinahe weiß, und in ihrer dunklen Sonnenbrille konnte ich mich gespiegelt sehen, mit weit aufgerissenen und blinzelnden Augen.

»Wie geht's, Abhay?« fragte sie.

Ich zuckte die Achseln. Ich hätte nicht sprechen können, selbst wenn ich es gewollt hätte. Und ich wollte nicht. Ich wollte hier sitzen und immer nur schauen, ein bißchen ängstlich und am Rand irgendeines Abgrundes. Ein junger Keller erschien in der Tür. Er sah wie ein Neffe oder Sohn des alten Mannes von unten aus, sein Gesicht war gefaßt und steif, aber als er sie ansah, konnte ich in seinem Blick den gleichen Schmerz erkennen.

»Jamie, würden Sie das hier bitte mitnehmen?« bat sie. Ein kaum angerührter Obstteller stand neben ihr. Sie hob ihn auf und reichte ihn ihm. Der Stoff verschob sich ein wenig, als sie ihren Arm ausstreckte, und da bemerkte ich unter ihrem Arm, beinahe unsichtbar, beinahe nicht da, aber dann doch da, eine Narbe. Es war ein kleiner Abnäher im Fleisch, eine winzige Falte, es war nichts, aber ich blickte so starren Auges darauf, daß es ihr nicht entging. Ganz lässig, ohne jede Eile raffte sie ihr Bikinioberteil wieder an ihren Busen. Plötzlich zuckte vor meinen Augen ein Bild von einem Skalpell, das schnitt, eine dünne Stahlklinge, die in das weiche Fleisch eindrang, und mir wurde schlecht.

»Unordnung ist doch wirklich was Schreckliches, nicht?« meinte sie fröhlich.

Ich nickte, und sie lächelte mir zu. Mir fuhr der Gedanke durch den Kopf, daß sie eine Frau war, die durchs Leben ging und das Schweigen gewöhnt war, die inzwischen an derlei einseitige Gespräche gewöhnt war. Ich nickte wieder.

»Ihnen zu Ehren habe ich mir etwas geholt«, sagte sie. »Ich habe mich immer für Ihr Land interessiert. Es ist so, wissen Sie, so geheimnisvoll.« Ich nickte. »Also habe ich mir gedacht, ich lese mal etwas über Sie. Über Indien, meine ich.« Als sie *Indien* sagte, dehnte sie das Wort so sehr, daß es irgendwie seltsam und ganz wunderbar klang, *Ihn-die-ähn*. »Also bin ich in die Bibliothek gegangen.« Mit einem freundlichen Lächeln (meine ohnehin geblendeten Sinne gerieten noch mehr ins Trudeln) hielt sie mir ein Buch entgegen: Es war *Palast der Winde*. Ich konnte kaum am goldenen Abhang ihrer Brust vorbeisehen, aber links von ihr lag noch ein anderes Buch: *Kim*, und rechts *Auf der Suche nach Indien*.

»Ich sollte jetzt besser gehen«, sagte ich. »Ich spiele in der Mannschaft, die gerade die Schlagmänner stellt.«

»Dann gehen Sie besser.« Sie lächelte wieder, und ich entfloh, suchte mit tastenden Händen nach der Tür, konnte noch einen letzten Blick auf das Wasser werfen, das wie eine Fläche aus irgendeinem tollen neuen Synthetikmaterial wirkte, und dann jagte mir wieder die Kälte der Klimaanlage Schauer über den Rücken. Unten an der Treppe angekommen, bewegte ich mich langsam, wie ein Mann, den eine tückische Knochenkrankheit heimgesucht hat. Als ich auf den Patio trat, schaute mir der alte Kellner in die Augen und lächelte, und sein Gesicht sah beinahe ungezogen aus, als hätten wir ein Geheimnis miteinander.

Draußen auf dem Spielfeld hatte William James weiter die Wickets abgeräumt. Als ich herauskam, hatte er es gerade wieder einmal mit einem aufspringenden Ball geschafft: Der Schlagmann hieb nur wild um sich, und der Ball ließ sich mit Leichtigkeit von einem Eckmann fangen.

»Sind Sie als Schlagmann ein Held?« fragte Ballard mit Hoffnung in der Stimme.

»Kein bißchen«, erwiderte ich. »Kann ich bitte als letzter rausgehen? Aber krumme Bälle werfen kann ich ganz gut.«

Unsere Mannschaft bekam noch zwölf Runs und die anderen ein paar Wickets, und auch William James konnte noch einen zu seiner Beute hinzufügen. Und dann war ganz plötzlich ich auf dem Feld. Als ich zum Wicket hinausging und mir die Handschuhe überzog, beruhigte mich ihr leicht schweißiger Ledergeruch. Ich rückte mir die Mütze zurecht und stellte mich in Positur und lächelte doch wahrhaftig. William James war gute zehn Yard hinter dem Wicket des Werfers und ließ den Ball locker und spielerisch in die Höhe schnellen. Sogar auf diese Entfernung konnte ich seine blauen Augen sehen. Der Schiedsrichter senkte die Hand. William James lief an, seine Füße machten kaum ein Geräusch auf dem Gras. Ich sah, wie sein Arm im Bogen nach vorne schnellte. Es war einer seiner schnellen Bälle, und er war ein bißchen kurz, und ich machte einen Schritt nach vorn, dem Ball entgegen, als er sich ganz gemein in meine Richtung aufbäumte. Ich sah ihn auf mich zukommen und drehte den Körper blitzschnell zur Seite, aber er traf mich doch mit einem brennenden Schlag seitlich am Hals und zwang mich in die Knie. Als ich mich wieder aufrichtete und mir das Schlüsselbein rieb, hatte sich eine kleine Menschentraube um mich versammelt. »Es war gar nicht so schlimm, danke, nur ein kleiner Kratzer.« Wir machten weiter, aber auf meinem Hemd war ein roter Fleck. William James ging den langen Weg zu seiner Markierung zurück. Ich konnte spüren, wie mir der Puls im Hinterkopf pochte. Wieder kam er schnell gerannt, und als er den Ball losließ, machte er vor Anstrengung ein lautes Geräusch, eine Art explosives Grunzen. Ich zuckte zusammen, doch den Ball sah ich nicht einmal. Ich hielt zur Verteidigung mein Schlagholz hin, aber ich traf den Ball nicht, und er schlug den Stab meines Wickets aus dem Boden. Nun waren wir alle aus, für zweiundsiebzig Runs. Als wir zum Pavillon zurückgingen, kam William James zu mir herüber und klopfte mir auf die Schulter.

»Guter Versuch«, meinte er und lächelte.

Und dann ging er mir voraus. Zwischen seinen Schulterblättern war ein großer feuchter Fleck, sein Hemd spannte sich straff über seinen Rücken, und er lachte. Er war selbstbewußt und ein wenig prahlerisch und sah sehr gut aus.

Das Mittagessen war köstlich, kalter Braten und Kartoffelsalat an einem Büfett. Ich schaute mich nach Amanda um, aber sie war nirgends zu sehen. Auch Jamie, der Kellner, hatte sie nicht gesehen. Ich kam also zu dem Schluß, daß sie sich verdrückt haben mußte, daß sie vielleicht bei Tom und Kyrie war. Ich ging am Büfett entlang und lud mir den Teller voll – ich fühlte mich sportgestählt und hatte Hunger. William James' Stimme dröhnte durch den Raum. Er lachte über etwas, das Ballard gesagt hatte, während sie von einer Platte zur anderen gingen. Ich setzte mich an einen Tisch mit einem weißen Tischtuch und begann zu essen.

»Hier, Junge«, sagte William James. »Versuchen Sie mal davon. Bestes Fleisch.« Er sprach mit Swaminathan, einem aus der Mannschaft der Coasters, und er hielt ihm einen Teller mit Rippchen hin. Ich hatte gerade eines davon in der Hand, und sie waren wirklich gut. Aber Swaminathan, der dünn und dunkel und sehr klein war, schüttelte den Kopf.

»Nein danke«, sagte er. Vorhin auf den Stufen des Pavillons hatte er mir erzählt, daß er gerade seinen Abschluß am IIT in Madras gemacht hatte und nun in der Abteilung für Mikrobiologie an der Rice University war. Er war vielleicht seit etwa zwei Wochen in den Staaten.

»Sind Sie sicher? Die sind gut, gut, gut!«

»Ja.«

»Sind Sie Vegetarier?«

»Ja.«

»Oh.«

William James zuckte die Achseln und stellte den Teller wieder ab. Er und Ballard gingen an meinem Tisch vorbei und setzten sich an einen, der mitten im Raum stand. Während sie vorbeikamen, neigte William James seinen Kopf zu Ballard hin, und ich hörte ihn mit nicht gerade leiser Stimme flüstern: »Kein Wunder, daß ihr die da zweihundert Jahre lang in die Pfanne gehauen habt.«

»Ja, aber schließlich haben wir sie doch rausgeworfen.« Meine Stimme war laut und ließ alle Gespräche im Raum verstummen. Mein Gesicht glühte, und meine Bemerkung hatte mich selbst mehr überrascht als die anderen. Ich meine, ich weiß einfach nicht, wo sie herkam.

»Nun ja, vielleicht habt ihr das, vielleicht hättet ihr es aber lieber nicht tun sollen«, meinte William James, setzte sich auf einen Stuhl und schlug die Beine übereinander.

»Und was soll das heißen?«

»Das soll heißen: Schaut euch doch nur einmal an, in welche Zustände das Land wieder versinkt, jetzt wo die Briten weg sind.«

»Nämlich?«

»Na ja, ins Chaos, nicht wahr?«

Ich war nun so wütend, daß ich eine Minute lang nicht mehr sprechen konnte. Um der Wahrheit die Ehre zu geben, ich wußte auch nicht, was ich sagen sollte, aber ich hatte das Gefühl, ich müßte schreien. Schließlich brachte ich etwas heraus, und meine Stimme war gemein und langsam. »Sie haben ja nicht die leiseste Ahnung.« Ich sprach jedes Wort ganz deutlich aus, und sobald es heraus war, klang es schon völlig unzulänglich, als hätte ich gar nichts gesagt.

»Laßt es gut sein, Jungs«, sagte Ballard. »Bloß keine Politik im Speisesaal.« Er nahm William James bei der Schulter und drehte ihn weg, und William James ließ es zu, daß man ihn wegführte, und griff nach seiner Gabel. Als sie zu essen anfingen, lag ein kleines Lächeln auf seinen Lippen.

Swaminathan setzte sich neben mich. Die Gabel in meiner Hand zitterte, und sie klirrte ein wenig, als ich sie auf den Teller zurücklegte. Unter dem Tisch legte Swaminathan mir die Hand auf den Unterarm, und er hielt fest, bis ich zu zittern aufgehört hatte. Aber auch dann war ich außerstande, etwas zu essen.

Nach dem Mittagessen schickte William James den Japaner als einen der ersten Schlagmänner aufs Feld, der andere war der jüngste Amerikaner, ein Freund von William James, der gerade erst mit dem Kricketspielen angefangen hatte. Es war ziemlich klar, daß sie nicht ernsthaft die Möglichkeit in Betracht zogen, daß sie vielleicht verlieren könnten, und daß sie deshalb ihre Grünschnäbel rausschickten, zum Training wahrscheinlich. Wir begannen zu spielen. Der Hauptwerfer in unserer Mannschaft war ein Australier, der ziemlich unangenehme Bälle warf, während der Japaner mit gerade hingestrecktem Schlagholz defensiv spielte und der Amerikaner den Ball im rechtem Winkel in die Schutzgitter trieb. Meine Position war ganz hinten auf der linken Seite im Feld, und von dort konnte ich sehen, wie William James sich in einem Liegestuhl räkelte und einen Drink in der Hand hielt. Er wirkte entspannt und fühlte sich sichtlich wohl. Sie erzielten zwanzig Runs. Dann gab Ballard Swaminathan den Ball. Der ging zur Abwurflinie und rieb den Ball an der Hosennaht. Er nahm vier Schritte Anlauf, ganz langsam, aber sein Ball war ein ganz gemeiner krummer Ball, der einen starken Drall hatte und dem Japaner den mittleren Stab seines Wickets glatt wegschoß. Ich rannte zu Swaminathan und klopfte ihm auf die Schulter. Er lächelte schüchtern und sagte: »Guter Wurf.« Dem letzten Ball seines Durchgangs konnte der neue Schlagmann nur mit wildem Schwung begegnen: Es war ein Ball, der sich ganz gemächlich durch die Luft drehte, aufprallte und sich weiterdrehte, um dann in die Spielfeldecke neben dem Wicket-Wächter zu fliegen. Dabei hatte er von der Kante des Schlagholzes gerade Schwung genug mitbekommen, daß der neue Schlagmann gleich ohne einen einzigen Punkt wieder in den Pavillon zurückschleichen durfte.

»Gut gemacht, Swami«, sagte ich. »Tolle Leistung.«

»Wahrhaftig«, meinte Ballard. »Und jetzt wollen wir mal Ihre krummen Bälle sehen.« Und damit warf er mir den Ball zu.

Ich fing ihn auf und ging zum Wicket, schwang meinen

Arm über den Kopf; die Bewegung war steif und ungewohnt. Ich markierte mir meinen Anlauf. Das Gelände war von Bäumen gesäumt, und ich dachte: Ich bin lange weg gewesen. Aber ich beruhigte mich, der Schiedsrichter senkte den Arm, und ich rannte los und versuchte mein Glück. Aber der Ball war sehr weit vom Wicket weg, und der Schlagmann (einer von William James' Freunden, ein Bankier, glaube ich) peitschte ihn ohne Probleme an mir vorbei, bis zur Mitte des Spielfeldrandes, für vier Punkte. Und er hatte dabei verdammt elegant ausgesehen.

»Macht nichts, Yaar«, sagte Swami. »Etwas mehr Länge.«

Und so machte ich es. Ich verschenkte am Ende dieses Durchgangs noch einmal vier Runs, dann im nächsten zwei oder drei, danach spielte ich mich langsam ein und stellte fest, daß ich dem Ball einen guten Drall geben konnte. Die Anstrengung machte mir Spaß. Es war nichts Aufsehenerregendes, aber ich machte den anderen doch ein wenig zu schaffen. Swami dagegen, der vollbrachte Wunder. Er hängte den Ball so lang in die Luft, daß es aussah, als glitte er ewig dahin, als zögerte er, sich je wieder zur Erde herabzusenken, und er schwebte da oben und tauchte ab und drehte sich, und manchmal, wenn der Ball auftippte, gab er ihm einen Drall mit, so daß er zur linken Seite abdriftete, manchmal gab er ihm beim Wurf einen Topspin, und die Wickets purzelten nur so. Bei seinem dritten Durchgang fiel wieder eins, beim nächsten zwei. Ich nagelte von meinem Ende nur die Schlagmänner fest, und er pflügte sich von seinem Ende durch sie hindurch wie ein Scharfrichter, und immer mit gesenktem Kopf, einem kleinen Lächeln und einem schüchternen Kopfschütteln. Ich konnte sehen, daß William James auf dem Patio inzwischen aufgestanden war und sich die Augen beschattete. Als der nächste Schlagmann aufs Feld ging, lief er eine Weile neben ihm her und flüsterte ihm eindringliche Worte ins Ohr.

So spielten wir weiter. Die anderen erzielten ein paar Runs, die meisten, wenn ich am Wurf war. Aber ihre mittleren Schlagmänner brachen ziemlich kampflos zusammen, und wir hatten sie bei neunundsechzig Runs für sieben. Immer noch war William James nicht aufs Feld gekommen. Ich wußte, warum: Für Kerle wie uns würde er seinen Beinschutz nicht umschnallen, und schließlich waren sie nur noch vier Runs vom Sieg entfernt. Der nächste Schlagmann kam herein und blickte ernst und gefaßt. Als er seine Abwehrposition mit dem Schlagholz markierte, warf ich Swaminathan den Ball zu und rief: »Bedi, Bedi, Bedi!« Inzwischen liebte ich den Kerl und rief ihn mit dem Namen eines Helden aus meiner Kindheit. Bedi war einer von drei wunderbaren Werfern gewesen, ein gedrungener Sikh, der den Ball mit einem hinterlistigen Spin zur linken Seite warf, der jeden Schlagmann so verzauberte, daß er einfach Fehler machen mußte.

Die Mannschaft von William James hatte inzwischen Angst vor Swaminathan. Sie blieben an der Schlaglinie stehen und spielten defensiv und weigerten sich standhaft, die verlockend aussehenden Lobs, die er über das Spielfeld zu ihnen hinschweben ließ, mit Schwung zu schlagen. Beim fünften Wurf seines Durchgangs ließ er den Ball kurz auftippen, der Schlagmann trat einen Schritt vor, um ihn weit weg zu schlagen, doch da sprang der Ball ganz plötzlich auf, schmetterte ihm glatt den Zwickel aus dem Schlagholz und flog artig wieder in Swaminathans Hand zurück. Der nächste Schlagmann war ein junger Mann, der furchtbar schwitzte und ganz rot im Gesicht war. Als ich Swaminathan »Prassana, Prassana, Prassana« zurief, blickte er uns mißtrauisch an, als planten wir irgend etwas Unfaires und womöglich Verfassungswidriges. Prassana war ein fetter Werfer, der mit Off-Spin warf, wenn ihr euch erinnert, ein Südinder, der ganz verschlafen und harmlos aussah, bis sein krummer Ball den Gegner auf dem falschen Fuß erwischte und ziemlich dumm dastehen ließ. Swaminathan warf, der Held an der Schlaglinie trat dem Ball schnell entgegen und holte zu einem enormen Schwung aus. Er war angespannt, und er wollte den Ball erwischen, ehe er aufschlug. Ihm schwebten bereits Visionen von einem triumphalen Sechs-Punkte-Schlag und von Erdbeeren im Pavillon vor. Aber der Ball trudelte im Zickzack durch die Luft und flog auf geheimnisvollen Bahnen, und trotz all seiner Stärke und seinem wahrscheinlich guten Auge streifte der Schlagmann ihn nur leicht mit der Schlagholzkante, und er flog im rechten Winkel zum nächsten Fänger. Ballard sprintete hin. Die beiden Schlagmänner waren auf halbem Weg über das

Feld und beschlossen, einen Sprint zu riskieren. Der eine schaffte es, aber unser Schlagmann war immer noch gute zwei Fuß von der Schlaglinie entfernt, als Ballard die Stäbe seines Wickets mit einem sauberen, schnellen Wurf umnietete.

Wir hatten sie also, beinahe jedenfalls. Sie mußten noch vier Runs erzielen, und es war noch ein Schlagmann in ihrer Mannschaft übrig, und das war natürlich William James. Ich konnte ihn, die Hände in die Hüften gestützt, in der Nähe des Pavillons auf dem Rasen stehen sehen, und noch immer hatte er seinen Beinschutz nicht umgeschnallt. Hinter ihm konnte ich seine Frau ausmachen, kühles blondes Haar über einem weißen Kleid. Er drehte sich schnell um, und ich spürte seine Wut, und dann mußten wir alle warten, während er seinen Beinschutz anzog. Swaminathan kam zu mir herüber und gab mir den Ball, und dann massierte er mir die Schulter. Er brauchte mir natürlich nicht zu sagen, daß nun alles von mir abhing.

William James kam aufs Feld und setzte sich eine blaue Mütze auf, die mit einer Südstaatenfahne verziert war. Als er an uns vorbeiging, klopfte mir Swaminathan krachend auf die Schulter und spazierte weg, dann rief er mir zu: »Chandrashekar!« William James blickte auf, sein Blick war klar und eiskalt, er schaute von mir zu Swaminathan, und er war wütend, aber er beherrschte sich.

»Chandrashekar«, antwortete ich, und William James starrte mich zornig an. Ich lachte. Ich meine, er dachte wohl, daß wir uns in irgendeiner fremden Sprache unterhielten oder vielleicht einen finsteren orientalischen Zauber veranstalteten, denn nun rief Swaminathan immer wieder im Sprechgesang »Chandrashekar, Chandrashekar!«

Chandrashekar war mein Liebling in dem berühmten Werfertrio, der liebste der drei Götter des langsamen Balls. Er war so dünn, daß er schon beinahe schwächlich wirkte, und als Kind hatte er Polio gehabt, die seinen rechten Arm völlig deformiert hatte, so daß er nach innen verdreht war. Und mit diesem Arm übte er die Kunst der Täuschung, warf er gedrehte Bälle, brachte dabei wunderbare krumme Bälle zustande. Ich erinnerte mich an Schlagmänner, die den Überkopfschwung seines Armes beobachteten und zuversichtlich zu einem Treibschlag bis weit in die Schutzgitter ausholten, nur um festzustellen, daß man sie an der Nase herumgeführt hatte, daß das, was wie eine bestimmte Sache ausgesehen hatte, in Wirklichkeit eine ganz andere war, daß Chandrashekars dünner, verdrehter Arm lügen konnte. Aber an der Schlaglinie beugte und streckte William James seine Arme. Er hatte die Absicht, meinen Ball geradewegs bis zum Spielfeldrand und darüber hinaus zu schmettern, und Swaminathan flüsterte »Chandrashekar, Chandrashekar, Chandrashekar«. Aber ich hatte noch nie in einem Match einen gedrehten Ball geworfen, und ich hatte keinen verkrüppelten Arm, und William James beobachtete den Ball gut, seine Augen waren auf meine Hand gerichtet, darauf, wie ich die Naht in der Lederhülle des Balles packte, er war kühl und analytisch, er würde wissen, was ich tat, sobald ich es tat, vielleicht sogar schon vorher; er hatte mich durchschaut, das sagten mir seine Augen, er würde meine Bewegungen genau berechnen und meine Aktionen voraussagen und mich vom Spielfeld fegen. Er verlagerte sein Gewicht auf die Fußballen, und er war nicht beunruhigt, nein, kein bißchen. Also packte ich den Ball und fing mit meinem Anlauf an, hielt den Ball hinter dem Rücken, und während ich rannte, sagte ich »Chandrashekar, Chandrashekar« vor mich hin. Mein Arm schwang über den Kopf, und William James beobachtete mich. Aber anstatt den Ball loszulassen, knickte ich das Handgelenk ein und hielt ihn noch ein bißchen fest, und als ich ihn dann freigab, war mein Arm ganz verdreht – ich konnte den zerrenden Schmerz in der Schulter spüren –, mein Handrücken zeigte zum Boden, und es war kein besonders aufsehenerregender Wurf. William James bewegte sich gierig darauf zu, er war froh und glücklich, das konnte ich spüren, und der Ball fiel lustlos in Richtung Boden, und er machte sich bereit zum Schlag und holte weit aus. Er wollte ihn hoch über meinen Kopf schlagen, bis zum Mond, er würde ihn vernichten. Der Ball schlug auf den Boden auf, und William James wußte, daß er zur linken Seite springen würde, aber das tat der Ball nicht: Er drehte sich zur anderen Seite, und William James hieb in die leere Luft, und dann blickte er sich verwundert um und schaute über meinen Kopf. Er fragte sich, wo der Ball hingeflogen war.

»Chandrashekar«, schrie Swaminathan, und großes Gelächter erschallte. William James blickte sich langsam um: Der mittlere Stab seines Wickets war aus der Erde gerissen und lag flach am Boden. Danach umringten mich die Spieler, klopften mir anerkennend auf den Rücken und umarmten mich. Als ich mich schließlich durchgekämpft hatte, stand William James immer noch da und starrte auf die Stäbe seines Wickets. Er wandte sich um und blickte mich voll nackter Wut an. Während ich noch auf ihn zukam und ihm die Hand entgegenstreckte, machte er auf dem Absatz kehrt und stolzierte ohne ein Wort auf den Pavillon zu.

»Der verliert nicht gern«, meinte Ballard. Als wir vom Feld gingen, hielt ich mir den Arm, der langsam anfing weh zu tun, und er fuhr fort: »Hier in der Gegend ist er als scharfer Hund bekannt. Aber er wird sich schon wieder berappeln.«

Ich zuckte die Achseln. Es war mir völlig egal, ob er sich wieder berappelte oder nicht.

Im Inneren des Gebäudes brachte mich wieder die kalte Zugluft zum Schaudern, und ich machte mich auf die Suche nach Amanda. Diesmal bemerkte ich eine schwere braune Schiebetür auf der anderen Seite des Speisesaales, und als ich mich dagegenlehnte, glitt sie leicht in die Wand hinein. Der Raum war die Bibliothek, dunkel und riesengroß, mit Regalen, die über zwei Etagen bis zur Decke reichten, und mit Leitern hier und da. Ein üppiger Teppich bedeckte den Boden, und als ich hineinging, glänzten ringsum goldene Buchrücken. Ich stand eine Weile da, die Hand auf der Lehne eines weich gepolsterten Stuhls, und als ich mich zur Tür umwandte, sah ich Amanda, die auf einer langen Couch zusammengerollt lag und winzig klein aussah. Ich ging neben ihr in die Hocke und berührte sie an der Wange: »Amanda, Amanda«, flüsterte ich. Aber sie schlief weiter, und als ich mich näher zu ihr hinunterbeugte, strömte ihr Atem säuerlichen Alkoholgeruch aus, und sie hatte die Finger vor dem Gesicht verschränkt. Ich legte ihr eine Hand auf die Schulter und rüttelte sie ein wenig, aber ihr Kopf rollte nur locker auf der Couch hin und her, und nach einer Weile ließ ich sie in Ruhe.

Als ich von draußen die Bibliothekstür wieder schloß, sah

ich William James und hinter ihm Candy. Er hatte sich umgezogen und trug nun einen dunklen Blazer. Als er auf mich zuschritt, glänzten seine Messingknöpfe im Licht der Kronleuchter. Er streckte mir den Arm entgegen und schüttelte mir die Hand.

»Gutes Spiel, junger Mann.« Er lächelte, aber seine Hand umklammerte meine ganz fest, und ich schwöre, daß ich Knochen krachen hörte. Als er mich losließ, pulste ein wilder Schmerz durch meinen Handrücken, und ich legte die Hand auf den Rücken und packte mein Hemd, um dem Impuls zu widerstehen, mir die schmerzende Stelle zu massieren.

»Ja«, erwiderte ich, »sehr gutes Spiel.«

»Wir fahren nach Hause.«

»Amanda und ich hatten vor, uns zum Abendessen mit ein paar Freunden zu treffen.«

»Ah ja.« Er warf mir einen langen Blick zu und ging dann fort. Candy winkte mir von der anderen Seite des Raumes zum Abschied zu, und ich hob meinen gesunden Arm und winkte zurück. Dann sagte ich Swaminathan und den anderen Lebewohl, und nach einer Weile ging ich nach draußen, wo es langsam dunkel wurde. Ich schritt aufs Spielfeld hinaus. Mein rechter Arm schmerzte von der Schulter bis in die Fingerspitzen. Aber das war es nicht, was mir das Herz bange machte, und ich blieb noch ein wenig draußen, weil eine frische Brise wehte und weil es mir die Schmerzen linderte.

»Hallo.«

Es war Ballard. Er kam zu mir heraus, und wir standen eine Weile beieinander. Er hielt mir etwas entgegen und fragte: »Rauchen Sie?«

»Nein«, antwortete ich, nahm mir aber trotzdem eine Zigarre. Er reichte mir ein Feuerzeug, und nach einer Weile hatte ich das Ding endlich angezündet, und wir beobachteten den Widerschein der Glut auf dem Gesicht unseres Gegenübers.

»Danke«, sagte ich.

»Gern geschehen. Schön, daß Sie mitgespielt haben.«

»Ja.«

»Wissen Sie«, sagte er, »ich bin in Indien geboren.«

»Wirklich? Wo?«

»In Lucknow. Wir haben das Land verlassen, als ich noch sehr klein war, fünf oder sechs. Ich erinnere mich nicht an besonders viel.«

»Ja.«

»Aber ich erinnere mich an einiges.«

Wir standen lange so da und rauchten, und unsere Zigarren gingen immer wieder aus, also reichten wir das Feuerzeug hin und her, und es war sehr still, bis auf die Grillen und in weiter Ferne die Vögel, und der Wind roch süß nach irgendeiner Blume, die ich nicht kannte, und plötzlich ging der Mond auf und überzog das Spielfeld mit seinem silbrigen Licht.

Später fuhren Amanda und ich in die Stadt. Wir trafen Tom und Kyrie und bei ihnen auch Weißen Adler. Sie saßen nebeneinander auf Gartenstühlen vor dem »Hokaido« im Steingarten und tranken Bier aus Dosen. Amanda war ruhig und etwas benommen gewesen, sie war ein wenig vor der Dunkelheit erschrocken, als wir aus dem Clubhaus traten: »Aber gerade eben war es doch noch hell!« Nun hockte sie im Schneidersitz auf den Steinen, riß eine Bierdose auf und sah schon sehr viel weniger verstört aus.

»Wir wollten zur NASA fahren«, sagte Tom. »Wir haben zumindest drüber nachgedacht.«

»Warum zur NASA?« fragte ich.

»Heute abend startet die Raumfähre«, sagte Kyrie. »Das wollten wir uns ansehen.«

»Die starten doch nicht in Houston«, sagte Amanda.

»Da gibt's eine Party«, erwiderte Kyrie. »Sie starten das Ding in Cape Canaveral, und deswegen gibt's bei der NASA eine Party.« Sie hielt ein Blatt oranges Papier mit einer handgezeichneten Wegbeschreibung in die Höhe. »Wenn sie die echte Fähre starten, schießen da auf der Party alle ihre eigenen Raketen ab. Sozusagen synchron, versteht ihr?«

Ich verstand es eigentlich nicht. Ich zuckte die Achseln.

»Willst du dir die Raketen nicht angucken?« fragte Amanda. Ihr Haar war noch vom Liegen auf der Couch zerzaust, und sie wirkte wie zehn.

»Das sollte man einmal im Leben gesehen haben«, meinte Weißer Adler.

»Echt?« Ich hatte die Nase voll davon, ihn als Weißer Adler anreden zu müssen, ich meine, in Wirklichkeit hieß er doch bestimmt Bob oder Ted oder so. »Meinst du wirklich?«

»Echt«, sagte er, nahm einen Schluck aus seiner Bierdose und schien von meinem Sarkasmus völlig unberührt.

Schließlich mußte ich mit. Sie waren offenbar alle wild entschlossen, und allein im »Hokaido« rumhocken wollte ich auch nicht. Die verdammte Raumfähre und die Raketen interessierten mich nicht die Bohne, aber allein sein konnte ich auch nicht. Also kletterten wir alle fünf ins Auto und fuhren zur NASA. Nachdem wir von der Schnellstraße abgebogen waren, kreuzten wir ein bißchen im Dunkeln durch die Gegend und machten immer wieder halt bei 24-Stunden-Märkten, bis wir schließlich ein Gelände fanden, auf dem viele Autos parkten und viele Leute in kleinen Gruppen im Kreis herumstanden. Sie machten sich alle an Raketen zu schaffen. Hier und da sah man ein Fäßchen Bier, und beinahe jeder hatte eine Rakete. Manche hatte diese kleinen, zischenden Dinger, Knallfrösche, andere echte Modelle, so richtig mit Abziehbildern und allem, und eine Gruppe hatte sogar eine große, glänzende Raumfähre, die beinahe zwei Meter lang war. Wir stiegen aus, und ich spazierte über das Feld zu einem Zaun. Tom folgte mir. Wir standen nebeneinander und pißten. Er fragte: »Wie geht es dir?«

»Ich fühle mich ziemlich komisch. Und du?«

»Gut.«

»Gut? Was läuft da ab?«

»Mit Kyrie?« Er lächelte. »Nichts. Ich meine, ich weiß nicht. Ich meine, es ist toll.«

»Bist du so weit, daß du zurück willst?«

»Zur Uni? Nein. Und du?«

»Ich denke schon.«

»Schade eigentlich, daß wir den Himmel nicht gefunden haben.«

»Haben wir vielleicht doch.«

»Ehrlich? Wo?«

Ich schüttelte den Kopf, und wir gingen zum Auto zurück. Ich hätte es ihm nicht erklären können, aber ich hatte das Gefühl, als wäre etwas vorüber. Wir setzten uns auf die Kühlerhaube. Nach einer Weile wanderten Kyrie und Tom und Amanda in die Dunkelheit hinaus, sie hielten einander bei der Hand und sagten, sie wollten sich mal umsehen. Als sie weggingen, rief ich ihnen hinterher: »Amanda, wir haben gewonnen.«

»Was gewonnen?«

»Das Spiel.«

»Oh«, rief sie über die Schulter. »Das ist prima.«

Irgendwo hatte jemand ein Radio, man konnte in der Ferne die Stimme eines Nachrichtensprechers hören. Mir steckte der ganze Tag in den Knochen. Der Schmerz zog mir in regelmäßigen Abständen vom Schlüsselbein durch den Arm. Ich winkte den anderen zum Abschied und ließ mich auf die Kühlerhaube zurücksinken. Ich wußte, daß es zu spät zum Schlafen war, aber es war ein schönes Gefühl, einfach nur in den Himmel hinaufzusehen, wo sich Wolkenbänke über den Mond schoben.

»Was für ein Spiel war es?«

Ich fuhr zusammen und wäre beinahe vom Auto gerollt. Es war Weißer Adler. Er saß auf dem Fahrersitz und lehnte den Kopf aus dem Fenster.

»Kricket«, antwortete ich.

»Aha.«

»Sag mal, wie heißt du eigentlich richtig?« Er blickte mich nur einfach an, die Hände am Lenkrad. »Ich werde dich jedenfalls Ed nennen«, sagte ich schließlich, lehnte mich wieder zurück und rutschte hin und her, bis ich es mir bequem gemacht hatte. Das Metall fühlte sich in meinem Rücken gut an. Nach einer Weile begann er zu reden. Ich wollte eigentlich nicht zuhören, war aber zu faul, um mich wegzubewegen, und es war irgendwie angenehm, über mir eine Stimme zu vernehmen, die mir eine Geschichte erzählte.

»Hör gut zu«, sagte er. »Ich erzähle dir die Geschichte von Coyote und Wolf, die vor langer Zeit in einem Tal lebten. Dieses Tal war voller Wild, und Wolf lebte glücklich und zufrieden, und Coyote ebenfalls, am Rande des Tales. Dann sah eines Tages Coyote einen Wagen ins Tal kommen, der von großen Pferden gezogen wurde, und er versteckte sich und beobachtete ihn. Im Wagen befand sich eine Menschen-

662

familie. Sie schlugen unten bei einem Bach ihr Lager auf, und am nächsten Tag begannen sie Bäume zu fällen. Sie rodeten eine Wiese und bauten ein Haus. Wolf stieg von den Berghöhen herunter bis zum Rand der Wiese und stand da und beobachtete sie, und einer der Männer hob sein Gewehr. Wolf trat ihm furchtlos entgegen, und der Mann lachte und ließ den Lauf seiner Flinte sinken. Wolf wandte sich um und kletterte zur Baumgrenze zurück. Auf dem Weg begegnete er Coyote, der sich hinter einem Felsen versteckte, und er fletschte seine furchterregenden Fänge. So lebten Wolf und Coyote im Tal, und Wolf jagte überall, nur nicht unten im Tal. Aber dann schien auf einmal das Wild rar zu werden, und Wolf mußte wochenlang hungern. Manchmal sah er Menschen im Wald, und wenn sie ihn erblickten, blieben sie stehen und zogen sich langsam zurück. Inzwischen stahl Coyote in der Siedlung Hühner und durchwühlte ihren Abfall, und sie kamen aus den Häusern gerannt und schrien ihn an, schossen oft auch mit ihren Flinten auf ihn, einmal riß ihm eine Kugel die linke Seite in einer dünnen Linie auf, aber er entkam und überlebte. Nun jagte eines Tages Wolf ein Reh, einen alten, klapprigen Bock, und Wolf jagte ihn von einer Bergflanke herab, und das Reh floh in die Stadt, denn inzwischen war im Tal eine Stadt entstanden, mit Straßen und Laternenmasten und Lichtern, und Wolf verfolgte das Reh, und es rannte mitten über eine Straße, wo es von einer Maschine, einer sich schnell bewegenden Maschine gerammt wurde, und das Reh fiel hin und lag tot am Boden. Einige Menschen kletterten aus der Maschine, und Wolf blickte sie an, und sie blickten ihn an, aber er hatte Hunger und war wütend. Also rannte er auf sein Reh zu, denn er hatte es den ganzen Nachmittag verfolgt, und dann gab es einen Donnerschlag. Der erste Schuß riß ihm die rechte Hinterpfote ab. Er jaulte auf, ging aber weiter und befleckte die Straße mit seinem Blut. Der zweite Schuß streckte ihn nieder. Die Leute versammelten sich um seinen Körper und stießen mit dem Gewehrlauf nach ihm. Coyote sah all dies, denn er hockte in einer Mülltonne und streckte kaum die Nase aus dem Abfall heraus. Er schlich sich davon, und irgend jemand häutete Wolf, und jemand anderer schnappte sich das Reh. Am nächsten Abend nahm sich Coyote ein wenig von dem Reh, er brach in einen Schuppen ein und riß dem Bock ein Bein ab, und die Hunde hetzten ihn, aber er entkam. Coyote lebte noch lange und wurde sehr alt, er überlebte Gift und Kugeln und Gas und Krankheiten. Eines Winters war er wieder einmal in der Stadt und sah etwas, das ihn zum Lachen brachte. Er wälzte sich im Schnee und lachte, denn mitten in der Stadt hatten die Menschen in der Nähe des Flusses Wolf ein Denkmal errichtet: Es zeigte ihn zähnefletschend, mit einer erhobenen Pfote, sehr stolz und wild und frei.«

Es war irgend etwas an seiner Stimme, es war nicht der Inhalt seiner Erzählung, es waren Klang und Struktur. Ich hörte ihm gar nicht richtig zu, aber als ich so dalag und die Augen geschlossen hatte und eine Geschichte durch die Luft wehte, da war ich auf einmal wieder klein, und ich konnte ein Gobar-Feuer riechen, und der Geruch der Kuhfladen war frisch und rein, und ein köstlicher Wind fächelte die Hitze von meiner Haut, während wir in einer heißen Sommernacht auf der Veranda schliefen, das Gras raschelte, ein kühler Duft zog vom Wasser herauf, und eine Hand lag sanft auf meiner Stirn. Ich schrak auf, schob mich vom Auto herunter und stolperte davon. Ich ging sehr schnell, um das Bild meines Großvaters aus meinem Kopf zu verbannen. Er war tot, und es schien Ewigkeiten her zu sein, daß ich an ihn gedacht hatte, Ewigkeiten seit dem Telephongespräch, das mir die Nachricht von seinem Tod brachte, es schienen Jahrhunderte vergangen zu sein. Aber nun schmerzte mich die Erinnerung an ihn in der Brust. Er war ein dünner Mann gewesen, hatte eine Heilkunst praktiziert, die ich für nutzlos hielt, hatte kleine homöopathische Pillen verteilt, nichts als Süßigkeiten. Ich hatte mir mit den Jahren angewöhnt, seine Kunst für völlig wirkungslos zu halten. Ich schritt nun durch die Dunkelheit, aber mir schien, als ginge ich zu seinem Haus: Man kam die enge, gepflasterte Gasse entlang, die staubig und schmutzig war, dann durch ein kleines Tor, das in ein riesiges Tor eingefügt war, in einen Garten hinein, eigentlich nur eine unordentliche Ansammlung von Bäumen und Büschen, wo Kühe friedlich an der Futterkrippe wiederkäuten, und dann ging man ins Haus, an dem kleinen Wohnzimmer mit den uralten Möbeln und den Regalen voller Krimskrams vorbei auf die innere Veranda, wo es immer nach Essen roch, dann in das große Zimmer mit den Chatais auf dem Boden, wo wir alle essen, und da steht ein Schrank voller Bücher und Arzneifläschchen; an der Wand siehst du zwei Photographien, eine davon zeigt meinen Großvater als sehr jungen Mann, der Bilderrahmen hat einen Sprung, und das Glas scheint mit dem Alter vergilbt, aber du siehst ihn lächeln, und er trägt eine weiße Hose und einen blauen Blazer, und den flachen Strohhut hat er sich über die Augen gezogen, eine Hand steckt in der Hosentasche, die andere streckt dem Betrachter einen Ball entgegen, die Nähte sind deutlich zu sehen, und rechts davon hängt eine weitere Photographie, etwa dreißig Jahre später aufgenommen, und sein Sohn sitzt bei einer Gruppe junger Männer, in deinen Augen sehen sie geradezu rührend unschuldig aus, sie sind gutgelaunt und selbstbewußt, und eine Bildunterschrift teilt dir mit, daß es sich um die Kricketmannschaft des B. H. U. College of Humanities im Jahre 1947 handelt.

Ich ließ mich im Gras nieder und weinte um meinen Großvater, beweinte seinen Tod, und ich vermißte ihn. Ich saß lange da und dachte an ihn.

»Da bist du ja.« Amanda kam zu mir gerannt und setzte sich auf meinen Schoß. »Ich habe dich überall gesucht.«

»Ich habe an meinen Großvater gedacht. Und an Kate und an einen Burschen namens Katiyar. Er war der Kapitän meiner Schule und der Kapitän meiner Kricketmannschaft.«

Sie ertastete mein Gesicht, küßte mich auf die Augen und hielt mich ganz fest umfangen. Nach einer Weile standen wir auf und machten uns auf den Rückweg, sie ging ein Stückchen hinter mir. Plötzlich schlang sie mir von hinten die Arme um die Schulter und hüpfte hoch, und ich trug sie ein Stück Huckepack, und sie kicherte mir in den Nacken. Ich lachte.

»Jetzt bist du dran«, meinte sie. Also trug sie mich auch eine Weile. Sie war stark, und wir lachten so sehr, daß wir auf dem Boden zusammensackten, aber wir trugen einander abwechselnd quer über dieses Gelände. Sie sang mir gerade etwas ins Ohr, und wir kamen über einen kleinen Grashügel, als sie »Hoppla« sagte. Auf der anderen Seite konnte ich in einer kleinen Senke Tom und Kyrie ausmachen, ihre Köpfe schimmerten dicht nebeneinander im Mondlicht, und sie liebten sich. Ich machte kehrt. Da gab es laute Jubelrufe und dann eine Reihe von kleinen Explosionen und Donnergrollen, und alles verschmolz zu einem einzigen Röhren, und dann zogen Hunderte von Raketenspuren Streifen in den Himmel, und Lichtblitze stiegen empor in nicht aufzuhaltendem wunderbarem Flug, und der Himmel wurde von Feuer erleuchtet, als sie sich alle so mächtig emporschwangen, und wurde so hell, daß ich meinen Blick abwandte. Unten sah ich das Auto als elegante Silhouette, und auf dem Dach saß mit gekreuzten Beinen und unbeweglich wie ein Felsen Weißer Adler.

Am nächsten Tag brachen Amanda und ich nach Kalifornien auf. Tom meinte, er würde noch dableiben, und irgendwie konnte ich ja den Grund verstehen und sagte also nichts. Wir warteten alle in einem Café, während Amanda noch einmal nach Hause fuhr, um sich von ihren Eltern zu verabschieden. Als sie mich fragte, ob ich nicht mitkommen wollte, meinte ich, wohl besser nicht. Also tranken wir Kaffee, und Kyrie stopfte Münzen in die Jukebox, und W. A., wie ich ihn inzwischen nannte, schlurfte zur Theke und kam mit einem abgestoßenen Schachbrett zurück.

»Spielst du Schach?« fragte er.

»Ich hau dich in die Pfanne, W. A.«, antwortete ich. Also stellten wir die Figuren auf. Ein weißer Läufer fehlte, ich blickte mich suchend um und legte schließlich einen blanken Vierteldollar auf das schwarze Feld. Ich war zuerst am Zug, aber als Amanda kam, führte W. A. schon mit drei zu null. Nach all dem lächelte er nicht einmal, er sah nur einfach alt aus. Dann fuhr der Jaguar vor, und wir gingen nach draußen. Es schien nicht mehr viel zu sagen zu geben. Also schüttelten wir einander alle die Hand, und Kyrie umarmte Amanda und mich.

»Ruf mich an«, sagte ich zu Tom.

»Mach ich.«

Wir fuhren schnell los und schienen beinahe sofort auf einer Schnellstraße zu sein. Er hat nie angerufen. Ich habe keine Ahnung, wo sie nun sind, ob sie überhaupt noch zusammen sind oder was. Ich stelle mir vor, wie sie in einem staubigen Mietwagen, einem roten oder einem schwarzen, über die weiten Ebenen von Texas fahren und Elvis dazu »Heartbreak Hotel« gurrt, und dann sind sie weg. Amanda und ich, wir schienen beinahe sofort wieder in Pomona zu sein, es war viel zu schnell gegangen. Ich fühlte mich beinahe immer müde, wenn ich über den Campus schlenderte. Aber niemand schien überhaupt bemerkt zu haben, daß wir weg gewesen waren. Ich kam locker wieder in meine Vorlesungen und Kurse und alles. Die Monate vergingen schnell, und ich machte meinen Abschluß. Ich verbrachte beinahe meine ganze Zeit mit Amanda, aber wir haben nie darüber geredet, was werden sollte, wenn ich einmal fertig war. Ich wußte es auch nicht. Am Tag meiner letzten Prüfung blickte ich auf und sah Wolken an einem fernen Berghang und wußte, daß ich nach Hause wollte. Das sagte ich Amanda, und sie nickte und blickte zu Boden. »Willst du mitkommen?« fragte ich. Sie nickte, hatte den Blick immer noch gesenkt und die Hände auf dem Rücken verschränkt. Aber als ich sie umarmte, klammerte sie sich an mich und zitterte.

Also teilte ich dem College mit, daß man mir mein Diplom mit der Post schicken sollte, und schrieb die Adresse meines Vaters in Druckbuchstaben auf eine Karte. Zwei Tage vor der feierlichen Verleihung der Diplome flogen wir ab. Ich wußte, daß meine Mutter ein Bild von mir haben wollte, im akademischen Talar und mit Doktorhut und dem zusammengerollten Diplom in Anthropologie vor der Brust, aber der bloße Gedanke daran machte mich schon wütend, und so buchte ich für uns den ersten Flug, für den ich Plätze bekommen konnte. Amanda schien glücklich zu sein, sie hüpfte übermütig im Flughafen herum und kaufte mir ein Schokoladeneis, das wir gemeinsam aßen. Wir küßten uns mit schokoladeverschmierten Mündern, und sie sagte: »Bin ich froh, daß wir hier rauskommen«, und wies mit einer ausladenden Armbewegung auf den gesamten Flughafen und den Himmel draußen. Im Flugzeug lehnte sie den Kopf an meine Schulter, hielt meinen Arm mit beiden Händen umklammert und schloß die Augen.

»Weißt du, wie ich es mir vorstelle?« fragte sie und hatte die Augen immer noch geschlossen. »Ein ungeheuer großer Himmel. Grün, alles grün. Blaues Wasser und Frauen in goldenen Saris, die ganz langsam schreiten. Alles ganz langsam. Vögel in den Bäumen, Papageien. In der Ferne ein Elefant, der seinen Rüssel schwenkt. Unglaubliche Sonnenuntergänge.«

»Stell dir lieber nicht so viel vor«, sagte ich.

»Ach, halt den Mund, du Spielverderber«, murmelte sie und schlief dann mit einem Lächeln auf den Lippen ein, und ihr Atem strich warm über meine Haut. Später in Bombay jedoch, als wir bei der Paßkontrolle in dem langen unterirdischen Korridor warteten, fing sie an, unglücklich auszusehen. Ich merkte das und schaute mich ein wenig um. Überall standen Leute in langen Schlangen, alle waren noch müde von der Reise, lächelten aber ein wenig und waren ganz geduldig.

»Entspann dich ein bißchen«, sagte ich und streichelte ihr den Arm. Sie nickte. Dann gingen wir durch die Paßkontrolle und stiegen zu der Menschenmenge hinab, die um das Gepäckband wuselte, und schließlich mußten wir durch die Warteschlange beim Zoll. Draußen war es noch dunkel, aber es lauerte schon die allgegenwärtige Bande von kleinen Jungen, die alle unser Gepäck tragen wollten. Ich scheuchte sie fort, und wir stiegen in ein Taxi. Ich hatte keine Vorstellung, was wir jetzt machen wollten, ich war noch nicht so weit, daß ich zu meinen Eltern nach Hause wollte, und also nannte ich dem Taxifahrer den Namen eines Hotels in Colaba.

Als wir an einer roten Ampel stehenblieben, wandte ich mich wieder zu Amanda, die in einer Art benommener Verwunderung aus dem Fenster schaute. Die Vögel flogen in explosionsartigen Wolken aus den Bäumen auf und stimmten ihren üblichen lauten Morgengesang an. Ich lehnte mich ganz nah zu ihr herüber und sagte: »Dies ist Bombay. Es ist nicht überall so.« Ich meinte damit die ausgedehnten Slumsiedlungen, die jämmerlichen Hütten, die sich von der Straße bis in die Ferne erstreckten.

Amanda drehte sich zu mir um und schüttelte ein wenig den Kopf, ehe sie sprach: »Nein. Weißt du, hier ist ja nirgends eine gerade Linie.«

Ich blickte mich um. Es war mir noch nie vorher aufgefallen, aber es gab wirklich keine einzige gerade Linie. Als wir in Haji Ali angekommen waren, war mein Entschluß gefaßt, und ich sagte zum Fahrer: »Bhai, bitte fahren Sie uns lieber statt dessen zum Bahnhof – Bombay Central.« Die Straßen waren schon ziemlich belebt, und ich konnte aus Amandas Gesichtsausdruck ablesen, daß Bombay einfach zuviel für sie war. Ich erinnerte mich an die Zeit nach den Sommerferien, wenn ich nach Mayo zurückkehrte; da hatten die Burschen aus Bombay immer von Matheran geredet. »Amanda«, sagte ich mit entschlossener Stimme. »Wir fahren nach Matheran. Das liegt in den Bergen. Da ist es wunderschön.«

Also stiegen wir in einen Zug, der uns in großem Schwung über die Ghats hinaufbrachte, und dann in einen winzigen Miniaturzug, sozusagen eine Gebirgsversion, der mit uns über den schwindelerregenden Hang bis Matheran zockelte. Dunkel und tief hingen die Wolken über den bewaldeten Gipfeln und langen Berggraten, und das vertraute Ruckeln des Zuges machte mich glücklich. Ich roch den Regen in der Luft, und ich konnte einfach nicht aufhören zu lächeln. Die anderen Leute im Abteil starrten uns unverhohlen an, mich und mein Gesicht, bis ich schließlich verkündete: »Ich bin gerade nach jahrelanger Abwesenheit wieder nach Indien zurückgekehrt.« Dann wollten sie natürlich von meinem Vater und meiner Mutter hören, und was ich studiert hatte, und wo, und ob ich schon eine Stelle gefunden hätte, und die Fahrt verging über unseren Gesprächen, und die Kinder – es hopsten viele auf unserem Schoß herum – waren von Amandas Haar fasziniert.

In Matheran gingen wir ins Rugby Hotel, das aus einem Dutzend kleiner Häuser bestand, die über einen Hügel verstreut um einen großen Garten herum lagen. Als wir in unser Zimmer kamen, hatte es zu regnen begonnen. Es standen dort zwei riesige Himmelbetten, und im Ankleidezimmer war ein schwerer Spiegel mit Teakrahmen. Es gefiel mir gleich dort, und noch viel besser gefiel es mir, als mir ein Kellner heißen Toast, Orangenmarmelade und Tee brachte und ich mich auf der Veranda in einen Korbsessel fallen lassen und den Regen beobachten konnte, mir dabei am heißen Tee die

Zunge verbrannte und spürte, wie das Regenwasser auf meine Fußsohlen spritzte. Amanda kam aus dem Zimmer und trocknete sich die Haare mit einem Handtuch. Ein Mann hatte einen Eimer heißes Wasser zur Außentür des Badezimmers gebracht, und ich hatte ihr erklärt, wie man das heiße Wasser mit dem kalten aus dem Hahn mischte, und sie hatte mit einem überraschten »Wow« reagiert.

Jetzt sagte sie: »Hier ist alles feucht.« Sie hielt mir das Handtuch hin.

»Es ist Monsun, weißt du.« Diese Erklärung schien sie nicht zufriedenzustellen, aber sie setzte sich neben mich, und wir tranken unseren Tee. Danach saß ich einfach nur da und beobachtete den Regen, bis es dunkel wurde, schaute mir die Bäume an, die sich im Wind beugten, und den Abhang des Berges gegenüber, und ich fühlte mich träge und zufrieden. Wir aßen in einem langen dunklen Speisesaal mit runden Tischen und Kronleuchtern an der Decke und englischen Landschaftsgemälden an den Wänden. Das Essen war allerdings im Gujarati-Stil, würzig und scharf und köstlich, und ich aß dankbar davon. Die einzigen anderen Leute im Raum waren eine kleine Familie, Eltern, die ich sofort als Armeeangehörige erkannte, und ihre beiden Töchter im Teenageralter. Der Colonel – denn das war er – stellte sich uns vor, als Amanda und ich nach dem Essen zur Tür gingen. Er gehörte einem Kavallerieregiment in Poona an und trug einen wunderbaren grauen Schnauzbart mit spitz gezwirbelten Enden. Seine Frau hatte eine lange, elegante Nase und einen kurzen Pagenkopf; ihre blassen Schultern waren in einen rosa Sari gehüllt. Die beiden Töchter – Tina und Nita, dreizehn und vierzehn – sahen in ihren schwarzen T-Shirts richtig hübsch aus, und sie lächelten entzückt, als ich Amanda vorstellte: »Das ist meine Freundin Amanda«, sagte ich, und die beiden fanden das köstlich. Ich konnte die Kitschromane förmlich aus ihren Augen blinken sehen. Aber nachdem ich mich abgewandt hatte, spürte ich die mißbilligend hochgezogenen Augenbrauen des Colonels im Rücken. Es war mir egal. Draußen war die Luft kühl, und ich hatte gut gegessen und war angenehm müde.

Im Zimmer angekommen, zog ich mir die Laken bis zur

Nase hoch und schaute mir den Betthimmel an. Ich fühlte mich sehr wohl, es war gemütlich: Draußen frischte der Wind auf, und die Fensterläden klapperten und quietschten. Als Amanda ins Bett kam, rümpfte sie die Nase, und ich wußte nicht, was sie damit meinte, ehe ich sie fragte. Ich hatte die leichte Klammheit der Laken auch gerochen, und nachdem sie mich darauf aufmerksam gemacht hatte, begriff ich, daß das unter Umständen unangenehm sein konnte. Aber für mich war es ein Geruch nach Kindheit, nach Regen und nach der Erde, die plötzlich grün wurde, nach Ferien, in denen sich die Straßen in Sturzbäche verwandelten, zu einer bestimmten Jahreszeit war dieser Geruch einfach da. »Tut mir leid«, sagte ich aber, und ich berührte ihre Wange, aber dann war ich auch schon eingeschlafen, tief in der weichen Umarmung des Bettes und mit dem Geräusch der Regenschauer auf dem Dach.

Als ich aufwachte, spürte ich, wie Amanda sich neben mir unruhig hin- und herwälzte, sich von einer Seite auf die andere warf. Die Zeiger meiner Uhr standen auf neun, aber es war noch dunkel.

»He du«, sagte ich und kuschelte mich an ihren Hals. »Hast du gut geschlafen?«

»Nein«, erwiderte sie.

»Was?« fragte ich. »War es der Lärm? Die Fensterläden? Oder die Laken?«

»Nein, es ist alles hier.«

»Alles?«

»Ja, es ist so, ich weiß nicht, irgendwie düster. Die Wolken, die auf alles runterdrücken. Und das Zeug hier drinnen. Es sieht aus, was wäre es schon seit ewigen Zeiten hier.«

Ich blickte mich um. Das Bett war ziemlich alt, und man konnte sehen, wo sie einen Riß im Betthimmel geflickt hatten.

»Na ja, vielleicht ein, zwei Jahrhunderte«, meinte ich. »Aber es erfüllt doch seine Funktion, mehr oder weniger.«

Sie schüttelte den Kopf und blickte mich dann ganz durchdringend an. »Das klingt vielleicht verrückt, aber meinst du, daß es hier Gespenster gibt?«

»Hast du was gehört?«

»Nein. Ich spüre das nur. Es ist irgendwie, na ja, hier ist alles so dicht. Ich kann sie hier drinnen spüren.« Sie zeigte auf ihre Brust. Ich wußte, was sie meinte. Der Ort hatte eine seltsame Atmosphäre, der Wind seufzte zwischen den Häuschen, die Ziegel waren alt, hinter jeder Tür lauerten Erinnerungen. Ich hatte es im Speisesaal auch gespürt, als ich eine alte Gabel in der Hand hielt. Und als ich im Ankleidezimmer in den Spiegel blickte, war es nicht schwer, sich vorzustellen, wie das gleiche irgendein Engländer vor hundert Jahren getan hatte.

»Spürst du es auch?« fragte Amanda.

»Klar«, erwiderte ich. »Du bist nicht verrückt. Sie sind wahrscheinlich hier überall. Dutzende von Gespenstern. Aber das macht doch das Ganze nur heimeliger, findest du nicht? Es ist irgendwie ein angenehmes Gefühl.« Ich meinte es ernst, aber sie lachte laut heraus, schlug die Hände vors Gesicht und warf sich mir an die Brust. Wir hielten einander fest und lachten zum erstenmal seit der Landung des Flugzeugs wieder miteinander. »Komm jetzt. Es ist nur dieser Regen. Es wird aufklaren, und dann kommt die Sonne heraus, und alles sieht gleich viel besser aus.« Sie nickte, und ich küßte sie. Aber sie sah immer noch müde und blaß aus.

Der Diener brachte uns Tee, und ich bat ihn, auf der Veranda zu servieren, und dann rannte ich durch den feinen Nieselregen zum Haus des Colonels, um mir seine Zeitung zu borgen. Er trug eine Tweedjacke und ein Halstuch. Wir hatten uns gerade Guten Morgen gewünscht, als ich hinter mir einen lauten Schrei vernahm. Ich drehte mich um und rannte zu unserem Häuschen zurück. Der Colonel folgte mir auf dem Fuß. Als wir zu den Stufen kamen, stand Amanda in der Tür und wich vor einem großen roten Affen zurück, der auf dem Tisch saß, seinen Schwanz um die Teekanne geschlungen hatte und ein Stück Toast verzehrte.

»Keine Angst, meine Liebe«, sagte der Colonel. Wir wedelten beide mit den Händen und versuchten den Affen zu verscheuchen. Er blickte uns ungerührt an und nagte mit kleinen Bissen weiter an seinem Toast. Ich nahm einen Stuhl auf und machte ein paar Schritte auf ihn zu. Jetzt endlich wandte er sich ganz langsam um und hüpfte auf das Geländer, dann zum Boden hinunter, wo ihn ein Dutzend anderer Familienmitglieder erwarteten. »Diese Schlingel, diese Schlingel. Auf diese Kerle muß man wirklich aufpassen. Kaum läßt der

Regen nach, da kommen sie in Scharen. Sobald man nur eine Sekunde nicht hinsieht, stehlen sie einem das Essen. Aber Angst brauchen Sie wirklich keine zu haben. Sie werden sich schon dran gewöhnen.« Er lächelte Amanda zu, und sie nickte, dann hieb er mir auf die Schulter und marschierte zu seinem Haus zurück. »Und immer schön die Flanken schützen«, rief er mir noch zu.

Ich winkte ihm zu und knurrte dann die Affen an, die uns noch eine Weile beobachteten und sich schließlich davontrollten. Aber es dauerte eine Ewigkeit, bis ich Amanda dazu bewegen konnte, etwas zu essen. Es war wohl ein ziemlicher Schock für sie gewesen. Der Tag verging langsam, und ich saß wieder auf der Veranda und beobachtete den Regen. Doch Amanda fand keine Ruhe, und also schlug ich am Abend, als der Regen gerade einmal aufgehört hatte, einen Spaziergang vor. Wir gingen über einen Matschweg zwischen dichten Bäumen, und wir kamen an Häusern mit klingenden Namen wie »Bergblick« und »Schöne Aussicht« vorbei, bei denen fast überall die Läden dicht waren. Der Weg schlängelte sich einen Berggrat entlang, und wir konnten tief unter uns die Wolken sehen, die gegen den Berg prallten, aber es gab zu viele Mücken, als daß wir hätten stehenbleiben und die Aussicht genießen können. Sie schwärmten in dichten Wolken um unsere Gesichter und Hände, sobald wir unsere Schritte verlangsamten. Also gingen wir immer weiter. Als wir um eine Wegbiegung kamen, saß auf dem Pfad eine Affenfamilie, und Amanda zog mich an der Hand zurück.

»Wirklich, die tun uns nichts. Schau nur.« Ich berührte ihre Schulter und spazierte durch die Affen hindurch, die sich kaum rührten, um mir auf dem Weg Platz zu machen. Und dann ging ich wieder durch sie hindurch zu ihr zurück. »Siehst du?«

Amanda schüttelte den Kopf. Es wurde allmählich dunkel. Wir spazierten weiter, und der Weg verbreitete sich zu einer kleinen Lichtung. Am Wegesrand über einer Klippe war ein Felsbrocken zu sehen, ein schwarzer Fels, der sich glatt und schimmernd aufschwang und auf den über viele Jahre hinweg immer wieder jemand einen Klecks roten Kurkuma gerieben hatte. Am Fuß des Felsens waren Blumen an-

673

gehäuft, und ich konnte ihren süßen Duft riechen, und über uns seufzte ein Baum, während der Wind durch seine Zweige strich. Es lief mir kalt über den Rücken, ein seltsam entrückendes Gefühl.

»Was ist das?« fragte Amanda.

»Ein Schrein.«

»Für was?«

»Ich weiß es nicht.«

Sie blickte verstört weg, wandte ihre Augen von dem Rot ab, während wir es in der herabsinkenden Dunkelheit aus den Augen verloren. Ich drehte sie auf dem Absatz herum, und wir gingen ins Hotel zurück. Wiederum war das Abendessen in dem höhlenhaften Speisesaal köstlich. Ich schlief ein, sobald ich im Bett war, und ich schlief tief und fest und lange.

Als ich am nächsten Morgen aufwachte, hatte Amanda die Augen geschlossen, aber ich konnte nicht sehen, ob sie schlief oder nicht. Ihre Augen zuckten nervös unter den Lidern hin und her. Ich kroch aus dem Bett und zog mich an. Dann ging ich hinaus und spazierte den Weg entlang. Die Luft war glasklar, und der Abhang fiel geradewegs Tausende von Fuß zur Ebene ab. Der Horizont lag Hunderte von Meilen entfernt, und die Morgenkühle zwang mich, meine Schritte zu beschleunigen. Ich freute mich am Knirschen des Grases unter meinen Füßen und an den Vögeln, die aus den Bäumen aufflogen. Ich fand auf einem Felsvorsprung einen Stein und setzte mich darauf, um den Sonnenaufgang zu beobachten. Die zerklüfteten Bergketten erhellten sich eine nach der anderen. Unter mir führte ein Hirte seine Kuhherde den Abhang hinunter. In der Nähe meines Sitzplatzes hatte jemand in einen Felsen geritzt: »Louisas Aussichtspunkt«. Der Felsen war in der Mitte zerborsten, und eine Pflanze wurzelte in der Spalte, aber man konnte die Schrift noch deutlich lesen. Ich fragte mich, was Louisa wohl von diesem Berg herab gesehen hatte. Ich blinzelte gegen die Sonne. An Tagen, wenn die Aussicht verschwommen und verschleiert war, hätte Louisa vielleicht glauben können, auf die Sussex Downs hinabzublicken, auf die dunkle Linie eines englischen Waldes, und vielleicht fühlte sie sich dann ein, zwei Minuten zu Hause.

Als ich ins Hotel zurückkehrte, winkten mir der Colonel und seine Familie von ihrem Häuschen aus zu, und ich setzte mich auf die Veranda und wartete, daß mir der Diener den Tee brachte. Ich trank gerade Tee, als Amanda nach draußen kam.

»Schau mal«, sagte ich, als sie sich hinsetzte, »die Sonne scheint.«

Sie lächelte, wirkte dadurch aber nur noch müder und blasser.

»He, Kopf hoch.« Langsam ärgerte mich ihr Verhalten, und ich nehme an, meine Wut klang in meiner Stimme mit. Sie zuckte zusammen und rieb sich das Kinn.

»Vielleicht sollte ich nach Hause fahren«, sagte sie.

»Nach Hause?« Ich setzte meine Tasse mit einem Klirren ab, und sie zog ihre Beine auf den Stuhl hoch und umfaßte ihre Knie mit den Armen.

»Tut mir leid«, sagte sie.

Ihre Stimme war so leise, daß ich sie kaum hören konnte, und sie sah so unglücklich aus, daß es mir das Herz im Leibe herumdrehte. Ich stand von meinem Stuhl auf und ging zu ihr hinüber. Ich hockte mich hinter ihren Stuhl und legte meine Arme über die ihren und meinen Kopf auf ihre Schulter. Ich küßte sie auf die Wange und wollte sagen: Das ist schon in Ordnung. Aber als ich ihr über die Schulter schaute, geschah etwas Seltsames mit mir: Die Welt kippte um eine Achse, von der ich nicht gewußt hatte, daß sie existierte, und die hell klingenden Stimmen der Töchter des Colonel, die fröhlich vom Hindi ins Englische und in zwei andere Sprachen tauchten, wurden plötzlich zu einer babylonischen Sprachverwirrung, zu einem vielfachen Durcheinander und ganz schrill, verloren sich im nicht endenwollenden Kreischen der Vögel, dem blechernen und schmerzhaften Bimmeln der Kuhglocken, und die Häuschen und ihre endlosen Erinnerungen wurden schwer und verrotteten, und die Bäume waren riesig und ungeordnet, sie schienen über der wahnwitzigen Verwirrung des Gartens zu lauern, über der unkontrollierten Vielfalt, und der Himmel war hell und hart vom Sonnenlicht, und mir wurde schwindelig, und ich fühlte mich allein, mein Ich war ein winzig kleiner Punkt, eine einzige, einsame Kugel, die sich in einer gähnenden riesigen Dunkelheit wie verrückt drehte, die keinen Anfang, keine Mitte, kein Ende hatte: keinen Sinn und keine Bedeutung. Und durch meine Panik hindurch sah ich, wie mich die Affen beobachteten. Ihr rötliches Fell glänzte in der Sonne, und ihre Augen waren ausdruckslos.

Als ich wieder aufstehen konnte, ging ich langsam zu meinem Stuhl zurück, setzte mich hin und versuchte zu atmen. Ich spürte Tränen in den Augen und wandte mein Gesicht ab. Das Rugby Hotel war wieder wie vorher, hatte seine tröstliche frühere Form zurückgewonnen. Im Tal bildeten sich Wolken, und es würde erneut ein regnerischer Nachmittag werden, ich konnte es bereits auf meinem Gesicht spüren. Ich mußte noch ein paarmal schlucken, ehe ich sprechen konnte, und dann hatte ich keine Wut mehr in mir, nur Traurigkeit.

»Ja«, sagte ich, »vielleicht hast du recht. Vielleicht solltest du wirklich nach Hause fahren.«

Als ich mich in Bombay von Amanda verabschiedete, sagte sie: »Bis bald, bis in ein paar Monaten.« Und ich erwiderte: »Ja.« Aber ich wußte es wirklich nicht. Ich fühlte mich verloren, und ich wußte nur, daß auch ich nach Hause mußte. Es war ein Unbehagen zwischen uns gewesen, als wir von Matheran zurückfuhren, und im Taxi zum Flughafen hatten wir uns über Filme unterhalten. Jetzt standen wir im Flughafen, und ich sagte ihr, daß ich in die Staaten zurückkommen würde, daß wir wieder zusammensein würden.

»Bis bald«, sagte ich.

»Bist du mir böse?«

»Nein.« Das war ich wirklich nicht, ihr war ich wirklich nicht böse. Als wir uns umarmten und sie durch die Paßkontrolle ging, überkam mich eine ungeheure Traurigkeit, und, nehme ich an, auch Wut, aber nie und nimmer auf sie. Später stieg ich in einen Bummelzug nach Norden, in den einzigen Zug, in dem ich noch eine Reservierung bekommen konnte, und dann machte mich das langsame Tempo des Zuges wütend, ich war zornig darüber, wie er in jedem Ort hielt, ich war zornig auf die Menschenmengen, die an jedem Bahnhof ein- und ausstiegen. Ich beobachtete, wie sich die Landschaft langsam veränderte, während der Zug scheinbar endlos durch das Land schlich, und ich war wütend über viele Dinge. Es war auch eine ganz grundlose Traurigkeit in mir, eine Bitterkeit, für die ich keinen Brennpunkt finden konnte, aber ich schmeckte den scharfen Schmerz förmlich im Mund, er schien durch mich hindurchzuschneiden.

Das Haus war genauso, wie ich es in Erinnerung hatte, ein kleines weißes Haus am Rand des Maidans. Als die Tür aufging, schlug meine Mutter die Hand vor den Mund und schrie auf, und dann fiel sie mir um den Hals. Mein Vater kam herbeigeeilt und umarmte mich, und sie bestanden darauf, mein Gepäck ins Haus zu tragen. Wir redeten, und meine Mutter gab mir zu essen und schimpfte mit mir, weil sie mein Lieblingsgemüse nicht im Haus hatte. In dieser Nacht konnte ich nicht schlafen. Ich wälzte mich bis in die frühen Morgenstunden hin und her, und dann fiel ich in einen Halbschlaf, von dem ich Kopfschmerzen zu bekommen schien. Ich wachte auf, und mir tat der Kopf weh. Und natürlich war kein Wasser da, als ich duschen wollte. Ich schwitzte, und es war heiß. Ich blickte beim Essen auf und sah auf dem Dach einen weißgesichtigen Affen. Ich kannte ihn gut, er stahl meinen Eltern schon seit Jahren Sachen. Später am Nachmittag saß ich mit ihnen zusammen und versuchte ihnen von Amerika zu erzählen. Meine Mutter fragte immer wieder: »Aber wie ist es da?« Ich wollte es ihr erklären, aber es hörte sich alles so hohl an, als sagte ich rein gar nichts. Dann sah ich wieder den Affen auf dem Dach. Er zog gerade meine Jeans von der Leine. Bis ich aufs Dach gerannt war, hatte er sich schon in einen Baum geflüchtet, und ich warf ihm einen Ziegelbrocken hinterher und traf ihn am Hinterteil. Er floh über die Dächer und nahm meine Jeans mit. Ich kam vom Dach herunter und wußte, daß ich etwas unternehmen mußte. Den ganzen Tag lang hatte ich dieses Gefühl, daß sonst die Hitze und die Wut und das Brennen meinen Kopf zersprengen würden. Also saß ich in der Dunkelheit und wartete auf ihn. Ich dachte an Maschinen, an Raketen, die sich kraftvoll nach oben bewegten, und das Haus, in dem ich mich befand, schien mir klein und schutzlos und irgendwie primitiv. Ich hatte ein Gewehr im Schoß liegen, und ich ließ den Bolzen vor- und zurückschnappen. Das Metall fühlte sich gut und glatt an. Schnapp-Klack. Ich saß da und wartete auf den Affen. Ich wußte, er würde kommen.

Nachher...

Ich sitze in einer Kirche. Hoch über mir wölbt sich das Dach, und das Licht ist hell und klar. Die Namen – indische und englische – von Männern glänzen in goldenen Lettern von der Wand. Es ist die St. James-Kirche in Delhi. Es ist sehr ruhig. Der Lärm der Autos und Lastwagen von der Straße draußen ist gedämpft. Vor dem Altar liegt auf ebener Erde eine große Steintafel:

> HIER RUHEN DIE
> STERBLICHEN ÜBERRESTE DES
> COLONEL JAMES SKINNER C. B.,
> DER IN HANSI
> AM 4. DEZEMBER 1841
> AUS DIESEM LEBEN SCHIED.
> SEIN LEICHNAM WURDE EXHUMIERT,
> VON HANSI HIERHER VERBRACHT UND UNTER DIESEM STEIN
> AM 19. JANUAR 1842 BEIGESETZT.

Ich weiß nicht, warum sie ihn verlegt haben. Als ich durch die Kirche gehe, entdecke ich an einer Wand den Grund:

> DIESE KIRCHE WURDE ERRICHTET
> ALS STIFTUNG DES VERSTORBENEN
> COLONEL JAMES SKINNER C. B.
> IN ERFÜLLUNG EINES FEIERLICHEN VERSPRECHENS,
> DAS ER ALS VERWUNDETER AUF DEM SCHLACHTFELD
> GEGEBEN HATTE.
> IN DANKBARER ERINNERUNG AN
> DIE GÖTTLICHE VORSEHUNG
> UND ALS ZEUGNIS FÜR
> SEINEN AUFRICHTIGEN GLAUBEN AN DIE WAHRHEIT
> DES CHRISTENTUMS

Ich sage zu Sikander: »Ich heiße Abhay. Ich habe jemanden gekannt, der dich kannte.« Und ich frage: »Und wo sind deine Moschee und dein Tempel?« Aber er kann mir unter dem Stein hervor nicht antworten. Ich versuche zu beten, schaffe es aber nicht, und ich trete hinaus in den strahlenden Sonnenschein vor der Tür. Ich weiß nicht, warum ich hergekommen bin, in diese Kirche, an diesen Ort, aber irgendwie mußte ich kommen, um zu grüßen, was hier und überall bestattet liegt. Ich bitte auch um Hilfe, nehme ich einmal an, weil meine Freundin Saira verletzt und dem Tode nah ist.

Als ich meine Geschichte über die Rückkehr aus fremden Landen fertigerzählt hatte, schwoll draußen der Lärm an. Es gab Rufen und Schreien, laute Streitereien, das furchterregende Getöse der Menge, des Konfliktes. Ich habe seither herauszufinden versucht, worum der Streit eigentlich ging. Dabei konnte ich feststellen, daß es Dutzende von Parteien gab, Hunderte von Ideologien, die alle miteinander kämpften, daß es alte und tief verwurzelte politische Bündnisse gab und Abtrünnigkeit, Niederlagen und Triumphe, Rache und Freundschaft, das alte Lied, man hat es schon unzählige Male gehört. Aber es war auch eine neue Sache aufgetaucht, ein neuer Gedanke, der alles andere überwältigte, und das war schlicht und ergreifend der Gedanke, daß es nur einen Gedanken geben dürfte, eine einzige Stimme, eine einzige Sache, eine, eine, eine. Als ich also meine Geschichte beendete und Sanjay seinen Kopf in Yamas Schoß gebettet hatte, brach ein Streit aus, und wir konnten das Getöse bis ins Haus hören. Saira hielt Sanjays Hand, und als es losging, fuhr er zusammen, und ein schmerzlicher Ausdruck legte sich auf sein Gesicht. Sofort sprang Saira vom Bett auf und rannte nach draußen. Ich raste hinter ihr her, aber sie war schneller und zögerte keine Sekunde, sich in den Strudel der Menge zu stürzen, mitten unter die Männer und Frauen, die einander schubsten und schlugen. Sie rief: »Aufhören! Aufhören! Hört sofort auf!« Es schien ein Licht um sie, eine Energie, die alle, die sie sahen, zum Schweigen brachte. Sie rannte mitten auf den Maidan, und die Menge lichtete sich um sie her, und ich glaube, sie hätte es geschafft, sie hätte alles aufgehalten. Aber da fiel schon etwas vom Himmel, ein schwarzer Punkt, eine Singularität, eine Bombe. Niemand weiß, wessen Bombe es war, welche Parteizugehörigkeit sie hatte, ob sie dies oder das geglaubt hat, aber sie kam heruntergefallen, perfekt und elegant und auf dem neuesten Stand der Technik und tickend, und als sie explodierte, da tat sie etwas, was niemand bisher vermocht hatte: Sie brachte mit ihrer Stimme alle zum Schweigen, und ihr Röhren nahm die gesamte Welt in Besitz. Saira rannte immer noch, und ich glaube nicht, daß sie die Bombe sah, die sie verletzte, nur sie allein, sie so verletzte, daß ich es kaum über mich bringen kann, es zu beschreiben. Sie lebt noch, aber sie ist verwundet.

Wir schafften sie ins Krankenhaus, und die Ärzte kämpften um ihr Leben. Schließlich beschloß man, daß sie nach Delhi gebracht werden müßte, ins All-India Medical Institute. Ehe wir losfuhren, kam ich noch einmal nach Hause zurück, und ihr Blut klebte noch an meinen Kleidern. Mein Vater und meine Mutter saßen bei Sanjay, dessen Brust schwer auf- und abwogte. Seine Augen waren beinahe geschlossen. Er hatte, glaube ich, nur auf Nachricht von ihr gewartet. Er hatte gesagt, daß er nicht mehr sprechen würde, aber als ich es ihm erzählte, brach er sein Versprechen und sagte mir etwas. Ich flüsterte ihm etwas zu, und dann legte er seine Hand in meine und zeichnete mir mit zitterndem und federleichtem Finger die Worte auf das Handgelenk. »Hilf ihr.«

»Wie?« fragte ich.

Er erwiderte: »Erzähle eine Geschichte.«

Warum, wie, diese Fragen wollten noch aus mir hervorbrechen, als sein Finger mein Handgelenk zum allerletzten Mal berührte, und vielleicht habe ich mir das Wort eingebildet, daß er auf meinen Puls zeichnete, ich bin nicht sicher, aber er sagte »Bruder«, und dann starb er. Ich hielt seinen Körper in den Armen, klein wie er war, und ich weinte. Dann fragte ich meinen Vater: »Was ist mit dem Leichnam dieses Tieres zu tun?« Er schüttelte den Kopf. Schließlich gingen wir durch die dunklen Straßen der Stadt, mitten durch die Ausgangssperre, ungesehen, und dann hinaus aufs Land. Wir fanden einen Fluß – seinen Namen kenne ich nicht –, und ich ließ Sanjay vorsichtig ins Wasser gleiten, und der stetige

Strom schwappte gegen meine Oberschenkel und trug ihn sacht davon.

Nun sitze ich im Krankenzimmer und beobachte Saira. Meine und ihre Eltern halten ängstlich Wache, und die jungen Ärzte des Instituts mit ihren ernsten Gesichtern kämpfen verbissen darum, sie zu retten. Ich vertraue ihnen, und ich mag sie, aber ich erinnere mich daran, was mir Sanjay gesagt hat, und ich weiß, es gibt noch mehr zu tun. Verbände umrahmen Sairas kleines Gesicht, und ihre Hände liegen reglos auf der Bettdecke. Ich sage den Eltern, daß ich bald zurückkomme, und dann verlasse ich das Zimmer, trete aus dem Gebäude auf die Straße. Leute gehen vor den Toren vorbei, Autos und Motorroller fahren vorüber. Ich hole tief Luft. Ich bin wahnsinnig, vielleicht werde ich verhaftet. Werde ich barfuß durch die Straßen Delhis wandern, werdet ihr mich aus dieser Stadt, die ich so liebe, in die Verbannung schicken? Werdet ihr mir zuhören? Werdet ihr mich steinigen, mich ins Gefängnis werfen? Ich kann mich darum nicht scheren, ich muß eine Geschichte erzählen. Hört gut zu. Ich erzähle gleich eine Geschichte. Ich werde euch von Ehefrauen erzählen und guten Ärzten, von Soldaten, Dichtern, Stammesfürsten, Herumtreibern und Schlägertypen, von unzuverlässigen Kerlen, von Geldborgern, von schneidigen Piloten, schnellen Pferden, Kartenspielern, Salonlöwen, Schauspielerinnen und Politikern. Ich werde euch von heimlichen Untergrundgeschäften erzählen, von schwarzem Geld, großer Liebe, Querfeldeinrennen, Bauern und ihren Ernten, von Fischern und Stadträten, Glaubensfürsten und natürlich von Kavalleristen. Ich werde euch eine Geschichte erzählen, die wie eine Lotusranke wächst, die sich in sich selbst verdreht und ständig vergrößert, bis ihr alle Teil davon geworden seid. Und die Götter werden kommen und zuhören, bis wir alle gleichzeitig in einem einzigen musikalischen Durcheinander sprechen, das die Vergangenheit, jeden Augenblick der Gegenwart und die gesamte Zukunft enthält. Und die großartige Musik dieses Urklangs wird an Sairas Ohren dringen, und sie wird von ihrem Lager aufstehen, ihre Verbände abschütteln und vom Bett herunterhüpfen, sie wird dastehen und die Hände in die

Hüften stützen, und sie wird lachend fragen: »Was ist los, Leute, warum diese langen Gesichter, wollt ihr nicht Kricket spielen?« Und wir werden alle Hand in Hand zum Maidan gehen, und während wir gehen, werden du und ich von einem Ende zum andern blicken, und wir werden sie alle sehen. Alle werden sie dasein, alle unsere Väter und Mütter und unsere Feinde, alle zusammen nun. Und ein unerschöpflicher Korb mit Laddoos wird herumgereicht werden, und wir werden alle essen und satt werden. Wir werden spielen, bis die Sonne untergeht, und uns wunderbar und frei fühlen und herumrennen. Dann werden wir uns in vielen, vielen Kreisen hinsetzen und sagen: »Segne uns, Ganesha. Sei mit uns, Freund Hanuman. Yama, du alter Halunke, du kannst auch zuhören, wenn du möchtest.« Und während wir das sagen, werden wir wieder ganz von vorne anfangen.

Glossar

Agni: Feuergott in der vedischen Religion.

Aloo-Paratha: Art Pfannkuchen aus Kartoffeln.

Amar Akbar Anthony: Film von Manmohan Desai.

Angarkha: weiter Umhang oder Mantel für Männer.

Aparajito: Film von Satyajit Ray (1956).

Apsaras: himmlische Tänzerinnen.

Arier: Völker des indoiranischen Sprachzweiges des indogermanischen Sprachfamilie, wanderten im 12. Jh. v. Chr. von Nordiran und Armenien nach Nordwestindien ein.

Ashram: »Ort der (religiösen) Bemühung«, wo sich hinduistische Lehrer und ihre Schüler zu gemeinsamem Leben versammeln.

Asuras: Im Hinduismus eine Klasse von in stetem Kampf mit den Göttern liegenden Dämonen.

Baba: (Hindi) vertrauliche Anrede von Eltern an Kinder, etwa »Baby«.

Babu: respektvolle Anrede, »Meister«, häufig auch abfällig für bengalische Schreiber verwendet.

Bahadur: Held.

Balushahi: fritierter Keks aus feinem Weizenmehl und Ghee.

Bandh: Streik.

Banyanbaum: ficus indica, indischer Feigenbaum.

Barfi: Süßigkeit aus eingedickter Milch.

Bawarchi: Koch.

Begum: »meine Herrin«, im persisch-indischen Raum Titel für verheiratete, auch verwitwete Frauen, insbesondere Fürstinnen.

Bhai: (Hindi) Bruder, Freund.

Bhaiya: Anrede: Brüderchen.

Bhang: berauschendes Getränk aus Hanfblättern und Milch.

Bidi: billige, handgerollte indische Zigarette.

Binaut: traditioneller indischer Kampfsport, ähnlich wie Jiu Jitsu.

Brahma: indischer Gott, im Hinduismus von den Göttern Shiva und Vishnu verdrängt, im frühen Buddhismus höchster Gott des indischen Pantheons.

Brahman: Allseele, das allem Seienden zugrundeliegende Prinzip.

Brahmanen: Mitglieder der obersten Kaste der Hindugesellschaft (Priester, Dichter, Gelehrte, Politiker).

Bundi-ka-laddoos: Laddoos im Stil von Bundi (Stadt in Rajasthan).

Burqua: auch Burka, traditionelles, den ganzen Körper verhüllendes dunkles Gewand der Moslemfrauen, immer mit Kopfbedeckung, die das Haar verbirgt, und einer Maske oder einem Schleier, der sich vor das Gesicht ziehen läßt.

Chappati: pfannkuchenartiges indisches Brot aus ungesäuertem Teig.

Chappal: Lederschlappen.

Charpoy: Art Feldbett.

Chat: scharf gewürzte Snacks, die auf der Straße verkauft werden.

Chatai: Binsenmatte.

Chat-Wallah: Chat-Verkäufer.

Chaurasa: Würfelspiel, das auf einem kreuzförmigen Brett gespielt wird.

Chiku: süße, braune Frucht.

Chiria Fauj: »Vogelarmee«.

Choga: Langärmlige, lange Jacke für Männer.

Chole: nordindisches Gericht aus Kichererbsen.

Chotta: klein.

Chunni: langer, loser Schal.

Dal: Erbsenart, auch Gericht aus diesen Erbsen.

Deccan: die gesamte indische Halbinsel südlich des Narbada.

Desai, Manmohan: indischer Filmregisseur, der prächtige, farbenfrohe Monumental-Epen, u.a. Amar Akbar Anthony schuf. Ein Hauptvertreter des indischen kommerziellen Kinos, »Bollywood«.

Dhansu: Gewicht.

Dharma: Lebensaufgabe.

Dhurri: dicker Baumwollteppich.

Dupatta: langes, über die Schulter getragenes Tuch, das auch zum Verhüllen des Gesichts verwendet werden kann.

Durbar: feierlicher Empfang eines Maharaja für seine Untergebenen; jede feierliche Zusammenkunft.

Dvapar-Yuga: drittes Weltzeitalter im Weltzyklus der Hindus.

Effendi: Anrede »mein Herr«, Ehrentitel im osmanischen Reich.

Firangi: Bezeichnung für Europäer.

Game of Kings: dem Völkerball ähnliches Spiel, das mit einem Tennisball gespielt wird.

Ganapati baba moriya: Preis dem Herrn Gamapati oder Ganesha.

Ganesha: indische Gottheit, »Herr der Scharen«, Beseitiger aller Hindernisse, Beschützer der Gelehrsamkeit. Wird meist dickbäuchig mit naturalistischem Elefantenkopf (oft ohne Stoßzähne) dargestellt.

Garara: weite Hosen, die von der Taille zu den Fußgelenken hin stark ausgestellt sind, also unten sehr weit werden.

geheiligte Schnur: aus drei dreifachgenommenen Fäden geflochtene Schnur, die einem Brahmanenjungen bei der Upnayana-Zeremonie umgehängt wird und die alle erwachsenen Brahmanen tragen.

Ghaghra: vorne geschlitzter Faltenrock, der mit einer langen Schürze getragen wird.

Ghazal: lyrisches Gedicht, das mit einem Reimpaar beginnt, dessen Reim in allen geradenzahligen Zeilen wiederholt wird.

Ghazi: Muslimkrieger, insbesondere einer, der gegen die Feinde des Islam siegreich war.

Ghee: Geklärte Butter.

Gobar: Kuhmist.

Gomti: Fluß durch Lucknow.

Gopi: Kuhhirtin.

Gotul: »Schulhaus« der Vehi.

Gujarati: Sprache der Gujarat, Baroda und angrenzender Regionen in Nordwest-Indien.

Guru: Lehrer.

Halwai: Süßigkeiten.

Hanuman: in der indischen Mythologie Schutzgeist in Affengestalt. Sohn des Windes und einer Nymphe.

Hindi: offizielle Landessprache Indiens, stark vom Sanskrit beeinflußt. Sammelname für verschiedene Dialekte.

Howdah: überdachter Sitz oder Pavillon auf einem Elefanten.

Imurtis: Süßigkeit aus feinem Linsenmehl, in heißem Fett ausgebacken, später in kochenden Sirup getaucht.

Indra: Hauptgottheit der vedischen Religion, im heutigen Hinduismus der Trinität Shiva-Vishnu-Brahma untergeordnet.

Itihasa: »wie es war«, historisches Epos.

Jal-Bank: Unterwasserkampf.

Jalebi: in Ghee ausgebackene, mit Sirup getränkte Süßigkeit aus einem Teig aus Mehl und Yoghurt mit Saffran.

Jama: Langärmlige Baumwolljacke für Männer, mindestens knielang.

Jezails: lange Musketen.

-ji: allgemein übliche respektvolle Anrede, die an den Namen angehängt wird, z.B. Indira-ji.

Jooti: traditionelles Schuhwerk in Rajasthan.

Kabab: marinierte Rindfleischwürfel, die mit Gemüsen am Spieß gebraten werden.

Kajal: auch Khol. Schwarzer Schminkstift.

Kala: »Zeit«, Name des indischen Todesgottes Yama, aber auch seiner Begleiter.

Kali-Yuga, auch Kal-Yug: viertes und letztes Weltzeitalter im Weltzyklus der Hindus, unglücklichstes und unmoralischstes Zeitalter.

Kali: »schwarze Göttin«, göttliche Mutter, Gattin Shivas. Wird als furchterregend, mit dunkler Hautfarbe und weit heraushängender Zunge dargestellt. Vielarmig hält sie oft Symbole des Todes. Sie wird oft tanzend dargestellt.

Kalpa: im Hinduismus die Zeitspanne, die für einen vollständigen kosmischen Zyklus benötigt wird.

Karma: Sanskrit »Tat«: die durch die Taten eines Menschen geschaffene Kraft, die im Hinduismus und im Buddhismus als treibende Kraft für den Kreislauf aus Tod und Wiedergeburt betrachtet wird.

Khana: essen, fressen.

Khansamah: männlicher Diener; Butler; Koch.

Kharais: Kochtöpfe.

Kheer: süßer Reisbrei.

Khillut: Bei feierlichen Anlässen verliehenes Ehrengewand.

Krishna: »der Blauschwarze«, bekanntester Hindugott, gilt als achte Inkarnation von Vishnu.

Krita-Yuga, auch Krta-Yuga: erstes (und bestes) Weltzeitalter im Weltzyklus der Hindus.

Kshatriya: Zweimalgeborener Angehöriger der zweiten Kaste, der Kriegerkaste.

Kulcha: nordindisches Brot.

Kulfi: indisches Speiseeis.

Kurta: loses Hemd, das normalerweise bis unterhalb der Taille reicht.

Laddoo: runde orangegelbe Süßigkeit aus Kichererbsenmehl, kleine Kügelchen werden zu einem etwas größeren Ball zusammengepreßt und dann in Zuckersirup gebraten.

Lakshmi: indische Göttin, die mit Wohlstand, Schönheit, Glück und Fruchtbarkeit assoziiert wird.

Langot: Lendenschurz.
Lassi: erfrischendes Getränk aus Yogurth oder Buttermilch, kann süß oder salzig sein.
Leela: öffentlicher Aufschrei.
Lorna Doone: romantischer Roman von Blackmore, der im Hochland von Exmoor spielt.

Maggar: Krokodil.
Maha-: Vorsilbe: Groß-
Maharaja: indischer Großfürst.
Mahout: Elefantenführer.
Maidan: offener Platz, Piazza.
Mantra: magische Formel bei Riten und Meditationen.
Maratha: Volk im nordwestlichen Deccan.
Marwari: Angehöriger der Kaste der Händler und Geldverleiher.
Matka: tönernes Gefäß für Wasser.
Maya: wunderwirkende Kraft in den Veden; die gewaltige Kraft, die die Illusion schafft, daß die Welt wirklich ist.
Mem: gnädige Frau (von Madam).
Menaka: vedische Gottheit.
Mir: indischer Dichter.
Mithai: Süßigkeiten.
Mogule: muslimische Dynastie türkisch-mongolischer Abstammung in Indien.
Mohalla: Stadtbezirk.
Moharram: erster Monat des mohammedanischen Jahres.
Mudra: zeremonielle Hand- und Fingerbewegung, insbesondere beim Tanz und in Gemälden.
Mughlai: der Mogule.
Mullahs: Gelehrter, in Indien Muslimausdruck für einen Lehrer.
Munshi: Sekretär; Sprachlehrer oder Dolmetscher.

Namaste ji: Gebräuchliche Grußformel, die gegenüber Älteren, Eltern, Gurus und Freunden verwendet wird. Man legt hierzu die Handflächen vor dem Körper aneinander und verbeugt sich leicht aus der Taille. Buchstäblich bedeutet Namaste »Ich bin nicht hier«, stellt also eine absolute Selbstverleugnung bei der Begrüßung dar.
Nawab: Stellvertretender Herrscher oder Vizekönig im Mogulenreich.
Nimbu Pani: erfrischendes Getränk, süß oder salzig.
Nullah: (oft trockenes) schmales Flußbett.

Ojha: Eingeborener Magier.

Paan: Betelnuß oder Betelblätter, die man kaut.
Paisa: 1/100 Rupie.
Pakora: in Öl ausgebackene Gemüsestücke in Teighülle.
Pandit: weiser Mann.
Paratha: Art Pfannkuchen.
Parchesi: altes Brettspiel, ähnlich Backgammon.
Pariah: Mitglied einer niedrigen Kaste in Südindien und Burma.
Parsad: durch religiöse Zeremonie geheiligtes Essen.
Parvati: indische Göttin, Gattin des Shiva.
Pashupati: Stadt in Nepal.
Patel: Dorfältester, Dorfbürgermeister.
Pathan: Angehöriger eines iranischen Volksstammes, der den größten Teil der afghanischen Bevölkerung stellt.
Patta: Klinge.
Pice: 1/64 Rupie.
Puja: Hindu-Ritus.
Pulau: Pilaw, Gemisch aus Reis und Fleisch.
Punkah: großer Deckenfächer; heute auch Ventilator.
Purusha: Seele.

Qanat: großer Wandschirm.

Raj: Herrschaft, Regierung; auch für das britisch-indische Reich benutzt.
Raja: Fürst.
Rajma: nordindisches Gericht aus roten Bohnen.
Rajput: Mitglied einer dominanten Kriegerkaste in Nordindien.
Rakshasa: Dämon in der Hindu-Mythologie.
Risaldar: Angehöriger einer Rissalah.
Rissalah: reguläre Kavallerie-Einheit in der anglo-indischen Armee.
Rosogulla: Art von Süßigkeit.

Sadhu: heiliger Mann; Mönch.
Sahib: Herr, nachgestellt als Anrede.
Salaam walekum: Friede sei mit dir/euch; Begrüßungsformel.
Salwar: lose Hose, oben weit geschnitten, am Knöchel enganliegend.
Salwarkameez: Salwar mit weitem knielangem Hemd.
Sanskrit: alte indische Sprache, Sprache der klassischen indischen Literatur und des Hinduismus.

Sari: Frauengewand, das aus einer 5-7 m langen Stoffbahn besteht, die elegant so drapiert wird, daß das eine Ende einen Rock bildet und das andere zum Bedecken von Kopf und Schultern benutzt wird.

Shamiana: Baldachin aus Stoff.

Sherbet: kühlendes Getränk aus gesüßtem und verdünntem Fruchtsaft.

Shiva: indischer Gott, verkörpert den Aspekt der Auflösung und Zerstörung, wird oft mit zwei Gesichtern (manchmal einem weiblichen und einem männlichen) abgebildet.

Sikh: Angehöriger einer streng monotheistischen Religion, heute hauptsächlich im Punjab.

Sindhi: indoarische Sprache, hauptsächlich in Pakistan, viele arabische und persische Lehnwörter.

Sloka: Hauptversform der Sanskritepen.

Sowar: Reiter, Angehöriger eines indischen Kavallerie-Regimentes.

Subedar: kommandierender Offizier einer indischen Einheit in der englischen Armee.

Sudra: Hindu, der einer der niederen Kasten angehört.

Tabla: kleine, mit der Hand geschlagene Kesselpauken.

Takhallus: Künstlername eines Dichters.

Tamasha: öffentliches Spektakel.

Tandoori: im Tonofen gegarte Speisen.

Tanga oder Tonga: Pferdewagen.

Terai: Sumpfiges Waldland in den niederen Regionen Nordwestindiens.

Thela-Wallahs: Verkäufer, die ihre Waren auf Karren anbieten.

Treta-Yuga: zweites Weltzeitalter im Weltzyklus der Hindus.

Tulsi: heilige Basilikumpflanze, dem Vishnu geweiht.

Tulwar: Krummschwert oder Krummsäbel.

Upnayana-Zeremonie: Initiationszeremonie für Brahmanen.

Urdu: indische Sprache, offizielle Literatursprache in Pakistan, wird in Indien und Pakistan gesprochen.

Ustad: Lehrer.

Vac: vedische Göttin, Verkörperung der geheiligten Welt.

Vaid: Arzt.

Vaishya: »Zweimalgeborener« Hindu, Mitglied einer der oberen Kasten.

Veden: geheiligte Schriften der Hindus.

Vishnu: Einer der Hauptgötter der Hindus, Bewahrer und Schützer der Welt, Wiederhersteller des Dharma (der moralischen Ordnung).

Walekum salaam: Grußantwort auf »Salaam walekum«.

Yama: Totengott der Hindus.
Yogi: Hindu-Asket.
Yuga: Eines der vier Weltalter im Weltzyklus der Hindus.

Zenana: Abgesonderte Frauengemächer in Indien und Persien.

ist oder Staub aus den noch immer tosenden Winden einer anderen Generation. Aber schlimmer noch: Eines Morgens weißt du, daß deine Knochen unabwendbar die gleichen vergänglichen Eigenschaften hervorgebracht haben, die eigentlich mit deinen Urahnen hätten aussterben sollen, die gleichen Hoffnungen und Verzweiflungen und Lieben und Schwächen,und daß du für ewig und alle Zeiten in ihren abstrusen Begierden und Idealen gefangen bist.

So lernte Sanjay seine frühe Karma-Lektion und war in seinem Leben in Kalkutta von vielen Stimmen von fern und nah umgeben: von Frauen aus dem Punjab, von alten Sindhi-Tanten, von Geschäftsleuten aus Gujarati, Intellektuellen aus Kaschmir und Tausenden von anderen, deren Sprachen er nicht verstehen konnte. Manche hatte er noch nie zuvor gehört. Einige, da war er sicher, konnten unmöglich aus einer Kehle des Subkontinents stammen: Es waren schnalzende und knackende Laute und nasale Silben, die ganz und gar fremdartig klangen. Aber da diese Stimmen – oder Äußerungen zweiten Grades, wie er sie jetzt für sich bezeichnete – aus Büchern stammten, aus Romanen und Chroniken und Dokumenten und Handbüchern, die einen nicht abreißenden Strom zusammenhängender und scheinbar sachdienlicher Informationen lieferten, sagte sich Sanjay, daß es wohl ein fairer Handel war: Wenn man der klaren Musik der Logik lauschen will, argumentierte er, dann muß man auch den Lärm des trüben Durcheinanders tolerieren und in Kauf nehmen. Weiße Paläste müssen nun leider einmal auf stinkendem Schlamm erbaut werden, grübelte er und las weiter.

Bald danach kam Sorkar eines Tages zu ihm gewatschelt. Er hatte die Hände sorgfältig vor dem Bauch gefaltet und strömte eine Art speckiger Höflichkeit aus, hinter der er beinahe völlig verschwand. »Sanjay, mein Junge, er will dich sehen«, sagte er.

»Wer?« fragte Sanjay. Die anderen – Sikander und Chottun und Kokhun – trockneten sich den Schweiß oder zupften sich mit peinlicher Genauigkeit Flusen aus dem Nabel. Ihr Verhalten erinnerte Sanjay plötzlich an die Beschreibung, die sein Vater von Höflingen nach dem Verlesen eines neuen Gedichtes gegeben hatte: So überwältigend höflich wie große